Das Buch

Die marsianische Revolution von 2016 ist gescheitert. Diejenigen, die sie überlebt haben, verstecken sich unter dem Eis der Südpolkappen, ständig auf der Flucht vor den Sicherheitskräften der großen metanationalen Firmen, die inzwischen die Kontrolle über alle Städte auf der Oberfläche haben. Sie nehmen sich vom Mars, was sie brauchen, und es scheint, dass niemand sie aufhalten kann. Doch unter den jungen Eingeborenen regt sich langsam Widerstand. Sie wollen nicht länger hinnehmen, dass ihre Heimat ausgebeutet wird, und sich endlich wehren. Doch die einzelnen Gruppen im Untergrund sind zersplittert und verfolgen ganz unterschiedliche Ziele. Die einen wollen einen freien und terrageformten Mars, die radikaleren »Roten« hingegen kämpfen dafür, dass der Planet so erhalten bleibt, wie er einmal war. Wenn sie sich erfolgreich gegen die Streitkräfte der Erde wehren wollen, müssen die Marsianer zusammenarbeiten. Und die einzigen, die sie dazu bringen können, sind die Ersten Hundert …

Der Autor

Kim Stanley Robinson wurde 1952 in Illinois geboren, studierte Literatur an der University of California in San Diego und promovierte über die Romane von Philip K. Dick. Mitte der Siebzigerjahre veröffentlichte er seine ersten Science-Fiction-Kurzgeschichten, 1984 seinen ersten Roman. 1992 erschien mit *Roter Mars* der Auftakt der Mars-Trilogie, die ihn weltberühmt machte und für die er mehrfach mit dem Hugo, dem Nebula und dem Locus Award ausgezeichnet wurde. Kim Stanley Robinson lebt mit seiner Familie in Kalifornien. Im Wilhelm Heyne Verlag sind zuletzt seine Romane *2312* und *Schamane* erschienen.

Mehr zu Kim Stanley Robinson und seinen Büchern finden Sie auf:
diezukunft.de

KIM STANLEY ROBINSON
GRÜNER MARS

ROMAN

WILHELM HEYNE VERLAG
MÜNCHEN

Titel der amerikanischen Originalausgabe:
GREEN MARS
Deutsche Übersetzung von Winfried Petri
Durchgesehen und überarbeitet von Elisabeth Bösl

Für Lisa und David

Verlagsgruppe Random House FSC® N001967

2. Auflage
Vollständige Neuausgabe 1/2016
Copyright © 1993 by Kim Stanley Robinson
Copyright © 2016 der deutschen Ausgabe und der Übersetzung
by Wilhelm Heyne Verlag, München,
in der Verlagsgruppe Random House GmbH
Printed in Germany 2016
Umschlaggestaltung: DAS ILLUSTRAT, München
Satz: Schaber Datentechnik, Austria
Druck und Bindung: GGP Media GmbH, Pößneck

ISBN: 978-3-453-31697-3

diezukunft.de

INHALT

ERSTER TEIL
AREOFORMING 9

ZWEITER TEIL
DER BOTSCHAFTER 99

DRITTER TEIL
EIN WEITER WEG 167

VIERTER TEIL
DER WISSENSCHAFTLER ALS HELD .. 205

FÜNFTER TEIL
HEIMATLOS 355

SECHSTER TEIL
TARIQAT 393

SIEBTER TEIL
WAS TUN? 505

ACHTER TEIL
SOCIAL ENGINEERING 573

NEUNTER TEIL
EINE LAUNE DES AUGENBLICKS 609

ZEHNTER TEIL
PHASENWECHSEL 795

ANHANG: DER MARS – EINE ZWEITE ERDE? .. 899

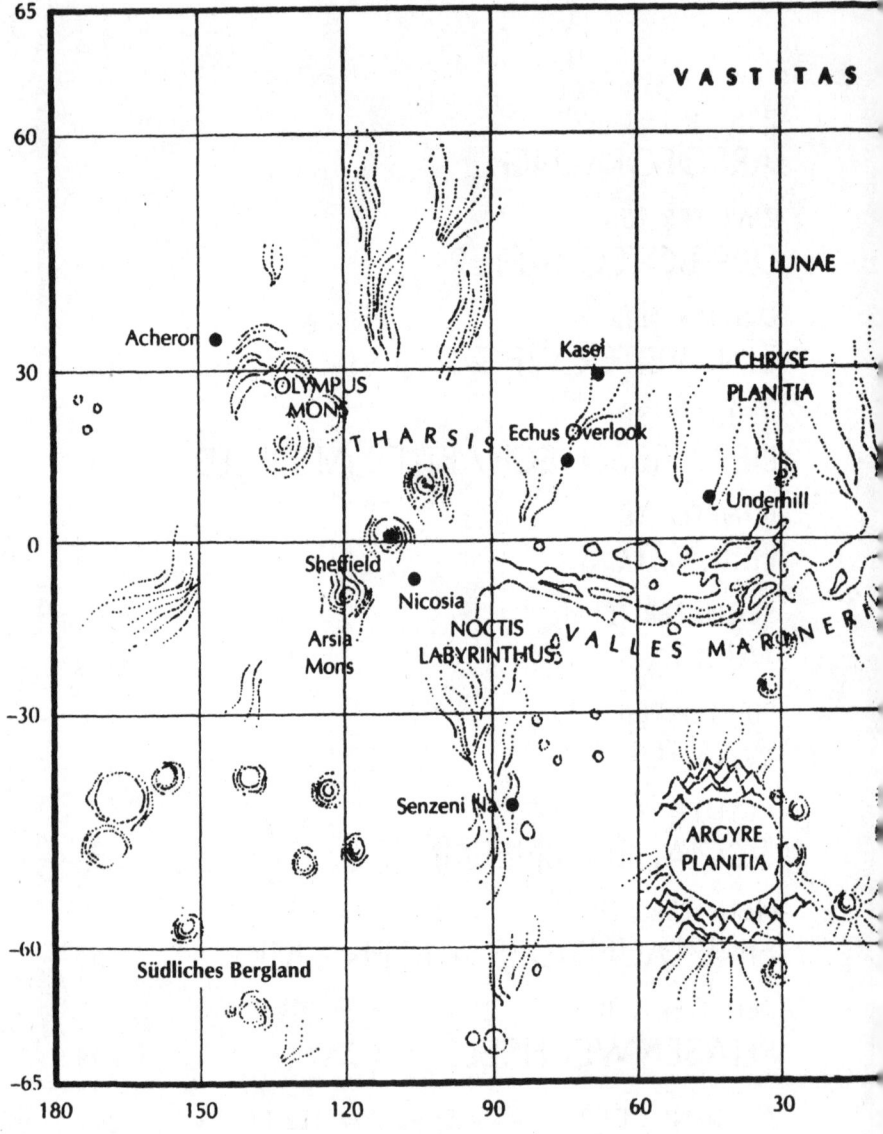

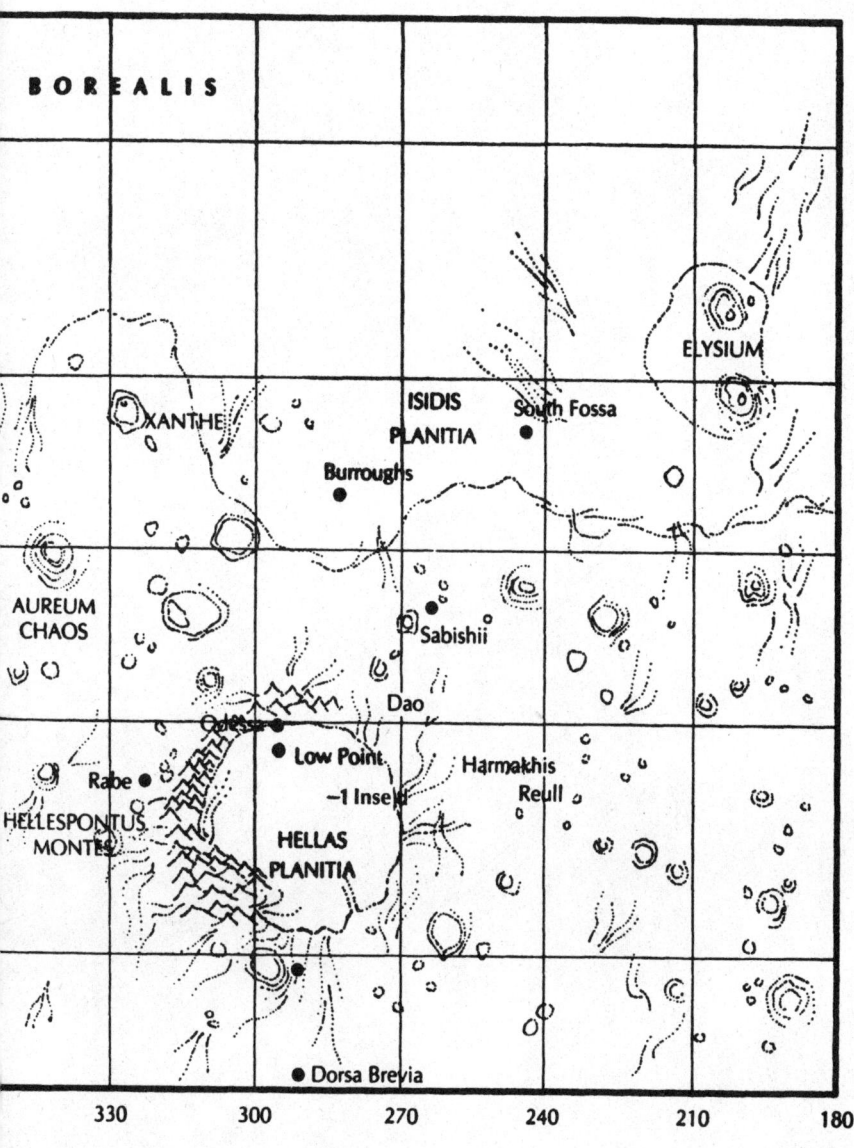

ERSTER TEIL

AREOFORMING

Es kommt nicht darauf an, eine zweite Erde zu erschaffen. Auch nicht ein neues Alaska oder Tibet, nicht einmal eine zweite Antarktis. Wir müssen etwas Neues und Fremdartiges kreieren, etwas ganz und gar Marsianisches.

Eigentlich spielen unsere Absichten keine Rolle. Selbst wenn wir versuchen würden, ein zweites Sibirien oder eine neue Sahara zu machen, es würde nicht klappen. Die Evolution würde es nicht zulassen. Denn im Grunde ist es ein evolutionärer Prozess; ein Unterfangen, das unterhalb der Ebene der Absichten liegt, so wie damals, als das Leben seinen ersten geheimnisvollen Sprung aus der unbelebten Materie getan hat oder aus dem Meer aufs Land kroch.

Auch wir kämpfen in einer völlig neuen Welt, die gänzlich fremdartig ist. Trotz der großen, langen Gletscher, die die gigantischen Überschwemmungen von 2061 hinterlassen haben, ist es eine sehr trockene Welt; obwohl wir angefangen haben, eine Atmosphäre zu erzeugen, ist die Luft noch sehr dünn; und obwohl wir Wärme ins System eingespeist haben, liegt die Temperatur immer noch weit unter dem Gefrierpunkt. Alle diese Umstände machen das Überleben für uns äußerst schwierig. Aber das Leben ist zäh und anpassungsfähig. Es ist die Grüne Kraft der viriditas, *die ins Universum vorstößt. In den zehn Jahren nach den Katastrophen von 2061 haben sich die Leute in den zerstörten Kuppeln und zerrissenen Zelten abgemüht, haben Dinge geflickt und Auswege gefunden. In unseren geheimen Verstecken ging der Aufbau einer neuen Gesellschaft weiter. Und draußen auf der kalten Oberfläche breiteten sich neue Pflanzen über die Hänge der Gletscher aus; in einer langsamen, unaufhaltsamen Woge drangen sie in die tiefen, warmen Kraterbecken vor.*

Natürlich stammen alle genetischen Schablonen für unsere neuen Lebewesen von der Erde. Die Köpfe, die sie entwickelt haben, sind terrestrisch; aber das Terrain ist ganz und gar marsianisch. Und das Land ist ein mächtiger Gentechniker, der bestimmt, was gedeiht und was nicht. Es treibt die natürliche Auslese voran und damit die Entwicklung neuer Spezies. Und im Laufe der Generationen entwickeln sich alle Mitglieder einer Biosphäre gemeinsam weiter. Sie passen sich ihrer Umgebung in einer komplexen Gemeinschaftsreaktion an, in einem schöpferischen selbstkonstruktiven Akt. Dieser Prozess liegt, egal, wie sehr wir uns auch einmischen, außerhalb unserer Kontrolle. Gene mutieren, Kreaturen entwickeln sich. Eine neue Biosphäre bildet sich, und mit ihr eine neue Noosphäre. Und am Ende sind die Köpfe der Designer wie alles andere auch für immer verändert ...

Das ist der Prozess des Areoformings.

Eines Tages stürzte der Himmel ein. Eisplatten krachten in den Teich und auf den Strand. Die Kinder stoben auseinander wie erschrockene Schnepfen. Nirgal lief über die Dünen ins Dorf, platzte in das Gewächshaus und rief: »Der Himmel stürzt ein, der Himmel stürzt ein!« Peter sprintete durch die Türen und über die Dünen, schneller, als Nirgal ihm folgen konnte.

Zurück am Strand schlugen große Eisschollen in den Sand, und einige Brocken Trockeneis zischten im Wasser des Teiches. Als die Kinder sich alle um ihn gedrängt hatten, stand Peter mit zurückgeworfenem Kopf da und starrte auf die Kuppel hoch über ihnen. »Zurück ins Dorf!«, schrie er in seinem strengen Ton. Auf dem Wege dorthin lachte er. Er krächzte: »Der Himmel stürzt ein!«, und zauste Nirgals Haar. Nirgal errötete, und Dao und Jackie lachten. Ihr gefrorener Atem schoss in raschen weißen Schwaden aus den Mündern.

Peter gehörte zu denen, die an der Seite der Kuppel hochkletterten, um sie zu reparieren. Er, Kasei und Michel krabbelten vor aller Augen über das Dorf, den Strand und dann den Teich, bis sie kleiner als Kinder wirkten. Sie hingen in Seilschlingen, die an Eishaken befestigt waren. Sie besprühten das Loch in der Kuppel mit Wasser, das sofort gefror, bis eine neue klare Schicht das weiße Trockeneis umhüllte.

Als sie wieder herunterkamen, sprachen sie von der sich erwärmenden Außenwelt. Hiroko war aus ihrer kleinen Bambushütte am Teich herausgekommen, um zuzusehen; und Nirgal fragte sie: »Werden wir fortgehen müssen?«

»Wir werden immer fortgehen müssen«, erwiderte Hiroko. »Auf dem Mars ist nichts von Dauer.«

Aber Nirgal gefiel es unter der Kuppel. Am Morgen erwachte er in seinem runden Bambuszimmer hoch in Creche Crescent und lief mit Jackie, Rachel, Frantz und den anderen Frühaufstehern über die eisigen Dünen. Er sah Hiroko am gegenüberliegenden Ufer entlanggehen, mit Bewegungen wie eine Tänzerin. Sie schien über ihrem nassen Spiegelbild zu schweben. Er wollte zu ihr gehen; aber es war Zeit für die Schule.

Sie gingen ins Dorf zurück und drängten sich in die Schulgarderobe. Sie hängten ihre Jacken auf und standen da, ihre blau gefrorenen Hände über das Heizgitter gestreckt, und warteten auf den Lehrer des Tages. Das könnte Dr. Robot sein, der sie zu Tode langweilen würde, während sie sein Augenzwinkern zählen würden wie die Sekunden auf der Uhr. Es könnte die alte, hässliche Gute Hexe sein; und dann würden sie den ganzen Tag wieder im Freien sein und mit Werkzeugen arbeiten. Oder es könnte die Böse Hexe sein, alt und schön; und sie würden den ganzen Morgen an ihren Pulten sitzen müssen und versuchen, auf Russisch zu denken auf die Gefahr hin, einen Klaps zu bekommen, wenn sie kicherten oder einschliefen. Die Böse Hexe hatte silbernes Haar und eine krumme Nase, mit der sie aussah wie die Fischadler, die auf den Kiefern am Teich lebten. Nirgal fürchtete sich vor ihr.

Darum verbarg er wie die anderen seinen Missmut, als sich die Tür öffnete und die Böse Hexe hereinkam. Aber an diesem Tag wirkte sie müde und ließ sie pünktlich gehen, obwohl sie in Arithmetik nicht gut gewesen waren. Nirgal folgte Jackie und Dao aus dem Schulgebäude und um die Ecke zu der Gasse zwischen Creche Crescent und der Rückseite der Küche. Dao pinkelte gegen die Wand, und Jackie zog sich die Hosen herunter, um zu zeigen, dass sie das auch konnte. Gerade in diesem Moment kam die Böse Hexe um die Ecke. Sie zog sie alle am Arm aus der Gasse heraus, Nirgal und Jackie zusammen in einer ihrer Klauen, und draußen auf der Plaza versohlte sie Jackie den Hintern und schrie die Jungen wütend an. »Ihr beide haltet euch von ihr fern! Sie ist eure Schwester!« Jackie weinte und krümmte sich, um ihre Hosen hochzuziehen. Sie sah, wie Nirgal sie anschaute, und versuchte, ihn und Maya mit einem einzigen wütenden Hieb zu treffen. Doch sie fiel auf ihren nackten Hintern und heulte.

Es stimmte nicht, dass Jackie ihre Schwester war. Es gab in Zygote zwölf *Sansei* oder Kinder der dritten Generation, die sich wie Brüder oder Schwestern kannten, und viele von ihnen waren das auch, aber nicht alle. Das war verwirrend und wurde selten erwähnt. Jackie und Dao waren die ältesten, Nirgal ein Jahr jünger, und der Rest wiederum ein Jahr später geboren: Rachel, Emily, Reull, Steve, Simud, Nanedi, Tiu, Frantz und Huo Hsing. Hiroko war allen in Zygote eine Mutter, aber nicht in Wirklichkeit – nur von Nirgal und Dao und sechs weiteren *Sansei* sowie der etlichen erwachsenen *Nisei*. Kinder der Muttergöttin.

Aber Jackie war Esthers Tochter. Esther war nach einem Streit mit Kasei, Jackies Vater, weggegangen. Nicht viele von ihnen wussten, wer ihr Vater war. Nirgal war einmal hinter einer Krabbe her über eine Düne gekrochen, als Esther und Kasei über ihm auftauchten. Esther weinte, und Kasei brüllte: »Wenn du mich verlassen willst, dann hau doch ab!« Auch er hatte geweint. Er hatte einen rosa Eckzahn. Auch er war ein Kind Hirokos, also war Jackie Hirokos Enkelin. So lief das hier. Jackie hatte langes schwarzes Haar und war die schnellste Läuferin in Zygote, außer Peter. Nirgal konnte am längsten rennen und lief manchmal drei oder vier Mal hintereinander um den Teich, nur so.

Aber Jackie war schneller im Sprint. Sie lachte die ganze Zeit. Wenn Nirgal mit ihr stritt, sagte sie immer: »In Ordnung, Onkel Nirgie!«, und lachte ihn an. Sie war seine Nichte, obwohl um ein Jahr älter. Aber nicht seine Schwester.

Die Schultür wurde aufgerissen, und Cojote, der Lehrer des Tages, trat ein. Cojote reiste über die ganze Welt und verbrachte nur sehr wenig Zeit in Zygote. Es war ein besonderer Tag, wenn er sie unterrichtete. Er führte sie im Dorf herum und gab ihnen merkwürdige Dinge zu tun; aber während der ganzen Zeit ließ er einen von ihnen laut aus Büchern vorlesen, die sie nicht verstanden, geschrieben von Philosophen, also toten Leuten: Bakunin, Nietzsche, Mao, Bookchin. Die einleuchtenden Gedanken dieser Philosophen lagen wie einzelne Kiesel auf einem langen Strand aus Geschwafel. Die Geschichten, die Cojote sie aus der Odyssee oder der Bibel vorlesen ließ, waren leichter zu verstehen, wenn auch beunruhigend, da die Personen darin einander massenhaft töteten und Hiroko ihnen erklärte, das sei falsch. Cojote lachte über Hiroko und heulte oft ohne ersichtlichen Grund auf, wenn sie diese schauerlichen Geschichten lasen, und fragte sie über das, was sie gerade gehört hatten, aus. Er sprach mit ihnen, als ob sie wüssten, worüber sie redeten. Das war verwirrend. »Was würdet *ihr* tun? Warum würdet ihr *das* tun?« Und währenddessen brachte er ihnen bei, wie die Treibstoffwiederaufbereitung des Rickover-Reaktors funktionierte, oder er ließ sie die Druckkolbenhydraulik der Wellenmaschine des Teichs durchprüfen, bis ihre Hände sich von Blau zu Weiß verfärbten und ihre Zähne so klapperten, dass sie nicht mehr deutlich sprechen konnten. »Ihr Kleinen friert wirklich leicht«, sagte er. »Alle außer Nirgal.«

Nirgal kam mit Kälte gut zurecht. Er kannte sie genau, in allen ihren Stufen, und verabscheute ihr Gefühl nicht. Leute, die

Kälte nicht mochten, verstanden nicht, dass man sich ihr anpassen konnte. Dass man mit all ihren schlechten Wirkungen durch genügend Kraft von innen heraus fertigwerden konnte. Nirgal war auch mit Wärme gut vertraut. Wenn man Wärme stark genug ausstieß, wurde Kälte nur zu einer Art unsichtbarer Hülle, in der man sich bewegte. Und so wirkte Kälte letztlich als ein Stimulans, das zum Laufen anregte.

»He, Nirgal, wie ist die Lufttemperatur?«

»Minus zwei Komma eins fünf.«

Cojotes Lachen war gruselig, ein animalisches Gackern, das alle Geräusche enthielt, die man machen konnte. Und es klang jedes Mal anders. »Okay, halten wir die Wellenmaschine an und sehen mal, wie der Teich ausschaut, wenn er flach ist!«

Das Wasser des Teichs war immer flüssig, während das die Unterseite der Kuppel bedeckende Wassereis gefroren bleiben musste. Dies erklärte sehr viel von ihrem mesokosmischen Wetter, wie Sax es nannte, das Nebel und plötzliche Winde sowie Regen und Dunst und gelegentlichen Schnee erzeugte. An diesem Tag lief die Wettermaschine fast nicht, und der große halbkugelförmige Raum unter der Kuppel war beinahe windstill. Bei abgestellter Wellenmaschine beruhigte sich der Teich bald zu einer runden flachen Platte. Die Oberfläche des Wassers nahm die gleiche weiße Farbe an wie die Kuppel darüber; aber der von Grünalgen bedeckte Seegrund war durch den weißen Schimmer noch zu erkennen. Der Teich war gleichzeitig weiß und dunkelgrün. Am gegenüberliegenden Ufer wurden die Dünen und Krüppelkiefern in diesem zweifarbigen Wasser perfekt gespiegelt. Nirgal starrte dieses Bild benommen an. Er nahm nichts anderes mehr wahr bis auf diesen pulsierenden grünweißen Anblick. Er erkannte, dass es zwei Welten gab, nicht eine – zwei Welten an der gleichen Stelle, beide sichtbar, getrennt und verschieden, aber zusammengefallen, sodass man sie nur aus bestimmten Blickwinkeln als zwei wahrnehmen konnte. Man konnte sich gegen die Hülle des Sehens stemmen, wie man gegen die Hülle der Kälte drückte. *Drücken!* Diese Farben!

»Mars an Nirgal, Mars an Nirgal!«

Sie lachten gutmütig über ihn. Er täte das immer, sagten sie ihm. Ging geistig fort. Seine Freunde mochten ihn, das sah er in ihren Gesichtern. Cojote brach vom Ufer flache Eisstücke los und ließ sie über den Teich hüpfen. Sie machten alle dasselbe, bis die sich überschneidenden weißgrünen Wellen die auf dem Kopf stehende Welt zittern und tanzen ließen. »Seht euch das an!«, rief Cojote. Zwischen einzelnen Würfen erklärte er in seinem melodischen Englisch, das wie ein ständiger Gesang klang: »Ihr Kleinen habt das beste aller Leben in der Geschichte. Die meisten Leute treiben bloß in der großen Weltmaschine dahin, aber ihr erlebt die Geburt einer Welt! Unglaublich! Aber merkt euch gut, dass das pures Glück ist, nicht etwa euer Verdienst, nicht bis ihr etwas damit anfangt. Ihr hättet in einer Villa, einem Kerker, einer schäbigen Vorstadt in Port of Spain geboren sein können, aber ihr seid hier in Zygote, dem verborgenen Herzen des Mars! Sicher seid ihr jetzt hier unten wie Maulwürfe im Loch, während Geier über euch kreisen, die euch alle fressen wollen, aber der Tag wird kommen, an dem ihr über diesen Planeten schreitet, frei von jeder Fessel. Erinnert euch an das, was ich euch sage, meine Kinder, das ist eine Prophezeiung! Und inzwischen seht euch an, wie schön es ist, dieses kleine Eisparadies!« Er warf ein Eisstück direkt auf die Kuppel zu, und sie alle sangen: »Eisparadies! Eisparadies! Eisparadies!«, bis sie vor Lachen nicht mehr konnten.

Aber in dieser Nacht sagte Cojote zu Hiroko, als er glaubte, dass niemand zuhörte: »Roko, du musst diese Kinder nach draußen bringen und ihnen die Welt zeigen. Auch wenn es nur unter der Nebelhaube ist. Die leben hier unten wie Maulwürfe im Bau, verdammt noch mal!« Danach war er wieder fort, weiß Gott wohin, auf einer seiner geheimnisvollen Reisen in jene andere Welt, die sich über ihren Köpfen ausbreitete.

Manchmal kam Hiroko ins Dorf, um sie zu unterrichten. Das waren für Nirgal die allerbesten Tage. Sie führte sie immer zum Strand hinunter; und mit Hiroko zu gehen war so, als ob man von einer Gottheit berührt wurde. Es war ihre Welt – die grüne Welt innerhalb der weißen –, und sie wusste alles darüber; und wenn sie da war, pulsierten die zarten Pastellfarben von Sand und Kuppel in beiden Farben der Welt zugleich, als wollten sie sich von dem, was sie festhielt, frei machen.

Sie saßen auf den Dünen und beobachteten, wie die Vögel am Ufer flatterten und piepsten, während sie am Strand auf und ab jagten. Möwen kurvten über den Köpfen, und Hiroko stellte den Kindern Fragen, wobei ihre dunklen Augen fröhlich funkelten. Sie wohnte am Teich mit einer kleinen Schar ihrer engen Freunde, Iwao, Rya, Gene, Evgenia, alle in einer kleinen Bambushütte in den Dünen. Und sie verbrachte viel Zeit damit, andere versteckte Zufluchtsstätten rund um den Südpol zu besuchen. Deswegen war sie nicht immer auf dem Laufenden über alle Neuigkeiten aus dem Dorf. Sie war eine schlanke Frau, groß für eine *Issei* und in Kleidung und Bewegung so akkurat wie die Strandvögel. Natürlich war sie alt, unglaublich alt wie alle *Issei*; aber sie hatte etwas, das sie jünger als sogar Peter oder Kasei erscheinen ließ – wirklich nur ein klein bisschen älter als die Kinder, als wäre alles neu für sie und als drängte sie darauf, die ganze Welt in all ihren Facetten zu erkunden.

»Schaut auf das Muster, das diese Muschel bildet! Die bunte Spirale, die sich bis ins Unendliche einwärtskrümmt. Das ist die Gestalt des Universums selbst. Es gibt einen konstanten

Druck, Muster zu bilden. Eine der Materie innewohnende Tendenz zur Weiterentwicklung in immer komplexere Formen. Das ist eine Art Gestaltgravitation, eine heilige grünende Kraft, die wir *viriditas* nennen. Das ist die treibende Kraft im Kosmos. Leben, versteht ihr? Wie diese Wasserflöhe und Napfschnecken und der Krill – obwohl dieser Krill hier tot ist und von den Flöhen gefressen wird. Wie wir alle.« Sie bewegte die Hand wie eine Tänzerin. »Und weil wir lebendig sind, lebt auch das Universum. Wir sind dessen Bewusstsein wie auch unser eigenes. Wir steigen aus dem Kosmos auf und sehen das Geflecht seiner Strukturen, und wir empfinden es als schön. Und dieses Gefühl ist das wichtigste im Universum, sein Höhepunkt, wie die Farbe einer Blüte, die sich an einem feuchten Morgen zum ersten Mal öffnet. Es ist ein heiliges Gefühl, und unsere Aufgabe in dieser Welt ist, alles zu tun, was uns möglich ist, um es zu hegen. Und ein Weg dazu ist die Verbreitung von Leben überall. Ihm da zur Existenz zu verhelfen, wo es zuvor nicht gewesen ist – wie hier auf dem Mars.«

Dies war für sie der erhabenste Liebesakt; und wenn sie darüber sprach, empfanden die Kinder die Liebe, auch wenn sie nicht alles verstanden. Auch ein Drücken, eine andere Art von Wärme in der Hülle aus Kälte. Hiroko berührte sie beim Sprechen, und sie gruben nach Muscheln, während sie lauschten. »Eine Schlamm-Muschel! Antarktische Napfschnecke. Glas-Schwamm. Seid vorsichtig! An ihm könnt ihr euch schneiden.« Nirgal war glücklich, wenn er sie bloß anschaute.

Und eines Morgens, als sie sich kurz aufrichteten, während sie im Sand gruben und alles einsammelten, erwiderte Hiroko seinen Blick, und er erkannte ihren Gesichtsausdruck wieder. Es war genau der gleiche wie auf seinem, wenn er sie anschaute. Das spürte er in seinen Muskeln. Also war auch sie glücklich! Das war berauschend.

Er hielt ihre Hand, als sie am Strand dahingingen. Als sie sich hinknieten, um wieder eine Muschelschale aufzuheben, sagte sie: »Das ist eine vergleichsweise einfache Ökologie. Nicht viele Spezies, und die Nahrungsketten sind kurz. Aber so reich, so schön.« Sie prüfte mit der Hand die Wassertemperatur im Teich. »Siehst du den Nebel? Das Wasser muss heute warm sein.«

Inzwischen waren sie und Nirgal allein. Die anderen Kinder liefen um die Dünen herum oder am Ufer auf und ab. Nirgal bückte sich, um eine Welle zu berühren, als sie dicht vor ihren Füßen verlief und eine weiße Schaumkrone hinterließ. »Es hat fast zwei Grad, ein bisschen drunter.«

»Bist du ganz sicher?«

»Ich weiß es immer.«

»Habe ich Fieber?«, fragte sie. »Fühl mal.«

Er berührte ihren Hals. »Nein.«

»Das stimmt. Ich habe immer ungefähr ein halbes Grad zu wenig. Vlad und Ursula können nicht herausfinden, warum.«

»Weil du glücklich bist.«

Hiroko lachte. Sie sah genau wie Jackie aus, vor Freude strahlend. »Nirgal, ich liebe dich.«

Es wurde ihm so warm, als wäre ein Heizgitter in seinem Inneren. Um mindestens ein halbes Grad. »Und ich liebe dich.«

Und sie gingen Hand in Hand den Strand entlang, schweigend den Uferschnepfen folgend.

Cojote kehrte zurück, und Hiroko sagte zu ihm: »Okay. Bringen wir sie nach draußen!«

Als die Kinder am nächsten Morgen zur Schule kamen, führten Hiroko, Cojote und Peter sie durch die Schleusen und den langen weißen Tunnel, der die Kuppel mit der Außenwelt verband, hindurch. An seinem anderen Ende befanden sich der Hangar und darüber die Klippengalerie. Sie waren schon früher mit Peter durch die Galerie gelaufen, hatten aus den kleinen polarisierten Fenstern auf den eisigen Sand und den rosafarbenen Himmel geschaut und sich bemüht, die große Wand aus Trockeneis zu erfassen, in der sie standen – die Südpolkappe, den Boden der Welt, in der sie lebten, um der Aufmerksamkeit der Leute zu entgehen, die sie ins Gefängnis stecken wollten.

Deshalb waren sie stets innerhalb der Galerie geblieben. Aber an diesem Tag gingen sie in die Schleusen des Hangars und zogen eng anliegende elastische Overalls an. Sie rollten die Ärmel und Beine auf. Dann kamen schwere Stiefel, enge Handschuhe und zuletzt Helme mit stark gewölbten Scheiben an der Vorderseite. Sie wurden jeden Augenblick aufgeregter, bis ihre Stimmung beinahe in Angst umschlug, besonders als Simud zu weinen begann und erklärte, dass sie nicht mitgehen wollte. Hiroko beruhigte sie durch eine lange Berührung und sagte: »Komm schon! Ich werde bei dir sein.«

Sie drängten sich sprachlos aneinander, als die Erwachsenen sie in die Schleuse führten. Es gab ein zischendes Geräusch, und dann öffnete sich die Außentür. Die Kinder klammerten sich an die Erwachsenen und gingen vorsichtig hinaus, ständig im Gehen aneinanderstoßend.

Es war zu hell, um etwas erkennen zu können. Sie befanden sich in einem wirbelnden weißen Nebel. Der Boden war gefleckt von zarten Eisblumen, die im Licht glitzerten. Nirgal hielt Hiroko und Cojote an der Hand, und sie schoben ihn nach vorn und ließen seine Hände los. Er taumelte in dem Ansturm des weißen Scheins. Hirokos Stimme klang durch das Interkom ganz nahe an seinem Ohr: »Das ist die Nebelhaube. Sie hält sich den ganzen Winter. Aber jetzt ist es $L_s = 205$, Frühling, und die Grüne Kraft drängt am stärksten durch die Welt, genährt vom Licht der Sonne. Seht hin!«

Er konnte nichts sehen außer einem weißen, alles verschlingenden Feuerball. Plötzlich stieß das Licht durch ihn hindurch und verwandelte ihn in eine Palette aus Farben, die den eisigen Sand zu poliertem Magnesium und die Eisblumen zu glühenden Juwelen machte. Der Wind kam von der Seite und zerriss den Nebel. Lücken erschienen darin, und in der Ferne entfaltete sich das Land. Nirgal schwankte. So groß! Alles war so groß. Er ging mit einem Knie auf den Sand nieder und legte die Hände auf das andere, um die Balance zu halten. Die Steine und Eisblumen um seine Stiefel glühten wie unter einem Mikroskop. Die Steine waren mit runden Flecken aus schwarzen und grünen Flechten überzogen.

Draußen am Horizont lag ein niedriger Berg mit flachem Gipfel. Ein Krater. Dort im Kies war eine Roverspur, fast ganz mit Reif gefüllt, als wäre sie schon seit einer Million Jahre dort. Muster pulsierten im Chaos aus Licht und Fels, grüne Flechten drangen in das Weiß vor …

Alle redeten gleichzeitig. Die anderen Kinder fingen an, übermütig herumzurennen und vor Wonne zu kreischen, wenn sich der Nebel verzog und einen kurzen Blick auf den dunkelrosa getönten Himmel freigab. Cojote lachte. »Sie sind wie Winterkälber, die im Frühjahr zum ersten Mal herausgelassen werden. Schau, wie sie herumstolpern, oh ihr armen kleinen lieben Dinger, ah ha ha! Roko, du kannst sie nicht ewig einsperren!« Kichernd hob er Kinder vom Sand hoch und stellte sie wieder auf die Füße.

Nirgal stand auf und machte versuchsweise Sprünge. Es kam ihm vor, als könne er einfach davonschweben. Zum Glück waren die Stiefel so schwer. Da war ein langer, schulterhoher Hügel, der sich von der Klippe weg hinzog. Jackie ging auf ihrem Kamm, und er lief los, hinter ihr her. Aber an der Böschung stolperte er und fiel auf die durcheinanderliegenden Steine am Boden. Dann gelangte er auf den Grat und fiel in seinen Laufrhythmus. Es war, als flöge er, als könne er immer weiterlaufen.

Er stand neben ihr. Sie blickten zurück auf die Eisklippe und stießen einen ängstlichen Freudenschrei aus. Sie ragte endlos in den Nebel empor. Ein Strahl aus Morgenlicht ergoss sich über sie wie flüssiges Wasser, zu grell, als dass sie direkt hätten hineinschauen können. Sie drehten sich weg. Durch seine tränenden Augen sah Nirgal, dass sein Schatten auf den Nebel fiel, der über die Felsen unter ihnen zog. Der Schatten war von einem hellen kreisförmigen Band regenbogenfarbenen Lichts umgeben. Nirgal stieß einen lauten Schrei aus, und Cojote rannte zu ihnen herauf, seine Stimme drang aus Nirgals Lautsprecher: »Was ist passiert? Was ist los?«

Er blieb stehen, als er den Schatten erblickte. »He, das ist eine Gloriole, ein Heiligenschein. Es ist wie das Brockengespenst. Bewegt eure Arme auf und ab! Schaut euch die Farben an! Allmächtiger Gott, was seid ihr für Glückskinder!«

Nirgal stellte sich impulsiv neben Jackie, und ihre Gloriolen verschmolzen. Sie wurden ein einziger Nimbus leuchtender Regenbogenfarben, die ihren blauen Doppelschatten umgaben. Jackie lachte entzückt und ging los, um es Peter zu zeigen.

Ungefähr ein Jahr später bekamen Nirgal und die anderen Kinder heraus, wie sie mit Sax fertigwurden, wenn er sie unterrichtete. Er stand an der Wandtafel und klang wie eine unpersönliche Künstliche Intelligenz. Hinter seinem Rücken rollten sie die Augen und schnitten Grimassen, während er sich monoton über Partialdrücke oder infrarote Strahlen ausließ. Dann bemerkte einer von ihnen eine Lücke und fing mit dem Spiel an. Dagegen war er hilflos. Er sagte so etwas wie: »Bei nicht zitternder Thermogenese erzeugt der Körper Wärme durch Verwendung unwesentlicher Zyklen.« Darauf hob einer die Hand und fragte: »Aber warum, Sax?« Und alle starrten stur auf ihr Pult, ohne sich gegenseitig anzuschauen, während Sax die Stirn runzelte, als wäre das noch nie passiert, und antwortete: »Nun, er erzeugt Wärme, ohne so viel Energie zu verbrauchen, wie das Zittern erfordert. Die Muskelproteine kontrahieren, aber anstatt zuzupacken, gleiten sie nur übereinander, und das erzeugt die Wärme.«

Jackie fragte so treuherzig, dass die ganze Klasse beinahe die Beherrschung verlor: »Aber wie denn?«

Jetzt fing Sax an zu blinzeln, so schnell, dass sie fast platzten, als sie ihn anschauten. »Die Aminosäuren in den Proteinen haben zerbrochene kovalente Bindungen, und die Bruchstellen setzen das frei, was man als Energie der Dissoziation von Bindungen bezeichnet.«

»Aber warum denn?«

Er blinzelte noch schneller. »Nun, das ist nur eine Sache der Physik.« Er zeichnete rasch Diagramme an die Tafel. »Kovalente

Bindungen entstehen, wenn zwei atomare Orbitale verschmelzen, um ein einziges Bindungsorbital zu bilden, das mit Elektronen aus beiden Atomen besetzt ist. Die Trennung der Bindung setzt dreißig bis einhundert Kilokalorien gespeicherter Energie frei.«

Jetzt fragten mehrere von ihnen im Chor: »Aber *warum*?«

Das brachte ihn zur subatomaren Physik, wo die Kette aus *warum* und *weil* noch eine halbe Stunde weitergehen konnte, ohne dass er jemals etwas sagte, das sie verstanden. Schließlich merkten sie, dass sich das Spiel dem Ende näherte.

»Aber *warum*?«

»Nun«, sagte er und verdrehte die Augen, als er versuchte, wieder auf das eigentliche Thema zurückzukommen, »Atome wollen ihre stabile Elektronenanzahl erreichen und teilen sich Elektronen, wenn das nötig ist.«

»*Aber warum?*«

Jetzt saß er offensichtlich in der Falle. »So verbinden sich Atome miteinander. Das ist eine Möglichkeit der Bindung.«

»Aber WARUM?«

Ein Achselzucken. »So funktioniert die atomare Kraft. So sind die Dinge zustande gekommen …«

Und alle brüllten los: »… *im Urknall*.«

Sie johlten fröhlich auf; und Sax machte ein finsteres Gesicht, als er merkte, dass sie ihn wieder einmal gefoppt hatten. Er seufzte und kam darauf zurück, wo er stehengeblieben war, als das Spiel anfing. Aber sie spielten es immer wieder, und er schien sich nie an das letzte Mal zu erinnern, solange das erste *Warum* plausibel genug war. Und selbst dann, wenn er merkte, was geschah, schien er es nicht aufhalten zu können. Seine einzige Verteidigung war, dass er mit leicht gerunzelter Stirn fragte: »Warum *was*?« Das hemmte das Spiel für eine Weile; aber dann wurden Nirgal und Jackie immer geübter herauszufinden, was bei irgendeiner Äußerung am meisten ein *Warum* verdiente. Und solange sie das schafften, fühlte Sax sich verpflichtet weiter zu antworten, bis hin zum Urknall oder ab und zu einem gemurmelten »Wir wissen es nicht«.

»Wir wissen es nicht!«, rief die Klasse dann in geheucheltem Missmut. »Warum denn nicht?«

Dann erklärte er mürrisch: »Es konnte noch nicht erklärt werden. Noch nicht.«

Und so vergingen die guten Vormittage mit Sax. Sowohl er wie die Kinder schienen sich einig zu sein, dass sie besser als die schlechten Vormittage waren, wenn er ohne Unterbrechungen dahinleierte und vorwurfsvoll rief: »Das ist wirklich wichtig!«, wenn er sich von der Tafel abwandte und sah, wie viele Köpfe schnarchend auf den Pulten lagen.

Eines Mittags blieb Nirgal, der sich Gedanken über Sax' mürrisches Gesicht machte, in der Schule zurück, bis nur noch er und Sax übrig waren. Dann fragte er: »Warum magst du es nicht, wenn du nicht sagen kannst, warum?«

Sax runzelte die Stirn. Nach langem Schweigen sagte er langsam: »Ich versuche zu verstehen. Schau, ich achte sehr genau auf die Dinge. So genau ich nur kann. Ich konzentriere mich auf die Besonderheit jedes Augenblicks. Und ich möchte verstehen, warum es so passiert, wie es passiert. Ich bin neugierig. Und ich denke, dass alles, was geschieht, einen Grund hat. Alles. Also sollten wir dazu in der Lage sein, diese Ursachen herauszufinden. Wenn wir das nicht können – tja. Das gefällt mir nicht. Es ärgert mich. Manchmal nenne ich es …« – er warf Nirgal einen scheuen Blick zu, und Nirgal erkannte, dass er das noch nie jemandem gesagt hatte –, »ich nenne es das Große Unerklärbare.«

Es war die weiße Welt, merkte Nirgal plötzlich. Die weiße Welt innerhalb der grünen, das Gegenteil von Hirokos grüner

Welt innerhalb der weißen. Und ihre Gefühle beiden Welten gegenüber waren gegensätzlich. Wenn Hiroko mit etwas Geheimnisvollem konfrontiert war, sah sie es von der grünen Seite, liebte es, und es machte sie glücklich. Es war *viriditas*, eine heilige Kraft. Von der weißen Seite aus gesehen, wenn Sax auf etwas Mysteriöses stieß, war es das Große Unerklärliche, gefährlich und furchtbar. Er war am Wahren interessiert, Hiroko dagegen am Realen. Oder vielleicht war es umgekehrt. Diese Wörter waren so tückisch. Sicher konnte er nur sagen, dass sie die grüne Welt liebte und er die weiße.

»Aber ja!«, sagte Michel, als Nirgal ihm diese Beobachtung mitteilte. »Sehr gut, Nirgal. Deine Sichtweise ist so klug. In archetypischen Terminologien könnten wir mit Grün und Weiß den Mystiker und den Wissenschaftler bezeichnen. Beide sind höchst mächtige Figuren, wie du siehst. Aber was wir brauchen, ist, wenn du mich fragst, eine Kombination dieser zwei, die wir den *Alchemisten* nennen.«

Das Grüne und das Weiße.

Am Nachmittag durften die Kinder tun, was sie wollten; und manchmal blieben sie mit dem Lehrer des Tages zusammen, aber öfter liefen sie zum Strand oder spielten im Dorf, das in eine Gruppe niedriger Hügel zwischen dem Teich und dem Tunneleingang eingebettet lag. Sie stiegen die Wendeltreppen der großen Bambusbaumhäuser hinauf und spielten Verstecken in den übereinanderliegenden Räumen und auf den Seitenästen und den Hängebrücken dazwischen. Die Bambusschlafräume bildeten eine Sichel, innerhalb derer sich der größte Teil des Dorfs befand. Jeder große Spross war fünf bis sieben Segmente hoch, von denen jedes ein Zimmer bildete, die immer kleiner wurden, je höher man kam. Jedes Kind hatte einen eigenen Raum in den obersten Abschnitten der Stämme – vertikale

Zylinder mit Fenstern, die vier oder fünf Fuß breit waren, wie die Türme der Schlösser in ihren Geschichten. In den mittleren Segmenten unter ihnen hatten die Erwachsenen ihre Zimmer, meistens allein, aber manchmal auch paarweise. Und die Segmente am Boden waren Wohn- und Aufenthaltsräume. Aus den Fenstern der obersten Zimmer blickte man auf die Dächer des Dorfes, die sich im Kreis der Hügel, Bambuswälder und Gewächshäuser zusammendrängten wie die Miesmuscheln in den Untiefen des Teichs.

Am Strand suchten sie nach Muscheln oder spielten Ball oder schossen mit Pfeil und Bogen auf Schaumstoffziele zwischen den Dünen. Normalerweise suchten Jackie und Dao die Spiele aus und führten die Mannschaften an, wenn es Teams gab. Nirgal und die Jüngeren folgten ihnen und machten die Runde durch ihre verschiedenen Freundschaften und Hierarchien, die in dem täglichen Spiel immer weiter gefestigt wurden. So wie der kleine Frantz es einmal Nadia grob erklärte: »Dao haut Nirgal, Nirgal haut mich, ich haue die Mädchen.« Oft wurde Nirgal dieses Spiels überdrüssig, das Dao immer gewann, und rannte dann zum Vergnügen rund um den Teich, langsam und gleichmäßig. Dabei fiel er in einen Rhythmus, der alles auf der Welt in sich einschloss. Wenn er diesen Tritt fand, konnte er den ganzen Tag weiterlaufen. Es war eine Freude, ein Glück, einfach so zu laufen und zu laufen und zu laufen ...

Unter der Kuppel war es immer kalt, aber das Licht änderte sich ständig. Im Sommer leuchtete die Kuppel die ganze Zeit bläulich weiß, und Lichtsäulen strebten zu den Oberlichtöffnungen. Im Winter war es dunkel, und die Kuppel glänzte in reflektiertem Lampenschein wie das Innere einer Muschelschale. Im Frühling und Herbst wurde das Licht am Nachmittag zu einer grauen Dämmerung gedämpft, und es wurde gespenstisch finster. Die Farben wurden nur noch durch die vielen Grauschattierungen angedeutet, und die Bambusblätter und Kiefernnadeln waren tiefschwarze Striche vor dem blassen Weiß der Kuppel. In diesen Stunden wirkten die Gewächshäuser wie große Elfenlampions auf den Hügeln, und die Kinder rannten im Zickzackkurs wie Möwen nach Hause und gingen ins Badehaus. In diesem langen Gebäude neben der Küche zogen sie sich aus und stürmten in die Dampfschwaden des Hauptbades, rutschten auf den Fliesen aus und fühlten, wie die Hitze in ihre Hände, Füße und Gesichter drang, während sie munter zwischen den sich einweichenden älteren Leuten mit ihren schildkrötenartigen Gesichtern und verschrumpelten haarigen Körpern planschten.

Nach dieser warmen nassen Stunde zogen sie sich wieder an und reihten sich feucht und rosa in die Schlange ein, füllten ihre Teller und setzten sich an die langen Tische zwischen die Erwachsenen. Es gab 124 ständige Einwohner; aber oft waren gut 200 Personen da. Wenn alle Platz genommen hatten, nahmen sie die Wasserkrüge und schenkten dem Nachbarn ein. Dann stürzten sie sich mit Genuss auf die warmen Speisen, verschlangen Kartoffeln, Maiskuchen, Pasta, *Tabouli*, Brot, hunderterlei Gemüse und gelegentlich Fisch oder Geflügel. Nach der Mahlzeit redeten die Erwachsenen oft über die Ernten oder ihren Rickover, einen alten integralen schnellen Reaktor, auf den sie sehr stolz waren, oder sie sprachen über die Erde, während die Kleinen aufräumten und dann eine Stunde lang Musik machten und etwas spielten, bis alle allmählich einschliefen.

Eines Tages kam eine Gruppe von zweiundzwanzig Personen von der Polkappe an. Ihre kleine Kuppel hatte ihr Ökosystem durch etwas, das Hiroko spiraliges komplexes Ungleichgewicht nannte, verloren; und ihre Reserven waren zu Ende gegangen. Sie brauchten eine Zuflucht.

Hiroko brachte sie in drei der kürzlich reif gewordenen Baumhäuser unter. Sie stiegen die um die dicken runden Stämme laufenden Wendeltreppen hoch und bewunderten die zylindrischen Segmente mit den hineingeschnittenen Türen und Fenstern. Hiroko ließ sie die Arbeiten an den neuen Räumen beenden und am Rande des Dorfes ein neues Gewächshaus errichten. Es war allen klar, dass Zygote nicht so viel Nahrung produzierte, wie sie jetzt benötigten. Die Kinder aßen so mäßig, wie sie konnten, und ahmten damit die Erwachsenen nach. »Du hättest den Ort Gamete nennen sollen«, sagte Cojote zu Hiroko, als er wieder vorbeikam, und lachte rau.

Sie winkte bloß ab. Aber vielleicht war Sorge an Hirokos distanzierterem Verhalten schuld. Sie verbrachte jeden Tag mit Arbeit in den Gewächshäusern und unterrichtete die Kinder nur noch selten, wenn überhaupt. Wenn sie es tat, folgten ihr die Kleinen überallhin und arbeiteten für sie, indem sie Ernte einbrachten, Kompost umwendeten oder jäteten. »Sie kümmert sich gar nicht um uns«, beschwerte sich Dao eines Nachmittags verärgert, als sie am Strand entlanggingen. »Sie ist sowieso nicht unsere Mutter.« Er führte sie alle zu den Labors am Gewächshaus neben dem Tunnelhügel und scheuchte sie hindurch, was er sehr gut konnte.

Drinnen zeigte er auf eine Reihe großer Aluminiumtanks, die wie Kühlschränke aussahen. »Das sind unsere Mütter. Darin sind wir gewachsen. Kasei hat es mir gesagt, und ich habe Hiroko gefragt, und es ist wahr. Wir sind Ektogene. Wir wurden nicht geboren, sondern *dekantiert*.« Er blickte triumphierend auf seine erschrockene und faszinierte kleine Schar. Dann schlug er Nirgal mit der Faust voll auf die Brust, stieß ihn quer durch das Labor und ging fluchend hinaus. »Wir haben keine Eltern.«

Zusätzliche Besucher waren jetzt eine Belastung. Aber dennoch gab es eine Menge Aufregung, wenn welche kamen; und viele Leute blieben am Tag ihrer Ankunft bis weit in die Nacht auf und unterhielten sich mit ihnen, um alle Neuigkeiten aus den anderen Zufluchtsstätten zu erfahren. Davon gab es im Südpolgebiet ein ganzes Netzwerk. Nirgal hatte in seinem Lesegerät eine Karte mit roten Punkten, die alle vierunddreißig zeigten. Nadia und Hiroko schätzten, dass es noch mehr waren, in anderen Netzwerken im Norden oder ganz allein, in völliger Isolation. Aber sie alle hielten Funkstille, keiner wusste das sicher. Darum waren Nachrichten hoch geschätzt. Oft waren sie das Kostbarste, was die Besucher zu bieten hatten, selbst wenn sie, wie gewöhnlich, mit Geschenken kamen und alles gaben, was sie nur hatten herstellen oder auftreiben können, das ihren Gastgebern nützlich sein könnte.

Nirgal hörte diesen langen lebhaften Gesprächen in den ersten Nächten genau zu, auf dem Boden sitzend oder herumgehend und die Teetassen der Leute nachschenkend. Es war ihm völlig bewusst, dass er die Regeln der Welt nicht kannte, und er verstand nicht, dass manche Leute so taten, als verstünden sie alles. Natürlich war ihm die Grundtatsache der Lage bekannt – dass es zwei Seiten gab, die in einem Streit um die Herrschaft über den Mars verwickelt waren, dass Zygote die Hauptstadt derjenigen war, die recht hatten, und dass am Ende die Areophanie siegen würde. Es war ein überwältigendes Gefühl, an diesem Kampf beteiligt, ein entscheidender Teil der Geschichte zu sein. Dieser Gedanke ließ ihn oft nicht schlafen, wenn er sich ins Bett schleppte. In seinen Gedanken tanzten Bilder und Visionen von allem, was er zu diesem großen Drama beitragen und womit er Jackie und alle anderen in Zygote beeindrucken würde.

Manchmal lauschte er sogar in seinem Verlangen, mehr zu lernen. Er tat das, indem er mit seinem Pad in der Ecke auf einer Couch lag und herumkritzelte oder so tat, als lese er etwas. Recht oft merkten Leute in dem Raum nicht, dass er zuhörte, und manchmal sprachen sie sogar über die Kinder von Zygote, vor allem dann, wenn er sich draußen in der Halle herumtrieb.

»Hast du gemerkt, dass die meisten von ihnen Linkshänder sind?«

»Jede Wette, dass Hiroko an ihren Genen herumgepfuscht hat.«

»Sie sagt nein.«

»Die sind schon fast so groß wie ich.«

»Das ist nur die Schwerkraft. Seht euch nur Peter an und die übrigen *Nisei*! Sie sind natürlich geboren worden und meistens groß. Aber die Linkshändigkeit muss genetisch bedingt sein.«

»Sie hat mir einmal gesagt, es gäbe eine einfache transgenetische Kombination, die das *Corpus Callosum* größer werden ließe. Vielleicht hat sie damit herumgespielt und als Nebeneffekt die Linkshändigkeit erzielt.«

»Ich dachte, Linkshändigkeit ginge auf einen Hirnschaden zurück.«

»Das weiß niemand. Ich denke, dass sogar Hiroko davon überrascht ist.«

»Ich kann nicht glauben, dass sie an den Chromosomen zur Gehirnentwicklung herumgefummelt hat.«

»Ektogene sind leichter zugänglich, denk dran.«

»Wie ich höre, ist ihre Knochendichte schwach.«

»Das stimmt. Auf der Erde hätten sie Schwierigkeiten. Sie bekommen Nahrungsergänzungsmittel dagegen.«

»Schon wieder die Gravitation. Die macht uns allen wirklich Schwierigkeiten.«

»Erzähl mir was Neues! Ich habe mir den Unterarm gebrochen, als ich einen Tennisschläger geschwungen habe.«

»Linkshändige große Vogelmenschen, das ist es, was wir hier unten züchten. Das ist bizarr, wenn du mich fragst. Wenn man sie über die Dünen laufen sieht, könnte man meinen, dass sie gleich abheben und davonfliegen.«

In dieser Nacht hatte Nirgal die übliche Mühe einzuschlafen. Ektogene, transgenetisch ... das gab ihm ein komisches Gefühl. Weiß und Grün in ihrer Doppelhelix ... Stundenlang warf er sich herum und fragte sich, was das ihn plagende Unbehagen bedeutete und was er fühlen *sollte*.

Endlich sank er erschöpft in Schlaf. Und dann hatte er einen Traum. Vor dieser Nacht hatte er stets von Zygote geträumt, jetzt aber träumte er, er flöge über die Marsoberfläche. Große rote Schluchten durchschnitten das Land, und Vulkane ragten in der Nähe zu unvorstellbarer Höhe auf. Aber hinter ihm war etwas, das größer und schneller war als er, mit Flügeln, die durch die Luft peitschten, als die Kreatur aus der Sonne auf ihn zukam, große Krallen nach ihm ausgestreckt. Er zeigte auf dieses fliegende Wesen, und aus seinen Fingerspitzen schossen Blitzstrahlen, und die Kreatur musste abdrehen. Es stieg zu einem neuen Angriff auf, als er aufwachte. Seine Finger pulsierten, und sein Herz klopfte wie die Wellenmaschine, ka-*thunk* ka-*thunk*, ka-*thunk*.

Am nächsten Nachmittag wellte die Wellenmaschine zu gut, wie es Jackie ausdrückte. Sie spielten am Strand und dachten, sie könnten die großen Brecher abschätzen; aber dann brandete eine wirklich riesige Woge über das filigrane Eis, warf Nirgal auf die Knie und riss ihn mit gewaltigem Sog das Ufer hinunter. Er strampelte und schnappte nach Luft, als er in das schrecklich kalte Wasser fiel, konnte aber nicht entkommen und wurde hinabgezogen. Die nächste Welle wirbelte ihn herum.

Jackie packte ihn an Arm und Haar und zog ihn wieder ans Ufer. Dao half beiden wieder auf die Füße und rief: »Seid ihr okay?« Wenn man nass wurde, galt die Regel, so schnell wie möglich ins Dorf zu laufen. Nirgal und Jackie kamen schwankend auf die Beine und rannten über die Dünen und den Weg zum Dorf, den Rest der Kinder weit hinter sich zurücklassend. Der Wind schnitt ihnen bis ins Mark. Sie liefen direkt zum Badehaus, platzten durch die Türen und streiften mit klammen Händen ihre Kleider ab. Nadia, Sax, Michel und Rya, die darin beim Baden gewesen waren, halfen ihnen.

Als sie in die seichten Stellen des großen Gemeinschaftsbeckens gescheucht wurden, erinnerte Nirgal sich an seinen Traum und sagte: »Wartet, wartet!«

Die anderen blieben verwirrt stehen. Er schloss die Augen und hielt den Atem an. Dann ergriff er Jackies kalten Unterarm. Er sah sich wieder in dem Traum und fühlte, wie er durch den Himmel schwamm. Hitze von den Fingerspitzen. Die weiße Welt in der grünen.

Er suchte nach der Stelle in seiner Mitte, die immer warm war, selbst jetzt, wo er so fror. Sie würde immer da sein, solange er lebte. Er fand sie und trieb sie mit jedem Atemzug durch sein Fleisch nach außen. Das war schwer, aber er fühlte, dass es funktionierte, dass die Wärme aus seinen Rippen wie ein Feuer ausströmte, seine Arme hinunter, seine Beine hinunter, in seine Hände und Füße. Seine linke Hand berührte Jackie immer noch. Er warf einen Blick auf ihren nackten Körper, auf ihre Gänsehaut, und konzentrierte sich darauf, die Wärme in sie hineinzuschicken. Er zitterte jetzt leicht, aber nicht von der Kälte.

»Du bist warm«, rief Jackie aus.

»Fühle es!«, sagte er zu ihr; und sie lehnte sich einige Momente an ihn. Dann riss sie sich mit erschrockenem Gesicht los und ging in das Becken hinunter. Nirgal blieb am Rande stehen, bis sein Zittern aufhörte.

»Weißt du, wie du das machst?«, fragte ihn Sax. Er, Nadia, Michel und Rya sahen Nirgal mit einer merkwürdigen Miene an, und er wich ihren Blicken aus.

Nirgal schüttelte den Kopf. Er setzte sich völlig erschöpft auf die Betoneinfassung des Beckens und steckte die Füße ins Wasser, das sich wie flüssiges Feuer anfühlte. Fische im Wasser, spritzend in die Freiheit hochspringend, draußen in der Luft, das Feuer im Innern, Weiß im Grün, Alchemie, mit Adlern kreisen ... Blitze aus seinen Fingerspitzen!

Die Leute starrten ihn an. Sogar die Zygoten warfen ihm Seitenblicke zu, wenn er lachte oder etwas Ungewöhnliches sagte und sie dachten, dass er es nicht sehen würde. Es war leicht, so zu tun, als bemerkte er es nicht. Bei den gelegentlichen Besuchern klappte das nicht, weil sie direkter waren: »Oh, du bist Nirgal«, sagte eine kleine rothaarige Frau. »Ich habe gehört, dass du ein aufgeweckter Junge bist.« Nirgal, der ständig an die Grenzen seines Verstehens stieß, errötete und schüttelte den Kopf, während ihn diese Frau ruhig ansah. Sie bildete sich ein Urteil, lächelte und schüttelte ihm die Hand. »Ich freue mich, dich kennenzulernen.«

Eines Tages, als sie fünf waren, brachte Jackie einen alten Computer mit zur Schule, an einem Tag, an dem Maya sie unterrichtete. Sie ignorierte Mayas scharfen Blick und zeigte es den anderen. »Das ist die KI meines Großvaters. Darin steckt eine Menge von dem, was er gesagt hat. Kasei hat sie mir gegeben.« Kasei war dabei, Zygote zu verlassen, um an einem der anderen Zufluchtsorte zu leben. Aber nicht da, wo Esther lebte.

Jackie stellte das Gerät an. »Pauline, spiel uns etwas von dem vor, das mein Großvater gesagt hat!«

»Nun, da sind wir«, sagte eine männliche Stimme.

»Nein, etwas anderes. Etwas von dem, das er über die verborgene Kolonie gesagt hat!«

Die männliche Stimme sagte: »Die verborgene Kolonie muss noch Kontakte zu Siedlungen an der Oberfläche haben. Es gibt zu viele Dinge, die sie im Versteck nicht herstellen können. Ich denke da zum Beispiel an Reaktorbrennstäbe. Die werden sehr gut kontrolliert, und es könnte sein, dass Aufzeichnungen uns verraten, wohin sie verschwunden sind.«

Die Stimme verstummte. Maya wies Jackie an, das Gerät wegzupacken, und fing mit einer weiteren Geschichtslektion an. Sie sprach in kurzen, rauen russischen Sätzen über das neunzehnte Jahrhundert, und ihre Stimme zitterte. Und dann weiter Algebra. Maya legte großen Wert darauf, dass sie die Mathematik beherrschten. »Ihr bekommt eine schreckliche Ausbildung«, sagte sie immer wieder. »Aber wenn ihr die Mathematik versteht, könnt ihr später aufholen.« Dann sah sie sie scharf an und verlangte die nächste Antwort.

Nirgal starrte sie an und erinnerte sich an früher, als sie seine Böse Hexe gewesen war. Es wäre seltsam, sie zu sein, manchmal so grimmig und manchmal so fröhlich. Die meisten Leute in Zygote musste er nur ansehen, um sich vorstellen zu können, wie es wäre, sie zu sein. Er konnte es in ihren Gesichtern sehen, so wie er die zweite Farbe innerhalb der ersten sehen konnte. Das war eine Begabung, wie sein überscharfes Temperaturempfinden. Aber Maya verstand er nicht.

Im Winter machten sie Ausflüge auf die Oberfläche zu dem nahe gelegenen Krater, wo Nadia eine Unterkunft baute, und zu den mit Eis gefleckten Dünen dahinter. Aber wenn sich die Nebeldecke hob, mussten sie unter der Kuppel bleiben oder durften höchstens bis zur Fenstergalerie gehen. Sie durften nicht von oben gesehen werden. Niemand wusste sicher, ob die Polizei sie noch aus dem Weltraum beobachtete, deswegen gingen sie auf Nummer sicher. Erklärten die *Issei*. Peter war oft unterwegs, und seine Reisen hatten ihn zu der Ansicht gebracht, dass die Jagd nach verborgenen Kolonien vorbei war. Und dass diese Jagd sowieso aussichtslos wäre. »Es gibt Untergrundsiedlungen, die sich überhaupt nicht verstecken«, erzählte er. »Es gibt jetzt so viele Wärmesignaturen und viel Funkverkehr. Die können nie alle Signale überprüfen, die sie auffangen.«

Aber Sax erwiderte nur: »Algorithmische Suchprogramme sind sehr effektiv.« Und Maya bestand darauf, außer Sicht zu bleiben, ihre Elektronik zu sichern und alle überschüssige Wärme tief ins Herz der Polkappe zu leiten. Hiroko stimmte mit Maya überein; und so fügten sich alle. »Für uns ist es anders«, sagte Maya mit gequälter Miene zu Peter.

Etwa zweihundert Kilometer im Nordwesten gab es ein Mohole, sagte Sax ihnen eines Morgens in der Schule. Die Wolke, die sie manchmal in dieser Richtung sahen, war seine Rauchfahne – an manchen Tagen groß und ruhig und an anderen in dünnen Fetzen nach Osten wehend. Als Cojote das nächste Mal vorbeikam, fragten sie ihn beim Essen, ob er dort gewesen sei; und er bejahte das und sagte, dass der große Schacht des Moholes bis dicht an das Zentrum des Mars reiche und sein Boden nichts als blubbernde flüssige feurige Lava sei.

»Das stimmt nicht«, widersprach Maya. »Die Schächte reichen nur zehn oder fünfzehn Kilometer in die Tiefe, und ihre Böden sind harter Stein.«

»Aber heißes Gestein«, erklärte Hiroko. »Und jetzt sind es schon zwanzig Kilometer, nach allem, was ich gehört habe.«

»Und so machen sie unsere Arbeit«, beklagte sich Maya bei Hiroko. »Meinst du nicht, dass wir wie Parasiten der Oberflächensiedlungen sind? Deine *viriditas* würde ohne deren Ingenieurskunst nicht lange durchhalten.«

»Es wird zu einer Symbiose werden«, erwiderte Hiroko ruhig. Sie starrte Maya an, bis diese aufstand und wegging. Hiroko war die Einzige in Zygote, die Maya niederstarren konnte.

Hiroko war, dachte Nirgal, als er nach diesem Meinungsaustausch seine Mutter ansah, sehr seltsam. Sie redete mit ihm und allen anderen wie mit Gleichgestellten; und tatsächlich waren für sie alle wirklich irgendwie gleich, keiner war etwas Besonderes. Er erinnerte sich sehr genau daran, dass das anders gewesen war, als sie beide noch wie zwei Teile eines Ganzen gewesen waren. Aber jetzt zeigte sie an ihm nicht mehr Interesse als an jedem anderen. Ihre Sorge war unpersönlich und distanziert. Sie würde immer die Gleiche bleiben, ganz egal, was mit ihm geschähe. Nadia oder sogar Maya kümmerten sich mehr um ihn. Und dennoch war Hiroko ihrer aller Mutter. Und Nirgal ging wie die meisten regulären Bewohner von Zygote immer noch zu ihrer kleinen Bambushütte, wenn er etwas brauchte, das er bei gewöhnlichen Leuten nicht finden konnte – etwas Trost oder Rat ...

Aber ziemlich oft, wenn er das tat, fand er sie und ihre innere Gruppe »in Stille« vor, und wenn er bleiben wollte, musste er auch aufhören zu reden. Manchmal dauerte das tagelang, und er kam nicht mehr vorbei. Dann wieder kreuzte er während einer Areophanie auf und wurde von dem ekstatischen Rezitieren der Marsnamen mitgerissen, wurde zu einem integralen Teil dieser engen kleinen Schar, mitten im Herzen der Welt, mit Hiroko an seiner Seite, die ihren Arm um ihn gelegt hatte und ihn fest drückte.

Das war wirklich Liebe, und er genoss sie. Aber es war nicht wie in den alten Tagen, als sie zusammen am Strand spazieren gegangen waren.

Eines Morgens kam er in die Schule und überraschte Jackie und Dao in der Garderobe. Sie sprangen auf, als er eintrat, und bis er seinen Mantel ausgezogen hatte und in das Klassenzimmer gegangen war, war ihm klar geworden, dass sie sich geküsst hatten.

Nach der Schule ging er im blauweißen Licht eines Sommernachmittags um den Teich und sah zu, wie die Wellenmaschine sich hob und senkte wie die beklemmenden Gefühle in seiner Brust. Schmerz durchflutete ihn wie die Wogen das Wasser. Er konnte sich nicht dagegen wehren, obwohl es lächerlich war und er das wusste. Es gab viel Geknutsche zwischen ihnen, im Bad, wenn sie planschten und sich gegenseitig untertauchten, stießen und kitzelten. Die Mädchen küssten sich gegenseitig und nannten das »Übungsküssen«, das nicht zählte. Und manchmal übten sie mit den Jungen. Nirgal war oft von Rachel geküsst worden und auch von Emily, Tiu und Nanedi; und einmal hatten diese beiden ihn festgehalten und seine Ohren geküsst und damit versucht, ihm eine Erektion, die ihn im öffentlichen Bad in Verlegenheit bringen würde, zu verschaffen. Und einmal hatte Jackie sie von ihm weggezogen und ihn in den Unterleib getreten und beim Ringen in die Schulter gebissen. Und das waren nur die bemerkenswertesten von Hunderten glitschiger, feuchtwarmer, nackter Kontakte, die das Baden zu einem Höhepunkt des Tages machten.

Aber außerhalb des Bades gingen sie äußerst formal miteinander um, als bemühten sie sich, diese unberechenbaren Kräfte im Zaum zu halten. Die Jungen und Mädchen bildeten jetzt Gruppen, die meistens getrennt spielten. Also war Küssen in der Garderobe etwas Neues und Ernsthaftes. Und der Ausdruck, den Nirgal auf den Gesichtern von Jackie und Dao gesehen hatte, war so überlegen, als wüssten sie etwas, das er nicht wusste. Und so war es auch. Und das war es, was ihn verletzte, dieses Ausgeschlossensein, dieses Wissen. Zumal er ja keineswegs so unwissend war. Er war sich ziemlich sicher, dass sie miteinander schliefen und sich gegenseitig befriedigten. Sie waren ein Liebespaar, das verrieten ihre Blicke. Seine lachende schöne Jackie war nicht mehr die Seine. Und war es eigentlich auch nie gewesen.

In den folgenden Nächten schlief er schlecht. Jackies Zimmer war in dem Bambusstamm neben seinem, und das von Dao lag in der entgegengesetzten Richtung zwei Stämme weiter, und jedes Knarren der Hängebrücken klang wie Schritte, und manchmal leuchtete ihr gebogenes Fenster in flackerndem orangefarbenem Licht. Anstatt in seinem Zimmer zu bleiben und sich zu quälen, blieb er nun jede Nacht in den Gemeinschaftsräumen lange auf, las und belauschte die Erwachsenen.

Dort hörte er auch, wie sie anfingen, über Simons Krankheit zu sprechen. Simon war Peters Vater, ein ruhiger Mann, der meistens fort war, auf Expeditionen mit Peters Mutter, Ann. Es schien, dass er etwas hatte, das man resistente Leukämie nannte. Vlad und Ursula bemerkten, dass Nirgal lauschte, und versuchten ihn zu beruhigen; aber Nirgal sah, dass sie ihm nicht alles erzählten und ihn mit einem abschätzenden Blick maßen. Später stieg er in sein hoch gelegenes Zimmer, ging zu Bett und schaltete sein Lesegerät ein. Er schlug »Leukämie« nach und las die Zusammenfassung am Anfang des Artikels. Eine potenziell tödliche Krankheit, die jetzt in den meisten Fällen behandelt werden konnte. Potenziell tödliche Krankheit – eine erschütternde Vorstellung. Er wälzte sich in dieser Nacht unruhig herum, von Träumen geplagt bis in die graue Dämmerung, als die Vögel anfingen zu zwitschern. Pflanzen starben, Tiere starben, aber nicht Menschen. Aber sie waren doch Tiere.

Am nächsten Abend blieb er wieder mit den Erwachsenen auf. Er fühlte sich erschöpft und seltsam. Vlad und Ursula setzten sich neben ihm auf den Boden. Sie sagten, dass man Simon durch eine Knochenmarkstransplantation helfen könnte und dass Simon und Nirgal eine seltene Blutgruppe hätten. Weder Ann noch Peter hatten sie, noch sonst jemand von Nirgals Brüdern, Schwestern oder Halbgeschwistern. Er hatte sie durch seinen Vater bekommen, aber eigentlich hatte sein Vater sie auch nicht. Nur er und Simon in allen Refugien. Es gab in allen Zufluchtsstätten insgesamt nur fünftausend Personen; und die Blutgruppe von Simon und Nirgal kam unter einer Million Menschen nur einmal vor. Sie fragten, ob er etwas von seinem Knochenmark spenden würde.

Hiroko war im Gemeinschaftsraum und beobachtete ihn. Sie verbrachte nur selten die Abende im Dorf, und er brauchte sie nicht anzuschauen, um zu wissen, was sie dachte. Sie waren hier, um zu geben, hatte sie immer gesagt, und dies würde die höchste Gabe sein. Ein Akt reiner *viriditas*. »Natürlich«, sagte er und freute sich über die Gelegenheit.

Das Krankenhaus war neben dem Bad und der Schule. Es war kleiner als die Schule und hatte fünf Betten. Sie legten Simon in eines und Nirgal in ein anderes.

Der alte Mann lächelte ihm zu. Er sah nicht krank aus, sondern nur alt. So wie auch die übrigen alten Leute. Er hatte noch nie viel gesprochen und sagte jetzt bloß: »Danke, Nirgal!«

Nirgal nickte. Dann fuhr Simon zu seiner Überraschung fort: »Ich weiß es sehr zu schätzen, dass du das tust. Die Entnahme wird eine oder zwei Wochen danach schmerzen, direkt im Knochen. Es ist schon beachtlich, das für einen anderen zu tun.«

»Aber nicht, wenn der es wirklich braucht«, meinte Nirgal.

»Nun, es ist ein Geschenk, das ich natürlich versuchen werde zurückzuzahlen.«

Vlad und Ursula betäubten Nirgals Arm mit einer Spritze. »Es ist nicht wirklich nötig, jetzt beide Operationen durchzuführen, aber es ist eine gute Idee, wenn ihr es gemeinsam macht. Es wird bei der Heilung helfen, wenn ihr Freunde seid.«

Also wurden sie Freunde. Nach der Schule ging Nirgal zum Krankenhaus, und Simon trat langsam aus der Tür. Sie gingen dann auf dem Weg über die Dünen zum Strand. Dort sahen sie zu, wie die Wellen die weiße Fläche kräuselten und dann am Ufer aufstiegen und wieder zurücksanken. Simon war viel weniger gesprächig als jeder, mit dem Nirgal bisher Zeit verbracht hatte. Es war, als schwiege man mit Hirokos Gruppe, nur dass es nie endete. Das war Nirgal zuerst unbehaglich. Aber nach einer Weile stellte er fest, dass es ihm Zeit ließ, die Dinge genau zu betrachten. Die unter der Kuppel kreisenden Möwen, die Blasen der Sandkrabben im Sand, die Kreise, die jedes Büschel Dünengras umgaben. Peter war jetzt wieder oft in Zygote und begleitete sie an vielen Tagen. Gelegentlich unterbrach sogar Ann ihre ständigen Reisen, besuchte Zygote und kam mit ihnen. Peter und Nirgal rannten herum und spielten Fangen oder Verstecken, während Ann und Simon Arm in Arm über den Strand spazierten.

Aber Simon war immer noch schwach und wurde ständig schwächer. Es war schwer, darin kein moralisches Versagen zu sehen. Nirgal war noch nie krank gewesen und fand diesen Gedanken widerlich. Es konnte nur den Alten passieren. Und selbst die hätten eigentlich durch die geriatrische Behandlung geheilt sein sollen, die sie alle im Alter erhielten, damit sie niemals starben. Nur Pflanzen und Tiere starben. Aber Menschen waren auch Tiere. Aber sie hatten die Behandlung erfunden. Eines Abends, als er über diese Widersprüche nachdachte, las Nirgal den ganzen Beitrag über Leukämie, obwohl der so lang war wie ein Buch. Blutkrebs. Weiße Zellen vermehrten sich aus dem Knochenmark, überschwemmten den Organismus und griffen gesunde Systeme an. Man bestrahlte Simon, gab ihm Chemikalien und Pseudoviren, um die weißen Blutzellen zu töten, und versuchte, das kranke Mark in ihm durch das frische Mark von Nirgal zu ersetzen. Sie hatten ihm jetzt auch schon dreimal die Altersbehandlung gegeben. Auch das schlug Nirgal nach. Es war ein Verfahren, bei dem man nach genetischen Fehlern suchte, gebrochene Chromosomen fand und reparierte, sodass Zellteilungsfehler nicht mehr vorkamen. Aber es war schwierig, mit Gruppen eingeführter Selbstheilungszellen bis in die Knochen einzudringen, und anscheinend waren in Simons Fall jedes Mal kleine Bereiche von krebsbefallenem Mark zurückgeblieben. Kinder hatten bessere Heilungsaussichten als Erwachsene, sagte der Leukämieartikel. Aber mit den Altersbehandlungen und den Knochenmarkstransfusionen würde es sicher gut gehen. Es war einfach eine Sache der Zeit und des Spendens. Die Behandlung kurierte letztlich alles.

»Wir brauchen einen Bioreaktor«, sagte Ursula zu Vlad. Sie arbeiteten daran, einen der Ektogentanks umzubauen. Sie füllten ihn mit schwammigem tierischem Kollagen und impften es mit Zellen aus Nirgals Knochenmark in der Hoffnung, Lymphozyten, Makrophagen und Granulozyten erschaffen zu können. Aber das Zirkulationssystem funktionierte nicht richtig. Oder vielleicht war es die Matrix. Sie waren sich nicht sicher. Nirgal blieb ihr lebender Bioreaktor.

Sax unterrichtete sie in Bodenchemie, wenn er vormittags ihr Lehrer war. Und er führte sie gelegentlich sogar aus dem Klassenzimmer hinaus, damit sie in den Bodenlabors arbeiteten. Sie führten dem Sand Biomasse zu und fuhren ihn dann mit der Schubkarre zum Gewächshaus oder zum Strand. Diese Arbeit machte Spaß, ging aber an Nirgal vorüber wie im Schlaf. Er bekam flüchtig mit, wie Simon draußen hartnäckig spazieren ging, und vergaß dabei alles, was er tat.

Trotz der Behandlungen waren Simons Schritte langsam und steif. Er ging krumm und schwang die Beine nach vorn, ohne sie richtig abzuknicken. Einmal holte Nirgal ihn ein und blieb neben ihm auf der letzten Düne vor dem Ufer stehen. Schnepfen liefen an dem nassen Strand auf und ab, von weißen

Schaumflocken gejagt. Simon deutete auf die Herde schwarzer Schafe, die das Gras zwischen den Dünen abweideten. Sein Arm hob sich wie eine Bambuslatte. Der gefrorene Atem der Schafe dampfte auf das Gras.

Simon sagte etwas zu Nirgal, das dieser nicht mitbekam. Seine Lippen waren steif, und manche Worte konnte er nur mit Mühe aussprechen. Vielleicht machte ihn das noch stiller als zuvor. Jetzt versuchte er es wieder und immer wieder; aber sosehr er sich auch bemühte, Nirgal konnte nicht erraten, was er meinte. Schließlich gab Simon es auf und zuckte die Achseln. Danach sahen sie einander nur stumm und hilflos an.

Wenn Nirgal mit den anderen Kindern spielte, ließen sie ihn teilnehmen, hielten aber Distanz, sodass er sich in einer Art Kreis bewegte. Sax rügte ihn milde wegen seiner Geistesabwesenheit in der Klasse. »Konzentriere dich auf den Augenblick!«, sagte er ständig und zwang Nirgal, die einzelnen Schritte des Stickstoffzyklus aufzusagen oder die Hände tief in die feuchte schwarze Erde zu stecken, die sie gerade bearbeiteten. Sax wies ihn an, den Boden zu kneten, die langen Stränge aus Kieselalgenblüten aufzubrechen und die Pilze, Flechten und Algen und all die unsichtbaren Mikrobakterien, die sie gezüchtet hatten, zwischen den rostigen Klumpen aus Sand und Kies zu verteilen.

»Verteilt sie so gleichmäßig wie möglich. Seid dabei aufmerksam! Nur auf das hier kommt es an. *Hiersein* ist wichtig. Schaut auf die Strukturen auf dem Bildschirm des Mikroskops! Das klare Ding hier wie ein Reiskorn ist ein Chemolithotroph, *Thiobacillus denitrificans*. Und das ist ein Sulfid-Klumpen. Was wird passieren, wenn der erste letzteren frisst?«

»Es oxidiert den Schwefel.«

»Und?«

»Und denitrifiziert.«

»Das bedeutet?«
»Nitrate werden zu Stickstoff. Aus dem Boden in die Luft.«
»Sehr gut. Das ist eine sehr nützliche Mikrobe.«

So zwang Sax ihn, auf den Augenblick zu achten, aber der Preis war hoch. Nirgal war mittags erschöpft, wenn die Schule aus war. Es fiel ihm schwer, am Nachmittag etwas zu unternehmen. Dann baten sie ihn, noch mehr Mark für Simon zu spenden, der stumm und verlegen im Krankenhaus lag und Nirgal mit den Augen um Entschuldigung bat. Er zwang sich zu lächeln und die Finger um Simons bambusartigen Unterarm zu legen. »Ist schon gut«, sagte er heiter und legte sich hin. Simon machte bestimmt etwas falsch. Er war schwach oder schlapp und wollte irgendwie krank sein. Anders konnte Nirgal sich das nicht erklären. Sie steckten Nirgal die Nadel in den Arm, und der wurde taub. Sie stießen die intravenöse Nadel in seinen Handrücken, und nach einer Weile wurde auch der taub. Er lag auf dem Rücken als ein Teil der Struktur des Krankenhauses und versuchte, so taub zu werden, wie er konnte. Ein Teil von ihm konnte die große Marknadel spüren, die gegen seinen Oberarmknochen stieß. Keine Schmerzen, überhaupt kein Gefühl in seinem Fleisch, nur ein Druck auf dem Knochen. Dann ließ es nach, und er wusste, dass die Nadel in das weiche Innere seines Knochens eingedrungen war.

Diesmal half die Therapie überhaupt nicht. Simon blieb ständig im Krankenhaus. Nirgal besuchte ihn dort von Zeit zu Zeit, und sie spielten auf Simons Computer ein Wetterspiel, drückten auf Knöpfe, um Würfel rollen zu lassen, und stießen Rufe aus, wenn sie eins oder zwölf gewürfelt hatten und sie jäh auf einen anderen Mars-Quadranten mit völlig neuem Klima versetzt worden waren. Simons Lachen, das nie mehr als ein Kichern gewesen war, war inzwischen zu einem leichten Lächeln dahingeschwunden.

Nirgals Arm tat weh, und er schlief schlecht, warf sich nachts hin und her und erwachte heiß und verschwitzt und grundlos verängstigt. Dann weckte Hiroko ihn eines Nachts aus tiefem Schlaf und führte ihn die Wendeltreppe hinunter zum Krankenhaus. Nirgal lehnte sich benommen an sie, nicht imstande, voll wach zu werden. Hiroko war ungerührt wie immer, hatte aber den Arm um seine Schultern gelegt und hielt ihn mit erstaunlicher Kraft fest. Als sie an Ann vorbeikamen, die im Vorraum des Hospitals saß, veranlasste etwas an deren hängenden Schultern Nirgal, sich zu fragen, warum Hiroko nachts überhaupt hier im Dorf war; und er bemühte sich, von Furcht gepackt, den Schlaf ganz abzuschütteln.

Das Krankenzimmer war voll mit hellen Lampen ausgeleuchtet, die flackerten, als wollten überall Gloriolen hervorbrechen. Simon lag mit dem Kopf auf einem weißen Kissen. Seine Haut war blass und wächsern. Er sah tausend Jahre alt aus.

Er drehte den Kopf und sah Nirgal. Seine dunklen Augen suchten sein Gesicht mit einem hungrigen Blick, als suchte er einen Weg in seinen Körper, sein Inneres – einen Weg, in ihn hineinzuspringen. Nirgal erschauerte, aber er hielt dem starren dunklen Blick stand und dachte: Okay. Komm in mich rein! Tu es, wenn du willst! Tu es!

Aber das war unmöglich. Das wussten sie beide und entspannten sich. Über Simons Gesicht huschte ein leichtes Lächeln, und er bewegte mit Mühe den Arm und ergriff Nirgals Hand. Jetzt ruckten seine Augen hin und her. Sie suchten Nirgals Gesicht mit einer völlig anderen Miene ab, als suche er nach Worten, die Nirgal in den kommenden Jahren helfen würden, die ihm irgendwie sein Wissen vermitteln würden.

Aber auch das war unmöglich. Wieder sahen beide das ein. Simon würde Nirgal seinem Schicksal überlassen müssen, wie das auch sein möge. Er konnte ihm nicht helfen. »Lebe wohl!«, flüsterte er schließlich; und Hiroko führte Nirgal aus dem Zimmer. Sie brachte ihn durch die Dunkelheit wieder in sein Zimmer hinauf; und er sank in tiefen Schlaf.

Simon starb irgendwann in der Nacht.

Es war das erste Begräbnis für alle Kinder in Zygote. Aber die Erwachsenen wussten, was zu tun war. Sie kamen in einem Gewächshaus zusammen und setzten sich auf den Boden zwischen den Arbeitstischen im Kreis um den großen Kasten, der Simons Körper enthielt. Sie reichten eine Flasche Reisschnaps herum, und jeder schenkte seinem Nachbarn ein. Sie tranken das feurige Zeug aus. Dann fassten sich die Alten bei den Händen, gingen um den Sarg und setzten sich dicht gedrängt um Ann und Peter wieder hin. Maya und Nadia saßen bei Ann und hatten die Arme um ihre Schultern gelegt. Ann wirkte betäubt, und Peter war untröstlich. Jurgen und Maya erzählten Geschichten über Simons legendäre Schweigsamkeit. »Einmal«, sagte Maya, »waren wir in einem Rover, und da platzte ein Sauerstofftank und schlug ein Loch ins Kabinendach. Wir rannten alle schreiend herum. Simon, der draußen gewesen war, nahm einen Stein in genau der richtigen Größe, sprang hoch und presste ihn in das Loch, wo er ihn feststopfte, sodass es vorerst versiegelt war. Danach redeten wir alle wie verrückt durcheinander und arbeiteten an einer richtigen Versiegelung. Da merkten wir plötzlich, dass Simon immer noch keinen Ton gesagt hatte. Wir hörten alle mit der Arbeit auf und sahen ihn an. ›Das war knapp‹, sagte er.«

Sie lachten. Vlad sagte: »Wisst ihr noch, wie wir in Underhill zum Spaß Preise verteilt haben und Simon einen für das beste Video bekam? Er nahm ihn entgegen und sagte ›Danke!‹ und wollte schon wieder zu seinem Platz gehen. Aber dann blieb er stehen, als wäre ihm noch etwas eingefallen, das er sagen wollte.

Also ging er wieder zum Podium, was natürlich unsere Aufmerksamkeit weckte. Er räusperte sich und sagte: ›Danke *sehr*!‹«

Ann lachte beinahe darüber, stand dann auf und führte sie in die frische Luft hinaus. Die Alten trugen die Kiste zum Strand hinunter, und alle anderen folgten ihnen. Es war bewölkt und schneite, als sie seine Leiche herausnahmen und tief im Sand vergruben, knapp über der Hochwassermarke. Dann nahmen sie den langen Sargdeckel und brannten mit Nadias Lötkolben seinen Namen hinein. Dann steckten sie das Brett in die Düne. Jetzt würde Simon ein Teil des Kohlenstoffzyklus sein und als Nahrung für Bakterien und Krabben und dann Schnepfen und Möwen dienen und damit in die Biomasse unter der Kuppel eingehen. So wurde jemand beerdigt. Und das hatte auch etwas Tröstliches: sich in seiner Welt auszubreiten und sich in ihr zu verteilen. Aber als Persönlichkeit zu enden und wegzugehen ...

Nachdem sie Simon im Sand begraben hatten, gingen sie alle unter der trüben Kuppel dahin und versuchten so zu tun, als wäre die Realität nicht jäh aufgerissen und hätte einen der ihren mitgenommen. Nirgal konnte es nicht glauben. Sie marschierten ins Dorf zurück, pusteten auf ihre kalten Hände und redeten mit gedämpfter Stimme. Nirgal näherte sich Vlad und Ursula in der Hoffnung auf etwas Trost. Ursula war traurig, und Vlad versuchte, sie aufzuheitern. »Er hat mehr als hundert Jahre gelebt. Sein Tod kam keinesfalls zu früh. Das wäre ein Schlag ins Gesicht für all die armen Menschen, die mit fünfzig, zwanzig oder einem Jahr gestorben sind.«

»Aber es war trotzdem vorzeitig«, sagte Ursula hartnäckig. »Bei den Behandlungen – wer weiß? Er hätte tausend Jahre leben können.«

»Ich bin mir da nicht so sicher. Mir scheint, dass die Behandlung nicht in jeden Teil unseres Körpers vordringen kann.

Und bei all der Strahlung, die wir aufgenommen haben, könnten wir mehr Schwierigkeiten haben, als wir zuerst dachten.«

»Vielleicht. Aber wenn wir in Acheron gewesen wären mit dem ganzen Team, einem Bioreaktor und sämtlichen Hilfsmitteln, hätten wir ihn retten können, ganz sicher. Und dann hätte niemand sagen können, wieviele Jahre er noch gehabt haben könnte. Das nenne ich vorzeitig.«

Sie ging fort, um allein zu sein.

In dieser Nacht konnte Nirgal überhaupt nicht schlafen. Er fühlte ständig noch die Transfusionsnadeln, erinnerte sich an jeden Moment der Behandlung und stellte sich vor, dass es eine Wechselwirkung mit seinem Körper gegeben haben könnte, sodass er jetzt mit der Krankheit infiziert war. Oder nur durch Berührung kontaminiert, warum nicht? Oder bloß durch den letzten Ausdruck in Simons Augen! Dass er die Krankheit erwischt hatte, die sie nicht aufhalten konnten, und er sterben würde. Steif werden, verstummen, stehen bleiben und fortgehen. Das war der Tod. Sein Herz pochte, und Schweiß drang ihm aus jeder Pore. Er weinte vor Angst. Er konnte dem Tod nicht entkommen, und das war schrecklich. Schrecklich, ganz gleich, wann es geschah. Schrecklich, dass der Zyklus einen solchen Verlauf nahm; dass er immer wieder von vorne anfing, während sie nur einmal lebten und für immer starben. Warum überhaupt leben? Es war zu fremdartig und zu schrecklich. Und so bebte er während der ganzen Nacht. Seine Gedanken drehten sich wie ein Zyklon in Todesangst.

Danach fand er es äußerst schwer, sich zu konzentrieren. Er hatte ein Gefühl, als wäre er von den Dingen distanziert, als sei er in der weißen Welt gefangen und könne die grüne nicht mehr erreichen.

Hiroko erkannte dieses Problem und schlug ihm vor, Cojote auf einer seiner Fahrten nach draußen zu begleiten. Nirgal machte diese Idee Angst, weil er nie weiter als einen Spaziergang von Zygote entfernt gewesen war. Aber Hiroko bestand darauf. Sie sagte, er wäre jetzt sieben Jahre alt und dabei, ein Mann zu werden. Es sei an der Zeit, etwas von der Oberfläche dieser Welt zu sehen.

Ein paar Wochen später kam Cojote vorbei. Und als er wieder wegfuhr, nahm er Nirgal mit. Er saß auf dem Copilotensitz in dem Felsenrover und starrte durch die niedrige Windschutzscheibe auf den Purpurbogen des Abendhimmels. Cojote hielt den Rover an und drehte um, damit er einen Blick auf die große leuchtende rötliche Wand der Polkappe werfen konnte, die den Horizont wie ein riesiger aufgehender Mond überwölbte.

»Es ist schwer zu glauben, dass etwas so Großes jemals schmelzen könnte«, sagte Nirgal.

»Es wird eine Weile dauern.«

Sie fuhren in mäßigem Tempo nach Norden. Der Felsenwagen war mit einer ausgehöhlten Steinplatte getarnt, die thermisch so reguliert war, dass sie die gleiche Temperatur wie die Umgebung behielt; und an der Vorderachse war ein Bodensensor, der das Terrain prüfte und die Information an die Hinterachse weitergab, wo Kratzer und Schaufeln ihre Radspuren tilgten und Sand und Steine in den Zustand vor ihrer Passage zurückversetzten. Darum konnten sie nicht so schnell fahren.

Sie fuhren längere Zeit schweigend, obwohl Cojotes Schweigen anders war als das von Simon. Er summte und murmelte vor sich hin, redete mit leiser Singsangstimme mit seiner KI. Es klang wie Englisch, war aber völlig unverständlich. Nirgal versuchte, sich auf die eingeschränkte Sicht durch das Fenster zu konzentrieren, und fühlte sich unbehaglich und eingeschüchtert. Die Gegend um die Südpolkappe war eine Reihe breiter, flacher Terrassen; und sie fuhren von einer zur anderen auf Routen, die dem Wagen einprogrammiert zu sein schienen. Eine Terrasse folgte der nächsten hinab, und es wirkte, als ruhe die Polkappe auf einem hohen Piedestal. Nirgal starrte in die Dunkelheit, beeindruckt von der Größe der Dinge, aber froh, dass es nicht mehr so absolut überwältigend war wie bei seinem ersten Gang nach draußen. Das war schon lange her; aber er konnte sich noch immer genau an das umwerfende Erstaunen erinnern.

Das hier war nicht so. »Es scheint nicht so groß zu sein, wie ich erwartet hatte«, sagte er. »Ich nehme an, das liegt an der Krümmung des Landes. Es ist ein so kleiner Planet, und überhaupt ...« Was hatte er gelesen? »Der Horizont ist nicht weiter entfernt als eine Seite Zygotes von der anderen.«

»Oho!«, sagte Cojote und warf ihm einen Blick zu. »Lass das lieber nicht den Großen Mann hören! Er würde dir dafür einen Tritt in den Hintern geben.« Und dann: »Wer ist dein Vater, Junge?«

»Ich weiß es nicht. Hiroko ist meine Mutter.«

»Hiroko treibt es mit dem Matriarchat zu weit, wenn du mich fragst«, knurrte Cojote.

»Hast du ihr das gesagt?«

»Worauf du wetten kannst. Aber Hiroko hört mir nur zu, wenn ich Dinge sage, die ihr genehm sind.« Er kicherte. »So geht es jedem, nicht wahr?«

Nirgal nickte, und ein Grinsen beendete seinen Versuch gleichgültig zu wirken.

»Willst du herausfinden, wer dein Vater ist?«

»Sicher.« Eigentlich war er sich nicht sicher. Der Begriff »Vater« bedeutete ihm wenig; und er fürchtete, es könnte sich herausstellen, dass es Simon war. Peter war ihm schließlich wie ein älterer Bruder.

»In Vishniac haben sie die Geräte dafür. Wir können es versuchen, wenn du möchtest.« Cojote schüttelte den Kopf. »Hiroko ist so eigenartig. Als ich sie kennenlernte, hätte ich nie erwartet, dass es so weit kommen würde. Natürlich waren wir damals jung – fast so jung, wie du jetzt bist, obwohl du dir das wohl schwer vorstellen kannst.«

Was auch stimmte.

»Als ich sie kennenlernte, war sie gerade eine junge Studentin der Öko-Ingenieurswissenschaften, mit rasiermesserscharfem Verstand und sexy wie eine Katze. Nichts von diesem ganzen Muttergöttin-der-Welt-Zeug. Aber allmählich fing sie an, andere Bücher als ihre technischen Handbücher zu lesen, und das ging immer weiter, und als sie zum Mars kam, war sie schon verrückt. Sogar schon davor. Das war für mich ein Glücksfall, denn darum bin ich hier. Aber Hiroko – oje! Sie war überzeugt davon, dass die ganze menschliche Geschichte von Anfang an schiefgelaufen sei. In der Morgenröte der Zivilisation gab es, wie sie mir ganz ernsthaft sagte, nur Kreta und Sumer. Und Kreta besaß eine friedliche Handelskultur, die von Frauen betrieben wurde und voller Kunst und Schönheit war – wirklich eine Utopie, wo die Männer Akrobaten waren, die den ganzen Tag Stiere ritten und nachts die Frauen. Sie schwängerten die Frauen und verehrten sie, und alle waren glücklich. Das heißt mit Ausnahme der Stiere. Indessen wurde Sumer andererseits von Männern regiert, die den Krieg erfanden, alles eroberten, was in Sicht war, und die ganzen Sklavenreiche gründeten, die danach gekommen sind. Und niemand weiß, sagte Hiroko, was geschehen wäre, wenn die beiden Reiche eine Gelegenheit gehabt hätten, um die Weltherrschaft zu kämpfen, denn ein Vulkan zerstörte das aufkommende Königreich Kretas, und die Welt fiel in die Hände Sumers und ist darin bis auf den heutigen Tag geblieben. Wenn dieser Vulkan nur in Sumer gewesen wäre, erzählte sie mir wieder und wieder, dann wäre alles anders gekommen. Und vielleicht ist das wahr. Denn die Geschichte konnte kaum finsterer verlaufen, als es geschehen ist.«

Nirgal war durch diese Darstellung überrascht und wandte ein: »Aber jetzt machen wir einen Neuanfang.«

»Das ist richtig, Junge! Wir sind die Vorstufe einer unbekannten Zivilisation. Wir leben in unserer eigenen technominoischen Matriarchie. Ha! Ich persönlich finde das gut. Mir scheint sowieso, dass die Macht, die unsere Frauen übernommen haben, nie so interessant gewesen ist. Macht ist nur die Hälfte des Jochs, das stand in dem Zeug, das ich euch Kinder habe lesen lassen. Herr und Sklave tragen das Joch gemeinsam. Anarchie ist die einzige wahre Freiheit. Was auch immer die Frauen tun, scheint sich gegen sie zu richten. Wenn sie die Kühe der Männer sind, arbeiten sie bis zum Umfallen. Wenn sie aber unsere Königinnen und Göttinnen sind, dann arbeiten sie nur umso härter, weil sie zusätzlich noch die Arbeit der Kühe verrichten müssen und dann auch noch den ganzen Papierkram. Keine Chance. Sei bloß dankbar, dass du ein Mann bist und so frei wie der Himmel!«

Das war eine seltsame Art, die Dinge zu sehen, meinte Nirgal. Aber ein Weg, mit Jackies Schönheit und der Macht, die

Südpolregion des Mars

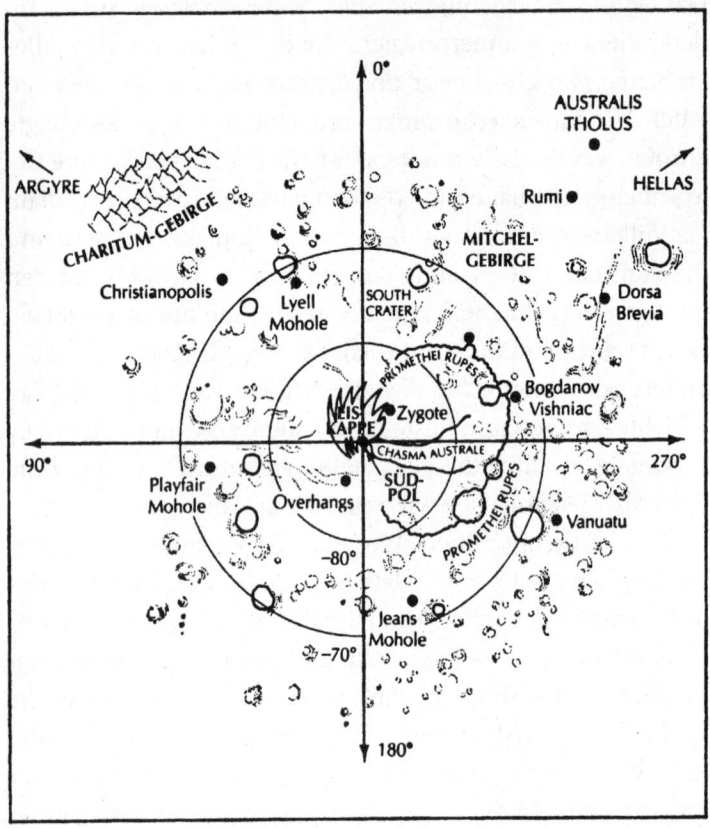

sie über seine Gedanken hatte, umzugehen. Also lehnte Nirgal sich in seinen Sitz zurück und starrte aus dem Fenster auf die weißen Sterne auf schwarzem Grund und wiederholte für sich: frei wie der Himmel!

Es war $L_s = 4,22$. Zweitmärz im Marsjahr 32, und die Tage im Süden wurden kürzer. Cojote fuhr die ganze Nacht lang dahin, über schwierige und unsichtbare Wege durch ein Gelände, das immer rauer wurde, je weiter sie sich von der Polkappe entfernten. Sie hielten tagsüber an, um sich auszuruhen, und fuhren die ganze restliche Zeit. Nirgal bemühte sich, wach zu bleiben, verschlief aber unweigerlich jedes Mal einen Teil der Fahrt und auch noch einen Teil des Aufenthaltes am Tag, bis sein Zeitgefühl völlig durcheinandergekommen war.

Aber wenn er wach war, schaute er fast immer aus dem Fenster auf die sich ständig verändernde Marsoberfläche. Er konnte nicht genug davon bekommen. In dem geschichteten Terrain gab es unendlich viele verschiedene Strukturen. Die Sandhügel wurden vom Wind abgetragen, bis jede Düne wie ein Vogelflügel geformt war. Als das Gelände schließlich zu freiem Urgestein auslief, wurden die geschichteten Dünen zu einzelnen Sandinseln, verstreut über ein chaotisches Gebiet aus freiliegendem Regolith und Steinhaufen. Wohin er auch blickte, sah er rote Felsen, manche so groß wie Kiesel, andere immense Felsblöcke, die wie Gebäude auf dem Sand standen. Die Sandinseln waren in dieser steinigen Gegend in jede Senke und Höhlung geduckt und drängten sich auch um die Füße großer Gesteinsbrocken, an die Leeseiten niedriger Grate und in das Innere von Kratern.

Und Krater gab es überall. Sie erschienen erst wie zwei Buckel am Horizont, die sich schnell als miteinander verbundene Punkte auf einem niedrigen Grat herausstellten. Sie kamen an Dutzenden dieser Hügel mit flachem Gipfel vorbei – manche steil und scharf, andere niedrig und fast begraben, wieder andere mit Rändern, die von kleineren späteren Treffern zerstört worden waren, sodass man direkt den Flugsand sehen konnte, der sie ausfüllte.

Eines Nachts kurz vor dem Morgengrauen hielt Cojote an.

»Ist etwas?«

»Nein. Wir haben Ray's Lookout erreicht, und ich möchte, dass du das siehst. In einer Stunde wird die Sonne aufgehen.«

So saßen sie in den Fahrersesseln und erwarteten die Dämmerung.

»Junge, wie alt bist du?«

»Sieben.«

»Wie viel ist das? Dreizehn Erdenjahre? Vierzehn?«

»Nehme ich an.«

»Wow! Du bist schon größer als ich.«

»Na und?« Nirgal verzichtete auf den Hinweis, dass er dazu nicht besonders groß sein musste. »Und wie alt bist du?«

»Einhundertundneun. Ah, ah ha! Mach lieber die Augen zu, sonst fallen sie dir aus dem Kopf! Schau mich nicht so an! Ich war alt am Tag meiner Geburt und werde jung sein, wenn ich sterbe.«

Sie dösten, während der Himmel am östlichen Horizont allmählich eine tief purpurblaue Farbe annahm. Cojote summte ein Liedchen vor sich hin, als hätte er eine Omegendorph-Kapsel genommen, wie er es oft abends in Zygote tat. Allmählich wurde deutlich, dass der Horizont weit entfernt war und sich um sie zu runden schien, eine schwarze krumme Wand, die unendlich weit weg auf einer schwarzen steinigen Ebene stand. Nirgal hatte noch nie zuvor so etwas gesehen. »He, Cojote!«, rief er. »Was ist das?«

»Ha!«, sagte Cojote, und er klang tief befriedigt.

Der Himmel wurde heller, und plötzlich brach die Sonne über die Oberkante der fernen Wand und blendete Nirgal für einen Moment. Aber als die Sonne höher stieg, wichen die Schatten auf den riesigen halbkreisförmigen Klippen Keilen aus Licht, die scharf gezackte Einschnitte enthüllten, die die große Krümmung der Wand überzogen, die so hoch war, dass Nirgal nach Luft schnappte, die Nase an die Windschutzscheibe gepresst. Es war fast erschreckend, so groß! »Cojote, was ist das?«

Cojote stieß eines seiner alarmierenden Gelächter aus. Das animalische Gackern erfüllte den Wagen. »Siehst du, Junge, die Welt ist doch nicht so klein, oder? Das ist der Boden des Prometheus-Beckens. Das ist ein Einschlagbecken, eines der größten auf dem Mars, fast so groß wie Argyre. Aber es liegt so nahe am Südpol, dass etwa die Hälfte seines Randes inzwischen unter der Polkappe und dem terrassierten Gelände begraben wurde. Die andere Hälfte ist dieser gekrümmte Steilhang hier.« Er machte eine weite Handbewegung. »Sieht ein bisschen aus wie eine übergroße Caldera, aber nur eine Hälfte, sodass man direkt hineinfahren kann. Diese kleine Anhöhe ist der beste Platz, den ich kenne, um es zu sehen.« Er rief eine Karte der Gegend auf und zeigte: »Wir befinden uns auf dem Ausläufer dieses kleinen Kraters hier, Vt, und blicken nach Nordwesten. Die Klippen dort sind die Promethei Rupes. Sie sind ungefähr einen Kilometer hoch. Die Echusklippe ist drei Kilometer hoch, und die vom Olympus Mons sechs. Verstanden, Mister Kleinplanet? Aber für heute muss uns dieses Kliff genügen.«

Die Sonne stieg noch höher und beleuchtete die große Kurve der Klippe von oben. Sie war tief von Schluchten und kleineren Kratern zerschnitten. Cojote sagte: »Das Prometheus-Versteck befindet sich in der Seite dieses großen Einschnittes da.« Er wies auf die linke Seite der Kurve. »Krater Wj.«

Während sie den ganzen langen Tag über warteten, schaute Nirgal fast ständig auf die gigantische Klippe. Sie sah jedes Mal anders aus, als die Schatten kürzer wurden und wanderten, neue Merkmale zeigten und andere verdunkelten. Es hätte Jahre erfordert, um sich alles anzusehen; und er konnte sich des Gefühls nicht erwehren, dass die Wand unnatürlich oder sogar unmöglich hoch war. Cojote hatte recht – die engen Horizonte hatten ihn getäuscht. Er hatte sich nicht vorstellen können, dass die Welt *so groß* war.

In der Nacht fuhren sie in den Krater Wj, eine der größten Einkerbungen in der riesigen Wand. Und dann erreichten sie die gekrümmte Klippe der Promethei Rupes. Sie ragte über ihnen auf wie die vertikale Seite eines ganzen Universums. Die Polkappe war nichts im Vergleich mit dieser Felsenmasse. Das bedeutete, die Klippe von Olympus Mons müsste … Er wusste nicht, wie er sich das vorstellen sollte.

Unten am Fuß der Klippe, an einer Stelle, wo ungebrochener Fels fast senkrecht in flachen Sand abfiel, befand sich eine Schleusentür, versteckt in einer Nische. Dahinter lag das Prometheus-Refugium, einige weite Räume, die wie die Zimmer eines Bambushauses übereinanderlagen. Die gebogenen Fenster mit Filtern schauten auf den Krater Wj und das große Becken dahinter. Die Bewohner Prometheus' sprachen Französisch, und Cojote auch, wenn er sich mit ihnen unterhielt. Sie waren nicht so alt wie Cojote und die anderen *Issei*, aber doch ziemlich betagt und von irdischer Größe, weswegen sie zu Nirgal meistens aufschauen mussten, während sie sich in fließendem, aber nicht akzentfreiem Englisch freundlich mit ihm unterhielten. »Du bist also Nirgal! *Enchanté!* Wir haben von dir gehört und freuen uns, dich kennenzulernen.«

Eine Gruppe von ihnen führte ihn herum, während Cojote andere Dinge erledigte. Ihr Refugium war ganz anders als Zygote. Es bestand, kurz gesagt, nur aus Zimmern. Es gab einige große, die sich an der Wand übereinandertürmten, und kleinere dahinter. Drei der Fenster ließen Sonne in die Gewächshäuser, und alle Räume im ganzen Quartier wurden sehr warm gehalten und waren voller Pflanzen, Wandbehängen, Plastiken und Springbrunnen. Nirgal fand es beengt, viel zu heiß und höchst faszinierend.

Aber sie blieben nur einen Tag und fuhren dann mit Cojotes Rover in einen großen Aufzug, in dem sie eine Stunde lang saßen. Als Cojote aus der gegenüberliegenden Tür fuhr, waren sie auf der Höhe des unebenen Plateaus hinter Promethei Rupes. Und hier bekam Nirgal einen weiteren Schock. Als sie unten in Ray's Lookout gewesen waren, hatte die große Klippe das, was sie sehen konnten, begrenzt, und er hatte es verstehen können. Aber jetzt, oben auf der Klippe, waren die Distanzen so groß, dass Nirgal nicht erfassen konnte, was er sah, wenn er nach unten schaute. Es war nur eine unscharfe, schwindelerregende Masse aus Buckeln und Farbflecken – weiß, braun, rostrot und wieder weiß. Ihm wurde flau im Magen.

Cojote sagte: »Ein Sturm zieht auf«, und Nirgal erkannte plötzlich, dass die Farben über ihnen hohe dichte Wolkentürme waren, die über einen violetten Himmel zogen. Die Sonne stand im Westen. Die Wolken waren oben weißlich und überlappten einander, aber unten dunkelgrau. Diese Wolkenunterseiten waren ihren Köpfen näher als dem Boden des Beckens, und sie waren abgeflacht, als glitten sie auf einem transparenten Boden. Die Welt da unten war keineswegs so gleichmäßig, sondern bräunlich gefleckt. Ah, das waren die Schatten der Wolken, die sich bewegten. Und die weiße Sichel da draußen in der Mitte war die Polkappe! Sie konnten die ganze Strecke bis nach Hause überblicken. Das Eis zu sehen gab ihm das letzte bisschen Perspektive, die er brauchte, um die Dinge zu verstehen. Die Farbkleckse wurden zu einer bucklige, unebenen, ringförmigen Landschaft, die von ziehenden Wolkenschatten gefleckt war.

Für diese atemberaubende Erkenntnis hatte Nirgal nur wenige Sekunden gebraucht, aber als er so weit gekommen war, sah er, dass Cojote ihn mit einem breiten Grinsen beobachtete.

»Wie weit können wir sehen, Cojote? Wie viele Kilometer?«

Cojote kicherte nur. »Junge, frag den Großen Mann! Oder rechne es dir selbst aus! Was, dreihundert Kilometer? So ungefähr. Für den Großen nur ein Sprung. Tausend Reiche für die Kleinen.«

»Ich möchte dorthin laufen.«

»Ja, sicher. Oh, schau nur! Dort – von den Wolken über der Kappe. Ein Blitz, siehst du ihn? Dieses leichte Flimmern – das sind Blitze.«

Es blitzte wieder. Helle Lichtfäden tauchten lautlos auf und verschwanden, einer oder zwei alle paar Sekunden. Sie verbanden die schwarzen Wolken mit dem weißen Boden. Endlich sah Nirgal Blitze mit eigenen Augen. Funken aus der weißen Welt erschütterten die grüne. »Es geht nichts über einen großen Sturm«, versicherte Cojote. »Oh, draußen im Wind zu sein! Wir haben diesen Sturm gemacht, Junge. Obwohl ich glaube, dass ich sogar einen noch größeren erzeugen könnte.«

Aber einen größeren konnte Nirgal sich überhaupt nicht vorstellen. Was unter ihnen lag, war kosmisch weit – elektrisch, mit Farbe durchsetzt, winderfüllt in seiner Weiträumigkeit. Er war tatsächlich ein bisschen erleichtert, als Cojote ihren Wagen wendete und losfuhr. Die fleckige Aussicht verschwand, und der Rand der Klippe hinter ihnen wurde zu einem neuen Horizont.

»Was ist eigentlich ein Blitz?«

»Nun, Blitz ... Mist! Ich muss gestehen, dass der Blitz eines jener Phänomene in dieser Welt ist, deren Erklärung ich nicht im Kopf behalten kann. Man hat es mir gesagt, aber es entfällt mir immer wieder. Natürlich Elektrizität, etwas mit Elektronen oder Ionen, positiv und negativ, Ladungen, die sich in Gewitterköpfen aufbauen, zum Boden hin entladen oder auch zugleich nach oben und unten springen, so glaube ich mich zu erinnern. Wer weiß? Kra-wumm! Das ist ein Blitz, he?«

Die weiße Welt und die grüne, die sich aneinander reiben und dann aufreißen. Natürlich.

Auf dem Plateau nördlich der Promethei Rupes waren mehrere Zufluchtsstätten, einige davon in Steilhängen und Kraterrändern versteckt, andere einfach in Kratern unter klaren Zeltkuppeln, wo sie von der Polizei einfach gesehen werden konnten. Als Cojote zum ersten Mal einen Kraterrand hinauffuhr und sie durch das klare Zeltdach auf ein Dorf unter den Sternen schauten, war Nirgal wieder einmal erstaunt, wenn auch nicht so sehr wie über die Landschaft. Gebäude wie die Schule, das Badehaus und die Küche, Bäume, Gewächshäuser – das war alles im Grunde vertraut. Aber wie konnten sie einfach so draußen im Freien wie hier in Ruhe leben? Das war beunruhigend.

Die Refugien waren so voller Menschen, voller Fremder. Nirgal hatte gewusst, dass in den südlichen Zufluchtsstätten viele Leute lebten, fünftausend, sagte man, alles besiegte Rebellen aus dem Krieg von 2061. Aber es war etwas ganz anderes, so schnell so viele von ihnen tatsächlich kennenzulernen. Und der Aufenthalt in den nicht versteckten Siedlungen machte ihn äußerst nervös. Er fragte Cojote: »Warum machen sie das? Warum werden sie nicht verhaftet und weggeschafft?«

»Keine Ahnung, Junge. Vielleicht werden sie das eines Tages. Aber es ist noch nicht passiert, und darum glauben sie, dass es nicht der Mühe wert ist, sich zu verstecken. Du weißt, dass das einigen Aufwand erfordert. Man muss die ganzen Einrichtungen zur Wärmeableitung schaffen, die Elektronik abschirmen, und man muss die ganze Zeit außer Sicht bleiben. Das ist eine fürchterliche Schinderei. Und manche Leute wollen das nicht. Sie nennen sich die Demimonde, die Halbwelt. Sie haben Vorbereitungen getroffen, sollten sie wirklich eines Tages angegriffen werden. Die meisten haben Fluchttunnel wie wir, und manche haben sogar einige Waffen versteckt. Aber sie denken, wenn sie draußen an der Oberfläche sind, gibt es überhaupt keinen Grund, sie zu kontrollieren. Die Leute in Christianopolis haben der UN rundheraus erklärt, dass sie hierhergekommen sind, um offline zu leben. Aber ... In diesem Punkt bin ich mit Hiroko einer Meinung. Dass einige von uns vorsichtiger sein müssen als andere. Die UN ist darauf aus, die Ersten Hundert zu erwischen, wenn du mich fragst. Und auch deren Familien, was für euch Kinder schlecht ist. Jedenfalls umfasst die Widerstandsbewegung den Untergrund und die Demimonde. Und es ist für die verborgenen Zufluchtsstätten eine große Hilfe, die offenen Städte zu haben. Darum bin ich froh, dass es sie gibt. In dieser Hinsicht sind wir von ihnen abhängig.«

Cojote wurde in dieser Stadt überschwänglich begrüßt wie überall sonst auch, sei es eine verborgene oder offene Siedlung. Er parkte in der Ecke einer großen Garage am Kraterrand und begann einen regen Tauschhandel, unter anderem mit Saatgut, Software, Glühlampen, Ersatzteilen und kleinen Maschinen. Letztere gab er erst nach langen Verhandlungen mit ihren Gastgebern heraus, die Nirgal nicht verstand. Und dann, nach einem kurzen Ausflug über den Kraterboden, durch ein Dorf, das Zygote unter einer strahlenden Purpurkuppel überraschend ähnelte, fuhren sie wieder fort.

Während der Fahrten zwischen den Siedlungen erklärte Cojote sein Tauschhandelssystem, aber nicht wirklich gut. »Ich bewahre diese Leute vor ihrem lächerlichen Begriff von Ökonomie, das ist es! Eine Wirtschaft auf der Grundlage von Geschenken ist schön und gut, sie ist aber für unsere Situation nicht hinreichend organisiert. Es gibt lebenswichtige Dinge, die jeder haben muss. Darum *müssen* die Menschen geben, was ein Widerspruch ist, verstehst du? Darum versuche ich, ein rationales System zu entwickeln. Eigentlich tun das Vlad und Marina, und ich versuche, es in die Tat umzusetzen, was bedeutet, dass ich den ganzen Ärger abbekomme.«

»Und dieses System ...«

»Nun, es ist eine zweispurige Angelegenheit, wo sie noch alles geben können, was sie wollen. Aber die lebensnotwendigen Güter sind feste Größen und werden gleichmäßig verteilt. Und, mein Gott! Du würdest nicht glauben, in was für Diskussionen ich da verwickelt werde. Die Menschen können solche Idioten sein. Ich versuche es hinzukriegen, dass das Ganze zu einer stabilen Ökologie wird, wie eines von Hirokos Systemen, wo jede Siedlung eine Nische ausfüllt und eine Spezialität beisteuert. Und was bekomme ich dafür? Schmähungen! Radikale Schmähungen. Ich höre auf, mit Geschenken um mich zu werfen, und sie nennen mich einen Räuberhauptmann. Ich versuche, das Hamstern zu unterbinden, und sie schimpfen mich einen Faschisten. Diese Trottel! Keiner von ihnen ist autark, und die Hälfte ist paranoid – aber sie sehen trotzdem nicht ein, dass es nur so funktioniert!« Er stieß einen theatralischen Seufzer aus. »Auf jeden Fall machen wir Fortschritte. Christianopolis stellt Glühlampen her, und Mauss Hyde züchtet neue Pflanzenarten, wie du gesehen hast, und Bogdanov Vishniac macht alles, was groß und kompliziert ist, wie Reaktorbrennstäbe und Tarnfahrzeuge und die meisten großen Roboter, und dein Zygote fertigt wissenschaftliche Instrumente an und so weiter. Und ich verteile sie überall.«

»Bist du der Einzige, der das macht?«

»Fast. Die meisten Siedlungen sind eigentlich autark, bis auf ein paar kritische. Sie alle bekommen Programme und Sämereien. Das sind die grundlegenden Dinge. Und außerdem ist es wichtig, dass nicht zu viele Menschen wissen, wo sich alle verborgenen Zufluchtsstätten befinden.«

Nirgal verdaute das alles, während sie durch die Nacht fuhren. Cojote redete weiter über den Standard von Wasserstoffperoxid und den von Stickstoff, ein neues System von Vlad und Marina. Nirgal tat sein Bestes, um zu folgen, fand es aber mühsam, entweder weil die Begriffe schwierig waren oder weil Cojote bei den meisten seiner Erklärungen über die Schwierigkeiten schwadronierte, auf die er in bestimmten Siedlungen traf. Nirgal beschloss, Sax oder Nadia danach zu fragen, wenn er nach Hause käme, und hörte nicht mehr zu.

Das Land, durch das sie jetzt kamen, war von Kraterringen beherrscht, wobei die jüngeren die älteren überlappten oder sogar unter sich begruben. »Das nennt man kratersaturiert. Sehr alter Boden.« Viele der Krater hatten überhaupt keine erhabenen Ränder, sondern waren flache Löcher mit ebenen Böden. »Was ist mit den Rändern passiert?«

»Abgetragen.«

»Wodurch?«

»Ann sagt Eis und Wind. Sie sagt, dass im Laufe der Zeit nicht weniger als ein Kilometer von den südlichen Hochländern abgetragen wurde.«

»Aber dann wäre ja nichts mehr da.«

»Aber dann kam wieder etwas zurück. Das ist altes Land.«

Zwischen Kratern war das Land mit lockerem Gestein bedeckt, und es war unglaublich uneben. Es gab Senken, Anstiege, Löcher, Gräben, Hügel und Täler. Nie einen Moment eben, außer an Kraterrändern und gelegentlichen niedrigen Bodenwellen, die Cojote als Straßen benutzte, wenn er konnte. Aber die Wege, denen er durch diese hügelige Landschaft folgte, waren immer gewunden; und Nirgal konnte sich nicht vorstellen, dass er sie auswendig wusste. Als er das erwähnte, lachte Cojote nur: »Was heißt auswendig wissen? Wir haben uns verirrt!«

Aber nicht wirklich oder nicht für lange. Die Rauchfahne eines Moholes erschien über dem Horizont, und Cojote fuhr darauf zu.

»Das habe ich schon die ganze Zeit gesucht«, murmelte er. »Das ist das Vishniac-Mohole. Es ist ein vertikaler Schacht von einem Kilometer Durchmesser, direkt ins Urgestein gegraben. Auf dem fünfundsiebzigsten Breitengrad hat man vier Moholes angefangen, von denen zwei nicht mehr besetzt sind, nicht einmal durch Roboter. Vishniac ist eins davon. Es wurde von einer Gruppe Bogdanovisten übernommen, die auf seinem Grund leben.« Er lachte. »Das ist eine wundervolle Idee, denn auf dem Boden können sie in die Seitenwand graben, und da unten können sie so viel Wärme abgeben, wie sie wollen, und niemand kann je feststellen, dass das mehr ist als bloß ein ausgasendes Mohole. So können sie alles bauen, was sie wollen, und sogar Uran für Reaktorbrennstäbe bearbeiten. Es ist jetzt eine richtige kleine Industriestadt. Und einer meiner Lieblingsorte, bekannt für seine Partys.«

Er fuhr in einen der vielen kleinen Gräben, die das Land durchzogen, bremste und gab etwas auf seinem Touchscreen ein. Ein großer Fels schwenkte aus der Seite des Grabens heraus und gab einen schwarzen Tunnel frei. Cojote fuhr hinein, und die Felsentür schloss sich hinter ihnen. Nirgal hatte geglaubt, das ihn jetzt nichts mehr überraschen könne; aber jetzt sah er mit runden Augen zu, wie sie durch den Tunnel fuhren, dessen rohe Steinwände nur wenige Zentimeter von ihrem Felsenrover entfernt waren. Es schien ewig so weiterzugehen. »Sie haben einige Zugangstunnel gegraben, sodass das Mohole völlig verlassen wirkt. Wir haben ungefähr zwanzig Kilometer vor uns.«

Schließlich schaltete Cojote die Scheinwerfer aus. Der Wagen rollte in die dunkle Nacht hinaus. Sie befanden sich auf einer steilen Straße, die sich offenbar an der Wand des Moholes nach unten schraubte. Die Lichter ihrer Instrumente waren wie kleine Laternen; und wenn er durch sein Spiegelbild nach draußen schaute, konnte Nirgal sehen, dass die Straße vier- oder fünfmal so breit war wie ihr Rover. Der volle Durchmesser des Moholes war nicht zu erkennen; aber die Krümmung der Straße verriet ihm, dass sie enorm sein musste. Er fragte ängstlich: »Bist du sicher, dass wir nicht zu schnell fahren?«

»Ich vertraue dem Autopiloten«, entgegnete Cojote knapp. »Es bringt Unglück, darüber zu reden.«

Der Wagen rollte die Straße hinunter. Nach mehr als einer Stunde Abstieg piepte eines der Instrumente, und der Wagen bog in die gekrümmte Felswand zu ihrer Linken ein. Sie fuhren in eine Garagenröhre und dockten mit der äußeren Schleuse an.

In der Garage begrüßte sie eine Gruppe von etwa zwanzig Personen und führte sie an einer Reihe hoher Räume vorbei zu einer ausgedehnten Kaverne. Die Räume, die die Bogdanovisten in die Seitenwände des Moholes gegraben hatten, waren groß, viel größer als in Prometheus. Die hinteren Räume waren in der Regel zehn Meter hoch und in manchen Fällen zweihundert Meter lang. Und die Hauptkaverne konnte es selbst mit Zygote aufnehmen. Sie hatte große Fenster, die auf das Loch hinausgingen. Als er durch das Fenster und zur Seite blickte, sah Nirgal, dass das Glas von außen wie die Steinfläche aussah. Die filternden Beschichtungen mussten wirklich raffiniert sein; denn als der Morgen anbrach, strömte das Licht sehr hell ein. Der Ausblick aus den Fenstern war auf die gegenüberliegende Wand des Moholes und einen rundlichen Fleck des Himmels darüber begrenzt. Aber die Räume wirkten dadurch wundervoll weit und hell. Sie boten ein Gefühl, dass man direkt unter dem Himmel war, das Zygote nicht bieten konnte.

Während des ganzen ersten Tages kümmerte sich ein kleiner dunkelhäutiger Mann namens Hilali um Nirgal, der ihn durch Räume führte und Leute bei der Arbeit unterbrach, um ihn vorzustellen. Die Menschen waren freundlich. »Du musst eines von Hirokos Kindern sein, eh? Oh, du bist Nirgal! Sehr erfreut, dich kennenzulernen. Hey John, Cojote ist hier. Heute Abend gibt es eine Party!« Und sie zeigten ihm, was sie machten, und führten ihn in kleinere Räume hinter dem Mohole, wo unter hellem Licht die Farmen und Werkstätten waren, die sich bis weit in den Fels hinzuziehen schienen. Und alle Zimmer waren sehr warm wie in einem Badehaus, sodass Nirgal ständig schwitzte. Er fragte Hilali: »Wohin habt ihr all das herausgearbeitete Gestein gebracht?« Denn zu den Vorteilen beim Aushöhlen einer Kuppel unter der Polkappe gehörte, wie Hiroko gesagt hatte, dass das herausgeholte Trockeneis einfach in Gas verwandelt wurde.

Hilali sagte ihm: »Es säumt die Straße in Bodennähe des Moholes.« Die Frage schien ihn zu erfreuen. Ihm gefielen alle Fragen, die Nirgal stellte. So ging es auch allen anderen Leuten. Die Menschen in Vishniac schienen im Allgemeinen glücklich zu sein, ein roher Haufen, der immer eine Party veranstaltete, wenn Cojote zu Besuch kam – ein Vorwand unter vielen, nahm Nirgal an.

Hilali bekam einen Anruf von Cojote und führte Nirgal in ein Labor, wo sie ihm ein Stück Haut von einem Finger abnahmen. Dann gingen sie langsam wieder zu der großen Kaverne und stellten sich mit der Menge zusammen in einer Schlange an, die entlang der großen Fenster bis zur Küche reichte.

Nachdem sie ein üppiges, würziges Mahl aus Bohnen und Kartoffeln verzehrt hatten, begann die Party in der Kaverne. Eine große undisziplinierte Stahltrommelband mit wechselnder Besetzung spielte rhythmische Staccatomelodien; und die Leute tanzten stundenlang und machten nur gelegentlich Pause, um ein scharfes Getränk namens Kavajava zu trinken oder sich an einer Seite des Raums an verschiedenen Spielen zu beteiligen. Nachdem er den Kavajava gekostet und eine Omegendorph-Kapsel geschluckt hatte, die Cojote ihm gegeben hatte, spielte Nirgal eine Basstrommel mit der Band. Danach setzte er sich auf einen kleinen Grashügel in der Mitte des Raums. Er fühlte sich so betrunken, dass er nicht mehr stehen konnte. Cojote hatte mehr getrunken, aber kein solches Problem. Er tanzte wild, hüpfte hoch und lachte. »Junge, du wirst nie verstehen, wie viel Spaß deine Schwerkraft macht!«, rief er Nirgal zu. »Das wirst du nie erfahren.«

Es kamen Leute vorbei und stellten sich ihm vor. Manchmal baten sie Nirgal, seine wärmende Berührung vorzuführen. Eine Schar Mädchen seines Alters legte seine Hände auf ihre Wangen, die sie mit ihren Drinks gekühlt hatten; und als er sie erwärmte, lachten sie mit weit aufgerissenen Augen und forderten ihn auf, noch andere Körperteile zu erwärmen. Er stand auf und tanzte stattdessen mit ihnen. Er fühlte sich locker und benommen und bewegte sich in kleinen Kreisen, um etwas von seiner inneren Energie loszuwerden. Als er wieder zu dem Grasbuckel kam, schlängelte sich Cojote herüber und ließ sich neben ihn fallen. »Das Tanzen in dieser Schwerkraft ist so schön, dass ich nie genug davon bekommen kann.« Er sah Nirgal mit schiefgelegtem Kopf an, und seine grauen Dreadlocks fielen ihm übers Gesicht. Nirgal hatte wieder den Eindruck, dass sein Gesicht irgendwie kaputt war, vielleicht durch einen gebrochenen Kiefer, sodass die eine Seite breiter war als die andere. Oder so. Nirgal schluckte bei dem Anblick.

Cojote packte ihn bei der Schulter und schüttelte ihn kräftig. Er rief: »Junge, es sieht so aus, dass ich dein Vater bin!«

»Du machst Witze!« Ein elektrischer Blitz lief Nirgal über den Rücken und das Gesicht, als die beiden sich anstarrten. Er bewunderte, wie die weiße Welt die grüne so gründlich erschütterte wie dieser durch das Fleisch zuckende Blitz. Sie nahmen sich fest in die Arme.

Cojote sagte: »Kein Witz!«

Sie schauten sich genau an. »Kein Wunder, dass du so schlau bist.« Er lachte vergnügt. »Ah ha ha ha! Ka wow! Ich hoffe, das ist okay für dich.«

»Sicher«, sagte Nirgal grinsend, aber unbehaglich. Er kannte Cojote nicht gut; und das Konzept der Vaterschaft war für ihn noch vager als das von Mutterschaft. Darum war er sich seiner Gefühle nicht ganz sicher. Genetisches Erbe, sicher, aber was war das? Sie hatten alle irgendwo ihre Gene; und die Gene von Retortenkindern waren sowieso immer transgenisch, hatte er gelernt.

Aber Cojote schien erfreut zu sein, obwohl er Hiroko auf hunderterlei Arten verfluchte. »Dieses Biest, diese Tyrannin! Matriarchie am Arsch! Sie ist verrückt! Ich staune über das, was sie alles macht. Obwohl darin eine gewisse Gerechtigkeit liegt. O ja; denn Hiroko und ich waren in grauer Vorzeit ein Paar, als wir noch jung und in England waren. Das ist der Grund, weshalb ich hier auf dem Mars bin. Ein blinder Passagier, versteckt in ihrem Schrank, mein ganzes verdammtes Leben lang.« Er lachte und klopfte Nirgal wieder auf die Schulter. »Nun, Junge, du wirst noch herausfinden, ob dir diese Sache gefällt.«

Er ging wieder tanzen und ließ Nirgal allein, um darüber nachzudenken. Während Nirgal Cojotes Drehungen zusah, konnte er nur den Kopf schütteln. Er wusste nicht, was er denken sollte, und im Moment war das Denken an sich schon äußerst schwierig. Lieber tanzen oder ins Bad gehen.

Aber sie hatten keine öffentlichen Bäder. Er lief auf der Tanzfläche im Kreis und machte daraus eine Art Tanz. Später kehrte er zu dem Hügel zurück. Eine Gruppe Mohole-Bewohner und

Cojote sammelten sich um ihn. »Hey, gefällt es dir, der Vater des Dalai Lama zu sein? Bekommst du dafür keinen Titel?«

»Zur Hölle mit dir, Mann! Wie ich schon sagte, Ann meint, sie haben das Graben dieser Moholes am fünfundsiebzigsten Breitengrad eingestellt, weil die Lithosphäre hier unten dünner ist.« Cojote nickte geheimnisvoll. »Ich möchte zu einem der aufgegebenen Moholes fahren, dessen Roboter wieder in Gang setzen und sehen, ob sie tief genug graben, um einen Vulkan anzubaggern.«

Alle lachten. Aber eine Frau schüttelte den Kopf. »Wenn du das tust, werden sie hierherkommen, um das zu überprüfen. Wenn du so etwas vorhast, solltest du nach Norden gehen und eines der Moholes auf dem sechzigsten Breitengrad nehmen. Auch die sind außer Betrieb.«

»Aber Ann sagt, dass die Lithosphäre dort dicker ist.«

»Sicher, aber die Moholes sind auch tiefer.«

»Hmmm«, machte Cojote.

Und die Unterhaltung ging zu ernsthafteren Themen über, meistens die unvermeidlichen Mängel und die Entwicklungen im Norden. Aber als sie am Ende der Woche Vishniac durch einen anderen und noch längeren Tunnel verließen, wandten sie sich nach Norden, und alle früheren Pläne Cojotes waren über den Haufen geworfen worden. »So geht es mir immer, Junge.«

In der fünften Nacht, in der sie über die chaotischen Hochlande des Südens fuhren, verlangsamte Cojote den Rover und fuhr den Rand eines großen alten Kraters entlang, der fast bis zum Niveau der ihn umgebenden Ebene abgetragen war. An einer Bruchstelle in dem alten Rand konnte man sehen, dass auf dem sandigen Kraterboden ein riesiges rundes schwarzes Loch war. So sah ein Mohole offensichtlich von der Oberfläche betrachtet aus. Ein Wölkchen aus dünnem Reif stand ein paar hundert Meter über dem Loch, wie durch einen Zaubertrick aus dem Nichts erschaffen. Der Rand des Moholes war abgeschrägt, sodass ein Betonband in einem Winkel von etwa fünfundvierzig Grad wie in einen Trichter nach unten führte. Es war schwer zu sagen, wie breit es war, weil es wegen des Moholes nur wie ein schmaler Streifen aussah. An seinem äußeren Rand stand ein hoher Drahtzaun. »Hmm«, sagte Cojote und sah aus dem Fenster. Er setzte in dem Hohlweg zurück und parkte. Dann zog er einen Schutzanzug an. »Bald zurück«, sagte er und kletterte in die Schleuse.

Für Nirgal war es eine lange, sorgenvolle Nacht. Er schlief kaum und hatte am nächsten Morgen quälende Angst. Kurz vor sieben Uhr, als die Sonne gerade aufging, sah er Cojote vor der Schleuse des Wagens auftauchen. Er wollte sich schon beschweren, weil Cojote so lange verschwunden gewesen war. Aber als der hereinkam und den Helm abnahm, sah Nirgal deutlich, dass er schlechte Laune hatte. Während sie den Tag über warteten, beschäftigte sich Cojote intensiv mit seinem Computer und fluchte vor sich hin, offenbar ohne an seinen jungen hungrigen Begleiter zu denken. Nirgal machte sich daran, für sie beide Essen aufzuwärmen. Dann döste er unruhig dahin und erwachte, als der Rover einen Sprung nach vorn machte. Cojote sagte: »Ich werde versuchen, durch das Tor zu brechen. Die haben ihr Loch ganz schön gut gesichert. Ich werde es noch eine Nacht lang beobachten.« Er fuhr den Rand entlang und parkte auf der gegenüberliegenden Seite. In der Abenddämmerung zog er wieder zu Fuß los.

Erneut blieb er die ganze Nacht fort; und Nirgal konnte wieder kaum schlafen. Er fragte sich, was er machen sollte, wenn Cojote nicht zurückkäme.

Und in der Tat war er bei Tagesanbruch nicht zurück. Der folgende Tag war fraglos der längste in Nirgals Leben, und am

Ende hatte er keine Ahnung, was er tun sollte. Versuchen, Cojote zu retten? Versuchen, nach Zygote oder Vishniac zurückzufahren? Zum Mohole hinuntergehen und sich selbst dem mysteriösen Sicherheitssystem überantworten, das Cojote verschlungen hatte? Alles schien ihm gleich unmöglich.

Aber eine Stunde nach Sonnenuntergang klopfte Cojote mit einem *tik-tik-tik* an den Wagen und kam dann mit wütendem Gesicht herein. Er schüttete fast zwei Liter Wasser in sich hinein. Dann schnalzte er ärgerlich mit der Zunge und sagte: »Lass uns hier verschwinden!«

Nach einigen Stunden schweigender Fahrt wollte Nirgal ihn auf andere Gedanken bringen und fragte: »Cojote, wie lange denkst du, dass wir noch versteckt bleiben werden?«

»Nenn mich nicht Cojote! Ich bin nicht Cojote. Cojote ist da draußen hinter den Bergen, atmet diese giftige Luft schon und tut, was er will, der Bastard. Mein Name ist Desmond. Du nennst mich *Desmond*, verstanden?«

»Okay«, antwortete Nirgal ängstlich.

»Was die Zeit, die wir uns noch verstecken müssen, anbetrifft: für immer, denke ich.«

Sie fuhren zurück nach Süden zum Mohole Rayleigh, wo Cojote (er sah nicht aus wie ein Desmond) zunächst hatte hinwollen. Dieses Mohole war tatsächlich verlassen, ein unbeleuchtetes Loch im Bergland, über dem eine thermische Wolke wie das Gespenst eines Denkmals stand. Sie konnten direkt in den leeren, mit Sand bedeckten Parkplatz und die Garage auf seinem Rand fahren und parkten inmitten einer kleinen Flotte von Robotern, die von Abdeckplanen und Flugsand bedeckt waren. Cojote knurrte: »Das sieht schon besser aus. Wir werden einen Blick hineinwerfen. Los, zieh deinen Schutzanzug an!«

Es war eigenartig, draußen im Wind auf dem Rand eines so enormen Loches zu stehen. Sie schauten über eine brusthohe

Mauer und sahen das abgeschrägte Betonband, welches das Loch umgab und das etwa zweihundert Meter nach unten reichte. Um den eigentlichen Schacht zu sehen, mussten sie etwa einen Kilometer auf einer Straße hinuntergehen, die rundum in das Betonband eingeschnitten war. Dort konnten sie endlich in die Finsternis hinabschauen. Cojote stand direkt an der Kante, was Nirgal nervös machte. Er kroch auf Händen und Knien vor, um hinunterzublicken. Der Boden war nicht zu sehen. Sie hätten ebenso gut ins Zentrum des Planeten schauen können. »Zwanzig Kilometer«, sagte Cojote über das Interkom. Er hielt eine Hand über den Rand, und Nirgal tat dasselbe. Er konnte den Aufwind spüren. »Okay, schauen wir mal, ob wir die Roboter in Gang bringen können!« Und sie gingen die Straße wieder hinauf.

Cojote hatte etliche Stunden mit dem Studium alter Programme auf seinem Computer verbracht. Jetzt loggte er sich, nachdem sie Wasserstoffperoxid aus ihrem Anhänger in zwei Robot-Giganten auf dem Parkplatz umgepumpt hatten, in deren Kontrollsysteme ein und machte sich an die Arbeit. Als er damit fertig war, meinte er zufrieden, dass sie auf dem Boden des Mohole wie gewünscht funktionieren würden; und sie beobachteten die zwei Maschinen, wie sie auf Rädern doppelt so hoch wie Cojotes Rover auf der gewundenen Straße nach unten rollten.

»Okay«, sagte Cojote und wurde wieder fröhlich. »Sie werden die Energie aus ihren Solarzellen nutzen, um selbst Peroxidsprengstoff und Treibstoff herzustellen, und langsam graben, bis sie vielleicht auf etwas Heißes treffen. Womöglich haben wir gerade einen Vulkanausbruch gestartet.«

»Ist das gut?«

Cojote lachte los. »Ich weiß nicht! Aber niemand hat das bisher gemacht, und das spricht für sich.«

Sie nahmen ihre planmäßige Reise zwischen versteckten wie offenen Zufluchtsstätten wieder auf, und Cojote erzählte überall: »Wir haben das Rayleigh-Mohole letzte Woche in Gang gesetzt. Habt ihr schon einen Vulkanausbruch gesehen?«

Niemand hatte einen gesehen. Rayleigh sah aus wie immer, seine Dampfwolke hatte sich nicht verändert. »Nun, vielleicht hat es nicht geklappt«, überlegte Cojote. »Vielleicht wird es einige Zeit dauern. Andererseits – wenn das Mohole jetzt mit geschmolzener Lava geflutet wäre, wer würde das schon merken?«

»Wir würden es merken«, sagten die Leute. Und manche fügten hinzu: »Warum machst du etwas so Blödes? Du könntest ebenso gut die Übergangsbehörde anrufen und ihnen sagen, sie sollen herunterkommen, um hier nach uns zu suchen.«

Also verzichtete Cojote darauf, den Vulkan zu erwähnen. Sie rollten von einem Refugium zum anderen: Mauss Hyde, Gramsci, Overhangs, Christianopolis ... Wo sie auch hinkamen, wurde Nirgal freundlich begrüßt; und oft kannten ihn die Leute schon durch seinen Ruf, der ihm vorauseilte. Nirgal war immer wieder von der Mannigfalt und Anzahl der Zufluchtsstätten überrascht, die alle zusammen ihre seltsame Welt bildeten, halb geheim und halb offen. Wenn sie nur ein kleiner Teil der Zivilisation auf dem Mars waren, wie waren dann wohl die Städte im Norden an der Oberfläche? Das lag jenseits seines Fassungsvermögens, obwohl ihm schien, dass, während sich die Wunder der Reise eines nach dem anderen auftaten, sein Fassungsvermögen etwas größer wurde. Schließlich konnte er nicht einfach vor Erstaunen explodieren.

»Gut«, sagte Cojote immer wieder, während sie fuhren (er hatte das inzwischen Nirgal beigebracht), »vielleicht haben wir einen Vulkan gestartet, vielleicht auch nicht. Aber es war auf jeden Fall eine neue Idee. Das ist eines der großartigsten Dinge, Junge, an diesem ganzen Marsprojekt: Es ist alles *neu*.«

Sie wandten sich wieder nach Süden, bis die gespenstische Wand der Polkappe über den Horizont ragte. Bald würden sie wieder zu Hause sein.

Nirgal dachte an alle Siedlungen, die sie besucht hatten. »Desmond, glaubst du wirklich, dass wir uns für immer verstecken müssen?«

»Desmond? Desmond? Wer ist dieser *Desmond*?« Cojote prustete. »O Junge, ich weiß es nicht. Niemand weiß das mit Sicherheit. Die Menschen, die sich hier draußen verstecken, flohen in einer seltsamen Zeit hierher, als ihre Art zu leben bedroht war, und ich bin mir nicht sicher, ob das in den Städten, die sie im Norden an der Oberfläche bauen, immer noch der Fall ist. Die Bosse auf der Erde haben vielleicht ihre Lektion gelernt, und die Leute fühlen sich hier oben wohler. Oder vielleicht liegt es nur daran, dass es noch keinen zweiten Aufzug gibt.«

»Es könnte also keine neue Revolution geben?«

»Das weiß ich nicht.«

»Oder nicht, ehe nicht ein neuer Weltraumaufzug gebaut wurde?«

»Keine Ahnung. Aber der Aufzug wird kommen, und sie bauen da oben neue große Spiegel. Man kann sie manchmal bei Nacht leuchten sehen oder direkt neben der Sonne. Es könnte alles Mögliche geschehen, nehme ich an. Aber eine Revolution ist selten. Und viele Revolutionen sind ohnehin reaktionär. Bauern haben ihre Tradition, die Werte und Gebräuche, die ihnen erlauben zurechtzukommen, verstehst du? Aber sie leben so dicht am Abgrund, dass eine zu schnelle Veränderung sie hinunterstoßen kann. Und in solchen Zeiten geht es nicht um Politik, sondern ums Überleben. Ich habe das selbst erlebt, als ich in deinem Alter war. Die Menschen, die man hierhergeschickt hat, waren zwar nicht arm, aber sie hatten ihre eigene

Tradition und waren machtlos wie die Armen. Und als der Zustrom der 2050er-Jahre zuschlug, wurde ihre Tradition ausradiert. Also kämpften sie für das, was sie hatten. Und Tatsache ist, dass sie verloren haben. Man kann nicht mehr einfach so gegen die Mächtigen kämpfen, besonders hier nicht, weil ihre Waffen zu stark und unsere Siedlungen zu schwach sind. Wir müssten uns sehr gut bewaffnen oder so. Also verstecken wir uns, und sie überfluten den Mars mit einer neuen Art von Einwanderern. Mit Leuten, die an wirklich harte Bedingungen auf der Erde gewöhnt sind, sodass sie die Verhältnisse hier als nicht so schlimm empfinden. Sie bekommen die Behandlung und sind zufrieden. Es gibt nicht mehr so viele Leute, die in die verborgenen Kolonien kommen wollen, wie es in den Jahren vor einundsechzig der Fall war. Es gibt ein paar, aber nicht viele. Solange die Leute ihren Spaß haben und ihre eigene kleine Tradition, rühren sie keinen Finger, weißt du.«

»Aber ...«, fing Nirgal an, brach aber ab.

Cojote sah seinen Gesichtsausdruck und lachte. »Hey, wer weiß? Recht bald werden sie einen neuen Aufzug auf Pavonis Mons haben, und dann werden sie höchstwahrscheinlich ziemlich schnell wieder damit anfangen, hier alles zu versauen, diese geizigen Schweine. Und ihr jungen Leute werdet wohl kaum tatenlos zusehen, wie die Erde hier den großen Reibach macht. Wir werden es sehen, wenn die Zeit kommt. Inzwischen haben wir unseren Spaß, nicht wahr? Wir lassen das Feuer nicht erlöschen.«

In dieser Nacht hielt Cojote den Wagen an und ließ Nirgal den Schutzanzug anlegen. Sie gingen hinaus auf den Sand; und Cojote drehte Nirgal um, sodass er nach Norden blickte. »Schau in den Himmel!«

Nirgal stand da und starrte nach oben. Er sah, wie ein neuer Stern erschien, da über dem Nordhorizont. Binnen Sekunden wurde er zu einem langen Kometen mit weißem Schweif, der von Westen nach Osten flog. Auf halbem Weg über den Nachthimmel brach der flammende Kopf des Kometen in Stücke, und helle Fragmente flogen in alle Richtungen davon und wurden schwarz.

»Einer der Eisasteroiden!«, rief Nirgal aus.

Cojote knurrte: »Dich überrascht aber auch gar nichts mehr, oder, Junge? Nun, ich will dir etwas erzählen, das du noch nicht weißt. Über den Eisasteroid 2089 C. Hast du gesehen, wie der am Ende explodierte? Das war ein Anfang. Sie taten das mit Absicht. Wenn man sie beim Eintritt in die Atmosphäre sprengt, kann man größere Asteroiden einsetzen, ohne die Oberfläche in Gefahr zu bringen. Und das war meine Idee! Ich selbst habe ihnen gesagt, dass sie das tun sollen. Ich hinterließ einen anonymen Vorschlag in dem Computersystem in Greg's Place, als ich mit ihrem Kommunikationssystem herumspielte, und sie sind darauf angesprungen. Jetzt werden sie es immer so machen. Es wird in jeder Saison einen oder zwei solcher Brocken geben. Dadurch wird die Atmosphäre sehr schnell dichter. Schau, wie die Sterne flimmern! Auf der Erde haben sie das jede Nacht getan. O Junge ... Das wird eines Tages auch hier so sein. Luft, die du atmen kannst wie ein Vogel am Himmel. Vielleicht wird uns das helfen, die Ordnung auf dieser Welt zu ändern. Das kann man bei solchen Sachen nie vorher wissen.«

Nirgal schloss die Augen und sah rote Nachbilder des Eisasteroiden über seine Augenlider huschen. Meteore wie weißes Feuerwerk, Löcher, die bis zum Marsmantel reichten, Vulkane ... Er drehte sich um und sah Cojote über die Ebene hüpfen. Sein Helm wirkte merkwürdig groß im Vergleich zu seinem kleinen, dünnen Körper, als wäre er ein Mutant oder Schamane, der den Kopf eines heiligen Tieres trug und wie ein Wechselbalg über den Sand tanzte. Das war zweifellos Cojote, sein Vater!

Schließlich hatten sie die Welt umrundet, wenn auch nur hoch in der Südhemisphäre. Die Polkappe stieg über dem Horizont auf und wuchs stetig an, bis sie unter dem Überhang aus Eis dahinfuhren, der nicht mehr so groß wirkte wie zu Beginn der Reise. Sie fuhren zu Hause in den Hangar und stiegen aus dem kleinen Felsenrover aus, der Nirgal in den vergangenen zwei Wochen so vertraut geworden war, und gingen steifbeinig durch die Schleusen und den langen Tunnel in die Kuppel. Plötzlich waren sie inmitten all der vertrauten Gesichter, wurden gedrückt, getätschelt und ausgefragt. Nirgal schreckte scheu vor der Aufmerksamkeit, die er erregte, zurück, aber Cojote erzählte für ihn alle Geschichten, und er brauchte nur zu lachen und die Verantwortung für das, was sie getan hatten, abzulehnen. Wenn er an seinen Verwandten vorbeischaute, wurde ihm klar, wie klein seine Welt wirklich war. Die Kuppel hatte weniger als fünf Kilometer im Durchmesser und erhob sich um zweihundertfünfzig Meter über den Teich. Eine kleine Welt.

Nach der Feier anlässlich ihrer Rückkehr ging er im frühen Morgenlicht los und fühlte den angenehmen kalten Biss der Luft. Er betrachtete die Gebäude und Bambusunterkünfte des Dorfes in seinem Nest aus Hügeln und Bäumen aus der Nähe. Alles sah so fremd und klein aus. Dann war er draußen auf den Dünen, ging zu Hirokos Hütte, während über ihm die Möwen kreisten, und machte oft halt, nur um sich alles anzusehen. Er schmeckte den kühlen Tang und das Salz des Strandes. Die tiefe Vertrautheit des Aromas löste sofort eine Million Erinnerungen aus, und er wusste, dass er wieder zu Hause war.

Aber seine Heimat hatte sich verändert. Oder war er es? Bei dem Versuch, Simon zu retten, und auf seiner Reise mit Cojote war er ein vom Rest abgesonderter Jüngling geworden. Die ungewöhnlichen Abenteuer, nach denen er sich so gesehnt hatte, waren gekommen, und ihr einziges Resultat war, dass er seinen Freunden entfremdet wurde. Jackie und Dao hingen enger als zuvor aneinander und wirkten wie ein Schild zwischen ihm und allen jüngeren *Sansei*. Nirgal erkannte rasch, dass er eigentlich gar nicht hatte anders sein wollen. Er wollte nur wieder in seine kleine Gruppe zurückkehren und eins mit seinen Verwandten sein.

Aber wenn er zu den anderen stieß, verstummten sie, und Dao führte sie nach diesen höchst unerfreulichen Begegnungen weg. So blieb Nirgal nichts anderes übrig, als sich zu den Erwachsenen zu gesellen, die ihn nachmittags ganz selbstverständlich bei sich aufnahmen. Vielleicht wollten sie ihm etwas von der rauen Behandlung der anderen Kinder ersparen, aber das hatte nur den Effekt, dass er noch weiter abgesondert wurde. Dagegen konnte er nichts machen. Eines Tages, als er traurig im grauen und fahlen Licht eines herbstlichen Nachmittags am Strand entlangging, erkannte er, dass seine Kindheit vorbei war. Er fühlte, dass er jetzt etwas anderes war, weder Erwachsener noch Kind, ein einsames Wesen, ein Fremder im eigenen Land. Diese melancholische Erkenntnis verursachte ihm ein sonderbares Vergnügen.

Eines Tages nach dem Mittagessen blieb Jackie mit ihm und Hiroko, die sie an diesem Tag unterrichtet hatte, zurück und bat, an ihrer Nachmittagsstunde teilnehmen zu dürfen. »Warum unterrichtest du nur ihn und nicht mich?«

Hiroko sagte ruhig: »Nur so. Bleib, wenn du willst. Hol dein Tablet und ruf die Datei ›Wärmetechnik‹, Seite eins null fünf null, auf. Als Beispiel nehmen wir die Kuppel von Zygote. Sagt mir, wo der wärmste Punkt unter der Kuppel ist.«

Nirgal und Jackie gingen das Problem an – im Wettstreit und dennoch Seite an Seite. Er war so froh, dass sie da war, dass er sich kaum an die Frage erinnern konnte; und Jackie hob den Finger, ehe er nur seine Gedanken darüber geordnet hatte. Und sie lachte ihn an, etwas spöttisch, aber auch vergnügt. Trotz aller enormen Veränderungen in ihnen beiden behielt Jackie ihr ansteckendes Lachen; ein Lachen, von dem ausgeschlossen zu sein so schmerzlich war …

»Hier ist eure Aufgabe für das nächste Mal«, schloss Hiroko den Unterricht. »Alle Namen für den Mars in der Areophanie sind Namen, die ihm von Erdenleuten gegeben wurden. Ungefähr die Hälfte davon bedeuten in den Sprachen, denen sie entstammen, *Feuerstern*. Aber das ist nach wie vor ein Name, der ihm von außen gegeben wurde. Die Frage ist, wie lautet der eigentliche Name des Mars?«

Einige Wochen später kam Cojote wieder vorbei, was Nirgal zugleich glücklich und nervös machte. Cojote unterrichtete die Kinder an einem Morgen, behandelte Nirgal aber zum Glück wie alle anderen. »Die Erde ist in einem sehr schlechten Zustand«, erklärte er ihnen, als sie an den Vakuumpumpen der Tanks für flüssiges Natrium am Rickover arbeiteten, »und es wird immer schlimmer. Das macht ihre Kontrolle über den Mars für uns nur umso gefährlicher. Wir müssen uns verstecken, bis wir uns vollständig von ihnen befreien können, und dann sicher abseitsstehen, während sie in Wahnsinn und Chaos versinken. Erinnert euch an meine Worte! Dies ist eine Prophezeiung, die ganz sicher eintreten wird.«

Jackie meinte: »Das ist nicht das, was John Boone gesagt hat.« Sie verbrachte viele Abendstunden damit, Boones KI zu durchforsten, und zog jetzt die Box aus der Hüfttasche. Sie musste nicht lange nach der Stelle suchen, und schon sagte die freundliche Stimme aus dem Kasten: »Der Mars wird nie sicher sein, wenn die Erde es nicht auch ist.«

Cojote lachte heiser. »Ja gut, John Boone dachte so. Aber er ist tot, und ich bin noch da.«

»Jeder kann sich verstecken«, sagte Jackie scharf. »Aber John Boone war da draußen und ein Anführer. Darum bin ich eine Anhängerin von ihm.«

»Du bist seine Anhängerin *und* seine Tochter«, neckte Cojote sie. »Aber die boonesche Gleichung ist nie aufgegangen. Mädchen, du musst deinen Großvater noch besser verstehen, als dich bloß seine Anhängerin zu nennen. Du kannst John Boone nicht zu einer Art Dogma machen und dem treu sein, was er war. Ich sehe, wie hier andere sogenannte Booneisten genau das tun, und es bringt mich zum Lachen, wenn ich davon nicht gerade Schaum vor dem Mund bekomme. Nun, wenn John Boone dich hier kennenlernen und auch nur eine Stunde mit dir sprechen würde, dann wäre er danach ein Jackieist. Und wenn er Dao träfe und mit ihm spräche, wäre er ein Daoist, vielleicht sogar ein Maoist. Genau so war er nun einmal. Und das war *gut* so, denn damit erlegte er die Verantwortung für das Denken wieder uns selbst auf. Das hat uns gezwungen, einen Beitrag zu leisten, denn sonst hätte Boone nicht handeln können. Sein Standpunkt war, dass es nicht bloß jeder tun könnte, sondern dass er es auch tun *sollte*.«

»Einschließlich aller Menschen auf der Erde«, antwortete Jackie.

»Schon wieder ein Schnellschuss!«, rief Cojote. »O Mädchen, warum verlässt du nicht diese Jungen und heiratest mich auf der Stelle? Ich kann küssen wie diese Vakuumpumpe hier, komm her!«, und er schwenkte den Pumpenschlauch hin und her, und Jackie stieß sie beiseite, schob ihn weg und rannte fort, nur zum Spaß. Sie war jetzt die schnellste Läuferin von allen in Zygote. Selbst Nirgal mit seiner Ausdauer konnte nicht so sprinten wie sie. Und die Kinder lachten über Cojote, als er hinter ihr herhopste. Er war für einen Alten recht schnell, und er raste knurrend kreuz und quer hinter ihnen allen her, bis er schrie: »O mein Bein! Das werde ich euch heimzahlen. Ihr Jungen seid bloß eifersüchtig auf mich, weil ich euch euer Mädchen stehlen werde. Halt!«

Diese Art Spaß war Nirgal peinlich, und Hiroko mochte sie auch nicht. Sie sagte Cojote, dass er aufhören solle, aber der lachte sie nur aus. Er sagte: »Du bist diejenige, die losgezogen ist und sich ein kleines Inzestcamp geschaffen hat. Was willst du tun, sie alle kastrieren?« Er lachte über Hirokos finstere Miene. »Du wirst sie ziemlich bald fortgeben müssen, das ist es. Und ich könnte einige von ihnen abkriegen.«

Hiroko schickte ihn weg; und bald danach war er wieder unterwegs. Und das nächste Mal, als Hiroko unterrichtete, ging sie mit allen Kindern ins Bad, und sie setzten sich auf die feuchten Kacheln am seichten Ende und weichten sich in dem dampfenden Wasser ein, während Hiroko sprach. Nirgal saß dicht neben Jackies langbeinigem nacktem Körper, den er so gut kannte, einschließlich all seiner dramatischen Veränderungen im letzten Jahr. Und er stellte fest, dass er nicht imstande war, sie anzuschauen.

Seine alte nackte Mutter sagte: »Ihr wisst, wie Genetik funktioniert. Ich habe euch das selbst beigebracht. Und ihr wisst, dass viele von euch Halbbrüder und -schwestern sind, Onkel,

Nichten und Vettern und so weiter. Ich bin für viele von euch Mutter oder Großmutter. Darum solltet ihr euch nicht paaren und zusammen Kinder zeugen. So einfach ist das, ein einfaches genetisches Gesetz.« Sie hielt die Handfläche hoch, als wollte sie sagen: Dies ist unser gemeinsamer Körper.

»Aber alle lebenden Wesen sind voller *viriditas*«, fuhr sie fort, »der Grünen Kraft, die nach außen hin gestaltet. Und so ist es normal, dass ihr einander lieben werdet, besonders jetzt, wo eure Körper aufblühen. Daran ist nichts Schlechtes, ganz gleich, was Cojote sagt. Er macht ohnehin nur Witze. Aber in einem hat er recht: Ihr werdet bald viele andere Menschen eures Alters kennenlernen, und die werden schließlich eure Freunde und Partner und mit euch gemeinsam Eltern werden. Sie werden euch näherstehen als selbst eure Verwandten, die ihr zu gut kennt, als dass ihr sie je wie jemand anderen lieben könntet. Wir alle hier sind Teile von euch selbst. Aber wahre Liebe gilt immer einem anderen.«

Nirgal richtete seine Augen mit leerem Blick fest auf die seiner Mutter. Er wusste genau, wann Jackie ihre Beine zusammengepresst hatte, er hatte die kleine Temperaturveränderung im Wasser gespürt, das zwischen ihnen herumwirbelte. Und ihm schien, dass seine Mutter mit einigem von dem, was sie gesagt hatte, nicht recht hatte. Obwohl er Jackies Körper so gut kannte, war sie ihm in vielfacher Hinsicht so fern wie jeder der feurigen Sterne, die strahlend und gebieterisch am Himmel standen. Sie war die Königin ihrer kleinen Gruppe und konnte ihn mit einem Blick vernichten, wenn sie wollte. Und das tat sie ziemlich oft, obwohl er ihre Launen sein ganzes Leben lang studiert hatte. Darin lag mehr Fremdheit, als er ertragen konnte. Und er liebte sie. Das wusste er genau. Aber sie erwiderte diese Liebe nicht, jedenfalls nicht auf die gleiche Art. Ebenso wenig liebte sie Dao auf diese Weise, dachte er, zumindest nicht mehr.

Das war ein schwacher Trost. Es war Peter, den sie so ansah wie er sie. Aber Peter war die meiste Zeit nicht da. Also liebte sie niemanden in Zygote so, wie Nirgal sie liebte. Vielleicht war es für sie schon so, wie Hiroko gesagt hatte; und Dao und der Rest waren ihr einfach zu vertraut. Ihre Brüder und Schwestern, ganz gleich, welche Gene dabei beteiligt waren.

Dann stürzte eines Tages der Himmel wirklich ein. Am höchsten Teil der Kuppel brach die ganze Eisschicht von dem CO_2 weg, stürzte durch das Netz in den Teich und auf den Strand und die ihn umgebenden Dünen. Zum Glück geschah das am frühen Morgen, als niemand da unten war. Aber das erste Krachen und Knacken war so laut wie eine Explosion. Alle stürzten an ihre Fenster und sahen den größten Teil des Einsturzes: Die gigantischen weißen Eisbrocken fielen wie Bomben oder wirbelten herab wie Scherben. Dann brodelte die ganze Fläche des Teichs und schwappte über die Dünen.

Die Menschen stürmten aus ihren Zimmern; und in dem Lärm und der Panik scheuchten Hiroko und Maya die Kinder in die Schule, die ein eigenes Luftversorgungssystem besaß. Als einige Minuten vergangen waren und es schien, als würde die Kuppel halten, rannten Peter, Michel und Nadia los, über die Trümmer. Sie wichen den weißen Platten aus oder sprangen über sie hinweg, um den Teich herum zum Rickover-Reaktor, um sich zu vergewissern, dass er noch funktionierte. Falls nicht, wäre es für die drei tödlich, und alle anderen wären in Lebensgefahr. Von seinem Fensterplatz in der Schule aus konnte Nirgal das gegenüberliegende Teichufer erkennen, das von Eisbergen übersät war. Laut schreiende Möwen schwirrten durch die Luft. Die drei Gestalten zwängten sich durch den schmalen, hohen Weg direkt unter dem Rande der Kuppel und verschwanden im Rickover. Jackie knabberte vor Angst an ihren Fingernägeln. Bald gaben sie telefonisch einen Bericht durch: alles in Ordnung. Das Eis über dem Reaktor wurde von einem besonders engmaschigen Rahmen getragen und hatte gehalten.

Also waren sie für den Moment sicher. Aber nach einigen Nächten, die das ganze Dorf höchst angespannt und nervös zugebracht hatte, offenbarte eine Untersuchung der Ursache des Einsturzes, dass die ganze Trockeneismasse über ihnen nur ein klein wenig eingesunken war und die von ihm zerbrochene Schicht aus Wassereis durch das Netz hatte fallen lassen. Die Sublimation auf der Marsoberfläche beschleunigte sich offenbar beträchtlich, weil die Atmosphäre dichter und die Welt wärmer wurde.

Während der nächsten Wochen schmolzen die Eisberge im Teich langsam; aber die Eisschollen auf den Dünen schmolzen noch langsamer. Den Kindern wurde nicht mehr gestattet, an den Strand zu gehen. Man wusste noch nicht, wie stabil die restliche Eisschicht war.

In der zehnten Nacht nach dem Einsturz hielten sie im Speisesaal eine Vollversammlung ab, alle zweihundert Personen. Nirgal sah sich seinen kleinen Stamm genau an. Die *Sansei* wirkten erschrocken, die *Nisei* trotzig und die *Issei* erstaunt. Die Alten hatten seit vierzehn Marsjahren in Zygote gelebt, und es fiel ihnen schwer, sich an ein anderes Leben zu erinnern. Für die Kinder, die nie etwas anderes gekannt hatten, war es schlicht unmöglich.

Sie würden sich denen an der Oberfläche nicht ergeben, das musste keiner explizit sagen. Und dennoch wurde die Kuppel unhaltbar, und sie waren eine zu große Gruppe, um sich komplett einer der anderen versteckten Kolonien aufzudrängen. Eine Aufteilung würde das Problem lösen. Aber das war kein erfreulicher Ausweg.

Sie redeten eine Stunde lang und führten all das aus. Michel sagte: »Wir könnten es in Vishniac versuchen. Das ist groß, und sie würden uns willkommen heißen.«

Aber es war das Heim der Bogdanovisten und nicht ihres. Das war deutlich auf den Gesichtern der Alten abzulesen. Plötzlich schien es Nirgal, dass sie die größte Angst von allen hatten.

»Wir könnten uns weiter unter das Eis zurückziehen«, sagte er.

Alle sahen ihn an.

»Du meinst, wir sollten eine neue Kuppel schmelzen?«, fragte Hiroko.

Nirgal zuckte die Achseln. Kaum hatte er die Idee ausgesprochen, missfiel sie ihm.

»Dort ist die Kappe dicker«, erklärte Nadia. »Es wird lange dauern, bis sie so weit sublimiert, dass wir Schwierigkeiten bekommen. Bis dahin wird sich alles geändert haben.«

Es herrschte Schweigen, dann sagte Hiroko: »Das ist eine gute Idee. Wir können hier ausharren, bis eine neue Kuppel ausgeschmolzen ist, und dann die Sachen hinüberschaffen, sobald Platz verfügbar wird. Es sollte nur ein paar Monate dauern.«

»*Shikata ga nai*«, meinte Maya zynisch. *Es gibt keine andere Wahl.* Natürlich gab es andere Möglichkeiten. Aber ein großes neues Projekt schien ihr zu gefallen, ebenso wie Nadia. Und der Rest von ihnen sah erleichtert aus, weil sie eine Chance hatten, zusammen und verborgen zu bleiben. Die *Issei* hatten, wie Nirgal plötzlich sah, wirklich große Angst, exponiert zu werden. Er lehnte sich zurück und dachte darüber nach und an die offenen Städte, die er mit Cojote besucht hatte.

Sie benutzten Dampfschläuche, die vom Rickover gespeist wurden, um einen neuen Tunnel zum Hangar zu schmelzen, und dann einen langen Tunnel unter der Kappe, bis das Eis darüber dreihundert Meter dick war. Dort fingen sie an, eine neue runde

Kuppel zu sublimieren und ein seichtes Bett für einen neuen Teich zu graben. Das meiste CO_2-Gas wurde eingefangen, auf Außentemperatur abgekühlt und freigesetzt. Der Rest wurde in Sauerstoff und Kohlenstoff zerlegt und gelagert.

Während die Aushöhlung lief, gruben sie die flachen Wurzeln der großen Schneebambusse aus, hebelten sie aus dem Boden, verluden sie auf ihrem größten Lastwagen und fuhren durch den Tunnel in die neue Höhle, wobei sie unterwegs überall abgerissene Blätter zurückließen. Sie demontierten die Gebäude des Dorfes und bauten sie wieder auf. Die robotischen Bulldozer und Laster waren Tag und Nacht rund um die Uhr in Betrieb. Sie luden den Sand der alten Dünen auf und fuhren ihn in die neue Höhle. Er enthielt zu viel Biomasse (einschließlich Simon), als dass man ihn zurücklassen könnte. Sie nahmen praktisch alles in Zygote mit. Als sie fertig waren, war die alte Höhle nur noch eine leere Blase auf dem Boden der Polkappe. Sandiges Eis oben, eisiger Sand unten, angefüllt mit Marsatmosphäre, überwiegend Kohlendioxidgas bei 170 Millibar und 240 Kelvin. Ein dünnes Gift.

Eines Tages ging Nirgal mit Peter zurück, um einen Blick auf die alte Heimat zu werfen. Es war schockierend, das einzige Zuhause, das er jemals gehabt hatte, zu einer bloßen Schale reduziert zu sehen. Das ganze Eis oben zerbrochen, der Sand überall zerwühlt, die kahlen Wurzellöcher des Dorfes gähnend wie tiefe Wunden, der Teichboden sogar von seinen Algen entblößt. Es sah klein und marode aus wie der Bau eines verzweifelten Tieres. Maulwürfe in einem Loch, die sich vor den Geiern verstecken, hatte Cojote gesagt. »Lass uns gehen!«, sagte Peter traurig; und sie gingen zusammen durch den langen, kahlen und kaum erleuchteten Tunnel zu ihrem neuen Heim. Sie marschierten auf der Betonstraße, die Nadia gebaut hatte und die jetzt von Reifenspuren übersät war.

Die neue Kuppel wurde nach einem neuen Plan angelegt, wobei sich das Dorf von der Tunnelschleuse entfernt befand, nahe einem Fluchttunnel, der unter dem Eis zu einem Ausgang im oberen Chasma Australe führte. Die Gewächshäuser wurden näher am Dorfrand angelegt, die Kämme der Dünen waren höher als zuvor, und die Wasserversorgung befand sich dicht beim Rickover-Reaktor. Es gab viele kleine Verbesserungen dieser Art, sodass es keine Kopie des alten Heims wurde. Und jeden Tag waren sie so mit den Bauarbeiten beschäftigt, dass nicht viel Zeit blieb, großartig über die Veränderung nachzudenken. Die Vormittagsstunden in der Schule waren seit dem Einsturz ausgefallen. Jetzt waren die Kinder nur noch eine Arbeiterschar, die abwechselnd demjenigen zugeteilt wurde, der an dem betreffenden Tag am meisten Hilfe brauchte. Manchmal versuchten die Erwachsenen, die sie beaufsichtigten, die Arbeit zu einer Unterrichtsstunde zu machen. Hiroko und Nadia waren darin besonders gut; aber sie konnten nicht viel Zeit erübrigen und fügten oft den Anweisungen nur einen erläuternden Satz bei; auch denen, die zu einfach waren, um überhaupt einer Erklärung zu bedürfen: das Festmachen von Wandbauteilen mit Spezialschlüsseln, das Herumschleppen von Sämaschinen und Algenbottichen in den Gewächshäusern und so weiter. Es war einfach Arbeit. Sie waren ein Teil der Arbeiterschaft, die für diese Aufgabe auch so noch zu klein war, trotz der vielseitigen Roboter, die wie Rover aussahen, die man ihrer Verkleidung beraubt hatte. Wenn er umherlief und arbeitete, war Nirgal meistens glücklich.

Aber einmal, als er aus dem Schulhaus kam und den Speisesaal sah anstatt der großen Stämme von Creche Crescent, haute ihn der Anblick um. Seine alte vertraute Welt war dahin, und zwar für immer. So wirkte nun einmal die Zeit. Es versetzte ihm einen Stich, der ihm Tränen in die Augen trieb, und er verbrachte den Rest des Tages irgendwie betroffen und distanziert, als hinke er immer einen oder zwei Schritte hinter sich selbst her. Er beobachtete alles, was geschah, bar jeder Emotion, desinteressiert, wie er es nach Simons Tod gewesen war, in die weiße Welt verbannt, nur einen Schritt außerhalb der grünen. Es gab kein Anzeichen, dass er je aus diesem melancholischen Zustand wieder herauskommen würde. Woher sollte er wissen, dass er das einmal tun würde? Die Tage seiner Jugend waren zusammen mit Zygote verschwunden. Und sie würden nie wiederkehren, und auch dieser Tag würde vorbeigehen und entschwinden. Auch diese Kuppel würde langsam sublimieren und in sich zusammenfallen. Nichts war von Dauer. Was sollte das Ganze also? Diese Frage quälte ihn manchmal stundenlang, entzog allem den Geschmack und die Farbe. Und als Hiroko bemerkte, wie niedergeschlagen er war, und sich erkundigte, was ihm fehle, fragte er sie rundheraus. Das war das Gute an Hiroko. Man konnte sie alles fragen, einschließlich der fundamentalen Fragen: »Hiroko, warum tun wir das alles? Wenn doch sowieso alles weiß wird?«

Sie sah ihn starr an wie ein Vogel, mit zur Seite geneigtem Kopf. Er glaubte, in dieser Haltung ihre Zuneigung zu ihm zu erkennen, war sich aber nicht sicher. Während er älter wurde, kam es ihm immer mehr so vor, dass er sie (wie auch alle anderen) immer weniger verstand.

»Es ist traurig, dass die alte Kuppel zerstört ist, nicht wahr?«, sagte sie. »Aber wir müssen uns auf das konzentrieren, was kommt. Auch das ist *viriditas*. Sich nicht auf das konzentrieren, was wir geschaffen haben, sondern auf das, was wir noch schaffen werden. Die Kuppel war wie eine Blüte, die welkt und abfällt. Aber sie enthält den Samen einer neuen Pflanze, die wächst. Und dann gibt es neue Blüten und neuen Samen. Die Vergangenheit ist vergangen. Darüber nachzudenken macht dich nur melancholisch. Ich war einmal ein kleines Mädchen auf der

Insel Hokkaido in Japan. Ja, ich war einmal so jung wie du. Und ich kann dir nicht sagen, wie lange das her ist. Aber wir sind hier, du und ich, umgeben von diesen Pflanzen und diesen Leuten. Und wenn du ihnen deine Aufmerksamkeit zuwendest und sie wachsen und gedeihen lassen kannst, dann gewinnen die Dinge wieder Leben. Du fühlst das *kami* in allen Dingen, und das ist alles, was du brauchst. Dieser Moment ist an sich alles, worin wir leben.«

»Und die alten Tage?«

Darüber lachte sie. »Du wirst erwachsen. Nun, du musst dich von Zeit zu Zeit an die alten Tage erinnern. Die waren doch gut, nicht wahr? Du hattest eine glückliche Kindheit. Das ist ein Segen. Aber auch diese Tage werden gut sein. Nimm diesen Augenblick genau jetzt und frage dich selbst: Was fehlt dir in diesem Moment? Hmmm? – Cojote sagt, dass er dich und Peter auf eine neue Reise mitnehmen möchte. Vielleicht solltest du gehen und wieder unter freien Himmel kommen. Was meinst du?«

Also wurden Vorbereitungen für eine neue Reise mit Cojote getroffen, und sie arbeiteten weiter an dem neuen Zygote, dem man informell den Namen Gamete gegeben hatte. Nachts redeten die Alten in den neuen Speisesälen lange über ihre Lage. Sax, Vlad und Ursula wollten – neben anderen – wieder in die Oberflächenwelt zurück. Sie konnten ihre Arbeit in den versteckten Asylen nicht richtig leisten. Sie wollten wieder zurück in den Strom medizinischer Wissenschaft, des Terraformings und Bauens. Hiroko meinte: »Wir werden uns nie verbergen können. Niemand kann seine Gene ändern.«

»Es sind nicht unsere Gene, die wir verändern müssen«, sagte Sax, »sondern die Archivdaten. Das hat Spencer getan. Er hat seine physischen Merkmale in eine neue aktenkundige Identität übertragen.«

»Und wir haben mit plastischer Chirurgie sein Gesicht verändert«, ergänzte Vlad.

»Ja, aber nur minimal wegen unseres Alters, nicht wahr? Keiner von uns sieht noch so aus wie früher. Jedenfalls könnten wir, wenn ihr etwas Ähnliches vorhabt, neue Identitäten annehmen.«

»Hat Spencer wirklich auf *alle* diese Akten zugreifen können?«, fragte Maya.

Sax zuckte die Achseln. »Er wurde in Cairo zurückgelassen und hatte die Möglichkeit, sich in einige von denen einzuhacken, die jetzt für Sicherheitsmaßnahmen benutzt werden. Das hat genügt. Ich möchte etwas Ähnliches versuchen. Lasst uns sehen, was Cojote dazu sagt. Er steht überhaupt nicht in irgendwelchen Dateien und müsste wissen, wie das funktioniert.«

»Er war von Anfang an versteckt«, erinnerte ihn Hiroko. »Das ist etwas anderes.«

»Schon, aber er könnte einige Ideen haben.«

»Wir könnten uns einfach in die Demimonde begeben«, meinte Nadia, »und völlig außerhalb der Akten bleiben. Das würde ich gern versuchen.«

Maya nickte.

Jede Nacht besprachen sie diese Dinge. »Nun, eine kleine Veränderung des Aussehens könnte nicht schaden. Phyllis ist schließlich wieder da, denkt dran.«

»Ich kann immer noch nicht glauben, dass sie überlebt hat. Sie muss neun Leben haben.«

»Auf jeden Fall waren wir in zu vielen Nachrichtensendungen. Wir müssen vorsichtig sein.«

Von Tag zu Tag wurde Gamete fertiger. Aber Nirgal fand es nie richtig, wie sehr er sich auch auf seine Aufgaben zu konzentrieren versuchte. Es war nicht sein Zuhause.

Von einem anderen Reisenden kam die Botschaft, dass Cojote bald zurück sein würde. Nirgal fühlte, wie sich sein Puls beschleunigte. Wieder unter dem Sternenhimmel sein, bei Nacht in Cojotes Felsenwagen von Asyl zu Asyl fahren ...

Jackie sah ihn aufmerksam an, als er mit ihr darüber sprach. Und an jenem Nachmittag führte sie ihn, nachdem sie ihr Tagewerk verrichtet hatten, zu den neuen hohen Dünen hinunter und küsste ihn. Als er seine Sinne wieder beisammenhatte, küsste er sie zurück, und dann küssten sie sich leidenschaftlich, umarmten sich inmitten der Dampfwölkchen ihres Atems. Sie knieten sich in einer Vertiefung zwischen zwei Dünen direkt unter einer dünnen Nebelkappe hin, dann lagen sie in einem Kokon aus ihren Daunenjacken nebeneinander, küssten und berührten sich, zogen sich gegenseitig die Hosen aus und schufen eine kleine Hülle aus ihrer eigenen Wärme. Sie stießen Dampf aus und brachten das Eis unter ihren Jacken zum Knirschen. All das geschah ohne Worte. Sie verschmolzen in einem starken, heißen elektrischen Strom, Hiroko und der ganzen Welt zum Trotz. So fühlt sich das also an, dachte Nirgal berauscht. Zwischen den Strähnen von Jackies schwarzem Haar schimmerten Sandkörner wie Juwelen, als steckten winzige Eisblumen darin. Gloriolen in allen Dingen.

Als sie fertig waren, krabbelten sie hoch, um über den Kamm der Düne zu blicken und sich zu vergewissern, dass niemand in ihre Richtung kam. Dann kehrten sie in ihr Nest zurück und zogen sich wieder an, um sich zu wärmen. Sie kuschelten sich aneinander und küssten sich gierig, aber ohne Eile. Und Jackie stieß ihn mit einem Finger an die Brust und sagte: »Jetzt gehören wir einander.«

Nirgal konnte nur glücklich nicken und küsste ihren Hals, das Gesicht in ihrem schwarzen Haar vergraben. »Jetzt gehörst du mir«, sagte sie.

Er hoffte aufrichtig, dass das wahr wäre. Es war so, wie er es sich gewünscht hatte, solange er sich zurückerinnern konnte.

Aber an diesem Abend planschte Jackie im Badehaus durch das Becken, holte Dao ein und drückte ihn fest an sich. Dann rückte sie etwas ab und starrte Nirgal mit ausdrucksloser Miene an. Ihre dunklen Augen waren wie Löcher in ihrem Gesicht. Nirgal saß erstarrt im seichten Wasser und fühlte, wie sich sein Körper versteifte wie in Erwartung eines Schlages. Seine Hoden pulsierten noch, weil er in ihr gekommen war; aber da stand sie, so eng an Dao geschmiegt wie seit Monaten nicht, und starrte ihn an wie ein Basilisk.

Ihn überkam eine ganz seltsame Regung. Er erkannte, dass dies ein Augenblick war, an den er sich sein ganzes Leben lang erinnern würde, ein entscheidender Wendepunkt, direkt hier in dem dampfenden behaglichen Bad unter dem Adlerblick der reglosen Maya, gegen die Jackie einen feinen Hass hegte und die jetzt die drei scharf beobachtete, weil sie etwas argwöhnte. So war das also. Jackie und Nirgal konnten einander gehören, und er gehörte sicher ihr – aber ihr Verständnis von »Gehören« deckte sich nicht mit seinem. Der Schock der Erkenntnis nahm ihm den Atem. Es war, als sei die Kuppel seines Verständnisses der Dinge eingestürzt. Er sah sie an, verblüfft, verletzt, allmählich wütend werdend. Sie drückte sich nur umso enger an Dao. Und er verstand. Sie hatte sie beide einkassiert! Ja, das ergab Sinn, ganz sicher. Auch Reull und Steve und Frantz waren ihr alle gleichermaßen ergeben. Vielleicht war das nur ein Überbleibsel ihrer Herrschaft über die kleine Gruppe, vielleicht auch nicht. Vielleicht hatte sie alle gehabt. Und da Nirgal jetzt für sie ein Außenseiter war, fühlte sie sich mit Dao wohler. Also war er ein Außenseiter in seinem eigenen Heim und im Herzen seiner Liebe. Falls sie ein Herz hatte!

Er wusste nicht, ob diese Eindrücke richtig waren, und auch nicht, wie er das herausfinden sollte. Er war sich auch nicht sicher, ob er es überhaupt herausfinden wollte. Er stieg aus dem Bad und ging in die Umkleidekabine der Männer. Dabei fühlte er, wie Jackies Blick sich ihm in den Rücken bohrte, und Mayas auch.

In der Umkleide sah er in einem Spiegel ein fremdes Gesicht. Er hielt an und erkannte es als sein eigenes, verzerrt vom Leid.

Er näherte sich langsam dem Spiegel und empfand wieder dieses seltsame Gefühl der Wichtigkeit. Er starrte auf das Gesicht im Spiegel und erkannte, dass er nicht das Zentrum des Universums war oder dessen einziges Bewusstsein, sondern ein Mensch wie alle anderen auch, der von anderen von außen gesehen wurde, so wie er andere sah, wenn er sie anschaute. Und dieser fremde Spiegel-Nirgal war ein gutaussehender schwarzhaariger Junge mit braunen Augen, stark und unwiderstehlich, fast ein Zwilling von Jackie, mit starken schwarzen Augenbrauen und einem ... einem *Blick*! Er wollte das alles nicht sehen. Aber er fühlte die Kraft in seinen Fingerspitzen brennen und erinnerte sich daran, wie die Menschen ihn ansahen. Er begriff, dass er für Jackie eine ebenso gefährliche Macht sein könnte wie sie für ihn. Das würde ihre Verbindung mit Dao als einen Versuch erklären, ihn fernzuhalten, ein Gleichgewicht zu wahren, ihre Macht zu behaupten – zu zeigen, dass sie einander ebenbürtig waren – und darin Partner. Und ganz plötzlich verließ die Spannung seine Brust, und er erzitterte. Dann grinste er schief. Sie gehörten einander wirklich. Aber er war immer noch er selbst.

Als also Cojote aufkreuzte und Nirgal fragte, ob er ihn auf einer neuen Fahrt begleiten wolle, stimmte er sofort zu, sehr dankbar für diese Gelegenheit. Der Anflug von Ärger auf Jackies Gesicht, als sie die Nachricht hörte, schmerzte ihn zu sehen. Aber ein anderer Teil von ihm jubelte über sein Anderssein, über seine Fähigkeit, ihr zu entrinnen oder zumindest Distanz zu ihr zu bekommen. Partner oder nicht – er brauchte das.

Ein paar Abende später fuhren er und Cojote mit Peter und Michel von der riesigen Masse der Polkappe weg in das zerwühlte Land, schwarz unter seiner Decke aus Sternen.
Nirgal blickte auf die helle weiße Klippe mit einer turbulenten Mischung aus Gefühlen zurück. Aber Erleichterung dominierte. Da hinten würden sie sich immer tiefer unter das Eis bohren, bis sie in einer Kuppel auf dem Südpol lebten. Indessen wirbelte die rote Welt wild zwischen den Sternen durch den Kosmos. Plötzlich begriff er, dass er nie wieder unter der Kuppel leben, nie zurückkehren würde, außer für kurze Besuche. Das war keine bewusste Entscheidung, sondern einfach das, was geschehen würde. Sein Schicksal oder seine Bestimmung. Er fühlte es wie einen roten Stein in der Hand. Von nun an würde er heimatlos sein, sofern nicht eines Tages der ganze Planet sein Zuhause werden würde, jeder Krater und jede Schlucht ihm vertraut, jede Pflanze, jeder Stein, jede Person – alles in der grünen Welt und in der weißen. Aber das war eine Aufgabe (er erinnerte sich an den Sturm, den er vom Rande der Promethei Rupes gesehen hatte), die zu erfüllen viele Leben brauchen würde. Er musste mit dem Lernen anfangen.

ZWEITER TEIL

DER BOTSCHAFTER

Asteroiden mit elliptischen Umlaufbahnen um die Sonne, die die Marsbahn kreuzen, nennt man Amor-Asteroiden. (Die Asteroiden, die die Erdbahn kreuzen, heißen Trojaner.) Im Jahr 2088 kreuzte der als 2034 B bekannte Asteroid die Marsbahn etwa achtzehn Millionen Kilometer hinter dem Planeten; und bald danach kam eine Gruppe Roboter, vom Erdmond kommend, bei ihm an. 2034 B war annähernd kugelförmig mit einem Durchmesser von etwa fünf Kilometern und einer Masse von ungefähr fünfzehn Milliarden Tonnen. Als die Raketen dort landeten, wurde er in New Clarke umbenannt.

Schnell waren die ersten Veränderungen sichtbar. Einige Roboter landeten auf der staubige Oberfläche des Asteroiden und fingen an zu bohren, auszuheben, zu stampfen, zu sortieren und zu befördern. Ein Kernkraftwerk entstand, Brennstäbe wurden in Stellung gebracht. An einer anderen Stelle wurden Öfen angeheizt, von robotischen Heizern befeuert. Bei anderen Landern öffneten sich Frachträume, aus denen Roboter auf die Oberfläche stelzten und sich an den unregelmäßigen Steinflächen verankerten. Tunnelbohrer drangen ein. Staub flog um den Asteroiden herum in den Weltraum, fiel zurück oder entwich für immer. Lander verbanden sich durch Rohre und Schläuche. Das Gestein des Asteroiden war kohlenstoffhaltiger Chondrit, mit viel Wassereis in Adern und Blasen durchsetzt. Bald begann die miteinander verbundene Kette von Fabriken in den Landern verschiedene Materialien auf Kohlenstoffbasis und etliche Verbundstoffe zu produzieren. Schweres Wasser, das zu einem Sechstausendstel im Wassereis des Asteroiden enthalten war, wurde ausgesondert. Aus ihm wurde Deuterium hergestellt. Aus den Karbonverbindungen wurden

Teile angefertigt; und andere Teile, die mit anderen Frachtern herbeigeschafft worden waren, wurden mit diesen neu in den Fabriken hergestellten zusammengefügt. Es erschienen neue Roboter, die größtenteils aus dem Material von Clarke selbst angefertigt worden waren. Und so wuchs die Anzahl der Maschinen, während Computer in den Landern die Schaffung eines ganzen Industriekomplexes leiteten.

Danach war der Prozess viele Jahre lang recht einfach. Die Hauptfabrik auf New Clarke stellte ein Kabel aus Kohlenstoffnanoröhrenfilamenten her. Diese Nanoröhren bestanden aus Kohlenstoffatomen, die zu Ketten verbunden waren, sodass die sie zusammenhaltenden Kräfte die stärksten waren, die die Menschen herstellen konnten. Die Filamente waren nur einige Dutzend Meter lang, aber zu Bündeln mit einander überlappenden Enden zusammengefasst. Dann wurden diese Bündel ihrerseits gebündelt, bis das Kabel einen Durchmesser von neun Metern hatte. Die Fabriken stellten die Filamente her und bündelten sie mit so hohen Geschwindigkeiten, dass das Kabel mit ungefähr hundert Metern in der Stunde wuchs, zehn Kilometer am Tag, Tag für Tag, Jahr um Jahr.

Während sich dieser dünne Strang aus gebündeltem Kohlenstoff in den Raum hinauszog, bauten Roboter auf einer anderen Fläche des Asteroiden ein Gaußgewehr, ein Triebwerk, das das vor Ort gewonnene Deuterium benutzte, um zermahlenes Gestein mit einer Geschwindigkeit von zweihundert Kilometern in der Sekunde fortzuschleudern. Rings um den Asteroiden wurden auch kleinere Triebwerke und konventionelle Raketen gebaut und mit Treibstoff betankt. Sie warteten darauf, dass die Zeit kam, in der sie gezündet wurden und die Funktion von Steuerdüsen übernahmen. Andere Fabriken bauten lange Fahrzeuge mit Rädern, die an dem wachsenden Kabel hin- und herfahren konnten. Und als das Kabel aus dem Asteroiden hinauszuragen begann, wurden kleine Raketen und andere Maschinen daran befestigt.

Das Gaußgewehr lief an. Der Asteroid begann, sich in eine neue Bahn zu bewegen.

Es vergingen Jahre. Der neue Orbit des Asteroiden schnitt die Marsbahn so, dass er sich ihm bis auf zehntausend Kilometer näherte. Und die Raketen auf dem Asteroiden zündeten so, dass die Marsschwerkraft ihn in eine zunächst stark elliptische Bahn einfing. Die Düsen feuerten in bestimmten Intervallen weiter und machten den Orbit regelmäßiger. Das Kabel trat immer weiter heraus. Es vergingen weitere Jahre.

Etwas über ein Jahrzehnt nachdem die ersten Lander den Boden berührt hatten, war das Kabel ungefähr dreißigtausend Kilometer lang. Die Masse des Asteroiden betrug etwa acht Milliarden Tonnen, und das Gewicht des Kabels lag bei sieben Milliarden. Der Asteroid befand sich in einer elliptischen Bahn mit einer Periapsis von rund fünfzigtausend Kilometern. Aber jetzt fingen alle Raketen und das Gaußgewehr sowohl auf New Clarke wie auf dem Kabel selbst an zu feuern – manche ständig, aber die meisten stoßweise. Einer der leistungsstärksten je hergestellten Computer stand in einem Frachtraum, koordinierte die Daten der Sensoren und bestimmte, welche Raketen wann zu feuern hatten. Das Kabel, das derzeit noch vom Mars wegzeigte, fing an, auf ihn zuzuschwingen wie im Zapfenwerk einer kunstvollen Uhr. Der Orbit des Asteroiden wurde enger und regelmäßiger.

Auf New Clarke landeten zum ersten Mal seit jenem ersten Kontakt weitere Raketen, und die Roboter darin begannen mit dem Bau eines Raumhafens. Die Spitze des Kabels fing an, sich auf den Mars hinabzusenken. Die Komplexität des Ganzen erforderte einen Anstieg der Rechenleistung des Computers in geradezu metaphysische Höhen; und der gravitative Tanz von Asteroid und Kabel mit dem Planeten wurde immer exakter und bewegte sich zu einer Musik, die ständig langsamer wurde, sodass auch die Bewegungen des großen Kabels, je näher es seiner endgültigen Position kam, immer langsamer wurden. Wenn jemand imstande gewesen wäre, dieses Schauspiel im vollen

Umfang zu beobachten, dann hätte es ausgesehen wie eine eindrucksvolle Demonstration von Zenons Paradoxon, in dem der Läufer sich der Ziellinie nähert, indem er die Distanzen ständig halbiert ... Aber niemand hat je das komplette Schauspiel gesehen, denn kein Zeuge verfügte über die erforderlichen Sinnesorgane dazu. Im Verhältnis gesehen war das Kabel viel dünner als ein Haar. Wäre es auf den Durchmesser eines Haares verkleinert worden, hätte es immer noch eine Länge von Hunderten von Kilometern gehabt. Und deswegen waren immer nur kurze Strecken von ihm sichtbar, nie die volle Länge. Man könnte vielleicht sagen, dass der Computer, der es dirigierte, den vollständigsten Eindruck von ihm hatte. Für Beobachter unten auf der Oberfläche des Mars in der Stadt Sheffield auf dem Vulkan Pavonis Mons, dem »Pfauenberg«, erschien das Kabel erstmals als eine sehr kleine Rakete, die mit einer sehr dünnen, daran befestigten Halteleine herunterkam. Sie sah aus wie wie ein heller Köder an einer feinen Angelschnur, die von irgendwelchen Göttern im nächsten Universum ausgeworfen worden war. Von unten auf dem Meeresboden aus betrachtet, folgte das Kabel seiner Leitlinie mit so quälender Langsamkeit nach unten in den massiven Betonbunker östlich von Sheffield, dass die meisten Leute einfach aufhörten, den vertikalen schwarzen Strich in der oberen Atmosphäre zu beachten.

Aber es kam der Tag, an dem am unteren Ende des Kabels Düsen zündeten, um in den starken Böen die Position zu halten, sich das Kabelende in das Loch im Dach des Betonbunkers senkte und in seinem Haltering festmachte. Jetzt wurde das Kabel unterhalb des areosynchronen Punktes durch die Gravitation des Mars nach unten gezogen, während der oberhalb davon gelegene Teil bestrebt war, New Clarke in zentrifugalem Flug vom Planeten weg zu folgen. Die Karbonfasern des Kabels hielten die Zugkraft aus, und der ganze Apparat rotierte mit der gleichen Geschwindigkeit wie der Planet. Er stand über Pavonis Mons in einer oszillierenden Vibration, durch die er

Deimos ausweichen konnte. Das Ganze wurde immer noch von dem Computer auf New Clarke und der langen Reihe der auf der Karbonsträhne angebrachten Raketen kontrolliert.

Der Aufzug war wieder da. Auf der einen Seite des Kabels wurden Kabinen von Pavonis hochgezogen und andere von New Clarke heruntergelassen. Sie bildeten ein Gegengewicht, sodass die für beide Operationen erforderliche Energie erheblich gemindert wurde. Raumschiffe legten am Raumhafen von New Clarke an, und wenn sie ihn verließen, half ihnen ein Schleudermanöver. Die Gravitationssenke des Mars wurde dadurch wesentlich verringert und sein ganzer Verkehr mit der Erde und dem übrigen Sonnensystem weniger kostspielig. Es war, als wäre eine Nabelschnur wieder angebracht worden.

Er stand in der Mitte eines vollkommen geregelten Lebens, als man ihn holte und zum Mars schickte.

Die Anweisung kam in Form eines Fax und erreichte ihn in dem Apartment, das Art Randolph erst im Monat zuvor gemietet hatte, nachdem er und seine Frau sich für eine Trennung auf Probe entschieden hatten. Das Fax war kurz:

»*Lieber Arthur Randolph: William Fort lädt Sie zu einem privaten Seminar ein. Ein Flugzeug wird San Francisco Airport am 22. Februar 2101 um 09.00 verlassen.*«

Art starrte das Papier erstaunt an. William Fort war der Gründer von Praxis, der transnationalen Firma, die Arts Gesellschaft einige Jahre zuvor geschluckt hatte. Fort war sehr alt, und seine Stellung in der Transnationalen war, hieß es, die eines halb pensionierten Emeritus. Aber er hielt immer noch private Seminare ab, die berühmt-berüchtigt waren, obwohl es nur sehr wenig konkrete Informationen über sie gab. Es hieß, dass er Leute aus allen Tochtergesellschaften seiner Transnat einlüde, dass sie sich in San Francisco trafen und mit einem Privatjet zu einem geheimen Ort geflogen wurden. Niemand wusste, was dort geschah. Leute, die teilnahmen, wurden normalerweise danach versetzt, und falls nicht, waren sie in einer Weise verschwiegen, die einen zögern ließ. Es war also ein Geheimnis.

Art war über die Einladung überrascht, beunruhigt, aber doch im Grunde erfreut. Vor der Übernahme war er Mitbegründer und technischer Direktor einer kleinen Firma namens Dumpmines gewesen, die das wertvolle Material aus alten Müllhalden barg, das man in einer verschwenderischeren Zeit weggeworfen hatte. Es war eine Überraschung gewesen, als Praxis sie aufgekauft hatte, eine sehr angenehme Überraschung, da jeder bei Dumpmines vom Angestellten einer kleinen Firma zur Volontärmitgliedschaft in einer der reichsten Organisationen in der Welt überging. Er wurde mit ihren Aktien bezahlt, bestimmte ihre Politik mit und durfte alle zur Verfügung stehenden Ressourcen nutzen. Das war wie ein Ritterschlag gewesen.

Art war definitiv erfreut gewesen, und seine Frau auch, obwohl sie gejammert hatte. Sie selbst war bei Mitsubishi als Managerin angestellt; und die großen Transnationalen waren, wie sie es ausdrückte, wie getrennte Welten. Da sie beide für verschiedene arbeiteten, drifteten sie unvermeidlich auseinander, noch weiter, als es zuvor schon geschehen war. Keiner von ihnen brauchte den anderen noch zur Erlangung der Langlebigkeitsbehandlungen, die die Transnats zuverlässiger besorgten als die Regierung. Sie waren wie Menschen auf verschiedenen Schiffen, sagte sie, die aus der Bucht von San Francisco in unterschiedliche Richtungen ausliefen. Wirklich wie Schiffe, die sich nachts begegnen.

Art hatte geglaubt, dass sie zwischen diesen Schiffen hin- und herfahren hätten können, wenn seine Frau sich nicht so sehr für einen der anderen Passagiere interessiert hätte, einen Vizepräsidenten von Mitsubishi, dem die ostpazifische Entwicklung unterstand. Aber Art war schnell in das Schlichtungsprogramm von Praxis aufgenommen worden und verreiste häufig, um Vorträge zu halten oder bei Disputen zwischen verschiedenen kleinen Praxis-Tochtergesellschaften, die mit der Bergung von Ressourcen beschäftigt waren, Gutachten zu erstellen. Und wenn er gerade in San Francisco war, war Sharon sehr selten zu Hause. Ihre Schiffe waren nicht mehr in Rufdistanz, hatte sie gesagt; und er war zu zermürbt, um das zu bestreiten, und war kurz danach auf ihren Vorschlag hin ausgezogen. Man hätte sagen können, sie hatte ihn hinausgeworfen.

Jetzt rieb er sich ein unrasiertes Kinn und las das Fax zum vierten Mal. Er war ein großer Mann, kräftig gebaut, aber mit schlampiger Körperhaltung – als »grob« hatte ihn seine Frau bezeichnet, während seine Sekretärin bei Dumpmines ihn »bärenhaft« nannte, was ihm lieber war. Er hatte tatsächlich die etwas ungeschlachte und watschelnde Erscheinung eines Bären, aber auch dessen überraschende Schnelligkeit und Kraft. Er hatte an der Universität Washington als Fullback gespielt, langsam zu Fuß, aber entschlossen in der Richtung und sehr schwer zu Fall zu bringen. »Bärenmann« hatte man ihn genannt. Wer ihn angreift, tut das auf eigene Gefahr.

Er hatte Ingenieurswissenschaften studiert und danach auf den Ölfeldern von Iran und Georgien gearbeitet, wobei er einige Neuerungen entwickelt hatte, um Öl aus sehr magerem Schiefer herauszuholen. Er hatte seinen Master an der Universität Teheran während dieser Tätigkeit erworben, war dann nach Kalifornien gezogen und hatte sich mit einem Freund zusammengetan, der eine Firma gründete, die Tiefseetauchgeräte für Offshore-Ölbohrungen herstellte, denn die Unternehmen drangen in immer tieferes Wasser vor, als zugänglichere Vorräte erschöpft waren. Art hatte erneut eine Anzahl von Verbesserungen an Tauchgerät und Unterwasserbohrern eingeführt. Aber einige Jahre, die er in Druckkammern und auf dem Kontinentalsockel verbracht hatte, genügten ihm, und er hatte seine Anteile an seinen Partner verkauft und war wieder umgezogen. In rascher Folge hatte er eine Gesellschaft für den Bau von Habitaten in kalten Umgebungen gegründet, für eine Firma mit Sonnenpaneelen gearbeitet und Raketenstartgerüste gebaut. Jeder Job war gut gewesen, aber mit der Zeit hatte er gemerkt, dass nicht die technischen Probleme ihn wirklich interessierten, sondern die menschlichen. Er beschäftigte sich immer mehr mit Projektmanagement und kam dann zu Gutachtertätigkeit und Schlichtungen. Er liebte es, einen Streit zu jedermanns Befriedigung zu lösen. Das war Ingenieurskunst auf einem anderen Level, anspruchsvoller und ausfüllender als der mechanische Kram, aber auch schwieriger. Einige Gesellschaften, für die er in jenen Jahren arbeitete, gehörten zu Transnationalen; und er wurde in Streitfälle in Grenzgebieten nicht nur zwischen seinen Firmen und anderen in der Transnationalen verwickelt, sondern auch in entferntere Dispute, die eine dritte Partei zur Schlichtung nötig hatten. Er nannte das Social Engineering und fand es faszinierend.

Darum hatte er, als er Dumpmines gegründet hatte, die technische Leitung übernommen und gute Arbeit an ihren Super-Rathjes geleistet, den gigantischen Robotern, die die Extraktion und Sortierung der alten Müllhalden vor Ort besorgten. Aber mehr denn je beteiligte er sich an Arbeiterkonflikten und dergleichen. Dieser Trend in seiner Karriere hatte sich nach der Einstellung durch Praxis beschleunigt. Und an Tagen, an denen ihm diese Arbeit gut von der Hand gegangen war, kam er immer mit dem Gefühl nach Hause, dass er Richter oder Diplomat hätte werden sollen. Ja – im Herzen war er Diplomat.

Was es umso peinlicher machte, dass er seine eigene Ehe nicht hatte retten können. Und zweifellos war das Zerwürfnis Fort bekannt, oder wer immer ihn zu dessen Seminar eingeladen hatte. Es war sogar möglich, dass man sein altes Apartment verwanzt und die unerfreulichen Szenen zwischen ihm und Sharon mitgehört hatte, die für keinen von beiden schmeichelhaft gewesen sein dürften. Er erschauderte bei diesem Gedanken, rieb sich weiter sein unrasiertes Kinn, ging dann ins Bad und stellte den tragbaren Boiler an. Das Gesicht im Spiegel sah etwas perplex aus. Unrasiert, fünfzig, getrennt, den größten Teil seines Lebens im falschen Beruf, gerade erst mit seiner wahren Berufung beginnend – das war nicht die Person, von der er annahm, dass sie von William Fort Faxe erwarten durfte.

Seine Frau oder zukünftige Exfrau rief an und war genauso erstaunt. »Das muss ein Irrtum sein«, erklärte sie rundheraus, als Art ihr davon erzählte.

Sie hatte wegen einer ihrer Kameralinsen angerufen, die jetzt fehlte. Sie vermutete, dass Art sie mitgenommen hatte, als er ausgezogen war. Art sagte: »Ich werde danach suchen.« Er ging zum Schrank und schaute in seine beiden noch nicht ausgepackten Koffer. Er wusste, dass die Linse nicht drin war, wühlte aber geräuschvoll beide durch. Sharon würde es merken, wenn er versuchen würde, das vorzutäuschen. Während er suchte, sprach sie am Telefon weiter. Ihre dünne Stimme erklang durch das leere Apartment. »Das zeigt bloß, wie seltsam dieser Fort ist. Du wirst nach Shangri-La gelockt, und er wird Kleenex-Schachteln als Schuhe benutzen und Japanisch sprechen, und du wirst seinen Müll sortieren und levitieren lernen, und ich werde dich nie wiedersehen. Hast du die Linse gefunden?«

»Nein. Sie ist nicht hier.« Als sie sich getrennt hatten, hatten sie ihren gemeinsamen Besitz geteilt. Sharon hatte das Apartment bekommen, das Heimkinosystem, den Desktop-PC, die KI, die Kameras, die Pflanzen, das Bett und alle übrigen Möbel. Art hatte die Teflon-Bratpfanne behalten. Nicht seine beste Entscheidung. Aber es bedeutete, dass er jetzt nur sehr wenige Stellen hatte, an denen er nach der Linse suchen musste.

Sharon konnte einen einzigen Seufzer in einen umfassenden Vorwurf verwandeln. »Sie werden dir Japanisch beibringen, und wir werden dich nie wiedersehen. Was könnte William Fort von dir wollen?«

»Eheberatung vielleicht?«, entgegnete Art.

Viele Gerüchte über Forts Seminare erwiesen sich als zutreffend, was Art erstaunte. Am San Francisco International stieg er mit sechs weiteren Männern und Frauen in einen großen leistungsstarken Privatjet, und nach dem Start wurden die Fenster, die offenbar doppelt polarisiert waren, schwarz und die Tür zum Cockpit geschlossen. Zwei Mitpassagiere Arts versuchten, die Flugrichtung zu erraten; und nachdem das Flugzeug mehrmals leicht nach links und rechts gekippt war, waren sie übereinstimmend der Ansicht, dass sie in eine Richtung zwischen Südwest und Nord flogen. Alle sieben tauschten Informationen aus. Sie waren alle technische Manager oder Gutachter aus einer der vielen Praxis-Tochtergesellschaften. Sie waren aus der ganzen Welt nach San Francisco eingeflogen worden. Manche schienen aufgeregt zu sein, dass man sie eingeladen hatte, den zurückgezogenen Gründer der Transnationalen zu treffen. Andere waren besorgt.

Der Flug dauerte sechs Stunden; und die um Orientierung bemühten Passagiere schätzten während des Sinkflugs, bis wohin sie gekommen sein würden. Die äußerste Grenze war ein Kreis, der Juneau, Hawaii, Mexico City und Detroit umfasste, obwohl er auch noch größer sein konnte, wie Art bemerkte, falls sie sich in einem der neuen Suborbital-Jets befänden. So einer könnte sie um die halbe Erde getragen haben. Als der Jet landete und hielt, wurden sie durch eine kleine Passage zu einem großen Bus mit verdunkelten Scheiben geführt. Zwischen ihnen und dem Fahrersitz war eine fensterlose Trennwand. Ihre Türen wurden von außen verriegelt.

Die Fahrt dauerte eine halbe Stunde. Dann hielt der Wagen an, und sie wurden vom Fahrer hinausgelassen, einem älteren Mann in Shorts und einem T-Shirt mit einer Reklame für Bali.

Sie blinzelten ins Sonnenlicht. Sie waren nicht auf Bali. Sie standen auf einem kleinen asphaltierten Parkplatz, umgeben von Eukalyptusbäumen, auf dem Boden eines engen Küstentals. Ein Ozean oder sehr großer See lag ungefähr einen dreiviertel Kilometer entfernt im Westen. Es war nur ein kleiner Streifen davon zu sehen. Ein Bach lief durch das Tal und zu einer Lagune hinter einem Strand. Die Seitenwände des Tals waren auf der Südseite mit trockenem Gras und Kakteen auf der Nordseite bewachsen. Die Bergkämme darüber waren kahler brauner Fels. »Baja?«, vermutete einer der Passagiere. »Ecuador? Australien?«

»San Luis Obisco?«, fragte Art.

Ihr Fahrer führte sie zu Fuß über eine schmale Straße zu einem kleinen umzäunten Grundstück, auf dem sieben zweistöckige Holzhäuser zwischen Küstenpinien auf dem Talboden beieinander standen. Zwei Gebäude am Bach waren Wohnhäuser; und nachdem sie ihr Gepäck in den ihnen zugewiesenen Zimmern abgelegt hatten, führte der Fahrer sie zu einem Speisesaal in einem anderen Gebäude, wo ein halbes Dutzend Küchenangestellte, alle recht betagt, ihnen ein schlichtes Mahl aus Salat und Eintopf vorsetzten. Danach wurden sie wieder in die Wohnhäuser gebracht und sich selbst überlassen.

Sie versammelten sich in einem zentralen Raum um einen Holzofen. Draußen war es warm, und in dem Ofen brannte kein Feuer.

»Fort ist hundertzwölf«, sagte Sam, einer der beiden, die versucht hatten, die Richtung zu bestimmen. »Und die Behandlungen haben sein Gehirn nicht beeinflusst.«

»Das tun sie nie«, entgegnete Max, der andere um Orientierung Bemühte.

Sie diskutierten einige Zeit über Fort. Sie alle hatten Gerüchte über ihn gehört, denn William Fort war eine der großen Erfolgsgeschichten in der Geschichte der Medizin, der Louis Pasteur ihres Jahrhunderts. Der Mann, der den Krebs besiegt hatte, wie die Klatschpresse nicht ganz korrekt verkündete. Der Mann, der den ordinären Schnupfen bezwungen hatte. Er hatte im Alter von vierundzwanzig Jahren Praxis gegründet, um einige bahnbrechende Antiviren-Neuerungen zu vermarkten, und war mit siebenundzwanzig bereits Multimilliardär gewesen. Danach hatte er seine Zeit damit verbracht, Praxis zu einer der größten Transnationalen der Welt zu machen. Achtzig Jahre ständiger Metastasierung, wie Sam es formulierte. Während er selbst sich in eine Art Ultra-Howard-Hughes verwandelte, hieß es, und immer noch mächtiger wurde, bis er wie ein Schwarzes Loch völlig im Ereignishorizont seiner Macht verschwand. Max sagte: »Ich hoffe nur, dass er nicht zu schräg wird.«

Die anderen Teilnehmer – Sally, Amy, Elizabeth und George – waren optimistischer. Aber sie alle waren beunruhigt wegen der Begrüßung – beziehungsweise wegen des Fehlens einer solchen. Und als sie im ganzen weiteren Verlauf des Abends niemand besuchen kam, zogen sie sich besorgt in ihre Zimmer zurück.

Art schlief wie immer gut und wachte am Morgen beim leisen Ruf einer Eule auf. Der Bach gurgelte unter seinem Fenster. Es war noch graue Dämmerung und die Luft erfüllt von dem Nebel, der die Küstenpinien wässerte. Von irgendwoher auf dem Grundstück kam ein klopfendes Geräusch.

Er zog sich an und ging hinaus. Alles war triefend nass. Unten auf schmalen flachen Terrassen wuchsen Reihen von Kopfsalat und Apfelbäumen, die so beschnitten und fest an Gestelle gebunden waren, dass sie wie fächerartige Büsche aussahen.

Als Art zum unteren Ende der kleinen Farm jenseits der Lagune kam, bekamen die Dinge allmählich Farbe. Dort lag ein Rasen wie ein Teppich unter einer großen alten Eiche ausgebreitet. Art fühlte sich von dem Baum angezogen und ging zu ihm hinüber. Er berührte seine raue, rissige Borke. Dann hörte er Stimmen. Auf einem Weg an der Lagune kam eine Reihe von Leuten entlang, die schwarze Wasserschutzanzüge und Surfbretter oder große, zusammengefaltete Birdsuits trugen. Als sie vorbeikamen, erkannte er die Gesichter der Küchenmannschaft vom vorigen Abend und auch ihren Fahrer. Dieser winkte und ging weiter. Art ging zur Lagune hinunter. Die Wellen murmelten leise in der salzigen Luft, und Vögel schwammen im Schilf.

Nach einer Weile ging Art wieder den Pfad hoch und traf im Speisesaal der Siedlung die ältlichen Arbeiter wieder in der Küche an, wo sie Pfannkuchen machten. Nachdem Art und die übrigen Gäste gefrühstückt hatten, führte sie der Fahrer die Treppe hinauf in einen großen Besprechungsraum. Sie nahmen auf Sofas Platz, die im Quadrat angeordnet waren. Große Panoramafenster in allen vier Wänden ließen viel von dem grauen Morgenlicht ein. Der Fahrer saß zwischen zwei Couchen auf einem Stuhl. Er sagte: »Ich bin William Fort. Ich freue mich, dass Sie alle hier sind.«

Bei näherer Betrachtung war er ein seltsam aussehender alter Mann. Sein Gesicht war zerfurcht wie von hundert Jahren Sorge, aber die Miene, die es jetzt zeigte, war heiter und gelöst. Wie ein Labor-Schimpanse, der jetzt Zen studiert, dachte Art. Oder bloß ein sehr alter Surfer und Gleitflieger, verwittert, kahl und stupsnasig. Jetzt musterte er sie einen nach dem anderen. Sam und Max, die ihn als Fahrer und Koch nicht beachtet hatten, sahen unbehaglich aus; aber er schien davon keine Notiz zu nehmen. Er sagte: »Eine Methode, um die Anzahl der Menschen auf der Erde und ihre Aktivitäten zu messen, ist das prozentuale Nettoprodukt der bodenbasierten Fotosynthese.«

Sam und Max nickten, als wäre das die übliche Art, eine Besprechung zu eröffnen.

»Darf ich mir Notizen machen?«, fragte Art.

»Bitte«, sagte Fort. Er zeigte auf den Kaffeetisch in der Mitte des Quadrats aus Couchen, auf dem Papier und Touchpads lagen. »Ich möchte später einige Spiele veranstalten, darum sind hier Computer und Notizblöcke, was Ihnen besser zusagt.«

Die meisten hatten ihre eigenen Computer dabei; und es gab ein kurzes stilles Durcheinander, als sie sie aus den Taschen holten und einschalteten. Inzwischen stand Fort auf und ging hinter ihren Sofas im Kreis herum, wobei er bei jeder Runde ein paar Sätze sprach.

»Wir nutzen jetzt ungefähr achtzig Prozent des Nettoprimärprodukts bodengebundener Fotosynthese. Hundert Prozent zu erreichen ist wahrscheinlich unmöglich. Und unsere Kapazität auf lange Sicht wurde auf dreißig Prozent geschätzt, sodass wir massiv übers Ziel hinausschießen, wie man sagt. Wir haben unser natürliches Kapital liquidiert, als wäre es ein Wegwerfartikel, und nähern uns der Erschöpfung gewisser Grundvorräte wie Öl, Holz, Boden, Metalle, Süßwasser, Fisch und Vieh. Das macht eine kontinuierliche wirtschaftliche Expansion schwierig.«

Schwierig!, schrieb Art. *Kontinuierlich?*

»Wir müssen aber damit weitermachen«, sagte Fort und warf Art einen scharfen Blick zu, der sein Pad unauffällig mit dem Arm abdeckte. »Kontinuierliche Expansion ist ein fundamentaler Grundsatz der Ökonomie. Und deshalb ein fundamentaler Grundsatz des Universums selbst. Denn alles ist Ökonomie. Physik ist kosmische Ökonomie, Biologie ist zellulare Ökonomie, die Geisteswissenschaften sind soziale Ökonomie, Psychologie ist mentale Ökonomie und so weiter.«

Seine Hörer nickten unglücklich.

»Also expandiert alles. Aber das kann nicht im Widerspruch zum Masse- und Energieerhaltungsgesetz geschehen. Ganz gleich, wie wirksam Ihr Durchsatz ist, Sie können nicht mehr Output als Input erzeugen.«

Art notierte: *Output nicht größer als Input – alles ist Ökonomie – natürliches Kapital – massiv über Ziel hinausgeschossen.*

»Als Reaktion auf diese Situation hat eine Gruppe hier bei Praxis an etwas gearbeitet, das wir Volle-Welt-Ökonomie nennen.«

»Sollte das nicht Übervolle-Welt-Ökonomie heißen?«, fragte Art dazwischen.

Fort schien ihn nicht zu hören. »Nun sind, wie Daly bemerkte, von Menschen erzeugtes Kapital und natürliches Kapital nicht austauschbar. Das liegt auf der Hand, aber nachdem die meisten Ökonomen es immer noch für austauschbar halten, muss ich das betonen. Wenn Sie ein Haus bauen, können Sie mit der Anzahl der Motorsägen und Zimmerleute jonglieren, was bedeutet, dass sie austauschbar sind, aber Sie können es nicht mit der halben Menge an Bauholz errichten, ganz gleich, wie viele Sägen oder Zimmerleute Sie haben. Versuchen Sie es, und Sie haben ein Luftschloss. Und in einem solchen leben wir jetzt.«

Art schüttelte den Kopf und blickte auf seine Notizen, die er sich weiterhin gemacht hatte. *Ressourcen und Kapital nicht austauschbar – Motorsägen/Zimmerleute – Luftschloss.*

»Verzeihung!«, sagte Sam. »Sagten Sie natürliches Kapital?«

Fort fuhr herum und sah Sam an. »Ja?«

»Ich dachte, Kapital wäre definitionsgemäß von Menschen gemacht. Wir definieren es doch als erzeugte Produktionsmittel.«

»Ja. Aber in einer kapitalistischen Welt hat das Wort *Kapital* immer mehr verschiedene Bedeutungen bekommen. Zum Beispiel sprechen die Leute von menschlichem Kapital, was die Arbeit durch Bildung und Werkserfahrung ansammelt. Menschliches Kapital unterscheidet sich von der klassischen Art dadurch, dass man es nicht erben kann, und es kann nur gemietet, nicht aber ge- oder verkauft werden.«

»Wenn man Sklaverei nicht mitrechnet«, warf Art ein.

Fort runzelte die Stirn. »Der Begriff *natürliches Kapital* ähnelt tatsächlich der traditionellen Definition mehr als menschliches Kapital. Es kann besessen und vererbt werden und in erneuerbar und nicht erneuerbar, vermarktet und nicht vermarktet unterteilt werden.«

»Aber wenn alles Kapital der einen oder anderen Art ist«, sagte Amy, »kann man verstehen, dass die Leute denken, dass die verschiedenen Arten untereinander austauschbar sind. Wenn man sein menschengemachtes Kapital benutzt, um weniger natürliches Kapital zu verbrauchen, ist das keine Substitution?«

Fort schüttelte den Kopf. »Das ist der Wirkungsgrad. Kapital ist die Größe des Inputs, und der Wirkungsgrad ist das Verhältnis von Output zu Input. Ganz gleich, wie leistungsfähig Kapital ist, es kann nicht etwas aus nichts erzeugen.«

»Neue Energiequellen …«, warf Max ein.

»Aber wir können keinen Boden aus Elektrizität gewinnen. Fusionsenergie und sich selbst reproduzierende Maschinen haben uns enorme Mengen an Energie gebracht, aber wir müssen Grundvorräte haben, um diese Energie anzuwenden. Und da gelangen wir zu einer Grenze, wo keine Substitutionen mehr möglich sind.«

Fort starrte sie alle an und zeigte immer noch jene urtümliche Ruhe, die Art zu Anfang aufgefallen war. Art blickte auf seine Notizen. *Natürliches Kapital – menschliches Kapital – Energie gegen Materie – elektrischer Boden – bitte keine Substitutionen.* Er schnitt eine Grimasse und klickte auf eine neue Seite.

»Leider arbeiten die meisten Ökonomen noch mit dem Leere-Welt-Modell der Ökonomie«, erklärte Fort.

»Das Volle-Welt-Modell scheint offenkundig«, erwiderte Sally. »Das ist einfach gesunder Menschenverstand. Warum sollten irgendwelche Ökonomen es ignorieren?«

Fort zuckte die Achseln und drehte eine weitere schweigende Runde durch das Zimmer. Arts Hals tat allmählich weh.

»Wir verstehen die Welt durch Paradigmen. Der Übergang von einer Ökonomie der leeren Welt zu einer der vollen ist ein bedeutender Paradigmenwechsel. Max Planck hat einmal gesagt, dass ein neues Paradigma nicht siegt, indem es seine Gegner überzeugt, sondern dadurch, dass seine Gegner schließlich aussterben.«

»Und jetzt sterben sie nicht aus«, sagte Art.

Fort nickte. »Die Behandlungen halten die Menschen im Gang. Und viele von ihnen haben ihre Posten auf Lebenszeit.«

Sally machte ein missbilligendes Gesicht. »Dann müssen sie eben lernen, anders zu denken.«

Fort sah sie an. »Und genau das wollen wir jetzt versuchen. Zumindest theoretisch. Ich möchte, dass Sie Strategien einer Ökonomie der vollen Welt erfinden. Das ist eines meiner Spiele. Wenn Sie Ihre Pads mit dem Tisch verbinden, kann ich Ihnen die Ausgangsdaten übertragen.«

Alle beugten sich vor und steckten die Geräte in den Tisch ein.

Das erste Spiel, das Fort machen wollte, beinhaltete das Schätzen des Maximums der versorgbaren menschlichen Bevölkerung. Sam fragte: »Hängt das nicht von Annahmen über den Lebensstil ab?«

»Wir werden eine ganze Reihe von Annahmen machen.«

Er scherzte nicht. Sie gingen von Szenarien, in denen jedes für Ackerbau geeignete Stück Land der Erde mit maximalem

Wirkungsgrad bewirtschaftet wurde, über zu Szenarien, bei denen auch Jagen und Sammeln eine Rolle spielten. Von allgemeinem erheblichem Konsum zu allgemeiner Beschränkung auf das Lebensnotwendige. Ihre Computer stellten die Anfangsbedingungen ein; und dann legten sie los. Sie sahen gelangweilt, nervös oder ungeduldig und vertieft aus, benutzten Formeln, die der interaktive Tisch lieferte, oder stellten eigene auf.

Damit waren sie bis zum Mittagessen und danach den ganzen Nachmittag beschäftigt. Art liebte Spiele, und er und Amy waren immer vor den anderen fertig. Ihre Resultate für eine maximal versorgbare Bevölkerung reichte von hundert Millionen (dem Modell des »unsterblichen Tigers«, wie Fort es nannte) bis zu dreißig Milliarden (dem »Ameisenhaufen«-Modell).

»Das ist ein großer Spielraum«, bemerkte Sam.

Fort nickte und sah sie alle geduldig an.

»Aber wenn man nur die Modelle mit den realistischsten Bedingungen betrachtet«, sagte Art, »kommt man in der Regel auf Zahlen zwischen drei und acht Milliarden.«

»Und die gegenwärtige Bevölkerung beträgt ungefähr zwölf Milliarden«, erwiderte Fort. »Also sind wir bereits weit darüber hinaus. Was tun wir jetzt dagegen? Wir müssen immerhin Firmen leiten. Das Geschäft wird nicht aufhören, nur weil es zu viele Menschen gibt. Die Ökonomie der vollen Welt ist nicht das Ende der Ökonomie, sondern nur das Ende von ›business as usual‹. Ich will, dass Praxis da allen anderen voraus ist. So! Jetzt herrscht Ebbe, und ich gehe wieder raus. Sie können gern mitkommen. Morgen werden wir ein Spiel spielen, das ›Übervoll‹ heißt.«

Damit verließ er das Zimmer, und sie blieben sich selbst überlassen. Sie gingen wieder in ihre Zimmer und dann, als es Zeit zum Abendessen war, in den Speisesaal. Fort war nicht da, aber einige seiner ältlichen Kollegen vom vorigen Abend. Und zu ihnen gesellte sich jetzt eine Schar junger Männer und Frauen, alle dünn, mit fröhlichen Mienen und gesund aussehend. Sie sahen aus wie ein Wanderclub oder ein Schwimmverein, und mehr als die Hälfte waren Frauen. Die Augenbrauen von Sam und Max gingen hoch und wieder runter. Ein einfacher Morsecode, der besagte: »Aha! Aha!« Die jungen Leute ignorierten das und servierten ihnen das Abendessen. Dann gingen sie wieder in die Küche. Art aß schnell und fragte sich, ob Sam und Max mit ihren Vermutungen recht hatten. Dann brachte er seinen Teller in die Küche und fing an, beim Abwaschen zu helfen. Er fragte eine der jungen Frauen neben ihm: »Was bringt Sie hierher?«

»Das ist eine Art Ausbildungsprogramm«, erklärte sie. Sie hieß Joyce. »Wir sind alle Lehrlinge, die im letzten Jahr von Praxis angestellt worden sind und jetzt ausgewählt wurden, zur Weiterbildung hierherzukommen.«

»Haben Sie zufällig heute über die Ökonomie der vollen Welt gearbeitet?«

»Nein, Volleyball gespielt.«

Art ging wieder nach draußen und wünschte, er wäre für ihr Programm ausgewählt worden anstatt für seines. Er fragte sich, ob es hier einen Whirlpool gäbe, da unten vielleicht mit Blick auf den Ozean? Das erschien nicht unmöglich; denn das Meer war kühl, und wenn alles Ökonomie war, dann konnte man darin eine Investition sehen. Sozusagen zur Aufrechterhaltung der menschlichen Infrastruktur.

Im Wohnbereich sprachen seine Mitgäste über den Tag. »Ich hasse dieses Zeug«, erklärte Sam.

»Wir stecken alle drin«, sagte Max finster. »Es gilt, bei dem Kult mitzumachen oder den Job zu verlieren.«

Die anderen waren nicht so pessimistisch. Amy meinte: »Vielleicht ist er bloß einsam.«

Sam und Max rollten die Augen und blickten zur Küche.

»Vielleicht wollte er immer Lehrer werden«, meinte Sally.

»Vielleicht will er, dass Praxis jedes Jahr um zehn Prozent wächst«, erklärte George, »volle Welt hin oder her.«

Sam und Max nickten, und Elizabeth machte ein ärgerliches Gesicht. »Vielleicht will er die Welt retten«, sagte sie grinsend.

»Klar!«, erwiderte Sam, und Max und George kicherten.

»Vielleicht hat er diesen Raum verwanzt«, mutmaßte Art grinsend. Damit wurde die Unterhaltung wie durch eine Guillotine abgeschnitten.

Die folgenden Tage waren dem ersten sehr ähnlich. Sie saßen im Konferenzraum, und Fort ging um sie herum und redete den ganzen Morgen, manchmal zusammenhängend und manchmal nicht. Eines Morgens verbrachte er drei Stunden mit Ausführungen über den Feudalismus; dass er der klarste politische Ausdruck der Dynamik von Dominanz bei Primaten wäre; dass er niemals wirklich abgeschafft worden war; dass transnationaler Kapitalismus Feudalismus in Großbuchstaben sei; dass die Aristokratie der Welt sich darüber klar werden müsse, wie man kapitalistisches Wachstum in die Stabilität des Feudalmodells integrieren könnte. An einem anderen Morgen sprach er über eine kalorische Wertetheorie, genannt Öko-Ökonomie, die wohl zuerst von frühen Siedlern auf dem Mars entwickelt worden war. Sam und Max rollten bei dieser Erklärung die Augen, während Fort weiter über Gleichungen von Taneev und Tokareva dozierte und unleserlich Formeln auf eine Tafel in der Ecke kritzelte.

Aber dieses Schema dauerte nicht an; denn ein paar Tage nach ihrer Ankunft kamen aus dem Süden große Wellen. Fort stellte ihre Zusammenkünfte ein und verbrachte seine ganze

Zeit mit Surfen oder Gleitflügen über das Wasser in einem Birdsuit, einem leichten, eng anliegenden Ganzkörperanzug mit breiten Flügeln wie ein Hanggleiter, der die Muskelbewegungen des Fliegers in die passenden halbstarren Konfigurationen für einen erfolgreichen Flug umsetzte. Die meisten jungen Stipendiaten erhoben sich mit ihm in die Luft und flatterten umher wie Ikarusse, um danach tiefer zu gehen und rasch über die Luftkissen zu gleiten, die jede brechende Welle hochstieß. Sie surften auf Luft wie die Pelikane, die diesen Sport erfunden hatten.

Art ging hinaus und flitzte auf einem Bodyboard umher. Er genoss das Wasser, das kühl war, aber nicht so kalt, dass er unbedingt einen Neoprenanzug gebraucht hätte. Er dümpelte in der Nähe der Brecher, auf denen Joyce ritt, und schwatzte mit ihr zwischen den Wellen. Dabei erfuhr er, dass die anderen alten Küchenarbeiter gute Freunde Forts waren, Veteranen der ersten Jahre des Aufstiegs von Praxis zu Bedeutung. Die jungen Studenten nannten sie die Achtzehn Unsterblichen. Einige von ihnen lebten dauerhaft hier, andere kamen zu einer Art Dauerklassentreffen vorbei, bei dem sie über Probleme diskutierten, die aktuelle Führungsriege von Praxis in Firmenpolitik berieten, Seminare und Kurse abhielten und in den Wellen spielten. Diejenigen, die sich nicht für Wasser interessierten, arbeiteten in den Gärten.

Art musterte die Gärtner genau, als er wieder zum Grundstück hinaufstieg. Sie arbeiteten wie in Zeitlupe und redeten die ganze Zeit miteinander. Derzeit schien ihre Hauptarbeit das Abernten der gefolterten Apfelbäume zu sein.

Die Wellen aus dem Süden ließen nach, und Fort ließ Arts Gruppe wieder zusammenkommen. Eines Tages ging es um Geschäftsmöglichkeiten in der vollen Welt; und Art begann zu verstehen, weshalb er und seine sechs Kollegen zur Teilnahme ausgesucht worden sein könnten. Amy und George arbeiteten an der Empfängnisverhütung, Sam und Max an industriellem Design, Sally und Elizabeth in Ackerbautechnik und er selbst in der Wiedergewinnung von Ressourcen. Sie arbeiteten alle schon in Unternehmen der vollen Welt und erwiesen sich bei den nachmittäglichen Spielen recht gut im Entwerfen neuer Verfahren.

An einem anderen Tag schlug Fort ein Spiel vor, in dem sie das Problem der vollen Welt durch Rückkehr zu einer leeren Welt zu lösen hatten. Sie sollten davon ausgehen, dass ein Krankheitsüberträger freigesetzt wurde, der jeden auf der Welt tötete, der nicht die gerontologische Behandlung bekommen hatte. Was wären die Pros und Kontras einer solchen Aktion?

Die Gruppe starrte verlegen auf die Pads. Elizabeth erklärte, dass sie bei einem Spiel auf dieser bestialischen Grundlage nicht mitmachen würde.

»Es ist eine abscheuliche Idee«, gab Fort zu. »Aber keine unmögliche. Ich höre so einiges. Zum Beispiel die Diskussionen und Streits auf der Führungsebene der großen Transnationalen. Dort werden Ideen aller Art ganz ernsthaft diskutiert, darunter auch solche wie diese. Sie wird von allen verurteilt, und man wechselt schnell das Thema. Aber niemand behauptet, dass sie technisch nicht machbar seien. Und manche scheinen zu denken, dass dadurch gewisse Probleme gelöst würden, die anders nicht zu bewältigen sind.«

Die Gruppe erwog diesen Gedanken widerwillig. Art meinte, dass landwirtschaftliche Arbeiter knapp sein würden.

Fort blickte auf den Ozean hinaus und sagte nachdenklich: »Das ist das Grundproblem bei einem Zusammenbruch. Wenn man einmal einen in Gang setzt, ist es schwer, einen Zeitpunkt zu bestimmen, an dem man zuversichtlich behaupten kann, dass er auch wieder aufhört. Machen wir weiter!«

Und das taten sie, wenn auch niedergeschlagen. Sie spielten eine Reduktion der Bevölkerung durch. Und nach der gerade erwogenen Alternative gingen sie sehr ernsthaft vor. Jede(r) war abwechselnd Herrscher der Welt, wie Fort es ausdrückte, und legte seinen (oder ihren) Plan detailliert dar.

Als Art an der Reihe war, sagte er: »Ich würde jeder lebenden Person ein Geburtsrecht geben, das sie ermächtigt, Elternteil von drei Vierteln eines Kindes zu sein.«

Alle lachten, einschließlich Fort. Aber Art fuhr beharrlich fort. Er erklärte, dass auf diese Weise jedes Elternpaar das Recht bekäme, anderthalb Kinder in die Welt zu setzen. Wenn sie eins hätten, könnten sie das Recht auf das nächste halbe entweder verkaufen oder von einem anderen Paar das Recht auf ein weiteres halbes Kind erwerben und so ein zweites Kind bekommen. Die Preise für halbe Kinder würden nach dem klassischen Prinzip von Angebot und Nachfrage schwanken. Die sozialen Konsequenzen wären positiv. Leute, die sich Extrakinder wünschten, müssten dafür Opfer bringen; und die, die das nicht wollten, hätten eine Einkommensquelle, um ihr Kind zu unterstützen. Wenn die Bevölkerung weit genug gesunken wäre, könnte der Herrscher der Welt erwägen, das Geburtsrecht auf ein Kind je Person zu erhöhen, was einem demographischen Gleichgewicht nahe käme. Aber in Anbetracht der Langlebigkeitsbehandlung dürfte die Schranke von drei Vierteln lange in Kraft bleiben.

Als Art seinen Vorschlag fertig dargelegt hatte, blickte er von den Notizen auf seinem Gerät auf. Alle starrten ihn an.

»Drei Viertel eines Kindes«, wiederholte Fort grinsend, und alle lachten wieder. »Das gefällt mir.« Das Gelächter erstarb. »Das würde auf dem offenen Markt letztendlich einen Geldwert für ein Menschenleben festsetzen. Bisher ist das, was auf diesem Gebiet geleistet wurde, bestenfalls schlampig. Einkommen und Ausgaben auf die Lebenszeit gerechnet und dergleichen.« Er seufzte und schüttelte den Kopf. »Die Wahrheit ist, dass die Ökonomen die meisten Zahlen in Hinterzimmern ausbrüten. Wert ist eigentlich keine ökonomische Kalkulation. Mir gefällt Ihre Idee. Sehen wir mal, ob wir abschätzen können, wie hoch der Preis für ein halbes Kind sein würde. Ich bin mir sicher, da würde es Spekulation, Mittelsmänner, ja einen ganz eigenen Markt geben.«

Also beschäftigten sie sich für den Rest des Nachmittags mit dem Dreiviertelspiel, entwarfen Rohstoffmärkte, die wie Plots für Seifenopern klangen. Als sie fertig waren, lud Fort sie zu einer Grillparty am Strand ein.

Sie gingen auf ihre Zimmer, zogen Windjacken an und wanderten im Licht des Sonnenuntergangs den Weg ins Tal hinunter. Neben einer Düne am Strand brannte ein großes offenes Feuer, das von einigen jungen Studenten versorgt wurde. Als sie angekommen waren und sich auf Decken um das Feuer gesetzt hatten, landeten etwa ein Dutzend der Achtzehn Unsterblichen, liefen über den Sand und brachten ihre Flügel langsam herunter. Dann öffneten sie die Reißverschlüsse ihrer Anzüge, wischten sich nasses Haar aus den Augen und unterhielten sich miteinander über den Wind. Sie halfen sich gegenseitig aus den langen Flügeln und standen in ihren Badeanzügen da, mit Gänsehaut und zitternd. Hundertjährige Flieger mit dürren, zum Feuer ausgestreckten Armen. Die Frauen waren genauso muskulös wie die Männer. Jedes Gesicht war zerfurcht, weil jeder von ihnen seit einer Million Jahre in die Sonne blinzelte, um ein Feuer am Strand saß und lachte.

Art beobachtete, wie Fort mit seinen alten Freunden scherzte und wie lässig sie einander abtrockneten. Das geheime Leben der Reichen und Berühmten! Sie aßen Hot Dogs und tranken

Bier. Die Flieger gingen hinter eine Düne und kamen in Hosen und Sweatshirts zurück, blieben etwas länger am Feuer stehen und kämmten ihr feuchtes Haar aus. Es herrschte ein dämmriges Zwielicht, und die zur Küste wehende Brise war salzig und kühl. Die großen orangefarbenen Flammen tanzten im Wind, und Licht und Schatten flackerten über Forts Schimpansengesicht. Wie Sam kürzlich angemerkt hatte, sah er keinen Tag älter aus als achtzig.

Jetzt setzte er sich zwischen seine sieben Gäste, die unter sich geblieben waren. Er starrte in die Glut und fing wieder an zu sprechen. Die Leute auf der anderen Seite des Feuers setzten ihre Gespräche fort, und Forts Gäste beugten sich vor, um ihn über dem Wind, den Wellen und dem knisternden Feuer verstehen zu können. Ohne ihre Pads im Schoß wirkten sie etwas hilflos.

»Sie können Menschen nicht dazu bringen, dass sie etwas tun«, sagte Fort. »Es kommt darauf an, sich selbst zu ändern. Die Menschen sehen das dann und können sich entscheiden. In der Ökologie gibt es das sogenannte Gründerprinzip. Die Bevölkerung einer Insel entspringt einer kleinen Anzahl von Siedlern, sodass sie nur einen kleinen Teil der Gene der Elternpopulation hat. Das ist der erste Schritt zur Artenbildung. Ich denke, wir brauchen so eine neue Spezies jetzt – natürlich im ökonomischen Sinne. Und Praxis selbst ist die Insel. Die Art, wie wir sie strukturieren, ist sozusagen eine Manipulation der Gene, die wir eingebracht haben. Wir sind nicht verpflichtet, uns an die Regeln zu halten, wie sie derzeit bestehen. Wir können eine neue Spezies formen. Nicht feudal. Wir haben den kollektiven Besitz, können gemeinsam Entscheidungen treffen und konstruktiv handeln. Wir arbeiten auf einen körperschaftlichen Staat hin, ähnlich dem Bürgerstaat, den die Bevölkerung in Bologna eingerichtet hat. Es ist eine Art demokratisch kommunistischer Insel, die den sie umgebenden Kapitalismus überflügelt und einen neuen, besseren Lebensstil schafft. Glauben Sie, dass eine solche Art von Demokratie möglich ist? Wir sollten sie an einem dieser Nachmittage durchspielen.«

»Wenn Sie meinen«, sagte Sam. Das trug ihm einen scharfen Blick von Fort ein.

Der nächste Morgen war sonnig und warm. Fort entschied, dass das Wetter zu gut wäre, um drinnen zu bleiben. Also gingen sie wieder an den Strand und ließen sich unter einem großen Pavillonzelt neben der Feuergrube zwischen Kühlschränken auf Hängematten, die zwischen den Stangen des Pavillons aufgespannt waren, nieder. Der Ozean war leuchtend hellblau, die Wellen klein, aber schnell, und oft ritten sie Surfer in Neoprenanzügen. Fort saß in einer Hängematte und dozierte über Selbstsucht und Altruismus mit Beispielen aus Ökonomie, Soziobiologie und Bioethik. Er kam zu dem Ergebnis, dass es Altruismus im eigentlichen Sinn überhaupt nicht gebe. Es war lediglich Selbstsucht, die auf lange Sicht plante, die realen Kosten dieses Verhaltens abwog und lieber gleich bezahlte, anstatt einen riesigen Schuldenberg aufzuhäufen. Das war in der Tat eine sehr gesunde ökonomische Praxis, wenn sie richtig gelenkt und angewendet wurde. Das versuchte er in dem Spiel über selbstsüchtigen Altruismus zu beweisen, das sie dann machten – dem Dilemma des Gefangenen oder die Tragödie der Bürgerlichen.

Am nächsten Tag trafen sie sich wieder im Surfcamp, und nach einem ausufernden Gespräch über freiwillige Einfachheit machten sie ein Spiel, das Fort »Marcus Aurelius« nannte. Art genoss das Spiel wie auch alle anderen und spielte es gut. Jeden Tag wurden seine Notizen kürzer. An diesem Tag lauteten sie: *Konsum – Appetit – künstliche Bedürfnisse – reale Bedürfnisse –*

Strohlager! Umwelteinfluss = Bevölkerung x Appetit x Wirkungsgrad – in den Tropen Kühlschränke kein Luxus – Gemeinschaftskühlschränke – Kühlhäuser – Sir Thomas More.

An diesem Abend speisten die Konferenzteilnehmer allein, und ihre Diskussion beim Essen war lahm. Art bemerkte: »Ich denke, dieser Ort ist ein Beispiel für freiwillige Schlichtheit.«

»Würde das auch für die jungen Studenten gelten?«, fragte Max.

»Die Unsterblichen scheinen nicht viel mit ihnen anzufangen.«

»Sie sehen nur gern zu«, erwiderte Sam. »Wenn Sie so alt sind …«

»Ich frage mich, wie lange er uns hierbehalten will«, sagte Max. »Wir sind erst eine Woche hier, und es ist schon langweilig.«

»Ich mag es irgendwie«, stellte Elizabeth fest. »Es ist erholsam.«

Art pflichtete ihr bei. Er stand früh auf. Einer der Studenten verkündete jede Morgendämmerung, indem er mit einem großen Holzhammer auf einen Holzblock schlug in einem abnehmenden Intervall, das Art jedes Mal aufweckte … *tock … tock … tock … tock … tock, toc toc-toc toc-to-to-t-ttttt.* Danach ging Art hinaus in den grauen feuchten Morgen voller Vogelstimmen. Der Klang der Wellen war ständig zu hören, als hielte ihm jemand unsichtbare Muscheln an die Ohren. Wenn er auf dem Pfad durch die Farm ging, sah er dort immer einige der Achtzehn Unsterblichen, die schwatzten, während sie mit Hacken oder Heckenscheren arbeiteten oder unter der großen Eiche saßen und auf den Ozean hinausblickten. Fort war oft bei ihnen. Art wanderte eine Stunde vor dem Frühstück umher, wohl wissend, dass er den Rest des Tages in einem warmen Raum oder an einem warmen Strand mit Gesprächen und Spielen verbringen würde. War das wirklich alles? Er war sich nicht sicher. Es war definitiv erholsam. Er hatte seine Zeit noch nie so zugebracht.

Aber natürlich steckte mehr dahinter. Es war, wie Sam und Max ihn ständig erinnerten, eine Art Test. Sie wurden beurteilt. Der alte Mann beobachtete sie, und vielleicht auch die Achtzehn Unsterblichen und sogar die jungen Studenten, die »Lehrlinge«, die Art allmählich echt mächtig vorkamen; junge Draufgänger, die einen großen Teil der täglichen Arbeiten auf dem Grundstück erledigten und vielleicht auch für Praxis, selbst auf höchstem Niveau – in Absprache mit den Achtzehn oder vielleicht auch nicht. Nachdem er sich einige von Forts weitschweifigen Ergüssen angehört hatte, konnte er verstehen, dass manche ihn bei praktischen Entscheidungen übergehen wollten. Und die Gespräche beim Geschirrspülen klangen manchmal wie die von Geschwistern, die darüber diskutierten, wie man mit unfähigen Eltern umgehen sollte ...

Auf jeden Fall war es ein Test. Als Art eines Abends in die Küche ging, um sich ein Glas Milch vor dem Schlafengehen zu holen, kam er an einem kleinen Zimmer neben dem Speisesaal vorbei, wo eine Anzahl Leute, alt und jung, sich ein Video von der Morgensitzung mit Fort ansahen. Art ging sehr nachdenklich in sein Zimmer zurück.

Am folgenden Morgen ging Fort auf seine gewohnte Art im Kreis durch das Zimmer. »Neue Möglichkeiten zum Wachstum werden immer weniger.«

Sam und Max sahen einander kurz an.

»Darauf läuft das Volle-Welt-Denken letztlich hinaus. Also müssen wir diese neuen, nicht mehr wachsenden Märkte identifizieren und in sie einsteigen. Wie Sie wissen, lässt sich natürliches Kapital in vermarktbares und nichtvermarktbares unterteilen. Nichtvermarktbares natürliches Kapital ist das Substrat, das alles vermarktbare Kapital hervorbringt. In Anbetracht seiner Knappheit und des Vorteils, den es bringt, wäre es nach der Standardtheorie von Angebot und Nachfrage unendlich teuer. Mich interessiert alles, was einen theoretisch unendlich hohen Preis hat. Das ist eine offenkundige Investition. Im Grunde ist es eine infrastrukturelle Investition, aber auf dem fundamentalsten biophysikalischen Niveau. Sozusagen Infra-Infrastruktur oder Bioinfrastruktur. Und da sollte Praxis meiner Meinung nach anfangen. Wir erhalten jegliche Bioinfrastruktur oder bauen sie neu, wenn sie durch Liquidation erschöpft wurde. Das ist eine Investition auf lange Sicht, aber die Erträge werden fantastisch sein.«

»Ist nicht die meiste Bioinfrastruktur in öffentlicher Hand?«, fragte Art.

»Ja. Das bedeutet, dass wir eng mit den Regierungen zusammenarbeiten müssen. Das jährliche Bruttoeinkommen von Praxis ist viel größer als das der meisten Länder. Worauf es ankommt, ist, Länder mit kleinen jährlichen Bruttonationaleinkommen und schlechten LZIs zu finden.«

»LZI?«, fragte Art.

»Landeszukunftsindex. Das ist eine Alternative zum Bruttonationalprodukt. Es berücksichtigt Verschuldung, politische Stabilität, den Zustand der Umwelt und dergleichen. Eine nützliche Probe auf das BNP, die hilft, Länder zu finden, die unsere Hilfe brauchen könnten. Wir identifizieren sie, gehen auf sie zu und bieten ihnen eine massive Kapitalinvestition an plus politischen Rat, Sicherheit und was immer sie benötigen. Als Gegenleistung erhalten wir Zugriff auf ihre Bioinfrastruktur. Wir haben damit Zugang zu ihrer Arbeitskraft. Das ist eine naheliegende Partnerschaft. Ich denke, dass ihr die Zukunft gehört.«

»Wie passen wir da hinein?«, fragte Sam und zeigte auf die Gruppe.

Fort sah alle nacheinander an. »Ich werde jedem von Ihnen einen anderen Auftrag erteilen. Ich will, dass Sie ihn vertraulich behandeln. Sie werden auf jeden Fall einzeln von hier abreisen, und zu verschiedenen Orten. Sie alle werden für Praxis diplomatische Arbeit leisten sowie spezifische Aufgaben haben, bei denen es um Investitionen in die Bioinfrastruktur geht. Ich werden Ihnen die Details persönlich mitteilen. Jetzt lassen Sie uns einen frühen Lunch einnehmen, und danach werde ich Sie jeweils einzeln treffen.«

Diplomatische Arbeit!, notierte sich Art.

Er verbrachte den Nachmittag mit Spaziergängen im Garten und sah sich die Apfelbüsche an. Offenbar stand er nicht oben auf der Liste persönlicher Termine mit Fort. Darüber zuckte er die Achseln. Es war ein wolkiger Tag, und die Blumen im Garten waren feucht und sprühten vor Leben. Es würde schwer sein, wieder in sein Apartment unter dem Freeway in San José zu ziehen. Er fragte sich, was Sharon wohl machte, ob sie je an ihn dachte. Bestimmt machte sie einen Segeltörn mit ihrem Vizedirektor oder so.

Es war kurz vor Sonnenuntergang, und er wollte gerade wieder in sein Zimmer gehen und sich fürs Abendessen fertig machen, als Fort auf dem breiten Weg erschien und sagte: »Ah, da sind Sie. Gehen wir zur Eiche hinunter!«

Sie setzten sich am Stamm des großen Baumes hin. Die Sonnenstrahlen drangen durch die niedrigen Wolken, und die ganze Welt nahm die Farbe von Rosen an. »Sie leben an einem schönen Ort«, sagte Art.

Fort schien ihn nicht zu hören. Er schaute zu den von unten beleuchteten Wolken auf, die sich über ihnen zusammenballten.

Nach einigen Minuten der Kontemplation sagte er: »Wir wollen, dass Sie den Mars akquirieren.«

»Den Mars akquirieren?«, wiederholte Art.

»Ja. In dem Sinne, worüber ich heute Morgen gesprochen habe. Diesen national-transnationalen Partnerschaften gehört die Zukunft, ganz sicher. Das alte System der Gefälligkeitsflaggen war attraktiv, aber es müsste weiter ausgebaut werden, sodass wir mehr Kontrolle über unser Investment haben. Das haben wir in Sri Lanka gemacht und hatten dort mit unserem Abkommen so viel Erfolg, dass alle anderen großen Transnationalen uns nachahmen und aktiv Länder rekrutieren, die in Schwierigkeiten stecken.«

»Aber der Mars ist kein Land.«

»Nein. Aber er steckt in Schwierigkeiten. Als der erste Aufzug abstürzte, wurde die Ökonomie vernichtet. Jetzt ist der neue Aufzug fertig, und es wird allerhand passieren. Ich will, dass Praxis in diesem Rennen vorne liegt. Natürlich sind alle anderen großen Investoren auch da und bringen sich in Stellung. Und das wird jetzt, wo der neue Aufzug da ist, nur noch heftiger werden.«

»Wer betreibt den Aufzug?«

»Ein Konsortium unter Leitung von Subarashii.«

»Ist das nicht ein Problem?«

»Nun, es verschafft ihnen einen Vorteil. Aber die verstehen den Mars nicht. Sie sehen in ihm nur eine neue Rohstoffquelle. Sie sehen die Möglichkeiten nicht.«

»Die Möglichkeiten für ...?«

»Für Entwicklung! Der Mars ist nicht bloß eine leere Welt, Randolph. In ökonomischer Hinsicht ist er fast eine nicht existierende Welt. Seine Bioinfrastruktur muss *konstruiert* werden, verstehen Sie? Sicher, man könnte bloß die Metalle ausbeuten und dann weiterziehen, was Subarashii und die anderen wohl vorhaben. Sie behandeln ihn nicht anders als einen großen Asteroiden. Das ist dumm, denn sein Wert als Operationsbasis, als Planet, übersteigt bei Weitem den Wert seiner Metalle. Alle seine Metalle zusammengenommen bringen ungefähr zwanzig Billionen Dollar ein. Aber der Wert eines terrageformten Mars liegt eher bei zweihundert Billionen Dollar. Das ist etwa ein Drittel des derzeitigen Bruttowertes der Erde, und das berücksichtigt seinen Seltenheitswert noch nicht gebührend, wenn Sie mich fragen. Nein, der Mars ist eine Bioinfrastrukturinvestition, genau das, worüber ich gesprochen habe. Genau das, wonach Praxis Ausschau hält.«

»Aber die Akquise ...«, warf Art ein. »Ich meine, worüber reden wir hier eigentlich? Von was ...?«

»Nicht was, sondern wen.«

»Wen?«

»Den Untergrund.«

»Den Untergrund?«

Fort ließ ihm Zeit, darüber nachzudenken. Fernsehen, Boulevardzeitungen und das Netz waren voller Geschichten über die Überlebenden von 2061, die jetzt angeblich in unterirdischen Verstecken in der zerklüfteten Südhemisphäre lebten, angeführt von John Boone und Hiroko Ai, die überall Tunnel bauten und die in Kontakt mit Aliens, toten Berühmtheiten und derzeitigen Machthabern stehen sollten ... Art starrte Fort an, einen echten derzeitigen Machthaber, erschrocken durch die plötzliche Vorstellung, dass an diesen wilden Fantasien etwas Wahres dran sein könnte. »Stimmt das alles wirklich?«

Fort nickte. »O ja. Ich stehe nicht in direktem Kontakt mit dem Untergrund, verstehen Sie, und weiß nicht, wie umfangreich er ist. Aber ich bin sicher, dass manche der Ersten Hundert noch am Leben sind. Sie kennen die Theorien von Taneev und Tokareva, über die ich bei Ihrer Ankunft gesprochen habe?

Diese zwei und Ursula Kohl und das ganze biomedizinische Team hatten alle in der Acheron-Finne, nördlich von Olympus Mons, gelebt. Während des Krieges war die Anlage zerstört worden. Aber man hatte dort keine Leichen gefunden. Also habe ich vor etwa sechs Jahren angeordnet, dass ein Team von Praxis die Anlage wieder aufbauen soll. Nach seiner Fertigstellung nannten wir es das Acheron-Institut und ließen es leerstehen. Alles ist online und startbereit, aber nichts passiert dort – außer einer kleinen alljährlichen Konferenz zu ihrer Öko-Ökonomie. Und letztes Jahr, als die Konferenz vorbei war, fand jemand von der Reinigungstruppe ein paar Seiten in einem Fax. Kommentare zu einem auf der Konferenz vorgestellten Paper. Keine Unterschrift, keine Quelle. Aber aufgrund der dargestellten Ideen bin ich davon überzeugt, dass es von Taneev oder Tokareva geschrieben wurde oder jemandem, der mit ihrer Arbeit bestens vertraut ist. Und ich halte das für ein kleines Signal.«

Ein sehr kleines Signal, dachte Art. Aber Fort schien seine Gedanken zu lesen.

»Ich habe gerade ein größeres Signal erhalten. Ich weiß nicht, von wem. Die sind sehr vorsichtig. Aber es gibt sie da draußen.«

Art schluckte. Das war eine große Nachricht, wenn sie stimmte. »Deswegen wollen Sie, dass ich ...«

»Ich möchte, dass Sie zum Mars fliegen. Wir haben dort ein Projekt, das Ihnen Ihre Tarnung liefern wird. Es handelt sich um die Bergung eines Stücks des abgestürzten Aufzugskabels. Aber während Sie das tun, werde ich es einrichten, dass Sie mit der Person zusammentreffen, die an mich herangetreten ist. Sie selbst brauchen nichts zu tun. Die werden den ersten Zug machen und Sie kontaktieren. Ich will aber nicht, dass Sie sie von Anfang an genau wissen lassen, was Sie vorhaben, hören Sie? Ich möchte, dass Sie sich mit ihnen beschäftigen. Herausfinden, wer sie sind und wie umfangreich ihr Untergrund ist und was sie wollen. Und wie wir mit ihnen Geschäfte machen könnten.«

»Ich wäre also eine Art ...«

»Eine Art Diplomat.«

»Ich wollte sagen – eine Art Spion.«

Fort zuckte die Achseln. »Das kommt darauf an, mit wem Sie zusammenarbeiten. Dieses Projekt muss geheim bleiben. Ich habe mit vielen anderen transnationalen Geschäftsführern zu tun, und das sind ängstliche Leute. Gefühlte Bedrohungen der bestehenden Ordnung werden oft sehr brutal abgewehrt. Und manche von denen halten Praxis bereits für eine Bedrohung. Deswegen muss Praxis derzeit sehr vorsichtig sein, und Ihre Erkundigungen auf dem Mars müssen geheim bleiben. Glauben Sie, dass Sie das schaffen?«

»Ich weiß es nicht.«

Fort lachte. »Darum habe ich Sie für diesen Auftrag ausgesucht, Randolph. Sie wirken schlicht.«

Ich bin auch schlicht, hätte Art beinahe gesagt, biss sich aber rechtzeitig auf die Zunge. Stattdessen sagte er: »Warum mich?«

Fort sah ihn an. »Wenn wir eine neue Gesellschaft erwerben, begutachten wir ihr Personal. Ich habe Ihre Akten gelesen. Ich dachte, Sie könnten das Zeug zum Diplomaten haben.«

»Oder zum Spion.«

»Das sind oft nur verschiedene Aspekte des gleichen Jobs.«

Art runzelte die Stirn. »Haben Sie mein Apartment verwanzt? Meine alte Wohnung?«

»Nein.« Fort lachte wieder. »So etwas machen wir nicht. Die Akten der Leute genügen uns.«

Art erinnerte sich daran, dass spät nachts das Video einer ihrer Sitzungen angeschaut worden war.

»Das und eine Sitzung hier«, ergänzte Fort. »Um Sie kennenzulernen.«

Art dachte darüber nach. Keiner der Achtzehn wollte diesen Job. Vielleicht auch keiner der Studenten. Es ging zum Mars und dann weiter in eine unsichtbare Welt, über die niemand etwas wusste, vielleicht für immer. Manche Leute würden das nicht verlockend finden. Aber für jemanden, der nicht wusste, was er tun sollte, und sich vielleicht nach einer neuen Beschäftigung umsah, vielleicht mit einem Potenzial zur Diplomatie …

Also hatte sich das alles als Bewerbungsprozess herausgestellt. Für einen Job, von dem er nicht einmal gewusst hatte, dass es ihn gab. Mars-Erwerber. Chef der Mars-Akquise. Mars-Maulwurf. Spion im Hause des Ares. Gesandter zum Mars-Untergrund. Oje, dachte er.

»Was sagen Sie also?«

»Ich mache es«, sagte Art.

William Fort ließ nichts anbrennen. In dem Moment, in dem Art zusagte, den Marsauftrag anzunehmen, beschleunigte sich sein Leben wie ein Video im Schnellvorlauf. Noch in dieser Nacht saß er erst wieder in dem fensterlosen Wagen und dann im fensterlosen Jet, diesmal allein. Und als er über die Gangway marschierte, dämmerte der Morgen in San Francisco.

Er ging zum Büro von Dumpmines und machte dort die Runde bei Freunden und Bekannten. Ja, sagte er immer wieder, ich habe einen Job auf dem Mars angenommen. Ein Stück von dem alten Aufzugskabel zu bergen. Nur vorübergehend. Die Bezahlung ist gut. Ich werde zurückkommen.

An diesem Nachmittag ging er nach Hause und packte. Das dauerte zehn Minuten. Dann schaute er sich müde in seinem leeren Apartment um. Auf dem Herd stand die Bratpfanne, die einzige Verbindung zu seinem früheren Leben. Er trug sie zu seinen Koffern und dachte, er könnte sie noch hineinstopfen und mitnehmen. Die Koffer waren schon voll und verschlossen. Er ging zurück und setzte sich auf den einzigen Stuhl, die Bratpfanne locker in der Hand.

Nach einer Weile rief er Sharon an. Er hoffte ein bisschen, dass er nur ihren Anrufbeantworter erreichen würde, aber sie war zu Hause. Er krächzte: »Ich fliege zum Mars.« Sie wollte es nicht glauben. Als sie es dann doch glaubte, wurde sie wütend. Das war schlicht und einfach Fahnenflucht. Er floh vor ihr. Aber du hast mich doch schon hinausgeworfen, versuchte Art zu sagen, aber sie hatte schon aufgelegt. Er ließ die Bratpfanne auf dem Tisch stehen und schleppte seine Koffer zum Bürgersteig. Gegenüber war ein öffentliches Krankenhaus, das die Langlebigkeitsbehandlung durchführte. Es war von der üblichen Menschenmenge umgeben, Leute, die vermutlich bald an die Reihe kommen würden und draußen auf dem Parkplatz kampierten, um sicherzugehen, dass nichts schiefging. Die Behandlung war allen US-Bürgern gesetzlich garantiert, aber die Wartelisten für die öffentlichen Einrichtungen waren so lang, dass es fraglich war, ob man lange genug leben würde, bis man an der Reihe war. Art schüttelte bei diesem Anblick den Kopf und rief eine Fahrradrikscha.

Er verbrachte seine letzte Woche auf der Erde in einem Motel in Cape Canaveral. Es war ein kläglicher Abschied, weil Canaveral Sperrgebiet war, hauptsächlich von Militärpolizei und Servicepersonal bewohnt, das sich gegenüber den »unlängst Verblichenen«, wie man die auf Abreise Wartenden nannte, äußerst schlecht benahm. Die täglichen Raketenstarts machten jeden entweder besorgt oder verärgert, aber auf jeden Fall fast taub. Nachmittags liefen alle mit klingelnden Ohren herum und wiederholten ständig: Was? Was? Was? Um dem Problem entgegenzuwirken, trugen die meisten Ortsansässigen Ohrenstöpsel. Sie ließen Teller auf den Tisch eines Restaurants fallen, während sie mit dem Küchenpersonal schwatzten, schauten plötzlich auf die Uhr, nahmen die Stöpsel aus der Tasche und steckten sie sich in die Ohren, und – *bumm* – die nächste Nova-Energia-Rakete mit zwei daran befestigten Shuttles hob ab. Die ganze Welt wackelte wie Gelee. Die »Verblichenen« rannten auf die Straße, die Hände auf den Ohren, und holten sich eine weitere Vorschau auf ihr Schicksal; starrten voller Panik auf die biblische Rauchsäule und den Feuerpunkt über dem Atlantik. Die Ansässigen blieben, wo sie waren, kauten Kaugummi und warteten, bis die Pause vorbei war. Nur einmal zeigten sie

Interesse, als eines Morgens Flut herrschte und die Meldung kam, dass eine Gruppe Partygänger zu dem Zaun geschwommen war, der die Stadt umgab, und sich ins Innere durchgeschnitten hatte, wo die Sicherheitsbeamten sie bis in das Gebiet gejagt hatten, in dem an diesem Tage der Start stattfinden sollte. Man sagte, einige wären dabei verbrannt; und das genügte, um ein paar Einheimische hinauszulocken, die vielleicht dachten, dass die Rauchsäule und die Flammen deswegen anders aussehen würden.

Dann war an einem Sonntagmorgen Art an der Reihe. Er wachte auf und zog sich den schlecht passenden Overall an, der ihm gestellt worden war. Alles kam ihm wie ein Traum vor. Er stieg mit einem anderen Mann in den Wagen, der genauso benommen aussah, wie er sich fühlte; und sie wurden zum Startgelände gefahren und nach Netzhautscan, Fingerabdrücken, Stimme und äußerem Aussehen identifiziert. Dann wurde er, ohne dass er ernsthaft über alles hätte nachdenken können, in einen Aufzug und dann durch einen kurzen Tunnel in einen winzigen Raum mit acht Sesseln geführt, die wie Zahnarztstühle aussahen, in denen Leute mit aufgerissenen Augen saßen. Dort nahm er Platz und wurde angeschnallt. Die Tür wurde geschlossen, unter ihm ertönte ein vibrierendes Gebrüll, er wurde angepresst und wog danach nichts mehr. Er befand sich im Orbit.

Nach einer Weile schnallte sich der Pilot ab. Die Passagiere taten das auch und schwebten zu den zwei kleinen Fenstern, um hinauszuschauen. Schwarzer Weltraum, blauer Planet – genau wie die Bilder, aber mit der aufregenden Schärfe der Realität. Art blickte hinab auf Westafrika, und eine große Welle von Übelkeit überkam ihn.

Gerade als sich sein Appetit nach einer schier endlosen Zeit, in der er raumkrank gewesen war, die in der realen Welt offenbar nur drei Tage gedauert hatte, wieder einstellte, näherte sich eines der Shuttles, die zwischen Erde und Mars pendelten. Nach einem Venus-Swing-by und einer kurzen Atmosphärenbremsung an der Erde vorbei zum Mond war es so langsam geworden, dass die kleinen Fähren es einholen konnten. Irgendwann während er noch raumkrank gewesen war, waren Art und die anderen Passagiere in eine dieser Fährenkapseln umgestiegen, die, als es so weit war, hinter einem der Linienshuttles herzischte. Die Beschleunigung war noch härter als beim Start von Canaveral; und danach war Art wieder schwindlig und übel. Noch mehr Schwerelosigkeit hätte ihn umgebracht. Er stöhnte schon bei dem bloßen Gedanken daran. Aber zum Glück gab es in dem Linienshuttle einen Ring, der so schnell rotierte, das in einigen Räumen die sogenannte Marsschwere herrschte. Art bekam ein Bett im Krankenrevier, das in diesem Ring untergebracht war, und blieb dort. Er konnte in der seltsam geringen Marsschwerkraft nicht richtig gehen. Er hopste und stolperte herum, fühlte sich immer noch innerlich angeschlagen und schwindlig. Aber er blieb noch auf der rechten Seite der Übelkeit, wofür er dankbar war, obwohl das an sich kein besonders angenehmer Zustand war.

Das interplanetare Shuttle hatte eine merkwürdige Gestalt. Wegen der häufigen Aerobraking-Manöver in den Atmosphären von Erde, Venus und Mars hatte es ungefähr die Form eines Hammerhais. Der rotierende Ring befand sich nahe dem Heck, direkt vor dem Antrieb und den Schleusen für die Fähren. Im Ring bewegte man sich mit dem Kopf zur Mittellinie des Schiffs. Die Füße zeigten nach unten auf die Sterne unter dem Fußboden.

Nach etwa einer Woche beschloss Art, es noch einmal mit der Schwerelosigkeit zu versuchen, da der rotierende Ring keine Fenster hatte. Er ging zu einer Übergangskammer, um in den sich nicht drehenden Teil des Schiffs zu gelangen. Die Kabinen befanden sich auf einem schmalen Ring, der sich mit dem g-Ring bewegte, konnten aber verlangsamt werden, um sich dem Rest des Schiffs anzugleichen. Sie sahen aus wie Lastenaufzugskabinen, mit Türen auf beiden Seiten. Wenn man in eine einstieg und den richtigen Knopf drückte, bremste er während einiger Umdrehungen bis zum Stillstand ab, und die gegenüberliegende Tür öffnete sich zum Rest des Schiffs.

Also versuchte Art das. Als die Kabine langsamer wurde, begann er, Gewicht zu verlieren, und sein Magen hob sich dementsprechend. Als sich dann die andere Tür öffnete, schwitzte er und hatte sich irgendwie an die Decke katapultiert, wo er sich bei dem Versuch, seinen Kopf vor der Kollision zu bewahren, das Handgelenk schmerzhaft anstieß. Schmerz kämpfte mit der Übelkeit, aber die Übelkeit siegte. Er prallte noch ein paar Mal gegen die Wände, bis er das Kontrollpaneel traf und auf den Knopf drückte, der ihn wieder in den Gravitationsring zurückbrachte. Als sich die Tür geschlossen hatte, schwebte er sanft auf den Boden zurück. Nach einer Minute kehrte die Marsschwere zurück, und die Tür, durch die er hereingekommen war, öffnete sich wieder. Er hüpfte dankbar hinaus und litt nur noch am Schmerz seines verstauchten Handgelenkes. Übelkeit war viel schlimmer als der Schmerz, dachte er – zumindest gewisse Schmerzen. Er würde seinen Blick nach draußen durch die Kamerabilder bekommen.

Er blieb nicht allein. Die meisten Passagiere und die gesamte Besatzung verbrachten den größeren Teil ihrer Zeit in dem Gravitationsring, der deshalb recht voll war, wie ein ausgebuchtes Hotel, in dem die meisten Gäste ihre Zeit hauptsächlich im Restaurant und an der Bar verbrachten. Art hatte Berichte über die Shuttles gesehen und gelesen, die diese als fliegende Monte Carlos darstellten, mit ständigen Bewohnern aus der Schicht der Reichen und Gelangweilten. Eine beliebte Fernsehserie hatte genau einen solchen Schauplatz. Arts Schiff, die *Ganesh*, war nicht so. Es war deutlich, dass sie schon längere Zeit durch das innere Sonnensystem fuhr, und immer voll ausgelastet. Die Innenräume wurden schäbig und schienen sehr klein zu sein, wenn man auf den Ring beschränkt war; viel kleiner, als es historische Dokumentationen und Berichte über Schiffe wie die *Ares* vermuten ließen. Die Ersten Hundert hatten ungefähr fünfmal so viel Platz gehabt als sie im Ring der *Ganesh*, die fünfhundert Passagiere beförderte.

Dafür dauerte die Reise nur drei Monate. Also setzte Art sich hin und schaute fern, wobei er sich auf Dokumentarfilme über den Mars konzentrierte. Er aß im Speiseraum, der so ausgestattet war, dass er wie der eines großen Ozeandampfers der 1920er-Jahre aussah, und er spielte etwas im Casino, das wie eines aus Las Vegas in den 1970ern dekoriert war. Aber meistens schlief er und sah fern. Diese beiden Aktivitäten gingen ineinander über, sodass er sehr lebhaft vom Mars träumte, während die Filme eine sehr surreale Logik gewannen. Er sah die berühmten Filme der Russell-Clayborne-Debatte und träumte in dieser Nacht, dass er erfolglos mit Ann Clayborne diskutierte, die in den Videos genau wie die Farmersfrau von *American Gothic* aussah, nur hagerer und strenger. Ein anderer Film, der von einer fliegenden Sonde aufgenommen worden war, beeindruckte ihn ebenfalls stark. Die Sonde war über den Rand einer der großen Klippen von Marineris geflogen und fast eine Minute lang gefallen, ehe sie sich abfing und tief über das Gewirr aus Fels und Eis auf dem Boden der Schlucht raste. In den folgenden Wochen träumte Art, dass er selbst diesen Sturz machte, und wachte erst beim Aufprall auf. Es schien, dass Teile seines Unterbewusstseins meinten, seine Entscheidung, zum Mars zu fliegen, sei ein Fehler gewesen. Er tat das mit einem Achselzucken ab, aß seine Mahlzeiten und übte Gehen. Er wartete seine Zeit ab. Irrtum oder nicht, er hatte sich verpflichtet.

Fort hatte ihm ein Chiffriersystem gegeben und ihn angewiesen, sich regelmäßig zu melden und zu berichten. Aber über den Flug gab es sehr wenig zu sagen. Er schickte pflichtbewusst monatlich einen Bericht, immer dasselbe: *Wir sind unterwegs. Alles sieht gut aus.* Es kam nie eine Antwort.

Und dann schwoll der Mars auf den Bildschirmen an wie eine Orange, die auf sie zugeworfen wurde, und bald danach wurden sie durch eine äußerst heftige Atmosphärenbremsung in ihre Gravitationsliegen gepresst und danach in die Sitze ihrer Landefähren. Aber Art überstand diese mörderischen negativen Beschleunigungen wie ein Veteran. Nach einer Woche im Orbit, immer noch rotierend, dockten sie an New Clarke an. Der hatte nur eine äußerst geringe Schwerkraft, die die Leute kaum auf dem Boden hielt und den Eindruck erweckte, der Mars wäre über ihren Köpfen. Arts Raumkrankheit kehrte zurück. Und er musste zwei Tage warten, bis er seine reservierte Fahrt im Aufzug antreten durfte.

Die Liftkabinen erwiesen sich als schmale hohe Hotels. Sie brachten ihre dicht gedrängte menschliche Fracht binnen fünf Tagen zum Mars. Dabei herrschte keine nennenswerte Schwerkraft; nur in den letzten paar Tagen wurde sie immer stärker, bis die Aufzugskabine bremste und sich sanft in die Aufnahmevorrichtung senkte, die man die »Steckdose« nannte, westlich von Sheffield auf Pavonis Mons. Dann war die Schwerkraft so ähnlich wie im Ring der *Ganesh*. Aber eine Woche Raumkrankheit hatte Art völlig fertiggemacht. Als sich die Kabinentüren öffneten und sie in eine Halle hinausgeleitet wurden, die einem Flughafenterminal erstaunlich ähnlich sah, war er kaum imstande zu gehen und staunte, wie sehr Übelkeit doch den Lebenswillen schwächen konnte. Es waren genau vier Monate vergangen, seit er das Fax von William Fort bekommen hatte.

Die Fahrt von der Steckdose nach Sheffield selbst erfolgte mit der U-Bahn, aber Art fühlte sich ohnehin zu elend, als dass er die Aussicht hätte genießen können, wenn er eine gehabt hätte. Erschöpft und unsicher wackelte er auf Zehenspitzen durch eine hohe Halle hinter jemandem von Praxis her und sank dankbar in einem kleinen Zimmer auf ein Bett. Die Marsschwere fühlte sich im Liegen angenehm solide an. Nach einer Weile schlief er ein.

Als er aufwachte, konnte er sich nicht erinnern, wo er war. Er schaute sich desorientiert in dem kleinen Raum um und fragte sich, ob Sharon weggegangen sei und warum ihr Schlafzimmer so klein geworden war. Dann fiel es ihm wieder ein. Er war auf dem Mars.

Er stöhnte und setzte sich auf. Ihm war heiß, und dennoch fühlte er sich von seinem Körper getrennt. Alles pulsierte leicht, obwohl das Licht im Raum normal zu funktionieren schien. An der Wand gegenüber der Tür waren Vorhänge. Er stand auf, ging hinüber und öffnete sie mit einem einzigen Zug.

»Hey!«, rief er und sprang zurück. Er hatte das Gefühl, ein zweites Mal zu erwachen.

Es war wie der Blick aus dem Fenster eines Flugzeugs. Endloser freier Weltraum, ein fahl gefleckter Himmel, die Sonne wie ein Klumpen Lava. Und ganz weit unten zog sich eine steinige Ebene hin, flach und rund, als läge sie am Boden einer riesigen kreisförmigen Klippe – für ein natürliches Gebilde wirklich extrem rund. Es war schwer abzuschätzen, wie weit die gegenüberliegende Seite der Klippe entfernt war. Einzelheiten waren vollkommen deutlich, aber die Gebäude und Strukturen auf dem entgegengesetzten Rand waren sehr klein. Was wie ein Observatorium aussah, hätte auf eine Nadelspitze gepasst.

Das, so folgerte er, war die Caldera von Pavonis Mons. Sie waren bei Sheffield gelandet, also konnte es da keinen Zweifel geben. Darum waren es etwa sechzig Kilometer quer durch den Kreis zu jenem Observatorium, hatte Art in den Dokumentarfilmen gesehen, und fünf Kilometer bis zum Boden. Und alles völlig leer, steinig, unberührt, urtümlich. Der vulkanische Fels sah so kahl aus, als wäre er erst vor einer Woche abgekühlt. Keine Spur von Menschen. Keine Anzeichen von Terraforming. Sie musste vor einem halben Jahrhundert für John Boone genauso ausgesehen haben. Und so ... fremdartig. Und *groß*. Art hatte im Urlaub in die Calderas von Ätna und Vesuv geblickt; und die waren für irdische Verhältnisse groß. Aber man hätte tausend von ihnen in diesem ... diesem *Ding* ... diesem *Schlund* unterbringen können ...

Er schloss die Vorhänge und zog sich langsam an. Sein Mund ahmte die Form der unirdischen Caldera nach.

Eine freundliche Führerin von Praxis namens Adrienne, groß genug, um auf dem Mars geboren zu sein, aber mit starkem australischem Akzent, holte ihn ab und unternahm mit ihm und einem halben Dutzend anderer Neuankömmlinge eine Tour durch die Stadt. Es stellte sich heraus, dass ihre Zimmer auf dem tiefsten Niveau der Stadt lagen, obwohl es nicht lange das tiefste bleiben würde. Sheffield war dabei, sich nach unten zu bohren, um möglichst vielen Räumen den Blick auf die Caldera zu bescheren, der Art so außer Fassung gebracht hatte.

Ein Lift brachte sie fast fünfzig Stockwerke nach oben und entließ sie in die Lobby eines funkelnagelneuen Geschäftsgebäudes. Sie traten durch die großen Drehtüren und kamen auf einen breiten grasbewachsenen Boulevard. Sie folgten ihm, an flachen Gebäuden mit Fronten aus polierten Steinen und mit großen Fenstern, die von mit Gras bewachsenen Nebenstraßen getrennt waren, und einer großen Anzahl Baustellen vorbei. Viele Gebäude waren noch in verschiedenen Stadien der Fertigstellung. Es würde eine schöne Stadt werden, mit meist drei oder vier Stockwerke hohen Häusern. Die wurden immer höher, je weiter sie nach Süden kamen, weg vom Rand der Caldera. Die grünen Straßen waren voller Menschen, gelegentlich fuhr auf schmalen, ins Gras eingelassenen Schienen eine Straßenbahn an ihnen vorbei. Es herrschte allgemein eine Atmosphäre von Geschäftigkeit und Aufregung, ohne Zweifel durch den neuen Aufzug verursacht. Eine aufstrebende Stadt.

Der erste Ort, zu dem Adrienne sie brachte, lag gegenüber einem Boulevard zum Rand der Caldera. Sie führte die sieben Neuangekommenen in einen schmalen, sich windenden Park zu dem fast unsichtbaren Zeltdach, das die Stadt umschloss. Die transparenten Stoffe wurden von ebenfalls durchsichtigen geodätischen Stützen gehalten, die in einer brusthohen Umfassungsmauer verankert waren. »Das Zeltdach muss hier stärker sein als sonst auf dem Mars üblich, weil die Atmosphäre draußen äußerst dünn ist«, erklärte Adrienne. »Sie wird immer dünner sein als im Tiefland – um den Faktor zehn.«

Sie führte sie hinaus auf eine Aussichtsplattform in der Zeltwand; und wenn sie zwischen ihren Füßen durch den transparenten Boden nach unten schauten, konnten sie direkt auf den Grund der Caldera mehr als fünftausend Meter unter ihnen blicken. Die Leute schrien angstvoll entzückt auf, und Art trat unbehaglich auf den klaren Fußboden. Für ihn gewann die Weite der Caldera jetzt Perspektive. Der Nordrand war ungefähr so weit entfernt wie Mount Tamalpais und die Napa-Berge, wenn man auf dem Flughafen von San José landete. Das war keine außergewöhnliche Distanz. Aber die Tiefe da unten,

die Tiefe! Über fünf Kilometer oder etwa zwanzigtausend Fuß.
»Ein ganz beachtliches Loch«, sagte Adrienne.

Fernrohre auf Stativen und Schautafeln mit Karten zeigten ihnen die frühere Version von Sheffield, die jetzt auf dem Boden der Caldera lag. Art hatte mit der urtümlichen Natur der Caldera unrecht gehabt. Ein unauffälliger Haufen aus Geröll am Boden der Klippe mit einigen hellen Punkten darin waren die Ruinen der ursprünglichen Stadt.

Adrienne schilderte mit morbidem Genuss die Zerstörung der Stadt im Jahr 2061. Das abstürzende Aufzugskabel hatte natürlich in den ersten Momenten des Falls die Vororte östlich der Steckdose zermalmt. Aber danach hatte sich das Kabel rund um den ganzen Planeten gewickelt und der Südseite der Stadt einen massiven zweiten Schlag versetzt, der eine unentdeckte Schwachstelle in dem Basaltrand hatte nachgeben lassen. Etwa ein Drittel der Stadt hatte auf der falschen Seite dieses Bruchs gelegen und war fünf Kilometer auf den Boden der Caldera hinabgestürzt. Die restlichen zwei Drittel der Stadt waren vom Kabel zermalmt worden. Glücklicherweise waren die Bewohner größtenteils in den vier Stunden zwischen der Loslösung von Clarke und dem zweiten Aufprall des Kabels evakuiert worden, sodass Verluste an Menschenleben minimal waren. Aber Sheffield war völlig zerstört worden.

Danach, erzählte ihnen Adrienne, hatte der Ort jahrelang verlassen dagelegen, eine Ruine wie so viele andere Städte nach dem Aufruhr von '61 auch. Die meisten dieser anderen Städte hatte man nicht wieder aufgebaut; aber die Lage Sheffields blieb der ideale Platz zur Befestigung des Weltraumaufzugs. Und als Subarashii in den späten 2080ern anfing, im Weltraum den Bau eines neuen zu organisieren, folgten die Bauarbeiten am Boden auf dem Fuß. Eine genaue areologische Untersuchung hatte keine anderen Fehlstellen im Südrand ergeben, sodass man zuversichtlich direkt auf der Kante an der gleichen Stelle wie zuvor erneut gebaut hatte. Räumfahrzeuge hatten die Trümmer der alten Stadt beseitigt, das meiste davon einfach über den Rand geschoben und nur den östlichsten Teil der Stadt um die alte Steckdose herum als eine Art Denkmal der Katastrophe übrig gelassen – und auch als Zentrum einer kleinen Touristenindustrie, die durchaus einen bedeutenden Anteil des Einkommens der Stadt in den mageren Jahren erwirtschaftet hatte, ehe der neue Aufzug installiert worden war.

Adriennes nächster Punkt bei der Tour führte sie hinaus, um dieses erhaltene Stück Geschichte zu besichtigen. Sie nahmen eine Straßenbahn zu einer Schleuse in der Ostwand des Zeltes und gingen durch eine klare Röhre in ein kleineres Zelt, das die Ruinen sowie die Betonmasse der alten Kabelanlage und das untere Ende des herabgestürzten Kabels überspannte. Sie gingen auf einem markierten Weg, der frei von Trümmern war, und starrten neugierig auf die Fundamente und verdrehten Rohre. Es sah aus wie das Ergebnis eines Flächenbombardements.

Sie blieben am Ende des Kabels stehen, und Art betrachtete es mit professionellem Interesse. Der große Zylinder aus schwarzen Karbonfilamenten sah nach dem Fall fast unbeschädigt aus. Aber das war auch der Teil, der am sanftesten aufgeprallt war. Adrienne sagte, das Ende wäre in den großen Betonbunker der Steckdose hineingerammt und dann einige Kilometer weit gezerrt worden, als das Kabel im Osthang von Pavonis einschlug. Das war keine besonders hohe Beanspruchung für ein Material, das dafür konstruiert war, der Zugkraft eines Asteroiden zu widerstehen, der über den areosynchronen Punkt hinausschwang.

Und so lag es nun da, als wartete es darauf, wieder hochgezogen und an Ort und Stelle gebracht zu werden. Zylindrisch, zwei Stockwerke hoch, die schwarze Masse mit Stahlschienen, Halteringen und dergleichen besetzt. Das Zelt bedeckte nur etwa hundert Meter Kabel. Danach lief es im Freien weiter nach Osten über das weite runde Plateau des Randes, bis es über dessen Kante verschwand, die ihren Horizont bildete. Von dem Planeten unten konnten sie nichts sehen. Aber außerhalb der Stadt konnten sie besser denn je erkennen, dass Pavonis riesig groß war. Allein der Rand hatte eine immense Ausdehnung. Er war ein runder, breiter, flacher Streifen von vielleicht dreißig Kilometern Breite – von dem steil abfallenden inneren Rand der Caldera bis zu dem etwas sanfteren Abfall der Flanken des Vulkans. Von ihrem Aussichtspunkt aus konnten sie nichts vom Mars sehen. Daher schien es, als stünden sie auf einer hohen Ringwelt unter einem dunklen lavendelfarbenen Himmel.

Gerade im Süden von ihnen stand die neue Steckdose wie ein gigantischer Betonbunker, aus dem das neue Aufzugskabel emporstieg wie … eben ein Aufzugskabel. Aber es stand frei, wie in einer Version des indischen Seiltricks, dünn, schwarz und gerade wie eine Lotschnur, die vom Himmel herunterfiel, höchstens nur bis zur Höhe einiger großer Wolkenkratzer sichtbar und in Anbetracht der Ruinen, in denen sie standen, und der enormen Größe des kahlen Vulkangipfels so zerbrechlich wirkend, als wäre es ein einziges Filament aus Karbon-Nanoröhren und nicht ein Bündel aus Milliarden davon und die stärkste je hergestellte Struktur. »Das ist unheimlich«, sagte Art. Er fühlte sich leer und unsicher.

Nach ihrer Besichtigung der Ruinen führte Adrienne sie zu einem Café auf einem Platz in der Mitte der Stadt, wo sie zu Mittag aßen. Hier hätten sie im Kern eines mondänen Viertels jeder beliebigen Stadt sein können, sei es Houston oder Tiflis oder Ottawa. Geräuschvoller Baubetrieb markierte den frischen

Aufschwung. Als sie wieder in ihre Zimmer gingen, wirkte das U-Bahn-System ebenso vertraut. Und als sie ausstiegen, waren die Hallen der Praxis-Erdgeschosse wie die eines feinen Hotels. Alles wirkte höchst vertraut, so sehr, dass es für ihn wieder ein Schock war, als er in sein Zimmer kam und die eindrucksvolle Caldera durch das Fenster erblickte – das kahle Gesicht des Mars, gewaltig und steinig, das ihn wie ein Vakuum durchs Fenster zu saugen schien. Und tatsächlich würde ihn, wenn die Fensterscheibe zerbräche, der Dekompressionsdruck sofort in diesen Raum saugen. Es war unwahrscheinlich, dass das passierte, aber die Vorstellung ließ ihm einen unangenehm aufregenden Schauer über den Rücken laufen. Er zog die Vorhänge zu.

Und danach hielt er die Vorhänge geschlossen und neigte dazu, sich auf der vom Fenster entfernten Seite des Zimmers aufzuhalten. Morgens zog er sich schnell an und verließ den Raum. Er nahm an Einführungstreffen mit Adrienne teil, an denen sich etwa ein Dutzend Neuankömmlinge beteiligten. Nachdem er mit einigen von ihnen zu Mittag gegessen hatte, machte er nachmittags Spaziergänge durch die Stadt und arbeitete eifrig an seiner Geschicklichkeit beim Gehen. Eines Abends schickte er Fort einen codierten Bericht: *Auf dem Mars, mache Orientierung durch. Sheffield ist eine hübsche Stadt. Zimmer mit Aussicht.* Mehr war nicht zu vermelden.

Adriennes Einführung brachte sie in verschiedene Praxis-Gebäude, sowohl in Sheffield als auch oben am Ostrand, um die Beteiligten an den Marsunternehmen der Transnationalen zu treffen. Praxis war auf dem Mars viel stärker präsent als in Amerika. Auf seinen Nachmittagsspaziergängen versuchte Art, die relative Stärke der Transnationalen vor Ort abzuschätzen, nur nach den kleinen Schildern an den Gebäuden. Die größten Transnationalen waren alle da: Armscor, Subarashii,

Oroco, Mitsubishi, Die Sieben Schweden, Shellalco, Gentine und so weiter. Jede nahm einen Gebäudekomplex oder ganze Stadtviertel ein. Offensichtlich waren alle wegen des neuen Aufzugs hier, der Sheffield wieder zur wichtigsten Stadt des Planeten gemacht hatte. Sie pumpten immer mehr Geld in die Stadt, gründeten Unterabteilungen und sogar ganze Zeltvorstädte. In jedem Bau wurde der krasse Reichtum der Transnationalen deutlich – und auch, dachte Art, in der Art und Weise, wie sich die Menschen bewegten. Zahllose Leute in den Straßen hopsten genauso ungeschickt herum wie er. Neu eingetroffene Geschäftsleute oder Bergbauingenieure und dergleichen, die sich mit gerunzelter Stirn auf den Akt des Gehens konzentrierten. Es war keine Kunst, die großen jungen Eingeborenen mit geradezu katzenhafter Körperbeherrschung dazwischen zu erkennen. Aber sie waren in Sheffield eindeutig in der Minderheit; und Art fragte sich, ob das auf dem Mars überall so war.

Was die Architektur anging, so war Raum unter dem Zelt hochbegehrt; und darum waren die fertigen Gebäude voluminös, oft kubisch, und beanspruchten ihr Areal bis hin zur Straße und bis hinauf zum Zeltdach. Wenn alle Bauarbeiten fertig waren, würde es nur ein Netz aus zehn dreieckigen Plazas, breiten Boulevards und dem Park geben, der sich gekrümmt längs des Randes hinzog. Diese Anlage verhinderte eine zusammenhängende Stadt, die nur aus gedrungenen Wolkenkratzern mit Fronten aus polierten Steinen in verschiedenen Rotschattierungen bestand. Es war eine City, für Firmen erbaut.

Und für Art sah es so aus, dass Praxis einen guten Anteil von diesem Geschäft bekommen würde. Subarashii war der Generalunternehmer für den Aufzug, aber Praxis lieferte die Software, wie schon für den ersten Aufzug, und auch einige Kabinen und einen Teil des Sicherheitssystems. Alle diese Zuweisungen waren, wie er erfuhr, von der »United Nations Transitional Authority« gemacht worden; einem Komitee, das nominell Teil der UN war, aber von den Transnationalen kontrolliert wurde. Und Praxis war in diesem Komitee so aggressiv gewesen wie alle anderen. William Fort interessierte sich vielleicht für Bioinfrastruktur; aber auch die gewöhnlichen Aktivitäten lagen offensichtlich nicht außerhalb des Betätigungsfeldes von Praxis. Tochterfirmen bauten Wasserversorgungsanlagen, Bahnstrecken, Canyonstädte, Windkraftgeneratoren und areothermale Kraftwerke. Die beiden Letzteren waren kleinere Projekte, da die neuen Orbitalsolarzellen und ein Fusionskraftwerk in Xanthe hervorragend funktionierten, ganz zu schweigen von der älteren Generation integraler schneller Reaktoren. Aber lokale Energiequellen waren die Spezialität des Praxis-Tochterunternehmens Energie von Unten, das im Hinterland schwer arbeitete.

Das Tochterunternehmen für Bergung, das marsianische Gegenstück zu Dumpmines, hieß Ouroborous und war wie Energie von Unten ziemlich klein. Tatsächlich gab es, wie die Leute von Ouroborous Art gleich erzählten, als sie sich eines Morgens trafen, nicht viel Müll auf dem Mars. Fast alles wurde wiederverwertet oder zur Schaffung von Ackerboden benutzt, sodass die Müllhalde jeder Siedlung mehr zur Aufbewahrung diverser Materialien diente, die auf ihre jeweilige Wiederverwertung warteten. Ouroborous konzentrierte sich deswegen darauf, alles an Abfall oder Abwässern zu sammeln, das abbauresistent war – giftig, ausgefallen oder einfach unpassend –, und dann Wege für dessen Verwendung zu finden.

Das Ouroborous-Team nahm ein Stockwerk im Praxis-Wolkenkratzer in der Innenstadt Sheffields ein. Die Gesellschaft hatte zunächst damit angefangen, die alte Stadt auszugraben, ehe die Ruinen einfach über die Kante geschoben wurden. Ein

Mann namens Zafir leitete das Projekt zur Bergung des Kabels; und er und Adrienne gingen mit Art zum Bahnhof, wo sie mit einem Zug eine kurze Fahrt zum Ostrand zu einer Reihe von Vorstadtzelten unternahmen. Eines davon war das Vorratslager von Ouroborous, und gleich daneben befand sich neben vielen anderen Fahrzeugen eine wahrhaft gigantische mobile Verarbeitungsanlage, genannt »das Biest«. Es ließ den SuperRathje wie einen überdimensionalen Kompaktwagen aussehen – es war mehr ein Gebäude denn ein Fahrzeug und fast völlig robotisch. Ein anderes Biest war bereits im Einsatz, um das Kabel in West-Tharsis zu verarbeiten; und Art sollte eine Besichtigung vor Ort machen. Also zeigten Zafir und eine Schar Techniker Art das Trainings-Biest, das ganz oben geräumige Wohnräume für eventuelle Besucher hatte.

Zafir war begeistert über die Funde des Biests draußen in West-Tharsis. Er sagte: »Natürlich beschert uns schon die Bergung der Karbonfilamente und der Schraubenwindungen aus Diamant-Gel einen stetigen Grundgewinn. Und wir haben Erfolg mit einigen exotischen Stoffen, die in den Impaktbrekzien in der Hemisphäre, in der das Kabel einschlug, gebildet wurden. Was Sie aber interessieren wird, sind die Buckyballs.« Zafir war ein Experte für diese kleinen geodätischen Kugeln namens Buckminsterfullerene und wurde enthusiastisch: »Temperaturen und Drücke in der West-Tharsis-Zone des Falls waren denen ähnlich, die beim Bogenreaktorverfahren zur Herstellung von Fullerenen angewandt werden, und es gibt einen hundert Kilometer langen Streifen, wo der Kohlenstoff auf der Unterseite des Kabels fast völlig aus Buckyballs besteht. Meistens sechziger, manchmal dreißiger, und ein paar Superbuckys.« Und einige dieser Superbuckys hatten bei ihrer Bildung Atome anderer Elemente in ihren Karbonkäfigen eingefangen. Diese »vollen Fullerene« waren nützlich bei der Herstellung von Verbindungen, aber im Labor wegen der benötigten enormen Energiemengen sehr kostspielig zu erzeugen. Darum war das ein hübscher Fund. »Das Biest sortiert die verschiedenen Superbuckys aus, und da kommt Ihre Ionenchromatographie ins Spiel.«

»Ja, genau«, sagte Art. Er hatte bei Analysen in Georgien mit Ionenchromatographie gearbeitet, darum war das der vorgebliche Grund dafür, dass er ins Hinterland geschickt wurde. Also trainierten Zafir und einige Techniker Art in den nächsten Tagen in der Bedienung des Biestes. Danach aßen sie gemeinsam in einem kleinen Restaurant in dem Vorortzelt auf dem Ostrand zu Abend. Nach Sonnenuntergang hatten sie einen großartigen Blick auf Sheffield, das etwa dreißig Kilometer um die Krümmung des Randes in der Dämmerung wie eine Lampe über dem schwarzen Abgrund leuchtete.

Während sie aßen und tranken, wandte sich die Konversation selten dem Thema von Arts Projekt zu. Art dachte, dass das wahrscheinlich eine bewusste Höflichkeit der Kollegen ihm gegenüber war. Das Biest arbeitete vollkommen selbständig; und obwohl es einige Probleme beim Aussortieren der kürzlich entdeckten vollen Fullerene gab, musste es vor Ort Ionenchromatographen geben, die die Arbeit hätten tun können. Es gab also keinen offensichtlichen Grund, weshalb Praxis Art von der Erde dafür hätte heraufschicken sollen. Es musste mehr an seiner Geschichte dran sein. Und so vermied die Gruppe dieses Thema und ersparte Art die Peinlichkeit zu lügen oder verlegenen Achselzuckens oder sich auf die Vertraulichkeit berufen zu müssen.

Art wären alle diese Tricks unangenehm gewesen, darum schätzte er ihr Taktgefühl. Aber es brachte eine gewisse Distanz in ihre Gespräche. Und er sah die anderen Neulinge von Praxis nur selten außerhalb der Einführungstreffen; und er kannte niemanden sonst in der Stadt oder anderswo auf dem Planeten. Darum war er etwas einsam, und die Tage vergingen mit einem zunehmenden Gefühl des Unbehagens und sogar von Niedergeschlagenheit. Er hielt die Vorhänge vor seinem Fenster geschlossen und speiste in Restaurants, die nicht am Rand lagen. Es erinnerte ihn fast zu sehr an die elenden Wochen auf der *Ganesh*. Manchmal musste er sich des Gefühls erwehren, dass es ein Fehler gewesen war zu kommen.

Und so trank er nach ihrer letzten Orientierungsveranstaltung bei einem Empfangsessen im Praxis-Gebäude mehr als sonst und nahm einige Züge aus einer großen Flasche mit Lachgas. Das Inhalieren von entspannenden Drogen war ortsüblich und bei Bauarbeitern auf dem Mars weit verbreitet, hatte man ihm gesagt. Und es gab sogar kleine Fläschchen mit verschiedenen Gasen in Automaten in öffentlichen Herrentoiletten. Das Gas verlieh dem Champagner eine besondere Spritzigkeit. Es war eine perfekte Kombination, wie Erdnüsse und Bier oder Eiskrem und Apfeltorte.

Danach hüpfte Art mit wirren Sprüngen durch die Straßen von Sheffield. Der Lachgas-Schampus schien die ohnehin geringe Marsschwerkraft aufzuheben und gaukelte ihm ein fast zu starkes Gefühl von Leichtigkeit vor. Technisch wog er etwa vierzig Kilo; aber beim Gehen fühlte es sich mehr wie fünf an. Sehr seltsam, sogar unangenehm. Als ginge man auf mit Butter beschmiertem Glas.

Er stieß fast mit einem jungen Mann zusammen, der sichtlich größer war als er, so schlank wie ein Vogel und ebenso graziös, der ihm schnell auswich und ihn dann mit einer Hand auf der Schulter abfing, alles in einer glatten, fließenden Bewegung.

Der junge Mann sah ihm direkt ins Gesicht. »Sind Sie Arthur Randolph?«

»Ja«, sagte Art überrascht, »der bin ich. Und wer sind Sie?«

»Ich bin derjenige, der sich mit William Fort in Verbindung gesetzt hat.«

Art blieb abrupt stehen und schwankte, um nicht das Gleichgewicht zu verlieren. Der junge Mann hielt ihn mit leichtem Druck senkrecht. Seine Hand auf Arts Oberarm fühlte sich heiß an. Er sah Art direkt und mit freundlichem Lächeln an. Vielleicht fünfundzwanzig Jahre alt, schätzte Art, vielleicht jünger – ein hübscher Bursche mit brauner Haut, dichten schwarzen Augenbrauen und Augen, die leicht asiatisch waren und über ausgeprägten Wangenknochen saßen. Ein intelligenter Blick, voller Wissbegier und einer Art magnetischen Qualität, die schwer zu fassen war.

Art war er sofort sympathisch, ohne ersichtlichen Grund. Es war bloß ein Gefühl. »Nenn mich Art!«, sagte er.

»Ich bin Nirgal«, sagte der junge Mann. »Lass uns zum Overlook Park hinuntergehen.«

Also ging Art mit ihm über den mit Gras bewachsenen Boulevard zu dem Park am Rand. Dort schlenderten sie über den Weg neben der Mauerkrone. Nirgal half Art, der betrunken herumstolperte, indem er einfach seinen Oberarm packte und ihn lenkte. Sein Griff hatte eine durchdringende elektrische Spannung und war sehr warm, als hätte der Junge Fieber. Aber in seinen dunklen Augen war kein Anzeichen davon.

»Warum bist du hier?«, fragte Nirgal, und seine Stimme und der Blick in seinen Augen machten die Frage zu etwas anderem als einer oberflächlichen Nachfrage. Art dachte über seine Antwort nach.

»Um zu helfen«, sagte er.

»Also wirst du dich uns anschließen?«

Wieder machte der junge Mann irgendwie deutlich, dass er etwas anderes, Fundamentales meinte.

»Ja, jederzeit, wenn ihr wollt«, versicherte Art.

Nirgal zeigte ein rasches, freudiges Lächeln, das nicht ganz wieder erlosch, als er sagte: »Gut. Sehr gut. Aber ich tue das aus eigener Initiative. Verstehst du? Es gibt Leute, die es nicht billigen werden. Darum muss ich dich bei uns einschmuggeln, als wäre es ein Unfall. Ist das okay für dich?«

»Das ist gut.« Art schüttelte etwas verwirrt den Kopf. »So hatte ich es ohnehin vor.«

Nirgal machte bei der Aussichtsblase halt, ergriff Arts Hand und hielt sie fest. Sein Blick, so offen und nicht blinzelnd, war ein Kontakt anderer Art. »Gut. Danke! Jetzt mach einfach weiter mit dem, was du tust. Fahr zu eurem Bergungsprojekt, und man wird dich dort abholen. Wir werden uns danach wiedersehen.«

Und weg war er. Er ging durch den Park in Richtung auf den Bahnhof und bewegte sich mit den langen anmutigen Schritten, die für alle jungen Einheimischen typisch zu sein schienen. Art schaute ihm nach und bemühte sich, alles über die Begegnung im Gedächtnis zu behalten und seinen Finger auf das zu legen, was sie so aufgeladen gemacht hatte. Der Blick in dem Gesicht des jungen Mannes, schätzte er, war nicht einfach nur der unbefangene Blick der Jugend, sondern da war noch mehr gewesen, eine heitere Kraft. Art entsann sich des plötzlichen Grinsens, als er gesagt (versprochen) hatte, sich ihnen anzuschließen, und musste selbst grinsen.

Als er wieder in sein Zimmer kam, ging er direkt zum Fenster und öffnete die Vorhänge. Er trat zu dem Tisch an seinem Bett, setzte sich hin, stellte sein Pad an und rief *Nirgal* auf. Unter diesem Namen war niemand registriert. Es gab ein Nirgal Vallis zwischen dem Argyre-Becken und den Valles Marineris. Eines der besten Beispiele für einen von Wasser geformten Kanal auf dem Planeten, sagte der Eintrag, lang und gewunden. Das Wort war der babylonische Name für den Mars.

Art ging wieder ans Fenster und drückte die Nase gegen das Glas. Er schaute direkt in den Schlund hinab, in das felsige Herz des Monsters selbst. Horizontale Streifen an den gekrümmten Wänden, die weite runde Ebene so weit unten, die scharfe Kante an der kreisrunden Wand – die unendlichen Schattierungen von Kastanienbraun, Rostfarben, Schwarz, Bräunlich, Orange, Gelb, Rot ... Rot überall, in allen Abstufungen. Das sog er in sich auf, zum ersten Mal ohne Angst. Und während er in dieses enorme Loch zum Innern des Planeten blickte, wurde die Furcht in ihm plötzlich durch ein neues Gefühl verdrängt; und er erschauerte und hüpfte auf der Stelle wie in einem kleinen Tanz. Er kam mit der Aussicht zurecht. Er kam mit der Schwerkraft zurecht. Er hatte einen Marsianer getroffen, ein Mitglied des Untergrundes, einen jungen Mann mit eigenartigem Charisma; und er würde ihn wiedersehen, würde alles zu sehen bekommen ... Er war auf dem *Mars*.

Und ein paar Tage später fuhr er auf dem Westhang von Pavonis Mons einen kleinen Rover über eine schmale Straße hinab, die parallel zu einem Band aus aufgewühltem vulkanischem Geröll verlief, mit etwas darin, das wie der nach unten führende Schienenstrang einer Zahnradbahn aussah. Er hatte eine letzte Meldung an Fort geschickt und ihm mitgeteilt, dass er aufbräche, und die bis dahin einzige Antwort auf seine Reise erhalten: *Gute Reise.*

Die erste Stunde seiner Fahrt bescherte ihm das, was ihm jeder als die beeindruckendste Aussicht überhaupt versprochen hatte: Er überquerte den Westrand der Caldera und begann, die äußere Böschung des riesigen Vulkans hinunterzufahren. Das tat er etwa sechzig Kilometer westlich von Sheffield. Er fuhr über die Südwestkante des großen Randplateaus und bewegte sich langsam nach unten. Da erschien in der Tiefe und weit entfernt ein Horizont als ein leicht gekrümmter dunstiger weißer Streifen, wie die Erde aus dem Fenster eines Suborbitalflugzeugs. Das kam daher, dass der Gipfel von Pavonis etwa zwölf Kilometer über Amazonis Planitia aufragte. Es war ein beeindruckender Anblick, der die erstaunliche Höhe der Tharsis-Vulkane verdeutlichte. Und er hatte eine großartige Sicht auf Arsia Mons, den südlichsten der drei Vulkane auf Tharsis, der zu seiner Linken wie eine benachbarte Welt über den Horizont aufragte. Und was da im Nordwesten über dem fernen Horizont wie eine schwarze Wolke aussah, war sehr wahrscheinlich Olympus Mons!

Am ganzen ersten Tag fuhr er nur bergab, aber Arts Stimmung blieb gehoben. »Toto, wir sind *auf gar keinen Fall* noch in Kansas. Wir sind … *We're off to see the wizard! The wonderful wizard of* Mars!«

Die Straße verlief parallel zu der Fallstrecke des Kabels. Es hatte die Westseite von Tharsis mit furchtbarer Wucht getroffen, natürlich nicht so heftig wie beim zweiten Aufprall, aber heftig genug für die Erzeugung der interessanten Superbuckys, die Art untersuchen sollte. Das Biest, zu dem er unterwegs war, hatte allerdings bereits das Kabel hier verarbeitet, und es war fast völlig verschwunden. Allein übriggeblieben waren einige altmodisch wirkende Eisenbahngleise und eine dritte Schiene für Zahnradbahnen in deren Mitte. Das Biest hatte diese Schienen aus Kohlenstoff vom Kabel angefertigt und dann andere Teile des Kabels und Magnesium aus dem Boden benutzt, um kleine Zahnrad-Miniloren mit eigenem Antrieb zu bauen, die die Fracht aus geborgenem Material die Flanke von Pavonis hinauf zu den Ouroborous-Werken in Sheffield beförderten. Sehr geschickt, dachte Art, als er sah, wie ein kleiner Robotwagen die Gleise hinauf zur Stadt an ihm vorbeifuhr. Der kleine Waggon war schwarz, niedrig und wurde von einem einfachen

Motor angetrieben, der in die Zahnspur griff. Er war beladen mit einer Fracht, die augenscheinlich hauptsächlich aus Filamenten der Karbon-Nanoröhren bestand. Darauf lag ein großer rechteckiger Diamantblock. Art hatte in Sheffield davon gehört und war deshalb nicht von dem Anblick überrascht. Der Diamant war aus den Doppelspiralen geborgen worden, die das Kabel verstärkten, und die Blöcke waren eigentlich viel weniger wert als die darunter verstauten Karbonfilamente. Sie waren eine Art extravaganter Deckel. Aber sie sahen hübsch aus.

Am zweiten Tag seiner Fahrt erreichte Art den Fuß von Pavonis und gelangte auf den eigentlichen Tharsis-Buckel. Hier war der Boden mit mehr lockerem Gestein und Meteoritenkratern bedeckt als die Flanke des Vulkans. Und dort unten war alles mit einem Gemisch aus Schnee und Sand bedeckt, das vom Wind herangetragen worden war. Es war der Firnhang von West-Tharsis, ein Gebiet, in das Stürme aus dem Westen oft Schnee abluden, der nie schmolz, sondern alljährlich zunahm und die darunterliegende Schicht zusammenpresste. Noch war es Firnschnee, aber irgendwann würden die untersten Schichten zu Eis komprimiert worden sein, und die Abhänge würden zu Gletschern werden. Jetzt waren die Hänge noch mit großen Felsen gesprenkelt, die aus dem Firn herausragten, und kleinen Kraterringen, zumeist weniger als einen Kilometer im Durchmesser, die so frisch aussahen, als wären sie erst gestern entstanden, abgesehen davon, dass sie der sandige Schnee bereits aufgefüllt hatte.

Schon aus etlichen Kilometern Entfernung bekam Art das Biest zu sehen, das das Kabel barg. Seine Oberkante erschien über dem westlichen Horizont, und im Laufe der nächsten Stunde kam auch der Rest zum Vorschein. Draußen auf dem weiten, leeren Abhang wirkte das Gerät etwas kleiner als sein Zwilling oben in Ost-Sheffield, zumindest, bis Art unter seine Flanke fuhr, wo ihm wieder klar wurde, dass es so groß wie ein Häuserblock war. Unten an einer Seite war ein quadratisches Loch, das genau wie die Einfahrt zu einer Parkgarage aussah. Art steuerte seinen Rover direkt zu diesem Loch – das Biest bewegte sich mit drei Kilometern am Tag, darum war es keine Kunst, es zu treffen –, und als er drinnen war, fuhr er eine gewundene Rampe empor und folgte einem kurzen Tunnel in eine Schleuse. Er meldete sich per Funk bei der KI des Biestes an; und hinter ihm schlossen sich die Türen. Nach einer Minute konnte er einfach aus seinem Rover aussteigen, zur Tür eines Aufzugs gehen und einen Lift zum Beobachtungsdeck nehmen.

Art erkannte schnell, dass das Leben im Innern des Biestes keineswegs aufregend war. Nachdem er sich beim Büro in Sheffield gemeldet und einen Blick auf den Ionenchromatographen unten im Labor geworfen hatte, begab er sich mit dem Rover wieder nach draußen, um sich dort genauer umzusehen. Zafir hatte ihm versichert, dass viele das so machten, wenn sie mit dem Biest arbeiteten. Die Rover waren wie Pilotfische, die um einen großen Wal herumschwammen; und obwohl der Ausblick vom Beobachtungsdeck schön und weit war, verbrachten die meisten Leute einen guten Teil ihrer Zeit mit Herumfahren.

Also tat Art das auch. Das vor dem Biest liegende heruntergefallene Kabel zeigte deutlich, dass der Aufprall hier viel härter gewesen war als zu Beginn seines Absturzes. Hier war es zu fast einem Drittel seines Durchmessers eingegraben, und der Zylinder war abgeflacht und von langen Rissen entlang der Seiten gezeichnet, die seine Struktur offenlegten, die aus Bündeln über Bündeln aus Kohlenstoffnanoröhrenfilamenten bestand, einer der festesten bekannten Substanzen, obwohl anscheinend das Material des neuen Aufzugskabels noch stärker war.

Das Biest hockte rittlings über dem Kabelwrack, etwa viermal so hoch wie das Kabel, dessen kohlschwarzer Halbzylinder in einem Loch an der Frontseite des Biestes verschwand, aus dem ein tiefes Brummen ertönte, beinahe eine Infraschall-Vibration. Und jeden Tag etwa um zwei Uhr nachmittags glitt eine Tür an der Rückseite des Biestes auf, oberhalb der ausgeschiedenen Schienen; und ein Waggon mit Diamantdeckel rollte heraus. Er blitzte im Sonnenlicht und glitt auf Pavonis zu. Die Züge verschwanden über dem hohen Osthorizont etwa zehn Minuten nach ihrem Erscheinen aus dem Roboter in der Vertiefung, die jetzt zwischen ihm und Pavonis lag.

Nachdem er die tägliche Abfahrt beobachtet hatte, unternahm Art eine Fahrt in dem Pilotfisch-Rover, um Krater und große einzeln stehende Felsblöcke zu untersuchen – und sich nach Nirgal umzusehen beziehungsweise auf ihn zu warten. Nach ein paar Tagen gewöhnte er es sich auch an, Schutzkleidung anzulegen und jeden Nachmittag einige Stunden spazieren zu gehen. Er schlenderte neben dem Kabel oder dem Pilotfisch her oder wanderte in die Umgebung hinaus.

Es war ein merkwürdig aussehendes Gelände, nicht nur wegen der Millionen gleichmäßig verteilten schwarzen Steine, sondern auch, weil die harte Firndecke durch den Sandstrahlwind zu fantastischen Figuren gestaltet war: Grate, Pfeiler, tropfenförmige Schwänze hinter jedem freistehenden Felsen usw. Diese Gebilde hießen Sastrugi. Es machte Spaß, zwischen diesen extravaganten aerodynamischen Extrusionen aus rötlichem Schnee herumzuwandern.

Das machte er jeden Tag. Das Biest mahlte sich langsam nach Westen voran. Art stellte fest, dass die vom Wind abgeschliffenen kahlen Oberseiten der Felsen oft bunt gefärbt waren. Es waren Schuppen aus schnellen Flechten, einer rasch wachsenden Art – jedenfalls für Flechten. Art suchte einige Mustersteine aus, nahm sie mit ins Biest und las neugierig Artikel über Flechten. Diese waren offenbar künstlich geschaffene kryptoendolithische Flechten, was bedeutete, dass sie im Stein lebten und in dieser Höhe gerade noch am Rande des Möglichen existierten. Der Artikel über sie besagte, dass sie mehr als achtundneunzig Prozent ihrer Energie nur dafür brauchten, um am Leben zu bleiben. Der Rest wurde zur Fortpflanzung benötigt. Und das stellte eine große Verbesserung gegenüber der irdischen Spezies, auf der sie beruhten, dar.

Es vergingen weitere Tage und dann Wochen, aber was sollte er tun? Er sammelte weiter Flechten. Einer der Kryptoendolithen, die er fand, war nach Aussage des Computers die erste Spezies, die auf der Marsoberfläche überlebt hatte, und sie war von Mitgliedern der legendären Ersten Hundert entwickelt worden. Er zerbrach einige Steine, um sie besser sehen zu können, und fand Bänder aus Flechten, die in den äußeren Zentimetern des Steins wuchsen. Erst ein gelber Streifen direkt an der Oberfläche, dann ein blauer Streifen darunter und dann ein grüner. Nach dieser Entdeckung machte er oft auf seinen Wanderungen halt, um sich hinzuknien und seine Helmscheibe an farbige Steine zu halten, die aus dem Firn ragten. Er bestaunte die krustigen Schuppen und deren intensive blasse Farben – gelb, oliv, khakigrün, waldgrün, schwarz und grau.

Eines Nachmittags fuhr er mit dem Pilotfisch weit nach Norden vom Biest weg und stieg aus, um herumzuklettern und Proben zu sammeln. Als er zurückkehrte, stellte er fest, dass sich die Schleusentür an der Seite des Pilotfischs nicht öffnen ließ. »Was, zum Teufel?«, rief er laut.

Es war so lange her, dass er ganz vergessen hatte, dass bestimmt etwas passieren würde. Es ereignete sich offenbar in Form einer elektronischen Panne. Er nahm an, dass es das war – und nicht etwas anderes. Er rief den Rover über Interkom und versuchte jeden ihm bekannten Code auf der Tastatur an der Schleusentür, aber ohne Erfolg. Und da er nicht wieder hineinkonnte, konnte er auch nicht die Notsysteme einschalten. Und das Interkom seines Helms hatte eine sehr beschränkte Reichweite – praktisch den Horizont –, der hier von Pavonis entfernt auf marsianische Nähe geschrumpft war, nur wenige Kilometer in alle Richtungen. Das Biest befand sich hinter dem Horizont; und obwohl er es wahrscheinlich zu Fuß erreichen konnte, gab es unterwegs eine Strecke, auf der sowohl das Biest wie auch der Pilotfisch hinter dem Horizont sein würden – und er allein in einem Anzug mit beschränktem Luftvorrat ...

Plötzlich nahm die Gegend mit ihren schmutzigen Sastrugi sogar im hellen Sonnenschein ein fremdes, unheilvolles Aussehen an. »Verdammt!«, fluchte Art und dachte scharf nach. Schließlich war er ja hier draußen, um vom Untergrund aufgegriffen zu werden. Nirgal hatte gesagt, dass das wie ein Unfall aussehen würde. Natürlich musste das nicht unbedingt *dieser* Unfall sein; aber, ob er es war oder nicht, Panik würde nicht helfen. Am besten ging er davon aus, dass es ein wirkliches Problem war, und plante seine weiteren Schritte entsprechend. Er konnte versuchen, zum Biest zurückzukehren, oder er konnte versuchen, in den Pilotfisch-Rover zu gelangen.

Er überlegte noch und tippte auf der Tastatur der Schleusentür herum wie bei einem Schnellschreibwettbewerb, als jemand ihm kräftig auf die Schulter klopfte. »Aaa!«, schrie Art und fuhr erschrocken herum.

Zwei Gestalten in Schutzanzügen und zerkratzten alten Helmen standen neben dem Rover. Durch die Visierscheiben konnte er sie erkennen: eine Frau mit einem Gesicht wie ein Falke, die so aussah, als wollte sie nach ihm hacken, und ein kleiner Mann mit schmalem Gesicht und grauen Dreadlocks, die den

Rand seiner Helmscheibe bedeckten wie die Bilderrahmen aus Tauen, die man gelegentlich in Matrosenkneipen findet.

Der Mann hatte Art auf die Schulter geklopft. Jetzt hob er drei Finger und zeigte auf seine Armbandkonsole. Offenbar die Interkomfrequenz, die sie benutzten. Art schaltete es ein und rief: »Hey!« Er war erleichterter, als er eigentlich sein sollte, weil alles wahrscheinlich von Nirgal arrangiert worden war und er sich nie in Gefahr befunden hatte. »He, anscheinend hab ich mich aus meinem Wagen ausgesperrt. Könnt ihr mich mitnehmen?«

Sie starrten ihn an.

Der Mann lachte furchterregend und sagte: »Willkommen auf dem Mars!«

DRITTER TEIL

EIN WEITER WEG

Ann Clayborne fuhr den Geneva-Sporn hinunter und hielt alle paar Kehren an, um auszusteigen und Proben der Straßeneinschnitte zu entnehmen. Der Transmarineris-Highway war nach '61 aufgegeben worden, weil er jetzt unter dem schmutzigen Strom aus Eis und Steinen verschwand, der den Boden von Coprates Chasma bedeckte. Die Straße war ein archäologisches Relikt, eine Sackgasse.

Aber Ann studierte den Geneva-Sporn. Er war das Ende eines viel größeren Lavadeichs, dessen größter Teil unter dem Plateau im Süden begraben war. Der Deich war einer von mehreren – der nahe gelegenen Melas Dorsa, der Felis Dorsa weiter östlich und der Solis Dorsa im Westen –, alle rechtwinklig zu den Marineris-Canyons und alle unbekannten Ursprungs. Aber als die Südwand von Melas Chasma durch Einstürze und Winderosion zurückgewichen war, wurde der harte Fels eines Deichs freigelegt. Das war der Geneva-Sporn, der den Schweizern eine perfekte Rampe für ihre Straße die Canyonwand hinunter geliefert hatte. Jetzt verschaffte sie Ann eine bequem erreichbare, weil freiliegende Deichbasis. Es war möglich, dass dieser und alle anderen Deiche durch konzentrische Risse infolge der Anhebung des Tharsis-Buckels entstanden waren. Aber sie könnten auch viel älter sein, Überreste von in frühester noachischer Vorzeit entstandenen Spannungen, als der Planet sich noch aufgrund seiner inneren Wärme ausdehnte. Das Datieren des Basalts am Fuß des Deichs würde helfen, diese Frage zu beantworten.

Also fuhr Ann in einem kleinen Felsrover langsam die von Reif bedeckte Straße hinunter. Man würde die Bewegung des Wagens aus dem Weltraum gut erkennen können; aber das kümmerte sie nicht. Sie war im vorigen Jahr durch die ganze südliche Hemisphäre ge-

fahren, ohne Vorsichtsmaßnahmen zu treffen, außer wenn sie sich Cojotes Verstecken genähert hatte, um ihre Vorräte aufzufüllen. Nichts war passiert.

Sie erreichte den Boden des Sporns, nicht weit von dem Strom aus Eis und Gestein entfernt, der jetzt den Boden des Canyons blockierte. Sie stieg aus und klopfte mit einem Geologenhammer am Boden des letzten Straßeneinschnittes herum. Sie kehrte dem riesigen Gletscher den Rücken zu und verbannte ihn aus ihren Gedanken. Sie konzentrierte sich auf den Basalt. Der Deich ragte vor ihr in die Sonne auf, eine perfekte Rampe zur Kante der Klippe über drei Kilometer über ihr. Auf beiden Seiten des Vorsprungs krümmte sich die riesige südliche Klippe von Melas Chasma in großen Bögen zurück und dann wieder nach außen zu kleineren Vorsprüngen – ein kleiner Punkt auf dem fernen Horizont zur Linken und ein massives Vorgebirge etwa sechzig Kilometer zur Rechten, das Ann Cape Solis nannte.

Vor langer Zeit hatte Ann vorhergesagt, dass jeder Anreicherung der Atmosphäre mit Wasser stark beschleunigte Erosion folgen würde; und auf beiden Seiten des Vorsprungs ließ die Klippe erkennen, dass sie recht gehabt hatte. Die Einbuchtung zwischen dem Geneva-Sporn und Cape Solis war immer tief gewesen; aber jetzt zeigten einige frische Erdrutsche, dass sie schnell noch tiefer wurde. Aber selbst die jüngsten Narben waren wie der Rest der Riefen und Schichten der Klippe mit Reif bestäubt. Die große Wand hatte die Farbe von Zion oder Bryce nach Schneefall – Rot mit weißen Streifen.

Auf dem Boden des Canyons war ein sehr niedriger schwarzer Grat zu sehen, etwa zwei Kilometer westlich des Geneva-Sporns und parallel zu ihm. Neugierig ging Ann hin. Die nicht mehr als brusthohe Erhebung schien wirklich aus dem gleichen Basalt zu bestehen wie der Sporn. Ann nahm ihren Hammer und schlug eine Probe ab.

Eine Bewegung fiel ihr ins Auge, und sie fuhr herum. Cape Solis fehlte die Nase. Eine rote Wolke blähte sich an seinem Fuß auf.

Ein Erdrutsch! Sofort startete sie die Stoppuhr an ihrem Armband, zog dann den vergrößernden Einsatz über ihre Helmscheibe und stellte ihn scharf, bis ihr das ferne Bergland klar vor Augen stand. Der von dem Abbruch freigelegte Fels war schwärzlich und schien fast vertikal zu sein. Vielleicht eine bei der Abkühlung entstandene Fehlstelle im Deich, falls auch das ein Deich war. Es sah aus wie Basalt. Und es schien, als erstrecke sich der Bruch über die ganze Höhe der Klippe, die ganzen vier Kilometer.

Die Vorderseite der Klippe verschwand in der aufsteigenden Staubwolke, die sich aufblähte, als wäre eine riesige Bombe hochgegangen. Einem lauten Knall folgte ein schwaches Dröhnen wie weit entfernter Donner. Ann sah auf ihr Handgelenk: knapp unter vier Minuten. Die Schallgeschwindigkeit auf dem Mars betrug 252 Meter in der Sekunde. So konnte sie die geschätzte Distanz von sechzig Kilometern bestätigen. Ann hatte fast den allerersten Moment des Abbruchs gesehen.

Tief in der Einbuchtung gab auch ein kleineres Stück der Klippe nach, zweifellos ausgelöst durch die Schockwellen. Aber im Vergleich mit dem abgerutschten großen Massiv, das Millionen Kubikmeter Gestein umfasst hatte, sah es aus wie ein ganz gewöhnlicher Steinschlag. Es war fantastisch, wirklich einen der ganz großen Erdrutsche zu sehen. Die meisten Areologen und Geologen hatten nur Explosionen oder Computersimulationen gesehen. Einige Wochen in Valles Marineris könnten da Abhilfe schaffen.

Und dann kam es. Es rollte über den Boden wie die Front einer Staubwolke, wie ein Zeitlupenfilm eines sich nähernden Gewitters, komplett mit Soundeffekten. Es war wirklich weit zum Cape. Ann erkannte sofort, dass sie Zeugin eines besonderen Erdrutsches, eines Sturzstroms, war. Das war ein seltsames Phänomen, eines der ungelösten Rätsel der Geologie. Die große Mehrheit der Erdrutsche bewegt sich horizontal um weniger als die doppelte Distanz ihres Falls. Aber einige wenige sehr große scheinen den Gesetzen der Reibung *zu trotzen und breiten sich horizontal zehnmal so weit aus, als sie vertikal abstürzen; und niemand weiß, warum das geschieht. Cape Solis war vier Kilometer tief gefallen und hätte also nicht mehr als acht horizontal laufen sollen. Aber hier war es, erstreckte sich über den Boden von Melas Chasma und lief den Canyon hinab auf Ann zu. Wenn es nur fünfzehnmal seine vertikale Fallstrecke zurücklegte, würde es direkt über sie hinwegrollen und in den Geneva-Sporn einschlagen.*

Sie fokussierte ihren vergrößernden Einsatz auf die Frontseite des Rutsches, die gerade noch als eine dunkle brodelnde Masse unter der wirbelnden Staubwolke zu erkennen war. Sie spürte, wie ihre Hand am Helm zitterte, sonst aber nichts. Keine Furcht, kein Bedauern – wirklich nichts außer einer gewissen Erleichterung. Jetzt war alles endlich vorbei. Und niemand konnte ihr einen Vorwurf machen. Sie hatte immer gesagt, dass das Terraforming sie töten würde. Sie lachte kurz auf und kniff dann die Augen zusammen, um die Frontseite des Erdrutsches besser erkennen zu können. Die älteste Standardhypothese zur Erklärung der Sturzströme war, dass das Gestein auf einem Luftkissen schwebte, das unter der Einbruchstelle zusammengepresst worden war. Später hatten alte Sturzströme, die auf Mars und Luna entdeckt worden waren, Zweifel an dieser Theorie aufkommen lassen, und Ann gehörte zu denen, die argumentierten, dass jede unter dem Gestein eingefangene Luft rasch nach oben wegdiffundieren würde. Irgendein Schmiermittel musste es aber geben. Unter anderem waren eine Schicht aus infolge der Reibung geschmolzenem Gestein, Schallwellen, die durch den Lärm des Falls verursacht wurden, oder die energetischen Schwingungen der am Boden des Erdrutsches eingefangenen Partikel vorgeschlagen worden. Aber keine dieser Hypothesen war befriedigend; und niemand wusste es sicher. Ann war mit einem geheimnisvollen Phänomen konfrontiert.

Nichts in der unter der Staubwolke auf sie zukommenden Masse wies auf die eine oder andere Theorie hin. Sie glühte nicht wie ge-

schmolzene Lava; und obwohl sie laut war, konnte Ann nicht beurteilen, ob sie so laut war, dass sie auf ihrer eigenen Schallwelle reiten konnte. Auf jeden Fall kam sie näher, ganz gleich, warum. Es sah ganz so aus, als hätte Ann die Gelegenheit, es direkt zu beobachten – obwohl ihr letzter Beitrag zur Geologie im Moment der Entdeckung verlorengehen würde.

Sie blickte auf ihre Uhr und war überrascht zu sehen, dass schon zwanzig Minuten vergangen waren. Sie wusste, dass Sturzströme schnell waren. Man schätzte, dass der Blackhawk-Erdrutsch in der Mojave-Wüste mit einhundertzwanzig Kilometern in der Stunde unterwegs gewesen war, trotz der geringen Hangneigung. Melas war steiler. Und tatsächlich kam die Front rasch näher. Der Lärm wie grollender Donner wurde stärker. Die Staubwolke stieg höher und blockierte die Nachmittagssonne.

Ann wandte sich um und schaute auf den großen Marineris-Gletscher hinaus. Sie war von ihm mehr als einmal fast getötet worden, als der Ausbruch des Grundwasserleiters die großen Canyons flutete. Und Frank Chalmers war von ihm getötet und irgendwo weit stromabwärts im Eis begraben worden. Sein Tod war ihre Schuld gewesen, und die Gewissensbisse hatten sie nie verlassen. Es war nur ein Moment der Unaufmerksamkeit gewesen, aber eben doch ein Fehler. Und manche Fehler kann man nie wiedergutmachen.

Und dann war auch Simon gestorben, überwältigt von einem Erdrutsch seiner weißen Blutkörperchen. Jetzt war sie an der Reihe. Die Erleichterung war so stark, dass es fast wehtat.

Sie wandte sich wieder der Felslawine zu. Der am Boden sichtbare Stein schien zu hüpfen, nicht zu rollen. Offenbar glitt er wirklich auf irgendeiner schmierenden Schicht. Geologen hatten fast intakte Wiesen oben auf Erdrutschen gefunden, die viele Kilometer zurückgelegt hatten. Also war das die Bestätigung von etwas Bekanntem. Es sah aber dennoch eigenartig aus, fast irreal. Ein niedriger Wall, der über das Land fegte, ohne sich zu überschlagen – ein Zaubertrick. Der Boden unter ihren Füßen bebte; und Ann merkte, dass sie die Hände zu Fäusten geballt hatte. Sie dachte an Simon, der bis zur letzten Stunde mit dem Tod gekämpft hatte, und zischte. Es erschien ihr nicht richtig, hier zu stehen und das Ende so fröhlich zu begrüßen. Sie wusste, dass er es nicht gebilligt haben würde. Wie in einer seinem Geist geweihten Geste sprang sie von dem niedrigen Lavadeich hinunter und ließ sich dahinter auf ein Knie nieder. Sein grobkörniger Basalt sah in dem braunen Licht stumpf aus. Sie fühlte die Vibrationen und sah zum Himmel auf. Sie hatte getan, was sie konnte; und niemand konnte ihr einen Vorwurf machen. Es war töricht, das überhaupt zu denken. Niemand würde je erfahren, was sie hier gemacht hatte, nicht einmal Simon. Und der Simon in ihrem Innern würde nie aufhören, sie zu plagen, ganz gleich, was sie tat. Also war es Zeit sich auszuruhen und dankbar zu sein. Die Staubwolke rollte über den niedrigen Deich, Wind kam auf ...

Bumm! Sie wurde durch die Schallwelle erst umgehauen, dann hochgewirbelt und über den Boden des Canyons geschleift, fallen gelassen und mit Steinen überschüttet. Sie steckte in einer dunklen Wolke auf Händen und Knien. Überall um sie herum war Staub, das Gebrüll knirschender Felsen erfüllte alles, und der Boden unter ihr schüttelte sich wie ein wildes Tier ...

Das Rumpeln ließ nach. Ann war immer noch auf allen vieren und fühlte den kalten Stein durch ihre Handschuhe und Knieschützer. Windstöße reinigten die Luft. Sie war von Staub und Gesteinssplittern bedeckt.

Wackelig stand sie auf. Ihre Hände und Knie schmerzten, und eine Kniescheibe war taub vor Kälte. Ihr linkes Handgelenk war verstaucht. Sie ging zu dem niedrigen Deich und schaute hinüber. Der Erdrutsch war ungefähr dreißig Meter vor ihm zum Stehen gekommen. Der Boden davor war mit Geröll bedeckt, aber der Rand der eigentlichen Felslawine war eine zwanzig oder fünfundzwanzig Meter hohe schwarze Wand aus pulverisiertem Basalt mit einem Neigungswinkel von etwa *fünfundvierzig Grad. Wenn sie auf dem Deich stehen geblieben wäre, hätte der Wind sie umgeworfen und getötet. »Verdammt!«, sagte sie zu Simon.*

Die nördliche Grenze des Erdrutsches war bis zum Melas-Gletscher vorgedrungen, hatte das Eis geschmolzen und sich mit ihm zu einem dampfenden Trog aus Felsblöcken und Schlamm vermischt. Durch die Staubwolke konnte sie nicht viel davon sehen. Ann überquerte den Deich und ging zum Fuß der Lawine. Die Steine auf dem Boden waren noch heiß. Sie schienen nicht stärker zertrümmert zu sein als die weiter oben. Ann starrte die neue schwarze Wand an. Ihr klangen die Ohren. Das ist nicht fair, dachte sie. Nicht fair.

Sie ging zum Geneva-Sporn zurück. Sie fühlte sich unwohl und benommen. Der Felsenrover stand noch auf der Straße, staubig, aber offenbar unbeschädigt. Sie brachte es lange nicht über sich, ihn zu berühren. Sie blickte über die lange, rauchende Masse des Erdrutsches zurück – ein schwarzer Gletscher neben einem weißen. Schließlich öffnete sie die Schleuse und stieg ein. Sie hatte keine andere Wahl.

Ann fuhr jeden Tag ein kleines Stück. Dann stieg sie aus und lief über den Planeten. Sie verrichtete ihre Arbeit beharrlich wie ein Automat.

Zu beiden Seiten der Tharsis-Höhe gab es eine Vertiefung. Auf der Westseite war Amazonis Planitia, eine tiefliegende Ebene, die weit in die Hochebene des Südens reichte. Im Osten lag der Chryse-Trog, eine Senke, die vom Argyre-Becken durch Margaritifer Sinus und Chryse Planitia verlief, den tiefsten Punkt der Senke. Der Trog lag durchschnittlich zwei Kilometer tiefer als seine Umgebung; und das chaotische Gelände auf dem Mars sowie viele der alten Ausflusskanäle befanden sich dort.

Ann fuhr den Südrand von Marineris nach Osten entlang, bis sie sich zwischen Nirgal Vallis und Aureum Chaos befand. Sie hielt an, um ihre Vorräte in dem Refugium namens Dolmentor wieder aufzufüllen. Dort hatten Michel und Kasei sie am Ende ihrer Flucht durch Marineris 2061 hingebracht. Das kleine Refugium wiederzusehen berührte sie nicht. Sie erinnerte sich kaum daran. Alle ihre Erinnerungen waren verschwunden, was sie als tröstlich empfand. Sie arbeitete sogar daran und konzentrierte sich mit solcher Intensität auf den Moment, dass selbst dieser entschwand. Jeder Augenblick war ein Lichtblitz in einem Nebel, als zerbräche etwas in ihrem Kopf.

Der Trog stammte sicher aus der Zeit vor dem Chaos und den Ausflusskanälen, die ohne Zweifel wegen des Trogs dort lagen. Aus dem Tharsis-Buckel waren noch lange heiße Gase aus dem Zentrum des Planeten geströmt, und auch die radialen und konzentrischen Frakturen darum herum entließen flüchtige Substanzen aus dem tiefen Marsinneren. Im Regolith war Wasser nach unten in die Depressionen zu beiden Seiten des Buckels geflossen. Es könnte sein, dass die Senken das direkte Resultat des Buckels waren, indem sich die Lithosphäre in den Außengebieten abgesenkt hatte, während sie in der Mitte hochgedrückt worden war. Es könnte aber auch sein, dass sich der Mantel unter den Vertiefungen gesenkt hatte, als er unter dem Buckel aufgestiegen war. Konvektionsstandardmodelle stützten diese Theorie – wo etwas emporstieg, musste schließlich irgendwo auch etwas nach unten, und vielleicht wurde die Lithosphäre an den Tharsis-Hängen hinuntergezogen.

Und dann war im Regolith oben Wasser nach unten gelaufen, wie immer, und hatte sich in den Trögen gesammelt, bis die Reservoire aufbrachen und die Oberfläche darüber zusammenbrach. Daher die Ausflusskanäle und das Chaos. Das war ein gutes, plausibles Arbeitsmodell, das eine Menge Merkmale erklärte.

Also fuhr Ann jeden Tag und ging auf die Suche nach Beweisen für die Mantelkonvektionstheorie zur Entstehung des Chryse-Trogs. Sie wanderte über die Oberfläche des Planeten, kontrollierte alte Seismographen und nahm Gesteinsproben. Es war jetzt schwierig, im Trog nach Norden zu reisen. Die Ausbrüche der Wasserader von 2061 hatten den Weg fast blockiert und nur einen schmalen Spalt zwischen dem Ostende des großen Marineris-Gletschers und der Westseite eines kleineren Gletschers gelassen, der die ganze Länge von Ares Vallis ausfüllte. Dieser Spalt war östlich von Noctis Labyrinthus die erste Möglichkeit, den Äquator zu überqueren, ohne über Eis fahren zu müssen; und Noctis war sechstausend Kilometer entfernt. Darum hatte man in dem Spalt eine Straße gebaut und eine recht große Kuppelstadt auf dem Rand des Galilei-

Kraters errichtet. Südlich von Galilei war der engste Teil des Spalts nur vierzig Kilometer breit, eine befahrbare ebene Zone zwischen dem östlichen Arm des Hydaspis Chaos und des westlichen Teils von Aram Chaos. Es war schwer, durch diese Zone zu fahren und dabei unter dem Horizont zu bleiben; und Ann fuhr genau am Rand von Aram Chaos entlang, das zertrümmerte Land unter ihr.

Nördlich von Galilei war es leichter. Und dann war sie aus dem Spalt heraus und auf Chryse Planitia. Das war das Herzstück des Trogs mit einem Gravitationspotenzial von −0,65; der leichteste Ort auf dem Planeten, sogar noch leichter als Hellas und Isidis.

Aber eines Tages fuhr sie auf den Gipfel eines einsamen Berges und sah, dass sich mitten in Chryse ein Eismeer befand. Ein langer Gletscher war von Simud Vallis heruntergeflossen und hatte am tiefsten Punkt von Chryse einen Teich gebildet, der sich ausgedehnt hatte, bis er zu einem Meer aus Eis geworden war, das das Land bis über den Horizont im Norden, Nordosten und Nordwesten bedeckte. Ann fuhr langsam um sein westliches und dann sein nördliches Ufer herum. Der See hatte einen Durchmesser von zweihundert Kilometern.

Eines Abends hielt sie ihren Rover auf dem Rand eines Geisterkraters an und schaute über die weite Fläche aus zerbrochenem Eis. Es hatte '61 so viele Ausbrüche gegeben. Es war klar, dass einige gute Areologen in jenen Tagen für die Rebellen gearbeitet hatten. Sie hatten Wasserreservoire aufgespürt und Explosionen oder Reaktorschmelzen genau dort ausgelöst, wo der hydrostatische Druck am größten war. Ann hatte den Eindruck, dass sie viele ihrer Entdeckungen benutzt hatten.

Aber das war Vergangenheit und jetzt verbannt. Das alles war weg. Hier und jetzt gab es nur dieses Eismeer. Die Aufzeichnungen der alten Seismographen, die sie gefunden hatte, zeigten Störungen durch neuere Beben aus dem Norden an, wo es eigentlich nur geringe Aktivität hätte geben müssen. Vielleicht bewirkte das Abschmelzen der nördlichen Polkappe, dass die Lithosphäre dort wieder nach oben drängte und viele kleine Marsbeben auslöste. Aber die von den Seismographen aufgezeichneten Erschütterungen waren einzelne kurzperiodische Stöße, eher wie Explosionen als wie Marsbeben. Ann hatte die Daten viele lange Abende hindurch studiert und war verwirrt.

Jeden Tag fuhr sie und ging dann zu Fuß. Sie verließ das Eismeer und wandte sich nach Norden, nach Acidalia Planitia.

Die großen Ebenen der Nordhemisphäre galten im Allgemeinen als flach; und im Vergleich mit dem chaotischen Terrain oder den südlichen Hochebenen waren sie das auch. Aber sie waren keinesfalls so eben wie ein Spielplatz oder eine Tischfläche, nicht einmal annähernd. Überall gab es Wellen, ein ständiges Auf und Ab aus Buckeln und Löchern, Grate zerbrechenden Urgesteins, Senken voll feiner Flugsande, große zerklüftete Felder mit Felsblöcken, isolierte Hügel und kleine Sinklöcher ... Es war unirdisch. Auf der Erde hätte Humus die Höhlungen gefüllt, und Wind und Wasser und pflanzliches Leben hätten die Berggipfel zernagt und abgetragen, und dann wäre das Ganze überflutet oder abgetragen oder von Eisplatten flachgedrückt oder durch die Plattentektonik angehoben worden. Alles weggerissen und Dutzende Male im Verlauf der Äonen wieder aufgebaut und immer wieder durch Wetter, Fauna und Flora geglättet. Aber diese gewellten Ebenen, deren Löcher durch Meteoriten geschlagen worden waren, hatten sich seit Milliarden von Jahren nicht verändert. Und sie gehörten noch zu den jüngsten Oberflächen auf dem Mars.

Es war mühsam, durch dieses unebene Gelände zu fahren, und man konnte sich zu Fuß sehr leicht verirren, besonders, wenn der Rover so wie alle anderen Felsblöcke auch aussah, die verstreut herumlagen. Das galt vor allem, wenn man abgelenkt war. Mehr als einmal musste Ann ihr Fahrzeug durch Funksignal finden anstatt nach Sicht. Manchmal kam sie dicht heran, ohne es zu erkennen. Und dann wachte sie auf oder kam zu sich, und ihre Hände zitterten im Schock nach einem vergessenen Traum.

Die besten Roverrouten liefen entlang der niedrigen Grate und Deiche aus freiliegendem Urgestein. Wenn diese hohen Basaltwege miteinander in Verbindung gestanden hätten, wäre es leicht gewesen. Aber meistens waren sie durch Querrisse unterbrochen, die zunächst nur feine Rillen waren, aber dann immer tiefer und breiter wurden, je weiter man vorrückte, wie auseinanderkippende Brotscheiben, bis es richtig tiefe Spalten waren, die mit Geröll und Grus gefüllt worden waren und wieder mit der felsigen Ebene verschmolzen.

Sie fuhr weiter nach Norden auf Vastitas Borealis zu. Acidalia, Borealis – die alten Namen waren so eigenartig. Ann tat ihr Bestes, nicht nachzudenken, aber während der langen Stunden im Wagen war das manchmal unmöglich. Dann war es weniger gefährlich, etwas zu lesen, als zu versuchen, den Kopf leer zu halten. Also las sie aufs Geratewohl in der Bibliothek ihres Computers. Oft landete sie bei areologischen Karten und starrte sie an; und eines Abends bei Sonnenuntergang informierte sie sich in einer solchen Sitzung über die Marsnamen.

Es zeigte sich, dass die meisten von Giovanni Schiaparelli stammten. Er hatte auf seinen durch Beobachtungen mit dem Teleskop angefertigten Karten mehr als hundert Albedoobjekte benannt, von denen die meisten ebenso illusorisch waren wie die *canali*. Aber als die Astronomen der 1950er-Jahre eine revidierte Karte der Albedoobjekte angefertigt hatten, die fotografiert werden konnten und die allgemeine Zustimmung fanden, wurden viele Namen Schiaparellis beibehalten. Das war ein Tribut an seine besondere Stärke der Namensgebung, die er besessen hatte. Er war ein klassischer Philologe und ein Forscher der biblischen Astronomie gewesen; und unter seinem Namen gab es lateinische, griechische, biblische und homerische Bezüge, alles bunt gemischt. Aber er hatte irgendwie einen Sinn für Namen. Ein Beweis dieses Talents war der Kontrast zwischen seinen Karten und den konkurrierenden Marskarten des neunzehnten Jahrhunderts. Zum Beispiel beruhte die Karte eines Engländers namens Proctor auf den Zeichnungen eines Reverend William Dawes. Darum gab es auf Proctors Karten, die nicht einmal zu den Standard-Albedomerkmalen erkennbare Beziehungen hatten, einen Dawes-Kontinent, einen Dawes-Ozean, eine Dawes-Meerenge, ein Dawes-Meer und eine gegabelte Dawes-Bucht. Ebenso ein Airy-Meer, einen DeLaRue-Ozean und ein Beer-Meer. Letzteres war ein Tribut an einen Deutschen namens Beer, der eine Marskarte gezeichnet hatte, die noch schlechter war als die von Proctor. Aber im Vergleich zu diesen war Schiaparelli ein Genie gewesen.

Aber nicht einheitlich. In seiner Namensmischung war etwas Falsches, etwas Gefährliches. Die Merkmale auf dem Merkur wurden alle nach großen Künstlern benannt und die auf der Venus nach berühmten Frauen. Wenn man eines Tages über deren Landschaften fahren oder fliegen würde, hätte man das Gefühl, in einheitlichen Welten zu leben. Nur auf dem Mars bewegte man sich in einem schrecklichen Mischmasch aus den Träumen der Vergangenheit, die dem Kenner sagten, welche katastrophalen Missverständnisse beim Interpretieren des wahren Geländes sie offenbarten: der See der Sonne, die Goldebene, das Rote Meer, Pfauenberg, Phönix-See, Kimmerien, Arkadien, der Golf der Perlen, der Gordische Knoten, Styx, Hades, Utopia ...

Auf den dunklen Dünen von Vastitas Borealis wurden Ann allmählich die Vorräte knapp. Ihre Seismographen zeigten im Osten tägliche Beben an, und sie fuhr dorthin. Bei ihren Spaziergängen im Freien studierte sie die granatroten Sanddünen und deren Schichten, welche das frühere Klima wie Jahresringe im Holz verrieten. Aber Schnee und starke Winde rissen die Kämme der Dünen fort. Die Westwinde konnten heftig genug sein, um Schichten grobkörnigen Sandes zu packen und gegen ihren Rover zu schleudern. Der Sand lagerte sich immer in Form von Dünen ab. Das war der Physik geschuldet. Aber die Dünen würden ihren langsamen Marsch um die Welt beschleunigen, und ihre Aufzeichnungen der früheren Zeiten würden zerstört werden.

Ann verdrängte diesen Gedanken und studierte das Terrain, als gäbe es keine neuen künstlichen Kräfte, die es störten. Sie konzentrierte sich auf ihre Arbeit, als packte sie ihren Geologenhammer und schlüge Steinproben damit ab. Die Vergangenheit wurde Stück für Stück zerbröckelt. Zurückgelassen. Sie weigerte sich, daran zu denken. Aber immer wieder fuhr sie aus dem Schlaf hoch, weil sie geträumt hatte, dass die Felslawine auf sie zukäme. Und wenn sie endgültig wach war, schwitzte und zitterte sie in der hellen Morgendämmerung und der wie brennender Schwefel flammenden Sonne.

Cojote hatte ihr eine Karte seiner Verstecke im Norden gegeben; und jetzt kam sie zu einem, das in einem Haufen haushoher Felsblöcke vergraben war. Sie versorgte sich und ließ eine kurze Dankesnotiz zurück. Nach dem letzten Reiseplan, den Cojote ihr gegeben hatte, wollte er bald in diese Gegend kommen. Aber er war nicht zu sehen, und Warten hatte keinen Sinn. Also fuhr sie weiter.

Sie fuhr, sie ging. Aber es half nichts. Die Erinnerung an den Erdrutsch verfolgte sie. Was ihr Kummer machte, war nicht, dass sie knapp dem Tod entronnen war. Das war schon öfter passiert, meist so, dass sie es nicht bemerkt hatte. Nein, es war einfach die Zufälligkeit. Das hatte nichts mit Wert oder Fitness zu tun. Es war reine Kontingenz. Ein Punktualismus, aber ohne die Entwicklungssprünge. Wirkungen folgten nicht aus Ursachen; und man bekam nicht einfach bloß, was man verdiente. Schließlich hatte sie zu viel Zeit im Freien verbracht und zu viel Strahlung abbekommen. Aber Simon war es, der gestorben war. Und sie war als Einzige am Lenkrad unaufmerksam gewesen, aber Frank war gestorben. Es war einfach eine Sache des Zufalls, ob man überlebte oder ausgelöscht wurde.

Es war schwer zu glauben, dass natürliche Auslese in einem solchen Universum überhaupt etwas bewirkt haben sollte. Direkt unter ihren Füßen in den Vertiefungen zwischen den Dünen wuchsen Archaebakterien auf Sandkörnern. Aber die Atmosphäre wurde schnell sauerstoffreicher, und alle Archaebakterien würden aussterben – bis auf die, die sich zufällig unter der Oberfläche befanden, isoliert von dem Sauerstoff, den sie selbst produziert hatten und der für sie giftig war. Natürliche Auslese oder Zufall? Man stand da, atmete Gase ein, während der Tod auf einen zuraste – und wurde von Steinen bedeckt und starb, oder aber von Staub bedeckt und überlebte. Und nichts, was man tat, spielte in diesem großen Entweder-oder eine Rolle.

Eines Nachmittags, als sie einen zufällig ausgewählten Artikel im Computer las, um sich zwischen ihrer Rückkehr zum Rover und dem Abendessen abzulenken, erfuhr sie, dass die zaristische Polizei Dostojewski zur Exekution geführt und erst nach mehreren Stunden des Wartens wieder hineingeholt hatte. Ann las den Bericht über diesen Vorfall zu Ende, saß dann auf dem Fahrersitz mit den Füßen auf dem Armaturenbrett und starrte blind auf den Bildschirm. Über sie ergoss sich ein weiterer strahlender Sonnenuntergang. Das Zentralgestirn sah in der dichter werdenden Atmosphäre seltsam groß und hell aus. Dostojewski war für immer verändert worden, erklärte der Autor in der umfassenden Biographie. Ein Epileptiker, der zu Gewalttätigkeit und Verzweiflung neigte. Es war ihm nicht gelungen, das Erlebnis zu integrieren. Er blieb für immer wütend, ängstlich, besessen.

Ann schüttelte den Kopf und lachte. Sie ärgerte sich über den idiotischen Biografen, der einfach nicht verstand. Natürlich *integrierte man das Erlebnis nicht*. Das war sinnlos. Und unmöglich.

Am nächsten Tag erhob sich ein Turm über den Horizont. Sie hielt an und beobachtete ihn durch das Teleskop des Wagens. Dahinter war viel Bodennebel. Die Beben, die ihre Seismographen anzeigten, waren jetzt sehr stark und schienen aus dem Norden zu kommen. Sie fühlte sogar selbst eine Erschütterung, was bei den guten Stoßdämpfern des Wagens auf eine wirklich sehr heftige hindeutete. Es konnte möglicherweise mit dem Turm zusammenhängen.

Sie stieg aus. Die Sonne war im dunstigen Westen fast schon untergegangen und der Himmel ein großer Bogen aus violetten Farben. Das Licht befand sich hinter ihr und würde dafür sorgen, dass sie nur schwer gesehen werden konnte. Sie schlängelte sich zwischen Dünen durch und kletterte dann vorsichtig auf einen Kamm, kroch die letzten Meter der Strecke und sah sich den Turm an, der jetzt nur einen Kilometer nach Osten entfernt war. Als sie erkannte, wie nahe seine Basis war, drückte sie das Kinn ganz auf den Boden zwischen Trümmerstücke von der Größe ihres Helmes.

Es war eine Art mobiles Bohrunternehmen, und zwar ein großes. Die massive Basis war von riesigen Lastwagen auf Raupen flankiert, wie man sie benutzt, um die größten Raketen auf einem Raumhafen zu transportieren. Der Bohrturm ragte mehr als sechzig Meter aus diesem Ungetüm empor; und die Basis und der untere Teil des Turms enthielten eindeutig die Unterkunft der Techniker nebst Ausrüstung und Vorräten.

Kurz hinter diesem Ding, nach Norden abwärts, war ein Eismeer. Unmittelbar nördlich vom Bohrer ragten die Kämme der großen Dünen noch aus dem Eis – erst als ein hügeliger Strand und dann in Form Hunderter sichelförmiger Inseln. Aber einige Kilometer weiter draußen verschwanden auch die Dünenspitzen, und es gab nur noch Eis.

Das Eis war rein, sauber, unter dem Sonnenuntergangshimmel transparent purpurn – klarer als alles Eis, das sie je auf der Marsoberfläche gesehen hatte, und glatt, nicht zerklüftet wie die Gletscher. Es dampfte schwach. Der Reif wurde vom Wind nach Osten geweht. Und darauf liefen Menschen in Schutzanzügen und Helmen Schlittschuh. Sie sahen aus wie Ameisen auf einer Schüssel Gelee.

In dem Moment, als sie das Eis erblickte, wurde ihr alles klar. Vor langer Zeit hatte sie selbst die Impakt-Hypothese unterstützt, die die Zweiteilung der Hemisphären erklärte. Danach war die tief gelegene glatte nördliche Hemisphäre nur ein riesengroßes Einschlagbecken, das Resultat einer kaum vorstellbaren Kollision zwischen dem Mars und einem fast ebenso großen Planetesimal in der noachischen Vorzeit. Das Gestein des aufschlagenden Körpers war, soweit es nicht verdampfte, zu einem Teil des Mars selbst geworden. Und es gab die Annahme in der Fachliteratur, dass die unregelmäßigen Bewegungen im Mantel, die den Tharsis-Buckel aufgewölbt hatten, Spätfolgen der Störungen, die von dem Aufprall herrührten, waren. Ann hielt das nicht für wahrscheinlich; aber für sie stand fest, dass der große Zusammenstoß stattgefunden hatte, die Oberfläche der ganzen nördlichen Hemisphäre zerstört und sie um durchschnittlich vier Kilometer gegenüber dem Süden eingedrückt hatte. Ein unfassbarer Schlag. Aber das war im Noachium geschehen. Ein Aufprall gleicher Größenordnung hatte wahrscheinlich die Geburt von Luna aus der Erde heraus bewirkt. Es gab sogar einige hartnäckige Gegner der Impakt-Hypothese, die argumentierten, dass der Mars, wenn er so schwer getroffen worden wäre, einen ebenso großen Mond wie die Erde hätte haben müssen.

Aber jetzt, als sie auf dem Bauch lag und das gigantische Bohrgerüst betrachtete, kam sie zu der Ansicht, dass die nördliche Hemisphäre noch tiefer lag, als es zuerst den Anschein gehabt hatte, weil ihr Boden aus gewachsenem Fels erstaunlich tief lag, fast fünf Kilometer unter den Dünen. Der Einschlag war tief gewesen, und dann hatte sich die Senke größtenteils wieder aufgefüllt mit einer Mischung aus Auswurfmaterial aus dem großen Impakt, von durch Wind verwehtem Sand und Grus, späterem Auswurfmaterial anderer Einschläge, Erosionsstoffen, die von dem Abhang des Großen Steilhangs heruntergeglitten, und mit Wasser. Jawohl, Wasser, das sich wie immer den tiefsten Punkt gesucht hatte. Das Wasser in der alljährlichen Reifkappe und den alten Reservoir-Ausbrüchen, das, was aus dem zertrümmerten Urgestein ausgegast war und den Linsen in der Polkappe – all das war schließlich in dieses tiefe Gebiet gewandert und hatte sich zu einem wahrhaft enormen Reservoir unter der Oberfläche vereinigt, einem Meer aus Eis und flüssigem Wasser, das sich wie ein Band um den ganzen Planeten herumzog und unter allem nördlich von 60° Breite lag, ironischerweise mit Ausnahme einer Insel aus Urgestein, auf der die Polkappe selbst hockte.

Ann hatte vor vielen Jahren dieses unterirdische Meer entdeckt; und nach ihren Schätzungen lagerten dort zwischen sechzig und siebzig Prozent des ganzen Wassers auf dem Mars. Es war wirklich der Oceanus Borealis, von dem manche Terraformer sprachen – aber tief, tief begraben und größtenteils gefroren, vermischt mit Regolith und feinem Grus, ein ewiges Permafrost-Meer mit etwas Flüssigkeit ganz unten im tiefsten Urgestein. Er war dort für immer eingeschlossen, hatte sie gedacht, weil der Permafrost-Ozean – ganz gleich, wie viel Wärme die Terraformer auf die Oberfläche des Planeten einwirken ließen – nicht viel schneller als um einen Meter pro Jahrtausend auftauen würde. Und selbst wenn er schmelzen sollte, würde er unter der Oberfläche bleiben. Das war einfach eine Folge der Schwerkraft.

Deswegen stand der Bohrturm vor ihr. Sie bohrten nach Wasser. Sie schlossen die flüssigen Reservoire direkt auf und schmolzen den Permafrost mit Sprengstoffen. Dann förderten sie das Schmelzwasser und pumpten es auf die Oberfläche. Das Gewicht des darüberliegenden Regoliths würde helfen, das Wasser durch Rohre nach oben zu drücken. Das Gewicht des Wassers auf der Oberfläche würde noch mehr drücken. Wenn es genügend Bohrtürme wie diesen gab, könnten sie eine enorme Menge an die Oberfläche fördern. Schließlich würde man ein seichtes Meer haben. Das würde wieder gefrieren und für einige Zeit ein Eismeer werden. Aber dank der Erwärmung der Atmosphäre, dem Sonnenlicht, der Einwirkung von Bakterien und den zunehmenden Winden würde es schließlich wieder schmelzen. Und dann gäbe es einen Oceanus Borealis. Und die alte Vastitas Borealis mit ihren die Welt umschließenden schwarzen und granatfarbenen Dünen wäre der Boden eines Meeres. Ertrunken.

Ann ging in der Dämmerung zu ihrem Wagen zurück. Sie bewegte sich unbeholfen. Es fiel ihr schwer, die Schleusen zu öffnen und den Helm abzunehmen. Drinnen saß sie mehr als eine Stunde vor der Mikrowelle, ohne sich zu bewegen. Bilder kamen ihr in den Sinn. Ameisen, die unter einem Vergrößerungsglas verbrannten, ein Ameisenhügel, der hinter einem Damm aus Schlamm ertrank ... Sie hatte gedacht, dass sie in dieser präposthumen Existenz, in der sie lebte, nichts mehr berühren konnte; aber ihre Hände zitterten, und sie bemerkte nicht, wie der Reis und Lachs in der Mikrowelle kalt wurden. Der Rote Mars war weg. Ihr Magen war ein kleiner Stein in ihrem Leib. In dem Zufallsstrom universeller Kontingenz spielte nichts eine Rolle. Und dennoch, dennoch ...

Sie fuhr weg. Sie wusste nicht, was sie sonst hätte tun können. Sie fuhr zurück nach Süden, an Chryse und dem Eismeer vorbei. Das würde irgendwann eine Bucht des größeren Ozeans werden. Sie konzentrierte sich auf ihre Arbeit oder versuchte es zumindest. Sie bemühte sich, nichts außer Steinen zu sehen, wie ein Stein zu denken.

Eines Tages fuhr sie über eine Ebene, die mit schwarzen Felsen übersät war. Das Gelände war glatter als die anderen und der Horizont die üblichen fünf Kilometer entfernt, wie es ihr von Underhill und den ganzen übrigen Tiefebenen vertraut war. Eine kleine Welt, vollständig mit kleinen schwarzen Steinen wie fossilen Bällen für verschiedene Sportarten angefüllt, nur alle schwarz und mehr oder weniger facettiert. Das waren Windkanter.

Sie stieg aus, ging umher und schaute sich um. Die Felsen zogen sie an. Sie marschierte eine weite Strecke nach Westen.

Eine niedrige Wolkenfront rollte über den Horizont; und sie spürte, wie Böen sie trafen. Im vorzeitigen Dunkel des plötzlich stürmischen Nachmittags nahm das Steinfeld eine geisterhafte Schönheit an. Sie stand in einer Scheibe aus trüber Luft, die zwischen zwei Flächen klumpiger Schwärze brauste.

Die Felsen waren Basalt, der von den Winden an einer exponierten Stelle poliert worden war, bis eine glatte Fläche entstanden war. Das mochte eine Million Jahre gedauert haben. Und dann waren die darunterliegenden Tonschichten weggeblasen worden, oder eines der seltenen Marsbeben hatte die Gegend erschüttert; und der Stein war in eine neue Position geschoben worden und hatte eine andere Fläche dargeboten. Und der Prozess hatte von Neuem begonnen. Eine neue Facette wurde langsam von dem endlosen Ansturm mikronkleiner Scheuerstoffe flach geschabt, bis sich wieder einmal das Gleichgewicht des Steins änderte oder ein anderer Stein dagegen stieß oder etwas anderes ihn aus seiner Position rückte. Und dann ging es wieder los. So erging es jedem Stein auf diesem Feld. Er verschob sich etwa jede Jahrmillion und lag dann still unter dem Wind – Tag um Tag, Jahr um Jahr. Deswegen gab es hier *Einkanter* mit nur einer Facette und *Dreikanter* mit drei Facetten, *Vierkanter*, *Fünfkanter* – bis hin zu nahezu perfekten Hexaedern, Oktaedern und Dodekaedern. Windkanter. Ann hob einen nach dem anderen hoch, stellte sich die vielen Jahre vor, die ihn abgeschliffen hatten, und fragte sich, ob ihr Geist nicht ähnliche Abtragungen aufwies, große Teile, die von der Zeit abgeflacht wurden.

Es fing an zu schneien. Erst wirbelnde Flocken, dann große weiche Kleckse, die im Wind herunterrieselten. Es war draußen relativ warm, und der Schnee war matschig, dann graupelig und danach eine üble Mischung aus Hagel und nassem Schnee, die mit einem scharfen Wind herabfiel. Als der Sturm weiter andauerte, wurde der Schnee sehr schmutzig. Offenbar war er lange in der Atmosphäre auf und ab getrieben und hatte dabei Grus und Staub und Rauchpartikel aufgesammelt, daraufhin mehr Flüssigkeit auskristallisiert und alles bei einem Aufwind in einem Gewitterkopf wiederholt, bis das, was herunterkam, fast schwarz war. Schwarzer Schnee. Und dann fiel eine Art gefrorener Schlamm herab, der die Löcher und Lücken zwischen den Windkantern füllte, ihre Oberseiten zudeckte und dann an den Seiten herunterfiel, als der scharfe Wind eine Million kleiner Lawinen auslöste. Ann torkelte ziel- und zwecklos dahin, bis sie sich einen Knöchel verrenkte und mit rasselndem Atem stehen blieb, einen Stein in jeder kalten, mit Handschuhen bekleideten Hand haltend. Sie erkannte, dass die Felslawine immer noch auf sie zuraste. Schlammiger Schnee prasselte aus der schwarzen Luft und begrub die Ebene unter sich.

Aber nichts hält ewig, nicht einmal Stein und nicht einmal Verzweiflung.

Ann kam zu ihrem Rover zurück, ohne zu wissen, wie und warum. Sie fuhr jeden Tag ein kleines Stück und gelangte unbeabsichtigt zu Cojotes Versteck zurück. Dort blieb sie eine Woche lang, lief über die Dünen und aß lustlos ihr Essen.

Dann eines Tages: »Ann, di da do?«

Sie verstand nur das Wort *Ann*. Erschreckt über die Wiederkehr ihrer Glossolalie hielt sie mit beiden Händen das Funkgerät und versuchte zu sprechen. Es kam nichts heraus als ein erstickter Ton.

»Ann, di da do?«

Das war eine Frage.

»Ann«, sagte sie; ein Geräusch, als würde sie sich übergeben.

Zehn Minuten später war er in ihrem Rover und drückte sie an sich. »Wie lange bist du schon hier?«

»Nicht ... nicht lange.«

Sie setzten sich. Ann nahm sich zusammen. Es war wie lautes Denken. Bestimmt dachte sie noch in Wörtern.

Cojote redete weiter, vielleicht etwas langsamer als sonst, und sah sie scharf an.

Sie fragte ihn nach dem Eisbohrturm.

»Ah, ich habe mich gefragt, ob du auf einen von denen stoßen würdest.«

»Wie viele gibt es davon?«

»Fünfzig.«

Cojote sah ihren Gesichtsausdruck und nickte kurz. Er aß gierig; und sie hatte den Eindruck, dass ihm vor der Ankunft hier die Vorräte ausgegangen sein mussten. »Sie stecken eine Menge Geld in diese großen Projekte. Der neue Aufzug, diese Wasserbohrer, Stickstoff vom Titan ... ein großer Spiegel da draußen zwischen uns und der Sonne, der mehr Licht auf uns wirft. Hast du davon gehört?«

Sie versuchte, sich zusammenzunehmen. Fünfzig. O Gott ...

Das machte sie verrückt. Sie war wütend auf den Planeten gewesen, weil er sie nicht freigab. Weil er sie erschreckte, aber dem Schrecken keine Taten folgten. Aber das war eine andere Art von Wut. Und als sie jetzt dasaß, Cojote beim Essen zusah und über die Überschwemmung von Vastitas Borealis nachdachte, spürte sie, wie sich die Wut in ihr zusammenzog wie eine prästellare Staubwolke – zusammenballte, bis sie in sich zusammenstürzte und sich entzündete. Heiße Wut. Das Gefühl war schmerzhaft. Und dennoch war es dieselbe alte Geschichte, Ärger über das Terraforming. Die alte, inzwischen ausgebrannte Emotion, die in den Anfangsjahren zur Nova geworden war, ballte sich jetzt zusammen und explodierte wieder. Sie wollte das nicht, wirklich nicht. Aber verdammt, der Planet schmolz unter ihren Füßen. Er zerfiel. Zu Brei gestampft von einem terrestrischen Bergbauunternehmen.

Es musste etwas passieren.

Sie musste etwas tun, sei es auch nur, um die Stunden des Wartens auszufüllen, ehe sich irgendein Unfall ihrer erbarmte. Etwas, um die präposthumen Stunden herumzubringen. Zombie-Rache – warum auch nicht? Bereit zu Gewalt, bereit zu Verzweiflung ...

»Wer baut sie?«, fragte sie.

»Meistens Consolidated. Es gibt Fabriken in Mareotis und Bradbury Point, die sie herstellen.« Cojote verschlang weiter sein Essen und sah sie nach einer Weile an. »Das gefällt dir nicht?«

»Ganz und gar nicht.«

»Möchtest du sie aufhalten?«

Sie gab keine Antwort.

Cojote schien zu verstehen. »Ich rede nicht davon, das ganze Terraformingprojekt aufzuhalten. Aber es gibt einiges, was man tun kann. Die Fabriken in die Luft jagen.«

»Die würden sie bloß wieder aufbauen.«

»Das kann man nie sagen. Es würde sie behindern. Es könnte genügend Zeit bringen, bis etwas in globalerem Maßstab geschieht.«

»Denkst du an die Roten?«

»Ja. Ich denke, die Leute würden sie als Rote bezeichnen.«

Ann schüttelte den Kopf. »Die brauchen mich nicht.«

»Nein. Aber vielleicht brauchst du sie? Und du bist für sie eine Heldin. Du wärst mehr für sie als bloß eine weitere Mitstreiterin.«

Anns Geist war wieder leer geworden. Rote – sie hatte nie an die geglaubt; nie gedacht, dass diese Form des Widerstands funktionieren würde. Aber jetzt – hmm, selbst wenn es nicht klappen sollte, könnte es besser sein als Nichtstun. Ihnen mit einem Stock ins Auge stechen!

Und wenn es funktionierte ...

»Lass mich darüber nachdenken!«

Sie sprachen über andere Dinge. Plötzlich wurde Ann von Müdigkeit regelrecht überfallen, was seltsam war, da sie so viel Zeit mit Nichtstun verbracht hatte. Aber da war sie. Sprechen war eine anstrengende Tätigkeit, und sie war sie nicht mehr gewohnt. Und Cojote war ein anstrengender Gesprächspartner.

»Du solltest zu Bett gehen«, unterbrach er seinen Monolog. »Du siehst erschöpft aus. Deine Hände ...« Er half ihr auf. Sie legte sich in ihren Kleidern auf ein Bett. Cojote breitete eine Decke über sie. »Du bist müde. Ich denke, bei dir ist es an der Zeit für eine weitere Langlebigkeitsbehandlung, altes Mädchen.«

»Ich werde keine mehr nehmen.«

»Nein? Okay. Du überraschst mich. Aber schlaf jetzt! Schlaf!«

Sie zog mit Cojote wieder nach Süden, und abends aßen sie zusammen, und er erzählte ihr von den Roten. Das war mehr eine lockere Gruppierung als eine streng organisierte Bewegung. Wie der Untergrund selbst. Er kannte einige der Gründer: Ivana, Gene und Paul von dem Farmteam, die mit Hirokos Areophanie und ihrer *Viriditas*-Geschichte nicht übereinstimmten, Kasei und Dao und einige andere der Zygote-Exogenen, eine Menge von Arkadys Gefolgsleuten, die von Phobos heruntergekommen waren und dann mit Arkady bezüglich des Wertes des Terraformens für die Revolution aneinandergerieten. Eine ganze Menge Bogdanovisten, einschließlich Steve und Marian, waren in den Jahren seit 2061 Rote geworden, wie auch die Anhänger des Biologen Schnelling, einige radikale japanische *Nisei* und *Sansei* von Sabishii und Araber, die wollten, dass der Mars für immer arabisch bleiben sollte. Außerdem geflohene Gefangene aus Korolyov und so weiter. Ein Haufen Radikaler. Nicht gerade mein Fall, dachte Ann, denn sie hatte immer noch das Gefühl, dass ihre Einwände gegen das Terraforming rationaler wissenschaftlicher Natur wären. Oder mindestens eine vertretbare ethische oder ästhetische Position. Aber dann kam in ihr plötzlich wieder der Ärger hoch, und sie schüttelte den Kopf, von sich selbst angewidert. Wer war sie, dass sie über die Ethik der Roten urteilen könnte? Die hatten wenigstens ihrem Ärger Luft gemacht und zugeschlagen. Wahrscheinlich fühlten sie sich besser, obwohl sie nichts erreicht hatten. Und vielleicht hatten sie doch etwas ausgerichtet, zumindest in früheren Jahren, ehe das Terraforming in diese neue Phase des transnationalen Gigantismus eingetreten war.

Cojote beharrte darauf, dass die Roten das Terraforming erheblich verlangsamt hätten. Manche von ihnen hatten Aufzeichnungen angelegt, um den von ihnen bewirkten Unterschied zu quantifizieren. Es gab auch, sagte er, eine wachsende Bewegung unter den Roten, die Realität anzuerkennen und einzusehen, dass das Terraforming kommen würde. Aber sie entwickelten Strategien, die verschiedene Arten von Terraforming mit geringster Einwirkung befürworteten. »Es gibt einige sehr detaillierte Vorschläge für eine Kohlendioxid-Atmosphäre, warm, aber wasserarm, die pflanzliches Leben zulassen würde und in der die Menschen Atemmasken tragen müssten, bei denen die Welt aber nicht nach dem Ebenbild Terras geformt werden würde. Das ist sehr interessant. Es gibt auch etliche Vorschläge, bei denen die tiefen Zonen arktisch und für uns gerade so erträglich sind, während die höherliegenden Gebiete oberhalb des Großteils der Atmosphäre bleiben und damit in einem natürlichem Zustand oder nahe daran. Die Calderas der vier großen Vulkane würden in einer solchen Welt besonders rein bleiben, behaupten sie.«

Ann bezweifelte, dass die meisten dieser Vorschläge realisierbar wären oder die vorausgesagten Wirkungen haben würden. Aber Cojotes Erklärungen interessierten sie dennoch. Er war, wie es schien, ein starker Befürworter aller Bemühungen der Roten und ihnen von Anfang an eine große Hilfe gewesen. Er hatte sie mit Material aus dem Untergrund versorgt, sie miteinander in Kontakt gebracht und ihnen geholfen, ihre eigenen Refugien zu bauen, die sich hauptsächlich in den Mesas und dem unübersichtlichen Gelände des Großen Steilhangs befanden, wo sie in der Nähe der verschiedenen Terraformingprojekte waren und sich deshalb leichter einmischen konnten. Ja – Cojote war ein Roter oder zumindest ein Sympathisant. »Eigentlich bin ich weder-noch. Ein alter Anarchist. Ich denke, du könntest mich jetzt einen Booneisten nennen, weil ich glaube, dass wir alles, was uns hilft, den Mars zu einem freien Mars zu machen, miteinander verbinden sollten. Manchmal denke ich, dass das Argument, eine für Menschen verträgliche Oberfläche würde der Revolution helfen, gut ist. Manchmal nicht. Jedenfalls sind die Roten ein riesiges Guerilla-Sammelbecken. Ich teile ihre Meinung, dass wir nicht hier sind, um *Kanada nachzubauen* – um Gottes willen! Also helfe ich. Ich bin gut im Verstecken, und es gefällt mir.«

Ann nickte.

»Willst du dich also mit ihnen zusammentun? Oder dich wenigstens mit ihnen treffen?«

»Ich werde darüber nachdenken.«

Ihr Interesse an Gestein war dahin. Jetzt fiel ihr überall auf, wie viele Anzeichen von Leben es auf dem Land gab. Bis zwanzig, dreißig Grad südlich des Äquators schmolz an Sommernachmittagen Eis von den Ausbruch-Gletschern, und das kalte Wasser strömte abwärts und teilte das Land in neue primitive Wasserscheiden. Es verwandelte Abhänge in etwas, das Ökologen als *Fellfields*, Bergwüsten, bezeichnen. Diese steinigen Stellen beherbergten die ersten Lebensformen, nachdem das Eis zurückgewichen war. Sie bestanden aus Algen, Flechten und Moosen. Sandiger Regolith, der von hindurchströmendem Wasser mit Mikrobakterien infiziert wurde, wurde erstaunlich rasch, stellte sie fest, zum *Fellfield*, und die empfindlichen Lebensformen wurden bald wieder getötet. Ein großer Teil des Regoliths auf dem Mars war ultratrocken gewesen, so arid, dass bei Kontakt mit Wasser starke chemische Reaktionen auftraten – explosionsartige Freisetzung von Wasserstoffperoxid und Salzkristallisationen. Im Wesentlichen wurde der Boden zersetzt und floss als sandiger Schlamm in lockeren Terrassen nach unten, sogenannten Solifluktionsrinnen, und in mit Reif bedeckten neuen Proto-*Fellfields*. Die Geländeformationen verschwanden. Das Land schmolz. Nach eintägiger Fahrt durch ein derart verändertes Gebiet sagte Ann zu Cojote: »Vielleicht werde ich mit ihnen reden.«

Aber erst kehrten sie nach Zygote beziehungsweise Gamete zurück, wo Cojote zu tun hatte. Ann schlief in Peters Zimmer, weil er nicht da war und der Raum, den sie sich mit Simon geteilt hatte, inzwischen anderweitig genutzt wurde. Sie hätte sowieso nicht darin wohnen können. Peters Zimmer lag unter dem Daos in einem runden Bambussegment. Darin waren ein Pult, ein Stuhl und auf dem Boden eine Matratze sowie ein Fenster, das auf den Teich führte. In Gamete war alles gleich, aber auch anders. Und trotz der Jahre, in denen sie Zygote regelmäßig besucht hatte, fühlte sie sich mit nichts davon verbunden. Es fiel ihr tatsächlich schwer, sich zu erinnern, wie Zygote gewesen war. Sie wollte sich auch nicht erinnern, sondern übte sich permanent im Vergessen. Jedes Mal wenn ihr ein Bild aus der Vergangenheit in den Sinn kam, sprang sie auf und tat etwas, das Konzentration erforderte. Sie untersuchte Steinproben oder seismographische Aufzeichnungen oder kochte komplizierte Mahlzeiten oder ging hinaus, um mit den Kindern zu spielen, bis das Bild verblasst und die Vergangenheit gebannt war. Mit etwas Übung konnte man der Vergangenheit fast völlig entfliehen.

Eines Abends steckte Cojote den Kopf durch die Tür in Peters Zimmer. »Hast du gewusst, dass Peter auch ein Roter ist?«

»Was?«

»Das ist er. Aber er arbeitet unabhängig, meistens im Weltraum. Ich glaube, dass sein Ritt mit dem Fahrstuhl ihn auf den Geschmack gebracht hat.«

»Meine Güte!«, sagte sie angewidert. Das war auch so ein zufälliges Ereignis. Eigentlich hätte Peter sterben müssen, als der Aufzug abstürzte. Wie groß waren die Chancen dafür, dass ein Raumschiff vorbeiflog und ihn bemerkte, allein in areosynchroner Umlaufbahn? Nein, das war lächerlich. Es gab nichts als Kontingenz.

Aber sie war dennoch wütend.

Sie ging schlafen, durch diese Gedanken aufgewühlt; und träumte, dass sie und Simon durch den eindrucksvollsten Teil von Candor Chasma wanderten, auf dem allerersten Ausflug, den sie zusammen gemacht hatten, als alles noch rein war und sich seit einer Milliarde Jahren nicht verändert hatte. Sie waren die ersten Menschen, die gemeinsam durch diese weite Schlucht mit geschichteten, immensen Wänden gingen. Simon hatte es ebenso geliebt wie sie. Er war so schweigsam gewesen, so versunken in die Realität aus Fels und Himmel. Es gab keinen Besseren, mit dem man diesen erhabenen Anblick teilen konnte. Dann fing eine der riesigen Wände des Canyons im Traum an einzustürzen, und Simon sagte: »Sturzstrom.« Und sie wachte abrupt auf, schweißgebadet.

Sie zog sich an, verließ Peters Zimmer und ging hinaus in den kleinen Mesokosmos unter der Kuppel mit seinem weißen Teich und dem Krummholz auf den flachen Dünen. Hiroko war ein besonderes Genie, dass sie sich einen solchen Platz ausdachte und dann viele andere dazu überredete, mit ihr darin zu leben. So viele Kinder zu empfangen ohne Genehmigung der Väter, ohne Kontrolle der genetischen Manipulationen. Das war eine Form von Wahnsinn, göttlich oder nicht.

Den eisigen Strand ihres kleinen Teichs entlang kam ihr eine Schar von Hirokos Brut entgegen. Man konnte sie nicht mehr Kinder nennen; die jüngsten waren fünfzehn oder sechzehn Erdenjahre alt, und die ältesten – die ältesten hatten sich über die ganze Welt verteilt. Kasei war inzwischen um die fünfzig und seine Tochter Jackie fast fünfundzwanzig, eine Absolventin der neuen Universität in Sabishii und in Demimondepolitik aktiv. Diese Gruppe Retortenkinder war zu Besuch in Gamete, wie Ann selbst. Sie kamen über den Strand heran. Jackie führte die Gruppe an, eine große, anmutige, junge Frau mit schwarzem Haar, durchaus schön und gebieterisch, ohne Zweifel die Anführerin ihrer Generation. Falls es nicht der muntere Nirgal wäre oder der grüblerische Dao. Nein, Jackie führte sie. Dao folgte ihr mit hündischer Ergebenheit, und sogar Nirgal hatte ein Auge auf sie. Simon hatte Nirgal gemocht, Peter auch. Ann sah, weshalb. Er war in Hirokos Schar von Ektogenen der Einzige, der sie nicht abschreckte. Der Rest tollte selbstvergessen umher, Könige und Königinnen ihrer kleinen Welt; aber Nirgal hatte Zygote bald nach Simons Tod verlassen und war selten zurückgekommen. Er hatte in Sabishii studiert, was Jackie auf diese Idee gebracht hatte, und verbrachte jetzt die meiste Zeit dort oder draußen mit Cojote oder Peter; oder er besuchte die Städte im Norden. War er also auch ein Roter? Sie wusste es nicht. Aber er war an allem interessiert, nahm alles wahr, lief überall herum, eine Art junger männlicher Hiroko, falls es so etwas geben konnte; aber weniger seltsam als Hiroko, sondern mehr mit anderen Leuten beschäftigt, menschlicher. Ann hatte nie im Leben eine normale Konversation mit Hiroko geführt, die ein fremdartiges Bewusstsein zu haben schien, mit anderen Bedeutungen für alle Wörter der Sprache und trotz ihrer Brillanz in der Ökosystemplanung eigentlich gar keine Wissenschaftlerin, sondern eher eine Art Prophetin. Nirgal andererseits schien intuitiv den Kern jeder Sache zu treffen, die der Person, mit der er sprach, am meisten am Herzen lag. Und er konzentrierte sich darauf und stellte eine Frage nach der anderen, wissbegierig, anpassungsfähig und sympathisch. Als Ann ihm zusah, wie er am Strand hinter Jackie hertrottete und hin und her lief, erinnerte Ann sich daran, wie langsam und vorsichtig er neben Simon hergegangen war. Wie er in jener letzten Nacht so erschrocken ausgesehen hatte, als ihn Hiroko auf ihre besondere Art dazu gebracht hatte, Lebewohl zu sagen. Die ganze Geschichte war für einen Jungen eine grausame Sache gewesen; aber Ann hatte damals keine Einwände erhoben. Sie war verzweifelt und zu allem bereit gewesen. Noch ein Fehler, der nicht wiedergutzumachen war.

Sie starrte auf den gelben Sand unter ihren Füßen, bis die Ektogenen vorbeigegangen waren. Es war eine Schande, dass Nirgal so von Jackie gefesselt war, die sich so wenig aus ihm machte. Jackie war auf ihre Art eine bemerkenswerte Frau, aber viel zu sehr wie Maya – launisch und beeinflussend, an mehr als einem Mann interessiert, und vielleicht an Peter, der glücklicherweise (obwohl es damals nicht so ausgesehen hatte) eine Affäre mit Jackies Mutter gehabt hatte und nicht im Geringsten an Jackie interessiert war. Das war eine schmutzige Sache gewesen, und Peter und Kasei waren einander deswegen noch immer entfremdet, und Esther war nie zurückgekehrt. Nicht Peters beste Stunde. Und die Auswirkungen auf Jackie ... O ja, da würde es Auswirkungen geben (Achtung – eine dunkle Stelle in ihrer tiefen Vergangenheit), ja, und es ging immer weiter, all ihre dreckigen kleinen Leben, die sich in ihren sinnlosen Kreisen wiederholten ...

Sie versuchte sich auf die Zusammensetzung der Sandkörner zu konzentrieren. Gelb war nicht gerade die Farbe, die man im Marssand oft zu sehen bekam. Ein sehr seltener Granit. Sie fragte sich, ob Hiroko danach gesucht oder bloß Glück gehabt hatte.

Die Ektogenen waren weg, auf der anderen Seite des Teichs. Sie war allein am Strand, Simon irgendwo unter ihr. Es war schwer, sich davon abzuhalten, damit irgendeine Verbindung herstellen zu wollen.

Ein Mann kam über die Dünen auf sie zu. Er war klein; und sie dachte zuerst, es wäre Sax, oder Cojote. Aber er war keiner von beiden. Er zögerte, als er sie sah, und an dieser Bewegung erkannte sie, dass es tatsächlich Sax war. Aber ein im Aussehen stark veränderter Sax. Vlad und Ursula hatten an seinem Gesicht so viel kosmetische Chirurgie vorgenommen, dass er nicht mehr wie der alte Sax aussah. Er wollte nach Burroughs ziehen und dort für eine biotechnische Firma arbeiten, indem er einen Schweizer Pass und eine von Cojotes geklauten Identitäten benutzte. Er wollte mit dem Terraforming weitermachen. Ann blickte hinaus aufs Wasser. Er kam zu ihr und versuchte, mit ihr zu reden. Er sah un-saxisch aus, ein gutaussehender älterer Herr. Aber es war noch der alte Sax, und sie wurde so wütend, dass sie kaum denken konnte und von einer Sekunde zur anderen vergaß, worüber sie sprachen.

»Du siehst wirklich anders aus«, war alles, woran sie sich erinnerte. Trivialitäten dieser Art. Wenn sie ihn ansah, dachte sie: Er wird sich nie verändern. Aber in seinem neuen Gesicht lag der erschreckende Ausdruck, dass er etwas Tödliches heraufbeschwören würde, wenn sie ihm nicht Einhalt gebot ... Und deswegen diskutierte sie mit ihm, bis er irgendwann eine Grimasse zog und wegging. Sie saß lange da, wurde kälter und zerstreuter.

Sie saß noch lange bestürzt in der Kälte. Irgendwann legte sie den Kopf auf die Knie und fiel in unruhigen Schlaf.

Sie hatte einen Traum. Alle Ersten Hundert standen um sie herum, die Lebenden und die Toten, Sax mit seinem alten

Gesicht, aber jener neuen angsteinflößenden Miene, und sie in ihrer Mitte. Er sagte: »Nettogewinn an Komplexität.«

Vlad und Ursula sagten: »Nettogewinn an Gesundheit.«

Hiroko sagte: »Nettogewinn an Schönheit.«

Nadia sagte: »Nettogewinn an Güte.«

Maya sagte: »Nettogewinn an emotionaler Intensität.« Hinter ihr rollten John und Frank die Augen.

Arkady sagte: »Nettogewinn an Freiheit.«

Michel sagte: »Nettogewinn an Verständnis.«

Von hinten sagte Frank: »Nettogewinn an Macht«, und John stieß ihn mit dem Ellbogen an und rief: »Nettogewinn an Glück!«

Und dann starrten alle Ann an. Und sie stand auf, bebend vor Wut und Angst. Sie erkannte, dass sie die Einzige war, die überhaupt nicht an die Möglichkeit eines Nettogewinns an irgendetwas glaubte, sondern dass sie eine verrückte Reaktionärin war. Sie konnte nur mit dem Finger auf sie zeigen und sagen: »*Mars, Mars, Mars.*«

An diesem Abend erwischte sie nach dem Essen im großen Speisesaal Cojote allein und sagte: »Wann fährst du wieder hinaus?«

»In ein paar Tagen.«

»Bist du immer noch bereit, mich diesen Leuten vorzustellen, über die du gesprochen hast?«

»Ja, sicher.« Er sah sie mit schiefgelegtem Kopf an. »Du gehörst zu ihnen.«

Sie nickte bloß. Sie sah sich in dem Gemeinschaftsraum um und dachte: Leb wohl, Leb wohl! Ein Glück, dass ich das los bin!

Eine Woche später saß sie mit Cojote in einem ultraleichten Flugzeug. Sie flogen in den Nächten nach Norden in das Äquatorgebiet und dann weiter zum Großen Steilhang, zu den Deuteronilus Mensae nördlich von Xanthe – einem wild zerklüfteten Gelände, wo die Mensae wie Archipele aus dem Sandmeer ragten. Das werden echte Inseln, dachte Ann, als Cojote zwischen zwei davon landete, wenn die Wasserförderung im Norden weitergeht.

Cojote ging auf einem kurzen Streifen aus staubigem Sand herunter und rollte in einen Hangar, der in die Seite einer Mesa hineingegraben war. Als sie ausstiegen, wurden sie von Steve, Ivana und einigen anderen Leuten begrüßt und fuhren dann mit einem Aufzug auf eine Etage direkt unter dem Gipfel der Mesa. Das nördliche Ende dieser Mesa hatte eine scharfe Felsenspitze, worin ganz oben ein großer dreieckiger Versammlungssaal gegraben worden war. Als sie hineinging, blieb Ann überrascht stehen. Eine Menge Leute, mindestens mehrere Hundert, saßen dicht gedrängt an langen Tischen, beugten sich vor und gossen sich gegenseitig Wasser ein, bevor sie anfingen zu essen. Die Menschen am ersten Tisch sahen sie und hielten inne. Dieser Effekt verbreitete sich wie eine Welle durch den ganzen Raum, als die anderen sie ebenfalls bemerkten. Schließlich bewegte sich niemand mehr. Dann stand einer auf und noch einer, bis nach und nach alle standen. Einen Moment lang schienen sie erstarrt zu sein. Dann fingen sie an zu applaudieren. Sie klatschten wild in die Hände, ihre Gesichter strahlten, und sie stießen Hochrufe aus.

VIERTER TEIL

DER WISSENSCHAFTLER ALS HELD

Halte sie zwischen Daumen und Mittelfinger. Fühle die abgerundete Kante. Betrachte die glatten Krümmungen des Glases. Eine Vergrößerungslinse. Sie hat die Einfachheit, Eleganz und Schwere eines steinzeitlichen Werkzeugs. Setz dich mit ihr an einem sonnigen Tag hin, und halte sie über einen Haufen trockenen Reisigs! Bewege sie auf und ab, bis du unter den Zweigen einen blendend hellen Fleck siehst. Erinnerst du dich an das Licht? Es sah so aus, als hätten die Zweige eine kleine Sonne eingefangen.

Der Amor-Asteroid, der zum Aufzugskabel verarbeitet worden war, bestand hauptsächlich aus kohlenstoffreichen Chondriten und Wasser. Die beiden Amor-Asteroiden, die von Robotlandern im Jahr 2091 abgefangen wurden, bestanden zumeist aus Silikaten und Wasser.

Das Material von New Clarke war zu einer einzigen langen Karbonfaser versponnen worden. Das Material der beiden Silikatasteroiden wurde von ihren Robotfabriken zu Sonnensegeln verarbeitet. Siliziumdampf wurde zwischen zehn Kilometer langen Rollen verfestigt und zu Folien ausgezogen, die mit einer dünnen Aluminiumschicht überzogen waren. Und diese riesigen Spiegelflächen wurden durch Raumschiffe mit menschlichen Besatzungen in kreisförmigen Gestellen ausgebreitet, die ihre Gestalt durch Rotation und Sonnenlicht beibehielten.

Von einem in eine polare Marsumlaufbahn geschobenen Asteroiden, den sie Birch nannten, spannten sie die Spiegelflächen zu einem Ring von hunderttausend Kilometern Durchmesser auf. Dieser ringförmige Spiegel war so auf die Sonne gerichtet, dass das von ihm reflektierte Licht auf einen Punkt innerhalb der Marsbahn in der Nähe des ersten Lagrangepunktes fiel.

Der zweite Silikatasteroid, der den Namen Solettaville erhielt, war in die Nähe dieses Lagrangepunkts geschoben worden. Dort spannten die Hersteller der Sonnensegel die Spiegelflächen auf ein komplexes Gewebe aus vergitterten Ringen, die alle miteinander verbunden und so in Winkeln angeordnet waren, dass sie aussahen wie eine Linse aus kreisförmigen Jalousieblenden, die sich um eine silberne, kegelförmige Nabe drehten, deren offenes Ende dem Mars zugewandt war. Dieses große zarte Objekt mit zehntausend Kilometern Durchmesser, das sich hell und imposant zwischen Mars und Sonne drehte, wurde die Soletta genannt.

Sonnenstrahlen, die die Soletta trafen, drangen durch ihre Blenden, trafen erst auf die Sonnenseite der einen und dann auf die zum Mars gerichtete Seite der nächsten. Sonnenlicht, das den Ring im polaren Orbit traf, wurde in dem inneren Kegel der Soletta reflektiert und traf dann ebenfalls den Mars. Das Licht traf beide Seiten der Soletta, und diese entgegengesetzten Drücke hielten sie in Position etwa hunderttausend Kilometer vom Mars entfernt – im Perihel näher, im Aphel etwas weiter entfernt. Die Winkel der Gitterspiegel wurden von dem Computer der Soletta ständig justiert, um Orbit und Fokus beizubehalten.

Während der zehn Jahre, in der diese zwei großen Feuerräder aus ihren Asteroiden wie Silikatnetze von Felsenspinnen konstruiert worden waren, hatten die Beobachter auf dem Mars fast nichts davon mitbekommen. Man konnte gelegentlich eine weiße gekrümmte Linie am Himmel erkennen oder sah ein zufälliges Aufleuchten bei Tag oder Nacht, als leuchtete der Schein eines viel größeren Universums durch die losen Nähte im Gewebe unserer Dimension.

Als dann die beiden Spiegel fertiggestellt waren, wurde das reflektierte Licht des Ringspiegels auf den Kegel der Soletta gerichtet. Deren zirkuläre Lamellen wurden neu justiert, und sie bewegte sich in einen etwas anderen Orbit.

Und eines Tages sahen die Menschen auf der Tharsis-Seite auf, denn der Himmel hatte sich verdunkelt. Sie erblickten eine Sonnenfinsternis, wie sie der Mars noch nie erlebt hatte. Die Sonne wurde ange-

knabbert, als blockierte da oben ein Mond von der Größe des irdischen ihre Strahlen. Die Finsternis nahm denselben Lauf wie auf der Erde. Die dunkle Sichel schnitt immer tiefer in das gleißende Rund, als die Soletta in ihre Position zwischen Mars und Sonne rückte. Aber ihre Spiegel waren noch nicht so ausgerichtet, dass sie das Licht hindurchließen. Der Himmel wurde tief violett. Die Dunkelheit erfasste den größeren Teil der Sonnenscheibe. Es blieb nur eine schmale leuchtende Sichel, bis auch die verschwand und die Sonne einen dunklen Kreis am Himmel bildete, umrahmt vom Hauch der Korona. Und dann war sie völlig verschwunden. Eine totale Sonnenfinsternis …

In der dunklen Scheibe erschien ein ganz schwaches Moiré-Muster, was man noch nie bei einer natürlichen Sonnenfinsternis gesehen hatte. Alle Leute auf der Tagesseite des Mars schnappten nach Luft und schauten mit zusammengekniffenen Augen nach oben. Und dann, als zöge man eine Jalousie auf, kam die Sonne auf einmal zurück.

Blendendes Licht!

Und noch blendender als zuvor, da die Sonne nun merklich heller war als vor der seltsamen Finsternis. Jetzt lebten sie unter einer verstärkten Sonne, deren Scheibe ungefähr so groß aussah wie auf der Erde. Das Licht war um mehr als zwanzig Prozent stärker als vorher – merklich heller und wärmer auf der Haut. Die roten Flächen der Ebenen waren besser ausgeleuchtet, als hätte man plötzlich Flutlichter eingeschaltet und sie alle auf eine große Bühne gerichtet.

Ein paar Monate später wirbelte ein dritter Spiegel, viel kleiner als die Soletta, in die höchsten Schichten der Marsatmosphäre. Es war eine weitere Linse, aus kreisrunden Lamellen erbaut. Sie sah aus wie ein silbernes UFO. Sie fing etwas von dem Licht auf, das von der Soletta herabströmte, und bündelte es noch enger auf ausgesuchte Punkte an der Oberfläche des Planeten von weniger als einem Kilometer Durchmesser. Und sie flog wie ein Segelflugzeug über die Welt und hielt diesen konzentrierten Lichtstrahl im Fokus, bis direkt auf dem Boden kleine Sonnen erblühten. Das Gestein schmolz – von fest zu flüssig zu Feuer.

Der Untergrund war nicht groß genug für Sax Russell. Er wollte wieder an die Arbeit gehen. Er hätte sich in die Demimonde begeben können und vielleicht eine Lehrstelle an der neuen Universität in Sabishii annehmen können, die außerhalb des Netzes lief, viele seiner alten Kollegen deckte und den Kindern des Untergrunds eine Ausbildung bot. Aber ihm wurde schnell klar, dass er weder unterrichten noch an der Peripherie bleiben wollte. Er wollte wieder zum Terraforming zurück, wenn möglich in das Herz des Projektes oder diesem so nahe, wie es nur ging. Und das bedeutete die Oberflächenwelt. Kürzlich hatte die Übergangsbehörde ein Komitee zur Koordinierung aller Terraformingprojekte gegründet; und ein Team unter der Führung von Subarashii hatte den Auftrag zur Synthese bekommen, den Sax früher gehabt hatte. Das war ungünstig, weil Sax kein Japanisch konnte. Aber die Führung im biologischen Teil des Unternehmens war einem Schweizer Kollektiv aus biotechnischen Firmen namens Biotique übertragen worden, mit Hauptbüros in Genf und Burroughs und engen Verbindungen zur Transnationalen Praxis.

Also musste er sich zunächst unter einem falschen Namen bei Biotique einschleichen und Burroughs zuweisen lassen. Desmond übernahm das und schrieb eine Computer-Persona für Sax, ähnlich der, die er vor Jahren Spencer gegeben hatte, als dieser nach Echus Overlook gegangen war. Spencers Persona und umfassende chirurgische Veränderungen hatten es ihm ermöglicht, erfolgreich in den Labors von Echus Overlook und später in Kasei Vallis zu arbeiten, dem Zentrum der transnationalen Sicherheitsdienste. Das ließ Sax Vertrauen in Desmonds System setzen. Die neue Persona listete Sax' physische Identitätsmerkmale auf – Genom, Netzhaut, Stimme und Fingerabdrücke –, alle leicht verändert, sodass sie immer noch fast alle auf Sax zutrafen, aber bei allen Vergleichssuchen in komparativen Netzen nicht auffielen. Diesen Daten wurden ein neuer Name mit vollem terranischem Hintergrund, Kreditstatus und Einwanderungsdokumenten sowie ein Virus, das jede andere Identität, die zu diesen Daten passen könnte, unterdrückte, zugeordnet. Das ganze Paket wurde an das Schweizer Passbüro geschickt, das Neuankömmlingen kommentarlos Pässe ausstellte. Und in der balkanisierten Welt der transnationalen Netze schien das zu funktionieren. Desmond sagte: »O ja, der Teil ist unproblematisch. Aber ihr Ersten Hundert seid alle Filmstars. Du brauchst auch ein neues Gesicht.«

Das leuchtete Sax ein. Er erkannte die Notwendigkeit, und sein Gesicht hatte ihm nie etwas bedeutet. Und in diesen Tagen sah sein Gesicht im Spiegel ohnehin nicht so aus, wie er es sich vorstellte. Also überredete er Vlad zur Operation, indem er die Bedeutung seiner Anwesenheit in Burroughs betonte. Vlad war ein führender Theoretiker des Widerstandes gegen die Transnationalen geworden und erkannte rasch, worauf es Sax ankam. Er sagte: »Die meisten von uns leben einfach in der Demimonde, aber ein paar Leute, die in Burroughs versteckt sind, wären eine feine Sache. Außerdem lasse ich meine kosmetische Chirurgie jemandem zugutekommen, der nichts mehr zu verlieren hat.«

»Nichts mehr zu verlieren«, wiederholte Sax. »Solche mündlichen Verträge sind bindend. Ich erwarte jetzt, hinterher besser auszusehen.«

Und tatsächlich tat er das danach auch, obwohl man das erst sagen konnte, als die erheblichen Schwellungen und Blutergüsse zurückgegangen waren. Sie überkronten seine Zähne, spritzten seine dünne Oberlippe auf, verliehen seiner Knopfnase einen erhabenen Rücken und eine leichte Krümmung. Sie machten seine Wangen schmaler und gaben ihm mehr Kinn. Sie verpflanzten sogar einige Muskeln in die Augenlider, sodass er nicht so oft zwinkerte. Als die Narben verschwunden waren, sah er wie ein richtiger Filmstar aus, meinte Desmond. Wie ein Exjockey, fand Nadia. Oder ein alter Tanzlehrer, sagte Maya, der seit vielen Jahren bei den Anonymen Alkoholikern war. Sax, der die Wirkungen des Alkohols nie gemocht hatte, winkte ab.

Desmond machte Fotos von ihm für die neue Persona. Dann schleuste er dieses Konstrukt erfolgreich in die Akten von Biotique ein, zusammen mit einer Versetzungsanweisung von San Francisco nach Burroughs. Die Persona erschien eine Woche später in den Schweizer Passlisten; und Desmond kicherte, als er sie sah. Er zeigte auf Sax' neuen Namen: »Schau dir das an! Steven Lindholm, Schweizer Bürger! Diese Leute decken uns ohne Zweifel. Ich gehe jede Wette ein, dass sie deine Persona blockiert und dein Genom mit alten Akten verglichen haben. Ich wette, dass sie trotz meiner Veränderungen herausgebracht haben, wer du wirklich bist.«

»Bist du sicher?«

»Nein. Sie sagen es ja nicht. Aber ich bin mir ziemlich sicher.«

»Ist das gut?«

»Theoretisch nicht. Aber in der Praxis ist es gut, dass man sieht, wer sich freundlich verhält, wenn alle es auf einen abgesehen haben. Und die Schweizer sind gute Freunde. Dies ist das fünfte Mal, dass sie einer Persona einen Pass ausgestellt haben. Ich besitze sogar selbst einen und bezweifle, dass es ihnen gelungen ist herauszufinden, wer ich wirklich bin, weil ich nie erkennungsdienstlich erfasst wurde wie ihr von den Ersten Hundert. Interessant, meinst du nicht auch?«

»In der Tat.«

»Das sind interessante Leute. Sie haben ihre eigenen Pläne, die ich nicht kenne. Aber ich mag sie. Ich glaube, dass sie beschlossen haben, uns zu decken. Vielleicht wollen sie bloß wissen, wo wir sind. Das werden wir nie erfahren, denn die Schweizer lieben ihre Geheimnisse sehr. Aber das Warum ist unwichtig, wenn man das Wie hat.«

Sax zuckte bei diesem Gedanken zusammen, war aber froh darüber, dass er unter Schweizer Schirmherrschaft sicher sein würde. Sie waren nach seinem Geschmack – rational, vorsichtig und methodisch.

Einige Tage bevor er mit Peter nach Burroughs fliegen sollte, machte er einen Spaziergang rund um den Teich von Gamete, was er während seiner Jahre dort nur selten getan hatte. Der Teich war wirklich ein sauberes Stück Arbeit. Hiroko war eine gute Systemplanerin. Als sie und ihr Team vor so langer Zeit aus Underhill verschwunden waren, war Sax völlig verwirrt gewesen. Er hatte nicht begriffen, warum, und sich lange Sorgen gemacht, dass sie anfangen würden, irgendwie gegen das Terraforming zu kämpfen. Als es ihm gelungen war, Hiroko durch das Netz eine Reaktion abzuringen, war er teilweise beruhigt gewesen. Sie schien dem Ziel des Terraformings im Grunde nicht abgeneigt zu sein, und ihre besondere Vorstellung von *viriditas* war wohl nur eine Variation des gleichen Themas.

Aber Hiroko schien die Geheimniskrämerei zu lieben, was sehr unwissenschaftlich war. Und während ihrer Jahre im Versteck hatte sie sogar Informationen nicht weitergegeben. Auch als Mensch war sie keineswegs leicht zu verstehen; und erst nach einigen gemeinsam verbrachten Jahren war Sax davon überzeugt worden, dass auch sie sich auf dem Mars eine für Menschen verträgliche Biosphäre wünschte. Das war alles, was er an Übereinstimmung haben wollte. Und er konnte sich in diesem speziellen Projekt keinen besseren Verbündeten vorstellen, es sei denn, es wäre der Vorsitzende dieses neuen Übergangskomitees. Und wahrscheinlich war auch der ein Verbündeter. Es gab wirklich nicht allzu viele Gegner.

Aber da am Strand saß einer, so mager wie ein Kranich. Ann Clayborne. Sax zögerte, aber sie hatte ihn schon gesehen. Also ging er weiter, bis er neben ihr stand. Sie schaute zu ihm auf und starrte dann wieder auf den weißen Teich. Sie sagte: »Du siehst wirklich anders aus.«

»Ja.« Er fühlte noch die wunden Stellen im Gesicht und Mund, obwohl die Schwellungen verschwunden waren. Es war ein bisschen so, als trüge man eine Maske, und das war ihm plötzlich unangenehm. »Ich bin immer noch derselbe«, fügte er hinzu.

»Natürlich.« Sie schaute ihn nicht an. »Also willst du weg in die Oberwelt?«

»Ja.«

»Um wieder an deine Arbeit zu gehen?«

»Ja.«

Sie sah zu ihm auf. »Was denkst du, wozu die Wissenschaft da ist?«

Sax zuckte die Achseln. Das war ihr alter Streit, den sie für immer und ewig führen würden, ganz gleich, wie er anfing. Terraformen oder nicht terraformen, das ist die Frage ... Er hatte diese Frage schon vor langer Zeit beantwortet und sie auch; und er wünschte, sie könnten sich darauf einigen, dass sie verschiedener Ansicht waren, und Schluss. Aber Ann war unermüdlich.

Er sagte: »Um Dinge zu klären.«

»Aber Terraforming ist kein Erklären.«

»Terraforming ist nicht Wissenschaft. Das habe ich auch nie behauptet. Es ist etwas, das die Menschen dank der Wissenschaft tun. Angewandte Wissenschaft oder Technik. Wie du willst. Die Wahl, was du mit dem, was du von der Wissenschaft lernst, tun willst. Wie immer du das nennst.«

»Also ist es eine Sache der Werte.«

»Das nehme ich an.« Sax dachte darüber nach und versuchte, seine Gedanken über dieses schwammige Thema zu ordnen. »Ich nehme an, dass unsere ... Meinungsverschiedenheit letztendlich die Diskrepanz zwischen Fakten und Werten widerspiegelt. Die Wissenschaft hat es mit Fakten zu tun und mit Theorien, die Fakten zu Beispielen machen. Werte bilden ein anderes System, ein menschliches Konstrukt.«

»Auch Wissenschaft ist ein menschliches Konstrukt.«

»Ja. Aber die Verbindung zwischen beiden Systemen ist nicht klar. Ausgehend von den gleichen Fakten, können wir zu verschiedenen Werten gelangen.«

»Aber die Wissenschaft selbst ist voller Werte«, erklärte Ann hartnäckig. »Wir reden mit Nachdruck und Eleganz über Theorien, wir reden über eindeutige Resultate oder ein schönes Experiment. Und das Verlangen nach Wissen ist selbst ein Wert, denn es besagt, dass Forschung besser als Ignoranz oder Geheimnisse ist. Oder?«

»Das nehme ich an«, erwiderte Sax und dachte darüber nach.

»Deine Wissenschaft ist ein Satz von Werten«, fuhr Ann fort. »Das Ziel deiner Art von Wissenschaft ist die Etablierung von Gesetzen, von Regeln, von Exaktheit und Gewissheit. Du willst alle Dinge erklärt haben. Du willst die Fragen nach dem Warum beantworten, bis zurück zum Urknall. Du bist ein Reduktionist. Sparsamkeit, Eleganz und Ökonomie sind Werte für dich, und wenn du die Dinge einfacher machen kannst, ist das ein echter Erfolg, nicht wahr?«

»Aber das ist die wissenschaftliche Methode«, wandte Sax ein. »Das bin nicht nur ich, sondern so funktioniert auch die Natur selbst. Physik. Du tust das auch.«

»Es gibt menschliche Werte, die in der Physik eingebettet sind.«

»Da bin ich nicht so sicher.« Er hielt die Hand hoch, damit sie ihn ausreden ließ. »Ich behaupte nicht, dass es in der Wissenschaft keine Werte gäbe. Aber Materie und Energie tun, was sie tun. Darüber gibt es keine Diskussion. Wenn du über Werte sprechen willst, ist das etwas anderes. Sicher ergeben sie sich irgendwie aus Fakten. Aber das ist ein anderes Thema, eine Art Soziobiologie oder Bioethik. Vielleicht wäre es besser, einfach direkt über Werte zu sprechen. So viel Gutes wie möglich für so viele wie möglich, oder so in der Art.«

»Es gibt Ökologen, die sagen würden, das sei die wissenschaftliche Definition eines gesunden Ökosystems. Ein anderer Ausdruck für den Höhepunkt eines Ökosystems.«

»Ich denke, das ist ein Werturteil. Eine Art Bioethik. Interessant, aber …« Sax blinzelte neugierig und beschloss, den Kurs zu ändern. »Warum nicht hier einen Versuch mit einem optimalen Ökosystem wagen, Ann? Ohne Lebewesen kann man nicht von Ökosystemen sprechen. Was vor uns hier auf dem Mars war, war keine Ökologie, sondern nur Geologie. Man könnte sogar behaupten, dass es hier vor langer Zeit den Anfang einer Ökologie gegeben hat und dass dann etwas schiefgegangen ist und alles erfror, und dass wir sie jetzt gerade wieder anregen.«

Sie knurrte, und er hielt inne. Er wusste, dass sie an eine Art von innerem, natürlichem Wert der mineralischen Realität des Mars glaubte. Das war ihre Version von dem, was die Leute als Landschaftsethik bezeichneten, aber ohne die Land-Biota. Man könnte es Stein-Ethik nennen. Ökologie ohne Leben. In der Tat ein intrinsischer Wert!

Er seufzte. »Vielleicht spricht gerade auch ein Wert aus dir. Die Bevorzugung lebender Systeme gegenüber nicht lebenden. Wahrscheinlich kann man Werten nicht entrinnen, wie du sagst. Es ist seltsam ... Meistens will ich einfach nur Dinge herausfinden. Warum sie so funktionieren, wie sie es tun. Aber wenn du mich fragst, warum ich das will – oder was ich mir wünsche, das hätte geschehen sollen, worauf ich hinarbeite ...« Er zuckte die Achseln und bemühte sich um Selbstverständnis. »Das ist schwer auszudrücken. So etwas wie einen Nettogewinn an Information. Einen Reingewinn an Ordnung.« Für Sax war das eine gute funktionale Beschreibung des Lebens und seines Kampfes gegen die Entropie. Er hielt Ann die Hand hin in der Hoffnung, dass sie das verstehen und zumindest dem Paradigma ihrer Diskussion zustimmen würde, einer Definition des ultimativen Zieles der Wissenschaft. Schließlich waren sie doch beide Wissenschaftler, das war ihre einzige Gemeinsamkeit.

Aber sie sagte bloß: »Also zerstörst du das Antlitz eines ganzen Planeten. Eines Planeten mit einer deutlichen, Milliarden von Jahren alten Vergangenheit. Das ist keine Wissenschaft. Das ist das Erschaffen eines Themenparks.«

»Es ist Anwendung von Wissenschaft für einen speziellen Wert. Einen, an den ich glaube.«

»Wie die Transnationalen auch.«

»Vermutlich.«

»Es hilft ihnen sicher.«

»Es hilft jedem Leben.«

»Bis es alles tötet. Das Terrain ist destabilisiert. Jeden Tag gibt es Erdrutsche.«

»Stimmt.«

»Und sie töten. Pflanzen, Menschen. Das ist schon passiert.«

Sax wedelte mit der Hand, und Ann sah mit einer jähen Kopfbewegung zu ihm auf.

»Was ist das? Unvermeidlicher Mord? Was für ein Wert ist das?«

»Nein, nein. Ann, das sind Unfälle. Die Leute müssen auf stabilem Fels bleiben, außerhalb der Erdrutschzonen. Vorläufig jedenfalls.«

»Aber weite Gebiete werden zu Sümpfen oder völlig überschwemmt werden. Wir sprechen über den halben Planeten.«

»Das Wasser wird nach unten ablaufen. Wasserscheiden bilden.«

»Du redest von ertränktem Land. Und einem völlig anderen Mars. Oh, was für ein feiner Wert! Und die Leute, die den Wert des Mars schätzen, wie er ist ... Wir werden auf jedem Schritt des Weges gegen euch kämpfen.«

Er seufzte. »Ich wünsche, ihr tätet das nicht. Gegenwärtig würde eine Biosphäre uns mehr helfen als den Transnationalen. Die können von den Kuppelstädten aus operieren und die Oberfläche mit Robotern ausbeuten, während wir uns verstecken und all unsere Anstrengungen auf Geheimhaltung und Überleben konzentrieren müssen. Wenn wir überall auf der Oberfläche leben könnten, wäre das für alle Arten von Widerstand viel einfacher.«

»Außer für den Widerstand der Roten.«

»Ja, was will der denn jetzt noch?«

»Den Mars. Einfach den Mars. Den Ort, den du nie gesehen und kennengelernt hast.«

Sax schaute zu der weißen Kuppel über ihnen auf. Verzweiflung überkam ihn wie ein plötzlicher Anfall von Arthritis. Es war sinnlos, mit ihr zu diskutieren.

Aber irgendetwas in ihm veranlasste ihn, es weiter zu versuchen. »Schau, Ann, ich bin ein Befürworter von dem, was man das minimal lebensfähige Modell nennt. Es verlangt eine atembare Atmosphäre von nur zwei bis drei Kilometern Höhe.

Darüber wäre die Luft für Menschen zu dünn, und es würde überhaupt nicht viel Leben irgendwelcher Art geben – einige Pflanzen für große Höhen, und darüber nichts, oder nichts Sichtbares. Das vertikale Relief des Mars ist so extrem, dass es weite Regionen geben kann, die oberhalb der Atmosphäre bleiben. Das ist ein Plan, den ich für sinnvoll halte. Er drückt verständliche Werte aus.«

Sie antwortete nicht. Das war wirklich enttäuschend. Einmal, bei einem Versuch, Ann zu verstehen, mit ihr reden zu können, hatte er sich näher mit der Philosophie der Wissenschaft beschäftigt. Er hatte sich umfassend eingelesen und sich besonders auf die Landschaftsethik und das Grenzgebiet von Fakt und Wert konzentriert. Aber leider hatte sich das nie als besonders hilfreich erwiesen. Im Gespräch mit ihr war er anscheinend nie fähig, das Gelernte nützlich anzuwenden. Wenn er jetzt auf sie hinunterblickte und den Schmerz in seinen Gelenken spürte, erinnerte er sich an etwas, das Thomas Kuhn über Priestley geschrieben hatte – dass ein Wissenschaftler, der immer noch Widerstand leistet, nachdem sich alle seine Kollegen einem neuen Paradigma zugewendet haben, vollkommen logisch und vernünftig sein könnte, aber *ipso facto* aufgehört hätte, ein Wissenschaftler zu sein. Etwas Derartiges schien Ann passiert zu sein, aber was war sie denn jetzt nun? Eine Konterrevolutionärin? Eine Prophetin?

Sie sah aus wie eine Prophetin – harsch, hager, zäh, wütend, unversöhnlich. Sie würde sich nie ändern, und sie würde ihm nie verzeihen. Und alles, was er ihr gerne gesagt hätte, über den Mars, über Gamete, über Peter – über Simons Tod, unter dem Ursula mehr zu leiden schien als sie ... All das konnte er nicht ausdrücken. Darum hatte er es mehr als einmal aufgegeben, mit Ann zu diskutieren. Es war so *frustrierend*, niemals irgendwohin zu kommen, mit der Abneigung von jemandem konfrontiert zu sein, den er seit über sechzig Jahren kannte. Er hatte jede Diskussion gewonnen, hatte aber nie etwas erreicht. Manche Leute waren nun einmal so; aber dadurch wurde es nicht weniger enttäuschend. Es war wirklich erstaunlich, wie viel physiologisches Unbehagen durch eine rein emotionale Reaktion erzeugt werden konnte.

Ann fuhr am nächsten Tag mit Desmond weg. Bald danach flog Sax mit Peter in einem der getarnten Flugzeuge, mit denen Peter über den ganzen Mars reiste, nach Norden.

Peters Route nach Burroughs führte sie über die Hellespontus Montes, und Sax blickte neugierig in das große Hellas-Becken. Sie sahen den Schimmer des Eisfelds, das Low Point unter sich begraben hatte, eine weiße Masse in der dunklen Nacht. Aber Low Point selbst blieb hinter dem Horizont. Das war sehr schade; denn Sax hätte gerne gesehen, was über dem Mohole von Low Point geschah. Es war dreizehn Kilometer tief gewesen, als die Flut es aufgefüllt hatte. Tief genug, dass das Wasser auf seinem Grund vermutlich flüssig geblieben war, und warm genug, dass es wahrscheinlich ziemlich angestiegen war. Möglicherweise war das Eisfeld in dieser Gegend ein Eis-See, erkennbar an Oberflächenmerkmalen.

Aber Peter wollte seine Route nicht ändern, damit Sax eine bessere Aussicht hatte. Er sagte grinsend: »Du kannst es dir anschauen, wenn du Stephen Lindholm bist. Du kannst es zu einem Teil deiner Arbeit für Biotique machen.«

Also flogen sie weiter. Und in der nächsten Nacht landeten sie in den zerklüfteten Bergen südlich von Isidis, noch auf der hohen Seite des Großen Steilhangs. Dann ging Sax zu einem Tunnel, dem er folgte, bis er in einem Schrank im Wartungskeller von Libya Station herauskam, einem kleinen Bahnhof an der Kreuzung der Strecke Burroughs – Hellas und der wieder eröffneten Strecke Burroughs – Elysium. Als der nächste Zug nach Burroughs ankam, trat Sax aus der Tür zum Wartungsraum und mischte sich in die Menge, die in den Zug stieg. Er fuhr bis zum Hauptbahnhof von Burroughs, wo er von einem Mann von Biotique empfangen wurde. Und dann war er Stephen Lindholm, ein Neuling in Burroughs und auf dem Mars.

Burroughs, 2100 n. Chr.

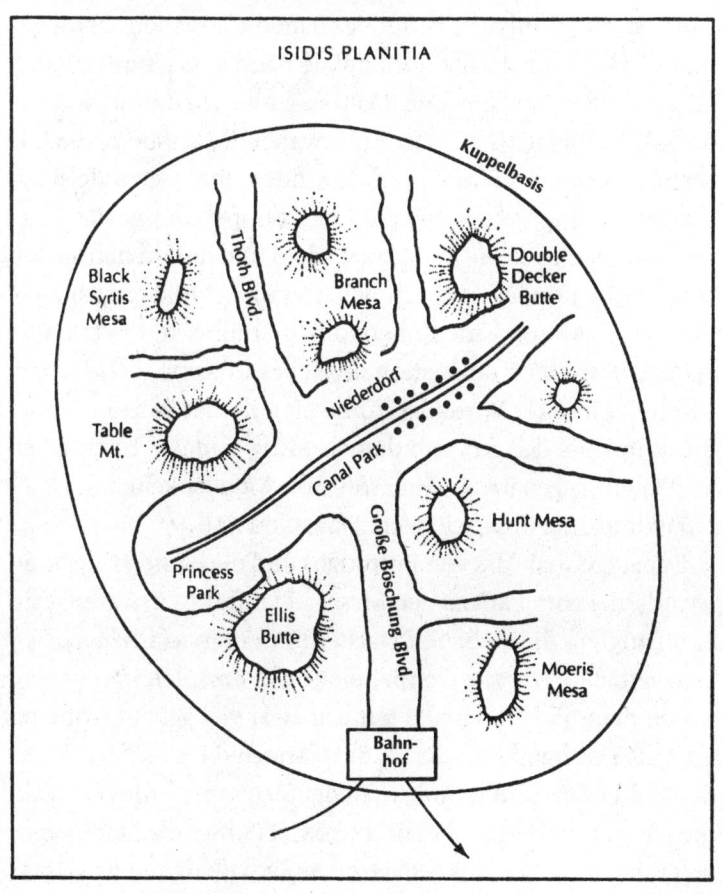

Der Mann von Biotique, ein Personalsachbearbeiter, machte ihm Komplimente über sein geschicktes Gehen und brachte ihn in ein Apartment hoch in Hunt Mesa nahe dem Zentrum der Altstadt. Die Labors und Büros von Biotique befanden sich auch in Hunt Mesa, mit Fenstern, die auf den Canal Park unten führten. Eine teure Gegend, wie es der Firma zustand, die die Bioingenieursarbeiten des Terraformingprojekts leitete.

Aus den Fenstern der Biotiquebüros konnte er den größten Teil der alten City überblicken, der ziemlich genau so aussah, wie er sie in Erinnerung hatte. Nur hatten die Wände der Mesas mehr Glasfenster, bunte horizontale Bänder aus Kupfer, Gold oder metallischem Grün oder Blau, als enthielten die Mesas wundervolle mineralische Flöze. Auch waren die Kuppeln, die die Mesas überspannt hatten, verschwunden. Ihre Gebäude standen jetzt frei unter der viel größeren Kuppel, in der sich nun alle neun Mesas sowie alles dazwischen und darum herum befanden. Die Kuppelbau-Technik hatte einen Punkt erreicht, wo man weite Mesokosmen überwölben konnte; und Sax hatte gehört, dass eine Transnationale Hebes Chasma überdachen wollte – ein alter Vorschlag Anns als Alternative zum Terraforming, über den Sax sich damals lustig gemacht hatte. Aber jetzt taten sie genau das. Man sollte die Möglichkeiten der Materialkunde nie unterschätzen. Das stand fest.

Der alte Canal Park von Burroughs und die breiten Grasboulevards, die vom Park zu den Mesas hinaufführten, waren jetzt Grünstreifen, die zwischen Dächern mit orangefarbenen Ziegeln verliefen. Die alte Doppelreihe aus Salzsäulen stand noch neben dem blauen Kanal. Dort war zwar viel gebaut worden, aber die Konfiguration der Stadt war noch die gleiche. Nur an den Außenbezirken konnte man deutlich sehen, wie sehr sich die Dinge geändert hatten und wie viel größer die Stadt wirklich war. Die Kuppelmauer lag gut außerhalb der neun Mesas, sodass ein großer Teil des umgebenden Landes geschützt war, worauf inzwischen schon viele Gebäude standen.

Der Personalmensch machte mit Sax einen schnellen Rundgang durch Biotique und stellte ihn mehr Leuten vor, als er sich merken konnte. Dann wurde Sax gebeten, sich am nächsten Morgen in seinem Labor zu melden. Den Rest des Tages hatte er frei, um sich einzugewöhnen.

Als Stephen Lindholm wollte er Zeichen von intellektueller Energie, Umgänglichkeit, Wissbegier und guter Stimmung geben. Darum verbrachte er den Nachmittag damit, Burroughs kennenzulernen. Er ging von einem Bezirk zum nächsten und schlenderte über die breiten Rasenflächen, wobei er über das mysteriöse Phänomen des Wachstums von Städten nachdachte. Das war ein kultureller Prozess ohne gute physikalische oder biologische Analogie. Er konnte keinen eindeutigen Grund dafür erkennen, weshalb dieses untere Ende von Isidis Planitia der Sitz der größten Stadt auf dem Mars geworden war. Keiner der ursprünglichen Gründe für die Auswahl des Ortes war überhaupt ausreichend, das zu erklären. Soweit er wusste, hatte Burroughs als eine gewöhnliche Bahnstation auf der Route von Elysium nach Tharsis begonnen. Vielleicht lag es gerade an diesem Mangel an strategischer Lage, dass sie gediehen war; denn sie war die einzige größere Stadt, die 2061 nicht beschädigt oder zerstört worden war. Und so hatte sie vielleicht nur einen Vorsprung in den Nachkriegsjahren gehabt und war deswegen so gewachsen. Man könnte analog zum Punktualismus-Modell der Evolution sagen, dass diese spezielle Spezies zufällig ein Ereignis überlebt hatte, das die meisten anderen Spezies ausgerottet und ihr eine offene Ökosphäre zur Expansion geboten hatte.

Und zweifellos bot die bogenförmige Region mit ihrem Archipel aus kleinen Mesas auch einen eindrucksvollen Anblick.

Als er auf den breiten begrasten Boulevards herumging, schienen die neun Mesas gleichmäßig verteilt zu sein. Und jede sah anders aus. Ihre rauen Felswände unterschieden sich durch charakteristische Vorsprünge, Pfeiler, glatte Wände, Überhänge und Spalten, und jetzt auch durch die horizontalen Bänder aus farbigen spiegelnden Fenstern und die Gebäude und Parks, die auf den flachen Plateaus jeder Mesa saßen. Von jedem Punkt in der Stadt aus konnte man immer einige Mesas sehen, verteilt wie prächtige Kathedralen; und das erfreute das Auge. Und wenn man dann einen Aufzug zu einem der Gipfel nahm, die alle etwa hundert Meter höher lagen als der Boden der Stadt, hatte man eine Aussicht über die Dächer mehrerer verschiedener Bezirke und eine neue Perspektive auf die anderen Mesas, und dahinter auf die Marsoberfläche, weiter als normal, weil man sich auf dem Boden einer schüsselartigen Senke befand: über die flache Ebene von Isidis im Norden und den dunklen Anstieg von Syrtis im Westen; und im Süden konnte man die ferne Erhebung des Großen Steilhanges selbst sehen, der wie ein Himalaya am Horizont stand.

Natürlich war es eine offene Frage, ob eine schöne Aussicht bei der Gründung einer Stadt eine Rolle spielte; aber es gab Historiker, die behaupteten, dass viele alte griechische Städte grundsätzlich wegen ihrer Aussicht angelegt worden waren, trotz anderer Unbequemlichkeiten. Also war das mindestens ein möglicher Faktor. Und auf jeden Fall war Burroughs jetzt eine stolze kleine Metropole mit etwa hundertfünfzigtausend Einwohnern und die größte Stadt auf dem Mars. Und sie wuchs immer noch. Gegen Ende seines Nachmittagsspaziergangs fuhr Sax mit einem der großen externen Aufzüge Branch Mesa hinauf, die nördlich vom Zentralpark lag, und von diesem Plateau aus konnte er sehen, dass die Ebene nördlich der Stadt die ganze Strecke bis zur Kuppelbasis mit Baustellen übersät war.

Es liefen sogar Arbeiten um einige der entfernten Mesas außerhalb der Kuppel. Offenbar war eine kritische Masse im Sinne der Gruppenpsychologie erreicht worden, eine Art Herdeninstinkt, der diese Stadt zur Hauptstadt gemacht hatte, zum sozialen Magneten und dem Herzen des Geschehens. Gruppendynamik war bestenfalls komplex und vielleicht sogar (er schnitt eine Grimasse) unerklärlich.

Das war ungünstig, weil Biotique Burroughs wirklich eine sehr dynamische Gruppe bildete. Und in den folgenden Tagen stellte Sax fest, dass es nicht einfach war, seinen Platz zwischen all den Wissenschaftlern zu finden, die an dem Projekt arbeiteten. Er hatte die Fähigkeit verloren, sich in einer neuen Gruppe zurechtzufinden, sofern er die je gehabt hatte. Die Formel, um die Zahl möglicher Beziehungen in einer Gruppe zu beherrschen, lautet $n(n-1)/2$, wobei n die Anzahl der Individuen in der Gruppe ist, sodass sich für die 1000 Menschen in Biotique Burroughs 499 500 mögliche Beziehungen ergaben. Sax schien, als liege das außerhalb des möglichen Verständnisses eines Menschen. Selbst die 4950 möglichen Beziehungen in einer Gruppe von 100, die hypothetische »Planungsgrenze« für die Größe menschlicher Gruppen, schienen sperrig. In Underhill hätten sie eine Gelegenheit gehabt, das zu prüfen.

Es war also wichtig, in Biotique eine kleinere Gruppe zu finden, und Sax machte sich ans Werk. Es war bestimmt sinnvoll, sich zuerst auf sein Labor zu konzentrieren. Er war als Biophysiker dort eingetreten, was riskant war, ihn aber dorthin brachte, wo er in der Firma sein wollte. Und er hoffte, dass er sich würde behaupten können. Falls nicht, könnte er erklären, dass er von der Physik zur Biophysik gekommen wäre, was auch stimmte. Sein Boss war eine Japanerin namens Claire, dem Aussehen nach mittleren Alters, eine sehr kongeniale Frau, die ihr Labor vorzüglich leitete. Bei seiner Ankunft teilte sie ihn dem Team zu, das Pflanzen der zweiten und dritten Generation für die vergletscherten Gebiete der nördlichen Hemisphäre entwickelte. Diese frisch hydrierten Milieus boten enorme neue Möglichkeiten für botanisches Design, weil die Entwickler nicht mehr alle Spezies auf Wüsten-Xerophyten gründen mussten. Sax hatte das vom allerersten Moment an kommen sehen, als er die Flut sah, die im Jahr 2061 von Ius Chasma nach Melas hinuntergedonnert war. Und jetzt, vierzig Jahre später, konnte er wirklich etwas damit anfangen.

Also stieg er sehr vergnügt in die Arbeit ein. Zuerst musste er sich auf den aktuellen Stand über das, was schon dort in den Gletschergebieten ausgesetzt worden war, bringen. Er las gierig wie immer, sah sich Videos an und erfuhr, dass bei der immer noch so dünnen und kalten Atmosphäre das ganze auf der Oberfläche freigesetzte Eis sublimierte, bis seine exponierten Flächen zu einem feinen Gitterwerk zerfressen waren. Das bedeutete, dass es Milliarden kleiner und großer Löcher gab, in denen Leben wachsen konnte, direkt auf dem Eis. Und so gehörten zu den ersten Formen, die weit verbreitet wurden, Spielarten von Schnee- und Eisalgen. Diese Algen waren durch phreatophytische Merkmale verstärkt worden; denn selbst wenn Eis zunächst rein war, wurde es durch den allgegenwärtigen vom Wind verwehten Grus mit Salz überkrustet. Die genetisch modifizierten salzverträglichen Algen hatten sich sehr gut bewährt. Sie wuchsen in den durchlöcherten Oberflächen der Gletscher und manchmal direkt in das Eis hinein. Und weil sie dunkler waren als das Eis, rötlich oder schwarz oder grün, brachten sie das Eis unter ihnen oft zum Schmelzen, besonders an Sommertagen, wenn die Temperaturen deutlich über dem Gefrierpunkt lagen. So flossen tagsüber kleine Rinnsale von den Gletschern und ihren Rändern herunter. Diese feuchten moränenartigen Gebiete ähnelten einigen polaren und alpinen Gegenden der Erde. Bakterien und größere Pflanzen aus diesen terrestrischen Landschaften, genetisch verändert, um die extreme Salzigkeit vertragen zu können, waren zuerst vor einigen M-Jahren von Biotique ausgesät worden; und die Pflanzen gediehen zum größten Teil so gut wie zuvor die Algen.

Jetzt versuchten die Planungsgruppen auf diesen frühen Erfolgen aufzubauen und ein breiteres Spektrum größerer Pflanzen einzuführen sowie einige Insekten, die so gezüchtet waren, dass sie den hohen Kohlendioxidgehalt der Atmosphäre vertrugen. Biotique besaß ein umfangreiches Musterpflanzen-Inventar zur Entnahme von Chromosomen und außerdem die Daten aus 17 M-Jahren Feldversuchen. So hatte Sax eine Menge zu tun, um auf den aktuellen Stand zu kommen. In seinen ersten Wochen im Labor und in dem Arboretum der Firma auf dem Hunt-Plateau konzentrierte er sich ganz auf die neue Pflanzenart und war zufrieden, sich seinen Weg in das größere Bild zu gegebener Zeit zu bahnen.

Wenn er nicht an seinem Schreibtisch las oder durch Mikroskope blickte oder in die diversen Gefäße mit Marsgewächsen schaute oder oben im Arboretum war, hatte er außerdem die Aufgabe, Stephen Lindholm zu sein, die ihn beschäftigt hielt. Im Labor unterschied er sich nicht allzu sehr von Sax Russell. Aber am Ende eines Arbeitstages bemühte er sich oft bewusst um Kontakt zur Gruppe, die nach oben in eines der Cafés auf dem Plateau ging, um etwas zu trinken und über die Arbeit und anderes zu plaudern.

Selbst dort fand er es überraschend leicht, Lindholm zu sein, der, wie er feststellte, eine Menge Fragen stellte und oft lachte. Dessen Mund das Lachen irgendwie erleichterte. Fragen der anderen – gewöhnlich von Claire und einer englischen Immigrantin namens Jessica und einem Kenyaner namens Berkina – hatten sehr selten etwas mit Lindholms Vergangenheit auf der Erde zu tun. Wenn dieses Thema aufkam, fiel Sax es leicht, eine minimalinformative Antwort zu geben. Desmond hatte Lindholm eine Vergangenheit in Sax' Heimatstadt Boulder in Colorado gegeben, was sehr klug gewesen war. Und dann konnte er die Frage auf den Fragenden zurückwerfen, eine Technik, die er oft bei Michel beobachtet hatte. Die Leute waren so glücklich, wenn man sie reden ließ. Sax selbst war nie so still gewesen wie Simon. Er hatte bei Gesprächen immer mit hohem Einsatz gespielt; und wenn er später weniger beigesteuert hatte, dann deshalb, weil er nur interessiert war, wenn die Gewinnchancen ein gewisses Mindestniveau erreichten. Belangloses Geplauder war für gewöhnlich Zeitverschwendung. Aber es ließ immerhin Zeit vergehen, die sonst unangenehm leer gewesen wäre. Es schien auch das Gefühl der Einsamkeit zu mildern. Und seine neuen Kollegen führten ohnehin meist recht interessante Fachgespräche. Und so leistete er seinen Beitrag und erzählte ihnen von seinen Spaziergängen durch Burroughs und stellte ihnen viele Fragen über das, was er gesehen hatte, und nach ihrer Vergangenheit und nach Biotique und der Lage auf dem Mars und so weiter. Das war für Lindholm ebenso interessant wie für Sax.

Bei diesen Gesprächen bestätigten seine Kollegen, besonders Claire und Berkina, was ihm bei seinen Spaziergängen klar geworden war, nämlich dass Burroughs insofern die Hauptstadt des Mars wurde, als dass alle größten Transnationalen dort ihre Zentrale hatten. Die Transnationalen waren derzeit die tatsächlichen Herrscher auf dem Mars. Sie hatten es der Elfergruppe und den anderen reichen Industrienationen ermöglicht, den Krieg von 2061 zu gewinnen oder zumindest zu überleben;

und jetzt waren sie alle zu einer einzigen Machtstruktur verflochten, sodass nicht klar war, wer auf der Erde die Entscheidungen traf, die Länder oder die Suprakorporationen. Auf dem Mars war das sonnenklar. Die UNOMA war 2061 zusammengebrochen wie eine der Kuppelstädte, und das Amt, das an ihre Stelle getreten war, die United Nations Transitional Authority, war mit leitenden Persönlichkeiten der Transnationalen durchsetzt. Möglich machten das Erlasse, die transnationale Sicherheitskräfte erzwungen hatten. »Die UN hat eigentlich nichts damit zu tun«, meinte Berkina. »Der Name ist nur eine Tarnung.«

»Jeder nennt sie sowieso nur die Übergangsbehörde«, erklärte Claire.

»Sie können sehen, wer wer ist«, sagte Berkina. Und wirklich sah man in Burroughs häufig uniformierte transnationale Sicherheitspolizei. Sie trug rostfarbene Arbeitsoveralls mit Armbinden in verschiedenen Farben. Nicht gerade auffällig, aber sie war da.

»Aber warum?«, fragte Sax. »Wovor haben sie Angst?«

Claire sagte lachend: »Sie befürchten, dass die Bogdanovisten aus den Bergen herauskommen. Das ist lächerlich.«

Sax zog die Augenbrauen hoch und sagte nichts dazu. Er war neugierig, aber das war ein gefährliches Thema. Lieber bloß zuhören, wenn es zur Sprache kam. Doch als er danach durch Burroughs spazierte, beobachtete er die Leute genauer und achtete auch bei der Sicherheitspolizei darauf, zu wem sie ihren Armbinden nach jeweils gehörte. Consolidated, Amexx, Oroco ... Er fand es seltsam, dass sie keine einheitliche Truppe gebildet hatten. Möglicherweise waren die Transnationalen immer noch ebenso sehr Rivalen wie Partner. Das würde natürlich zu konkurrierenden Sicherheitssystemen führen. Vielleicht würde das auch die vielen verschiedenen Identifikationssysteme erklären, die es Desmond ermöglichten, seine Personae in ein System einzuschleusen und sie dann in ein anderes zu übertragen. Die Schweiz war offenbar geneigt, einige Leute zu decken, die aus dem Nichts in ihr System kamen, wie Sax' Erfahrung bewies. Und ohne Zweifel verhielten sich andere Länder und Transnationale genauso.

Also erzeugte bei der jetzigen politischen Lage die Informationstechnik nicht Vereinheitlichung, sondern Balkanisierung. Arkady hatte eine solche Entwicklung vorhergesagt, aber Sax hatte das für irrational gehalten. Jetzt musste er einräumen, dass es wirklich so weit gekommen war. Die Computernetze konnten mit den Ereignissen nicht Schritt halten, weil sie einander Konkurrenz machten. Und deswegen patrouillierten Polizisten die Straßen, die nach Leuten wie Sax Ausschau hielten.

Aber er war Stephen Lindholm. Er hatte Lindholms Zimmer in der Hunt Mesa, Lindholms Arbeit, seinen Alltag und Gewohnheiten und seine Vergangenheit. Sein kleines Studio-Apartment sah ganz anders aus als eines, in dem Sax gewohnt hätte. Die Kleidung war im Schrank, es gab keine Experimente im Kühlschrank oder auf dem Bett. Er hatte sogar Kunstdrucke von Escher und Hundertwasser an den Wänden, und einige unsignierte Skizzen von Spencer – eine Indiskretion, die sicher niemandem auffallen würde. Er war in seiner neuen Identität sicher. Und selbst wenn man ihn entdecken sollte, bezweifelte er, dass die Folgen allzu verheerend sein würden. Er könnte sogar zu seiner früheren Macht zurückfinden, zumindest teilweise. Er war immer unpolitisch gewesen, nur am Terraforming interessiert. Und er war im Wahnsinn von '61 untergetaucht, weil es so ausgesehen hatte, als wäre es gefährlich, es nicht zu tun. Zweifellos würden einige der jetzigen Transnationalen es so sehen und versuchen, ihn anzuwerben.

Aber all das war hypothetisch. In Wirklichkeit musste er sich an Lindholms Leben gewöhnen.

Als er das tat, entdeckte er, dass ihm seine Arbeit viel Spaß machte. Früher, als Chef des ganzen Terraformingprojekts, war es unmöglich gewesen, nicht in der Verwaltung steckenzubleiben oder sich in dem Bemühen, von allen Teilbereichen genug zu wissen, um fundierte Entscheidungen treffen zu können, ausreichend auf die eigene Arbeit zu konzentrieren. Das hatte natürlich zu mangelnder Tiefe des Verständnisses in den Einzeldisziplinen geführt, was einen Verlust an Überblick nach sich gezogen hatte. Aber jetzt war seine ganze Aufmerksamkeit darauf gerichtet, für das einfache Ökosystem, das in den glazialen Regionen angesiedelt worden war, neue Pflanzen zu entwickeln. Einige Wochen lang arbeitete er an einer neuen Flechte, die die Grenzen der neuen Bioregionen erweitern sollte und auf einem Chasmoendolithen aus dem Wright Valley in der Antarktis beruhte. Die ursprüngliche Flechte hatte in den Ritzen des antarktischen Gesteins gelebt; und Sax wollte, dass sie hier dasselbe machte. Zugleich versuchte er, den Algenteil der Flechte durch eine schnellere Alge zu ersetzen, damit der neue Symbiont schneller wuchs als sein Vorbild, das ungemein langsam war. Außerdem versuchte er, dem Pilzteil der Flechte einige phreatophytische Gene aus salzverträglichen Pflanzen wie Tamariske und Gurkenkraut einzufügen. Diese konnten bei einem dreimal höheren Salzgehalt als dem des Meerwassers leben, und der Mechanismus, der etwas mit der Durchlässigkeit der Zellwände zu tun hatte, war zu einem gewissen Grad übertragbar. Wenn ihm das gelänge, wäre das Ergebnis eine sehr robuste und schnell wachsende neue Salzflechte. Es war sehr ermutigend, den Fortschritt zu sehen, der auf diesem Gebiet seit ihren ersten kruden Versuchen seinerzeit in Underhill, einen Organismus zu schaffen, der auf der Oberfläche überleben würde, erzielt worden war. Natürlich war die Oberfläche damals schwieriger gewesen. Aber sie hatten auch große Fortschritte in Genetik gemacht und jetzt eine Fülle von Methoden zur Verfügung.

Ein sehr hartnäckiges Problem war, die Pflanzen dem geringen Stickstoffgehalt auf dem Mars anzupassen. Die meisten großen Nitrit-Konzentrationen wurden nach ihrer Entdeckung freigesetzt und als Stickstoff in die Atmosphäre entlassen. Diesen Prozess hatte Sax in den 2040er-Jahren initiiert und allgemeine Zustimmung gefunden, da die Atmosphäre dringend Stickstoff benötigte. Aber der Boden brauchte ihn auch und kam zu kurz, wenn das meiste in die Luft gepumpt wurde. Deswegen hatten es die Pflanzen schwer. Mit diesem Problem war noch nie eine irdische Pflanze konfrontiert gewesen, daher gab es keine erkennbaren Merkmale, die man in die Gene der Marsflora einfügen könnte.

Das Stickstoffproblem war ein immer wiederkehrendes Thema, wenn sie sich nach Feierabend im Café Lowen auf dem Mesaplateau trafen. »Stickstoff ist so wertvoll«, sagte Berkina, »dass er im Untergrund als Tauschmittel dient.« Sax nickte unbehaglich zu dieser Fehlinformation.

Die Cafégruppe drückte ihre Verehrung für die Bedeutung von Stickstoff dadurch aus, dass sie N_2O aus kleinen Fläschchen einatmete, die am Tisch die Runde machten. Sie äußerten in bester Stimmung die zweifelhafte Behauptung, dass es dem Terraforming helfen würde, wenn sie dieses Gas ausatmeten. Als die Flasche zum ersten Mal Sax gereicht wurde, beäugte er sie misstrauisch. Er hatte bemerkt, dass man diese Fläschchen in Toiletten kaufen konnte. Es gab jetzt in jeder Herrentoilette eine ganze Apotheke, Automaten an den Wänden, die Lachgas, Omegendorph, Pandorph und andere mit Drogen versetzte Gase ausgaben. Offenbar war Einatmen derzeit die bevorzugte Methode beim Drogenkonsum. Das interessierte ihn nicht; aber jetzt nahm er die Flasche von Jessica, die sich an seine Schulter lehnte. Das war offenbar ein Gebiet, wo sich die Gewohnheiten von Stephen und Sax unterschieden. Also atmete er aus und drückte dann die kleine Gesichtsmaske an Mund und Nase, wobei er unter dem Material Stephens schmales Gesicht fühlte.

Er atmete einen kühlen Schwall des Gases ein, wartete kurz und atmete aus. Es fühlte sich an, als fiele alles Gewicht von ihm ab. Das war sein subjektiver Eindruck. Es war geradezu lustig zu sehen, wie stark die Stimmung auf chemische Manipulation reagierte, trotz allem, was das über das heikle Gleichgewicht der Emotionen und sogar die geistige Gesundheit aussagte. Das war zunächst keine angenehme Erkenntnis. Aber im Moment kein Problem. Er musste lächeln. Er blickte über die Brüstung auf die Dächer von Burroughs hinab und bemerkte zum ersten Mal, dass die neuen Bezirke im Westen und Norden zu blauen Ziegeldächern und weißen Wänden übergingen, sodass sie griechisch wirkten, während die älteren Stadtteile eher spanisch waren. Jessica war entschieden bemüht, den Hautkontakt zwischen ihrem und seinem Oberarm zu halten. Vielleicht war ihr Gleichgewichtssinn durch die Heiterkeit gestört.

»Es ist an der Zeit, über die alpine Zone hinauszugehen!«, sagte Claire. »Ich habe die Flechten und Moose und Gräser satt. Unsere *Fellfields* am Äquator werden zu Wiesen, wir haben sogar Krummholz, und sie bekommen das ganze Jahr über eine Menge Sonnenlicht, und der atmosphärische Druck am Boden der Böschung ist so hoch wie im Himalaya.«

»Auf den Gipfeln des Himalaya«, korrigierte Sax und prüfte sich mental. Er konnte fühlen, dass dies eine eher »saxische«

Bemerkung gewesen war. Als Lindholm fügte er hinzu: »Es gibt im Himalaya aber auch hochgelegene Wälder.«

»Stimmt genau. Stephen, seit du dich an die Flechten gemacht hast, hast du wahre Wunder gewirkt. Warum gehst du mit Berkina, Jessica und C. J. nicht an subalpine Pflanzen heran? Seht zu, ob wir einige kleine Wälder schaffen können.«

Sie stießen auf diese Idee mit einer neuen Nase Lachgas an, und der Gedanke, dass die salzigen gefrorenen Grenzen der Wasserausbrüche zu Wiesen und Wäldern wurden, erheiterte sie plötzlich sehr. »Wir brauchen Maulwürfe«, sagte Sax und versuchte, sein Grinsen zu unterdrücken. »Maulwürfe und Wühlmäuse machen aus *Fellfields* Wiesen. Vielleicht können wir eine Art Kohlendioxid-toleranten arktischen Maulwurf entwickeln.«

Seine Kollegen fanden das lustig, aber er war einige Zeit in Gedanken versunken und bemerkte das nicht.

»Hör mal, Claire, meinst du, wir können hinausfahren und einen Blick auf einen der Gletscher werfen? Und vielleicht vor Ort arbeiten?«

Claire hörte auf zu kichern und nickte. »Sicher. Da fällt mir ein, wir haben eine ständige Versuchsstation mit einem guten Labor auf dem Arenagletscher. Und eine biotechnische Gruppe von Armscor ist an uns herangetreten, die bei der Übergangsbehörde sehr viel Einfluss hat. Die würden gerne hinaus, um die Station und das Eis zu besuchen. Ich nehme an, sie wollen in Marineris eine ähnliche Station errichten. Wir können mit dieser Gruppe mitfahren, sie herumführen und etwas Feldforschung betreiben. Dabei schlagen wir zwei Fliegen mit einer Klappe.«

Die Pläne für diesen Ausflug wanderten vom Café Lowen ins Labor und dann weiter ins Hauptbüro. Die Genehmigung kam schnell, wie bei Biotique üblich. Also arbeitete Sax einige Wochen lang schwer, um die Arbeit draußen vorzubereiten. Nach dieser anstrengenden Zeit packte er seine Tasche und nahm eines Morgens die U-Bahn zum Westtor. In der Schweizer Garage traf er einige Leute aus dem Büro zusammen mit mehreren Fremden. Die Begrüßungen waren noch im Gange. Er kam näher. Claire sah ihn und zog ihn in die Menge. Sie wirkte aufgeregt. »Ah, Stephen, ich möchte dich unserem Gast vorstellen. Phyllis Boyle. Phyllis, das ist Stephen Lindholm.«

»Wie geht es Ihnen?«, fragte Phyllis und hielt ihm die Hand hin.

Sax ergriff ihre Hand und schüttelte sie. Er sagte: »Danke, mir geht's gut.«

Vlad hatte seine Stimmbänder so verändert, dass sie ein anderes Stimmbild lieferten, sollte er je getestet werden, aber in Gamete hatten alle gesagt, dass er noch wie früher klänge. Und jetzt neigte Phyllis neugierig den Kopf. Etwas hatte ihre Aufmerksamkeit erregt. Er sagte mit einem Blick auf Claire: »Ich freue mich auf die Reise. Ich hoffe, dass ich euch nicht aufgehalten habe.«

»O nein, wir warten noch auf die Fahrer.«

»Ah«, entgegnete Sax. »Freue mich, Sie kennenzulernen«, sagte er höflich zu Phyllis. Sie nickte und wandte sich mit einem letzten neugierigen Blick wieder den Leuten zu, mit denen sie gesprochen hatte. Sax versuchte, sich auf das zu konzentrieren, was Claire über die Fahrer sagte. Offenbar war das Fahren eines Rovers über freies Gelände jetzt ein Beruf für Spezialisten.

Sax fand, dass er ziemlich cool geblieben war. Natürlich war Kühle ein Charakterzug von Sax. Wahrscheinlich hätte er sich ganz überschwänglich auf sie stürzen sollen und sagen, dass er sie aus den alten Videos kannte und seit vielen Jahren bewunderte etc. Allerdings konnte er sich nicht vorstellen, warum jemand Phyllis bewundern sollte. Sicher, sie hatte den Krieg mit einem blauen Auge überstanden – auf der Seite der Gewinner, aber als Einzige der Ersten Hundert, die sich so entschieden hatte. Nannte man so jemanden einen Quisling? So ähnlich jedenfalls. Nun, sie war nicht die Einzige der Ersten Hundert gewesen. Vasili war in Burroughs geblieben, und George und Edvard waren mit Phyllis auf Clarke gewesen, als dieser vom Kabel abgetrennt wurde und aus der Ebene der Ekliptik hinausgeschleudert worden war. Das zu überleben musste wirklich ein hartes Stück Arbeit gewesen sein. Er hätte es nicht für möglich gehalten. Aber da war sie nun und plauderte mit der Schar ihrer Bewunderer. Zum Glück hatte er vor einigen Jahren gehört, dass sie überlebt hatte. Sonst wäre ihr Anblick ein Schock gewesen.

Sie sah immer noch wie sechzig aus, obwohl sie im gleichen Jahr wie Sax geboren war und jetzt also 115 war. Mit silbernem Haar und blauen Augen, ihr Schmuck aus Gold und Blutstein, die Bluse aus einem Stoff, der in allen Regenbogenfarben changierte. Gerade jetzt war ihr Rücken leuchtend blau, wurde aber smaragdgrün, als sie sich umwandte, um ihm einen Blick über die Schulter zuzuwerfen. Er tat so, als bemerkte er es nicht.

Dann kamen die Fahrer, und sie stiegen in die Rover und fuhren los. Glücklicherweise fuhr Phyllis in einem der anderen Wagen. Die Rover waren große, mit Hydrazin betriebene Fahrzeuge, und sie fuhren auf einer Betonstraße direkt nach Norden, sodass Sax nicht verstand, warum spezialisierte Fahrer benötigt wurden, außer vielleicht, um die Geschwindigkeit der Wagen in den Griff zu kriegen. Sie brausten mit ungefähr einhundertsechzig Kilometern in der Stunde dahin, und Sax, der an Reisegeschwindigkeiten, die vielleicht ein Viertel davon betrugen, gewöhnt war, fand, dass es schnell und ruhig voranging. Die anderen Passagiere beklagten sich darüber, wie holprig und langsam die Fahrt wäre. Offenbar glitten die Expresszüge heutzutage mit etwa sechshundert Stundenkilometern über die Schienen.

Der Arenagletscher lag etwa achthundert Kilometer nordwestlich von Burroughs. Er ergoss sich von den Bergen der Syrtis

Major nach Norden auf Utopia Planitia. Er verlief ungefähr dreihundertfünfzig Kilometer weit in einem Graben der Arena Fossae. Claire, Berkina und die anderen im Wagen erzählten Sax die Geschichte des Gletschers, und er tat sein Bestes, um interessiert zu wirken. Es war auch tatsächlich interessant; denn sie wussten, dass Nadia den Ausbruch des Arena-Wasserreservoirs umgeleitet hatte. Einige Leute, die damals dabei gewesen waren, waren nach dem Krieg in South Fossa gelandet. Dort hatten sie die Geschichte erzählt, und sie hatte sich in der Öffentlichkeit herumgesprochen.

Diese Leute schienen tatsächlich zu glauben, dass sie viel über Nadia wüssten. Claire sagte Sax im Vertrauen: »Sie war gegen den Krieg und tat alles, was sie konnte, um ihm Einhalt zu gebieten und den Schaden wiedergutzumachen, noch während all das geschah. Leute, die sie in Elysium gesehen haben, erzählten, dass sie überhaupt niemals geschlafen hatte, sondern ständig Aufputschmittel genommen hat, um weiterarbeiten zu können. Es hieß, sie hätte Zehntausenden das Leben gerettet in der Woche, in der sie um South Fossa aktiv war.«

»Was ist aus ihr geworden?«, fragte Sax.

»Das weiß niemand. Sie ist aus South Fossa verschwunden.«

»Sie wollte nach Low Point«, sagte Berkina. »Wenn sie zusammen mit der Flut dort angekommen ist, kam sie wahrscheinlich ums Leben.«

»Oh!« Sax nickte ernst. »Das war eine schlimme Zeit.«

»Sehr schlimm«, bekräftigte Claire. »So destruktiv. Ich bin sicher, sie hat das Terraforming um Jahrzehnte zurückgeworfen.«

»Obwohl die Wasserausbrüche nützlich gewesen sind«, murmelte Sax.

»Ja, aber die hätte man auch in kontrollierter Weise erzeugen können.«

»Stimmt.« Sax zuckte die Achseln und ließ die Konversation ohne ihn weitergehen. Nach der Begegnung mit Phyllis war es zu riskant, in eine Diskussion über '61 zu geraten.

Er konnte immer noch nicht glauben, dass sie ihn nicht erkannt hatte. Das Passagierabteil, in dem sie waren, hatte blanke Magnesiumverkleidungen über den Fenstern, und dort sah er neben den Gesichtern seiner neuen Kollegen auch das kleine Gesicht von Stephen Lindholm. Ein kahlköpfiger alter Mann mit einer gebogenen Nase, die die Augen etwas falkenhaft erscheinen ließ. Ausgeprägte Lippen, ein starker Unterkiefer, ein markantes Kinn – nein, das sah ihm gar nicht ähnlich. Weshalb hätte sie ihn erkennen sollen?

Aber das Aussehen war nicht alles.

Er versuchte, nicht daran zu denken, als sie nordwärts über die Straße rasten. Er konzentrierte sich auf die Aussicht. Das Passagierabteil hatte ein kuppelförmiges Oberlicht sowie Fenster an allen vier Seiten, sodass er eine Menge sehen konnte. Sie fuhren den Abhang von West Isidis empor, einen Teil des Großen Steilhangs, der wie ein gewaltiger kahler Deich aussah. Die gezackten dunklen Berge von Syrtis Major erhoben sich über dem Nordwesthorizont scharf wie Sägeblätter. Die Luft war klarer als früher, obwohl sie inzwischen fünfzehnmal so dick war. Aber es gab weniger Staub darin, weil Schneestürme den Grus banden und auf der Oberfläche in einer Kruste fixierten. Natürlich wurde diese Kruste oft durch starke Winde aufgebrochen, und die Partikel gelangten wieder in die Luft. Aber diese Bruchstellen waren lokal beschränkt, und die den Himmel säubernden Stürme bekamen langsam die Oberhand.

Und auch der Himmel änderte seine Farbe. Ganz oben zeigte er ein üppiges Violett, über den westlichen Bergen war er weißlich, in Lavendel übergehend und dann in eine Farbe zwischen Lavendel und Violett, für die Sax keinen Namen hatte.

Das Auge konnte Unterschiede in der Lichtfrequenz nur in einigen wenigen Wellenlängen sehen. Darum reichten die paar Namen für die Unterschiede zwischen Rot und Blau keineswegs aus, um die Farben zu beschreiben. Aber wie man sie auch nennen mochte oder auch nicht – die Farben des Himmels waren jetzt ganz anders als das Braun und Rosa der ersten Jahre. Natürlich würde ein Staubsturm dem Himmel immer wieder den ursprünglichen Ockerton zurückgeben. Aber wenn die Atmosphäre danach ausgewaschen wurde, war ihre Farbe ein Ergebnis ihrer Dichte und chemischen Zusammensetzung. Neugierig darauf, wie sie in der Zukunft aussehen würde, nahm Sax seinen Computer aus der Tasche und stellte einige Berechnungen an.

Er starrte auf den kleinen Bildschirm und erkannte plötzlich, dass es Sax Russells Computer war. Wenn man ihn untersuchte, würde er ihn verraten. Das war so, als hätte er einen echten Pass bei sich.

Er verwarf diesen Gedanken, weil er jetzt nichts daran ändern konnte. Er konzentrierte sich auf die Farbe des Himmels. Bei sauberer Luft wurde die Himmelsfarbe hauptsächlich durch Lichtstreuung in den Luftmolekülen selbst verursacht. Damit war die Dichte der Atmosphäre entscheidend. Der Luftdruck hatte bei ihrer Ankunft etwa 10 Millibar betragen und lag jetzt bei durchschnittlich 160. Aber da der Luftdruck durch das Gewicht der Luft erzeugt wurde, hatte es auf dem Mars ungefähr dreimal so viel Luft erfordert, 160 Millibar zu erzielen, als es für einen solchen Druck auf der Erde notwendig gewesen wäre. Also mussten die 160 Millibar hier ebenso viel Licht streuen wie 480 Millibar auf der Erde. Das bedeutete, der Himmel über ihnen sollte etwa die dunkelblaue Farbe haben, wie man sie auf Fotos sieht, die im Gebirge auf über viertausend Metern Höhe aufgenommen wurden.

Aber die Farbe, die die Fenster und das Oberlicht ihres Rovers erfüllte, war etwas rötlicher; und selbst an klaren Morgen nach schweren Stürmen hatte Sax den Himmel nicht so blau wie den auf der Erde gesehen. Er dachte weiter darüber nach. Ein anderer Effekt der geringeren Schwerkraft auf dem Mars war, dass die Luftsäule höher reichte als auf der Erde. Es war möglich, dass die feinsten Gruspartikel praktisch im Schwebezustand waren und über die meisten Wolken hinausgetragen wurden, wo sie nicht mehr von Stürmen weggerissen werden konnten. Sax erinnerte sich, dass man Dunstschichten fotografiert hatte, die mindestens fünfzig Kilometer hoch lagen, weit über den Wolken. Ein anderer Faktor könnte die Zusammensetzung der Atmosphäre sein. Kohlendioxidmoleküle streuen das Licht stärker als Sauerstoff und Stickstoff, und der Mars hatte, allen Bemühungen von Sax zum Trotz, immer noch mehr CO_2 in seiner Atmosphäre als die Erde. Die Effekte dieser Differenz ließen sich berechnen. Sax gab die Rayleigh'sche Gleichung für Streulicht ein, wonach die pro Einheitsvolumen Luft gestreute Lichtenergie proportional zur vierten Potenz der Wellenlänge der einfallenden Strahlung ist. Dann kritzelte er sein Pad voll, änderte die Variablen, sah in Handbüchern nach oder setzte Größen ein, an die er sich erinnerte oder die er schätzte.

Er kam zu dem Schluss, dass der Himmel, wenn die Atmosphäre die Dichte von einem Bar erreicht hätte, wahrscheinlich milchig weiß werden würde. Er wies auch nach, dass der Marshimmel heutzutage theoretisch viel blauer sein müsste, weil das blaue Streulicht sechzehnmal stärker als das rote war. Das ließ darauf schließen, dass Grusteilchen sehr hoch in der Atmosphäre den Himmel röter machten. Wenn diese Erklärung stimmte, konnte man folgern, dass Farbe und Opazität des Marshimmels noch viele Jahre sehr großen Schwankungen unterliegen würden, je nach Wetter und anderen Einflüssen auf die Reinheit der Luft ...

Und so arbeitete er weiter und versuchte, Strahlungsintensitäten des Lichts, Chandrasekhars Gleichung über Strahlungstransfer, Farbskalen, chemische Zusammensetzung des Aerosols und Legendre'sche Polynome in die Berechnung einzubeziehen, um die Größe der Streuwinkel zu ermitteln, mit Riccati-Bessel-Funktionen die Streuquerschnitte zu bestimmen und so weiter. Das beschäftigte ihn den größeren Teil der Fahrt zum Arenagletscher, wobei er sich scharf konzentrierte und die Welt und die Situation, in der er sich jetzt befand, ausblendete.

Früh an diesem Nachmittag kamen sie zu einer kleinen Stadt namens Bradbury, die unter ihrer Kuppel der Nicosia-Klasse wie direkt aus Illinois importiert aussah. Schwarze Teerstraßen zwischen Baumreihen, verglaste Verandas vor zweistöckigen Backsteinhäusern mit Schindeldächern, eine Hauptstraße mit Läden und Parkuhren, ein Zentralpark mit einem weißen Aussichtstürmchen zwischen großen Ahornbäumen ...

Sie wandten sich auf einer kleineren Straße nach Westen über den Gipfel von Syrtis Major. Die Straße bestand aus schwarzem Sand, in dem keine Steine waren und der mit einem Fixativ besprüht worden war. Die ganze Gegend war sehr dunkel. Syrtis Major war das erste bekannte Oberflächenmerkmal des Mars gewesen, von Christiaan Huygens am 28. November 1659 im Fernrohr entdeckt; und es war dieses dunkle Gestein, das ihm das ermöglicht hatte. Der Boden war fast schwarz, manchmal leicht auberginefarben. Die Hügel, Gräben und Böschungen, durch die sich die Straße wand, waren schwarz, ebenso die zerfressenen Mesas und die *Thulleyas*, kleine, aneinandergereihte Felsrippen. Die gigantischen Felsblöcke, Auswurfmaterial großer Einschläge, waren oft rostrot und erinnerten dadurch deutlich daran, wo sie herkamen.

Dann fuhren sie über eine schwarze Rippe aus Fels, und der Gletscher lag vor ihnen. Er durchschnitt die Landschaft wie ein darin eingebetteter Donnerkeil. Eine Felsrippe auf der gegenüberliegenden Seite lief parallel zu der, auf der sie sich befanden; und zusammen sahen die beiden Rippen aus wie alte Seitenmoränen, obwohl sie in Wirklichkeit nur parallele Grate waren, die die Flut kanalisiert hatten.

Der Gletscher war ungefähr zwei Kilometer breit. Er schien nicht mehr als fünf oder sechs Meter dick zu sein, war aber einen Canyon heruntergelaufen, sodass es mit Sicherheit tiefere Stellen gab.

Ein Teil seiner Oberfläche war wie gewöhnlicher Regolith, ebenso steinig und staubig, mit einer Art Kiesoberfläche, die nichts von dem darunterliegenden Eis erkennen ließ. Andere Teile sahen aus wie chaotisches Terrain mit weißen Eiszacken, die aus Felsblöcken herauszuragen schienen. Einige dieser Eisnadeln waren zerbrochene Platten, zusammengedrängt wie auf dem Rücken eines Stegosaurus. Sie schimmerten gelb in der untergehenden Sonne.

Alles war reglos, bis zum Horizont. Nirgends rührte sich etwas. Natürlich nicht, denn der Arenagletscher war schon seit vierzig Jahren hier. Aber Sax erinnerte sich unfreiwillig an das letzte Mal, wo er so etwas gesehen hatte, und blickte unwillkürlich nach Süden, als könnte jeden Augenblick eine neue Flut hereinbrechen.

Die Station von Biotique lag ein paar Kilometer stromaufwärts auf dem Rand und Hang eines kleinen Kraters, sodass man eine hervorragende Aussicht über den Gletscher hatte. Ganz kurz vor Sonnenuntergang, als sie die Station aktiviert hatten, ging

Sax mit Claire und den Gästen von Armscor einschließlich Phyllis in einen großen Beobachtungsraum im Obergeschoss der Station, um in den letzten Momenten des schwindenden Tages die zerbrochene Eismasse zu betrachten.

Selbst an einem relativ klaren Nachmittag wie diesem färbten die horizontalen Strahlen der Sonne die Luft dunkelrot, und die Gletscheroberfläche funkelte an tausend Stellen, wo das zerbrochene Eis das Licht zurückspiegelte. Die Mehrheit dieser scharlachroten Lichter lag etwa zwischen ihnen und der Sonne, aber es glitzerte auch an anderen Stellen auf dem Eis, wo die reflektierenden Flächen in schrägen Winkeln standen. Phyllis wies darauf hin, wie viel größer die Sonne aussah, seit Soletta in Position war. »Ist das nicht wundervoll? Man kann fast die Spiegel erkennen, nicht wahr?«

»Es sieht aus wie Blut.«

»Es sieht entschieden *jurassisch* aus.«

Für Sax sah es aus wie ein G-Stern in einer Entfernung von etwa einer Astronomischen Einheit. Natürlich war das signifikant, weil sie 1,5 Astronomische Einheiten entfernt waren. Was das Gerede von Rubinen oder Dinosaurieraugen anging ...

Die Sonne glitt unter den Horizont, und alle roten Lichtpunkte verschwanden sofort. Ein großer Fächer aus Dämmerungsstrahlen breitete sich aus. Seine rosa Bündel schnitten durch einen purpurdunklen Himmel. Phyllis freute sich über die Farben, die wirklich sehr klar und rein waren. Sie sagte: »Ich möchte wissen, wie diese prächtigen Strahlen entstehen.«

Automatisch machte Sax schon den Mund auf, um etwas über die Schatten von Bergen oder Wolken am Horizont zu sagen, als ihm einfiel, dass es *a* (vielleicht) nur eine rhetorische Frage gewesen war und dass *b* eine technische Antwort geben genau das wäre, was Sax Russell tun würde. Also schloss er den Mund wieder und überlegte, was Stephen Lindholm in einer solchen

Lage sagen würde. Diese Art von Selbstbewusstsein war ihm neu und ausgesprochen unangenehm; aber er würde mindestens manchmal etwas sagen müssen, weil langes Schweigen ebenso typisch für Sax Russell war und keineswegs Lindholm ähnlich, wie er ihn bisher gespielt hatte. Also versuchte er sein Bestes.

Er sagte: »Wie nahe all diese Photonen dem Mars gekommen sind, und jetzt werden sie, anstatt ihn zu treffen, den ganzen Weg quer durchs Weltall laufen.«

Die Leute lächelten bei dieser albernen Bemerkung. Aber sie integrierte ihn in die Gruppe und diente so ihrem Zweck.

Nach einiger Zeit gingen sie in den Speisesaal hinunter, um Pasta mit Tomatensoße und dazu frisch gebackenes Brot zu essen. Sax blieb am Haupttisch, aß und redete so viel wie die anderen und tat sein Bestes, den schwer definierbaren Regeln gesellschaftlicher Konversation zu folgen. Er hatte sie noch nie gut verstanden, und umso schlechter, je mehr er über sie nachdachte. Er wusste, dass man ihn immer für exzentrisch gehalten hatte. Er hatte die Geschichte von den hundert mutierten Ratten, die sein Gehirn übernommen hätten, gehört. Es war ein seltsamer Moment gewesen, als er im Dunkeln vor der Labortür gestanden und gehört hatte, wie diese Geschichte mit großem Vergnügen von einer Studentengeneration an die nächste weitererzählt wurde. Er hatte dabei das seltene Unbehagen empfunden, sich als jemand anderen zu sehen, der höchst sonderbar war.

Aber Lindholm war ein sympathischer Kerl. Er wusste, wie man sich verhielt. Jemand, der sich an einer Flasche guten Weins aus Utopia beteiligen und seinen Teil dazu beitragen konnte, dass eine Dinnerparty zu einem Fest wurde. Jemand, der intuitiv die geheimen Algorithmen guter Kameradschaft verstand, sodass er das System unbewusst bedienen konnte.

Also rieb Sax sich den Rücken seiner neuen Nase und trank den Wein, der sein parasympathetisches Nervensystem so weit hemmte, dass er weniger verklemmt und redseliger wurde. Er unterhielt sich sehr erfolgreich, meinte er, obwohl er mehrfach dadurch alarmiert wurde, wie er von Phyllis ins Gespräch gezogen wurde, die ihm am Tisch gegenübersaß – und die Art, wie sie ihn anschaute und wie er zurückblickte! Auch *dafür* gab es Protokolle; aber die hatte er nie auch nur im Geringsten begriffen. Jetzt erinnerte er sich daran, wie Jessica sich im Café Lowen an ihn gelehnt hatte. Er trank noch ein halbes Glas, lächelte, nickte und dachte unbehaglich über sexuelle Anziehung und deren Ursachen nach.

Jemand stellte Phyllis die unvermeidliche Frage, wie sie von Clarke entkommen war. Und als sie mit der Geschichte anfing, schaute sie oft Sax an, als wollte sie ihm versichern, dass sie das hauptsächlich ihm erzählen würde. Er passte höflich auf und widerstand dem Drang, die Augen zu verdrehen, was sein Unbehagen verraten hätte.

Phyllis sagte zu dem Fragenden: »Es gab keinerlei Warnung. Wir umkreisten den Mars am oberen Ende des Aufzugs und waren erschüttert über das, was auf der Oberfläche geschah, bemüht, nach unseren besten Kräften eine Möglichkeit zu finden, der Unruhe ein Ende zu setzen – und im nächsten Moment gab es einen Stoß wie ein leichtes Erdbeben, und wir flogen aus dem Sonnensystem hinaus.« Sie lächelte und machte eine Pause während des folgenden Gelächters. Sax merkte, dass sie diese Geschichte schon oft genau so erzählt hatte.

»Sie müssen einen Schrecken bekommen haben«, sagte jemand.

»Nun«, meinte Phyllis, »es ist seltsam, dass in einer Notlage gar keine Zeit für so etwas ist. Sobald wir erkannten, was passiert war, wussten wir, dass jede Sekunde, die wir auf Clarke blieben, unsere Überlebenschancen um Hunderte von Kilometern verminderte. Also kamen wir im Befehlszentrum zusammen, zählten durch, besprachen uns und machten Inventur von allem, was uns zur Verfügung stand. Das war hektisch, aber nicht panisch, wenn ihr versteht, was ich meine. Jedenfalls stellte sich heraus, dass im Hangar die übliche Anzahl von Erde-Mars-Frachtern stand; und die KIs berechneten, dass wir den Schub von allen brauchen würden, um uns wieder rechtzeitig in die Ebene der Ekliptik zu bringen, damit wir das Jupitersystem kreuzen würden. Unsere Bahn führte ebenso sehr nach außen wie nach oben, aber grundsätzlich in Richtung Jupiter. Das war ein Segen. Danach wurde es chaotisch. Wir mussten alle Frachter aus den Hangars bringen, neben Clarke fliegen, miteinander verbinden und mit allem beladen, was sie an Luft, Treibstoff und so weiter von Clarke fassen konnten. Und nur dreißig Stunden nach dem Start waren wir in diesen improvisierten Rettungsbooten unterwegs, was heute, wenn ich daran zurückdenke, fast unglaublich ist. Diese dreißig Stunden ...«

Sie schüttelte den Kopf, und Sax sah, dass in ihre Erzählung plötzlich eine echte Erinnerung einbrach, die sie leicht erbeben ließ. Dreißig Stunden waren eine bemerkenswert schnelle Evakuierung, und zweifellos war die Zeit in einer traumartigen, gehetzten Geschwindigkeit vorbeigerauscht, in einem Geisteszustand, der sich so stark von der Normalität unterschied, dass man ihn für Transzendenz halten konnte.

»Danach galt es nur, sich in den kleinen Crewquartieren zusammenzuquetschen – wir waren zweihundertsechsundachtzig Personen –, und nach draußen zu gehen, um entbehrliche Teile der Frachter wegzuschneiden. Und uns in der Hoffnung, dass der Treibstoff reichen würde, auf Kurs zum Jupiter zu bringen. Es dauerte länger als zwei Monate, bis wir sicher sein konnten, dass wir das Jupitersystem kreuzen würden, und weitere zehn Wochen, bis es wirklich so weit war. Wir benutzten den Jupiter als Gravitationshebel und schwangen herum auf die Erde zu, die uns zu dieser Zeit näher war als der Mars. Und wir schleuderten so scharf um Jupiter herum, dass wir die Atmosphäre der Erde und dazu die Schwerkraft des Mondes brauchten, um uns abzubremsen, weil wir fast keinen Treibstoff mehr hatten – aber wir waren trotzdem die schnellsten Menschen der Geschichte, um den Faktor zwei. Ich glaube, es waren achtzigtausend Kilometer in der Stunde, mit der wir zum ersten Mal auf die Stratosphäre trafen. Die Geschwindigkeit war gut, weil uns Nahrung und Luft ausgingen. Wir waren am Ende wirklich hungrig. Aber wir haben es geschafft. Und wir waren Jupiter so *nahe*.« Sie hielt Daumen und Zeigefinger ein paar Zentimeter weit auseinander.

Die Leute lachten, aber der Glanz in Phyllis' Augen hatte mit Jupiter nichts zu tun. In ihre Mundwinkel trat ein scharfer Zug. Etwas am Ende der Geschichte hatte den Triumph irgendwie getrübt.

Jemand fragte: »Und Sie waren die Anführerin, nicht wahr?«

Phyllis hielt die Hand hoch, um zu sagen, dass sie das nicht abstreiten könne, obwohl sie es wollte. »Es war eine gemeinsame Anstrengung«, sagte sie. »Aber manchmal muss jemand das Steuer übernehmen, wenn man in einer ausweglosen Situation ist oder nur sehr wenig Zeit hat. Und ich war vor der Katastrophe die Chefin auf Clarke gewesen.«

Sie ließ ihr breites Lächeln aufblitzen, überzeugt, dass man ihren Bericht genossen hatte. Sax lächelte mit den Übrigen und nickte, wenn sie in seine Richtung schaute. Sie war eine attraktive Frau, dachte er, aber nicht besonders klug. Oder lag es vielleicht nur daran, dass er sie nicht besonders mochte? Denn sicher war sie sehr intelligent, eine gute Biologin, als sie auf dem Gebiet gearbeitet hatte, und bestimmt mit einem hohen Intelligenzquotienten. Aber es gab verschiedene Arten von Intelligenz; und nicht alle ließen sich analytisch testen. Sax hatte diese Tatsache in seiner Studentenzeit erkannt. Es gab Leute, die bei einem Intelligenztest hervorragend abschneiden konnten und sehr gut in ihrer Arbeit waren, die aber gleichzeitig alle Menschen in einem Raum binnen einer Stunde dazu bringen konnten, über sie zu lachen oder sie sogar zu verachten. Das war nicht sehr klug. Tatsächlich schienen für Sax sogar die blödesten Cheerleader, die aber zu jedem freundlich und deshalb allgemein beliebt waren, über eine Intelligenz zu verfügen, die viel subtiler und anpassungsfähiger war als die eines brillanten, aber linkischen Mathematikers. Berechnungen zur zwischenmenschlichen Interaktion waren viel schwieriger und komplexer als jede Physik. Eher konnte man sie mit dem neu aufkommenden Gebiet der Mathematik, das man kaskadierendes Chaos nannte, vergleichen, nur weniger einfach. Es gab also mindestens zwei Arten von Intelligenz und vielleicht noch mehr: räumlich, ästhetisch, moralisch oder ethisch, international, analytisch, synthetisch und so weiter. Und jene Menschen, die auf verschiedene Weise intelligent waren, waren Ausnahmeerscheinungen, die herausragenden Persönlichkeiten.

Aber Phyllis, die in der Aufmerksamkeit ihrer Zuhörer badete, von denen viele bedeutend jünger waren als sie und, zumindest oberflächlich, vor ihrer historischen Erscheinung Respekt hatten – Phyllis war keine dieser Universalgelehrten. Im Gegenteil, sie wirkte nicht sehr helle, wenn es darum ging, die Meinung der Leute über sie zu bewerten. Sax, der wusste, dass er dasselbe Problem hatte, beobachtete sie mit dem breitesten Lindholm-Lächeln, das er aufbringen konnte. Ihrerseits schien die Geschichte eine ziemliche Selbstbeweihräucherung zu sein, sogar ein bisschen arrogant. Und Arroganz war immer dumm. Oder eine Maske für Unsicherheit. Schwer zu sagen, was bei einer so erfolgreichen und attraktiven Person wie Phyllis diese Unsicherheit sein könnte. Und attraktiv war sie in der Tat.

Nach dem Abendessen gingen sie wieder in den Beobachtungsraum im obersten Stockwerk, und unter der glitzernden Schüssel aus Sternen machte jemand aus der Biotique-Gruppe Musik an. Sie spielten Nuevo Calypso, der letzte Schrei in Burroughs. Verschiedene Mitglieder der Gruppe holten Instrumente heraus und spielten mit, während andere sich in die Mitte des Raums begaben, um zu tanzen. Die Musik lief mit etwa hundert Beats pro Minute, schätzte Sax. Ein perfektes biologisches Zeitmaß, um den Kreislauf ein wenig anzuregen. Das Geheimnis der Tanzmusik, nahm er an.

Und dann war Phyllis an seiner Seite, griff nach seiner Hand und zog ihn zwischen die Tänzer. Sax beherrschte sich, seine Hand nicht zurückzuziehen, und er war sich sicher, dass seine Reaktion auf ihre lächelnde Aufforderung bestenfalls grauenhaft war. Er hatte noch nie im Leben getanzt, soweit er sich erinnern konnte. Aber das war Sax Russell. Stephen Lindholm hatte sicher viel getanzt. Also fing Sax an, leicht im Takt der Bassstahltrommel auf und ab zu hüpfen. Er schwenkte die Arme unsicher an der Seite und lächelte Phyllis an, verzweifelt bemüht, lässig zu wirken.

Später am Abend tanzten die jüngeren Biotique-Leute immer noch, und Sax nahm den Aufzug nach unten, um einige Tuben mit Eismilch aus der Küche zu holen. Als er zum Aufzug zurückkam, wartete Phyllis darin auf ihn. »Hier, ich helfe dir damit!«, sagte Phyllis und nahm zwei der Plastikbeutel, die ihm an den Fingern baumelten. Dann beugte sie sich hinunter (sie war einige Zentimeter größer als er) und küsste ihn voll auf den Mund. Er küsste zurück; aber es war so ein Schock, dass er ihre Lippen erst auf den seinen spürte, als sie sich wieder zurückzog. Die Erinnerung an ihre Zunge zwischen seinen Lippen war wie ein zweiter Kuss. Er versuchte, nicht allzu verwirrt auszusehen; aber als sie lachte, erkannte er, dass er dabei versagt hatte. »Ich sehe, du bist gar nicht der Ladykiller, nach dem du aussiehst«, sagte sie. Das alarmierte ihn bei der gegebenen Situation noch mehr. Tatsächlich hatte ihm noch nie jemand so etwas angetan. Er versuchte, sich zusammenzunehmen, aber der Aufzug bremste, und die Türen öffneten sich zischend.

Während des Desserts und des Restes der Party näherte sich Phyllis ihm nicht wieder. Als der Zeitschlupf begann, wollte er zurück in sein Zimmer. Er ging zu den Aufzügen, und als sich die Türen zu schließen begannen, schlüpfte Phyllis durch den Spalt und küsste ihn wieder, als der Aufzug losfuhr. Er legte die Arme um sie und küsste zurück, wobei er sich vorzustellen suchte, was Lindholm in einer solchen Lage tun würde und ob es irgendeinen Ausweg gäbe, der nicht zu Schwierigkeiten führte. Als der Aufzug bremste, lehnte Phyllis sich mit einem träumerisch unscharfen Blick an ihn und sagte: »Komm, bring mich in mein Zimmer!« Sax taumelte etwas, ergriff ihren Arm vorsichtig wie ein empfindliches Laborgerät und ließ sich zu ihrem Zimmer führen, einer winzigen Kammer wie alle Schlafräume. In der Tür stehend, küssten sie sich wieder, obwohl Sax das Gefühl hatte, dass dies seine letzte Chance zur Flucht war, elegant oder nicht. Aber er merkte, dass er ihre Küsse leidenschaftlich erwiderte. Und als sie sich zurückzog und murmelte: »Du könntest ebenso gut hereinkommen«, folgte er ohne Widerrede. Tatsächlich hatte sich sein Penis schon in seinem blinden Griff nach den Sternen halb versteift, und alle seine Chromosomen brummten laut, die dummen Idioten, bei dieser Chance auf Unsterblichkeit.

Es war lange her, dass er mit jemand außer Hiroko geschlafen hatte; und diese Kontakte, obwohl freundlich und angenehm, waren nicht leidenschaftlich, sondern mehr eine Verlängerung ihres Bades. Phyllis hingegen, die an ihren Kleidern hantierte, während sie küssend auf ihr Bett fielen, war deutlich erregt. Und diese Erregung übertrug sich auf Sax durch eine Art unmittelbare Leitung. Seine Erektion sprang prompt frei aus der Hose, als Phyllis sie an seinen Beinen herunterzog, wie eine Demonstration der Theorie von den eigennützigen Genen; und er konnte nur lachen und an dem langen Taillenreißverschluss ihres Overalls ziehen. Lindholm war frei von allen Bedenken und sicher durch die Begegnung erregt. Also galt das jetzt auch für Sax. Außerdem kannte er Phyllis, auch wenn er sie nicht besonders mochte. Es war das alte Band der Ersten Hundert, die Erinnerung an jene gemeinsamen Jahre in Underhill – es lag etwas Provokatives in der Vorstellung, mit einer Frau Geschlechtsverkehr zu haben, die er schon so lange kannte. Und jeder andere unter den Ersten Hundert war polygam gewesen, wie es schien, jeder außer Phyllis und ihm. Das holten sie jetzt nach. Und sie war sehr attraktiv. Es war auch wirklich etwas, das man einfach genießen konnte.

All diese nüchternen Überlegungen waren in diesem Moment einfach und wurden im sexuellen Ansturm der Sinne völlig vergessen. Aber unmittelbar nach Vollzug des Aktes machte Sax sich schon wieder Sorgen. Sollte er in sein Zimmer gehen, oder sollte er bleiben? Phyllis war mit einer Hand auf seiner Flanke eingeschlafen, wie um sicherzugehen, dass er bleiben würde. Im Schlaf sah jeder wie ein Kind aus. Er betrachtete ihren Körper, wieder einmal leicht irritiert durch den sexuellen Dimorphismus. Sie atmete so ruhig. Als wollte sie bloß begehrt sein. Ihre Finger waren noch an seine Rippen gedrückt. Also blieb er, aber er schlief nicht viel.

Sax stürzte sich in die Arbeit auf dem Gletscher und seiner Umgebung. Phyllis ging auch manchmal hinaus, verhielt sich ihm gegenüber aber immer diskret. Sax zweifelte, ob Claire (oder Jessica!) oder sonst jemand gemerkt hatte, was geschehen war, oder gar erkannte, dass es alle paar Tage wieder passierte. Das war eine weitere Komplikation. Wie würde Lindholm auf Phyllis' offenkundiges Verlangen nach Heimlichkeit reagieren? Aber letztlich kam es nicht darauf an. Lindholm war durch Ritterlichkeit oder Gefälligkeit oder etwas Derartiges mehr oder weniger gezwungen, sich so zu verhalten, wie Sax es getan hätte. Und so behielten sie ihre Affäre für sich, so, wie sie es in Underhill oder auf der *Ares* oder in der Antarktis getan haben würden. Alte Gewohnheiten sind schwer auszurotten.

Und da der Gletscher Ablenkung bot, war es recht leicht, die Affäre geheim zu halten. Das Eis und das zerklüftete Land um ihn herum war eine faszinierende Umgebung, und es gab da draußen viel zu studieren und zu erforschen.

Die Oberfläche des Gletschers erwies sich als äußerst zerklüftet, wie in den Beschreibungen vermerkt, und war mit Regolith während der Flut vermischt worden und mit Kohlensäureblasen durchsetzt. Steine und Felsblöcke an der Oberfläche hatten das Eis unter ihnen schmelzen lassen; und danach war es wieder gefroren. Das geschah in einem täglichen Zyklus, sodass sie alle zu etwa zwei Dritteln versunken waren. Alle Eiszacken, die sich wie mächtige Dolmen über die zerrissene Fläche des Gletschers erhoben, erwiesen sich bei näherer Betrachtung als stark durchlöchert. Das Eis war wegen der extremen Kälte brüchig und floss wegen der geringen Schwerkraft nur langsam bergab. Nichtsdestoweniger bewegte es sich nach unten wie ein Fluss in Zeitlupe. Und weil die Quelle versiegt war, würde die ganze Masse irgendwann auf Vastitas Borealis landen. Anzeichen dieser Bewegung konnte man in dem frisch gebrochenen Eis jedes Tages erkennen – neue Spalten, umgefallene Eisnadeln, zerborstene Eisberge. Diese frischen Flächen wurden rasch von kristallinen Eisblumen bedeckt, deren Salzgehalt die Kristallisation noch beschleunigte.

Von dieser Umgebung fasziniert, machte es sich Sax zur Gewohnheit, jeden Tag bereits in der Morgendämmerung allein hinauszugehen. Er folgte mit Flaggen markierten Spuren, die die Stationscrew angelegt hatte. In der ersten Stunde des Tages glühte das ganze Eis in lebendigen Rottönen, weil es die Farben des Himmels reflektierte. Wenn direktes Sonnenlicht die zertrümmerten Flächen des Gletschers traf, begann aus den Spalten und mit Eis bedeckten Lachen Dampf aufzusteigen, und die Eisblumen glitzerten wie üppige Juwelen. An windstillen Morgen fing eine Inversionsschicht den Nebel in etwa zwanzig Metern Höhe ein, wo er eine dünne orangefarbene Wolke bildete. Das Wasser des Gletschers verteilte sich eindeutig rasch in die Welt.

Wenn er in der kalten Luft marschierte, erspähte Sax viele verschiedene Schneealgen und Flechten. Die dem Gletscher zugekehrten Hänge der beiden seitlichen Grate waren besonders stark bewachsen, voller kleiner grüner, goldener, olivfarbener, schwarzer, rostroter Stellen. Es waren viele Farben – im Ganzen vielleicht dreißig oder vierzig. Sax schlenderte vorsichtig über diese Pseudomoränen, weil er ebenso wenig auf dieses pflanzliche Leben wie auf ein Experiment im Labor treten wollte. Obwohl es nicht so aussah, als würden die meisten Flechten es bemerken. Sie waren widerstandsfähig. Nackter Fels und Wasser waren alles, was sie brauchten, dazu Licht, obwohl davon nicht viel notwendig zu sein schien. Sie wuchsen unter dem Eis, im Eis und sogar in porösen Brocken durchsichtiger Felsen. In etwas so Gastfreundlichem wie einem Spalt in der Moräne gediehen sie prächtig. Jede Spalte, in die Sax blickte, war mit Knollen isländischer Flechte, gelb und bronzefarben, bewachsen, die unter der Lupe feine gegabelte Stängel zeigten, umrahmt von Dornen. Auf flachen Felsen fand er die Krustenflechten – knopfartig, zapfenförmig, mit Schilden, *Candellaria*, apfelgrüne und rotorange Flechten, die auf Natriumnitrat-Konzentrationen im Regolith hinwiesen. Unter den Eisblumen ballten sich blasse graugrüne Islandflechten, von denen viele wie zarte Stickereien aussahen. Wurmflechten waren dunkelgrau und zeigten unter dem Mikroskop verwitterte Geweihe, die äußerst zart aussahen. Und selbst wenn Stücke abbrachen, wuchsen die in ihren Pilzfäden eingeschlossenen Algenzellen einfach weiter und entwickelten sich zu noch mehr Flechten, die sich überall anhefteten, wo sie landeten. Vermehrung durch Fragmentation, in einer solchen Umgebung wirklich nützlich.

Also gediehen die Flechten, und außer den Arten, die Sax mit Hilfe des kleinen Bildschirms auf seinem Armbandgerät identifizieren konnte, gab es noch viel mehr, die zu keiner verzeichneten Spezies zu gehören schienen. Er war an diesen nicht erfassten so interessiert, dass er einige Proben pflückte, um sie mitzunehmen und Claire und Jessica zu zeigen.

Aber Flechten waren nur der Anfang. Auf der Erde nannte man Gebiete mit gebrochenem Gestein, das kürzlich durch zurückweichendes Eis freigelegt wurde, Geröllfelder oder Talus. Auf dem Mars war die entsprechende Zone der Regolith – mithin der größere Teil der Oberfläche des Planeten. Taluswelt. Auf der Erde wurden diese Gebiete zuerst von Mikrobakterien und Flechten besiedelt, die, zusammen mit chemischer Verwitterung, begannen, den Fels zu einem dünnen unreifen Boden zu zerkleinern und langsam die Spalten zwischen Steinen aufzufüllen. Im Laufe der Zeit gab es in diesem Mutterboden genug organisches Material, um andere Pflanzenarten zu tragen. In diesem Stadium sprach man von *Fellfields* (*fell* ist das gälische Wort für Stein). Das war ein passender Name, denn es waren im Grunde Steinfelder, ein mit Steinen übersäter Boden, die Erde dazwischen und darunter weniger als drei Zentimeter dick, der eine Gemeinschaft kleiner, sich an den Boden schmiegender Pflanzen trug.

Und jetzt gab es *Fellfields* auf dem Mars. Claire und Jessica schlugen vor, er solle den Gletscher überqueren und längs der Seitenmoräne stromabwärts klettern. Eines Morgens tat er das auch, entwischte Phyllis und machte nach etwa einer halben Stunde an einem kniehohen Steinblock halt. Unter ihm, im Felsentrog neben dem Gletscher, war ein feuchter Fleck flachen Bodens, der im späten Morgenlicht schimmerte. An den meisten Tagen lief offenbar Schmelzwasser darüber. In der morgendlichen Stille konnte er bereits unter der Gletscherkante kleine Rinnsale tröpfeln hören. Es klang wie ein Chor aus winzigen hölzernen Glöckchen. Auf dieser kleinen Wasserscheide sprangen Sax überall zwischen den Fäden fließenden Wassers Farbflecken ins Auge – Blüten. Also ein Stück *Fellfield* mit seinem charakteristischen *millefleur*-Effekt. Die graue Fläche gesprenkelt mit Punkten in Rot, Blau, Gelb, Rosa, Weiß …

Die Blumen saßen auf kleinen Mooskissen oder zwischen haarigen Blättern. Alle Pflanzen kauerten sich an den dunklen Boden, der wohl merklich wärmer als die Luft darüber war. Nur Grashalme ragten mehr als ein paar Zentimeter über den Boden. Sax ging vorsichtig auf Zehenspitzen von Stein zu Stein, um auf keine einzige Pflanze zu treten. Er kniete sich auf den Kies, um einige kleine Gewächse zu betrachten. Die Lupe in seinem Visier war auf stärkste Vergrößerung gestellt. Lebhaft hell im Morgenlicht strahlten die klassischen Organismen der *Fellfields*: Moosfeuernelken mit ihren Ringen aus winzigen roten Blüten auf dunkelgrüner Unterlage, ein Phloxkissen, fünf Zentimeter lange Blaugras-Sprossen, wie Glas im Licht, das die Pfahlwurzel des Phloxes benutzte, um seine eigenen zarten Wurzeln zu verankern ... Da war eine purpurne Alpenprimel mit ihrem gelben Auge und tiefgrünen Blättern, die schmale Tröge bildeten, um Wasser in die Rosette zu leiten. Viele Blätter dieser Pflanzen waren behaart. Er fand ein intensiv blaues Vergissmeinnicht, dessen Blütenblätter mit warnenden Anticyaniden so überschwemmt waren, dass sie fast purpurn wirkten – jener Farbe, die laut Sax' Berechnungen auf der Fahrt nach Arena der Himmel des Mars bei rund 230 Millibar erreichen würde. Es war überraschend, dass es für diese Farbe keinen Namen gab. Sie war so leuchtend. Vielleicht war es Cyanblau.

Der Morgen verging, während er sich langsam von einer Pflanze zur anderen bewegte und den Feldführer seines Armbandcomputers zur Bestimmung von Sandwurz, Buchweizen, Katzenpfoten, Zwergklee und seinem Namensvetter Steinbrech, *Saxifraga hirculus*, benutzte. Er hatte noch nie einen davon in freier Natur gesehen und sah sich die Pflanze lange an. Die kleinen Zweige waren von langen Blättern bedeckt und endeten in kleinen blassblauen Blüten.

Wie bei den Flechten gab es viele, die er nicht identifizieren konnte. Sie wiesen Merkmale unterschiedlicher Spezies auf, sogar von Arten, oder waren völlig unbekannt, ihre Züge eine seltsame Mischung aus Eigentümlichkeiten exotischer Biosphären. Manche sahen aus wie Unterwassergewächse oder neue Kakteenarten. Vermutlich genetisch erzeugte Spezies, obwohl es ihn überraschte, dass sie nicht im Führer aufgelistet waren.

Vielleicht Mutationen. Ah, und da, wo eine breite Spalte dank eines kleinen Rinnsals eine tiefere Humusschicht angesammelt hatte, wuchs ein Büschel Kobresia. Wie andere Riedgräser auch wuchsen sie, wo es feucht war; und extrem absorbierender Rasen veränderte den Boden chemisch beim langsamen Übergang vom *Fellfield* zur alpinen Wiese. Jetzt, da er sie gesichtet hatte, konnte er kleine Wasserläufe erkennen, die durch Populationen von Riedgräsern markiert waren. Sax kniete sich auf ein Polster, schaltete seine Lupe aus und schaute sich um. Und so tief, wie er war, konnte er plötzlich eine ganze Reihe kleiner *Fellfields* sehen, verteilt auf dem Abhang der Moräne wie Flecken eines Perserteppichs, unterbrochen durch das vorbeiziehende Eis.

Wieder in der Station, verbrachte Sax eine Menge Zeit zurückgezogen in den Labors. Er betrachtete Pflanzenproben durch Mikroskope, ließ verschiedene Tests laufen und sprach mit Berkina, Claire und Jessica über die Ergebnisse.

»Sind das meistens Polyploide?«, fragte Sax.

»Ja«, erklärte Berkina.

Polyploide waren in großen Höhen auf der Erde recht häufig, darum war es nicht überraschend. Es war ein altes Phänomen – Verdopplung oder Verdreifachung oder sogar Vervierfachung der ursprünglichen Chromosomenanzahl in einer Pflanze. Diploiden Pflanzen mit zehn Chromosomen folgten polyploide mit zwanzig, dreißig oder sogar vierzig Chromosomen. Züchter hatten dieses Phänomen seit Jahrzehnten benutzt, um extravagante Gartenpflanzen zu schaffen, weil Polyploide gewöhnlich größer waren – größere Blätter, Blüten, Früchte, Zellen. Außerdem hatten sie oft eine größere Vielfalt als ihre Eltern. Diese Anpassungsfähigkeit machte sie bei der Besiedlung neuer Gebiete, wie der Hohlräume unter einem Gletscher, effektiver.

In der Arktis der Erde gab es Inseln, wo achtzig Prozent der Pflanzen polyploid waren. Sax nahm an, dass es eine Strategie war, die destruktiven Effekte übermäßiger Mutationsraten zu vermeiden. Das würde erklären, warum es vor allem in Gebieten mit starker UV-Strahlung vorkam. Intensives ultraviolettes Licht würde einige Gene schädigen, aber wenn diese in den anderen Chromosomensätzen repliziert würden, dürfte es keinen genotypischen Schaden geben und die Vermehrung nicht beeinträchtigen.

»Wir haben festgestellt, dass selbst wenn wir nicht mit Polyploiden angefangen haben, was wir normalerweise tun, sie sich binnen weniger Generationen ausbilden.«

»Habt ihr den Auslösemechanismus dafür gefunden?«

»Nein.«

Ein neues Mysterium. Sax schaute ins Mikroskop, irritiert von dieser ziemlich erstaunlichen Lücke in dem bizarr zerrissenen Geflecht der biologischen Wissenschaft. Aber da konnte man nichts machen. Er hatte sich in den 2050er-Jahren in seinen Labors in Echus Overlook selbst damit befasst; und es hatte so ausgesehen, als würde die Polyploidie tatsächlich durch mehr UV-Strahlung angeregt, als der Organismus gewohnt war. Aber wie Zellen diesen Unterschied erkennen und dann ihre Chromosomenzahl wirklich verzwei-, verdrei- oder vervierfachten …

»Ich muss schon sagen, ich bin überrascht, wie sehr hier alles aufblüht.«

Claire lächelte fröhlich. »Ich hatte befürchtet, dass du nach der Erde das hier für ziemlich öde halten würdest.«

»O nein.« Er räusperte sich. »Ich hatte wohl nichts erwartet. Oder bloß Algen und Flechten. Aber diese *Fellfields* scheinen prächtig zu gedeihen. Ich hatte gedacht, dass das länger dauern würde.«

»Auf der Erde würde es das auch. Aber wir streuen nicht bloß hier und da Samen aus und warten ab, was geschieht, verstehst du? Jede einzelne Spezies ist verstärkt worden, um Widerstandsfähigkeit und Wachstumsgeschwindigkeit zu erhöhen.«

»Und wir haben jeden Frühling neu gesät und mit stickstofffixierenden Bakterien gedüngt«, ergänzte Berkina.

»Ich dachte, entnitrifizierende Bakterien wären der Hit.«

»Die verteilen wir speziell in dicken Natriumnitrat-Ablagerungen, um den Stickstoff in die Atmosphäre freizusetzen. Aber wenn wir etwas aussäen, brauchen wir mehr Stickstoff im Boden, deswegen setzen wir Stickstoff-Fixierer ein.«

»Mir scheint das trotzdem noch zu schnell zu gehen. Und all das muss ja schon vor der Soletta geschehen sein.«

Jessica sagte von ihrem Schreibtisch auf der anderen Seite des Raums: »Es ist so, dass es hier keine Konkurrenz gibt. Die Bedingungen sind rau, aber es sind sehr widerstandsfähige Pflanzen. Und wenn wir sie hier aussetzen, gibt es keinen Wettbewerb, der sie bremst.«

»Es ist eine freie Nische«, erklärte Claire.

»Und die Bedingungen hier sind besser als an den meisten anderen Orten auf dem Mars«, ergänzte Berkina. »Im Süden fällt der Winter ins Aphel. Dazu die große Höhe. Die Stationen da unten melden, dass die Sterblichkeit im Winter verheerend ist. Aber der Perihelwinter hier ist viel milder, und wir sind nur einen Kilometer hoch. Das ist wirklich recht günstig. In vieler Hinsicht besser als die Antarktis.«

»Besonders, was das CO_2-Niveau betrifft«, fügte Claire hinzu. »Ich frage mich, ob das nicht teilweise der Grund für die Geschwindigkeit ist, von der du sprichst. Es ist so, als würden die Pflanzen übermäßig aufgeladen.«

»Ah«, sagte Sax und nickte.

Also waren die *Fellfields* Gärten. Man half den Pflanzen beim Wachsen, aber sie waren nicht natürlich. Das hatte er bereits gewusst – es war überall auf dem Mars der Fall –, aber die so unfruchtbaren und verstreuten *Fellfields* hatten urtümlich und wild genug ausgesehen, um ihn einen Moment lang zu täuschen. Aber selbst wenn er bedachte, dass es sich um Gärten handelte, war er immer noch überrascht, dass sie so lebendig waren.

»Und jetzt ergießt die Soletta mehr Sonnenlicht auf die Oberfläche!«, rief Jessica. Sie schüttelte wie missbilligend den Kopf. »Die natürliche Sonneneinstrahlung betrug durchschnittlich fünfundvierzig Prozent von der auf der Erde, und jetzt, mit Soletta, schätzt man sie auf bis zu vierundfünfzig.«

»Erzählt mir mehr über diese Soletta«, bat Sax vorsichtig.

Sie erklärten es ihm gemeinsam. Eine Gruppe Transnationaler unter Führung von Subarashii hatte ein Gitter mit Spiegeln aus Sonnensegeln gebaut, zwischen Sonne und Mars platziert und so ausgerichtet, dass es Sonnenlicht einfing, das normalerweise knapp am Planeten vorbeilief. Ein ringförmiger Stützspiegel in einer polaren Umlaufbahn reflektierte Licht auf die Soletta zurück, um den Druck des Sonnenlichts auszugleichen. Und dieses Licht wurde auch auf den Mars geworfen. Diese beiden Spiegelsysteme waren wirklich riesig im Vergleich zu den frühen Sonnensegeln der Frachter, die Sax requiriert hatte, um Licht auf die Oberfläche zu werfen; und das reflektierte Licht, das sie dem System zufügten, war wirklich von Bedeutung. Sax murmelte: »Es muss ein Vermögen gekostet haben, die zu bauen.«

»O ja, allerdings. Die großen Transnats investieren unglaublich.«

»Und sie sind damit noch nicht fertig«, sagte Berkina. »Sie planen, eine Linse ein paar hundert Kilometer über der Oberfläche fliegen zu lassen, die einen Teil des von der Soletta kommenden Lichts fokussiert, um die Oberfläche auf fantastische Temperaturen zu erhitzen, fünftausend Grad ...«

»Fünftausend!«

»Ja, so habe ich das gehört. Sie wollen den Sand und den Regolith darunter schmelzen, wodurch alle flüchtigen Stoffe in die Atmosphäre freigesetzt werden.«

»Aber was ist mit der Oberfläche?«

»Sie wollen es in abgelegenen Gebieten machen.«

»In Reihen«, sagte Claire, »sodass was entsteht – Gräben?«

»Kanäle«, sagte Sax.

»Ja, genau.« Sie lachten.

»Kanäle mit Glaswänden«, sagte Sax, den der Gedanke an alle diese flüchtigen Stoffe störte. Kohlendioxid würde stark vertreten sein und vielleicht sogar den Hauptanteil bilden.

Aber er wollte nicht allzu viel Interesse an den großen Terraformingprojekten zeigen. Er ließ das Thema fallen, und bald wandte sich das Gespräch wieder ihrer Arbeit zu. Sax sagte: »Okay, ich nehme an, dass einige *Fellfields* sehr bald zu alpinen Wiesen werden könnten.«

»Oh, das sind sie schon«, sagte Claire.

»Wirklich?«

»Nun ja, sie sind noch klein. Aber wenn du die Westkante etwa drei Kilometer hinunterkletterst – hast du das schon einmal getan? –, wirst du sie sehen. Alpine Wiesen und auch Krummholz. Das ist gar nicht so schwer gewesen. Wir haben Bäume gepflanzt, ohne sie groß zu verändern, weil sich zeigte, dass viele Arten von Fichten und Kiefern viel tiefere Temperaturtoleranzen haben, als sie in ihren Habitaten auf der Erde gebraucht hätten.«

»Seltsam.«

»Ein Überbleibsel aus der Eiszeit, nehme ich an. Aber jetzt kommt es uns gerade recht.«

»Interessant«, sagte Sax.

Und er verbrachte den Rest des Tages damit, dass er in die Mikroskope starrte, ohne etwas zu sehen, in Gedanken versunken. Das Leben ist zur Hälfte Geist, pflegte Hiroko zu sagen. Es war eine ganz eigenartige Angelegenheit, die Vitalität lebender Dinge, ihre Tendenz zur Fortpflanzung, was Hiroko ihren grünen Drang nannte, ihre *viriditas*. Ein Streben nach einem Muster, das ihn sehr neugierig machte.

In der Morgendämmerung des nächsten Tages wachte er in Phyllis' Bett auf, die sich in die Laken neben ihm gewickelt hatte. Nach dem Abendessen hatte sich die ganze Gesellschaft wie gewöhnlich in den Beobachtungsraum zurückgezogen; und Sax hatte das Gespräch mit Claire, Jessica und Berkina fortgesetzt. Jessica war sehr freundlich zu ihm gewesen, wie immer. Phyllis hatte das gesehen und war ihm später in die Baderäume gefolgt. Sie hatte ihn mit jener verführerischen Umarmung überfallen, und dann waren sie schließlich in ihr Zimmer gegangen. Und obwohl es Sax nicht gefallen hatte zu verschwinden, ohne den anderen gute Nacht zu sagen, liebte er sie doch leidenschaftlich genug.

Als er sie jetzt ansah, erinnerte er sich mit Abscheu ihres überhasteten Aufbruchs. Es genügte die elementarste Soziobiologie, um so ein Verhalten zu erklären. Wettbewerb um Partner, eine fundamentale animalische Aktivität. Natürlich war Sax noch nie vorher das Subjekt einer solchen Konkurrenz gewesen, aber es gab nichts, auf das er bei diesem plötzlichen Ausbruch davon stolz sein konnte. Es geschah nur wegen Vlads plastischer Chirurgie, die seinem Gesicht ein anziehendes Aussehen verliehen hatte. Obwohl es ihm völlig unklar war, warum eine Anordnung der Gesichtszüge attraktiver sein sollte als eine andere. Er hatte soziobiologische Erklärungen für sexuelle Attraktivität gehört, und er konnte sich vorstellen, dass manche davon eine gewisse Gültigkeit haben mochten. Ein Mann würde sich nach einer Partnerin mit breiten Hüften umsehen, damit sie seine Kinder sicher zur Welt bringen konnte, mit großen Brüsten, um seine Kinder zu stillen, und so weiter. Eine Frau würde sich nach einem starken Mann umsehen, um ihre Kinder gut zu ernähren und zu schützen und starke Kinder zu zeugen, und so weiter und so fort. Das ergab irgendwie Sinn. Aber nichts davon hat etwas mit Gesichtszügen zu tun. Für diese wurden soziobiologische Erklärungen recht dünn. Weit auseinanderstehende Augen für ein breiteres Sichtfeld? Gute Zähne zur Förderung der Gesundheit? Eine ausgeprägte Nase, um nicht so leicht einen Schnupfen zu bekommen? – Nein. So einfach war das nicht. Es war eine Sache zufälliger Konfigurationen, die etwas erzeugten, das das Auge ansprach. Ein ästhetisches Urteil, in dem kleine nichtfunktionale Merkmale einen großen Unterschied ausmachen können, was darauf hinwies, dass praktischer Nutzen keine Rolle spielte. Ein Beispiel lieferten Zwillingsschwestern, mit denen Sax zur Highschool gegangen war. Sie hatten sich sehr ähnlich gesehen; und dennoch war die eine unauffällig gewesen, die andere hingegen schön. Nein, es ging um Millimeter Fleisch und Knochen und Knorpel, die zufällig Muster bildeten, die gefielen oder nicht.

Vlad hatte also einige Veränderungen an seinem Gesicht vorgenommen, und jetzt kämpften Frauen um seine Aufmerksamkeit, obwohl er die gleiche Person war wie zuvor. Ein Mann, an dem Phyllis nie Interesse gezeigt hatte, als er noch so ausgesehen hatte, wie die Natur ihn geschaffen hatte. Es war schwer, deshalb nicht ein wenig zynisch zu werden. Begehrt zu werden, ja – aber wegen Trivialitäten …

Er stieg aus dem Bett und zog einen der neuesten superleichten Anzüge an, die so viel bequemer waren als die alten aus

Stretchgewebe. Man musste sich gegen die Temperaturen unter dem Gefrierpunkt isolieren und natürlich Helm und Sauerstofftank tragen, aber es war keinerlei Notwendigkeit mehr, Druck zu erzeugen, um die Haut nicht zu schädigen. Dafür genügten schon 160 Millibar. Darum kam es nur noch auf warme Kleidung, Stiefel und den Helm an. Also dauerte das Ankleiden nur wenige Minuten, und dann war er wieder draußen auf dem Gletscher.

Er ging über den knirschenden Raureif auf dem ausgeflaggten Hauptweg über den Eisstrom und wandte sich dann auf dem Westufer stromabwärts, vorbei an den kleinen *millefleur-Fellfields*, die mit Reif bedeckt waren, der schon in der Sonne zu schmelzen begonnen hatte. Er kam an eine Stelle, wo der Gletscher in einem kurzen rissigen Wasserfall eine kleine Böschung hinabfiel. Er wandte sich auch ein paar Grad nach links und folgte den begrenzenden Graten. Plötzlich erfüllte die Luft ein lautes Krachen, dem ein dumpfes Geräusch folgte, das Sax' Magen vibrieren ließ. Er blieb stehen und lauschte. Er hörte den entfernten Glockenton eines Stroms unter dem Eis. Er ging weiter und fühlte sich mit jedem Schritt leichter und fröhlicher. Das Morgenlicht war sehr klar und der Dampf auf dem Eis wie weißer Rauch.

Und dann kam er im Schutz einiger großer Felsblöcke zu einem *Fellfield*, das wie ein Amphitheater aussah und mit Farbflecken – Blumen! – übersät war. Und in der Mitte des Feldes war eine kleine alpine Wiese, nach Süden gewandt und verblüffend grün. Die Matten aus Gras und Ried waren alle von weiß bedeckten Wasserläufen durchzogen. Und rings um den Rand des Amphitheaters, in Spalten und unter Steinen geschützt, duckte sich eine Anzahl Zwergbäume.

Das war also Krummholz, das nach alpinen Wiesen die nächste Phase der Entwicklung von Gebirgslandschaften bildete. Die

Zwergbäume, die er gefunden hatte, waren tatsächlich Mitglieder gewöhnlicher Arten, zumeist weiße Kiefer, *Pinus contorta*, die sich in dieser rauen Umgebung von selbst zu einer Zwergform entwickelt hatte und die sich in die geschützten Räume drängte, in denen sie sich angesiedelt hatte. Oder vielmehr, in denen sie angesiedelt worden war. Es waren die am kälteverträglichsten Bäume der Erde; und offenbar hatte das Biotique-Team Salzverträglichkeit von anderen Bäumen wie Tamarisken hinzugefügt. Alle wissenschaftlichen Methoden waren eingesetzt worden, um ihnen zu helfen. Und dennoch behinderten die extremen Bedingungen ihr Wachstum, bis Bäume, die dreißig Meter hoch werden konnten, sich kniehoch in kleinen geschützten Flecken zusammendrängten, von Winden und Schneelasten abgeschoren wie von Heckenscheren. Daher der Name *Krummholz*, »krummes Holz« oder »Elfenholz«, für die Zone, wo es Bäumen zuerst gelang, aus der Erde schaffenden Tätigkeit der *Fellfields* und alpinen Wiesen Nutzen zu ziehen. Baumgrenze.

Sax ging langsam durch das Amphitheater, trat auf Steine, inspizierte die Moose, Riedgräser und jeden einzelnen Baum. Die knorrigen kleinen Dinger waren verdreht, als ob sie von verrückten Bonsai-Gärtnern gezogen worden wären. »Oh, wie hübsch!«, sagte er mehr als einmal laut, wenn er einen Zweig oder Stamm betrachtete oder ein Stück lamellierte Borke, die sich wie Blätterteig abschälte. »Oh, wie hübsch! Jetzt fehlen nur einige Maulwürfe, Wühlmäuse, Murmeltiere, Nerze und Füchse.«

Aber das Kohlendioxid in der Luft betrug immer noch fast dreißig Prozent und machte allein schon gut fünfzig Millibar aus. Alle Säugetiere würden in einer solchen Luft sterben. Darum hatte er sich immer dem Zweistufenplan für Terraforming in einer solchen Atmosphäre widersetzt, der vor allem anderen einen massiven Zuwachs an CO_2 forderte. Als wäre die

Erwärmung des Planeten das einzige Ziel! Das Ziel waren aber Tiere auf der Oberfläche. Das war nicht nur an sich gut, sondern auch gut für die Pflanzen, von denen viele Tiere brauchten. Die meisten der *Fellfield*-Pflanzen verbreiten sich natürlich von alleine; und es gab einige veränderte Insekten, die Biotique freigesetzt hatte, die da draußen im stupiden Insekten-Überlebensmodus umherschwirrten, nur halbtot und ihre Aufgabe der Befruchtung nur halb erfüllend. Aber es gab viele andere symbiotische ökologische Funktionen, die Tiere erforderten, wie die Durchlüftung des Bodens durch Maulwürfe und Wühlmäuse, oder die Verbreitung von Samen durch Vögel, ohne die Pflanzen nicht gedeihen konnten und manche überhaupt nicht lebensfähig waren. Nein, man musste den Kohlendioxidgehalt der Luft reduzieren, wahrscheinlich bis auf zehn Millibar wie bei ihrer Ankunft, als es die einzige Luft gewesen war, die es gab. Darum war der Plan, den seine Kollegen erwähnt hatten, den Regolith mit einer Linse in der Luft zu schmelzen, so beunruhigend. Das würde ihre Probleme nur verschärfen.

Inzwischen war da diese unerwartete Schönheit. Stundenlang inspizierte er die Exemplare eines nach dem anderen und bewunderte besonders den spiraligen Stamm und die Zweige, die flockige Borke und die Verästelung der Nadeln bei einer kleinen Drehkiefer – wirklich wie eine prächtige Skulptur. Und er hockte auf den Knien mit dem Gesicht im Ried und dem Hintern in der Luft, als Phyllis und Claire und eine ganze Schar die Wiese überfielen, über ihn lachten und sorglos auf das lebendige Gras traten.

Phyllis blieb an diesem Nachmittag bei ihm wie schon ein-, zweimal zuvor, und sie gingen zusammen zurück. Sax versuchte zuerst, die Rolle eines Naturführers zu spielen und zeigte auf Pflanzen, die er gerade erst in der vorigen Woche kennengelernt hatte. Aber Phyllis stellte keine Fragen danach und schien nicht einmal zuzuhören, wenn er sprach. Es schien, dass sie in ihm nur ein Publikum haben wollte, einen Zeugen für ihr Leben. Also verzichtete er auf die Pflanzen, stellte Fragen, hörte zu und fragte weiter. Das war immerhin eine gute Gelegenheit, etwas über die derzeitige Machtstruktur auf dem Mars zu erfahren. Selbst wenn sie ihre eigene Rolle darin übertrieb, war es doch informativ. Sie sagte: »Ich war erstaunt, wie schnell Subarashii den neuen Aufzug gebaut und in Betrieb genommen hat.«

»Subarashii?«

»Sie waren der Hauptkontraktor.«

»Und wer hat den Kontrakt vergeben, die UNOMA?«

»O nein. Die UNOMA ist durch die Übergangsbehörde der UN ersetzt worden.«

»Als du Präsidentin der Übergangsbehörde warst, bist du also effektiv die Präsidentin des Mars gewesen.«

»Nun, die Präsidentschaft wechselt unter den Mitgliedern. Sie gibt einem nicht mehr Macht, als die anderen Mitglieder auch haben. Es ist nur für die Medien und zur Veranstaltung der Konferenzen. Routinearbeit.«

»Aber dennoch ...«

»Oh, ich weiß.« Sie lachte. »Es ist eine Position, die viele meiner alten Kollegen haben wollten, aber nie bekommen haben.

Chalmers, Bogdanov, Boone, Toitovna. Ich frage mich, was sie gedacht haben würden, wenn sie es erlebt hätten. Aber sie haben auf das falsche Pferd gesetzt.«

Sax wandte den Blick von ihr ab. »Warum also hat Subarashii den neuen Aufzug bekommen?«

»Das Leitungskomitee der Übergangsbehörde hat dafür gestimmt. Praxis hatte sich beworben, und keiner mag Praxis.«

»Jetzt, wo der Aufzug wieder da ist, glaubst du, dass sich die Dinge wieder verändern werden?«

»Ja, natürlich! Sicher! Seit den Unruhen stehen viele Dinge still. Einwanderung, Bauvorhaben, Terraforming, Handel – das ist alles langsamer geworden. Wir haben es kaum geschafft, einige der zerstörten Städte wieder aufzubauen. Es herrscht eine Art Kriegsrecht, das nach allem, was geschehen ist, natürlich notwendig war.«

»Natürlich.«

»Aber jetzt! Alle die eingelagerten Metalle aus den letzten vierzig Jahren sind bereit für den irdischen Markt, und das wird die ganze Ökonomie der zwei Welten unglaublich stimulieren. Wir werden jetzt mehr Produktion auf der Erde erleben und mehr Investitionen hier, auch mehr Immigration. Wir sind endlich bereit, die Dinge anzupacken.«

»Wie die Soletta?«

»Genau! Das ist ein perfektes Beispiel für das, was ich meine. Es gibt hier Pläne aller Art für große Investitionen.«

»Kanäle mit gläsernen Wänden«, sagte Sax. Das würde die Moholes alt aussehen lassen.

Phyllis sagte etwas über die glänzenden Aussichten für die Erde, und er schüttelte den Kopf, um ihn von Joules pro Quadratzentimeter frei zu machen. Er sagte: »Aber ich dachte, die Erde hätte einige ernste Schwierigkeiten.«

»Oh, die Erde hat immer ernste Schwierigkeiten. Daran werden wir uns gewöhnen müssen. Nein, ich bin sehr optimistisch. Ich glaube, dass die Rezession sie da unten hart getroffen hat, besonders die kleinen Tiger und die Babytiger und natürlich die weniger entwickelten Länder. Aber der Zustrom industrieller Metalle vom Mars wird die Wirtschaft hier wie dort anregen, einschließlich der Umweltkontrollindustrien. Und leider sieht es so aus, als ob das Sterben eine Menge anderer Probleme der Erde lösen wird.«

Sax konzentrierte sich auf den Teil der Moräne, den sie emporstiegen. Hier hatte Solifluktion, das tägliche Schmelzen von Grundeis auf einer Neigung, bewirkt, dass der lockere Regolith in einer Reihe von Vertiefungen und Rinnen nach unten gerutscht war; und obwohl alles grau und leblos aussah, verriet ein leichtes Muster wie winzige Kacheln, dass es tatsächlich mit blaugrauen Flockenflechten bedeckt war. In den Vertiefungen gab es Klumpen von etwas, das wie graue Asche aussah. Sax blieb stehen, um eine kleine Probe zu nehmen. »Schau!«, sagte er brüsk zu Phyllis, »Schneelebermoos.«

»Es sieht aus wie Dreck.«

»Weil ein parasitärer Pilz darauf wächst. Die Pflanze ist eigentlich grün. Siehst du diese kleinen Blätter? Das ist neues Wachstum, das der Pilz noch nicht bedeckt hat.« Unter Vergrößerung sahen die neuen Blätter aus wie grünes Glas.

Aber Phyllis machte sich nicht die Mühe hinzuschauen. Sie fragte: »Wer hat das entwickelt?« Der Ton ihrer Stimme klang so, als hätte derjenige schlechten Geschmack bewiesen.

»Ich weiß es nicht. Vielleicht niemand. Eine ganze Anzahl der Spezies hier draußen sind nicht konstruiert worden.«

»Kann Evolution so schnell arbeiten?«

»Naja – ist Polyploidie Evolution?«

»Nein.«

Phyllis ging weiter, nicht sonderlich interessiert an dem kleinen grauen Gewächs. Schneeleberwurz. Wahrscheinlich sehr wenig verändert oder sogar überhaupt nicht konstruiert. Testexemplare, die hier unter den anderen ausgesetzt worden waren, um zu sehen, wie es ihnen ergehen würde. Und Sax' Meinung nach somit sehr interessant.

Aber irgendwo auf der Strecke hatte Phyllis das Interesse verloren. Sie war einmal eine erstklassige Biologin gewesen, und Sax fand es hart, sich den Verlust an Neugier vorzustellen, der an der Wurzel der Wissenschaft liegt und die einen dazu drängt, die Dinge verstehen zu wollen. Aber sie wurden alt. Im Verlauf ihres unnatürlich langen Lebens lag es nahe, dass sie alle sich verändern würden, vielleicht sogar grundlegend. Sax gefiel dieser Gedanke nicht, aber es passierte bereits. Wie alle anderen Hundertjährigen hatte er immer mehr Schwierigkeiten, sich an Einzelheiten seiner Vergangenheit zu erinnern, besonders in den mittleren Jahren; an Dinge, die sich zwischen fünfundzwanzig und neunzig ereignet hatten. So verblassten für ihn die Jahre vor '61 und seine meisten Jahre auf der Erde. Und ohne voll funktionierende Erinnerungen würden sie sich bestimmt verändern.

Als sie zur Station zurückkehrten, ging er verwirrt ins Labor. Er dachte, vielleicht wären sie polyploidal geworden, nicht als Individuen, sondern kulturell – eine internationale Ordnung, die hier auftrat und die Stränge effektiv vervierfachte und so die Anpassungsfähigkeit lieferte, in diesem fremdartigen Terrain trotz aller durch Stress ausgelösten Mutationen zu überleben ...

Aber nein. Das war eher eine Analogie als eine Homologie. Was man in den Geisteswissenschaften ein heroisches Gleichnis oder eine Metapher nannte, falls er den Fachausdruck richtig verstand, oder eine andere Art literarischer Analogie. Und Analogien waren meistens bedeutungslos, eher eine Sache des Phänotyps als des Genotyps (um eine weitere Analogie zu benutzen). Das meiste in Poesie und Literatur, tatsächlich alle Geisteswissenschaften, von den Sozialwissenschaften ganz zu schweigen, waren, soweit Sax das sehen konnte, phänotypisch. Sie sammelten sich zu einem riesigen Kompendium bedeutungsloser Analogien, die nicht halfen, Dinge zu erklären, sondern nur eine verzerrte Vorstellung von ihnen lieferten. Man könnte sagen, eine ständige konzeptuelle Betrunkenheit. Sax selbst bevorzugte Exaktheit und begriffliche Kraft – und warum auch nicht? Wenn draußen minus siebzig Grad herrschten, warum sollte man das nicht so sagen, anstatt über Messingtoilettensitze im Yukon und dergleichen zu reden und damit das ganze schwere Gepäck der unwissenden Vergangenheit mitzuschleppen, damit es jede Begegnung mit der sensorischen Realität belastete? Das war absurd.

Also okay, es gab keine kulturelle Polyploidie. Es gab nur eine bestimmte historische Situation, die Konsequenz von allem, was vorangegangen war – getroffene Entscheidungen, deren Resultate sich völlig ungeordnet über den Planeten verbreiteten und sich planlos entwickelten. In dieser Hinsicht bestand eine gewisse Ähnlichkeit zwischen Geschichte und Evolution, insofern beide von Kontingenz und Zufall bestimmt wurden, aber auch Entwicklungsstrukturen aufwiesen. Aber die Differenzen waren besonders im Zeitmaßstab so krass, dass diese Ähnlichkeit wieder nicht mehr als eine Analogie wurde.

Nein, man sollte sich lieber auf Homologien konzentrieren, jene strukturellen Ähnlichkeiten, die auf aktuelle physikalische Beziehungen hinwiesen und wirklich etwas *erklärten*. Das führte natürlich wieder in die Wissenschaft zurück. Aber nach einer Begegnung mit Phyllis war es genau das, was er wollte.

Also vertiefte er sich wieder in das Studium der Pflanzen. Viele der *Fellfield*-Pflanzen hatten behaarte Blätter mit sehr dicken Oberflächen, was half, die Gewächse vor der harten UV-Strahlung des Sonnenlichts auf dem Mars zu schützen. Diese Anpassungen konnten gut Beispiele für Homologien sein, bei denen sich Spezies mit den gleichen Vorfahren alle familiären Züge bewahrt hatten. Oder es konnte Konvergenz sein, bei der Spezies aus getrennten Stämmen durch funktionale Notwendigkeit zu den gleichen Formen gekommen waren. Heutzutage konnten sie auch einfach ein biotechnisches Produkt sein, bei dem die Züchter unterschiedlichen Pflanzen die gleichen Merkmale verliehen, um die gleichen Vorteile zu erzielen. Um der Sache auf den Grund zu gehen, musste er die Pflanze identifizieren und dann in den Akten nachsehen, ob sie von einem Terraformingteam entwickelt worden war. In Elysium gab es ein Biotique-Labor unter der Leitung eines Harry Whitebook, das viele der erfolgreichsten Pflanzen designt hatte, besonders die Riedgräser; und eine Suche im Whitebook-Katalog ergab oft, dass seine Hand im Spiel gewesen war. In diesem Fall beruhten die Ähnlichkeiten oft auf künstlicher Konvergenz, weil Whitebook behaarte Blätter in fast jede Blattpflanze einführte, die er züchtete.

Ein interessanter Fall von Geschichte, die Evolution nachahmt. Und da sie auf dem Mars in kurzer Zeit eine Biosphäre schaffen wollten, gut 10^7-mal schneller, als ihre Entstehung auf der Erde gedauert hatte, mussten sie ständig in den Evolutionsakt selbst eingreifen. Daher war die Mars-Biosphäre nicht Phylogenie, die Ontogenie wiederholt, was ein in Misskredit geratener Begriff war, sondern Geschichte, die Evolution wiederholt. Oder vielmehr nachahmt, soweit es im Milieu des Mars möglich ist. Oder sogar leitet. Geschichte, die Evolution lenkt. Das war ein erschreckender Gedanke.

Whitebook ging mit viel Gespür an die Aufgabe. Zum Beispiel hatte er phreatophytische Flechtenriffe gezogen, die die Salze, die sie aufnahmen, zu einer feinporigen Kristall-Korallenstruktur aufbauten, sodass die resultierenden Pflanzen olivfarbene oder dunkelgrüne Massen halbkristalliner Blöcke waren. Wenn man durch so eine Pflanzung ging, war es, als liefe man durch ein liliputanisches Gartenlabyrinth, das zerstört, verlassen und halb von Sand bedeckt war. Die einzelnen Pflanzen waren zerbrochen oder gespalten und sahen aus, als wären sie von einer Krankheit befallen, die Pflanzen versteinerte, während sie noch lebten. Sie schienen einen Existenzkampf im Innern von zerbrochenen Schichten aus Malachit und Jade führen zu müssen. Aber sie waren sehr erfolgreich. Sax fand große Flechtenriffe auf dem Grat der westlichen Moräne und in dem trockneren Regolith dahinter.

Er studierte sie einige Vormittage lang, und als er eines Morgens beim Überqueren des Grats über den Gletscher zurückblickte, sah er, wie sich ein sandiger Wirbelwind über dem Eis drehte, ein funkelnder kleiner rostfarbener Tornado, der sich stromabwärts bewegte. Gleich danach wurde er von einem starken Wind mit Böen von mindestens hundert und dann sogar hundertfünfzig Kilometern in der Stunde getroffen. Sax musste sich hinter einem Flechtenriff ducken und hob die Hand, um die Windgeschwindigkeit zu schätzen. Das war schwer, weil die dichter werdende Atmosphäre die Winde verstärkt hatte, sodass sie kräftiger und schneller schienen, als sie in Wirklichkeit waren. Alle Schätzungen, die auf den Eindrücken aus den Tagen in Underhill basierten, lagen jetzt weit daneben. Die Böen, die ihn jetzt trafen, könnten sogar nur achtzig Kilometer in der Stunde langsam sein. Aber sie waren voller Sand, der gegen sein Visier prasselte und die Sicht auf etwa hundert Meter verringerte. Nachdem er eine Stunde lang darauf gewartet hatte, dass der Sandsturm nachließ, gab er es auf und kehrte zur Station zurück. Er überschritt den Gletscher, indem er sich sehr vorsichtig von einer Flagge zur nächsten bewegte, um nicht die Spur zu verlieren. Das war wichtig, wenn man gefährliche Spalten vermeiden wollte.

Als er das Eis überquert hatte, kehrte Sax schnell zur Station zurück und dachte über den kleinen Tornado nach, der die Ankunft des Windes verkündet hatte. Das Wetter war merkwürdig. Drinnen rief er den meteorologischen Kanal auf und ging alle Informationen über das heutige Wetter durch. Dann betrachtete er ein Satellitenfoto der Gegend. Ein Zyklon kam von Tharsis herunter auf sie zu. Bei der dichter werdenden Luft waren die vom Tharsis-Buckel kommenden Winde wirklich stark. Sax vermutete, dass der Buckel immer ein Faktor in der marsianischen Klimatologie bleiben würde. Während der meisten Zeit würde sich der Jetstream der nördlichen Hemisphäre um sein Nordende herumwinden, wie es die Winde auf der Erde bei den Rocky Mountains taten. Aber ab und zu würden sich Luftmassen zwischen den Vulkanen über den Tharsis-Kamm schieben und beim Aufsteigen ihre Flüssigkeit über dem Osthang abregnen. Dann würden diese dehydrierten Luftmassen den Osthang hinunterrasen, als Mistral oder Schirokko oder Föhn des Großen Mannes, mit Winden so schnell und stark, dass sie mit zunehmender Dichte der Atmosphäre zum Problem werden würden. Einige Kuppelstädte auf der freien Ebene würden so stark gefährdet werden, dass sie sich in Krater oder Canyons zurückziehen oder ihre Kuppeln extrem verstärken würden müssen.

Während Sax darüber nachdachte, wurde das ganze Thema Wetter so spannend, dass er seine botanischen Studien aufgeben und sich ihm in Vollzeit widmen wollte. In den alten Tagen hätte er das auch gemacht und wäre einen Monat oder ein Jahr lang in die Klimatologie eingetaucht, bis seine Wissbegier befriedigt wäre und er über einen Beitrag zu allen auftretenden Problemen nachgedacht hätte.

Aber das war, wie er jetzt sah, ein ziemlich undiszipliniertes Vorgehen gewesen, das zu viel zu weit aufgefächerten Methoden und sogar Dilettantismus führte. Jetzt, als Stephen Lindholm und für Claire und Biotique tätig, musste er die Klimatologie mit einem sehnsüchtigen Blick auf die Satellitenfotos und ihre verlockend wirbelnden neuen Wolkensysteme aufgeben. Er konnte nur in seiner Freizeit, beim Essen oder im Labor von dem Wirbelwind erzählen und über das Wetter im Allgemeinen sprechen, während sein Hauptaugenmerk sich wieder auf ihr kleines Ökosystem, seine Pflanzen und wie man ihnen weiterhelfen konnte richtete. Und weil er gerade das Gefühl hatte, die Besonderheiten von Arena langsam zu durchschauen, waren diese ihm durch seine neue Identität auferlegten Beschränkungen gar nicht übel. Sie bedeuteten, dass er gezwungen war, sich auf eine einzige Disziplin zu konzentrieren – das hatte er seit seiner Promotion nicht mehr getan. Und es wurde ihm immer klarer, welchen Lohn die Konzentration bot. Er konnte dadurch ein besserer Wissenschaftler werden.

Am nächsten Tag zum Beispiel, als die Winde nicht mehr so stark waren, ging er wieder hinaus zu dem Fleck mit Korallenflechten, den er untersucht hatte, als der Sandsturm ausgebrochen war. Alle Spalten der Struktur waren mit Sand gefüllt, was den größten Teil der Zeit der Fall gewesen sein musste. Also wischte er einen Spalt sauber und sah mit der zwanzigfachen Vergrößerung seiner Visierlupe hinein. Die Wände der Spalten waren mit sehr feinen Wimpern bedeckt, ähnlich den winzigen Härchen auf exponierten Blättern des alpinen Fingerkrauts. Es bestand offenbar keine Notwendigkeit, diese schon gut versteckten Flächen zu schützen. Vielleicht sollten sie überschüssigen Sauerstoff aus den Geweben der halbkristallinen äußeren Masse freisetzen. Spontan oder geplant? Er las die Beschreibungen auf seinem Handgelenkscomputer und ergänzte sie um das Exemplar mit den Wimpern, das noch nicht erfasst zu sein schien. Er nahm eine kleine Kamera aus der Schenkeltasche und machte eine Aufnahme, legte eine Probe der Wimpern in einen Beutel, steckte diesen und die Kamera in die Tasche und ging weiter.

Er ging nach unten, um sich den Gletscher anzusehen. Er trat auf eine der vielen Verbindungen, wo die abfallende Flanke glatt auf den ansteigenden Hang der Moränenrippe traf. Um Mittag war es auf dem Gletscher hell, als reflektierten Teile eines zerbrochenen Spiegels überall das Sonnenlicht. Eisstücke knirschten unter den Füßen. Kleine Rinnsale vereinigten sich zu tief eingebetteten Strömen, die jäh in Löchern im Eis verschwanden. Diese Löcher waren wie die Spalten in Blauschattierungen gehalten. Die Rippen der Moränen schimmerten wie Gold und schienen in der zunehmenden Wärme zu wabern. Irgendetwas an dem Anblick erinnerte Sax an den Soletta-Plan, und er pfiff durch die Zähne.

Er richtete sich auf und reckte seinen Rücken. Er fühlte sich sehr lebendig und wissensdurstig, absolut in seinem Element. Der Wissenschaftler bei der Arbeit. Er lernte die ewige primäre Aufgabe der »Naturgeschichte« zu schätzen, die genaue Beobachtung von Dingen in der Natur: Beschreibung, Einordnung, Taxonomie – der erste Versuch zur Erklärung oder vielmehr deren erster Schritt, einfach beschreiben. Wie glücklich waren ihm immer die Naturhistoriker in ihren Schriften erschienen – Linné und sein wildes Latein, Lyell und seine Steine, Wallace und Darwin und ihr großer Schritt von Kategorie zu Theorie, von Beobachtung zu Paradigma. Sax konnte das fühlen, genau hier auf dem Arenagletscher im Jahre 2101 mit all den neuen Spezies, diesem blühenden Prozess der Spezifikation, der halb menschlich und halb marsianisch war – einem Prozess, der später seine eigenen Theorien brauchen würde, eine Art Evo-Historie, historischer Evolution oder Ökopoiesis oder einfach Marskunde, Areologie. Oder vielleicht Hirokos *viriditas*. Theorien des Terraformingprojekts – nicht nur, was es anstrebte, sondern wie es wirklich funktionierte. Genau genommen eine Naturgeschichte. Sehr wenig von dem, was geschah, konnte in Laborexperimenten erforscht werden. Darum würde die Naturgeschichte ihren Platz unter den Wissenschaften wieder einnehmen, als eine unter Gleichen. Hier auf dem Mars waren alle Arten von Hierarchien zum Versagen verurteilt; und das war keine sinnlose Analogie, sondern einfach eine präzise Beobachtung dessen, was vor sich ging.

Was vor sich ging. Würde er das vor seiner Zeit hier draußen auch verstanden haben? Würde Ann es verstehen? Während er auf die wilde zerklüftete Gletscherfläche blickte, stellte er fest, dass er an sie dachte. Jede kleine Scholle und Spalte trat deutlich hervor, als hätte er noch die Vergrößerung eingeschaltet, aber mit unendlicher Tiefenschärfe. Jede Tönung von Elfenbein und Rosa in den eingebuchteten Flächen, jeder spiegelnde Schimmer des Schmelzwassers, die buckligen Hügel am fernen Horizont – alles war in diesem Augenblick klar und chirurgisch scharf. Und er hatte den Eindruck, dass sein Sehvermögen keine Sache des Zufalls war (zum Beispiel der Linsenwirkung von Tränen über seiner Hornhaut), sondern das Ergebnis eines neuen zunehmenden Verständnisses der Landschaft. Es war eine Art kognitiver Vision, und er konnte nicht umhin, sich zu erinnern, dass Ann wütend zu ihm gesagt hatte: *Du hast den Mars nie gesehen.*

Er hatte das als Redewendung aufgefasst. Aber jetzt dachte er an Thomas Kuhn, der behauptete, dass Wissenschaftler, die unterschiedliche Paradigmen benutzten, in wortwörtlich unterschiedlichen Welten existierten, weil Epistemologie eine integrale Komponente der Realität wäre. Deswegen hatten Aristoteliker das Galilei'sche Pendel einfach nicht gesehen, das für sie nur ein mit einiger Schwierigkeit fallender Körper war. Und generell redeten Wissenschaftler, die über die relativen Verdienste konkurrierender Paradigmen diskutierten, einfach aneinander vorbei, weil sie die gleichen Wörter für unterschiedliche Realitäten benutzten.

Auch das hatte er für eine Redewendung gehalten. Wenn er aber jetzt, versunken in die Klarheit des Eises, darüber nachdachte, musste er zugeben, dass es genau das beschrieb, was er bei seinen Gesprächen mit Ann immer empfunden hatte. Es war für sie beide immer frustrierend gewesen; und als Ann geschrien hatte, er habe den Mars nie gesehen, eine Feststellung, die in verschiedener Hinsicht offenkundig falsch war, hatte sie vielleicht nur sagen wollen, dass er *ihren* Mars nie gesehen hatte, den Mars, den ihr Paradigma geschaffen hatte. Und das war ohne Zweifel richtig.

Aber jetzt sah er einen Mars, den er nie zuvor erblickt hatte. Diese Verwandlung rührte daher, dass er sich wochenlang gerade auf jene Teile der Landschaft des Mars konzentriert hatte, die Ann verabscheute, die neuen Lebensformen. Also bezweifelte er, dass der Mars, den er sah, mit seinen Schnee-Algen und Eisflechten und den entzückenden kleinen Perserteppich-Flecken, die den Gletscher säumten, Anns Mars war. Es war auch nicht der Mars seiner Terraformingkollegen. Es war eine Funktion von dem, was er glaubte und was er sich wünschte – es war *sein* Mars, der sich direkt vor seinen Augen entwickelte, immer dabei, etwas Neues zu werden. Er empfand den schmerzhaften Wunsch im Herzen, in genau diesem Augenblick Ann packen und am Arm zur westlichen Moräne schleifen zu können und laut zu rufen: Siehst du? Siehst du?

Stattdessen hatte er Phyllis, die wahrscheinlich am wenigsten philosophische Person, die er je kennengelernt hatte. Er mied sie, wenn er es tun konnte, ohne dass es so aussah, und verbrachte seine Tage auf dem Eis, im Wind unter dem weiten nördlichen Himmel oder auf den Moränen, wo er umherkroch und Pflanzen studierte. Wieder in der Station, unterhielt er sich beim Essen mit Claire, Berkina und den anderen über das, was sie draußen fanden und was es bedeutete. Nach dem Dinner zogen sie sich in den Beobachtungsraum zurück und redeten weiter. An manchen Abenden, besonders freitags und samstags, tanzten sie. Die Musik, die sie spielten, war immer Nuevo Calypso – Gitarren und Stahltrommeln in schnellen, fast simultanen Melodien, die komplexe Rhythmen erzeugten, deren Analyse Sax große Schwierigkeiten bereitete. Es waren oft $^5/_4$-Takte, die mit $^4/_4$ wechselten oder zeitgleich liefen. Ein Schema, das offenbar darauf abzielte, ihn aus dem Takt zu bringen. Zum Glück war der aktuelle Tanzstil eine Art freier Bewegung, die zum Takt nur wenig Bezug hatte. Wenn es Sax also nicht gelang, im Rhythmus zu bleiben, war er ziemlich sicher, dass nur er es merkte. Tatsächlich war es recht unterhaltsam, allein zu tanzen und dabei zu versuchen, den Takt zu halten, herumzuhopsen und im $^5/_4$-Takt einen kleinen Extrahüpfer einzubauen. Als er an die Tische zurückkehrte und Jessica ihm sagte: »Stephen, du bist wirklich ein guter Tänzer«, brach er in Gelächter aus, erfreut, obwohl er wusste, dass darin nur Jessicas Inkompetenz zum Ausdruck kam, Tanz zu beurteilen, oder ihr Versuch, freundlich zu ihm zu sein. Obwohl vielleicht das tägliche Wandern über das Steinfeld sein Gleichgewicht und Timing verbesserte. Jede körperliche Tätigkeit konnte, wenn sie richtig studiert und ausgeübt wurde, ohne Zweifel mit beträchtlicher Geschicklichkeit, wenn nicht gar Eleganz, vollbracht werden.

Sax und Phyllis sprachen oder tanzten nicht mehr miteinander als mit jedem anderen. Nur in der Abgeschlossenheit ihrer Zimmer umarmten, küssten und liebten sie sich. Es war die alte Geschichte der geheimen Beziehung; und eines Morgens gegen vier Uhr, als Sax aus ihrem Zimmer in seines zurückkehrte, durchfuhr ihn jähe Furcht. Er hatte plötzlich den Eindruck, dass sein nicht diskutiertes Einlassen auf dieses Verhalten ihn an Phyllis sicher als einen der Ersten Hundert verraten haben müsse. Wer anders könnte so bereitwillig mit einem so bizarren Verhalten einverstanden sein, als wäre es die natürlichste Sache der Welt?

Aber wenn er nachdachte, schien Phyllis nicht auf derartige Nuancen zu achten. Sax hatte es fast aufgegeben, ihre Denkweise und Motivationen verstehen zu wollen, da die Daten widersprüchlich und trotz der Tatsache, dass sie ziemlich regelmäßig die Nacht miteinander verbrachten, eher dürftig waren. Sie schien hauptsächlich an den intertransnationalen Manövern interessiert zu sein, die in Sheffield und auf der Erde stattfanden – Verschiebungen im Führungspersonal, Tochtergesellschaften und Immobilienpreisen, die sicher ephemer und bedeutungslos waren, für sie aber höchst fesselnd. Als Stephen blieb er daran deutlich interessiert und stellte ihr Fragen, um ihr das zu zeigen, wenn sie darauf zu sprechen kam. Wenn er aber fragte, was diese täglichen Veränderungen in einem größeren strategischen Sinne zu bedeuten hätten, war sie entweder nicht imstande oder nicht gewillt, es zu erklären. Offenbar war sie mehr an dem persönlichen Wohlergehen ihrer Bekannten interessiert als an dem System, das durch deren Laufbahnen zum Ausdruck kam. Ein früher bei Consolidated beschäftigter leitender Angestellter, der jetzt bei Subarashii war, war zum Leiter des Aufzugs befördert worden, und ein Manager von Praxis war im Hinterland verschwunden. Armscor hatte vor, Dutzende von Wasserstoffbomben im Megaregolith unter der nördlichen Polkappe explodieren zu lassen, um Wachstum und Erwärmung des Wassers im Norden anzuregen. Und dieser letzte Umstand war für sie nicht interessanter als die beiden vorhergehenden.

Und vielleicht ergab es Sinn, die individuellen Karrieren der Leute zu verfolgen, die die größten Transnationalen betrieben, und die Mikropolitik der Wettrennen um Macht zwischen ihnen. Schließlich waren sie ja die derzeitigen Herrscher der Welt. Also lag Sax neben Phyllis, hörte ihr zu und ließ Stephen Bemerkungen machen. Er bemühte sich, all die Namen einzuordnen, und fragte sich, ob der Gründer von Praxis wirklich ein seniler Surfer wäre, ob Shellalco von Amexx übernommen werden würde und ob die leitenden Teams der Transnationalen wirklich so scharfe Konkurrenten wären, weil sie doch ohnehin die Welt beherrschten und alles hatten, was sie sich im Leben wünschen konnten. Vielleicht lag die Antwort wirklich in der Soziobiologie, und es war alles nur Dominanzgebaren von Primaten, bei dem man seinen Erfolg bei der Fortpflanzung in der Gemeinschaft steigern wollte. Das war vielleicht keine bloße Analogie, wenn man die Firma als Sippe ansah. Und dann konnte es wiederum in einer Welt, in der man unbegrenzt lange leben konnte, einfacher Selbstschutz sein. »Überleben der Tüchtigsten« war Sax immer als leere Tautologie erschienen. Wenn aber der Sozialdarwinismus an die Macht kam, könnte dieses Konzept als religiöses Dogma der herrschenden Ordnung an Bedeutung gewinnen ...

Und dann rollte Phyllis sich zu ihm herüber und küsste ihn, und er trat in den Bereich des Sex ein, wo andere Regeln zu gelten schienen. Obwohl er Phyllis immer weniger mochte, je besser er sie kennenlernte, entsprach das Maß, in dem er von ihr angezogen wurde, dem nicht, sondern schwankte nach geheimnisvollen eigenen Gesetzen, ohne Zweifel von Pheromonen und Hormonen angetrieben und begründet, sodass er sich manchmal zwingen musste, ihre Berührungen zu akzeptieren, während er ein anderes Mal von einer Lust angetrieben wurde, die umso stärker schien, je weniger sie mit Zuneigung vermischt war. Oder, was noch sinnloser war – eine durch Abneigung noch gesteigerte Lust. Diese Reaktion war selten; und als sich der Aufenthalt in Arena hinzog und der Reiz des Neuen an ihrer Affäre verblasste, fand Sax sich immer häufiger von ihrem Liebesspiel distanziert und neigte dazu, währenddessen zu fantasieren und tief in Stephen Lindholm einzutauchen, der anscheinend von Frauen fantasierte, die Sax nicht kannte oder von denen er kaum gehört hatte, wie Ingrid Bergman oder Marylin Monroe.

Eines Morgens stand Sax nach einer unruhigen Nacht dieser Art auf, um aufs Eis zu gehen, und Phyllis rührte sich, wachte auf und beschloss mitzukommen.

Sie zogen sich an und traten in eine reine purpurne Morgendämmerung hinaus. Schweigend kletterten sie die nahe Moräne an der Flanke des Gletschers hinunter und stiegen auf einer Reihe von Stufen ins Eis. Sax nahm den südlichsten ausgeflaggten Weg über den Gletscher, um die westliche Seitenmoräne so weit stromaufwärts entlangzugehen, wie es an einem Vormittag möglich war.

Sie gingen zwischen kniehohen Eiszinnen dahin, die alle durchlöchert wie Schweizer Käse und von Schneealgen rosa gefleckt waren. Phyllis war wie immer über das fantastische Chaos entzückt und machte Bemerkungen über die ungewöhnlichsten Eisnadeln. Sie verglich die, an denen sie an diesem Morgen vorbeikamen, mit einer Giraffe, dem Eiffelturm, der Fläche Europas etc. Sax blieb oft stehen, um Stücke aus Jadeeis zu untersuchen, die von Eisbakterien durchzogen waren. An ein paar Stellen lag das Jadeeis frei wie kalifornische Nachtkerzen, die von Schneealgen grünlich gefärbt waren. Durch diesen Effekt schien es, als wanderten sie durch ein großes Feld aus Pistazieneis.

Sie kamen nur langsam voran und waren noch auf dem Gletscher, als eine Reihe kleiner dichter Wirbelwinde wie durch einen Zaubertrick direkt hintereinander entstanden. Braune Staubteufel, die von Eisteilchen glitzerten, kamen in einer groben Linie vom Gletscher her auf sie zu. Dann brachen die Wirbelwinde in einer Fluktuation zusammen, und sie wurden von einem rauen Windstoß getroffen, der pfeifend so stark bergab raste, dass sie sich hinknien mussten, um das Gleichgewicht zu bewahren. »Was für ein Sturm!«, rief Phyllis ihm ins Ohr.

»Ein katabatischer Wind«, sagte Sax und sah eine Gruppe von Eisnadeln im Staub verschwinden. »Er kommt von Tharsis herunter.« Die Sicht verschlechterte sich. »Wir sollten versuchen, zur Station zurückzukommen.«

Also machten sie sich längs des beflaggten Pfades auf den Weg und stapften von einem smaragdgrünen Punkt zum nächsten. Aber die Sicht wurde immer schlechter, bis sie nicht mehr von einer Markierung zur nächsten sehen konnten. Phyllis sagte: »Hier, lass uns in den Schutz dieser Eisberge gehen!«

Sie ging auf die unscharfe Gestalt eines Vorsprungs im Eis zu, Sax rannte hinterher und rief: »Sei vorsichtig! Viele Eisnadeln haben Spalten an ihrer Basis.« Er wollte gerade ihre Hand ergreifen, als sie wie durch eine Falltür nach unten stürzte. Er bekam ein hochgerecktes Handgelenk zu fassen, wurde hart zu Boden gerissen und stieß sich die Knie schmerzhaft auf dem Eis. Phyllis sackte noch weiter ab. Sie rutschte einen Schacht am Ende einer flachen Spalte hinunter. Er hätte sie loslassen können, hielt aber instinktiv fest und wurde mit dem Kopf voran über die Kante gezogen. Sie glitten beide in den dicht gepackten Schnee am Boden der Spalte, der unter ihnen nachgab, sodass sie weiter fielen und nach einem kurzen, aber fürchterlichen Sturz auf frostigen Sand prallten.

Sax, der größtenteils auf Phyllis gelandet war, richtete sich unverletzt auf. Über das Interkom kamen alarmierende röchelnde Töne von Phyllis; aber bald wurde klar, dass es ihr nur die Luft aus den Lungen gepresst hatte. Als sie ihre Atmung wieder im Griff hatte, prüfte sie unsicher ihre Gliedmaßen und erklärte, sie sei okay. Sax bewunderte ihre Zähigkeit.

In dem Stoff über seinem rechten Knie war ein Riss, aber sonst war er in Ordnung. Er nahm etwas Klebeband aus seiner Schenkeltasche und verschloss den Riss. Das Knie ließ sich noch schmerzlos beugen. Also schob er den Gedanken daran beiseite und stand auf.

Das Loch, das sie durch den Schnee über ihnen gestoßen hatten, befand sich etwa zwei Meter über seiner ausgestreckten Hand. Sie waren in einer länglichen Blase, der unteren Hälfte einer Spalte, die ungefähr wie eine Sanduhr geformt war. Die stromabwärts liegende Wand bestand aus Eis, während die stromaufwärts liegende mit Eis überzogenes Gestein war. Der über ihren Köpfen sichtbare Himmel hatte eine dunkle Pfirsichfarbe, und die bläuliche Eiswand der Spalte schimmerte vor Reflexen des staubigen Sonnenlichts, sodass der Endeffekt etwas opaleszierend und recht malerisch war. Aber sie saßen fest.

»Unser Signal wird abgebrochen sein«, mutmaßte Sax, »und dann werden sie kommen, um nachzusehen.«

»Ja, aber werden sie uns finden?«, sagte Phyllis.

Sax zuckte die Achseln. »Der Piepser liefert eine Richtungsangabe.«

»Aber der Wind! Die Sicht könnte auf null heruntergehen.«

»Wir müssen hoffen, dass sie damit fertigwerden.«

Die Spalte zog sich nach Osten wie ein enger flacher Gang hin. Sax duckte sich unter einer niedrigen Stelle und beleuchtete mit seiner Stirnlampe den Raum zwischen Eis und Fels. Er reichte so weit er sehen konnte in Richtung der Ostseite des Gletschers. Es war möglich, dass er bis zu einer der kleinen Höhlen an der Gletscherseite führte. Er besprach sich mit Phyllis, dann zog er los, um die Spalte auszukundschaften. Sie blieb zurück, damit eine etwaige Suchmannschaft, die das Loch fand, auch jemanden auf seinem Boden finden würde.

Außerhalb des starken Lichtkegels seiner Stirnlampe war das Eis intensiv kobaltblau, ein Effekt, der durch die Rayleighstreuung verursacht wurde, die auch das Himmelsblau hervorrief. Auch bei ausgeschalteter Stirnlampe war es ziemlich hell, was darauf schließen ließ, dass das Eis über ihnen nicht sehr dick war. Wahrscheinlich so dick wie die Tiefe ihres Sturzes, schien ihm.

Die Stimme von Phyllis in seinem Ohr fragte, ob alles in Ordnung wäre.

»Mir geht es gut«, erwiderte er. »Ich denke, dieser Raum könnte dadurch entstanden sein, dass der Gletscher über eine querliegende Böschung geflossen ist. Er könnte bis nach draußen führen.«

Aber dem war nicht so. Hundert Meter weiter schloss sich das Eis auf der linken Seite und traf die steinige Seite rechts. Eine Sackgasse.

Auf dem Rückweg ging er langsamer und hielt an, um Risse im Eis und Felsenstücke auf dem Boden zu untersuchen, die vielleicht von der Böschung losgerissen worden waren. In einer Spalte wurde das Kobalt des Eises blaugrün. Als er mit einem Finger im Handschuh hineinlangte, zog er eine lange dunkelgrüne Masse heraus, die an der Oberfläche gefroren, aber darunter weich war. Es waren lange dendritische blaugrüne Algen.

Er sagte: »Wow!«, pflückte einige gefrorene Strähnen ab und schob den Rest wieder zurück. Er hatte gelesen, dass Algen sich in das Gestein und Eis des Planeten hineinbohrten und Bakterien sogar noch tiefer eindrangen. Aber wirklich hier unten welche zu finden, so weit entfernt von der Sonne, genügte, um ihn in Erstaunen zu versetzen. Er schaltete seine Stirnlampe wieder aus, und das helle Kobaltblau des eisigen Lichtes leuchtete um ihn herum, sanft und üppig. So dunkel und so kalt – wie konnte hier ein Lebewesen existieren? Wie schaffte es das?

»Stephen?«

»Ich komme«, sagte er zu Phyllis und kehrte zu ihr zurück. »Schau mal, überall hier unten sind blaugrüne Algen.«

Er hielt sie ihr hin, damit sie sie ansehen könnte, aber sie verwandte darauf nur den knappsten Blick. Er setzte sich hin, holte einen Probebeutel aus seiner Schenkeltasche und gab eine kleine Algensträhne hinein. Dann schaute er sie mit zwanzigfacher Vergrößerung an. Die war nicht stark genug, um ihm alles zu zeigen, was er sehen wollte; aber sie ließ die langen Fasern dendritischen Grüns erkennen, die schleimig wirkten, als sie auftauten. Sein Lesegerät enthielt Kataloge mit Fotos bei ähnlicher Vergrößerung; aber er konnte keine Spezies finden, die mit dieser in jedem Detail übereinstimmte. »Das könnte eine neue Art sein«, sagte er. »Wäre das nicht etwas? Man muss sich wirklich fragen, ob die Mutationsrate hier höher ist als normal. Wir sollten Experimente ansetzen, um das festzustellen.«

Phyllis antwortete nicht.

Sax behielt seine Gedanken für sich, während er weiter in den Katalogen suchte. Er war noch dabei, als sie im Interkom raues Quäken und Zischen hörten. Phyllis rief auf der allgemeinen Frequenz. Bald konnten sie Stimmen vernehmen, und nicht lange danach füllte ein runder Helm das Loch über ihnen aus. »Hier sind wir!«, schrie Phyllis.

»Wartet eine Sekunde!«, rief Berkina. »Wir bringen eine Strickleiter.«

Und nach einer unbequemen schaukelnden Kletterei waren sie wieder auf der Oberfläche des Gletschers, blinzelten in dem staubigen schwankenden Tageslicht und stemmten sich gegen die Böen, die immer noch ziemlich stark waren. Phyllis lachte und erklärte in ihrer üblichen Art, was geschehen war. »Wir hielten uns an den Händen, um uns nicht zu verlieren, und – *rums!* – ging es nach unten!« Ihre Retter beschrieben die brutale Gewalt der stärksten Windstöße. Alles schien wieder normal zu sein. Aber als sie in die Station kamen und die Helme abnahmen, warf Phyllis Sax einen kurzen forschenden Blick zu, der wirklich sehr sonderbar war, als hätte er ihr etwas enthüllt, das sie wachsam machte, als hätte er sie da unten in der Spalte an etwas erinnert. Als hätte er sich auf eine Weise verhalten, die ihn zweifelsfrei als ihren alten Kameraden Saxifrage Russell verriet.

Während des nördlichen Herbstes arbeiteten sie rund um den Gletscher und sahen die Tage kürzer und die Winde kälter werden. Jede Nacht wuchsen auf dem Gletscher große komplexe Eisblumen und schmolzen erst am frühen Nachmittag kurz, wonach sie sich verhärteten und als Basis für noch kompliziertere Strukturen dienten, die am nächsten Morgen erschienen. Die kleinen scharfen Kristallflocken brachen überall von den größeren Flächen und Zacken darunter ab. Sie konnten nicht vermeiden, mit jedem Schritt ganze fraktale Welten zu zermalmen, wenn sie über das Eis stampften und nach den jetzt von Reif bedeckten Pflanzen Ausschau hielten, um zu sehen, wie sie mit der kommenden Kälte zurechtkamen. Wenn Sax über die unebene weiße Wüste blickte und fühlte, wie der Wind durch einen der dickeren isolierten Schutzanzüge biss, schien es ihm, als wäre ein gewaltiges Sterben im Winter unausweichlich.

Aber der Schein täuschte. Natürlich würde es ein Wintersterben geben. Aber die Pflanzen wurden härter, wie die Gärtner es nannten. Sie passten sich an den kommenden Winter an. Das war, erfuhr Sax, als er in dem dünnen, hart gepackten Schnee nach den Zeichen suchte, ein dreistufiger Prozess. Zuerst spürten phytochrome Uhren in den Blättern die kürzeren Tage – und die wurden jetzt rasch kürzer mit dunklen Wetterfronten, die jede Woche durchzogen und schmutzigweißen Schnee aus schwarzen, bauchigen Kumulonimbuswolken abluden. In der zweiten Stufe hörte das Wachstum auf, Kohlenhydrate wanderten in die Wurzeln, und abschneidende Säure sammelte sich in den Blättern, bis diese abfielen. Sax fand Mengen dieser Blätter, die vergilbt oder braun noch an ihren Stängeln hingen, den Boden bedeckten und der noch lebenden Pflanze mehr Isolation boten. Während dieser Stufe wanderte das Wasser aus den Zellen in interzellulare Eiskristalle, und die Zellmembranen wurden dicker, während Zuckermoleküle in einigen Proteinen das Wasser ersetzten. Dann, in der dritten und kältesten Stufe, bildete sich glattes Eis um die Zellen herum, ohne sie zu zerbrechen, in einem Prozess, den man als Vitrifikation (Verglasung) bezeichnete.

An dieser Stelle konnten die Pflanzen Temperaturen bis hinab zu fünfundfünfzig Grad Kälte vertragen, was ungefähr die Durchschnittstemperatur auf dem Mars vor ihrer Ankunft gewesen war, jetzt aber die Kältegrenze markierte. Und der Schnee, der in den immer häufiger werdenden Stürmen fiel, diente den Pflanzen praktisch zur Isolation, indem er den Boden, auf dem er lag, wärmer hielt als die windige Oberfläche.

Sax wühlte mit taub gewordenen Fingern im Schnee, fasziniert von dem Milieu darunter. Besonders die Anpassungen an das spektral blau gefilterte Licht, das durch drei Meter Schnee drang – wieder ein Beispiel für Rayleighstreuung. Er hätte diese Winterwelt gern die ganzen sechs Monate hindurch selbst studiert. Es gefiel ihm unter den niedrigen dunklen Wolkenwellen auf der weißen Fläche des beschneiten Gletschers, wenn er sich gegen den Wind stemmte und durch Driften stapfte. Aber Claire wollte, dass er nach Burroughs zurückkehrte und in den dortigen Labors an einer Tundra-Tamariske arbeitete, mit der sie unter simulierten Freilandbedingungen kurz vor dem Durchbruch standen. Und Phyllis und der Rest der Armscor-Gruppe und der Übergangsbehörde fuhren auch zurück. So überließen sie eines Tages die Station einer kleinen Mannschaft von Forschern und Gärtnern, bestiegen eine Roverkarawane und fuhren zusammen nach Süden.

Sax hatte aufgestöhnt, als er hörte, dass Phyllis und ihre Gruppe mit ihnen zurückkehren würden. Er hatte gehofft, dass reine physische Trennung die Beziehung mit Phyllis beenden und ihn von diesem kontrollierenden Blick befreien würde. Da sie aber beide gemeinsam zurückfuhren, sah es so aus, als müsse er aktiv werden. Er musste Schluss machen, wenn es enden sollte. Und er wollte, dass es endete. Die ganze Idee eines Verhältnisses mit ihr war von Anfang an schlecht gewesen. Er war in der Flut des Unerklärlichen versunken! Aber diese Flut war vorbei, und ihm blieb die Gesellschaft einer Person, die bestenfalls lästig und schlimmstenfalls gefährlich war. Und natürlich war es kein angenehmer Gedanke, dass er die ganze Zeit gelogen hatte. Kein Schritt auf dem Weg war ihm mehr als nur unbedeutend erschienen, aber alle zusammen ergaben etwas ziemlich Monströses.

Als daher an ihrem ersten Abend in Burroughs Phyllis ihn über Interkom fragte, ob sie miteinander essen gehen wollten, sagte er zu, beendete den Anruf und knurrte mürrisch vor sich hin. Das würde ungemütlich werden.

Sie gingen in ein Terrassenrestaurant auf dem Ellis-Hügel westlich von Hunt Mesa, das Phyllis kannte. Und weil sie die berühmte Phyllis war, erhielten sie einen Ecktisch mit Blick auf das Viertel zwischen Ellis und Table Mountain, wo die Haine von Princess Park von neuen Häusern umgeben waren. Table Mountain gegenüber dem Park hatte gläserne Wände, sodass er wie ein riesiges Hotel aussah. Und die entfernteren Mesas glänzten nicht minder.

Kellner und Kellnerinnen brachten eine Karaffe mit Wein und das Essen und unterbrachen damit Phyllis' Geplapper, in dem es meistens über die Neubauten auf Tharsis ging. Sie schien aber sehr gern mit den Kellnern und Kellnerinnen zu plaudern. Sie signierte Servietten und fragte, woher sie kämen, wie lange sie schon auf dem Mars wären und so weiter. Sax aß ruhig und betrachtete abwechselnd Phyllis und Burroughs. Er wartete darauf, dass das Abendessen ein Ende nehmen würde. Es schien stundenlang zu dauern.

Aber schließlich waren sie fertig und fuhren mit dem Aufzug zum Talboden hinunter. Der Aufzug brachte Erinnerungen an ihre erste gemeinsame Nacht zurück, was Sax wirklich unangenehm war. Vielleicht fühlte Phyllis ähnlich, denn sie rückte auf die andere Seite der Kabine, und die lange Fahrt nach unten verging in Schweigen.

Und dann auf dem Rasen des Boulevards küsste sie ihn flüchtig auf die Wange, drückte ihn kurz fest an sich und sagte: »Stephen, es war ein schöner Abend und auch eine schöne Zeit draußen in Arena. Ich werde nie unser kleines Abenteuer unter dem Gletscher vergessen. Aber jetzt muss ich wieder zurück nach Sheffield und mich mit allem beschäftigen, das sich da angehäuft hat, verstehst du? Ich hoffe, du wirst mich besuchen kommen, wenn du einmal da oben bist.«

Sax bemühte sich, seine Miene unter Kontrolle zu halten, und versuchte sich vorzustellen, wie Stephen fühlen und was er sagen würde. Phyllis war eine eitle Frau, und es war möglich, dass sie die ganze Affäre schneller vergessen würde, wenn sie den Herzschmerz verdrängte, den sie jemandem zugefügt hatte, indem sie ihn hatte fallenlassen, anstatt darüber nachzugrübeln, warum er so erleichtert gewirkt hatte. Also versuchte Sax, die kleine Stimme in seinem Innern zu lokalisieren, die über eine solche Behandlung gekränkt war. Er presste die Lippen aufeinander und schaute zur Seite. »Ah!«

Phyllis lachte wie ein Mädchen und nahm ihn zärtlich in die Arme. Sie mahnte ihn: »Komm schon! Es hat doch Spaß gemacht, nicht wahr? Und wir werden uns wiedersehen, wenn ich Burroughs besuche oder du einmal nach Sheffield kommst. Inzwischen – was sollen wir sonst tun? Sei nicht traurig!«

Sax zuckte die Achseln. Das war so einleuchtend, dass man sich kaum vorstellen konnte, dass jemand außer dem verliebtesten Verehrer etwas dagegen sagen könnte; und er hatte nie vorgegeben, ein solcher zu sein. Schließlich waren sie doch beide über hundert. »Ich weiß«, sagte er mit einem nervösen reuigen Lächeln. »Ich bin nur traurig, dass die Zeit gekommen ist.«

»Ich weiß.« Sie küsste ihn noch einmal. »Ich auch. Aber wir werden uns wiedersehen, und dann ...«

Er nickte und schaute wieder zu Boden. Erneut wurden ihm die Schwierigkeiten bewusst, mit denen Schauspieler konfrontiert werden. Was sollte er tun?

Aber mit einem schnellen Lebewohl war sie weg. Sax sagte Adieu, als sie einen raschen Blick über die Schulter warf.

Er ging über den Großen Steilhangboulevard auf Hunt Mesa zu. Das wär's also gewesen. Leichter, als er erwartet hatte. Tatsächlich sogar höchst bequem. Aber ein Teil von ihm war immer noch beunruhigt. Er blickte auf sein Spiegelbild in den Schaufenstern, an denen er in den unteren Stockwerken von Hunt vorbeikam. Ein komischer alter Kauz? Gutaussehend? Nun, was immer das bedeutete. Anziehend für manche Frauen, manchmal. Von einer aufgegriffen und einige Wochen lang als Betthäschen benutzt, dann weggeworfen, wenn es Zeit war weiterzuziehen. Wahrscheinlich war das im Laufe der Jahre so vielen passiert, zweifellos Frauen öfter als Männern in Anbetracht der Ungleichheit in Kultur und Fortpflanzung. Aber jetzt, wo Fortpflanzung nicht mehr infrage kam und die Kultur in Scherben lag ... Sie war wirklich ziemlich schrecklich. Aber er hatte wiederum auch kein Recht, sich zu beklagen. Er hatte allem bedingungslos zugestimmt und sie von Anfang an belogen, nicht nur über seine Identität, sondern auch über seine Gefühle. Und jetzt war er frei von allem, was damit zu tun hatte. Und von allem, das es bedrohte.

Er fühlte einen Stimmungsaufschwung wie von Lachgas und ging über die große Treppe in der Vorhalle von Hunt zu seiner Etage und in sein kleines Apartment.

Spät in diesem Winter, während ein paar Wochen im Februar, fand in Burroughs die alljährliche Konferenz über das Terraformingprojekt statt. Es war die zehnte derartige Konferenz, von den Veranstaltern als »M-38 – Neue Ergebnisse und neue Wege« betitelt. Wissenschaftler von überall auf dem Mars würden teilnehmen, insgesamt fast dreitausend Personen. Die Sitzungen fanden in dem großen Konferenzzentrum in Table Mountain statt, während die teilnehmenden Forscher über die ganze Stadt verteilt in Hotels wohnten.

Jeder in Biotique Burroughs ging zu den Sitzungen. Wer Experimente laufen hatte, um die er sich kümmern musste, rannte zwischendurch nach Hunt Mesa. Sax war verständlicherweise an jedem Aspekt der Konferenz höchst interessiert und ging an ihrem ersten Morgen zum Canal Park, kaufte sich Kaffee und Gebäck und ging dann zum Konferenzzentrum hinauf, wo er fast der Erste am Tisch für die Anmeldung war. Er nahm sich die Programminformation, steckte sich sein Namensschild an die Jacke und schlenderte durch die Gänge außerhalb der Konferenzräume, nippte an seinem Kaffee, las das Programm dieses Morgens und schaute sich die an bestimmten Stellen der Gänge angeschlagenen Poster an.

Hier fühlte Sax sich zum ersten Mal seit Jahren wieder voll in seinem Element. Wissenschaftliche Konferenzen waren zu allen Zeiten und an allen Orten immer gleich, sogar bis hin zu der Weise, wie sich die Leute anzogen. Die Männer in konservativen, etwas schäbigen professoralen Jacken, alle in Brauntönen, und die Frauen, vielleicht dreißig Prozent aller Teilnehmer, in ungewöhnlich monotonen und strengen Businesskostümen. Viele Leute trugen noch Brillen, obwohl es kaum noch eine Sehstörung gab, die nicht chirurgisch behoben werden konnte. Die meisten hatten ihre Programme bei sich, und alle hatten ihr Namensschild auf dem Revers. In den verdunkelten Konferenzräumen kam Sax an Vorträgen und Diskussionen vorbei, die gerade anfingen; und auch hier war alles so wie immer. Redner standen vor Leinwänden, die ihre Grafiken, Tabellen, Molekularstrukturen und so weiter zeigten. Sie sprachen in gestelzten Kadenzen, die zeitlich auf den Rhythmus ihrer Bilder abgestimmt waren, und benutzten einen Laserpointer, um auf die wichtigen Teile der überkomplizierten Diagramme hinzuweisen ... Die Zuhörer, bestehend aus den dreißig oder vierzig Kollegen, die am meisten an der vorgestellten Arbeit interessiert waren, saßen in Stuhlreihen nahe bei ihren Freunden, lauschten aufmerksam und bereiteten Fragen vor, die sie nach dem Ende des Vortrags stellen wollten.

Für Menschen, die diese Welt liebten, war das ein sehr erfreulicher Anblick. Sax steckte den Kopf in mehrere Räume, aber keiner der Ausführungen interessierte ihn so sehr, dass er bleiben wollte. Bald stand er in einem Flur voller Poster und sah sich weiter um.

»Auflösung polyzyklischer aromatischer Kohlenwasserstoffe in monomeren und gemischten surfaktanten Medien.« »Senkung nach der Wasserförderung in der südlichen Vastitas Borealis.« »Epithelischer Widerstand gegen gerontologische Behandlung im dritten Stadium.« »Auftreten radial gebrochener Wasserlager in den Rinnen von Impaktbecken.« »Schwachstrom-Elektroporation langer Vektorplasmide.« »Katabatische Winde in Echus Chasma.« »Basisgenom für neue Kaktusarten.« »Wiederherstellung der Oberflächen von Marsgebirgen in der Region von Amenthes und Tyrrhena.« »Die Ablagerung der Natriumnitratschichten von Nilosyrtis.« »Ein Verfahren zur Bestimmung berufsbezogener Exposition durch Chlorophenate mittels Analyse kontaminierter Arbeitskleidung.«

Wie immer boten die Poster ein entzückendes Sammelsurium. Aus verschiedenen Gründen gab es mehr Poster als Vorträge – oft die Arbeit graduierter Studenten an der Universität in Sabishii oder zu Debatten am Rande der Konferenz. Hier konnte es um alles gehen, und das Schmökern war immer sehr interessant. Und es hatte bei dieser Konferenz keinen ernsten Versuch gegeben, die Poster in den Gängen thematisch zu ordnen, sodass »Verteilung von *Rhizocarpon geographicum* in den Ostcharitumbergen«, was das Schicksal einer Krustenflechte in großen Höhen behandelte, die bis zu viertausend Jahren leben konnte, sich gegenüber einer ziemlich wichtigen meteorologischen Studie über »Entstehung von Graupelschnee in Salzpartikeln, die in Zirrus-, Altostratus- und Altokumuluswolken in zyklonalen Wirbeln in Nord-Tharsis gefunden wurden« befand.

Sax interessierte sich für alles, aber am längsten beschäftigten ihn die Poster, die Aspekte des Terraformings beschrieben, die er initiiert hatte oder bei denen seine Hand im Spiel gewesen war. Eines davon, »Abschätzung der kumulativen Wärme, die von den Underhill-Windmühlen freigesetzt wird«, erregte seine Aufmerksamkeit. Er las es leicht entmutigt zweimal durch.

Die mittlere Temperatur der Marsoberfläche hatte vor ihrer Ankunft etwa –55° C betragen; und das allgemein angestrebte Ziel war, sie auf etwas über den Gefrierpunkt des Wassers bei null Grad zu heben. Die Steigerung der Oberflächentemperatur eines ganzen Planeten um mehr als 55 Grad war eine einschüchternde Herausforderung, die, wie Sax ausgerechnet hatte, langfristige Zuführung von nicht weniger als $3,5 \times 10^6$ Joule pro Quadratzentimeter Marsoberfläche erforderte. Sax hatte bei seinen Modellen immer einen Mittelwert von ungefähr einem Grad plus angestrebt, weil damit der Planet warm genug sein würde, um einen großen Teil des Jahres eine aktive Hydrosphäre und damit eine Biosphäre zu haben. Viele Leute befürworteten eine noch stärkere Erwärmung, aber Sax sah keinen Grund dafür.

Auf jeden Fall wurden alle Verfahren, dem System Wärme zuzuführen, danach beurteilt, wie stark sie die globale Durchschnittstemperatur gesteigert hatten. Und dieses Poster, das die Wirkung von Sax' kleinen Windmühlenheizern prüfte, schätzte, dass diese während mehr als sieben Jahrzehnten nicht mehr als 0,05° C beigetragen hätten. Und er konnte nichts Falsches in den verschiedenen Annahmen und Berechnungen auf dem Poster finden. Natürlich war Erwärmung nicht der einzige Grund gewesen, weshalb er die Windmühlen verteilt hatte. Er hatte auch Wärme und Schutz für einen der ersten erzeugten Kryptoendolithen schaffen wollen, den er auf der Oberfläche testen wollte. Aber alle diese Organismen waren kurz nach ihrer Freisetzung gestorben. Somit konnte man das Projekt nicht gerade zu seinen größten Erfolgen zählen.

Er ging weiter. »Anwendung von chemischen niveaumanipulierten Daten bei hydrochemischem Modellieren: Dao Vallis Watershed, Hellas.« »Erhöhung von CO_2-Toleranz bei Bienen.« »Epilimnetische Säuberung der Radionuklide des Compton-Fallouts in den glazialen Seen von Marineris.« »Beseitigung von Grus aus Reaktionsspurschienen.« »Globale Erwärmung als Folge freigesetzter Halogenkohlenwasserstoffe.«

Dies ließ ihn wieder innehalten. Das Poster war die Arbeit des Atmosphärenchemikers S. Simmon und einiger seiner Studenten. Seine Lektüre bewirkte, dass Sax sich erheblich besser fühlte. Als er 2042 zum Chef des Terraformingprojekts gemacht worden war, hatte er sofort den Bau von Fabriken zur

Produktion und Freisetzung einer besonderen Treibhausgasmischung in die Atmosphäre veranlasst, die hauptsächlich aus Karbontetrafluorid, Hexafluoräthan und Schwefelhexafluorid bestand, dazu etwas Methan und Distickstoffmonoxid. Das Poster bezeichnete dieses Gemisch als »Russell-Cocktail«, wie sein Echus-Overlook-Team es in den alten Tagen genannt hatte. Die Halogenkohlenwasserstoffe darin waren starke Treibhausgase; und das Beste an ihnen war, dass sie nach außen dringende planetare Strahlung im Bereich von acht bis zwölf Mikron absorbierten, in dem Fenster, wo weder Wasserdampf noch Kohlendioxid viel absorbierende Kraft besaßen. Dieses Fenster hatte, wenn es offen war, fantastische Wärmemengen wieder in den Weltraum entweichen lassen; und Sax hatte schon früh den Versuch unternommen, es zu schließen, indem er genug von dem Cocktail freisetzte, dass er zehn oder zwanzig Teile pro Million der Atmosphäre ausmachen würde, gemäß dem alten klassischen Modell von McKay et al. Darum wurden seit 2042 keine Kosten und Mühen gescheut, um automatisierte Fabriken zur Verarbeitung von Kohlenstoff, Schwefel und Fluorit zu errichten, deren Ertrag in die Atmosphäre entlassen wurde. Die hinausgepumpten Mengen waren jedes Jahr gesteigert worden, auch nachdem die zwanzig Teile pro Million erreicht waren, weil man die Proportion in der immer dichter werdenden Atmosphäre beibehalten wollte und weil man die ständige Zerstörung von Halogenkohlenwasserstoffen durch UV-Strahlung ausgleichen musste.

Und wie die Tabellen in dem Simmon-Poster verdeutlichten, hatten die Fabriken nach 2061 und in den folgenden Jahrzehnten weitergearbeitet. Sie hielten das Niveau bei etwa sechsundzwanzig Teilen pro Million. Das Poster folgerte, dass diese Einleitung die Atmosphäre um rund zwölf Grad erwärmt hatte.

Sax ging mit einem kleinen Lächeln im Gesicht weiter. Zwölf Grad! Nun, das war etwas – mehr als zwanzig Prozent der ganzen Wärme, die sie brauchten. Und das alles durch die frühe und kontinuierliche Freisetzung eines schön zusammengestellten Gascocktails. Das war wirklich elegant. Einfache Physik hatte etwas so Beruhigendes an sich ...

Aber inzwischen war es zehn Uhr, und H. X. Borazjani, einer der besten Atmosphärenphysiker auf dem Mars, begann eine Grundsatzrede über die globale Erwärmung. Offenbar hatte er vor, seine Berechnungen über die Beiträge aller Versuche zur Erwärmung kundzutun, die bis 2100 gemacht worden waren, dem Jahr, bevor die Soletta in Tätigkeit getreten war. Nach der Beurteilung individueller Beiträge versuchte er herauszubekommen, ob irgendwelche synergistische Effekte abliefen. Sein Vortrag war darum einer der wichtigsten Beiträge zur Konferenz, da die Arbeit so vieler anderer Leute darin erwähnt und beurteilt werden würde.

Der Vortrag fand in einem der größten Konferenzräume statt, und der Saal war zu diesem Anlass mit einigen Tausend Personen dicht besetzt. Sax schlüpfte gerade zu Beginn hinein und stand im Hintergrund hinter der letzten Stuhlreihe.

Borazjani war ein kleiner Mann mit dunkler Haut und weißem Haar, der mit einem Laserpointer ausgerüstet vor einer großen Leinwand sprach, die jetzt Videos der verschiedenen Erwärmungsmethoden zeigte, die man ausprobiert hatte. Schwarzer Staub und Flechten auf den Polen, die orbitalen Spiegel, die vom Erdmond losgeflogen waren, die Moholes, die Fabriken für Treibhausgase, die Eisasteroiden, die in der Atmosphäre verglüht waren, die denitrifizierenden Bakterien und alle übrigen Biota.

Sax hatte in den 2040er- und 50er-Jahren jeden einzelnen dieser Prozesse initiiert und betrachtete das Video noch interessierter als das übrige Auditorium. Die einzige naheliegende Strategie zur Erwärmung, die er in den frühen Jahren vermieden hatte, war die massive Freisetzung von Kohlendioxid in die Atmosphäre. Deren Befürworter hatten einen galoppierenden Treibhauseffekt auslösen und eine CO_2-Atmosphäre mit einer Dichte von an die zwei Bar schaffen wollen, weil ihrer Argumentation zufolge der Planet dadurch extrem aufgeheizt werden, UV-Strahlung abgehalten und ein rasantes Pflanzenwachstum die Folge sein würde. Das war zweifellos alles wahr, aber für Menschen und andere Tiere würde die Luft giftig sein; und obwohl Befürworter des Planes von einer zweiten Phase sprachen, in der das Kohlendioxid aus der Atmosphäre gefiltert und durch ein atembares Gas ersetzt werden würde, waren ihre Methoden ebenso vage wie ihre Zeitberechnungen, die zwischen einhundert und zwanzigtausend Jahren schwankten. Und der Himmel würde während dieser ganzen Zeit milchweiß sein.

    Sax hielt das nicht für eine elegante Lösung des Problems. Er bevorzugte sein Einphasenmodell, das direkt auf das große Ziel hinstrebte. Es bedeutete, dass sie eher zu wenig Wärme erzeugt hatten; aber Sax hielt diesen Nachteil im Hinblick auf das Ergebnis für vertretbar. Und er hatte sein Bestes getan, um Ersatz für die Wärme zu finden, die das Kohlendioxid zusätzlich erbracht haben würde, wie zum Beispiel die Moholes. Leider lag Borazjanis Einschätzung der von ihnen gelieferten Wärme recht niedrig. Sie hatten alles in allem vielleicht fünf Grad zur mittleren Temperatur beigetragen. Nun, da kann man nichts machen, dachte Sax, als er sich Notizen in seinem Computer machte. Die einzige gute Wärmequelle war die Sonne. Darum sein Beharren auf orbitalen Sonnenspiegeln, die jährlich gewachsen waren, weil Sonnensegler von Luna kamen, wo ein sehr leistungsfähiger Produktionsprozess sie aus lunarem Aluminium herstellte. Diese Flotten waren, wie Borazjani sagte, so groß geworden, dass sie inzwischen mehr als acht Grad zur Durchschnittstemperatur beitrugen.

Die reduzierte Albedo, eine Bemühung, die nie sehr energisch verfolgt worden war, hatte etwas mehr als zwei Grad hinzugefügt. Die etwa zweihundert Kernreaktoren rings um den Planeten hatten weitere 1,5 Grad geliefert.

Dann kam Borazjani auf den Treibhausgas-Cocktail zu sprechen. Aber anstatt die zwölf Grad aus Simmons Poster zu benutzen, schätzte er sie auf 14 Grad und zitierte einen zwanzig Jahre alten Aufsatz von J. Watkins, der diese Annahme stützte. Sax hatte Berkina in seiner Nähe in der letzten Reihe sitzen sehen. Jetzt schlich er hinüber und beugte sich nach unten, bis sein Mund an Berkinas Ohr lag. Er flüsterte: »Warum benutzt er Simmons Zahlen nicht?«

Berkina grinste und flüsterte zurück: »Vor ein paar Jahren hat Simmon einen Aufsatz veröffentlicht, in dem er einen Wert für die sehr komplexe Wechselwirkung von UV-Strahlung mit Halogenkohlenwasserstoffen von Borazjani übernommen hatte. Er hat ihn leicht verändert und beim ersten Mal auch Borazjani zugeschrieben. Aber als er ihn später wieder verwendete, hat er nur seinen eigenen Artikel zitiert. Das machte Borazjani wütend, und er denkt, dass Simmons Aufsätze über dieses Thema ohnehin von Watkins abgeleitet sind. Also greift er immer, wenn er über Erwärmung spricht, auf Watkins' Werk zurück und tut so, als gäbe es das Zeug von Simmon überhaupt nicht.«

»Ah!«, sagte Sax. Er richtete sich auf und lächelte wider Willen über Borazjanis subtile, aber vielsagende Rache. Und Simmon saß mit einem mürrischen Gesicht im Auditorium.

Inzwischen war Borazjani zu den erwärmenden Wirkungen von Wasserdampf und Kohlendioxid übergegangen, die in die Atmosphäre freigesetzt wurden. Er schätzte, dass das insgesamt weitere zehn Grad beitrüge. Er sagte: »Einen Teil davon könnte man als synergistischen Effekt bezeichnen, da die Desorption von CO_2 hauptsächlich durch andere Erwärmung zustande kommt. Aber ich glaube nicht, dass wir abgesehen davon Synergie als einen nennenswerten Faktor bezeichnen können. Die Summe der von allen einzelnen Verfahren erzielten Erwärmung passt sehr gut zu den Temperaturen, die ringsum vom Planeten gemeldet werden.«

Der Videoschirm zeigte seine letzte Tabelle, und Sax machte sich eine vereinfachte Kopie davon:

Von Borazjani am 14. Februar 2 2102:

Halogenkohlenwasserstoffe:	14
H_2O und CO_2:	10
Moholes:	5
Prä-Soletta-Spiegel:	5
Reduzierte Albedo:	2
Kernreaktoren:	1,5

Borazjani hatte die Windmühlenheizer nicht einmal berücksichtigt. Sax tat es in seinen Notizen. Alles in allem kam er auf 37,55 Grad, ein sehr respektabler Schritt auf dem Weg zu ihrem Ziel, 53 Grad, meinte er. Sie arbeiteten erst seit sechzig Jahren daran; und schon erreichten die meisten Sommertage Temperaturen über dem Gefrierpunkt, sodass arktisches und alpines Pflanzenleben gedieh, wie er am Arenagletscher gesehen hatte. Und das alles noch vor der Soletta, die die Sonneneinstrahlung um zwanzig Prozent steigerte.

Inzwischen hatte die Fragerunde begonnen, und jemand kam auf die Soletta zu sprechen. Er fragte Borazjani, ob sie notwendig wäre, da der Prozess ja auch mit anderen Methoden machbar wäre.

Borazjani zuckte die Achseln genau so, wie Sax es getan haben würde. Er entgegnete: »Was heißt *notwendig*? Das hängt davon ab, wie warm man es haben will. Nach dem von Russell in Echus Overlook aufgestellten Standardmodell ist es wichtig, die Kohlendioxidniveaus so niedrig wie möglich zu halten. Wenn wir das tun, müssen andere Verfahren eingesetzt werden, um den Verlust an Wärme auszugleichen, den das CO_2 erbracht hätte. Man könnte sich die Soletta als einen Ausgleich für die letztendliche Reduktion von Kohlendioxid auf atembares Niveau denken.«

Sax nickte widerwillig.

Dann stand jemand auf und sagte: »Meinen Sie nicht, dass das Standardmodell inadäquat ist angesichts der uns jetzt bekanntgewordenen Menge an Stickstoff, die wir haben?«

»Nicht, wenn der ganze Stickstoff in die Atmosphäre gebracht wird.«

Aber das war unwahrscheinlich, wie der Fragende rasch darlegte. Ein erheblicher Prozentsatz würde im Boden bleiben und wurde dort auch wirklich für die Pflanzen gebraucht. Also bestand ein Mangel an Stickstoff, was Sax immer gewusst hatte. Und wenn sie den prozentualen Anteil an Kohlendioxid in der Luft so niedrig wie überhaupt möglich hielten, wäre der Anteil von Sauerstoff in der Luft gefährlich hoch, was zu Problemen bei Bränden führen könnte. Jemand stand auf und sagte, es wäre möglich, den Mangel an Stickstoff durch Einführung anderer träger Gase, hauptsächlich Argon, auszugleichen. Sax spitzte die Lippen. Er hatte seit 2042 Argon in die Atmosphäre eingeführt, da er dieses Problem hatte kommen sehen; und es gab auch erhebliche Mengen von Argon im Regolith. Aber die waren nicht leicht freizusetzen, wie seine Ingenieure herausgefunden hatten und andere Leute jetzt betonten. Nein, die Balance der Gase in der Atmosphäre entwickelte sich zu einem echten Problem.

Eine Frau stand auf und bemerkte, dass ein von Armscor geleitetes Konsortium Transnationaler ein ständiges Shuttlesystem errichtete, um Stickstoff aus der fast reinen Stickstoffatmosphäre des Titan zu gewinnen, ihn zu verflüssigen, zum Mars zu fliegen und in der oberen Atmosphäre freizusetzen. Sax zwinkerte und stellte schnelle Berechnungen auf seinem Computer an. Seine Augenbrauen hoben sich, als er das Ergebnis sah. Es würde sehr, sehr viele Shuttleflüge oder extrem große Shuttles erfordern. Es war bemerkenswert, dass jemand das Investment für lohnend gehalten hatte.

Jetzt diskutierten sie wieder über die Soletta. Sie konnte bestimmt die fünf oder acht Grad wettmachen, die verloren gingen, wenn man den jetzigen Betrag an Kohlendioxid aus der Luft entfernte. Wahrscheinlich würde sie noch mehr Wärme liefern. Sax rechnete aus, dass es sogar 22 Grad sein könnten. Das Ausfiltern würde nicht einfach sein, wie jemand ausführte. Ein nahe bei Sax stehender Mann aus einem Subarashii-Labor erhob sich, um zu verkünden, dass später in der Konferenz ein Vortrag über die Soletta und die fliegende Linse stattfinden würde, wo einige dieser Punkte geklärt werden sollten. Ehe er sich wieder setzte, fügte er hinzu, dass etliche Fehler im Einphasenmodell die Schaffung eines Zweiphasenmodells fast als geboten erscheinen ließen.

Die Leute rollten dabei die Augen, und Borazjani erklärte, dass das nächste Meeting in diesem Raum gleich anfing. Niemand hatte zu seinem eleganten Modell Bemerkungen gemacht, das alle Beiträge zu den verschiedenen Wärmemethoden so plausibel sortiert hatte. Aber in gewisser Weise war das ein Zeichen von Respekt. Niemand hatte das Modell infrage gestellt. Borazjanis Überlegenheit auf diesem Gebiet galt als sicher. Jetzt standen die Leute auf, und einige gingen hin, um mit ihm zu sprechen, und tausend Diskussionen brachen aus, als der Rest der Teilnehmer aus dem Raum strömte und sich in die Gänge verteilte.

Sax ging mit Berkina zum Essen in einem Café am Fuß der Branch Mesa. Um sie herum aßen Wissenschaftler aus allen Gegenden des Mars und sprachen über die Ereignisse des Morgens. »Wir nehmen an, es ist ein Teil pro Milliarde.«

»Nein, Sulfate verhalten sich konservativ.« Es klang so, als nahmen die Leute am Nachbartisch an, es würde ein Übergang zum Zweiphasenmodell stattfinden. Eine Frau sagte etwas über die Erhöhung der mittleren Temperatur auf 22° C, sieben Grad höher als der Durchschnitt auf der Erde.

Sax verdrehte die Augen bei all dieser Eile oder Gier nach Wärme. Er sah keinen Grund, über den Fortschritt enttäuscht zu sein, der bisher erreicht wurde. Das finale Ziel des Projekts war schließlich nicht einfach Wärme, sondern eine annehmbare Oberfläche. Die bisherigen Resultate schienen keinen Grund zur Klage zu geben. Die Atmosphäre hatte jetzt durchschnittlich 160 Millibar als Normalwert und bestand etwa zu gleichen Teilen aus Kohlendioxid, Sauerstoff und Stickstoff, mit Spuren von Argon und anderen Gasen. Das war nicht die Mischung, die Sax am Ende erreichen wollte. Aber sie war das Beste, was sie dem Fundus an flüchtigen Stoffen für den Anfang abringen konnten. Es stellte einen substanziellen Schritt auf dem Weg zur endgültigen Mischung dar, die Sax haben wollte. Sein Rezept für diese Mischung stützte sich auf eine alte Veröffentlichung von Fogg:

    300 Millibar Stickstoff
    160 Millibar Sauerstoff
    30 Millibar Argon, Helium etc.
    10 Millibar Kohlendioxid
    Gesamtdruck am Normalpunkt: 500 Millibar.

Alle diese Beträge waren durch physikalische Erfordernisse und Beschränkungen verschiedener Art determiniert. Der Gesamtdruck musste hoch genug sein, um Sauerstoff ins Blut zu drücken; und 500 Millibar erhielt man auf der Erde in Höhen von ungefähr viertausend Metern, nahe der Obergrenze, an der Menschen dauerhaft leben konnten. Wenn das die Obergrenze war, dann wäre es am besten, wenn eine solch dünne Atmosphäre mehr als den irdischen Prozentsatz an Sauerstoff enthielte. Aber es durfte nicht zu viel mehr sein, weil sonst Feuer nur schwer zu löschen sein würden. Inzwischen musste der Sauerstoff unter 10 Millibar gehalten werden, da er sonst giftig wäre. Was Stickstoff betraf, je mehr, desto besser. Tatsächlich wären 780 Millibar Partialdruck ideal; aber der gesamte Bestand an Stickstoff auf dem Mars wurde jetzt auf weniger als 400 Millibar geschätzt. Also waren 300 Millibar das Äußerste, was man vernünftigerweise in die Luft entlassen könnte, vielleicht etwas mehr. Mangel an Stickstoff war in der Tat eines der größten Probleme, mit denen die Terraformingbemühung konfrontiert war. Sie brauchten mehr, als sie hatten, sowohl in der Luft als auch im Boden.

Sax starrte auf seinen Teller und aß schweigend. Er dachte angestrengt über all diese Faktoren nach. Die Diskussionen des Vormittags hatten ihm Grund zur Frage gegeben, ob er damals 2042 die richtigen Entscheidungen getroffen hatte, ob der Bestand an flüchtigen Stoffen seinen Versuch rechtfertigen würde, direkt in einer einzigen Phase eine für Menschen erträgliche Oberfläche anzusteuern. Nicht dass man jetzt sehr viel daran ändern könnte. Und wenn er alles bedachte, glaubte er immer noch, dass diese Entscheidungen richtig gewesen waren; *shikata ga nai*, wirklich, wenn sie noch zu ihren Lebzeiten frei auf der Oberfläche des Mars herumlaufen wollten. Selbst wenn ihre Lebensdauer erheblich verlängert sein sollte.

Aber es gab Leute, denen mehr an hohen Temperaturen gelegen zu sein schien als an Atembarkeit. Offenbar waren sie zuversichtlich, dass sie den Kohlendioxidpegel erheblich hochjagen und danach das CO_2 problemlos binden konnten. Sax hatte da seine Zweifel. Jede Zweiphasenoperation würde hässlich werden; und zwar so hässlich, dass Sax sich fragte, ob sie nicht bei den zwanzigtausend Jahren hängenbleiben würden, die bei den ersten Zweiphasenmodellen vorhergesagt worden waren. Der Gedanke bereitete ihm Kopfschmerzen. Er sah die Notwendigkeit nicht ein. Waren die Menschen wirklich gewillt, es mit einem so langfristigen Problem aufzunehmen? Konnten sie von den neuen gigantischen Techniken, die verfügbar waren, so beeindruckt sein, dass sie glaubten, alles sei möglich?

»Wie war das Pastrami?«, fragte Berkina.

»Das was?«

»Das Pastrami-Sandwich, das du gerade gegessen hast, Stephen.«

»Oh, gut, gut. Es muss gut gewesen sein.«

Die Vorträge am Nachmittag galten hauptsächlich den Problemen, die durch die Fortschritte in der Bemühung um globale Erwärmung aufgeworfen wurden. Während die Oberflächentemperaturen stiegen und die Biota darunter tiefer in den Regolith einzudringen begannen, schmolz der Permafrost darunter, wie man gehofft hatte. Aber das erwies sich in einigen Permafrostgebieten als katastrophal. Eines davon war unglücklicherweise gerade Isidis Planitia. Ein gut besuchter Vortrag einer Praxis-Areologin aus Burroughs beschrieb die Lage. Isidis war eines der großen alten Einschlagbecken, ungefähr so groß wie Argyre, an der Nordseite völlig abgetragen, und der Südrand war jetzt ein Teil des Großen Steilhangs. Das Eis unter der Oberfläche war vom Steilhang heruntergerutscht und hatte sich seit Jahrmilliarden im Becken gesammelt. Aber jetzt schmolz das Eis nahe der Oberfläche und gefror im Winter wieder. Dieser Zyklus aus Frost und Tauen bewirkte eine Bodenbewegung in noch nie dagewesenem Ausmaß. Sie war, wie vieles auf dem Mars, doppelt so groß wie ihre irdischen Verwandten. Karste und Dolinen, hundertmal größer als auf der Erde, bildeten große Löcher und Hügel. Diese riesigen Gebilde entstellten überall auf Isidis die Landschaft. Und nach ihrem Vortrag und einer Reihe aufwühlender Dias führte die Areologin eine große Schar interessierter Wissenschaftler an das Südende von Burroughs, vorbei an Moeris Lacus Mesa zur Kuppelwand, wo die Gegend aussah, als wäre sie von einem Erdbeben verwüstet worden. Der Boden war aufgerissen und gab eine Eismasse frei, die wie ein kahler runder Hügel aussah.

»Das ist ein beachtlicher Pingo«, sagte die Areologin mit der Miene einer stolzen Mutter. »Die Eismassen sind relativ rein im Vergleich zur Permafrostmatrix, und sie verhalten sich in der Matrix wie Felsen. Wenn der Permafrost über Nacht oder im Winter wieder gefriert, dehnt er sich aus, und alles, was in dieser Expansion festsitzt, wird zur Oberfläche hinaufgedrückt. In der irdischen Tundra gibt es viele Pingos, aber keinen so großen wie diesen.« Sie führte die Gruppe über den zerborstenen Beton, der einmal eine ebene Straße gewesen war; und sie blickten von einem Kraterrand aus Gestein auf einen Hügel aus schmutzigweißem Eis. »Wir haben ihn wie eine Beule aufgestochen. Jetzt schmelzen wir ihn und leiten ihn in die Kanäle.«

»Draußen wäre so ein Pingo die reinste Oase«, sagte Sax zu Jessica. »Er würde im Sommer schmelzen und den Boden darunter bewässern. Wir sollten eine Mischung aus Samen, Sporen und Rhizomen entwickeln, die wir draußen im Land auf solche Stellen ausstreuen könnten.«

»Stimmt«, sagte Jessica. »Um aber realistisch zu sein – das Permafrostgebiet wird auf jeden Fall im Vastitas-Meer versinken.«

»Hmm.«

Die Wahrheit war, dass Sax zeitweilig das Bohren und den Abbau in Vastitas vergessen hatte. Als sie zum Konferenzzentrum zurückgekehrt waren, sah er sich ausdrücklich nach einem Vortrag um, der einen Aspekt dieser Arbeit beschrieb. Um vier Uhr gab es einen: »Neuste Fortschritte bei Pumparbeiten im Permafrost der nördlichen Polarlinse.«

Er verfolgte den Diavortrag des Redners ohne innere Beteiligung. Die Eislinse, die sich von der nördlichen Polkappe unter der Oberfläche nach Süden ausdehnte, war wie der eingetauchte Teil eines Eisbergs und enthielt mehr als zehnmal so viel Wasser wie die sichtbare Kappe. Der Permafrost von Vastitas enthielt noch mehr. Aber das Wasser an die Oberfläche zu schaffen – wie die Bergung von Stickstoff aus der Atmosphäre des Titan – war ein so gewaltiges Projekt, dass Sax es in den frühen Jahren gar nicht erst erwogen hatte. Es war damals einfach nicht möglich gewesen. All diese großen Vorhaben – die Soletta, der Stickstoff vom Titan, das Anbohren des nördlichen Ozeans, die vielen Eisasteroiden – hatten eine Größenordnung, mit der Sax kaum zurechtkam. Sie dachten in diesen Tagen in großen Dimensionen, die Transnationalen. Sicher waren es die neuen technischen Möglichkeiten, die Fortschritte in der Materialkunde und das Aufkommen sich selbst reproduzierender Fabriken, die die Projekte technisch machbar erscheinen ließen. Aber die Anfangsinvestitionen waren immer noch enorm.

Was die damit verbundenen technischen Möglichkeiten anging, so stellte er fest, dass er sich recht schnell an diese Idee gewöhnte. Es war eine Erweiterung von dem, was sie in den alten Tagen gemacht hatten. Einige Anfangsprobleme hinsichtlich Material, Konstruktion und homöostatischer Kontrolle lösen, wonach die Kräfte wirklich beträchtlich anwuchsen. Man könnte sagen, dass ihre Ziele nicht länger ihre Möglichkeiten überstiegen. Das war angesichts der von ihnen angestrebten Ziele ein erschreckender Gedanke.

Auf jeden Fall befanden sich jetzt mehr als fünfzig Bohrplattformen in den nördlichen sechziger Breiten, die Brunnen bohrten und Einrichtungen zum Schmelzen von Permafrost in die Schächte einbrachten, die von geheizten Sammelbecken bis hin zu nuklearen Sprengstoffen reichten. Das neue Schmelzwasser wurde hochgepumpt und über die Dünen von Vastitas Borealis verteilt, wo es wieder gefror. Schließlich würde dieses Eis schmelzen, zum Teil unter seinem eigenen Gewicht; und dann hätten sie einen ringförmigen Ozean um die nördlichen sechziger und siebziger Breitengrade. Zweifellos eine gute Wärmesenke, wie alle Ozeane, obwohl es, solange es ein Eismeer blieb, durch die zunehmende Albedo einen Nettowärmeverlust für das globale System bedeuten würde. Wieder ein Beispiel dafür, dass ihre Maßnahmen einander aushebelten. Das neue Meer gefährdete auch Burroughs selbst. Die Stadt lag etwas unter dem als wahrscheinlich genannten Meeresniveau, dem Nullbezugspunkt. Die Leute redeten von einem Deich oder kleineren Meer, aber niemand war sich sicher. Interessant.

Sax besuchte jeden Tag die Konferenz, verbrachte seine Zeit in den stillen Räumen und Korridoren des Zentrums, schwatzte mit Kollegen und den Autoren von Postern sowie seinen Sitznachbarn bei Vorträgen. Mehr als einmal musste er so tun, als kenne er alte Kameraden nicht. Er wurde so nervös, dass er ihnen aus dem Weg ging, wenn er konnte. Aber die Leute schienen nicht zu denken, dass er sie an jemanden erinnerte, den sie kannten; und er konnte sich größtenteils auf die Wissenschaft konzentrieren. Das tat er mit Genuss. Menschen argumentierten, stellten Fragen, diskutierten sachlich Details und Konsequenzen – alles unter den gleichförmig fluoreszierenden Lampen und beim leisen Summen der Ventilatoren und Beamer, als befänden sie sich in einer Welt außerhalb von Zeit und Raum, im imaginären Universum reiner Wissenschaft, bestimmt eine der größten Errungenschaften des menschlichen Geistes – eine Art utopische Gemeinschaft, behaglich, hell und geschützt. Für Sax *war* eine wissenschaftliche Konferenz Utopia.

Aber die Vorträge bei dieser Konferenz hatten einen anderen Ton, eine Art nervöser Spannung, die Sax noch nie zuvor erlebt hatte und die ihm nicht gefiel. Die Fragen nach den Ausführungen waren aggressiver und die Antworten schnell defensiv. Das reine Spiel wissenschaftlicher Disputation, das er so genoss (und das zugegebenermaßen nie ganz ungetrübt war), wurde jetzt immer mehr durch reine Streits verdünnt, durch offensichtliche Machtkämpfe, die durch mehr als nur den üblichen Egoismus motiviert waren. Es war nicht wie Simmons skrupelloses Plagiat bei Borazjani und Borazjanis erlesene Entgegnung. Es war mehr eine Sache direkten Angriffs. Wie am Ende einer Präsentation über tiefe Moholes und der Möglichkeit, den Mantel zu erreichen, als ein kleiner kahler Terraner aufstand und sagte: »Ich denke nicht, dass das Grundmodell der Lithosphäre hier stimmt.« Dann verließ er den Raum.

Sax beobachtete das ohne jedes Verständnis. »Was ist denn mit dem los?«, flüsterte er Claire zu.

Sie schüttelte den Kopf. »Er arbeitet für Subarashii an der fliegenden Linse, und die mögen die potenzielle Konkurrenz der Projekte zum Schmelzen von Regolith nicht.«

»Mein Gott!«

Das Frage-und-Antwort-Spiel ging weiter, erschüttert durch diese Unhöflichkeit. Aber Sax schlüpfte aus dem Raum und starrte in der Halle neugierig dem Wissenschaftler von Subarashii nach. Was der wohl dachte?

Aber dieser Transnat-Schoßhund war nicht der Einzige, der sich seltsam benahm. Die Leute standen unter Stress, ihre Nerven waren angespannt. Natürlich stand sehr viel auf dem Spiel. Wie der Pingo unter Moeris Lacus in kleinem Maßstab zeigte, würde man auf der Konferenz bald üble Nebeneffekte bei den untersuchten Verfahren behandeln müssen. Nebeneffekte, die Geld, Zeit und vielleicht sogar Menschenleben kosten würden. Und die finanziellen Anreize waren groß ...

Und jetzt, als der Abschluss näher rückte, verlagerte sich das Programm von sehr speziellen Themen auf die allgemeineren Vorträge und Workshops, einschließlich einiger Veranstaltungen im Hauptsaal über die großen neuen Vorhaben, die die Leute als »Monsterprojekte« bezeichneten. Diese würden so große Auswirkungen haben, dass sie fast alle anderen Programme beeinträchtigten. Als man sie diskutierte, argumentierte man praktisch politisch und sprach eher darüber, was als Nächstes zu tun wäre, denn darüber, was schon geschehen war. So etwas endete immer mit Streit, vor allem gerade jetzt, wo die Leute anfingen, die Informationen aus den früheren Vorträgen zur Befürwortung ihrer eigenen Anliegen zu verwenden, was diese auch sein mochten. Sie betraten jene unglückliche Zone, wo Wissenschaft in Politik überging und wo Abhandlungen zu Kreditanträgen wurden. Es war enttäuschend zu sehen, wie diese minderwertige Dunkelzone in das ehemals neutrale Terrain einer Konferenz eindrang.

Wie Sax bei einem einsamen Mittagessen überlegte, war ein Teil davon ohne Zweifel durch die Big-Science-Dimension der Monsterprojekte bedingt. Die waren alle so teuer und aufwendig, dass sie verschiedenen Transnationalen vertraglich zugesichert worden waren. Das war oberflächlich eine plausible Strategie, ein zweckmäßiges Vorgehen. Es bedeutete aber leider auch, dass die verschiedenen Terraformingstrategien jetzt interessierte Parteien hatten, die sie als die »besten« Methoden verteidigten und Daten verzerrten, um ihre eigenen Ideen zu unterstützen.

Zum Beispiel war Praxis zusammen mit der Schweiz führend in der sehr extensiven Biotechnik. Darum verteidigten deren repräsentative Theoretiker das Modell der Ökopoiesis, wonach zum gegenwärtigen Zeitpunkt keine weitere Zufuhr von Wärme oder flüchtigen Stoffen notwendig wäre, und dass biologische Prozesse allein, unterstützt durch ein Minimum an biotechnischen Eingriffen, genügen würden, den Planeten auf die Niveaus zu terraformen, die in dem frühen Russell-Modell ins Auge gefasst worden waren. Sax hielt diese Beurteilung in Anbetracht des Eintreffens der Soletta für wahrscheinlich korrekt, obwohl er ihre Daten als zu optimistisch einschätzte. Und außerdem arbeitete er für Biotique, darum war sein Urteil vielleicht voreingenommen.

Aber die Wissenschaftler von Armscor behaupteten unerbittlich, dass der geringe Stickstoffbestand alle ökologischen Hoffnungen zunichtemachen würde. Sie beharrten darauf, dass ständiges Eingreifen erforderlich sei. Und natürlich war es Armscor, die die Shuttles zum Transport von Stickstoff vom Titan baute. Leute von Consolidated, denen die Bohrarbeiten in Vastitas Borealis unterstanden, betonten die vitale Bedeutung einer aktiven Hydrosphäre. Und Leute von Subarashii, die die neuen Spiegel betreuten, hoben die große Energie der Soletta und der fliegenden Linse hervor, um Wärme und Gase in das System zu pumpen, wodurch alles beschleunigt werden würde. Es war immer ganz klar, welche Leute das eine oder das andere Programm befürworteten. Man brauchte nur auf ihre Namensschilder blicken, um ihre institutionelle Zugehörigkeit zu erkennen und damit vorauszusagen, was sie unterstützen oder angreifen würden. Dass Wissenschaft so eklatant verzerrt wurde, bereitete Sax großen Kummer, und es schien ihm, dass es jedermann dort unangenehm wäre, sogar denen, die es praktizierten, was zur allgemeinen Reizbarkeit und Abwehrhaltung beitrug. Jeder wusste, was vor sich ging, und niemandem gefiel es; aber dennoch wollte keiner es zugeben.

Das wurde nirgendwo deutlicher als in der Podiumsdiskussion über die CO_2-Frage am letzten Vormittag. Daraus wurde rasch eine Verteidigung der Soletta und der fliegenden Linse, die die beiden Wissenschaftler von Subarashii vehement vortrugen. Sax saß im Hintergrund und hörte sich ihre enthusiastische Beschreibung der großen Spiegel an, wobei er sich immer unbehaglicher fühlte. Die Soletta an sich gefiel ihm, sie war nichts weiter als die logische Fortsetzung der Spiegel, die er ganz zu Beginn in den Orbit gebracht hatte. Aber die tief fliegende Linse war ganz deutlich ein *äußerst* mächtiges Instrument und würde, wenn man sie mit voller Kapazität auf die Oberfläche richtete, Hunderte Millibar an Gasen in die Atmosphäre verdampfen lassen, meistens Kohlendioxid, das sie nach Sax' Einphasenmodell nicht brauchten und das sonst mit großer Wahrscheinlichkeit im Regolith gebunden bleiben würde. Nein – über die Wirkung dieser Linse musste jemand etliche sehr unbequeme Fragen stellen; und jemand musste die Leute von Subarashii scharf kritisieren, weil sie das Schmelzen des Regoliths angefangen hatten, ohne jemanden außerhalb ihres katzbuckelnden UNTA-Komitees zu befragen. Aber Sax wollte die Aufmerksamkeit nicht auf sich lenken und konnte deshalb nur still mit Claire und Berkina und seinem Computer dasitzen. Er druckste in seinem Sessel herum und hoffte, dass ein anderer die wichtigen Fragen für ihn stellen würde.

Und weil diese Fragen so offensichtlich wie unbequem waren, wurden sie auch gestellt. Ein Wissenschaftler von Mitsubishi, das mit Subarashii einen ständigen Firmenkrieg führte, stand auf und erkundigte sich sehr höflich nach dem galoppierenden Treibhauseffekt, der durch zu viel Kohlendioxid ausgelöst werden könnte. Sax nickte energisch. Aber die Wissenschaftler von Subarashii entgegneten, dass dies gerade das wäre, worauf sie hofften, und dass es gar nicht genug Wärme geben könnte und dass ein finaler atmosphärischer Druck von sieben- oder achthundert Millibar auf jeden Fall fünfhundert vorzuziehen wäre. »Aber nicht, wenn es Kohlendioxid ist!«, knurrte Sax Claire zu, die nickte. H. X. Borazjani stand auf und sagte dasselbe. Ihm folgten andere. Viele im Raum benutzten noch Sax' Originalmodell als Schema für ihre Vorhaben und betonten die vielen verschiedenen Schwierigkeiten beim Abbau großer CO_2-Überschüsse aus der Luft. Aber es gab auch eine ganze Reihe Wissenschaftler von Armscor und Consolidated oder auch Subarashii, die entweder erklärten, dass die Säuberung nicht schwierig sein würde oder dass eine an Kohlendioxid reiche Atmosphäre gar nicht so schlimm sei. Ein Ökosystem, das hauptsächlich aus Pflanzen bestünde, mit gegen Kohlendioxid resistenten Insekten und vielleicht einigen genetisch manipulierten Tieren würde in der warmen dichten Luft florieren; und die Leute könnten in Hemdsärmeln herumspazieren und müssten lediglich die kleine Behinderung durch eine Atemmaske in Kauf nehmen.

Das brachte Sax auf die Palme, und zum Glück war er nicht der Einzige, sodass er sitzen bleiben konnte, während andere sich erhoben, um diese fundamentale Verschiebung des Terraformingziels infrage zu stellen. Die Diskussion wurde rasch hitzig und sogar ruppig.

»Wir haben es nicht auf einen Dschungelplaneten abgesehen!«

»Ihr denkt heimlich darüber nach, Menschen genetisch so zu manipulieren, dass sie mehr Kohlendioxid vertragen. Aber das ist lächerlich!«

Es wurde sehr bald deutlich, dass das zu nichts führen würde. Niemand hörte wirklich zu, und jeder hatte seine eigene Meinung, die eng an die Interessen der jeweiligen Firma angelehnt war. Es war wirklich hässlich. Ein gemeinsamer Widerwille gegen den Ton der Debatte veranlasste alle außer den unmittelbar Beteiligten, sich zurückzuziehen. Um Sax herum falteten Leute ihre Programme zusammen, stellten ihre Pads ab und flüsterten mit ihren Kollegen, während andere immer noch dastanden und diskutierten ... ohne Zweifel schlechtes Benehmen. Aber nach kurzem Nachdenken wurde Sax klar, dass sie jetzt über politische Entscheidungen stritten, die ohnehin nicht von aktiven Wissenschaftlern getroffen werden würden. Das gefiel niemandem; deswegen fingen sie an aufzustehen und den Raum zu verlassen, mitten in der Diskussion. Die überforderte Moderatorin der Sitzung, eine überhöfliche Japanerin, die erbärmlich aussah, übertönte die lauter werdenden Stimmen und regte an, die Sitzung zu beenden. Die Menschen strömten in kleinen Gruppen in die Korridore. Manche redeten noch eindringlich mit ihren Verbündeten und trugen ihre Fälle jetzt vor, wo sie unter Freunden waren.

Sax folgte Claire und Jessica und den anderen Leuten von Biotique über den Kanal und zu Hunt Mesa. Sie nahmen den Aufzug zum Plateau und aßen im Antonio's.

Sax, der seine Zunge nicht mehr länger im Zaum halten konnte, sagte: »Sie werden uns mit Kohlendioxid überschwemmen. Ich glaube nicht, dass sie verstehen, welchen fundamentalen Schlag das dem Standardmodell versetzen wird.«

»Es ist ein völlig anderes Modell«, sagte Jessica. »Ein zweiphasiges und schwerindustrielles.«

»Aber es wird Menschen und Tiere auf unbestimmte Zeit in den Kuppeln gefangen halten«, gab Sax zu bedenken.

»Vielleicht ist das den Transnationalen egal«, meinte Jessica.
»Vielleicht gefällt es ihnen sogar«, ergänzte Berkina.
Sax zog eine Grimasse.
»Es könnte auch einfach sein, dass sie, weil sie diese Soletta und die Linse nun mal haben, sie auch benutzen wollen«, überlegte Claire. »Sie wollen einfach mit ihren Spielsachen spielen. Es erinnert an das Vergrößerungsglas, mit dem man zündelt, wenn man zehn Jahre alt ist. Aber dieses Ding ist zu gewaltig. Sie können es sich nicht leisten, es nicht zu benutzen. Und dann nennen sie die verbrannten Zonen Kanäle!«

»Das ist so was von blöd«, sagte Sax in scharfem Ton. Und als die anderen ihn etwas überrascht anschauten, versuchte er, seinen Ton etwas zu mildern. »Naja, wisst ihr, es ist einfach zu dämlich. Es ist eine Art verschwommene Romantik. Es wird keine Kanäle geben in dem Sinne von nützlichen Verbindungen von Wasserläufen. Und selbst wenn sie versuchen sollten, die zu benutzen, würden die Ufer aus Schlacke bestehen.«

»Glas, behaupten sie«, warf Claire ein. »Und es ist nur einfach die Idee der Marskanäle.«

»Es ist aber kein *Spiel*, was wir hier betreiben«, sagte Sax. Es war äußerst schwer, Stephens gute Laune beizubehalten. Aus irgendeinem Grund machte es ihn wütend und traurig. Sie hatten hier so gut angefangen, sechzig Jahre solider Leistung; und jetzt murksten verschiedene Leute mit verschiedenen Ideen und verschiedenen Spielsachen herum, stritten sich und arbeiteten gegeneinander. Sie brachten immer mächtigere und aufwendigere Methoden zum Einsatz, aber mit immer weniger Koordination. Sie würden seinen Plan ruinieren!

Die letzten Vorträge am Nachmittag waren oberflächlich und trugen nicht dazu bei, seinen Glauben an die Konferenz als unvoreingenommene wissenschaftliche Veranstaltung wiederherzustellen. Am Abend verfolgte er in seinem Zimmer die Lokalnachrichten im Fernsehen genauer denn je und suchte nach Antworten auf Fragen, die er noch nicht deutlich formuliert hatte. Klippen stürzten ein. Felsen jeder Größe wurden durch den Zyklus aus Tauen und Gefrieren aus dem Permafrost gedrückt und gruppierten sich dabei von selbst zu charakteristischen polygonalen Mustern. Steingletscher bildeten sich in Schluchten und Rinnen, in denen die Steine vom Eis freigegeben wurden und dann in Massen hinabglitten, als wären sie richtige Eisgletscher. Pingos funkelten in den Ebenen des Nordens, außer natürlich dort, wo die gefrorenen Meere unter den Bohrplattformen herausquollen und das Land bewässerten.

Es war eine Veränderung in massivem Maßstab, die jetzt überall deutlich wurde und sich jedes Jahr beschleunigte, weil die Sommer wärmer wurden und die Biota unter der Oberfläche weiter in die Tiefe wuchsen – während in jedem Winter immer noch alles steif gefror und auch in fast jeder Sommernacht ein bisschen einfror. Ein so intensiver Zyklus von Gefrieren und Auftauen würde jede Landschaft in Stücke reißen. Und die Marslandschaft war besonders anfällig, weil sie Jahrmillionen in ausgetrockneter Kältestarre verbracht hatte. Massenhafter Zerfall führte täglich zu vielen Erdrutschen, und Todes- und Vermisstenfälle waren nicht ungewöhnlich. Überlandfahrten waren gefährlich geworden. Canyons und frische Krater waren keine sicheren Orte mehr, um eine Stadt anzusiedeln oder auch nur eine Nacht dort zu verbringen.

Sax stand auf, ging zum Fenster seines Zimmers und blickte auf die Lichter der Stadt hinunter. Alles war genau so gekommen, wie Ann es ihm vor langer Zeit vorausgesagt hatte. Ohne Zweifel sah sie die Meldungen über all diese Veränderungen mit Abscheu, sie und alle anderen Roten. Für sie war jeder Zusammenbruch ein Anzeichen dafür, dass die Dinge schiefgingen. In der Vergangenheit hätte Sax dazu die Achseln gezuckt. Der Zerfall setzte gefrorenen Boden der Sonne aus, erwärmte ihn und offenbarte potenzielle Nitratquellen und dergleichen. Jetzt, mit der frischen Erinnerung an die Konferenz, war er sich nicht mehr so sicher.

Im Fernsehen schien sich niemand darüber Sorgen zu machen. Rote traten da nicht auf. Der Zusammenbruch ganzer Landformen galt nicht mehr denn als Gelegenheit, nicht nur fürs Terraformen, was als das alleinige Geschäft der Transnationalen angesehen wurde, sondern auch für den Bergbau. Sax verfolgte die Meldung von einer frisch aufgefundenen Goldader in gedrückter Stimmung. Es war seltsam, wie viele Leute dem Reiz des Schatzsuchens verfallen waren. So stand es also um den Mars zu Beginn des zweiundzwanzigsten Jahrhunderts. Als der Aufzug wiederkam, war anscheinend auch die alte Goldrauschmentalität wieder erwacht, als wäre es das unumstößliche Schicksal der Menschheit, sich jeder Grenze mit großen Werkzeugen entgegenzustellen – kosmische Ingenieure, die schürften und bauten. Und das Terraforming, das sein Werk gewesen war, praktisch seit über sechzig Jahren sein einziger Lebensinhalt, schien sich in etwas anderes zu verwandeln …

Sax begann unter Schlaflosigkeit zu leiden. Das hatte er früher nie erlebt, und er fand es recht unangenehm. Immer wieder wachte er auf, wälzte sich herum, in seinem Geist rasteten Getriebe ein, und alles setzte sich in Bewegung. Wenn klar war, dass er nicht wieder einschlafen würde, stand er auf, stellte den Computer an oder schaute fern, sogar die Nachrichten, die er früher nie beachtet hatte. Er erkannte Anzeichen einer soziologischen Fehlfunktion auf der Erde. Zum Beispiel schienen sie nicht einmal versucht zu haben, ihre Gesellschaften dem Ansturm des Bevölkerungsanstiegs infolge der gerontologischen Behandlungen anzupassen. Das hätte elementar sein müssen – Geburtenkontrolle, Quoten, Sterilisierung –, aber die meisten Länder hatten nichts dergleichen getan. Es schien sich wirklich eine Unterklasse der Nichtbehandelten zu entwickeln, besonders in den stark bevölkerten armen Ländern. An Statistiken kam man jetzt, da die UN im Sterben lag, nur schwer heran. Aber eine Untersuchung des Weltgerichtshofs erklärte, dass siebzig Prozent der Bevölkerung der entwickelten Nationen die Behandlung bekommen hätten, aber nur zwanzig Prozent in den armen Ländern. Sax dachte, wenn dieser Trend lange anhielte, würde das zu einer Art Klassenphysikalisierung führen – einem späten Auftreten oder einer rückwirkenden Offenbarung der düsteren Vision von Marx –, nur noch extremer als bei Marx selbst, weil Klassenunterschiede jetzt als echte physiologische Unterschiede infolge bimodaler Verteilung zum Ausdruck kommen würden, die schon fast an Artendifferenzierung grenzte ...

Diese Divergenz zwischen Arm und Reich war mit Sicherheit gefährlich, schien aber auf der Erde als gegeben angenommen zu werden, als wäre sie ein Teil der Natur. Warum erkannten sie die Gefahr nicht?

Er verstand die Erde nicht mehr, falls er das je getan hatte. Er saß in seinen schlaflosen Nächten zitternd da, zu müde, um zu lesen oder zu arbeiten. Er konnte nur eine Sendung von der Erde nach der anderen anschauen und besser zu verstehen versuchen, was dort geschah. Denn das musste er, wenn er den Mars verstehen wollte, weil das Verhalten der Transnationalen hier letztlich durch irdische Ursachen angetrieben wurde. Er *musste* einfach verstehen. Aber die Nachrichten schienen sich rationalem Verständnis zu entziehen. Dort unten gab es – das trat noch deutlicher als auf dem Mars zutage – keinen Plan.

Er brauchte eine Geschichts*wissenschaft*, aber leider gab es so etwas nicht. Geschichte ist lamarckisch, hatte Arkady immer gesagt, eine Bemerkung, die gefährlich zweideutig war angesichts der durch die ungleiche Verteilung der gerontologischen Behandlung bewirkten Pseudospezifikation. Aber das war keine Hilfe. Psychologie, Soziologie, Anthropologie – alle waren sie suspekt. Die wissenschaftlichen Methoden konnten nicht so auf menschliche Wesen angewandt werden, dass sie nützliche Informationen lieferten. Es war das Problem von Fakt und Wert in anderer Form. Menschliche Realität konnte nur mit Werten erklärt werden. Und Werte waren resistent gegenüber wissenschaftlicher Analyse. Isolation von Faktoren zur Untersuchung, falsifizierbare Hypothesen, wiederholbare Experimente – der ganze in der Laborphysik entwickelte und praktizierte Apparat kam einfach nicht zum Tragen. Werte trieben die Geschichte an, die eins, unwiederholbar und kontingent ist. Man könnte sie als ein lamarckisches oder chaotisches System charakterisieren; aber auch das waren nur Vermutungen. Denn über welche Faktoren redeten sie eigentlich, welche Aspekte konnten durch Lernen erworben und weitergegeben werden – oder kreisten auf eine sich nicht wiederholende, aber vorgezeichnete Weise?

Niemand konnte das feststellen.

Er fing wieder an, über die Naturgeschichte nachzudenken, die ihn auf dem Arenagletscher so gefesselt hatte. Sie benutzte wissenschaftliche Methoden zum Studium der Geschichte der natürlichen Welt. Und in vielfacher Hinsicht war diese Geschichte ein methodologisches Problem wie die menschliche Geschichte, gleichermaßen nicht wiederholbar und gegen Experimente resistent. Und wo menschliches Bewusstsein nicht mit hineinspielte, war die Naturgeschichte oft sehr erfolgreich, selbst wenn sie hauptsächlich auf Beobachtungen und Hypothesen beruhte, die nur durch weitere Beobachtungen nachgeprüft werden konnten. Es war eine echte Wissenschaft. Sie hatte in der Kontingenz und Unordnung einige gültige allgemeine Prinzipien der Evolution entdeckt – Entwicklung, Anpassung, Spezifizierung und viele weitere Prinzipien, die durch die diversen Unterdisziplinen bestätigt worden waren.

Was er suchte, waren ähnliche Prinzipien, die die menschliche Geschichte beeinflussen. Die wenigen historiographischen Schriften, die er gelesen hatte, waren nicht ermutigend. Es waren entweder traurige Imitationen der wissenschaftlichen Methoden oder schlicht und einfach Kunst. Ungefähr alle zehn Jahre revidierte eine neue historische Interpretation alle vorangegangenen. Aber dieser Revisionismus bot offenbar Freuden, die nichts mit der realen Beurteilung des jeweiligen Falles zu tun hatten. Soziobiologie und Bioethik erschienen aussichtsreicher. Aber deren Erklärungen waren am besten, wenn sie mit evolutionären Zeitskalen arbeiteten.

Aber Sax wollte etwas für die vergangenen *und* die nächsten einhundert Jahre. Oder wenigstens die letzten und kommenden fünfzig.

Jede Nacht wachte er auf und konnte nicht wieder einschlafen. Er stand auf, setzte sich an den Computer und grübelte über diese Dinge nach, zu müde, um richtig denken zu können. Und als diese Nachtwachen anhielten, kam er immer mehr auf Filme und Berichte über 2061 zurück. Es gab jede Menge Videozusammenschnitte über die Ereignisse jenes Krieges, und einige davon scheuten sich nicht, ihn beim Namen zu nennen: *Der Dritte Weltkrieg!* So hieß die längste, etwa sechzig Stunden umfassende Serie. Sie war allerdings schlecht redigiert und geschnitten.

Man brauchte sich diese Serie nur einige Zeit anzuschauen, um zu erkennen, dass der Titel mehr als reine Sensationshascherei war. In jenem verhängnisvollen Jahr hatten überall auf der Erde Kriege getobt; und die Analytiker, die sich sträubten, vom Dritten Weltkrieg zu sprechen, schienen zu denken, dass er nur nicht lange genug gedauert hätte, um sich als Weltkrieg zu qualifizieren. Oder dass er nicht ein Kampf zweier großer globaler Allianzen gewesen, sondern zu konfus und komplex gewesen wäre. Unterschiedliche Quellen sprachen von Nord gegen Süd oder Jung gegen Alt oder UN gegen Nationen oder Nationen gegen Transnationale oder Transnationale gegen Gefälligkeitsflaggen oder Armeen gegen Polizei oder Polizei gegen Bürger – er schien jeder dieser Konflikte gleichzeitig gewesen zu sein. Für eine Dauer von sechs oder acht Monaten war die Welt ins Chaos versunken.

Im Zuge seiner Streifzüge durch die »Politikwissenschaft« war Sax auf die »Eskalationsleiter« eines gewissen Herman Kahn gestoßen, eine Tabelle, die Konflikte nach ihrer Natur und Schärfe zu kategorisieren versuchte. Kahns Leiter hatte vierundvierzig Stufen, die von der ersten, Deutliche Krise, über Kategorien wie Politische und Diplomatische Maßnahmen, Feierliche und Formale Deklarationen und Offene Mobilmachung steiler über Stufen wie Demonstration von Gewalt, Quälende Gewaltakte, Dramatische Militärische Konfrontationen, Großer Konventioneller Krieg in die unerforschten Zonen von Reiner Nuklearer Krieg, Exemplarische Attacken gegen Privatbesitz, Vernichtungsangriff auf die Zivilbevölkerung bis hin zu Nummer vierundvierzig, Krampfhafter oder Wahnwitziger Krieg, reichten. Das war sicher eine interessante Spielerei mit Taxonomie und logischer Sequenz; und Sax erkannte, dass die Kategorien aus vielen Kriegen der Vergangenheit abgeleitet waren. Nach den Definitionen dieser Tabelle war 2061 direkt auf Stufe vierundvierzig emporgeschossen.

In diesem Mahlstrom war der Mars nicht mehr als ein spektakulärer Kriegsschauplatz unter fünfzig anderen gewesen. Sehr wenige allgemeine Sendungen über '61 widmeten ihm mehr als ein paar Minuten; und diese einfachen Zusammenschnitte hatte Sax oft gesehen. Die erfrorenen Wächter in Korolyov, die zerstörten Kuppeln, der Absturz des Aufzugs und dann der Fall von Phobos. Versuche zur Analyse der Lage auf dem Mars waren bestenfalls seicht. Der Mars war ein exotischer Nebenschauplatz mit einigen guten Bildern, aber nichts unterschied ihn von dem allgemeinen Morast. Nein. In einer schlaflosen Nacht wurde ihm klar: Wenn er 2061 verstehen wollte, musste er es selbst aus den Primärquellen zusammensetzen, den Videos und wackligen Schnappschüssen wütender Massen, die Städte in Brand setzten, und den gelegentlichen Pressekonferenzen mit verzweifelten frustrierten Anführern.

Das in chronologische Reihenfolge zu bringen war kein einfaches Unterfangen. Es wurde, im besten Echus-Stil, seine Hauptbeschäftigung für ein paar Wochen. Die zeitliche Einordnung von Ereignissen war der erste Schritt, um das Geschehen zu erklären. Erst danach konnte man sich Gedanken über das Warum machen.

Im Laufe der Wochen begann er einen Sinn dafür zu entwickeln. Mit Sicherheit war die allgemeine Sicht korrekt. Das Aufkommen der Transnationalen in den 2040er-Jahren hatte die Bühne bereitet und war die letztendliche Ursache des Krieges. In jener Dekade, in der Sax seine ganze Aufmerksamkeit auf das Terraforming des Mars konzentriert hatte, war eine neue Ordnung auf der Erde entstanden, als Tausende multinationale Korporationen in den Reihen kolossaler Transnationaler aufzugehen begannen. Wie bei der Entstehung eines Planeten aus Planetesimalen, dachte er eines Nachts.

Es war allerdings keine völlig neue Ordnung. Die Multinationalen waren zumeist in den reichen Industrienationen entstanden, und so waren die Transnationalen in gewisser Hinsicht von diesen Nationen geformt – eine Ausdehnung von deren Macht auf den Rest der Welt, auf eine Weise, die Sax ein bisschen an das wenige erinnerte, was er über die kolonialen und imperialen Systeme wusste, die ihnen vorangegangen waren. Frank hatte so etwas gesagt. Der Kolonialismus sei nie ausgestorben, hatte er erklärt, er habe nur die Namen geändert und lokale Polizisten angeheuert. Wir sind alle Kolonien der Transnationalen.

Das war Franks Zynismus, entschied Sax (und wünschte sich, diesen harten und bitteren Geist vor sich zu haben, um von ihm lernen zu können), denn nicht alle Kolonien waren gleich. Sicher, die Transnationalen waren so mächtig, dass sie nationale Regierungen zu wenig mehr als zahnlosen Lakaien gemacht hatten. Und keine Transnationale hatte gegenüber einer bestimmten Regierung oder der UN eine besondere Loyalität gezeigt. Aber sie waren Kinder des Westens – Kinder, die sich nicht länger um ihre Eltern kümmerten, sie aber dennoch unterstützten. Denn die Archivdaten zeigen, dass die Industrienationen unter den Transnationalen aufgeblüht waren, während die Entwicklungsländer keinen Rückhalt gehabt hatten, außer gegeneinander um den Status der Gefälligkeitsflagge zu kämpfen. Und als 2060 die Transnationalen von verzweifelten armen Ländern unter Beschuss genommen wurden, war es die Gruppe der Sieben und deren militärische Macht gewesen, die sie verteidigt hatte.

Aber die unmittelbare Ursache? Nacht für Nacht suchte er in den Videos der 2040er und 2050er nach Spuren von Mustern. Schließlich kam er zu der Entscheidung, dass es die Langlebigkeitsbehandlung gewesen war, die das Fass zum Überlaufen gebracht hatte. Während der 2050er hatte sich die Behandlung in den reichen Ländern ausgebreitet und damit die krasse Ungleichheit in der Welt wie einen Farbfleck unter dem Mikroskop aufgezeigt. Und als sich die Behandlung ausbreitete, war die Lage immer angespannter geworden und auf Kahns Krisenleiter emporgeklettert.

Die unmittelbare Ursache des Ausbruchs von '61 schien, seltsam genug, ein Streit um den Weltraumaufzug gewesen zu sein. Der Aufzug war von Praxis betrieben worden, aber nach Aufnahme seiner Tätigkeit im Februar 2061 von Subarashii in einem Akt offener feindlicher Übernahme okkupiert worden. Subarashii war damals ein Konglomerat der meisten japanischen Firmen gewesen, die nicht in Mitsubishi aufgegangen waren, und eine aufsteigende Macht, sehr aggressiv und ehrgeizig. Nach Erwerb des Aufzugs – einer von der UNOMA gebilligten Übernahme – hatte Subarashii sofort die Einwanderungsquoten erhöht, wodurch die Lage auf dem Mars kritisch wurde. Gleichzeitig hatten Subarashiis Konkurrenten auf der Erde sich gegen diese offene ökonomische Eroberung des Mars zur Wehr gesetzt. Praxis hatte seine Bedenken auf legale Aktionen gegen die unglückliche UN beschränkt, aber eine von Subarashiis Gefälligkeitsflaggen, nämlich Malaysia, war von Singapur angegriffen worden, der Basis für Shellalco. Im April 2061 war bereits ein großer Teil Südasiens im Krieg. Bei den meisten Kämpfen handelte es sich um schon lange bestehende Konflikte wie Kambodscha gegen Vietnam oder Pakistan gegen Indien. Aber manche waren Angriffe auf Gefälligkeitsflaggen wie in Birma und Bangladesch. Ereignisse in der Region hatten die Eskalationsleiter mit tödlicher Geschwindigkeit erklommen, als alte Feindschaften zu den neuen transnationalen Konflikten hinzukamen. Im Juni hatte sich der Krieg über die ganze Erde ausgedehnt und dann auf den Mars übergegriffen. Bis Oktober waren fünfzig Millionen Menschen gestorben, und weitere fünfzig Millionen sollten unter den Nachwirkungen sterben, da die Grundversorgung oft unterbrochen oder Infrastruktur zerstört worden war und eine neue Malariaart nicht behandelt werden konnte.

Sax schien das zu genügen, um trotz der Kürze die Bezeichnung »Weltkrieg« zu rechtfertigen. Es war, folgerte er, eine tödliche synergistische Kombination aus Kämpfen unter den Transnationalen und Revolutionen einer Fülle entrechteter Gruppen gegen die transnationale Ordnung gewesen. Aber die chaotische Gewalttätigkeit hatte die Transnationalen überzeugt, ihre Dispute zu lösen oder zumindest zu vertagen. Und alle Revolutionen waren gescheitert, besonders nachdem die Militärs der Gruppe der Sieben interveniert hatten, um die Transnationalen vor Zerstückelung in ihren Gefälligkeitsstaaten zu bewahren. Alle gigantischen militärisch-industriellen Nationen standen schließlich auf der gleichen Seite, was half, diesen Weltkrieg im Vergleich zu seinen beiden Vorgängern relativ kurz zu halten. Kurz, aber schrecklich. 2061 waren ungefähr ebenso viele Menschen gestorben wie in den beiden anderen Weltkriegen zusammen.

Der Mars war in diesem Dritten Weltkrieg nur ein Nebenschauplatz gewesen, ein Schlachtfeld, auf dem einige Transnationale gegen eine flammende, aber unorganisierte Revolte überreagiert hatten. Als sie vorbei war, befand sich der Mars fest im Griff der großen Transnationalen, mit dem Segen der Gruppe der Sieben und der anderen Klienten der Transnationalen. Und die Erde war weitergetaumelt, mit hundert Millionen Menschen weniger.

Aber sonst hatte sich nichts geändert. Keines der Probleme war angegangen worden. Also könnte alles wieder passieren. Das war durchaus möglich. Man könnte sogar sagen, dass es wahrscheinlich war.

Sax schlief weiterhin schlecht. Und obwohl er die Tage in den normalen Routinen von Arbeit und Gewohnheit verbrachte, schien es ihm, dass er einige Dinge nun anders sah als vor der Konferenz. Ein weiterer Beweis, stellte er mürrisch fest, für die Vorstellung der Weltsicht als paradigmatisches Konstrukt. Aber jetzt war es so deutlich, dass die Transnationalen überall waren. Hinsichtlich Autorität gab es kaum jemand anderen. Burroughs war eine Stadt der Transnationalen, und nach allem, was Phyllis gesagt hatte, traf das auch auf Sheffield zu. Die nationalen wissenschaftlichen Teams, die in den Jahren vor der Vertragserneuerung floriert hatten, gab es nicht mehr. Und weil die Ersten Hundert tot oder versteckt waren, war die Idee des Mars als Forschungsstation verschwunden. Was es an Forschung gab, diente dem Terraformingprojekt; er hatte gesehen, was für eine Wissenschaft da entstand. Nein, es gab in diesen Tagen nur noch angewandte Forschung.

Es gab auch sonst nur noch sehr wenige Lebenszeichen der alten Nationalstaaten. Die Nachrichten vermittelten ihm den Eindruck, dass die größtenteils bankrott waren, sogar die Gruppe der Sieben. Und die Transnationalen waren die Gläubiger, wenn überhaupt jemand. Einige Berichte legten Sax den Gedanken nahe, dass die Transnationalen in gewisser Weise sogar kleinere Länder als Kapitalanlage betrachteten, mit neuen Arrangements, die weit über die alten Kontrakte der Gefälligkeitsflaggen hinausgingen.

Ein Beispiel für diese neuen Arrangements in etwas anderer Form war der Mars selbst, der effektiv im Besitz der großen Transnationalen zu sein schien. Und jetzt, mit dem neuen Aufzug, hatten sich der Export von Metallen und der Import von Menschen und Gütern enorm beschleunigt. Die Börsenkurse auf der Erde blähten sich als Reaktion darauf hysterisch auf, ohne dass ein Ende abzusehen war, trotz der Tatsache, dass der Mars die Erde nur mit bestimmten Metallen in bestimmten Mengen versorgen konnte. Das war alles nur eine Seifenblase; und wenn die platzte, würde alles wieder zusammenbrechen – oder vielleicht auch nicht. Die Ökonomie war ein höchst bizarres Gebiet, und der ganze Börsenmarkt war vielleicht einfach zu irreal, um außerhalb seiner selbst Wirkung zu zeigen. Aber wer wusste das schon, bis es geschah? Sax, der durch die Straßen von Burroughs wanderte und sich die Anzeigen der Börsenkurse in den Fenstern der Geschäfte ansah, wusste es bestimmt nicht. Menschen waren eben nun mal keine rationalen Systeme.

Diese Grundwahrheit wurde bestätigt, als Desmond eines Abends vor seiner Tür erschien. Der berühmte Cojote persönlich, der blinde Passagier, der kleine Bruder des Großen Mannes, stand da seelenruhig im grellbunten Overall der Bauarbeiter mit diagonalen blauen Streifen, die das Auge nach unten auf die neuen zitronengrünen Schutzstiefel lenkten. Viele Bauarbeiter in Burroughs, und es gab eine Menge, trugen diese neuen leichten und geschmeidigen Schutzstiefel als Modestatement, und alle hatten grelle Farben. Aber nur wenige erreichten die erstaunliche Qualität der fluoreszierenden grünen Stiefel von Desmond.

Er grinste auf seine verrückte Art, als Sax diese Stiefel anstarrte. »Ja, sind sie nicht wunderschön? Und sehr ablenkend.«

Das war auch nötig, weil seine Dreadlocks in eine weite, rot-gelb-grüne Mütze gestopft waren. Überall auf dem Mars ein ungewöhnlicher Anblick. »Komm, gehen wir einen trinken!«

Er führte Sax in eine billige Bar an der Kanalseite, die in die Flanke eines massiven ausgehöhlten Pingos eingebaut war. Die Bauarbeiter dort saßen dicht gedrängt an langen Tischen und sprachen mit australischem Akzent. Direkt am Kanalufer warf eine besonders ruppige Gruppe Eisbrocken der Größe von Kanonenkugeln in den Kanal. Ab und zu traf einer davon das Gras am anderen Ufer, was Hurragebrüll und oft eine Runde Lachgas aufs Haus auslöste. Spaziergänger am anderen Ufer machten einen großen Bogen um diese Stelle.

Desmond bestellte ihnen vier Gläschen Tequila und einen Lachgas-Inhalator. »Wir werden bald Agaven auf der Oberfläche wachsen lassen, nicht wahr?«

»Ich denke, das ginge schon jetzt.«

Sie setzten sich ans Ende eines Tisches, so dicht nebeneinander, dass sich ihre Ellbogen berührten, und Desmond redete Sax direkt ins Ohr, während sie tranken. Er hatte einen ganzen Wunschzettel mit Dingen, die Sax für ihn von Biotique stehlen sollte. Samen, Sporen, Rhizome, bestimmte Wachstumsmedien und schwer zu synthetisierende Chemikalien ... »Hiroko sagt, ich soll dir mitteilen, dass sie das wirklich alles braucht, aber ganz besonders die Samen.«

»Kann sie die nicht selbst züchten? Ich mag Stehlen nicht.«

»Das Leben ist ein gefährliches Spiel«, sagte Desmond und unterstrich den Gedanken mit einer kräftigen Nase Gas und danach einem Schluck Tequila. »Ahhh!«

»Es ist nicht die Gefahr. Ich will das einfach nicht tun. Ich arbeite mit diesen Leuten zusammen.«

Desmond zuckte die Achseln und antwortete nicht. Sax kam der Gedanke, dass diese Skrupel Desmond egal sein könnten, der den größten Teil des einundzwanzigsten Jahrhunderts als Dieb gelebt hatte. Schließlich meinte Desmond: »Du wirst es nicht diesen Leuten wegnehmen. Du wirst es der Transnationalen wegnehmen, die Biotique besitzt.«

»Aber das sind ein Schweizer Kollektiv und Praxis«, entgegnete Sax. »Und Praxis sieht gar nicht so schlecht aus. Sie ist ein sehr lockeres egalitäres System, das mich an Hirokos erinnert.«

»Außer dass sie Teil eines globalen Systems sind, in dem eine sehr kleine Oligarchie die Welt regiert. Du musst die Zusammenhänge sehen.«

»Oh, glaube mir, das tue ich«, versicherte Sax und erinnerte sich wieder an seine schlaflosen Nächte. »Aber du musst auch unterscheiden.«

»Ja, ja. Und eine Unterscheidung ist, dass Hiroko diese Materialien braucht und nicht herstellen kann, weil sie sich vor der Polizei, die von deiner wundervollen Transnationalen bezahlt wird, verstecken muss.«

Sax blinzelte verstimmt.

»Außerdem ist Diebstahl eine der wenigen Widerstandsaktionen, die uns in diesen Tagen noch verblieben sind. Hiroko ist sich mit Maya einig, dass offene Sabotage nur auf die Existenz des Untergrundes hinweist und eine Aufforderung zu Repressionen und die Ausschaltung der Demimonde ist. Sie hält es für besser, eine Weile zu verschwinden und sie auf den

Gedanken zu bringen, dass es nie sonderlich viele von uns gegeben hat.«

»Das ist eine gute Idee«, sagte Sax. »Aber ich bin überrascht, dass du tust, was Hiroko sagt.«

»Sehr komisch!«, sagte Desmond grinsend. »Jedenfalls halte ich es auch für eine gute Idee.«

»Wirklich?«

»Nein. Aber sie hat mich überredet. Es könnte das Beste sein. Auf jeden Fall gibt es noch eine Menge Material, das besorgt werden muss.«

»Würde nicht schon der Diebstahl an sich der Polizei einen Hinweis geben, dass wir noch da draußen sind?«

»Keineswegs. Der ist so weit verbreitet, dass unsere Taten vor dem Hintergrundniveau gar nicht auffallen werden. Es gibt eine Menge Maulwürfe.«

»Wie mich.«

»Ja, aber du tust es nicht fürs Geld, oder?«

»Trotzdem gefällt es mir nicht.«

Desmond lachte. Er entblößte seinen steinernen Eckzahn und die alte Asymmetrie seines Kiefers und der ganzen unteren Gesichtshälfte. »Es ist das Stockholmsyndrom. Du arbeitest mit ihnen, lernst sie kennen und entwickelst eine Sympathie für sie. Aber bedenke, was sie hier machen! Los, mach den Kaktus alle, dann werde ich dir direkt hier in Burroughs einige Dinge zeigen, die du noch nicht gesehen hast.«

Es gab einen Aufruhr, als ein Eisbrocken das andere Ufer traf – und einen alten Mann. Die Leute jubelten und hoben die Frau, die ihn geworfen hatte, auf die Schultern; aber die Gruppe um den alten Mann rannte zur nächsten Brücke. Desmond sagte: »Das wird mir zu laut. Komm, trink aus, und lass uns gehen!«

Sax kippte den Schnaps hinunter, während Desmond den Rest aus dem Inhalator einsog. Dann verschwanden sie rasch, um dem sich anbahnenden Tumult zu entgehen. Sie gingen den Weg an der Seite des Kanals hoch, an den Reihen der Bareiß-Säulen entlang und zum Princess Park. Nach einer halben Stunde wandten sie sich nach rechts, den begrünten Toth Boulevard hinauf. Hinter Table Mountain gingen sie durch kleinere Gassen nach links und kamen zum westlichsten Teil der Kuppelwand, die sich in einem großen Bogen um Black Syrtis Mesa hinzog. »Schau, sie kehren zu den alten Sargquartieren für die Arbeiter zurück«, erläuterte Desmond. »Das ist jetzt die Standardunterkunft bei Subarashii. Siehst du, wie diese Einheiten in die Mesa eingefügt sind? In den Anfangstagen von Burroughs enthielt Black Syrtis eine Plutoniumverarbeitungsanlage, als sie noch gut außerhalb der Stadt lag. Aber jetzt hat Subarashii gleich daneben Arbeitersiedlungen errichtet. Und sie haben die Aufgabe, die Fabrikation zu beaufsichtigen. Den Abfall bringen sie nach Norden zu Nili Fossae, wo ihn einige integrale schnelle Reaktoren verwenden können. Die Aufräumaktion ging damals fast rein robotisch, aber die Roboter sind schwer zu kontrollieren. Es ist billiger, Menschen einzusetzen. Das gilt für viele Tätigkeiten.«

»Aber die Strahlung …«, sagte Sax zwinkernd.

»Ja«, meinte Desmond mit seinem breiten Grinsen. »Sie bekommen jährlich vierzig Rem ab.«

»Du machst Witze!«

»Keineswegs. Das sagen sie den Arbeitern, zahlen ihnen eine Gefahrenzulage, und nach drei Jahren bekommen sie einen Bonus, der in der Behandlung besteht.«

»Bekommen sie die denn sonst nicht?«

»Sax, sie ist teuer. Und es gibt Wartelisten. Auf diese Weise kann man die Liste übergehen und die Kosten decken.«

»Aber vierzig Rem! Es ist alles andere als sicher, dass die Behandlung den dadurch angerichteten Schaden repariert.«

»Das wissen wir«, sagte Desmond mürrisch. Es war nicht nötig, explizit auf Simon zu verweisen. »Sie aber nicht.«

»Und Subarashii macht das bloß, um die Kosten zu senken?«

»Sax, bei einer so großen Kapitalanlage ist das wichtig. Jede Kosteneinsparung zeigt Wirkung. Die Abwassersysteme in Black Syrtis zum Beispiel werden für alles benutzt – medizinische Abfälle, Leichen und Kompost.«

»Das ist doch ein Witz!«

»Leider nicht. Meine Witze sind lustiger.«

Sax winkte ab.

»Schau«, sagte Desmond. »Es gibt keine behördlichen Regelungen mehr. Keine Bauvorschriften oder so. Das ist es, was der Erfolg der Transnationalen von einundsechzig wirklich bedeutet. Sie machen jetzt ihre eigenen Gesetze. Und du weißt, wie ihre oberste Regel lautet.«

»Aber das ist doch schlicht dumm!«

»Tja, weißt du, diese spezielle Abteilung von Subarashii wird von Georgiern geführt, und die sind hier im Griff einer großen Stalin-Renaissance. Es ist eine patriotische Geste, dass sie ihr Land so stupide wie möglich regieren. Das ist aber auch gut fürs Geschäft. Und natürlich sind die Spitzenmanager von Subarashii immer noch Japaner, und die glauben, dass Japan nur durch Härte groß geworden ist. Sie sagen, sie hätten '61 das gewonnen, was sie im Zweiten Weltkrieg verloren haben. Sie sind hier oben die brutalsten Transnationalen, und alle anderen ahmen sie nach, um erfolgreich konkurrieren zu können. Praxis ist dabei eine Anomalie. Vergiss das nicht.«

»Also belohnen wir sie, indem wir sie bestehlen.«

»Du bist losgezogen, um für Biotique zu arbeiten. Vielleicht solltest du den Job wechseln.«

»Nein.«

»Glaubst du, dass du diese Materialien von einer der Subarashii-Firmen stehlen kannst?«

»Nein.«

»Aber von Biotique ginge das?«

»Wahrscheinlich. Aber die Sicherheitsvorkehrungen sind sehr streng.«

»Aber du könntest es tun.«

»Wahrscheinlich.« Sax dachte darüber nach. »Ich will eine Gegenleistung.«

»Ja?«

»Kannst du mich mitnehmen, damit ich einen Blick auf die Brandzone der fliegenden Linse werfen kann?«

»Sicher! Ich würde sie selbst gern wiedersehen.«

Also verließen sie am nächsten Nachmittag Burroughs mit dem Zug und fuhren den Großen Steilhang hinauf. In Libya Station, siebzig Kilometer von Burroughs entfernt, stiegen sie aus, schlüpften in den Keller und durch die Schranktür, dann den Tunnel hinunter und hinaus in die steinige Landschaft. Einer von Desmonds Rovern war in einem flachen Graben versteckt. Als es dunkel wurde, fuhren sie den Steilhang entlang nach Osten zu einem kleinen Versteck der Roten im Rand des Du-Martheray-Kraters, nahe einem Streifen von flachem Urgestein, den die Roten als Startbahn benutzten. Desmond stellte Sax ihren Gastgebern nicht vor. Sie wurden in einen kleinen Hangar am Rand der Klippe geführt. Dort stiegen sie in eines der alten getarnten Flugzeuge von Spencer ein, holperten über den Felsenstreifen und hoben schlingernd ab. Einmal in der Luft, flogen sie langsam durch die Nacht nach Osten.

Sie flogen einige Zeit schweigend. Sax sah nur dreimal Lichter auf der dunklen Oberfläche des Planeten. Einmal war es ein Bahnhof im Krater Escalante, einmal die dünne, sich bewegende

Linie eines fahrenden Zuges auf seinem Weg um den Mars, und zuletzt ein nicht identifiziertes Blinken in dem rauen Land hinter dem Großen Steilhang. Sax fragte: »Was denkst du, was das ist?«

»Keine Ahnung.«

Nach einigen Minuten sagte Sax: »Ich habe Phyllis getroffen.«

»Wirklich? Hat sie dich erkannt?«

»Nein.«

Desmond lachte. »Echt jetzt?«

»Eine Menge alter Bekannter haben mich nicht erkannt.«

»Nun ja, aber Phyllis ... Ist sie immer noch Präsidentin der Übergangsbehörde?«

»Nein. Sie schien das sowieso nicht für einen einflussreichen Posten zu halten.«

Desmond lachte wieder. »Ein verrücktes Weib. Aber sie hat die Gruppe auf Clarke wieder in die Zivilisation zurückgebracht. Das muss ich ihr lassen. Ich habe gedacht, dass sie so gut wie tot sein dürften.«

»Weißt du mehr darüber?«

»Naja, ich habe mit zwei Leuten gesprochen, die dabei waren. Eines Abends in der Pingo-Bar. Die hörten gar nicht mehr auf, darüber zu reden.«

»Ist gegen Ende ihres Fluges etwas passiert?«

»Am Ende? Hm, da ist jemand gestorben. Ich glaube, eine Frau hat sich die Hand zerquetscht, als sie Clarke evakuierten. Und Phyllis war die Einzige, die zumindest eine medizinische Grundlagenausbildung hatte, und hat sich deshalb während des ganzen Flugs um sie gekümmert. Sie glaubte wohl, dass die Frau durchkommen würde, aber ich vermute, dass ihr etwas ausging – die beiden, die mir die Geschichte erzählt haben, haben sich darüber nicht allzu genau geäußert. Und der Patientin ging es immer schlechter. Phyllis und alle anderen versammelten sich und beteten für die Frau, aber sie starb trotzdem, ein paar Tage, ehe sie die Erde erreichten.«

»Ah!«, sagte Sax. »Phyllis scheint jetzt nicht mehr so ... religiös zu sein.«

Desmond knurrte. »Das ist sie nie gewesen, wenn du mich fragst. Ihre Religion war das Geschäft. Wenn du richtige Christen besuchst, die Leute unten in Christianopolis oder Bingen zum Beispiel, wirst du feststellen, dass sie beim Frühstück nicht über Profit sprechen oder dich mit dieser salbungsvollen Rechtschaffenheit bekehren wollen. *Rechtschaffenheit* – mein Gott! Das ist eine wirklich ekelhafte Eigenschaft. Du weißt schon, es muss sein wie ein auf Sand gebautes Haus und so? Aber die Christen in der Demimonde sind nicht so. Es sind Gnostiker, Quäker, Baptisten, Baha'i, Rastafari, was auch immer. Die angenehmsten Menschen im Untergrund, wenn du mich fragst. Und ich habe mit allen gehandelt. So hilfreich. Und ohne Prätentionen, dass sie mit Jesus die besten Freunde sind. Sie halten eng zu Hiroko, wie die Sufis. Da unten entwickelt sich eine Art mystisches Netzwerk.« Er kicherte. »Aber jetzt Phyllis und all diese Businessfundamentalisten – sie benutzen Religion, um Wucherei zu tarnen. Ich hasse das. Ich habe Phyllis tatsächlich nach unserer Landung nie etwas Religiöses sagen hören.«

»Hattest du, nachdem wir gelandet waren, viel Gelegenheit, Phyllis sprechen zu hören?«

Wieder Gelächter. »Mehr, als du dir denken kannst! Ich habe in diesen Jahren mehr gesehen als du, meine liebe Laborratte! Ich hatte meine kleinen Verstecke *überall*.«

Sax schnaubte skeptisch, und Desmond lachte wieder und klopfte ihm auf die Schulter. »Wer sonst könnte dir sagen, dass du und Hiroko in den Underhill-Jahren ein Thema gewesen seid?«

»Hmm.«

»O ja, ich habe viel gesehen. Natürlich konnte man das von jedem Mann in Underhill behaupten und immer recht behalten. Diese Hexe hat uns alle als Harem gehalten.«

»Polyandrie?«

»Zweifach, zum Teufel! Oder zwanzigfach!«

»Hmm.«

Desmond lachte ihn an.

Gleich nach der Morgendämmerung erblickten sie eine weiße Rauchwolke, die die Sterne in einem ganzen Himmelsquadranten verdunkelte. Einige Zeit war diese dichte Wolke die einzige Anomalie, die sie in der Umgebung ausmachen konnten. Als sie dann weiterflogen und der Terminator unter ihnen dahinglitt, erschien am Osthorizont vor ihnen ein breiter Streifen hellen Bodens. Ein orangefarbenes Band oder ein Trog, der ungefähr von Nordost nach Südwest verlief, verdunkelt von Rauch, der einem Abschnitt davon entströmte. Der Trog unter dem Rauch war weiß und turbulent, als fände eine kleine vulkanische Eruption genau auf diesem Fleck statt. Darüber stand eine Lichtsäule oder eher ein Strahl aus erleuchtetem Rauch, so dicht und massiv, dass er wie eine Marmorsäule wirkte, die sich direkt nach oben erstreckte, bis sie verschwamm, weil die Rauchwolke dünner und schwächer wurde, und schließlich in rund zehntausend Metern Höhe verschwand.

Zuerst gab es kein Anzeichen von der Quelle dieser Lichtsäule am Himmel. Die Linse befand sich immerhin mehr als vierhundert Kilometer über ihnen. Dann glaubte Sax, etwas zu sehen, den Geist einer Wolke, die sehr weit oben dahinzog. Vielleicht war es das, vielleicht auch nicht. Desmond war sich nicht sicher.

Aber am Boden war alles deutlich sichtbar. Die Lichtsäule hatte eine geradezu biblische Präsenz, und der geschmolzene Fels unter ihr glühte wirklich in blendendem Weiß. So sahen

5000° aus, wenn sie der freien Luft ausgesetzt wurden. Desmond sagte: »Wir müssen vorsichtig sein. Wenn wir in diesen Strahl fliegen, verbrutzeln wir wie eine Motte in der Lampe.«
»Der Rauch sieht auch sehr turbulent aus.«
»Ja. Ich werde auf seiner Luvseite bleiben.«
Unten, wo die weiße Säule des leuchtenden Rauchs auf den orangefarbenen Kanal traf, blähten sich frische Rauchwolken auf, von unten angestrahlt, was sie sehr unheimlich wirken ließ. Im Norden des weißen Flecks, wo das Gestein bereits abkühlte, erinnerte der geschmolzene Kanal Sax an einen Film von den Ausbrüchen der Vulkane auf Hawaii. Helle gelborangefarbene Wellen schoben sich in dem Kanal aus flüssigem Fels nach Norden vor, trafen gelegentlich auf Widerstand und traten über die dunklen Ufer des geschmolzenen Kanals. Der Kanal war ungefähr zwei Kilometer breit und verlief nach beiden Richtungen über den Horizont. Sie konnten etwa zweihundert Kilometer davon überblicken. Südlich der Lichtsäule war das Kanalbett fast völlig mit sich abkühlendem schwarzem Gestein bedeckt, durchzogen von dunkelorangefarbenen Rissen. Der gerade Verlauf des Kanals und die Lichtsäule selbst waren die einzigen deutlichen Anzeichen, dass es sich nicht um einen natürlichen Lavakanal handelte. Aber diese Zeichen waren überdeutlich. Außerdem hatte es auf der Marsoberfläche seit vielen Tausend Jahren keinerlei vulkanische Tätigkeit mehr gegeben.

Desmond flog dicht heran, kippte dann das Flugzeug scharf und nahm Kurs nach Norden. »Der Strahl der Linse bewegt sich nach Süden, darum sollten wir weiter oben auf dem Kanal dichter herangehen können.«

Viele Kilometer weit verlief der Kanal aus geschmolzenem Gestein unverändert nach Nordosten. Als sie sich dann weiter von der aktuellen Brandzone entfernten, wurde das Orange der Lava dunkler und von den Seiten her allmählich mit einer schwarzen Kruste überzogen, die durch hellere orangefarbene Spalten unterbrochen war. Jenseits davon war die Oberfläche des Kanals so schwarz wie die Ufer zu beiden Seiten. Ein Streifen aus purem Schwarz, der sich über die rostfarbene Hochebene Hesperia Planum zog.

Desmond ging wieder auf Südkurs und flog näher an den Kanal heran. Er war ein grober Pilot, der das leichte Flugzeug rücksichtslos herumjagte. Als die orangefarbenen Flecken wieder erschienen, traf eine aufsteigende thermische Bö die Maschine heftig, und er glitt ein wenig zur Seite. Das Licht des geschmolzenen Gesteins erhellte die Ufer des Kanals, sehr schwarze rauchende Hügelreihen. Sax sagte: »Ich dachte, die wären aus Glas.«

»Es ist Obsidian. Ich habe deutlich mehrere Farben gesehen. Wirbel aus verschiedenen Mineralien in dem Glas.«

»Wie weit erstreckt sich dieser Brand?«

»Sie schneiden von Cerberus bis Hellas, genau westlich von Tyrrhena und den Hadrica-Vulkanen.«

Sax stieß einen Pfiff aus.

»Die sagen, es wird ein Kanal zwischen dem Hellas-Meer und dem nördlichen Ozean.«

»Schon, aber sie verflüchtigen die Karbonate viel zu schnell.«

»Das verdichtet die Atmosphäre, oder?«

»Ja, aber mit CO_2! Sie ignorieren den Plan. Wir werden auf Jahre hinaus nicht imstande sein, die Luft zu atmen. Wir werden in den Kuppeln festsitzen.«

»Vielleicht glauben sie, das Kohlendioxid ausfiltern zu können, wenn alles warm geworden ist.« Desmond warf ihm einen Seitenblick zu. »Hast du genug gesehen?«

»Mehr als genug.«

Desmond stieß wieder sein unangenehmes Lachen aus und kippte das Flugzeug scharf zur Seite. Sie folgten dem Terminator nach Westen und flogen niedrig über die langen Schatten des Geländes in der Morgendämmerung.

»Sieh es mal so: Die Menschen sind gezwungen, noch eine Weile in den Städten zu bleiben, was gut ist, wenn man die Dinge kontrollieren will. Man brennt Gräben mit diesem fliegenden Vergrößerungsglas und hat sehr schnell seine Atmosphäre von einem Bar und seinen warmen, feuchten Planeten. Dann beseitigt man das Kohlendioxid aus der Atmosphäre. Die müssen da etwas im Sinn haben – industriell oder biologisch oder beides. Etwas, das sich gut verkaufen lässt. Und presto hat man eine zweite Erde, wirklich sehr schnell. Es könnte kostspielig sein ...«

»Es ist ganz bestimmt kostspielig! All diese großen Projekte müssen die Transnationalen um riesige Summen erleichtern, und sie tun es trotzdem, obwohl wir der Erwärmung auf null Grad ein gutes Stück näher gekommen sind. Ich verstehe das nicht.«

»Vielleicht halten sie das für zu bescheiden. Schließlich ist es um den Gefrierpunkt doch etwas kühl. Man könnte es eine Terraformingvision à la Sax Russell nennen. Praktisch, aber ...« Er kicherte. »Oder vielleicht fühlen sie, dass die Zeit drängt. Um die Erde steht es schlecht, Sax.«

»Das weiß ich«, entgegnete Sax heftig. »Ich habe sie studiert.«

»Gut für dich! Nein, wirklich. Dann weißt du ja, dass die Leute, die die Behandlung nicht bekommen haben, immer verzweifelter werden. Sie werden älter, und ihre Chancen, sie je zu bekommen, scheinen immer schlechter zu stehen. Und diejenigen, die die Behandlung bekommen haben, besonders die an der Spitze, versuchen herauszufinden, was sie tun sollen. Das Jahr einundsechzig hat ihnen gezeigt, was passieren kann, wenn die Dinge außer Kontrolle geraten. Also kaufen sie Länder auf wie schlechte Mangos am Ende des Markttags. Aber das scheint nicht zu helfen. Und hier gleich nebenan sehen sie einen frischen leeren Planeten, noch nicht ganz bereit zur Inbesitznahme, aber dicht davor. Voller Potenzial. Es könnte eine neue Welt werden. Außer Reichweite der nicht behandelten Milliarden.«

Sax dachte darüber nach. »Du meinst eine Art Schlupfloch. Um sich davonzumachen, wenn es Schwierigkeiten gibt.«

»Genau. Ich denke, in diesen Transnationalen gibt es Leute, die den Mars so schnell wie möglich terrageformt haben wollen. Notfalls mit allen erdenklichen Mitteln.«

»Ah!«, sagte Sax. Und schwieg während der ganzen Rückreise.

Desmond begleitete ihn nach Burroughs zurück, und als sie vom Südbahnhof zur Hunt Mesa gingen, konnten sie über die Baumwipfel des Canal Parks blicken, zwischen Branch Mesa und Table Mountain hindurch auf Black Syrtis. »Machen die wirklich auf dem ganzen Mars so blödsinnige Dinge?«, fragte Sax.

Desmond nickte. »Ich bringe dir das nächste Mal eine Liste mit.«

»Tu das!« Sax schüttelte den Kopf, als er darüber nachdachte. »Es ergibt keinen Sinn. Sie denken nicht an die langfristigen Folgen.«

»Die denken kurzfristig.«

»Sie werden aber lange zu leben haben! Vermutlich werden sie noch an der Macht sein, wenn diese Politik über ihnen zusammenbricht.«

»Vielleicht sehen sie das anders. Die oben an der Spitze wechseln oft die Jobs. Sie versuchen, sehr schnell durch Gründung einer Firma ihre Reputation aufzubauen, werden dann von jemand anderem angeheuert und versuchen es dann wieder. Da oben spielen sie ständig Reise nach Jerusalem.«

»Es spielt keine Rolle, wohin die reisen. Ganz Jerusalem wird einstürzen! Sie berücksichtigen die Gesetze der Physik nicht.«

»Natürlich nicht. Hast du das nicht schon früher bemerkt, Sax?«

»… scheinbar nicht.«

Natürlich hatte er bemerkt, dass menschliche Angelegenheiten irrational und unerklärlich waren. Das konnte keinem entgehen. Aber er hatte immer angenommen, dass die Menschen in der Regierung sich wirklich bemühten, rationale Entscheidungen für das langfristige Wohl der Menschheit und das sie tragende biophysische System zu treffen. Desmond lachte, als Sax ihm das zu erklären versuchte, und schließlich rief er verzweifelt aus: »Aber warum sonst sollte man einen so kompromittierten Beruf wählen, wenn nicht zu diesem Ziel?«

»Macht«, antwortete Desmond. »Macht und Profit.«

»Ah!«

Sax war an solchen Dingen immer so desinteressiert gewesen, dass er nur schwer verstand, warum jemand so sein sollte. Was war persönlicher Gewinn anderes als die Freiheit zu tun, was man wollte? Und was war Macht anderes als die Freiheit zu tun, was man wollte? Und wenn man einmal diese Freiheit besaß, begann jedes Mehr an Reichtum oder Macht tatsächlich, die Optionen einzuschränken und die Freiheit zu mindern. Man wurde ein Sklave seines Reichtums oder seiner Macht, darauf beschränkt, sie die ganze Zeit zu beschützen. Folgerichtig war für Sax die Freiheit eines Wissenschaftlers, mit einem Labor zur Verfügung, die höchste überhaupt mögliche Freiheit. Noch mehr Reichtum und Macht würden das nur einschränken.

Desmond schüttelte den Kopf, als ihm Sax seine Philosophie darlegte. »Manche Leute lieben es, anderen zu sagen, was sie tun sollen. Das geht ihnen über die Freiheit. Hierarchie, verstehst du. Und ihr Platz in der Hierarchie. Solange er weit genug oben ist. Alle an ihren Rang gebunden. Das ist sicherer als Freiheit. Und viele Menschen sind Feiglinge.«

Sax schüttelte den Kopf. »Ich denke, es ist einfach die Unfähigkeit, das Gesetz des sinkenden Grenzertrags zu verstehen. Als könnte es von etwas Gutem nie zu viel geben. Das ist sehr unrealistisch. Ich meine, in der Natur gibt es keinen Prozess, der konstant ohne Rücksicht auf Quantität läuft.«

»Die Lichtgeschwindigkeit.«

»Pah! Irrelevant. Physikalische Realität ist offensichtlich kein Faktor bei diesen Berechnungen.«

»Gut formuliert.«

Sax schüttelte frustriert den Kopf. »Wieder Religion. Oder Ideologie. Wie hat Frank immer gesagt? Eine imaginäre Beziehung zu einer realen Situation.«

»Der war ein Mann, der Macht liebte.«

»O ja.«

»Aber er hatte viel Fantasie.«

Sie zogen sich in Sax' Apartment um. Dann gingen sie auf den Gipfel der Mesa, um im Antonio's zu frühstücken. Sax dachte noch über ihre Diskussion nach. »Das Problem ist, dass Leute mit übertriebener Sucht nach Reichtum und Macht Positionen erreichen, die ihnen beides im Übermaß bescheren, und dann erkennen sie, dass sie sowohl deren Sklaven als auch deren Herren sind. Danach werden sie enttäuscht und verbittert.«

»Wie Frank, meinst du.«

»Ja. Also scheinen die Mächtigen immer einen dysfunktionalen Aspekt an sich zu haben. Alles von Zynismus bis hin zu ausgewachsener Destruktivität. Sie sind nicht glücklich.«

»Aber sie sind mächtig.«

»Allerdings. Und das ist unser Problem. Menschliche Angelegenheiten ...«, Sax machte eine Pause, um eines der Brötchen zu essen, die gerade aufgetischt wurden. Er war am Verhungern, »sollten nach den Prinzipien der System-Ökologie betrieben werden.«

Desmond lachte laut los und griff hastig nach einer Serviette, um sich das Kinn abzuwischen. Er lachte so laut, dass Leute an den Nachbartischen zu ihnen herüberschauten, was Sax etwas beunruhigte. Desmond setzte zu einer Antwort an, hielt inne und fing wieder an zu lachen: »Was für eine Vorstellung! Ah ha ha! O mein Saxifrage! Wissenschaftliches Management, he?«

»Ja, warum nicht?«, sagte Sax hartnäckig. »Ich denke, die Prinzipien, die das Verhalten der dominanten Spezies in einem stabilen Ökosystem bestimmen, sind, soweit ich mich entsinne, recht einfach. Ich wette, dass ein Ausschuss von Ökologen ein Programm aufstellen könnte, das in einer stabilen gutartigen Gesellschaft resultieren würde.«

»Wenn du nur die Welt regieren würdest!«, rief Desmond und fing wieder an zu lachen. Er legte die Stirn auf die Tischkante und prustete los.

»Nicht nur ich.«

»Nein, ich mach nur Witze.« Er richtete sich auf und beruhigte sich wieder. »Du weißt, dass Vlad und Marina jetzt schon seit Jahren an ihrer Öko-Ökonomie arbeiten. Ich benutze sie sogar beim Handel zwischen den Kolonien des Untergrundes.«

»Das wusste ich nicht«, sagte Sax überrascht.

Desmond schüttelte den Kopf. »Du musst besser aufpassen, Sax. Im Süden leben wir schon seit Jahren durch Öko-Ökonomie.«

»Das muss ich mir näher ansehen.«

»Ja.« Desmond grinste breit und hätte fast wieder losgeprustet. »Du musst noch eine Menge lernen.«

Ihr Frühstück wurde serviert, zusätzlich eine Karaffe Orangensaft, und Desmond schenkte ihre Gläser voll. Er stieß mit Sax an und sagte: »Willkommen in der Revolution!«

Desmond fuhr in den Süden, nachdem er Sax das Versprechen abgenommen hatte, dass er für Hiroko von Biotique abstauben würde, was er konnte. »Ich muss mich mit Nirgal treffen.« Er drückte Sax an sich und war verschwunden.

Einen Monat lang dachte Sax über alles nach, was er von Desmond und durch die Dokus erfahren hatte. Er sichtete das Material aufmerksam und wurde dabei immer beunruhigter. Nach wie vor war er jede Nacht mehrere Stunden lang wach.

Dann erhielt er eines Morgens nach einer solchen ergebnis- und ruhelosen durchwachten Nacht einen Anruf. Es war Phyllis, die zu Meetings in der Stadt war und sich mit ihm zum Abendessen treffen wollte.

Sax sagte zu, mit seiner Überraschung und Stephens Enthusiasmus. Er traf sie an diesem Abend in Antonio's. Sie küssten sich auf die Wangen und wurden zu einem Ecktisch mit Blick auf die Stadt geführt. Sie aßen ein Menü, dem Sax kaum Aufmerksamkeit schenkte, und plauderten unverbindlich über die neusten Entwicklungen in Sheffield und bei Biotique.

Nach dem Dessert tranken sie einen Brandy. Sax hatte es nicht eilig zu gehen, da er sich nicht sicher war, was Phyllis für den Rest des Abends geplant hatte. Sie hatte ihm kein deutliches Zeichen gegeben und schien es auch nicht eilig zu haben.

Jetzt lehnte sie sich in ihrem Sessel zurück und sah ihn fröhlich an. »Du bist es wirklich, nicht wahr?«

Sax legte den Kopf schief, weil er nicht verstand, wovon sie redete.

Phyllis lachte. »Es ist wirklich schwer zu glauben. Sax Russell, du bist früher nie so gewesen. Ich hätte im Leben nicht geahnt, dass du so ein Liebhaber bist.«

Sax blinzelte unbehaglich und schaute sich um. Er sagte mit Stephens Sorglosigkeit: »Ich hoffe, dass das mehr über dich sagt als über mich.« Die Tische in der Nähe waren alle leer, und die Kellner waren nicht zu sehen. Das Restaurant würde in etwa einer halben Stunde schließen.

Phyllis lachte wieder, aber ihre Augen hatten einen strengen Ausdruck, und Sax erkannte plötzlich, dass sie wütend war. Ohne Zweifel darüber, von einem Mann zum Narren gehalten worden zu sein, den sie seit mehr als achtzig Jahren kannte. Und auch darüber, dass er sich entschlossen hatte, sie zu täuschen. Das zeigte einen sehr tiefen Mangel an Vertrauen, besonders von jemandem, mit dem man schlief. Das schlechte Gewissen wegen seines Verhaltens in Arena kam wieder hoch, und ihm wurde ganz mulmig. Aber was sollte er tun?

Er erinnerte sich an jenen Moment im Aufzug, wo sie ihn geküsst hatte und er ähnlich verblüfft gewesen war. Erst war er durch ihr Nichterkennen abgestoßen gewesen, jetzt durch ihr Wiedererkennen. Das hatte eine gewisse Symmetrie. Und beide Male hatte er einfach mitgespielt.

»Hast du noch mehr zu sagen?«, fragte Phyllis.

Er spreizte die Finger. »Wie kommst du auf diesen Gedanken?«

Wieder lachte sie wütend und sah ihn dann mit zusammengepressten Lippen an. Sie sagte: »Jetzt ist es so leicht zu erkennen. Sie haben dir einfach eine Nase und ein Kinn verpasst. Aber die Augen sind dieselben, und die Kopfform. Es ist seltsam, an was man sich erinnert und was man vergisst.«

»Das stimmt.«

Tatsächlich war es keine Sache des Vergessens, sondern der Unfähigkeit, sich zu erinnern. Sax glaubte eher, dass die Erinnerungen noch irgendwo gespeichert waren.

»Ich kann mich an dein altes Gesicht wirklich nicht mehr erinnern«, sagte Phyllis. »Für mich warst du immer in einem Labor, die Nase an einen Bildschirm gedrückt. In meinen Erinnerungen hast du immer einen weißen Labormantel an. Du siehst aus wie eine gigantische Laborratte.« Jetzt begannen ihre Augen zu funkeln. »Aber irgendwann im Laufe der Zeit hast du gelernt, menschliches Verhalten ziemlich gut nachzuahmen, nicht wahr? Gut genug, um eine alte Freundin zu täuschen, der es gefallen hat, wie du aussahst.«

»Wir sind keine alten Freunde.«

»Nein«, zischte sie. »Sind wir nicht. Du und deine alten Freunde haben versucht, mich zu töten. Ihr habt Tausende umgebracht und den größten Teil dieses Planeten zerstört. Und offenbar sind sie noch irgendwo da draußen, sonst wärst du nicht hier. Sie müssen tatsächlich weit verbreitet sein, denn als ich dein Sperma durch einen DNS-Check laufen ließ, führten die offiziellen Akten dich als Stephen Lindholm. Das hat mich einige Zeit von der Spur abgebracht. Aber es war etwas an dir, das mich irritierte. Als wir in diese Spalte fielen. Das war es. Es erinnerte mich an etwas, das in der Antarktis passiert ist. Du, Tatiana Durova und ich waren auf dem Nussbaum-Riegel, wo Tatiana sich den Knöchel verrenkte und es windig wurde und spät und sie uns mit dem Helikopter zur Basis zurückbringen mussten. Und während wir warteten, hast du irgendeine Felsenflechte gefunden …«

Sax schüttelte ehrlich überrascht den Kopf. »Daran erinnere ich mich nicht.« Und so war es auch. Das Jahr des Trainings und der Auswahl in den Trockentälern der Antarktis war anstrengend gewesen, für ihn aber jetzt nur noch eine undeutliche Erinnerung; und diesen Vorfall hatte er komplett vergessen. Es war schwer zu glauben, dass das je geschehen war. Er konnte sich nicht einmal mehr erinnern, wie die arme Tatiana Durova ausgesehen hatte.

In Gedanken versunken und auf seine Erinnerungen aus jenem Jahr konzentriert, entging ihm etwas von dem, was Phyllis gerade sagte. Aber dann bekam er mit: »… mit meinen alten Kopien aus meiner KI verglichen – und da tauchte dein Name auf.«

»Die Speicher deines Computers bauen vielleicht ab«, sagte er geistesabwesend. »Man hat festgestellt, dass die Stromkreise durch die kosmische Strahlung angegriffen werden, wenn man sie nicht von Zeit zu Zeit wieder auffrischt.«

Sie ignorierte diesen schwachen Einwand. »Worauf es ankommt, ist, dass Leute, die die Akten der Übergangsbehörde verändern können, beobachtet werden müssen. Ich fürchte, dass ich das nicht durchgehen lassen kann. Selbst wenn ich es wollte.«

»Was willst du damit sagen?«

»Ich bin mir nicht sicher. Das hängt davon ab, was du tust. Du könntest mir einfach sagen, wo du dich versteckst und mit wem und was vor sich geht. Du bist schließlich erst vor einem Jahr bei Biotique aufgekreuzt. Wo bist du vorher gewesen?«

»Auf der Erde.«

Ihr Lächeln wurde bösartig. »Wenn das deine Antwort ist, bin ich gezwungen, einige meiner Kollegen um Hilfe zu bitten. In Kasei Vallis gibt es Sicherheitsbeamte, die in der Lage sind, deinem Gedächtnis etwas auf die Sprünge zu helfen.«

»Also bitte!

»Ich meine das nicht metaphorisch. Sie werden die Informationen nicht aus dir herausprügeln oder so. Es ist mehr eine Extraktion. Sie betäuben dich, stimulieren den Hippocampus und die Amygdala und stellen Fragen. Die meisten antworten einfach.«

Sax dachte darüber nach. Der Mechanismus des Gedächtnisses war immer noch wenig erforscht, aber ohne Zweifel konnte man grob auf die Bereiche einwirken, von denen man wusste, dass sie damit zu tun hatten. Schnelle Mikrowellen, punktgenauer Ultraschall – was auch immer. Es wäre sicherlich gefährlich …

»Nun?«, fragte Phyllis.

Er starrte in ihr wütendes und triumphierendes Lächeln. Ein höhnisches Grinsen. Ungeordnete Gedanken schwirrten ihm durch den Kopf. Desmond, Hiroko, die Kinder in Zygote, die riefen: Warum, Sax, warum? Er musste sein Gesicht streng unter Kontrolle halten, um seinen Widerwillen gegen sie zu verbergen, der ihn plötzlich wie eine Welle durchflutete. Vielleicht war diese Art von Abneigung das, was die Menschen Hass nannten.

Nach einiger Zeit räusperte er sich. »Ich denke, ich erzähle es dir lieber.«

Sie nickte energisch, als ob sie diese Entscheidung selbst getroffen hätte. Sie schaute sich um. Das ganze Restaurant war jetzt leer. Die Kellner saßen an einem Tisch und tranken Grappa. »Los!«, sagte sie. »Gehen wir in mein Büro.«

Sax nickte und stand steif auf. Sein rechtes Bein war eingeschlafen. Er hinkte hinter ihr her. Sie sagten den Kellnern gute Nacht und gingen.

Sie stiegen in den Aufzug, und Phyllis drückte den Knopf für die U-Bahn-Etage. Die Tür ging zu, und sie fuhren hinab. Wieder in einem Aufzug. Sax holte tief Luft und bewegte dann ruckartig den Kopf nach unten, als hätte er etwas Ungewöhnliches auf dem Kontrollpanel entdeckt. Phyllis folgte seinem Blick, und mit einer schnellen Bewegung schlug er ihr gegen das Kinn. Sie prallte gegen die Seite des Aufzugs und brach benommen und japsend zusammen. Die zwei großen Knöchel seiner rechten Hand schmerzten furchtbar. Sax drückte den Knopf für die zweite Etage über der U-Bahn, von der ein langer Korridor nach Hunt Mesa führte, der zu beiden Seiten von Läden flankiert war, die um diese Zeit geschlossen sein würden. Er packte Phyllis bei den Armen und zog sie hoch. Sie war größer als er, schlaff und schwer; und als die Tür des Lifts aufging, bereitete er sich darauf vor, um Hilfe zu rufen. Aber draußen war niemand, und er schlang sich einen ihrer Arme um den Hals und zerrte sie hinüber zu einem der kleinen Wagen, die dort für die Gäste bereitstanden, die die Mesa schnell oder mit viel Gepäck durchqueren wollten. Er ließ Phyllis auf den Rücksitz fallen. Sie stöhnte. Es klang, als käme sie zu sich. Er setzte sich vor ihr auf den Fahrersitz und trat das Pedal bis zum Boden durch. Das kleine Fahrzeug brummte den Korridor entlang. Sax atmete schwer und schwitzte.

Er kam an zwei Toiletten vorbei und hielt an. Phyllis rollte hilflos vom Sitz und auf den Boden. Sie stöhnte noch lauter. Bald würde sie das Bewusstsein wiedererlangen, falls das nicht schon der Fall war. Sax stieg aus und lief hin, um nachzusehen, ob die Herrentoilette frei war. Sie war es. Also rannte er wieder zum Wagen, zog Phyllis an den Schultern hoch und legte sie sich über den Rücken. Er stolperte unter ihrem Gewicht, bis er die Tür der Toilette erreichte. Dort ließ er sie einfach fallen. Ihr Kopf krachte auf den Betonfußboden, und ihr Stöhnen hörte auf. Sax öffnete die Tür und zog sie hindurch. Dann schloss und verriegelte er die Tür.

Er setzte sich neben ihr auf den Fußboden des Waschraums und rang nach Luft. Sie atmete noch, und ihr Puls war schwach, aber gleichmäßig. Sie schien in Ordnung zu sein, aber noch tiefer bewusstlos als nach seinem Schlag. Ihre Haut war blass und feucht, und ihr Mund stand offen. Sie tat ihm leid, bis er sich daran erinnerte, dass sie gedroht hatte, ihn den Sicherheitstechnikern zu übergeben, um ihm seine Geheimnisse zu entreißen. Deren Methoden waren fortschrittlich, aber immer noch Folter. Und falls sie Erfolg hätten, würden sie über die Flüchtlinge im Süden und alle übrigen Bescheid wissen. Sobald sie eine allgemeine Vorstellung von dem hatten, was er wusste, würden sie ihm gezielt die Details entlocken. Gegen die Drogen und die Gehirnwäsche hatte er keine Chance.

Phyllis wusste bereits zu viel. Die Tatsache, dass er eine so gute falsche Identität hatte, ließ auf eine ganze Infrastruktur dahinter schließen, die bis jetzt verborgen gewesen war. Wenn sie einmal von deren Existenz wussten, könnten sie sie wahrscheinlich aufspüren. Hiroko, Desmond, Spencer, der in Kasei Vallis mitten im System steckte, alle exponiert ... Nirgal und Jackie, Peter, Ann ... sie alle. Weil er nicht klug genug gewesen war, einem stupiden schrecklichen Weib wie Phyllis aus dem Weg zu gehen.

Er schaute sich um. Der Raum hatte die Größe von zwei Toilettenkabinen – eine Kabine mit der Toilette und eine andere mit einem Waschbecken, einem Spiegel und den üblichen Automaten für Sterilitätspillen und Lachgas an der Wand. Er starrte ihn an, atmete tief durch und überdachte die Lage. Als er einen Plan im Kopf hatte, flüsterte er seiner Armband-KI Anweisungen zu. Desmond hatte ihm einige sehr verheerende Virusprogramme gegeben. Er steckte sein Armband in das von Phyllis ein und wartete, dass die Übertragung beendet war. Mit einigem Glück würde er ihr ganzes System zerstören. Persönliche Sicherheitsmaßnahmen waren nichts gegen Desmonds Viren aus Militärbeständen. Behauptete jedenfalls Desmond.

Aber da war immer noch Phyllis. Die Gas-Automaten an der Wand enthielten größtenteils Lachgas-Fläschchen, jedes beinhaltete etwa zwei oder drei Kubikmeter. Der Raum hatte, schätzte er, ungefähr fünfunddreißig bis vierzig Kubikmeter. Das Ventilationsgitter befand sich in der Decke und konnte mit einem Streifen des neben dem Waschbecken auf einer Rolle sitzenden Handtuchs verstopft werden.

Sax steckte Geldchips in den Automaten und kaufte alle darin enthaltenen Fläschchen, zwanzig Stück in Taschengröße mit Masken für Nase und Mund. Lachgas würde etwas schwerer sein als die Luft in Burroughs.

Er nahm die kleine Schere aus dem Schlüsselfach seines Armbands und schnitt einen Streifen von der Handtuch-Endlosrolle ab. Dann kletterte er auf den Toilettentank und blockierte das Lüftungsgitter, indem er den Streifen in die Schlitze stopfte. Es gab noch Lücken, aber die waren klein. Er kletterte wieder herunter und ging zur Tür. Der Spalt über dem Boden war fast einen Zentimeter breit. Er schnitt noch einige Streifen von dem Handtuch ab. Phyllis schnarchte. Er ging zur Tür, öffnete sie und beförderte die Gasflaschen mit den Füßen auf den Korridor hinaus. Er warf einen letzten Blick auf Phyllis, die mit dem Gesicht nach unten auf dem Boden lag. Dann schloss er die Tür. Er stopfte die Handtuchstreifen in den Spalt und ließ nur an einer Ecke eine kleine Öffnung. Nachdem er sich auf dem Korridor umgeschaut hatte, setzte er sich hin, nahm eine Flasche, passte die flexible Maske an das Loch und entließ den Inhalt in die Herrentoilette. Das tat er zwanzigmal und stopfte die leeren Flaschen in seine Taschen, bis die voll waren. Dann machte er für den Rest eine kleine Tragetasche aus dem letzten Handtuchstreifen. Er stand auf, ging zum Wagen und nahm auf dem Fahrersitz Platz. Er trat das Gaspedal durch, und der Wagen sprang nach vorn, das Gegenteil zu seinem vorherigen Bremsmanöver, das Phyllis aus dem Rücksitz auf den Boden geworfen hatte. Das hatte bestimmt wehgetan.

Er hielt wieder an, stieg aus und lief zur Toilette zurück. Die Fläschchen in seinen Taschen klapperten. Er riss die Tür auf, ging mit angehaltenem Atem hinein, packte Phyllis bei den Fußknöcheln und zerrte sie hinaus an die frische Luft. Sie atmete noch und hatte ein leichtes Lächeln auf den Lippen. Sax widerstand der Versuchung, ihr einen Tritt zu versetzen, und lief zum Wagen zurück.

Er fuhr in vollem Tempo zur anderen Seite von Hunt Mesa und nahm dann den Lift zur U-Bahn-Etage. Er bestieg den nächsten Zug und fuhr bis zum Südbahnhof. Er stellte fest, dass seine Hände zitterten. Die beiden Knöchel seiner rechten Hand waren geschwollen und fingen an, sich blau zu verfärben. Sie schmerzten stark.

Am Bahnhof kaufte er ein Ticket nach Süden. Aber als er es mit seinem Ausweis dem Mann an der Sperre zeigte, machte der runde Augen, und er und seine Kollegen zogen sofort ihre Pistolen, um ihn festzunehmen. Dabei riefen sie nervös nach der Verstärkung im Nebenraum. Offenbar war Phyllis schneller zu sich gekommen, als er berechnet hatte.

FÜNFTER TEIL

HEIMATLOS

Biogenese ist in erster Linie Psychogenese. Diese Wahrheit kam nirgends deutlicher zum Ausdruck als auf dem Mars, wo die Noosphäre vor der Biosphäre da war. Das Denken hat den schweigenden Planeten erst aus der Ferne umhüllt und ihn mit Geschichten, Plänen und Träumen besiedelt – bis zu dem Moment, in dem John ausstieg und sagte: Da wären wir. Von da an verbreitete sich die Grüne Kraft wie ein Lauffeuer, bis der ganze Planet vor viriditas pulsierte. Es war, als hätte der Planet selbst gefühlt, dass ihm etwas fehlte; und als Geist gegen Fels, Noosphäre gegen Lithosphäre prallte, sprang die Biosphäre ein und füllte die Lücke mit der verblüffenden Plötzlichkeit, mit der Magier Papierblumen aus dem Hut zaubern.

So kam es Michel Duval jedenfalls vor, der sich leidenschaftlich jedem Anzeichen von Leben in der rostigen Einöde widmete; der Hirokos Areophanie mit der Gier aufgegriffen hatte, mit der ein Ertrinkender einen ihm zugeworfenen Rettungsring packt. Sie hatte ihm eine neue Sichtweise gegeben. Um die zu verfeinern, hatte er Anns Gewohnheit übernommen, in der Stunde vor Sonnenuntergang draußen spazieren zu gehen. In dieser Landschaft mit ihren langen Schatten war für ihn jeder Grasfleck eine durchdringende Freude. In jedem kleinen Stück Riedgras und Flechte sah er eine Miniatur-Provence.

Das war seine Aufgabe, wie er sie jetzt verstand: die harte Arbeit, die auseinanderstrebende Gegensätzlichkeit von Provence und Mars aufzuheben. Er fühlte sich in diesem Vorhaben als Teil einer langen Tradition; denn er hatte kürzlich bei seinen Studien bemerkt, dass die Geschichte des französischen Denkens von Versuchen beherrscht war, extreme Antinomien miteinander zu vereinen. Für Descartes waren es Geist und Leib gewesen, für Sartre Freudianismus und Marxismus, *für Teilhard de Chardin Christentum und Evolution – die Liste ließe sich noch verlängern; und ihm schien, dass die besondere Qualität der französischen Philosophie, ihre heroische Spannung und ihre Tendenz zu langen Wegen mit großartigen Irrtümern aus dem wiederholten Versuch stammte, unmögliche Gegensätze zusammenzubringen. Vielleicht gehörte das alles, einschließlich seiner eignen Bemühungen, zu ein und demselben Problem: dem Versuch, Geist und Materie miteinander zu verknüpfen. Und vielleicht war das der Grund, weshalb das französische Denken oft rhetorische Hilfsmittel wie das semantische Rechteck herangezogen hatte – Strukturen, die diese auseinanderstrebenden Gegensätze in Netzen einfangen konnten, die stark genug waren, sie zu halten.*

Somit war es jetzt Michels Aufgabe, Geist und rostige Materie zusammenzuknüpfen, die Provence auf dem Mars zu entdecken. Zum Beispiel ließen Krustenflechten Teile der roten Ebene aussehen, als wären sie mit Jade überzogen. Und jetzt, an den hellen Indigo-Abenden (unter dem alten roten Himmel hatte Gras braun ausgesehen), erlaubte die Farbe des Himmels jedem Grashalm, so rein grün zu leuchten, dass die kleinen Rasenflächen zu pulsieren schienen. Der intensive Druck von Farbe auf die Netzhaut – welche Wonne!

Und es war beeindruckend und wundervoll, wie rasch diese primitive Biosphäre Wurzeln geschlagen hatte, aufgeblüht war und sich verbreitet hatte. Es gab einen inneren Drang zum Leben, einen grünen elektrischen Funken zwischen den Polen von Fels und Geist. Eine unglaubliche Kraft, die hier eingegriffen und die genetischen Ketten berührt, Sequenzen eingefügt, neue Hybriden geschaffen hatte. Sie hatte ihnen geholfen, sich zu verbreiten, indem sie ihre Milieus so verändert hatte, dass sie wachsen konnten. Der natürliche Enthusiasmus des Lebens für das Leben war überall sichtbar, es kämpfte und setzte sich oft durch. Aber jetzt gab es auch leitende Hände, eine Noosphäre, die alles von Anfang an umfing. Die Grüne Kraft stieß mit jeder Berührung ihrer Fingerspitzen in die Landschaft vor.

Menschliche Wesen konnten also wirklich Wunder wirken – bewusste Schöpfer, die wie frische junge Götter über diese neue Welt schritten und gewaltige alchemistische Kräfte entfalteten. Darum sah sich Michel jeden, dem er auf dem Mars begegnete, neugierig an und fragte sich bei der Betrachtung des oft harmlosen Äußeren seines Gegenübers, welcher neuer Paracelsus oder Isaac von Holland vor ihm stünde und ob er Blei in Gold verwandeln oder Steine erblühen lassen würde.

Der von Cojote und Maya gerettete Amerikaner war auf den ersten Blick nicht auffälliger als jede andere Person, die Michel auf dem Mars getroffen hatte. Vielleicht etwas wissbegieriger und wohl auch intelligenter. Ein stämmiger Mann mit dunklem Teint und spöttischer Miene. Aber Michel war es gewohnt, hinter solchen Gesichtern den transformativen Geist im Innern zu erkennen, und kam rasch zu dem Ergebnis, dass sie einen geheimnisvollen Mann in der Hand hatten.

Sein Name war Art Randolph, sagte er, und er hätte wiederverwendbares Material von dem abgestürzten Aufzugkabel geborgen. »Karbon?«, hatte Maya gefragt. Aber er hatte ihren sarkastischen Ton nicht bemerkt oder ignoriert und antwortete: »Ja, aber auch ...«, und hatte eine ganze Liste exotischer Brekzien heruntergerasselt. Maya hatte ihn nur angefunkelt, aber er schien das auch nicht zu bemerken. Er hatte nur Fragen. Wer waren sie? Was taten sie da draußen? Wohin brachten sie ihn? Was für eine Art Rover war das hier? Waren sie wirklich aus dem Weltraum nicht zu sehen? Wie entledigten sie sich ihrer thermischen Spuren? Warum durfte man sie vom All aus nicht sehen? Gehörten sie zum marsianischen Untergrund? Und wer waren sie überhaupt?

Niemand beeilte sich, diese Fragen zu beantworten, und schließlich sagte Michel ihm: »Wir sind Marsianer. Wir leben hier draußen unabhängig und allein.«

»Der Untergrund. Unglaublich! Ich hätte gedacht, ihr Typen wärt ein Mythos, ehrlich gesagt. Das ist großartig.«

Maya rollte nur mit den Augen und sagte, als ihr Gast sie bat, bei Echus Overlook abgesetzt zu werden, mit einem hässlichen Lachen: »Komm endlich zur Sache!«

»Wie meinst du das?«

Michel erklärte ihm, dass sie ihn nicht freilassen könnten, ohne ihre Anwesenheit preiszugeben.

»Oh, ich würde es niemandem erzählen.«

Maya lachte wieder.

»Die Sache ist zu wichtig, als dass wir einem Fremden vertrauen könnten«, sagte Michel. »Und du könntest nicht imstande sein, das Geheimnis zu bewahren. Du müsstest erklären, wie du dich so weit von deinem Fahrzeug entfernt hast.«

»Ihr könntet mich wieder dorthin zurückbringen.«

»Wir halten uns nicht gerne in der Nähe dieser Maschinen auf. Wir wären nicht herangekommen, wenn wir nicht bemerkt hätten, dass du in Schwierigkeiten steckst.«

»Nun, das weiß ich zu schätzen. Aber ich muss sagen, dass das hier nicht gerade nach Rettung aussieht.«

»Besser als die Alternative«, sagte Maya in scharfem Ton.

»Auch wieder wahr. Und ich weiß es wirklich zu schätzen. Aber ich verspreche, dass ich es niemandem erzählen werde. Es ist außerdem ja nicht so, als wüssten die Leute nicht, dass ihr euch hier draußen befindet. Das Fernsehen zu Hause hat die ganze Zeit über euch berichtet.«

Selbst Maya verstummte daraufhin. Sie fuhren weiter. Maya führte über ihr Interkom ein kurzes, aber heftiges Gespräch mit Cojote, der mit Kasei und Nirgal im Rover vor ihnen fuhr. Cojote war unerbittlich. Weil sie das Leben des Mannes gerettet hatten, konnten sie es sicher so umkrempeln, dass er sie nicht in Gefahr brachte. Michel erklärte den Kern der Gespräche ihrem Gefangenen.

Randolph runzelte nur kurz die Stirn und zuckte dann die Achseln. Michel hatte noch nie erlebt, dass sich jemand so rasch mit neuen Lebensumständen abfand. Die Kaltblütigkeit des Mannes war beeindruckend. Michel beobachtete ihn aufmerksam, hielt aber auch ein Auge auf den Bildschirm vor ihm gerichtet. Randolph stellte schon wieder Fragen, diesmal über die Kontrollen des Rovers. Er machte nur noch eine Bemerkung zu seiner Lage, nachdem er sich die Funk- und Interkomanlage angeschaut hatte. »Ich hoffe, ihr werdet mich eine Nachricht an meine Firma schicken lassen, damit die wissen, dass ich in Sicherheit bin. Ich habe für Dumpmines, einen Teil von Praxis, gearbeitet. Ihr und Praxis habt wirklich viel gemeinsam. Auch die können sehr verschwiegen sein. Ihr solltet euch um euretwillen mit ihnen in Verbindung setzen, wirklich. Ihr habt doch sicher codierte Frequenzen, nicht wahr?«

Keine Antwort von Maya oder Michel. Und später, als Randolph in das kleine Toilettenabteil des Rovers gegangen war, zischte Maya: »Er ist bestimmt ein Spion. Er war absichtlich draußen, weil er wusste, dass wir ihn aufgreifen würden.«

Das war typisch Maya. Michel versuchte gar nicht erst, mit ihr zu diskutieren, sondern zuckte nur die Achseln. »Wir behandeln ihn jedenfalls wie einen solchen.«

Und dann war Art wieder bei ihnen und stellte weitere Fragen. Wo lebten sie? Wie war es, sich die ganze Zeit zu verstecken? Michel amüsierte sich zunehmend über diese Schauspielerei – oder den Test. Randolph wirkte völlig offen, klug, freundlich, mit seinem runden Gesicht fast wie ein einfältiges Mondkalb. Und dennoch beobachteten seine Augen sie sehr aufmerksam, und mit jeder nicht beantworteten Frage sah er interessierter und zufriedener aus, als bekäme er ihre Antworten durch Telepathie. Jeder Mensch besitzt eine große Kraft, und jeder Mensch auf dem Mars ist ein Alchemist. Und obwohl Michel die Psychiatrie längst aufgegeben hatte, konnte er immer noch erkennen, wenn ein Meister am Werk war. Er lachte fast über den zunehmenden Drang in ihm, diesem ungeschlachten seltsamen Mann, der sich noch ungeschickt in der Marsschwere bewegte, alles zu erzählen.

Dann piepte ihr Funkgerät, und eine komprimierte Nachricht, deren Übertragung nicht länger als zwei Sekunden dauerte, zwitscherte über die Lautsprecher. Randolph sagte hilflos: »Seht, genau so könntet ihr Praxis eine Mitteilung zukommen lassen.«

Aber als der Computer die Meldung fertig entschlüsselt hatte, war jeder Spaß verflogen. Sax war in Burroughs verhaftet worden.

Am frühen Morgen erreichten sie Cojotes Wagen und berieten sich den Tag über, was zu tun wäre. Sie saßen in einem dicht gedrängten Kreis im Wohnabteil, alle Gesichter von Sorge gezeichnet – alle mit Ausnahme ihres Gefangenen, der zwischen Nirgal und Maya saß. Nirgal hatte ihm die Hand geschüttelt und genickt, als wären sie alte Freunde, obwohl keiner ein Wort gesprochen hatte. Aber die Sprache der Freundschaft bestand nicht aus Worten.

Die Neuigkeit über Sax war von Spencer über Nadia gekommen. Spencer arbeitete in Kasei Vallis, das eine Art neues Korolyov war, eine Gefängnisstadt, sehr raffiniert und zugleich sehr unauffällig. Sax war in einen der dortigen Wohnblocks gebracht worden, und Spencer hatte das ausgekundschaftet und Nadia gemeldet.

»Wir müssen ihn herausholen, und zwar schnell«, sagte Maya. »Sie haben ihn erst seit ein paar Tagen.«

»*Den* Sax Russell?«, fragte Randolph. »Donnerwetter! Ich kann es nicht glauben. Wer seid ihr eigentlich? Hey, bist du Maya Toitovna?«

Maya verfluchte ihn in wütendem Russisch. Cojote ignorierte sie alle. Er hatte nichts gesagt, seit die Nachricht eingetroffen war, und war am Schirm seines Computers beschäftigt. Scheinbar sah er sich Fotos der Wettersatelliten an.

»Ihr könnt mich eigentlich auch laufen lassen«, sagte Randolph in die Stille hinein. »Ich könnte ihnen nichts erzählen, was sie nicht auch aus Russell herausholen werden.«

»Der wird ihnen nichts verraten«, erklärte Kasei wütend.

Randolph winkte ab. »Ihn verängstigen, vielleicht ein bisschen verletzen, ihn unter Druck und Drogen setzen und sein Gehirn an den richtigen Stellen anzapfen. Sie werden Antworten auf all ihre Fragen bekommen. Sie haben das zu einer Wissenschaft gemacht, soweit ich weiß.« Er starrte Kasei an. »Auch du kommst mir bekannt vor. Ach, egal! Jedenfalls, wenn er nichts freiwillig verrät, können sie ganz schön grausam werden.«

»Woher weißt du all das?«, fragte Maya.

»Das ist allgemein bekannt«, erwiderte Randolph. »Vielleicht stimmt das alles nicht, aber ...«

»Ich will ihn holen«, sagte Cojote.

»Dann werden sie aber erfahren, dass wir hier draußen sind«, gab Kasei zu bedenken.

»Das wissen sie sowieso. Was sie nicht wissen, ist, wo wir sind.«

»Außerdem«, sagte Michel, »ist es unser Sax.«

»Hiroko wird nichts dagegen haben«, sagte Cojote.

»Und falls doch, kann sie uns gestohlen bleiben!«, rief Maya. »Sag ihr *shikata ga nai*!«

»Es wäre mir ein Vergnügen«, erklärte Cojote.

Die westlichen und nördlichen Hänge des Tharsis-Buckels waren im Vergleich zu dem östlichen Teil Richtung Noctis Labyrinthus geradezu unbewohnt. Es gab einige areothermale Stationen und Wasserreservoire, aber ein großer Teil der Gegend war mit einer ganzjährigen Schneeschicht und festen jungen Gletschern bedeckt. Winde aus dem Süden kollidierten mit den starken Nordwestwinden, die um Olympus Mons herumkamen, und die Schneestürme konnten sehr heftig sein. Die protoglaziale Zone zog sich von der Höhenlinie von sechs oder sieben Kilometern bis fast zum Fuß der großen Vulkane hin. Das war kein guter Ort zum Bauen und auch nicht als Versteck für Tarnrover geeignet.

Sie fuhren schnell über die Sastrugi und an zähen Lavahügeln entlang, die als Straßen dienten, nach Norden an Tharsis Tholus vorbei, einem Vulkan, der ungefähr so groß war wie Mauna Loa, obwohl er unter dem aufragenden Ascraeus wie ein Aschekegel wirkte. In der nächsten Nacht ließen sie den Schnee hinter sich und wandten sich nach Nordosten durch Echus Chasma. Am Tage versteckten sie sich unter der riesigen Ostwand von Echus, nur ein paar Kilometer nördlich des alten Hauptquartiers von Sax auf der Spitze der Klippe.

Die Ostwand von Echus Chasma war die höchste Stelle des Großen Steilhangs – eine drei Kilometer hohe Klippe, die nach Norden und Süden tausend Kilometer lang schnurgerade verlief. Die Areologen stritten sich noch über ihre Entstehung, da keine normale geländeformende Kraft imstande schien, so etwas zu erschaffen. Sie war einfach ein Bruch im Gewebe der Dinge, der den Boden von Echus Chasma von dem Hochplateau Lunae Planum trennte. Michel hatte in seiner Jugend das Yosemite Valley besucht und erinnerte sich noch an diese hochragenden Granitklippen. Aber die Wand, die hier vor ihnen stand, war so lang wie der ganze Staat Kalifornien und auf dem größten Teil dieser Strecke drei Kilometer hoch, eine vertikale Welt, deren massive Flächen aus rotem Fels kahl nach Westen blickten und bei jedem Sonnenuntergang wie die Flanke eines Kontinents erglühten.

An ihrem nördlichen Ende wurde diese unglaubliche Klippe immer niedriger, und knapp über 20° Nord wurde sie von einem tiefen breiten Kanal durchschnitten, der nach Osten durchs Lunae Plateau hinab ins Chryse-Becken verlief. Dieser große Canyon war Kasei Vallis, eine der deutlichsten Manifestationen alter Überflutungen auf dem Mars. Ein einziger Blick auf ein Satellitenfoto machte deutlich, dass eine sehr große Flut einstmals Echus Chasma heruntergeströmt war, bis sie eine Bresche in seiner großen Ostwand erreichte, vielleicht einen Graben. Das Wasser hatte sich durch dieses Tal direkt nach rechts gewandt und war mit unvorstellbarer Kraft durchgebrochen. Dabei hatte es den Eingang zu einer glatten Kurve abgetragen, war über die äußeren Ufer der Biegung geschwappt und hatte an den Felsen gerüttelt, bis sie zu einem komplexen Gitter enger Canyons zerbrochen waren. Ein zentraler Grat im Haupttal war zu der langgezogenen Schleife einer tropfenförmigen Insel ausgewaschen worden, die so hydrodynamisch wie ein Fischrücken geformt war. Das innere Ufer des fossilen Wasserlaufs wurde von zwei Canyons zerschnitten, die größtenteils nicht von Wasser berührt worden waren, gewöhnlichen Gräben, die zeigten, wie der Hauptkanal wahrscheinlich vor der Flut ausgesehen hatte. Die späteren Meteoriteneinschläge auf dem höchsten Teil des inneren Ufers hatten die Gestaltung des Terrains abgeschlossen und frische steile Krater hinterlassen.

Wenn man von unten her langsam die ansteigende Wand des äußeren Ufers hinauffuhr, war es ein gebogenes Tal mit einem schleifenförmigen Grat und runden Kraterwällen als besonders auffälligen Landschaftsmerkmalen. Es war eine reizvolle Landschaft, die in ihrer räumlichen Pracht an die Gegend von Burroughs erinnerte. Der breite Streifen des Hauptkanals hatte eben erst begonnen, sich mit fließendem Wasser zu füllen, und würde ohne Zweifel eines Tages einen seichten verzweigten Strom bilden, der über Kieselsteine lief und sich jede Woche neue Betten grub und Inseln schaffte ...

Aber jetzt war dort das Gefangenenlager der transnationalen Sicherheitsfirmen. Die beiden Krater auf dem inneren Ufer waren mit Kuppeln überspannt worden, wie auch große Teile des zerklüfteten Geländes auf dem äußeren Ufer und ein Teil des Hauptkanals zu beiden Seiten der geschweiften Insel. Aber nichts davon wurde je im Fernsehen gezeigt oder in den Nachrichten erwähnt. Es war nicht einmal auf den Karten verzeichnet.

Aber Spencer war dort seit Baubeginn gewesen, und seine unregelmäßigen Berichte hatten ihnen mitgeteilt, wozu die neue Stadt dienen sollte. In diesen Tagen wurden fast alle Personen, die man auf dem Mars eines Verbrechens für schuldig befunden hatte, zum Asteroidengürtel hinausgeschickt, um ihre Strafen in Bergbauschiffen abzuarbeiten. Aber es gab Leute in der Übergangsbehörde, die ein Gefängnis auf dem Mars selbst haben wollten, und das war Kasei Vallis.

Außerhalb des Taleingangs versteckten sie ihre Felsrover in einer Ansammlung von Felsblöcken, und Cojote studierte weiter Wetterberichte. Maya war wütend wegen der Verzögerung, aber Cojote winkte ab. Er erklärte ihr strikt: »Das wird nicht einfach werden und ist überhaupt nur unter bestimmten Umständen möglich. Wir müssen darauf warten, dass unsere Verstärkung eintrifft und das passende Wetter abpassen. Spencer und Sax selbst haben diesen Plan mitentwickelt, und er ist sehr gut, aber die Anfangsbedingungen müssen stimmen.«

Er ging wieder zu seinen Bildschirmen, ignorierte sie alle und sprach mit sich selbst oder dem Computer, sein hageres dunkles Gesicht in deren flimmerndes Licht getaucht. Wirklich ein Alchemist, dachte Michel, der über einer Retorte oder einem Schmelztiegel bei der Arbeit zur Umwandlung des Planeten vor sich hinmurmelt ... eine große Kraft. Und jetzt auf das Wetter konzentriert. Offenbar hatte er einige vorherrschende Muster im Jetstream entdeckt, die an bestimmte Punkte in der Landschaft gebunden waren. »Es ist eine Frage der vertikalen Skala«, sagte er schroff zu Maya, die mit all ihren Fragen allmählich wie Randolph klang. »Dieser Planet hat vom höchsten bis zum niedrigsten Punkt eine Spanne von dreißig Kilometern! Dreißigtausend Meter! Da gibt es starke Winde.«

»Wie der Mistral«, meinte Michel.

»Ja. Katabatische Winde. Und einer der stärksten kommt hier vom Großen Steilhang herunter.«

Aber die vorherrschenden Winde in der Gegend kamen aus dem Westen. Wenn diese die Echus-Klippe trafen, bildeten sich hochreichende Aufwinde; und Sportflieger in Echus Overlook nutzten sie täglich in Segelflugzeugen oder Birdsuits. Aber ziemlich häufig brachten zyklonische Systeme den Wind aus dem Osten. Wenn das geschah, flutete kalte Luft über das von Schnee bedeckte Lunae-Plateau, wirbelte den Schnee auf, wurde dichter und kälter, bis sie über das ganze Drainagegelände durch Kerben im Rand der großen Klippe hinausgedrückt wurde und die Winde wie eine Lawine herabstürzten.

Cojote hatte diese katabatischen Winde schon einige Zeit studiert, und seine Berechnungen hatten ihn zu der Annahme geführt, dass bei den richtigen Bedingungen – scharfe Temperaturgegensätze, eine entwickelte Sturmbahn von Ost nach West über das Plateau – bereits kleine Eingriffe an bestimmten Stellen bewirken würden, dass die abwärtsführenden Strömungen zu vertikalen Taifunen würden, die ins Echus Chasma hinabrasten und mit immenser Gewalt nach Norden und Süden fegten. Als Spencer ihnen Art und Zweck der neuen Siedlung in Kasei Vallis darlegte, hatte Cojote sofort beschlossen, die Mittel zu schaffen, um solche Eingriffe in das Wettergeschehen vorzunehmen.

»Diese Idioten haben ihr Gefängnis in einem Windkanal gebaut«, knurrte er als Antwort auf Mayas Frage. »Also bauten wir ein Gebläse. Oder vielmehr einen Schalter, um das Gebläse anzustellen. Wir vergruben einige Silbernitratverteiler oben auf der Klippe. Große monströse Düsengebläse. Dann einige Laser, um die Luft genau über der Strömungszone zu erhitzen. Das erzeugt einen ungünstigen Druckgradienten, der die normale Aufwärtsströmung dämmt, sodass sie stärker ist, wenn sie schließlich durchbricht. Und Sprengladungen auf der ganzen Länge der Klippenfront nach unten, die Staub in den Wind bringen und ihn schwerer machen. Schaut, Wind erwärmt sich beim Fall, und das würde ihn verlangsamen, wenn er nicht so voller Schnee und Staub wäre. Ich bin fünfmal von dieser Klippe hinuntergeklettert, um das alles einzurichten. Ihr hättet das sehen sollen! Habe auch einige Gebläse angebracht. Natürlich ist die Energie des ganzen Apparates vernachlässigbar gegenüber der Gesamtenergie des Windes, aber sensitive Abhängigkeit ist der Schlüssel zum Wetter, und unsere Computersimulation hat die Punkte für die Ausgangsbedingungen ermittelt, die wir brauchen. Hoffen wir jedenfalls.«

»Du hast es nicht ausprobiert?«, fragte Maya.

Cojote starrte sie an. »Wir haben es im Computer ausprobiert. Es funktionierte prima. Wenn wir die Anfangsbedingungen von zyklonischen Winden mit einhundertfünfzig Kilometern in der Stunde über Lunae bekommen, wirst du es sehen.«

»In Kasei müssen sie doch über diese katabatischen Winde Bescheid wissen«, meinte Randolph.

»Sicher. Ihren Berechnungen zufolge treten solche Winde aber nur einmal alle tausend Jahre auf. Wir können sie jederzeit erzeugen, wenn die Anfangsbedingungen günstig sind.«

»Guerilla-Klimatologie«, sagte Randolph und machte große Augen. »Wie nennt man das? Klimatage? Angriffsmeteorologie?«

Cojote tat, als hörte er ihn nicht, obwohl Michel ein kurzes Grinsen zwischen den Dreadlocks bemerkte.

Aber dieses System funktionierte nur bei den richtigen Ausgangsbedingungen. Sie konnten weiter nichts tun, als dazusitzen, zu warten und zu hoffen, dass sie sich entwickelten.

Während dieser langen Stunden hatte Michel den Eindruck, dass Cojote am liebsten den Himmel direkt durch seine Bildschirme beeinflussten wollte. »Los!«, drängelte der drahtige kleine Mann mit leiser Stimme, die Nase fast gegen das Glas gepresst. »Drück, drück, drück! Komm über den Berg, du verdammter Wind! Pack zu, und dreh dich zu einer dichten Spirale! Mach schon!«

Er ging durch den verdunkelten Wagen, während die anderen zu schlafen versuchten, und murmelte: »Schau, ja schau!«, und zeigte auf Merkmale auf Satellitenfotos, die keiner außer ihm sehen konnte. Er saß da und brütete über meteorologischen Daten, kaute Brot und fluchte. Er pfiff wie ein Wind. Michel lag auf seiner schmalen Pritsche, den Kopf in die Hand gestützt, und sah fasziniert zu, wie der wilde Mann durch den düsteren Wagen schlich, eine kleine, schattenhafte, eigenbrötlerische, schamanenhafte Gestalt. Und der bärenhafte Brocken ihres Gefangenen hatte ein Auge offen und war ebenfalls wach, um diese nächtliche Szene zu beobachten. Er rieb sich mit hörbarem Kratzen sein stoppeliges Kinn und schaute Michel an, als das Flüstern weiterging: »Los, verdammt, mach schon … Wuuuuuusch! Blas wie ein Oktoberorkan!«

Schließlich, am Ende des zweiten Tages des Wartens, stand Cojote auf und reckte sich wie eine Katze. »Es ist so weit. Die Winde sind da.«

Während des langen Wartens waren einige Rote von Mareotis gekommen, um bei der Befreiung zu helfen; und Cojote hatte einen Angriffsplan mit ihnen ausgearbeitet, der auf Informationen beruhte, die Spencer geschickt hatte. Sie würden sich teilen und aus verschiedenen Richtungen auf die Stadt zukommen. Michel und Maya sollten mit einem Wagen auf das zerklüftete Terrain des äußeren Ufers fahren, wo sie sich am Fuß einer kleinen Mesa mit Sicht auf die Kuppeln der äußeren Uferböschung verbergen konnten. Eine dieser Kuppeln barg eine medizinische Klinik, wo Sax manchmal festgehalten wurde – laut Spencer ein Ort mit angenehm geringer Sicherheitsstufe, wenigstens im Vergleich mit dem Gefängniskomplex der inneren Böschung, wo Sax zwischen den Sitzungen in der Klinik festgehalten wurde. Es gab keinen regelmäßigen Zeitplan, und Spencer wusste nicht mit Sicherheit, wo Sax sich zu einer bestimmten Zeit befinden würde. Wenn der Wind kam, sollten Michel und Maya in die Kuppel am äußeren Ufer eindringen und Spencer treffen, der sie zur Klinik führen würde. Der größere Rover mit Cojote, Kasei, Nirgal und Art Randolph sollte am inneren Ufer mit den Roten zusammentreffen. Andere Rover der Roten würden ihr Bestes tun, damit der Angriff wie eine groß angelegte Attacke aus verschiedenen Richtungen, besonders Osten, aussah. »Wir kümmern uns um die Rettung«, sagte Cojote und machte ein finsteres Gesicht. »Der Wind besorgt den Angriff.«

Also saßen Maya und Michel am nächsten Morgen in ihrem Wagen und warteten auf den Wind. Sie konnten über das äußere Ufer bis hinab zum gebogenen Grat der Insel blicken.

Tagsüber konnten sie in die grünen Blasenwelten unter den äußeren Kuppeln und denen auf dem Grat schauen – kleine Terrarien über dem roten sandigen Streifen des Tals, durch klare Verbindungsröhren und einige gewölbte Brückenrohre verbunden. Es sah aus wie Burroughs vor vierzig Jahren, erstes Teilstück einer Stadt, die einmal ein großes wüstes Trockental ausfüllen sollte.

Michel und Maya schliefen, aßen, saßen da und beobachteten. Maya lief im Rover auf und ab. Sie war jeden Tag nervöser geworden und trabte jetzt wie eine Tigerin im Käfig herum, die das Blut ihrer nächsten Mahlzeit gerochen hat. Statische Elektrizität sprang von ihren Fingerspitzen, als sie Michels Nacken massierte, sodass ihre Berührung schmerzte. Es war unmöglich, sie zu beruhigen. Michel stand hinter ihr, wenn sie im Fahrersitz Platz genommen hatte, und massierte ihr Schultern und Nacken, wie sie es bei ihm getan hatte. Aber es war, als knetete er Holzklötze, und er spürte, wie seine Arme dabei ermüdeten.

Ihre Gespräche waren unzusammenhängend und planlos, in freien Assoziationssprüngen. Am Nachmittag merkten sie, dass sie eine Stunde lang über die Tage in Underhill gesprochen hatten – über Sax, Hiroko und sogar Frank und John.

»Erinnerst du dich, wie eine der überwölbten Kammern zusammenbrach?«

»Nein«, sagte Maya knapp. »Tue ich nicht. Erinnerst du dich an die große Debatte über das Terraforming zwischen Ann und Sax?«

»Nein«, sagte Michel seufzend. »Wirklich nicht.«

Solche Fragen konnten sie einander ewig stellen, bis es schien, als hätten sie in völlig verschiedenen Underhills gelebt. Wenn sie sich beide an ein Ereignis erinnerten, war das ein Grund zum Jubeln. Bei allen Ersten Hundert wurden die Erinnerungen lückenhaft, hatte Michel bemerkt; und ihm schien, dass die meisten sich besser an ihre Kindheit auf der Erde erinnerten als an ihre ersten Jahre auf dem Mars. Sicher, sie erinnerten sich an ihre persönlichen Highlights und den allgemeinen Verlauf der Geschichte. Aber die kleinen Ereignisse, die einem irgendwie im Gedächtnis blieben, waren bei jedem anders. Das Versiegen und Wiederauftauchen von Erinnerungen warf allmählich große klinische und theoretische Probleme in der Psychologie auf, verschlimmert durch das vorher nie erreichte extrem hohe Alter. Michel hatte ab und zu etwas Forschungsliteratur darüber gelesen, und obwohl er längst die klinischtherapeutische Praxis aufgegeben hatte, stellte er seinen alten Kameraden immer noch Fragen wie bei einem informellen Experiment, wie jetzt Maya. Erinnerst du dich an dies, erinnerst du dich an das? Nein, nein, nein. An was erinnerst du dich denn?

Die Art, wie Nadia uns herumkommandiert hat, sagte Maya, und er musste lächeln. Die Art, wie sich die Bambusfußböden anfühlten. Und erinnerst du dich daran, wie sie die Alchemisten anschrie? Nein, antwortete Michel. So ging es immer weiter, bis es schien, als wären die privaten Underhills, in denen sie gelebt hatten, getrennte Universen gewesen, Riemann'sche Räume, die sich nur manchmal auf der Ebene der Unendlichkeit schnitten, während jeder von ihnen in dem langen Bereich seines oder ihres Idiokosmos dahinwanderte.

Schließlich sagte Maya finster: »Ich erinnere mich kaum an etwas davon. Ich ertrage es immer noch nicht, an John zu denken. Oder an Frank. Ich versuche es gar nicht erst. Und dann wird irgendetwas irgendwie ausgelöst, und ich nehme nichts anderes mehr wahr, während ich mich erinnere. Diese Erinnerungen sind so stark, als wäre das, woran man sich erinnert, erst vor einer Stunde passiert! Oder als würde es sich wiederholen.« Sie erschauderte unter seinen Händen. »Ich hasse das. Weißt du, was ich meine?«

»Natürlich. *Mémoire involuntaire*. Aber ich erinnere mich auch, dass mir genau dasselbe passiert ist, als wir in Underhill lebten. Es liegt also nicht einfach am Altwerden.«

»Nein, es ist das Leben. Das, was wir nicht vergessen können. Dennoch kann ich Kasei kaum anschauen ...«

»Ich weiß. Diese Kinder sind seltsam. Hiroko ist seltsam.«

»Das ist sie. Aber warst du damals glücklich? Nachdem du mit ihr abgehauen bist?«

»Ja.« Michel dachte daran zurück und bemühte sich sehr, sich zu erinnern. Erinnerung war eindeutig das schwache Glied in der Kette ... »Ja, ich war es. Es kam darauf an, Dinge zuzugeben, die ich in Underhill zu unterdrücken versucht hatte. Dass wir Tiere sind. Dass wir sexuelle Kreaturen sind.« Er knetete ihre Schultern fester als vorher, und sie bewegte sie unter seinen Händen.

»Daran brauchte ich mich nicht zu erinnern«, sagte sie mit kurzem Lachen. »Und hat Hiroko dir das zurückgegeben?«

»Ja, aber nicht bloß Hiroko. Evgenia, Rya – sie alle. Nicht direkt ... Nun ja, manchmal auch direkt. Aber auch insoweit, als dass wir zugaben, Körper zu haben, Körper zu sein. Wir arbeiteten zusammen, sahen und berührten einander. Ich brauchte das. Ich hatte wirklich Schwierigkeiten. Und sie schafften es, das auch mit dem Mars zu verbinden. Du schienst nie solche Probleme gehabt zu haben, ich aber hatte sie wirklich. Ich war krank, Hiroko hat mich gerettet. Für sie war es etwas Sinnliches, unser Heim und unsere Nahrung aus dem Mars zu gewinnen. Eine Art Sex mit ihm oder Befruchtung oder Geburtshilfe – auf jeden Fall ein sinnlicher Akt. Das war's, was mich gerettet hat.«

»Das und ihre Körper. Die von Hiroko, Evgenia und Rya.« Sie sah ihn über die Schulter mit einem tückischen Grinsen an, und er lachte. »Ich wette, dass du dich *daran* sehr gut erinnerst.«

»Gut genug.«

Es war Mittag, aber im Süden auf dem langen Hals von Echus Chasma wurde der Himmel dunkel. Michel sagte: »Vielleicht kommt der Wind endlich.«

Wolken rollten über die Kante des Großen Steilhangs, eine sich auftürmende Masse von Kumulonimbuswolken, über deren schwarze Unterseiten Blitze zuckten, als sie über die Kante der Klippe schrammten. Die Luft im Chasma war diesig, und die Kuppeln von Kasei Vallis zeichneten sich scharf unter diesem Dunst ab. Wie kleine Blasen klarer Luft standen sie über den Gebäuden und den merkwürdig ruhigen Bäumen. Sie sahen aus wie gläserne Briefbeschwerer, die man auf die windgepeitschte Wüste geworfen hatte. Es war erst Mittag. Sie würden bis zum Einbruch der Dunkelheit warten müssen, selbst wenn die Winde kämen. Maya stand auf und lief wieder hin und her. Sie strahlte Energie aus, bückte sich, um aus den Fenstern in Bodennähe zu blicken, und murmelte etwas auf Russisch. Böen kamen auf und trafen den Wagen. Sie pfiffen und strichen über den gebrochenen Fels am Fuß der kleinen Mesa hinter ihnen.

Mayas Ungeduld machte Michel nervös. Es war wirklich so, als wäre er mit einem wilden Tier eingesperrt. Er ließ sich tief in den Fahrersitz fallen und schaute zu den Wolken auf, die über den Steilhang kamen. Die geringe Schwerkraft auf dem Mars ließ die Gewitterköpfe sich gewaltig hoch in den Himmel auftürmen. Und diese immensen weißen Massen mit ambossartigen Köpfen, zusammen mit der gewaltigen Klippenfront darunter, ließen die Welt surrealistisch groß aussehen. Sie waren wie Ameisen in dieser Landschaft. Sie waren selbst die kleinen roten Männchen.

Sicher würden sie in dieser Nacht den Rettungsversuch unternehmen. Sie hatten so schon zu lange warten müssen. Bei einer ihrer rastlosen Runden blieb Maya wieder hinter ihm stehen, legte ihre Hände an die Muskeln zwischen seinen Schultern und seinem Nacken und drückte zu. Richtige Schocks liefen seinen Rücken und seine Flanken hinunter, dann an der Innenseite seiner Oberschenkel. Er krümmte sich in ihrer Umklammerung und wandte den Drehsessel so um, dass er seine Arme um ihre Taille schlingen und sein Ohr gegen ihr Brustbein drücken konnte. Sie bearbeitete weiter seine Schultern, und er fühlte, wie Puls und Atem sich beschleunigten. Sie beugte sich herunter und küsste ihn auf den Kopf. Sie kamen sich immer näher, bis sie eng aneinandergedrängt waren. Maya knetete die ganze Zeit seine Schultern. Lange Zeit verharrten sie so.

Dann zogen sie sich in den Wohnraum des Wagens zurück und liebten sich. Angespannt wie sie waren, stürzten sie sich mit voller Intensität aufeinander. Zweifellos hatte das Gespräch über Underhill das ausgelöst. Michel erinnerte sich lebhaft an sein unerlaubtes Verlangen nach Maya in jenen Jahren. Er vergrub sein Gesicht in ihrem Silberhaar und versuchte, mit ihr zu verschmelzen und tief in sie einzutauchen. Katzenhaftes Tier, das sie war, stieß sie mit ebenso ungezügelter Lust zurück, um ihn tief in sich aufzunehmen. Das machte ihn völlig fertig. Es war gut, dass sie unter sich waren, denn ihre unerwartete Leidenschaft äußerte sich in Stöhnen und Ächzen und in einem geradezu elektrisierenden Sinnesrausch.

Danach lag er auf ihr, noch in ihr; und sie hielt sein Gesicht und schaute ihn an. »In Underhill habe ich dich geliebt«, sagte er.

»Ich habe dich auch geliebt«, sagte sie langsam. »Wirklich. Ich habe nie etwas gesagt, weil ich mich bei der ganzen Sache mit John und Frank dumm gefühlt hätte. Aber ich habe dich geliebt. Darum war ich so wütend auf dich, als du verschwunden bist. Du warst mein einziger Freund. Du warst der Einzige, mit dem ich offen sprechen konnte. Du warst der Einzige, der mir wirklich zugehört hat.«

Michel erinnerte sich und schüttelte den Kopf. »Ich habe damals keine gute Arbeit geleistet.«

»Vielleicht nicht. Aber du hast dich um mich gesorgt, nicht wahr? Es war nicht bloß dein Beruf.«

»O nein, ich habe dich geliebt, ja. Es war und ist nie einfach nur eine Aufgabe, wenn es um dich geht, Maya.«

»Schmeichler!«, sagte sie und stieß ihn von sich. »Das hast du schon immer getan. Du hast immer versucht, all die schrecklichen Dinge, die ich tat, in ein gutes Licht zu rücken.« Sie lachte kurz.

»Ja. Aber die waren gar nicht so schrecklich.«

»Sie waren es.« Sie kniff die Lippen zusammen. »Aber dann bist du einfach verschwunden!« Sie schlug ihn leicht ins Gesicht. »Du hast mich verlassen!«

»Ich habe alle verlassen. Ich musste es tun.«

Ihr Mund zog sich bitter zusammen, und sie schaute an ihm vorbei in den tiefen Abgrund all ihrer Jahre. Sie glitt die Sinuskurve ihrer Stimmungen in finstere Tiefen hinunter. Michel beobachtete das mit süßer Resignation. Er war lange Zeit glücklich gewesen und konnte an ihrem Mienenspiel erkennen, dass er, wenn er mit ihr zusammenbliebe, sein Glück – oder mindestens dieses spezielle Glück – für sie eintauschen würde. Seinen grundsätzlichen Optimismus beizubehalten würde anstrengender werden, und er würde jetzt eine weitere Antinomie in seinem Leben auszugleichen haben, die so gegensätzlich wie die Provence und der Mars war: Maya und Maya.

Sie lagen nebeneinander, jeder in seine Gedanken vertieft, blickten nach draußen und fühlten, wie der Rover auf seinen Stoßdämpfern schwankte. Der Wind nahm zu, und der Staub strömte jetzt von Echus Chasma in die Kasei Vallis herunter in einer gespenstischen Nachahmung der großen Flut, die einst den Kanal ausgetieft hatte. Michel richtete sich auf, um die Anzeigen zu kontrollieren. »Über zweihundert Stundenkilometer.« Maya seufzte tief. Die Winde waren in den alten Zeiten viel schneller gewesen, aber bei einer so viel dichteren Atmosphäre täuschten diese geringen Geschwindigkeiten. Die Windstöße waren jetzt kräftiger als die alten kraftlosen Böen.

Sicher würden sie es heute Abend versuchen. Es kam nur darauf an, Cojotes Signal nicht zu verpassen. Also legten sie sich nebeneinander und warteten, angespannt und entspannt zugleich. Sie massierten sich gegenseitig gründlich, um die Zeit zu vertreiben und die Spannung zu mildern. Michel staunte immer noch über die katzenartige Anmut von Mayas langem, muskulösem Körper, der nach Jahren alt war, aber in fast jeder Hinsicht derselbe wie immer. So schön wie je.

Dann färbte endlich der Sonnenuntergang die dunstige Luft und die monumentalen Wolken im Osten, die jetzt die Front der Klippe verdeckten. Sie standen auf, rieben sich mit nassen Schwämmen ab, aßen etwas, zogen sich an und nahmen vorne im Rover Platz. Als die Quarzsonne verschwand und das stürmische Zwielicht erlosch, wurden sie wieder nervös.

Im Dunkeln war der Wind nur ein Geräusch und ein unregelmäßiges Erzittern des Rovers auf seinen harten Stoßdämpfern. Böen trafen den Wagen so heftig, dass er manchmal mehrere Sekunden lang nach unten gepresst wurde und wie ein Tier, das sich vom Grund eines Stroms befreien will, auf seinen Federn nach oben drückte. Dann ließen die Windstöße nach, und der Wagen ruckte wild empor. Maya fragte: »Werden wir da überhaupt laufen können?«

»Hmm.« Michel hatte schon einige schwere Stürme im Freien erlebt, aber im Dunkeln konnte er nicht sicher sein, ob das nun schlimmer war oder nicht. Es machte jedenfalls den Eindruck; und das Anemometer am Rover verzeichnete jetzt Windgeschwindigkeiten von zweihundertdreißig Kilometern in der Stunde. Aber im Lee ihrer kleinen Mesa war es unklar, ob das die tatsächlichen Höchstwerte waren oder nicht.

Michel kontrollierte die Staubfilter und stellte nicht überrascht fest, dass das da draußen ein ausgewachsener Staubsturm war. Maya sagte: »Lass uns näher heranfahren! Das bringt uns schneller hin und macht es auch leichter, den Wagen wiederzufinden.«

»Eine gute Idee.«

Sie nahmen in den Fahrersitzen Platz und brachen auf. Außerhalb des Schutzes der Mesa war der Wind schrecklich. Einmal hüpften sie so stark, dass sie Angst hatten, umgeworfen zu werden; und wenn sie den Wind von der Seite abbekommen hätten, wäre das wahrscheinlich auch passiert. So, mit Rückenwind, rollten sie mit fünfzehn Kilometern in der Stunde, obwohl es nur zehn hätten sein sollen; und der Motor brummte wütend, wenn sie den Rover bremsten, damit er nicht noch schneller wurde. »Der Wind ist zu stark, oder?«, fragte Maya.

»Ich glaube nicht, dass Cojote viel Kontrolle über ihn hat.«

»Guerillaklimatologie«, sagte Maya mürrisch. »Der Mann ist ein Spion, da bin ich mir sicher.«

»Ich glaube das nicht.«

Die Kameras zeigten nichts als ein sternenloses schwarzes Tosen. Der Computer des Rovers führte sie durch Koppelnavigation; laut Karte waren sie zwei Kilometer von der am weitesten südlich gelegenen Kuppel auf dem äußeren Ufer entfernt. »Von hier aus sollten wir lieber zu Fuß gehen«, sagte Michel.

»Wie sollen wir den Rover wiederfinden?«

»Wir müssen den Ariadnefaden benutzen.«

Sie zogen Schutzanzüge an und gingen in die Schleuse. Als die Außentür aufglitt, wurde die Luft sofort hinausgesaugt und versetzte ihnen einen kräftigen Stoß. Der Wind brauste um die Tür.

Sie traten aus der Schleuse und wurden von schweren Stößen in den Rücken getroffen. Einer davon warf Michel auf Hände und Knie, und er konnte Maya, die sich in derselben Position neben ihm befand, durch den Staub gerade noch sehen. Er griff hinter sich in die Schleuse und nahm die Spule mit dem Faden in die Hand. Mit der anderen hielt er Maya. Er klemmte sich die Spule an den Oberarm.

Durch vorsichtiges Probieren merkten sie, dass sie gehen konnten, wenn sie sich tief gebückt vorwärtsbewegten, die Helme auf Taillenhöhe, die Hände erhoben und bereit, sich abzufangen, falls sie umgeworfen würden. Sie stolperten langsam geradeaus und ließen sich fallen, wenn starke Böen sie von hinten trafen. Der Boden unter ihnen war gerade noch zu sehen; und sie mussten aufpassen, dass sie nicht mit den Knien gegen

Felsen stießen. Cojotes Wind war tatsächlich zu stark. Aber dagegen konnte man nichts machen. Und sicher würden die Bewohner der Kasei-Kuppel nicht draußen herumlaufen.

Eine Bö warf sie wieder zu Boden, und Michel ließ den Wind über sich hinwegfegen. Es kostete Kraft, nicht weggerollt zu werden. Sein Armband war mit Mayas durch ein Telefonkabel verbunden, und er fragte: »Maya, geht es dir gut?«

»Ja. Und dir?«

»Alles in Ordnung.«

Allerdings schien er einen kleinen Riss im Handschuh über dem Daumenballen zu haben. Er ballte die Faust und fühlte, wie die Kälte an seinem Handgelenk emporkroch. Nun, es würde nicht gleich eine Erfrierung geben oder einen blauen Fleck durch Unterdruck, wie früher. Er holte einen Anzugflicken aus dem Fach seines Armbandes und klebte es fest. »Ich denke, wir sollten besser kriechen.«

»Wir können nicht zwei Kilometer weit kriechen.«

»Doch, können wir, wenn wir müssen.«

»Ich glaube nicht, dass wir müssen. Bleib einfach geduckt und sei bereit, dich fallen zu lassen!«

»Okay.«

Sie standen wieder auf, bückten sich tief und schlurften behutsam vorwärts. Schwarzer Staub flog mit unfassbarer Geschwindigkeit an ihnen vorbei. Michels Navigationsanzeige erhellte seine Visierscheibe unten vor dem Mund. Die erste Kuppel war noch einen Kilometer entfernt, und zu seiner Überraschung zeigten die grünen Ziffern der Uhr 23:15:16 an. Sie waren schon seit einer Stunde draußen. Das Heulen des Windes machte es schwer, Maya zu hören, selbst mit dem Interkom direkt am Ohr. Drüben auf dem inneren Ufer müssten Cojote und die Roten vermutlich bei ihrem Überfall auf die Wohnbereiche sein. Aber es gab keine Möglichkeit, das festzustellen. Sie mussten darauf vertrauen, dass der scharfe Wind diesen Teil der Unternehmung nicht aufgehalten oder zu sehr verlangsamt hatte.

Es war harte Arbeit, sich tief gebückt voranzuschieben, durch die Telefonleitung verbunden. Immer weiter, bis Michels Schenkel brannten und der untere Rücken schmerzte. Endlich zeigte die Navigationsanzeige an, dass sie die südlichste Kuppel unmittelbar vor sich hatten. Sie konnten sie aber nicht sehen. Der Wind wurde noch stärker; und sie krochen die letzten paar hundert Meter über schmerzhaft hartes Gestein. Die Ziffern der Uhr blieben bei 24:00:00 stehen. Schon kurz danach stießen sie gegen die Betonkappe des Kuppelfundaments. »Wie ein Schweizer Uhrwerk«, flüsterte Michel. Spencer erwartete sie während des Zeitschlupfs, und sie hatten angenommen, dass sie an der Mauer würden warten müssen, bis er käme. Michel langte hoch und legte eine Hand leicht auf die Plastikhaut. Die war sehr straff und bewegte sich in der heranbrausenden Luft. »Bereit?«

»Ja«, sagte Maya mit gepresster Stimme.

Michel holte aus seiner Schenkeltasche eine kleine Druckluftpistole. Er fühlte, dass Maya dasselbe tat. Die Pistolen hatten verschiedene Aufsätze und konnten vom Nageleinschlagen bis zu Impfungen für unterschiedliche Zwecke benutzt werden. Jetzt hofften sie, damit die zähen und elastischen Fasern der Kuppelhaut zu durchstoßen.

Sie trennten die Telefonleitung zwischen sich und drückten beide ihre Waffen gegen die vibrierende unsichtbare Wand. Mit einem Stoß der Ellbogen schossen sie zugleich.

Nichts geschah. Maya steckte die Sprechleitung wieder in ihr Armband. »Vielleicht werden wir es aufschlitzen müssen.«

»Kann sein. Lass uns beide Waffen aneinanderhalten und es noch einmal versuchen! Dieses Material ist stark, aber mit dem Wind ...«

Sie trennten sich wieder und versuchten es noch einmal. Ihre Arme wurden über die Einfassung geschleudert, und sie prallten hart gegen die Betonmauer. Es folgte ein lauter Knall und dann ein schwächerer, danach ein zunehmendes Getöse und eine Reihe von Explosionen. Alle vier Schichten der Kuppelhaut blätterten zwischen den zwei Stützpfeilern ab, vielleicht die ganze Südseite entlang, wodurch sicher das ganze Ding explodieren würde. Staub flog zwischen die schwach erleuchteten Gebäude vor ihnen. Fenster wurden dunkel, als der Strom ausfiel. Bei manchen Häusern schienen infolge des raschen Druckverlustes die Fenster kaputtzugehen, obwohl es nirgends so schlimm war, wie es hätte sein können.

»Bist du okay?«, fragte Michel über das Interkom. Er hörte, wie Maya den Atem durch die Zähne presste. »Ich hab mir den Arm verletzt«, sagte sie. Über dem Brausen des Windes konnten sie den Alarm klingeln hören. »Lass uns Spencer suchen!«, sagte sie rau. Sie richtete sich auf und wurde geradezu über die Einfassung geworfen. Michel folgte rasch, fiel drinnen hart hin und rollte gegen sie. »Los!«, sagte sie. Sie stolperten in die Gefängnisstadt auf dem Mars.

In der Kuppel herrschte das blanke Chaos. Staub machte die Luft zu einer Art schwarzem Brei, der in einem fantastisch schnellen Sturzbach durch die Straßen fegte, so laut, dass Michel und Maya einander kaum hören konnten, selbst wenn sie ihr Telefonkabel benutzten. Die Dekompression hatte einige Fenster und sogar eine ganze Hauswand zerstört, sodass die Straßen mit Glasscherben und Betonbrocken übersät waren. Sie bewegten sich mit vorsichtigen Schritten Seite an Seite vorwärts und fassten sich oft an den Händen, um den anderen nicht zu verlieren. Maya riet: »Versuch die Infrarotsicht!«

Michel schaltete sie ein. Das Bild war gespenstisch. Die explodierten Häuser glühten wie grüne Feuer.

Sie kamen zu dem großen Zentralgebäude, in dem sie nach Spencers Informationen Sax finden würden, und auch das hatte eine komplette hellgrün leuchtende Wand. Sie hofften, dass es Panzerwände zum Schutz der unterirdischen Klinik hatte, wohin Sax Spencer zufolge gebracht worden war. Falls nicht, könnte ihr Rettungsversuch ihren Freund bereits getötet haben. Das war durchaus möglich, urteilte Michel. Die über dem Boden befindlichen Stockwerke des Gebäudes waren Ruinen.

Deswegen war es ein Problem, in die unteren Etagen zu gelangen. Vermutlich gab es einen Treppenschacht, der als Notschleuse diente; aber der war nicht leicht zu finden. Michel schaltete auf die allgemeine Frequenz und hörte die aufgeregten Diskussionen, die durch das Tal tobten, mit. Die Kuppel über dem kleineren der zwei Krater auf dem inneren Ufer war weggeblasen worden, und es waren Hilferufe zu hören. »Wir verstecken uns am besten und sehen, ob jemand herauskommt«, sagte Maya über das Telefon.

Sie legten sich hinter einer Wand hin und warteten, etwas vor dem Wind geschützt. Dann ging vor ihnen eine Tür auf, und Gestalten in Schutzanzügen rannten die Straße hinunter und verschwanden. Als sie fort waren, eilten Maya und Michel zu der Tür und traten ein.

Es war ein Korridor, dekomprimiert, aber die Lampen brannten, und ein Panel an einer Wand zeigte rote Lichter. Es war eine Notschleuse. Schnell schlossen sie die äußere Tür und setzten den kleinen Raum wieder unter Druck. Sie standen vor der inneren Tür und sahen sich durch staubige Visierscheiben an. Michel wischte seine mit einem Handschuh ab und zuckte die Achseln. Vorhin im Rover hatten sie über diesen Moment diskutiert. Er war der Knackpunkt des Unternehmens; aber sie konnten nicht alles voraussehen oder planen. Und jetzt war der Augenblick da, und das Blut raste in Michels Adern, als würde es von dem Wind draußen vor sich hergetrieben.

Sie trennten die Telefonleitung wieder und zogen die Elektroschockpistolen aus den Schenkeltaschen, die ihnen Cojote gegeben hatte. Michel drückte auf den Türöffner, und sie ging zischend auf. Sie trafen auf drei Männer in Schutzanzügen, aber ohne Helme, die verängstigt aussahen. Michel und Maya schossen. Alle drei gingen zu Boden und blieben mit krampfhaften Zuckungen liegen.

Sie zerrten sie in einen Nebenraum und schlossen sie ein. Michel überlegte, ob sie zu oft auf sie geschossen hätten. Herzrhythmusstörungen waren da häufig die Folge. Sein Körper schien sich ausgedehnt zu haben, bis er den Anzug ausfüllte; ihm war sehr warm, und er atmete schwer und stoßweise. Plötzlich wurde der Korridor dunkel. Maya stellte ihre Stirnlampe an, und sie folgten deren staubigem Lichtkegel bis zur dritten Tür rechts, wo, wie Spencer gesagt hatte, Sax sein würde. Sie war verschlossen.

Maya nahm eine kleine Sprengladung aus ihrer Schenkeltasche und brachte sie über Griff und Schloss an. Dann gingen sie einige Meter zurück. Als sie die Ladung zündete, flog die Tür nach außen, angetrieben von der entweichenden Luft dahinter. Sie stürmten hinein und fanden zwei Männer, die eilig ihre Helme verschließen wollten. Als sie Michel und Maya sahen, griff der eine an sein Hüfthalfter, während der andere zu einer Pultkonsole hechtete. Aber behindert durch die Notwendigkeit, ihre Helme zu sichern, gelang ihnen keines von beidem, ehe Michel und Maya auf sie schossen. Sie gingen zu Boden.

Maya ging zurück und schloss die Tür, durch die sie gekommen waren. Sie gingen durch einen weiteren Korridor. Das war der letzte. Sie kamen zu einer Tür, und Michel machte ein Zeichen. Maya hielt ihre Pistole mit beiden Händen und nickte, dass sie bereit wäre. Michel trat die Tür ein, und Maya rannte hindurch, Michel dicht hinter ihr. Da stand jemand in Schutzanzug und Helm neben etwas, das wie ein Operationstisch aussah, und arbeitete an dem Kopf eines darauf liegenden Mannes. Maya schoss mehrere Male aus kurzer Distanz auf die stehende Person. Die fiel zu Boden wie von Faustschlägen getroffen und zuckte unkontrolliert vor Muskelkrämpfen.

Sie eilten zu dem Mann auf dem Operationstisch. Es war Sax, obwohl Michel ihn mehr an seinem Körper als an seinem Gesicht erkannte, das wie eine Totenmaske aussah, mit zwei blauen Augen und einer zermalmten Nase dazwischen. Er schien bestenfalls bewusstlos zu sein. Sie befreiten ihn von den Fesseln. An verschiedenen Stellen seines rasierten Kopfes waren Elektroden angebracht, und Michel zuckte zusammen, als Maya alle mit einem Ruck abriss. Michel holte einen leichten Notanzug aus seiner Schenkeltasche und machte sich daran, ihn Sax über seine lahmen Beine und den Rumpf zu ziehen. Er behandelte ihn in der Eile recht grob, aber Sax stöhnte nicht einmal. Maya kam zurück und nahm ein kleines Kopfstück aus Stoff und einen kleinen Tank aus Michels Rucksack. Das schlossen sie an Sax' Anzug an und aktivierten ihn.

Maya drückte Michels Handgelenk so fest, dass er fürchtete, die Knochen würden brechen. Sie steckte ihr Telefonkabel wieder in sein Armband und fragte: »Ist er am Leben?«

»Ich glaube schon. Lass uns ihn hier hinausschaffen. Um alles andere kümmern wir uns später.«

»Schau nur, was sie mit seinem Gesicht getan haben, diese Faschistenschweine!«

Die Person auf dem Boden, eine Frau, rührte sich. Maya ging hin und trat ihr kräftig in den Bauch. Dann beugte sie sich vor und schaute in die Visierscheibe. Überrascht stieß sie einen Fluch aus. »Es ist Phyllis!«

Michel zerrte Sax aus dem Zimmer und den Korridor hinunter. Maya holte sie ein. Vor ihnen tauchte jemand auf, und Maya hob ihre Waffe, aber Michel schlug ihre Hand beiseite. Es war Spencer Jackson. Er erkannte ihn an den Augen. Spencer sagte etwas. Durch die Helme konnten sie ihn nicht hören. Er sah das und schrie: »Gott sei Dank, dass ihr gekommen seid! Sie waren mit ihm fertig und wollten ihn umbringen!«

Maya sagte etwas auf Russisch, lief zu dem Raum zurück und warf etwas hinein. Dann rannte sie wieder zu ihnen. Eine Explosion jagte Rauch und Trümmer aus dem Zimmer und versengte die der Tür gegenüberliegende Wand.

»Nein!«, rief Spencer. »Das war Phyllis!«

»*Ich weiß!*«, schrie Maya wütend. Aber Spencer konnte sie nicht hören.

»Los!«, drängte Michel und lud sich Sax auf die Arme. Er machte Spencer ein Zeichen, sich einen Helm aufzusetzen. »Lasst uns gehen, solange wir können.« Niemand schien ihn zu hören, aber Spencer setzte seinen Helm auf und half dann Michel, Sax durch den Korridor und die Treppe zum Erdgeschoss hinaufzutragen.

Draußen war es noch lauter als vorher und noch genauso finster. Es rollten Gegenstände über den Boden und flogen sogar durch die Luft. Michel bekam einen Stoß gegen die Visierplatte, der ihn umwarf.

Danach kam er nicht mehr mit den Ereignissen mit. Maya steckte ein Telefonkabel in Spencers Armband und zischte ihnen beiden Anweisungen zu. Ihre Stimme war hart und präzise.

Sie hoben Sax auf die Kuppelumrandung und darüber. Dann krochen sie hin und her, bis sie die verankerte Spule fanden, an der ihr Ariadnefaden saß.

Es war sofort klar, dass sie gegen den Wind nicht aufrecht gehen konnten. Sie mussten auf Händen und Füßen kriechen, wobei die Person in der Mitte Sax auf seinem oder ihrem Rücken tragen musste, während die anderen beiden ihn links und rechts stützten. Sie krochen immer weiter, den Faden entlang. Ohne ihn hätten sie den Rover nie wiedergefunden. Mit ihm konnten sie direkt auf ihr Ziel zukriechen. Ihre Hände und Knie wurden taub vor Kälte. Michel starrte auf den schwarzen Wirbel aus Sand und Staub unter ihm. Irgendwann fiel ihm auf, dass seine Visierscheibe ziemlich verkratzt war.

Sie machten eine Ruhepause, als sie Sax dem nächsten Träger aufluden. Als er an der Reihe war, brach Michel zusammen. Er rang nach Luft und stützte seine Visierscheibe direkt auf den Boden, damit der Staub über ihn hinwegflog. Er spürte Grus auf der Zunge, bitter, salzig und metallisch – der Geschmack der Angst oder des Todes auf dem Mars – oder auch nur der seines Blutes. Er wusste es nicht. Es war zu laut zum Nachdenken. Sein Hals schmerzte, er hatte Ohrensausen und rote Schlieren vor Augen. Das kleine rote Volk trat endlich aus seinem peripheren Blickfeld heraus, um direkt vor ihm zu tanzen. Er merkte, dass er kurz davor stand, das Bewusstsein zu verlieren. Einmal glaubte er, sich übergeben zu müssen, was in einem Helm lebensgefährlich war. Sein ganzer Körper krampfte sich zusammen, um es zurückzuhalten, ein peinigender, schweißiger, furchtbarer Schmerz in all seinen Muskeln und Zellen. Nach langem Kampf war es vorbei.

Sie krochen weiter. Es verging eine Stunde heftiger wortloser Anstrengungen, dann noch eine. Michels Knie verloren ihre Taubheit zugunsten scharfer stechender Schmerzen und wurden wund. Manchmal lagen sie bloß auf dem Boden und warteten, bis eine besonders schwere Bö vorbeigezogen war. Es war erstaunlich, dass der Wind sogar bei orkanartigen Geschwindigkeiten in einzelnen Stößen kam. Er erzeugte keinen gleichmäßigen Druck, sondern eine Reihe erschütternder Schläge.

Sie mussten so lange flach daliegen und das Ende dieser Hammerschläge abwarten, dass man Zeit hatte, sich zu langweilen, den Geist schweifen zu lassen und zu dösen. Es schien, als könnten sie von der Morgendämmerung eingeholt werden. Aber dann sah er in seinem Visier die Ziffern der Uhr. Es war erst 3:30 früh. Sie krochen weiter.

Und dann hob sich der Faden, und sie stießen mit der Nase direkt auf die Schleusentür des Rovers, an der er befestigt war. Sie schnitten ihn ab und hievten Sax blindlings in die Schleuse. Danach kletterten sie erschöpft hinter ihm hinein. Sie schlossen die Außentür. Der Boden der Schleuse war voller Sand, feiner Staub wurde von den Luftpumpen aufgewirbelt und verschmutzte die viel zu grell beleuchtete Umgebung. Michel starrte zwinkernd durch die kleine Visierscheibe von Sax' Nothelm. Es war, als sähe man in eine Tauchermaske, und er bemerkte kein Anzeichen von Leben.

Als die innere Tür aufging, legten sie Helme, Stiefel und Anzüge ab, kletterten in den Innenraum und schlossen die Tür rasch gegen den Staub. Michels Gesicht war feucht; und als er es abwischte, sah er, dass es Blut war, hellrot in dem stark erleuchteten Raum. Er hatte Nasenbluten gehabt. Trotz der hellen Lichter war seine periphere Sicht eingeschränkt, und der Raum war seltsam ruhig. Maya hatte einen üblen Schnitt über der Hüfte, und die Haut darum war von Erfrierungen weiß. Spencer wirkte erschöpft, unverletzt, aber sichtlich erschüttert. Er zog Sax das Kopfstück herunter und sagte dabei: »Ihr hättet diese Sonden nicht einfach herausreißen sollen! Das kann zu Hirnschäden führen. Ihr hättet warten sollen, bis ich da bin. Ihr wusstet nicht, was ihr tatet!«

»Wir haben nicht gewusst, ob du kommen würdest«, sagte Maya. »Du warst spät dran.«

»Nicht zu spät. Ihr hättet nicht so in Panik verfallen sollen.«
»Das sind wir nicht.«
»Warum hast du sie ihm dann einfach rausgerissen? Und warum hast du Phyllis umgebracht?«
»Sie hat gefoltert und gemordet!«
Spencer schüttelte heftig den Kopf. »Sie war ebenso eine Gefangene wie Sax.«
»War sie nicht!«
»Das kannst du nicht wissen! Du hast sie getötet, weil es danach aussah. Du bist nicht besser als sie!«
»Verdammte Scheiße! Sie foltern uns! Du hast sie nicht aufgehalten, darum mussten wir es tun.«
Maya fluchte auf Russisch, kroch zum Fahrersitz und startete den Rover. »Schick Cojote die Nachricht!«, fauchte sie Michel an.
Michel versuchte sich zu erinnern, wie er das Funkgerät bediente. Seine Hand löste mit einem Tastendruck die verschlüsselte Meldung aus, dass sie Sax hatten. Dann ging er wieder zu Sax, der auf der Couch lag und nur schwach atmete. Er stand unter Schock. Teile seiner Kopfhaut waren rasiert worden. Seine Nase war blutig. Spencer wischte sie vorsichtig ab und schüttelte den Kopf. »Sie benutzen Kernspintomographen und gebündelten Ultraschall«, sagte er niedergeschlagen. »Die Sonden einfach so rauszuziehen, könnte ...« Er schüttelte den Kopf.
Sax' Puls ging schwach und unregelmäßig. Michel machte sich daran, ihm den Anzug auszuziehen. Seine eigenen Hände nahm er dabei wie schwimmende Seesterne wahr. Sie waren von seinem Willen losgelöst. Es war, als versuchte er mit einer beschädigten Fernsteuerung zu arbeiten. Er fühlte sich lahm, zerschlagen und schwindlig. Spencer und Maya brüllten sich wütend an und wurden richtig laut. Er konnte nicht verstehen, weshalb.

»Sie war eine Schlampe!«

»Wenn man Menschen nur deswegen umbringt, weil sie Schlampen sind, wärst du nie von der *Ares* runtergekommen!«

»Hört auf!«, sagte Michel leise zu ihnen. »Beide.« Er begriff nicht ganz, was sie sagten, aber es war ganz bestimmt ein Streit; und er wusste, dass er ihn schlichten musste. Maya wurde von Wut und Schmerz zur Weißglut getrieben, kreischte und brüllte. Spencer schrie zurück und zitterte am ganzen Körper. Sax lag noch im Koma. Ich werde mich wieder als Psychotherapeut betätigen müssen, dachte Michel und kicherte. Er arbeitete sich bis zu einem der Sitze vor und versuchte, die Roversteuerung zu verstehen, deren Anzeigen vor dem schwarzen Flugstaub außerhalb der Windschutzscheibe trübe schimmerten. »Fahr los!«, rief er Maya verzweifelt zu. Sie saß neben ihm und weinte heftig, beide Hände um das Lenkrad geklammert. Michel legte ihr die Hand auf die Schulter, aber sie stieß sie so heftig weg, dass er fast aus dem Sitz kippte. »Wir reden später!«, sagte er. »Was geschehen ist, ist geschehen. Jetzt müssen wir nach Hause kommen.«

»Wir haben kein Zuhause«, krächzte Maya.

SECHSTER TEIL

TARIQAT

Der Große Mann kam von einem großen Planeten. Er war ebenso ein Besucher auf der Durchreise wie Paul Bunyan, als er den Mars entdeckte und anhielt, um sich umzuschauen. Und er war noch da, als Paul Bunyan ankam. Und deswegen kämpften sie miteinander. Der Große Mann gewann, wie ihr wisst. Aber nachdem Paul Bunyan und sein großer blauer Ochse Babe tot waren, war niemand mehr da, mit dem der Große Mann hätte reden können; und auf dem Mars war es für ihn so, als versuchte er, auf einem Basketball zu leben. Also wanderte er eine Weile herum, zerlegte Dinge und versuchte, sie passend wieder zusammenzufügen. Schließlich gab er auf und verschwand.

Danach verließen die Bakterien im Innern von Paul Bunyan und Babe ihre Körper und trieben in der Tiefe in dem warmen Wasser herum, das über dem Urgestein schwappte. Sie fraßen Methan und Schwefelwasserstoff und widerstanden dem Gewicht von Milliarden Tonnen Fels, ein Gewicht, als lebten sie auf einem Neutronenstern. Ihre Chromosomen begannen sich zu verändern, eine Mutation nach der anderen; und bei der Fortpflanzungsrate von zehn Generationen pro Tag dauerte es nicht lange, bis das gute alte Gesetz vom Überleben der Tüchtigsten seine natürliche Auswahl traf. Es vergingen Milliarden Jahre. Und bald gab es eine ganze submarsianische Evolution, die sich durch die Risse im Regolith und die Zwischenräume von Sandkörnern nach oben in den Sonnenschein der kalten Wüsten hinaufarbeitete. Alle Arten von Kreaturen breiteten sich aus. Aber alles war winzig klein. Größer konnten sie im Untergrund nicht werden. Als sie an die Oberfläche kamen, waren gewisse Muster bereits festgelegt. Und oben gab es ohnehin nicht viel, das Wachstum gefördert hätte. So *entwickelte sich eine ganze chasmoendolithische Biosphäre, in der alles winzig war. Die Wale hatten die Größe von Kaulquappen, die Sequoien wie Geweihflechten und so weiter. Die Regel, dass auf dem Mars alles hundertmal größer war als auf der Erde, schien sich hier anders entschieden zu haben und beharrte auf ihrem Entschluss.*

Und so brachte ihre Evolution das kleine rote Volk hervor. Seine Angehörigen sind wie wir oder sehen uns irgendwie ähnlich, wenn wir sie erblicken. Aber das liegt daran, weil wir sie immer nur aus dem Augenwinkel sehen. Wenn man ein Exemplar deutlich sieht, kann man erkennen, dass es wie ein ganz kleiner aufrecht stehender Salamander aussieht, dunkelrot, obwohl die Haut offenbar Chamäleoneigenschaften besitzt und sie die gleiche Farbe wie die Steine, zwischen denen das Wesen steht, annimmt. Wenn man wirklich genau hinsieht, erkennt man, dass die Haut Tafelflechten ähnelt, vermischt mit Sandkörnern, und die Augen sind Rubine. Das ist faszinierend; aber werdet nicht übermütig, denn keiner von euch wird je einen so deutlich zu Gesicht bekommen. Das ist einfach zu schwierig. Wenn sie stillhalten, können wir sie überhaupt nicht sehen. Wir würden sie auch sonst nicht sehen, aber manchmal haben einige von ihnen gute Laune und vertrauen auf ihre Fähigkeit, dass sie wieder unsichtbar werden und verschwinden können, sodass sie am Rande unseres Gesichtsfeldes herumspringen, bloß um uns zu irritieren. Man sieht zwar die Bewegung, aber sobald man das Auge auf sie richtet, halten sie still, und man sieht sie nie wieder.

Sie leben überall, auch in jedem unserer Zimmer. Normalerweise gibt es ein paar in jedem Staubhaufen in den Ecken. Und wer kann von sich behaupten, keinen Staub in den Zimmerecken zu haben? Eben. Und wenn wir putzen, müssen sie wie der Teufel rennen. Es ist für sie eine Katastrophe. Die halten uns für verrückte riesige Idioten, die ab und zu Wutanfälle bekommen.

Ja, es stimmt, dass John Boone der erste Mensch war, der die kleinen roten Männchen gesehen hat. Habt ihr etwas anderes erwartet?

Er hat sie binnen Stunden nach seiner Landung gesehen. Später lernte er, sie zu sehen, selbst wenn sie sich stillhielten. Dann fing er an, zu denen zu sprechen, die er in seinem Zimmer bemerkte, bis sie schließlich ihr Schweigen brachen und antworteten. Sie brachten sich gegenseitig ihre Sprachen bei; und man kann immer noch hören, dass die kleinen roten Leute allerlei Booneismen in ihrem Englisch benutzen. Schließlich reiste eine ganze Schar von ihnen mit Boone überallhin. Das gefiel ihnen. Und John war keine besonders reinliche Person. Darum hatten sie ihre sicheren Stellen. Ja, in Nicosia waren einige Hundert von ihnen in der Nacht, als er getötet wurde, dabei. Sie waren es, die den Araber, der es getan hat, später erwischten und töteten. Eine ganze Armee der Kleinen hat ihn niedergemacht. Schrecklich.

Jedenfalls waren sie John Boones Freunde, und sie waren ebenso traurig wie wir, als er getötet wurde. Es hat seither keinen Menschen gegeben, der ihre Sprache gelernt hat oder sie so gut kennenlernen konnte. Ja, John war auch der Erste, der Geschichten über sie erzählt hat. Vieles von dem, was wir wissen, stammt von ihm wegen dieser besonderen Beziehung. Man sagt auch, dass übermäßiger Omegendorph-Konsum bewirkt, dass man schwache rote Punkte am Rande des Gesichtsfeldes herumkriechen sieht. Aber warum fragt ihr?

Jedenfalls lebt seit Johns Tod das kleine rote Volk mit uns und versteckt sich. Es beobachtet uns mit seinen Rubinaugen und versucht herauszufinden, wie wir sind und warum wir was tun. Und wie sie mit uns umgehen sollen, damit sie bekommen, was sie wollen: jemanden, mit dem sie reden und Freunde sein können, der sie nicht alle paar Monate hinausfegt oder den Planeten ruiniert. Ganze Karawanen tragen das kleine Volk mit sich herum. Und sie sind langsam bereit, wieder mit uns zu sprechen. Sie überlegen sich, mit wem sie reden sollen. Sie fragen sich, wer von diesen gigantischen Idioten von Ka weiß.

Ja, das ist ihr Name für den Mars. Sie nennen ihn Ka. Den Arabern gefällt das, weil das arabische Wort für Mars Qahira ist; und den Japanern gefällt es auch, weil ihr Name dafür Kasei ist. Es haben aber viele irdische Namen für den Mars irgendwo den Laut ka in sich; und viele kleine rote Dialekte kennen ihn als m'kah, was einen Laut hinzufügt, der auch in vielen Mars-Namen von der Erde vorkommt. Es ist möglich, dass das kleine rote Volk in früheren Zeiten ein Raumfahrtprogramm hatte und einige von ihnen zur Erde gekommen sind, wo sie unsere Feen, Elfen und kleinen mythischen Völker wurden; und dass sie damals einigen Menschen erzählt haben, woher sie kamen, und uns so den Mars-Namen mitgeteilt haben. Andererseits könnte es sein, dass der Planet selbst auf irgendeine hypnotische Art, die alle Beobachter beeinflusst, den Namen suggeriert, ob diese Beobachter nun direkt auf ihm stehen oder ihn als roten Stern am Himmel erblicken. Ich weiß nicht – vielleicht liegt es an der Farbe. Ka.

Und so beobachtet uns Ka, und die Ka fragen: Wer kennt Ka? Wer verbringt Zeit mit Ka und lernt Ka kennen und liebt es, Ka zu berühren, und geht auf Ka umher und lässt Ka in sich einströmen und rührt den Staub in seinem Zimmer nicht mehr an? Das werden die Menschen sein, mit denen wir sprechen werden, sagen sie. Bald werden wir uns ihnen vorstellen, sagen sie, so vielen von euch, die uns wie Ka vorkommen. Und wenn wir das tun, solltet ihr besser bereit sein. Wir werden einen Plan haben. Es wird dann Zeit sein, alles aufzugeben und direkt eine neue Welt zu betreten. Es wird an der Zeit sein, Ka zu befreien.

Sie fuhren schweigend nach Süden. Der Wagen schwankte unter den Windstößen. Stunde folgte auf Stunde; und kein Wort von Michel und Maya. Sie hatten komprimierte Funksignale vereinbart, die dem durch die Blitze verursachten Rauschen sehr ähnlich klangen – eines für Erfolg und eines für Misslingen. Aber aus dem Funkgerät zischte es nur, über dem brausenden Wind kaum hörbar. Nirgal bekam immer mehr Angst, je länger er wartete. Es schien, dass ihren Freunden auf der anderen Seite etwas zugestoßen war. Und angesichts dessen, wie extrem ihre eigene Nacht gewesen war – das verzweifelte Kriechen durch die heulende Finsternis, die herumwirbelnden Trümmer, das ungezielte Schießen in den zerfetzten Kuppeln –, standen die Chancen sehr schlecht. Der ganze Plan schien jetzt völlig verrückt, und Nirgal wunderte sich über Cojotes Entschluss. Der studierte den Bildschirm seiner KI, murmelte vor sich hin und rieb sich seine verletzten Schienbeine ... Natürlich hatten die anderen dem Plan zugestimmt, wie auch Nirgal; und Maya und Spencer hatten dabei geholfen, zusammen mit den Roten aus Mareotis. Und niemand hatte wissen können, dass der katabatische Orkan so stark sein würde. Aber Cojote war der Anführer gewesen. Ganz eindeutig. Und jetzt sah er verstört aus. Nirgal hatte ihn noch nie so gesehen, wütend, besorgt und ängstlich.

Dann krächzte der Funk, als hätten gerade ein paar Blitze in der Nähe eingeschlagen, und die Entschlüsselung der Meldung erfolgte sofort: *Erfolg.* Erfolg! Sie hatten Sax auf dem äußeren Ufer gefunden und herausgeschafft.

Die Stimmung im Wagen sprang von Trübsal auf Begeisterung, wie von einer Schleuder abgeschossen. Sie brüllten zusammenhanglos, lachten und umarmten einander. Nirgal und Kasei wischten sich Tränen der Freude und Erleichterung aus den Augen, und Art, der während des Überfalls im Wagen geblieben war und es dann auf sich genommen hatte, herumzufahren und sie in dem schwarzen Wind aufzulesen, klopfte ihnen so überschwänglich auf den Rücken, dass er sie durch das ganze Abteil stieß, und brüllte: »Gute Arbeit! Gute Arbeit!«

Cojote, mit Schmerzmitteln vollgepumpt, ließ sein verrücktes Lachen hören. Nirgal fühlte sich physisch leicht, als hätte die Schwere in seiner Brust nachgelassen. Diese Extreme – Anstrengung, Besorgnis, Furcht, und jetzt Freude – machten ihm unbewusst klar, dass es Momente gab, die sich einem für immer in den Geist einprägten, wenn man von der schockierenden Gegenwart der Realität getroffen wurde, die man so selten empfand und die jetzt wie eine Rakete im Innern zündete. Und er sah die gleiche Freude in den Gesichtern seiner Gefährten leuchten. Wilde Tiere, die geistig erglühten.

Die Roten fuhren zu ihrem Versteck in Mareotis zurück. Cojote raste nach Süden, um sich mit Maya und Michel zu treffen. Das geschah in einer trüben schokoladefarbenen Morgendämmerung weit oben in Echus Chasma. Die Gruppe eilte hinüber in den Rover von Michel und Maya, um alles noch einmal zu feiern. Nirgal sprang durch die Schleuse und schüttelte Spencer die Hand, einem kleinen Mann mit rundem Gesicht, dessen Hände zitterten. Nichtsdestoweniger musterte er Nirgal genau. Er sagte: »Schön, dich kennenzulernen. Ich habe von dir gehört.«

»Es hat alles wirklich gut geklappt«, sagte Cojote trotz des Protestchors von Kasei, Art und Nirgal. Tatsächlich waren sie gerade so mit dem Leben davongekommen, als sie auf dem inneren Ufer herumgekrochen waren, bemüht, den Taifun und die von Panik ergriffene Polizei in der Kuppel zu überleben und den Rover zu finden, während Art sie gesucht hatte ...

Mayas Blick machte ihrer Freude ein jähes Ende. Tatsächlich wurde, nachdem die ursprüngliche Wiedersehensfreude vorbei war, klar, dass etwas in diesem Rover nicht in Ordnung war. Sie hatten Sax gerettet, aber zu spät. Er war gefoltert worden, teilte Maya ihnen kurz mit. Es war nicht klar, wie viel Schaden ihm zugefügt wurde, weil er noch bewusstlos war.

Nirgal ging nach hinten, um nach Sax zu sehen. Er lag ohne Bewusstsein auf der Couch. Sein zerschmettertes Gesicht bot einen erschütternden Anblick. Michel kam zu ihm und setzte sich hin, benommen von einem Schlag auf den Kopf. Und zwischen Maya und Spencer schien ein Streit zu schwelen. Sie erklärten sich nicht, schauten sich aber nicht an und sprachen nicht miteinander. Maya war offensichtlich in übler Stimmung. Nirgal kannte den Blick schon seit seiner Kindheit, aber diesmal war er schlimmer als je zuvor. Ihre Miene war hart, und sie hatte die Mundwinkel nach unten gezogen.

»Ich habe Phyllis getötet«, sagte sie zu Cojote.

Es trat Stille ein. Nirgal bekam kalte Hände. Plötzlich, als er sich umsah, merkte er, dass sie alle verlegen waren. Die einzige Frau unter ihnen hatte den Mord begangen; und für eine Sekunde hatte das etwas Seltsames an sich, was sie alle empfanden, einschließlich Maya, die sich aufrichtete und verächtlich auf die Feiglinge vor ihr herabblickte. Nichts davon war rational oder gar bewusst, erkannte Nirgal, als er ihre Gesichter studierte, sondern etwas Primitives, Instinktives, Biologisches. Maya starrte sie an, bis sie die Augen senkten. Sie verachtete ihr Entsetzen. Ihr feindseliger Blick war so fremdartig wie der eines Adlers.

Cojote trat neben sie und stellte sich auf die Zehenspitzen, um ihr einen Kuss auf die Wange zu geben, wobei er ihrem Blick unerschütterlich standhielt. Er legte eine Hand auf ihren Arm und sagte: »Gut gemacht. Du hast Sax gerettet.«

Maya schüttelte ihn ab und sagte: »Wir haben die Maschine gesprengt, an die sie Sax angeschlossen hatten. Ich weiß nicht, ob es uns gelungen ist, irgendwelche Aufzeichnungen zu vernichten. Wahrscheinlich nicht. Und sie wissen, dass sie ihn gehabt haben und dass jemand ihn herausgeholt hat. Also gibt es keinen Grund zum Feiern. Sie werden uns mit allen Mitteln jagen.«

»Ich glaube nicht, dass sie so gut organisiert sind«, warf Art ein.

»Halt den Mund!«, fuhr Maya ihn an.

»Okay, aber schau, weil sie jetzt von dir wissen, brauchst du dich nicht mehr so zu verstecken. Stimmt's?«

»Wieder im Geschäft«, knurrte Cojote.

Sie fuhren diesen ganzen Tag weiter nach Süden, da der von dem katabatischen Sturm aufgewühlte Staub sie vor den Satellitenkameras versteckte. Die Spannung hielt an. Maya war außer sich vor Wut und nicht ansprechbar. Michel behandelte sie wie eine nicht explodierte Bombe und versuchte, sie dazu zu bringen, dass sie sich nur auf die praktischen Angelegenheiten des Augenblicks konzentrierte, damit sie die schreckliche Nacht vergäße, die sie draußen erlebt hatten. Aber das war nicht einfach, während Sax im Wohnabteil ihres Rovers auf einer Couch lag, bewusstlos und schwer verletzt. Nirgal saß endlose Stunden bei Sax, eine Hand flach auf seine Rippen oder auf seinen Kopf gelegt. Mehr konnte er nicht tun. Selbst ohne die zugeschwollenen Augen hätte er nicht so ausgesehen wie der Sax Russell, den Nirgal als Kind gekannt hatte. Es war ein bis in die Eingeweide dringender Schock, an ihm die Zeichen körperlicher Misshandlung zu sehen – ein positiver Beweis dafür, dass sie in dieser Welt Todfeinde hatten. Nirgal hatte in den letzten Jahren immer wieder über diese möglichen Feinde nachgedacht, und der Anblick von Sax war hässlich und Übelkeit erregend. Sie hatten nicht nur Feinde, sondern es gab sogar Leute, die so etwas tun konnten und es schon immer getan hatten. Die ganzen unglaublichen Erzählungen aus dem Geschichtsunterricht waren wahr. Sie waren tatsächlich real. Und Sax war nur eines von vielen Millionen Opfern.

Während Sax schlief, rollte sein Kopf von der einen Seite auf die andere. »Ich werde ihm Pandorphin spritzen«, sagte Michel. »Erst ihm, dann mir.«

»Mit seinen Lungen stimmt etwas nicht«, meinte Nirgal.

»Wirklich?« Michel legte das Ohr auf Sax' Brust, horchte einige Zeit und zischte. »Es ist etwas Flüssigkeit darin. Du hast recht.«

»Was haben sie mit ihm gemacht?«, fragte Nirgal Spencer.

»Sie haben mit ihm gesprochen, während sie ihn in der Narkose hatten. Sie haben verschiedene Gedächtniszentren im Hippocampus sehr genau geortet, weißt du, und mit Drogen, stark gebündelter Ultraschallstimulation und schnellen MRTs bearbeitet, um das, was sie tun, zu verfolgen … Tja, da geben die Menschen Antworten auf alle Fragen, oft sehr ausführlich. Sie waren gerade dabei, als der Wind zuschlug und der Strom ausfiel. Das Notstromaggregat sprang sofort an, aber …« Er zeigte auf Sax. »Dabei, oder als wir ihn aus dem Apparat genommen haben …«

Darum hatte Maya Phyllis Boyle getötet. Das Ende einer Kollaborateurin. Mord unter den Ersten Hundert …

»Nun«, murmelte Kasei in dem anderen Wagen vor sich hin, »es wäre nicht das erste Mal gewesen.« Es gab Leute, die Maya verdächtigten, die Ermordung von John Boone arrangiert zu haben, und Nirgal hatte von anderen gehört, die argwöhnten, auch das Verschwinden von Frank Chalmers sei auf ihr Konto gegangen. Man nannte sie die Schwarze Witwe. Nirgal hatte diese Geschichten als boshaften Klatsch abgetan, der von Leuten verbreitet wurde, die Maya offenbar hassten, wie Jackie. Aber Maya sah jetzt wirklich äußerst gefährlich aus, wie sie in ihrem Rover saß und das Funkgerät anstarrte, als dächte sie darüber nach, ihr Schweigen zu brechen und dem Süden eine Nachricht zukommen zu lassen. Weißhaarig, mit einer Adlernase und einem Mund wie eine offene Wunde ... Es machte Nirgal nervös, auch nur im gleichen Wagen wie sie zu sein, obwohl er gegen dieses Gefühl ankämpfte. Sie war immerhin eine seiner wichtigsten Lehrerinnen gewesen. Er hatte viele Stunden damit zugebracht, ihre ungeduldigen Lektionen in Mathematik, Geschichte und Russisch in sich aufzunehmen. Dabei hatte er sie genauso gut kennengelernt wie den Unterrichtsstoff und wusste, dass sie keine Mörderin sein wollte, dass unter ihren Stimmungen, sowohl den schwungvollen als auch den düsteren, den manischen wie den depressiven, eine einsame Seele litt, stolz und hungrig. Dieses Unternehmen war auch für sie zu einer Katastrophe geworden, trotz des offensichtlichen Erfolgs.

Maya verlangte eisern, dass sie so schnell wie möglich in die südliche Polregion fahren sollten, um dem Untergrund zu berichten, was geschehen war.

»Das ist nicht einfach«, wandte Cojote ein. »Sie wissen, dass wir in Kasei Vallis gewesen sind, und da sie Zeit hatten, Sax zum Reden zu bringen, wissen sie wahrscheinlich, dass wir versuchen werden, nach Süden zu gelangen. Sie können genauso gut Karten lesen wie wir und sehen, dass der Äquator von West-Tharsis bis hin zum Osten des Chaotischen Terrains praktisch blockiert ist.«

»Es gibt die Lücke zwischen Pavonis und Noctis«, warf Maya ein.

»Ja, aber es führen einige Gleise und Pipelines und zwei Aufzugkabelstränge hindurch. Ich habe unter denen allen Tunnel gebaut, aber wenn sie gezielt suchen, könnten sie einige davon finden oder unsere Wagen sehen.«

»Was schlägst du also vor?«

»Ich meine, wir sollten nördlich um Tharsis und Olympus Mons herum und dann nach Amazonis hinunter, um dort den Äquator zu überqueren.«

Maya schüttelte den Kopf. »Wir müssen schnell nach Süden, um sie wissen zu lassen, dass man sie entdeckt hat.«

Cojote dachte darüber nach und sagte: »Wir können uns teilen. Ich habe ein kleines Ultraleichtflugzeug in einem Versteck in der Nähe von Echus Overlook stehen. Kasei kann dich und Michel hinführen und nach Süden zurückfliegen. Wir werden über Amazonis nachfolgen.«

»Was ist mit Sax?«

»Wir werden ihn direkt zum Tharsis Tholus schaffen. Dort gibt es ein Klinikzentrum der Bogdanovisten. Das ist nur zwei Nächte entfernt.«

Maya besprach das mit Michel und Kasei, ohne Spencer auch nur anzuschauen. Michel und Kasei hatten nichts dagegen, und schließlich nickte sie. »Einverstanden. Wir fahren in den Süden. Kommt nach, so schnell ihr könnt!«

Sie fuhren bei Nacht und schliefen bei Tag, wie immer, und schafften in zwei Nächten den Weg über Echus Chasma nach Tharsis Tholus, einem Vulkankegel am Nordrand des Tharsis-Buckels.

Dort stand eine gleichnamige Kuppelstadt der Nicosia-Klasse auf der kahlen Flanke ihres Namensvetters. Die Stadt war ein

Teil der Demimonde. Die meisten ihrer Bürger führten ein geregeltes Leben im Netz der Oberfläche; aber viele von ihnen waren Bogdanovisten, die halfen, bogdanovistische Flüchtlinge in der Gegend zu unterstützen ebenso wie Zufluchtsstätten der Roten in Mareotis und auf dem Großen Steilhang. Sie halfen auch anderen Leuten in der Stadt, die das Netz verlassen oder ihm nie angehört hatten. Die größte medizinische Klinik der Stadt gehörte den Bogdanovisten und wurde auch von vielen im Untergrund besucht.

Also fuhren sie direkt zur Kuppel hinauf in die Garage und stiegen aus. Bald kam ein kleiner Ambulanzwagen und eilte mit Sax zur Klinik in der Nähe des Stadtzentrums. Der Rest ging über die begrünte Hauptstraße hinterher und genoss die Geräumigkeit nach all diesen Tagen in den Wagen. Art staunte über ihr offenes Verhalten, und Nirgal erklärte ihm kurz die Demimonde, als sie zu einem Café gegenüber der Klinik gingen, das sichere Räume im Obergeschoss hatte.

In der Klinik behandelte man Sax bereits. Einige Stunden nach ihrer Ankunft wurde Nirgal erlaubt, gründlich gereinigt sterile Kleidung anzulegen, hineinzugehen und sich zu ihm zu setzen.

Sie hatten ihn an eine Maschine angeschlossen, die eine Flüssigkeit durch seine Lungen pumpte. Man konnte sie in den klaren Röhren und der sein Gesicht bedeckenden Maske sehen. Sie sah aus wie trübes Wasser. Es war ein schrecklicher Anblick, als würden sie ihn ertränken. Aber die Flüssigkeit war eine Mischung auf Perfluorkarbonbasis, die Sax dreimal so viel Sauerstoff zuführte, als Luft es getan hätte. Und sie spülte den Dreck heraus, der sich in seiner Lunge angesammelt hatte, blähte kollabierte Luftwege wieder auf und war mit verschiedenen Drogen und Medikamenten angereichert. Die Sax behandelnde Ärztin erklärte Nirgal das alles während ihrer Arbeit. »Er hatte ein Ödem, darum ist die Behandlung irgendwie widersprüchlich, aber sie funktioniert.«

Und so saß Nirgal da, seine Hand auf Sax' Arm, und beobachtete, wie die Flüssigkeit in der Maske, die am unteren Teil von Sax' Gesicht festgeklebt war, hinein- und heraussprudelte. »Es ist, als läge er in einem ektogenen Tank«, sagte Nirgal.

»Oder«, sagte die Ärztin mit einem belustigten Seitenblick, »in der Gebärmutter.«

»Ja. Wird wiedergeboren. Sieht sogar anders aus.«

»Halt weiter die Hand auf ihm!«, rief die Ärztin und ging fort. Nirgal saß da und versuchte zu fühlen, wie es Sax ging, suchte seine Vitalität in den ihr eigenen Prozessen zu fühlen, die darum kämpfte, wieder in die Welt zurückzukehren. Sax' Temperatur schwankte in beunruhigenden kleinen Hochs und Tiefs. Es kam weiteres ärztliches Personal, hielt Instrumente an Sax' Kopf und Gesicht und sprach leise miteinander. »Ziemlicher Schaden. Vorn links. Wir werden sehen.«

Einige Abende später, als Nirgal wieder da war, kam dieselbe Ärztin und sagte: »Halt seinen Kopf, Nirgal! Linke Seite, ums Ohr. Genau darüber, ja. Halt ihn dort und ... ja, so. Tu es jetzt!«

»Was?«

»Du weißt schon. Schick Wärme in ihn hinein!« Und sie eilte fort, als wäre sie von ihrem eigenen Vorschlag verwirrt oder erschrocken.

Nirgal saß da und konzentrierte sich. Er lokalisierte das Feuer im Innern und versuchte, etwas davon in seine Hand und hinüber zu Sax strömen zu lassen. Wärme, Wärme, ein zaghafter Schuss Weiß in das verletzte Grün ... dann wieder fühlen und der Versuch, die Wärme von Sax' Kopf zu deuten.

Es vergingen Tage; und Nirgal verbrachte fast alle in der Klinik. Eines Nachts kam er aus der Küche zurück, als die junge Ärztin über den Korridor auf ihn zugerannt kam, ihn am Arm packte und rief: »Los, komm!« Ehe er es sich versah, war er unten im Krankenzimmer und hielt Sax den Kopf. Dessen Atem ging in kurzen Stößen, und alle seine Muskeln waren angespannt wie Drähte. Es waren drei Ärzte da und einige Techniker. Ein Doktor streckte Nirgal einen Arm entgegen, und die junge Technikerin trat zwischen sie.

Er fühlte, dass sich in Sax etwas rührte, als ob etwas fortginge oder wiederkäme – irgendeine Passage. Er ließ jedes bisschen *viriditas* in Sax einströmen, das er aufbringen konnte, plötzlich verängstigt von Erinnerungen an die Klinik in Zygote, wo er mit Simon dagesessen hatte. Der Ausdruck in Simons Gesicht in der Nacht seines Todes. Die Flüssigkeit aus Perfluorkarbon wirbelte in raschen flachen Stößen in Sax hinein und heraus. Nirgal sah zu und dachte an Simon. Seine Hand verlor ihre Wärme, und er konnte sie nicht zurückbringen. Sax würde wissen, wer das mit den warmen Händen war. Falls das etwas ausmachte. Aber das war das Einzige, was er tun konnte ... Er strengte sich an und drückte, als fröre die Welt ein, als könne er nicht nur Sax, sondern auch Simon zurückholen, wenn er stark genug drückte. »Warum, Sax?«, sagte er leise in das Ohr unter seiner Hand. »Aber warum? Warum, Sax? Warum?«

Das Perfluorkarbon sprudelte. In dem übermäßig hell beleuchteten Raum summte es. Die Ärzte arbeiteten an den Maschinen und an Sax' Körper, schauten einander und Nirgal an. Das Wort *warum* wurde zu einem reinen Ton, einer Art Gebet. Es verging eine Stunde und noch mehr, langsam und furchtsam, bis sie in eine Art zeitlosen Zustand verfielen. Nirgal hätte nicht sagen können, ob es Tag oder Nacht war. Bezahlung für unsere Körper, dachte er. Wir bezahlen.

Eines Abends, etwa eine Woche nach ihrer Ankunft, pumpten sie Sax' Lungen aus und stellten die künstliche Beatmung ab.

Sax keuchte laut und atmete dann normal. Er war wieder ein Luftatmer, ein Säugetier. Sie hatten seine Nase repariert, obwohl sie jetzt anders aussah, fast so flach, wie sie vor seiner kosmetischen Operation gewesen war. Seine blauen Flecken waren nach wie vor erschreckend.

Etwa eine Stunde, nachdem sie den Respirator entfernt hatten, kam er zu Bewusstsein. Er blinzelte permanent. Er schaute sich in dem Zimmer um, blickte dann Nirgal intensiv an und drückte ihm kräftig die Hand. Aber er sprach nicht. Und einen Moment später war er eingeschlafen.

Nirgal ging hinaus in die grünen Straßen der kleinen Stadt, die von dem Kegel des Tharsis Tholus beherrscht wurde, der sich in schwarzer und rostfarbener Majestät wie ein flacher Fuji im Norden erhob. Er verfiel in seinen Rhythmus und lief immer wieder um die Stadt, an der Kuppelwand entlang, um seine überschüssige Energie loszuwerden. Sax und sein großes Unerklärliches …

Im Zimmer über dem Café auf der anderen Straßenseite fand er Cojote, der rastlos von Fenster zu Fenster tigerte, murmelte und wortlose Calypsomelodien summte. »Was ist los?«, fragte Nirgal.

Cojote schwenkte beide Hände. »Jetzt, da Sax stabilisiert ist, sollten wir hier verschwinden. Du und Spencer, ihr könnt Sax im Rover betreuen, während wir nach Westen um Olympus herum fahren.«

»Okay«, sagte Nirgal. »Sobald sie sagen, dass Sax so weit ist.«

Cojote starrte ihn an. »Sie sagen, du hättest ihn gerettet. Du hättest ihn von den Toten zurückgeholt.«

Nirgal schüttelte den Kopf, durch den Gedanken allein erschrocken. »Er war nie tot.«

»Dachte ich mir. Aber sie erzählen das.« Cojote schaute ihn nachdenklich an. »Du wirst vorsichtig sein müssen.«

Sie fuhren bei Nacht rund um die Flanke von Nord-Tharsis.

Sax lag auf der Couch in dem Abteil hinter den Fahrern. Einige Stunden nach ihrer Abfahrt sagte Cojote: »Ich möchte eines der Bergbaucamps besuchen, die von Subarashii in Ceraunius betrieben werden.« Er schaute Sax an. »Ist das okay für dich?«

Sax nickte. Seine blauen Flecken unter den Augen waren jetzt grün und purpurn.

»Warum kannst du nicht sprechen?«, fragte Art ihn.

Sax zuckte die Achseln und krächzte.

Sie fuhren weiter.

Von der Nordseite des Tharsis-Buckels aus erstreckt sich eine Reihe paralleler Canyons, die Ceraunius Fossae. Es gibt etwa vierzig dieser Bruchstellen, je nachdem, wie man sie zählt, da manche Einbuchtungen Canyons sind, andere dagegen isolierte Grate oder tiefe Risse oder einfach Wellen im Gelände. Sie alle verlaufen nach Norden und Süden und schneiden in ein an Metall reiches Gebiet ein, eine Basaltmasse, die mit vielen Erzintrusionen durchzogen ist. Darum gab es dort viele Bergbauniederlassungen und mobile Schürfanlagen. Als Cojote sich ihre Positionen auf seinen Karten ansah, rieb er sich die Hände. »Deine Gefangenschaft hat mir die Freiheit gegeben, Sax. Da sie jetzt ohnehin wissen, dass wir hier draußen sind, gibt es keinen Grund, weshalb wir nicht ein paar von ihnen arbeitslos machen und uns etwas Uran schnappen sollten, wenn wir schon mal da sind.«

Also hielt er eines Abends am südlichen Ende von Tractus Catena, dem längsten und tiefsten Canyon. Sein Anfang bot einen seltsamen Anblick. Die relativ glatte Ebene war von etwas durchbrochen, das wie eine Rampe aussah, die in den Boden schnitt, etwa drei Kilometer breit und am Ende ungefähr dreihundert Meter tief. Sie zog sich in einer vollkommen geraden Linie bis zum Horizont hin.

Sie schliefen am Vormittag und saßen am Nachmittag nervös im Wohnabteil, sahen sich Satellitenfotos an und hörten Cojotes Anweisungen zu.

Art zupfte an seinem großen Kinn- und Backenbart. »Könnte es passieren, dass wir diese Bergleute töten?«

Cojote zuckte die Achseln. »Könnte passieren.«

Sax schüttelte heftig den Kopf.

»Vorsichtig mit deinem Kopf!«, sagte Nirgal zu ihm.

»Ich stimme Sax zu«, sagte Art rasch. »Ich meine, selbst wenn wir von moralischen Bedenken absehen, was ich nicht tue, ist so ein Vorgehen auch aus rein praktischen Gründen töricht. Es ist dumm, weil es von der Annahme ausgeht, dass deine Feinde schwächer sind als du und tun werden, was du willst, wenn du ein paar von ihnen umbringst. Aber Menschen sind nicht so. Ich meine, denkt darüber nach, wie es ausgehen wird! Ihr begebt euch in diesen Canyon hinunter und tötet eine Gruppe von Leuten, die einfach nur ihre Arbeit tun. Dann zerstört ihr ihre Maschinen. Später kommen andere und finden die Leichen. Sie werden euch für alle Ewigkeit hassen. Selbst wenn ihr eines Tages die Herrschaft über den Mars erlangt, werden sie euch immer noch hassen und tun, was sie können, um Unheil zu stiften. Und das ist alles, was ihr erreicht habt, weil sie die Bergleute schnell ersetzen werden.«

Art sah Sax an, der sich auf der Couch aufgerichtet hatte, und beobachtete ihn genau. »Andererseits – angenommen, ihr geht da hinunter, tut etwas, das die Bergleute veranlasst, ihren Schutzraum aufzusuchen, sperrt sie darin ein und zerstört dann ihre Maschinen. Sie rufen um Hilfe, hängen da herum, und nach ein paar Tagen kommt jemand, sie zu retten. Sie toben zwar, denken aber auch, dass sie ebenso gut tot sein könnten. Die Roten haben unser Zeug kaputtgemacht und sind wie der Blitz abgehauen, werden sie sagen, und wir haben sie nicht mal zu Gesicht bekommen. Sie hätten uns töten können, haben es aber nicht getan. Und die Leute, die sie gerettet haben, würden dasselbe denken. Und dann, später, wenn ihr den Mars übernommen habt oder es versucht, erinnern sie sich daran, werden in das Stockholmsyndrom verfallen und anfangen, euch zu unterstützen. Oder für euch zu arbeiten.«

Sax nickte. Spencer sah Nirgal an. Und dann taten das alle außer Cojote, der auf seine Handflächen hinunterschaute, als würde er darin lesen. Schließlich blickte er auf und sah ebenfalls Nirgal an.

Für Nirgal war es einfach, und er musterte Cojote etwas besorgt. »Art hat recht. Hiroko wird uns nie verzeihen, wenn wir anfangen, Menschen ohne Grund zu töten.«

Cojote verzog das Gesicht, als wäre er über ihre Milde enttäuscht. Er sagte: »Wir haben gerade in Kasei Vallis eine ganze Menge Menschen getötet.«

»Das war aber etwas anderes!«, entgegnete Nirgal.

»Inwiefern?«

Nirgal zögerte unsicher, und Art sprang ihm bei: »Das waren Folterknechte der Polizei, die euren Kumpel hatten und sein Gehirn mit Mikrowellen bearbeitet haben. Sie haben bekommen, was sie verdient haben. Aber diese Typen da unten im Canyon graben bloß Erz aus.«

Sax nickte. Er starrte sie alle intensiv an, und es schien sicher, dass er alles verstand und sich innerlich beteiligte. Aber da er stumm war, konnte man das nur schwer beurteilen.

Cojote sah Art scharf an. »Ist das eine Mine von Praxis?«

»Ich weiß nicht. Es ist mir auch egal.«

»Hmm. Gut ...« Cojote sah erst Sax an, dann Spencer und Nirgal, der merkte, dass seine Wangen glühten. »Also gut. Wir werden es auf eure Art versuchen.«

Und so stiegen am Ende des Tages Nirgal, Cojote und Art aus dem Rover. Der Himmel über ihnen war dunkel und voller Sterne, der westliche Quadrant, noch purpurn, tauchte alles in ein rotes Licht, das hell, aber zugleich ungewohnt war. Cojote ging voraus, Art und Nirgal folgten ihm. Durch seine Visierscheibe sah Nirgal, dass Arts Augen weit aufgerissen waren.

Der Boden von Tractus Cartena war an einer Stelle durch ein querlaufendes System aus Brüchen, Rissen und Spalten namens Tractus Traction unterbrochen, die ein für Fahrzeuge unüberwindliches Hindernis bildeten. Die Bergleute in Tractus erreichten ihr Camp mit Aufzügen an der Canyonwand herunter. Aber Cojote behauptete, es wäre möglich, Tractus Canyon zu durchqueren, indem man einem Pfad durch die Spalten folgte, den er markiert hatte. Viele seiner Widerstandsaktionen erforderten das Passieren scheinbar unwegsamen Geländes wie diesem hier. Das machte manche seiner besonders legendären »Besuche« möglich und führte ihn durch chaotisches Gelände, in das sich noch keiner hineingewagt hatte. Und mit Nirgal, der manche der Überfälle geplant hatte, hatte er einige wahrhaft wunderbar erscheinende Abenteuer bestanden – einfach, indem sie sich zu Fuß aufgemacht hatten.

Also trabten sie den Boden des Canyons entlang in der gleichmäßigen Gangart der Marsianer, die Nirgal vervollkommnet und mit einigem Erfolg auch Cojote beigebracht hatte. Art war nicht so geschickt; seine Schritte waren zu kurz, und er stolperte oft. Aber er hielt mit. Nirgal begann die ungebundene Freude des Laufens zu spüren, das Schnellen von Stein zu Stein und das rasche Zurücklegen großer Strecken aus eigener Kraft. Er genoss auch das rhythmische Atmen, das Hüpfen des Lufttanks auf seinem Rücken und den tranceartigen Zustand, den er im Laufe der Jahre mit Hilfe des *Issei* Nanao gelernt hatte, der auf der Erde bei einem tibetischen Meister des *lung-gom* in die Schule gegangen war. Nanao behauptete, dass einige alte *lung-gom-pas* Gewichte hätten tragen müssen, um nicht davonzufliegen. Auf dem Mars schien das durchaus möglich. Die Art, wie er über Felsblöcke fliegen konnte, war geradezu berauschend.

Nirgal musste sich zurückhalten. Weder Cojote noch Art kannten *lung-gom* und konnten nicht mithalten, obwohl sie recht gut waren, Cojote trotz seines Alters und Art, obwohl er erst kürzlich auf den Mars gekommen war. Cojote kannte das Land und lief in kurzen vorsichtigen Tanzschritten, schnell und effizient. Art polterte über das Gelände wie ein schlecht programmierter Roboter und stolperte oft, wenn er im Sternenlicht nicht so recht sah, wo er hintrat. Aber er blieb dennoch gut dabei. Nirgal lief ihnen voraus wie ein Hund. Art stürzte zweimal, eine Staubwolke aufwirbelnd, und Nirgal rannte hin, um nach ihm zu sehen. Aber beide Male stand Art wieder auf, winkte wegen ihrer Funkstille nur und trabte weiter.

Nachdem sie eine halbe Stunde den Canyon hinuntergelaufen waren, der so gerade war, als wäre er nach Plan eingeschnitten worden, erschienen auf dem Boden Risse, die schnell tiefer wurden und sich miteinander verbanden, bis es unmöglich wurde, auf dem eigentlichen Canyonboden weiterzukommen, weil er jetzt nur noch aus einzelnen, gleich hohen Inseln bestand. Die tiefen Schlitze zwischen diesen Inseln waren stellenweise nur zwei oder drei Meter breit, aber dreißig bis vierzig Meter tief.

Es war merkwürdig, durch diese Gänge mit meist flachen Böden zu gehen; aber Cojote führte sie durch das Labyrinth, ohne auch nur an einer der vielen Abzweigungen zu zögern. Er folgte einem Weg, den nur er kannte, und wendete sich schnell nach links oder rechts. Ein Spalt war so eng, dass sie beide Wände links und rechts gleichzeitig berühren konnten und in einer Kurve an den Felsen scheuerten.

Als sie auf der Nordseite des Spaltenlabyrinths herauskamen und aus einem schmalen Tal mit zerklüfteter steiler Böschung auftauchten, das das Ende der Plateau-Inseln bildete, stand vor ihnen an der westlichen Canyonwand eine Kuppel. Sie leuchtete wie eine staubige Glühlampe. In der Kuppel befanden sich mobile Anhänger, Rover, Bohrer, Planierraupen und anderes Bergbaugerät. Es war Pitchblend Alley, eine Uranmine, die ihren Namen dem extrem uranhaltigen Pegmatit am Boden dieses Canyonabschnittes verdankte. Es war eine sehr ertragreiche Mine; und Cojote hatte gehört, dass das verarbeitete und dort während der Jahre zwischen den Aufzügen gelagerte Uran noch nicht abtransportiert worden war.

Cojote lief über den Boden des Canyons zu der Kuppel, und Nirgal und Art folgten ihm. Im Innern war niemand zu sehen. Die einzige Beleuchtung lieferten einige Nachtlampen und die von den erleuchteten Fenstern eines großen zentralen Containerblocks kommende Helligkeit.

Cojote ging direkt zur nächsten Schleuse der Kuppel, und die anderen beiden folgten ihm. Er führte den Stecker seines Armbandgeräts in das Schlüsselloch am Tor ein und fing an, auf seinem Armband zu tippen. Die äußere Schleusentür ging auf. Es schien kein Alarm ausgelöst worden zu sein, niemand kam aus der Tür des Containers heraus. Cojote ging mit den beiden in die Schleuse, schloss die Außentür, wartete, bis die Schleuse dicht und unter Druck war, und öffnete dann die innere

Tür. Dann lief er zu der kleinen Versorgungsanlage neben dem Container. Nirgal rannte zu den Unterkünften und stürmte die Stufen zur Tür hinauf. Er hielt eine von Cojotes »Sperrstangen« unter den Türgriff, drehte den Schalter zur Auslösung des Fixativs und drückte die Stange gegen Tür und Wand des mobilen Containers. Dieser war aus einer Magnesiumlegierung, und das polymere Fixativ würde eine keramische Verbindung zwischen dem Verschlussriegel und dem Anhänger herstellen, sodass die Tür versiegelt wurde. Dann lief er um den Container herum, machte dasselbe mit der anderen Tür und eilte wieder in Richtung Schleuse zurück. Adrenalin jagte ihm durch die Adern. Es fühlte sich so sehr wie ein Streich an, dass er sich bewusst an die Sprengladungen erinnern musste, die Cojote und Art in der ganzen Siedlung verteilten – in den Lagerhäusern, an dem Kuppelstoff und auf dem Parkplatz für die gigantischen Bergbaumaschinen. Nirgal stieß zu ihnen, und rannte wie sie von einem Fahrzeug zum anderen, stieg die Treppen an deren Seiten empor, öffnete die Türen manuell oder elektronisch und schleuderte kleine, von Cojote mitgebrachte Büchsen in die Fahrerhäuser oder Kabinen.

Aber da waren auch noch Hunderte von Tonnen verarbeiteten Urans, die Cojote klauen wollte. Das war zum Glück unmöglich. Sie kamen zu einem Lagerhaus, wo sie einige der Robotlastwagen des Bergwerks beluden und darauf programmierten, dass sie in die Canyons nach Norden fahren und ihre Fracht an Stellen abladen sollten, wo die Apatit-Konzentrationen hoch genug waren, um die Radioaktivität des verpackten Urans zu tarnen, sodass es schwer wiederzufinden sein würde. Spencer hatte bezweifelt, dass diese Strategie funktionieren würde; aber Cojote sagte, sie wäre immerhin besser, als das Uran im Bergwerk zu lassen. Und sie alle freuten sich, bei jedem Plan mitzuhelfen, der ihn hindern könnte, tonnenweise Uran ins Frachtabteil ihres Felsenrovers zu laden, strahlensichere Behälter hin oder her.

Als sie fertig waren, liefen sie zur Schleuse zurück, gingen hinaus und rannten davon. Auf halber Strecke zum Spaltlabyrinth hörten sie von der Kuppel her eine Reihe lauter Explosionen. Nirgal blickte über die Schulter, sah aber keinen Unterschied. Die Kuppel war noch immer schwach beleuchtet, und im Container brannte Licht.

Er wandte sich um und lief weiter mit einem Gefühl, als würde er fliegen. Es überraschte ihn, dass Art vor ihm über den Boden des Canyons jagte, jeder Schritt ein weiter Sprung, wie ein Gepardenbär, bis zur Böschung, wo er auf Cojote warten musste, bis der ihn einholte und sie durch das Spaltenlabyrinth zurückführte. Wieder draußen rannte er erneut los, und Nirgal beschloss, ihn einzuholen, nur um festzustellen, wie schnell er war. Er nahm den Sprintrhythmus auf und beschleunigte immer stärker. Als er an Art vorbeikam, sah er, dass seine eigenen Sprünge fast doppelt so weit waren wie Arts, sogar im Sprint, wo beide ihre Beine so schnell wie möglich bewegten.

Sie kamen lange vor Cojote zum Felsenwagen und warteten in der Schleuse auf ihn, kamen wieder zu Atem und grinsten sich durch die Helmscheiben an. Einige Minuten später war Cojote da. Gemeinsam gingen sie ins Innere. Spencer setzte den Rover in Bewegung, als der Zeitschlupf gerade vorbei war und sie noch sechs Stunden Fahrtzeit vor sich hatten.

Drinnen lachten sie ausgelassen über ihr kleines Rennen. Art grinste nur und winkte ab. »Ich hatte keine Angst. Ich sage euch, es ist diese Marsschwerkraft. Ich lief ganz normal, aber meine Beine katapultierten mich regelrecht vorwärts. Erstaunlich!«

Sie rasteten den Tag über und fuhren bei Dunkelheit wieder los. Sie kamen an der Mündung eines langen Canyons vorbei, der von Ceraunius bis Jovis Tholus führte. Da er eigenartigerweise weder gerade noch gewunden war, hieß er Krummer Canyon. Als die Sonne hochkam, waren sie am Rand des Kraters Qr versteckt, genau nördlich von Jovis Tholus. Das war ein größerer Vulkan als Tharsis Tholus, ja größer als jeder Vulkan auf der Erde; aber er befand sich auf dem hohen Sattel zwischen Ascraeus Mons und Olympus Mons, die beide im Osten und Westen zu sehen waren, aufragend wie gigantische Plateaukontinente. Im Vergleich mit denen schien Jovis kompakt, freundlich und verständlich – ein Berg, auf den man hinaufsteigen konnte, wenn man dazu Lust hatte.

An diesem Tag saß Sax da und starrte stumm auf seinen Bildschirm, tippte versuchsweise darauf und bekam eine zufällige Folge von Texten, Karten, Diagrammen, Bildern und Gleichungen angezeigt. Er legte bei jedem den Kopf schief, ohne ein Zeichen des Erkennens. Nirgal setzte sich neben ihn. »Sax, hörst du mich?«

Sax blickte ihn an.

»Kannst du meine Worte verstehen? Nicke, wenn du sie verstehst!«

Sax neigte den Kopf zur Seite. Nirgal seufzte, gepackt von diesem forschenden Blick. Sax nickte zögernd.

In dieser Nacht fuhr Cojote wieder nach Westen auf Olympus zu und lenkte gegen Morgen den Rover direkt an eine Wand aus löchrigem und zermahlenem Basalt. Das war der Rand eines von zahllosen gewundenen Schluchten durchschnittenen Tafellandes, wie Tractus Traction, nur in viel größerem Maßstab, wie eine ungeheure Erweiterung des Tractus-Labyrinths. Das Tafelland war ein Fächer aus zerborstener alter Lava, das Überbleibsel eines der frühesten Ausbrüche von Olympus Mons, und bedeckte weicheren Tuff und Asche aus noch früheren Eruptionen. Wo die vom Wind erodierten Schluchten tief genug abgetragen waren, brachen ihre Böden in die Schicht aus weicherem Tuff durch, sodass einige Spalten enge Schlitze mit Tunnel auf ihrem Grund bildeten, abgerundet durch Äonen von Winderosion. »Wie auf den Kopf gestellte Schlüssellöcher«, sagte Cojote, obwohl Nirgal noch nie ein Schlüsselloch gesehen hatte, das diesen Gebilden auch nur entfernt ähnelte.

Cojote fuhr den Rover direkt in eine der schwarzgrauen Tunnelschluchten hinein. Mehrere Kilometer weiter aufwärts hielt er den Wagen neben einer Kuppelwand an, die in den Tunnel wie eine Embolie eine erweiterte äußere Kurve einschnitt.

Dies war die erste verborgene Zufluchtsstätte, die Art zu sehen bekam, und er machte ein entsprechend erstauntes Gesicht. Die Kuppel war vielleicht zwanzig Meter hoch und umfasste einen hundert Meter langen Abschnitt der Kurve. Art äußerte sich laut über die Größe, bis Nirgal lachen musste. Cojote sagte: »Jemand anderer ist schon da. Seid eine Sekunde lang still!«

Art nickte und beugte sich über Cojotes Schulter, um zu hören, was er über das Interkom sagte. Vor der Kuppelschleuse war ein Wagen geparkt, so verklumpt und steinig wie der ihre. »Ah!«, sagte Cojote und schob Art zurück. »Das ist Vijjika. Die werden Orangen haben und vielleicht etwas Kava. Wir werden heute Morgen eine Party feiern.«

Sie rollten bis zur Schleuse. Eine Andockröhre fuhr aus und legte sich um ihre Außentür. Als der Druckausgleich vorbei und alle Schleusentüren geöffnet waren, begaben sie sich in die Kuppel. Sie bückten sich und schleiften Sax durch das Rohr.

Drinnen empfingen sie acht große, dunkelhäutige Personen, fünf Frauen und drei Männer, die sich lautstark freuten, Gesellschaft zu haben. Cojote stellte sie vor, obwohl Nirgal Vijjika schon von der Universität in Sabishii her kannte und sie fest in die Arme nahm. Sie war erfreut, ihn wiederzusehen, und führte sie alle nach hinten zu der sanften Krümmung der Klippenwand auf einen freien Platz zwischen Containern unter einem Oberlicht, einem vertikalen Spalt in der alten Lava. Unter diesem Strahl diffusen Tageslichts und dem noch diffuseren Licht aus der tiefen Schlucht außerhalb der Kuppel setzten sich die Besucher auf breite flache Kissen um niedrige Tische, während einige ihrer Gastgeber sich an rundbäuchigen Samowaren zu schaffen machten. Cojote sprach mit Bekannten und tauschte Nachrichten aus. Sax sah sich blinzelnd um, und Spencer an seiner Seite machte ein ebenso erstauntes Gesicht. Er hatte seit '61 auf der Oberfläche gelebt, und sein Wissen über die Zufluchtsstätten stammte fast gänzlich aus zweiter Hand. Vierzig Jahre Doppelleben. Kein Wunder, dass er erstaunt war.

Cojote ging an die Samoware und verteilte aus einem Schränkchen kleine Becher. Nirgal saß neben Vijjika, einen Arm um ihre Taille gelegt, und sog aus dem langen Kontakt ihres Beins mit dem seinen ihre Wärme und Energie ein. Art nahm auf ihrer anderen Seite Platz, voll auf die Konversation konzentriert, sein breites Gesicht aufmerksam wie das eines Hundes. Vijjika stellte sich vor und schüttelte ihm die Hand. Er nahm ihre langen zarten Finger in seine große Pranke, als wollte er sie küssen. »Das sind Bogdanovisten«, erklärte Nirgal Art. Er lachte über seine Miene und reichte ihm einen der kleinen irdenen Becher von Cojote. »Ihre Eltern waren vor dem Krieg Gefangene in Korolyov.«

»Ah«, sagte Art. »Davon sind wir weit entfernt, oder?«

»O ja«, antwortete Vijjika, »unsere Eltern haben den Transmarineris-Highway nach Norden genommen, kurz bevor er überflutet wurde, und kamen schließlich hierher. Da, nimm das Tablett von Cojote, teil Becher aus und stell dich jedem vor!«

Also machte Art die Runde, und Nirgal tauschte Neuigkeiten mit Vijjika aus. »Du wirst nicht glauben, was wir in einem dieser Tufftunnel gefunden haben«, erzählte sie. »Wir sind unglaublich reich geworden.« Jetzt hatten alle ihre Tassen; darum machten sie einen Moment Pause und nahmen zusammen die ersten Schlucke. Dann kehrten sie nach einigem Hallo und Schlürfen wieder zu ihren Gesprächen zurück. Art gesellte sich erneut zu Nirgal.

»Hier, nimm selbst einen!«, sagte Nirgal zu ihm. »Jeder muss sich an dem Toast beteiligen, das ist so Sitte.«

Art nippte von seinem Becher und warf einen misstrauischen Blick auf die Flüssigkeit, die schwärzer war als Kaffee und übel roch. Er schauderte. »Das ist wie Kaffee mit Lakritze. Giftiger Lakritze.«

Vijjika lachte und sagte: »Es ist Kavajava, eine Mischung aus Kava und Kaffee. Sehr stark und stinkt wie die Hölle. Und schwer zu bekommen. Gib nicht auf! Wenn du es schaffst, eine Tasse hinunterzubringen, wirst du feststellen, dass es sich lohnt.«

»Wenn du es sagst.« Mutig nahm er noch einen kräftigen Schluck und erschauerte wieder. »Schrecklich!«

»Ja, aber wir mögen es. Manche Leute extrahieren bloß das Kavain aus dem Kava, aber ich halte das nicht für richtig. Rituale sollten auch etwas Unangenehmes an sich haben, sonst weiß man sie nicht richtig zu schätzen.«

»Hmm«, machte Art. Nirgal und Vijjika beobachteten ihn. Nach einer Weile sagte er: »Ich bin in einem Refugium des Mars-Untergrundes. Werde berauscht durch eine komische fürchterliche Droge in Gesellschaft einiger der sagenhaftesten verschwundenen Mitglieder der Ersten Hundert. Und junger Eingeborener, von denen die Erde nie gehört hat.«

»Es wirkt schon«, spöttelte Vijjika.

Cojote sprach mit einer Frau, deren Gesicht, obwohl sie auf einem Kissen in der Lotoshaltung saß, sich eben knapp unter seiner Augenhöhe befand, als er vor ihr stand. »Sicher hätte ich gern Salatsamen«, sagte sie. »Aber du musst für etwas so Kostbares einen Tauschwert festsetzen.«

»So wertvoll sind sie nicht«, sagte Cojote in seiner überzeugenden Art. »Ihr gebt uns schon mehr Stickstoff, als wir verbrennen können.«

»Sicher, aber du musst erst Stickstoff haben, ehe du ihn geben kannst.«

»Das weiß ich.«

»Haben, ehe man gibt, und geben, ehe man verbrennt. Und hier haben wir diese enorme Natriumnitrat-Ader gefunden. Das ist reines *caliche blanco*, und diese Einöde ist damit gespickt. Es scheint hier ein Flöz zwischen dem Tuff und der Lava zu geben, etwa drei Meter stark, der sich weit ... wir wissen noch nicht, wie weit er sich erstreckt. Das ist eine riesige Menge Stickstoff, und wir müssen sie loswerden.«

»Fein, fein«, sagte Cojote. »Aber das ist kein Grund, uns mit Geschenken zu überhäufen.«

»Das tun wir nicht. Du wirst achtzig Prozent von dem verbrennen, was wir dir geben.«

»Siebzig.«

»Okay, siebzig. Und wir werden die Samen haben und endlich anständigen Salat zu unseren Mahlzeiten essen können.«

»Wenn ihr ihn ziehen könnt. Salat ist sehr empfindlich.«

»Wir werden mehr Dünger haben, als wir brauchen.«

Cojote lachte. »Wahrscheinlich. Aber das ist noch nicht alles. Weißt du was? Wir geben euch die Koordinaten für einen der Urantransporter, die wir nach Ceraunius geschickt haben.«

»Und du redest von üppigen Geschenken!«

»O nein, denn es gibt keine Garantie, dass ihr das Zeug werdet bergen können. Aber ihr werdet wissen, wo es sich befindet, und wenn ihr es schafft, könnt ihr bloß noch ein Picobar Stickstoff verbrennen, und wir sind quitt. Wie wäre es damit?«

»Es kommt mir immer noch zu viel vor.«

»Mit diesem *caliche blanco*, den ihr gefunden habt, wird es euch die ganze Zeit so gehen. Ist es wirklich so viel?«

»Tonnen. Millionen Tonnen. Diese Einöde ist durch und durch damit durchsetzt.«

»Na schön, vielleicht können wir von euch auch etwas Wasserstoffperoxid bekommen. Wir brauchen den Treibstoff für die Fahrt nach Süden.«

Art beugte sich vor, wie von einem Magneten angezogen. »Was ist *caliche blanco*?«

Die Frau erklärte: »Es ist fast reines Natriumnitrat.« Sie beschrieb die Areologie dieser Gegend. Rhyolithischer Tuff – das umgebende helle Gestein – wurde von der dunklen Andesitlava überlagert, die das Tafelland bedeckte. Erosion höhlte den Tuff überall da aus, wo Risse in dem freigelegten Andesit waren und Senken am Tunnelboden bildeten. Dabei wurden große *caliche*-Flöze frei, die zwischen den beiden Schichten lagen.

»Das *caliche* ist lockeres Gestein und Staub, zusammenzementiert mit Salzen und den Natriumnitraten.«

»Diese Schicht muss von Mikroorganismen erzeugt worden sein«, sagte ein Mann hinter der Frau, aber die widersprach sofort.

»Es könnte auch aerothermal entstanden sein, oder durch Blitze, die von dem Quarz im Tuff angezogen wurden.«

Sie diskutierten weiter, zwei Menschen, die zum tausendsten Mal eine Debatte wiederholen. Art unterbrach sie wieder mit der Frage nach *caliche blanco*. Die Frau erklärte, dass es sich um bis zu achtzig Prozent reines Natriumnitrat handle und darum in dieser an Stickstoff armen Welt sehr wertvoll sei. Auf dem Tisch lag ein Block davon, und sie reichte ihn Art. Dann diskutierte sie weiter mit ihrem Freund, während Cojote mit einem anderen Mann über Tauschgeschäfte sprach. Es ging um Wippen und Töpfe, Kilogramme und Kalorien, Äquivalenz und Überlastung, Kubikmeter pro Sekunde und Picobar. Sie feilschten sachkundig und ernteten viel Gelächter von den Zuhörern.

An einer Stelle unterbrach die Frau Cojote mit einem Ruf: »Schau, wir können nicht einfach einen unbekannten Behälter mit Uran nehmen, von dem wir nicht sicher sind, ob wir ihn überhaupt bekommen werden. Das ist entweder ein übertrieben großes Geschenk, oder ihr haut uns übers Ohr, je nachdem, ob wir den Lastwagen finden oder nicht! Was für ein Geschäft soll das sein? Es ist auf jeden Fall ein lausiger Handel.«

Cojote wackelte boshaft mit dem Kopf. »Ich musste darauf zu sprechen kommen, sonst würdet ihr mich in *caliche blanco* begraben, nicht wahr? Wir sind hier draußen unterwegs, wir haben einige Sämereien, aber sonst nicht viel. Bestimmt nicht Millionen Tonnen von frischem *caliche*. Und wir brauchen das Wasserstoffperoxid und die Nudeln. Die sind keine Luxuswaren wie Salatsamen. Ich sage euch – wenn ihr den Lastwagen findet, könnt ihr seinen Gegenwert verbrennen und habt uns immer noch anständig bezahlt. Wenn ihr ihn nicht findet, dann schuldet ihr uns einen, das gebe ich zu, aber in diesem Fall könnt ihr ein Geschenk verbrennen, und dann sind wir auch quitt.«

»Es wird uns eine Woche Arbeit kosten und eine Menge Treibstoff, den Lastwagen zu bergen.«

»In Ordnung. Wir werden noch zehn Picobar nehmen und sechs davon verbrennen.«

»Einverstanden!« Die Frau schüttelte frustriert den Kopf. »Du bist ein harter Hund.«

Cojote nickte und stand auf, um ihre Becher nachzufüllen. Art wandte den Kopf und sah Nirgal mit offenem Mund an. »Erklär mir bitte, was hier gerade vor sich gegangen ist.«

»Nun«, sagte Nirgal, der fühlte, wie ihn die Wohligkeit des Kavas durchströmte, »sie handeln. Wir brauchen Nahrung und Treibstoff. Darum waren wir im Nachteil. Aber Cojote hat es sehr gut hingekriegt.«

Art hob den weißen Block hoch. »Aber was heißt das: Stickstoff bekommen und Stickstoff geben und Stickstoff *verbrennen*? Was – verbrennst du dein Geld, wenn du es bekommst?«

»Nun ja, ein bisschen davon schon.«

»Also haben beide versucht zu verlieren?«

»Zu verlieren?«

»Bei dem Geschäft zu kurz zu kommen?«

»Zu kurz?«

»Mehr zu geben, als sie bekamen?«

»Nun ja, sicher. Natürlich.«

»Oh, *natürlich*!« Art rollte mit den Augen. »Aber ... du kannst nicht viel mehr geben, als du bekommst. Habe ich das verstanden?«

»Richtig. Das wäre eine rituelle Geschenkverteilung, wie sie bei Indianern üblich war, *potlatching* genannt.«

Nirgal sah zu, wie sein neuer Freund das verdaute.

»Wenn du aber immer mehr gibst, als du bekommst, wie erhältst du irgendwas zum Geben – wenn du verstehst, was ich meine?«

Nirgal zuckte die Achseln, sah Vijjika an und drückte sie vielsagend an sich. »Ich denke, das musst du finden. Oder machen.«

»Ah!«

»Es ist die Ökonomie des Schenkens«, sagte Vijjika.

»Die Ökonomie des *Schenkens*?«

»So läuft das hier draußen, zumindest zum Teil. Für das alte System von Kaufen und Bezahlen gibt es eine Geldwirtschaft, wobei Wasserstoffperoxid-Einheiten als Geld dienen. Aber die meisten Leute versuchen, so viele Geschäfte wie möglich nach dem Stickstoffstandard abzuwickeln, der Geschenkökonomie. Die Sufis haben damit angefangen, und die Leute in Nirgals Heimat.«

»Und Cojote«, ergänzte Nirgal. Obwohl er, wenn er sich seinen Vater ansah, verstand, dass Art sich Cojote nur schwer als Wirtschaftstheoretiker vorstellen konnte. Im Moment tippte Cojote gerade wild auf einer Tastatur neben einem anderen Mann. Und als er das Spiel, das sie machten, verlor, schubste er den Mann von seinem Sitzkissen und erklärte allen Leuten, dass ihm die Hand ausgerutscht sei. Er sagte: »Ich werde mit dir Armdrücken, doppelt oder nichts.« Dann stemmten die Männer ihre Ellbogen auf den Tisch, spannten ihre Unterarme und fingen damit an.

»Armdrücken!«, sagte Art. »Das verstehe ich.«

Cojote verlor binnen Sekunden, und Art setzte sich hin, um den Gewinner herauszufordern. Er gewann binnen Sekunden; und es wurde bald offensichtlich, dass ihn niemand schlagen konnte. Die Bogdanovisten taten sich sogar zusammen. Drei oder vier Hände umklammerten seine Faust und sein Handgelenk, aber er klatschte sie immer auf den Tisch. »Okay, ich habe gewonnen«, sagte er schließlich und lehnte sich auf sein Kissen zurück. »Wie viel bin ich euch schuldig?«

Um das zerklüftete Gelände zu vermeiden, das sich strahlenförmig nördlich von Olympus Mons ausbreitete, mussten sie einen weiten Bogen nach Norden machen. Sie fuhren bei Nacht und schliefen bei Tag.

Art und Nirgal verbrachten viele Stunden dieser Nächte mit Fahren und Reden. Art stellte hunderterlei Fragen, und Nirgal fragte ihn ebenso viel, da er von der Erde so fasziniert war wie Art vom Mars. Sie waren ein Paar, das gut zusammenpasste, jeder sehr am anderen interessiert, was immer ein fruchtbarer Boden für Freundschaft war.

Nirgal war erst davor zurückgeschreckt, allein mit Terranern Kontakt aufzunehmen, als ihm der Gedanke in seinen Studentenjahren gekommen war. Es war sicher eine gefährliche Idee, die ihn eines Nachts in Sabishii befallen und nie wieder losgelassen hatte. Er hatte monatelang viele Stunden damit verbracht, darüber nachzudenken, und Nachforschungen angestellt, an wen er sich wenden sollte, falls er sich dazu entschließen würde. Je mehr er lernte, desto stärker wurde sein Gefühl, dass es eine gute Idee wäre und dass eine Allianz mit einer irdischen Macht für ihre Pläne von entscheidender Bedeutung wäre. Und trotzdem war er sich sicher, dass alle Mitglieder der Ersten Hundert keinen Kontakt riskieren wollten. Falls er es täte, müsste er das von sich aus tun. Das Risiko, die Einsätze …

Er versuchte es mit Praxis, weil er Gutes über die Firma gelesen hatte. Es war ein Schuss ins Dunkel, wie bei den meisten entscheidenden Unterfangen. Ein instinktiver Akt. Die Fahrt nach

Burroughs, der Besuch der Praxisbüros in Hunt Mesa, die wiederholten Ersuchen um eine Verbindung zu William Fort.

Er bekam diese Verbindung, obwohl das an sich noch nichts zu bedeuten hatte. Aber dann, im ersten Moment, als er auf der Straße in Sheffield an Art herangetreten war, erkannte er, dass er es richtig gemacht hatte. Dass Praxis es richtig gemacht hatte. In diesem großen Mann hatte Nirgal allein beim Ansehen etwas entdeckt, das er sofort vertrauenerweckend fand – eine gewisse Offenheit und lässige, freundliche Art. Um das Vokabular seiner Kindheit zu gebrauchen – ein »Gleichgewicht der beiden Welten«. Ein Mann, dem er vertraute.

Das Zeichen einer guten Tat ist, dass sie im Rückblick unvermeidlich scheint. Jetzt, als die langen Nächte ihrer Reise im Schein der Infrarotsichtgeräte verstrichen, sprachen die beiden Männer miteinander, als sähen sie sich auch im Infrarotlicht. Ihr Dialog ging immer weiter und weiter, sie lernten sich kennen – und wurden Freunde. Nirgals impulsiver Griff zur Erde begann sich auszuzahlen. Er konnte es hier Stunde um Stunde sehen, einfach in Arts Miene, seiner Neugier, seinem *Interesse*.

Sie sprachen über alles, wie Menschen es eben tun. Ihre Vergangenheiten, ihre Ansichten, ihre Hoffnungen. Nirgal erzählte die meiste Zeit von Zygote und Sabishii. »Ich habe einige Jahre in Sabishii verbracht. Die *Issei* betreiben dort eine offene Universität. Es werden keine Akten geführt. Man besucht einfach die Kurse, die man will, und hat es mit seinem Lehrer zu tun, sonst niemandem. Sabishii funktioniert größtenteils ohne Akten. Es ist die Hauptstadt der Demimonde, wie Tharsis Tholus, nur größer. Eine wirklich bedeutende Stadt. Ich habe dort eine Menge Leute von überall auf dem Mars kennengelernt.«

Die Romantik von Sabishii durchzog seinen Kopf: Erinnerungen belebten die Sprache, eine Fülle von Ereignissen und Gefühlen. Alle individuellen Emotionen jener Zeit, so widersprüchlich und unvereinbar sie auch sein mochten, noch einmal gleichzeitig in einem gedrängten polyphonen Akkord durchlebt.

»Das muss wirklich sehr eindrucksvoll gewesen sein, nachdem man an einem Ort wie Zygote aufgewachsen war«, bemerkte Art.

»O ja, das war es. Es war wundervoll.«

»Erzähl mir davon!«

Nirgal bewegte sich in seinem Sitz nach vorn, erschauerte und versuchte, etwas von dem zu übermitteln, wie es gewesen war.

Zuerst war es so fremdartig gewesen. Die *Issei* hatten Unglaubliches vollbracht. Die Ersten Hundert hatten sich gezankt, gekämpft, über den ganzen Planeten verteilt, einen Krieg angefangen und waren jetzt tot oder versteckt. Die erste Gruppe japanischer Siedler, die zweihundertvierzig, die nur sieben Jahre nach dem Eintreffen der Ersten Hundert Sabishii gegründet hatten, waren in der Nähe ihres Landeplatzes geblieben und hatten eine Stadt erbaut. Sie hatten alle nachfolgenden Veränderungen absorbiert, einschließlich eines Moholes dicht neben ihrer Stadt. Sie hatten die Grabungen einfach übernommen und die Auswürfe als Baumaterial genutzt. Sobald die dichter werdende Atmosphäre es ermöglichte, hatten sie das umliegende Terrain, ein steiniges Hochland, auf dem nur schwer etwas wuchs, zu Gärten gestaltet, bis sie inmitten eines lockeren kleinen Waldes lebten, einem Bonsai-Krummholz, mit alpinen Tälern in den Bergen darüber. In den Katastrophen von 2061 hatten sie sich nie gerührt, galten als neutral und waren von den Transnationalen in Ruhe gelassen worden. In dieser Einsamkeit hatten sie aus dem ausgegrabenen Gestein ihres Moholes lange gewundene Hügel gemacht, die alle von Tunneln und Räumen durchzogen waren, bereit, Leute aus dem Süden aufzunehmen.

So hatten sie die Demimonde erfunden, die gebildetste und komplizierteste Gesellschaft auf dem Mars, voller Menschen, die sich auf der Straße wie Fremde begegneten, aber nachts in Räumen zusammenkamen, um zu reden, zu musizieren und sich zu lieben. Und selbst die nicht zum Untergrund gehörenden Leute waren interessant, weil die *Issei* eine Universität ins Leben gerufen hatten, die Mars Universität, und viele Studenten, vielleicht ein Drittel von allen, waren jung und auf dem Mars geboren. Und ob diese jungen Eingeborenen von der Oberfläche oder aus dem Untergrund stammten – sie erkannten einander ohne die geringste Schwierigkeit als Menschen, die hier *zu Hause* waren, auf Millionen subtile Weisen, die keinem Erdgeborenen jemals zugänglich sein würden. Und so unterhielten sie sich, machten Musik und schliefen miteinander; und natürlich wurde eine ganze Menge der Eingeborenen der Oberfläche so in das Wissen vom Untergrund eingeweiht, bis es schien, als würden alle Eingeborenen alles wissen und wären natürliche Verbündete.

Zu den Professoren gehörten viele *Issei* und *Nisei* von Sabishii, ebenso wie hervorragende Besucher von überall auf dem Mars und sogar von der Erde. Auch die Studenten kamen von überall her. Sie lebten, studierten und spielten in Straßen und Gärten und offenen Pavillons, an Teichen und in Cafés und auf den breiten grasbewachsenen Boulevards in einem marsianischen Kyoto.

Nirgal hatte die Stadt zum ersten Mal bei einem kurzen Besuch mit Cojote gesehen. Sie war ihm zu groß, zu übervölkert und von zu vielen Fremden bewohnt erschienen. Aber Monate später, ermüdet von seinen Streifzügen durch den Süden mit

Cojote und die größte Zeit einsam, war ihm der Ort als einzig mögliches Ziel erschienen. Sabishii!

Er war in ein Dachzimmer gezogen, kleiner als sein Bambusraum in Zygote, kaum größer als sein Bett. Er beteiligte sich an Kursen, Läufen, Calypsobands und Cafégruppen. Er las, so viel sein Pad fassen konnte. Er stellte fest, wie unglaublich provinziell und ignorant er war. Cojote gab ihm Wasserstoffperoxid-Barren, die er den *Issei* verkaufte und so seinen Lebensunterhalt finanzierte. Jeder Tag war ein Abenteuer, fast ohne Terminplan, bloß Begegnungen von Stunde zu Stunde, immer weiter und weiter, bis er erschöpft zusammenbrach. Tagsüber studierte er Areologie und Öko-Ingenieurswissenschaften. Er gab diesen Disziplinen, deren Studium er in Zygote angefangen hatte, einen mathematischen Unterbau. In den Übungsstunden mit Etsa und in den Fächern selbst erkannte er, dass er etwas von der Begabung seiner Mutter geerbt hatte, das Ineinandergreifen aller Komponenten eines Systems deutlich zu sehen. Die Tage waren dieser außerordentlich faszinierenden Arbeit gewidmet. So viele Menschenleben, die dem Gewinn dieser Masse an Wissen geweiht gewesen waren! So unterschiedlich waren die Kräfte, die dieses Wissen ihnen in der Welt gegeben hatte!

Da konnte es nachts passieren, dass er bei einem Freund auf dem Boden übernachtete, nachdem er mit einem hundertvierzig Jahre alten Beduinen über den Transkaukasischen Krieg gesprochen hatte. Und in der nächsten Nacht spielte er Bass-Stahltrommel oder Marimbas bis zum Morgen mit zwanzig von Kavajava berauschten Lateinamerikanern oder Polynesiern. In der folgenden Nacht lag er mit einer dunkelhäutigen Schönheit der Band im Bett. Diese Frauen waren so heiter wie Jackie in Höchstform und viel weniger kompliziert. Am nächsten Abend ging er mit Freunden zu einer Aufführung von Shakespeares

King John und erkannte das große X im Aufbau des Spiels; das Glück Johns begann hoch und endete tief, während das des Bastards unten anfing und oben endete. Zitternd saß er da und schaute der kritischen Szene zu, wo sich die Balken des X kreuzten, worin John den Tod des jungen Arthur befiehlt. Danach ging er mit seinen Freunden die ganze Nacht in der Stadt spazieren. Sie redeten über das Stück und was es ihnen über das Schicksal gewisser *Issei* zu sagen hätte oder die verschiedenen Mächte auf dem Mars oder die Situation Mars/Erde selbst. Und dann, in der Nacht danach, nachdem er mit einigen von ihnen den Tag draußen verbracht und in seinem Bemühen, so viel wie möglich von dem Land zu sehen, tiefe Becken ausgekundschaftet hatte, blieben sie vielleicht draußen und schliefen in einem kleinen Zelt, kampierten in einem der hohen Ringwälle östlich der Stadt und wärmten sich eine Mahlzeit auf, wenn am purpurnen Himmel die Sterne herauskamen und die alpinen Blumen in der Felswanne verblassten, die sie alle umspannte wie eine gigantische Handfläche.

Tag um Tag lehrten ihn die wechselseitigen Begegnungen mit Fremden mindestens ebenso viel wie die Vorlesungen. Nicht dass Zygote ihn völlig unwissend gelassen hätte. Seine Bewohner hatten eine solche Vielfalt menschlichen Verhaltens geboten, dass es für Nirgal in dieser Hinsicht nicht mehr viele Überraschungen gab. Er war tatsächlich in einer Art Asyl von Exzentrikern aufgewachsen, mit Menschen, die durch jene überaus anstrengenden ersten Jahre auf dem Mars stark geprägt worden waren.

Aber es gab trotzdem noch einige Überraschungen. Zum Beispiel waren die Eingeborenen aus den nördlichen Städten – und nicht nur sie, sondern fast jeder, der nicht aus Zygote kam – viel weniger körperlich kontaktfreudig, als Nirgal gewohnt war. Sie berührten, umarmten und liebkosten sich nicht so sehr, sie schubsten und schlugen sich weniger und badeten nicht zusammen, obwohl manche es in den öffentlichen Bädern von Sabishii lernten. Daher überraschte Nirgal diese Leute immer wieder durch seine Eigenart. Er sagte komische Dinge. Er liebte es, den ganzen Tag zu laufen. Aus welchen Gründen auch immer – als die Monate vergingen und er an endlos zusammenhängenden Gruppen, Bands, Zellen und Gangs beteiligt war, wurde ihm bewusst, dass er irgendwie hervorstach, dass ihm eine Clique von Café zu Café und von Tag zu Tag folgte. Dass es so etwas gab wie »Nirgals Leute«. Er lernte rasch, diese Aufmerksamkeit abzuwimmeln, wenn er sie nicht wollte. Aber manchmal gefiel sie ihm.

Vor allem, wenn Jackie da war.

»Schon wieder Jackie!«, stellte Art fest. Es war nicht das erste und auch nicht das zehnte Mal, dass sie aufgetaucht war.

Nirgal nickte und fühlte seinen Puls rasen.

Auch Jackie war nach Sabishii gezogen, kurz nach Nirgal. Sie hatte ein Zimmer in der Nähe genommen und besuchte einige Kurse mit ihm zusammen. Und in der fluktuierenden Gruppe ihrer Kommilitonen prahlten sie manchmal voreinander, besonders dann, wenn der eine oder die andere dabei war, jemanden zu verführen oder verführt zu werden, was häufig vorkam.

Aber bald lernten sie, dass sie so nicht weitermachen konnten, wenn sie nicht andere Partner vertreiben wollten. Und das wollten beide nicht. Also ließen sie einander in Ruhe, außer wenn der (die) eine die Partnerwahl des (der) anderen ernsthaft missbilligte. So beurteilten sie in gewisser Weise die Partner des anderen und fanden sich mit dem Einfluss des anderen ab. Und alles das ohne ein Wort, ihr Verhalten das einzig sichtbare Zeichen der Macht des einen über den anderen. Sie schliefen mit vielen anderen Leuten, machten neue Bekanntschaften und Freundschaften und hatten Affären. Manchmal sahen sie sich wochenlang nicht. Aber dennoch, tief unten (Nirgal schüttelte unglücklich den Kopf, als er das Art klarzumachen versuchte) »gehörten sie einander«.

Wenn einer von ihnen jemals die Bindung bestätigen wollte, antwortete der andere auf die Verführung mit leidenschaftlicher Erregung, und sie waren Feuer und Flamme. Das war in den drei Jahren, die sie in Sabishii gewesen waren, nur dreimal geschehen; aber Nirgal wusste aus diesen Begegnungen, dass sie beide verbunden waren – durch ihre Kindheit und alles, was passiert war, aber auch durch mehr. Alles, was sie gemeinsam taten, war anders, als wenn sie es mit anderen taten, viel intensiver.

Unter seinen übrigen Bekanntschaften gab es keine, die so mit Bedeutung oder Gefahr aufgeladen gewesen wäre. Er hatte Freunde – ein Dutzend, hundert, fünfhundert. Er sagte immer ja. Er stellte Fragen und hörte zu und schlief wenig. Er ging zu den Versammlungen von fünfzig verschiedenen politischen Organisationen und stimmte ihnen allen zu. Er verbrachte manche Nacht im Gespräch, entschied das Schicksal des Mars und dann der ganzen menschlichen Spezies. Mit manchen Menschen kam er besser aus als mit anderen. Er konnte mit einem Eingeborenen aus dem Norden sprechen und ihn sofort sympathisch finden und eine Freundschaft begründen, die ewig dauern würde. Das ging oft so. Aber gelegentlich wurde er durch eine Handlung total überrascht, die sich seinem Verständnis gänzlich entzog und ihn wieder daran erinnerte, was für ein klösterliches und sogar klaustrophobes Leben er in seiner Jugend in Zygote geführt hatte, das ihn in mancher Hinsicht so unschuldig gelassen hatte wie eine Fee, die unter einem Schneckenhaus aufgewachsen war.

»Nein, es ist nicht Zygote, das mich geformt hat«, sagte er zu Art und schaute sich um, um sich zu vergewissern, dass Cojote wirklich schlief. »Man kann sich seine Kindheit nicht aussuchen.

Das geschieht einem einfach. Aber danach kann man eine Wahl treffen. Ich habe mich für Sabishii entschieden. Und das hat mich wirklich geformt.«

»Vielleicht«, sagte Art und rieb sich das Kinn. »Aber die Kindheit besteht nicht bloß aus diesen Jahren. Es sind auch die Meinungen, die einen danach formen. Das ist der Grund dafür, dass unsere Kindheit so lange währt.«

Eines frühen Morgens erleuchtete der tief pflaumenblaue Himmel den grandiosen Nordgrat von Acheron, der wie ein Manhattan aus massivem Fels aufragte, noch nicht in individuelle Wolkenkratzer zerschnitten. Der Canyonboden darunter hatte verschiedene Farben und verlieh dem zerklüfteten Land bunte Sprenkel. »Das sind eine Menge Flechten«, sagte Cojote. Sax kletterte in den Sitz neben ihm und drückte sich die Nase an der Frontscheibe platt. Er zeigte so viel Lebhaftigkeit wie nie seit seiner Rettung.

Unmittelbar unter dem Gipfel der Acheronrippe war eine Reihe von Spiegelfenstern wie eine Diamantkette, und ganz oben auf dem Grat war ein langer grüner Federbusch unter dem flüchtigen Schimmer eines Zeltes. »Es sieht so aus, als wäre es wieder in Besitz genommen worden«, rief Cojote.

Sax nickte.

Spencer, der über ihre Schultern blickte, sagte: »Ich möchte wissen, wer da drin ist.«

»Niemand«, sagte Art. Sie sahen ihn an, und er fuhr fort: »Ich habe bei meiner Einweisung in Sheffield davon gehört. Es ist ein Projekt von Praxis. Sie haben es neu gebaut und alles fertig gemacht. Und jetzt warten sie.«

»Warten auf was?«

»Auf Sax Russell. Auf Taneev, Kohl, Tokareva ...« Er sah Sax an und zuckte fast um Verzeihung bittend die Achseln.

Sax krächzte etwas, das wie ein Wort klang.

»Hey!«, rief Cojote.

Sax räusperte sich und versuchte es noch einmal. Sein Mund schürzte sich zu einem kleinen O, und tief aus seiner Kehle kam ein schrecklicher Ton: »W-w-w-w...« Er schaute zu Nirgal hinüber, als wüsste dieser es.

»Warum?«, fragte Nirgal.

Sax nickte.

Nirgal fühlte seine Wangen brennen, als ihm plötzlich ein elektrischer Schlag durch die Haut fuhr. Er sprang auf und drückte den kleinen Mann fest an sich. »Du verstehst uns ja doch!«

»Nun, es ist eine Art Geste«, erklärte Art. »Es war die Idee von Fort, dem Typen, der Praxis gegründet hat. Vermutlich hat er den Leuten von Praxis in Sheffield gesagt: ›Vielleicht werden sie zurückkommen.‹ Ich weiß nicht, ob er die praktische Möglichkeit kalkuliert hat oder nicht.«

»Dieser Fort ist ein sonderbarer Kauz«, meinte Cojote, und Sax nickte wieder.

»Stimmt«, sagte Art. »Aber ich wünschte, ihr könntet ihn kennenlernen. Er erinnert mich an die Geschichten, die ihr über Hiroko erzählt.«

»Weiß er, dass wir hier draußen sind?«, fragte Spencer.

Nirgals Herz machte einen Sprung, aber Art ließ kein Unbehagen erkennen. »Ich weiß nicht. Er vermutet es. Er wünscht, dass ihr hier draußen seid.«

»Wo lebt er?«, fragte Nirgal.

»Ich weiß es nicht.« Art schilderte seinen Besuch bei Fort. »Ich weiß also nicht genau, wo er ist. Irgendwo am Pazifik. Aber wenn ich ihm eine Mitteilung zukommen lassen könnte...«

Niemand antwortete.

»Nun, vielleicht später«, sagte Art.

Sax schaute aus der niedrigen Windschutzscheibe des Rovers auf die entfernte Felsrippe, auf die dünne Linie erleuchteter Fenster, die die Labors dahinter markierte, leer und still. Cojote drückte seinen Nacken. »Du willst es zurückhaben, nicht wahr?«

Sax krächzte etwas.

Auf der leeren Ebene von Amazonis gab es nur wenige Siedlungen. Das war das Hinterland; und sie fuhren schnell hindurch nach Süden, Nacht für Nacht. Bei Tag schliefen sie in der verdunkelten Kabine des Wagens. Ihr größtes Problem war, passende Verstecke zu finden. Auf flachen freien Ebenen hob sich der Wagen wie ein erratischer Felsblock aus der Eiszeit ab. Und Amazonis war fast ausschließlich freies Gelände. Gewöhnlich verbargen sie sich in dem Vorfeld aus Trümmern um einen der wenigen Krater, an denen sie vorbeikamen. Nach den morgendlichen Mahlzeiten übte Sax manchmal seine Stimme und krächzte unverständliche Worte in dem vergeblichen Bemühen, sich mit ihnen zu unterhalten. Das regte Nirgal mehr auf als Sax selbst, der, obwohl deutlich frustriert, nicht verzweifelte. Aber er hatte nicht versucht, mit Simon in jenen letzten Wochen zu sprechen …

Cojote und Spencer waren sogar über diesen Fortschritt froh, und sie stellten Sax stundenlang Fragen und unterzogen ihn Tests, die sie dem Computer entnahmen, um herauszufinden, wo das Problem lag. Spencer sagte: »Offenbar Aphasie. Ich fürchte, dass das Verhör einen Schlaganfall bewirkt hat. Und manche Schläge verursachen das, was man inkohärente Aphasie nennt.«

»Gibt es so etwas wie eine *kohärente* Aphasie?«, fragte Cojote.

»Offensichtlich. Inkohärent ist, wenn die Person nicht lesen oder schreiben kann und Schwierigkeiten zu sprechen oder die richtigen Worte zu finden hat, sich aber des Problems durchaus bewusst ist.«

Sax nickte, als wollte er die Beschreibung bestätigen.

»Bei kohärenter Aphasie sprechen die Leute zwar eloquent, sind sich aber nicht bewusst, dass das, was sie sagen, sinnlos ist.«

»Ich kenne eine Menge Menschen, die darunter leiden«, witzelte Art.

Spencer ignorierte ihn. »Wir müssen Sax zu Vlad, Ursula und Michel bringen.«

»Das tun wir auch.« Cojote drückte Sax den Arm, ehe er sich auf seine Matte zurückzog.

In der fünften Nacht, seit sie die Bogdanovisten verlassen hatten, näherten sie sich dem Äquator und der doppelten Sperre durch das abgestürzte Aufzugkabel. Cojote war schon früher durch dieses Gebiet gezogen und hatte dabei einen Gletscher benutzt, der von einem der Wasserreservoir-Ausbrüche in Mangala Vallis 2061 gebildet worden war. Während des Aufruhrs waren Wasser und Eis das alte Trockental hundertfünfzig Kilometer weit hinabgeströmt, und der Gletscher, der zurückblieb, als die Flut gefror, hatte beide Passagen des gefallenen Kabels bei 152° Länge unter sich begraben. Cojote hatte eine Route ausfindig gemacht, die über einen ungewöhnlich glatten Streifen dieses Gletschers führte und ihm die Durchfahrt ermöglichte.

Als sie sich dem Mangala-Gletscher näherten, einer langen zerklüfteten Masse aus mit Kies bedecktem braunem Eis, stellten sie leider fest, dass er sich verändert hatte, seit Cojote dort gewesen war. Er fragte dauernd: »Wo ist diese Rampe? Sie war genau hier.«

Sax krächzte und machte dann mit den Händen knetende Bewegungen, wobei er dauernd durch die Frontscheibe auf den Gletscher blickte.

Nirgal hatte Schwierigkeiten, die Oberfläche des Gletschers zu verstehen. Sie zeigte ein Durcheinander von schmutzigem Weiß, Grau, Schwarz und Braun, so vermischt, dass man kaum Größe, Gestalt oder Entfernung abschätzen konnte. Er meinte: »Vielleicht ist es nicht die gleiche Stelle.«

Cojote sagte: »Doch, ist sie.«

»Bist du sicher?«

»Ja. Ich habe Markierungen hinterlassen. Siehst du, da ist eine. Diese in die seitliche Moräne eingegrabene Spur. Aber dahinter sollte eine Auffahrt zu glattem Eis liegen, aber da ist nichts als ein Wall aus Eisbergen. Ich benutze diese Route schon seit zehn Jahren.«

»Du hast Glück gehabt, dass es sie so lange gegeben hat«, sagte Spencer. »Diese Gletscher sind zwar langsamer als die auf der Erde, fließen aber genauso bergab.«

Cojote grunzte nur. Sax krächzte und klopfte dann an die innere Schleusentür. Er wollte hinausgehen.

»Meinetwegen«, brummte Cojote und betrachtete eine Karte auf dem Bildschirm. »Wir müssen den Tag sowieso hier verbringen.«

Also ging Sax frühmorgens über das Geschiebe, das die Passage des Gletschers aufgepflügt hatte. Eine kleine aufrechte Kreatur mit einem Licht, das aus ihrem Helm schien, wie ein Tiefseefisch auf der Suche nach Nahrung. Irgendetwas bei dem Anblick verschaffte Nirgal einen Kloß im Hals. Er zog sich an und ging nach draußen, um dem alten Mann Gesellschaft zu leisten.

Er wanderte durch den angenehm frischen grauen Morgen, trat von einem Stein auf den anderen und folgte Sax auf seinem gewundenen Kurs durch die Moräne. Seine Stirnlampe enthüllte gespenstische kleine Welten, eine nach der anderen. Die Dünen waren von dornigen niedrigen Pflanzen durchsetzt, die Spalten und Löcher unter Steinen füllten. Alles war grau; aber das Grau der Pflanzen war oliv, khaki oder braun getönt mit gelegentlichen hellen Flecken. Das waren Blüten – in der Sonne zweifellos farbig, aber jetzt nur hellgrau unter dicken behaarten Blättern schimmernd. Über sein Interkom hörte Nirgal, wie Sax sich räusperte. Die kleine Gestalt zeigte auf einen Felsen. Nirgal hockte sich hin, um ihn zu inspizieren. In den Spalten gab es Gewächse wie getrocknete Pilze mit schwarzen Punkten auf ihren verschrumpelten Hüten und von etwas gesprenkelt, das wie eine Schicht Salz aussah. Sax krächzte, als Nirgal eines berührte, konnte aber nicht sagen, was er wollte. »R-r-r...«

Sie sahen einander an. »Ist okay«, sagte Nirgal, wieder betroffen durch die Erinnerung an Simon.

Sie gingen zu einer anderen Stelle mit Blättern. Die Areale, die Pflanzen trugen, wirkten wie kleine Räume im Freien, getrennt durch Zonen aus trockenem Gestein und Sand. Sax verbrachte etwa fünfzehn Minuten in jedem *Fellfield* und stolperte ungeschickt umher. Es gab viele verschiedene Pflanzenarten; und erst nachdem sie etliche Schluchten besucht hatten, erkannte Nirgal langsam, dass einige immer wieder vorkamen. Keine davon ähnelte den Pflanzen, mit denen er in Zygote aufgewachsen war, noch sahen sie aus wie die in den Arboreten von Sabishii. Nur die Pflanzen der ersten Generation, die Flechten, Moose und Gräser, wirkten durchaus vertraut, wie das, was in den hochgelegenen Senken über Sabishii den Boden bedeckte.

Sax sprach nicht wieder, aber seine Stirnlampe war wie ein Zeigefinger, und Nirgal richtete seine Stirnlampe oft auf die gleiche Stelle und verdoppelte damit die Beleuchtung. Der Himmel wurde rosa; und es war, als befänden sie sich im Schatten des Planeten, die Sonne genau über ihren Köpfen.

Dann sagte Sax: »Dr...!«, und richtete seine Lampe auf einen steilen Kieshang, über dem ein Geflecht hölzerner Zweige wuchs, wie ein Netz, das das Geröll an Ort und Stelle halten sollte.

»*Dr...!*«

»Dryade«, sagte Nirgal. Er erkannte es.

Sax nickte aufgeregt. Die Steine unter ihren Füßen waren mit hellgrünen Flecken aus Flechten bedeckt. Sax deutete auf einen Fleck und sagte: »Ap-fel. Rot. Karte. Moos.«

»Hey«, freute sich Nirgal. »Das hast du gut gesagt.«

Das Sonnenlicht warf Schatten über den Kieshang. Plötzlich wurden die kleinen Blüten der Dryade vom Licht hervorgehoben. Die elfenbeinfarbenen Blütenblätter umspannten goldene Staubgefäße. »Dry-a-de«, krächzte Sax. Das Licht ihrer Stirnlampen war jetzt nicht mehr zu sehen, und die Blüten strahlten farbenprächtig im Tageslicht. Nirgal hörte im Interkom ein Geräusch und schaute Sax in den Helm. Er sah, dass der alte Mann weinte und ihm Tränen die Wangen herunterströmten.

Nirgal brütete über Karten und Fotos der Region. »Ich habe eine Idee«, sagte er zu Cojote. In dieser Nacht fuhren sie zum Nicholson-Krater, vierhundert Kilometer nach Westen. Das abgestürzte Kabel verlief quer über diesen großen Krater, zumindest bei seiner ersten Runde; und Nirgal meinte, dass am Rand eine Lücke sein könnte.

Sie fuhren den niedrigen Berg mit flachem Gipfel hinauf, der die nördliche Böschung des Kraterrandes bildete. Oben sahen sie das unheimliche Bild der schwarzen Linie, die sich in etwa vierzig Kilometern Entfernung quer über den Krater hinzog und aussah wie das Artefakt längst vergessener Riesen. Cojote begann: »Des Großen Mannes ...«

»Haarsträhne«, schlug Spencer vor.

»Oder schwarze Zahnseide«, sagte Art.

Die innere Wand des Kraters war viel steiler als der äußere Rand; es stand aber eine Anzahl von Pässen zur Wahl. Sie fuhren ohne Schwierigkeiten den verfestigten Hang eines alten Erdrutsches hinunter und überquerten dann den Kraterboden, wobei sie der Krümmung der westlichen inneren Wand folgten. Als sie sich dem Kabel näherten, sahen sie, dass es aus einer Vertiefung herausragte, die es in den Rand gedrückt hatte, und sich elegant zum Kraterboden senkte wie das Trägerkabel einer vergrabenen Hängebrücke.

Sie fuhren langsam darunter hindurch. Wo es den Rand verließ, befand es sich fast siebzig Meter über dem Boden und berührte ihn erst wieder nach mehr als einem Kilometer. Sie richteten die Kamera des Wagens nach oben und betrachteten gespannt das Bild auf dem Schirm. Aber der schwarze Zylinder war vor den Sternen nicht auszumachen, und sie konnten nur darüber spekulieren, was der Brand beim Absturz mit dem Karbon gemacht haben könnte.

»Das ist raffiniert«, bemerkte Cojote, als sie einen glatten Hang aus vom Wind herbeigetragenen Ablagerungen hinauffuhren, über einen anderen Pass den Rand überquerten und dann aus dem Krater hinausfuhren. »Hoffen wir jetzt, dass es einen Weg über den nächsten Strang gibt.«

Von der Südflanke Nicholsons konnten sie viele Kilometer nach Süden blicken, und in halber Entfernung zum Horizont lag die schwarze Linie von der zweiten Runde des Kabels. Dieser Teil war viel stärker aufgeschlagen als der erste, und zwei Streifen von Auswurfmaterial verliefen wie Erdwälle parallel zum Kabel. Wie es schien, ragte das Kabel nur knapp aus dem Graben heraus, den es in das Gelände gedroschen hatte.

Während sie sich zwischen ausgeworfenen Felsblöcken hindurchwanden und näher kamen, sahen sie, dass das Kabel eine zertrümmerte schwarze Schrottmasse war, ein Hügel aus Karbon, drei bis fünf Meter höher als die Ebene ringsum und steil an den Seiten, sodass es nicht möglich schien, mit dem Felsenrover darüberzufahren.

Aber weiter im Osten war eine Delle in dem Trümmerhügel; und als sie an der Linie entlangfuhren, um das zu erkunden, stellten sie fest, dass ein Meteoriteneinsturz nach dem Fall des Kabels auf den Trümmern selbst gelandet war. Er hatte das Kabel zerschmettert und auch das ausgeworfene Material zu beiden Seiten und einen neuen flachen Krater gebildet, der ganz mit schwarzen Kabelfragmenten und ein paar Bruchstücken der Diamanten, die im Innern des Kabels eine Spirale gebildet hatten, übersät war. Es war ein unordentlicher Krater ohne definierten Rand, um ihnen den Weg zu versperren. Es sah so aus, als wäre es möglich, einen Weg hindurch zu finden.

»Unglaublich!«, sagte Cojote.

Sax schüttelte heftig den Kopf. »Dei ... Dei ...«

»Phobos«, sagte Nirgal, und Sax nickte.

»Meinst du?«, rief Spencer.

Sax zuckte die Achseln, aber Spencer und Cojote diskutierten diese Möglichkeit leidenschaftlich. Der Krater war oval, ein sogenannter Badewannenkrater, was den Gedanken eines flachwinkligen Aufpralls stützen würde. Und während ein Meteorit, der das Kabel in den vierzig Jahren seit seinem Absturz getroffen haben sollte, ein ungewöhnlicher Zufall gewesen wäre, waren die Phobos-Fragmente alle in der Äquatorzone heruntergekommen. Darum wäre es weniger überraschend, wenn ein Stück von ihm das Kabel getroffen hätte. »Aber trotzdem sehr nützlich«, bemerkte Cojote, nachdem er über den kleinen Krater gesteuert und den Wagen nach Süden aus der Auswurfzone hinausgebracht hatte.

Sie parkten dicht bei einem der letzten großen ausgeschleuderten Brocken, zogen sich an und gingen hinaus, um einen Blick auf die Stelle zu werfen.

Überall lagen Brekzien, sodass es nicht klar war, welche Stücke zum Meteoriten gehörten und welche beim Sturz des Kabels herausgeschleudert worden waren. Aber Spencer verstand sich sehr gut auf das Bestimmen von Mineralien und sammelte mehrere Proben, die er für exotische kohlenstoffhaltige Chondrite hielt, sehr ähnlich den Stücken eines aufgeprallten Meteoriten. Es würde eine chemische Analyse erfordern, um sicher zu sein; aber nachher, wieder im Wagen, betrachtete er sie unter dem Mikroskop und erklärte, dass es ziemlich sicher Stücke von Phobos wären. »Arkady hat mir, als er zum ersten Mal herunterkam, ein Stück gezeigt, das genauso aussah.« Sie reichten das schwarze Stück herum, das sehr schwer verbrannt aussah. »Brekzienbildung durch Aufprall hat eine Metamorphose bewirkt«, sagte Spencer und sah sich den Stein genau an, als er wieder zu ihm kam. »Ich nehme an, man müsste es *Phobosit* nennen.«

»Auch nicht gerade das seltenste Mineral auf dem Mars«, spöttelte Cojote.

Südöstlich vom Nicholson-Krater liefen die zwei großen parallelen Canyons der Medusae Fossae über dreihundert Kilometer weit ins Herz des südlichen Hochlandes. Cojote beschloss, East Medusa hinaufzufahren, den größeren der beiden Brüche. »Ich liebe es, durch Canyons zu fahren, wenn ich kann, und zu sehen, ob die Wände Überhänge oder Höhlen haben. Auf diese Weise habe ich die meisten meiner Verstecke gefunden.«

»Was ist, wenn du auf eine steile Böschung stößt, die quer durch den ganzen Canyon geht?«, fragte Nirgal.

»Ich mache kehrt. Das ist mir schon unmenschlich oft passiert, o ja.«

Also fuhren sie den Rest der Nacht den Canyon hinauf, der, wie sich zeigte, größtenteils einen flachen Boden hatte. Als sie in der folgenden Nacht weiter nach Süden fuhren, begann der Boden des Canyons in Stufen anzusteigen, die sie immer bewältigen konnten. Dann erreichten sie ein neues höheres Bodenniveau, und Nirgal, der fuhr, hielt den Wagen an. »Da oben stehen Häuser!«

Sie drängten sich zusammen, um durch die Frontscheibe zu blicken. Am Horizont stand eine Ansammlung kleiner weißer Gebäude aus weißem Stein. Nichts rührte sich.

Nachdem sie sie eine halbe Stunde lang mit den verschiedenen Sichtgeräten beobachtet hatten, zuckte Cojote die Achseln. »Keine erkennbare Elektrizität oder Wärme. Sieht nicht so aus, als wohnte dort jemand. Lasst uns einen Blick darauf werfen!«

Also fuhren sie auf die Gebilde zu und hielten vor einem massiven Felsen, der von der Klippenwand abgebrochen und ein gutes Stück über den Boden gerollt war, an. Sie stellten fest, dass die Gebäude frei dastanden, ohne Kuppel um sie herum. Sie schienen solide Blöcke aus weißem Gestein zu sein, wie die *caliche blanco* im Wüstenland nördlich von Olympus. Zwischen den Gebäuden standen reglos kleine weiße Figuren auf weißen, von weißen Bäumen umgebenen Plazas.

»Statuen«, sagte Spencer. »Eine Stadt aus Stein!«

Sax krächzte: »Mu – Muh! – du! sa!«

Spencer, Art und Cojote lachten. Sie klopften Sax so stark auf die Schultern, als wollten sie ihn in den Boden hämmern. Dann zogen sie sich alle wieder an und gingen hinaus, um sich genauer umzuschauen.

Die weißen Wände der Gebäude schimmerten unheimlich im Sternenlicht wie gigantische Seifenschnitzereien. Es waren etwa zwanzig Gebäude, viele Bäume und etwa hundert Menschen – und auch einige Dutzend Löwen, die frei unter den Leuten verteilt waren. Alles aus weißem Stein gehauen, den Spencer als Alabaster identifizierte. Die zentrale Plaza schien während eines lebhaften Morgens versteinert worden zu sein. Es gab einen voll besuchten Bauernmarkt und eine um zwei Schach spielende Männer gescharte Gruppe. Die Figuren auf dem großen Brett waren hüfthoch. Die schwarzen Schachfiguren und die schwarzen Quadrate des Schachbretts hoben sich von ihrer Umgebung drastisch ab. Onyx in einer Welt aus Alabaster.

Eine andere Figurengruppe schaute einem Jongleur zu, der zu unsichtbaren Bällen aufblickte. Mehrere Löwen beobachteten diese Vorstellung genau, als wären sie bereit, etwas aus der Luft zu schlagen, falls der Jongleur zu dicht herankäme. Alle Gesichter der Statuen, menschlich oder katzenartig, waren abgerundet und fast ohne Züge; aber jede drückte irgendeine Haltung aus.

Spencer rief über Interkom: »Seht euch die kreisförmige Anordnung der Gebäude an! Das ist bogdanovistische Architektur, oder etwas Ähnliches.«

»Kein Bogdanovist hat das je mir gegenüber erwähnt«, sagte Cojote. »Ich glaube nicht, dass jemand von ihnen einmal in dieser Gegend gewesen ist. Das ist hier ziemlich entlegen.« Er schaute sich um, durch die Visierscheibe war ein Grinsen zu erkennen. »Dafür muss jemand allerhand Zeit aufgewendet haben.«

»Menschen machen seltsame Dinge«, meinte Spencer.

Nirgal wanderte um die Ränder des Konstrukts herum, ignorierte das Gerede im Interkom und schaute in ein undeutliches Gesicht nach dem anderen, in Toreingänge aus weißem Stein und weiße Steinfenster. Sein Puls raste. Es war, als hätte der Bildhauer den Platz angefertigt, um zu ihm zu sprechen, um ihn mit seiner Vision zu erreichen. Die weiße Welt seiner Kindheit, die direkt in das Grün hinausstieß – oder hier draußen ins Rot ...

Und es war etwas Friedliches an diesem Ort. Nicht einfach die Stille, sondern die wunderbare Entspannung in all diesen Figuren, in der fließenden Ruhe ihrer Haltungen. So könnte der Mars sein. Kein Verstecken mehr, kein Krieg mehr. Die Kinder liefen auf dem Markt herum, die Löwen spazierten wie Katzen zwischen ihnen ...

Nach einem ausgedehnten Rundgang durch die Alabasterstadt kehrten sie zum Wagen zurück und fuhren weiter. Etwa fünfzehn Minuten später entdeckte Nirgal noch eine Statue, nur ein weißes Basrelief, das aus der Klippe gegenüber der Stadt auftauchte. »Die Medusa selbst«, sagte Spencer und unterbrach seinen nächtlichen Trunk. Das Basiliskenstarren der Gorgo war direkt auf die Stadt hinter ihnen gerichtet, und die steinernen Schlangen ihres Haares wanden sich von ihrem Haupt fort und zurück zur Klippe, als hätte der Fels sie bei ihrem Pferdeschwanz aus Schlangen gepackt und verhinderte so, dass sie völlig aus dem Planeten heraustrat.

»Wunderschön«, sagte Cojote. »Merk dir dieses Gesicht! Wenn es nicht ein Selbstbildnis des Bildhauers ist, fresse ich meine Mütze.« Er fuhr weiter, ohne anzuhalten, und Nirgal starrte neugierig auf das steinerne Gesicht. Es schien asiatisch zu sein, obwohl das vielleicht nur durch das nach hinten gezogene Schlangenhaar kam. Er versuchte, sich die Gesichtszüge einzuprägen, und hatte dabei das Gefühl, dass er dieses Gesicht bereits kannte.

Sie kamen vor der Dämmerung aus dem Medusa-Canyon heraus und machten halt, um sich den Tag über zu verstecken und ihre nächste Wegstrecke festzulegen. Jenseits des Burton-Kraters, der vor ihnen lag, durchschnitten die Memnonia Fossae das Land von Osten nach Westen über Hunderte von Kilometern und blockierten ihren Weg nach Süden. Sie mussten nach Westen ausweichen, auf die Krater Williams und Ejrikson zu, dann wieder nach Süden in Richtung Columbus-Krater und sich danach weiter südlich durch eine schmale Lücke in den Sirenum Fossae winden – und so weiter. Sie vollführten einen ständigen Tanz um Krater, Spalten, Böschungen und Löcher herum. Die südlichen Hochlande waren äußerst rau im Vergleich mit den glatten Landschaften des Nordens. Art merkte diesen Unterschied an, und Cojote sagte mürrisch: »Mann, das ist ein Planet. Da gibt es alle Arten von Land.«

Jeden Tag erwachten sie nach einem Wecker, der auf eine Stunde vor Sonnenuntergang gestellt war, und verbrachten das letzte Tageslicht mit dem Verzehr eines dürftigen Frühstücks und dem Betrachten der grellen Farben des Alpenglühens, vermischt mit den Schatten über der zerklüfteten Landschaft. Dann fuhren sie jede Nacht, ohne den Autopiloten je benutzen zu können, Kilometer um Kilometer durch das raue Terrain. Nirgal und Art übernahmen meistens zusammen die zweite Nachtschicht und setzten ihre langen Unterhaltungen fort. Wenn dann die Sterne verblassten und das reine Violett der Frühdämmerung den Osthimmel färbte, suchten sie unauffällige Verstecke für den Felsrover – in dieser Breite nicht schwer, da man nur anzuhalten brauchte, wie Art sagte. Sie nahmen eine gemütliche Mahlzeit zu sich und betrachteten das grelle Licht des Sonnenaufgangs und die plötzlich von ihm geschaffenen großen Schattenwürfe. Einige Stunden später nach einer Planungsbesprechung und gelegentlichen Ausflügen ins Freie verdunkelten sie die Frontscheibe und schliefen den ganzen Tag durch.

Am Ende eines solchen langen nächtlichen Gesprächs über ihre jeweiligen Kindheiten sagte Nirgal: »Ich glaube, dass ich erst in Sabishii begriffen habe, dass Zygote ...«

»Ungewöhnlich war?«, sagte Cojote von seiner Schlafmatte hinter ihnen. »Einzigartig? Bizarr? Hirokoartig?«

Nirgal war nicht überrascht, dass Cojote wach war. Der alte Mann hatte keinen tiefen Schlaf und murmelte oft einen träumerischen Kommentar zu den Gesprächen von Nirgal und Art, den sie im Allgemeinen ignorierten, da er meistens gleich wieder einnickte. Aber jetzt sagte Nirgal: »Zygote spiegelt Hiroko wider, denke ich. Sie ist sehr nach innen gekehrt.«

»Tja«, sagte Cojote. »Das war sie früher nicht.«

»Wann war das?«, fuhr Art auf und drehte seinen Sessel, um Cojote in ihren kleinen Gesprächskreis einzuschließen.

»Ach, noch vor dem Anfang. In prähistorischen Zeiten damals auf der Erde«, sagte Cojote.

»Hast du sie dort schon kennengelernt?«

Cojote grunzte bejahend.

Das war der Punkt, an dem er immer abbrach, wenn er mit Nirgal sprach. Aber jetzt hier mit Art, als sie drei die einzig Wachen in der ganzen Welt waren, in einem kleinen Kreis, der vom Infrarotschirm beleuchtet wurde, zeigte Cojotes entstelltes Gesicht einen anderen Ausdruck als seine normale sture Abweisung; und Art beugte sich zu ihm hinüber und fragte nachdrücklich: »Wie bist du überhaupt zum Mars gekommen?«

»O Gott!«, sagte Cojote, rollte sich zur Seite und stützte den Kopf auf eine Hand. »Es ist schwer, sich an etwas zu erinnern, das so lange her ist. Es ist fast wie ein Epos, das ich einmal auswendig gelernt habe, aber nicht mehr aufsagen kann.«

Er schaute zu ihnen auf und schloss dann die Augen, als riefe er sich die Anfangsverse ins Gedächtnis. Die beiden jüngeren Männer sahen ihn erwartungsvoll an.

»Das lag natürlich alles an Hiroko. Sie und ich waren befreundet. Wir haben uns jung kennengelernt, als wir in Cambridge studierten. Uns beiden war in England kalt, darum wärmten wir einander. Das war, bevor sie Iwao traf und lange bevor sie die große Muttergöttin der Welt wurde. Und wir hatten damals dort vieles gemeinsam. Wir waren in Cambridge Außenseiter und beide gut in unserer Arbeit. Und so lebten wir dort einige Jahre zusammen. Ganz ähnlich dem, was Nirgal über Sabishii gesagt hat. Sogar dem, was er über Jackie sagte. Obwohl Hiroko …«

Er schloss die Augen, als wäre er bemüht, es mit seinem geistigen Auge zu sehen.

»Seid ihr zusammengeblieben?«, fragte Art.

»Nein. Sie kehrte nach Japan zurück, und ich kam für einige Zeit mit, musste dann aber, als mein Vater starb, wieder nach Tobago zurück. So änderten sich die Verhältnisse. Aber sie und ich blieben in Kontakt. Wir trafen uns bei wissenschaftlichen Kongressen. Dort stritten wir oder versprachen einander ewige Liebe. Oder beides. Wir wussten nicht, was wir wollten. Oder wie wir es bekommen konnten, wenn wir uns eingestanden, was wir wollten. Und dann begann die Auswahl der Ersten Hundert. Aber ich saß in Trinidad im Gefängnis, weil ich gegen die Gesetze der Gefälligkeitsflaggen protestiert hatte. Aber selbst wenn ich frei gewesen wäre, hätte ich keine Chance gehabt, ausgewählt zu werden. Ich war mir nicht einmal sicher, ob ich überhaupt gehen wollte. Aber Hiroko erinnerte sich entweder an unsere Gelöbnisse oder dachte, dass ich ihr nützlich sein würde. Ich bin mir nie darüber klar geworden, was von beidem. Also setzte sie sich mit mir in Verbindung und teilte mir mit, dass sie mich, falls ich Lust hätte, in der Farm der *Ares* und dann in der Marskolonie verstecken würde. Sie hat immer kühne Ideen gehabt, das muss ich ihr lassen.«

»Ist dir dieser Plan nicht verrückt vorgekommen?«, fragte Art mit großen Augen.

»O doch!«, entgegnete Cojote lachend. »Aber alle guten Pläne sind verrückt, nicht wahr? Und wenn ich mich nicht dazu entschlossen hätte, hätte ich Hiroko nie wiedergesehen.« Er sah mit verschmitztem Lächeln Nirgal an. »Also sagte ich zu. Ich war noch im Gefängnis, aber Hiroko hatte in Japan einige ungewöhnliche Freunde, und so wurde ich eines Nachts von drei maskierten Männern aus meiner Zelle geführt, während alle Wärter betäubt waren. Wir nahmen einen Hubschrauber zu einem Tanker, und ich fuhr damit nach Japan. Die Japaner bauten damals die Raumstation, die die Russen und Amerikaner für die Montage der *Ares* brauchten, und ich wurde in einem der neuen Shuttles hinaufgeflogen und schlüpfte in die *Ares*, als der Bau gerade beendet war. Sie stopften mich mit Teilen der Ausrüstung, die Hiroko bestellt hatte, hinein, und danach war ich mir selbst überlassen. Von jenem Augenblick an bis jetzt lebe ich von meiner geistigen Kapazität! Deshalb war ich manchmal sehr hungrig, bis die *Ares* startete. Danach kümmerte sich Hiroko um mich. Und als sie die Farmcrew ins Vertrauen gezogen hatte, stellte sie mich denen vor, und es war noch einfacher. Schwierig wurde es auf dem Boden in den ersten Wochen nach der Landung. Ich kam mit in einem Lander, der nur mit Farmcrewmitgliedern besetzt war, und die Leute halfen mir, in einem Schrank in einem Container unterzukommen. Hiroko ließ die Gewächshäuser sehr schnell errichten, hauptsächlich, um mich aus diesem Versteck herauszubringen. So hat sie es mir wenigstens erzählt.«

»Du hast in einem Schrank gelebt?«

»Einige Monate lang. Das war schlimmer als im Gefängnis. Aber danach wohnte ich im Gewächshaus und begann mit der Arbeit, indem ich einen Vorrat der Materialien anlegte, die wir mitnehmen mussten. Iwao hatte gleich zu Beginn den Inhalt etlicher Frachtkisten versteckt. Und nachdem wir einen Rover aus Ersatzteilen gebaut hatten, verbrachte ich die meiste Zeit außerhalb von Underhill. Ich erkundete das chaotische Terrain, fand einen guten Platz für unser geheimes Versteck und schaffte Sachen dorthin. Ich war mehr als jeder andere auf der Oberfläche, sogar mehr als Ann. Als dann die Farm dorthin umgezogen war, verbrachte ich einen großen Teil meiner Zeit auf eigene Faust. Nur ich und der Große Mann wanderten über den Planeten. Ich sage euch, das war wie der Himmel. Nein, nicht der Himmel, sondern der Mars, Mars pur. Ich glaube, ich habe dabei irgendwie den Verstand verloren. Aber ich liebte es … Ich kann das gar nicht richtig ausdrücken.«

»Du musst eine Menge Strahlung abbekommen haben.«

Cojote lachte. »O ja! Bei diesen Fahrten und dem Sonnensturm auf der *Ares* habe ich mehr Rems erwischt als jeder der Ersten Hundert, außer vielleicht John. Vielleicht ist es das gewesen. Jedenfalls …« – er zuckte die Achseln und sah zu Art und Nirgal auf – »bin ich hier. Der blinde Passagier.«

»Erstaunlich!«, sagte Art.

Nirgal nickte. Er hatte seinen Vater nie dazu gebracht, auch nur ein Zehntel so viel Informationen über seine Vergangenheit preiszugeben; und jetzt schaute er von Art zu Cojote und wieder zurück und fragte sich, wie Art das geschafft hatte. Das galt auch für ihn; denn Nirgal hatte versucht, nicht nur das zu erzählen, was ihm geschehen war, sondern auch, was es bedeutet hatte. Und das war viel schwieriger. Offenbar war das ein besonderes Talent, das Art besaß, obwohl es sich sehr schwer festlegen ließ. Vielleicht war es irgendwie seine Miene, das intensive Interesse, seine nüchternen kühnen Fragen, die auf Nettigkeiten verzichteten und direkt auf das Wesen der Dinge zielten – die Annahme, dass jeder sprechen und den Sinn seines Lebens ausdrücken wollte. Selbst wortkarge alte Einsiedler wie Cojote.

»Nun, so hart war es gar nicht«, fuhr Cojote fort. »Sich zu verbergen ist nie so schwierig, wie die Leute meinen, versteht ihr? Der schwierige Teil ist zu handeln, während man sich versteckt.«

Bei diesem Gedanken runzelte er die Stirn und zeigte dann mit dem Finger auf Nirgal. »Das ist es, weshalb wir irgendwann herauskommen und offen kämpfen müssen. Das ist es, weshalb ich dafür gesorgt habe, dass du nach Sabishii gehst.«

»Was? Du hast mir gesagt, ich sollte nicht gehen! Du hast gesagt, es würde mich kaputtmachen!«

»Genau! Und so habe ich dich dazu gebracht, dass du gingst.«

Sie behielten diese nächtlichen Gespräche die ganze nächste Woche bei. Als die vorbei war, näherten sie sich einer kleinen bewohnten Region, die ein Mohole umgab, das zwischen den Kratern Hipparchus, Eudoxus, Ptolemäus und Li Fan gegraben worden war. Auf den Ausläufern dieser Krater gab es einige Uranminen; aber Cojote hatte keine Sabotageversuche mehr vor, und sie fuhren dicht an dem Ptolemäusmohole vorbei und entfernten sich so schnell wie möglich aus der Gegend. Bald kamen sie zu den Thaumasia Fossae, dem fünften oder sechsten großen Bruchsystem, das ihnen auf ihrer Reise begegnet war. Art fand es bemerkenswert, aber Spencer erklärte ihm, dass der Tharsis-Buckel von Bruchsystemen umgeben war, die seine Erhebung verursacht hatten. Und da sie den Buckel praktisch umrundeten, trafen sie ständig darauf. Thaumasia war eines der größten dieser Systeme. Und hier befand sich die große Stadt Senzeni Na, die nahe einem anderen Mohole auf 40° südlicher Breite gegründet worden war, einem der ersten, die man gegraben hatte, und das immer noch eines der tiefsten war. Sie waren über zwei Wochen zu diesem Punkt unterwegs gewesen und mussten sich bei einem der Verstecke Cojotes neu versorgen.

Sie fuhren in den Süden von Senzeni Na und wanden sich gegen Morgen zwischen alten steinigen Hügeln hindurch. Als sie von einer niedrigen gebrochenen Böschung zu dem unteren Ende eines Erdrutsches kamen, fing Cojote an zu fluchen. Der Boden war gezeichnet von Roverspuren und einem Haufen zertrümmerter Gaszylinder, Nahrungskisten und Treibstoffbehälter.

Sie starrten das Bild an. »Dein Versteck?«, fragte Art und rief damit eine neue Flut von Verwünschungen hervor.

»Wer war das?«, fragte Art. »Polizei?«

Keiner antwortete sofort. Sax ging zu einem Fahrersitz, um die Treibstoffanzeigen zu prüfen. Cojote fluchte wütend immer weiter und ließ sich in den anderen Fahrersitz fallen. Schließlich sagte er zu Art: »Das war keine Polizei. Außer sie hätten angefangen, Vishniac-Rover zu benutzen. Nein. Diese Diebe kamen aus dem Untergrund, verdammt sollen sie sein! Wahrscheinlich ein Haufen, der in Argyre seine Basis hat. Ich kann mir sonst niemanden vorstellen, der das tun würde. Aber diese Bande weiß, wo sich einige meiner alten Verstecke befinden, und sie hassen mich, seit ich eine Bergwerkssiedlung in den Charitums sabotiert habe, weil die danach geschlossen wurde und sie damit ihre Hauptversorgungsquelle verloren.«

»Ihr solltet versuchen, auf der gleichen Seite zu bleiben«, sagte Art.

»Halt's Maul!«, fauchte Cojote ihn an.

Dann startete Cojote den Felsenwagen und fuhr weg. Er sagte bitter: »Es ist immer dieselbe alte Geschichte. Der Widerstand fängt an, sich selbst zu bekämpfen, weil das der einzige Gegner ist, den er schlagen kann. Passiert immer. Es gibt keine Zellen größer als fünf Personen, ohne dass nicht mindestens ein verdammter Idiot mit dabei ist.«

In diesem Stil machte er noch einige Zeit weiter. Endlich klopfte Sax auf die Treibstoffanzeige, und Cojote knurrte: »Ich weiß!«

Es war taghell, und er hielt in einer Schlucht zwischen zwei alten Hügeln an. Sie verdunkelten die Fenster und lagen im Finstern auf ihren schmalen Matratzen.

»Wie viele Untergrundgruppen gibt es?«, fragte Art.

»Das weiß niemand«, sagte Cojote.

»Du machst Witze!«

Nirgal antwortete, ehe Cojote wieder anfing. »In der südlichen Hemisphäre sind es ungefähr vierzig. Und einige seit Langem bestehende Meinungsverschiedenheiten zwischen ihnen werden gefährlich. Es gibt hier draußen einige harte Gruppen.

Radikale Rote, Schnelling'sche Splittergruppen, Fundamentalisten verschiedener Prägung ... Das gibt Ärger.«

»Aber arbeitet ihr nicht alle für die gleiche Sache?«

»Ich weiß es nicht.« Nirgal erinnerte sich an nächtelange Diskussionen in Sabishii, die manchmal recht heftig wurden, unter Studenten, die eigentlich Freunde waren. »Vielleicht nicht.«

»Aber habt ihr das nicht gründlich besprochen?«

»Nein, nicht offiziell.«

Art machte ein erstauntes Gesicht und sagte: »Das solltet ihr aber tun.«

»Was tun?«, fragte Nirgal.

»Ihr solltet ein gemeinsames Treffen aller Untergrundgruppen veranstalten und sehen, ob ihr euch darüber einig seid, was ihr alle zu tun versucht. Wie man Streitfragen klärt und dergleichen.«

Außer einem skeptischen Brummen von Cojote gab es hierauf keine Antwort. Nach langer Zeit sagte Nirgal: »Ich habe den Eindruck, dass manche dieser Gruppen Gamete gegenüber misstrauisch sind, weil die Ersten Hundert dort sind. Niemand möchte seine Autonomie zugunsten des mächtigsten Refugiums aufgeben.«

»Aber sie könnten dem bei einer Versammlung entgegenarbeiten«, sagte Art. »Das wäre ein Teil dessen Zwecks. Unter anderem. Ihr alle müsst zusammenarbeiten, besonders wenn die transnationale Polizei nach dem, was sie aus Sax herausgeholt haben, aktiver wird.«

Sax nickte zustimmend. Der Rest erwog es schweigend. Irgendwann während des Nachdenkens fing Art an zu schnarchen. Aber Nirgal blieb noch stundenlang wach und überlegte.

Sie näherten sich Senzeni Na in ziemlicher Bedrängnis. Ihre Nahrungsvorräte reichten aus, wenn sie sie rationierten; und die

Gas- und Wasserwiederaufbereitungsanlage des Wagens war so leistungsfähig, dass nur wenig verlorenging. Aber ihnen fehlte schlicht Treibstoff. Cojote sagte: »Wir brauchen etwa fünfzig Kilo Wasserstoffperoxid.«

Er fuhr zum Rand des größten Canyons von Thaumasia hinauf. Dort in der gegenüberliegenden Wand lag Senzeni Na hinter großen Glasscheiben, die Arkaden alle voller hoher Bäume. Der Boden des Canyons davor war mit Röhren und kleinen Kuppeln übersät, außerdem dem großen Fabrikkomplex des Moholes und dem Mohole selbst, das ein riesiges schwarzes Loch am Südende des Komplexes war, und der Schutthalde, die im Canyon weit nach Norden hinaufreichte. Es galt als das tiefste Mohole auf dem Mars, so tief, dass das Gestein auf dem Grund etwas weich wurde. Es »matschte sich«, wie Cojote es ausdrückte, achtzehn Kilometer tief nach unten, wobei die Lithosphäre in diesem Gebiet ungefähr fünfundzwanzig Kilometer dick war.

Der Betrieb des Moholes lief fast völlig automatisch, und die Mehrheit der Stadtbevölkerung näherte sich ihm fast nie. Viele der Robotlastwagen, die Gestein aus dem Loch heraufschafften, arbeiteten mit Wasserstoffperoxid als Treibstoff. Darum würden sie in den Lagerhäusern unten auf dem Canyonboden finden, was sie benötigten. Und die Sicherheitsvorrichtungen dort stammten noch aus der Zeit vor den Unruhen und waren zum Teil von Boone eingerichtet worden. Darum dürften sie Cojotes Methoden nur kümmerlichen Widerstand leisten können, zumal er in seiner KI Johns alte Programme hatte.

Der Canyon war aber außergewöhnlich lang, und der beste Weg für Cojote, auf den Boden hinunterzukommen, war ein Kletterpfad, der etwa zehn Kilometer vom Mohole entfernt war.

»Das ist okay«, sagte Nirgal. »Ich werde es zu Fuß schaffen.«

»Fünfzig Kilo?«, fragte Cojote.

»Ich werde mit ihm gehen«, erklärte Art. »Ich bin wahrscheinlich keiner mystischen Levitation fähig, kann aber laufen.«

Cojote dachte darüber nach und nickte. »Ich werde euch die Klippe hinunterbringen.«

Das tat er, und während des Zeitrutsches brachen Nirgal und Art mit leeren Rucksäcken über ihren Lufttanks auf und liefen locker über den glatten Boden des Canyons nördlich von Senzeni Na. Nirgal hatte den Eindruck, dass es leicht werden würde. Sie kamen ohne Probleme zu dem Moholekomplex. Das Sternenlicht wurde hier durch das diffuse Licht der Stadt verstärkt, das durch das Glas drang und an der gegenüberliegenden Wand reflektiert wurde. Dank Cojotes Programm kamen sie so schnell durch eine Garagenschleuse und ins Innere des Lagerhauses, als hätten sie jedes Recht, dort zu sein, und ohne ein Anzeichen, dass sie Alarm ausgelöst hatten. Doch als sie drin waren und kleine Behälter mit Wasserstoffperoxid in ihre Rucksäcke stopften, gingen plötzlich alle Lichter an, und die Türen verriegelten sich.

Art rannte sofort zu der der Tür gegenüberliegenden Wand, brachte eine Sprengladung an und ging zur Seite. Die Ladung explodierte mit lautem Knall und sprengte ein beträchtliches Loch in die dünne Wand des Lagerhauses. Schon waren beide draußen und schlichen sich zwischen riesigen Schleppseilen zur Außenwand. Aus der Schleuse des Verbindungsrohres liefen Gestalten in Schutzanzügen von der Stadt heraus; und die beiden Eindringlinge mussten sich hinter eine Schleppleine ducken, die so groß war, dass sie in dem Spalt zwischen zwei einzelnen Kabeln stehen konnten. Nirgal fühlte, wie sein Herz gegen das Metall pochte. Die Gestalten drangen ins Lagerhaus ein, und Art rannte heraus und brachte eine weitere Ladung an. Deren Lichtblitz blendete Nirgal, und er kroch durch ein

Loch im Zaun und rannte los, ohne etwas zu sehen und ohne die dreißig Kilo Treibstoffbehälter zu spüren, die auf seinem Rücken hüpften und ihm die Lufttanks ins Kreuz stießen. Art war wieder vor ihm, bei der Marsgravitation ständig außer Kontrolle. Aber dennoch rannte er in großen hohen Sprüngen vorwärts. Nirgal musste fast lachen, als er es schaffte, ihn einzuholen. Er fand seinen Rhythmus, und als er kurz vor Art war, zeigte er durch sein Beispiel, wie er seine Arme richtig gebrauchen müsste – in einer Art Schwimmbewegung anstelle des schnellen Pumpens, das Art so oft aus dem Gleichgewicht brachte. Trotz der Dunkelheit und ihrem Tempo schien es Nirgal, dass Arts Arme allmählich langsamer wurden.

Sie rannten weiter. Nirgal übernahm die Führung und versuchte, die sauberste Route über den Canyonboden zu finden, die am wenigsten mit Steinen bestreut war. Das Licht der Sterne erschien mehr als ausreichend, ihren Weg zu erhellen. Art holte zu seiner Rechten auf und drängte ihn zur Eile. Es wurde fast ein Wettrennen, und Nirgal lief viel schneller, als er es von sich aus oder unter normalen Verhältnissen getan hätte. Ein großer Teil davon war Rhythmus, Wärme und deren Abgabe aus dem Rumpf in die Haut und dann den Schutzanzug. Es war überraschend, dass Art mit ihm Schritt hielt, ohne den Vorteil irgendeiner Ausbildung. Er war ein kräftiger Kerl.

Sie liefen fast an Cojote vorbei, der hinter einem Felsen hervortrat und sie so erschreckte, dass es sie wie Kegel umhaute. Dann erklommen sie gemeinsam den steinigen Weg, den er auf der Wand der Klippe markiert hatte, und befanden sich auf dem Rand wieder unter der Kuppel voller Sterne. Die hellen Lichter von Senzeni Na sahen aus wie ein Raumschiff, das die gegenüberliegende Klippe gerammt hatte.

Zurück im Felsenrover, schnappte Art nach Luft, noch außer Atem von dem Lauf durch den Canyon. Er sagte zu Nirgal: »Du musst mir ... dieses *lung-gom* beibringen. Mein Gott, läufst du schnell!«

»Du aber auch. Ich weiß nicht, wie du das machst.«

»Angst.« Er schüttelte den Kopf und sog die Luft ein. »So etwas ist gefährlich«, beklagte er sich bei Cojote.

Cojote erwiderte heftig: »Es war nicht meine Idee. Wenn diese Bastarde nicht meine Vorräte gestohlen hätten, hätten wir das nicht tun müssen.«

»Nun ja, aber du leistest dir doch die ganze Zeit solche Stücke, nicht wahr? Und das ist gefährlich. Ich meine, du solltest etwas anderes machen als Sabotage im Hinterland. Etwas Systematisches.«

Es stellte sich heraus, dass fünfzig Kilo das absolute Minimum waren, das sie brauchten, um nach Hause zu kommen. Darum krochen sie dahin, alle nicht lebensnotwendigen Systeme abgeschaltet. Das Innere des Wagens war dunkel und ziemlich kalt. Draußen war es auch kalt. Wegen der länger werdenden Nächte des frühen südlichen Winters erschien Reif auf dem Boden, und es gab Schneeverwehungen. Salzkristalle in dem Gestöber dienten als Keime für Eisflocken, die so dick wie Eisblumen wurden. Sie fuhren zwischen diesen weißen Kristallfeldern, die im Sternenlicht matt schimmerten, so lange dahin, bis diese zu einer großen Decke aus Schnee, Raureif und Eisblumen verschmolzen. Sie fuhren langsam darüber, bis eines Nachts das Wasserstoffperoxid zu Ende ging. Art sagte: »Wir hätten mehr holen sollen.«

»Halt den Mund!«, knurrte Cojote.

Sie fuhren mit Batteriekraft weiter, die nicht lange vorhalten würde. Im Dunkel des unbeleuchteten Wagens war das von der weißen Welt draußen kommende Licht gespenstisch. Keiner von ihnen sagte etwas, außer um wichtige Punkte des Fahrens zu besprechen. Cojote war zuversichtlich, dass die Batterien sie bis nach Hause bringen würden. Aber es würde knapp werden, und wenn etwas schiefgehen sollte, wenn ein Rad in dem Eis blockieren sollte, müssten sie versuchen, es zu Fuß zu erreichen, dachte Nirgal. Laufen. Aber Spencer und Sax würden nicht weit laufen können.

In der sechsten Nacht nach dem Überfall auf Senzeni Na wurde gegen Ende des Zeitrutsches der frostige Boden vor ihnen zu einer reinweißen Linie, die am Horizont dicker wurde und sich dann von ihm löste. Die weißen Klippen der Südpolkappe. Art sagte grinsend: »Das sieht wie eine Hochzeitstorte aus.«

Sie hatten die Batteriekraft fast ganz erschöpft, sodass der Wagen langsamer wurde. Aber Gamete lag nur ein paar Kilometer im Uhrzeigersinn um die Polkappe entfernt. Und so lenkte Cojote den Wagen kurz nach Tagesanbruch in die außerhalb liegende Garage im Nadia-Komplex am Kraterrand. Das letzte Stück gingen sie. Frischer Reif knirschte unter ihren Füßen im Morgenlicht mit seinen langen Schatten unter den großen weißen Trockeneisüberhängen.

Gamete gab Nirgal das gleiche Gefühl wie immer, als versuchte er, sich Kleider anzuziehen, die viel zu klein waren. Aber diesmal war Art bei ihm, und so war der Besuch dadurch interessant, dass er einem neuen Freund sein altes Heim zeigte. Jeden Tag führte Nirgal ihn herum, erklärte Besonderheiten des Ortes und machte ihn mit Leuten bekannt. Wenn er das Mienenspiel, das in Arts Gesicht offen zum Ausdruck kam, betrachtete, von Erstaunen bis hin zu Unglauben, so empfand er Gamete als wirklich eigenartig. Die weiße Eiskuppel, die Winde, Nebel, Vögel, der Teich, das Dorf, immer frostig, seltsam ohne Schatten, seine weißblauen Gebäude, die von der Sichel aus Bambusbaumhäusern umrahmt wurden ... Es war ein ungewöhnlicher Ort. Und Art fand sämtliche *Issei* genauso erstaunlich. Er schüttelte ihnen die Hände und sagte: »Ich habe euch im Fernsehen gesehen und freue mich sehr, euch kennenzulernen.« Nachdem er Vlad und Ursula, Marina und Iwao vorgestellt worden war, bemerkte er leise zu Nirgal: »Das ist wie ein Wachsfigurenkabinett.«

Nirgal brachte ihn zu Hiroko hinunter; und sie war wie üblich freundlich und distanziert. Sie behandelte Art mit der gleichen Herzlichkeit, die sie Nirgal zukommen ließ. Muttergöttin der Welt ... Sie waren in ihren Labors; und da sie sich von ihr irgendwie beunruhigt fühlten, führte Nirgal Art zu den Ektogentanks und erklärte, um was es sich handelte. Art machte ganz runde Augen, wenn er überrascht war, und jetzt waren sie weißblaue Kugeln. »Die sehen aus wie Kühlschränke«, sagte er und starrte Nirgal an. »War es einsam?«

Nirgal zuckte die Achseln und schaute nach unten auf die kleinen klaren Bullaugenfenster. Einst hatte er darin geschwommen, träumend und strampelnd ... Es war schwer, sich die Vergangenheit vorzustellen, und schwer, an sie zu glauben. Milliarden von Jahren lang hatte er nicht existiert. Und dann eines Tages, in diesem kleinen schwarzen Kasten ... eine plötzliche Erscheinung, Grün im Weiß, Weiß im Grün.

»Es ist so kalt hier«, bemerkte Art, als sie wieder hinausgingen. Er trug einen großen geliehenen Mantel mit Textilfutter und hatte die Kapuze über den Kopf gezogen.

»Wir müssen eine Schicht aus Wassereis aufrechterhalten, die das Trockeneis bedeckt. So bleibt die Luft gut. Darum liegen die Temperaturen immer ein wenig unter dem Gefrierpunkt, aber nicht viel. Mir selbst gefällt es. Ich halte es für die beste Temperatur überhaupt.«

»Kindheit.«

»Allerdings.«

Sie besuchten Sax jeden Tag, und er krächzte dann zum Gruß »Hallo!« oder »Auf Wiedersehen!« und versuchte sein Bestes, um zu sprechen. Michel arbeitete jeden Tag stundenlang mit ihm. Er sagte ihnen: »Es ist eindeutig Aphasie. Vlad und Ursula haben ihn gescannt, der Schaden ist im linken vorderen Sprachzentrum. Er hat Mühe, die richtigen Wörter zu finden, und denkt manchmal, dass er das hat. Aber was herauskommt, sind synonyme, antonyme oder tabuisierte Wörter. Ihr solltet hören, wie er ›schlechte Resultate‹ sagt. Es ist für ihn frustrierend, aber die Heilungsrate für diese Fälle ist gut. Allerdings geht es langsam. Es ist im Grunde so, dass andere Teile des Gehirns lernen müssen, die Funktionen des geschädigten Teils zu übernehmen. Also arbeiten wir daran. Es ist schön, wenn etwas vorangeht. Und es könnte natürlich schlimmer sein.«

Sax, der sie währenddessen angeschaut hatte, nickte seltsam und sagte: »Ich will lehren. *Sprechen.*«

Von allen Leuten in Gamete, mit denen Nirgal Art bekannt machte, kam dieser am besten mit Nadia zurecht. Sie waren zu Nirgals Überraschung sofort voneinander angezogen. Aber er freute sich darüber und sah seine alte Lehrerin zärtlich an, als sie in Beantwortung des Schwalls von Arts Fragen ihrerseits ein wahres Geständnis ablegte. Ihr Gesicht wirkte sehr alt im Vergleich zu ihren auffallenden hellbraunen Augen mit den grünen Flecken um die Pupillen – Augen, die freundliches Interesse und Intelligenz ausstrahlten und Belustigung über Arts Fragen.

Die drei verbrachten Stunden miteinander in Nirgals Zimmer. Sie plauderten und schauten auf das Dorf hinunter oder durch die äußeren Fenster zum Teich. Art ging in dem kleinen Zylinder zwischen Tür und Fenstern hin und her und betastete die Einschnitte in dem glänzenden grünen Holz. »Nennt ihr das Holz?«, fragte er mit Blick auf den Bambus. Nadia lachte und sagte: »Ich nenne es Holz. Es ist Hirokos Idee, in diesen Dingern zu leben. Und die ist gut. Gute Isolation, unglaubliche Festigkeit, keine Zimmermannsarbeit außer Installation von Tür und Fenstern ...«

»Ich vermute, diesen Bambus hättest du gern in Underhill gehabt, oder?«

»Die Räume dort waren zu klein. Vielleicht in den Arkaden. Außerdem ist diese Spezies erst später entwickelt worden.«

Sie richtete jetzt Dutzende Fragen an ihn und stellte Erkundigungen über die Erde an. Was benutzten sie jetzt als Baumaterial für Häuser? Würden sie Fusionsenergie kommerziell verwenden? War die UN durch den Krieg von '61 unwiederbringlich geschädigt? Würden sie versuchen, einen Weltraumaufzug auf der Erde zu bauen? Wie viel Prozent der Bevölkerung hatten Altersbehandlung bekommen? Welche der großen

Transnationalen waren am mächtigsten? Kämpften sie unter sich um die Vorherrschaft?

Art beantwortete diese Fragen so ausführlich er konnte; und obwohl er wegen der Unzulänglichkeit seiner Antworten den Kopf schüttelte, lernte Nirgal für sich daraus eine Menge, und Nadia schien dasselbe zu empfinden. Und beide mussten recht oft lachen. Als Art seinerseits Nadia Fragen stellte, waren ihre Antworten freundlich, aber sehr unterschiedlich in ihrer Ausführlichkeit. Wenn sie über ihre laufenden Projekte sprach, ging sie ins Detail. Sie freute sich, die vielen Bauvorhaben zu beschreiben, an denen sie in der Südhemisphäre arbeitete. Wenn er ihr aber in seiner kühnen, direkten Art nach den frühen Jahren in Underhill Fragen stellte, zuckte sie gewöhnlich bloß die Achseln, selbst wenn er sich nach Details der Bauten erkundigte. Sie sagte meistens: »Ich kann mich wirklich nicht sehr gut erinnern.«

»Na, komm schon!«

»Nein, das ist die Wahrheit. Das ist wirklich ein Problem. Wie alt bist du?«

»Fünfzig. Oder einundfünfzig, schätze ich. Ich habe das Zeitgefühl verloren.«

»Tja, ich bin einhundertzwanzig. Mach kein so entsetztes Gesicht! Mit den Behandlungen ist das gar nicht so alt – du wirst schon sehen! Ich habe gerade erst vor zwei Jahren die Behandlung wiederholt und fühle mich nicht gerade wie ein Teenager, aber recht gut. Sogar sehr gut. Aber ich denke, das Gedächtnis ist das schwache Glied. Es könnte sein, dass das Gehirn nicht so viel fasst. Oder vielleicht versuche ich es auch bloß nicht. Aber ich bin nicht der einzige Mensch mit diesem Problem. Maya geht es noch schlimmer als mir. Und jeder in meinem Alter beklagt sich darüber. Vlad und Ursula werden besorgt. Ich bin überrascht, dass sie damals, als sie die Behandlungen entwickelten, nicht daran gedacht haben.«

»Vielleicht haben sie das, es aber jetzt vergessen.«

Zu ihrer eigenen Überraschung musste sie lachen.

Später beim Essen, als sie wieder über ihre Baupläne gesprochen hatten, sagte Art zu ihr: »Du solltest wirklich versuchen, eine Zusammenkunft all dieser Untergrundgruppen zustande zu bringen.«

Maya saß an ihrem Tisch und sah Art so misstrauisch an wie schon in Echus Chasma. »Das ist unmöglich«, erklärte sie. Sie sah viel besser aus als damals, als sie sich getrennt hatten, dachte Nirgal – ausgeruht, groß, geschmeidig, graziös, strahlend. Sie schien die Schuld des Mordes abgeschüttelt zu haben wie einen Mantel, den sie nicht mochte.

»Warum nicht?«, fragte Art sie. »Ihr hättet es sehr viel besser, wenn ihr auf der Oberfläche leben könntet.«

»Schon klar. Und wir könnten in die Demimonde einziehen, wenn das so einfach wäre. Aber auf der Oberfläche und im Orbit gibt es eine große Polizeitruppe, und das letzte Mal, als sie uns gesehen haben, versuchten sie, uns so schnell wie möglich zu töten. Und die Art, wie sie Sax behandelt haben, gibt mir keine Zuversicht, dass sich die Dinge geändert haben.«

»Das sage ich auch nicht. Aber ich denke, dass es Dinge gibt, die man tun könnte, um ihnen wirksamer entgegenzutreten. Zum Beispiel sich zusammenzuschließen und gemeinsam zu planen. Kontakt mit Organisationen an der Oberfläche aufnehmen, die euch helfen würden. Und so weiter.«

»Wir haben solche Kontakte«, sagte Maya kühl. Aber Nadia nickte. Und in Nirgals Kopf tobten Bilder seiner Jahre in Sabishii. Ein Treffen des Untergrunds …

»Die von Sabishii würden bestimmt kommen«, sagte er. »Sie machen schon die ganze Zeit solche Sachen. Das ist eben die Demimonde.«

»Du solltest auch darüber nachdenken, Verbindung mit Praxis aufzunehmen«, sagte Art. »Mein Exchef William Fort würde an einer solchen Zusammenkunft sehr interessiert sein. Und alle Mitglieder von Praxis sind mit Neuerungen beschäftigt, die dir gefallen würden.«

»Dein *Ex*chef?«, fragte Maya.

»Sicher«, sagte Art mit leichtem Lächeln. »Jetzt bin ich mein eigener Chef.«

»Ich denke, dass du eher unser Gefangener bist«, erklärte Maya scharf.

»Wenn du von Anarchisten gefangengehalten wirst, ist das dasselbe, oder?«

Nadia und Nirgal lachten, aber Maya machte ein grimmiges Gesicht und wandte sich ab.

»Ich meine, ein Meeting wäre eine gute Idee«, sagte Nadia. »Wir haben Cojote zu lange allein das Netzwerk betreiben lassen.«

»Das habe ich gehört!«, rief Cojote vom Nachbartisch.

»Gefällt dir diese Idee nicht?«, fragte ihn Nadia.

Cojote zuckte die Achseln. »Wir müssen etwas tun, das ist zweifellos richtig. Sie wissen jetzt, dass wir hier unten sind.«

Das löste ein nachdenkliches Schweigen aus.

Nadia sagte zu Art: »Ich fahre in der nächsten Woche nach Norden. Wenn du willst, kannst du mitkommen. Du auch, Nirgal, wenn du Lust hast. Ich werde eine Menge Zufluchtsstätten besuchen, und wir können mit ihnen über eine Versammlung sprechen.«

»Sicher«, sagte Art mit erfreuter Miene. Und Nirgals Geist raste los, als er an die Möglichkeiten dachte. Dass er wieder in Gamete war, machte einen schlafenden Teil seines Geistes wieder lebendig, und er sah deutlich die zwei Welten als eine einzige. Weiß und Grün, in zwei verschiedene Dimensionen gespalten, durchdrangen einander – wie der Untergrund und die Oberflächenwelt, unbeholfen in der Demimonde vereint. Eine abseitige Welt …

Also fuhren Art und Nirgal mit Nadia zusammen in der nächsten Woche nach Norden. Wegen Sax' Verhaftung wollte Nadia nicht riskieren, in einer offenen Stadt entlang ihres Weges zu bleiben, und schien noch nicht einmal den anderen versteckten Zufluchtsstätten zu trauen. Sie gehörte zu den Konservativsten unter den Alten, was die Geheimhaltung betraf. Während der Jahre des Verstecktseins hatte sie wie Cojote ein ganzes System eigener Schutzräume angelegt; und jetzt fuhren sie von einem zum nächsten, verbrachten die kurzen Tage mit Schlafen und Abwarten in relativem Komfort. Während der Wintertage konnten sie nicht fahren, weil die Nebelkappe dünner und kleiner geworden war; und in diesem Jahr war sie oft nicht mehr als ein leichter Dunst oder niedriges flockiges Gewölk, das über das raue hügelige Land wirbelte. Eines Morgens fuhren sie nach zehn Uhr im Nebel einen unebenen Steilhang hinunter, und Nadia erklärte, dass Ann ihn als den Rest eines früheren Chasma Australe identifiziert hätte. »Sie sagt, es gibt hier unten buchstäblich Dutzende fossile Chasma Australes, die zu früheren Zeiten im Zyklus der Präzession in unterschiedlichen Winkeln eingeschnitten wurden.« Und der Nebel verzog sich, sodass sie plötzlich viele Kilometer weit sehen konnten, bis hin zu den gezackten Eiswänden an der Mündung des jetzigen Chasma Australe, das in der Ferne schimmerte. Sie waren bloßgestellt. Dann schlossen sich die Wolken wieder über ihnen und hüllten sie in düsteres fließendes Weiß, als führen sie in einem Schneesturm, in dem die Flocken so fein waren, dass sie der Schwerkraft trotzten und ständig in der Schwebe dahingetrieben wurden.

Nadia verabscheute diese Art von Enthüllung, wie kurz sie auch sein mochte, und fuhr daher fort, sich tagsüber zu verstecken. Sie blickten aus den kleinen Fenstern ihrer Schutzräume auf wirbelnde Wolken, die manchmal das Licht in funkelnden Strahlen durchließen, so hell, dass es mitunter schmerzte. Sonnenstrahlen brachen durch Wolkenlücken und trafen die langen Ketten und Grate des blendend weißen Landes. Einmal erlebten sie sogar eine volle Schneeblindheit, in der alle Schatten verschwanden. Eine reinweiße Welt, in der nicht einmal der Horizont zu sehen war.

An anderen Tagen warfen Eisbögen blass pastellfarbene Kurven auf das intensive Weiß; und als die Sonne einmal tief über dem Land durchbrach, war sie von einem ebenso hellen Ring umgeben. Die Landschaft flammte bei diesem Schauspiel weiß auf, nicht gleichmäßig, sondern an Stellen, die sich in den unablässigen Winden rasch verschoben. Art lachte, als er das sah. Er freute sich ständig über die Eisblumen, die jetzt so groß waren wie Büsche und mit Nadeln und Fächern wie aus Spitze besetzt, die an den Ecken zusammenwuchsen, sodass an manchen Stellen der Boden völlig verschwand. Dann fuhren sie über eine knirschende Fläche aus Blütenblättern, die sie zu Hunderten unter ihren Rädern zerdrückten. Nach solchen Tagen waren die langen dunklen Nächte fast eine Erholung.

Die Tage vergingen, einer wie der nächste. Nirgal fand es sehr bequem, mit Art und Nadia zu reisen. Sie waren beide ausgeglichen, ruhig und lustig. Art war 51, Nadia 120 und Nirgal erst 12, was ungefähr 25 Erdjahren entsprach. Aber trotz der großen Altersunterschiede standen sie zueinander auf derselben Stufe. Nirgal konnte ihnen seine Ideen ungehindert vorstellen, und sie machten sich nie über ihn lustig, selbst wenn sie ihm Probleme aufzeigten. Und ihre Ideen fügten sich tatsächlich meistens recht gut zusammen. Sie waren in der politischen

Sprache des Mars gemäßigte grüne Assimiliationisten – Booneisten, wie Nadia es nannte. Und sie hatten ähnliche Temperamente, was Nirgal noch nie bei jemandem erlebt hatte, weder beim Rest seiner Familie in Gamete noch bei seinen Freunden in Sabishii.

Während sie allnächtlich plauderten, besuchten sie kurz einige der großen Zufluchtsstätten des Südens, stellten Art den Leuten dort vor und schnitten den Gedanken einer Zusammenkunft oder eines Kongresses an. Sie brachten Art in das bogdanovistische Vishniac und setzten ihn in Erstaunen über den gewaltigen Komplex, der tief in das Mohole eingelassen war – viel größer als jede andere Untergrundstadt. Arts große Augen waren so vielsagend wie Worte und erinnerten Nirgal deutlich an das Gefühl, das er gehabt hatte, als er mit Cojote zum ersten Mal dort gewesen war.

Die Bogdanovisten waren deutlich an einer Zusammenkunft interessiert, aber Mikhail Yangel, der einzige von Arkadys Kameraden, der 2061 überlebt hatte, fragte Art, was der langfristige Sinn eines solchen Meetings sein würde.

»Die Oberfläche wieder in Besitz zu nehmen.«

»Ich verstehe.« Mikhail machte große Augen. »Nun, ich bin sicher, dass ihr dafür unsere Unterstützung haben würdet. Die Leute fürchten sich, dieses Thema überhaupt zur Sprache zu bringen.«

»Sehr gut!«, sagte Nadia, als sie weiter nach Norden fuhren. »Wenn die Bogdanovisten ein Meeting befürworten, wird es wohl zustande kommen. Die meisten versteckten Zufluchtsstätten sind entweder bogdanovistisch oder stark von ihnen beeinflusst.«

Von Vishniac aus besuchten sie die Asyle um den Holmes-Krater herum, die als das »industrielle Herzland« des Untergrundes galten. Auch diese Kolonien waren meistens bogdanovistisch mit jeder Menge kleiner sozialer Variationen, beeinflusst durch frühe Sozialphilosophen auf dem Mars wie den Gefangenen Schnelling oder Hiroko oder Marina oder John Boone. Die frankophonen Utopisten in Prometheus hingegen hatten ihre Siedlung auf Ideen gegründet, die von Rousseau und Fourier bis Foucault und Nemy reichten – Feinheiten, die Nirgal bei seinem ersten Besuch entgangen waren. Derzeit wurden sie stark durch die Polynesier beeinflusst, die kürzlich auf dem Mars eingetroffen waren und deren große warme Kammern Palmen und flache Teiche beherbergten, sodass es Art mehr wie Tahiti als Paris vorkam.

In Prometheus stieß Jackie Boone zu ihnen, die dort von Freunden, die nach Süden reisten, zurückgelassen worden war. Sie wollte eigentlich direkt nach Gamete weiterfahren, war aber bereit, lieber mit Nadia zu reisen, als noch länger zu warten. Und Nadia nahm sie gerne mit. Als sie weiterfuhren, hatten sie Jackie dabei.

Die lässige Kameraderie des ersten Teils ihrer Reise verschwand. Jackie und Nirgal hatten sich in Sabishii mit ihrer Beziehung im üblichen ungeregelten und unbestimmten Zustand getrennt; und Nirgal missfiel es, dass das Wachstum seiner neuen Freundschaft unterbrochen wurde. Art war offenbar angetan von Jackies physischer Präsenz. Sie war größer als er und schwerer als Nirgal. Und Art beobachtete sie auf eine Weise, die er für verstohlen hielt, die alle anderen aber bemerkten, natürlich einschließlich Jackie selbst. Nadia rollte deswegen mit den Augen, und sie stritt sich mit Jackie über Kleinigkeiten, wie Schwestern. Als das wieder einmal der Fall gewesen war und Jackie und Nadia sich anderswo in einem von Nadias Verstecken befanden, flüsterte Art Nirgal zu: »Sie ist genau wie Maya! Kommt dir das nicht so vor? Die Stimme, das Gehabe ...«

Nirgal lachte. »Wenn du ihr das sagst, bringt sie dich um.«

»Ah!«, sagte Art und sah Nirgal von der Seite an. »Ihr beide seid also immer noch …?«

Nirgal zuckte die Achseln. In gewisser Weise war das interessant. Er hatte Art genug von seiner Beziehung zu Jackie erzählt, dass dieser wissen musste, dass es etwas Fundamentales zwischen ihnen gab. Jetzt war Jackie sich fast sicher, dass sie Art herumkriegen würde und ihn der Schar ihrer Günstlinge hinzufügen könnte, wie sie es mit Männern zu tun pflegte, die sie mochte oder für wichtig hielt. Sie hatte bis dahin noch nicht herausgefunden, wie wichtig Art war; aber danach würde sie auf ihre übliche Weise handeln – und was würde Art dann tun?

So war ihre Reise nicht mehr die gleiche. Jackie prägte den Dingen wie immer ihren Stempel auf. Sie stritt mit Nirgal und Nadia, sie machte sich beiläufig an Art heran, indem sie ihn gleichzeitig becircte und beurteilte, wie sie es bei neuen Bekanntschaften tat. Sie zog ihr Shirt aus, um sich in Nadias Schutzräumen mit einem Schwamm zu waschen, oder legte eine Hand auf seinen Arm, wenn sie ihm Fragen über die Erde stellte. Ein andermal ignorierte sie ihn völlig, versunken in ihrer eigenen Welt. Es war, als lebten sie mit einer großen Katze in dem Rover; einem Panther, der im Schoß schnurren mochte oder einen quer durchs Zimmer jagen konnte – alles mit vollendeter nervöser Grazie.

Ja, so war Jackie. Und dann war da ihr Lachen, das durch den Wagen ertönte, wenn Art oder Nadia etwas sagten. Und ihre Schönheit und ihr großer Enthusiasmus bei Diskussionen über die Lage auf dem Mars. Als sie herausfand, was sie auf dieser Reise vorhatten, war sie sofort begeistert. Das Leben bekam mehr Schwung, wenn sie da war, ohne Zweifel. Und Art hatte, obwohl er Stielaugen machte, wenn sie badete, eine verschmitzte Schärfe in seinem Lächeln, als genieße er ihre hypnotisierenden Aktivitäten, meinte Nirgal. Einmal erwischte er Art, wie er Nadia einen Blick zuwarf, der eindeutig belustigt war. Obwohl Art also Jackie recht gut leiden konnte und sie gern anschaute, schien er nicht hoffnungslos hingerissen zu sein. Das hing möglicherweise mit seiner Freundschaft mit Nirgal zusammen. Nirgal konnte nicht sicher sein, aber ihm gefiel das, weil es weder in Zygote noch in Sabishii sonderlich oft vorgekommen war.

Jackie ihrerseits schien geneigt, Art als einen Faktor in der Organisierung einer allgemeinen Versammlung abzuschreiben, als wollte sie das selbst übernehmen. Aber dann besuchten sie eine kleine neomarxistische Zufluchtsstätte im Mitchell-Gebirge (das nicht gebirgiger war als das des Südens; der Name war ein Relikt aus der Fernrohrzeit), und es stellte sich heraus, dass diese Neomarxisten mit der Stadt Bologna in Italien und mit der indischen Provinz Kerala in Verbindung standen – und mit den Praxis-Büros an beiden Orten. Also hatten sie mit Art eine Menge zu besprechen und offensichtlich ihre Freude daran. Am Ende des Besuches sagte einer von ihnen: »Es ist wundervoll, was du tust, Art. Du bist wie John Boone.«

Jackie riss den Kopf herum, um Art anzublicken, der verlegen den Kopf schüttelte. Sie sagte automatisch: »Nein, ist er nicht.«

Aber danach nahm sie ihn ernster. Nirgal konnte bloß lachen. Jede Erwähnung des Namens John Boone war für Jackie wie ein Zauberspruch. Wenn sie mit Nadia Johns Theorien diskutierten, konnte er ein bisschen verstehen, warum sie so empfand. Vieles von dem, was Boone für den Mars gewollt hatte, war höchst sinnvoll; und Nirgal hatte den Eindruck, dass insbesondere Sabishii ein boonescher Ort war. Aber für Jackie ging es über eine rationale Reaktion hinaus. Es hatte mit Kasei und Esther und Hiroko zu tun, sogar mit Peter – mit einem Komplex aus Gefühlen, die sie auf einer Ebene ansprachen wie nichts sonst.

Sie zogen weiter nach Norden, in Gebiete, die noch stärker zerklüftet waren als die, welche sie hinter sich gelassen hatten. Es war vulkanisches Land, wo zu der rauen Höhe des südlichen Gebirges noch die alten zerfallenen Gipfel von Australis Tholus und Amphitrites Patera hinzukamen. Diese beiden Vulkane hatten das Gelände mit ihren Lavaströmen geformt, und der schwärzliche Fels war zu grotesken Hügeln, Wellen und Strömen erstarrt. Einst hatten sich diese Ströme weißglühend über die Oberfläche ergossen. Und selbst jetzt noch, hart, schwarz und im Lauf der Zeiten abgetragen, war dieser flüssige Ursprung ganz deutlich erkennbar.

Am auffallendsten von diesen Lavaresten waren lange niedrige Hügelketten wie zu festem schwarzem Fels versteinerte Drachenschwänze. Sie schlängelten sich viele Kilometer weit über das Land. Oft verschwanden sie in beiden Richtungen über den Horizont und zwangen die Reisenden zu langen Umwegen. Diese Gesteinsrücken waren alte Lavakanäle. Der Fels, aus dem sie bestanden, hatte sich als härter erwiesen als das Land, das sie ursprünglich überschwemmt hatten. Und in den nachfolgenden Äonen war das Land abgetragen worden und hatte die schwarzen Hügel auf der Oberfläche zurückgelassen, ähnlich dem abgestürzten Aufzugskabel, nur viel größer.

Einer der Rücken in der Dorsa-Brevia-Region war kürzlich zu einem geheimen Asyl ausgebaut worden. So fuhr Nadia ihren Rover auf einem gewundenen Weg durch vorspringende Lavawülste und dann in eine geräumige Garage in der Seite des größten schwarzen Berges, den sie bis dahin gesehen hatten. Sie stiegen aus und wurden von einer kleinen Gruppe freundlicher Fremder empfangen, von denen Jackie einige schon kannte. In der Garage gab es keinen Hinweis darauf, dass die angrenzende Stadt sich irgendwie von anderen unterscheiden würde, die sie schon besucht hatten, und so gingen sie in eine große zylindrische Schleuse und zur anderen Tür wieder hinaus. Es war geradezu ein Schock, dass sich vor ihnen ein freier Raum befand, der offenbar das ganze Innere des Hügels einnahm. Dieser war nämlich hohl. Der leere Innenraum war grob zylindrisch, eine Röhre, die vielleicht hundert Meter vom Boden bis zur Decke maß, dreihundert Meter von Wand zu Wand, und sich so weit erstreckte, wie sie in beiden Richtungen sehen konnten. Arts Mund war wie ein Querschnitt des Tunnels. Er rief dauernd: »Wow, seht euch das an! Unglaublich!«

Viele der Gesteinsrücken waren hohl, wie ihre Gastgeber ihnen sagten. Es waren Lavatunnel, wie es sie auf der Erde gab; aber der übliche Sprung um zwei Größenordnungen galt auch hier. Diese Röhre war hundertmal so groß wie die größte irdische. Wie eine junge Frau namens Ariadne Art erklärte, hatten sich die Lavaströme, als sie noch flossen, an den Rändern abgekühlt und verhärtet. Danach war heiße Lava weiter durch den Ärmel geflossen, bis die Fluten aufgehört hatten. Und die restliche Lava hatte sich in einen Teich aus Feuer entleert und zylindrische Höhlen zurückgelassen, die bisweilen fünfzig Kilometer lang waren.

Der Boden dieses Tunnels war nahezu eben und jetzt bedeckt mit Häusern und Parks, Teichen und Hunderten junger Bäume, Bambus und Kiefern, die in Hainen gepflanzt waren. Lange Risse im Dach des Tunnels hatten als Basis für gefilterte Oberlichter aus geschichteten Materialien gedient, die dieselben visuellen und thermischen Merkmale hatten wie der restliche Bergrücken, aber in den Tunnel lange Streifen sonniger brauner Luft hineinließen, sodass selbst die dunkelsten Teile nur so trübe waren wie ein wolkiger Tag.

Der Tunnel von Dorsa Brevia war vierzig Kilometer lang, teilte Ariadne ihnen mit, als sie eine Treppe hinuntergingen, obwohl es auch Stellen gab, wo das Dach sich nach innen wölbte oder Lavapfropfen die Höhlung fast ausfüllten. »Wir haben natürlich nicht das ganze Ding abgedichtet. Es ist mehr, als wir brauchen, und auch mehr, als wir überhaupt warm und unter Druck halten könnten. Aber wir haben jetzt ungefähr zwölf Kilometer dichtgemacht, in Segmenten von je einem Kilometer Länge mit Schotts aus Zeltstoff dazwischen.«

»Unglaublich!«, sagte Art wieder. Nirgal war ebenso beeindruckt, und Nadia war sichtlich begeistert. Selbst Vishniac war nichts im Vergleich hierzu.

Jackie war schon am unteren Ende der langen Treppe, die von der Garagenschleuse zu einem Park führte. Als sie ihr folgten, sagte Art: »Jede Kolonie, zu der du mich bisher geführt hast, habe ich für die größte gehalten. Und ich habe mich immer geirrt. Warum verrätst du mir nicht einfach, ob die nächste so groß wie Hellas sein wird oder so?«

Nadia lachte. »Das ist die größte, die ich kenne. Die allergrößte!«

»Warum bleibt ihr alle in Gamete, wo es so kalt und düster ist? Würden nicht die Menschen aus allen Kolonien hier reinpassen?«

»Wir wollen nicht, dass alle an einer Stelle sind«, entgegnete sie. »Was diesen Ort hier betrifft, den hat es vor einigen Jahren noch gar nicht gegeben.«

Unten auf dem Boden des Tunnels schienen sie sich in einem Wald zu befinden, unter einem Himmel aus schwarzem Stein, der von langen gezackten hellen Spalten zerrissen war. Die vier Reisenden folgten einer Gruppe ihrer Gastgeber zu einem Gebäudekomplex mit dünnen Holzwänden und steilen, an den Ecken hochgebogenen Dächern. In einem davon wurden sie einer

Schar älterer Frauen und Männer in bunten, bauschigen Gewändern vorgestellt und zu einem gemeinsamen Essen eingeladen.

Dabei erfuhren sie mehr über die Kolonie, zumeist von Ariadne, die neben ihnen saß. Sie war durch die Nachkommen von Menschen erbaut und in Betrieb genommen worden, die sich in den 2050ern mit den Verschwundenen zusammengetan hatten. Sie hatten die Städte verlassen und in dieser Gegend kleine Refugien besiedelt, unterstützt durch die Sabishiianer. Sie waren von Hirokos Areophanie stark beeinflusst, und ihre Gesellschaft wurde von manchen als Matriarchat bezeichnet. Sie hatten alte matriarchalische Kulturen studiert und einige ihrer Bräuche auf die alte minoische Kultur und die nordamerikanischen Hopi gegründet. Darum verehrten sie eine Göttin, die das Leben auf dem Mars repräsentierte, eine Art Personifikation von Hirokos *viriditas* oder eine Vergöttlichung von Hiroko selbst. Der Sitte gemäß gehörte der Haushalt der Frau des Hauses und wurde von ihr an die jüngste Tochter weitergegeben; Ultimogenitur, wie Ariadne es nannte, ein Brauch der Hopi. Und wie bei den Hopi zogen die Männer bei der Heirat in die Häuser der Frauen.

»Gefällt das den Männern?«, wollte Art wissen.

Ariadne lachte über seine Miene. »Es gibt nichts, was Männer glücklicher macht als glückliche Frauen. Das ist ein Sprichwort bei uns.« Und sie warf Art einen Blick zu, der ihn über die Bank zu ihr hinzuziehen schien.

»Klingt sinnvoll«, sagte Art.

»Wir alle teilen uns die Arbeit – Verlängerung der Tunnelsegmente, Landwirtschaft, Kindererziehung, alles, was getan werden muss. Jede und jeder versucht, sich nicht nur in seiner Spezialisierung auszuzeichnen. Das ist eine Sitte, die vermutlich von den Ersten Hundert und von den Sabishiianern stammt.«

Art nickte. »Und wie viele seid ihr hier?«

»Derzeit etwa viertausend.«

Art stieß überrascht einen Pfiff aus.

An diesem Nachmittag wurden sie im Tunnel durch einige Kilometer ausgebauter Segmente geführt, viele davon bewaldet und alle mit einem großen Fluss, der den Tunnelboden entlangströmte und sich in einigen Segmenten zu großen Teichen verbreiterte. Als Ariadne sie wieder zu der ersten Kammer zurückbrachte, die den Namen Zakros trug, erschienen fast tausend Personen zu einem Essen im Freien im größten Park. Nirgal und Art gingen herum, sprachen mit den Leuten und genossen ein schlichtes Mahl aus Brot, Salat und gebratenem Fisch. Die Menschen hier schienen der Idee eines Untergrundkongresses zugänglich zu sein. Sie hatten vor Jahren etwas Ähnliches versucht, aber damals nicht viel Anklang gefunden – aber sie hatten Listen der Zufluchtsstätten in der Region. Jetzt sagte eine der älteren Frauen gewichtig, dass sie gern die Gastgeber sein würden, weil sie genügend Platz hatten, um eine große Zahl an Gästen zu beherbergen und zu versorgen.

»Oh, das wäre wundervoll!«, rief Art mit einem Blick auf Ariadne aus.

Später stimmte auch Nadia zu und sagte: »Das wäre sehr hilfreich. Viele Leute werden sich der Idee einer Zusammenkunft widersetzen, weil sie argwöhnen, die Ersten Hundert würden versuchen, die Leitung des Untergrundes zu übernehmen. Wenn die Veranstaltung aber hier abgehalten wird und die Bogdanovisten dahinterstehen ...«

Als Jackie hinzukam und von dem Angebot hörte, drückte sie Art an sich. »Oh, dann wird es stattfinden! Das ist genau das, was John Boone gemacht hätte. Es ist wie das Meeting, das er auf Olympus Mons einberufen hat.«

Sie verließen Dorsa Brevia und wandten sich auf der Ostseite des Hellas-Beckens wieder nach Norden. Während der Nächte dieser Fahrt holte Jackie oft John Boones KI Pauline hervor, die sie studiert und katalogisiert hatte. Sie spielte Ausschnitte seiner Gedanken über einen unabhängigen Staat ab. Diese waren ungeordnet und weitschweifig – Überlegungen eines Mannes mit mehr Enthusiasmus (und Omegendorph) als analytischer Begabung. Aber manchmal hatte er einen Lauf und improvisierte in der Art seiner berühmten Reden. Und das konnte faszinierend sein. Er hatte ein Geschick für freie Assoziationen, durch die seine Ideen wie eine logische Folge klangen, auch wenn sie es nicht waren.

»Hört nur, wie oft er über die Schweizer spricht!«, sagte Jackie. Sie klang wie John, stellte Nirgal plötzlich fest. Sie hatte sich lange und ausgiebig mit Pauline beschäftigt, und ihr Verhalten war davon beeinflusst. Johns Stimme, Mayas Wesen – so trugen sie die Vergangenheit in sich. »Wir müssen uns vergewissern, dass Schweizer an dem Kongress teilnehmen.«

»Wir haben Jurgen und die Gruppe in Overhangs«, sagte Nadia.

»Aber die sind doch nicht wirklich so schweizerisch?«

»Das musst du sie fragen«, meinte Nadia. »Aber wenn du an Schweizer Beamte denkst, davon gibt es eine Menge in Burroughs, und die haben uns hier geholfen, ohne je mit uns gesprochen zu haben. Etwa fünfzig von uns haben jetzt Schweizer Pässe. Sie sind ein großer Teil der Demimonde.«

»Wie Praxis«, fügte Art hinzu.

»Ja ja. Jedenfalls werden wir mit der Gruppe in Overhangs sprechen. Die dürften Kontakte mit den Schweizern an der Oberfläche haben, da bin ich sicher.«

Nordöstlich des Vulkans Hadriaca Patera besuchten sie eine Stadt, die von Sufis gegründet worden war. Die Originalstruktur war in die Seite einer Canyonklippe eingebaut, quasi eine Hightech-Mesa-Verde. Eine dünne Reihe von Gebäuden, die an Stellen eingefügt waren, wo der imposante Überhang der Klippe zurückzuweichen und sich auf den Boden des Canyons hinabzusenken begann. Steile Treppen in Röhren verliefen von dem unteren Hang zu einer kleinen Betongarage; und um diese herum war eine Anzahl von Blasenkuppeln und Gewächshäusern entstanden. In diesen Kuppeln lebten Leute, die bei den Sufis studierten. Einige kamen von den Zufluchtsstätten, einige aus den Städten des Nordens. Viele waren Eingeborene, aber es gab auch manche, die neu von der Erde angekommen waren. Zusammen hofften sie, den ganzen Canyon zu überdachen, unter Verwendung des Materials, das für das neue Aufzugskabel entwickelt worden war, um dem schweren Zeltmaterial standzuhalten.

Nadia wurde sofort bei den Diskussionen der Konstruktionsprobleme, die bei einem solchen Projekt auftreten würden, hinzugezogen, die, wie sie ihnen vergnügt sagte, mannigfach und kompliziert sein würden. Ironischerweise machte die dicker werdende Atmosphäre alle Kuppelprojekte schwieriger, weil die Kuppeln sich nicht mehr durch den Luftdruck unter ihnen so stark selbst trugen wie früher. Und obwohl die extrem zugfesten und außerordentlich belastbaren neuen Karbonverbindungen mehr als genug tragen würden, wären Ankerpunkte, die solche Gewichte halten konnten, fast unmöglich zu finden. Aber die Ingenieure vor Ort waren zuversichtlich, dass leichtere Zeltstoffe und neue Verankerungsverfahren helfen könnten; und die Wände des Canyons, sagten sie, wären solide. Sie befanden sich im oberen Bereich von Reull Vallis, und alte Minierungen waren bis auf sehr hartes Material eingedrungen. Gute Ankerpunkte sollte es überall geben.

Es wurde kein Versuch gemacht, irgendeine dieser Aktivitäten vor der Satellitenbeobachtung zu verheimlichen. Die runde Mesawohnstätte der Sufis in Margaritifer und deren Hauptsiedlung im Süden, Rumi, waren ebenso unverborgen. Dennoch waren sie nie irgendwie von irgendwem belästigt noch von der Übergangsbehörde kontaktiert worden. Deshalb dachte einer ihrer Anführer, ein kleiner schwarzer Mann namens Dhu el-Nun, dass die Angst des Untergrundes übertrieben wäre. Nadia widersprach höflich. Als Nirgal sie in die Enge trieb, sah sie ihn fest an. »Sie jagen die Ersten Hundert.«

Er dachte darüber nach, während die Sufis sie durch die Treppenrohre zu ihrer Klippenwohnung hinaufführten. Sie waren schon vor der Morgendämmerung angekommen, und Dhu hatte die Besucher alle nach oben auf die Klippe zu einem Willkommensfrühstück eingeladen. Also folgten sie den Sufis und setzten sich an einem großen Tisch in einem langen Raum, dessen Außenwand ein durchgehendes großes Fenster mit Blick auf den Canyon war. Die Sufis waren weiß gekleidet, während die Leute aus den Kuppeln im Canyon gewöhnliche Overalls trugen, meistens rostfarben. Die Menschen gossen sich gegenseitig Wasser ein und unterhielten sich beim Essen. »Du bist auf deiner *tariqat*«, sagte Dhu el-Nun zu Nirgal. Er erklärte, dass das der spirituelle Weg eines Menschen sei, sein Pfad zur Realität. Nirgal nickte, erschüttert durch die Genauigkeit dieser Definition. Genau so war ihm das Leben immer vorgekommen. »Du musst dich glücklich fühlen«, erwiderte Dhu. »Du musst achtgeben.«

Nach einer Mahlzeit aus Brot, Erdbeeren und Yoghurt und schlammig dickem Kaffee wurden die Tische und Stühle weggeräumt, und die Sufis tanzten eine *sema* oder Wirbeltanz. Sie rezitierten und sangen zur Musik eines Harfenisten und einiger Trommler und dem Gesang der Canyonbewohner. Wenn die Tänzer an ihren Gästen vorbeikamen, legten sie ihre Handflächen ganz sanft an deren Wangen. Die Berührungen waren so leicht wie das Vorbeistreifen eines Flügels. Nirgal schaute zu Art in der Erwartung, dass er Stielaugen machen würde wie gewöhnlich bei den mannigfachen Phänomenen des Lebens auf dem Mars; aber der lächelte vielsagend und schlug Zeigefinger und Daumen zusammen im Rhythmus des Taktes und sang mit den anderen. Und am Ende des Tanzes trat er vor und rezitierte etwas in einer Fremdsprache, woraufhin die Sufis lächelten und ihm danach laut applaudierten.

»Einige meiner Lehrer in Teheran waren Sufis«, erklärte er Nirgal, Nadia und Jackie. »Sie waren ein großer Teil der sogenannten Persischen Renaissance.«

»Und was hast du rezitiert?«, fragte Nirgal.

»Ein persisches Gedicht von Jalaluddin Rumi, dem Meister der tanzenden Derwische. Ich kenne die Übersetzung nicht sehr gut:

›Ich starb als Stein und wurde eine Pflanze
Ich starb als Pflanze und erhob mich als Tier
Ich starb als Tier und wurde Mensch –
Warum sollte ich mich fürchten? Wann wurde ich je
    weniger im Tod?‹

Ach, ich kann mich an den Rest nicht erinnern. Aber manche dieser alten Sufis waren gute Ingenieure.«

»Es wäre gut, wenn die hier das auch wären«, sagte Nadia und deutete mit einem Kopfnicken auf die Leute, mit denen sie über die Überkuppelung des Canyons gesprochen hatte.

Auf jeden Fall zeigten sich die Sufis hier sehr begeistert hinsichtlich der Idee eines Untergrundkongresses. Ihre Religion sei synkretistisch, erklärten sie. Sie hatte manche Elemente nicht nur aus den verschiedenen Formen und Nationalitäten des Islams entlehnt, sondern auch von den älteren asiatischen Religionen, denen der Islam begegnet war, und auch von neueren wie den Baha'i. Hier würde man etwas ähnlich Flexibles brauchen, meinten sie. Ihre Konzeption des Schenkens hatte sich schon im ganzen Untergrund als einflussreich erwiesen, und einige ihrer Theoretiker arbeiteten mit Vlad und Marina an der Öko-Ökonomie. Als der Morgen verstrich, sie auf den spätwinterlichen Sonnenaufgang warteten und über den dunklen Canyon nach Osten schauten, machten sie sehr rasch einige praktische Vorschläge bezüglich des Treffens. Dhu sagte ihnen: »Ihr solltet so bald wie möglich zu den Beduinen und den anderen Arabern gehen. Die stehen in der Liste der Befragten nicht gerne unten.«

Dann erhellte sich der Osthimmel sehr langsam von dunklem Pflaumenblau zu Lavendel. Die gegenüberliegende Klippe war niedriger als die, auf der sie standen, darum konnten sie über das dunkle Plateau einige Kilometer weit nach Osten blicken, bis zu einer niedrigen Hügelkette, die den Horizont bildete. Die Sufis deuteten auf den Spalt in den Hügeln, wo die Sonne aufsteigen würde. Einige begannen wieder zu singen. »In Elysium gibt es eine Gruppe Sufis, die unsere Wurzeln im Mithraismus und Zoroastrismus erforschen«, berichtete Dhu. »Manche sagen, es gäbe jetzt Mithraisten auf dem Mars, die Ahura Mazda, die Sonne, verehren. Sie halten die Soletta für religiöse Kunst wie ein Glasfenster in einer Kathedrale.«

Als der Himmel intensiv rosa war, sammelten sich die Sufis um ihre vier Gäste und schoben sie sanft in eine bestimmte Anordnung vor den Fenstern: Nirgal dicht bei Jackie, Nadia und Art hinter ihnen. »Heute seid ihr unser buntes Glas«, sagte

Dhu ruhig. Hände erhoben Nirgals Unterarm, bis er den von Jackie berührte und er ihn ergriff. Sie wechselten einen raschen Blick und schauten dann nach vorn auf die Berge am Horizont. Art und Nadia hielten sich ebenso an den Händen, und ihre freien Hände wurden auf Nirgals und Jackies Schultern gelegt. Der Gesang um sie herum wurde lauter. Der Chor der Stimmen intonierte Worte in Farsi. Die langen wohltönenden Vokale zogen sich endlose Minuten lang hin.

Und dann stieß die Sonne über den Horizont, und eine Fontäne aus Licht explodierte über dem Land, strömte in das weite Fenster und über sie, sodass sie blinzeln mussten und ihre Augen tränten. Durch die Soletta und die dicker werdende Atmosphäre war die Sonne sichtlich größer als in der Vergangenheit, bronzefarben und gestaucht schimmerte sie durch die verschiedenen Inversionsschichten. Jackie drückte Nirgals Hand fest, und er schaute sich impulsiv um. Auf der weißen Wand bildeten alle ihre Schatten eine Art zusammenhängender Tapete, schwarz auf weiß. Und bei der Intensität des Lichts war das ihre Schatten unmittelbar umgebende Weiß am hellsten, nur leicht getönt durch die Farben des Regenbogens, der sie alle umfing.

Als sie aufbrachen, folgten sie dem Rat der Sufis und wählten das Lyell-Mohole als Ziel, eines der vier auf 70° südlicher Breite liegenden Moholes. In diesem Gebiet hatten die Beduinen aus Westägypten einige Karawansereien eingerichtet, und Nadia kannte einen ihrer Führer. Also beschlossen sie, es zu versuchen und ihn zu finden.

Während sie fuhren, dachte Nirgal intensiv über die Sufis nach und darüber, was ihre einflussreiche Präsenz über den Untergrund und die Demimonde aussagte. Die Menschen hatten die Oberfläche aus vielen verschiedenen Gründen verlassen, und es war wichtig, das im Hinterkopf zu behalten. Sie alle hatten alles aufgegeben und ihr Leben riskiert. Aber sie hatten damit ganz unterschiedliche Ziele verfolgt. Manche hofften, radikal neue Kulturen zu schaffen wie in Zygote oder Dorsa Brevia oder den Sanktuarien der Bogdanovisten. Andere wie die Sufis wollten an alten Kulturen festhalten, die sie in der globalen Ordnung der Erde bedroht sahen. Jetzt waren all diese Teile des Widerstandes im südlichen Hochland verstreut und vermischt, aber dennoch getrennt. Es gab keinen offensichtlichen Grund, warum sie eine Vereinigung anstreben sollten. Viele von ihnen hatten sich insbesondere darum bemüht, von den herrschenden Mächten loszukommen – Transnationalen, dem Westen, Amerika, dem Kapitalismus –, allen Machtsystemen mit Totalitätsanspruch. Gerade von zentralen Systemen hatten sie weite Distanz gewinnen wollen. Schlechte Aussichten für Arts Plan; und als Nirgal diese Besorgnis äußerte, stimmte ihm Nadia zu. »Du bist Amerikaner, das ist ein Problem für uns.« Art machte große Augen. Aber dann fuhr Nadia fort: »Nun, Amerika gilt auch als Schmelztiegel. Menschen von überall her konnten kommen und ein Teil Amerikas werden. Zumindest in der Theorie. Davon können wir etwas lernen.«

»Das Ergebnis, zu dem Boone schließlich kam, war, dass es nicht möglich ist, eine Marskultur von Grund auf zu erfinden«, sagte Jackie. »Er meinte, sie sollte eine Mischung des Besten von jedem sein, der hierhergekommen ist. Das ist der Unterschied zwischen Booneisten und Bogdanovisten.«

»Ja«, sagte Nadia stirnrunzelnd. »Aber ich denke, die sind beide im Unrecht. Ich glaube nicht, dass wir eine Kultur von Anfang an erfinden können; und ich glaube nicht, dass es ein Gemisch geben wird. Zumindest nicht langfristig. In der Zwischenzeit wird es eine Menge koexistierender verschiedener Kulturen geben, denke ich. Aber ob so etwas überhaupt möglich ist …«

Sie zuckte die Achseln.

Die Probleme, denen sie sich bei einem Kongress würden stellen müssen, gewannen Gestalt bei ihrem Besuch in der Karawanserei der Beduinen. Diese Beduinen beuteten die Gegend weit südlich zwischen den Kratern Dana und Lyell, den Sisyphi Cavi und Dorsa Argentea aus. Sie fuhren in mobilen Abbaufabriken herum wie die, die sie auf dem Großen Steilhang entwickelt hatten und jetzt allgemein üblich waren. Sie schürften Lagerstätten an der Oberfläche und zogen dann weiter. Die Karawanserei war bloß eine kleine Kuppel, die wie eine Oase an Ort und Stelle gelassen wurde, um in Notfällen benutzt zu werden oder wenn sie sich ausruhen wollten.

Niemand hätte einen größeren Kontrast zu den ätherischen Sufis bilden können als die Beduinen. Diese zurückhaltenden unsentimentalen Araber trugen moderne Overalls und schienen in der Mehrzahl männlich zu sein. Als die Reisenden dort ankamen, war eine Bergbaukarawane gerade dabei aufzubrechen; und als sie hörten, was die Reisenden besprechen wollten, machten sie ein mürrisches Gesicht und fuhren trotzdem. »Noch mehr Booneismus. Damit wollen wir nichts zu tun haben.«

Die Reisenden aßen mit einer Gruppe Männer in dem größten in der Karawanserei verbliebenen Rover. Frauen erschienen durch ein Rohr zum nächsten Wagen, um das Essen zu servieren. Jackie sah mit einer finsteren Miene zu, die Mayas hätte sein können. Als einer der jüngeren Araber, der neben ihr saß, ein Gespräch in Gang zu bringen versuchte, machte sie es ihm nicht leicht. Nirgal unterdrückte ein Lächeln und wandte sich Nadia und einem alten Bedu namens Zeyk zu, dem Anführer dieser Gruppe, den Nadia kannte. Er sagte freundlich: »Ach, die Sufis. Niemand belästigt die, weil sie offensichtlich harmlos sind. Wie Vögel.«

Später beim Essen erwärmte Jackie sich natürlich für den jungen Araber, weil er ein ausnehmend hübscher Mann war, mit langen dunklen Wimpern, die klare braune Augen säumten, einer Adlernase, vollen roten Lippen, einem scharfen Kinn und einer leichten vertraulichen Art, die durch Jackies Schönheit nicht eingeschüchtert zu sein schien, die der seinen in gewisser Hinsicht ähnlich war. Sein Name war Antar, und er entstammte einer bedeutenden Bedu-Familie. Art, der ihnen an dem niedrigen Tisch gegenübersaß, schien über diese sich entwickelnde Freundschaft entsetzt zu sein; aber Nirgal hatte das nach ihren Jahren in Sabishii noch eher als Jackie kommen sehen, und es bereitete ihm auf eigenartige Weise fast Vergnügen, Jackie bei der Arbeit zu sehen. Es war wirklich ein eindrucksvoller Anblick – sie, die stolze Tochter der größten Matriarchie seit Atlantis, und Antar, der stolze Erbe des extremsten Patriarchats auf dem Mars, ein junger Mann mit so vollkommener Grazie und einem Gebaren, als wäre er der König der Welt.

Nach dem Essen verschwanden die beiden. Nirgal lehnte sich fast ohne schmerzliche Empfindungen zurück und plauderte mit Nadia, Art, Zeyk und Zeyks Frau Nazik, die zu ihnen gekommen war. Zeyk und Nazik waren Oldtimer auf dem Mars, die John Boone persönlich gekannt hatten und mit Frank Chalmers befreundet gewesen waren. Im Gegensatz zu der Vorhersage der Sufis standen sie der Idee eines Kongresses wohlwollend gegenüber und stimmten zu, dass Dorsa Brevia ein guter Ort dafür sein würde.

»Was wir brauchen, ist Gleichheit ohne Gleichförmigkeit«, sagte Zeyk an einer Stelle und zwinkerte ernsthaft bei der Wahl dieser Worte. Das kam dem nahe genug, was Nadia auf der Fahrt gesagt hatte, dass es Nirgals Aufmerksamkeit in besonderem Maße fesselte. »Es ist kein leichtes Unterfangen, das zu arrangieren, aber wir müssen es versuchen und Streit vermeiden. Ich werde eure Idee in der arabischen Gemeinschaft verbreiten. Oder mindestens bei den Beduinen. Im Norden gibt es Araber, die sich sehr stark mit den Transnationalen, speziell Amexx, eingelassen haben. Alle afrikanisch-arabischen Länder fallen an Amexx, eines nach dem anderen. Eine sehr seltsame Kombination. Aber Geld …« Er rieb die Finger aneinander. »Ihr wisst schon. Jedenfalls werden wir uns mit unseren Freunden in Verbindung setzen. Und die Sufis werden uns helfen. Sie sind dabei, hier unten die Mullahs zu werden, und den Mullahs gefällt das nicht, aber mir.«

Andere Entwicklungen machten ihm Sorgen. »Armscor hat die Schwarzmeergruppe übernommen, und das ist eine sehr schlimme Kombination – alte Afrikanerführung und Sicherheitsorgane aus allen Mitgliedstaaten, die meisten Polizeistaaten – Ukraine, Georgien, Moldawien, Aserbeidschan, Armenien, Bulgarien, Türkei, Rumänien.« Er zählte sie an den Fingern ab und rümpfte die Nase. »Denkt mal über diese Geschichten nach! Und sie haben auf dem Großen Steilhang Basen errichtet, praktisch ein Band um den ganzen Mars. Und sie halten fest zur Übergangsbehörde.« Er schüttelte den Kopf. »Die werden uns zerschmettern, wenn sie können.«

Nadia nickte zustimmend, und Art, der von dieser Aussage überrascht zu sein schien, bombardierte Zeyk mit hundert Fragen.

Einmal sagte er: »Ihr verbergt euch aber nicht.«

»Wir haben Verstecke, wenn wir sie brauchen«, sagte Zeyk. »Und wir sind bereit zu kämpfen.«

»Glaubst du, dass es dazu kommen wird?«, fragte Art.

»Ich bin mir sicher.«

Viel später, nach etlichen weiteren Tässchen schlammigen Kaffees, sprachen Zeyk, Nazik und Nadia über Frank Chalmers. Alle drei lächelten dabei besonders wohlwollend. Nirgal und Art hörten zu; aber es war schwer, von diesem Mann eine Vorstellung zu bekommen, der schon tot gewesen war, lange bevor Nirgal geboren wurde. Es war wirklich ein schockierender Gedanke, wie alt die *Issei* waren und dass er selbst eine solche Gestalt nur durch Videos kennengelernt hatte. Schließlich platzte Art heraus: »Aber wie war er eigentlich?«

Die drei Alten dachten darüber nach.

Zeyk sagte langsam: »Er war ein zorniger Mann. Er hat allerdings den Arabern zugehört und uns respektiert. Er hat einige Zeit bei uns gelebt und unsere Sprache erlernt. Es gibt nur wenige Amerikaner, die das je getan haben. Und deswegen haben wir ihn geliebt. Aber er war nicht leicht zugänglich. Und er war zornig. Ich weiß nicht, warum. Etwas in seinen Jahren auf der Erde, vermute ich. Er hat nie darüber gesprochen. Er hat überhaupt nie über sich selbst gesprochen. Aber in ihm steckte ein Gyroskop, das sich wie ein Pulsar drehte. Und er hatte finstere Stimmungen. Sehr finstere. Wir haben ihn in Erkundungsrovern hinausgeschickt, um zu sehen, ob er sich selbst helfen kann. Das klappte nicht immer. Ab und zu hat er uns beschimpft, obwohl er unser Gast war.« Zeyk lächelte bei der Erinnerung. »Einmal hat er uns Sklavenhalter genannt – direkt ins Gesicht beim Kaffee.«

»Sklavenhalter?«

Zeyk machte eine Handbewegung. »Er war wütend.«

»Er hat uns am Ende gerettet«, sagte Nadia zu Zeyk, aus tiefen Gedanken erwachend. »Das war '61.« Sie erzählte ihnen von der langen Fahrt die Valles Marineris hinunter, die zu der gleichen Zeit stattfand, als der Ausbruch des Compton-Reservoirs den großen Canyon überschwemmte und wie die Flut, als sie sie fast hinter sich gelassen hatten, Frank erfasst und davongerissen hatte. »Er war draußen und versuchte, den Rover, der sich auf einem Felsen festgefahren hatte, zu befreien, und wenn er nicht so rasch gehandelt hätte, wäre der ganze Wagen verloren gewesen.«

»Oh«, sagte Zeyk, »ein glücklicher Tod.«

»Ich glaube nicht, dass er so gedacht hat.«

Die *Issei* lachten alle kurz, griffen dann zu ihren leeren Tassen und brachten einen kleinen Toast auf ihren verstorbenen Freund aus. »Ich vermisse ihn«, sagte Nadia, als sie ihre Tasse absetzte. »Ich hätte nie gedacht, dass ich das mal sagen würde.«

Sie verstummte, und Nirgal, der sie ansah, hatte das Gefühl, als umfinge die Nacht sie, versteckte sie. Er hatte sie nie über Frank Chalmers sprechen hören. Eine Menge ihrer Freunde waren in der Revolte gestorben. Auch ihr Partner Bogdanov, dem immer noch so viele Menschen folgten.

»Wütend bis zum Ende«, sagte Zeyk. »Für Frank ein glücklicher Tod.«

Von Lyell aus bewegten sie sich weiter entgegen dem Uhrzeigersinn um den Südpol, machten bei Kolonien oder Kuppelstädten halt und tauschten Neuigkeiten und Waren aus. Christianopolis war die größte Zeltstadt in der Region, Handelszentrum für alle kleineren Siedlungen südlich von Argyre. Die Zufluchtsstätten in der Gegend waren meistens von Roten besiedelt. Nadia bat alle Roten, die sie trafen, Ann Clayborne die Nachricht über den Kongress zu überbringen. »Eigentlich sollten wir eine Telefonverbindung haben, aber sie antwortet mir nicht.« Viele der Roten hielten das Meeting eindeutig für eine schlechte Idee oder zumindest Zeitvergeudung. Südlich vom Schmidt-Krater hielten sie bei einer Siedlung von Bologna-Kommunisten, die in einem ausgehöhlten Berg lebten, orientierungslos in einer der unwegsamsten Zonen der südlichen Hochlande; einer Region, in der das Reisen sehr schwierig war wegen der vielen wandernden Grate und Gräben, die Rover nicht bewältigen konnten. Die Bologneser gaben ihnen eine Karte, in der Tunnel und Aufzüge verzeichnet waren, die sie in der Gegend installiert hatten, um die Gräben zu passieren oder auf Grate hinauf- und wieder herunterzukommen. »Wenn wir die nicht hätten, würden unsere Ausflüge nur aus Umwegen bestehen.«

Nahe einem dieser verborgenen Grabentunnel war eine kleine Kolonie von Polynesiern, die in einem kurzen Lavatunnel lebten, dessen Boden sie mit Wasser und drei Inseln versehen hatten. Der Graben war auf seiner Südseite hoch mit Eis und Schnee bedeckt. Aber die Polynesier, von denen die meisten von der Insel Vanuatu stammten, hielten das Innere ihres Asyls auf ihnen angenehmen Temperaturen; und Nirgal fand die Luft so heiß und feucht, dass sie schwer zu atmen war, selbst wenn man bloß auf einer Sandbank zwischen einem schwarzen Teich und einer Reihe geneigter Palmen saß. Bestimmt, dachte er, als er sich umschaute, konnte man die Polynesier zu denen rechnen, die eine Kultur zu schaffen suchten, die einige Aspekte der ihrer archaischen Vorfahren verwirklichte. Es zeigte sich auch, dass sie sich mit primitiven Regierungsformen in der Geschichte der Erde beschäftigt hatten. Sie waren begeistert von der Idee, das, was sie in diesen Studien gelernt hatten, bei dem Kongress mitzuteilen. Darum war es kein Problem, ihre Zustimmung zur Teilnahme zu erhalten.

Um die Idee des Kongresses zu feiern, hatten sie sich am Strand zu einem Fest versammelt. Art, der zwischen Jackie und einer polynesischen Schönheit namens Tanna saß, strahlte entzückt, während er an einer Kokosnussschale mit Kava nippte. Nirgal lag vor ihnen ausgestreckt im Sand und hörte zu, wie

Jackie und Tanna lebhaft über das sprachen, was Tanna als Eingeborenenbewegung bezeichnete. Das war, erklärte sie, nicht einfache Nostalgie, ein Streben zurück in die Vergangenheit, sondern vielmehr ein Versuch, neue Kulturen zu erfinden, die Aspekte früherer Zivilisationen in die Hightech-Formen des Mars integrierten. »Der Untergrund ist selbst wie Polynesien«, meinte Tanna. »Kleine Inseln in einem großen Ozean aus Stein. Einige davon stehen in den Karten, andere nicht. Und eines Tages wird es ein richtiger Ozean sein, und wir werden draußen auf den Inseln leben und unter dem Himmel gedeihen.«

»Darauf trinke ich«, sagte Art und tat es. Ein Teil der archaischen polynesischen Kultur, den sie, wie Art offenbar hoffte, integrieren würden, war ihre berühmte sexuelle Freundlichkeit. Aber Jackie machte die Dinge auf geschickte Art kompliziert, indem sie sich an Arts Arm lehnte, entweder um ihn aufzureizen oder mit Tanna zu konkurrieren. Art sah glücklich, aber besorgt aus. Er hatte seine Schale mit dem giftigen Kava ziemlich rasch geleert und schien zwischen den zwei Frauen in einer wonnigen Konfusion zu stecken. Nirgal hätte beinahe laut gelacht. Es schien möglich, dass auch einige andere der jungen Frauen beim Fest daran interessiert sein könnten, ihn an der archaischen Weisheit teilhaben zu lassen – nach ihren auf ihn gerichteten Blicken zu schließen. Andererseits könnte Jackie aufhören, Art zu reizen. Das war egal. Es dürfte eine lange Nacht werden, und der kleine Tunnelozean von Neu-Vanuatu war so warm wie die alten Bäder in Zygote. Nadia war schon da draußen und schwamm in dem flachen Wasser mit einigen Männern, die nicht mal halb so alt waren wie sie. Nirgal stand auf, legte seine Kleidung ab und ging hinaus ins Wasser.

Es wurde schon so spät im Winter, dass selbst auf 80° Breite die Sonne nur für eine oder zwei Stunden am Mittag herauskam. Und während dieser kurzen Intervalle erglühten die dahinziehenden Nebel in pastellfarbenen oder metallischen Tönen – an manchen Tagen rosa, an anderen kupfern, bronzefarben und golden. Und stets wurden die zarten Farben von dem Reif auf dem Boden eingefangen und reflektiert, sodass es manchmal schien, als durchquerten sie eine Welt, die gänzlich aus Juwelen bestünde, aus Amethysten, Rubinen und Saphiren.

An anderen Tagen brüllte der Wind und belud den Rover mit einer Ladung Frost und verlieh der Welt verschwommene Konturen wie unter Wasser. In den kurzen Stunden mit Sonnenlicht befreiten sie die Räder des Rovers von Eis. Die Sonne sah in dem Nebel aus wie ein Fleck gelber Flechte. Einmal, nachdem ein solcher Sturm aufgehört hatte, war auch die Nebelkappe verschwunden, und das Land bildete bis zum Horizont eine malerische Eisblumenwiese. Und über dem nördlichen Horizont dieses zerklüfteten Diamantfeldes stand eine hohe schwarze Wolke, die aus einer Quelle in den Himmel aufstieg, die nicht weit hinter dem Horizont zu liegen schien.

Sie hielten an und gruben einen von Nadias kleinen Schutzräumen aus. Nirgal sah zu der dunklen Wolke und dann auf die Karte. Er sagte: »Ich denke, das könnte das Rayleigh-Mohole sein. Cojote hat dort auf der ersten Reise, die ich mit ihm gemacht habe, die Robotbagger gestartet. Ich möchte wissen, ob dabei etwas herausgekommen ist.«

»Ich habe hier in der Garage einen kleinen Erkundungsrover«, sagte Nadia. »Du kannst ihn nehmen und hinfahren, wenn du willst. Ich würde auch gern, muss aber nach Gamete zurück. Ich soll dort übermorgen Ann treffen. Sie hat offenbar von dem Kongress gehört und will mir einige Fragen stellen.«

Art drückte sein Interesse aus, Ann Clayborne kennenzulernen. Er war von einem Video beeindruckt, das er auf seinem Flug zum Mars von ihr gesehen hatte. »Es wäre so, als träfe man Jeremiah.«

»Ich werde mit dir kommen«, sagte Jackie zu Nirgal.

So verabredeten sie, sich in Gamete zu treffen, und Art und Nadia fuhren in dem großen Rover direkt dorthin, während Nirgal und Jackie in Nadias Aufklärer losfuhren. Die hohe Wolke stand immer noch vor ihnen über der Eislandschaft, eine dicke Säule aus dunkelgrauen Ballen, flach gedrückt in der Stratosphäre, zu verschiedenen Zeiten in verschiedene Richtungen getrieben. Als sie näher kamen, erschien es immer sicherer, dass die Wolke aus dem schweigenden Planeten aufstieg. Und als sie an die Kante einer Bodenwelle kamen, sahen sie, dass das Land vor ihnen frei von Eis war. Der Boden war so steinig wie im Hochsommer, aber dunkler – ein fast rein schwarzer Fels, der aus langen orangefarbenen Rissen in seiner kissenartig aufgeblähten Oberfläche Rauch ausstieß. Und genau hinter dem Horizont, der sechs Kilometer entfernt war, wälzte sich die schwarze Wolke empor, als wäre das Mohole explodiert. Der heiße Gasrauch drängte nach außen und flatterte rasch in die Höhe.

Jackie fuhr ihren Wagen auf den Gipfel des höchsten Hügels in der Gegend. Von dort konnte sie bis zur Quelle der Wolke sehen; und es war genau so, wie Nirgal im ersten Moment vermutet hatte, nachdem er sie erblickt hatte. Das Rayleigh-Mohole war jetzt ein niedriger Hügel, schwarz bis auf die orangefarbenen Risse. Die Wolke strömte aus einem Loch in diesem Hügel. Der Rauch war dunkel, dicht und trübe. Eine Zunge aus nacktem schwarzem Fels erstreckte sich bergab gen Süden, in ihrer Richtung, und dann nach rechts zur Seite.

Während sie im Wagen saßen und stumm hinsahen, kippte ein großer Teil des niedrigen schwarzen Hügels über dem Mohole zur Seite und brach ab, und flüssiges gelborangefarbenes Gestein ergoss sich, gelbe Funken sprühend, schnell zwischen die schwarzen Brocken. Das intensive Gelb wurde rasch orange und dann noch dunkler.

Danach bewegte sich nur noch die Rauchwolke. Über dem Ventilator- und Motorengeräusch konnten sie einen dröhnenden *Basso continuo* hören, interpunktiert durch laute Explosionen, die zeitlich zu plötzlichen Rauchereruptionen aus dem Schlot passten. Der Wagen vibrierte leicht auf seinen Stoßdämpfern.

Sie blieben auf dem Hügel und beobachteten. Nirgal hingerissen, Jackie erregt und gesprächig. Sie machte viele Bemerkungen und wurde dann still, als Stücke der Lava von dem Hügel abbrachen und weitere Ergüsse von geschmolzenem Gestein zur Folge hatten. Wenn sie durch das Infrarotgerät des Wagens blickten, war der Hügel ein strahlender Smaragd mit blendend weißen Rissen; und die Zunge aus Lava, die über die Ebene floss, war hellgrün. Es dauerte ungefähr eine Stunde, bis der orangefarbene Fels im visuellen Licht schwarz wurde, aber im Infrarot wurde das Smaragdgrün binnen etwa zehn Minuten dunkelgrün. Grün ergoss sich empor in die Welt; und das Weiß brach hindurch.

Sie aßen eine Mahlzeit; und als sie die Teller wuschen, bewegte Jackie Nirgal in der engen Küche mit den Händen herum, sanft, wie sie in Neu-Vanuatu gewesen war, mit hellen Augen und einem leichten Lächeln. Nirgal kannte diese Zeichen und liebkoste sie, als sie sich in den kleinen Raum hinter den Fahrersitzen begab, erfreut über die erneuerte Intimität, die so selten und so kostbar war. Er sagte: »Ich wette, dass es draußen warm ist.«

Ihr Kopf flog herum, und sie sah ihn mit weit aufgerissenen Augen an.

Ohne ein weiteres Wort zogen sie sich an und gingen in die Schleuse. Sie hielten sich an den behandschuhten Händen, während sie darauf warteten, dass sie sich öffnete. Danach traten sie aus dem Wagen und gingen über das trockene rostfarbene Geröll. Sie drückten einander fest die Hände und schlängelten sich um Buckel, Löcher und brusthohe Felsblöcke auf die neue Lava zu. Jeder trug in der freien Hand ein dünnes Isolationspäckchen. Sie hätten sprechen können, taten es aber nicht. Die Luft schob sie hin und wieder nach vorn; und sogar durch die Schichten seines Schutzanzugs konnte Nirgal fühlen, dass es warm war. Der Boden unter ihren Füßen zitterte leicht, und das Dröhnen war weit entfernt, vibrierte aber in seinem Magen. Es war alle paar Sekunden durch einen dumpfen Knall akzentuiert oder einen schärferen krachenden Laut. Ohne Zweifel war es hier draußen gefährlich. Da war ein kleiner runder Hügel, sehr ähnlich dem, auf dem ihr Wagen geparkt war, der einen Blick auf die heiße Lavazunge aus etwas geringerer Entfernung gestattete. Ohne sich zu besprechen, gingen sie auf ihn zu. Sie erklommen den letzten Hang mit großen Schritten, sich immer fest an den Händen haltend.

Vom Gipfel des Hügels aus konnten sie weit über den neuen schwarzen Strom und sein sich verschiebendes Netzwerk aus orangefarbenen Rissen blicken. Der Lärm war gewaltig. Es schien klar, dass jede neue Lavaeruption an der anderen Seite der schwarzen Masse hinunterrinnen würde. Sie befanden sich auf einem hohen Punkt am Ufer eines Stroms, wobei ein offenkundiger Wasserlauf von links nach rechts führte, wenn sie darauf hinunterblickten. Natürlich konnte eine plötzliche große Flut sie überwältigen. Aber das war eher unwahrscheinlich. Und auf jeden Fall waren sie hier nicht mehr in Gefahr als im Rover.

Alle diese Überlegungen brachen ab, als Jackie ihre Hand von der seinen frei machte und anfing, ihren Handschuh auszuziehen. Nirgal tat dasselbe und rollte den Stoff hoch, bis Handgelenk und Daumen frei waren. Der Handschuh löste sich von seinen Fingerspitzen und fiel herunter. Er merkte, dass es etwa vier Grad Celsius waren, frisch, aber nicht besonders kalt. Und dann wehte ihn ein Schwall warmer und danach heiße Luft an, vielleicht 42° C, der schnell vorbeiging. Es folgte wieder die kühlere Luft, der seine Hand zuerst ausgesetzt gewesen war. Während er seinen anderen Handschuh auszog, wurde ihm klar, dass hier überall eine hohe Temperatur herrschte, die aber bei jedem Windstoß etwas anders war.

Jackie hatte schon ihre Jacke vom Helm getrennt und den Reißverschluss vorn ganz geöffnet. Und während Nirgal jetzt zusah, zog sie sie aus und entblößte ihren Oberkörper. Die Luft traf sie, und eine Gänsehaut lief über ihren Körper. Sie beugte sich vor, um ihre Stiefel auszuziehen, und ihr Lufttank lag in der Höhlung ihres Rückgrats. Die Rippen traten unter ihrer Haut hervor. Nirgal ging zu ihr und zog ihr von hinten die Hose herunter. Sie griff nach hinten, zog ihn an sich und drückte ihn auf den Boden. Sie fielen beide eng umschlungen hin und drehten sich schnell, um auf die isolierenden Unterlagen zu kommen. Der Boden war sehr kalt. Sie legten ihre Kleidung ab, und sie lag auf dem Rücken mit dem Lufttank über ihrer rechten Schulter. Er lag auf ihr. In der kühlen Luft war ihr Körper erstaunlich warm. Er strahlte eine Hitze aus wie die Lava. Wärmewellen trafen ihn von unten und von der Seite. Ihr rosiger, muskulöser Körper umklammerte ihn fest mit Armen und Beinen, im Sonnenlicht aufregend greifbar. Sie drückten die Visierscheiben aneinander. Ihre Helme stießen heftig Luft aus, um die undichten Stellen an Schultern, Rumpf und Schlüsselbein auszugleichen.

Sie schauten sich einige Zeit in die Augen, getrennt durch eine doppelte Glasschicht, die das Einzige zu sein schien, das ihr völliges Verschmelzen zu einem einzigen Wesen verhinderte. Die Empfindung war so stark, dass sie gefährlich wirkte. Sie stießen immer wieder mit den Köpfen zusammen, um den Wunsch nach Verschmelzung auszudrücken. Aber sie wussten, dass sie sicher waren. Jackies Augen hatten einen seltsamen Rand zwischen Iris und Pupille. Deren kleine schwarze Fenster waren tiefer als jedes Mohole, eine Senke ins Zentrum des Universums. Nirgal musste einfach wegschauen! Er stemmte sich von ihr hoch, um ihren langen Körper zu betrachten, der, so überwältigend er war, dennoch weniger überwältigend war als die Tiefe ihrer Augen. Breite geschmeidige Schultern, ein ovaler Nabel, die so feminine Länge ihrer Schenkel ... Er schloss die Augen. Es war wie ein Zwang. Und dann war er in ihr. Der Boden unter ihnen bebte in einer zarten, aber intensiven seismischen Verzückung. Es war, als stieße er direkt in einen starken, weiblichen, zuckenden Planeten. Lebender Fels. Als Nirgals Nerven und Haut anfingen zu trommeln und singen, wandte er den Kopf, um auf die fließende Lava zu blicken. Und dann kam alles zusammen.

Sie verließen den Rayleigh-Vulkan und fuhren zurück in die Dunkelheit der Nebelkappe. In der zweiten Nacht, nachdem sie Rayleigh verlassen hatten, näherten sie sich Gamete. In dem dunklen Grau einer besonders tiefen Mitternachtsdämmerung kamen sie unter den großen Überhang aus Eis. Plötzlich beugte Jackie sich mit einem Schrei vor, schaltete den Autopiloten aus und trat die Bremse voll durch.

Nirgal hatte vor sich hin gedöst, wurde unsanft wach, als er gegen das Lenkrad stieß, und schaute hinaus, um zu sehen, was da los war.

Die Klippe, wo die Garage gewesen war, war zertrümmert. Ein großer Eissturz war abgebrochen und hatte das Garagentor verschüttet. Das Eis zuoberst war sehr inhomogen, wie durch eine Explosion. Jackie schrie: »Sie haben es in die Luft gejagt! Sie haben sie alle getötet!«

Nirgal war, als hätte man ihm einen Schlag in den Magen versetzt. Er wunderte sich, welchen physischen Schock Furcht auslösen konnte. Sein Geist war taub. Er schien nichts zu fühlen – weder Angst noch Verzweiflung, nichts. Er griff hinüber und drückte Jackies Schulter – sie zitterte – und starrte besorgt durch den dichten wehenden Nebel.

»Sie haben den Notausgang«, sagte er. »Man hat sie bestimmt nicht kalt erwischt.« Der Tunnel führte durch einen Arm der Polkappe zu Chasma Australe, wo es in der Eiswand eine Zuflucht gab. »Aber ...«, sagte Jackie und schluckte. »Aber wenn sie nicht vorgewarnt waren?«

Nirgal übernahm das Steuer und sagte: »Lass uns zu dem Asyl in Australe fahren!«

Er heizte mit der Höchstgeschwindigkeit, die der Wagen hergab, über die Eisblumen, konzentrierte sich auf das Terrain und versuchte nicht zu denken. Er wollte nicht zur anderen Zufluchtsstätte fahren – um sie dann womöglich leer vorzufinden. Damit wäre seine letzte Hoffnung dahin, der einzige Weg, diese Katastrophe abzuwenden. Er wäre am liebsten gar nicht angekommen, sondern wollte ewig um die Polkappe rasen, ohne Rücksicht auf Geschwindigkeit in der unebenen Gegend, deren Stöße Jackie zischen und manchmal aufstöhnen ließen. Bei Nirgal war es nur eine Benommenheit, eine Unfähigkeit zu denken. Ich fühle überhaupt nichts, dachte er verwundert. Aber Bilder von Hiroko blitzten ständig vor ihm auf wie Bildschirmanzeigen oder standen wie Gespenster draußen im treibenden Nebel. Es war sehr gut möglich, dass der Angriff aus dem Weltraum oder durch ein Projektil aus dem Norden erfolgt war. In diesem Falle hätte es keine Warnung gegeben. Die grüne Welt wäre ausgelöscht worden, und nur die weiße Welt des Todes wäre übriggeblieben. Die Farben aus allem herausgezogen wie in dieser Winterwelt aus grauem Nebel.

Er schürzte die Lippen und konzentrierte sich auf die Eislandschaft. Er fuhr mit einer Rücksichtslosigkeit, die ihm bisher fremd gewesen war. Die Stunden vergingen, und er bemühte sich nach Kräften, nicht an Hiroko, Nadia, Art, Sax oder einen der anderen zu denken. Seine Familie, Nachbarn, seine Stadt und Nation – alle unter dieser einen kleinen Kuppel. Er krümmte sich über seinen verkrampften Magen und konzentrierte sich auf das Fahren, auf jeden kleinen Buckel und jedes Loch, dem er trotzen musste in dem vergeblichen Bemühen, die Fahrt weniger holprig zu machen.

Sie mussten etwa dreihundert Kilometer im Uhrzeigersinn fahren und dann den größten Teil der Länge von Chasma Australe hinauf, wo sich der Weg im Spätwinter verengte und so von Eisblöcken versperrt war, dass es nur eine einzige Route hindurch gab, die durch schwache kleine Transponder markiert war. Hier war er gezwungen langsamer zu fahren. Aber unter dem dunklen Nebel konnten sie durchfahren. Das taten sie, bis sie die niedrige Wand erreichten, die das Asyl beherbergte. Es waren erst vierzehn Stunden seit ihrer Abfahrt von dem Tor von Gamete vergangen – eine beachtliche Leistung bei so zerklüftetem eisigem Terrain –, aber Nirgal bemerkte das nicht einmal. Wenn das Asyl leer war ...

Wenn es leer war ... Die Taubheit in ihm verschwand rasch, als sie sich der niedrigen Wand am Anfang der Schlucht näherten. Kein sichtbares Zeichen dafür, dass irgendwer oder irgendwas da wäre. Nirgals Furcht brach wie weißes Magma aus Rissen in schwarzer Lava hervor. Sie spritzte heraus und schwappte durch ihn hindurch und wurde zu einer unerträglichen Zerreißprobe in jeder seiner Zellen ...

Dann flackerte unten an der Wand ein Licht auf, und Jackie schrie »Ah!«, als hätte man sie mit einer Nadel gestochen. Nirgal beschleunigte, und der Wagen raste auf die Eiswand zu. Er hätte sie beinahe gerammt. Im letzten Moment erst trat er auf die Bremse. Die großen Drahträder rutschten ganz kurz und kamen zum Stehen. Jackie setzte ihren Helm auf und kletterte in die Schleuse. Nirgal kam hinterher, und nach einem quälend langsamen Druckausgleich sprangen sie hinaus und rannten zur Schleusentür in einer flachen Nische des Eises. Die Tür ging auf, und zwei Gestalten in Schutzanzügen traten mit Gewehren in der Hand heraus. Jackie rief etwas über die allgemeine Frequenz; und binnen einer Sekunde drückten die sie an sich.

So weit, so gut, aber vielleicht tröstete man sie nur? Nirgal wurde immer noch von banger Erwartung gequält, als er hinter einer Frontscheibe Nadias Gesicht erblickte. Sie machte ihm ein Zeichen mit erhobenem Daumen, und er merkte, dass er den Atem angehalten hatte, vielleicht sogar die ganzen letzten fünfzehn Stunden über. Jackie weinte vor Erleichterung, und Nirgal fühlte sich auch danach; aber das völlige Verschwinden der Taubheit und dann der Furcht hatten ihn bloß erschüttert und erschöpft, jenseits von Tränen.

Nadia führte ihn an der Hand in die Zufluchtsstätte, als verstünde sie es. Und als die Schleuse geschlossen war und unter Druck gesetzt wurde, begann Nirgal erst die Stimmen auf der allgemeinen Frequenz zu verstehen: »Ich hatte solche Angst. Ich dachte, ihr wäret tot.«

»Wir sind durch den Fluchttunnel gekommen, wir haben sie kommen sehen ...«

Im Innern nahmen sie die Helme ab und ließen sich hundertmal umarmen. Art klopfte Nirgal auf die Schulter. »Ich bin so froh, euch beide zu sehen!« Er drückte Jackie fest an sich, hielt sie dann auf Armeslänge vor sich und blickte mit Zustimmung und Bewunderung in ihr verrotztes, rotäugiges, mädchenhaftes Gesicht, als würde er erst in diesem Moment erkennen, dass auch sie menschlich war und keine katzenhafte Göttin.

Während sie durch den engen Tunnel zu den Räumen des Asyls gingen, erzählte ihnen Nadia mit finsterem Gesicht die Geschichte. »Wir sahen sie kommen und zogen uns durch den Nottunnel zurück. Dann ließen wir beide Kuppeln und alle Tunnel einstürzen. Damit haben wir wohl eine ganze Menge von ihnen getötet, aber ich weiß nicht, wie viele sie hineingeschickt hatten oder wie weit sie gekommen sind. Cojote ist draußen und beschattet sie, um zu sehen, ob er etwas herausfinden kann. Jedenfalls ist es passiert.«

Am Ende des Tunnels war ein enges Asyl aus einigen kleinen Räumen mit rohen Wänden, Böden und Decken aus Isoliermaterial, das direkt in Hohlräume im Eis gelegt worden war. Jedes Zimmer ging strahlenförmig von einer zentralen Kammer aus, die als Küche und Speisesaal diente. Jackie umarmte dort alle außer Maya, Nirgal zum Schluss. Sie hielten einander fest, und Nirgal fühlte sie zittern und merkte, dass auch er selbst zitterte in einer Art synchroner Vibration. Die schweigsame, verzweifelte und angstvolle Fahrt würde ihre Verbindung ebenso stärken wie der Sex am Vulkan oder noch mehr – das war schwer zu sagen. Er war zu müde, um die starken unbestimmten Emotionen, die ihn durchströmten, zu verstehen. Er machte sich von Jackie frei und setzte sich hin, plötzlich zu Tode erschöpft. Hiroko saß neben ihm, und er hörte ihr zu, wie sie ausführlicher erzählte, was geschehen war.

Der Angriff hatte mit dem plötzlichen Auftauchen einiger Raumflugzeuge begonnen, die sich in einer Gruppe auf die Ebene vor dem Hangar stürzten. Darum bekamen sie drinnen kaum Vorwarnung, denn die Leute im Hangar hatten verwirrt reagiert. Sie warnten zwar die anderen über das Telefon, versäumten es aber, Cojotes Verteidigungssystem zu aktivieren, das sie offenbar einfach vergessen hatten. Cojote war darüber sehr empört, erzählte Hiroko, und das konnte Nirgal sich gut vorstellen. Er sagte: »Man muss Angriffe von Luftlandetruppen gleich bei der Landung stoppen.« Stattdessen hatten sich die Leute im Hangar in die Kuppel zurückgezogen. Nach einigem Durcheinander waren sie alle im Fluchttunnel, und sobald sie über den Explosionspunkt hinaus waren, hatte Hiroko befohlen, die Schweizer Verteidigung zu aktivieren und die Kuppel zum Einsturz zu bringen. Kasei und Dao hatten gehorcht, und so war die ganze Kuppel heruntergekommen und hatte alle Angreifer, die sich in ihrem Innern befanden, getötet und unter Millionen Tonnen Trockeneis begraben. Strahlungsmessungen deuteten darauf hin, dass der Rickover-Reaktor nicht geschmolzen war, obwohl er sicher mit allem anderen zermalmt worden war. Cojote war mit Peter durch einen Seitentunnel verschwunden, durch einen eigenen Notausgang. Hiroko wusste nicht genau, wohin sie gegangen waren. »Aber ich denke, dass diese Raumschiffe jetzt in Schwierigkeiten stecken.«

Also war Gamete zerstört und Zygotes leere Hülle auch. Irgendwann in der Zukunft würde die Polkappe durch Sublimation verschwinden und ihre plattgedrückten Überreste freigeben, dachte Nirgal zerstreut. Aber vorerst war alles begraben und völlig unzugänglich.

Und hier waren sie nun. Sie waren nur mit einigen KIs und den Schutzanzügen auf dem Rücken herausgekommen. Und jetzt waren sie im Krieg mit der Übergangsbehörde (vermutlich), mit einem Teil der Streitkräfte da draußen, die sie angegriffen hatte.

»Wer waren sie?«, fragte Nirgal.

Hiroko schüttelte den Kopf. »Das wissen wir nicht. Cojote hat gesagt, die Übergangsbehörde. Aber es gibt im Sicherheitsdienst der UNTA eine Menge verschiedener Einheiten, und wir müssen herausfinden, ob das jetzt die neue Politik der Übergangsbehörde ist oder ob irgendeine Einheit eigenmächtig gehandelt hat.«

»Was werden wir tun?«, fragte Art.

Zuerst antwortete niemand.

Schließlich sagte Hiroko: »Wir werden um Asyl bitten müssen. Ich denke, Dorsa Brevia hat den meisten Platz.«

»Was ist mit dem Kongress?«, fragte Art, der durch die Erwähnung von Dorsa Brevia daran erinnert wurde.

»Ich meine, wir brauchen ihn jetzt mehr denn je«, meinte Hiroko.

Maya runzelte die Stirn und erklärte: »Eine Versammlung könnte gefährlich sein. Du hast einer Menge Leute davon erzählt.«

»Das mussten wir«, entgegnete Hiroko. »Darauf kommt es ja gerade an.« Sie sah sich bei allen um; und nicht einmal Maya wagte, ihr zu widersprechen. »Jetzt müssen wir das Risiko auf uns nehmen.«

SIEBTER TEIL

WAS TUN?

Die wenigen großen Gebäude in Sabishii waren mit poliertem Stein verkleidet, der nach Farben ausgesucht war, die auf dem Mars ungewöhnlich waren: Alabaster, Jade, Malachit, Jaspis, Türkis, Onyx, Lapislazuli. Die kleineren Gebäude waren aus Holz. Nachdem sie bei Nacht gefahren waren und sich bei Tage versteckt hatten, war es für die Besucher eine Wonne, im Sonnenschein zwischen niedrigen hölzernen Gebäuden spazieren zu gehen, unter Platanen und Ahornbäumen, durch Steingärten und über breite begrünte Boulevards, vorbei an von Zypressen gesäumten Kanälen, die sich gelegentlich zu Teichen voller Seerosen verbreiterten und von hoch gewölbten Brücken überspannt waren. Sie waren hier fast am Äquator, und Winter war hier nur ein Wort. Sogar im Aphel blühten Hibiskus und Rhododendron, und Fichten und verschiedene Bambusarten schossen hoch in die warme, bewegte Luft empor.

Die alten Japaner begrüßten ihre Besucher als alte und geschätzte Freunde. Die Issei von Sabishii trugen kupferne Overalls, gingen barfuß, hatten lange Pferdeschwänze und viele Ohrringe und Halsbänder. Einer von ihnen, kahl, mit einem schütteren weißen Bart und runzligem Gesicht, machte mit den Gästen einen Spaziergang, damit sie sich nach dem langen Fahren die Beine vertreten konnten.

Er hieß Kenji und war der erste Japaner gewesen, der den Mars betreten hatte, obwohl das niemand mehr erwähnte.

Von der Stadtmauer aus sahen sie enorme Felsblöcke, die auf nahen Bergspitzen balancierten und fantastische Formen hatten.

»Bist du jemals in den Medusae Fossae gewesen?«

Kenji lächelte nur und schüttelte den Kopf. Die Kami-Steine auf den Bergen waren ausgehöhlt mit Zimmern und Vorratsräumen, sagte *er ihnen. Zusammen mit dem Mohole-Labyrinth konnten sie jetzt sehr viele Leute unterbringen, zwanzigtausend insgesamt, für die Dauer eines Jahres. Die Besucher nickten. Es schien möglich, dass das notwendig werden würde.*

Kenji führte sie in den ältesten Teil der Stadt zurück, wo man den Gästen Zimmer im ersten errichteten Gebäudekomplex zugewiesen hatte. Die Räume waren kleiner und schlichter als die meisten Studentenapartments der Stadt und hatten eine Patina von Alter und Gebrauch, die sie mehr zu Nestern als zu Zimmern machte. Die Issei schliefen noch in einigen davon.

Während die Besucher durch diese Räume gingen, sahen sie einander nicht an. Der Kontrast zwischen ihrer Geschichte und der von Sabishii war zu stark. Verwirrt, zerstreut und in sich gekehrt betrachteten sie das Mobiliar. Und nach dem Abendessen, als eine Menge Sake durch die Kehlen gelaufen war, sagte einer: »Ach, hätten wir doch nur etwas wie das hier gemacht!«

Nanao fing an, eine Bambusflöte zu spielen.

»Für uns war es leichter«, sagte Kenji. »Wir waren nur Japaner. Wir hatten ein Vorbild.«

»Es sieht nicht sehr wie das Japan aus, an das ich mich erinnere.«

»Nein. Aber das ist nicht das wahre Japan.«

Sie nahmen ihre Tassen und ein paar Flaschen und stiegen über Treppen zu einem Pavillon oben auf einem hölzernen Turm dicht bei ihrem Wohnkomplex hinauf. Dort oben konnten sie auf die Bäume und Dächer der Stadt herabsehen und die verstreute Gruppe von Felsblöcken vor dem schwarzen Horizont erkennen. Es war die letzte Stunde der Dämmerung, und außer einem Lavendelstreifen im Westen zeigte der Himmel ein tiefes Mitternachtsblau, das großzügig mit Sternen übersät war. In einem Feuerahornhain hing eine Kette von Lampions.

»Wir sind die wahren Japaner. Was ihr in Tokio seht, ist transnational. Es gibt ein anderes Japan. Natürlich können wir nie zu ihm zurückkehren. Es war eine Feudalkultur und hatte Züge, die wir nicht

akzeptieren können. Aber was wir hier tun, hat seine Wurzeln in jener Kultur. Wir versuchen, einen neuen Weg zu finden, einen Weg, der den alten für diesen Ort wiederentdeckt oder neu erfindet.«

»Kasei Nippon.«

»Ja, aber nicht bloß für den Mars! Auch für Japan. Als ein Modell für sie. Verstehst du? Ein Beispiel für das, was sie werden könnten.«

Und so tranken sie Reiswein unter den Sternen. Nanao spielte seine Flöte, und unten im Park unter den Papierlaternen lachte jemand. Die Besucher saßen da, aneinandergelehnt, tranken und grübelten. Sie redeten einige Zeit über alle Zufluchtsstätten, wie unterschiedlich sie waren und wie viel sie dennoch gemeinsam hatten.

»Dieser Kongress ist eine gute Idee.«

Die Besucher nickten unterschiedlich stark, je nach Zustimmung.

»Es ist genau das, was wir brauchen. Ich meine, seit wie vielen Jahren kommen wir jetzt schon zusammen, um Johns Fest zu feiern? Und das war gut. Sehr angenehm. Sehr wichtig. Wir haben es um unserer selbst willen gebraucht. Aber jetzt ändern sich die Dinge schnell. Wir können nicht so tun, als wären wir ein Geheimbund. Wir müssen uns mit den anderen befassen.«

Einige Zeit redeten sie über Einzelheiten. Teilnehmer des Kongresses, Sicherheitsmaßnahmen, problematische Themen.

»Wer hat das Eis angegriffen – das Ei?«

»Ein Sicherheitsteam von Burroughs. Subarashii und Armscor haben eine sogenannte Sabotageuntersuchungseinheit eingerichtet. Und sie haben die Übergangsbehörde dazu gebracht, diese Maßnahme abzusegnen. Sie werden wieder in den Süden kommen. Ganz sicher. Wir haben fast zu lange gewartet.«

»Sie haben die Institution – die Information – *von mir*?«

Ein Knurren. »Du solltest aufhören, dich für so wichtig zu halten.«

»Das ist sowieso gleichgültig. Das liegt alles daran, weil ein neuer Aufzug in Betrieb ist.«

»Und sie bauen auch noch einen für die Erde. Und so ...«

»Wir sollten lieber handeln.«

Als dann die irdenen Sakeflaschen die Runde machten und leer wurden, gaben sie diese Ernsthaftigkeit auf und unterhielten sich über das vergangene Jahr, Dinge, die sie draußen gesehen hatten, Klatsch über gemeinsame Bekannte und neue Witze, die sie gehört hatten. Nanao brachte ein Päckchen mit Ballons; und die füllten sie und ließen sie in die nächtliche Brise über der Stadt hinausfliegen und sahen zu, wie sie zu den Bäumen und alten Wohnhäusern hinunterschwebten. Sie reichten ein Fläschchen Lachgas herum, nahmen tiefe Züge daraus und lachten. Die Sterne über ihren Köpfen bildeten ein dichtes Netz. Man erzählte Geschichten vom Weltraum und vom Asteroidengürtel. Sie versuchten, mit ihren Taschenmessern aufgestellte Holzstücke zu treffen, und versagten. »Dieser Kongress wird etwas sein, das wir nema-washi nennen. Vorbereiten des Bodens.«

Zwei standen auf, umarmten sich und schwankten, bis sie das Gleichgewicht wiedergefunden hatten. Dann streckten sie ihre kleinen Tassen zu einem Toast hin.

»Nächstes Jahr auf Olympus.«

»Nächstes Jahr auf Olympus!«, wiederholten die anderen und tranken.

Es war Ls = 180, M-Jahr 40, als sie in Dorsa Brevia eintrafen, einer nach dem anderen, in kleinen Wagen und Flugzeugen aus dem ganzen Süden. Eine Gruppe von Roten und Karawanenarabern kontrollierte die Leute im Vorfeld, und weitere Rote und Bogdanovisten waren in Bunkern rund um die Dorsa stationiert für den Fall, dass es Schwierigkeiten geben sollte. Aber die Sicherheitsexperten von Sabishii glaubten, dass man in Burroughs, Hellas oder Sheffield nichts von der Konferenz wusste. Und wenn sie erklärten weshalb, beruhigten sich die Zweifler gewöhnlich; denn die Japaner waren offensichtlich weit in die UNTA hinein vorgedrungen, praktisch durch die ganze transnationale Machtstruktur auf dem Mars. Das war ein weiterer Vorteil der Demimonde, sie konnten in beiden Richtungen agieren.

Als Nadia zusammen mit Art und Nirgal ankam, wurden sie zu ihren Gästequartieren in Zakros, dem südlichsten Segment des Tunnels, geführt. Nadia stellte ihr Gepäck in einem kleinen hölzernen Zimmer ab und spazierte durch den großen Park und dann in die weiter nördlich gelegenen Segmente. Sie fand alte Freunde und traf Fremde und fühlte sich voller Hoffnung. Es war ermutigend zu sehen, wie alle diese Leute, die so viele verschiedene Gruppen repräsentierten, in Scharen durch die grünen Parks und Pavillons strömten. Sie betrachtete die sich im Park beim Kanal drängenden Massen – etwa dreihundert Personen waren gerade in Sicht – und lachte.

Die Schweizer von Overhangs kamen an dem Tag an, bevor die Konferenz beginnen sollte. Man sagte, sie hätten draußen in ihren Rovern kampiert und auf das festgesetzte Datum gewartet. Sie hatten einen ganzen Schwung von Tagesordnungsentwürfen und Protokollen für die Versammlung dabei; und als Nadia und Art hörten, wie eine Schweizerin ihre Pläne darlegte, stieß Art Nadia mit dem Ellbogen an und flüsterte: »Wir haben ein Monstrum geschaffen.«

»O nein«, flüsterte Nadia zurück. Sie blickte glücklich über den großen Zentralpark in dem von Süden aus dritten Segment des Tunnels, das Lato hieß. Das Oberlicht war ein langer bronzefarbener Spalt in dem dunklen Dach, und Morgenlicht erfüllte die große Kammer mit einem Photonenregen, nach dem sie sich den ganzen Winter gesehnt hatte. Braunes Licht überall, die Bambusgewächse, Kiefern und Zypressen ragten über die Dächer und strahlten wie grünes Wasser. »Wir brauchen eine Struktur, oder es würde nur allgemeines Durcheinander geben. Die Schweizer sind Form ohne Inhalt, wenn du verstehst, was ich meine.«

Art nickte. Er dachte sehr schnell und war manchmal schwer zu verstehen; denn er nahm vier oder fünf Stufen auf einmal und ging davon aus, dass sie ihm gefolgt war. »Überreden wir sie einfach dazu, dass sie mit den Anarchisten Kava trinken!«, brummte er und begann, eine Runde um die Versammlung zu machen.

Und als an diesem Abend Nadia mit Maya durch Gournia zu einer Reihe von Küchen unter freiem Himmel an der Kanalseite ging, kam sie an Art vorbei und sah, dass er genau das tat. Er schleppte Mikhail und einige andere Bogdanovisten hinüber zu einem Tisch mit Schweizern, wo Jurgen, Max, Sibilla und Priska fröhlich mit einer Gruppe, die um sie herumstand, schwatzten. Sie wechselten mühelos die Sprachen, als verwendeten sie ein Übersetzungsprogramm, und zeigten stets den kehligen Schweizer Akzent. »Art ist ein Optimist«, sagte Nadia zu Maya, während sie weitergingen.

»Art ist ein Idiot«, erwiderte Maya.

Inzwischen waren in dem langen Sanktuarium etwa fünfhundert Besucher, die ungefähr fünfzig Gruppen repräsentierten. Der Kongress sollte am nächsten Morgen beginnen. Darum war es in dieser Nacht laut, von Zakros bis Falasarna wurde gefeiert. Der Zeitschlupf wurde mit Gebrüll und Gesang ausgefüllt. Arabisches Geheul harmonisierte mit Jodlern, und die Strophen von »Waltzing Matilda« gingen in die Marseillaise über.

Nadia stand am nächsten Morgen früh auf. Sie fand Art schon draußen beim Pavillon im Zakrospark, wie er Stühle in klassischem bogdanovistischem Stil kreisförmig anordnete. Nadia empfand einen Stich von Schmerz und Bedauern, als wäre Arkadys Geist durch sie hindurchgegangen. Ihm hätte dieses Meeting gefallen. Es war genau das, wozu er oft aufgerufen hatte. Sie ging, um Art zu helfen. »Du bist früh auf.«

»Ich bin aufgewacht und konnte nicht wieder einschlafen.« Er hatte eine Rasur nötig. »Ich bin nervös!«

Sie lachte. »Das wird Wochen dauern, Art. Das weißt du.«

»Ja, aber Anfänge sind wichtig.«

Um zehn Uhr waren alle Stühle besetzt, und der Pavillon dahinter war von stehenden Beobachtern gedrängt voll. Nadia stand hinter dem Zygote-Sektor des Kreises und sah interessiert zu. Es schienen etwas mehr Männer als Frauen präsent zu sein und etwas mehr Eingeborene als Einwanderer. Die meisten Leute trugen übliche einteilige Overalls – die der Roten waren rostfarben –, aber auch viele farbige zeremonielle Gewänder waren zu sehen: Roben, Kleider, Pantalons, Anzüge, bestickte Hemden, freie Oberkörper, eine Menge Halsbänder, Ohrringe und andere Schmucksachen. Alle Bogdanovisten trugen Schmuck mit Stücken aus Phobosit, dessen schwarze Oberflächen glänzten, wo sie flach geschnitten und poliert worden waren.

Die Schweizer standen im Mittelpunkt, düster in ihren grauen Bankeranzügen; Sibilla und Priska trugen dunkelgrüne Kleider. Sibilla eröffnete die Versammlung, und die übrigen Schweizer wechselten sich ab, während sie in kaum auszuhaltender Detailliertheit das von ihnen ausgearbeitete Programm erläuterten. Sie machten Pausen, um Fragen zu beantworten, und baten bei jedem Rednerwechsel um Bemerkungen. Währenddessen ging eine Gruppe Sufis in rein weißen Hemden und Pantalons außen rings um den Kreis herum und teilte Krüge mit Wasser und Bambusbecher aus. Sie bewegten sich mit ihrer gewohnten tänzerischen Grazie. Als alle Leute Becher hatten, gossen die Delegierten jeder Gruppe Wasser demjenigen zu ihrer Linken ein, und dann tranken alle. Draußen in der Menge der Zuschauer waren die Vanuatuaner an einem Tisch und schenkten kleine Tassen mit Kava, Kaffee oder Tee aus. Art verteilte sie an jeden, der etwas wollte. Nadia lächelte bei seinem Anblick, wie er sich durch das Gedränge wie ein Sufi in Zeitlupe bewegte und von den Tassen mit Kava nippte, die er verteilte.

Das Programm der Schweizer sollte mit einer Reihe von Workshops beginnen, die in offenen Räumen über ganz Zakros, Gournia, Lato und Malia verteilt waren. Alle würden aufgezeichnet werden. Die Beschlüsse, Empfehlungen und Fragen sollten als Basis für eine nachfolgende Diskussion bei einem der beiden allgemeinen laufenden Meetings dienen. Eines davon sollte sich grob auf die Probleme der Erreichung der Unabhängigkeit konzentrieren, das andere auf das, was danach käme. Es ging um die Mittel und Ziele, bemerkte Art, als er kurz bei Nadia haltmachte.

Als die Schweizer mit der Darlegung des Programms fertig waren, konnten sie anfangen. An eine zeremonielle Eröffnung hatte keiner von ihnen gedacht. Werner, der als Letzter sprach, erinnerte die Leute daran, dass die ersten Workshops in einer Stunde anfangen würden – und das war es dann. Sie waren fertig.

Aber ehe sich die Menge zerstreute, stand Hiroko von den Leuten aus Zygote auf und ging langsam in den Mittelpunkt des Kreises. Sie trug einen bambusgrünen Overall und keinen Schmuck – eine hochgewachsene, schlichte Gestalt, weißhaarig und unauffällig. Und dennoch waren alle Augen fest auf sie gerichtet. Und als sie die Hände hob, standen alle auf, die gesessen hatten. In der folgenden Stille stockte Nadia der Atem. Wir sollten genau hier aufhören, dachte sie. Keine Meetings. Das hier ist genau richtig, unsere gemeinsame Anwesenheit, unsere gemeinsame Verehrung für diese eine Person.

Hiroko sagte, laut genug, dass alle es hören konnten: »Wir sind Kinder der Erde. Und dennoch stehen wir hier, in einem Lavatunnel auf dem Planeten Mars. Wir sollten nicht vergessen, was für ein seltsames Schicksal das ist. Leben ist überall ein Rätsel und ein kostbares Wunder; aber hier sehen wir seine heilige Macht noch deutlicher. Lasst uns ihrer jetzt eingedenk sein und unsere Verehrung darbringen.«

Die Arbeitssitzungen fanden in Erkern statt, die in den Parks verstreut waren, oder in Räumen mit drei Wänden in den an diese Parks angrenzenden öffentlichen Gebäuden. Die Schweizer hatten kleine Gruppen zur Leitung der Workshops bestimmt; und die übrigen Konferenzteilnehmer besuchten die sie jeweils am meisten interessierenden Veranstaltungen, sodass sie manchmal aus fünf Personen bestanden und manchmal aus fünfzig.

Nadia wanderte während des ersten Tages von einem Workshop zum anderen, die vier südlichsten Segmente des Tunnels auf und ab. Sie merkte, dass viele Leute dasselbe taten, vor allem Art, der alle Workshops beobachten zu wollen schien, sodass er bestenfalls nur ein paar Sätze von jedem mitbekam.

Nadia geriet in einen Workshop, der die Ereignisse von 2061 diskutierte. Es war interessant, wenn auch nicht überraschend, unter den Teilnehmern Maya, Ann, Sax, Spencer und sogar Cojote und einige andere zu finden. Der Raum war dicht gefüllt. Die wichtigsten Dinge kamen zuerst, nahm sie an. Und es gab so viele bohrende Fragen zu '61: Was war geschehen? Was war schiefgegangen, und warum?

Aber nach zehn Minuten Zuhören sank ihre Stimmung. Die Leute waren aufgeregt, ihre Beschuldigungen tief empfunden und bitter. Nadias Magen verkrampfte sich wie seit Jahren nicht mehr, als Erinnerungen an die misslungene Revolte sie durchdrangen.

Sie sah sich in dem Raum um und versuchte, sich auf die Gesichter zu konzentrieren und von den Gespenstern in ihrem Inneren abzulenken. Sax saß neben Spencer und beobachtete aufmerksam wie ein Vogel. Er nickte, als Spencer erklärte, 2061 hätte sie gelehrt, dass sie eine vollständige Erfassung aller militärischen Kräfte im Marssystem brauchen würden. »Das ist eine *notwendige Vorbedingung* für jede erfolgreiche Aktion.«

Aber dieses Stück gesunden Menschenverstands wurde von jemandem niedergebrüllt, der darin einen Vorwand zu sehen schien, Aktion zu vermeiden – offenbar ein Neuling auf dem Mars, der sofortigen Ökoterrorismus und bewaffneten Angriff auf die Städte forderte.

Ganz lebhaft erinnerte Nadia sich an eine Diskussion mit Arkady über dieses Thema und hielt es plötzlich nicht mehr aus. Sie ging ins Zentrum des Raums.

Nach einiger Zeit verstummten alle bei ihrem Anblick, und sie sagte: »Ich habe es satt, dass diese Sache in rein militärischen Ausdrücken diskutiert wird. Das ganze Modell der Revolution muss neu durchdacht werden. Das ist es, was Arkady '61 zu tun versäumt hat, und darum ist das ein so blutiges Schlamassel geworden. Hört zu! So etwas wie bewaffnete Revolution auf dem Mars kann es nicht geben. Die Systeme zur Lebenserhaltung sind zu verwundbar.«

Sax krächzte: »Aber wenn die Oberfläche lebentüchtig – *lebensträchtig* – ist, dann sind die Erhaltungssysteme nicht so ...«

Nadia schüttelte den Kopf. »Die Oberfläche kann kein Leben tragen und wird es auch in vielen Jahren nicht können. Und selbst wenn das so wäre, müsste man die Revolution überdenken. Selbst wenn Revolutionen erfolgreich gewesen sind, haben sie so viel Zerstörung und Hass bewirkt, dass immer irgendein schrecklicher Rückschlag eintrat. Das liegt im Wesen der Methode. Wenn man Gewalt wählt, schafft man sich Feinde, die immer Widerstand leisten werden. Und skrupellose Männer werden Revolutionsführer. Daher sind sie an der Macht, wenn die Revolution vorüber ist, und dann sind sie genauso schlimm wie das System, an dessen Stelle sie getreten sind.«

»Nicht in – *American*«, sagte Sax, dem die Augen herausquollen vor Anstrengung, die richtigen Worte herauszubringen.

»Darüber weiß ich nichts. Aber meistens stimmt das. Gewalt erzeugt Hass, und dann gibt es schließlich einen Rückfall. Das ist unvermeidlich.«

»Ja«, sagte Nirgal mit seinem gewöhnlichen scharfen Gesichtsausdruck, der sich nicht so sehr von Sax' Miene unterschied. »Aber wenn die Leute die Zufluchtsstätten angreifen und zerstören, haben wir keine große Wahl.«

»Die Frage ist: Wer schickt diese Kräfte aus?«, fragte Nadia. »Und wer sind die Leute in diesen Kräften selbst? Ich bezweifle, dass diese Personen uns irgendwie feindlich gesinnt sind. Sie könnten, was das angeht, ebenso leicht auf unserer Seite stehen wie gegen uns. Es sind ihre Befehlshaber und Eigner, auf die wir uns konzentrieren sollten.«

»Ent-haup-tung«, rief Sax.

»Das klingt nicht gut. Ihr braucht einen anderen Begriff.«

»Obligatorischer Rückzug?«, schlug Maya bissig vor. Die Leute lachten, und Nadia sah ihre alte Freundin an.

»Erzwungene Arbeitslosigkeit«, sagte Art laut von hinten, der gerade eingetroffen war.

»Du meinst einen Staatsstreich«, sagte Maya. »Nicht gegen die gesamte Bevölkerung auf der Oberfläche kämpfen, sondern nur gegen die Führerschaft und deren Leibwächter.«

»Und vielleicht deren Armeen«, unterstrich Nirgal. »Es gibt keine Anzeichen dafür, dass sie nichts gegen uns haben oder sogar neutral sind.«

»Nein. Aber würden sie uns ohne Befehle ihrer Anführer angreifen?«

»Einige vielleicht. Es ist schließlich ihr Job.«

»Ja, aber für sie steht kein großes Ziel dahinter«, sagte Nadia, der dieser Gedanke kam, während sie sprach. »Ohne Patriotismus oder Volksverbundenheit oder irgendeine andere Art von Heimatgefühl, um das es ginge, glaube ich nicht, dass diese Leute bis zum Tod kämpfen würden. Sie wissen, dass sie auf Befehl losgeschickt werden, um die Mächtigen zu schützen. Da taucht ein stärker den Gleichheitsgedanken verfechtendes System auf, das sie in einen Loyalitätskonflikt stürzt.«

»Pensionsvergütungen«, witzelte Maya, und die Leute lachten wieder.

Aber von hinten sagte Art: »Warum sollte man es nicht so formulieren? Wenn man sich die Revolution nicht als Krieg vorstellen will, muss man dieses Konzept durch ein anderes ersetzen. Warum also nicht Ökonomie? Nennt es einen Wechsel der Verfahren. Das ist es, was die Leute von Praxis tun, wenn sie über menschliches Kapital sprechen oder Bioinfrastruktur – alles in ökonomischen Fachausdrücken formuliert. Das ist irgendwie komisch, aber es spricht diejenigen an, für die Ökonomie das wichtigste Paradigma ist. Dazu gehören die Transnationalen sicher auch.«

Nirgal sagte grinsend: »Also machen wir die lokale Führung arbeitslos und geben ihrer Polizei eine Gehaltserhöhung, während wir sie umschulen.«

»Ja, so in der Richtung.«

Sax schüttelte den Kopf und sagte: »Können nicht erreichen. Brauchen Gewalt.«

Nadia blieb hartnäckig. »Es muss etwas verändert werden, um ein neues '61 zu vermeiden. Wir müssen darüber nachdenken. Vielleicht gibt es passende historische Modelle, aber nicht die, welche du erwähnt hast. Etwas mehr als zum Beispiel die samtenen Revolutionen, die die Sowjetära beendet haben.«

»Aber daran waren unglückliche Bevölkerungen beteiligt«, warf Cojote von hinten ein. »Und sie haben in einem System stattgefunden, das zerfiel. Hier gelten nicht die gleichen Bedingungen. Den Leuten geht es recht gut. Sie sind froh, dass sie hier sind.«

»Aber die Erde – in Schwierigkeiten«, erklärte Sax. »Zerfällt.«

»Hmm«, machte Cojote und setzte sich zu Sax, um darüber zu sprechen. Das Gespräch mit Sax war zwar immer noch frustrierend, aber dank seiner Arbeit mit Michel war es möglich. Es machte Nadia glücklich zu sehen, wie Cojote sich mit ihm beriet.

Die Diskussion um sie herum ging weiter. Die Leute stritten über Revolutionstheorien; und wenn sie über 2061 selbst zu reden versuchten, waren sie durch alten Groll und einen fundamentalen Mangel an Verständnis für das, was in jenen albtraumhaften Monaten geschehen war, am Fassen klarer Gedanken gehindert. Das wurde besonders deutlich, als Mikhail und einige frühere Insassen von Korolyov darüber zu streiten begannen, wer die Wachen ermordet hatte.

Sax stand auf und schwenkte seine KI über dem Kopf.

Er krächzte: »Brauchen Fakten *zuerst*. Dann die Dialyse – die *Analyse*.«

»Eine gute Idee«, sagte Art sofort. »Wenn diese Gruppe eine kurze Geschichte des Krieges für den Gesamtkongress zusammenstellen kann, wäre das wirklich nützlich. Wir können uns die Diskussion über revolutionäre Methodik für die Generalversammlungen aufheben – okay?«

Sax nickte und setzte sich. Eine ganze Anzahl Leute verließ die Versammlung, und der Rest beruhigte sich und scharte sich um Sax und Spencer. Es waren meist Kriegsveteranen, sah Nadia, aber da waren auch Jackie, Nirgal und einige andere Eingeborene. Nadia hatte etwas von der Arbeit gesehen, die Sax in Burroughs zur Frage von '61 geleistet hatte, und hoffte jetzt, dass man mit Augenzeugenberichten einiger anderer Veteranen zu einem besseren grundlegenden Verständnis des Krieges und seiner letzten Ursachen kommen würde – fast ein halbes Jahrhundert, nachdem er vorbei war. Aber als sie das Art gegenüber zur Sprache brachte, sagte der, dass das ganz und gar nicht atypisch wäre. Er ging mit der Hand auf ihrer Schulter neben ihr und schien unbekümmert, trotz allem, was er an diesem Morgen bei der ersten vollen Offenlegung der uneinigen Natur des Untergrunds gesehen hatte. Er räumte ein: »Sie stimmen nicht in vielen Punkten überein. Aber es fängt immer so an.«

Spät am zweiten Nachmittag erschien Nadia in dem Workshop, der dem Terraforming gewidmet war. Sie hielt das für die wohl umstrittenste Frage, und die Beteiligung an dieser Arbeitssitzung bestätigte ihr das. Der Raum am Rande vom Lato-Park war gedrängt voll; und der Moderator verlegte es nach draußen in den Park auf den Rasen oberhalb des Kanals.

Die anwesenden Roten beharrten darauf, dass das Terraformen an sich ihren Hoffnungen zuwiderlaufe. Wenn die Marsoberfläche für Menschen bewohnbar würde, so argumentierten sie, würde sie Land im Wert einer ganzen Erde darstellen; und angesichts der akuten Bevölkerungssituation und Umweltprobleme auf der Erde und des gegenwärtig dort im Bau befindlichen Aufzugs als Gegenstück zu dem auf dem Mars wären die Gravitationssenken überwunden, und es würde sicher eine Massenauswanderung folgen und damit jede Möglichkeit einer Unabhängigkeit des Mars entschwinden.

Leute, die für das Terraforming waren, nannte man die Grünen oder einfach Grün, da sie keine eigene Partei waren. Sie argumentierten, dass es mit einer für Menschen verträglichen Oberfläche möglich sein würde, überall zu leben, und dass in diesem Fall der Untergrund an der Oberfläche sein würde und sehr viel weniger durch Kontrollen oder Angriffe gefährdet und damit in einer viel besseren Position, die Macht zu übernehmen.

Diese beiden Ansichten wurden in jeder möglichen Kombination und Variation erörtert. Ann Clayborne und Sax Russell standen beide im Zentrum des Meetings und gaben immer häufiger Stellungnahmen ab, bis die anderen Anwesenden zu reden aufhörten, zum Schweigen gebracht durch die Autorität dieser zwei alten Antagonisten. Man sah ihnen zu, wie sie wieder zur Sache gingen.

Nadia verfolgte diese sich langsam anbahnende Kollision mit Bedauern. Sie sorgte sich um ihre beiden Freunde. Und sie war nicht die Einzige, die das Bild beunruhigend fand. Die meisten Anwesenden hatten das berühmte Video der Diskussion von Ann und Sax in Underhill gesehen; und deren Geschichte war einer der großen Mythen der Ersten Hundert – ein

Mythos aus einer Zeit, da die Dinge einfacher gewesen waren und ausgeprägte Persönlichkeiten sich für klar definierte Themen einsetzen konnten. Jetzt war nichts mehr einfach; und als sich die alten Gegner inmitten dieser neuen gemischten Gruppe Auge in Auge gegenüberstanden, lag eine besondere Elektrizität in der Luft, eine Mischung aus Nostalgie, Spannung, kollektivem Déjà-vu und dem Wunsch (vielleicht nur in meinem Innern, dachte Nadia bekümmert), dass diese beiden irgendwie zu einer Versöhnung finden würden, um ihrer selbst und ihrer aller willen.

Aber da standen sie nun im Zentrum der Menge. Ann hatte diesen Streit schon längst verloren, das schien ihr Verhalten auszudrücken. Sie war bedrückt und fast desinteressiert. Die feurige Ann der berühmten Videos war nirgends mehr zu sehen. Sie sagte: »Sobald die Oberfläche allgemein zugänglich ist« – sie sagte *sobald*, nicht *falls* –, »werden hier Milliarden sein. So lange wie wir in Schutzräumen leben müssen, wird Logistik die Bevölkerung auf Millionen reduzieren. Mehr dürfen es nicht werden, wenn wir eine erfolgreiche Revolution anstreben.« Sie zuckte die Achseln. »Wenn ihr wolltet, könntet ihr sie heute schon durchführen. Unsere Zufluchtsstätten sind verborgen, die der anderen aber nicht. Brecht sie auf! Sie haben niemanden, der zurückschießt. Sie sterben, ihr übernehmt. Terraforming beseitigt diesen Vorteil.«

»Ich möchte kein Teil davon sein«, sagte Nadia laut. Sie konnte nicht anders. »Du weißt, was es hieß, einundsechzig in den Städten zu leben.«

Auch Hiroko war da. Sie saß beobachtend im Hintergrund und meldete sich jetzt zum ersten Mal zu Wort: »Eine auf Genozid gegründete Nation ist nicht das, was wir wollen.«

Ann zuckte die Achseln. »Du willst eine unblutige Revolution, aber das ist unmöglich.«

»O doch!«, sagte Hiroko. »Eine Seidenrevolution, eine Aerogelrevolution. Ein integraler Teil der Areophanie. Das ist es, was ich will.«

»Okay«, sagte Ann. Mit Hiroko konnte niemand streiten. Das war unmöglich. »Aber selbst die wäre leichter, wenn man keine lebensfreundliche Oberfläche hätte. Dieser Staatsstreich, von dem du sprichst – denk mal drüber nach. Wenn du die Kraftwerke in den größeren Städten übernimmst und sagst: ›Jetzt haben wir die Macht‹, dann muss die Bevölkerung notgedrungen zustimmen. Wenn aber Milliarden Menschen auf einer lebensfähigen Oberfläche sind und du einige Personen arbeitslos machst und erklärst, dass du die Macht hättest, dann würden die wahrscheinlich sagen: ›Die Macht worüber?‹, und dich ignorieren.«

»Das«, sagte Sax langsam, »das schlägt vor – übernehmen – während Oberfläche nicht lebensfähig. Dann Prozess fortsetzen – als unabhängig.«

»Sie werden dich angreifen«, sagte Ann. »Sobald sie sich offen auf der Oberfläche bewegen können, werden sie kommen und dich holen.«

»Nicht wenn sie zusammenbrechen«, sagte Sax.

»Die Transnationalen sitzen fest im Sattel«, sagte Ann. »Glaub ja nicht, dass es anders wäre!«

Sax warf Ann einen prüfenden Blick zu, und anstatt über ihre Argumente hinwegzugehen, wie er es in den alten Debatten meist getan hatte, schien er sich im Gegenteil sehr stark darauf zu konzentrieren und beobachtete jeden ihrer Schachzüge, blinzelte, wenn er über ihre Worte nachdachte, und antwortete dann zögernder, als seine Sprachprobleme allein erklärten. Bei seinem veränderten Gesicht hatte Nadia manchmal den Eindruck, als diskutierte diesmal jemand anderes – nicht Sax, sondern sein Bruder, ein Tanzlehrer oder ehemaliger Boxer mit einer gebrochenen Nase und einer Sprachbehinderung, der sich geduldig bemühte, die richtigen Worte zu finden und dabei oft Fehler machte.

Und dennoch war der Effekt der gleiche. »Terraforming – unumkehrbar«, krächzte er. »Wäre taktisch – *technisch* – schwer – zu starten – zu *stoppen*. Bemühung gleich einem – gemacht. Und könnte nicht. Und – Umwelt kann – eine Waffe in unserem Fall sein – in unserem – *Anliegen*. Auf jeder Stufe.«

»Inwiefern?«, fragten verschiedene Leute, aber Sax erklärte sich nicht näher. Er konzentrierte sich auf Ann, die ihn mit eigenartiger Miene ansah, als wäre sie entnervt.

Sie entgegnete: »Wenn wir auf dem Weg zur Lebensfähigkeit sind, dann stellt der Mars für die Transnationalen einen unglaublichen Wert dar. Vielleicht sogar ihre Rettung, wenn die Dinge dort unten auf der Erde wirklich schiefgehen. Sie können hierherkommen, die Macht übernehmen, ihre eigene neue Welt bauen und die Erde zum Teufel gehen lassen. Wenn das geschieht, sind wir verloren. Ihr habt gesehen, was einundsechzig passiert ist. Ihnen stehen gigantische Militärkräfte zur Verfügung, und deswegen werden sie ihre Macht hier behalten.«

Sie zuckte die Achseln. Sax blinzelte, als er darüber nachdachte. Er nickte sogar. Nadia fühlte, wie ihr Herz sich verkrampfte, als sie die beiden ansah. Sie waren fast so leidenschaftslos, als machte es ihnen nichts aus oder als hielten sich die Teile von ihnen, welche es kümmerte, den Teilen, denen es egal war, die Waage. Beide schienen in ihren frühen siebziger Jahren zu stehen, sodass Nadia, wenn sie sie anschaute und ihren eigenen nervösen Puls fühlte, kaum glauben konnte, dass sie jetzt über 120 waren, unmenschlich alt und so ... verändert, irgendwie verschlissen, übersättigt, erschöpft – oder darüber hinaus, sich bei einem bloßen Wortwechsel übermäßig aufzuregen. Sie wussten jetzt, welch geringe Bedeutung

Worte in der Welt hatten. Und so schwiegen sie jetzt und sahen einander nur noch in die Augen, in einer Auseinandersetzung gefangen, aus der fast jede Wut gewichen war.

Aber andere glichen ihre Nachdenklichkeit mehr als aus, und die jüngeren Heißsporne gingen wie der Teufel darauf los. Für die jüngeren Roten war Terraforming nichts weiter als ein Teil des imperialen Vorgehens. Ann war im Vergleich zu ihnen geradezu gemäßigt. Sie griffen in ihrer Wut sogar Hiroko an. »Nenn das nicht Areoforming!«, schrie sie eine an; und Hiroko sah diese große junge Frau verblüfft an, eine blonde Walküre, die der Gebrauch des Wortes fast rasend machte. »Es ist *Terraforming*, was du meinst und tust. Es Areoforming zu nennen ist eine Lüge, bei der einem schlecht wird.«

»Wir terraformen den Planeten«, sagte Jackie zu der Frau. »Aber der Planet areoformt uns.«

»Und auch das ist eine Lüge!«

Ann starrte Jackie wütend an und sagte: »Das hat dein Großvater vor langer Zeit zu mir gesagt, wie du vielleicht weißt. Aber ich warte immer noch darauf, was *Areoforming* bedeuten soll.«

Jackie sagte zuversichtlich: »Das ist das, was jedem passiert ist, der hier geboren wurde.«

»Wieso? Du bist auf dem Mars geboren. Inwiefern bist du anders?«

Jackie machte ein finsteres Gesicht und erwiderte: »Wie alle anderen Eingeborenen. Der Mars ist alles, was ich kenne und liebe. Ich wurde in einer Kultur aufgezogen, die Züge vieler unterschiedlicher irdischer Vorfahren in sich vereint, vermischt zu einem neuen Marswesen.«

Ann zuckte wieder die Achseln. »Ich sehe nicht, dass du so anders wärst. Du erinnerst mich an Maya.«

»Zum Teufel mit dir!«

»Wie Maya es ausdrücken würde. Und das ist euer Areoformen. Wir sind menschlich und bleiben menschlich, ganz gleich, was John Boone gesagt hat. Er hat viel geredet, aber davon ist nichts je wahr geworden.«

»Noch nicht«, sagte Jackie. »Aber der Prozess wird verlangsamt, wenn er in den Händen von Leuten liegt, die seit fünfzig Jahren keinen neuen Gedanken gehabt haben.« Darüber lachten viele jüngere. »Und die es gewohnt sind, in eine politische Diskussion willkürlich persönliche Beleidigungen einzuflechten.«

So stand sie da und blickte Ann an. Sie wirkte ruhig und gefasst bis auf das Blitzen ihrer Augen, das Nadia wieder bewusst machte, was für eine Macht Jackie war. Fast alle Eingeborenen standen hinter ihr. Daran gab es keinen Zweifel.

Hiroko sagte zu Ann: »Wenn wir uns hier nicht verändert haben, wie erklärst du dann die Roten? Wie erklärst du die Areophanie?«

Ann zuckte die Achseln. »Das sind Ausnahmen.«

Hiroko schüttelte den Kopf. »In uns ist ein Geist des Ortes. Landschaft hat tiefe Effekte auf die menschliche Psyche. Du bist eine Studentin der Landschaften und eine Rote. Du musst zugeben, dass das wahr ist.«

Ann erwiderte: »Wahr für manche, aber nicht für alle. Die meisten Menschen empfinden diesen Geist des Ortes offenbar nicht. Eine Stadt sieht aus wie die andere. Tatsächlich sind sie völlig austauschbar. Die Menschen ziehen hier in eine Stadt, und was ist der Unterschied zur Erde? Es gibt keinen. Darum denken sie nicht mehr an Zerstörung des Landes außerhalb der Stadt, als sie es auf der Erde getan haben.«

»Man kann diesen Menschen beibringen, anders zu denken.«

»Nein, ich glaube nicht, dass man das kann. Du hast sie zu spät erwischt. Bestenfalls kannst du ihnen befehlen, anders zu handeln. Das ist aber kein Areoforming durch den Planeten, sondern Indoktrination, Umerziehungslager und so weiter. Eine faschistische Areophanie.«

»Überredung«, entgegnete Hiroko. »Befürwortung, Argumentation durch Beispiel, Überzeugung durch Argumente. Es muss nicht Zwang sein.«

»Die Aerogelrevolution«, sagte Ann sarkastisch. »Aber Aerogel hilft nur wenig gegen Geschosse.«

Mehrere Leute redeten gleichzeitig, und für einen Moment ging der Faden der Debatte verloren. Die Diskussion spaltete sich sofort in hundert kleinere Streits, da hierzu viele etwas sagen wollten, das sie bisher nicht vorgebracht hatten. Es war offenkundig, dass das noch stundenlang so weitergehen konnte, Tag für Tag.

Ann und Sax setzten sich wieder hin. Nadia entfernte sich kopfschüttelnd aus der Menge. Am Rande der Versammlung traf sie Art, der auch den Kopf gelassen schüttelte.

»Unglaublich«, sagte er.

»Glaub es lieber!«

Die folgenden Tage des Kongresses verliefen ganz ähnlich wie die ersten, mit guten oder schlechten Workshops, danach dem Abendessen und dann langen Nächten mit Gesprächen oder Partys. Nadia stellte fest, dass, während die alten Einwanderer nach dem Essen wieder an die Arbeit zu gehen pflegten, die jungen Eingeborenen dazu neigten, die Konferenzen nur tagsüber als Arbeit anzusehen, während in den Nächten gefeiert wurde, meist bei dem großen warmen Teich in Phaistos. Aber das tat jeder seinen Neigungen entsprechend, mit vielen Ausnahmen in beiden Richtungen. Aber Nadia fand es interessant.

Sie selbst verbrachte ihre Abende meistens auf den Caféterrassen von Zakros, machte sich Notizen über die Meetings des Tages, sprach mit Leuten und dachte über die Dinge nach. Nirgal arbeitete oft mit ihr zusammen und Art auch, wenn er nicht versuchte, diejenigen, die tagsüber gestritten hatten, zusammenzubringen, um Kava zu trinken und dann in Phaistos eine Party zu besuchen.

In der zweiten Woche nahm sie die Gewohnheit an, einen Abendspaziergang das Rohr hinauf zu unternehmen, oft bis nach Falasarna. Danach ging sie zurück und traf sich mit Nirgal und Art zu ihrer letzten Manöverkritik des Tages, wofür sie sich auf einem Patio trafen, der sich auf einem kleinen Lavabuckel in Lato befand. Die beiden Männer waren auf ihrer langen Heimreise von Kasei Vallis Freunde geworden und wurden unter dem Druck des Kongresses zu Brüdern. Sie sprachen über alles, verglichen ihre Eindrücke, testeten Theorien, entwickelten Pläne, die Nadia beurteilen sollte, und beschlossen, eine Art Protokoll über den Kongress abzufassen. Nadia war ein Teil davon – vielleicht als ältere Schwester oder einfach die großmütterliche Babuschka. Einmal, als sie Schluss gemacht hatten und ins Bett wankten, sprach Art vom »Triumvirat«. Ohne Zweifel mit ihr als Pompejus, dachte Nadia. Aber sie tat ihr Bestes, um sie mit ihren Analysen des größeren Bildes zu beeinflussen.

Es gab vielerlei Meinungsverschiedenheiten unter den Gruppen, erklärte sie ihnen; aber einige waren fundamental. Es gab solche für und solche gegen revolutionäre Gewalt. Es gab solche, die in den Untergrund gegangen waren, um an bedrohten Kulturen festzuhalten, und solche, die verschwunden waren, um radikal neue soziale Ordnungen zu schaffen. Und es schien Nadia auch immer sicherer, dass es auch wesentliche Differenzen zwischen jenen gab, die von der Erde eingewandert waren, und denen, die auf dem Mars geboren waren.

Es gab also Meinungsverschiedenheiten jeder Art, bei denen kein möglicher gemeinsamer Mittelweg zu erkennen war. Eines Abends kam Michel Duval zu ihnen auf einen Drink; und als Nadia ihm das Problem schilderte, nahm er seine KI und fing an, Diagramme aufzustellen. Als Grundlage benutzte er etwas, das er das »semantische Rechteck« nannte. Mit diesem Schema machten sie hundert verschiedene Skizzen der unterschiedlichen Dichotomien im Versuch, eine Darstellung zu finden, die ihnen helfen würde zu verstehen, welche Annäherungen und Oppositionen es dabei geben könnte. Sie erhielten einige interessante Schemata, aber man konnte nicht sagen, dass blendende Erkenntnisse vom Bildschirm auf sie übersprangen, obwohl ein besonders chaotisches semantisches Viereck zumindest Michel suggestiv vorkam: Gewalt und Nichtgewalt, Terraforming und Nichtterraforming bildeten die ursprünglichen vier Ecken; und in der zweiten Kombination um dieses erste Rechteck hatte er Bogdanovisten, Rote, Hirokos Areophanie und die Muslime und andere kulturell Konservative untergebracht. Was dieses *combinatoire* ihnen konkret sagen sollte, war nicht klar.

Nadia fing an, die täglichen Meetings zu besuchen, die allgemeinen Fragen bezüglich einer möglichen Marsregierung gewidmet waren. Diese waren ebenso desorganisiert wie die Diskussionen über revolutionäre Methoden, aber weniger emotional und oft viel substanzieller. Sie fanden jeden Tag in einem kleinen Amphitheater statt, das die Minoer in die Seite des Tunnelabschnitts Malia geschnitten hatten. Von diesem Halbrund aus Bänken blickten die Teilnehmer über Bambus- und Kiefernbäume und Terrakottadächer über den ganzen Tunnel – von Zakros bis Falasarna.

Die Gespräche wurden von etwas anderen Leuten besucht als die Revolutionsdebatten. Es wurde ein Bericht aus einem der kleineren Workshops zur Diskussion gestellt; und die meisten derer, die daran teilgenommen hatten, besuchten das größere Meeting, um zu sehen, welche Bemerkungen über ihren Vorschlag gemacht werden würden. Die Schweizer hatten Workshops für alle Aspekte von Politik, Ökonomie und Kultur im Allgemeinen angesetzt. Darum waren die allgemeinen Diskussionen wirklich sehr umfassend.

Vlad und Marina schickten öfters Berichte über ihren Workshop für Finanzen. Jeder Bericht verschärfte und erweiterte ihr sich entwickelndes Konzept der Öko-Ökonomie. »Es ist sehr interessant«, erzählte Nadia Nirgal und Art bei ihrer nächtlichen Zusammenkunft auf dem Buckelpatio. »Eine Menge Leute kritisieren Vlads und Marinas ursprüngliches System, einschließlich der Schweizer und Bologneser. Sie kommen im Grunde zu dem Schluss, dass das Geschenksystem, das im Untergrund zuerst angewandt wurde, an sich nicht genügt, weil es zu schwer im Gleichgewicht zu halten ist. Es gibt Probleme der Knappheit und des Hortens, und wenn man anfängt, Standards einzuführen, ist es so, als wollte man von den Leuten Geschenke erzwingen, was ein Widerspruch ist. Das hat Cojote immer gesagt, und darum hat er sein Tauschnetz aufgebaut. Also arbeiten sie auf ein rationalisierteres System hin, in dem Grunderfordernisse in einer geregelten Wasserstoffperoxid-Wirtschaft verteilt werden, wo die Preise der Dinge nach ihrem kalorischen Wert festgesetzt sind. Wenn man dann über die Notwendigkeiten hinausgeht, kommt die Geschenkökonomie mit ihrem Stickstoffstandard ins Spiel. Somit gibt es zwei Ebenen, den Bedarf und das Geschenk, oder was die Sufis im Workshop das Animalische und das Humane nennen, ausgedrückt durch die unterschiedlichen Standards.«

»Das Grüne und das Weiße«, sagte Nirgal zu sich.

»Und gefällt den Sufis dieses duale System?«, fragte Art.

Nadia nickte. »Heute, nachdem Marina das Verhältnis der zwei Ebenen dargelegt hatte, sagte Dhu el-Nun zu ihr: ›Der Mevlana hätte es nicht besser machen können.‹«

»Ein gutes Zeichen«, meinte Art vergnügt.

Andere Workshops waren weniger spezifisch und darum weniger fruchtbar. Einer, der an einem Grundgesetzentwurf arbeitete, war besonders zerstritten. Aber Nadia erkannte schnell, dass dieses Thema in einem tiefen Schacht aus kulturellen Sorgen steckte. Viele sahen es offenbar als eine Gelegenheit dafür, dass eine Kultur den Rest unterwerfen könnte. Zeyk rief: »Das habe ich schon seit Boone immer gesagt. Der Versuch, uns allen bestimmte Werte aufzuzwingen, ist reiner Atatürkismus. Es muss jedem sein eigener Weg erlaubt sein.«

»Das kann aber nur bis zu einem gewissen Punkt gestattet sein«, entgegnete Ariadne. »Was, wenn eine Gruppe hier ihr Recht auf eigene Sklaven beansprucht?«

Zeyk zuckte die Achseln. »Das würde jenseits der Grenzen des Erlaubten liegen.«

»Du gibst also zu, dass es grundlegende Menschenrechte geben muss?«

»Das liegt auf der Hand«, sagte Zeyk kühl.

Mikhail sprach für die Bogdanovisten. Er sagte: »Jede soziale Hierarchie ist eine Form von Sklaverei. Vor dem Gesetz sollte jeder völlig gleich sein.«

»Hierarchie ist eine natürliche Tatsache«, meinte Zeyk. »Sie ist unausweichlich.«

»Gesprochen wie ein arabischer Mann«, schoss Ariadne zurück. »Aber wir sind hier nicht natürlich, wir sind marsianisch. Und wo Hierarchie zu Unterdrückung führt, muss sie abgeschafft werden.«

»Die Hierarchie der rechten Gesinnung«, sagte Zeyk.

»Oder des Primates von Gleichheit und Freiheit.«

»Wenn nötig, erzwungen.«

»Ja!«

»Also erzwungene Freiheit.« Zeyk winkte enttäuscht ab.

Art rollte einen Wagen mit Getränken auf die Bühne und schlug vor: »Vielleicht sollten wir uns auf einige aktuelle Rechte konzentrieren. Vielleicht einen Blick auf die verschiedenen Menschenrechtserklärungen auf der Erde werfen und sehen, ob sie für uns hier angepasst werden können.«

Nadia ging weiter, um in einige andere Meetings hineinzuhören. Landnutzung, Eigentumsrecht, Kriminalrecht, Erbschaftswesen … Die Schweizer hatten das Thema der Regierung in eine erstaunliche Anzahl Unterkategorien aufgeteilt. Die Anarchisten waren verärgert, unter ihnen an erster Stelle Mikhail. »Müssen wir all dies wirklich durchkauen?«, fragte er immer wieder. »Nichts davon sollte sich durchsetzen. Gar nichts!«

Nadia hätte erwartet, dass Cojote unter denen sein würde, die seiner Meinung waren; aber der sagte bloß: »Ja, wir müssen das alles diskutieren. Selbst wenn du keinen Staat willst oder nur einen Minimalstaat, musst du das Punkt für Punkt durchsprechen. Zumal die meisten Minimalisten genau das Wirtschafts- und Polizeisystem behalten wollen, in dem sie privilegiert bleiben. Ihr nennt sie Libertinisten – Anarchisten, die Polizeischutz vor ihren Sklaven haben wollen. Nein! Wenn ihr einen minimalen Staat anstrebt, müsst ihr ihn von Grund auf durchsprechen.«

Mikhail sagte: »Aber ich meine – *Erbschaftsrecht?*«

»Sicher, warum nicht? Das ist ein wichtiger Punkt. Ich sage, es sollte überhaupt keine Erbschaft geben, außer vielleicht ein paar persönliche Objekte, die man weitergibt. Aber alles Übrige sollte an den Mars zurückfallen. Es ist ein Teil des Geschenks, oder?«

»Alles Übrige?«, fragte Vlad interessiert. »Aber woraus soll das genau bestehen? Niemand wird etwas besitzen, kein Land, Wasser, Luft, Infrastruktur, Gen-Stamm, Informationen – was bleibt dann zum Weitergeben?«

Cojote zuckte die Achseln. »Dein Haus? Dein Sparkonto? Ich meine, werden wir kein Geld haben? Und werden die Leute nicht Überschüsse ansammeln, wenn sie können?«

»Du musst in die Finanzsitzungen gehen«, sagte Marina zu Cojote. »Wir hoffen, Geld auf Basis von Wasserstoffperoxid zu schaffen und die Preise für Dinge nach Energiewerten zu bemessen.«

»Aber Geld wird es immer noch geben, nicht wahr?«

»Ja, aber wir erwägen zum Beispiel umgekehrte Zinsen bei Sparguthaben, sodass das, was man von dem Ertrag nicht wieder in Gebrauch genommen hat, als Stickstoff in die Atmosphäre entlassen wird. Du wärst überrascht, wie schwer es ist, in diesem System eine positive persönliche Bilanz zu behalten.«

»Wenn du es aber schaffen würdest?«

»Nun, ich pflichte dir bei – im Todesfall sollte es an den Mars zurückgehen und für einen öffentlichen Zweck genutzt werden.«

Sax wandte zweifelnd dagegen ein, dass dies der bioethischen Theorie widerspräche, wonach menschliche Wesen wie alle Tiere stark motiviert seien, für ihre Nachkommenschaft zu sorgen. Dieses Streben könne man in der ganzen Natur beobachten und in allen menschlichen Kulturen, wodurch Verhalten oft als sowohl egoistisch wie altruistisch erklärt würde. »Versuche, die babylonische – die *biologische* – Basis der Kultur – per Dekret zu ändern ... fordert Ärger heraus.«

Cojote sagte: »Vielleicht sollte eine animalische Vererbung gestattet sein«, sagte Cojote. »Genug, um diesen Urinstinkt zu befriedigen, aber nicht genug, um auf Dauer eine reiche Elite zu schaffen.«

Marina und Vlad fanden das verlockend und fingen an, neue Formeln in ihre Computer einzugeben. Aber Mikhail, der neben Nadia saß und sein Programm für den Tag durchsah, war immer noch frustriert. Er sagte mit einem Blick auf die Liste: »Ist das wirklich Teil eines konstituierenden Prozesses? Zonen, Energieproduktion, Abfallentsorgung, Transportsysteme, Seuchenkontrolle, Eigentumsrecht, Beschwerdesysteme, Strafrecht, schiedsrichterliche Verfahren, Gesundheitsrichtlinien?«

Nadia seufzte. »Ich vermute, ja. Denk daran, wie lange Arkady über der Architektur gebrütet hat!«

»Lehrpläne? Von Mikropolitik habe ich schon gehört. Aber das ist lächerlich.«

»Nanopolitik«, sagte Art.

»Nein, Pikopolitik! Femtopolitik!«

Nadia stand auf, um Art zu helfen, den Getränkewagen zu den Workshops im Dorf unterhalb des Amphitheaters zu schieben. Art lief immer noch von einem Meeting zum nächsten, brachte Speisen und Getränke hinein und hörte sich dann ein paar Minuten die Reden an, ehe er weiterzog. Es gab acht bis zehn Meetings am Tag, und Art tauchte nach wie vor bei allen auf. An den Abenden, wenn immer mehr Delegierte ihre Zeit mit Partys verbrachten oder im Tunnel auf und ab spazierten, traf sich Art weiterhin mit Nirgal, und sie sahen sich Videos im Schnelldurchlauf an, sodass alle wie Vögel sprachen, und verlangsamten nur, um sich Notizen zu machen oder über den einen oder anderen Punkt zu diskutieren. Wenn Nadia mitten in der Nacht aufstand, um ins Bad zu gehen, kam sie an der Diele vorbei, wo die beiden an ihren Aufzeichnungen arbeiteten, und sah sie in ihren Sesseln schlummern. Ihre offenen Münder leuchteten vom flackernden Schimmer der Debatte auf dem Bildschirm.

Aber morgens stand Art mit den Schweizern auf und brachte die Dinge in Gang. Nadia versuchte, ein paar Tage mitzuhalten, stellte aber fest, dass die Frühstücksworkshops wechselhaft waren. Die Leute saßen an Tischen herum, tranken Kaffee und aßen Obst und Gebäck und starrten sich an wie Zombies: Wer bist du?, fragten ihre trüben Blicke. Was tue ich hier? Wo sind wir? Warum schlafe ich nicht in meinem Bett?

Aber es konnte auch genau umgekehrt sein. An manchen Morgen kamen die Leute geduscht und erfrischt herein, munter durch Kaffee oder Kavajava, voller neuer Ideen und bereit zu harter Arbeit, um voranzukommen. Wenn die anderen auch so gestimmt waren, konnte es schnell gehen. Eine der Sitzungen über Eigentum verlief so; und eine Stunde lang schien es, als hätten sie alle Probleme hinsichtlich Vereinbarung von Ich und Gesellschaft, privatem Vorteil und Gemeinwohl, Selbstsucht und Altruismus gelöst ... Aber am Ende sahen ihre Notizen ebenso vage und widersprüchlich aus wie die aus einer nicht so harmonischen Sitzung. »Es ist die Bandaufzeichnung der ganzen Sitzung, die sie repräsentieren muss«, sagte Art, nachdem er versucht hatte, eine Zusammenfassung zu schreiben.

Aber die Mehrzahl der Sitzungen lief nicht so erfolgreich. Tatsächlich bestanden die meisten nur aus langgezogenem Streit. Eines Morgens traf Nadia auf Antar, den jungen Araber, mit dem Jackie während ihrer Reise Zeit verbracht hatte, und sie hörte, wie er zu Vlad sagte: »Ihr werdet nur die sozialistische Katastrophe wiederholen!«

Vlad zuckte die Achseln. »Sei nicht so hastig bei der Beurteilung dieser Periode! Die sozialistischen Länder waren vom Kapitalismus von außen und Korruption von innen bedroht. Das konnte kein System überleben. Wir dürfen das Baby des Sozialismus nicht mit dem stalinistischen Badewasser ausschütten, sonst verlieren wir viele gute Konzepte, die wir dringend benötigen. Die Erde ist im Griff des Systems, das den Sozialismus besiegt hat, und das ist ganz offensichtlich eine irrationale und destruktive Hierarchie. Wie können wir daher mit ihr umgehen, ohne zermalmt zu werden? Wir müssen überall nach Antworten dafür suchen – einschließlich in den Systemen, die die herrschende Ordnung besiegt hat.«

Art schob einen Wagen mit Speisen in den nächsten Raum, und Nadia ging mit ihm hinaus.

»Mann, ich wünschte, Fort wäre hier!«, brummte Art. »Er sollte wirklich hier sein. Meiner Meinung nach.«

Im nächsten Meeting diskutierten sie über die Grenzen von Toleranz, über Dinge, die einfach nicht erlaubt sein dürften ohne Rücksicht auf ihre mögliche religiöse Bedeutung. Jemand rief: »Erzählt das den Muslimen!«

Jurgen kam aus dem Raum und machte ein enttäuschtes Gesicht. Er nahm ein Brötchen von dem Wagen und ging neben ihnen her. Beim Essen sagte er: »Die liberale Demokratie sagt, dass kulturelle Toleranz wesentlich ist, aber man braucht sich nicht weit von liberalen Demokratien zu entfernen, damit die liberalen Demokraten sehr intolerant werden.«

»Wie lösen die Schweizer dieses Problem?«, fragte Art.

Jurgen zuckte die Achseln. »Ich glaube nicht, dass wir das tun.«

»Mann, ich wünschte, Fort wäre hier!«, seufzte Art wieder. »Ich habe ihn vor einiger Zeit zu erreichen versucht, um ihm davon zu erzählen, ich habe sogar die Verbindungen der Schweizer Regierung benutzt, aber nie eine Antwort erhalten.«

Der Kongress ging fast einen Monat lang so weiter. Schlafentzug und übermäßiger Kavagenuss machten Art und Nirgal immer hagerer und angeschlagener, bis Nadia ihre nächtlichen Besprechungen unterbrach und sie ins Bett schickte. Sie schob sie auf Sofas und versprach, Zusammenfassungen der Bänder zu schreiben, die sie noch nicht durchgesehen hatten. Sie schliefen direkt im Aufenthaltsraum und ächzten, wenn sie sich auf den schmalen Sofas aus Bambus und Schaumstoff herumwarfen. Eines Nachts setzte Art sich plötzlich auf und sagte noch im Halbschlaf zu Nadia: »Ich verliere den Inhalt des Ganzen. Ich sehe bloß Formen.«

»Du wirst Schweizer, ja? Geh wieder schlafen!«

Er haute sich wieder hin. »Ich war verrückt anzunehmen, dass ihr Leute irgendetwas gemeinsam würdet tun können«, murmelte er.

»Schlaf weiter!«

Wahrscheinlich war es verrückt, dachte sie, als er schnaufte und schnarchte. Sie stand auf und ging zur Tür. In ihrem Kopf herrschte ein Gefühlsdurcheinander, das ihr sagte, dass sie nicht würde schlafen können. Also ging sie hinaus in den Park.

Die Luft war noch warm und die schwarzen Oberlichter voller Sterne. Die Länge des Tunnels erinnerte sie plötzlich an einen der runden Räume in der *Ares*. Nur waren sie hier gewaltig vergrößert, hatten aber dieselbe Ästhetik. Schwach erhellte Pavillons, die dunklen pelzartigen Klumpen kleiner Wälder ... Ein Weltenbaukasten. Aber hier ging es um eine echte Welt. Zunächst waren die Besucher des Kongresses fast schwindlig von ihrem enormen Potenzial; und manche, wie Jackie und andere Eingeborene, waren jung und idealistisch genug, um immer noch diesen Eindruck zu haben. Aber für viele der anderen Repräsentanten begannen sich die unlösbaren Probleme zu zeigen wie knotige Knochen unter schrumpfendem Fleisch. Der Rest der Ersten Hundert, die alten Japaner von Sabishii – die saßen in diesen Tagen herum, passten auf und dachten angestrengt nach, wobei ihre Haltung von Mayas Zynismus bis zu Marinas ängstlicher Besorgnis variierte.

Und dann sah sie tief unter sich im Park Cojote, der leicht beschwipst aus dem Wald kam mit einer jungen Frau, die ihn um die Taille gefasst hatte. »O mein Schatz«, rief er mit weit ausgebreiteten Armen durch den langen Tunnel, »könnten wir beide uns mit dem Schicksal verbünden – um dies jämmerliche Schema der Dinge ganz zu erfassen –, würden wir es doch in Scherben schlagen und dann – es näher dem Verlangen unserer Herzen neu gestalten!«

Ja, absolut, dachte Nadia lächelnd und ging in ihr Zimmer.

Es gab einige Gründe zur Hoffnung. Einerseits war Hiroko beharrlich, besuchte jeden Tag Meetings, äußerte ihre Gedanken und gab den Leuten das Gefühl, sie hielten in diesem Moment das wichtigste Treffen überhaupt ab. Und Ann arbeitete auch – obwohl sie, dachte Nadia, alles zu kritisieren schien, finsterer denn je –, und Spencer und Sax, Maya und Michel, und Vlad und Ursula und Marina. Tatsächlich schienen die Ersten Hundert Nadia in diesem Streben so einig zu sein wie seit der Gründung Underhills nicht mehr, als wäre das ihre letzte Chance, die Dinge in Ordnung zu bringen und den angerichteten Schaden wiedergutzumachen. Etwas zum Andenken ihrer toten Freunde zu tun.

Und sie waren nicht die Einzigen, die arbeiteten. Als die Meetings weitergingen, bekamen die Leute ein Gespür dafür, wer wollte, dass der Kongress ein greifbares Ziel erreichte; und diese Leute gewöhnten es sich an, dieselben Meetings zu besuchen. Sie arbeiteten hart, um Kompromisse zu finden und Resultate in Form von Empfehlungen zu erzielen. Sie mussten Besuche von jenen dulden, die mehr an Effekthascherei als Ergebnissen interessiert waren. Aber sie bemühten sich weiter.

Nadia konzentrierte sich auf diese Anzeichen von Fortschritt und arbeitete daran, Nirgal und Art auf dem Laufenden, aber auch satt und ausgeruht zu halten. Es kamen Leute in ihre Suite: »Ich soll das den Großen Drei vorstellen.« Viele der ernsthaften Teilnehmer waren interessant. Eine Frau von Dorsa Brevia namens Charlotte war eine angesehene Verfassungswissenschaftlerin und errichtete für sie eine Art Rahmenwerk, ein Konstrukt ähnlich dem in der Schweiz, worin Themen, die behandelt werden mussten, angeordnet wurden, ohne sie hierarchisch zu ordnen. »Freut euch!«, sagte sie den dreien eines Morgens, als die mit trüber Miene herumsaßen. »Unvereinbar erscheinende Doktrinen sind eine Chance. Der amerikanische Verfassungskongress war einer der erfolgreichsten aller Zeiten, und man hat ihn mit etlichen sehr starken Antagonismen begonnen. Die Form der von ihm geschaffenen Regierung spiegelt das Misstrauen wider, das diese Gruppen gegeneinander hegten. Kleine Staaten waren anfänglich besorgt, von den größeren überwältigt zu werden, darum gibt es einen Senat, in dem alle Staaten gleich sind, und ein Repräsentantenhaus, in dem die größeren Staaten zahlenmäßig höher vertreten sind. Diese

Struktur ist eine Reaktion auf ein spezifisches Problem, versteht ihr? Dasselbe gilt für die dreifachen gegenseitigen Kontrollen. Darin steckt ein institutionalisiertes Misstrauen gegenüber Autorität. Auch die Schweizer Verfassung enthält das. Und wir können das hier auch einführen.«

Also gingen sie hinaus, bereit zur Tat, zwei energische junge Männer und eine verbrauchte alte Frau. Es war seltsam, dachte Nadia, zu sehen, wer als Führer aus derartigen Situationen hervorging. Es mussten nicht unbedingt die Brillantesten oder am besten Informierten sein, wie Marina oder Cojote, obwohl beide Eigenschaften hilfreich, obwohl beide wichtig waren. Aber Anführer waren solche, auf die das Volk hören würde. Magnetische Persönlichkeiten. Und in einer Menge so starker Denker und Charaktere war ein solcher Magnetismus sehr selten und sehr schwer zu finden. Sehr mächtig ...

Nadia besuchte ein Meeting, das einer Erörterung von Beziehungen zwischen Mars und Erde in der Zeit nach der Unabhängigkeit galt. Cojote war da und rief: »Lasst sie zur Hölle fahren! Daran sind sie selbst schuld. Lasst sie sich aufraffen, wenn sie können. Und wenn sie das tun, können wir sie besuchen und Nachbarn sein. Aber wenn wir versuchen, ihnen zu helfen, werden sie uns vernichten.«

Viele Rote und Radikale von MarsFirst nickten energisch, vor allem Kasei. Der hatte sich erst kürzlich als einer der Anführer von MarsFirst etabliert, eines separatistischen Flügels der Roten, dessen Mitglieder nichts mit der Erde zu tun haben wollten und Sabotage, Ökoterrorismus, Anschläge und bewaffnete Revolte nur widerwillig aufgeben wollten – überhaupt jedes erforderliche Mittel, um das zu erreichen, was sie wollten. Sie waren wirklich eine der am wenigsten zugänglichen Gruppen. Nadia fand es traurig, dass Kasei ihre Partei ergriff und sogar anführte.

Maya stand auf, um Cojote zu antworten. »Eine hübsche Theorie, aber sie ist undurchführbar. Das ist wie die rote Haltung von Ann. Wir müssen mit der Erde verhandeln. Also sollten wir uns jetzt überlegen, wie, und uns nicht davor drücken.«

»Solange die sich im Chaos befinden, müssen wir tun, was wir können, um zu helfen«, sagte Nadia. »Einfluss in die Richtung ausüben, in die wir sie treiben wollen.«

Jemand sagte: »Die zwei Planeten sind *ein* System.«

»Was meinst du damit?«, fragte Cojote. »Es sind unterschiedliche Welten. Es sind bestimmt zwei Systeme.«

»Informationsaustausch.«

»Wir sind für die Erde ein Modell oder Experiment«, sagte Maya. »Ein Gedankenexperiment, aus dem die Menschheit lernen kann.«

»Ein reales Experiment«, erwiderte Nadia. »Das ist kein Spiel mehr. Wir können es uns nicht leisten, attraktive, aber rein theoretische Positionen einzunehmen.« Als sie das sagte, schaute sie Kasei und Dao und deren Kameraden an. Aber sie merkte, dass es keinen Eindruck machte.

Noch mehr Meetings und Reden, ein schnelles Mahl und ein anderes Treffen mit den *Issei* von Sabishii, um über die Demimonde als Sprungbrett für ihre Bemühungen zu sprechen. Dann ging es zur nächtlichen Besprechung mit Art und Nirgal. Aber die Männer waren erschöpft, und sie schickte sie ins Bett. »Wir reden beim Frühstück.«

Auch sie war müde, aber weit davon entfernt, schläfrig zu sein. Also machte sie ihren nächtlichen Spaziergang nach Norden von Zakros durch den Tunnel. Sie hatte kürzlich einen Hochweg entdeckt, der längs der Westwand des Tunnels verlief. Er war in den Basalt geschnitten, wo die Krümmung des Zylinders der Wand ein Gefälle von fünfundvierzig Grad verlieh. Von diesem Weg aus konnte sie über die Baumwipfel in die Parks blicken. Und wo der Weg auf einen kleinen Vorsprung in Knossos ausbog, konnte sie den Tunnel in seiner ganzen Länge bis zu beiden Horizonten überschauen. Die ganze enge Welt war schwach erleuchtet durch Straßenlampen, die von unregelmäßigen grünen Blätterkugeln umgeben waren, sowie den wenigen Fenstern, in denen noch Licht brannte, und eine Kette Lampions in den Kiefern von Gournias Park. Es war eine so elegante Konstruktion. Es schmerzte sie etwas, an die langen in Zygote verbrachten Jahre zu denken – unter dem Eis, in kalter Luft und bei künstlichem Licht. Wenn sie nur von diesen Lavatunneln gewusst hätten …

Bei dem nächsten Segment, Phaistos, war der Boden fast ganz von einem langen, seichten Teich erfüllt, wo sich der langsam von Zakros herunterfließende Kanal verbreiterte. Versenkte Leuchtkörper am einen Ende des Teichs verwandelten sein Wasser in einen seltsamen, dunklen, funkelnden Kristall. Sie beobachtete, wie eine Gruppe darin planschte. Die Körper schimmerten in dem beleuchteten Wasser und verschwanden im Dunkel. Amphibische Kreaturen, Salamander … Vor sehr langer Zeit hatte es auf der Erde Wassertiere gegeben, die keuchend ans Ufer gekrochen waren. Die müssten unten im Ozean einige recht ernste Debatten über das Verhalten geführt haben, dachte Nadia schläfrig. Herausgehen oder nicht, und wenn ja, wie und wann … In der Ferne erklang Gelächter. Sterne füllten die Oberlichter zum Bersten …

Sie machte kehrt und ging über eine Treppe zum Boden des Tunnels und dann zurück nach Zakros, auf grasbewachsenen Wegen dem Kanal folgend, wobei sich wirre Bilder in ihrem Kopf jagten. Wieder in ihrer Suite, legte sie sich auf das Bett und schlief sofort ein. Sie träumte gegen Morgen von Delfinen, die durch die Luft schwammen.

Aber mitten in diesem Traum wurde sie grob von Maya geweckt, die auf Russisch sagte: »Es sind Terraner angekommen. Amerikaner.«

»Terraner ...«, wiederholte Nadia. Und bekam Angst.

Sie zog sich an und ging hinaus, um sich das anzusehen. Es stimmte: Da stand Art mit einer kleinen Gruppe von Terranern, Männern und Frauen, so groß wie sie und anscheinend auch ungefähr ihres Alters. Sie waren unsicher auf den Beinen, als sie sich den Hals verrenkten, um erstaunt die große Kammer zu betrachten. Art versuchte, sie vorzustellen und gleichzeitig Erläuterungen zu geben, was selbst seinem Mundwerk Schwierigkeiten bereitete. »Ja, ich habe sie eingeladen, ich wusste nicht – hey, Nadia – das ist mein alter Chef, William Fort.«

»Wenn man vom Teufel spricht ...«, sagte Nadia und schüttelte dem alten Mann die Hand. Er hatte einen festen Griff. Ein kahlköpfiger Mann mit Stupsnase, gebräunt und runzlig, mit einer angenehm unbestimmten Miene.

»Sie sind gerade angekommen. Die Bogdanovisten haben sie hereingebracht. Ich habe Mr. Fort vor einiger Zeit eingeladen, aber nie von ihm gehört und wusste nicht, dass er kommen würde, und bin ganz überrascht und natürlich erfreut.«

»*Du* hast ihn eingeladen?«, fragte Maya.

»Jawohl. Ihm liegt sehr daran, uns zu helfen. Das ist es.«

Maya wurde wütend, aber nicht auf Art, sondern auf Nadia. »Ich habe dir gesagt, er ist ein Spion«, zischte sie auf Russisch.

»Ja, das hast du«, entgegnete Nadia und sagte dann auf Englisch zu Fort: »Willkommen auf dem Mars!«

»Ich freue mich, hier zu sein«, sagte Fort. Und es sah so aus, als meinte er es auch so. Er grinste albern, als wäre er zu vergnügt, eine ruhige Miene zu bewahren. Seine Begleiter schienen sich nicht so sicher zu sein. Es waren ungefähr ein Dutzend, jung wie alt. Einige lächelten, aber viele sahen unsicher und misstrauisch aus.

Nach einigen unbehaglichen Minuten führte Nadia Fort und seine kleine Gruppe zu den Gästewohnungen in Zakros; und als Ariadne kam, wies sie den Besuchern Zimmer zu. Wohin hätten sie sonst gehen können? Die Nachricht war schon durch ganz Dorsa Brevia und zurück geeilt; und die Gesichter der Menschen, die jetzt nach Zakros kamen, drückten ebenso sehr Missfallen wie Neugier aus. Aber die Besucher waren immerhin führende Personen einer der größten Transnationalen und offenbar allein und ohne Ortungsgeräte gekommen, wie die Sabishiianer erklärt hatten. Irgendetwas mussten sie mit ihnen machen.

Nadia veranlasste, dass die Schweizer eine Vollversammlung am Mittag einberiefen, und forderte dann die neuen Gäste auf, sich in ihren Räumen frisch zu machen und danach bei dem Meeting zu sprechen. Die Terraner nahmen die Einladung dankbar an. Die Unsicheren unter ihnen sahen beruhigt aus. Fort selbst schien bereits in Gedanken eine Rede vorzubereiten.

Draußen, außerhalb der Gästewohnungen in Zakros, sah sich Art einer erregten Volksmenge gegenüber. »Wie kommst du auf den Gedanken, dass du derartige Entscheidungen für uns treffen könntest?«, fragte Maya, die für viele von ihnen sprach. »Du, der du nicht einmal dazugehörst! Du, ein Spion unter uns! Sich mit uns anfreunden und uns dann hinter unserem Rücken verraten!«

Art breitete die Arme aus, sein Gesicht von Erregung gerötet, und bewegte die Schultern, als ducke er sich unter Schlägen. Er appellierte an die Menschen hinter Maya, die vielleicht bloß neugierig waren: »Wir brauchen Hilfe. Wir können das, was wir wollen, nicht ganz allein schaffen. Praxis ist anders. Die sind mehr wie wir als die anderen. Das kann ich euch sagen.«

Maya erklärte: »Du hast nicht das Recht, uns etwas zu sagen. Du bist unser Gefangener.«

Art kniff die Augen zu und hob abwehrend die Hände. »Man kann nicht gleichzeitig Gefangener und Spion sein, oder?«

»Du kannst jede Art von Verräter gleichzeitig sein!«, schrie Maya.

Jackie ging zu Art und sah mit ernstem und intensivem Blick auf ihn hinunter. »Du weißt, dass diese Praxisgruppe jetzt für immer hierbleiben muss? Ob sie will oder nicht – wie du.«

Art nickte. »Ich habe ihnen gesagt, dass das passieren könnte. Offenbar kümmerte sie das nicht. Sie wollen helfen, ganz sicher. Sie repräsentieren die einzige Transnationale, die anders handelt, die Ziele hat, die den unseren ähnlich sind. Sie sind aus eigenem Antrieb hierhergekommen, um zu sehen, ob sie helfen können. Sie sind *interessiert*. Warum sollten wir uns deswegen so aufregen? Das ist eine *günstige Gelegenheit*.«

»Hören wir uns an, was Fort zu sagen hat«, schlug Nadia vor.

Die Schweizer hatten die Sondersitzung im Amphitheater von Malia anberaumt; und als sich die Delegierten versammelten, half Nadia dabei, die neu Hinzugekommenen durch das Tor des Segments zu begleiten. Sie waren durch die Größe des Tunnels von Dorsa Brevia noch sichtlich erschüttert. Art trippelte mit weit aufgerissenen Augen um sie herum und wischte sich höchst nervös mit dem Ärmel den Schweiß von der Stirn. Nadia musste darüber lachen. Irgendwie hatte die Ankunft von Fort sie in gute Stimmung versetzt. Sie konnte sich nicht vorstellen, dass er ihnen schaden wollte.

Also nahm sie mit der Praxisgruppe in der ersten Reihe Platz und sah zu, wie Art Fort auf die Bühne geleitete und vorstellte. Fort nickte und sagte etwas. Dann neigte er den Kopf, schaute zu der hinteren Reihe des Amphitheaters auf und erkannte, dass seine Stimme nicht verstärkt wurde. Er holte tief Luft und fing noch einmal an. Seine gewöhnlich ruhige Stimme schwebte hinaus mit der Sicherheit eines alten Schauspielers und trug gut zu jedem Anwesenden.

»Ich möchte dem Volk von Subarashii dafür danken, dass sie mich nach Süden zu dieser Konferenz gebracht haben.«

Art, der zu seinem Platz zurückkehren wollte, wandte sich um und sagte hinter vorgehaltener Hand zu Fort: »Das ist Sabishii.«

»Was ist was?«

»Sabishii. Sie sagten Subarashii. Das ist die Transnationale. Die Siedlung, durch die Sie hierhergekommen sind, heißt Sabishii. Sabishii bedeutet ›einsam‹, Subarashii hingegen ›wundervoll‹.«

»Wundervoll«, wiederholte Fort und schaute Art merkwürdig an. Dann zuckte er die Achseln und legte los – ein alter Terraner mit ruhiger, aber durchdringender Stimme und einem etwas schweifenden Stil. Er beschrieb Praxis, wie sie angefangen hatte und wie sie jetzt arbeitete. Als er auf die Beziehungen zwischen Praxis und den anderen Transnationalen zu sprechen kam, dachte Nadia, sie würde Ähnlichkeiten zu den Beziehungen auf dem Mars zwischen dem Untergrund und den Welten an der Oberfläche erkennen, die zweifellos durch Forts Beschreibung geschickt in gutes Licht gerückt wurden. Und nach dem Schweigen hinter ihr zu urteilen fesselte Fort das Interesse der Menge. Aber dann sagte er etwas über Ökokapitalismus und dass er die Erde als eine volle Welt betrachtete, während der Mars noch eine leere sei. Da sprangen drei oder vier Rote auf.

»Was meinen Sie damit?«, rief einer von ihnen. Nadia sah, dass Art im Schoß die Hände rang; und bald erkannte sie, weshalb. Die Antwort von Fort war lang und seltsam. Er erläuterte, was er als Ökokapitalismus bezeichnete, worin die Natur als Bioinfrastruktur angesehen wurde, die Menschen dagegen als menschliches Kapital. Wenn sie nach hinten schaute, sah Nadia, dass viele Leute die Stirn runzelten. Vlad und Marina steckten die Köpfe zusammen, und Marina tippte auf dem Computer an ihrem Handgelenk. Plötzlich sprang Art auf und unterbrach Fort mit der Frage, was Praxis jetzt täte und was seiner Meinung nach die Rolle von Praxis auf dem Mars wäre.

Fort starrte Art an, als würde er ihn nicht erkennen. »Wir haben mit dem Weltgerichtshof zusammengearbeitet. Die UN hat sich nie von 2061 erholt und gilt jetzt als ein Artefakt des Zweiten Weltkriegs, wie der Völkerbund ein Artefakt des Ersten war. Damit haben wir unseren besten Schiedsrichter bei internationalen Streitigkeiten verloren. Inzwischen sind die Konflikte aber weitergegangen, von denen manche ernster Natur sind. Immer mehr solcher Konflikte sind von der einen oder anderen Partei vor den Weltgerichtshof getragen worden; und Praxis hat die Organisation ›Freunde des Gerichtshofes‹ ins Leben gerufen, die sich bemüht, ihn in jeder möglichen Weise zu unterstützen. Wir halten uns an seine Regeln, geben ihm Geld und Personal, versuchen, Schlichtungstechniken zu entwickeln und so weiter. Wir haben uns an einem neuen Verfahren beteiligt. Wenn zwei internationale Körperschaften gleich welcher Art ein Missverständnis haben und beschließen, sich dem Schiedsspruch zu unterwerfen, treten sie in ein einjähriges Programm mit dem Weltgerichtshof ein, dessen Gutachter eine Lösung zu finden versuchen, die beide Seiten befriedigt. Nach Ablauf des Jahres fasst der Gerichtshof Beschlüsse über alle offenen Fragen, und wenn das funktioniert, wird ein Vertrag unterzeichnet, und wir sind bestrebt, diese Verträge auf jede uns mögliche Weise zu unterstützen. Indien hat Interesse gezeigt, hat das Programm mit Sikhs im Punjab durchgezogen, und es klappt bisher. Andere Fälle haben sich als schwieriger erwiesen. Es ist aber lehrreich gewesen. Das Konzept von Halbautonomie findet immer mehr Beachtung. Wir bei Praxis glauben, dass Nationen niemals wirklich souverän gewesen sind, sondern immer nur halbautonom in Beziehung zum Rest der Welt. Metanationale sind halbautonom, Individuen sind halbautonom, Kultur ist halbautonom in Beziehung zur Ökonomie, Werte sind halbautonom in Beziehung zu Preisen ... Es gibt einen neuen Zweig der Mathematik, der Halbautonomie in formal logischen Ausdrücken zu beschreiben sucht.«

Vlad, Marina und Cojote versuchten gleichzeitig, Fort zuzuhören, sich zu beraten und Notizen zu machen. Nadia stand auf und winkte Fort zu.

»Unterstützen andere Transnationale das Weltgericht auch?«, fragte sie.

»Nein. Die Metanationalen vermeiden es und benutzen die UN als Jasager. Ich fürchte, sie glauben noch an den Mythos der Souveränität.«

»Aber das klingt wie ein System, das nur funktioniert, wenn beide Seiten ihm zustimmen.«

»Ja. Alles, was ich Ihnen sagen kann, ist, dass Praxis daran sehr interessiert ist und dass wir versuchen, Brücken zwischen dem Weltgerichtshof und allen Mächten auf der Erde zu bauen.«

»Warum?«, fragte Nadia.

Fort hob die Hände in einer ähnlichen Geste wie Art. »Kapitalismus funktioniert nur, wenn es Wachstum gibt. Aber Wachstum ist nicht länger Wachstum, sehen Sie. Wir müssen nach innen wachsen und uns neu ausrichten.«

Jackie stand auf. »Aber auf dem Mars könnten Sie in klassisch kapitalistischem Stil wachsen, oder?«

»Vermutlich, ja.«

»Vielleicht ist das alles, was Sie von uns wollen? Ein neuer Markt? Diese leere Welt, von der Sie vorhin gesprochen haben?«

»Nun, bei Praxis sind wir auf den Gedanken gekommen, dass der Markt nur ein sehr kleiner Teil der Gemeinschaft ist. Und wir sind an allen Aspekten davon interessiert.«

»Was wollen Sie also von uns?«, schrie jemand von hinten.

Fort lächelte: »Ich möchte zusehen.«

Das Meeting endete bald danach, und die regulären Nachmittagssitzungen fanden statt. Natürlich beherrschte die Ankunft der Praxisgruppe zumindest einen Teil jeder Diskussion. Zum Leidwesen für Art wurde klar, als sie in nächtlicher Runde die Bänder durchsahen, dass Fort und sein Team dem Kongress mehr als ein trennendes denn verbindendes Element erschienen war. Viele konnten eine Transnationale nicht als vollwertiges Mitglied des Kongresses akzeptieren. Das war es also. Cojote kam vorbei und sagte zu Art: »Erzähl mir nicht, wie anders Praxis ist! Das ist ein uralter Trick, wie er im Buche steht. Wenn sich die Reichen nur anständig benehmen würden, wäre das System okay. Das ist Unsinn. Das System legt alles zu sehr fest. Es ist das System, das sich ändern muss.«

»Fort redet davon, es zu verändern«, wandte Art ein. Aber Fort war darin sein eigener ärgster Feind mit seiner Gewohnheit, klassische ökonomische Fachausdrücke zur Beschreibung seiner neuen Ideen zu benutzen. Die Einzigen, die sich für dieses Vorgehen interessierten, waren Vlad und Marina. Für die Bogdanovisten, Roten und MarsFirst-Radikalen stellte es terranisches Geschäftsgebaren wie üblich dar; und damit wollten sie nichts zu tun haben. Keine Geschäfte mit einer Transnationalen, schrie Kasei auf einem Band und erhielt Applaus. Kein Abkommen mit Terra! Fort und seine Leute waren völlig inakzeptabel. Für diese Gruppe war die einzige Frage, ob man Fort und seinen Begleitern erlauben würde fortzugehen oder nicht. Manche meinten, dass sie wie Art jetzt Gefangene des Untergrundes wären.

Aber Jackie stand in dem gleichen Meeting auf, um Boones Position einzunehmen, wonach man alles der Sache dienlich machen müsse. Sie verachtete diejenigen, die Fort prinzipiell ablehnten. Zu ihrem Vater sagte sie scharf: »Wenn ihr schon Besucher als Geiseln nehmen wollt, warum nutzt ihr sie nicht aus? Warum nicht mit ihnen sprechen?«

So gab es praktisch eine neue Spaltung zusätzlich zu allen anderen: Isolationisten und Anhänger der zwei Welten.

Im Verlauf der nächsten Tage reagierte Fort auf die ihn umgebende Kontroverse, indem er sie ignorierte – bis zu dem Ausmaß, dass es Nadia schien, er hätte sie vielleicht gar nicht wahrgenommen. Die Schweizer baten ihn, einen Workshop über die derzeitige Situation auf der Erde abzuhalten. Dieser war sehr gut besucht. Fort und seine Leute beantworteten in jeder Sitzung ausführlich Fragen. Fort schien sich hierbei damit zu begnügen, alles zu glauben, was sie ihm über den Mars erzählten. Und wenn er selbst redete, gab er keinerlei Empfehlungen. Er hielt sich an die Erde und schilderte die Zustände nur. Als Antwort auf eine Frage sagte er: »Die Transnationalen sind bis auf das runde Dutzend der größten zusammengebrochen. Die haben alle Entwicklungskontrakte mit mehr als einer lokalen Regierung geschlossen. Wir nennen sie die Metanationalen. Die größten sind Subarashii, Mitsubishi, Consolidated, Amexx, Armscor, Mahjari und Praxis. Die nächsten zehn oder fünfzehn sind auch recht groß, und danach ist man wieder bei transnationaler Größe angelangt. Aber die werden rasch den

Metanationalen einverleibt. Die großen Metanationalen sind jetzt die größten Weltmächte, insofern sie die Weltbank, die Elfergruppe und alle ihre Klientenländer kontrollieren.«

Sax bat ihn, eine Metanationale näher zu definieren.

»Vor ungefähr zehn Jahren wurde Praxis von Sri Lanka gebeten, ins Land zu kommen, die Ökonomie zu übernehmen und zwischen den Tamilen und Singhalesen zu vermitteln. Das taten wir. Die Resultate waren gut, aber während dieses Arrangements wurde klar, dass diese Beziehung mit einer nationalen Regierung etwas Neues war. Das fand in gewissen Kreisen Beachtung. Dann entzweite sich vor einigen Jahren Amexx mit der Elfergruppe, entzog ihr ihre sämtlichen Guthaben und legte sie in den Philippinen an. Das ungleiche Verhältnis zwischen Amexx und den Philippinen, nach Bruttojahresprodukt auf hundert zu eins geschätzt, führte zu einer Situation, in der Amexx dieses Land praktisch übernahm. Das war die erste reale Metanationale, obwohl nicht klar war, dass es sich um etwas Neues handelte, bis dieses Arrangement von Subarashii nachgeahmt wurde, als die viele ihrer Operationen nach Brasilien verlegten. Jetzt war deutlich, dass es tatsächlich etwas Neues war, nicht wie die alten Beziehungen zu Gefälligkeitsflaggen. Eine Metanationale übernimmt die Schulden und die internationale Ökonomie ihrer Klientenländer, wie es die UN in Kambodscha oder Praxis in Sri Lanka gemacht haben, aber viel umfassender. Bei diesen Arrangements wird die Klientelregierung die Instanz zur Verstärkung der Wirtschaftspolitik der Metanationalen. Im Allgemeinen werden dadurch sogenannte Sparmaßnahmen verschärft, aber alle Regierungsbeamten werden viel besser bezahlt als vorher, einschließlich Armee, Polizei und Nachrichtendienste. Damit hat man das Land praktisch gekauft. Und jede Metanationale hat die Mittel, mehrere Länder zu kaufen. Amexx hat eine solche Beziehung zu den Philippinen, den nordafrikanischen Ländern, Portugal, Venezuela und fünf oder sechs kleineren Ländern.«

»Hat Praxis das auch gemacht?«, fragte Marina.

Fort schüttelte den Kopf. »In gewisser Weise ja, aber wir haben versucht, den Beziehungen einen anderen Charakter zu geben. Wir haben mit Ländern verhandelt, die groß genug waren, um die Partnerschaft ausgeglichener zu gestalten. Wir hatten Abmachungen mit Indien, China und Indonesien. Das waren alles Länder, die durch den Marsvertrag von 2057 betrogen worden waren und uns deshalb veranlassten herzukommen und Untersuchungen wie diese hier anzustellen. Wir haben auch mit einigen anderen Ländern, die noch unabhängig sind, Abmachungen eingeleitet. Aber wir sind nicht exklusiv in diese Länder eingedrungen und haben nicht versucht, ihnen ihre Wirtschaftspolitik zu diktieren. Wir haben versucht, uns an unsere Version des Transnationalismus zu halten, aber im Maßstab der Metanationalen. Wir hoffen, für die Länder, mit denen wir Geschäfte machen, als Alternative zum Metanationalismus zu fungieren. Eine Ressource, um mit dem Weltgerichtshof, der Schweiz und einigen anderen Partnern außerhalb der sich abzeichnenden metanationalen Ordnung weiterzumachen.«

»Praxis ist eben *anders*«, erklärte Art.

»Aber das System ist das System«, meinte Cojote aus dem Hintergrund des Raums beharrlich.

Fort zuckte die Achseln. »Ich denke, wir machen das System.«

Cojote schüttelte nur den Kopf.

»Wir müssen damit verhalten – *verhandeln*«, sagte Sax.

Und er fing an, Fort Fragen zu stellen. »Welche ist die gröbste – das *größte*?« Es waren stockende, abgerissene, krächzende Fragen. Aber Fort ignorierte Sax' Schwierigkeiten und antwortete sehr ausführlich, sodass die meisten Praxis-Workshops in einer Befragung von Fort durch Sax bestanden, wobei jeder viel über die anderen Metanationalen, ihre Anführer, ihre innere Struktur, ihre Klientenländer, ihr Verhalten untereinander und ihre Geschichte, besonders die Rollen, die ihre Vorgängerorganisationen im Chaos von 2061 gespielt hatten, erfuhr. »Warum die Eier – nein, ich meine die Kuppel – zerbrechen?«

Fort war in historischen Details schwach und seufzte unglücklich über das Versagen seiner persönlichen Erinnerungen an diese Periode. Aber sein Bericht über die aktuelle Situation auf der Erde war ausführlicher als jeder, den sie zuvor bekommen hatten, und half, Fragen zur metanationalen Aktivität auf dem Mars zu klären, die sie alle sich gestellt hatten. Die Metanationalen benutzten die Übergangsbehörde als Weg, ihre eigenen Meinungsverschiedenheiten zu schlichten. Sie waren uneins über Territorien. Sie ließen die Demimonde in Ruhe, weil sie den Eindruck hatten, dass deren Untergrundaspekte vernachlässigbar wären und leicht überwacht werden könnten. Und so weiter. Nadia hätte Sax einen Kuss geben können – sie tat das auch – und küsste Spencer und Michel dafür, dass sie Sax während dieser Sitzungen unterstützten; denn obwohl Sax sich verbissen durch seine Sprachschwierigkeiten quälte, hatte er oft einen roten Kopf vor Frustration und schlug mit der Faust auf den Tisch. Gegen Ende fragte er Fort: »Was will Praxis denn vom Mann – *bum!* – vom Mars?«

Fort antwortete: »Wir denken, dass das, was hier geschieht, daheim Rückwirkungen zeigen wird. Wir haben gerade eine sich abzeichnende Koalition progressiver Elemente auf der Erde festgestellt, von denen die meisten in China, Praxis und der Schweiz sind. Danach folgen Dutzende kleinerer Elemente, die aber weniger mächtig sind. Es könnte entscheidend sein, welchen Weg Indien in dieser Situation einschlägt. Die meisten Metanationalen scheinen es als Entwicklungssenke zu betrachten in dem Sinne, dass es sich, ganz gleich, wie viel sie hineinstecken, nicht verändern wird. Wir sind anderer Ansicht. Und wir halten auch den Mars in einer anderen Weise für entscheidend, als eine aufsteigende Macht. Darum wollen wir auch hier die progressiven Elemente finden und ihnen zeigen, was wir tun. Und sehen, was sie davon halten.«

»Interessant!«, sagte Sax.

Und das war es auch. Aber viele Leute blieben eisern ablehnend gegenüber Verhandlungen mit einer Metanationalen von der Erde. Und inzwischen gingen alle anderen Diskussionen über all die anderen Themen ungemindert weiter. Die Standpunkte wurden oft noch gegensätzlicher, je länger man darüber redete.

An diesem Abend schüttelte Nadia bei ihrer Zusammenkunft auf dem Patio den Kopf. Sie wunderte sich darüber, wie sehr die Leute fähig waren, das zu ignorieren, was sie gemeinsam hatten, und wie verbissen sie sich über winzig kleine Differenzen zwischen ihnen stritten. Sie sagte zu Art und Nirgal: »Vielleicht ist die Welt einfach zu kompliziert, als dass irgendein gemeinsamer Plan funktionieren könnte. Vielleicht sollten wir uns nicht um einen globalen Plan bemühen, sondern nur um etwas, das zu uns passt. Und dann hoffen, dass der Mars mit vielen unterschiedlichen Systemen zurechtkommen kann.«

»Ich glaube, dass auch das nicht funktionieren wird«, entgegnete Art.

»Aber was funktioniert dann?«

Er zuckte die Achseln. »Das weiß ich noch nicht.« Und er ging mit Nirgal fort, um Videos durchzusehen. Er rannte einer Idee hinterher, die Nadia eine immer weiter zurückweichende Fata Morgana zu sein schien.

Nadia ging zu Bett. Im Einschlafen dachte sie, wenn es ein Bauprojekt wäre, würde sie es einreißen und von Neuem anfangen.

Das Traumbild eines einstürzenden Gebäudes riss sie wach. Nach einer Weile gab sie den Versuch, wieder einzuschlafen, auf und ging zu einem Spaziergang hinaus. Art und Nirgal schliefen im Videoraum. Ihre Gesichter waren auf die Tischplatte gedrückt und vom flackernden Licht der Bildschirme beleuchtet. Draußen fauchte die Luft durch die Tore nach Norden nach Gournia hinein, und sie folgte ihr auf dem Hochweg. Knisternde Bambusblätter, Sterne im Oberlicht ... dann die leichten Töne von Gelächter, die vom Phaistosteich durch den Tunnel herüberklangen.

Die Unterwasserbeleuchtung des Teichs war eingeschaltet, und ein paar Leute waren wieder beim Baden. Aber jetzt stand auf der gegenüberliegenden Seite des Tunnels, auf der gekrümmten Wand ungefähr in gleicher Höhe mit ihr, eine beleuchtete Plattform, auf der sich acht Personen drängten. Einer drückte sich von der Plattform weg auf eine Art Brett, duckte sich und packte die Vorderkante des Brettes, das offenbar nur wenig Reibung bot. Der nackte Mann schoss mit nassem, hinter ihm flatterndem Haar die gekrümmte schwarze Seite des Tunnels hinunter und wurde schneller, bis er über einen Felsvorsprung hinausschoss und über den Teich flog. Er überschlug sich und platschte mit Schwung ins Wasser. Dann kam er rasch wieder hoch und wurde allseitig mit Beifall bedacht.

Nadia ging hinunter, um zuzuschauen. Jemand anders brachte das Brett wieder die Treppe hinauf zur Plattform. Der Mann, der es geritten hatte, stand im flachen Wasser und strich sein Haar zurück. Nadia erkannte ihn nicht, bis sie am Ufer des Teichs war und er in das von unten kommende Licht geriet. Es war William Fort.

Nadia legte ihre Kleider ab und ging ins Wasser hinaus, das sehr warm war, auf Körpertemperatur oder höher. Ohne einen Laut schoss eine weitere Gestalt in die Tiefe, wie ein Surfer auf einer gewaltigen Felsenwelle. »Das Gefälle sieht bedrohlich aus«, sagte Fort zu seinen Gefährten, »aber bei so geringer Schwerkraft geht es gerade noch.«

Die Frau, die jetzt auf dem Brett ritt, wurde hoch über das Wasser geschleudert. Sie machte eine perfekte Rolle rückwärts und stieß dann ins Wasser. Als sie auftauchte, erhielt sie lauten Beifall. Inzwischen hatte eine andere Frau das Brett genommen und kletterte aus dem Teich, dicht am Fuß der in den Stein gehauenen Treppe.

Fort begrüßte Nadia mit einem Kopfnicken. Er stand bis zur Hüfte im Wasser. Sein Körper war drahtig unter alter runzliger Haut. Auf seinem Gesicht war die gleiche Miene lockeren Vergnügens, die er in den Workshops gezeigt hatte. »Wollen Sie es versuchen?«, fragte er sie.

»Vielleicht später«, antwortete sie und sah sich die Leute im Wasser an. Sie versuchte herauszufinden, welchen Parteien im Kongress sie angehörten. Als sie merkte, was sie tat, schnaubte sie, angewidert von sich und durch die alles durchdringende Politik, die jeden Bereich des Lebens infizieren konnte, wenn man das zuließ.

Aber dennoch stellte sie fest, dass die Leute im Wasser meistens junge Eingeborene waren, von Zygote, Sabishii, Neu-Vanuatu, Dorsa Brevia, dem Vishniac-Mohole und Christianopolis. Es waren kaum aktive Delegierte darunter, und ihre Macht war für Nadia nur schwer einzuschätzen. Wahrscheinlich hatte es nicht so viel zu bedeuten, dass sie sich hier bei Nacht nackt im warmen Wasser versammelten und eine Party feierten. Die meisten kamen von Orten, wo öffentliche Bäder üblich waren. Darum waren sie es gewohnt, mit jemandem herumzuplanschen, mit dem sie sich den ganzen Tag lang gestritten hatten.

Wieder kam eine Frau schreiend den Abhang herunter, hob ab und flog in die Tiefen des Teichs. Die Leute schwammen auf sie zu wie Haifische auf Blut. Nadia duckte sich unter das Wasser, das leicht salzig schmeckte. Als sie die Augen öffnete, sah sie überall Kristallblasen platzen und dann schwimmende Körper, die sich wie Delfine über die glatte dunkle Fläche des Bodens schlängelten. Ein unirdisches Bild ...

Sie kam wieder hoch und drückte ihr nasses Haar aus. Fort stand zwischen den jungen Leuten wie ein gebrechlicher Neptun und betrachtete sie in seiner seltsam gelassenen Weise. Vielleicht, dachte Nadia, waren diese Eingeborenen wirklich die neue marsianische Kultur, von der Boone gesprochen hatte, die mitten unter ihnen entstand, ohne dass sie es bemerkten. Übermittlung von Information über Generationen hinweg war immer fehlerhaft. So fand Evolution statt. Und selbst wenn die Menschen aus sehr verschiedenen Gründen in den Untergrund gegangen waren, so schienen sie hier doch alle zu konvergieren in einer Art Leben, das steinzeitliche Aspekte hatte und vielleicht auf eine Urkultur hinter allen Differenzen zurückgriff, oder nach vorn auf eine neue Synthese. Es spielte keine Rolle, welches von beiden – es konnte beides zugleich sein. Also gab es hier vielleicht eine Verbindung.

Das schien die sanft vergnügte Miene Forts Nadia irgendwie zu sagen, als Jackie Boone in ihrer ganzen Walkürenpracht die Tunnelwand herunterschoss und über sie hinwegflog, wie aus einer Zirkuskanone geschossen.

Das von den Schweizern aufgestellte Programm näherte sich seinem Ende. Die Organisatoren riefen zu einer dreitägigen Ruhepause auf, der eine Generalversammlung folgen sollte.

Art und Nirgal verbrachten diese Tage in ihrem kleinen Konferenzraum, gingen fast rund um die Uhr Videos durch, redeten endlos und tippten wie wild auf ihren Computern. Nadia ließ sie machen, löste Streits, wenn sie uneins waren, und schrieb die Abschnitte um, die ihnen nicht gelungen vorkamen. Wenn sie hinzukam, fand sie oft einen von ihnen in seinem Sessel schlafend, während der andere gebannt auf seinen Bildschirm starrte. »Schau«, krächzte der dann, »was hältst du hiervon?« Nadia las den Text und machte Anmerkungen, während sie ihnen Essen unter die Nasen schob, was den Schlafenden oft aufweckte. »Sieht vielversprechend aus. Lasst uns wieder an die Arbeit gehen!«

Und so gingen am Morgen der Generalversammlung Art, Nirgal und Nadia zusammen auf die Bühne des Amphitheaters, und Art nahm seinen Computer mit auf das Proszenium. Er stand da und betrachtete die versammelte Menge, als wäre er von ihrem Anblick überrascht. Nach einer langen Pause sagte er: »Wir sind tatsächlich in vielen Punkten einer Meinung.«

Das erregte Gelächter. Aber Art hielt seinen Computer über den Kopf wie die Gesetzestafeln vom Sinai und las dann laut vom Schirm ab: »Programmpunkte für eine Marsregierung!«

Er blickte über den Schirm hinweg auf die Menge, die in aufmerksames Schweigen verfiel.

»Eins: Die Gesellschaft des Mars wird aus vielen unterschiedlichen Kulturen zusammengesetzt sein. Es ist besser, sie sich als eine Welt vorzustellen denn als eine Nation. Religionsfreiheit und kulturelle Praktiken müssen gewährleistet sein. Keine Kultur oder Gruppe sollte imstande sein, den Rest zu beherrschen.

Zwei: Innerhalb dieses Rahmens der Diversität muss dennoch gewährleistet sein, dass alle Individuen auf dem Mars gewisse unveräußerliche Rechte haben, einschließlich der materiellen Grundlagen der Existenz, Gesundheitsfürsorge und Gleichheit vor dem Gesetz.

Drei: Land, Luft und Wasser des Mars stehen unter der gemeinsamen Verwaltung der menschlichen Familie und können nicht Eigentum irgendeiner Person oder Gruppe sein.

Vier: Die Früchte der Arbeit einer Person gehören dieser und können nicht Eigentum einer anderen Person oder Gruppe werden. Gleichzeitig ist die menschliche Arbeit auf dem Mars Teil eines gemeinschaftlichen Unternehmens und dem Gemeinwohl gewidmet. Das Wirtschaftssystem des Mars muss diese beiden Tatsachen ausdrücken und Eigeninteresse mit den Interessen der Gemeinschaft im Gleichgewicht halten.

Fünf: Die metanationale Ordnung, die auf der Erde herrscht, ist gegenwärtig nicht fähig, die beiden obigen Prinzipien zu vereinen und kann hier keine Anwendung finden. An ihrer Stelle müssen wir eine Ökonomie verordnen, die auf ökologischer Wissenschaft beruht. Das Ziel der Marswirtschaft ist nicht ›nachhaltige Entwicklung‹, sondern ein aufrechtzuerhaltendes Gedeihen seiner ganzen Biosphäre.

Sechs: Die Landschaft des Mars hat gewisse eigene ›Standortrechte‹, denen Rechnung zu tragen ist. Die Ziele unserer Umweltveränderungen sollten deshalb minimalistisch und ökologisch kreativ sein und die Werte der Areophanie widerspiegeln. Es wird vorgeschlagen, dass bei Umweltveränderungen als Ziel angestrebt wird, nur jenen Teil des Mars, der unterhalb der Vierkilometerlinie liegt, für Menschen lebensfähig zu gestalten. Größere Erhebungen, die etwa dreißig Prozent des Planeten ausmachen, würden dann in einem Zustand verbleiben, der in gewisser Hinsicht ihren urtümlichen Verhältnissen ähnelt, und als natürliche Wildzonen existieren.

Sieben: Die Besiedlung des Mars ist ein einzigartiger historischer Prozess, da sie die erste Besiedlung eines anderen Planeten durch die Menschheit bedeutet. Als solche sollte sie in einem Geist der Achtung vor diesem Planeten und vor der Seltenheit von Leben im Weltall unternommen werden. Was wir hier tun, wird Präzedenzfälle für weitere menschliche Besiedlungen im Sonnensystem schaffen und Maßstäbe setzen und auch Modelle für die menschliche Beziehung zur Umwelt der Erde anregen. Somit hat der Mars einen besonderen Platz in der Geschichte. Daran sollten wir uns erinnern, wenn wir die notwendigen Entscheidungen hinsichtlich des Lebens hier treffen.«

Art ließ seinen Computer sinken und blickte in die Menge. Die sah ihn schweigend an. »Nun gut«, sagte er und räusperte sich. Er gab Nirgal ein Zeichen. Der trat neben ihn und erklärte: »Das ist alles, was wir aus den Workshops herauspicken konnten, dem, wie wir meinten, jeder hier zustimmen könnte. Es gibt noch eine Menge Punkte, die, meine ich, von einer Mehrheit der Gruppen hier akzeptiert werden könnten, aber nicht von allen. Wir haben auch von diesen partiellen Zustimmungspunkten Listen gemacht und werden sie euch zur Prüfung geben. Wir glauben sicher, dass wir, wenn wir mit auch nur einem sehr allgemein gehaltenen Dokument von hier weggehen können, etwas Bedeutungsvolles geschafft haben. Bei einem Kongress wie diesem besteht die Tendenz, die Differenzen immer deutlicher zu sehen, und ich glaube, dass diese Tendenz in unserer Situation noch gesteigert ist, weil eine Marsregierung gegenwärtig ein theoretisches Gedankenspiel bleibt. Aber wenn sie zu einem praktischen Problem wird, wenn wir handeln müssen, dann werden wir uns nach einer gemeinsamen Basis umschauen, und ein Dokument wie dieses wird uns helfen, sie zu finden.

Wir haben zu jedem der Hauptpunkte des Dokuments eine Menge spezifizierender Bemerkungen. Wir haben mit Jurgen und Priska darüber gesprochen, und die haben vorgeschlagen, eine Woche lang Meetings anzusetzen, in der jeweils ein Tag einem der sieben Punkte gewidmet ist, sodass jeder Bemerkungen und Revisionen anbringen kann. Am Ende sehen wir dann, ob noch etwas übrig bleibt.«

Es gab ein schwaches Gelächter. Eine Menge Leute nickten.

»Was ist aus dem Erreichen der Unabhängigkeit geworden?«, rief Cojote von hinten.

»Wir konnten keine Gemeinsamkeiten dazu entdecken, die wir aufschreiben hätten können«, erwiderte Art. »Vielleicht sollten wir auch dazu einen Workshop einrichten.«

»*Vielleicht* sollte es einen geben!«, rief Coyote. »Jeder kann zustimmen, dass die Dinge anständig und die Welt gerecht sein sollten. Aber der Weg, wie man dahin kommt, ist *immer* das Problem. Ein wirkliches Problem.«

»Nun, ja und nein«, entgegnete Art. »Was wir hier haben, ist mehr als ein Wunsch, dass die Dinge fair laufen sollten. Wenn wir mit diesen Grundlagen im Kopf erneut über die Methoden reden, ergeben die sich vielleicht von selbst. Was wird uns am ehesten zu diesen Zielen führen? Welche Mittel legen diese Ziele nahe? So in der Art.«

Er sah sich in der Menge um und zuckte die Achseln. »Schaut, wir haben versucht, eine Zusammenstellung von allem zu entwerfen, was ihr auf eure verschiedenen Arten hier gesagt habt. Wenn es also an spezifischen Vorschlägen für Mittel zur Erlangung der Unabhängigkeit mangelt, kommt das vielleicht daher, weil ihr alle in Allgemeinplätzen hängengeblieben seid, was das Handeln betrifft, wo viele von euch unterschiedlicher Meinung sind. Das Einzige, was ich euch vorschlagen kann, ist, dass ihr versucht, die verschiedenen Kräfte auf dem Planeten zu identifizieren, und dann abschätzt, welchen Widerstand sie gegen die Unabhängigkeit leisten könnten. Und dann müsst ihr eure Aktionen dem Widerstand anpassen. Nadia hat davon gesprochen, die ganze Methodologie der Revolution neu zu überdenken, und andere haben ökonomische Modelle vorgeschlagen, die Idee eines ausgeglichenen Auskaufens oder sowas. Aber als ich über diesen Begriff der maßgeschneiderten Aktion nachdachte, erinnerte mich das an integrierte Seuchenbekämpfung, versteht ihr? Das System in der Landwirtschaft, wo unterschiedliche Methoden unterschiedlicher Stärke angewandt werden, um mit den bestehenden Seuchen fertigzuwerden.«

Die Leute lachten darüber, aber Art schien das nicht zu bemerken. Er wirkte entmutigt durch die mangelnde Billigung des allgemeinen Dokuments. Enttäuscht. Und Nirgal sah verärgert aus.

Nadia wandte sich um und sagte laut: »Wie wäre es mit einer Runde Applaus für unsere Freunde hier, die es geschafft haben, überhaupt etwas aus diesem Chaos heraus zusammenzustellen?«

Die Leute klatschten. Einige stießen Hochrufe aus. Einen Moment lang klang das ganz enthusiastisch. Aber es hörte rasch auf, und die Leute verließen das Amphitheater. Sie sprachen miteinander und stritten sich schon wieder.

So gingen die Debatten weiter, bei denen es jetzt um das Dokument von Art und Nirgal ging. Bei Durchsicht der Videos erkannte Nadia, dass über die Substanz aller Punkte eine breite Übereinstimmung bestand, mit Ausnahme des sechsten, der das Niveau des Terraformings betraf. Die meisten Roten wollten die Vierkilometergrenze nicht annehmen. Sie betonten, dass der größte Teil des Planeten unterhalb davon läge und dass die höheren Gebiete stark kontaminiert würden, wenn die tieferen verträglich wären. Sie redeten davon, die jetzt im Gange befindlichen Prozesse industriellen Terraformings aufzuhalten und zu den langsamsten biologischen Methoden zurückzukehren, die das radikale ökokreative Modell forderte. Einige befürworteten die Schaffung einer dünnen CO_2-Atmosphäre, die für Pflanzen geeignet wäre, aber nicht für Tiere, da das nach allem, was sie über die Geschichte des Planeten und seiner Atmosphäre wussten, eine für den Mars natürlichere Situation wäre. Andere waren dafür, die Oberfläche so weit wie möglich in dem vorgefundenen Zustand zu belassen und eine sehr kleine Bevölkerung unter Kuppeldächern zu halten. Diese Leute verurteilten die schnelle Zerstörung der Oberfläche durch industrielles Terraforming in scharfen Tönen, besonders die Überschwemmung von Vastitas Borealis und die Aufschmelzung der Landschaft durch die Soletta und die Linse.

Aber als die sieben Tage verstrichen, wurde es immer deutlicher, dass dieser Punkt des Entwurfs der einzige war, der allgemein diskutiert wurde, während die anderen größtenteils nur der Feinabstimmung bedurften. Viele waren angenehm überrascht, dass der Entwurf wenigstens so viel Zustimmung gefunden hatte. Mehr als einmal sagte Nirgal verärgert: »Warum überrascht? Wir haben keine Punkte erfunden, sondern nur aufgeschrieben, was die Leute sagen.«

Und die Leute nickten und gingen wieder zu den Meetings und arbeiteten wieder an den Punkten. Nadia hatte den Eindruck, dass überall aus dem Chaos Zustimmung aufkam, ausgelöst durch die Versicherung von Art und Nirgal, dass sie existierte. Einige Sitzungen in dieser Woche endeten mit einer Art Kavajavarausch politischer Übereinstimmung. Die verschiedenen Aspekte des potenziellen Staates waren endlich in eine Gestalt geschmiedet, der viele Parteien beipflichten konnten.

Aber der Streit über die Methoden wurde nur noch heftiger. Er ging hin und her – Nadia gegen Cojote, Kasei, die Roten, MarsFirst und viele Bogdanovisten. »Durch Mord bekommen wir nicht, was wir wollen!« – »Sie werden diesen Planeten nicht aufgeben! Politische Macht beginnt mit dem Finger am Abzug einer Pistole!«

Eines Abends nach einer der ausgelassenen Veranstaltungen fand sich eine große Menge in den flachen Stellen des Teichs von Phaistos zusammen, um sich zu entspannen. Sax saß auf einer Unterwasserbank und schüttelte den Kopf. »Klassisches Problem der Bestrafung – nein! – *Gewalt*. Radikal, liberal. Wer es nie geschafft hat, wieder zuzustimmen. Vorher«, sagte er.

Art steckte den Kopf ins Wasser und zog ihn prustend wieder heraus. Müde und enttäuscht meinte er: »Was ist mit der integrierten Seuchenbekämpfung? Oder dieser Idee von angeordneter Pensionierung?«

»Erzwungene Arbeitslosigkeit«, berichtigte Nadia.

»Enthauptung«, zischte Maya.

»Was auch immer«, sagte Art und bespritzte sie. »Samtene Revolution. Seidenrevolution.«

»Aerogel«, warf Sax ein. »Leicht, stark. Unsichtbar.«

»Das ist einen Versuch wert«, meinte Art.

Ann schüttelte den Kopf. »Das wird nie funktionieren.«

»Es ist besser als ein neues Einundsechzig«, widersprach Nadia.

Sax sagte: »Besser, wenn wir uns auf einen Platz einigen – einen *Plan*.«

»Aber das können wir nicht«, erwiderte Maya.

Art blieb hartnäckig. »Die Front ist breit. Lasst uns da draußen das tun, womit wir uns wohlfühlen.«

Sax, Nadia und Maya schüttelten alle zugleich den Kopf. Als Ann das sah, lachte sie völlig überraschend laut auf. Und dann saßen alle in dem Teich beisammen und kicherten – worüber genau wussten sie nicht.

Die abschließende Vollversammlung fand am späten Nachmittag im Zakrospark statt, wo alles angefangen hatte. Nadia hatte den Eindruck, dass die Stimmung ziemlich konfus war, da die meisten Leute nur ungenügend von der Dorsa-Brevia-Deklaration befriedigt waren, die jetzt um einiges länger war als der ursprüngliche Entwurf von Art und Nirgal. Jeder Punkt wurde von Priska laut vorgelesen und mit Zustimmung bedacht. Aber verschiedene Gruppen bejubelten manche Punkte lauter als andere. Und als die Lesung beendet war, war der allgemeine Applaus kurz und sachlich. Niemand war damit glücklich, und Art und Nirgal sahen erschöpft aus.

Der Applaus war zu Ende, und einen Moment lang saßen alle bloß da. Keiner wusste, was als Nächstes zu tun wäre. Die mangelnde Zustimmung zur Frage der Methoden schien sich bis zu diesem Augenblick hinzuziehen. Was kam als Nächstes? Was jetzt? Gingen sie einfach nach Hause? Hatten sie ein Zuhause? Der Moment zog sich unangenehm lang, sogar schmerzlich hin (wie sehr hätten sie John gebraucht!), sodass Nadia erleichtert war, als jemand etwas rief – ein Ausruf, der einen bösen Zauber zu brechen schien. Sie schaute sich um, als die Leute auf etwas zeigten.

Dort stand auf einem Treppenabsatz hoch auf der Wand des schwarzen Tunnels eine grüne Frau. Sie war unbekleidet, hatte eine grüne Haut und leuchtete in einem Strahl der Nachmittagssonne, der aus einem Oberlicht herunterkam. Mit grauem Haar, barfuß, ohne Schmuck – völlig nackt bis auf einen grünen Umhang. Und was bei Nacht im Teich normal war, erschien in diesem hellen Tageslicht gefährlich und herausfordernd – ein Schock für die Sinne, eine Herausforderung für ihre Vorstellungen eines politischen Kongresses.

Es war Hiroko. Sie stieg langsam die Treppe herunter, in ruhigem gemessenem Schritt. Ariadne, Charlotte und einige andere minoische Frauen standen unten an der Treppe und erwarteten sie, zusammen mit Hirokos engsten Freunden aus der verborgenen Kolonie – Iwao, Evgenia, Michel und alle übrigen der kleinen Schar. Während Hiroko herunterkam, fingen sie an zu singen. Als sie sie erreichte, schmückten sie sie mit hellroten Blütenketten. Ein Fruchtbarkeitsritus, dachte Nadia, der etwas im paläolithischen Teil ihrer Gehirne ansprach und sich hier mit Hirokos Areophanie vermischte.

Als Hiroko den Fuß der Treppe verließ, hatte sie ein kleines Gefolge, das die Namen des Mars sang: »Al-Qahira, Ares, Auqakuh, Bahram«, und so weiter, eine Mischung archaischer Silben, in die einige »Ka... ka... ka...« einstreuten.

Sie führte sie den Pfad hinunter, zwischen Bäumen hindurch und wieder auf den Rasen hinaus zu der Versammlung im Park. Sie ging direkt mit feierlicher entrückter Miene auf ihrem grünen Gesicht mitten durch die Menge. Viele standen auf, als sie vorbeikam. Jackie Boone trat vor, gesellte sich zu der Gruppe des Gefolges, und ihre grüne Großmutter fasste sie bei der Hand. Die beiden beschritten den Weg durch die Menge, die vor ihnen zurückwich, die alte Matriarchin, groß, stolz, uralt, knorrig wie ein Baum und so grün wie seine Blätter; Jackie noch größer, jung und anmutig wie eine Tänzerin, das schwarze Haar floss ihr über den Rücken. Ein Raunen ging durch die Menge. Und als die beiden und die ihnen folgenden Menschen zum Zentralweg am großen Kanal hinunterschritten, standen die Leute auf und folgten ihnen. Die Sufis bildeten tanzend eine Girlande um sie herum. »*Ana el-Haqq, ana Al-Qahira, ana el-Haqq, ana Al-Qahira* ...« Und so gingen tausend Leute den Kanalweg hinunter hinter den beiden Frauen und ihrem Gefolge her. Die Sufis sangen, andere sangen Stücke aus Hirokos Areophanie, und der Rest begnügte sich damit zu folgen.

Nadia ging mit, hielt die Hände von Nirgal und Art und fühlte sich glücklich. Sie waren schließlich doch Tiere, ganz gleich, wo sie sich entschlossen hatten zu leben. Sie empfand etwas wie Verehrung, eine für sie sehr seltene Emotion – Verehrung für die Göttlichkeit des Lebens, das so schöne Formen annahm.

Am Teich legte Jackie ihren rostfarbenen Overall ab. Sie und Hiroko standen in knöcheltiefem Wasser, sahen sich in die Augen und hielten ihre gefalteten Hände so hoch, wie sie reichen konnten. Die anderen minoischen Frauen reihten sich in diese Brücke ein. Alt und jung, grün und rosig ...

Die versteckten Kolonisten gingen zuerst unter der Brücke hindurch, darunter Maya, Hand in Hand mit Michel. Und dann defilierten Leute aller Art unter der Mutterbrücke hindurch. Es erweckte den Eindruck der millionsten Wiederholung eines Millionen Jahre alten Rituals, etwas, das in ihren Genen kodiert war und ihr ganzes Leben lang gewirkt hatte. Die Sufis tanzten unter den gefalteten Händen hindurch, immer noch in ihren weißen bauschigen Gewändern. Das war ein Vorbild für die anderen, die angekleidet blieben, aber trotzdem in das Wasser tauchten und sich unter den Händen der nackten Frauen duckten, Zeyk und Nazik allen voran. »*Ana Al-Qahira, ana el-Haqq, ana Al-Qahira, ana el-Haqq*«, sangen sie. Sie sahen aus wie Hindus im Ganges oder Baptisten im Jordan. Manche legten ihre Kleider auch ab. Aber alle gingen ins Wasser. Sie sahen sich um bei dieser instinktiven und dennoch höchst bewussten Wiedergeburt. Viele trommelten auf die Wasseroberfläche mit rhythmischem Planschen zur Begleitung des Gesangs und der Rezitationen ...

Nadia fiel einmal mehr auf, wie schön Menschen doch waren. Sie dachte, dass Nacktheit die soziale Ordnung gefährdete, weil sie zu viel Realität offenbarte. Die Menschen standen voreinander mit allen ihren Unvollkommenheiten, ihren Geschlechtsmerkmalen und ihren Hinweisen auf Sterblichkeit – aber die meisten mit ihrer erstaunlichen Schönheit, die in dem rötlichen Licht des Sonnenuntergangs im Tunnel kaum zu glauben und kaum zu verstehen oder zu erwidern war. Bei Sonnenuntergang hatte die Haut eine starke rötliche Tönung – aber offenbar nicht genug für einige Rote, die eine ihrer Frauen mit einer roten Farbe einrieben, die sie sich besorgt hatten, wohl um eine konträre Figur zu Hiroko zu schaffen. Politisches Baden! Nadia stöhnte. Aber alle Farben gingen im Teich ab und machten das Wasser braun.

Maya schwamm durch die seichten Stellen und stieß Nadia mit einer ungestümen Umarmung tiefer in den Teich. Sie sagte auf Russisch: »Hiroko ist ein Genie. Vielleicht ist sie ein verrücktes Genie, aber trotzdem ein Genie.«

»Muttergöttin der Welt«, sagte Nadia und ging zu Englisch über, während sie durch das warme Wasser zu einer kleinen Gruppe der Ersten Hundert und der *Issei* von Sabishii schwammen. Dort standen Ann und Sax nebeneinander, Ann groß und hager, Sax klein und rundlich. Sie sahen genauso aus wie in den alten Tagen in den Bädern von Underhill, wenn sie dieses oder jenes diskutierten. Sax hatte das Gesicht beim Sprechen in Konzentration verzerrt. Nadia lachte über diesen Anblick und bespritzte ihn.

Fort schwamm an ihre Seite. »Ihr hättet die ganze Konferenz so laufen lassen sollen. Oh, der fällt!« Und in der Tat rutschte ein Surfer, der von der krummen Wand heruntergeglitt, von seinem schlingernden Brett ab und landete schmählich im Teich. »Schaut, ich muss wieder nach Hause fahren, um helfen zu können. Außerdem heiratet eine Urururenkelin in vier Monaten.«

»Können Sie so schnell zurückkreisen?«, fragte Spencer.

»Ja, mein Schiff ist schnell.« Eine Raumfahrtabteilung von Praxis baute Raketen, die einen modifizierten Dyson-Antrieb benutzten, um während des Fluges kontinuierlich zu beschleunigen und dann zu bremsen, was eine fast direkte Flugbahn zwischen den Planeten ermöglichte.

»Nach Bonzenart«, sagte Spencer.

»Bei Praxis stehen die jedem zur Verfügung, der es eilig hat. Vielleicht solltet ihr mitkommen und euch die Verhältnisse dort selbst anschauen.«

Niemand machte dazu eine Bemerkung, obwohl einige die Augenbrauen hochzogen. Aber niemand redete mehr davon, ihn aufhalten zu wollen.

Die Menschen trieben umher wie Quallen in einem langsamen Wasserstrudel, schließlich beruhigt durch die Wärme, das Wasser und den in Bambusbechern herumgereichten Wein und Kava, und durch die Tatsache, dass das abgeschlossen war, wozu sie hergekommen waren. Es war nicht perfekt, sagten die Leute – alles andere als perfekt –, aber immerhin etwas, besonders bei den wichtigen Punkten vier oder drei – wirklich ein Manifest – ein Anfang, ein wirklicher Anfang – mit ernsten Schwächen – besonders Punkt sechs – sicher nicht perfekt –, aber doch außerordentlich. Jemand, der im seichten Wasser saß, sagte: »Aber das hier ist Religion, und klar gefallen mir alle diese hübschen Körper, aber die Vermischung von Staat und Religion ist eine gefährliche Sache …«

Nadia und Maya gingen Arm in Arm ins tiefere Wasser hinaus und sprachen mit jedem, den sie kannten. Eine Gruppe der jungen Leute von Zygote sah sie, Rachel, Tiu, Frantz, Steve und die Übrigen. Sie riefen: »Hey, die beiden Hexen!«, und kamen herbei, um sie mit Umarmungen und Küssen zu erdrücken. Kinetische Realität, dachte Nadia, somatische Realität, haptische Realität – die Macht der Berührung, oh … Ihr Phantomfinger pochte, was seit undenklicher Zeit nicht mehr geschehen war.

Sie gingen weiter, die Ektogenen von Zygote im Schlepptau, und kamen zu Art, der mit Nirgal und einigen anderen Männern beisammenstand, alle wie magnetisch dorthin gezogen, wo Jackie noch bei der halb grünen Hiroko verweilte, das feuchte Haar an den nackten Schultern klebend und den Kopf lachend zurückgeworfen. Das Licht des Sonnenuntergangs beschien sie und verlieh ihr eine hyperreale heraldische Macht. Art sah wirklich glücklich aus; und als Nadia ihn an sich zog, legte er ihr einen Arm um die Schultern und beließ ihn dort. Ihr guter Freund, eine sehr solide somatische Realität.

Maya sagte zu ihm: »Haben wir gut gemacht. So, wie John Boone es gemacht hätte.«

»Nein, haben wir nicht«, widersprach Jackie automatisch.

»Ich habe ihn gekannt«, sagte Maya und sah sie tadelnd an, »und du nicht. Und ich sage, es war so, wie John es gemacht hätte.«

Sie standen da und starrten einander an, die alte weißhaarige Schönheit und die junge schwarzhaarige Schönheit. Nadia fand etwas Urtümliches in dem Bild, ursprünglich, urzeitlich, primitiv ... Sie sind die zwei Hexen, wollte sie Jackies Meute hinter ihr zurufen. Aber das wussten sie sicher schon. Sie sagte, um den Bann zu brechen: »Niemand ist so, wie John war«, und drückte Art an sich. »Aber es war gut gemacht.«

Kasei kam planschend hoch. Er hatte stumm dabeigestanden, und Nadia wunderte sich etwas über ihn, den Mann mit dem berühmten Vater, der berühmten Mutter und Tochter ... Und langsam wurde er selbst eine Macht unter den Roten und MarsFirst-Anhängern hier draußen am Rande einer Splitterbewegung, wie der Kongress gezeigt hatte. Nein, es war nicht leicht zu erraten, was Kasei von seiner Tochter hielt. Er warf Jackie einen Blick zu, der schwer zu deuten war – Stolz, Eifersucht, eine Art Vorwurf –, und sagte: »Jetzt könnten wir John Boone gebrauchen.« John Boone, der erste Mensch auf dem Mars, ihr fröhlicher John, der in Underhill gern im Butterflystil geschwommen war, an Nachmittagen, die rückblickend wie diese Zeremonie erschienen. Nur war das in dem ersten Jahr zu Beginn ihre alltägliche Realität gewesen ...

»Und Arkady«, sagte Nadia, immer noch bestrebt, die Dinge zu entschärfen. »Und Frank.«

»Wir kommen ohne Frank Chalmers aus«, meinte Kasei bitter.

»Warum sagst du das?«, rief Maya. »Wir könnten uns glücklich schätzen, wenn wir ihn jetzt hier hätten! Er würde wissen, wie man mit Fort und Praxis, mit den Schweizern und euch Roten und den Grünen umgeht, mit allen. Frank, Arkady und John – die könnten wir alle jetzt dringend gebrauchen.« Ihr Mund war hart und nach unten gezogen. Sie sah Jackie und Kasei an, als fordere sie sie heraus, ihr zu widersprechen. Dann schürzte sie die Lippen und schaute weg.

»Deswegen müssen wir ein neues Einundsechzig vermeiden«, sagte Nadia.

»Das werden wir«, versicherte Art und drückte sie noch einmal an sich.

Nadia schüttelte bekümmert den Kopf. Der Höhepunkt ging immer so schnell vorbei. »Wir können das nicht entscheiden«, sagte sie. »Es liegt nicht allein in unseren Händen. Wir werden also sehen.«

»Diesmal wird es anders sein«, wiederholte Kasei hartnäckig.

»Wir werden sehen.«

ACHTER TEIL

SOCIAL ENGINEERING

Wo bist du geboren?

Denver.

Wo bist du aufgewachsen?

Rock. Boulder.

Wie warst du als Kind?

Ich weiß nicht.

Schildere mir deine Eindrücke!

Ich wollte wissen, warum.

Du warst neugierig?

Sehr neugierig.

Hast du mit naturwissenschaftlichen Baukästen gespielt?

Mit allen.

Und deine Freunde?

Ich erinnere mich nicht.

Denk nach!

Ich glaube nicht, dass ich viele Freunde hatte.

Warst du als Kind beidhändig?

Ich erinnere mich nicht.

Denke an deine Experimente! Hast du dazu beide Hände benutzt?

Ich glaube, das war oft nötig.

Hast du mit der rechten Hand geschrieben?

Ich weiß nicht. Ja doch. Als Kind.

Und hast du etwas mit der linken Hand gemacht? Die Zähne geputzt, die Haare gekämmt, auf Dinge gezeigt, Bälle geworfen?

Das habe ich alles mit der rechten Hand getan. Würde es etwas ausmachen, wenn es anders gewesen wäre?

Nun, siehst du, in Fällen von Aphasie fügen sich die eindeutigen Rechtshänder ziemlich gut in ein bestimmtes Profil ein. Aktivitäten sind lokalisiert, oder besser gesagt: koordiniert, an bestimmten Stellen im Gehirn. Wenn wir die Probleme genau bestimmen, die der Aphasiker hat, können wir recht gut sagen, wo die Verletzungen im Gehirn lokalisiert sind. Und umgekehrt. Aber bei Linkshändern und Beidhändern gibt es kein solches Muster. Man könnte sagen, dass jedes links- und beidhändige Gehirn anders organisiert ist.

Die meisten ektogenen Kinder Hirokos sind Linkshänder.

Ja, ich weiß. Ich habe mit ihr darüber gesprochen, aber sie behauptet, nicht zu wissen warum. Sie sagt, es könnte daher kommen, dass sie auf dem Mars geboren sind.

Hältst du das für plausibel?

Nun, über Händigkeit weiß man auf jeden Fall noch wenig, und die Effekte der geringeren Schwerkraft ... die werden wir noch jahrhundertelang erforschen müssen, oder nicht?

Ich nehme es an.

Gefällt dir etwa diese Idee nicht?

Antworten wären mir lieber.

Was wäre, wenn all deine Fragen beantwortet würden? Wärst du dann zufrieden?

Ich finde es schwer, mir einen solchen ... Zustand vorzustellen. Nur ein sehr kleiner Prozentsatz meiner Fragen hat Antworten.

Aber das ist doch wundervoll. Meinst du nicht auch?

Nein. Dem zuzustimmen wäre nicht wissenschaftlich.

Verstehst du unter Wissenschaft nicht mehr als Antworten auf Fragen?

Ich sehe darin ein System, Antworten zu erzeugen.

Und was ist dessen Zweck?

... zu wissen.

Und was wirst du mit diesem Wissen anfangen?

... mehr Wissen erzeugen.

Aber warum?

Ich weiß nicht. So bin ich eben.

Sollten nicht einige deiner Fragen in diese Richtung gehen – herauszufinden, warum du so bist, wie du bist?

Ich glaube nicht, dass man befriedigende Antworten finden kann auf Fragen nach ... der menschlichen Natur. Man sollte sie sich lieber als eine Black Box vorstellen. Man kann die wissenschaftliche Methode nicht anwenden. Nicht gut genug, um sich seiner Antworten sicher zu sein.

In der Psychologie glauben wir, wissenschaftlich eine bestimmte Pathologie identifiziert zu haben, bei dem eine Person alles wissen muss, weil sie sich fürchtet, nichts zu wissen. Pöppel hat das Monocausotaxophilie genannt, die Liebe zu einzelnen Ursachen, die alles erklären. Das kann zur Angst vor fehlenden Ursachen führen. Weil dieses Fehlen gefährlich sein könnte. Das Suchen nach Wissen wird primär defensiv, insofern es ein Weg ist, Angst zu verneinen, wenn man wirklich Angst hat. Im schlimmsten Fall ist es keine Suche nach Wissen mehr, denn wenn die Antworten gefunden wurden, hören sie auf, von Interesse zu sein, da sie nicht länger gefährlich sind. Sodass die Realität selbst einer solchen Person gleichgültig ist.

Jeder versucht, Gefahr zu vermeiden. Aber Motivationen sind immer vielfach. Und von Person zu Person verschieden. Und unterschiedlich von Aktion zu Aktion. Von Zeitpunkt zu Zeitpunkt. Jegliche Schemata sind eine Sache der Spekulation des Beobachters.

Psychologie ist eine Wissenschaft, bei der der Beobachter eng in das Subjekt der Beobachtung einbezogen wird.

Das ist einer der Gründe, weshalb ich sie nicht für eine Wissenschaft halte.

Doch, sie ist eine Wissenschaft. Einer ihrer Grundsätze lautet: Wenn du mehr wissen willst, musst du mehr lieben. Jeder Astronom liebt die Sterne. Warum sollte er sie sonst so intensiv studieren?

Weil sie Geheimnisse sind.

Was magst du?
Mir liegt an Wahrheit.
Die Wahrheit ist kein sehr guter Liebhaber.
Ich bin nicht auf Liebe aus.
Bist du sicher?
Nicht sicherer als jeder andere, der über Motivationen nachdenkt.
Du gibst zu, dass wir Motivationen haben?
Ja. Aber die Wissenschaft kann sie nicht erklären.
Sie sind also Teil deines großen Unerklärlichen?
Ja.
Und so richtest du deine Aufmerksamkeit auf andere Dinge?
Ja.
Aber die Motivationen sind immer noch da?
O ja.
Was hast du gelesen, als du jung warst?
Alles Mögliche.
Was waren einige deiner Lieblingsbücher?
Sherlock Holmes. Detektivgeschichten. Die Denkmaschine. Dr. Thorndyke.
Haben deine Eltern dich bestraft, wenn du unruhig warst?
Ich glaube nicht. Sie mochten es nicht, wenn ich Unruhe und Lärm machte. Aber ich denke, dass sie in dieser Hinsicht ganz normal waren.
Hast du sie jemals aufgeregt erlebt?
Ich kann mich nicht erinnern.
Hast du je erlebt, dass sie gebrüllt oder geweint haben?
Ich habe sie nie brüllen gehört. Ich glaube, dass meine Mutter manchmal geweint hat.
Wusstest du, weshalb?
Nein.
Hast du dich gefragt, weshalb?
Ich erinnere mich nicht. Würde das etwas ausmachen, wenn es so gewesen wäre?

Was meinst du?

Ich meine, wenn ich eine andere Vergangenheit gehabt hätte, hätte ich mich zu einer anderen Person entwickeln können. In Abhängigkeit von meiner Reaktion auf die ... Ereignisse. Und wenn ich eine andersartige Vergangenheit gehabt hätte, wären die gleichen Variationen gefolgt. Sodass deine Fragen nutzlos sind. Insofern, als sie keine erklärende Strenge besitzen. Sie sind eine Nachahmung der wissenschaftlichen Methode.

Ich finde deinen Begriff von Wissenschaft ebenso armselig wie deine wissenschaftlichen Aktivitäten. Im Grunde sagst du, wir sollten den menschlichen Geist nicht auf wissenschaftliche Weise studieren, weil er zu komplex ist, als dass das Studium leicht wäre. Das ist nicht sehr mutig von dir. Das Universum außerhalb von uns ist auch komplex, aber du plädierst nicht dafür, dessen Erforschung zu unterlassen. Warum also das innere Universum meiden?

Du kannst keine Faktoren isolieren und Bedingungen wiederholen, du kannst keine kontrollierten Experimente anstellen und keine falsifizierbaren Hypothesen aufstellen. Der wissenschaftliche Apparat steht dir nicht zur Verfügung.

Denke mal an die ersten Wissenschaftler!

Die Griechen?

Noch früher. Die Vorgeschichte war nicht bloß ein formloser und zeitloser Zyklus der Jahreszeiten, weißt du. Wir tendieren dazu, uns jene Leute so vorzustellen, als ähnelten sie unserem unbewussten Verstand. Aber so waren sie nicht. Seit mindestens hunderttausend Jahren sind wir schon so intellektuell wie jetzt. Wahrscheinlich sogar eher seit einer halben Million Jahren. Und jedes Zeitalter hatte seine großen Wissenschaftler, und alle mussten im Kontext ihrer Zeiten arbeiten wie wir auch. Für die frühen Menschen gab es kaum eine Erklärung für irgendetwas. Die Natur war so ganz und komplex und geheimnisvoll wie unser Geist für uns jetzt. Aber was sollten sie tun? Sie mussten doch irgendwo anfangen. Behalte das immer im Kopf.

Und es erforderte Tausende von Jahren, um die Pflanzen, die Tiere, den Gebrauch von Feuer, Steine, Äxte, Bogen, Pfeile, Unterkunft und Kleidung kennenzulernen. Danach Töpferei, Ackerbau, Metallurgie. Alles so langsam und mit so großer Anstrengung. Und das alles wurde mündlich weitergegeben von einem Gelehrten zum nächsten. Und zweifelsohne haben während der ganzen Zeit Menschen gesagt: Das ist zu komplex, als dass wir uns sicher sein könnten. Warum sollten wir das alles versuchen? Galilei hat gesagt: »Die Alten hatten guten Grund, die ersten Wissenschaftler für Götter zu halten, weil sie sahen, dass gewöhnliche Geister so wenig Neugier haben. Die kleinen Hinweise, mit denen die großen Erfindungen begannen, gehörten nicht einem trivialen, sondern einem übermenschlichen Geist.« Übermenschlich! Oder nur den besten Teilen unserer selbst, den kühnsten Geistern jeder Generation. Den Wissenschaftlern. Und im Verlauf der Jahrhunderte haben wir ein Weltmodell zusammengestückelt, ein Paradigma, das doch recht genau und aussagekräftig ist?

Aber haben wir nicht in all diesen Jahren ebenso hart – aber mit wenig Erfolg – versucht, uns selbst zu verstehen?

Mag sein. Vielleicht dauert das länger. Aber schau, wir haben auch da ein gutes Stück Fortschritt erzielt. Und nicht erst in jüngster Zeit. Allein durch Beobachtung entdeckten die Griechen die vier Temperamente, und erst kürzlich haben wir genug über das Gehirn gelernt, um die neurologische Basis dieses Phänomens zu begreifen.

Glaubst du an die vier Temperamente?

O ja. Sie lassen sich experimentell bestätigen, wenn du so willst. Wie so viele, viele Dinge über den menschlichen Geist. Vielleicht ist das keine Physik, vielleicht wird es nie Physik sein. Es könnte sein, dass wir einfach komplexer und unvorhersehbarer sind als das Universum.

Das ist eher unwahrscheinlich. Schließlich bestehen wir doch aus Atomen.

Aber aus lebendigen! Angetrieben durch die Grüne Kraft, lebendig mit Geist, dem großen Unerklärlichen!

Chemische Reaktionen …

Aber warum leben wir? Das ist mehr als Chemie. Es hat einen Hang zur Komplizierung, der dem physikalischen Gesetz der Entropie direkt entgegengesetzt ist. Warum sollte das so sein?

Ich weiß es nicht.

Warum missfällt es dir, wenn du nicht sagen kannst, warum?

Ich weiß nicht.

Das Mysterium des Lebens ist eine heilige Sache. Es ist unsere Freiheit. Wir sind aus der physikalischen Realität herausgetreten und existieren jetzt in einer Art gottähnlicher Freiheit, und das Mysterium ist ein integraler Teil davon.

Nein. Wir sind immer noch physische Realität. Sich drehende Atome. Meistens determiniert, manchmal zufallsbedingt.

Nun ja. Wir sind verschiedener Ansicht. Aber in beiden Fällen ist es der Beruf des Wissenschaftlers, alles zu erforschen. Ungeachtet der Schwierigkeiten! Offen zu bleiben, Mehrdeutigkeit zu akzeptieren. Zu versuchen, mit dem Objekt der Forschung zu verschmelzen. Zuzugeben, dass es Werte gibt, die das ganze Vorhaben durchziehen. Es zu lieben. Darauf hinzuarbeiten, die Werte zu entdecken, durch die wir leben sollten. Bestrebt zu sein, diese Werte in der Welt zur Geltung zu bringen. Zu erforschen – und mehr als das: zu erschaffen!

Darüber muss ich nachdenken.

Beobachtung alleine ist nie ausreichend. Außerdem war es ohnehin nicht ihr Experiment. Desmond kam nach Dorsa Brevia, und Sax besuchte ihn. »Fliegt Peter immer noch?«

»Ja. Er verbringt einen guten Teil seiner Zeit im All, wenn du das meinst.«

»Kannst du mich mit ihm in Verbindung bringen?«

»Sicher kann ich das.« Desmonds schiefes Gesicht zeigte einen seltsamen Ausdruck. »Du sprichst immer besser. Was haben sie mit dir gemacht?«

»Gerontologische Behandlungen. Auch Wachstumshormone, L-Dopa, Serotonin und andere Chemikalien. Irgendein Zeug aus Seesternen.«

»Haben dir ein neues Gehirn wachsen lassen, he?«

»Ja. Jedenfalls Teile, synergische synaptische Stimulation. Auch viele Gespräche mit Michel.«

»Oha!«

»Ich bin es aber immer noch.«

Desmond stieß sein animalisches Gelächter aus. »Das sehe ich. Hör zu! Ich fahre in ein paar Tagen wieder los und nehme dich zu Peters Flughafen mit.«

Ein neues Gehirn wachsen lassen. Nicht ganz der richtige Ausdruck dafür. Die Verletzung hatte im hinteren Drittel der unteren frontalen Stirnwindung stattgefunden. Infolge der gezielten Stimulierung der Sprach- und Erinnerungszentren mit Ultraschall war Gewebe abgestorben. Ein Hirnschlag. Broca'sche Aphasie. Schwierigkeit mit dem motorischen Sprachapparat, wenig Satzmelodie, Schwierigkeit beim Ansatz zu Äußerungen, Reduktion auf Telegrammstil, meistens Hauptwörter und einfachste Verbformen. Eine Reihe von Tests ergab, dass die meisten anderen kognitiven Funktionen nicht beeinträchtigt waren. Er war sich nicht allzu sicher. Er hatte es verstanden, wenn jemand zu ihm gesprochen hatte; sein Denkvermögen war, soweit er das beurteilen konnte, etwa dasselbe geblieben, und er hatte keine Mühe mit den räumlichen und anderen nichtlinguistischen Tests gehabt. Aber wenn er zu sprechen versuchte, traten plötzlich Fehler auf – im Mund und im Verstand. Die Dinge verloren ihre Namen.

Seltsamerweise blieben sie auch ohne Namen noch Dinge. Er konnte sie sehen und über sie nachdenken, als Formen oder Zahlen. Formale Beschreibung. Unterschiedliche Kombinationen von Kegelschnitten und den sechs achsensymmetrischen Rotationsflächen, Ebene, Kugel, Zylinder, Katenoid, Unduloid und Nodoid: Gestalten ohne Namen, die aber selbst Namen waren. Eine geometrisch-räumliche Sprache.

Aber es zeigte sich, dass es schwer war, sich ohne Wörter zu erinnern. Er hatte sich anfangs eine Methode ausleihen müssen – die räumlich orientierte Methode des Gedächtnispalastes. Er richtete sich eine Stelle im Gehirn so ein, dass sie dem Innern der Labors von Echus Overlook ähnelte, an die er sich so gut erinnerte, dass er im Geiste darin umhergehen konnte, auch ohne Namen. Und an jedem Ort ein Objekt oder ein anderer Ort. Die Acheronlabors auf einem Tisch. Ganz oben auf dem Kühlschrank Boulder, Colorado. So erinnerte er sich an alle Gestalten in seinem Kopf durch ihren Platz im mentalen Labor.

Und dann kam manchmal der Name. Aber wenn er ihn kannte und auszusprechen versuchte, war es leicht möglich, dass der falsche aus seinem Mund kam. Er hatte immer in diese Richtung tendiert. Schon früher, vor dem Hirnschaden, war es gelegentlich schwierig gewesen, seine Gedanken in die Sprache zu übertragen, die nicht gut zu der Art passte, wie er dachte. Sprechen war Arbeit gewesen. Aber ganz anders als dieses stockende, erratische, unzuverlässige Tasten, das oft entweder versagte oder in die Irre führte. Aufs Äußerste frustrierend. Schmerzlich. Dennoch sicher Wernickes Aphasie vorzuziehen, bei der man flüssig dahinplapperte, ohne zu merken, dass es überhaupt keinen Sinn ergab. So, wie er die Tendenz gehabt hatte, die Wörter für Dinge zu verlieren, gab es Leute, die zu Wernickes Aphasie neigten, ohne dass sie einen Hirnschaden gehabt hätten. Wie Art gesagt hatte. Sax war sein Problem lieber.

Ursula und Vlad waren zu ihm gekommen. Ursula sagte: »Aphasie ist bei jeder Person anders. Es gibt Muster und Gruppen von Symptomen, die gewöhnlich mit bestimmten Verletzungsformen bei rechtshändigen Erwachsenen einhergehen. Aber bei außergewöhnlichen Gehirnen gibt es eine Menge Ausnahmen. Wir haben schon festgestellt, dass deine kognitiven Funktionen sehr gut geblieben sind für jemanden mit deinem Maß an Sprachschwierigkeiten. Wahrscheinlich hat sich ein großer Teil deines mathematischen und physikalischen Denkens ohne Verwendung von Sprache abgespielt.«

»Das stimmt.«

»Und wahrscheinlich war es geometrisches Denken anstatt analytisches, das in der rechten Hemisphäre des Gehirns stattfand und nicht in der linken. Und deine rechte Hemisphäre ist verschont worden.«

Sax nickte. Er traute sich nicht zu sprechen.

»Die Aussichten auf Genesung variieren. Eine Besserung gibt es fast immer. Besonders Kinder sind sehr anpassungsfähig. Wenn sie Kopfverletzungen haben, kann selbst eine begrenzte Verletzung ernste Probleme bereiten, aber es kommt fast immer zur Heilung. Man kann einem Kind eine ganze Hirnhälfte entnehmen, wenn es notwendig ist. Dann werden alle Funktionen von der restlichen Hälfte wieder erlernt. Das geschieht wegen des unglaublichen Wachstums im kindlichen Gehirn. Bei Erwachsenen ist es anders. Da ist bereits eine Spezialisierung eingetreten, sodass definierte Verletzungen einen spezifischen begrenzten Schaden bewirken. Wenn aber erst einmal eine bestimmte Fertigkeit in einem reifen Gehirn zerstört ist, gibt es oft keine merkliche Verbesserung.«

»Die *Hand* – die Behandlung.«

»Genau. Aber schau, das Gehirn ist eben eine der Stellen, wo die gerontologische Behandlung die größte Schwierigkeit hat, nachhaltig zu wirken. Wir haben aber daran gearbeitet. Wir haben ein Stimulationsprogramm entwickelt, das in Abstimmung mit der Behandlung eingesetzt wird, wenn man mit Hirnschäden konfrontiert ist. Es könnte ein regulärer Teil der Therapie werden, wenn die Versuche weiterhin gute Ergebnisse zeitigen. Wir haben es noch nicht bei sehr vielen Menschen eingesetzt. Die Injektion erhöht die neuronale Plastizität durch Anregung des Wachstums von Axonen und Dendriten in der Wirbelsäule und der Sensitivität von Hebb-Synapsen. Das *Corpus callosum* wird besonders beeinflusst und die der verletzten Hemisphäre gegenüberliegende Seite. Durch Lernen können dort ganz neue Netzwerke aufgebaut werden.«

»Macht es!«, sagte Sax.

Vernichtung ist Erschaffung. Wie ein kleines Kind werden. Sprache als Raum, als eine Art mathematischer Notation. Geometrische Lokalisierungen im Gedächtnislabor. Lesen. Karten, Codes, Substitutionen, die geheimen Namen der Dinge. Das triumphale

Anstürmen eines Wortes. Die Freude am Reden. Die Wellenlänge jeder Farbe nach Wert. Dieser Sand ist orangefarben, braun, beige, siena, umbra, gebrannt-siena, ocker. Der Himmel ist zartblau, lavendel, malve, violett, preußischblau, indigo, mitternachtsblau. Man schaue nur auf beschriftete Farbtafeln, die reiche Intensität der Farben, den Klang der Wörter! Er wollte mehr. Ein Name für jede Wellenlänge des Spektrums. Warum nicht? Warum so knickerig? Die Wellenlänge von 0,59 Mikron ist so viel blauer als die von 0,6. Und 0,61 ist so viel roter ... Sie brauchten mehr Wörter für Purpurtöne, so wie die Eskimos mehr Wörter für Schnee brauchten. Die Leute benutzten immer dieses Beispiel; aber die Eskimos hatten ungefähr zwanzig Wörter für Schnee. Forscher hingegen hatten mehr als dreihundert Wörter für Schnee. Wer hat es je gewürdigt, wenn die Wissenschaftler ihrer Welt Aufmerksamkeit geschenkt haben? Keine zwei Schneeflocken sind gleich. Die Stelle, wo sich mein Arm beugt, ist mein Ellbogen! Der Mars sieht aus wie ein Kürbis! Die Luft ist kalt. Und mit Kohlendioxid vergiftet.

Es gab Teile seiner inneren Sprache, die völlig aus alten Klischees bestanden. Sie kamen ohne Zweifel daher, was Michel als in seiner Vergangenheit »übererlernte« Aktivitäten bezeichnete, die seinen Geist so durchsetzt hatten, dass sie den Schaden überlebten. Klares Design, gute Daten, Millionstel Teile, schlechte Resultate. Durch diese bequemen Formulierungen schnitten, als stammten sie aus einer völlig getrennten Sprache, die neuen Wahrnehmungen hindurch und verlangten Phrasen, weil sie ausgedrückt werden wollten. Synaptische Energien. Tatsächliche Sprache aus beiden Bereichen war stets erwünscht. Die Heiterkeit der Normalität. Wie sehr hatte er sie für gegeben gehalten! Michel kam jeden Tag vorbei, um zu reden, und half ihm, sein neues Gehirn aufzubauen. Er hegte einige sehr alarmierende Ansichten für einen Mann der Wissenschaft. Die vier Elemente, die vier Temperamente, alchemistische Formulierungen aller Art, philosophische Standpunkte, die als Wissenschaft glänzten …

»Hast du mich nicht einmal gefragt, ob ich Blei in Gold verwandeln könne?«

»Ich glaube nicht.«

»Warum verbringst du so viel Zeit damit, dich mit mir zu unterhalten, Michel?«

»Ich spreche gern mit dir, Sax. Du sagst jeden Tag etwas Neues.«

»Ich werfe Dinge gern mit meiner linken Hand.«

»Das habe ich gesehen. Vielleicht wird aus dir einmal ein Linkshänder. Oder ein Beidhänder, denn deine linke Gehirnhälfte ist so stark. Ich kann mir nicht vorstellen, dass sie viel langsamer sein wird, ungeachtet der Verletzung.«

»Der Mars sieht aus wie eine Kugel alter Planetesimale mit einem Eisenkern.«

Desmond flog Sax zu dem Sanktuarium der Roten im Wallace-Krater, wo Peter sich oft aufhielt. Und er war auch da. Peter, Sohn des Mars, groß, schnell und kräftig, freundlich, wenn auch unpersönlich, distanziert, in seine Arbeit und sein Leben versunken. Ähnlich wie Simon. Sax sagte ihm, was er tun wollte und weshalb. Er stolperte immer noch gelegentlich beim Sprechen. Aber es war so viel besser als zuvor, dass es ihn kaum störte, wenn es passierte. Immer vorwärts! Wie Reden in einer Fremdsprache. Für ihn waren jetzt alle Sprachen fremd. Außer sein eigenes Idiom aus Formen. Es war keine Erschwernis, im Gegenteil: ein Trost, dass es so gut ging. Dass sich der Nebel vor den Namen lichtete, dass Verbindungen zwischen Geist und Mund wiederhergestellt waren. Selbst auf eine neue und riskante Art. Eine Chance zu lernen. Manchmal gefiel ihm der neue Weg. Die Realität eines Menschen konnte in der Tat von seinem wissenschaftlichen Paradigma abhängen; aber am meisten hing sie von der Struktur seines Gehirns ab. Wenn man die veränderte, konnten sich die Paradigmen auch verändern. Man kann den Fortschritt nicht aufhalten, ebenso wenig die progressive Differenzierung. »Verstehst du?«

»O ja, ich verstehe«, sagte Peter mit breitem Grinsen. »Ich halte das für eine sehr gute Idee. Sehr wichtig. Ich werde ein paar Tage brauchen, um das Flugzeug herzurichten.«

Ann kam in der Zufluchtsstätte an. Sie sah erschöpft und alt aus. Sie begrüßte Sax kurz. Ihre Abneigung war so stark wie eh und je. Sax wusste nicht, was er ihr sagen sollte. War das ein neues Problem?

Er beschloss zu warten, bis Peter mit ihr gesprochen hatte, und zu sehen, ob das einen Unterschied machte. Er wartete. Inzwischen belästigte ihn niemand, wenn er nicht sprach. Noch ein Vorteil.

Ann kam von einem Gespräch mit Peter zurück, um mit den anderen Roten etwas zu essen, und sah ihn tatsächlich neugierig an. Sie schaute über die Köpfe der anderen zu ihm her, als betrachte sie eine neue Klippe in der Marslandschaft, unverwandt und sachlich. Beurteilend. Eine Zustandsänderung in einem dynamischen System ist ein Datenpunkt, der sich auf eine Theorie auswirkt. Unterstützend oder ablehnend. Was bist du? Warum tust du das?

Er begegnete ihrem Blick ruhig und versuchte, ihn zu erwidern und zurückzugeben. Ja, ich bin immer noch Sax. Ich habe mich verändert. Warum hast du dich nicht verändert? Warum schaust du mich so an? Ich habe eine Verletzung erlitten. Das prämorbide Individuum gibt es nicht mehr, nicht ganz. Ich habe eine experimentelle Behandlung erfahren, ich fühle mich wohl, ich bin nicht der Mann, den du gekannt hast. Und warum hast du dich nicht verändert?

Wenn genügend Datenpunkte der Theorie widersprechen, könnte die Theorie falsch sein. Wenn es eine grundlegende Theorie ist, muss man das Paradigma wechseln.

Sie setzte sich hin, um zu essen. Es war zweifelhaft, ob sie seine Gedanken so genau gelesen hatte. Es war aber dennoch ein großes Vergnügen, ihrem Blick standhalten zu können!

Sax stieg mit Peter in das kleine Cockpit, und gleich nach dem Zeitschlupf polterten sie die Rollbahn aus Urgestein entlang, beschleunigten stark und strebten dem schwarzen Himmel entgegen. Das große stromlinienförmige Flugzeug vibrierte unter ihnen.

Sax lehnte sich in seinem Sitz zurück und wartete darauf, dass das Flugzeug den asymptotischen Berg überwand. Es wurde bei dem steilen Anstieg langsamer, bis es sanft durch die hohe Stratosphäre glitt und die Verwandlung vom Flugzeug zur Rakete vollzog, als die Atmosphäre in hundert Kilometern Höhe extrem dünn wurde, wo die Gase des Russell-Cocktails täglich durch auftreffende UV-Strahlen vernichtet wurden. Die Haut der Maschine glühte vor Hitze. Durch das Filterglas des Cockpits hatte die Sonne eine Farbe wie beim Untergehen. Ohne Zweifel beeinflusste das ihr Sehvermögen bei Nacht. Auf dem Planeten unter ihnen war alles dunkel bis auf wenige Flecke, durch Sterne erhellte Gletscher im Hellas-Becken. Sie stiegen immer noch. Eine sich erweiternde Kreisbewegung. Sterne erfüllten die Finsternis. Es sah aus wie eine gigantische schwarze Halbkugel, die auf einer riesigen schwarzen Ebene stand. Nächtlicher Himmel, nächtlicher Mars. Sie stiegen weiter. Die Rakete leuchtete durchscheinend gelb, täuschend hell und glatt. Sie war das Neueste aus Vishniac, zum Teil von Spencer konstruiert, und bestand aus einer intermetallischen Verbindung, hauptsächlich Gamma-Titan und Aluminium, das zur Anfertigung hitzebeständiger Maschinenteile und der Außenhaut, die etwas dunkler wurde, als sie noch höher stiegen und abkühlte, superplastisch gemacht worden war. Sax konnte sich das schöne Gitterwerk der Legierung vorstellen, ein Geflecht aus Nodoiden und Katenoiden wie Haken und Ösen, das vor Hitze stark vibrierte. Solche Sachen baute man in diesen Tagen. Mit dem Flugzeug vom Boden bis in den Weltraum. Man könnte von seinem Hinterhof aus mit einer Aluminiumdose zum Mars fliegen.

Sax erklärte, was er danach als Nächstes zu tun gedachte.
»Denkst du, dass Vishniac das machen kann?«
»O ja.«
»Es gibt da einige Konstruktionsprobleme.«
»Ich weiß, ich weiß. Aber die werden sie lösen. Ich meine, man muss kein Raketenwissenschaftler sein, um einer zu werden.«
»Das stimmt allerdings.«
Peter sang, um sich die Zeit zu vertreiben. Sax fiel ein, wenn er den Text kannte, wie bei »Sixteen Tons«, einem befriedigenden Lied. Peter erzählte die Geschichte, wie er dem abstürzenden Aufzug entkommen war. Wie es gewesen war, in einem Raumanzug zwei Tage lang allein zu schweben. »Es hat mich irgendwie auf den Geschmack gebracht, das ist alles. Ich weiß, dass das merkwürdig klingt.«
»Ich verstehe das.« Die Formen hier draußen waren so groß und rein. Die Farbe der Dinge.
»Wie war es, wieder sprechen zu lernen?«
»Ich muss mich darauf konzentrieren und scharf nachdenken. Dinge überraschen mich ständig. Dinge, die ich früher wusste und vergessen habe. Dinge, die ich nie gewusst habe. Dinge, die ich erst kurz vor der Verletzung gelernt habe. Diese Periode liegt gewöhnlich für immer im Dunkel. Aber sie war

so wichtig. Als ich am Gletscher arbeitete. Ich muss mit deiner Mutter darüber reden. Es ist nicht so, wie sie denkt. Weißt du, das Land ... Die neuen Pflanzen da draußen. Die gelbe Schmetterlingssonne. Das muss nicht ...«

»Du solltest mit ihr sprechen.«

»Sie mag mich nicht.«

»Rede mit ihr, wenn wir zurückkommen!«

Der Höhenmesser zeigte 250 Kilometer über der Oberfläche an. Das Flugzeug stieg der Cassiopeia entgegen. Jeder Stern hatte eine unterschiedliche Farbe. Oder mindestens fünfzig verschiedene. Unter ihnen am Ostende der schwarzen Scheibe erschien der Terminator, zebraartig ocker und schattenschwarz gestreift. Die schmale Sichel des von der Sonne erhellten Mars machte deutlich, dass die Scheibe unter ihnen in Wirklichkeit eine Sphäre war. Eine Kugel, die durch die Galaxis aus Sternen rotiert. Der große Bergkontinent Elysium wölbte sich über den Horizont. Seine Gestalt wurde von den horizontalen Schatten deutlich gezeichnet. Sie schauten die ganze Länge seines Rückens entlang. Hecates Tholus war hinter dem Kegel von Elysium Mons fast versteckt. Albor Tholus lag seitlich davon.

»Da ist sie«, sagte Peter und zeigte durch das transparente Cockpit nach oben. Über ihnen im Osten erschien der östliche Rand der fliegenden Linse silbrig im Frühlicht. Der Rest davon lag noch im Schatten des Planeten.

»Sind wir schon nahe genug?«, fragte Sax.

»Fast.«

Sax schaute wieder auf die zunehmend dicker werdende Lichtsichel hinunter. Dort, auf dem dunklen rauen Bergland von Hesperia, blähte sich eine Rauchwolke direkt hinter dem Terminator ins Morgenlicht. Selbst auf ihrer Höhe befanden sie sich noch in dieser Wolke, in dem Teil, der nicht mehr zu sehen war. Die Linse selbst glitt auf dieser unsichtbaren Thermik und benutzte deren Auftrieb und den Lichtdruck der Sonne, um ihre Position über der Brandzone zu halten.

Jetzt war die ganze Linse im Sonnenlicht. Sie sah aus wie ein riesiger Fallschirm mit nichts darunter. Ihr Silber spiegelte das Violett des Himmels. Die Glocke war ein Kugelschnitt von tausend Kilometern Durchmesser, mit dem Zentrum etwa fünfzig Kilometer über dem Rand. Sie rotierte wie eine Frisbeescheibe. Oben war ein Loch, durch das das Sonnenlicht direkt durchtrat. Darum herum reflektierten die runden Spiegelstreifen, die die Glocke bildeten, das Licht von der Sonne und der Soletta einwärts und nach unten auf einen sich auf der Oberfläche bewegenden Punkt. Dieser Strahl war so stark, dass er Basalt verbrannte. Die Spiegel der Linse erhitzten sich auf fast 630° C, und der verflüssigte Fels da unten erreichte 4730° C und gaste flüchtige Stoffe aus.

Sax kam, als er das große über ihnen fliegende Objekt betrachtete, das Bild eines Vergrößerungsglases in den Sinn, das man über trockenes Gras und einen dürren Zweig hält: Rauch, Flamme, Feuer. Die konzentrierten Strahlen der Sonne. Photonenangriff. »Sind wir noch nicht nahe genug? Sie scheint direkt über uns zu sein.«

»Nein, wir befinden uns noch nicht unter der Kante. Ich würde mich nicht unter dieses Ding begeben, obwohl ich annehme, dass der Strahl hier nicht fokussiert genug ist, um uns zu braten, solange wir dem Brennpunkt fernbleiben. Außerdem bewegt sie sich immerhin mit fast tausend Kilometern in der Stunde über die Brennzone.«

»Wie Düsenflugzeuge in meiner Jugend.«

»Mhm.« Auf einer Konsole blinkte grünes Licht. »Okay, los geht's!«

Er zog den Knüppel an, und das Flugzeug stellte sich aufs Heck und stieg direkt zur Linse auf, die noch hundert Kilometer über ihnen und ziemlich weit westlich von ihnen war. Peter drückte einen Knopf auf der Konsole. Die Maschine machte einen Ruck, als eine Salve fliegender Geschosse unter ihren Stummelflügeln erschien, mit ihnen aufstieg, dann wie Magnesiumblitze zündete und nach oben wegschoss, auf die Linse zu. An dem riesigen silbrigen UFO erschienen gelbe Flammen wie Nadelstiche, die schließlich außer Sicht kamen. Sax wartete mit zusammengepressten Lippen ab und versuchte, sein Zwinkern zu unterdrücken.

Die Vorderseite der Linse begann sich aufzulösen. Sie war ein zartes Gebilde, nichts als eine große rotierende Glocke aus Sonnensegelbändern. Sie zerfiel mit erstaunlicher Geschwindigkeit. Ihre Vorderkante rollte unter sie, bis sie auf und ab taumelte und lange Bänder in Schleifen hinter sich herzog, die wie die verhedderten Schwänze mehrerer zerbrochener Flugdrachen aussahen, die alle gleichzeitig abstürzten. Immerhin anderthalb Milliarden Kilogramm Sonnensegelmaterial, die sich auflösten, während sie auf langer Flugbahn in die Tiefe flatterten. Es sah langsam aus, weil es so groß war, obwohl sich die große Masse des Materials wahrscheinlich noch mit mehr als der Endgeschwindigkeit bewegte. Ein guter Teil davon würde verbrennen, ehe er die Oberfläche traf. Siliziumregen.

Peter flog eine Kehre und folgte dem Abstieg, wobei er sich östlich davon hielt. So konnte er noch am violetten Morgenhimmel unter sich sehen, wie die Hauptmasse zu einem grellen Licht wurde und Feuer fing wie ein großer Komet mit einem behaarten verfilzten Silberschweif, der auf den braunen Planeten stürzte. Alles fiel herunter.

»Guter Schuss«, bemerkte Sax.

Zurück im Wallace-Krater wurden sie als Helden begrüßt. Peter wehrte alle Glückwünsche ab. »Es war Sax' Idee. Der Flug selbst war keine große Sache, nur ein weiterer Erkundungsflug, bis auf das Schießen. Ich weiß nicht, warum wir nicht schon früher daran gedacht haben.«

»Sie werden bloß eine neue in Stellung bringen«, sagte Ann am Rande der Menge und sah Sax mit eigenartiger Miene an.

»Aber sie sind so verwundbar«, entgegnete Peter.

»Geschosse von der Oberfläche in den Weltraum«, sagte Sax, der etwas nervös war. »Kann man alle im Orbit befindlichen Objekte erlassen – *erfassen*?«

»Das haben wir schon getan«, meinte Peter. »Einige von ihnen haben wir nicht identifiziert, aber die meisten sind klar.«

»Ich möchte die Liste gern sehen.«

»Ich möchte mit dir sprechen«, sagte Ann finster zu ihm.

Und die anderen verließen schnell den Raum und sahen einander mit hochgezogenen Brauen an wie eine ganze Schar Art Randolphs.

Sax nahm in einem Bambussessel Platz. Es war ein kleines fensterloses Zimmer. Es hätte eine der Tonnengewölbekammern in Underhill sein können. Die Form stimmte. Auch die Textur. Backstein war ein so stabiles Material. Ann zog einen Sessel herüber, setzte sich ihm gegenüber und beugte sich vor, um ihm ins Gesicht zu blicken. Sie wirkte älter. Die vielgepriesene Anführerin der Roten, prahlerisch, unheimlich, gespenstisch. Er lächelte. Sein Mund sagte zu beider Überraschung: »Bist du nicht für eine gerontologische Behandlung fällig?«

Ann überging die Frage als eine Frechheit. Sie sagte mit bohrendem Blick: »Warum wolltest du die Linse abschießen?«

»Sie gefiel mir nicht.«

»*Das* weiß ich. Aber warum?«

»Sie war nicht notwendig. Es wird schnell genug wärmer. Es gibt keinen Grund zur Eile. Wir brauchen nicht einmal viel mehr Wärme. Und sie hat große Mengen Kohlendioxid freigesetzt. Das wird schwer auszufiltern sein. Und sie saß schön auf ihrer Bahn fest. Es ist schwierig, CO_2 aus Karbonaten zu gewinnen. Solange man das Gestein nicht schmilzt, bleibt es drin.« Er schüttelte den Kopf. »Das war dumm. Sie haben es bloß gemacht, weil sie es konnten. Kanäle! Ich glaube nicht an Kanäle.«

»Es war für dich also nicht die richtige Art von Terraforming.«

»Das stimmt.« Er erwiderte ruhig ihren Blick. »Ich glaube an das Terraforming, das in Dorsa Brevia entworfen wurde. Für Menschen verträglich bis zu einer bestimmten Höhe. Darüber ist die Luft zu dünn und zu kalt. Langsam machen. Ökogestaltung. Ich mag keine der großen neuen industriellen Methoden. Vielleicht etwas Stickstoff vom Titan. Aber nichts von dem Rest.«

»Was ist mit den Ozeanen?«

»Ich weiß es nicht. Abwarten, was ohne Pumpen geschieht?«

»Und mit der Soletta?«

»Ich weiß nicht. Die zusätzliche Sonneneinstrahlung macht weniger Erwärmung durch industrielle Gaserzeugung notwendig. Oder anderen Verfahren. Aber – wir kämen ohne sie aus. Ich dachte, die Dämmerungsspiegel wären genug.«

»Aber das liegt nicht mehr in deinen Händen.«

»Allerdings nicht.«

Sie saßen eine Weile schweigend da. Ann schien nachzudenken. Sax beobachtete ihr verwittertes Gesicht und fragte sich, wann sie die letzte Behandlung gehabt hatte. Ursula empfahl, sie mindestens alle vierzig Jahre zu wiederholen.

»Ich hatte unrecht«, sagte sein Mund. Als sie ihn ansah, versuchte er, den Gedanken zu verfolgen. Es war eine Sache von Formen, Geometrien und mathematischer Eleganz. Ein in Stufen rekombinierendes Chaos. Schönheit ist das Werk eines seltsamen Schöpfers. »Wir hätten warten sollen, ehe wir anfingen.

Ein paar Jahrzehnte Studium des ursprünglichen Zustands. Das hätte uns gesagt, wie wir vorgehen müssen. Ich dachte nicht, dass sich die Dinge so rasch ändern würden. Meine Ausgangsidee war mehr so eine Art Ökogestaltung.«

Sie zog die Lippen zusammen. »Jetzt ist es zu spät.«

»Ja. Es tut mir leid.« Er hob die Hand und drehte sie um. Alle Linien waren da dieselben wie immer. »Du solltest dir die Behandlung holen.«

»Ich werde sie nicht mehr nehmen.«

»O Ann, sag das nicht! Weiß Peter davon? Wir brauchen euch. Ich meine – wir brauchen dich.«

Sie stand auf und ging aus dem Zimmer.

Sein nächstes Projekt war komplizierter. Obwohl Peter zuversichtlich war, hatten die Leute von Vishniac Zweifel. Sax erklärte es, so gut er konnte. Peter half ihm. Die Einwände betrafen praktische Fragen. Zu groß? Mehr Bogdanovisten verpflichten. Unmöglich zu tarnen? Das Überwachungsnetz ausschalten. Er sagte ihnen, Wissenschaft sei schöpferisch. Peter entgegnete, das wäre keine Wissenschaft. Es wäre Technik. Mikhail stimmte zu. Dieser Teil des Projektes gefiel ihm. Ökoterrorismus als Teil der Ökotechnologie. Aber sehr schwierig umzusetzen. Sax riet ihnen, die Schweizer zu verpflichten. Oder sie mindestens in Kenntnis zu setzen. Die mögen sowieso keine Überwachung. Praxis unterrichten.

Die Dinge fingen an, Gestalt anzunehmen. Aber es dauerte lange, bis Sax und Peter wieder in einem Raumflugzeug starteten. Diesmal begaben sie sich mit Raketenkraft völlig aus der Stratosphäre und weit darüber hinaus, zwanzigtausend Kilometer weit, bis sie sich Deimos näherten und auf ihm landeten.

Die Schwerkraft auf dem kleinen Mond war so gering, dass es mehr ein Andocken war als eine Landung. Jackie Boone, die bei dem Projekt geholfen hatte, meist eng in Zusammenarbeit mit Peter (klarer Fall), lenkte das Schiff hinab. Sax hatte durch das Cockpitfenster eine vorzügliche Sicht. Die schwarze Oberfläche von Deimos schien mit einer dicken Regolithschicht bedeckt zu sein. Alle Krater waren fast darunter begraben und ihre Ränder sanfte runde Grübchen in der Staubdecke. Der kleine längliche Mond hatte keine regelmäßige Gestalt, sondern war vielmehr aus einigen rundlichen Facetten zusammengesetzt. Fast ein dreiachsiges Ellipsoid. Ein alter Robotlander hockte in der Mitte des Kraters Voltaire. Die kupfernen gelenkigen Verstrebungen und Kästen waren mit feinem dunklem Staub bedeckt.

Sie hatten ihren Landeplatz auf einer Bodenwelle zwischen den Facetten gewählt, wo helleres kahles Gestein aus der Staubschicht herausragte. Die Erhebungen waren alte Splitternarben, wo in früherer Zeit Einschläge Stücke von dem kleinen Mond abgeschlagen hatten. Jackie brachte sie auf einer Erhebung westlich der Krater Swift und Voltaire herunter. Deimos hatte, wie früher auch Phobos, eine gebundene Rotation, was ihr Vorhaben begünstigte. Der dem Mars stets gegenüberliegende Punkt diente als Nullpunkt bei der Zählung von Länge und Breite, ein sehr sinnvolles System. Die Höhe, auf der sie heruntergekommen waren, lag nahe dem Äquator auf 90° Länge. Ungefähr zehn Kilometer zu Fuß vom Gegenpunkt zum Mars.

Als sie sich der Bodenwelle näherten, verschwand der Rand von Voltaire unter dem schwarzen engen Horizont. Staub wirbelte auf, als das Raketentriebwerk darüberfauchte. Nur wenige Zentimeter Staub bedeckten das Muttergestein. Kohlenstoffhaltiger Chondrit, fünf Milliarden Jahre alt. Sie kamen mit einem harten Stoß auf, prallten ab und drifteten langsam wieder herunter. Sax konnte den Zug der Schwerkraft in Richtung des Flugzeugbodens spüren, aber nur sehr schwach. Wahrscheinlich wog er nur ein paar Kilogramm.

Weitere Raketen landeten auf der Anhöhe links und rechts neben ihnen. Sie schleuderten Staub ins Vakuum, als sie langsam herunterschwebten. Alle hüpften beim Auftreffen und senkten sich dann sanft durch ihre Staubwolken herab. Binnen einer halben Stunde standen acht Schiffe auf der Bodenwelle aufgereiht in beiden Richtungen bis zum Horizont. Zusammen boten sie ein eigenartiges Bild. Die intermetallischen Verbindungen ihrer gerundeten Oberflächen schimmerten wie Chitin unter dem chirurgischen Glanz ungefilterten Sonnenlichts. Die Klarheit des Vakuums ließ alle Kanten überscharf erscheinen. Traumartig.

Jedes Flugzeug trug eine Komponente des Systems. Robotbohrer, Tunnelbauer und Pressen. Rohre zum Sammeln von Wasser, das beim Schmelzen der Eisadern in Deimos entstehen würde. Eine Fabrik zum Separieren von schwerem Wasser, das gewöhnliches Wasser zu etwa einem Sechstausendstel enthielt. Eine weitere Anlage sollte aus dem schweren Wasser Deuterium gewinnen. Ein kleiner Tokamak, der durch eine Deuterium-Fusionsreaktion Energie lieferte. Zuletzt noch die Steuerungsdüsen, obwohl die meisten davon sich an Bord von Flugzeugen befanden, die auf anderen Seiten des Mondes gelandet waren.

Die bogdanovistischen Techniker, die mit dem Gerät hergekommen waren, besorgten den größten Teil der Installation. Sax legte einen der sperrigen Druckanzüge an und ging durch die Schleuse auf die Oberfläche, um nachzusehen, ob das Flugzeug mit den Steuerdüsen für das Voltaire-Gebiet gelandet war.

Die großen geheizten Stiefel waren beschwert, und er war froh darüber. Die Fluchtgeschwindigkeit betrug nicht mehr als fünfundzwanzig Kilometer in der Stunde. Das hieß, mit einem kleinen Anlauf würde man direkt von dem Mond wegspringen können. Es war schwierig, das Gleichgewicht zu halten. Millionen ganz kleiner Bewegungen brachten einen ins Schlingern. Jeder Schritt warf eine große Wolke schwarzen Staubes auf, der langsam zu Boden sank. Auf dem Staub lagen verstreute Steine, gewöhnlich in kleinen Nischen, die sie bei der Landung gebildet hatten. Auswurfmaterial, das den kleinen Mond ohne Zweifel oft umrundet hatte, ehe es wieder herunterfiel. Sax hob einen Stein wie einen schwarzen Baseball auf. Wenn man den mit der richtigen Geschwindigkeit warf, konnte man sich umdrehen und darauf warten, bis er einmal um die Welt geflogen war, und ihn dann wieder fangen. Ausgezählt beim ersten Mal. Ein neuer Sport.

Der Horizont war nur ein paar Hundert Meter entfernt und veränderte sich mit jedem Schritt – Kraterränder, Splittergrate und Felsblöcke schauten über die staubige Kante, während er sich mühsam darauf zubewegte. Leute hinten auf der Kante und zwischen den Schiffen standen anders aufrecht als er, waren von ihm weggeneigt. Wie im *Kleinen Prinzen*. Die klare Sicht war erstaunlich. Seine Fußabdrücke hinterließen eine tiefe Spur im Staub. Die darüberhängenden Staubwolken schwebten unterschiedlich hoch, je nachdem, wie alt sie waren. Vier oder fünf Schritte hinter ihm hatten sie sich wieder abgelagert.

Peter kam aus der Schleuse heraus und ging in seine Richtung. Jackie folgte. Peter war der einzige Mann, zu dem Jackie sich sichtlich hingezogen fühlte, in jener hilflosen Weise des orbitalen Objekts, das sich, in Liebeskummer versunken, nach orbitalem Zerfall sehnte. Peter war auch der einzige Mann, den Sax je gesehen hatte, der in keiner Weise auf Jackies verliebte Aufmerksamkeiten reagierte. Die Perversität des Herzens. Wie in seiner Zuneigung zu Phyllis, einer Frau, die er nicht gemocht hatte. Oder in seinen Versuchen, Anns Zustimmung zu gewinnen, einer Frau, die ihn nicht mochte. Einer Frau mit verrückten Ansichten. Aber vielleicht lag etwas Rationales darin. Wenn jemand einen anderen anhimmelt, muss man dessen Urteilsvermögen anzweifeln. Oder so.

Jetzt blieb Jackie Peter auf den Fersen wie ein Hund; und obwohl ihre Helmscheiben kupfern getönt waren, konnte Sax an Jackies Bewegungen erkennen, dass sie mit ihm sprach und ihn irgendwie umschmeichelte. Sax schaltete auf die allgemeine Frequenz um und mischte sich in ihr Gespräch.

»Warum wurden die Swift und Voltaire genannt?«, fragte Jackie.

»Die haben beide die Existenz der Marsmonde vorausgesagt«, erwiderte Peter. »Sie haben das in Büchern ein Jahrhundert vor der Entdeckung der Monde beschrieben. In *Gullivers Reisen* gibt Swift sogar ihre Distanzen und Umlaufzeiten an und lag nicht weit daneben.«

»Du machst Witze.«

»Nein.«

»Wie, in aller Welt, hat er das gemacht?«

»Ich weiß nicht. Gut geraten, vermute ich.«

Sax räusperte sich. »Sequenz.«

»Was?«, fragten beide.

»Die Venus hat keinen Mond, die Erde einen, Jupiter vier. Der Mars müsste also zwei haben. Da man sie nicht sehen konnte, waren sie vermutlich klein. Und nahe. Deshalb schnell.«

Peter lachte. »Swift muss ein kluger Mensch gewesen sein.«

»Oder seine Quelle war gut. Aber es war dennoch blindes Glück. Die Sequenz war ein Zufall.«

Sie blieben auf einer anderen abgesplitterten Kante stehen, von der aus sie den Rand des Kraters Swift sehen konnten. Er war ein fast eingegrabener Kamm am Horizont. Ein kleines graues Raketenflugzeug stand wie eine Fata Morgana auf dem schwarzen Staub. Der Mars nahm fast den ganzen Himmel ein, eine riesige orangefarbene Welt. Die Nacht senkte sich auf die östliche Sichel. Isidis war direkt über ihnen; aber sie konnten Burroughs nicht ausmachen. Die Ebenen im Norden wiesen große weiße Flecken auf; Gletscher, die schmolzen, um Eis-Seen zu werden, der Anfang eines Eismeeres. Oceanus Borealis. Eine wellige Wolkenschicht lag wie angeheftet über dem Land und erinnerte Sax plötzlich an den Anblick der Erde von der *Ares* aus. Das war eine Kaltfront, die von Syrtis Major kam. Das weiße Wolkenmuster sah genau so aus, wie es auf der Erde ausgesehen hätte. Zyklische Wellen aus Kondensationspartikeln.

Sax verließ den Kamm und ging zu den Schiffen zurück. Die hohen steifen Stiefel waren das Einzige, das ihn aufrecht hielt, und seine Fußknöchel schmerzten. Als ginge man auf dem Meeresboden, nur mit weniger Widerstand. Weltallozean.

Er bückte sich und grub im Staub. Zehn Zentimeter kein Gestein, dann zwanzig. Es hätte fünf oder zehn Meter tief sein können oder sogar noch mehr. Die von ihm aufgewühlten Staubwolken fielen in ungefähr fünfzehn Sekunden auf die Oberfläche zurück. Die Partikel waren so fein, dass sie sich in einer Atmosphäre unendlich lange hätten schwebend halten können. Aber im Vakuum fielen sie wie alles andere nach unten. Auswurfmaterial. Es gab nicht viel, das sie angezogen hätte. Man könnte den Staub direkt in den Weltraum treten. Sax überquerte eine niedrige Bodenwelle und konnte plötzlich über die abfallende Ebene der nächsten Facette sehen. Es war ganz klar, dass der kleine Mond wie ein altsteinzeitlicher Faustkeil geformt war, mit Facetten, die vor Urzeiten durch Hiebe abgetrennt worden waren. Ein dreiachsiges Ellipsoid. Merkwürdig, dass er eine so kreisförmige Umlaufbahn hatte, eine der kreisförmigsten im ganzen Sonnensystem. Das würde man weder bei einem eingefangenen Asteroiden noch bei einem vom Mars bei einem der großen Einschläge ausgeworfenen Brocken annehmen. Was blieb also noch? Einfang vor sehr langer Zeit. Mit anderen Körpern in anderen Umlaufbahnen, um diese hier regelmäßig zu machen. Zack, zack. Splitter. Spallation. Die Sprache war so schön. Felsen schlagen auf Felsen im Weltallozean. Schlagen Stücke ab, die davonfliegen. Bis sie alle entweder auf den Planeten stürzen oder weggeschleudert werden. Alle bis auf zwei. Mondbombe. Schießstand. Rotieren ein bisschen schneller als der Mars da oben, sodass jeder Punkt auf der Marsoberfläche ihn immer sechzig Stunden lang am Himmel hat. Ganz überzeugend. Das Bekannte war gefährlicher als das Unbekannte, ganz gleich, was Michel sagte. *Bum bum*, auf den jungfräulichen Fels eines jungfräulichen Mondes mit einem jungfräulichen Geist. *Der Kleine Prinz*. Die über den Horizont ragenden Raumschiffe sahen absurd aus, wie Insekten aus einem Traum. Aus Chitin, mit Gelenken, bunt, winzig vor dem gestirnten Schwarz, auf dem von einer Staubdecke verhüllten Stein.

Sax kletterte wieder in die Schleuse.

Monate später, als er allein in Echus Chasma war, beendeten die Roboter auf Deimos ihre Bauarbeiten. Das Deuterium zündete den Antrieb. Eintausend Tonnen zermalmten Gesteins wurden pro Sekunde bei einer Geschwindigkeit von zweihundert Kilometern in der Sekunde ausgestoßen. Alles flog in der Bahnebene und tangential zur Flugbahn hinaus. In vier Monaten, wenn etwa ein halbes Prozent der Masse des Mondes ausgestoßen worden wäre, würde sich der Motor abschalten. Deimos wäre dann 614 287 Kilometer vom Mars entfernt und nach Sax' Berechnungen dabei, sich völlig aus dem Einfluss des Mars zu entfernen, um wieder ein freier Asteroid zu werden.

Jetzt flog er am Nachthimmel, eine unregelmäßige graue Kartoffel, weniger hell als Venus oder die Erde, bis auf den neuen

Kometen, der aus seiner Seite herausloderte. Was für ein Anblick! Schlagzeilen auf beiden Welten. Skandal! Sogar im Widerstand umstritten, wo die Leute für und wider diskutierten. Lauter Gezänk. Hiroko würde dessen überdrüssig werden und sich zurückziehen, das sah er kommen. Ja, nein. Was, wo? Wer hat das getan? Warum?

Ann meldete sich auf seinem Handgelenkscomputer, um mit wütendem Gesicht dieselben Fragen zu stellen.

»Er wäre eine perfekte Waffenplattform, wenn sie ihn wie Phobos zu einer Militärbasis ausgebaut hätten«, erklärte Sax. »Wir wären darunter hilflos gewesen.«

»Du hast das also auf die vage Chance hin getan, er könnte zu einem Militärstützpunkt ausgebaut werden?«

»Wenn Arkady und seine Leute Phobos nicht auf diese vage Chance hin vorbereitet hätten, wären wir damit nicht fertiggeworden. Sie hätten uns getötet. Jedenfalls haben die Schweizer gesagt, dass das passieren könnte.«

Ann schüttelte den Kopf und starrte ihn an, als wäre er von Sinnen. Ein verrückter Saboteur. Er erwiderte entschlossen ihren Blick. Als sie die Verbindung trennte, zuckte er die Achseln und rief die Bogdanovisten an. »Die Roten haben einen Katalog davon – von allen Objekten im Orbit um den Mars. Dann brauchen wir Systeme, um von der Oberfläche in den Raum zu schießen. Spencer wird helfen. Silos am Äquator. Inaktive Moholes. Versteht ihr?«

Sie bejahten das. Man muss kein Raketenwissenschaftler sein. Und wenn es je wieder so weit kommen sollte, würde man sie nicht aus dem Weltraum beharken können.

Einige Zeit später, er war sich nicht sicher, wie lange, erschien Peters Gesicht auf dem kleinen Bildschirm des Felsenrovers, den Sax sich von Desmond geliehen hatte. »Sax, ich bin in Kontakt mit einigen Freunden, die an dem Aufzug arbeiten, und wenn Deimos schneller wird, geraten die Schwingungen des Kabels, die eine Kollision vermeiden sollen, aus dem Zeitplan. Es könnte sein, dass Phobos' nächster Orbit zu einer Kollision mit dem Aufzug führen wird. Aber meine Freunde schaffen es nicht, dass die KI für die Kabelnavigation auf sie reagiert. Sie ist offenbar gegen Input von außen abgeschirmt, um Sabotage zu verhindern – du verstehst. Und dass Deimos seine Geschwindigkeit ändert, ist etwas, das sie der KI nicht beibringen können. Hast du irgendwelche Vorschläge?«

»Lass sie das alleine erledigen!«

»Was?«

»Speist die Daten über Deimos in die KI ein! Sie muss das sowieso irgendwie mitkriegen. Und sie ist darauf programmiert, eine Kollision zu vermeiden. Richtet ihre Aufmerksamkeit auf die Daten! Erklärt, was geschehen ist. Vertraut ihr!«

»Vertrauen?«

»Ja, redet mit ihr!«

»Sax, wir versuchen es. Aber die Programmierung gegen Sabotage ist wirklich stark.«

»Sie kontrolliert die Oszillationen, um Deimos auszuweichen. Solange er in der Liste der Ziele steht, sollte alles okay sein. Gib ihr nur die Daten ein!«

»Gut, wir werden es versuchen.«

Es war Nacht, und Sax ging nach draußen. Er ging in der Dunkelheit unter der gewaltigen Klippe des Großen Steilhangs spazieren, in dem Gebiet nördlich der Stelle, wo Kasei Vallis die Wand durchbrochen hatte. *Sei* bedeutete auf japanisch Stern und *ka* Feuer. Feuerstern. Im Chinesischen war es dasselbe. Dort war *huo* die Silbe, die die Japaner *ka* aussprachen, und *hsing* war *sei*. *Huo Hsing:* Feuerstern, der am Himmel brennt. Man sagte, die kleinen roten Männer nannten ihn Ka. Wir leben auf Feuer. Sax verteilte Samen im Sand. Die harten kleinen Nüsse keimten dicht unter der sandigen Oberfläche am Boden des Chasmas. Er war Johnny Fireseed. Dort am südlichen Himmel brannte Deimos. Er wurde auf seinem Weg zwischen den Sternen langsamer und zog mit seinem eigenen Tempo nach Westen. Er wurde jetzt durch den nadelspitzgroßen Kometen an seinem östlichen Ende angetrieben. Der sich über Tharsis erhebende Aufzug war nicht zu sehen und der neue Clarke vielleicht einer der schwächeren Sterne am Südwesthimmel. Nicht mit bloßem Auge zu identifizieren. Sax trat zufällig gegen einen Stein, bückte sich und pflanzte noch einen Samen ein. Wenn die Samen alle waren, würde er mit dem Aussäen einer neuen Flechte weitermachen. Eine chasmoendolithische Spezies, sehr robust, die sich schnell vermehren und viel Sauerstoff produzieren würde. Gutes Verhältnis von Oberfläche zu Volumen. Sehr trocken.

Ein Piepser am Handgelenk. Sax schaltete die Stimme auf das Interkom seines Helms, während er fortfuhr, noch mehr Nüsse aus seiner Schenkeltasche zu fischen und in den Sand zu drücken, wobei er sich hütete, die Wurzeln von Riedgras oder anderen Pflanzen zu beschädigen, die wie pelzige schwarze Steine den Boden bedeckten.

Es war Peter, der mit aufgeregter Stimme rief: »Sax, Deimos nähert sich ihnen jetzt, und die KI scheint erkannt zu haben, dass er sich nicht an seiner gewohnten Stelle im Orbit befindet. Sie sagen, die KI würde es noch berechnen. Die Steuerungsdüsen in diesem ganzen Sektor wurden etwas zu früh gezündet, darum hoffen wir, dass das System reagiert.«

»Kannst du die Oszillation nicht berechnen?«

»Doch, aber der Computer ist widerspenstig. Ein sturer Hund. Die Sicherheitsprogramme sind ziemlich wasserdicht. Wir können aber aus unabhängigen Berechnungen gerade genug ablesen, um sagen zu können, dass es eine recht knappe Passage werden wird.«

Sax richtete sich auf und stellte auf seiner Armband-KI selbst Berechnungen an. Die Umlaufperiode von Deimos hatte mit ungefähr 109 077 Sekunden angefangen. Der Antrieb war – er war sich nicht sicher – etwa hundert Millionen Sekunden in Tätigkeit gewesen und hatte den kleinen Mond schon merklich angeschoben, aber auch seinen Bahnradius vergrößert ... Sax rechnete in der großen Stille weiter. Wenn Deimos am Aufzugskabel vorbeikam, war dieses gewöhnlich im Maximum seiner Oszillation in diesem Sektor, gut fünfzig Kilometer oder mehr entfernt, weit genug, dass die Gravitation die Steuerdüsen am Kabel nicht beeinflusste. Diesmal würden Beschleunigung und Auswärtsbewegung von Deimos den Zeitplan durcheinanderbringen. Das Kabel würde sich zu schnell wieder der Bahnebene von Deimos nähern. Es kam also darauf an, die Oszillation von Clarke zu verlangsamen und entsprechend auf der ganzen Länge des Kabels Korrekturen vorzunehmen. Eine komplizierte Geschichte und kein Wunder, dass die KI nicht im Detail angeben konnte, was sie tat. Wahrscheinlich war sie damit beschäftigt, andere Computer zuzuschalten, um die erforderliche Rechenkapazität zu erreichen. Die einzelnen Faktoren – Mars, das Kabel, Clarke, Deimos – gaben ihr ganz schön Stoff zum Nachdenken.

»Okay, da kommt er«, sagte Peter.

Sax fragte überrascht: »Befinden sich deine Freunde auf Höhe des Orbits?«

»Sie sind einige Hundert Kilometer darunter, aber ihr Aufzugswagen ist unterwegs nach oben. Sie schicken mir das Bild ihrer Kameras, und – hey! – da kommt er ... Jawohl! Ka wow, Sax, er muss das Kabel um ungefähr drei Kilometer verfehlt haben! Er ist direkt an ihrer Kamera vorbeigesaust.«

»Ein Kilometer ist so gut wie hundert Kilometer.«
»Wieso?«

»Zumindest im Vakuum ist das so.« Aber jetzt war er mehr als bloß ein vorbeiziehender Stein. »Was ist mit dem Schweif der von dem Antriebsmotor ausgestoßenen Stoffe?«

»Ich werde mich erkundigen ... Sie sagen, sie hätten vor Deimos seine Bahn gekreuzt.«

»Gut!« Sax schaltete aus. Ein kluger Schachzug seitens der KI. Noch ein paar Passagen, und Deimos würde sich oberhalb von Clarke befinden, und das Kabel müsste ihm nicht mehr ausweichen. Vorerst würden sie, solange der Navigationscomputer an die Gefahr glaubte, was er jetzt offenbar tat, nichts zu fürchten haben.

Sax war sich bezüglich des Aufzugs unsicher. Desmond sagte, er würde sich freuen, wenn er wieder abstürzen würde. Aber nur wenige stimmten ihm zu. Sax hatte sich dagegen entschieden, in dieser Sache eine einseitige Aktion zu unternehmen, da er sich nicht sicher war, was er über diese Verbindung mit der Erde fühlte. Eigenmächtige Aktionen wollte er auf Dinge beschränken, bei denen er sich sicher war. Und so bückte er sich wieder und setzte noch einen Samen ein.

NEUNTER TEIL

EINE LAUNE DES AUGENBLICKS

Es ist immer eine Herausforderung, ein wildes Land bewohnbar zu machen. Sobald das Kuppeldach über Nirgal Vallis fertig war, setzte Séparation de l'Atmosphère einige ihrer größten Mesokosmos-Areatoren in Gang, und bald war die Kuppel mit einer Mischung aus Stickstoff, Sauerstoff und Argon bei 500 Millibar gefüllt, die aus der umgebenden Atmosphäre gewonnen und gefiltert worden war, die jetzt bei 250 Millibar lag. Und die Siedler aus Cairo und Senzeni Na und sonst wo auf den zwei Welten zogen ein.

Zuerst wohnten die Leute in mobilen Anhängern dicht bei kleinen transportablen Gewächshäusern; und während sie den Boden des Canyons mit Bakterien und Pflügen bearbeiteten, benutzten sie die Gewächshäuser zur Aufzucht ihrer ersten Ernten und der Bäume und Bambusstämme, aus denen sie ihre Häuser bauen wollten, und der Wüstenpflanzen, die sie außerhalb der Farmen verbreiten würden. Die Smektit-Tone der Canyonsohle waren eine hervorragende Basis für nutzbaren Boden, obwohl sie Biota, Stickstoff und Kalium hinzufügen mussten. Es gab reichlich Phosphor und wie immer mehr Salze, als sie brauchen konnten.

So verbrachten sie ihre Tage damit, den Boden anzureichern, Getreide in Gewächshäusern zu ziehen und robuste Pflanzen für die Salzwüsten anzusiedeln. Sie trieben im ganzen Tal auf und ab Handel. Kleine Marktweiler bildeten sich fast schon am Tag des Einzugs. Ebenso Wege zwischen Siedlungen und eine Hauptstraße, die neben dem Fluss mitten durch das ganze Tal verlief. Nirgal Vallis hatte kein Wasserreservoir an seinem oberen Ende; darum pumpte man über eine Rohrleitung von Marineris genügend Wasser dorthin, um einen kleinen Fluss strömen zu lassen. Sein Wasser wurde am

Uzboi-Tor gesammelt und wieder zum oberen Ende des Zeltes zurückgepumpt.

Die Siedlungen waren je etwa einen halben Hektar groß, und fast jeder versuchte, auf dieser Fläche den Großteil seiner Nahrung zu ziehen. Die meisten Leute teilten ihr Land in sechs Miniaturfelder auf und führten in jeder Saison Frucht- und Weidewechsel durch. Jeder hatte seine eigenen Theorien über Ackerbau und Bodenverbesserung. Die meisten konnten ein paar Nüsse, Früchte oder Nutzholz zum Verkauf ernten. Manche hielten Schafe, Ziegen, Schweine und Kühe. Die Kühe waren fast alle sehr klein, nicht viel größer als Schweine.

Sie versuchten, die Farmen unten im Canyon am Fluss zu halten, und ließen die höheren Flächen unter den Wänden des Canyons wild. Sie führten eine Gruppe von Wüstentieren aus dem amerikanischen Südwesten ein, sodass Eidechsen, Schildkröten und Eselhasen in der Nähe lebten, sowie Kojoten, Rotluchse und Falken, die auch unter ihren Hühnern und Schafen aufräumten. Sie hatten eine Invasion von Alligatoreidechsen und dann von Kröten. Die Größe der Populationen regulierte sich langsam, aber es gab oft starke Schwankungen. Die Pflanzen begannen, sich selbstständig zu verbreiten. Das Land sah bald so aus, als gehörte das Leben ganz natürlich dahin. Die Wände aus rotem Fels standen unverändert da, kahl und gezackt über der neuen Flusswelt.

Am Samstagmorgen war Markttag, und die Leute fuhren mit vollen Lieferwagen zu den Marktweilern. Eines Morgens im Winter '42 versammelten sie sich in Playa Blanco unter dunklem, bewölktem Himmel, um Spätgemüse, Milchprodukte und Eier zu verkaufen. »Weißt du, wie man feststellt, in welchen Eiern lebende Küken sind? Man nimmt sie alle, tut sie in einen Eimer Wasser und wartet, bis alles ganz still ist. Die Eier, die dann zittern, sind die mit lebenden Küken. Die kann man wieder unter die Hennen legen und den Rest essen.«

»Ein Kubikmeter Wasserstoffperoxid sind zwölfhundert Kilowattstunden! Außerdem wiegt es anderthalb Tonnen. So viel brauchst du nie.«

»Wir versuchen, es in den Milliardstel-Bereich zu bringen, hatten aber noch kein Glück.«

»Centro de Educación y Tecnología in Chile, die haben in Sachen Fruchtwechsel wirklich großartige Arbeit geleistet. Du würdest es nicht glauben. Komm vorbei, und sieh es dir an!«

»Es kommt ein Gewitter auf.«

»Wir halten auch Bienen.«

»Maja ist Nepali, Baghram ist Persisch, Mawrth ist Walisisch. Nun ja, es klingt wie Lispeln, aber ich spreche es wahrscheinlich nicht richtig aus. Sie sprechen es wahrscheinlich Moth oder Mort oder Mars aus.«

Dann verbreitete sich wie ein Lauffeuer die Kunde auf dem Marktplatz: »Nirgal ist hier! Er wird im Pavillon sprechen ...«

Und da war er. Er ging schnell am Kopf einer zunehmenden Volksmenge, grüßte alte Freunde und schüttelte die Hände von Leuten, die sich ihm näherten. Jeder im Weiler folgte ihm und drängte sich in den Pavillon und auf dem Volleyballplatz am westlichen Ende des Marktes. Lautstarke Jubelrufe übertönten den Lärm der Menge.

Nirgal stieg auf eine Bank und begann zu reden. Er sprach über ihr Tal und das andere neue, überkuppelte Land auf dem Mars und was das bedeutete. Als er aber zu der Situation der zwei Welten im Allgemeinen überging, brach das Gewitter über ihren Köpfen los. Blitze schlugen in die Ableiter, und man erlebte in rascher Folge Regen, Schnee, Hagel und danach Schlamm.

Die Kuppel über dem Tal war so steil wie ein Kirchendach. Staub und Grus wurden durch die statische Ladung seiner äußeren Schicht abgestoßen. Regen lief einfach ab, und Schnee rutschte herunter und bildete unten an den Seiten Haufen, die von riesigen robotischen Schneefräsen, die während Schneestürmen an den Fundamenten auf und ab *fuhren, mit langen abgewinkelten Blasrohren weggeschmolzen wurden. Aber der Schlamm war ein Problem. Mit dem Schnee vermischt, bildete er kalte Hügel, hart wie Beton, auf dem Kuppeldach genau über dem Fundament; und diese dichten Schichten konnten so schwer werden, dass sie die Kuppel beschädigten. Das war im Norden schon einmal vorgekommen.*

Als das Unwetter sich verschlimmerte und das Licht im Canyon sich trübte, sagte Nirgal deshalb: »Wir sollten da lieber hinaufgehen.« Und alle stiegen in die Wagen und fuhren zum nächsten Aufzug, der im Innern der Canyonwand zum oberen Rand führte. Oben angelangt, übernahmen die Leute, die sich auskannten, die Schneefräsen und betrieben sie von Hand, sodass die großen Gebläse jetzt Dampf über die Schneewehen sprühten, um sie von der Kuppel herunterzuspülen. Alle anderen bildeten Gruppen und zogen Dampfkarren per Hand, um die von den Schneefräsen geschmolzenen Haufen aus Schlamm vom Fundament wegzuschaffen. Dabei half Nirgal. Er lief mit einem Dampfschlauch umher, als übe er einen anstrengenden neuen Sport aus. Niemand konnte mit ihm Schritt halten, aber alle steckten schnell bis zur Hüfte in kaltem wirbelndem Schlamm. Die Windstärke lag bei über 150, und massive tiefschwarze Wolken spien die ganze Zeit auf sie herunter. Der Wind stieg auf 180 Kilometer in der Stunde, aber das machte keinem etwas aus. Nirgal half auch mit, die Kuppel vom Schlamm zu säubern. Sie erledigten einen Streifen nach dem anderen und bewegten sich mit dem Wind nach Westen, indem sie Schlammmassen in das nicht überdachte Uzboi Vallis trieben.

Als das Unwetter nachließ, war die Kuppel schön klar, aber das Land auf beiden Seiten von Nirgal Vallis lag tief unter gefrorenem Schlamm, und die Leute waren durchnässt. Sie drängten sich wieder in die Aufzüge und kamen erschöpft und durchgefroren auf dem Boden des Canyons an. Sie schauten sich an – völlig schwarze Gestalten mit Ausnahme ihrer Sichtscheiben. Nirgal legte seinen Helm ab, und da war er wieder, kräftig, lachend und unerschütterlich. Er kratzte einen Schlammklumpen von seinem Helm und warf ihn – schon brach die Schlacht aus. Die meisten hielten es für klug, die Helme aufzubehalten, und es war ein seltsames Bild, wie sich da auf dem dunklen Boden dieses Canyons blinde schlammige Gestalten mit Dreckklumpen bewarfen und in den Fluss hinausliefen, wo sie herumrutschten, als sie miteinander rangen und sich gegenseitig untertauchten.

Maya Katarina Toitovna erwachte in übler Laune, aufgeschreckt durch einen Traum, den sie absichtlich vergaß, als sie aus dem Bett rollte. Wie wenn man nach dem Gang zur Toilette die Wasserspülung zog. Träume waren gefährlich. Sie zog sich mit dem Rücken zum Spiegel über dem Ausguss an und ging dann hinunter in den Speiseraum. Ganz Sabishii war in dem typisch marsianisch-japanischen Stil erbaut. Ihre Nachbarschaft sah aus wie ein Zengarten, lauter Kiefern und Moos zwischen polierten roten Steinblöcken. Das war schön auf eine karge Art, die Maya unangenehm fand, wie ein Tadel für ihre Runzeln. Sie ignorierte das, so gut sie konnte, und konzentrierte sich auf das Frühstück. Die stupide Langeweile der täglichen Notwendigkeiten. An einem anderen Tisch aßen Vlad, Ursula und Marina zusammen mit einer Gruppe der *Issei* von Sabishii. Die hatten alle rasierte Köpfe und sahen in ihren Arbeitsjumpern wie buddhistische Mönche aus. Einer von ihnen stellte einen kleinen Fernseher über ihrem Tisch an, und es begann eine Nachrichtensendung von der Erde, eine metanationale Produktion aus Moskau, die den gleichen Bezug zur Realität hatte wie früher die *Pravda*. Manche Dinge änderten sich nie. Es war die englische Fassung. Das Englisch des Sprechers war besser als ihr eigenes, selbst nach all den Jahren. »Jetzt die letzten Neuigkeiten von diesem fünften August 2114.«

Maya versteifte sich in ihrem Sessel. In Sabishii war es $L_s = 246$, der vierte Tag des zweiten Novembers. Die Tage waren kurz und die Nächte ziemlich warm für das Marsjahr 44. Maya hatte keine Ahnung, was das irdische Datum war, und das schon seit

Jahren nicht mehr. Aber da unten war es ihr Geburtstag. Ihr – sie musste nachrechnen – einhundertdreißigster Geburtstag.

Ihr wurde übel. Sie runzelte die Stirn, warf ihr halb verzehrtes Brötchen auf den Teller und starrte es an. In ihrem Kopf flatterten Gedanken wie Vögel aus einem Baum heraus. Sie konnte sie nicht festhalten. Es war, als wäre sie leer. Was bedeutete dieses schreckliche unnatürliche Alter? Warum hatten die gerade jetzt den Fernseher eingeschaltet?

Sie ließ das angebissene Brötchen liegen, das ein ominöses Aussehen angenommen hatte, und ging hinaus in das herbstliche Morgenlicht. Unten am lieblichen Hauptboulevard des alten Viertels von Sabishii, grün vom Rasen und rot von Feuerahorn mit breiten Wipfeln, stand ein Ahornbaum vor der tief stehenden Sonne und flammte scharlachrot auf. Auf der ihrer Wohnung gegenüberliegenden Seite des Platzes sah sie Yeli Zudov, der mit einem kleinen Kind, vielleicht Mary Dunkels Ururenkelin, spielte. Es lebten jetzt viele der Ersten Hundert in Sabishii. Das war ihre Demimonde geworden. Alle waren in die lokale Wirtschaft eingebunden und wohnten im alten Stadtviertel, mit falschen Identitäten und Schweizer Pässen – alles erstaunlich wasserdicht, sodass sie an der Oberfläche leben konnten. Und ganz ohne kosmetische Chirurgie, die Sax so verändert hatte; denn das Alter hatte das für sie erledigt. So, wie sie jetzt waren, erkannte sie keiner. Maya konnte durch die Straßen von Sabishii gehen, und die Leute würden nur ein altes Weib unter vielen sehen. Falls die Übergangsbehörde sie aufhielt, würde sie sich als eine Ludmilla Novosibirskaya ausweisen. Aber die Wahrheit war, man würde sie nicht anhalten.

Sie ging durch die Stadt und versuchte, von sich selbst loszukommen. Vom Nordende der Kuppel aus konnte sie die große Geröllhalde außerhalb der Stadt erkennen, die aus dem Mohole von Sabishii stammte. Sie bildete einen langen gebogenen Hügel, der aufwärts zum Horizont hin über die großen Krummholzbecken von Tyrrhena verlief. Man hatte die Halde so angelegt, dass sie von oben einen Drachen darstellte, der die eiförmigen Kuppeln der Stadt in seinen Klauen hielt. Eine im Schatten liegende Spalte, die die Halde querte, markierte die Stelle, wo eine Klaue aus dem schuppigen Fleisch der Kreatur heraustrat. Die Morgensonne leuchtete wie das silberne Auge des Drachen, das sie über seine Schulter anblickte.

Mayas Armband piepste, und sie nahm ärgerlich den Ruf an. Es war Marina. »Saxifrage ist hier. Wir werden uns in einer Stunde am westlichen Steingarten treffen.«

»Ich komme«, sagte Maya und trennte die Verbindung.

Was würde das wohl für ein Tag werden? Sie ging nach Westen am Stadtrand entlang, zerstreut und deprimiert. Einhundertdreißig Jahre alt. Auf der Erde gab es in Georgien am Schwarzen Meer Abchasier, die ein solches Alter angeblich auch vor der Behandlung erreicht hatten. Vermutlich kamen sie auch jetzt noch ohne aus – die gerontologische Behandlung war nur partiell auf der Erde verbreitet. Sie folgte den Isobaren von Geld und Macht, und die Abchasier waren immer arm gewesen. Glücklich, aber arm.

Sie versuchte, sich daran zu erinnern, wie es in Georgien gewesen war, in der Gegend, wo der Kaukasus auf das Schwarze Meer trifft.

Die Stadt hieß Sukhumi. Sie glaubte, sie in der Jugend besucht zu haben. Ihr Vater war Georgier gewesen. Aber sie konnte sich kein Bild vor Augen rufen, absolut nicht. Sie konnte sich überhaupt an gar keinen Teil der Erde erinnern – Moskau, Baikonur, die Aussicht von der *Novy Mir* – nichts. Das Gesicht ihrer Mutter über dem Küchentisch, grimmig lächelnd, wenn sie bügelte oder kochte. Maya wusste, dass das geschehen war, weil sie die Worte der Erinnerung von Zeit zu Zeit übte, wenn sie traurig war. Aber die Bilder dazu … Ihre Mutter war zehn Jahre vorher gestorben, ehe die Behandlungen zugänglich wurden, sonst würde sie vielleicht jetzt noch leben. Sie wäre 150 – keineswegs abwegig; denn der derzeitige Altersrekord lag um die 170 und kletterte immer noch höher ohne ein Anzeichen, dass er je aufhören würde. Nur Unfälle, seltene Krankheiten und gelegentlich ärztliche Kunstfehler töteten in diesen Tagen behandelte Personen. Das und Mord. Und Selbstmord.

Maya kam zu den westlichen Steingärten, ohne eine der sauberen engen Straßen des alten Viertels von Sabishii gesehen zu haben. So kam es, dass sich die alten Leute nicht an jüngste Ereignisse erinnerten: Sie bekamen sie nicht mit. Eine Erinnerung, verloren, noch ehe sie entstehen konnte, weil sie sich so intensiv auf die Vergangenheit konzentrierten.

Vlad, Ursula, Marina und Sax saßen auf einer Parkbank gegenüber den ersten Habitaten von Sabishii, die noch benutzt wurden, zumindest von Gänsen und Enten. Der Teich, die Brücke und Bänke aus Stein und Bambus konnten direkt einem alten Holzschnitt oder Seidengemälde entnommen sein. Ein Klischee. Jenseits der Kuppelwand blähte sich weiß die große Thermalwolke des Moholes auf, dichter denn je, weil das Loch tiefer und die Atmosphäre feuchter wurde.

Maya setzte sich auf eine Bank ihren alten Gefährten gegenüber und sah sie grimmig an. Gefleckte, runzlige alte Knacker und Vetteln. Sie sahen fast wie Fremde aus, wie Leute, denen sie nie begegnet war. Ah, aber da waren Marinas temperamentvolle verschleierte Augen und Vlads leichtes Lächeln – nicht überraschend auf dem Gesicht eines Mannes, der seit achtzig Jahren mit zwei Frauen lebte, augenscheinlich in Harmonie und sicher in einer vollkommen isolierten Vertraulichkeit. Obwohl es hieß, Marina und Ursula seien ein lesbisches Paar und Vlad nur eine Art Gefährte oder Schoßtier. Aber keiner wusste es sicher. Auch Ursula machte ein zufriedenes Gesicht wie immer. Jedermanns Lieblingstante. Doch, mit Konzentration konnte Maya sie identifizieren. Nur Sax sah ganz anders aus, ein schöner Mann mit einer gebrochenen Nase, die er noch nicht hatte richten lassen. Sie stand in der Mitte seines frisch verschönten Gesichts wie eine Anklage gegen sie, als hätte sie ihm das angetan und nicht Phyllis. Er sah ihr nicht in die Augen, sondern betrachtete ruhig die zu seinen Füßen quakenden Enten, als würde er sie studieren. Der Wissenschaftler bei der Arbeit. Nur war er jetzt ein verrückter Wissenschaftler, der alle ihre Pläne über den Haufen warf und mit dem nicht vernünftig zu reden war.

Maya zog den Mund zusammen und sah Vlad an.

Er sagte: »Subarashii und Amexx erhöhen die Zahl der Truppen der Übergangsbehörde. Wir haben von Hiroko eine Nachricht bekommen. Sie haben die Einheit, die Zygote angegriffen hat, zu einer Art Expeditionstruppe verstärkt, die sich jetzt nach Süden bewegt, zwischen Argyre und Hellas. Sie scheinen nicht zu wissen, wo sich die meisten verborgenen Zufluchtsstätten befinden, kontrollieren aber nacheinander alle heißen Orten. Sie sind in Christianopolis eingedrungen und haben es als Operationsbasis übernommen. Es sind ungefähr fünfhundert Mann, schwer bewaffnet und aus dem Orbit geschützt. Hiroko sagt, dass sie nur mit Mühe Cojote, Kasei und Dao davon abhalten kann, die MarsFirst-Guerillakämpfer zu einem Angriff gegen sie zu führen. Wenn die aber noch mehr verborgene Städte finden, sind die Radikalen zum Angriff entschlossen.«

Damit waren die wilden jungen Burschen von Zygote gemeint, dachte Maya bekümmert. Sie hatten sie schlecht erzogen, die Ektogenen und die ganze *Sansei*-Generation – jetzt fast vierzig und kampfeslüstern. Und Peter und Kasei und der

Rest der *Nisei*-Generation näherten sich den Siebzigern und hätten im regulären Lauf der Dinge längst die Anführer ihrer Welt sein müssen. Aber sie standen immer noch im Schatten ihrer nicht sterbenden Eltern. Welche Gefühle mochte das bei ihnen wecken? Wie konnten sie mit solchen Gefühlen handeln? Vielleicht dachten sich einige, dass eine neue Revolution gerade richtig wäre, um ihnen ihre Chance zu geben. Revolution war schließlich das Metier der Jugend.

Die Alten saßen da und beobachteten schweigend die Enten. Eine düstere, niedergeschlagene Gruppe. Maya fragte: »Was ist aus den Christen geworden?«

»Einige sind nach Hiranyagarbha gegangen. Der Rest ist dageblieben.«

Falls die Kräfte der Übergangsbehörde die Gebirge im Süden eroberten, könnte der Untergrund die Städte infiltrieren. Aber wozu? So dünn verstreut, wie sie waren, könnten sie nie der Ordnung zweier Welten trotzen, da diese ihre Basis auf der Erde hatte. Maya hatte plötzlich das unangenehme Gefühl, das ganze Unabhängigkeitsprojekt wäre nur ein Traum, eine kompensatorische Fantasie für die gebrechlichen Überlebenden einer verlorenen Sache.

»Du weißt, weshalb diese Aufstockung der Sicherheit erfolgt ist«, knurrte sie Sax an. »Das haben deine großen Sabotageakte bewirkt.«

Sax ließ nicht erkennen, dass er ihr zuhörte.

»Es ist jammerschade, dass wir uns in Dorsa Brevia nicht auf einen Aktionsplan festgelegt haben«, sagte Vlad.

»Dorsa Brevia«, zischte Maya ärgerlich.

»Es war eine gute Idee«, widersprach Marina.

»Vielleicht. Aber ohne einen gemeinschaftlichen Aktionsplan war das konstitutionelle Zeug bloß …« Maya machte eine Handbewegung, »der Bau einer Sandburg. Ein Spiel.«

»Der Gedanke war«, sagte Vlad, »dass jede Gruppe tun würde, was sie für das Beste hielt.«

»Das war der Gedanke im Jahr einundsechzig«, erklärte Maya. »Und wenn jetzt Cojote und die Radikalen einen Guerillakrieg anfangen und es wirklich losgeht, dann sind wir genau wieder so weit wie damals.«

»Was denkst du, was wir tun sollten?«, fragte Ursula neugierig.

»Wir sollten selbst die Macht übernehmen! *Wir* machen den Plan, und *wir* entscheiden, was zu tun ist. Wir verbreiten das im ganzen Untergrund. Wenn wir dafür nicht die Verantwortung übernehmen, ist es unsere Schuld, was immer geschieht.«

»Das hat Arkady schon versucht«, meinte Vlad.

»Arkady hat es wenigstens versucht! Wir sollten auf dem aufbauen, was an seiner Arbeit gut gewesen ist.« Sie lachte kurz. »Ich hätte nie gedacht, dass ich mich selbst das mal würde sagen hören. Aber wir sollten mit den Bogdanovisten zusammenarbeiten und mit jedem, der mitmachen will. Wir müssen die Führung übernehmen! Wir sind die Ersten Hundert, wir sind die Einzigen mit der nötigen Autorität, das zu erreichen. Die von Sabishii werden uns helfen, und die Bogdanovisten werden anrücken.«

»Wir brauchen auch Praxis«, sagte Vlad. »Praxis und die Schweizer. Es muss ein Staatsstreich werden und kein allgemeiner Krieg.«

»Praxis will uns helfen«, sagte Marina. »Aber was ist mit den Radikalen?«

»Wir müssen sie zwingen«, erklärte Maya. »Ihre Versorgung abschneiden, ihnen ihre Mitglieder wegnehmen ...«

»Das führt zum Bürgerkrieg«, wandte Ursula ein.

»Tja, wir müssen ihnen Einhalt gebieten! Wenn sie zu früh eine Revolte anzetteln und die Metanationalen über uns herfallen, ehe wir bereit sind, sind wir verloren. All die unkoordinierten Angriffe müssen aufhören. Sie erreichen nichts, sondern erhöhen nur die Sicherheitsvorkehrungen und machen die Dinge für uns noch schwieriger. Solche Sachen, wie Deimos aus seiner Bahn stoßen, machen sie nur noch mehr auf unsere Präsenz aufmerksam, ohne etwas auszurichten.«

Sax, der immer noch die Enten beobachtete, sagte in seiner eigenartigen singenden Art: »Es gibt einhundertvierzehn Erde-Mars-Shuttles. Vierundsiebzig Objekte sind im Obit – im *Orbit* um den Mars. Der neue Clarke ist eine voll verteidigte Raumstation. Deimos hätte dieses Schicksal als militärische Basis beinahe geteilt. Eine Waffenplattform.«

»Es war ein leerer Mond«, entgegnete Maya. »Was die Objekte im Orbit angeht, mit denen müssen wir uns zu gegebener Zeit befassen.«

Sax schien wieder nicht zur Kenntnis zu nehmen, dass sie etwas gesagt hatte. Er starrte auf die verfluchten Enten und blinzelte leicht. Von Zeit zu Zeit sah er Marina an.

»Es muss eine regelrechte Enthauptung werden, wie Nirgal und Art in Dorsa Brevia gesagt haben«, sagte Marina.

»Mal sehen, ob wir den Hals finden können«, meinte Vlad trocken.

Maya wurde immer wütender auf Sax und sagte: »Wir sollten uns jeder eine der größeren Städte vornehmen und das Volk dort zu einem vereinigten Widerstand organisieren. Ich möchte nach Hellas zurückkehren.«

»Nadia und Art sind in South Fossa«, sagte Marina. »Aber wir werden alle der Ersten Hundert brauchen, damit sie sich mit uns vereinigen, wenn das funktionieren soll.«

»Der Ersten Neununddreißig«, korrigierte Sax.

»Wir brauchen auch Hiroko«, warf Vlad ein. »Sie muss Cojote zur Vernunft bringen.«

»Das schafft keiner«, sagte Marina. »Aber Hiroko brauchen wir wirklich. Ich werde nach Dorsa Brevia gehen und mit ihr reden, und wir werden versuchen, den Süden in Schach zu halten.«

»Cojote ist nicht das Problem«, erinnerte Maya sie wütend.

Sax schreckte aus seiner Träumerei auf und blinzelte Vlad an. Immer noch kein Blick für Maya, selbst als sie über ihren Plan diskutierten. Er sagte: »Integrierte Seuchenbekämpfung. Man zieht zwischen dem Unkraut kräftigere Pflanzen. Und dann wird es von diesen verdrängt. Ich werde Burroughs übernehmen.«

Wütend, weil Sax sie so ignorierte, stand Maya auf und ging um den kleinen Teich herum. Sie blieb am gegenüberliegenden Ufer stehen und packte das Geländer am Weg mit beiden Händen. Sie sah zu den anderen hinüber, die am Wasser auf ihren Bänken saßen wie Rentner, die über Essen, das Wetter, die Enten und das letzte Schachturnier schwatzten. Verdammt, Sax! Würde er ihr Phyllis ewig zum Vorwurf machen, dieses abscheuliche Weibsstück?

Plötzlich vernahm sie schwach, aber deutlich ihre Stimmen. Hinter dem Weg befand sich eine gekrümmte Wand, die um den ganzen Teich herumlief, und Maya stand den anderen beinahe genau gegenüber. Offenbar wirkte die Wand wie eine perfekte kleine Flüstergalerie. Die leisen Stimmen ertönten einen Sekundenbruchteil später als die schwachen Mundbewegungen.

»Zu schade, dass Arkady nicht mehr lebt«, sagte Vlad. »Die Bogdanovisten würden sehr viel leichter einlenken.«

»Ja«, sagte Ursula. »Er, John und Frank fehlen uns.«

»Frank«, zischte Marina ärgerlich. »Wenn er John nicht getötet hätte, wäre das alles nicht passiert.«

Maya blinzelte. Das Geländer hielt sie aufrecht.

»*Was?*«, schrie sie, ohne nachzudenken. Drüben fuhren die kleinen Gestalten zusammen und sahen sie an. Maya ließ das Geländer los, eine Hand nach der anderen, und rannte halb um den Teich, wobei sie zweimal stolperte.

»Was meinst du damit?«, brüllte sie Marina an, als sie näher kam. Die Worte brachen ungewollt aus ihr hervor.

Vlad und Ursula waren aufgestanden und wollten sie einige Schritte vor den Bänken aufhalten. Marina blieb sitzen und schaute mürrisch zur Seite. Vlad breitete die Hände aus, aber Maya stieß direkt dazwischen hindurch, um an Marina heranzukommen. »Was behauptest du da für üble Sachen?!«, schrie sie. Ihre Stimme tat ihr in der eigenen Kehle weh. »Warum? Warum? Es waren die Araber, die John getötet haben. Das weiß jeder!«

Marina zog eine Grimasse und schüttelte mit zu Boden gerichtetem Blick den Kopf.

»Also?«, brüllte Maya.

»Das war nur eine Redensart«, sagte Vlad von hinten. »Frank hat in jenen Jahren viel unternommen, um John zu untergraben. Du weißt, dass das wahr ist. Manche sagen, er hätte die Muslimbruderschaft gegen John aufgehetzt. Das ist alles.«

»Pah!«, schnaubte Maya. »Wir haben alle untereinander gestritten. Das sagt noch gar nichts.«

Dann merkte sie, dass Sax sie direkt anschaute – jetzt endlich, wo sie wütend war –, mit einer eigenartigen Miene, kühl und schwer zu deuten – ein Blick der Anklage, der Rache, oder was? Sie hatte auf Russisch geschrien, und die anderen hatten ebenso geantwortet; und sie ging nicht davon aus, dass Sax es sprach. Vielleicht war er nur neugierig, was sie alle so aufgeregt hatte. Aber die Antipathie in diesem starren Blick – als bestätigte er, was Marina gesagt hatte – hämmerte es wie einen Nagel in sie hinein!

Maya drehte sich um und floh.

Sie befand sich vor der Tür zu ihrem Zimmer, ohne Erinnerung daran, dass sie Sabishii durchquert hatte, und warf sich drinnen aufs Bett wie in die Arme ihrer Mutter. Aber in dem schönen schlichten Raum fuhr sie bald wieder hoch, schockiert durch die Erinnerung an ein anderes Zimmer, das vom Mutterleib zur Falle geworden war, in einem anderen Moment in Schock und Angst ... keine Antworten, keine Ablenkung, kein Entrinnen ... In dem Spiegel über der kleinen Spüle sah sie ihr Gesicht wie in einem eingerahmten Porträt – hager, alt, rotgeränderte Augen wie die einer Eidechse. Ein Bild wie aus einem Albtraum. Das war es. Als sie den blinden Passagier auf der *Ares* erblickt hatte, das Gesicht, das sie durch ein Gefäß mit Algen gesehen hatte. Cojote! Ein Schock, der sich nicht als Halluzination erwiesen hatte, sondern als Realität.

Und so könnte es auch bei dieser Geschichte über Frank und John sein.

Sie versuchte, sich zu erinnern. Mit aller Gewalt wollte sie sich an Frank Chalmers erinnern, wie er wirklich gewesen war. Sie hatte mit ihm in jener Nacht in Nicosia gesprochen; eine angespannte und unbeholfene Begegnung – und deswegen so gewöhnlich. Frank war wie immer bedrückt und abweisend gewesen ... Sie waren zusammen gewesen, als John bewusstlos geschlagen, in die Farm gezerrt und dort dem Tode überlassen worden war. Frank hätte nicht ...

Aber natürlich gab es Surrogate. Man konnte immer Leute dafür bezahlen, dass sie etwas für einen taten. Nicht dass die Araber an Geld interessiert gewesen wären. Aber Stolz, Ehre, ehrenhaft bezahlt, oder mit einer politischen Gegenleistung, die Währung, die Frank immer so geschickt ausgegeben hatte ...

Aber sie konnte sich so wenig an diese Jahre erinnern, an die Einzelheiten. Wenn sie sich darauf konzentrierte und dazu zwang, sich zu erinnern, war es erschreckend, wie wenig herauskam. Fragmente, Momente. Scherben einer ganzen Zivilisation. Einmal war sie so wütend gewesen, dass sie eine Kaffeetasse von einem Tisch heruntergestoßen hatte, wobei der abgebrochene Henkel wie ein halb verzehrter Bagel auf dem Tisch liegengeblieben war. Aber wo war das gewesen und wann und mit wem? Sie wusste es nicht mehr sicher. »Aahh!«, schrie sie wider Willen; und das antediluvianische Gesicht im Spiegel widerte sie plötzlich mit seinem erbärmlichen reptilienartigen Schmerz an. So *hässlich*! Sie war früher einmal eine Schönheit gewesen, sie war darauf stolz gewesen, sie hatte sie wie ein Skalpell benutzt. Jetzt … Ihr Haar hatte sich in den letzten Jahren bei der letzten Behandlung von weiß zu stumpfgrau verfärbt. Und es wurde dünner – um Gottes willen! –, aber nur an einigen Stellen, aber nicht an anderen. Abscheulich. Und früher eine Schönheit. Es war einmal. Dieses falkenartige königliche Gesicht – und jetzt? Als wäre sie die Baronin Blixen – in ihrer Jugend selbst eine erlesene Schönheit, dann aber zusammengeschrumpft zu der syphilitischen Hexe Isak Dinesen, die dann jahrhundertelang weiterlebte, wie ein Vampir oder ein Zombie – eine verwesende lebende Eidechsenleiche. 130 Jahre alt. Herzlichen Glückwunsch zum Geburtstag!

Sie ging zum Waschbecken und klappte den Spiegel zur Seite. Dahinter war ein kleines, überfülltes Medizinschränkchen. Nagelscheren auf dem obersten Regal. Irgendwo auf dem Mars fertigten sie Nagelscheren an, bestimmt aus Magnesium. Sie holte sie herunter, zog sich eine Haarsträhne vom Kopf, bis es wehtat, und schnitt sie dann direkt über der Haut ab. Die Klingen waren stumpf; aber wenn sie stark genug zog, funktionierte es. Sie musste aufpassen, sich nicht in die Kopfhaut zu schneiden. Ein winziger Rest ihrer Eitelkeit ließ das nicht zu.

Also war es ein langer, ermüdender und schmerzhafter Job. Aber irgendwie ein Trost, weil er so ablenkend, methodisch und destruktiv war.

Der erste Schnitt war so grob, dass sie immer weiter nachschneiden musste, was lange dauerte. Eine Stunde. Aber sie schaffte es nicht, die Haare gleich lang zu kriegen, und holte schließlich den Rasierapparat aus der Dusche und rasierte sich. Mit Toilettenpapier betupfte sie die stark blutenden Schnitte und ignorierte die entblößten alten Narben und Vertiefungen auf dem kahlen Schädel so dicht unter der Haut. Es war hart, das alles zu tun, ohne das monströse Gesicht anzuschauen, das von der Vorderseite des Schädels herabhing.

Als sie fertig war, starrte sie unbarmherzig die Missgeburt im Spiegel an. Androgyn, verwittert, verrückt. Der Falke war zum Geier geworden: Kahlkopf, lappiger Hals, kleine Augen, Hakennase und der heruntergezogene lippenlose Mund. Während sie dieses hässliche Gesicht anstarrte, erinnerte sie sich in manchen Sekunden an gar nichts über Maya Toitovna. Sie war gefangen in der Gegenwart, allem fremd.

Ein Klopfen an der Tür ließ sie herumfahren. Der Schreck erlöste sie aus ihrer Starre. Sie zögerte, plötzlich beschämt und sogar verängstigt. Ein anderer Teil von ihr krächzte: »Herein!«

Die Tür ging auf. Es war Michel. Er sah sie und blieb auf der Schwelle stehen. »Nun?«, fragte sie. Sie sah ihn an und kam sich nackt vor.

Er schluckte und neigte den Kopf. »So schön wie eh und je.« Mit schiefem Grinsen.

Sie musste lachen. Dann setzte sie sich aufs Bett und fing an zu weinen. Sie wischte sich die Augen und sagte: »Manchmal wünsche ich, ich könnte aufhören, Toitovna zu sein. Ich bin ihrer so überdrüssig, und all dessen, was ich getan habe.«

Michel setzte sich neben sie. »Wir sind in unseren Ichs gefangen bis zum Ende. Das ist der Preis, den man für das Denken zahlt. Aber was willst du lieber sein – Schuldige oder Idiotin?«

Maya schüttelte den Kopf. »Ich war unten im Park mit Vlad, Ursula und Marina und mit Sax, der mich hasst, und ich habe sie mir alle angeschaut. Wir müssen wirklich etwas unternehmen. Aber als ich sie ansah und mich an alles erinnerte – zu erinnern versuchte –, da schienen wir alle so ... versehrte Leute zu sein.«

»Es ist viel geschehen«, sagte Michel und legte seine Hand auf die ihre.

»Hast du Schwierigkeiten, dich zu erinnern?« Maya erschauerte und packte seine Hand wie eine Rettungsleine. »Manchmal werde ich so wütend, dass ich alles vergesse.« Sie lachte schniefend. »Das heißt, ich bin lieber eine Schuldige als eine Idiotin, um deine Frage zu beantworten. Wenn man vergisst, ist man von der Vergangenheit frei, aber nichts hat eine Bedeutung. Also gibt es kein Entrinnen« – sie fing wieder an zu weinen. »Erinnern oder Vergessen, beides tut gleich weh.«

Michel sagte sanft: »Probleme mit dem Gedächtnis sind in unserem Alter nicht ungewöhnlich. Besonders Erinnerung auf mittlere Distanz, sozusagen. Es gibt Übungen, die da helfen.«

»Das Gehirn ist kein Muskel.«

»Ich weiß. Aber die Kraft des Gedächtnisses scheint durch den Gebrauch stärker zu werden. Und der Akt der Erinnerung kräftigt anscheinend auch das Gedächtnis selbst. Das ergibt Sinn, wenn man darüber nachdenkt. Synapsen werden physisch verstärkt oder ersetzt. So in der Art.«

»Aber wenn man das, an was man sich erinnert, nicht ertragen kann – o Michel ...« Sie holte tief, aber ungleichmäßig Luft. »Sie haben – Marina hat gesagt, dass Frank John ermordet hätte. Sie sagte es zu den anderen, als sie glaubte, dass ich es nicht hören würde. Sie sagte es so, als ob es allgemein bekannt wäre!« Sie fasste ihn bei der Schulter und drückte, als könne sie es mit ihren Fingern aus ihm herauspressen. »Michel, sag mir die Wahrheit! Stimmt das? Ist es das, was eurer Meinung nach geschah?«

Michel schüttelte den Kopf. »Niemand weiß, was geschehen ist.«

»Ich war dort! Ich war in jener Nacht in Nicosia, und sie nicht. Ich war mit Frank zusammen, als es passierte. Er hatte keine Ahnung, das schwöre ich.«

Michel blinzelte unsicher, und sie sagte: »Mach nicht so ein Gesicht!«

»Mache ich nicht, Maya. Ich will damit gar nichts ausdrücken. Ich will dir alles erzählen, was ich gehört habe, aber ich habe auch Probleme, mich zu erinnern. Es hat Gerüchte gegeben – alle Arten von Gerüchten! – über das, was in jener Nacht geschah. Es stimmt, manche sagen, Frank war – beteiligt. Oder hatte Verbindungen zu den Saudis, die John töteten. Dass er sich mit dem, der am nächsten Tag starb, getroffen hatte und so.«

Maya weinte stärker. Sie beugte sich nach vorne, als hätte sie Magenkrämpfe, und legte ihr Gesicht auf Michels Schulter. Ihre Rippen hoben und senkten sich. »Ich halte es nicht aus. Wenn ich nicht weiß, was geschah ... wie kann ich mich da erinnern? Wie kann ich auch nur an sie denken?«

Michel hielt sie fest und beruhigte sie durch seine Umarmung. Er drückte immer wieder ihre Rückenmuskeln. »Ach, Maya!«

Nach langer Zeit setzte sie sich auf, ging zum Waschbecken und wusch sich das Gesicht mit kaltem Wasser, vermied es aber, in den Spiegel zu blicken. Sie ging wieder zum Bett und setzte sich, so niedergeschlagen, dass jeder Muskel eine durchdringende Schwärze auszuströmen schien.

Michel ergriff wieder ihre Hand. »Ich frage mich, ob Wissen nicht helfen könnte. Oder wenn man mindestens so viel weiß wie möglich. Nachzuforschen, verstehst du? Über John und Frank zu lesen – es gibt jetzt natürlich Bücher … Und die anderen Leute befragen, die in Nicosia gewesen sind, besonders die Araber, die Selim el-Hayil vor seinem Tod gesehen haben. Es würde dir so etwas wie Kontrolle geben. Es wäre keine exakte Erinnerung, aber auch kein Vergessen. Das sind nicht die einzigen zwei Alternativen, so seltsam das scheinen mag. Wir müssen unsere Vergangenheit akzeptieren, verstehst du? Wir müssen sie durch einen Akt der Fantasie zu einem Teil dessen machen, was wir jetzt sind. Das ist ein kreativer, aktiver Prozess. Der ist nicht einfach. Aber ich kenne dich, und dir geht es besser, wenn du aktiv bist und etwas Kontrolle hast.«

Sie sagte: »Ich weiß nicht, ob ich das kann. Ich kann es nicht ertragen, nicht zu wissen, habe aber Angst davor. Besonders, wenn es wahr ist.«

»Ergründe, wie du dich dabei fühlst«, schlug Michel vor. »Versuche es, und finde es heraus! Da beide Alternativen zugegebenermaßen schmerzhaft sind, könnte es sein, dass du Aktion der anderen Alternative vorziehst.«

»Okay.« Sie schniefte und warf einen Blick durch das Zimmer. Aus dem Spiegel an der gegenüberliegenden Wand starrte sie eine mörderische Fratze an. »Mein Gott, ich bin so *hässlich*!«, stieß sie hervor. Ihr Abscheu wurde so stark, dass sie sich fast erbrechen musste.

Michel stand auf und ging zum Spiegel. Er sagte: »Es gibt etwas, das man körperliche dysmorphe Störung nennt. Es ist mit anderen Zwangsneurosen und Depression verwandt. Ich habe die Anzeichen dafür schon länger an dir bemerkt.«

»Es ist mein Geburtstag.«

»Oh! Das Problem ist behandelbar.«

»Geburtstage?«

»Körperliche dysmorphe Störung.«

»Ich will keine Drogen.«

Er hängte ein Handtuch über den Spiegel und sah sie an. »Was meinst du? Vielleicht ist es einfach ein Mangel an Serotonin. Eine biochemische Insuffizienz. Eine Krankheit. Nichts, weswegen man sich schämen müsste. Wir nehmen alle Drogen. Clomipramin ist bei diesem Problem sehr hilfreich.«

»Ich denke darüber nach.«

»Und keine Spiegel.«

»Ich bin kein Kind!«, knurrte sie. »Ich weiß, wie ich aussehe.« Sie sprang auf und riss das Handtuch vom Spiegel herunter. Verrückter Reptilgeier, Pterodaktylus, grimmig ... Es war irgendwie beeindruckend.

Michel zuckte die Achseln. Er lächelte leicht. Machte ein Gesicht, das sie entweder schlagen oder küssen wollte. Er liebte Eidechsen.

Sie schüttelte den Kopf, um ihn frei zu machen. »Nun gut. Etwas unternehmen, sagst du.« Sie dachte darüber nach. »Ich ziehe die Aktion der Alternative vor, besonders in der gegenwärtigen Situation.« Sie erzählte ihm von der Nachricht aus dem Süden und was sie den anderen vorgeschlagen hatte. »Die machen mich so wütend. Sie warten bloß auf eine Katastrophe, um wieder loszuschlagen. Alle außer Sax, und der ist eine ungesicherte Kanone mit all seinen Sabotagen. Er berät sich mit niemandem außer diesen Narren, die er um sich geschart hat. Wir müssen etwas *Koordiniertes* tun!«

»Ja«, sagte er nachdrücklich. »Ich stimme zu. Das müssen wir tun.«

Sie sah ihn an. »Wirst du mit mir nach Hellas Basin fahren?«

Er lächelte, ein spontanes Grinsen reiner Freude. Vor Entzücken, dass sie gefragt hatte. Es drang ihr direkt ins Herz.

Er antwortete: »Ja. Ich habe hier noch etwas zu erledigen, kann das aber rasch tun. Nur ein paar Wochen.« Und er lächelte wieder. Sie sah, dass er sie liebte. Nicht bloß als Freund oder Arzt, sondern auch als Liebhaber. Und doch mit einer gewissen Distanz, einer Michel-Distanz, irgendwie therapeutisch. So, dass sie noch atmen konnte. Geliebt zu werden und noch zu atmen. Noch einen Freund zu haben.

»Also erträgst du es noch, mit mir zusammen zu sein, auch wenn ich so aussehe?«

»Oh, Maya!« Er lachte. »Ja, du bist immer noch schön, wenn du es wissen willst. Und das tust du auch noch, Gott sei Dank!« Er drückte sie an sich, trat dann einen Schritt zurück und sah sie an. »Es ist etwas herb, aber in Ordnung.«

Sie stieß ihn fort. »Und niemand wird mich erkennen.«

»Niemand, der dich nicht kennt.« Er stand auf. »Los! Hast du Hunger?«

»Ja. Ich ziehe mich nur schnell um!«

Er setzte sich auf das Bett und sah ihr dabei zu. Er sog sie in sich ein, der alte Bock. Ihr Körper war erstaunlicherweise immer noch menschlich, auffallend weiblich in diesem lächerlich posthumen Alter. Wenn sie herüberkäme und ihm eine Brust ins Gesicht drückte, würde er wie ein Kind daran saugen. Stattdessen kleidete sie sich an. Sie fühlte, wie sich ihre Stimmung von Grund auf hob. Der beste Moment in der ganzen emotionalen Sinuskurve, wie die Wintersonnenwende für die Menschen der Steinzeit, wenn man weiß, dass die Sonne eines Tages wiederkommen wird.

»Das ist gut«, sagte Michel. »Wir brauchen dich wieder als Anführerin, Maya. Siehst du, du besitzt die Autorität. Die natürliche Autorität. Und dir tut diese Arbeit gut, und dich auf Hellas zu konzentrieren ist ein sehr guter Plan. Aber – dazu wird mehr als Wut nötig sein …«

Sie zog sich einen Sweater über den Kopf (ihr nackter Skalp fühlte sich merkwürdig kahl und roh an) und schaute ihn dann überrascht an. Er hob mahnend einen Finger. »Dein Ärger wird helfen, kann aber nicht alles sein. Frank war nichts als Ärger. Und du siehst, wohin ihn das geführt hat. Du musst nicht nur gegen das kämpfen, was du hasst, sondern auch für das, was du liebst. Verstehst du? Und darum musst du herausfinden, was du liebst. Du musst dich daran erinnern oder es erschaffen.«

»Ja, ja«, sagte sie, plötzlich verwirrt. »Ich *liebe* dich. Aber halt jetzt den Mund!« Sie hob gebieterisch das Kinn. »Lass uns essen gehen!«

Der Zubringer-Zug von Sabishii zur Strecke Burroughs – Hellas bestand nur aus vier Wagen, eine kleine Lokomotive und drei Passagierwaggons, nicht mehr als halb voll. Maya ging durch bis zu den letzten Sitzen im Schlusswaggon. Die Leute schauten sie an, aber nur kurz. Niemandem schienen ihre fehlenden Haare groß aufzufallen. Es gab auf dem Mars ja eine Menge Geierweiber, sogar welche in diesem Zug, die auch Overalls in Kobalt, Rost oder Hellgrün trugen und ebenso alt und verwittert waren. Sie waren ein Klischee, diese alten Marsveteranen, die von Anfang da gewesen waren, alles gesehen hatten und jederzeit bereit waren, einen mit Geschichten über Staubstürme und verklemmte Schleusentüren zu Tode zu langweilen.

Nun, es war schon gut so. Es hätte nichts gebracht, wenn die Leute einander angestoßen und getuschelt hätten: Da ist die Toitovna! Dennoch konnte sie nicht umhin, sich alt und vergessen zu fühlen. Blöder Gedanke. Sie musste vergessen werden. Und Hässlichkeit half dabei. Die Welt vergaß die Hässlichen nur zu gern.

Sie ließ sich in ihren Sitz fallen und starrte nach vorn. Offenbar hatte Sabishii Besuch von einem Kontingent japanischer Touristen gehabt, die sich alle in gegenüberliegenden Sitzen vorn im Wagen zusammendrängten, schwatzten und mit ihren Videobrillen umschauten. Ohne Zweifel zeichneten sie jede Minute ihres Lebens auf; Aufzeichnungen, die niemand je anschauen würde.

Der Zug glitt sanft vorwärts, und sie waren unterwegs. Sabishii war immer noch eine kleine Kuppelstadt im Gebirge; aber das hüglige Land zwischen der Stadt und der Hauptstrecke war übersät mit behauenen spitzen Steinen und kleinen, in die Klippen gebohrten Schutzräumen. Alle nach Norden gewandten Hänge waren mit dem Schnee der ersten Herbststürme bedeckt, und das Sonnenlicht reflektierte in blendenden Strahlen von glatten Spiegeln aus Eis, wenn sie an gefrorenen Teichen vorbeizischten. Die niedrigen dunklen Büsche stammten alle von Vorfahren aus Hokkaido ab, und die Vegetation gab dem Land eine dornige schwarzgrüne Struktur. Es war eine Ansammlung von Bonsaigärten, jeder eine durch ein raues Meer aus zerbrochenem Gestein isolierte Insel.

Die japanischen Touristen fanden diese Landschaft natürlich entzückend. Obwohl sie möglicherweise von Burroughs kamen; neue Einwanderer, die die erste japanische Landungsstelle besuchten, als machten sie eine Reise von Tokio nach Kyoto. Oder vielleicht waren sie Eingeborene und hatten Japan nie gesehen. Sie würde es genau sagen können, wenn sie sie gehen sah. Aber es spielte keine Rolle.

Die Schienen verliefen genau nördlich vom Krater Jarry-Desloges, der von außen wie eine große runde Mesa aussah. Das Vorfeld war ein breiter Fächer aus beschneitem Schutt, punktiert von Bäumen, die sich an den Boden duckten, und eine scheckige Mischung aus dunkel- und hellgrünen Flechten, Alpenblumen und Heidekraut. Jede Art hatte die für sie typische Farbe. Die ganze Gegend war mit erratischen Blöcken übersät, die beim Einschlag herausgeschleudert und danach wieder vom Himmel gefallen waren. Das Ergebnis war ein Areal aus rotem Gestein, das jetzt von unten in einer regenbogenfarbenen Flut ertränkt wurde.

Maya schaute erstaunt auf die belebte Bergflanke. Schnee, Flechten, Heidekraut, Kiefern. Sie wusste, dass sich die Dinge geändert hatten, während sie unter der Polkappe versteckt gewesen war; dass es früher anders gewesen war. Und sie in einer Steinwelt gelebt und alle eindrucksvollen Ereignisse jener Jahre erlebt hatte. Ihr Herz war unter deren Ansturm zu Stishovit zerkrümelt worden. Aber es war schwer, dazu eine Verbindung herzustellen. Sei es, sich zu erinnern, oder sei es, etwas bei dem, woran sie sich erinnern konnte, zu fühlen. Sie lehnte sich zurück und versuchte, sich zu entspannen und auf sich zukommen zu lassen, was auch kommen mochte.

… Es war weniger eine spezifische Erinnerung an ein bestimmtes Ereignis als vielmehr ein zusammengesetztes Bild: Frank Chalmers, der wütend denunzierte oder lachte oder explodierte. Michel hatte recht: Frank war ein zorniger Mensch gewesen. Aber das war nicht alles. Sie wusste das vielleicht besser als jeder andere. Sie hatte ihn friedlich erlebt, oder wenn nicht friedlich – vielleicht hatte sie das nie gesehen –, so doch zumindest glücklich. Oder etwas Ähnliches. Auf sie wütend, um sie bemüht, in sie verliebt – all das hatte sie erlebt. Und dass er sie wegen eines kleinen Betruges anbrüllte, oder grundlos – auch das hatte sie erlebt. Weil er sie geliebt hatte.

Aber wie war er *wirklich* gewesen? Oder vielmehr: Warum war er so gewesen? Würde es jemals eine Erklärung dafür geben, warum er so war, wie er war? Sie hatte sehr wenig über ihn gewusst, ehe sie sich kennenlernten. Ein ganzes Leben drüben in Amerika, eine Inkarnation, die sie nicht gekannt hatte. Der untersetzte Mann mit dem dunklen Teint, den sie in der Antarktis getroffen hatte – selbst diese Person war für sie fast verloren, überlagert durch alles, was auf der *Ares* und auf dem Mars geschehen war. Aber davor nichts oder fast nichts. Er war Chef der NASA gewesen, hatte das Marsprogramm ins Leben gerufen – ohne Zweifel mit demselben zerstörerischen Stil, den er in späteren Jahren gezeigt hatte. Er war kurze Zeit verheiratet gewesen, wie sie sich zu erinnern glaubte. Wie mochte das gewesen sein? Die arme Frau! Maya lächelte. Aber dann hörte sie wieder Marinas leise Stimme, die sagte: »Wenn Frank John nicht getötet hätte«, und sie erschauerte. Sie schaute auf das Pad in ihrem Schoß. Die japanischen Passagiere vorn im Wagen sangen ein Lied, offenbar ein Trinklied, weil sie dazu eine Flasche herumgehen ließen. Jarry-Desloges lag jetzt hinter ihnen, und sie glitten am Nordrand der Iapygia-Senke entlang, einer ovalen Depression, die sie ein gutes Stück lang sehen konnten, ehe der Horizont sie abschnitt. Die Senke war voller Krater, und im Innern eines jeden Ringes existierte eine eigene Ökologie. Es war, als blicke man in einen zerbombten Blumenladen, wo die Töpfe überall verstreut und meistens zerbrochen waren. Hier war ein Korb mit gelben Blüten, dort einer mit einem rosa Rest oder weiße, blaue oder grüne Teppiche …

Sie tippte auf ihren kleinen Computer und suchte nach *Chalmers*.

Es war eine immense Bibliographie: Artikel, Interviews, Bücher, Videos, eine ganze Bibliothek mit seinen Nachrichten an die Erde, diplomatischen, historischen, bibliographischen, psychologischen, psychoanalytischen Inhalts; Geschichten, Komödien und Tragödien in jedem Medium, offenbar einschließlich einer Oper. Das hieß, da unten auf der Erde gab es eine grässliche Koloratursängerin, die Mayas Gedanken trällerte.

Sie schaltete erschrocken das Gerät aus. Nachdem sie einige Minuten tief durchgeatmet hatte, stellte sie es wieder an und rief die Datei auf. Sie konnte es nicht ertragen, sich Videos oder Fotos anzuschauen. Sie suchte die kürzesten im Druck erschienenen biographischen Artikel aus populären Magazinen, wählte einen davon aufs Geratewohl aus und fing an zu lesen.

Er war 1976 in Savannah, Georgia, geboren und in Jacksonville, Florida, aufgewachsen. Seine Eltern ließen sich scheiden, als er sieben war. Danach lebte er meistens bei seinem Vater in Apartments nahe Jacksonville Beach, einem Gebiet mit billigen Stuckgebäuden am Strand, die in den 1940er-Jahren hinter einer verfallenden Seepromenade mit Shrimpsbuden und Burgerlokalen standen. Manchmal wohnte er bei einer Tante und einem Onkel nahe der Ortsmitte, die von den großen Wolkenkratzern der Versicherungsgesellschaften beherrscht wurde. Seine Mutter zog nach Iowa, als er acht war. Sein Vater ging dreimal zu den Anonymen Alkoholikern.

Er war Jahrgangssprecher auf dem College und der Kapitän seiner Footballmannschaft, in der er im Mittelfeld spielte, und seiner Baseballmannschaft, wo er Catcher war. Er leitete ein Projekt, um den St.-Johns-River von den alles erstickenden Hyazinthen zu säubern. »Die Eintragung in seinem Abschlussklassen-Jahrbuch ist so lang, dass man zwangsweise annehmen muss, dass da etwas nicht stimmt.« Er wurde von Harvard angenommen und erhielt ein Stipendium. Nach einem Jahr wechselte er auf das MIT über, wo er als Ingenieur und Astronom graduierte. Fünf Jahre lang lebte er allein in einem Zimmer über einer Garage in Cambridge. Es war sehr wenig Information aus dieser Zeit über ihn erhalten. Es schien, dass ihn nur wenige Leute gekannt haben. »Er ist wie ein Geist durch Boston gewandelt.«

Nach dem College nahm er eine Stellung beim National Service Corps in Fort Walton Beach, Florida, an. Und hier betrat er schnell die nationale Bühne. Er betreute eines der erfolgreichsten zivilen Arbeitsprogramme, das mit dem National Security Council zusammenhing, und baute Unterkünfte für karibische Immigranten, die durch Pensacola kamen. Hier lernten ihn Tausende kennen, zumindest in seinem Arbeitsleben. »Sie stimmen alle überein, dass er ein begeisternder Anführer war, der sich unablässig den Immigranten widmete, um ihre Eingliederung in die amerikanische Gesellschaft zu fördern.«

In diesen Jahren heiratete er Priscilla Jones, die schöne Tochter einer prominenten Pensacola-Familie. Die Leute sprachen von einer politischen Karriere. »Er war ganz oben.«

Dann wurde 2004 die NSC aufgelöst, und 2005 kam er in Huntsville, Alabama, zum Astronautenprogramm. Im gleichen Jahr scheiterte seine Ehe. 2007 wurde er Astronaut und stieg rasch in eine leitende Position in der Verwaltung auf. Eine seiner längsten Missionen dauerte sechs Wochen auf der amerikanischen Raumstation, allein mit dem aufsteigenden Stern John Boone. 2015 wurde er Chef der NASA, während Boone Kapitän der Raumstation wurde. Chalmers und Boone brachten zusammen das sogenannte Mars-Apollo-Programm durch die Instanzen der amerikanischen Regierung; und danach gelang Boone 2020 die erste Marslandung. Beide gehörten zu den Ersten Hundert und flogen 2026 zum Mars.

Maya starrte die klaren schwarzen Lettern des lateinischen Alphabets an. Die Leitartikel mit ihren Schlagzeilen und Ausrufungszeichen hatten unzweifelhaft ihre suggestiven Momente. Ein mutterloser Junge mit einem Vater, der trank. Ein schwer arbeitender idealistischer junger Mann, der es zu etwas brachte und dann im gleichen Jahr seine Stellung und seine Frau verlor. Das Jahr 2005 schien interessant zu sein – sie sollte es sich genauer ansehen. Danach schien er sich über seine Zukunft ziemlich im Klaren zu sein. Das war es, was es im Allgemeinen bedeutete, Astronaut zu sein, bei der NASA wie bei Glavkosmos. Man versuchte immer, mehr Missionen im Weltraum zu bekommen, man machte freiwillig Bürodienst, um die Macht zu bekommen, die einem das ermöglichen würde ... Die Darstellungen über diesen Frank stimmten mit dem, den sie gekannt hatte, überein. Nein, es war die Jugend, die Kindheit, in der sie sich Frank nur schwer vorstellen konnte. Sie rief wieder den Index auf und ging die Liste des biographischen Materials durch. Da war ein Artikel mit dem Titel: »Gebrochene Versprechen. Frank Chalmers und das National Service Corps«. Maya klickte ihn an, und der Text erschien. Sie ließ ihn durchlaufen, bis sie seinen Namen sah.

Wie viele Menschen mit grundlegenden Strukturproblemen in ihrem Leben verbrachte Chalmers seine Pensacola-Jahre mit rastloser Aktivität. Wenn er keine Zeit zum Ausruhen hatte, hatte er auch keine Zeit zum Nachdenken. Das war für ihn schon in der Highschool eine erfolgreiche Strategie gewesen, wo er zusätzlich zu all seinen schulischen Aktivitäten zwanzig Stunden in der Woche in einem Alphabetisierungsprogramm gearbeitet hatte. Und in Boston machte ihn seine akademische Belastung zu einem »unsichtbaren Mann«, wie einer seiner Kommilitonen es ausdrückte. Wir wissen über diese Periode seines Lebens weniger als über jede andere. Es gibt Gerüchte, wonach er in dem ganzen ersten Winter in Boston in seinem Auto gelebt und sich der Toiletten einer Turnhalle auf dem Campus bedient hätte. Erst nachdem er den Wechsel zum MIT vollzogen hatte, gibt es eine Wohnadresse für ihn ...

Maya scrollte nach unten – *klick klick*.

Zu Beginn des einundzwanzigsten Jahrhunderts war der Nordwesten Floridas eines der ärmsten Gebiete der Nation – mit starker illegaler karibischer Einwanderung, dem Schließen der lokalen Militärbasen und vor allem dem Hurrikan Dale, der großes Elend hinterließ. Ein Mitarbeiter des National Service Corps sagte: »Es war, als ob man in Afrika arbeiten würde.« In seinen drei Jahren dort bekommen wir unser bestes Bild von Chalmers als einem sozialen Wesen. Er besorgte Geldmittel zur Ausweitung eines Beschäftigungsprogramms, das auf die gesamte Küste große Wirkung hatte, und half Tausenden, die nach Dale in Behelfsunterkünfte hatten ziehen müssen. Seine Trainingsprogramme brachten unzähligen Menschen bei, sich ihre Häuser selbst zu bauen. Hier bildete Chalmers Fähigkeiten aus, die er anderswo gebrauchen konnte. Diese Programme waren bei den Teilnehmern äußerst beliebt, aber es gab eine Opposition seitens der lokalen Entwicklungsindustrie. Chalmers war deshalb umstritten und scheint in den ersten Jahren des neuen Jahrhunderts oft in den lokalen Medien aufgetreten zu sein, wo er enthusiastisch das Programm verteidigte und als Teil einer volkstümlichen sozialen Aktion befürwortete. In einem Gastkommentar für das *Walton Beach Journal* schrieb er: »Die offenkundige Lösung ist, unsere gesamten Energien auf das Problem zu richten und systematisch daran zu arbeiten. Wir müssen Schulen bauen, um unsere Kinder das Lesen zu lehren, und sie zur Uni schicken, damit sie Ärzte werden, die uns heilen, und Juristen, um dafür zu sorgen, dass wir unseren gerechten Anteil bekommen. Wir müssen uns eigene Häuser und eigene Farmen schaffen und uns selbst ernähren.«

Die Ergebnisse in Pensacola und Fort Walton Beach zeitigten die größeren lokalen Bewilligungen aus Washington und entsprechende Kredite beteiligter Korporationen. Auf dem Höhepunkt im Jahre 2004 beschäftigte das Pensacola Coast NSC zwanzigtausend Personen und war einer der Hauptfaktoren, die für die sogenannte Golfrenaissance verantwortlich waren. Die Ehe von Chalmers mit Priscilla Jones, Tochter einer der alteingesessenen reichen Familien aus Panama City, schien diese neue Synthese von Armut und Privileg in Florida zu symbolisieren, und die beiden waren etwa zwei Jahre lang ein prominentes Paar in der Gesellschaft der Golfküste.

Die Wahlen von 2004 machten dieser Periode ein Ende. Die abrupte Aufhebung des NSC war eine der ersten Amtshandlungen der neuen Regierung. Chalmers verbrachte zwei Monate in Washington, um vor dem Haus und Unterausschüssen des Senats auszusagen. Er versuchte, ein Gesetz zur Wiederaufnahme des Programms durchzubringen. Das Gesetz wurde angenommen, aber die beiden Senatoren von Florida und der Kongressabgeordnete des Distrikts von Pensacola befürworteten es nicht, und der Kongress war außerstande, das Veto der Exekutive zu überstimmen. Die neue Regierung sagte, das NSC »bedrohe Marktkräfte«, und so wurde es beendet. Die Anklage und Verurteilung von neunzehn Kongressabgeordneten (einschließlich des Vertreters von Pensacola) wegen lobbyistischer Unregelmäßigkeiten in der Bauindustrie kam acht Jahre später. Inzwischen war das NSC tot und seine Mitarbeiter verstreut.

Für Frank Chalmers war es eine Wasserscheide. Er zog sich in eine Privatsphäre zurück, aus der er in vielfacher Hinsicht nie wieder herauskam. Die Ehe überlebte den Umzug nach Huntsville nicht; und Priscilla heiratete bald in zweiter Ehe einen Freund der Familie, den sie vor Chalmers' Ankunft dort kennengelernt hatte. In Washington führte Chalmers ein einfaches Leben, in dem die NASA sein ausschließliches Interesse gewesen zu sein scheint. Er war berühmt für seine Achtzehnstundentage und den enormen Einfluss, den sie auf das Schicksal der NASA hatten. Diese Erfolge machten Chalmers berühmt; aber niemand bei der NASA oder in Washington konnte behaupten, ihn gut zu kennen. Die Überstunden dienten als Maske, hinter welcher der idealistische Sozialarbeiter der Golfküste endgültig verschwand.

Ein Geräusch vorn im Wagen veranlasste Maya aufzublicken. Die Japaner standen auf, holten Gepäck herunter; und jetzt wurde ihr klar, dass sie Eingeborene aus Burroughs waren. Die meisten waren ungefähr zwei Meter groß, gesellige junge Leute mit beim Lachen blitzenden Zähnen und einheitlich glänzendem schwarzem Haar. Schwerkraft, die Nahrungsmittel, was es auch sein mochte, die auf dem Mars geborenen Menschen wurden groß. Diese japanische Gruppe erinnerte Maya an die Ektogenen in Zygote, jene seltsamen Kinder, die wie Unkraut gewachsen waren … Jetzt über den Planeten verstreut. Diese ganze kleine Welt war vergangen wie alle anderen vor ihr.

Maya zog eine Grimasse und ließ ihr Pad impulsiv auf die Abbildungen zu dem Artikel scrollen. Dort sah sie ein Foto von Frank im Alter von dreiundzwanzig Jahren, zu Beginn seiner Arbeit im NSC. Ein dunkelhaariger junger Mann mit einem entschlossenen, zuversichtlichen Lächeln, der in die Welt schaute, als wäre er bereit, ihr etwas zu verkünden, das sie noch nicht wüsste. So jung und so klug. Auf den ersten Blick dachte Maya, es wäre die Unschuld der Jugend, so wissend auszusehen. Aber sein Gesicht sah in Wirklichkeit nicht unschuldig aus. Er hatte keine unschuldige Kindheit gehabt. Er war ein Kämpfer, hatte seine Methode gefunden und war damit erfolgreich. Eine Macht, die nicht geschlagen werden konnte. Das schien das Lächeln in etwa zu sagen.

Aber wenn man der Welt einen Tritt gibt, bricht man sich das Bein. So pflegte man in Kamtschatka zu sagen.

Der Zug bremste und glitt zu einem sanften Halt. Sie waren im Bahnhof von Fournier, wo die Nebenstrecke von Sabishii mit der Hauptstrecke von Burroughs nach Hellas zusammentraf.

Die Burroughs-Japaner verließen im Gänsemarsch den Wagen, und Maya schaltete ihr Pad aus und folgte ihnen. Die Station war nur eine kleine Kuppel mit T-förmigem Grundriss südlich vom Krater Fournier. Das Innere war einfach gehalten. Leute verteilten sich dutzendweise in Gruppen oder einzeln über die drei Etagen, die meisten in schlichten Arbeitsoveralls, viele aber auch in Geschäftsanzügen, den Uniformen der Metanationalen oder auch in salopper Kleidung, die in diesen Tagen aus weiten Pantalons, Blusen und Mokassins bestand.

Maya fand den Anblick so vieler Leute etwas beängstigend und bewegte sich unsicher an den Reihen der Kioske und den dicht besetzten Cafés an den Fahrbahnen entlang. Niemand erwiderte den Blick dieser kalten verwitterten Androgynen. Sie fühlte den künstlichen Luftzug auf ihrer Kopfhaut und stellte sich an, um den nächsten Zug nach Süden zu bekommen. In Gedanken sah sie immer wieder das Foto aus dem Artikel vor sich. Waren sie wirklich einmal so jung gewesen?

Um ein Uhr kam der Zug von Norden her an. Sicherheitswächter traten aus einem Raum neben den Cafés; und unter deren gelangweilten Blicken legte sie das Handgelenk auf ein tragbares Kontrollgerät und stieg ein. Eine neue Prozedur, aber einfach. Aber als sie sich einen Platz suchte, raste ihr Herz. Offenbar hatten die von Sabishii mit Hilfe der Schweizer das neue Sicherheitssystem der Übergangsbehörde geschlagen. Aber sie hatte immer noch Grund zur Besorgnis. Sie war Maya Toitovna, eine der berühmtesten Frauen in der Geschichte dieser Welt und eine der gesuchtesten Kriminellen auf dem Mars, während die Passagiere auf ihren Plätzen zu ihr aufschauten, als sie nur mit einem blauen Baumwolloverall über ihrem nackten Körper zwischen ihren Sitzreihen hindurchschritt.

Nackt, aber unsichtbar wegen der Hässlichkeit. Und die Wahrheit war, dass mindestens die Hälfte der Insassen des Waggons ebenso alt wirkten wie die Marsveteranen, die wie siebzig aussahen und doppelt so alt hätten sein können, runzlig, mit grauem Haar, kahl werdend, strahlengeschädigt und mit dunklen Brillen, verteilt unter all den frischen jungen Eingeborenen wie Herbstblätter zwischen Immergrün. Und darunter saß jemand, der wie Spencer Jackson aussah. Als sie ihr Gepäck im Fach unter der Decke verstaute, blickte sie auf den dritten Sitz vor ihr. Der kahle Schädel des Mannes sagte ihr wenig, aber sie war sich ziemlich sicher, dass er es war. Pech! Im Allgemeinen versuchten die Ersten Hundert (die Ersten Neununddreißig) niemals zusammen zu reisen. Aber es kam immer mal vor, dass sie der Zufall zusammenführte.

Sie setzte sich auf den Fensterplatz und fragte sich, was Spencer wohl machte. Zuletzt hatte sie gehört, dass er und Sax im Mohole von Vishniac ein technisches Team zusammengestellt hätten und Waffenforschung betrieben, über die sie mit niemandem sprachen. Hatte Vlad gesagt. Spencer gehörte also zu Sax' verrücktem Ökoterroristenteam, wenigstens zu einem gewissen Grad. Das sah ihm eigentlich nicht ähnlich, und sie fragte sich, ob er der mäßigende Einfluss gewesen war, der neuerdings in den Aktivitäten von Sax zu erkennen war. War Hellas sein Ziel, oder kehrte er zu den Sanktuarien im Süden zurück? Nun, das würde sie bestenfalls in Hellas herausbringen, da sie einander ignorierten, solange sie nicht unter vier Augen waren.

Also ignorierte sie Spencer – falls er es war –, ebenso wie die Passagiere im Waggon. Der Sitz neben ihr blieb frei. Ihr gegenüber saßen zwei Männer um die fünfzig in Anzügen, dem Aussehen nach Einwanderer, die offenbar zusammen mit zwei weiteren reisten, die vor ihr saßen. Als der Zug aus der Bahnhofskuppel herausfuhr, diskutierten sie über irgendein Spiel, das sie zusammen gemacht hatten: »Er hat über eine Meile geschlagen und hat Glück gehabt, dass er ihn wiedergefunden hat.« Wahrscheinlich Golf. Amerikaner oder so. Metanationale Beamte, die unterwegs waren, um in Hellas etwas zu beaufsichtigen. Sie sagten nicht, was.

Maya nahm ihr Pad und setzte die Kopfhörer auf. Sie rief *Novy Pravda* ab und sah sich die kleinen Bilder von Moskau an. Es war mühsam, sich auf die Stimmen zu konzentrieren, und es machte sie schläfrig. Der Zug eilte nach Süden. Der Reporter klagte über den zunehmenden Konflikt zwischen Armscor und Subarashii über den sibirischen Entwicklungsplan. Das waren Krokodilstränen, da die russische Regierung jahrelang gehofft hatte, die beiden Riesen gegeneinander ausspielen und eine Versteigerungsaktion für die sibirischen Ölfelder in die Wege leiten zu können, anstatt von einer vereinigten metanationalen Front alle Bedingungen diktiert zu bekommen. Es war wirklich erstaunlich, dass diese zwei Metanationalen sich zu so etwas herabgelassen hatten. Maya erwartete nicht, dass das anhalten würde. Es lag im Interesse der Metanationalen zusammenzuhalten und die verfügbaren Ressourcen aufzuteilen und nie um sie zu kämpfen. Falls sie sich stritten, könnte das empfindliche Gleichgewicht der Kräfte zusammenbrechen – eine Möglichkeit, der sie sich mehr als bewusst waren.

Sie lehnte schläfrig den Kopf zurück und schaute aus dem Fenster auf das vorbeiziehende Land. Sie glitten jetzt in die Senke von Iapygia hinab und hatten einen weiten Blick nach Südwesten. Es sah aus wie die Grenze zwischen Taiga und Tundra in Sibirien; so, wie sie in dem Nachrichtenprogramm dargestellt worden war, das sie gerade angesehen hatte. Ein großer, vom Frost zerrissener und chaotischer Abhang, ganz von Schnee und Eis verkrustet, wobei der kahle Fels mit Flechten und amorphen Haufen olivgrüner und khakifarbener Moose bedeckt war und Korallenkakteen und Zwergbäume jedes flache Loch füllten. Die in dem flachen Tal verteilten Pingos wirkten wie Akne, die mit einer schmutzigen Salbe bestrichen war. Maya nickte kurz ein.

Das Bild des dreiundzwanzigjährigen Frank riss sie aus dem Schlaf. Sie dachte träge über das nach, was sie gelesen hatte, und versuchte, es sich zusammenzureimen. Der Vater: Was hatte ihn veranlasst, dreimal zu den Anonymen Alkoholikern zu gehen und sie zweimal (oder dreimal?) wieder zu verlassen? Das klang nicht gut. Und dann, wie als Reaktion darauf, Franks Arbeitswut, die gut zu dem Frank passte, den sie kennengelernt hatte, auch wenn die Tätigkeit ganz untypisch idealistisch war. Soziale Gerechtigkeit – daran hatte der Frank, den sie gekannt hatte, nicht geglaubt. Er war ein politischer Pessimist gewesen, ständig in Nachhutgefechten bestrebt zu verhindern, dass aus dem Schlimmen das Schlimmste würde. Eine Art Schadensbegrenzung und, sofern man manchen Berichten Glauben schenken konnte, persönlicher Selbstverherrlichung. Ohne Zweifel richtig. Obwohl Maya fühlte, dass er immer mehr Macht angestrebt hatte, um mehr Schadensbegrenzung betreiben zu können. Diese beiden Motive konnte niemand trennen. Sie waren verflochten wie das Moos und der Stein draußen in der Senke. Die Macht hatte viele Gesichter.

Wenn Frank nur John nicht getötet hätte ... Sie starrte auf das Pad, stellte es an und tippte Johns Namen ein. Die Bibliographie war endlos. Sie sah nach; 5146 Eintragungen. Und das war eine Auswahl! Frank hatte höchstens einige Hundert gehabt. Sie klickte auf den Index und gab den Zusatz ein: »Tod durch ...«

Dutzende Artikel, Hunderte! In kalten Schweiß gebadet, sah Maya rasch die Liste durch. Die Berner Verbindung, die Muslimbruderschaft, die MarsFirst-Radikalen, die UNOMA, Frank, sie, Helmut Bronski. Sax, Samantha. Allein am Titel konnte sie erkennen, dass alle Theorien zur Täterschaft bei seinem Tode vertreten waren. Natürlich. Konspirationstheorien waren immer populär. Die Leute wünschten, dass hinter solchen Katastrophen mehr als nur individuelle Verrücktheit steckte. Darum ging die Jagd los.

Aus Widerwillen gegen die Vollständigkeit der Liste wollte sie das Gerät fast abschalten. Aber – wovor hatte sie eigentlich Angst? Sie öffnete eine der vielen Biographien, und auf dem Schirm erschien ein Bild von John. Ein Nachwehen ihres alten Schmerzes durchfuhr sie und hinterließ eine blasse emotionslose Verzweiflung. Sie sprang direkt zum Schlusskapitel.

Der Nicosia-Krawall war eine frühe Manifestation der Spannungen, die 2061 zutage traten. Es gab schon eine große Anzahl arabischer Techniker, die in dürftigen Behausungen lebten und in unmittelbarer Nähe zu ethnischen Gruppen, gegen die sie historischen Groll hegten, wie auch gegen Verwaltungsbeamte, deren bessere Wohnverhältnisse und Privilegien bei Reisen und Ausflügen an die Oberfläche ins Auge stachen. Eine explosive Mischung aus verschiedenen Gruppen kam zur Gründungsfeier nach Nicosia, und die Stadt war tagelang extrem überfüllt.

Klick klick.

Der Grund für die Gewalt ist nie befriedigend erklärt worden. Jensens Theorie, wonach der innerarabische Konflikt, angestachelt durch den libanesischen Befreiungskrieg gegen Syrien, den Krawall von Nicosia ausgelöst haben soll, ist nicht ausreichend. Es wurden auch Angriffe auf die Schweizer bezeugt sowie ein hohes Maß an willkürlicher Gewalttätigkeit, die unmöglich allein durch den arabischen Konflikt zu erklären sind.

Die offiziellen eidlichen Zeugenaussagen von Bewohnern Nicosias in jener Nacht lassen die Auslösung des Konflikts im Dunkeln. Einige Berichte lassen die Anwesenheit eines *agent provocateur* vermuten, der nie identifiziert wurde.

Klick klick.

Um Mitternacht, als der Zeitschlupf begann, war Saxifrage Russell in einem Café in der Stadtmitte, Samantha Hoyle auf einer Tour an der Stadtmauer, und Frank Chalmers und Maya Toitovna hatten sich im Westpark getroffen, wo einige Stunden zuvor die Reden gehalten worden waren. In der Medina war es bereits zu Kämpfen gekommen. John Boone ging über den Zentralboulevard, um nachzusehen, was los war. Sax Russell kam aus einer anderen Richtung. Etwa zehn Minuten im Zeitrutsch wurde Boone von einer Gruppe aus drei bis sechs jungen Männern bedrängt, die von Zeugen später als »Araber« identifiziert wurden. Boone wurde niedergeschlagen und in die Medina gezerrt, ehe irgendwelche Augenzeugen reagieren konnten; und eine improvisierte Suche ergab zunächst nichts. Erst um 0.27 wurde er von einer größeren Suchgruppe in der Farm der Stadt gefunden und von dort in das nächste Krankenhaus am Zypressenboulevard gebracht. Russell, Chalmers und Toitovna halfen, ihn zu tragen ...

Eine weitere Störung im Wagen ließ Maya vom Text aufschauen. Ihre Haut war feucht und kühl, und sie zitterte leicht. Manche Erinnerungen verschwanden nie, sosehr man sie auch unterdrückte. Wider Willen erinnerte Maya sich genau an das Glas auf der Straße, eine Gestalt im Gras, die auf dem Rücken lag, und Franks verwirrte Miene, sowie den ganz anderen verwirrten Gesichtsausdruck bei John.

Plötzlich tauchten vorn im Wagen Sicherheitsbeamte auf. Sie standen im Mittelgang und bewegten sich auf sie zu. Sie prüften Ausweise und Reisedokumente. Andere waren am hinteren Ende des Waggons postiert.

Maya stellte ihr Pad ab. Sie beobachtete die drei Polizisten und fühlte, wie ihr Puls sich leicht beschleunigte. Das war neu. Sie hatte das noch nie erlebt, und die anderen im Wagen anscheinend auch nicht. Es herrschte allgemeines Schweigen. Jeder im Wagen hätte ein Problem mit den Papieren haben können. Das machte ihr Schweigen irgendwie solidarisch. Aller Augen richteten sich auf die Polizei. Niemand ließ den Blick schweifen, um festzustellen, wer vielleicht blass wurde.

Die drei Polizisten kümmerten sich nicht darum und schienen auch nicht an den Leuten interessiert zu sein, die sie kontrollierten. Sie machten Scherze untereinander, während sie sich über die Restaurants in Odessa unterhielten, und bewegten sich gelassen von einer Reihe zur nächsten wie Schaffner. Sie gaben den Leuten Zeichen, ihre Hände auf das kleine Lesegerät zu legen, prüften dann beiläufig die Ergebnisse, und verglichen nur ein paar Sekunden die Gesichter mit den Fotos, die auf ihren Bildschirmen erschienen.

Sie kamen zu Spencer, und Mayas Herz schlug schneller. Spencer (falls er es war) hielt ruhig die Hand auf das Gerät und schien nur den Sitz vor sich anzusehen. Plötzlich war an seiner Hand etwas sehr Vertrautes. Das da unter den Adern und Leberflecken war zweifellos Spencer Jackson. Sie erkannte ihn an den Knochen. Der Polizist mit dem Stimmen- und Retinascanner hielt diesen Spencer kurz ins Gesicht. Dann warteten alle. Endlich leuchtete eine Zeile auf dem Bildschirm auf, und sie gingen weiter. Zwei Personen von Maya entfernt. Selbst die Laune der überschwänglichen Geschäftsleute war nun gedämpft, und sie schauten sich mit vielsagend hochgezogenen Augenbrauen an. Ihre Mundwinkel zuckten, als wäre es lächerlich, dass solche Maßnahmen jetzt sogar schon im Zug durchgeführt wurden. Es gefiel niemandem. Es war ein Fehler. Maya gewann dadurch Mut und blickte aus dem Fenster. Sie fuhren gerade die Südseite der Niederung empor. Der Zug glitt den sanften Anstieg der Strecke über niedrige Hügel hinauf, von denen jeder etwas höher war als der vorige. Er fuhr immer mit der gleichen Geschwindigkeit wie auf einem Zauberteppich über den noch zauberhafteren Teppich der bunten Landschaft.

Jetzt standen sie vor ihr. Der ihr am nächsten Stehende trug über seinem rostfarbenen Uniformoverall einen Gürtel, an dem mehrere Instrumente hingen, einschließlich einer Betäubungspistole. »ID bitte.« Er trug ein Namensschild mit Foto und Dosimeter, darüber stand »Übergangsbehörde der Vereinten Nationen«. Ein junger Einwanderer von etwa fünfundzwanzig Jahren mit schmalem Gesicht, der müde aussah. Er drehte sich um und sagte zu dem weiblichen Beamten hinter sich: »Ich liebe das Kalbfleisch Parmigiana, das sie da zubereiten.«

Das Lesegerät auf ihrem Handgelenk fühlte sich warm an. Die Beamtin musterte sie genau. Maya ignorierte den Blick und sah auf ihr Handgelenk. Sie wünschte, sie hätte eine Waffe. Dann sah sie in das Kameraauge des Scanners. Der junge Mann fragte: »Wohin fahren Sie?«

»Odessa.«

Ein Moment ungewissen Schweigens.

Dann ein hohes Piepen. »Angenehmen Aufenthalt!«, und weg waren sie.

Maya versuchte langsam und gleichmäßig zu atmen. Die Handgelenksscanner maßen den Puls; und wenn er über etwa 110 lag, meldeten sie das dem Beamten. Es war eine Art einfacher Lügendetektor. Offenbar war sie unter dem Grenzwert geblieben. Aber ihre Stimme und ihre Netzhaut. Die waren nie verändert worden. Ihr Schweizer Pass musste wirklich wasserdicht sein und die früheren Identitäten überdecken, wenn man sie scannte, zumindest in diesem Sicherheitssystem. Hatten die Schweizer das getan oder die von Sabishii oder Cojote oder Sax oder eine ihr unbekannte Macht? Hatte man sie vielleicht erfolgreich identifiziert, aber gehen lassen, um ihr nachzuspüren, damit sie sie zu weiteren flüchtigen Ersten Hundert führte? Das könnte ebenso wahrscheinlich sein wie das Überlisten der großen Datenbanken – vielleicht sogar noch wahrscheinlicher.

Aber für den Moment ließ man sie in Ruhe. Die Polizei war gegangen. Maya tippte mit den Fingern auf ihren Computer, und ohne nachzudenken, rief sie den letzten Artikel wieder auf. Michel hatte recht. Sie fühlte sich zäh und hart, als sie sich wieder in diesen Stoff versenkte. Theorien zur Erklärung des Todes von John Boone. John war getötet worden; und jetzt wurde sie von der Polizei kontrolliert, während sie in einem gewöhnlichen Zug über den Mars reiste. Es war ganz deutlich zu fühlen, dass es da eine gewisse Ursache und Wirkung gab, dass es nicht so sein würde, wenn John noch gelebt hätte.

Alle prominenten Personen dieser Nacht wurden angeklagt, hinter dem Mord zu stehen: Russell und Hoyle wegen scharfer Meinungsverschiedenheiten in der MarsFirst-Politik; Toitovna wegen Streitigkeiten in der Beziehung; und die ethnischen oder nationalen Gruppen auf Grundlage echter oder eingebildeter politischer Querelen. Aber im Laufe der Jahre fiel der Hauptverdacht auf Frank Chalmers. Obwohl man beobachtet hatte, dass er zur Zeit des Angriffs mit Toitovna beisammen war (wobei in einigen Theorien Toitovna als zusätzliche oder mitwirkende Verschwörerin genannt wird), machen es seine Beziehungen zu den Ägyptern und Saudis in Nicosia und sein lange währender Konflikt mit Boone unvermeidbar, dass er als Drahtzieher hinter der Ermordung

Boones angesehen wird. Wenige, wenn überhaupt, bestreiten, dass Selim el-Hayil der Anführer der drei Araber war, die vor ihren Selbstmorden oder Morden ein Geständnis abgelegt haben. Aber das verstärkt nur den Verdacht gegen Chalmers, der ein Vertrauter el-Hayils war. Samisdat und Dokumente, die sich nach der Lektüre selbst löschten, erzählen angeblich die Geschichte, dass sich der »blinde Passagier« in Nicosia befand und Chalmers in dieser Nacht im Gespräch mit el-Hayil beobachtet haben soll. Da der »blinde Passagier« eine mythische Figur ist, mit dem die Leute die anonymen Wahrnehmungen des gewöhnlichen Marsbewohners verbinden, ist es durchaus möglich, dass eine solche Geschichte die Beobachtungen von Menschen wiedergibt, die Zeugen waren, aber nicht als solche benannt werden wollten.

Maya klickte auf den Schluss.

El-Hayil hatte bereits mehrere Krampfanfälle erlitten, als er in das Hotel eindrang, in dem die Ägypter wohnten, und den Mord an Boone gestand. Er versicherte, dass er der Anführer gewesen sei, aber von Rashhid Abou und Buland Besseisso des Ahad-Flügels der Muslimbruderschaft Unterstützung gehabt hätte. Die Leichen von Abou und Besseisso wurden später an diesem Nachmittag in einem Zimmer in der Medina gefunden. Sie wurden mit Gerinnungsmittel vergiftet, die sie sich selbst oder gegenseitig verabreicht zu haben schienen. Boones tatsächliche Mörder waren damit alle tot. Warum sie das taten und mit wem sie zusammengearbeitet haben könnten, wird man nie erfahren. Eine Situation, die wir nicht zum ersten und auch nicht zum letzten Mal erleben, denn wir verbergen ebenso viel, wie wir suchen.

Bei der Durchsicht der Fußnoten wurde Maya wieder davon erschüttert, dass das ein Thema war, das von Historikern und Forschern und Konspirationsfanatikern jeder Couleur diskutiert wurde. Mit einem Schauder des Widerwillens schaltete sie das Gerät ab, wandte sich dem Doppelglasfenster zu und schloss fest die Augen. Sie bemühte sich, den Frank zu rekonstruieren, den sie gekannt hatte, und auch Boone. Sie hatte seit Jahren kaum an John gedacht, so groß war der Schmerz gewesen. Andererseits hatte sie aber auch nicht an Frank denken wollen. Jetzt wünschte sie sich beide zurück. Der Kummer war zu einem peinigenden Gespenst geworden, und sie musste sie wiederhaben um ihres eigenen Lebens willen. Sie musste es wissen.

Der »mythische« blinde Passagier … Sie knirschte mit den Zähnen und fühlte wieder jene halluzinatorische Angst wie bei seinem ersten Anblick, sein Gesicht durch das gebogene Glas verzerrt und großäugig. Wusste er etwas? War er wirklich in Nicosia gewesen? Desmond Hawkins, der blinde Passagier, der Cojote. Er war ein merkwürdiger Mensch. Maya hatte nie unbefangen mit ihm reden können. Schwer zu sagen, ob sie jetzt dazu imstande sein würde, als es sein musste. Aber sie bezweifelte, dass er ihr viel über diese Nacht sagen würde.

Was ist los?, hatte sie Frank gefragt, als sie das Gebrüll hörten.

Ein schnelles Achselzucken, ein abgewandter Blick. Etwas, das aus einer Laune des Augenblicks heraus geschehen war. Wo hatte sie das schon einmal gehört? Er hatte weggeschaut, als er das sagte, als könnte er ihren Blick nicht ertragen. Als hätte er zu viel gesagt.

Die ausgedehntesten Bergketten um das Hellas-Becken lagen im Westen, die halbmondförmigen Hellespontus Montes. Von allen Bergen auf dem Mars erinnerten sie am meisten an irdische. Nach Norden, wo die Bahnstrecke von Sabishii und Burroughs in das Becken führte, waren die Berge schmaler und weniger hoch. Das lag nicht so sehr am Gebirge selbst, sondern vielmehr an der ungleichmäßigen Senkung zum Boden des Beckens hin. Das Land zog sich in niedrigen konzentrischen Wellen nach Norden. Die Schienen führten über diesen hügligen Hang nach unten, oft in Spitzkehren über lange Rampen, die in die Flanken der immer niedriger werdenden Steinwellen geschnitten waren. An den Wendepunkten wurde der Zug viel langsamer; und Maya konnte oft minutenlang aus ihrem Fenster entweder direkt auf den kahlen Basalt des Höhenzugs blicken, den sie hinunterfuhren, oder weit über das nordwestliche Hellas, das noch dreitausend Meter unter ihnen lag – eine große flache Ebene, die im Vordergrund ocker-, olivgrün- und khakifarben war und dann fern am Horizont ein Gewirr aus schmutzigem Weiß zeigte, das glitzerte wie ein zerbrochener Spiegel. Das war der Gletscher von Low Point. Er war noch größtenteils gefroren, taute aber in jedem Jahr mehr auf, mit Schmelztümpeln an der Oberfläche und tieferen Teichen weiter unten. Diese Teiche wimmelten von Leben und brachen gelegentlich an die Oberfläche durch oder sogar auf das benachbarte Land; denn diese Eisfläche wuchs schnell. Man pumpte Wasser aus Reservoiren unter dem umgebenden Gebirge auf den Boden des Beckens. Die starke Depression im nordwestlichen Teil des Beckens, wo Low Point und das Mohole gewesen waren, war das Zentrum des neuen Meeres, das über tausend Kilometer lang und über Low Point bis zu dreihundert Kilometer breit war. Es lag an der tiefsten Stelle auf dem Mars. Ein vielversprechender Ort, wie Maya schon bei ihrer Landung erklärt hatte.

Die Stadt Odessa war auf dem Nordhang des Beckens auf der Höhe von –1 km angelegt, wo man den Wasserspiegel des zukünftigen Meeres stabilisieren wollte. Sie war also ein Hafen, der auf Wasser wartete. Deswegen sah der Südrand der Stadt auch wie eine lange Strandpromenade oder Corniche aus, eine breite begrünte Esplanade, die innerhalb der Kuppel verlief, die von einer hohen Wassermauer geschützt war, die jetzt noch auf kahlem Boden stand. Der Anblick der Wassermauer erzeugte, als der Zug näher kam, den Eindruck einer halben Stadt, deren südlicher Teil abgesplittert und verschwunden war.

Dann glitt der Zug in den Bahnhof der Stadt, und die Aussicht verschwand wie abgeschnitten. Der Zug hielt, Maya holte ihre Tasche herunter und stieg hinter Spencer aus. Sie sahen sich nicht an. Als sie aus dem Bahnhof heraus waren, gingen sie mit einer losen Schar von Leuten zu einer Haltestelle der Straßenbahn und stiegen in den gleichen blauen Wagen, der hinter dem Park der Strandpromenade entlangfuhr, die an die Wassermauer grenzte. Nahe dem Westende der Stadt stiegen sie beide an der gleichen Haltestelle aus.

Dort, hinter und über einem Freiluftmarkt mit Schatten spendenden Platanen, lag ein dreistöckiger Apartmentkomplex in einem ummauerten Hof mit jungen Zypressen an den Seitenwänden. Jedes Stockwerk des Gebäudes war hinter dem unteren zurückgesetzt, sodass die beiden oberen Etagen Balkons hatten, die mit Bäumen in Töpfen und Blumenkästen an den Geländern geschmückt waren. Als Maya die Treppe zum Tor des Hofes emporstieg, erinnerte sie die Architektur des Hauses irgendwie an Nadias eingegrabene Arkaden. Aber hier, wo die Nachmittagssonne hinter dem Markt stand, sah es mit weiß gekalkten Wänden und blauen Läden aus wie am Mittelmeer oder dem Schwarzen Meer – den modischen Apartmentblocks mit Meerblick im Odessa auf der Erde nicht unähnlich. Am Tor wandte sie sich um und blickte über die Platanen auf dem Markt hinweg. Die Sonne ging über dem Hellespontus-Gebirge im Westen unter; und draußen auf dem fernen Eis schimmerten Sonnenreflexe so gelb wie Butter.

Maya folgte Spencer durch den Garten und in das Haus, meldete sich nach ihm beim Pförtner an und ging in das ihr zugewiesene Apartment. Das Gebäude gehörte Praxis, und einige Apartments galten als sicher, einschließlich des ihrigen und zweifellos auch Spencers. Sie stiegen zusammen in den Aufzug und fuhren in den dritten Stock, ohne miteinander zu sprechen. Mayas Wohnung war von Spencers vier Türen entfernt. Sie trat ein. Zwei geräumige Zimmer, eines mit einer Kochecke, ein Bad und ein leerer Balkon. Vom Küchenfenster aus konnte man ihn und das ferne Eis überblicken.

Sie legte ihre Tasche aufs Bett und ging wieder nach draußen zum Markt, um sich etwas zum Essen zu holen. Sie kaufte bei fliegenden Händlern mit Karren und Sonnenschirmen ein, setzte sich auf eine Bank auf dem Gras am Rand der Strandpromenade, aß Souvlaki und trank Retsina aus einer kleinen Flasche, während sie die Menschen beobachtete, die lässig einen Abendspaziergang machten. Das nächste Ende des vereisten Sees schien etwa vierzig Kilometer entfernt zu sein, und jetzt lag alles bis auf den östlichsten Teil des Eises im Schatten von Hellespontus, der von Dunkelblau in rosafarbenes Alpenglühen im Osten überging.

Spencer nahm neben ihr auf der Bank Platz und bemerkte: »Ein schöner Anblick.«

Sie nickte und aß weiter. Sie bot ihm die Retsinaflasche an, und er sagte: »Nein, danke«, und wies auf sein halb verzehrtes Tamale. Sie nickte und kaute weiter.

Als sie fertig war, fragte sie: »Woran arbeitest du?«

»Verschiedenes. Für Sax. Unter anderem Biokeramik.«

»Für Biotique?«

»Für eine Schwestergesellschaft. Wir Machen Meeresmuscheln.«

»Bitte?«

»Das ist der Name der Gesellschaft, eine andere Tochter von Praxis.«

»Da wir gerade von Praxis sprechen ...« Sie sah ihn an.

»Ja. Sax braucht diese Teile ziemlich dringend.«

»Für Waffen?«

»Ja.«

Sie schüttelte den Kopf. »Kannst du ihn einige Zeit im Zaum halten?«

»Ich kann es versuchen.«

Sie sahen zu, wie das Sonnenlicht sich aus dem Himmel zurückzog und wie eine Flüssigkeit nach Westen lief. Hinter ihnen gingen in den Bäumen über dem Markt Lichter an, und die Luft wurde kühl. Maya war dankbar, dass ein alter Freund neben ihr saß, in behaglichem Schweigen. Spencers Verhalten ihr gegenüber stand zu Sax' in starkem Kontrast. In seiner Freundlichkeit lag seine Entschuldigung für seine Beschuldigungen im Rover nach Kasei Vallis. Er verzieh ihr offenbar, was sie Phyllis angetan hatte. Das schätzte sie ... Und auf jeden Fall war er einer von der Urfamilie; und es war schön, die bei einem weiteren Unternehmen um sich zu haben. Ein neuer Anfang, eine neue Stadt, ein neues Leben – das wievielte Mal war das jetzt?

»Hast du Frank gut gekannt?«, fragte sie.

»Eigentlich nicht. Nicht so, wie du und John ihn gekannt habt.«

»Denkst du ... denkst du, er könnte etwas mit Johns Ermordung zu tun gehabt haben?«

Spencer blickte weiter auf das blaue Eis am schwarzen Horizont. Schließlich nahm er die Retsinaflasche von der Bank neben ihr und trank. »Spielt das jetzt noch eine Rolle?«

Sie hatte viele der frühen Jahre im Hellas-Becken gearbeitet. Sie war überzeugt gewesen, dass dessen tiefe Lage es zu einem naheliegenden Platz für eine Siedlung machen würde. Inzwischen war das Land oberhalb der Minus-1-Kilometerlinie rund um das Becken besiedelt, an Stellen, bei deren Erkundung sie unter den Ersten gewesen war. Sie hatte ihre alten Aufzeichnungen darüber in ihrem Computer und machte sich jetzt als Ludmilla Novosibirskaya daran, sie zu benutzen.

Sie arbeitete für die hydrologische Gesellschaft, die das Becken flutete. Das Team war Teil eines Konglomerates von Organisationen, die Hellas erschlossen, darunter die Ölfirmen der Schwarzmeer-Wirtschaftsgruppe, der russischen Gesellschaft, die versucht hatte, das Kaspische Meer und den Aralsee wiederzubeleben, und die Firma Deep Waters, die zu Praxis gehörte. Mayas Aufgaben umfassten die Koordinierung der vielen hydrologischen Arbeiten in der Region. Sie war wieder im Herzen des Hellasprojekts, genau wie in den alten Tagen, als sie die treibende Kraft hinter dem Ganzen gewesen war. Das war in verschiedener Hinsicht und manchmal sogar auf seltsame Weise befriedigend. Zum Beispiel wurde ihre Stadt Low Point (eine suboptimale Platzwahl, wie sie zugeben musste) jeden Tag tiefer unter Wasser gesetzt. Es war schön, die Vergangenheit zu ertränken ...

Also hatte sie ihre Arbeit und ihr Apartment, das sie mit gebrauchten Möbeln, Küchenzubehör und Topfpflanzen füllte. Und Odessa erwies sich als eine angenehme Stadt. Sie war überwiegend aus gelbem Stein und braunen Ziegeln erbaut und an einer Stelle des Beckenrandes gelegen, die sich stärker als normal einwärtskrümmte, sodass jeder Teil der Stadt auf das Zentrum der noch trockenen Wasserfront blickte und man überall einen großartigen Ausblick über das Becken nach Süden hatte. Die unteren Distrikte waren Läden, Geschäften und Parks vorbehalten, und in den höheren gab es Wohngebiete mit Gärten. Die Stadt lag knapp über 30° südlicher Breite. Sie war vom Herbst in den Frühling gekommen, und die große heiße Sonne schien auf die abgestuften Straßen und schmolz den Schnee des Winters vom Rand der Eismassen und den Gipfeln des Hellespontus-Gebirges am westlichen Horizont weg. Eine hübsche kleine Stadt.

Und ungefähr einen Monat nach ihrer Ankunft kam Michel von Sabishii herunter und übernahm das Apartment gleich neben ihrem. Auf ihre Bitte hin richtete er eine Verbindungstür zwischen ihren Wohnzimmern ein, und danach gingen sie zwischen den beiden Wohnungen hin und her, als wäre es eine, und lebten in einer ehelichen Gemeinschaft, die Maya noch nie erfahren hatte, eine Normalität, die sie sehr erholsam fand. Sie liebte Michel nicht leidenschaftlich; aber er war ein guter Freund, ein guter Liebhaber und ein guter Therapeut. Wenn sie ihn um sich hatte, war das so, als hätte sie einen Anker in sich, der sie davor bewahrte, in Verzückung über die Hydrologie oder in revolutionäre Glut zu verfallen oder tief in schreckliche Abgründe politischer Verzweiflung oder persönlichen Widerwillen abzusinken. Das Auf und Ab der Sinuskurve ihrer Stimmungen war eine hilflose Schwingung, die sie hasste; und alles, was Michel tat, um die Amplituden zu modulieren, schätzte sie sehr. Sie hatten keine Spiegel in den Wohnungen, was zusammen mit Clomipramin half, den Zyklus zu dämpfen. Aber die Böden von Töpfen und die Fensterscheiben bei Nacht verkündeten ihr die schlechte Nachricht, wenn sie es zuließ. Was oft genug der Fall war.

Mit Spencer nur ein paar Türen weiter erzeugte das Gebäude einen leichten Anklang an Underhill, gelegentlich verstärkt durch Besuche von außerhalb, die ihr Apartment in seiner Eigenschaft als sicheres Versteck nutzten. Wenn andere der Ersten Hundert vorbeikamen, gingen sie aus und spazierten an der wasserlosen Wasserfront entlang, betrachteten den Eishorizont und tauschten die Neuigkeiten aus wie alte Leute überall. MarsFirst, geführt von Kasei und Dao, wurde immer radikaler. Peter arbeitete beim Aufzug, wie eine Motte wieder zu seinem Mond hingezogen. Sax hatte vorerst seine verrückte Sabotagekampagne eingestellt und konzentrierte sich, Gott sei Dank, auf seine industriellen Bemühungen im Mohole von Vishniac, wo er Boden-Orbit-Geschosse und dergleichen baute. Maya schüttelte darüber den Kopf. Es war nicht militärische Macht, mit der sie etwas erreichen würden. In dieser Hinsicht war sie mit Nadia, Nirgal und Art einer Meinung. Sie würden etwas anderes brauchen, etwas, das sie sich noch nicht vorstellen konnte. Und diese Lücke in ihren Gedanken war eines der Dinge, das sie auf der Sinuswelle ihrer Stimmungen abwärts zu führen pflegte und zu den Sachen gehörte, die sie wahnsinnig machten.

Ihre Arbeit der Koordinierung der verschiedenen Aspekte des Flutungsprojekts begann interessant zu werden. Sie fuhr mit der Straßenbahn oder ging zu Fuß in die Büros im Stadtzentrum und arbeitete dort schwer, um all die Berichte auszuwerten, die von den vielen Wassersuchmannschaften und Bohrstationen eingingen – alle voller begeisterter Schätzungen, wie viel Wasser sie in das Becken würden leiten können, und begleitet von Anforderungen um mehr Gerät und Personal, bis alles zusammen mehr ergab, als Deep Waters liefern konnte. Vom Büro aus war es schwierig, die wettstreitenden Ansprüche zu beurteilen, und Mayas technischer Stab rollte bloß mit den

Augen und zuckte die Schultern. Einer sagte: »Es ist, als wären wir Preisrichter in einem Lügenwettbewerb.«

Und dann gingen auch Berichte aus allen Siedlungen rund um das Becken ein, die in Bau waren. Nicht alle Leute, die daran arbeiteten, kamen von der Schwarzmeergruppe oder den daran beteiligten Metanationalen. Eine Menge blieb einfach unidentifiziert. Eine Suchmannschaft gab das Vorhandensein einer Kuppelstadt bekannt, die offiziell nicht existierte, und beließ es dann dabei. Und die beiden großen Canyonprojekte in Dao Vallis und im Harmakhis-Reull-System waren ganz offensichtlich von mehr Leuten bevölkert, als aus der offiziellen Dokumentation hervorging – Leuten, die deshalb unter falschen Identitäten leben mussten wie sie, oder völlig außerhalb des Netzes. Das war wirklich sehr interessant.

Eine Zugstrecke rund um Hellas war im vergangenen Jahr fertig geworden, eine schwierige Ingenieursarbeit, da der Rand des Beckens von Spalten und Rissen durchbrochen und mit kleineren Kratern übersät war, wo Auswurfmaterial vom Hellas-Einschlag wieder niedergegangen war. Aber jetzt war die Strecke fertig, und Maya beschloss, ihre Neugier zu befriedigen und eine Reise zur persönlichen Inspektion aller Tiefwasser-Projekte zu unternehmen und sich einige der neuen Siedlungen anzuschauen.

Zur Begleitung auf dieser Reise erbat sie die Gesellschaft einer ihrer Areologinnen, einer jungen Frau namens Diana, deren Berichte aus dem Ostteil des Beckens gekommen waren. Diese waren knapp und nicht bemerkenswert; aber Maya hatte von Michel erfahren, dass sie eine Tochter von Esthers Sohn Paul war. Esther hatte Paul sehr bald nach dem Verlassen von Zygote bekommen und, soweit Maya wusste, niemals jemandem erzählt, wer sein Vater war. Also könnte Kasei Esthers Partner gewesen sein, in welchem Fall Diana Jackies Nichte und Johns und Hirokos Urenkelin wäre. Oder es hätte Peter gewesen sein können. Dann wäre sie Jackies Halbnichte und Anns und Simons Urenkelin. Maya fand das in jedem Fall interessant, und die junge Frau war eine *Yonsei*, ein Marskind der vierten Generation und als solche für Maya interessant, ganz egal, wer ihre Vorfahren gewesen waren.

Sie war auch an sich interessant, wie sich zeigte, als Maya sie einige Tage vor ihrer Reise im Büro in Odessa traf. Mit ihrer Größe (über zwei Meter und trotzdem sehr rundlich und muskulös), ihrer natürlichen Anmut und asiatischen Zügen mit betonten Backenknochen wirkte sie wie die Angehörige einer neuen Spezies, die Maya in diesem neuen Winkel der Welt Gesellschaft leisten sollte.

Es stellte sich heraus, dass Diana vom Hellas-Becken und seinem verborgenen Wasser geradezu besessen war. Sie redete stundenlang darüber, so ausführlich und detailreich, dass Maya überzeugt war, das Rätsel der Elternschaft sei gelöst. Eine so vom Mars besessene Person musste mit Ann Clayborne verwandt sein. Damit ergab sich, dass Paul Peter zum Vater gehabt hatte. Maya saß im Zug neben der großen jungen Frau, beobachtete sie oder schaute aus dem Fenster auf den steilen Nordhang des Beckens. Sie stellte Fragen und sah, wie Diana ihre Knie gegen die Sitzbank vor ihr drückte. Man machte die Züge nicht groß genug für die Eingeborenen.

Was Diana vor allem faszinierte, war, dass das Hellas-Becken sehr viel mehr Wasserreservoire hatte, als die areologischen Modelle hatten erwarten lassen. Diese während der letzten Dekade durch Feldforschung gemachte Entdeckung hatte das laufende Hellasprojekt inspiriert und das hypothetische Meer zu einer greifbaren Möglichkeit gemacht. Es hatte auch die Areologen gezwungen, ihre theoretischen Modelle der marsianischen

Frühgeschichte zu revidieren, und sie veranlasst, auch die Ränder anderer großer Einschlagbecken zu untersuchen. Forschungsexpeditionen suchten danach in den Charitum und Nereidum Montes rund um Argyre und dem Süd-Isidis umgebenden Gebirge.

Rings um Hellas stand man fast vor der Fertigstellung der Bestandsaufnahme. Man hatte alles in allem vielleicht dreißig Millionen Kubikmeter gefunden, obwohl manche Sucher erklärten, sie seien noch lange nicht am Ende. »Gibt es einen Weg festzustellen, wann sie fertig sind?«, fragte Maya Diana und dachte an alle Anfragen, die ihr Büro überschwemmten.

Diana zuckte die Achseln. »Irgendwann hat man überall nachgeschaut.«

»Was ist mit dem Boden des Beckens selbst? Könnte die Flutung alle Möglichkeiten zunichtemachen, dort Reservoire zu erschließen?«

»Nein.« Fast kein Wasser, erklärte sie Maya, war unter dem Beckenboden selbst vorhanden. Dieser war durch den ursprünglichen Aufprall ausgetrocknet und bestand jetzt aus einem etwa ein Kilometer dicken äolischen Sediment und darunter einer harten Schicht aus zu Brekzien verwandeltem Gestein, die sich während dem kurzen, aber enormen Druck des Aufpralls gebildet hatte. Derselbe Druck hatten auch rund um den Beckenrand tiefe Brüche bewirkt; und durch sie war das Innere des Planeten ungewöhnlich stark ausgegast. Von unten waren flüchtige Substanzen hochgesickert und abgekühlt, und der Wasseranteil davon hatte sich in Wasserreservoiren und vielen dicken Permafrost-Schichten gesammelt.

»Ein gewaltiger Einschlag«, bemerkte Maya.

»Ganz bestimmt.« Diana sagte, in der Regel wären die aufschlagenden Brocken etwa halb so groß wie das Kraterbecken, das sie formten (wie historische Gestalten, dachte Maya); darum hätte das aufprallende Planetesimal in diesem Fall ungefähr zweihundert Kilometer Durchmesser gehabt. Es wäre auf einem alten, schon mit Kratern bedeckten Gebirge niedergegangen. Gewisse Anzeichen ließen darauf schließen, dass es ein gewöhnlicher Asteroid gewesen war, größtenteils kohlenstoffhaltiger Chondrit mit viel Wasser und etwas Nickel im Innern. Er hatte beim Auftreffen eine Geschwindigkeit von rund 72 000 Kilometern in der Stunde gehabt und war in einem leicht nach Osten gerichteten Winkel aufgeprallt, was die große verwüstete Region östlich von Hellas sowie die hohen und verhältnismäßig regelmäßigen konzentrischen Ringe der Hellespontus-Berge im Westen erklärte.

Dann führte Diana noch eine andere Faustregel an, die Maya zu frei assoziierten Analogien mit der menschlichen Geschichte veranlasste: Je größer der aufschlagende Körper, desto weniger von ihm überstand den Aufprall. So war in diesem Fall fast jedes Stück in dem kataklysmischen Treffer verdampft, obwohl sich unter dem Krater Gledhill ein kleiner Bolide befand, den einige Areologen für das Überbleibsel des Planetesimals hielten, vielleicht ein Zehntausendstel oder noch weniger davon. Sie erklärten, dass er mehr Eisen und Nickel liefern würde, als sie jemals benötigen würden, falls sie sich die Mühe machen würden, danach zu graben.

»Würde sich das lohnen?«, fragte Maya.

»Eigentlich nicht. Es ist billiger, die Asteroiden auszubeuten.«

Was ja auch geschah, dachte Maya finster. Ein Gefängnisurteil bedeutete jetzt unter dem UNTA-Regime Jahre im Asteroidengürtel auf den streng bewachten Bergwerksschiffen und Robotern. Wirksam, sagte die Übergangsbehörde. Gefängnisse, die sowohl weit entfernt als auch profitabel waren.

Aber Diana dachte immer noch an die grauenhafte Entstehung des Beckens. Der Aufprall hatte vor etwa dreieinhalb Milliarden Jahren stattgefunden, als die Lithosphäre des Planeten dünner gewesen war und sein Inneres heißer. Die durch das Ereignis freigesetzten Energien konnte man sich schwer vorstellen. Die im Laufe ihrer ganzen Geschichte von den Menschen erzeugte Energie war nichts im Vergleich damit. Und die resultierende vulkanische Aktivität war beträchtlich gewesen. Um Hellas herum gab es eine Reihe alter Vulkane, die kurz nach dem Aufprall entstanden waren, einschließlich Australis Tholus im Südwesten, Amphitrites Patera im Süden und Hadriaca Patera und Tyrrhena Patera im Nordosten. Man hatte festgestellt, dass in der Nähe aller dieser vulkanischen Gebiete Wasserreservoire lagen.

Zwei dieser Wasserspeicher waren in alten Zeiten an die Oberfläche durchgebrochen und hatten auf dem Osthang des Beckens zwei typische sinusförmige, von Wasser gegrabene Täler hinterlassen: Dao Vallis auf dem welligen abfallenden Gebiet um Hadriaca Patera und weiter südlich ein zusammenhängendes Paar von Tälern, das sogenannte Harmakhis-Reull-System, das sich mehr als tausend Kilometer hinzog. Die Wasserreservoire oberhalb dieser Täler hatten sich seit ihren Ausbrüchen im Laufe von Äonen wieder gefüllt; und jetzt hatten große Bautrupps Dao überkuppelt und arbeiteten an Harmakhis-Reull. Sie ließen das Wasser aus den Reservoiren die langen überdachten Canyons zu Schleusen am Boden des Beckens herunterfließen. Maya war an diesen großen Vermehrungen der bewohnbaren Oberfläche höchst interessiert; und Diana, die darüber gut Bescheid wusste, beabsichtigte, sie zu einigen Freunden in Dao mitzunehmen.

Ihr Zug fuhr den ganzen ersten Tag über den Nordrand von Hellas, wobei fast ständig das Eis auf dem Boden des Beckens in Sicht war. Sie passierten eine kleine, am Berghang gelegene Stadt namens Sebastopol, deren Steinwände am Nachmittag in florentinischem Gelb leuchteten. Danach kamen sie zu Hell's Gate am unteren Ende von Dao Vallis. Sie traten spät am Nachmittag aus dem Bahnhof von Hell's Gate und schauten auf eine große neue Kuppelstadt hinunter, die unter einer riesigen Hängebrücke lag. Diese Brücke trug die Bahnstrecke und die Straße und überspannte Dao Vallis von der Canyonöffnung aus, sodass ihre Türme mehr als zehn Kilometer voneinander entfernt waren. Vom Rand des Canyons an der Brücke, wo sich der Bahnhof befand, konnten sie in die sich erweiternde Mündung der Schlucht bis zum Boden des Beckens hinunterschauen, über dem eine Gruppe zerzauster, stellenweise von der Sonne beleuchteter Wolken schwebte. In der anderen Richtung konnte man weit in die steile und enge Welt des eigentlichen Canyons hinaufblicken. Als sie auf einem Weg mit Stufen und Zickzackkehren in die Stadt hintergingen, war die neue Kuppel über dem Canyon nur als roter Dunst zusätzlich zur Farbe des Abendhimmels zu erkennen, der durch feine Staubablagerungen auf der Kuppel zustande kam.

»Wir werden morgen auf der Randstraße stromaufwärts fahren, um einen Überblick zu bekommen«, sagte Diana. »Dann kommen wir auf dem Canyonboden zurück, damit du sehen kannst, wie es hier ist.« Sie nahmen die siebenhundert durchnummerierten Stufen nach unten. In der Innenstadt von Hell's Gate gingen sie spazieren und aßen. Dann stiegen sie wieder zum Büro von Deep Waters hinauf, das in der Talwand gleich unter der Brücke lag, und übernachteten dort. Am nächsten Morgen gingen sie zu einer Garage am Bahnhof und liehen sich einen kleinen Rover der Firma.

Diana übernahm das Lenkrad und fuhr sie nach Nordosten hinunter, parallel zum Canyonrand auf einer Straße, die dicht neben dem massiven Betonfundament für die Kuppel des Canyons verlief. Obwohl die Gewebe so transparent waren, dass man sie kaum sah, bedeutete das bloße Gewicht des Dachs für den Anker eine starke Beanspruchung. Der Betonblock des Fundaments versperrte ihnen die Sicht in den Canyon selbst; und als sie dann zum ersten Aussichtspunkt kamen, hatte Maya seit Hell's Gate nicht mehr hineinsehen können. Diana fuhr auf einen kleinen Parkplatz auf dem breiten Fundament. Sie parkten, setzten Helme auf und stiegen aus dem Wagen. Dann gingen sie eine Holztreppe hinauf, die freischwebend in den Himmel zu reichen schien, obwohl man bei näherem Hinsehen erkannte, dass der klare Aerogelbalken die Treppe trug und danach die Schichten der Kuppel, die sich von ihren Trägern zu anderen hin erstreckten, die man nicht mehr sehen konnte. Am oberen Ende der Treppe war eine kleine Plattform mit Geländer, die einen Blick auf den Canyon viele Kilometer weit stromauf- und stromabwärts eröffnete.

Und es war wirklich ein Strom. In der Mitte von Dao Vallis lief ein Fluss. Der Talboden war grün gefleckt, oder, genauer gesagt, mit verschiedenen Grüntönen. Maya identifizierte Tamarisken, dreiblättrige Pappeln, Espen, Zypressen, Sykomoren, Zwergeichen, Schneebambus – und auf dem steilen Vorfeld und den steinigen Hängen am Fuß der Canyonwände Buschwerk und niedrige Kletterpflanzen und natürlich Riedgras, Moos und Flechten. Und durch das ganze erlesene Arboretum strömte ein Fluss.

Es war kein blauer Strom mit weißen Katarakten. Das Wasser in den langsameren Abschnitten war trübe und rostfarben. In den Stromschnellen und Wasserfällen bildete es rosigen Schaum. Klassische Marsfarben, die, wie Diana sagte, durch den Grus bewirkt wurden, der wie glazialer Schlick im Wasser schwebte – und durch die reflektierte Farbe des Himmels, der inzwischen eine Art verwaschene Malventönung angenommen hatte und um die verschleierte Sonne herum lavendelfarben wurde, die gelb wie die Iris eines Tigerauges leuchtete.

Aber ganz gleich, welche Farbe das Wasser hatte, es war ein fließender Strom in einem offensichtlich durch Wasser gebildeten Tal, friedlich an manchen Stellen, wild bewegt an anderen, mit Kiesfurten, Sandbänken, quirligen Abschnitten und bröckligen Inselbögen, hier eine tiefe träge U-förmige Schleife, dann viele Stromschnellen und weiter stromaufwärts einige kleine Katarakte. Man konnte erkennen, wie unter dem höchsten Wasserfall die Gischt weiß und in Flecken flussabwärts getrieben wurde, um an Felsblöcken und Baumstümpfen hängen zu bleiben, die vom Ufer hereinragten.

»Dao River«, sagte Diana. »Von den Leuten, die hier wohnen, auch Rubinfluss genannt.«

»Wie viele sind das?«

»Ein paar Tausend. Die meisten leben in der Nähe von Hell's Gate. Stromaufwärts gibt es Familiensiedlungen und dergleichen. Und dann natürlich die Station am Wasserreservoir, wo einige Hundert Menschen arbeiten.«

»Ist das eines der größten Reservoire?«

»Ja. Ungefähr drei Millionen Kubikmeter Wasser. Wir pumpen es in einem ziemlichen Tempo heraus. Du siehst es ja. Ungefähr hunderttausend Kubikmeter jährlich.«

»Also gibt es in rund dreißig Jahren keinen Fluss mehr?«

»Allerdings. Obwohl sie etwas Wasser wieder in einer Röhre hochpumpen und oben wieder einspeisen könnten. Oder wer weiß – wenn die Atmosphäre feucht genug wird, könnte sich an den Flanken von Hadriaca Patera eine hinreichend große Schneedecke ansammeln, die als Wassereinzugsgebiet dienen würde. Dann würde der Fluss mit den Jahreszeiten schwanken, aber das tun Flüsse ja sowieso, nicht wahr?«

Maya blickte auf die Szene hinunter, die so sehr wie aus ihrer Jugend aussah, wie irgendein Fluss ... Der obere Rioni in Georgien? Der Colorado, den sie einmal bei einem Amerikabesuch gesehen hatte? Sie konnte sich nicht erinnern. Das ganze Leben damals war so undeutlich. »Es ist schön. Und so ...« Sie schüttelte den Kopf. Das Bild hatte eine Eigenschaft, die sie noch nie gesehen zu haben glaubte, als läge es außerhalb der Zeit, ein prophetischer Blick in eine ferne Zukunft.

»Komm, lass uns ein Stück weiter fahren und Hadriatica anschauen!«

Maya nickte, und sie kehrten zum Wagen zurück. Während sie bergauf fuhren, stieg die Straße ein paar Mal hoch genug, um ihnen einen neuen Blick nach unten auf den Canyonboden zu gewähren; und Maya sah, dass der kleine Fluss weiter durch Felsen und Vegetation strömte. Aber Diana machte keine Pause, und Maya sah keine Siedlungen.

Am oberen Ende des überkuppelten Canyons lag eine Fabrik, die den Gasaustauschmechanismus und die Pumpenstation enthielt. Ein Wald aus Windmühlen stand auf dem ansteigenden Hang nördlich der Station. Die großen Propeller zeigten alle nach Westen und drehten sich langsam. Darüber erhob sich der breite Kegel von Hadriaca Patera, einem Vulkan, dessen Flanken ungewöhnlicherweise von einem dichten Netz sich überschneidender Lavakanäle gefurcht waren, bei denen die späteren die früheren durchbrachen. Jetzt hatte die Schneelast des Winters die Kanäle angefüllt, aber nicht den freiliegenden schwarzen Stein dazwischen, der durch die starken Winde freigeblasen wurde, die die Schneestürme begleiteten. Das Resultat war ein enormer schwarzer Kegel, der in den Himmel ragte, bekränzt mit Hunderten verschlungener weißer Bänder.

»Sehr hübsch«, sagte Maya. »Kann man das vom Canyonboden aus sehen?«

»Nein. Aber viele hier oben arbeiten sowieso auf dem Rand, bei der Zisterne oder dem Kraftwerk. So sehen sie es jeden Tag.«

»Diese Siedler, was sind das für Leute?«

»Komm, wir besuchen sie, dann siehst du es selbst.« Maya nickte. Sie freute sich über Dianas Art, die sie sehr stark an Ann erinnerte. Die *Sansei* und *Yonsei* waren Maya alle fremd, aber Diana viel weniger als die meisten – vielleicht etwas verschlossen, aber im Vergleich mit ihren exotischeren Zeitgenossinnen und den Kindern von Zygote erfreulich normal.

Während Maya darüber nachdachte und Diana beobachtete, fuhr diese ihren Rover in den Canyon eine steile Straße hinunter, die über einen gigantischen alten Gebirgsausläufer nahe dem oberen Ende von Dao führte. Hier hatte der ursprüngliche Wasserausbruch stattgefunden; aber es gab nur sehr wenig chaotisches Terrain – bloß titanische Geröllhänge, die für alle Zeiten den Schüttwinkel markierten.

Der Canyonboden selbst war im Wesentlichen eben und ungebrochen. Sie fuhren bald auf einem Regolithweg, der mit einem Fixativ befestigt war und so nahe wie möglich am Fluss entlang verlief. Nach ungefähr einer Stunde kamen sie an einer grünen Wiese vorbei, die sich in eine scharfe Flussbiegung hineinschmiegte. Im Mittelpunkt dieser Wiese, in einer Gruppe von Kiefern und Espen, drängten sich niedrige Schindeldächer zusammen. Aus einem einzelnen Kamin stieg schwacher Rauch auf.

Maya betrachtete die Siedlung (Viehstall und Weide, Gemüsegarten, Tenne, Bienenstöcke) und bewunderte ihre Schönheit und archaische Vollständigkeit, ihre scheinbare Abgesondertheit von dem großen Rotsteinplateau über dem Canyon – Abgesondertheit von allem Realen, von der Geschichte und der Zeit selbst. Ein Mesokosmos. Was dachte man wohl in diesen kleinen Häusern von Mars und Erde und all ihren Problemen? Warum sollte man sich hier Sorgen machen?

Diana hielt den Wagen an. Ein paar Leute kamen heraus und gingen über die Wiese, um zu sehen, wer kam. Der Druck in der Kuppel betrug fünfhundert Millibar, was half, ihr Gewicht zu tragen, da der Luftdruck im Freien jetzt bei ungefähr zweihundertfünfzig Millibar lag. Also stieß Maya die Schleuse des Wagens auf und ging ohne Helm hinaus. Sie fühlte sich aber sofort unbekleidet und unbehaglich.

Diese Siedler waren alle junge Eingeborene. Viele von ihnen waren in den letzten Jahren von Burroughs und Elysium gekommen. Auch einige von der Erde lebten ihrer Aussage nach in dem Tal; nicht viele, aber es gab ein Praxisprogramm, das Gruppen aus kleineren Ländern herbrachte. Hier hatte man kürzlich Schweizer, Griechen und Navajos begrüßt. Es gab auch eine russische Siedlung unten bei Hell's Gate. Darum hörte man in dem Tal verschiedene Sprachen; aber Englisch war die *Lingua franca* und für die meisten Eingeborenen die Muttersprache. Ihr Englisch hatte Akzente, die Maya noch nicht gehört hatte, und sie machten komische Grammatikfehler, zumindest für ihr Ohr. Zum Beispiel war fast jedes weitere Verb nach dem ersten im Präsens. »Wir sind stromab gegangen, und einige Schweizer arbeiten auf dem Fluss. Stabilisieren an manchen Stellen die Ufer mit Pflanzen oder Steinen. Sie sagen, in einigen Jahren ist das Flussbett genügend geglättet, damit das Wasser klar wird.«

»Es wird die Farbe der Klippen und des Himmels haben«, sagte Maya.

»Ja, natürlich. Aber klares Wasser sieht irgendwie besser aus als schlammiges Wasser.«

»Woher wollt ihr das wissen?«, fragte Maya.

Sie blinzelten, runzelten die Stirn und dachten nach. »Es sieht einfach schöner in der Hand aus, oder?«

Maya lächelte. »Es ist wundervoll, dass ihr so viel Platz habt. Unglaublich, was für riesige Räume sie heutzutage überdachen können.«

Sie zuckten die Achseln, als ob sie darüber noch nicht nachgedacht hätten. Einer sagte: »Wir erwarten den Tag, wenn wir die Kuppel endlich abnehmen können. Wir vermissen den Regen und den Wind.«

»Wieso vermisst ihr das?«

Sie vermissten es einfach.

Maya und Diana fuhren weiter. Sie kamen an sehr kleinen Dörfern vorbei. Einzelne Farmen. Eine Schafweide. Weingärten. Obstgärten. Bebaute Felder. Große volle Gewächshäuser, die wie Labors glänzten. Einmal lief vor ihrem Wagen ein Kojote über den Weg. Dann erblickte Diana auf einem kleinen Rasenstück unter einem Abhang einen Braunbären und später einige Schafe. In den kleinen Dörfern handelten die Leute auf offenen Marktplätzen mit Nahrungsmitteln und Werkzeug und sprachen über die Ereignisse des Tages. Sie verfolgten die Nachrichten von der Erde nicht und kamen Maya in dieser Hinsicht erstaunlich unwissend vor. Bis auf eine kleine russische Gemeinde, die ein schlechtes Russisch sprach, das Maya trotzdem Tränen in die Augen trieb, und die ihr erzählte, dass die Dinge auf der Erde den Bach runtergingen. Wie immer. Sie waren glücklich, im Canyon zu sein.

In einem der kleinen Dörfer war ein Markt im Freien in vollem Gange, und dort mitten in der Menge stand Nirgal, der einen Apfel mampfte und heftig nickte, als jemand mit ihm redete. Er sah Maya und Diana aus dem Wagen steigen, eilte herbei, nahm Maya in die Arme und hob sie hoch. »Maya, was machst du denn hier?«

»Einen Ausflug von Odessa. Dies ist Diana, Pauls Tochter. Und was machst du hier?«

»Oh, ich besuche das Tal. Die haben Probleme mit dem Boden, bei denen ich zu helfen versuche.«

»Erzähl mir davon!«

Nirgal war Ökologie-Ingenieur und schien einiges von Hirokos Talent geerbt zu haben. Der Mesokosmos des Tals war relativ neu, man pflanzte noch überall; und obwohl der Boden präpariert worden war, ließ der Mangel an Stickstoff und Kalium viele Pflanzen nicht gedeihen. Während sie um den Marktplatz gingen, sprach Nirgal darüber, zeigte auf lokale und importierte Erzeugnisse und schilderte die Ökonomie des Tals. »Sie sind also nicht autark?«, fragte Maya.

»Nein, nein. Nicht einmal annähernd. Aber sie ziehen eine Menge ihrer Nahrung und handeln mit anderen Produkten oder geben sie ab.«

Nirgal schien sich auch gut in der Öko-Ökonomie auszukennen. Und er hatte eine Menge Freunde hier. Ständig kamen Leute, die ihn umarmten, und da er einen Arm um Mayas Schultern gelegt hatte, wurde sie mit einbezogen und einem jungen Eingeborenen nach dem anderen vorgestellt, die sich alle hocherfreut zeigten, Nirgal wiederzusehen. Er erinnerte sich an jeden Namen, fragte nach ihrem Befinden und beantwortete ihre Fragen, während sie weiter über den Markt schlenderten, vorbei an Tischen mit Brot und Gemüse und Säcken voll Gerste und Kunstdünger und Körben voller Beeren und Pflaumen, bis sich um sie herum eine kleine Volksmenge gebildet hatte wie eine mobile Party, die sich schließlich um lange Kiefernholztische vor einer Kneipe niederließ. Nirgal behielt Maya während des ganzen Restes des Nachmittags an seiner Seite; und sie betrachtete all die jungen Gesichter, entspannt und glücklich. Ihr fiel auf, wie sehr Nirgal John ähnelte, wie die Menschen sich ihm gegenüber erwärmten und dann untereinander warm wurden. Jede Gelegenheit ein Fest, von seinem Charme angetan. Sie schenkten sich gegenseitig Getränke ein, sie spendierten Maya ein üppiges Mahl, »alles Eigenanbau, alles Eigenanbau«, und redeten miteinander in ihrem schnellen Mars-Englisch, schwatzten über Klatsch und erzählten sich ihre Träume.

Oh, Nirgal war schon ein ganz besonderer Kerl, so weltentrückt wie Hiroko und doch gleichzeitig höchst normal. Diana klebte förmlich an seiner anderen Seite, und eine Menge der anderen jungen Frauen sahen so aus, als wären sie gern an ihrer oder Mayas Stelle. Vielleicht waren sie das in der Vergangenheit gewesen. Nun, es hatte gewisse Vorteile, eine alte Babuschka zu sein. Sie konnte ihn schamlos bemuttern, und er grinste nur; und die konnten nichts tun. Er hatte etwas Charismatisches an sich: schmale Kiefer, beweglicher fröhlicher Mund, weit auseinanderstehende braune und leicht asiatische Augen, dicke Augenbrauen, ungewöhnlich schwarzes Haar, ein langer graziöser Körper, obwohl er nicht so groß war wie die meisten anderen. Nichts Außergewöhnliches. Es war hauptsächlich sein Verhalten, freundlich, wissbegierig und fröhlich.

»Was ist mit der Politik?«, fragte sie ihn später an diesem Abend, als sie zusammen vom Dorf zum Fluss gingen. »Was sagst du dazu?«

»Ich benutze das Dokument von Dorsa Brevia. Meines Erachtens sollten wir es sofort umsetzen, in unserem alltäglichen Leben. Die meisten Leute in diesem Tal haben das offizielle Netz verlassen und leben in der alternativen Ökonomie.«

»Das habe ich gemerkt. Das hat mich hierhergebracht.«

»Gut, und du siehst, was passiert. Den *Sansei* und *Yonsei* gefällt es. Sie halten es für ein bei ihnen gewachsenes System.«

»Die Frage ist, was die UNTA davon hält.«

»Was kann sie da machen? Ich glaube nicht, dass sie sich darum kümmert, soweit ich sehe.« Er war ständig auf Reisen, und das schon seit Jahren. Er hatte viel vom Mars gesehen, viel mehr als Maya, wie ihr klar wurde. »Wir sind schwer zu sehen und scheinen sie nicht herauszufordern. Also machen sie sich um uns keine Gedanken. Sie wissen nicht einmal, wie weit verbreitet wir sind.«

Maya schüttelte zweifelnd den Kopf. Sie standen am Ufer des Flusses, der an dieser Stelle gurgelnd über Untiefen strömte. Seine nächtlich purpurne Oberfläche reflektierte kaum das Licht der Sterne. Nirgal sagte: »Er ist so schlammig.«

»Es ist eine Art politischer Partei, Nirgal, oder eine soziale Bewegung. Du musst ihr einen Namen geben.«

»Oh! Naja, manche sagen, wir wären Booneisten oder ein Mars-First-Flügel. Ich selbst gebe dem keinen Namen. Vielleicht Ka. Oder Freier Mars. Wir sagen das als eine Art Gruß. Verb, Nomen – was auch immer. Freier Mars.«

»Hmm«, machte Maya und fühlte den kühlen feuchten Wind auf der Wange und Nirgals Arm um ihre Taille. Eine alternative Ökonomie, die ohne Gesetze funktionierte, war verlockend, aber gefährlich. Sie konnte sich in einen von Gangstern beherrschten Schwarzmarkt verwandeln; und kein idealistisches Dorf würde viel dagegen ausrichten können. Darum war sie ihres Erachtens als Lösung für die Übergangsbehörde irgendwie illusorisch.

Als sie Nirgal gegenüber diese Vorbehalte äußerte, stimmte er zu. »Ich halte es nicht für den endgültigen Schritt. Aber ich denke, es hilft. Es ist das, was wir jetzt tun können. Und dann, wenn die Zeit kommt …«

Maya nickte in der Dunkelheit. Sie gingen zusammen ins Dorf zurück, wo die Party noch im Gange war. Jedenfalls brachten die fünf jungen Frauen es zuwege, dass sie die letzten an Nirgals Seite waren, als die Party endete; und mit einem nur leicht verkrampften Lachen (wenn sie jung gewesen wäre, hätten sie keine Chance gehabt) überließ sie ihn ihnen und ging zu Bett.

Nachdem sie zwei Tage lang von dem Marktdorf stromabwärts gefahren waren, immer noch vierzig Kilometer von Hell's Gate entfernt, kamen sie an eine Windung des Canyons und konnten seine ganze Länge übersehen, bis zu den Türmen der Hängebrücke der Bahn. Wie etwas aus einer anderen Welt, dachte Maya, mit einer völlig anderen Technik. Die Türme waren sechshundert Meter hoch und standen zehn Kilometer voneinander entfernt – eine wahrhaft immense Brücke, die die Stadt von Hell's Gate zwergenhaft erscheinen ließ, die erst nach einer weiteren Stunde über dem Horizont auftauchte und dann nur langsam in Sicht kam. Ihre Gebäude ergossen sich in den steilen Canyon wie eine Küstenstadt in Spanien oder Portugal, aber ganz im Schatten der riesigen Brücke. Riesig, ja; aber in Chryse gab es Brücken, die doppelt so groß waren. Und bei den ständigen Verbesserungen im Material war kein Ende abzusehen. Das Kohlenstoffnanoröhrenfilament des neuen Aufzugs hatte eine Zugfestigkeit, die selbst die Erfordernisse des Aufzugs locker übertrafen. Damit würde man an der Oberfläche jede Brücke bauen können, die man sich überhaupt nur vorstellen konnte. Man sprach davon, Marineris zu überbrücken; und es gab Witze, dass man zwischen den Vulkanen auf Tharsis Drahtseilbahnen einrichten würde, um den Leuten die fünfzehn Kilometer tiefen vertikalen Abstiege zwischen den drei Gipfeln zu ersparen.

Wieder zurück in Hell's Gate, lieferten Maya und Diana den Wagen in der Garage ab und aßen ein großes Dinner in einem Restaurant auf halber Höhe der Mauer unter der Brücke. Danach hatte Diana sich mit Freunden verabredet; darum entschuldigte sich Maya und ging zum Deep-Waters-Büro und in ihr Zimmer. Aber außerhalb der Glastüren, über ihrem kleinen Balkon wölbte sich der große Bogen der Brücke zwischen den Sternen und erinnerte sie an Dao Canyon und dessen Bewohner; und den schwarzen Hadriaca mit den weißen Bändern seiner mit Schnee gefüllten Kanäle. Sie hatte Mühe einzuschlafen. Sie ging ins Freie und setzte sich in eine Decke gekuschelt in einen Sessel auf ihrem Balkon, um während eines großen Teils der Nacht die Unterseite der gigantischen Brücke zu betrachten und über Nirgal und die jungen Eingeborenen nachzudenken und was sie bedeuteten.

Am nächsten Morgen hatten sie den nächsten Zug rund um Hellas nehmen wollen; aber Maya bat Diana, sie stattdessen zum Boden des Beckens hinabzufahren, um selbst zu sehen, was mit dem Wasser geschah, das den Dao-Fluss hinabströmte. Diana kam dieser Bitte gern nach.

Am unteren Ende der Stadt ergoss sich der Fluss in ein enges Reservoir, das von einer dicken Betonmauer und einer Pumpe umschlossen war, die sich direkt an der Kuppelwand befanden. Außerhalb der Kuppel wurde das Wasser quer über das Becken in einer dicken isolierten Rohrleitung gepumpt, die auf drei Meter hohen Pfeilern ruhte. Diese Pipeline verlief über den breiten sanften Abhang des Beckens, und sie folgten ihr in einem anderen Firmenrover, bis die verfallenen Klippen von Hell's Gate hinter den niedrigen Dünen verschwanden. Eine weitere Stunde später waren die Brückentürme immer noch sichtbar und ragten über den Horizont empor.

Ein paar Kilometer weiter verlief die Pipeline über einer rötlichen Fläche aus zerbrochenem Eis – wie ein Gletscher, nur dass sie sich nach links fächerartig über die Ebene verbreitete, so weit sie sehen konnten. Das war faktisch die derzeitige Küste ihres neuen Sees oder zumindest eine Bucht davon, die an Ort und Stelle gefroren war. Die Rohrleitung führte über das Eis und senkte sich dann darunter, um einige Kilometer vom Ufer entfernt zu verschwinden.

Ein kleiner, fast versunkener Kraterring ragte aus dem Eis hervor wie eine doppelte gekrümmte Halbinsel. Diana folgte Fahrspuren auf eine davon, bis sie so weit draußen im Eis waren, wie es ging. Die sichtbare Welt vor ihnen war völlig von Eis bedeckt; und hinter ihnen lag die ansteigende Böschung aus Sand. »Diese Bucht erstreckt sich jetzt sehr weit hinaus«, sagte Diana und zeigte auf ein silbriges Flimmern am westlichen Horizont.

Maya nahm einen Feldstecher vom Armaturenbrett. Am Horizont konnte sie etwas ausmachen, das der Nordrand der Eisbucht zu sein schien, dort, wo er wieder ansteigendem Sand und Dünen Platz machte. Vor ihren Augen kippte an dieser Grenze ein Stück Eis um. Es sah aus wie ein Gletscher in Grönland, der ins Meer kalbt; nur dass er beim Auftreffen auf den Sand in Hunderte weißer Stücke zerbrach. Dann kam ein Wasserschwall, der dunkel über den Sand strömte. Staub wirbelte auf, vom Fluss weg, und wurde vom Wind nach Süden getragen. Die Ränder des neuen Flusses begannen sich weiß zu färben; aber das war nichts gegenüber der erschreckenden Geschwindigkeit, mit der 2061 die Flut in Marineris gefroren war. Hier blieb es fast ohne Eisnebel minutenlang flüssig an der freien Luft! Oh, die Welt war schon wärmer und die Atmosphäre dichter geworden, manchmal bis zu 260 Millibar hier unten im Becken; und die Außentemperatur betrug im Moment –2° C. Ein sehr angenehmer Tag! Maya musterte die Eisfläche durch den Feldstecher und sah, dass sie weithin von dem hellen weißen Schimmer der Schmelzwasserpfützen gesprenkelt war, die sauber und glatt wieder gefroren waren.

»Die Dinge verändern sich«, sagte Maya, wenn auch nicht zu Diana, die auch nicht antwortete.

Schließlich war die Flut aus neuem dunklem Wasser auf ihrer ganzen Fläche weiß geworden und hörte auf, sich zu bewegen.

»Es kommt jetzt irgendwo anders heraus«, erklärte Diana. »Es ist wie Sedimentation in einem Flussdelta. Der Hauptkanal für diese Bucht befindet sich südlich von hier.«

»Ich bin froh, dass ich das gesehen habe. Lass uns zurückkehren!«

Sie fuhren wieder nach Hell's Gate und aßen wieder gemeinsam zu Abend auf der gleichen Restaurantterrasse unter der großen Brücke. Maya stellte Diana viele Fragen über Paul, Esther, Kasei, Nirgal, Rachel, Emily, Reull und den Rest von Hirokos Brut und deren Kinder und Kindeskinder. Was machten sie jetzt? Was hatten sie vor zu tun? Hatte Nirgal viele Anhänger?

»O ja, natürlich. Du hast gesehen, wie es ist. Er reist die ganze Zeit, und es gibt ein ganzes Netz von Eingeborenen in den nördlichen Städten, die sich um ihn kümmern. Freunde und Freunde von Freunden und so weiter.«

»Und du meinst, diese Leute wären bereit, eine ...«

»Eine neue Revolution zu unterstützen?«

»Ich wollte ›Unabhängigkeitsbewegung‹ sagen.«

»Wie immer du es nennst, sie werden es unterstützen. Sie werden Nirgal unterstützen. Die Erde ist für sie ein Albtraum, der uns verschlingen will. Das wollen sie nicht.«

»Sie?«, fragte Maya lächelnd.

»Oh, ich auch.« Diana lächelte zurück. »Wir.«

Während sie weiter rund um Hellas fuhren, hatte Maya Grund, sich an dieses Gespräch zu erinnern. Ein Konsortium aus Elysium ohne jede Verbindung zu Metanationalen oder der UNTA, die Maya erkennen konnte, hatte gerade die Überdachung der Harmakhis-Reull-Täler mit der gleichen Methode, die bei Dao angewendet worden war, beendet. Jetzt waren Hunderte in diesen zwei miteinander verbundenen Canyons damit beschäftigt, die Belüftungsanlagen einzurichten, den Boden aufzubereiten und die entstehende Biosphäre im Mesokosmos der Canyons zu bepflanzen. Ihre Gewächshäuser und Fabriken vor Ort produzierten viel von dem, was sie für ihre Arbeit brauchten, und Metalle und Gase wurden aus dem Ödland von Hesperia im Osten gewonnen und an der Mündung des Harmakhis-Tales, Sukhumi genannt, in die Stadt gebracht. Diese Leute verfügten über Starterprogramme und Sämereien und schienen nicht viel von der Übergangsbehörde zu halten. Sie hatten sie nicht um Erlaubnis gebeten, sich bei ihrem Projekt zu beteiligen, und zeigten offenen Widerwillen gegen die offiziellen Crews der Schwarzmeergruppe, die gewöhnlich metanationale Repräsentanten der Erde waren.

Aber sie waren erpicht auf Arbeitskräfte und freuten sich, von Deep Waters mehr Techniker, vielseitige Kräfte und jedes Gerät, das sie schnorren konnten, zu bekommen. Praktisch jede Gruppe, die Maya in der Harmakhis-Reull-Region traf, war auf Hilfe versessen; und die meisten waren junge Eingeborene, die zu denken schienen, dass sie die gleiche Chance auf Ausrüstung hätten wie jeder andere, selbst wenn sie nicht mit Deep Waters oder einer anderen Firma zusammenarbeiteten.

Und überall südlich von Harmakhis-Reull in den zerklüfteten Hügeln aus Auswurfmaterial von Meteoriteneinstürzen hinter dem Rand des Beckens gab es Wassersuchtrupps. Wie in den überdachten Canyons waren die meisten dieser Leute auf dem Mars geboren, viele erst nach 2061. Und sie waren völlig anders. Ihre Interessen und Enthusiasmen ließen sich absolut keiner anderen Generation vermitteln. Es war, als hätte eine generische Auseinanderentwicklung oder disruptive Selektion eine bimodale Verteilung bewirkt, sodass Mitglieder des alten *Homo sapiens* sich den Planeten jetzt mit dem *Homo ares* teilten, mit Kreaturen, die groß, schlank, graziös und völlig heimisch waren und die sich in tiefer Selbstversenkung miteinander unterhielten, wenn sie die Arbeit verrichteten, die aus dem Hellas-Becken ein Meer machen würde.

Und dieses gigantische Projekt war für sie eine ganz normale Arbeit. Bei einem Halt stiegen Maya und Diana aus dem Zug und fuhren mit einigen Freunden Dianas auf einen der Grate von Zea Dorsa, der sich zum südöstlichen Viertel des Beckengrundes hinzog. Jetzt waren die meisten dieser Dorsa oder Bergrücken Halbinseln, die unter einer Eisbucht endeten; und Maya schaute auf die Gletscherspalten zu beiden Seiten hinunter und versuchte, sich eine Zeit vorzustellen, in der die Meeresoberfläche tatsächlich Hunderte von Metern über ihr liegen würde, sodass diese zerklüfteten alten Basaltrippen nur noch Ausschläge auf dem Sonar eines Schiffes sein würden, bewohnt von Seesternen, Garnelen, Krill und vielerlei Arten künstlich gezüchteter Bakterien. Diese Zeit war nicht mehr weit entfernt, so erstaunlich dieser Gedanke war. Aber Diana und ihre Freunde, besonders die griechischer – oder war es türkischer? – Abstammung, diese jungen marsianischen Wassersucher waren weder von dieser nahe bevorstehenden Zukunft noch der ungeheuren Größe ihres Projekts eingeschüchtert. Es war ihr Werk, ihr Leben. Für sie hatte das menschliche Ausmaße und nichts Unnatürliches an sich. Ganz einfach – auf dem Mars bestand Menschenwerk aus pharaonischen Projekten wie diesem. Meere erschaffen. Brücken bauen, neben denen die Golden Gate Bridge sich wie ein Spielzeug ausnahm. Sie beachteten nicht einmal diese Hügelkette, die nur noch für einige Zeit zu sehen sein würde. Sie sprachen über andere Dinge, über gemeinsame Freunde in Sukhumi und dergleichen.

»Das ist ein ungeheures Unterfangen!«, sagte Maya ihnen energisch. »Das übertrifft um Größenordnungen alles, was irgendein Volk bisher hat schaffen können! Dieses Meer wird die

Ausmaße des Karibischen haben. Auf der Erde hat es nie ein Projekt wie dieses gegeben. Nicht einmal annähernd!«

Eine nette Frau mit schöner Haut lachte und sagte: »Die Erde ist mir egal.«

Die neue Zugstrecke bog um den südlichen Rand und überquerte Axius Valles, steile Grate und Schluchten. Diese Unebenheiten verliefen von den Randbergen bis in das Becken hinunter und hatten die Streckenplaner abwechselnd zu großen Brückenbauten oder tiefen Schneisen oder Tunnels gezwungen. Der Zug, den sie nach Zea Dorsa bestiegen hatten, war ein kurzer privater, der dem Büro in Odessa gehörte, sodass Maya ihn an den meisten kleinen Bahnhöfen entlang dieser Strecke halten lassen und aussteigen konnte, um die Wassersucher und Bautrupps kennenzulernen und mit ihnen zu sprechen. An einer Station lebten nur auf der Erde geborene Einwanderer, für Maya viel besser zu verstehen als die fröhlichen Eingeborenen. Es waren Menschen von mittlerer Größe, die erstaunt und begeistert umherliefen oder enttäuscht und sich beklagend, sich aber auf jeden Fall der Ungeheuerlichkeit ihres Vorhabens bewusst waren. Sie führten Maya in einen Tunnel im Bergrücken; und es stellte sich heraus, dass diese Bodenwelle ein Lavatunnel war, der von Amphitrites herunterführte. Seine zylindrische Höhlung war ebenso groß wie die von Dorsa Brevia, aber sehr stark geneigt. Die Ingenieure pumpten das Wasser aus dem Reservoir von Amphitrite hinein und benutzten sie als Pipeline zum Boden des Beckens. Als daher jetzt die grinsenden, auf der Erde geborenen Wasserbautechniker sie in eine in die Seite der Lavaröhre gehauene Aussichtsgalerie führten und schwarzes Wasser den riesigen Tunnel hinabraste, wobei es selbst mit zweihundert Kubikmetern in der Sekunde kaum den Boden bedeckte und das Dröhnen seines

Gusses in dem leeren Basaltzylinder widerhallte, fragten die Emigranten: »Ist das nicht großartig?« Und Maya nickte, erfreut, mit Menschen zusammen zu sein, deren Reaktionen sie verstehen konnte. »Wie ein verdammt großer Gully, oder?«

Aber wieder im Zug, nickten die jungen Eingeborenen zu Mayas Ausrufen – Lavaröhre als Pipeline, sehr groß, ja sicher, ersparte ihnen eine Rohrleitung für die weniger begünstigten Unternehmen, ja? Und dann diskutierten sie weiter über Freunde, von denen Maya noch nie gehört hatte.

Sie fuhren mit dem Zug weiter um den Südwestbogen des Beckens, und die Strecke führte nach Norden. Sie überquerten vier oder fünf größere Pipelines, die sich aus hohen Canyons in den Hellespontus Montes zu ihrer Linken herausschlängelten. Diese Canyons lagen zwischen kahlen gezackten Felsgraten wie in Nevada oder Afghanistan. Ihre Gipfel waren weiß von Schnee. Aus den Fenstern zur Rechten auf dem Boden des Beckens breitete sich noch mehr geborstenes Eis aus, oft gekennzeichnet durch die flachen weißen Flecken neuer Ausflüsse. Auf den Hügeln neben der Schiene war man dabei, kleine Kuppelstädte zu bauen, die an die Toscana erinnerten. Maya sagte zu Diana: »Auf diesen niedrigen Hügeln wird es sich gut leben lassen. Sie liegen zwischen dem Gebirge und dem Meer, und aus einigen dieser Canyonmündungen könnten kleine Häfen werden.«

Diana nickte. »Gut zum Segeln.«

Nach der letzten Kurve ihrer Rundfahrt musste die Strecke den Niesten-Gletscher überqueren, den gefrorenen Rest des mächtigen Ausbruchs, der 2061 Low Point überschwemmt hatte. Diese Passage war schwirig gewesen, da der Gletscher an seiner schmalsten Stelle fünfunddreißig Kilometer breit war und noch niemand Zeit und Gerät aufgebracht hatte, eine Hängebrücke darüber zu bauen. Stattdessen waren mehrere Pylonen durch das Eis gerammt und im Gestein darunter verankert worden. Diese Pfeiler hatten Eisbrecher stromaufwärts; und an der anderen Seite führte eine Art Pontonbrücke über die Eismassen. Sie ruhte auf intelligenten Kissen, die sich ausdehnten oder zusammenzogen, um Senkungen und Hebungen im Eis zu kompensieren.

Der Zug wurde langsamer, als er über diesen Ponton fuhr. Maya blickte während der Fahrt stromaufwärts. Sie konnte erkennen, wo der Gletscher aus der Lücke zwischen zwei krallenartigen Berggipfeln kam, ganz nahe beim Niesten-Krater. Nach wie vor nicht identifizierte Rebellen hatten das Wasserreservoir von Niesten mit einer thermonuklearen Explosion aufgebrochen und einen der fünf oder sechs größten Ausbrüche von '61 ausgelöst, fast so groß wie derjenige, der die Marineris-Gräben überflutet hatte. Das Eis darunter war immer noch leicht radioaktiv. Aber es lag still und gefroren unter der Brücke da. Das einzige Überbleibsel jener schrecklichen Flut war nur ein kurios zersplittertes Feld aus Eisblöcken. Neben Maya sagte Diana etwas über Kletterer, die gern zum Spaß die Eisfälle des Gletschers emporstiegen. Maya erschauderte vor Entsetzen. Die Menschen waren so verrückt. Sie dachte an Frank, der von der Marinerisflut weggerissen worden war, und fluchte laut.

»Das gefällt dir nicht?«, fragte Diana.

Sie fluchte wieder.

Eine isolierte Rohrleitung führte auf der Mittellinie des Eises unter dem Ponton durch und nach unten auf Low Point zu. Sie waren immer noch dabei, den Boden des Reservoirs trockenzulegen. Maya hatte den Bau von Low Point beaufsichtigt. Sie hatte dort viele Jahre gelebt, mit einem Ingenieur, an dessen Namen sie sich nicht mehr erinnern konnte. Und jetzt pumpten sie hoch, was am Boden des Niestenreservoirs übrig geblieben war, um es dem Wasser über jener versunkenen Stadt hinzuzufügen. Der große Ausbruch von '61 war jetzt auf die Wassermenge einer kleinen Pipeline reduziert worden, kanalisiert und reguliert.

Maya fühlte in sich den turbulenten Mahlstrom von Emotionen aufsteigen, geweckt durch alles, was sie auf ihrer Rundreise gesehen hatte, und durch alles, was geschehen war und noch geschehen würde … Ah, die Fluten in ihr, die Wellen in ihrem Gemüt! Wenn sie bloß ihren Geist ebenso zähmen könnte, wie die es mit diesem Wasserlager getan hatten – ihn trockenlegen, kontrollieren, besänftigen! Aber die hydrostatischen Drücke waren so stark und die Ausbrüche, wenn sie kamen, so verheerend. Keine Pipeline konnte das verkraften.

»Die Dinge verändern sich«, sagte sie zu Michel und Spencer. »Ich glaube, dass wir sie nicht mehr verstehen.«

Sie richtete sich wieder in ihrem Leben in Odessa ein, froh, zurück zu sein, aber auch verwirrt und wissbegierig. Sie sah alles neu. An der Wand über ihrem Tisch im Büro hatte sie eine Zeichnung Spencers von einem Alchemisten, der ein dickes Buch in eine turbulente See schleuderte. Darunter hatte er geschrieben: »Ich werde mein Buch ertränken.«

Sie verließ jeden Morgen früh ihr Apartment und ging die Corniche hinunter zum Büro von Deep Waters nahe der trockenen Uferfront, das neben einer anderen Firma von Praxis namens Séparation de l'Atmosphère lag. Dort arbeitete sie tagsüber in der Leitung des Synthese-Teams. Sie koordinierte die Einheiten draußen und konzentrierte sich auf die kleinen mobilen Operationen, die sich um den Boden des Beckens bewegten und Minerale schürften, solange es noch ging, und das Eis umleiteten. Gelegentlich arbeitete sie am Entwurf dieser kleinen mobilen Heime und genoss die Rückkehr zur Ergonomie, ihrer ältesten Disziplin außer der Kosmonautik. Eines Tages, als sie an verschiedenen Entwürfen zur Raumaufteilung arbeitete, blickte sie auf ihre Skizzen und fühlte ein starkes Déjà-vu. Sie überlegte, ob sie genau diese Arbeit schon früher einmal gemacht hatte, irgendwann in der verlorenen Vergangenheit. Sie fragte sich auch, warum diese Fertigkeiten in der Erinnerung so festsaßen, während Wissen so vergänglich war. Sie konnte sich um keinen Preis an die Ausbildung erinnern, die ihr diese ergonomische Erfahrung vermittelt hatte; aber dennoch besaß sie sie trotz der Jahrzehnte, die vergangen waren, seit sie sie zum letzten Mal angewandt hatte.

Aber ihr war eigenartig zumute. An manchen Tagen kam das Gefühl des Déjà-vu so fühlbar wie ein Stich wieder, sodass jedes einzelne Ereignis des Tages den Eindruck erweckte, es sei schon einmal geschehen. Das war eine Empfindung, die umso unangenehmer wurde, je länger sie anhielt, bis die Welt zu einem akuten schrecklichen Kerker wurde und sie nur noch eine Kreatur des Schicksals war – ein Uhrwerk, unfähig, etwas zu tun, das sie in einer vergessenen Vergangenheit nicht schon einmal gemacht hatte. Einmal, als das beinahe eine Woche andauerte, wurde sie davon fast gelähmt. Sie hatte den Sinn des Lebens noch nie so sehr infrage gestellt. Michel war deswegen besorgt und versicherte ihr, dass es sich wahrscheinlich um die mentale Manifestation eines physischen Problems handelte. Das glaubte Maya irgendwie, half praktisch aber wenig, da nichts, was er verordnete, ihr dazu verhalf, dieses Gefühl zu lindern. Sie konnte nur durchhalten und darauf hoffen, dass es vergehen würde.

Wenn es vorbei war, tat sie ihr Bestes, um diese Erfahrung zu vergessen. Wenn sie aber wiederkam, sagte sie zu Michel: »O mein Gott, ich fühle es wieder.« Und er sagte dann: »Ist das nicht schon früher passiert?« Sie lachten beide, und sie gab sich große Mühe. Sie versenkte sich in die Details ihrer laufenden Arbeit, machte Pläne für die Wassersuchteams und gab ihnen ihre Anweisungen aufgrund der Meldungen von Areographen auf dem Rand und der eingehenden Resultate anderer Suchtrupps. Das war eine interessante und sogar aufregende Arbeit, eine gigantische Schatzsuche, die eine ständige Fortbildung in Areographie erforderte, in die geheimen Verhaltensweisen von Wasser unter der Oberfläche des Mars. Diese intensive Beschäftigung half schon ziemlich beim Déjà-vu; und nach einiger Zeit wurde es nur eine von vielen eigenartigen Regungen, die ihr Geist ihr bescherte. Schlimmer als der Überschwang, aber besser als die Depressionen oder die gelegentlichen Momente, wenn sie, anstatt zu fühlen, dass etwas schon vorher passiert war, durch die Empfindung getroffen wurde, dass etwas Derartiges noch nie geschehen wäre, auch wenn sie etwas so Triviales wie das Besteigen einer Straßenbahn tat. Michel nannte das mit besorgter Miene *jamais vu*. Offenbar sehr gefährlich. Aber man konnte nichts dagegen tun. Manchmal war es nicht gerade hilfreich, mit einem Psychiater zusammenzuleben. Man könnte leicht zu einem interessanten Studienobjekt verkommen. Er würde einige Pseudonyme brauchen, um sie zu beschreiben.

Auf jeden Fall, an den Tagen, an denen sie sich glücklich und wohl fühlte, versank sie gänzlich in ihrer Arbeit und hörte irgendwann zwischen vier und sieben müde und befriedigt auf. Sie ging in dem charakteristischen Licht des späten Tages in Odessa nach Hause. Die ganze Stadt lag im Schatten von Hellespontus, der Himmel war deshalb hell und bunt, und die Wolken leuchtend angestrahlt, wenn sie über das Eis nach Osten zogen und alles darunter im reflektierten Licht schimmerte, in jener unendlichen Farbskala zwischen Blau und Rot, jeden Tag und zu jeder Stunde anders.

Maya schlenderte lässig unter den belaubten Bäumen im Park und durch das verschlossene Tor in das Praxis-Gebäude, dann hinauf ins Apartment, um mit Michel zu Abend zu essen, der gewöhnlich einen langen Tag hinter sich hatte, an dem er heimwehkranke Neuankömmlinge von der Erde oder Oldtimer mit verschiedenen Beschwerden wie Mayas Déjà-vu oder Spencers Bewusstseinsspaltung behandelt hatte: Erinnerungsverlust, Anomie, Phantomgerüche und dergleichen, seltsame gerontologische Probleme, die sich bei kürzer lebenden Menschen selten eingestellt hatten und bedrohlich warnten, dass die Behandlungen das Gehirn nicht so voll erfassten, wie sie sollten.

Es konsultierten ihn nur sehr wenige *Nisei* oder *Yonsei*, was ihn überraschte. »Bestimmt ist das ein gutes Zeichen für die langfristigen Aussichten der Besiedlung des Mars«, sagte er eines Abends, als er von einem ruhigen Tag aus seinem Büro im Erdgeschoss heraufkam.

Maya zuckte die Achseln. »Sie könnten verrückt sein, ohne es zu wissen. Ich hatte diesen Eindruck, als ich um das Becken gereist bin.«

Michel sah sie prüfend an. »Meinst du verrückt oder bloß anders?«

»Ich weiß nicht. Sie scheinen sich dessen, was sie tun, einfach nicht bewusst zu sein.«

»Jede Generation ist ihre eigene geheime Gesellschaft. Und diese Leute sind etwas, das man Areurgen, Marsgestalter, nennen könnte. Es ist ihre Natur, den Planeten zu bearbeiten. Das musst du ihnen lassen.«

Gewöhnlich duftete das Apartment, wenn Maya heimkam, von Michels Versuchen, provenzalisch zu kochen, und auf dem Tisch stand eine offene Flasche Rotwein. Den größten Teil des Jahres aßen sie draußen auf dem Balkon. Und wenn er in der Stadt war und Lust hatte, kam Spencer zu ihnen, ebenso wie häufig andere Besucher. Beim Essen sprachen sie über die tägliche Arbeit und die Ereignisse rund um die Welt und auf der Erde.

So lebten sie nun die gewöhnlichen Tage eines gewöhnlichen Lebens, *la vie quotidienne*. Michel genoss es mit ihr, mit seinem verschmitzten Lächeln, ein kahlköpfiger Mann mit elegantem gallischem Gesicht, ironisch und gut gelaunt und immer objektiv. Das Licht des Abends konzentrierte sich auf den

Streifen des Himmels über den schwarzen gezackten Gipfeln von Hellespontus. Strahlende rosa, silberne und violette Töne wurden gedämpft zu dunklem Indigo und tiefem Schwarz; und ihre Stimmen wurden oft leiser im letzten Teil der Dämmerung, den Michel *entre chien et loup* nannte. Dann nahmen sie ihre Teller, gingen wieder hinein und säuberten die Küche – alles gewohnheitsmäßig, alles bekannt, tief in jenem Déjà-vu verwurzelt, das man selbst bestimmt und das einen glücklich macht.

Und dann hatte Spencer an manchen Abenden für sie den Besuch eines Meetings vorgesehen, gewöhnlich in einer Gemeinschaft in der oberen Stadt. Diese hatte lose Verbindung mit MarsFirst; aber die Leute, die zu den Versammlungen kamen, sahen den MarsFirst-Anhängern kaum ähnlich, die Kasei beim Kongress in Dorsa Brevia angeführt hatte. Sie waren mehr wie Nirgals Freunde in Dao, jünger, weniger dogmatisch, mehr in sich gekehrt und glücklicher. Es beunruhigte Maya, sie zu sehen, obwohl sie es wollte; und sie verbrachte den Tag vor einer Versammlung im Zustand rastloser Erwartung. Dann kam im Praxis-Gebäude nach dem Abendessen eine kleine Schar von Spencers Freunden vorbei und begleiteten sie auf ihrem Weg durch die Stadt. Sie nahmen Straßenbahnen und gingen dann zu Fuß, oft bis in die oberen Bereiche von Odessa, wo die Apartments dichter bevölkert waren.

Hier wurden ganze Häuser allmählich zu alternativen Festungen, in denen die Bewohner ihre Miete bezahlten und einige Jobs unten in der Stadt hatten, sich aber sonst von der offiziellen Ökonomie absonderten. Sie trieben Ackerbau in Gewächshäusern und auf Terrassen und Dächern, beschäftigten sich mit Programmierung, Konstruktion und Herstellung von kleinen Geräten und Werkzeug für den Anbau, um sie untereinander zu verkaufen, zu tauschen oder zu verschenken. Ihre Zusammenkünfte fanden in Gemeinschaftswohnräumen oder draußen in den kleinen Parks und Gärten der Oberstadt unter Bäumen statt. Manchmal stießen Rote von außerhalb der Stadt zu ihnen.

Maya bat zunächst die Leute, sich vorzustellen, und erfuhr so mehr. Die meisten von ihnen waren in ihren Zwanziger-, Dreißiger- oder Vierzigerjahren, geboren in Burroughs, Elysium oder Tharsis oder in Camps auf Acidalia oder dem Großen Steilhang. Es gab auch immer einen kleinen Prozentsatz an alten Marsveteranen und einige neue Einwanderer, oft aus Russland, was Maya freute. Sie waren Agronomen, Öko-Ingenieure, Bauarbeiter, Techniker, Technokraten, Stadtbeamte und Dienstleistungspersonal. In ihrer sich entwickelnden Wirtschaft wurden immer mehr derartige Arbeiten geleistet. Die Gebäude in ihrer Gemeinschaft waren ursprünglich Mietskasernen mit Einzimmerwohnungen und gemeinsamen Baderäumen gewesen. Sie gingen oder fuhren mit der Straßenbahn zu ihren Jobs in der Innenstadt, vorbei an den festungsartigen Villen hinter der Corniche, die von den auf Besuch befindlichen leitenden Beamten der Metanationalen belegt wurden. (Jeder bei Praxis wohnte in Apartments, die den ihren glichen, was beifällig bemerkt wurde.) Sie hatten alle die Behandlung erhalten und hielten das für normal. Sie waren schockiert zu hören, dass die auf der Erde als Instrument der Kontrolle missbraucht wurde, fügten das dann aber ihrer Liste von Übeln auf der Erde hinzu. Sie waren gesund und wussten nur sehr wenig über Krankheit oder überfüllte Kliniken. Es war unter ihnen ein Hausmittel, in einem Schutzanzug ins Freie zu gehen und dann einen einzigen Atemzug der umgebenden Luft durch das Ventil hereinzulassen. Es hieß, dass man damit jedes erdenkliche Leiden loswerden könne. Sie waren groß und kräftig. Sie hatten in ihren Augen einen Blick, den Maya eines Abends erkannte. Es war der Ausdruck in den Augen des jungen Frank auf dem Foto, das sie im Archiv gesehen hatte – dieser Idealismus, diese zornige Schärfe, dieses Wissen, dass die Dinge nicht in Ordnung waren, diese Zuversicht, sie regeln zu können. Die Jungen, dachte sie, sind die natürlichen Anhänger der Revolution.

Und da waren sie nun in ihren kleinen Zimmern und kamen zusammen, um die vorliegenden Themen zu erörtern. Sie sahen müde aus, aber glücklich. Partys gehörten wie alles andere zu ihrem sozialen Leben. Es war wichtig, das zu verstehen. Und Maya ging mitten ins Zimmer, setzte sich, wenn möglich, auf einen Tisch und sagte: »Ich bin Maya Toitovna. Ich war von Anfang an dabei.«

Sie sprach oft darüber, wie es in Underhill gewesen war. Sie war bestrebt, sich zu erinnern, bis sie sich in ihrer Rolle als personifizierte Geschichte ereiferte und zu erklären versuchte, warum die Dinge auf dem Mars so waren, wie sie waren. Sie sagte ihnen: »Schaut, es führt kein Weg zurück.« Physiologische Veränderungen hatten ihnen die Erde für immer verschlossen, Einwanderern und Eingeborenen gleichermaßen, aber besonders den Eingeborenen. Sie waren alle Marsianer. Sie mussten ein unabhängiger Staat werden, vielleicht souverän, mindestens halbautonom. Halbautonomie könnte angesichts der Realitäten der zwei Welten genügen und würde ausreichen, um von einem freien Mars sprechen zu können. Aber bei dem gegenwärtigen Stand der Dinge waren sie nicht mehr als Eigentum und hatten keine reale Macht über ihr eigenes Leben. Entscheidungen wurden für sie in hundert Millionen Kilometern Entfernung getroffen. Ihr Heim wurde in Metallstücke zerhackt und fortgeschafft. Das war eine Vergeudung, die niemandem diente außer einer kleinen metanationalen Elite, die die zwei Welten wie feudale Lehen betrieb. Nein, sie mussten frei sein –

und nicht nur so, dass sie sich von der schrecklichen Situation der Erde abkoppelten, sondern um imstande zu sein, einen realen Einfluss auf das auszuüben, was da drunten geschah. Andernfalls wären sie nur hilflose Zeugen der Katastrophe und würden als Opfer in den Mahlstrom hineingezogen werden. Das war unerträglich. Sie mussten handeln.

Die kommunalen Gruppen waren dieser Botschaft gegenüber sehr aufgeschlossen, wie auch die eher traditionellen Gruppen der MarsFirst und die urbanen Bogdanovisten und sogar einige Rote. Bei jedem Meeting unterstrich Maya die Wichtigkeit, ihre Aktionen zu koordinieren. »Anarchie tut Revolutionen nicht gut! Wenn wir Hellas jeder von sich aus zu füllen versuchten, könnten wir leicht die Arbeit jedes anderen zunichtemachen und vielleicht sogar die Minus-Eins-Kontur überschreiten und alles zerstören, für das wir gearbeitet haben. Hier ist es ebenso. Wir müssen zusammenarbeiten. Das haben wir 2061 nicht getan, und darum war das ein solches Fiasko. Es war gegenseitige Interferenz statt Synergie, versteht ihr? Das war dumm. Diesmal müssen wir zusammenarbeiten.«

»Erzähl das den Roten!«, sagten die Bogdanovisten dann. Und Maya durchbohrte sie mit ihrem Blick und entgegnete: »Jetzt spreche ich mit *euch*. Ihr könnt euch nicht vorstellen, wie ich mit *denen* rede!« Darüber mussten sie lachen und beruhigten sich bei dem Gedanken, wie sie einen anderen tadelte. Dass man sie für die Schwarze Witwe hielt, die Böse Hexe, die sie verfluchen, die Medea, die sie töten könnte, war ein nicht unwichtiger Teil ihres Einflusses auf sie; sie ließ deswegen ab und zu die Messer aufblitzen. Sie stellte ihnen schwere Fragen; und obwohl sie oft hoffnungslos naiv waren, waren ihre Antworten wirklich eindrucksvoll, besonders wenn sie über den Mars selbst sprachen. Einige von ihnen sammelten enorme Mengen an Information. Inventare metanationaler Rüstkammern,

Flughafensysteme, Pläne von Kommunikationszentren, Listen und Standortprogramme für Satelliten und Raumfahrzeuge, Netzwerke und Datenbasen. Wenn man ihnen zuhörte, schien bisweilen das ganze Unternehmen möglich zu sein. Natürlich waren sie jung und in vielem unwissend, sodass es leicht war, sich ihnen überlegen zu fühlen. Aber sie verfügten über animalische Vitalität, Gesundheit und Energie. Und schließlich waren sie Erwachsene, sodass Maya, wenn sie sie beobachtete, bei anderen Gelegenheiten verstand, dass die vielgerühmte Erfahrung des Alters nur eine Sache von Wunden und Narben war und dass sich junge Geister zu alten Geistern ebenso wie junge Körper zu alten Körpern verhielten: stärker, vitaler, weniger durch Schaden verkrümmt.

Also behielt sie das im Sinn, wenn sie ihnen so streng Lektionen erteilte wie seinerzeit den Kindern in Zygote. Und nach ihren Unterrichtsstunden war sie bemüht, sich unter sie zu mischen und bloß zu reden, gemeinsam etwas zu essen und ihren Geschichten zu lauschen. Nach einer solchen Stunde verkündete Spencer dann, dass sie gehen müsse. Damit sollte immer angedeutet werden, dass sie aus einer anderen Stadt zu Besuch wäre; obwohl sie, da Maya manche der Gesichter in den Straßen von Odessa gesehen hatte, auch sie gesehen haben mussten und zumindest annahmen, dass sie viel Zeit in der Stadt zubrachte. Später durchliefen Spencer und seine Freunde mit ihr eine raffinierte Routine, um sicher zu sein, dass man ihnen nicht folgte. Und der größte Teil der Gruppe verkrümelte sich in den mit Treppen versehenen Gassen der oberen Stadt, ehe sie das westliche Viertel und das Praxis-Haus erreichten. Dann schlüpften sie durch das Tor hinein, das sich mit einem lauten Knall schloss und sie daran erinnerte, dass das sonnige Doppelapartment, das sie mit Michel teilte, eine gesicherte Wohnung war.

Eines Abends nach einem sehr lebhaften Treffen mit einer Gruppe junger Ingenieure und Areologen suchte sie auf ihrem Pad, fand das Foto des jungen Frank in jenem Artikel und druckte eine Kopie davon aus. Der Aufsatz hatte das Bild einer damaligen Zeitung entnommen, und es war schwarzweiß und körnig. Sie klebte das Foto neben den Schrank über der Küchenspüle und fühlte sich alt und verwirrt.

Michel blickte von seinem Computer auf, schaute es an und nickte zustimmend. »Es ist erstaunlich, wie viel man aus den Gesichtern der Leute lesen kann.«

»Frank war anderer Ansicht.«

»Er fürchtete diese Fähigkeit einfach.«

»Hmm«, sagte Maya. Sie konnte sich nicht entsinnen. Stattdessen erinnerte sie sich an die Gesichter der Leute bei der Versammlung dieses Abends. Es stimmte, sie hatten alles offenbart. Sie waren wie Masken gewesen, die genau die Sätze ausdrückten, die ihre Herzen gesprochen hatten. Die Metanationalen waren außer Kontrolle. Sie vermasselten die Dinge hier. Sie waren selbstsüchtig. Metanationalismus ist eine neue Art von Nationalismus, aber ohne jedes Heimatgefühl. Er ist eine Art Geldpatriotismus, eine Art Krankheit. Die Menschen leiden, hier nicht so sehr, aber auf der Erde. Und wenn sich das nicht ändert, wird es auch hier geschehen. Man wird uns anstecken.

Mit dem Blick auf dem Foto war das alles gesagt, jener wissende, zuversichtliche, redliche Glanz. Er konnte sich in Zynismus verwandeln, ganz sicher. Frank war der Beweis dafür. Es war möglich, diese Glut zu ersticken oder zu verlieren. Und Zynismus konnte sehr ansteckend sein. Sie würden handeln müssen, ehe das geschah. Nicht zu früh, aber auch nicht zu spät. Die Zeitplanung war am wichtigsten. Aber wenn sie es richtig abpassten …

Eines Tages traf im Büro eine Nachricht von Hellespontus ein. Sie hatten ein neues Wasserreservoir entdeckt, sehr tief im Vergleich mit den anderen, sehr weit vom Becken entfernt und sehr groß. Diana vermutete, dass frühere Eiszeiten westlich der Gebirgskette von Hellespontus verlaufen waren und dort unter der Oberfläche zur Ruhe gekommen sein könnten – über zwölf Millionen Kubikmeter, mehr als jedes andere Wasserlager. Damit stieg die Menge des lokalisierten Wassers von achtzig auf hundertzwanzig Prozent der Menge, die nötig war, um das Becken bis zur Linie von minus einem Kilometer zu füllen.

Das war eine aufregende Nachricht, und die Mitarbeiter im Hauptquartier versammelten sich in Mayas Büro, um darüber zu diskutieren und es in den großen Karten einzutragen. Die Areographen entwarfen schon die Routen der Pipelines über das Gebirge und debattierten über die relativen Vorteile verschiedener Arten von Rohrleitungen. Das Low-Point-Meer, im Büro »der Teich« genannt, ernährte schon eine kräftige biotische Gemeinschaft, die auf der Nahrungskette des antarktischen Krills beruhte; und es gab am Boden eine sich ausdehnende Schmelzzone, die vom Mohole und dem zunehmenden Gewicht der vielen Tonnen Eis erwärmt wurde, die von oben drückten. Zunehmender Luftdruck und ständig steigende Temperaturen bewirkten, dass auch an der Oberfläche immer mehr geschmolzen wurde. Eisberge brachen ab und gaben mehr Oberflächen frei, das durch Licht und Sonnenschein erwärmt wurde, bis es eines Tages zu Packeis und dann Trümmereis wurde. An diesem Punkt würde frisch hineingepumptes Wasser, das korrekt gezielt war, um die Corioliskräfte zu verstärken, eine entgegen dem Uhrzeigersinn laufende Strömung in Gang setzen.

Sie redeten über diese Zukunft und trieben das Gedankenspiel immer weiter voran, bis sie schließlich loszogen, um mit einem üppigen Lunch zu feiern. Es war fast ein schockierender

Anblick, dass die Corniche über einer steinigen Ebene des leeren Beckenbodens stand und nicht am offenen Wasser lag. Aber heute würde man sich nicht durch die Gegenwart abschrecken lassen. Sie tranken beim Essen eine Menge Wodka und gaben sich darum für den Rest des Nachmittags frei.

Als Maya dann wieder in ihr Apartment kam, war sie nicht recht in Stimmung, mit dem Anblick von Kasei, Jackie, Antar, Art, Dao, Rachel, Emily, Frantz und einigen Freunden von ihnen fertigzuwerden, die sich alle in ihrem Wohnzimmer versammelt hatten. Sie waren auf der Durchreise bei einem Ausflug nach Sabishii, wo sie sich mit Freunden von Dorsa Brevia treffen und dann gemeinsam nach Burroughs fahren wollten, um dort einige Monate zu arbeiten. Sie gratulierten – bis auf Art – beiläufig zur Entdeckung des neuen Wasserlagers, waren aber nicht wirklich interessiert. Das und die jähe Überfüllung ihres Apartments machten Maya mürrisch, und es half auch nicht, dass sie noch unter dem Einfluss des Wodkas stand oder dass Jackie so überschäumend war. Diese hatte ihre Hände zugleich auf dem stolzen Antar (den ungeschlagenen Ritter des vorislamischen Epos, wie er ihr einmal verkündet hatte) und dem verdrießlichen Dao, die sich beide unter ihrer Berührung räkelten, ohne dass es ihnen etwas auszumachen schien, wenn sie sich mit dem anderen beschäftigte oder mit Frantz spielte. Maya ignorierte sie. Wer wusste, zu welchen Perversionen die Ektogenen fähig waren, die wie ein Wurf Katzen aufgezogen worden waren? Und jetzt waren sie Landstreicher, Zigeuner, Radikale, Revolutionäre oder was auch immer – wie Nirgal. Nur hatte dieser einen Beruf und einen Plan, während dieser Haufen – sie zwang sich, sich mit ihrem Urteil zurückzuhalten. Aber sie hatte ihre Zweifel.

Sie unterhielt sich mit Kasei, der gewöhnlich ernsthafter war als die jüngeren Ektogenen – ein grauhaariger reifer Mann, der im Aussehen, aber nicht in der Diktion, John etwas ähnlich war. Sein steinerner Eckzahn war entblößt wie ein Hauer, als er finster das Benehmen seiner Tochter ins Auge fasste. Unglücklicherweise brütete er derzeit über Plänen, die Welt vom Kasei-Vallis-Komplex zu befreien. Offenbar empfand er die Verlegung von Korolyov in das Tal, das seinen Namen trug, als persönliche Kränkung; und der Schaden, den der Komplex durch ihren Überfall zur Rettung von Sax erhalten hatte, hatte nicht genügt, ihn zu besänftigen. Er hatte ihm eher Appetit auf mehr gemacht. Kasei war ein temperamentvoller, Unheil ausbrütender Mann – vielleicht hatte er das von John –, obwohl er eigentlich nicht sehr wie John oder Hiroko war, was Maya liebenswert fand. Aber sein Plan, Kasei Vallis zu vernichten, war ein Fehler. Offenbar hatten er und Cojote ein Dechiffrierprogramm entwickelt, das alle Codes in Kasei Vallis geknackt hatte. Und nun plante er, die Wachen zu überwältigen, sie in Rover mit Kurs auf Sheffield zu sperren und dann alle Gebäude und Einrichtungen im Tal in die Luft zu jagen.

Das könnte klappen oder auch nicht, war aber in jedem Fall eine Kriegserklärung und ein sehr ernster Verstoß gegen die grobe Strategie, die man eingehalten hatte, seit Spencer es geschafft hatte, Sax daran zu hindern, weitere Objekte vom Himmel zu schießen. Die Strategie bestand darin, einfach von der Marsoberfläche zu verschwinden. Keine Repressalien, keine Sabotage, keiner war in den Refugien, wenn man sie zufällig fand … Selbst Ann schien diesem Plan wenigstens Beachtung zu schenken. Maya erinnerte Kasei daran, lobte seinen Plan aber auch. Sie ermunterte ihn, bei gegebener Zeit darauf zurückzukommen.

»Aber dann sind wir bestimmt nicht in der Lage, die Codes zu knacken«, jammerte Kasei. »Es ist eine einmalige Gelegenheit. Und es ist nicht so, als wüssten sie nicht, dass wir hier draußen sind, nach allem, was Sax und Peter mit der Linse und Deimos gemacht haben. Sie halten uns wahrscheinlich für größer, als wir sind.«

»Aber sie wissen es nicht. Und wir wollen diesen Eindruck von Geheimnis und diese Unsichtbarkeit beibehalten. Unsichtbar ist unbesiegbar, sagt Hiroko immer. Denk daran, wie sehr sie die Präsenz ihrer Sicherheitstruppen erhöht haben, seit Sax losgeschlagen hat! Und wenn sie Kasei Vallis verlören, könnten sie eine riesige Streitmacht an dessen Stelle setzen. Und das macht uns den Sieg am Ende nur schwieriger.«

Kasei schüttelte hartnäckig den Kopf. Jackie rief quer durch den Raum fröhlich dazwischen: »Maya, mach dir keine Sorgen! Wir wissen, was wir tun.«

»Darauf kannst du stolz sein. Die Frage ist: Was halten die anderen hier davon? Oder bist du jetzt die Marsprinzessin?«

»Nadia ist die Marsprinzessin«, parierte Jackie und ging in den Küchenwinkel. Maya machte ein mürrisches Gesicht hinter ihrem Rücken und merkte, dass Art sie merkwürdig ansah. Er zuckte nicht mit der Wimper, als sie ihn anstarrte; und sie ging in ihr Zimmer, um sich umzuziehen. Michel war dort, um aufzuräumen und Platz für Leute zu machen, die auf dem Fußboden schlafen sollten. Es dürfte eine ungemütliche Nacht werden.

Als Maya am nächsten Morgen früh aufstand, um ins Bad zu gehen, fühlte sie sich verkatert. Art war schon auf. Er flüsterte über die auf dem Boden schlafenden Körper: »Willst du ausgehen und frühstücken?«

Maya nickte. Als sie angezogen war, gingen sie die Treppen hinunter, durch den Park und über die Corniche, die in den horizontalen Strahlen der Morgensonne fahl aussah. Sie machten bei einem Café halt, das gerade seinen Abschnitt des Fußweges abgespült hatte. Auf der von der Dämmerung gefärbten weißen Wand des Hauses war mit einem Stift sauber, klein und leuchtend rot etwas geschrieben.

ES FÜHRT KEIN WEG ZURÜCK.

»Mein Gott!«, rief Maya.
»Was ist?«
Sie zeigte auf das Graffito.
»Ach so«, sagte Art. »Das siehst du heutzutage in ganz Sheffield und Burroughs. Prägnant, nicht wahr?«
»Ka wow.«
Sie saßen in der kühlen Luft an einem kleinen runden Tisch, aßen Pasteten und tranken Kaffee. Das Eis am Horizont blitzte wie Diamanten und ließ einige Bewegung darunter erkennen. »Was für ein fantastischer Anblick!«, rief Art.

Maya musterte den stämmigen Erdling genau, erfreut über seine Reaktion. Er war ein Optimist wie Michel, aber besonnener und natürlicher. Bei Michel war es Politik, bei Art Temperament. Sie hatte ihn immer für einen Spion gehalten, seit dem ersten Moment, als sie ihn aus seiner allzu überzeugenden Panne gerettet hatten. Ein Spion für William Fort, für Praxis, vielleicht für die Übergangsbehörde und vielleicht auch für andere. Aber jetzt war er so lange unter ihnen gewesen – ein enger Freund von Nirgal, von Jackie und auch von Nadia –, und sie arbeiteten jetzt wirklich mit Praxis zusammen, hingen für Nachschub, Schutz und Nachrichten von der Erde davon ab. Sie war sich nicht mehr so sicher, nicht nur, ob Art ein Spion war, sondern was in diesem Falle ein Spion wäre.

Sie sagte: »Du musst sie dazu bringen, diesen Angriff auf Kasei Vallis abzublasen.«
»Ich glaube nicht, dass sie auf meine Erlaubnis warten.«
»Du weißt, was ich meine. Du kannst sie dazu überreden.«

»Wenn ich Menschen einfach so überreden könnte, wären wir schon unabhängig.«

»Du weißt, was ich meine.«

»Naja«, sagte Art. »Ich nehme an, sie haben Angst, dass sie den Code nicht noch einmal knacken können. Aber Cojote scheint sehr zuversichtlich, dass er den Schlüssel hat. Und Sax hat ihm dabei geholfen.«

»Sag ihnen das!«

»Sie hören mehr auf dich als auf mich.«

»Ja, klar.«

»Wir könnten einen Wettbewerb machen, auf wen Jackie am wenigsten hört.«

Maya lachte laut auf. »Den würde jeder gewinnen.«

Art grinste. »Du solltest deine Ratschläge Pauline eingeben und die KI dazu bringen, Boones Stimme nachzuahmen.«

Maya lachte wieder. »Eine gute Idee.«

Sie sprachen über das Hellasprojekt, und sie erläuterte die Bedeutung der neuen Entdeckung westlich von Hellespontus. Art hatte mit Fort Kontakt gehabt und schilderte die Feinheiten der letzten Entscheidung des Weltgerichtshofs, von denen Maya noch nicht gehört hatte. Praxis hatte einen Prozess gegen Consolidated angestrengt, weil die ihren Weltraumaufzug in Kolumbien festmachen wollten, was der Stelle in Ecuador zu nahe war, die Praxis ins Auge gefasst hatte, sodass beide Stellen gefährdet wären. Das Gericht hatte zugunsten von Praxis entschieden, war aber von Consolidated ignoriert worden, die weitergemacht und eine Basis in ihrem neuen Klientenland eingerichtet hatten. Sie waren darauf vorbereitet, ihr Aufzugskabel dort herunterkommen zu lassen. Die anderen Metanationalen freuten sich, dass der Weltgerichtshof eine Schlappe erlitten hatte, und unterstützten Consolidated auf jede mögliche Weise, was für Praxis Ärger bedeutete.

»Aber diese Metanationalen stänkern doch immer, nicht wahr?«, fragte Maya.

»Das stimmt.«

»Man sollte einen großen Streit zwischen einigen von ihnen einfädeln.«

Art hob die Augenbrauen. »Ein gefährlicher Plan!«

»Für wen?«

»Für die Erde.«

»Die Erde interessiert mich nicht«, sagte Maya und ließ sich jedes Wort auf der Zunge zergehen.

»Willkommen im Club!«, sagte Art kläglich; und sie lachte wieder.

Zum Glück reiste Jackies Schar bald nach Sabishii ab. Maya beschloss, zum neu entdeckten Wasserlager zu fahren. Sie nahm einen Zug entgegen dem Uhrzeigersinn um das Becken, über den Niesten-Gletscher und dann nach Süden den großen Westhang hinab an der Bergstadt Montepulciano vorbei zu einem winzigen Bahnhof, der Yaonisplatz hieß. Von dort fuhr sie in einem kleinen Rover auf einer Straße, die einem Gebirgstal durch die mächtigen Schluchten von Hellespontus folgte.

Die Straße war nicht mehr als ein grober Einschnitt im Regolith, durch Fixativ gesichert, von Transpondern markiert und an schattigen Stellen durch Wehen aus hartem Sommerschnee behindert. Sie führte durch eine merkwürdige Gegend. Aus dem Weltraum wirkte Hellespontus visuell und areomorphologisch ziemlich gleichmäßig, da das ausgeworfene Material in konzentrischen Halbkreisen heruntergekommen war. Aber an der Oberfläche waren diese Ringe kaum wahrzunehmen. Nur unregelmäßig verteilte Steinhaufen, die chaotisch vom Himmel gefallen waren. Und die fantastischen Drücke, die der Aufprall mit sich gebracht hatte, hatten zu bizarren Metamorphosen geführt. Am häufigsten waren gewaltige Schuttkegel, konische Felsblöcke, die durch den Aufprall in unterschiedlich große Stücke zerbrochen waren, sodass manche Spalten hatten, in die man hineinfahren konnte, während andere einfach als Kegel auf dem Boden standen, mit mikroskopischen Rissen, die wie bei altem Porzellan jeden Zentimeter ihrer Oberfläche bedeckten.

Maya fuhr durch diese zerstückelte Landschaft und fühlte sich etwas beunruhigt durch die *kami*-Steine überall um sie herum. Das waren Schuttkegel, die auf der Spitze gelandet waren und darauf balancierten, bei anderen war weicheres Material darunter erodiert, bis sie zu riesigen Dolmen wurden; gigantische Reihen von Fangzähnen, große Lingam-Säulen mit einer Kappe darauf wie zum Beispiel der »Ständer des Großen Mannes«; schief aufgeschichtete Platten, deren berühmteste »Teller in der Spüle« genannt wurden; große Wände aus hexagonalem Säulenbasalt; Wände, die so glatt und blank waren wie riesige Jaspisstücke.

Der äußerste konzentrische Ring des Auswurfmaterials ähnelte am ehesten einer gewöhnlichen Bergkette und sah an diesem Nachmittag aus wie aus dem Hindukusch, kahl und gewaltig unter rasch dahinziehenden Wolken. Die Straße kreuzte diese Kette in einem hohen Pass zwischen zwei massigen Bergspitzen. In dem zugigen Pass hielt Maya an und schaute zurück. Sie sah nichts als eine ganze Welt spitzer Berge – Gipfel und Grate, alle ganz kahl unter Wolkenschatten und Schnee, und hier und da ein gelegentlicher Kraterring, der den Dingen ein wahrhaft unirdisches Aussehen verlieh.

Voraus senkte sich das Land zu dem von Kratern vernarbten Noachis Planum. Dort unten war ein Bergarbeiter-Lager aus Rovern, die wie eine Wagenburg kreisförmig angeordnet waren. Maya fuhr über die raue Straße zügig bis zum Camp und erreichte es am späten Nachmittag. Dort wurde sie von einer kleinen Schar alter Beduinenfreunde begrüßt sowie von Nadia, die auf Besuch war, um beim Bohrturm für das kürzlich entdeckte Wasserlager zu helfen. Sie alle waren davon beeindruckt. »Es zieht sich über den Proctor-Krater hinaus und wahrscheinlich bis Kaiser«, sagte Nadia. »Und es sieht so aus, als reiche es weit nach Süden, so weit, dass es ebenso groß ist wie das Reservoir von Australis Tholus. Hast du dafür je eine nördliche Grenze festgestellt?«

»Ich denke, ja«, sagte Maya und fing an, auf ihrem Handgelenkscomputer zu tippen, um das herauszufinden. Sie redeten während eines frühen Abendessens die ganze Zeit über Wasser und machten nur gelegentlich eine Pause, um andere Neuigkeiten auszutauschen. Danach saßen sie in Zeyks und Naziks Rover, erholten sich, tranken Limonade, die Zeyk herumgehen ließ, und starrten in die Glut eines kleinen Kohlenfeuers, auf dem Zeyk vorher frischen Kebab gebraten hatte. Das Gespräch drehte sich zwangsläufig um die gegenwärtige Lage; und Maya wiederholte, was sie zu Art gesagt hatte, nämlich dass sie Zwist zwischen den Metanationalen auf der Erde stiften sollten.

»Das bedeutet Weltkrieg«, sagte Nadia scharf. »Und wenn das Muster fortgesetzt wird, würde es der bisher schlimmste werden.« Sie schüttelte den Kopf. »Es muss einen besseren Weg geben.«

»Wir brauchen uns nicht einzumischen, um das auszulösen«, meinte Zeyk. »Sie sind schon jetzt auf der Spirale nach unten.«

»Glaubst du?«, fragte Nadia. »Nun, wenn es passiert ... werden wir die Chance für einen Coup hier haben, vermute ich.«

Zeyk schüttelte den Kopf. »Das ist ihre Hintertür. Es wird Zwang erfordern, um die Machthaber dazu zu bringen, einen solchen Ort aufzugeben.«

»Es gibt verschiedene Arten von Zwang«, sagte Nadia. »Auf einem Planeten, wo die Oberfläche noch tödlich ist, sollten sich Möglichkeiten finden, bei denen man keine Menschen erschießen muss. Es sollte eine ganz neue Technik der Kriegsführung geben. Ich habe mit Sax darüber gesprochen, und er stimmt zu.«

Maya knurrte, und Zeyk grinste. »Seine Methoden ähneln den alten, soweit ich das beurteilen kann. Diese Linse abzuschießen – das hat uns gefallen! Deimos aus der Bahn stoßen – gut. Aber ich kann zu einem gewissen Grad erkennen, worauf er aus ist. Wenn die Marschflugkörper ins Spiel kommen ...«

»Wir müssen sicherstellen, dass es nicht so weit kommt.« Nadia machte das störrische Gesicht, das sie aufsetzte, wenn ihre Ideen konkretisiert wurden; und Maya schaute sie überrascht an. Nadia eine revolutionäre Strategin – das hätte sie nicht für möglich gehalten. Nun, ohne Zweifel dachte sie daran, ihre Bauprojekte zu schützen. Oder das Ganze war ein Bauvorhaben für sie, in einem anderen Medium.

»Du solltest mitkommen und bei den Versammlungen in Odessa sprechen«, riet ihr Maya. »Das sind im Grunde Nirgals Anhänger.«

Nadia stimmte zu und bückte sich, um mit einem kleinen Schürhaken eine Kohle wieder in die Mitte des Beckens zurückzuschieben. Sie sahen dem brennenden Feuer zu, ein seltener Anblick auf dem Mars; aber Zeyk liebte Feuer so sehr, dass er die Mühe in Kauf nahm. Feine Schichten grauer Asche flatterten über das marsartige Orange heißer Kohlen. Zeyk und Nazik sprachen leise und schilderten die arabische Lage auf dem Planeten, die komplex war wie gewöhnlich. Die Radikalen unter ihnen waren fast alle in Karawanen draußen unterwegs, suchten nach Metallen und Wasser und areothermalen Stellen, sahen harmlos aus und taten nie etwas, das enthüllen könnte, dass sie nicht zur metanationalen Ordnung gehörten. Aber sie waren draußen, warteten und waren bereit zur Tat.

Nadia stand auf, um zu Bett zu gehen. Als sie fort war, sagte Maya zögernd: »Erzählt mir von Chalmers!«

Zeyk sah sie ruhig und ungerührt an. »Was willst du wissen?«

»Ich möchte wissen, was er mit der Ermordung Boones zu tun hatte.«

Zeyk blinzelte unbehaglich und klagte: »Das war eine sehr komplizierte Nacht in Nicosia. Man redet unter Arabern endlos darüber. Es wird ermüdend.«

»Was sagen sie denn?«

Zeyk schaute zu Nazik, und die sagte: »Das Problem ist, dass alle etwas anderes sagen. Niemand weiß, was wirklich geschah.«

»Aber ihr wart dort. Ihr habt etwas davon gesehen. Erzählt mir, was ihr gesehen habt!«

Da sah Zeyk sie scharf an und nickte. »In Ordnung.« Er holte Atem und fasste sich. Feierlich, als ob er Zeugnis ablegte, sagte er: »Wir waren nach den Reden, die ihr gehalten habt, auf dem Hajr el-kra Meshab versammelt. Die Leute waren wütend auf Boone wegen eines Gerüchts, er habe den Plan zum Bau einer Moschee auf Phobos verhindert, und seine Rede hatte nichts genützt. Uns hat die neue Marsgesellschaft, über die er sprach, nie gefallen. Also murrten wir, als Frank vorbeikam. Ich muss sagen, es war ein ermutigender Anblick, ihn in diesem Moment zu sehen. Uns schien, er wäre der Einzige, der eine Chance hatte, sich Boone zu widersetzen. So sahen wir auf ihn, und er ermutigte uns. Er missachtete Boone auf subtile Art und machte Witze, die unseren Ärger gegen Boone verstärkten, während Frank als einziges Bollwerk gegen ihn erschien. Ich war wirklich verstimmt, weil er die jungen Leute noch mehr aufhetzte. Selim el-Hayil und einige seiner Freunde vom Ahad-Flügel waren da, und sie waren aufgebracht – nicht bloß gegen Boone, sondern auch gegen den Fetah-Flügel. Weißt du, die Ahad und die Fetah sind über verschiedene Themen zerstritten – Panaraber gegen Nationalisten, Beziehungen zum Westen, Verhalten gegenüber den Sufis … In jener jüngeren Generation der Bruderschaft gab es eine fundamentale Spaltung.«

»Sunniten und Schiiten?«, fragte Maya.

»Nein. Eher konservativ und liberal, wobei die Liberalen sich für säkular hielten und die Konservativen für religiös, sowohl Sunniten wie Schiiten. Und el-Hayil war ein Führer der konservativen Ahad. Und er hatte der Karawane angehört, mit der Frank in diesem Jahr gereist war. Sie hatten oft miteinander gesprochen, und Frank hatte ihm viele Fragen gestellt, direkt in ihn gedrängt, wie es seine Art war, bis er meinte, jemanden oder dessen Standpunkt zu verstehen.«

Maya nickte. Die Beschreibung sagte ihr etwas.

»Also hatte Frank ihn gekannt. Und in dieser Nacht hätte el-Hayil fast etwas gesagt, entschied sich aber, es nicht zu tun, als Frank ihm einen Blick zuwarf. Ich habe das gesehen. Dann ging Frank fort, und el-Hayil fast unmittelbar danach.«

Zeyk machte eine Pause, um von seinem Kaffee zu trinken und nachzudenken.

»Das war in den nächsten paar Stunden das Letzte, was ich von ihnen gesehen habe. Es fing an hässlich zu werden, schon bevor Boone getötet wurde. Jemand ritzte Slogans in die Fenster in der Medina, und die Ahads dachten, es wären Fetahs, und einige Ahads griffen eine Gruppe von Fetahs an. Danach kämpften sie in der ganzen Stadt, auch gegen amerikanische Bautrupps. Es geschah einiges. Es fanden auch andere Kämpfe statt. Es war, als wären alle plötzlich verrückt geworden.«

Maya nickte. »Daran erinnere ich mich auch.«

»Nun gut, wir hörten, dass Boone verschwunden wäre, und gingen zum syrischen Tor hinunter, um anhand der Schleusencodes zu überprüfen, ob jemand hinausgegangen wäre. Wir stellten fest, dass jemand hinausgegangen und nicht zurückgekommen war. Darum waren wir auf dem Weg nach draußen, als wir die Nachricht über ihn hörten. Wir konnten es nicht glauben. Wir gingen in die Medina. Dort waren alle versammelt, und alle sagten, dass es wahr sei. Ich ging in das Krankenhaus, nachdem ich mich etwa eine halbe Stunde durch die Menge bewegt hatte. Ich sah ihn. Du warst dort.«

»Ich erinnere mich nicht.«

»Nun, du warst da, aber Frank war schon gegangen. Also sah ich John und ging wieder hinaus und sagte den anderen, dass es wahr wäre. Sogar die Ahads waren schockiert, dessen bin ich sicher – Nasir, Ageyl, Abdullah ...«

»Ja«, bestätigte Nazik.

»Aber el-Hayil und Rashid Abou und Buland Besseisso waren dort nicht mit uns. Und wir gingen wieder zurück in die Wohnung gegenüber Hajr el-kra Meshab, als sehr laut an die Tür geklopft wurde. Als wir öffneten, fiel el-Hayil in den Raum. Es ging ihm schon sehr schlecht. Er schwitzte und versuchte sich zu übergeben. Seine Haut war ganz gerötet und fleckig. Seine Kehle war geschwollen, und er konnte kaum sprechen. Wir halfen ihm ins Bad und sahen, dass er an Erbrochenem erstickte. Wir riefen Yussuf herein und versuchten, Selim in unserem Wagen zur Klinik zu schaffen, als er uns aufhielt. Er sagte: ›Sie haben mich getötet.‹ Wir fragten ihn, wie er das meinte, und er sagte: ›Chalmers‹.«

»Das hat er gesagt?«, fragte Maya.

»Ich fragte: ›Wer hat das getan?‹, und er antwortete: ›Chalmers.‹«

Wie aus großer Entfernung hörte Maya, wie Nazik sagte: »Aber da war noch mehr.«

Zeyk nickte. »Ich sagte: ›Was meinst du damit?‹, und er röchelte: ›Chalmers hat mich getötet. Chalmers und Boone.‹ Er würgte es hervor, Wort für Wort, als würde er daran ersticken. ›Wir wollten Boone töten.‹ Nazik und ich schrien auf, als wir das hörten, und Selim packte mich am Arm.« Zeyk hob beide Hände und ergriff einen unsichtbaren Arm. »»*Er wollte uns vom Mars verjagen.*‹ Das sagte er auf eine Weise, die ich nie vergessen werde.

Er glaubte das wirklich. Dass Boone vorhatte, uns irgendwie vom Mars zu verjagen!« Zeyk schüttelte den Kopf, immer noch ungläubig.

»Was geschah dann?«

»Er ...« Zeyk breitete die Hände aus. »Er hatte einen Anfall. Er fasste sich an die Kehle, dann waren alle seine Muskeln ...« Zeyk ballte die Fäuste. »Er verkrampfte sich und hörte auf zu atmen. Wir versuchten, ihn wieder zum Atmen zu bringen, aber vergeblich. Ich weiß nicht mehr – Tracheotomie? Künstliche Beatmung? Antihistamine?« Er zuckte die Achseln. »Er starb in meinen Armen.«

Es herrschte ein langes Schweigen, während Maya zusah, wie Zeyk sich erinnerte. Seit jener Nacht in Nicosia war fast ein halbes Jahrhundert vergangen, und Zeyk war damals schon alt gewesen.

»Ich bin überrascht, wie gut du dich erinnerst«, sagte sie. »Meine eigene Erinnerung, selbst an Nächte wie diese ...«

»Ich erinnere mich an alles«, sagte Zeyk düster.

»Er hat das entgegengesetzte Problem wie alle anderen«, sagte Nazik und sah ihren Gatten an. »Er erinnert sich an zu viel. Er schläft nicht gut.«

»Hmm.« Maya überlegte. »Was war mit den anderen zwei?«

Zeyk zog den Mund zusammen. »Das kann ich nicht sicher sagen. Nazik und ich waren den Rest der Nacht mit Selim beschäftigt. Wir diskutierten darüber, was mit seiner Leiche geschehen sollte. Ob wir sie zur Karawane hinausschaffen und dann verheimlichen sollten, was geschehen war, oder sofort die Behörden einschalten.«

Oder mit einem einzelnen toten Mörder zu den Behörden gehen, dachte Maya und beobachtete Zeyks beherrschte Miene. Vielleicht war auch darüber diskutiert worden. Er erzählte die Geschichte nicht in der gleichen Weise. »Ich weiß nicht, was wirklich mit ihnen geschah. Ich habe das nie herausgebracht. In jener Nacht waren viele von Ahad und Fetah in der Stadt, und Yussuf hatte gehört, was Selim gesagt hatte. Es hätten also ihre Feinde, ihre Freunde oder sie selbst sein können. Sie starben später in jener Nacht in einem Zimmer in der Medina. Gerinnungsmittel.«

Zeyk zuckte die Achseln.

Wieder Schweigen. Zeyk seufzte und füllte seine Tasse nach. Nazik und Maya lehnten ab.

»Aber seht ihr«, sagte Zeyk, »das ist bloß der Anfang. Das ist es, was wir gesehen haben und was wir dir zuverlässig mitteilen konnten. Danach ... oje!« Er schnitt eine Grimasse. »Diskussionen, Spekulationen, Verschwörungstheorien jeder Art. Das Übliche, nicht wahr? Es ist noch nie jemand einfach ermordet worden. Schon seit euren Kennedys kommt es immer darauf an, wie viele Geschichten man erfinden kann, um das gleiche Tatsachenmaterial zu erklären. Das ist das große Vergnügen bei der Verschwörungstheorie – nicht Erklärung, sondern Story. Es ist wie bei Scheherazade.«

»Du glaubst an keine dieser Geschichten?«, fragte Maya und fühlte sich plötzlich hoffnungslos.

»Nein. Dazu habe ich keinen Grund. Die Ahad und Fetah hatten einen Konflikt. Das weiß ich. Frank und Selim standen irgendwie in Verbindung. Wie das Nicosia beeinflusste – ob es das tat ...« Er atmete tief aus. »Ich weiß es nicht und sehe auch nicht, wie jemand das wissen könnte. Die Vergangenheit ... Allah verzeih mir, die Vergangenheit ist ein Dämon, der hier meine Nächte peinigt.«

»Es tut mir leid.« Maya stand auf. Der helle kleine Raum wirkte plötzlich beengt und überladen. Sie erhaschte einen Blick auf die abendlichen Sterne in einem Fenster und sagte: »Ich werde draußen etwas spazieren gehen.«

Zeyk und Nazik nickten, und Nazik half ihr beim Anlegen des Helms. »Bleib nicht zu lange!«, riet sie.

Der Himmel war dicht bedeckt mit den gewöhnlichen eindrucksvollen Sternbildern. Am Westhorizont lag ein malvenfarbenes Band. Hellespontus ragte im Osten auf. Spätes Alpenglühen verlieh seinen Gipfeln ein tiefes Rosa, das an das Indigo darüber grenzte. Beide Farben waren so rein, dass die Übergangslinie zu vibrieren schien.

Maya ging langsam auf eine Erhebung in vielleicht einem Kilometer Entfernung zu. In den Ritzen unter ihren Füßen war etwas im Wachsen. Flechten oder Moos, deren Grün ganz schwarz erschien. Wo es ging, trat sie auf Steine. Pflanzen hatten es auf dem Mars schwer genug, auch ohne dass jemand auf sie trat. Alles Lebewesen. Die Kühle der Dämmerung drang in sie, bis sie beim Gehen das X der Heizfilamente in den Hosenbeinen an ihren Knien fühlte. Sie stolperte und blinzelte, um deutlicher zu sehen. Der Himmel war voller verschwommener Sterne. Irgendwo im Norden im Aureum Chaos lag der Körper von Frank Chalmers in einem Durcheinander von Eis und Sedimenten mit seinem Schutzanzug als Sarg. Getötet, während er sie davor bewahrte, weggespült zu werden. Allerdings würde er einer solchen Darstellung energisch widersprochen haben. Er würde hartnäckig erklären, dass es nur ein durch falsche Zeitplanung verursachter Unfall gewesen wäre. Es war aber das Resultat davon, dass er mehr Energie hatte als jeder sonst, Energie, die durch seine Wut genährt wurde – auf sie, auf John, auf die UNOMA und alle Mächte auf der Erde. Auf seine Frau. Auf seinen Vater. Auf seine Mutter und sich selbst. Auf alles. Der zornige Mann. Der zornigste Mann, der je gelebt hatte. Und ihr Liebhaber. Und der Mörder ihres anderen Liebhabers, der großen Liebe ihres Lebens, John Boone, der sie vielleicht alle hätte retten können. Der für immer ihr Partner hätte sein können.

Und sie hatte sie gegeneinander gehetzt.

Jetzt war der Himmel schwarz und voller Sterne. Nur noch ein tief purpurnes Band war am westlichen Horizont verblieben. Mayas Tränen waren mit ihren Gefühlen dahin. Es war nichts mehr übrig als die schwarze Welt und ein schmaler Stich purpurner Bitterkeit, wie eine in die Nacht hineinblutende Wunde.

Manche Dinge muss man vergessen. *Shikata ga nai.*

Wieder in Odessa, tat Maya das Einzige, was sie mit dem tun konnte, das sie erfahren hatte, und vergaß es. Sie stürzte sich in die Arbeit am Hellasprojekt, brütete lange Stunden im Büro über Berichten und bestimmte Teams für die verschiedenen Bohr- und Baustellen. Mit der Entdeckung des westlichen Wasserlagers hatten die Wassersuchtrupps an Dringlichkeit eingebüßt; und es wurde mehr Nachdruck auf das Anzapfen und Auspumpen der schon gefundenen Reservoire und die Infrastruktur der Siedlungen auf dem Rand gelegt. So folgten Bohrmannschaften auf die Wassersucher. Nach diesen kamen die Leute für Pipelines; und auf der ganzen Strecke sowie auf dem Reull-Canyon oberhalb von Harmakhis, wo sie den Sufis bei einer übel zerfressenen Canyonwand halfen, gab es Zeltteams. Auf einem zwischen Dao und Harmakhis gebauten Raumhafen trafen neue Immigranten ein. Diese zogen in das obere Dao Vallis und halfen bei der Umgestaltung von Harmakhis-Reull und bei der Errichtung der anderen neuen Kuppelstädte rings um den Rand. Das war eine massive logistische Aufgabe und entsprach in fast jeder Hinsicht Mayas altem Traum für die Entwicklung von Hellas. Aber jetzt, da es tatsächlich geschah, fühlte sie sich äußerst erschöpft und einsam. Sie war sich nicht länger sicher, was sie für Hellas wollte oder für den Mars oder für sich selbst. Oft fühlte sie sich der Gnade ihrer Launen ausgeliefert, die in den Monaten nach dem Besuch bei Zeyk und Nazik (obwohl sie es vermied, diesen Zusammenhang herzustellen) besonders heftig waren, eine unregelmäßige Schwankung zwischen Hochstimmung und Verzweiflung, wobei die Zeit der Ausgeglichenheit durch das Wissen verdorben wurde, entweder auf dem Weg nach oben oder nach unten zu sein.

Sie war in diesen Monaten oft unfreundlich zu Michel, oft gereizt durch seine Gelassenheit, die Art, wie er mit sich im Frieden zu sein schien und durch sein Leben bummelte, als hätten seine Jahre mit Hiroko alle seine Fragen beantwortet. Um eine Reaktion zu provozieren, sagte sie zu ihm: »Du bist schuld. Als ich dich brauchte, warst du nie da. Du hast deine Pflicht nicht erfüllt.«

Michel pflegte das zu ignorieren und besänftigte sie so lange, bis sie wütend wurde. Er war jetzt nicht ihr Therapeut, sondern ihr Liebhaber. Wenn man seinen Liebhaber nicht wütend machen könnte, was für ein Liebhaber war er dann? Sie erkannte die schreckliche Verbindung, in der man steckte, wenn der Liebhaber auch der Therapeut war, sodass ein objektives Auge und eine besänftigende Stimme zu dem distanzierenden Verhalten eines professionellen Benehmens wurden. Ein Mann, der seinen Job tat – es war unerträglich, von einem solchen Auge beurteilt zu werden, als ob er allein über allem stünde und selbst keinerlei Probleme und Emotionen hätte, die er nicht beherrschen könnte. So etwas musste widerlegt werden. Und so (vergessend, das sie vergessen wollte): »Ich habe sie beide getötet! Ich habe sie verführt und gegeneinander ausgespielt, um meine eigene Macht zu stärken. Ich habe es vorsätzlich getan, und du warst *überhaupt keine Hilfe!* Es war alles auch dein Fehler!«

Er murmelte etwas und begann besorgt zu werden, als er sah, was kommen würde, wie einer der Stürme, die über Hellespontus häufig in das Becken bliesen. Und sie lachte und schlug ihn heftig ins Gesicht. Sie gab ihm einen Stoß, als er zurückwich. Sie brüllte: »Komm her, du Feigling, steh deinen Mann!«, bis er auf den Balkon hinauslief und die Tür mit dem Absatz geschlossen hielt. Dabei starrte er auf die Bäume im Park und fluchte laut auf Französisch, während sie gegen die Tür hämmerte. Einmal zerbrach sie sogar eine Scheibe, sodass ihm das Glas über den Rücken rieselte. Da riss er die Tür auf, drängte sich, immer noch auf Französisch fluchend, an ihr vorbei und rannte durch die Wohnungstür ins Freie.

Aber gewöhnlich wartete er bloß, bis sie zusammenbrach und anfing zu weinen. Dann kam er zurück und redete Englisch, was die Rückkehr seiner Gelassenheit anzeigte. Und mit nur leicht enttäuschter Miene nahm er die unerträgliche Therapie wieder auf. Er sagte dann etwa: »Schau, wir standen damals alle unter einem großen Druck, ob wir es merkten oder nicht. Es war eine höchst künstliche Situation und auch gefährlich. Wenn wir wobei auch immer versagt hätten, hätten wir alle sterben können. Wir mussten Erfolg haben. Einige von uns kamen mit Druck besser zurecht als andere. Ich war da nicht so gut und du auch nicht. Aber jetzt sind wir hier. Und den Druck gibt es immer noch, manche anders, manche dieselben. Aber wir kommen besser mit ihnen zurecht, wenn du mich fragst. Die *meiste* Zeit jedenfalls.«

Und dann ging er weg zu einem Café an der Corniche und hockte eine oder zwei Stunden über einem Cassis und kritzelte Gesichter auf seinem Pad, bissige Karikaturen, die er löschte, sobald sie fertig waren. Sie wusste das; denn an manchen Abenden ging sie nach draußen und suchte ihn. Sie saß schweigend bei ihrem Glas Wodka neben ihm und entschuldigte sich durch die Haltung ihrer Schultern. Wie konnte sie ihm sagen, dass es ihr half, ab und zu zu streiten, dass es sie wieder auf den nach oben führenden Ast der Kurve brachte – wie konnte sie ihm das sagen, ohne dieses zynische Lächeln bei ihm auszulösen, das Melancholie und Bedrückung verriet? Außerdem wusste er Bescheid. Er wusste und verzieh. Er sagte dann: »Du hast sie beide geliebt, aber auf verschiedene Weise. Und es gab an ihnen auch Dinge, die dir nicht gefielen. Außerdem, was immer du gemacht hast, du konntest nicht die Verantwortung für ihre Taten übernehmen. Sie haben entschieden, was sie taten, und du warst nur ein Faktor.«

Es half ihr, das zu hören. Und es half ihr zu streiten. Es würde wieder alles in Ordnung sein. Sie würde sich besser fühlen, wenigstens ein paar Wochen oder ein paar Tage lang. Die Vergangenheit war ohnehin so mit Löchern gespickt, eine lose Bildersammlung. Irgendwann würde sie wirklich vergessen. Obwohl die am festesten haftenden Erinnerungen durch einen Leim aus Schmerz und Gewissensbissen gebunden zu sein schienen. Darum dürfte es einige Zeit dauern, sie zu vergessen, auch wenn sie so nagend, schmerzlich und nutzlos waren. Nutzlos! Es war besser, sich auf die Gegenwart zu konzentrieren.

Während sie eines Nachmittags, allein in ihrem Apartment, diese Überlegungen anstellte, starrte sie lange auf das Bild des jungen Frank in der Küche. Sie überlegte, es abzunehmen und wegzuwerfen. Ein Mörder. Sich auf die Gegenwart konzentrieren. Aber auch sie war eine Mörderin. Und diejenige, die ihn zum Mord getrieben hatte. Wenn ihn denn jemand dazu getrieben hatte. Auf jeden Fall war er dabei irgendwie ihr Gefährte gewesen. Als sie lange darüber nachgedacht hatte, entschied sie sich, das Foto hängen zu lassen.

Und im Lauf der Monate und des langen Rhythmus der Tage mit dem Zeitschlupf und der sechs Monate währenden Jahreszeiten wurde das Bild nicht mehr als ein Teil der Ausstattung, wie das Gestell mit Zangen und hölzernen Pfannenwender oder die aufgehängte Reihe von Töpfen und Pfannen mit Kupferböden oder die kleinen Salz-und-Pfeffer-Behälter in Schiffsform. Das war alles ein Teil der Bühne, die für diesen Akt des Spiels eingerichtet war, dachte sie manchmal. So dauerhaft das auch schien, es würde völlig verschwinden, wie alle vorangegangenen Einrichtungen verschwunden waren, während sie zur nächsten Inkarnation fortschritt. Oder auch nicht.

So vergingen die Wochen und dann die Monate, vierundzwanzig im Jahr. Der Monatserste fiel hintereinander so viele Monate lang auf einen Montag, dass das für immer festgelegt zu sein schien. Und dann war ein Drittel eines Marsjahres vergangen, und endlich erschien eine neue Jahreszeit; es verging ein Monat mit siebenundzwanzig Tagen, und plötzlich fiel der Erste auf einen Sonntag, und nach einer Weile würde das auch als ewige Norm erscheinen, einen Monat nach dem anderen. Und so ging es immer und immer weiter. Die langen Marsjahre drehten sich langsam im Kreis.

Draußen rings um Hellas schien man die meisten wichtigen Wasserlager entdeckt zu haben, und die Bemühungen verschoben sich völlig auf Bergbauarbeiten und den Pipelinebau. Die Schweizer hatten kürzlich etwas erfunden, das sie »gehende Pipeline« nannten, eigens für die Arbeit in Hellas entwickelt und oben auf Vastitas Borealis installiert. Diese verrückten Apparate rollten durch die Gegend und verteilten das Grundwasser gleichmäßig über das Land, sodass man den Boden des Beckens erfassen konnte, ohne am Ende fester Pipelines Eisberge zu erzeugen, wie es zuvor immer passiert war.

Maya zog mit Diana los, um eines dieser Rohre in Aktion zu sehen. Aus einem darüber schwebenden Luftschiff sah es fast aus wie ein auf dem Boden liegender Gartenschlauch, der sich unter dem hohen Druck des herausschießenden Wassers hin und her schlängelte.

Unten im Becken war es noch eindrucksvoller und sogar bizarr. Die Pipeline war riesig groß und rollte majestätisch über

Schichten aus glattem Eis, das schon abgelagert worden war. Auf flachen Pylonen, die in mächtigen Ponton-Skis endeten, wurde das Rohr einige Meter über dem Eis gehalten und bewegte sich mit mehreren Kilometern in der Stunde, getrieben von dem aus seiner Düse schießenden Wasserstrahl, der in verschiedene, computerbestimmte Richtungen zeigte. Wenn die Pipeline bis zum Ende ihres Bogens geglitten war, drehten Motoren die Düse; und die Pipeline wurde langsamer, hielt an und kehrte um.

Das Wasser schoss in einem dicken weißen Strahl aus der Düse, der einen Bogen bildete und in einem Sprühregen aus rotem Staub und weißen Reifschwaden auf die Oberfläche schlug. Dann floss das Wasser in großen schlammigen schleifenförmigen Güssen über den Grund, wurde langsam, setzte sich flach ab, wurde weiß und wandelte sich langsam zu Eis. Das war allerdings kein reines Eis; sondern Nährstoffe und verschiedene Stämme von Eisbakterien waren dem Wasser aus großen Bioreservoiren hinzugefügt worden, die hinten an der Küstenlinie lagen. Darum hatte das neue Eis eine milchig rosige Färbung und schmolz schneller als reines Eis. Ausgedehnte Schmelzteiche, praktisch seichte Seen von vielen Quadratkilometern Fläche, waren im Sommer ein alltägliches Ereignis, auch an sonnigen Tagen im Frühling und Herbst. Die Hydrologen meldeten auch große Schmelzteiche unter der Oberfläche. Und als die Temperaturen weltweit stiegen und die Eisablagerungen im Becken dicker wurden, schmolzen die Bodenschichten unter dem Druck. So glitt großer Eisschollen über diese Schmelzzonen selbst die sanftesten Hänge hinunter und sammelten sich in großen Haufen über allen besonders tief gelegenen Punkten des Beckenbodens in Gebieten, die fantastische Ödländer aus Druckgraten, Eiszacken und Schmelztümpeln waren, die jede Nacht gefroren, und Eisblöcken groß wie umgestürzte Wolkenkratzer. Diese großen instabilen Eishaufen verschoben sich und zerbrachen, wenn sie in der Wärme des Tages schmolzen, mit donnernden Explosionsschlägen, die man in Odessa und jeder anderen am Rand gelegenen Stadt hörte. Dann froren die Haufen in jeder Nacht mit dröhnendem Krachen wieder ein, bis an vielen Stellen auf dem Boden des Beckens ein unvorstellbares Trümmerchaos herrschte.

Über die Eisflächen zu fahren war unmöglich, und der einzige Weg, die Vorgänge auf dem größten Teil des Beckens zu beobachten, war aus der Luft. In einer Woche im Herbst M-48 beschloss Maya, mit Diana, Rachel und einigen anderen einen Ausflug zu der kleinen Siedlung auf der Anhöhe im Zentrum des Beckens zu unternehmen. Man nannte sie schon Minus Eins Insel, obwohl sie noch nicht ganz eine Insel war, da die Zea Dorsa noch nicht überflutet waren. Aber es war nur eine Sache von Tagen, bis das letzte Stück davon verschwunden sein würde. Und Diana dachte, wie auch einige andere Hydrologen im Büro, es wäre eine gute Idee hinzufliegen und das historische Ereignis zu beobachten.

Kurz vor dem geplanten Abreisetermin erschien Sax in ihrem Apartment. Er war unterwegs von Sabishii nach Vishniac und war vorbeigekommen, um Michel zu besuchen. Maya freute sich, dass sie bald fort sein würde und deshalb während seines Besuchs, der sicher kurz sein würde, nicht anwesend sein müsste. Es war ihr immer noch unangenehm, in seiner Nähe zu sein; und es war klar, dass das auf Gegenseitigkeit beruhte. Er vermied es nach wie vor, ihrem Blick zu begegnen, und redete mit Michel und Spencer. Nicht ein Wort an sie! Natürlich hatten er und Michel Hunderte von Stunden während Sax' Rehabilitierung miteinander verbracht; aber es machte sie trotzdem wütend.

Als er von ihrer bevorstehenden Reise zu Minus Eins hörte und fragte, ob er mitkommen dürfe, war sie darum sehr unangenehm überrascht. Aber Michel warf ihr blitzartig einen beschwörenden Blick zu; und Spencer fragte, ob auch er mitkommen könne, ohne Zweifel, um zu verhindern, dass sie Sax aus dem Luftschiff stoßen würde. Und so stimmte sie mürrisch zu.

Als sie dann einige Tage später starteten, hatten sie »Stephen Lindholm« und »George Jackson« dabei, zwei alte Männer, über die Maya sich nicht bemühte, den anderen Auskunft zu geben, weil Diana, Rachel und Frantz wussten, wer sie waren. Die jungen Leute waren alle etwas gedämpft, als sie in die lange Gondel des Luftschiffs stiegen, weshalb Maya die Lippen missmutig zusammenkniff. Es würde nicht dieselbe Reise werden, die sie ohne Sax geworden wäre.

Die Fahrt von Odessa nach Minus Eins dauerte etwa vierundzwanzig Stunden. Das Luftschiff war kleiner als die pfeilspitzenförmigen Ungetüme der frühen Jahre. Dieses war ein zigarrenförmiges Vehikel mit Namen *Drei Diamanten*; und die Gondel, die den Kiel bildete, war lang und geräumig. Obwohl die ultraleichten Propeller stark genug waren, um einige Geschwindigkeit zu entwickeln und recht starken Winden zu widerstehen, kam es Maya doch vor wie ein kaum kontrolliertes Abdriften. Das Summen der Motoren war unter dem Brausen des Westwindes kaum vernehmbar. Sie trat an ein Fenster und schaute nach unten, Sax den Rücken zugekehrt.

Der Blick aus den Fenstern war vom ersten Moment des Aufstiegs an wunderbar; denn Odessa bot in seiner Kuppel am nördlichen Abhang ein hübsches Bild mit seinen schrägen Ziegeldächern und belaubten Bäumen. Und nachdem man sich einige Stunden nach Südosten durch die Luft gepflügt hatte, bedeckte die Eisebene des Beckens die ganze sichtbare Fläche der Welt, als flögen sie über einen arktischen Ozean oder eine Eiswelt.

Sie fuhren in etwa tausend Metern Höhe mit ungefähr fünfzig Kilometern in der Stunde dahin. Während des Nachmittags am ersten Tag war die zerklüftete Eislandschaft unter ihnen schmutzigweiß und gefleckt von den vielen Schmelztümpeln von himmelpurpurner Farbe, die gelegentlich wie Silber aufblitzten, wenn sie die Sonne spiegelten. Einige Zeit konnten sie im Westen ein Muster spiralförmiger eisfreier Stellen sehen, wo lange schwarze Streifen offenen Wassers die Stelle des überfluteten Moholes von Low Point anzeigten.

Bei Sonnenuntergang wurde das Eis zu einem Gewirr aus Dunkelrot, Orange und Elfenbeinfarben mit Streifen aus langen schwarzen Schatten. Danach flogen sie durch die Nacht unter den Sternen über eine helle, rissige weiße Landschaft. Maya schlief unruhig auf einer der langen Bänke unter den Fenstern und wachte vor der Morgendämmerung auf, die ein neues Farbwunder war. Das Purpur des Himmels erschien viel dunkler als das Rosa darunter, eine Umkehrung, die alles unwirklich erscheinen ließ.

Gegen Mitte des Morgens an diesem Tag kam wieder Land in Sicht. Über den Horizont schwebte ein Oval ockerfarbener, aus dem Eis ragender Berge, etwa hundert Kilometer lang und fünfzig breit. Diese Erhebung war Hellas' Gegenstück zu dem zentralen Buckel, den man auf dem Boden mittelgroßer Krater findet, und hoch genug, um gut über dem geplanten Wasserspiegel zu bleiben. Damit erhielt das künftige Meer eine recht große zentrale Insel.

Die Siedlung Minus Eins auf der Nordwestspitze des Hochlandes war derzeit noch nicht mehr als eine Ansammlung von Startbahnen, Luftschiffmasten und einer unordentlichen Gruppe kleiner Gebäude, von denen einige unter einer kleinen Stationskuppel und die übrigen einzeln und ungeschützt dastanden, wie vom Himmel geworfene Betonklötze. Dort lebte niemand außer einem kleinen technischen und wissenschaftlichen Stab, obwohl Areologen ab und zu vorbeikamen.

Die *Drei Diamanten* schwenkte herum, machte an einem der Masten fest und wurde zu Boden gezogen. Die Passagiere verließen die Gondel über eine Gangway und wurden vom Leiter der Station zu einem kurzen Rundgang durch den Flughafen und den Wohnkomplex geführt.

Nach einem Abendessen im Speisesaal des Habitats, das nicht der Rede wert war, zogen sie sich an und machten einen Spaziergang im Freien. Sie wanderten durch die verstreuten Wirtschaftsgebäude und bergab dorthin, wo nach Aussage eines Einheimischen die letztendliche Küste verlaufen würde. Als sie dort waren, stellten sie fest, dass aus dieser Höhe kein Eis zu sehen war. Bis zum nahen Horizont in einigen Kilometern Entfernung war alles eine sandige, mit Geröll übersäte Ebene.

Maya schlenderte ziellos hinter Diana und Frantz her, die eine Romanze anzufangen schienen. Neben ihnen ging ein anderes Paar, das auf der Station wohnte, beide noch jünger als Diana, Arm in Arm und sehr zärtlich miteinander. Sie waren beide gut über zwei Meter groß, aber nicht geschmeidig und gertenschlank wie die meisten jungen Eingeborenen. Dieses Paar hatte mit Gewichten trainiert, bis sie trotz ihrer Größe so stämmig waren wie Schwerathleten auf der Erde. Sie waren riesig und dennoch sehr leichtfüßig. Sie führten eine Art Felsblockballett über die verstreuten Steine dieser leeren Küste auf. Maya sah ihnen zu und staunte wieder über die neue Spezies. Hinter ihr kamen Sax und Spencer, und sie gab einen Kommentar dazu auf der alten Frequenz der Ersten Hundert ab. Aber nur Spencer antwortete etwas über Phänotyp und Genotyp. Sax ignorierte die Bemerkung und ging zur Ebene hinunter.

Spencer kam mit, und Maya folgte ihnen. Sie bewegte sich langsam zwischen all den neuen Arten. Da gab es Grasbüschel auf dem Sand zwischen den Geröllsteinen und auch niedrige Blütenpflanzen, Unkraut, Kakteen, Büsche und sogar einige kleine verkrüppelte Bäume, an die Seite von Felsblöcken geschmiegt. Sax ging behutsam umher, bückte sich, um Pflanzen zu betrachten, und stand mit unsicherem Blick auf, als ob ihm das Blut aus dem Kopf geströmt wäre, als er in die Hocke gegangen war. Oder vielleicht war es Überraschung, ein Gesichtsausdruck, den Maya noch nie bei Sax gesehen hatte. Es war wirklich überraschend, hier draußen so viel üppiges Leben zu finden, wo niemand etwas angebaut hatte. Oder vielleicht hatten es die am Flughafen stationierten Wissenschaftler getan. Und das Becken lag tief, war warm und feucht ... Die jungen Marsianer weiter oben tanzten über alles hinweg und vermieden graziös die Pflanzen, ohne von ihnen irgendwie Notiz zu nehmen.

Sax blieb vor Spencer stehen und neigte seinen Helm nach hinten, um in Spencers Helmscheibe zu blicken. »Diese Pflanzen werden alle ertrinken«, meinte er mürrisch. Es klang wie eine Frage.

»Das stimmt«, sagte Spencer.

Sax warf einen kurzen Blick auf Maya. Seine Hände in den Handschuhen waren erregt zusammengeballt. Was, wollte er sie auch des Mordes an Pflanzen beschuldigen?

»Aber die organische Substanz wird später dem Leben im Wasser helfen, nicht wahr?«, fuhr Spencer fort.

Sax sah sich bloß um. Als sein Blick sie streifte, sah Maya, dass er zwinkerte, als wäre er traurig. Dann machte er sich wieder auf den Weg durch den verschlungenen Teppich aus Pflanzen und Steinen.

Spencer begegnete Mayas Blick und hob die Hände, als wollte er sich dafür entschuldigen, dass Sax sie ignorierte. Maya machte kehrt und ging hangaufwärts zurück.

Schließlich wanderte die ganze Gruppe den Hang auf einem spiraligen Grat nach oben, über die Minus-Eins-Linie zu einem Buckel gleich nördlich der Station, wo sie hoch genug waren, um einen Blick auf das Eis am Westhorizont zu werfen. Der Flughafen lag unter ihnen und erinnerte Maya an Underhill oder die antarktischen Stationen – ungeplant, ungegliedert, ohne jedes Gefühl für das, was die Inselstadt sicher werden würde. Während sie graziös über die Steine schritten, spekulierten die jungen Leute darüber, wie diese Stadt aussehen würde – ein Küstenferienort, dessen waren sie sich sicher, jeder Hektar bebaut oder mit Gärten, mit Bootshäfen in jeder kleinen Einbuchtung längs der Küste, mit Palmen, Stränden und Pavillons ... Maya schloss die Augen und versuchte sich vorzustellen, was die jungen Leute beschrieben. Dann öffnete sie sie wieder und sah Fels, Sand und verkümmerte kleine Pflanzen. Nichts davon war ihr vor dem inneren Auge erschienen. Was auch immer die Zukunft bringen mochte, es würde eine Überraschung sein. Sie konnte sich kein Bild davon machen, es war eine Art *jamais vu*, das die Gegenwart bedrängte. Eine plötzliche Vorahnung des Todes überkam sie; und sie kämpfte darum, sie abzuschütteln. Niemand konnte sich die Zukunft vorstellen. Eine leere Stelle in ihrem Kopf bedeutete da nichts. Das war normal. Nur die Anwesenheit von Sax störte sie und erinnerte sie an Dinge, an die zu denken sie sich nicht leisten konnte. Nein, es war ein Segen, dass die Zukunft dunkel war. Befreit vom Déjà-vu. Ein außerordentlicher Segen.

Sax trödelte hinterher und schaute ins Becken unter ihnen.

Am nächsten Tag stiegen sie wieder in die *Drei Diamanten* und fuhren nach Südosten, bis der Kapitän einen Anker genau westlich von Zea Dorsa auswarf. Es war ziemlich lange her, seit Maya mit Diana und deren Freunden dort hinausgefahren war; und jetzt waren die Bergketten nur noch kahle steinerne Halbinseln, die sich in das gebrochene Eis auf Minus Eins zu erstreckten und nacheinander untertauchten, mit Ausnahme der größten, die noch eine ungebrochene Felsleiste war, die zwei raue Eismassen teilte, von denen die westliche rund zweihundert Meter tiefer lag als die im Osten. Das, sagte Diana, war die letzte Landverbindung zwischen Minus Eins und dem Rand des Beckens. Wenn dieser Isthmus überflutet war, würde die Erhebung in der Mitte eine wirkliche Insel sein.

Die Eismasse auf der Ostseite des restlichen Rückens befand sich der Kammlinie sehr nahe. Der Luftschiffskapitän gab mehr Ankertau aus, und sie schwebten unter dem herrschenden Wind nach Osten, bis sie sich direkt über dem Kamm befanden, wo sie deutlich sehen konnten, dass nur noch einige Meter Gestein zu überwinden waren. Und weiter im Osten war eine wandernde Pipeline, ein blauer Schlauch, der auf seinen Ski-Pylonen langsam vorwärts und rückwärts glitt, während seine Düse Wasser auf die Oberfläche sprühte. Unter dem Dröhnen der Propeller konnten sie von unten her gelegentliches Donnern und Stöhnen hören, einen gedämpften Krach, einen lauten Knall wie von einem Kanonenschuss. Unter dem Eis gab es flüssiges Wasser, erklärte Diana; und das Gewicht neuen Wassers darüber ließ einige Eisblöcke über leicht untergetauchte Rücken scharren. Der Kapitän deutete nach Süden; und Maya sah, wie eine Reihe von Eisbergen in die Luft flog wie mit Dynamit hochgejagt. Sie flogen in verschiedenen Richtungen davon und krachten wieder auf das Eis, wo sie in tausend Stücke zerbrachen. Der Kapitän sagte: »Wir sollten uns lieber ein bisschen zurückziehen. Es wäre besser für meinen Ruf, wenn wir nicht von einem Eisberg abgeschossen werden würden.«

Die Düse der wandernden Pipeline kam auf sie zu. Und dann war mit einem leisen seismischen Krachen die letzte vollständige Bergkette überwunden. Ein Schwall dunklen Wassers schoss den Fels hinauf und ergoss sich dann über die Westseite des Kamms in einem einige Hundert Meter breiten Wasserfall. Das Wasser fiel in einer langsamen glatten Fläche zweihundert Meter in die Tiefe. Im Vergleich mit der großen Eiswelt, die sich um sie herum bis zum Horizont erstreckte, was das nur ein Rinnsal; aber es floss stetig dahin. Das Wasser auf der östlichen Felsmasse war jetzt zu beiden Seiten von Eis umgeben, die Katarakte donnerten, und das Wasser auf der westlichen Seite fächerte sich in hundert Strömen über das gebrochene Eis aus. Maya sträubten sich die Nackenhaare vor Angst. Wahrscheinlich eine Erinnerung an die Marineris-Flut, dachte sie, war sich aber nicht sicher.

Nach und nach nahm das Volumen des Wasserfalls ab; und in weniger als einer Stunde war alles erst langsamer geworden und dann gefroren, zumindest an der Oberfläche. Obwohl es ein sonniger Herbsttag war, herrschten da unten achtzehn Grad unter null, und eine Reihe zerfetzter Kumulonimbuswolken näherte sich von Westen und zeigte eine Kaltfront an. So kam der Wasserfall zum Stehen. Aber zurückgeblieben war ein frischer Eisfall, der die Bodenwelle mit tausend glatten weißen Zöpfen bedeckte. Damit war die Hügelkette in zwei Vorgebirge geteilt geworden, die sich nicht ganz vereinigten. Auch alle anderen Ketten der Dorsa tauchten ins Eis ein, wie Rippen; Halbinseln, die zusammenpassten. Die Oberfläche des Hellas-Meeres war jetzt geschlossen und Minus Eins wirklich eine Insel.

Danach machten die Bahnfahrten um Hellas herum und die verschiedenen Fernflüge auf Maya einen anderen Eindruck, als sie das verflochtene Netzwerk von Gletschern und Eiswüsten als das neue Meer selbst erkannte, das anstieg, das Becken auffüllte und herumschwappte. Und tatsächlich wuchs der flüssige See unter dem Oberflächeneis bei Low Point im Frühling und Sommer viel schneller an, als er im Herbst und Winter schrumpfte. Starke Winde wirbelten an den eisfreien Stellen Wellen auf, die im Sommer das Eis zerbrachen und Gebiete von losem Packeis mit schwimmenden Schollen schufen, die, wenn sie die steilen kleinen Schwellen hinabglitten, ein solches Getöse machten, dass Gespräche in Luftschiffen schwierig wurden.

Und im Jahr M-49 erreichten die Fließmengen aus allen angezapften Wasserlagern ihre Höchstwerte. Zusammengenommen pumpten sie täglich 2500 Kubikmeter in das Meer – ein Betrag, der in ungefähr sechs Marsjahren das Becken bis zur Linie von minus einem Kilometer auffüllen würde. Maya kam das gar nicht so lang vor, besonders da sie den Fortschritt direkt hier am Horizont von Odessa sehen konnten. Im Winter würden die schwarzen Stürme, die über das Gebirge zogen, den ganzen Boden des Beckens mit einer Decke aus verblüffend weißem Schnee einhüllen. Im Frühling würde der Schnee schmelzen, aber der neue Rand des Eismeeres wäre näher als im vorangegangenen Herbst.

In der nördlichen Hemisphäre lief es ähnlich, wie Nachrichten und Mayas gelegentliche Reisen nach Burroughs zeigten. Die großen nördlichen Dünen von Vastitas Borealis wurden rasch überschwemmt, da die wahrhaft enormen Reservoire unter Vastitas und der Polgegend von Bohrplattformen, die mit dem sich ansammelnden Eis höher stiegen, auf die Oberfläche gepumpt wurden. In den Nordsommern ergossen sich große Flüsse von der abschmelzenden Polkappe herunter, schnitten Kanäle durch die Sandschichten und liefen abwärts, bis sie sich mit dem Eis vereinigten. Und einige Monate nachdem Minus Eins zur Insel geworden war, zeigten die Nachrichten ein Video von einem nackten Landstrich in Vastitas, der unter einer aus Westen, Osten und Norden kommenden dunklen Flut verschwand. Das schuf offenbar die letzte Verbindung zwischen den Eislappen. Also gab es jetzt ein weltumschließendes Meer im Norden. Natürlich war es noch lückenhaft und bedeckte nur etwa die Hälfte des Landes zwischen den sechziger und siebziger Breiten; aber nach den Satellitenfotos gab es schon große Buchten aus Eis, die nach Süden in die tiefen Senken von Chryse und Isidis hineinreichten.

Die Überflutung des Restes von Vastitas würde noch ungefähr zwanzig weitere Marsjahre erfordern, da die Menge des zum Füllen von Vastitas Borealis erforderlichen Wassers viel größer war als die für Hellas benötigte. Aber die Pumparbeiten da oben waren auch größer, sodass die Dinge zügig vorangingen. Und alle Sabotageakte der Roten konnten bestenfalls eine Kerbe in diesen Fortschritt schlagen. Tatsächlich beschleunigte er sich noch, trotz zunehmenden Störversuchen, denn einige der neuen Bergbauverfahren, die angewandt wurden, waren recht radikal und wirkungsvoll. Die Nachrichtenprogramme zeigten ein Video der jüngsten Methode, die mit großen thermonuklearen Explosionen tief unter Vastitas arbeitete. Dadurch wurde der Permafrost weiträumig geschmolzen und belieferte die Pumpen mit mehr Wasser. Auf der Oberfläche äußerten sich diese Sprengungen als plötzliche Eisbeben, die das Eis in einen blasigen Matsch verwandelten. Das flüssige Wasser gefror schnell an der Oberfläche, blieb aber darunter meist flüssig. Ähnliche Explosionen unter der nördlichen Polkappe bewirkten Fluten, die fast so stark waren wie die großen Ausbrüche von 2061. Und das ganze Wasser strömte in die Vastitas hinunter.

Unten im Büro in Odessa verfolgte man all das mit professionellem Interesse. Die jüngste Neuabschätzung der Wassermenge unter der Oberfläche hatte die Ingenieure in Vastitas ermuntert, ein endgültiges Meeresniveau sehr nahe an der Bezugshöhe anzustreben, dem bereits in Zeiten der Himmels-Areologie festgesetzten Normalnull. Diana und andere Hydrologen in Deep Waters meinten, dass Senkung des Landes in Vastitas als Folge des Abbaus der Wasserlager und des Permafrosts dazu führen würde, dass sie dort am Ende ein Meeresniveau etwas unter Normalnull erreichen würden. Aber die Ingenieure hatten das bei der Berechnung angeblich berücksichtigt und schienen zuversichtlich, dass sie die Marke erreichen würden.

Das Herumspielen mit verschiedenen Meeresniveaus auf einer Karte auf der Büro-KI zeigte, welche Gestalt der zukünftige Ozean haben würde. An vielen Stellen würde der Große Steilhang seine südliche Küstenlinie bilden. Sie hätten manchmal ein sanft abfallendes Ufer, im chaotischen Terrain Inselgruppen und an gewissen Stellen steile Meeresklippen. Angeschnittene Krater würden gute Häfen abgeben. Das Elysium-Massiv würde ein Inselkontinent werden und die Reste der nördlichen Polkappe ebenfalls. Das Land unter der Kappe war das einzige Gebiet im Norden gut oberhalb der Null-Kilometer-Kontur.

Ganz gleich, für welches Meeresniveau sie sich entschieden, ein großer südlicher Arm des Ozeans würde Isidis Planitia bedecken, das tiefer lag als der größte Teil von Vastitas. Und es wurden auch Reservoire in den Gebirgen um Isidis hineingepumpt. Eine große Bucht würde die alte Ebene füllen; und deswegen errichteten Bautrupps einen langen Deich in einem Bogen um Burroughs herum. Diese Stadt lag nahe am Großen Steilhang, aber knapp unter der Normalhöhe. Darum würde sie auch eine Hafenstadt werden wie Odessa – eine Hafenstadt an einem die Welt umspannenden Ozean.

Der Deich, den sie um Burroughs bauten, war zweihundert Meter hoch und dreihundert Meter breit. Maya fand die Idee, einen Deich zu errichten, um die Stadt zu schützen, beunruhigend, obwohl nach den Luftaufnahmen klar war, dass es sich um ein weiteres pharaonisches Monument handelte, hoch und massiv. Es verlief hufeisenförmig mit beiden Enden oben auf dem Hang des Großen Steilhangs und war so groß, dass es Pläne gab, darauf Städte zu errichten und einen eleganten Lido daraus zu machen, mit kleinen Yachthäfen an der Wasserseite. Aber Maya erinnerte sich, wie sie einmal in Holland auf einem Deich gestanden hatte. Das Land auf der einen Seite war niedriger als die Nordsee auf der anderen. Das war ein sehr verwirrender Eindruck gewesen, mehr noch als die Orientierungslosigkeit in der Schwerelosigkeit. Außerdem zeigten Nachrichtenprogramme von der Erde jetzt, dass alle Deiche dort ständig durch den ganz langsamen Anstieg des Meeresspiegels infolge der zwei Jahrhunderte zuvor eingeleiteten globalen Erwärmung bis an ihre Grenzen beansprucht wurden. Es sprachen also auch rationale Gründe dagegen. Schon ein Anstieg um ein Meter gefährdete viele tiefliegende Gebiete der Erde; und der nördliche Marsozean sollte im kommenden Jahrzehnt um einen vollen Kilometer steigen. Wer konnte schon sagen, ob es ihnen gelingen würde, das endgültige Niveau so genau hinzukriegen, dass ein Damm ausreichen würde? Mayas Arbeit in Odessa hatte sie gegenüber jeder Vorstellung von Kontrolle misstrauisch gemacht, obwohl sie in Hellas natürlich genau das probierten und glaubten, es geschafft zu haben. Allerdings hatten sie es besser, da die Lage von Odessa einen kleinen Fehlerspielraum ließ. Die Hydrologen sprachen auch davon, den Kanal, den die Linse vor ihrer Zerstörung gebrannt hatte, als Ablauf in den nördlichen Ozean zu benutzen, falls ein solcher nötig sein sollte. Schön für sie, aber der nördliche Ozean würde keinen solchen Rücklauf haben.

»Ach«, sagte Diana, »sie könnten den Überschuss einfach ins Argyre-Becken pumpen.«

Auf der Erde wurden Revolten, Brandstiftung und Sabotage die Waffen der Leute, die die Behandlung nicht bekommen hatten – die Sterblichen, wie man sie nannte. Um alle großen Städte herum entstanden ummauerte Siedlungen, Festungsvororte, in denen diejenigen, die die Behandlung bekommen hatten, dank Fernverbindungen, Fernbedienungen, tragbaren Generatoren und Gewächshausanbau, ja sogar Luftfiltriersystemen, ihr ganzes Leben verbringen konnten. Faktisch wie in den Kuppelstädten auf dem Mars.

Eines Abends ging Maya, die von Michel und Spencer genug hatte, aus, um allein zu essen. Sie hatte oft das Bedürfnis, allein zu sein. Sie ging zu einem Eckcafé am Fußweg gegenüber der Corniche und setzte sich an einen Tisch im Freien unter Bäumen, die mit Lampions behängt waren. Sie bestellte Antipasti und Spaghetti und aß zerstreut, trank dazu eine kleine Karaffe Chianti und lauschte dem Spiel einer kleinen Band. Der Leader spielte eine Art Akkordeon, aber nur mit Knöpfen, ein sogenanntes Bandonion, und seine Kameraden spielten Violine, Gitarre, Piano und Bass. Eine Schar runzliger alter Männer, Typen ihres Alters, ritten flotte Attacken durch bittersüße Lieder – Zigeunermelodien, Tangos, alte Schmachtfetzen, die sie gemeinsam zu improvisieren schienen ... Nach dem Essen blieb sie noch lange sitzen, hörte ihnen zu, genoss ein letztes Glas Wein und dann einen Kaffee. Sie sah den anderen beim Essen zu und hatte die Blätter über sich und die ferne Eislandschaft hinter der Corniche. Über Hellespontus wälzten sich Wolken heran. Sie versuchte so wenig wie möglich zu denken. Das funktionierte eine Weile, und sie machte einen schönen Ausflug in ein älteres Odessa, in ein imaginiertes Europa, das so süß und traurig war wie die Duette von Geige und Akkordeon. Aber dann fingen die Leute am Nebentisch an, darüber zu diskutieren, wie groß der Prozentsatz der Erdbevölkerung, der die Behandlung erhalten hatte, wohl war – die einen meinten zehn Prozent, andere vierzig –, ein Zeichen des Informationskrieges oder einfach des Maßes an Chaos, das dort herrschte. Als sie sich von ihnen abwandte, bemerkte sie eine Schlagzeile auf dem Nachrichtenschirm über der Bar und las die Sätze, die von rechts nach links rollten. Der Weltgerichtshof hatte seine Tätigkeit unterbrochen, um von Den Haag nach Bern umzuziehen; und Consolidated hatte diese Gelegenheit genutzt, um gewaltsam die Praxis-Niederlassung in Kaschmir an sich zu bringen, was praktisch den Beginn eines Staatsstreichs oder Kleinkriegs gegen Kaschmirs Regierung bedeutete, angezettelt von der Consolidated-Basis in Pakistan. Indien würde natürlich mit hineingezogen werden. Und Indien hatte in letzter Zeit auch mit Praxis gute Geschäftsbeziehungen gepflegt. Indien contra Pakistan, Praxis contra Consolidated – der größte Teil der Weltbevölkerung nicht behandelt und verzweifelt ...

Als Maya an diesem Abend nach Hause kam, sagte Michel, dass dieser Überfall für den Weltgerichtshof eine Steigerung seines Ansehens bedeute, weil Consolidated seine Aktion zeitlich auf den Umzug des Gerichts abgestimmt hätte. Aber angesichts der Verwüstung in Kaschmir und des Rückschlags für Praxis war Maya nicht in der Stimmung, ihm zuzuhören. Michel war so stur optimistisch, dass er ihr manchmal dumm erschien oder es ihr zumindest schwerfiel, bei ihm zu sein. Eines musste man zugeben: Sie lebten in einer sich verdüsternden Situation. Der Zyklus des Wahnsinns kam auf der Erde wieder in Gang in seiner unerbittlichen Sinuskurve, einer Welle, die noch schlimmer war als Mayas. Bald würden sie wieder in einem jener unkontrollierten Paroxysmen stecken und darum ringen, der Vernichtung zu entgehen. Das konnte sie fühlen. Sie erlebten einen Rückfall.

Maya machte sich zur Gewohnheit, regelmäßig in dem Eckcafé zu essen, der Band zuzuhören und allein zu sein. Sie saß mit dem Rücken zur Bar; aber es war unmöglich, sich keine Gedanken über die Erde zu machen, ihren Fluch, ihre Erbsünde. Sie versuchte zu verstehen; sie versuchte, es so zu sehen, wie Frank es gesehen hätte; und versuchte, seine Stimme zu hören, wie er es analysierte. Die Gruppe der Elf (die alte G-7 plus Korea, Azania, Mexiko und Russland) hatte nominell das Kommando über einen großen Teil der Macht der Erde in Form von Militär und Kapital. Die einzigen echten Konkurrenten für diese alten Dinosaurier waren die großen Metanationalen, die wie Athene aus den Transnationalen hervorgegangen waren. Die großen Transnationalen – und in der Zwei-Welten-Ökonomie war definitionsgemäß nur für etwa ein Dutzend von ihnen Platz – waren natürlich daran interessiert, Länder der Elfergruppe zu übernehmen, wie sie es mit so vielen kleineren Ländern schon getan hatten. Die Metanationalen, die bei diesem Bemühen Erfolg hätten, würden wahrscheinlich das Spiel um die Vorherrschaft untereinander gewinnen. Darum versuchten einige von ihnen, die G-11 zu spalten und zu erobern. Dabei taten sie ihr Bestes, die Elf gegeneinander aufzuhetzen oder einige zu bestechen, um die Reihen zu brechen. In dieser ganzen Zeit konkurrierten sie miteinander, sodass einige sich mit G-11-Ländern verbündet hatten, um sie zu unterwerfen, während andere sich auf ärmere Länder oder die Babytiger konzentrierten, um deren Macht zu stärken. So gab es ein komplexes Gleichgewicht der Kräfte. Die stärksten alten Nationen standen gegen die größten neuen Metanationalen; und die Islamische Liga, Indien, China und die kleineren Metanationalen existierten als unabhängige Machtzentren, deren Aktionen niemand voraussagen konnte. Somit war das Gleichgewicht der Kräfte äußerst empfindlich. Das musste so sein, da die Hälfte der Erdbevölkerung in Indien und China lebte; ein Umstand, den Maya nie ganz glauben oder verstehen konnte – Geschichte war so *seltsam* –, und man konnte nicht ahnen, auf welche Waagschale diese Hälfte fallen würde.

Und natürlich warf das zuerst die Frage auf, warum es so viel Streit gab. Warum nur, Frank?, dachte sie, während sie dasaß und den ergreifenden melancholischen Tangos lauschte. Was motiviert diese metanationalen Herrscher? Aber sie sah nur sein zynisches Grinsen aus den Jahren, in denen sie ihn gekannt hatte. Reiche haben lange Halbwertszeiten, hatte er ihr gegenüber einmal bemerkt. Und die Idee eines Imperiums hat die längste Halbwertszeit überhaupt. Darum saßen da Leute herum, die immer noch Dschingis Khan sein und die Welt ohne Rücksicht auf die Kosten regieren wollten – Führungskräfte in den Metanationalen, Politiker in der Gruppe der Elf, Generäle in den Armeen …

Nun hat die Erde, wie ihr mentaler Frank ruhig und brutal zu verstehen gab, eine begrenzte Fassungskraft. Die Menschen hatten sie überzogen. Viele würden deshalb sterben. Das wusste jeder. Der Kampf um Rohstoffe war entsprechend verbissen. Die Kämpfer waren völlig rational. Aber verzweifelt.

Die Musiker spielten weiter. Ihre herbe Nostalgie war im Verlauf der Monate noch bitterer geworden, und der lange Winter kam; und sie spielten im schneeigen Dämmerlicht, während sich die ganze Welt verdunkelte, *entre chien et loup*. In diesem so leisen und mutigen Bandoniongewinsel, in diesen leichten Melodien, die allen entgegentönten, war normales Leben, an das man sich in einem Lichtfleck unter Bäumen mit kahlen Zweigen hartnäckig klammerte.

Diese Besorgnis war ihr so vertraut. So hatte sie sich in den Jahren vor '61 gefühlt. Obwohl sie sich nicht an irgendwelche einzelnen Ereignisse und Krisen der letzten Vorkriegsperiode erinnerte, konnte sie sich dennoch jenes Gefühls entsinnen, als würde es durch einen vertrauten Geruch angeregt. Wie nichts eine Rolle zu spielen schien, wie selbst die besten Tage blass und kühl waren unter den schwarzen Wolken, die sich im Westen zusammenballten. Wie die Freuden der Stadt eine groteske verzweifelte Schärfe gewannen. Alle saßen sozusagen mit dem Rücken zur Bar und taten ihr Bestes, um einem Gefühl der Einschränkung und Hilflosigkeit entgegenzuwirken. O ja, das war echtes Déjà-vu.

Wenn sie dann durch Hellas reisten und mit Freier-Mars-Gruppen zusammenkamen, war Maya den Leuten dankbar, die kamen und glauben wollten, dass ihre Aktionen einen Unterschied bewirken könnten, selbst angesichts des gewaltigen Chaos auf der Erde. Maya erfuhr von ihnen, dass Nirgal überall offenbar den anderen Eingeborenen immer wieder erklärte, dass die Lage auf der Erde für ihr eigenes Schicksal entscheidend wäre, so groß die Entfernung auch scheinen mochte. Und das hatte Wirkung. Jetzt brachten die Leute, die zu den Versammlungen kamen, Nachrichten über Consolidated, Amexx und Subarashii und die jüngsten neuen Überfälle der UNTA-Polizei in den südlichen Hochlanden, die die Aufgabe Overhangs und vieler versteckter Zufluchtsstätten zur Folge hatten. Der Süden wurde entvölkert. Alle, die sich versteckt gehalten hatten, strömten nach Hiranyagarbha, Odessa oder in die Canyons von Ost-Hellas.

Einige der jungen Eingeborenen, die Maya traf, schienen zu denken, dass die Einnahme des Südens durch die UNTA im Grunde gut wäre, da sie den Countdown herunterzählten. Sie wandte sich sofort gegen solche Auffassungen und sagte ihnen: »Es sind nicht sie, die den Zeitplan bestimmen dürfen. Der muss bei *uns* liegen, und wir müssen auf den richtigen Augenblick warten. Und dann alle zusammen handeln. Wenn ihr das nicht einseht …«

Dann seid ihr *Idioten*!

Frank hatte bei seinen Auftritten immer verbal um sich geschlagen. Diese Leute brauchten etwas mehr – oder, um genauer zu sein, sie verdienten etwas mehr. Etwas Positives, etwas, das sie ebenso zog wie antrieb. Frank hatte das auch erkannt, aber selten danach gehandelt. Sie mussten verführt werden wie von den nächtlichen Tänzern an der Corniche. Wahrscheinlich waren diese Menschen an allen anderen Abenden der Woche draußen auf der Promenade an der Wasserfront. Und Politik musste etwas von dieser erotischen Energie hinzugewinnen, sonst handelte es sich nur um Ressentiment und Schadensbegrenzung.

Also verführte Maya sie. Sie tat es selbst dann, wenn sie besorgt, verängstigt oder in schlechter Stimmung war. Sie stand zwischen ihnen und dachte an Sex mit diesen großen geschmeidigen jungen Männern; und dann setzte sie sich in ihrer Mitte hin und stellte ihnen Fragen. Sie sah ihnen in die Augen, ihnen, die so groß waren, dass sie, wenn sie auf einem Tisch saß, mit ihnen auf Augenhöhe war, obwohl sie auf Stühlen saßen. Sie verwickelte sie in eine Konversation, die so vertraulich und angenehm wie möglich war. Was erwarteten sie vom Leben, vom Mars? Oft lachte sie laut bei ihren Antworten auf, überrascht durch ihre Naivität oder ihre Schlagfertigkeit. Ihre Träume vom Mars waren radikaler als alles, an das Maya je gedacht hatte. Sie träumten von einem Mars, der wirklich unabhängig war, egalitär, gerecht und schön. Und in mancher Weise hatten sie diese Träume schon verwirklicht. Viele von ihnen hatten jetzt ihre kleinen Zimmer zu geräumigen kommunalen Apartments zusammengelegt; und sie arbeiteten in ihrer alternativen Wirtschaft, die immer weniger Verbindung mit der Übergangsbehörde oder den Metanationalen hatte – einer Ökonomie, die von Marinas Öko-Ökonomie und Hirokos Areophanie, von den Sufis und Nirgal und dieser vagabundierenden Regierung der Jungen beherrscht wurde. Sie hatten das Gefühl, ewig zu leben. Sie lebten in einer Welt sinnlicher Schönheit. Ihre Gefangenschaft unter Kuppeln war normal, aber nur ein Übergang. Eine Geborgenheit in warmen mesokosmischen Mutterschößen, auf die unausweichlich ihr Hinaustreten auf eine freie lebendige Oberfläche folgen würde – eine Geburt, genau!

Sie waren embryonische Areurgen, um Michels Ausdruck zu gebrauchen, junge Götter, die ihre Welt lenkten und wussten, dass sie frei werden sollten, und zuversichtlich waren, dass es bald so weit wäre.

Es kamen mehr schlechte Nachrichten von der Erde, und die Besucherzahlen der Versammlungen stiegen an. In diesen Meetings herrschte keine Angststimmung, sondern dieselbe Entschlossenheit wie in Franks Miene auf dem Foto über ihrer Spüle. Ein Kampf zwischen den früheren Verbündeten Armscor und Subarashii um Nigeria führte zum Einsatz biologischer Waffen (beide Seiten stritten die Verantwortung ab), sodass Menschen, Tiere und Pflanzen in Lagos und seiner Umgebung von schrecklichen Krankheiten heimgesucht wurden. In den Versammlungen jenes Monats sprachen die jungen Leute wütend und mit blitzenden Augen vom Mangel jeder Gesetzlichkeit auf der Erde, dem Fehlen jeglicher Autorität, der man vertrauen könnte. Die metanationale Weltordnung war zu gefährlich, als dass man ihr gestatten dürfe, den Mars zu beherrschen!

Maya ließ sie eine Stunde lang reden, ehe sie etwas anderes sagte als: »Ich weiß.« Und ob sie das wusste! Ihr kamen fast die Tränen, wenn sie sah, wie entsetzt sie über Ungerechtigkeit und Grausamkeit waren. Dann nahm sie sich die Punkte der Erklärung von Dorsa Brevia einzeln vor und schilderte, wie ein jeder ausdiskutiert worden war und was er besagte und wie sich seine Verwirklichung in der realen Welt auf ihr Leben auswirken würde. Die jungen Leute wussten darüber mehr als sie; und diese Teile der Diskussion feuerten sie mehr an als alles Jammern über die Erde. Weniger besorgt und mehr begeistert.

Und bei dem Versuch, eine auf die Deklaration gegründete Zukunft zu schildern, brachte sie sie oft zum Lachen. Lustige Szenarien einer kollektiven Harmonie, alle zufrieden und glücklich. Sie kannten Streitereien in der gedrängten Realität ihrer Gemeinschaftswohnungen, und deswegen war es wirklich lustig. Das Licht in den Augen lachender junger Marsmenschen – selbst Maya, die nie lachte, fühlte, wie ein leichtes Lächeln die unsichtbare Karte der Runzeln veränderte, die jetzt ihr Gesicht war.

So beendete sie dann die Versammlung in dem Gefühl, dass gute Arbeit geleistet worden war. Was nützte schließlich eine Utopie ohne Freude? Was war der Sinn ihres Bemühens, wenn es nicht das Lachen der Jungen einschloss? Das war es, was Frank nie begriffen hatte, zumindest nicht in seinen späteren Jahren. Und so gab sie Spencers Sicherheitsmaßnahmen auf und führte die Leute nach den Meetings aus ihren Wohnungen, hinab zu den trockenen Küsten oder in Parks oder Cafés, um spazieren zu gehen oder zu trinken oder ein spätes Abendessen zu sich zu nehmen, in dem Gefühl, dass sie einen Schlüssel zur Revolution gefunden hatte, von dessen Existenz Frank nie gewusst, sondern es nur vermutet hatte, wenn er John ansah.

»Natürlich«, sagte Michel, als sie nach Odessa zurückkehrte und versuchte, ihm davon zu erzählen. »Aber Frank hat überhaupt nicht an Revolution geglaubt. Er war ein Diplomat, ein Zyniker, ein Konterrevolutionär. Freude lag nicht in seinem Wesen. Für ihn war alles nur Schadensbegrenzung.«

Aber Michel war in diesen Tagen oft anderer Ansicht als sie. Er neigte dazu zu explodieren, anstatt zu besänftigen, wenn sie erkennen ließ, dass sie einen Streit brauchte; und das gefiel ihr so gut, dass sie feststellte, dass sie nicht annähernd so viele Streits brauchte. »Komm schon!«, entgegnete sie auf seine Charakterisierung Franks und schubste Michel auf ihr Bett und verführte ihn, nur weil es Spaß machte und um ihn ins Reich der Freude zu ziehen und ihn zu zwingen, es zuzugeben. Sie wusste ganz genau, dass er es für seine Pflicht hielt, sie immer auf der Mittellinie ihrer Stimmungsschwankungen zu halten. Das konnte sie verstehen und schätzte den Halt, den er ihr zu geben suchte. Aber manchmal, wenn sie auf den Höhepunkt der Kurve zuraste, sah sie keinen Grund, diese kurzen Momente des schwerelosen Flugs nicht zu genießen, so etwas wie einen spirituellen Orgasmus ... Und so griff sie nach seinem Penis und zog ihn auf ihr Niveau und schaffte es, dass er eine oder zwei Stunden lang lächelte. Dann war es ihnen möglich, entspannt und friedlich durch den Park zum Café zu gehen und dort mit dem Rücken zur Bar zu sitzen und dem Flamencogitarristen oder der Tangokapelle zu lauschen, die ihre *piazzollas* spielte. Sie unterhielten sich beiläufig über die Arbeiten rund um das Becken. Oder sie redeten überhaupt nicht.

Eines Abends im Spätsommer des Jahres M-49 gingen sie mit Spencer zum Café hinunter und blieben während der langen Dämmerung sitzen, versunken in die Betrachtung von dunkelkupfrigen Wolken, die unter dem purpurnen Himmel unbewegt über dem fernen Eis glühten. Die vorherrschenden Westwinde trieben Luftmassen über die Hellespontus Montes, sodass sich dramatische Wolkenfronten über dem Eis aufbauten, die bald ein Teil ihres alltäglichen Lebens waren. Aber einige Wolken waren anders – metallische geschweifte feste Objekte wie steinerne Statuen, die nie von einem Wind einfach weggeblasen werden konnten. Von ihren schwarzen Unterseiten schossen Blitze auf das darunterliegende Eis.

Während sie diese eigenartigen Statuen beobachteten, hörten sie ein tiefes Dröhnen, und der Boden bebte leicht unter den Füßen, und das Besteck klapperte auf dem Tisch. Sie nahmen ihre Gläser und standen wie alle anderen in dem Café auf. In der erschrockenen Stille sah Maya, dass alle automatisch nach Süden blickten, hinaus aufs Eis. Die Leute strömten aus dem Park zur Corniche und standen dann schweigend mit dem Blick nach draußen an der Kuppelwand. Dort im verblassenden Indigo des Sonnenuntergangs unter den kupfernen Wolken konnte man soeben eine Bewegung erkennen, ein blinkendes Schwarz und Weiß am Rande der weißen und schwarzen Masse, das sich auf die Ebene zu bewegte. »Wasser«, sagte jemand am Nebentisch.

Alle bewegten sich wie in einem Traktorstrahl, die Gläser noch in der Hand. Alle anderen Gedanken waren verschwunden, als sie an den Rand der Wasserfront kamen, vor der brusthohen Kuppelmauer standen und in die Schatten auf der Ebene starrten. Schwarz auf schwarz, das mit weißen Flecken durchsetzt hin und her schwappte. Zum zweiten Mal erinnerte Maya sich wieder an die Marinerisflut und erschauerte. Die Erinnerung überkam sie wie Sodbrennen in der Speiseröhre. Sie verschluckte sich an dieser mentalen Säure und versuchte, die Erinnerungen zurückzudrängen. Es war das Hellas-Meer, das auf sie zukam – ihr Meer, ihre Idee, die jetzt den Hang überschwemmte. Eine Million Pflanzen würden sterben, hatte Sax ihr ins Gewissen gerufen. Die Schmelzwasseransammlung bei Low Point war immer größer und größer geworden, hatte sich mit anderen Schmelzwasserlagern vereinigt und das mürbe Eis dazwischen und darum herum geschmolzen, erwärmt durch den langen Sommer, die Bakterien und die Dampfstrahlen der Explosionen, die man im Eis ausgelöst hatte. Ein Eiswall im Norden musste gebrochen sein, und jetzt schwärzte die Flut die Ebene südlich von Odessa. Ihr nächster Rand war nicht mehr als fünfzehn Kilometer entfernt. Jetzt war das meiste, was man vom Becken sehen konnte, ein pfeffer- und salzfarbenes

Durcheinander, wobei sich der im Vordergrund dominierende Pfeffer zusehends immer mehr in Salz verwandelte. Das Land wurde in der gleichen Zeit heller, in der der Himmel dunkler wurde, was den Dingen ein unnatürliches Aussehen verlieh. Reifdämpfe stiegen vom Wasser auf und glühten im von Odessa ausstrahlenden Licht.

Es verging vielleicht eine halbe Stunde, während der alle auf der Corniche schweigend dastanden und beobachteten, in einer Erstarrung gefangen, die erst nachließ, als die Flut gefroren und die Dämmerung vorbei war. Dann ertönten plötzlich wieder menschliche Stimmen und Musik aus einem Café weiter unten. Lachen klang auf. Maya ging aufgewühlt an die Bar und bestellte Champagner für den Tisch. Denn mit einem Mal war ihre Stimmung im Einklang mit den Ereignissen; und sie wollte den bizarren Anblick der von ihr entfesselten Kräfte feiern, die sich draußen in der Gegend allgemein sichtbar manifestiert hatten. Sie brachte einen Trinkspruch für das ganze Café aus:

»Auf das Hellas-Meer und alle Seeleute, die darauf fahren werden, Eisbergen und Stürmen trotzend, um die gegenüberliegende Küste zu erreichen!«

Alle stießen Hochrufe aus; und die Menschen längs der ganzen Corniche griffen ihre Worte auf und jubelten überschwänglich. Die Band stimmte die Tangoversion eines Shantys an, und Maya fühlte, wie das kleine Lächeln die spröde Haut ihrer Wangen für den ganzen Rest des Abends lockerte. Selbst eine lange Diskussion über die Möglichkeit einer Flut, die den Schutzdeich von Odessa überspülen könnte, konnte das Lächeln nicht von ihrem Gesicht verscheuchen. Unten im Büro hatten sie die Wahrscheinlichkeiten wirklich sehr genau berechnet, und jedes Überschwappen, wie sie es nannten, war unwahrscheinlich oder sogar unmöglich. Odessa würde nichts passieren.

Aber aus der Ferne kamen Nachrichten, die sie erschütterten. Auf der Erde hatten die Kriege in Nigeria und Azania einen schweren weltweiten Konflikt zwischen Armscor und Subarashii ausgelöst. Christliche, islamische und hinduistische Fundamentalisten sahen sich gezwungen, die Langlebigkeitsbehandlung als Werk Satans zu erklären. Viele Nichtbehandelte traten diesen Bewegungen bei, übernahmen lokale Regierungen und führten direkte Massenangriffe gegen die metanationalen Projekte in ihrer Nähe durch. Inzwischen versuchten alle großen Metanationalen, die UN wiederzubeleben und als Alternative zum Weltgerichtshof zu etablieren. Viele der größten metanationalen Klienten und jetzt auch die Elfergruppe machten dabei mit. Michel hielt das für einen Sieg, da auch das auf Angst vor dem Weltgerichtshof hinwies. Und er sagte, jede Stärkung einer internationalen Körperschaft wie der UN wäre besser als nichts. Aber jetzt waren zwei konkurrierende Schlichtungssyteme in Kraft, von denen das eine durch die Metanationalen kontrolliert wurde, was es leichter machte, dasjenige zu vermeiden, das einem nicht gefiel.

Und auf dem Mars standen die Dinge nicht viel besser. Die UNTA-Polizei trieb sich im Süden herum, ungehindert, außer durch gelegentliche unerklärbare Pannen bei ihren Robotfahrzeugen; und Prometheus war das letzte versteckte Sanktuarium, das entdeckt und ausgehoben worden war. Von all den großen Verstecken blieb nur Vishniac verborgen. Dort hatte man sich schlafend gestellt, um geheim bleiben zu können. Das Südpolgebiet war nicht mehr ein Teil des Untergrunds.

In dieser Lage war es nicht überraschend, wie ängstlich die Leute manchmal waren, die zu den Versammlungen kamen. Es gehörte Mut dazu, bei einem Untergrund mitzumachen, der so sichtlich schrumpfte wie die Minus-Eins-Insel. Maya nahm an, dass die Menschen von Wut, Empörung und Hoffnung dazu getrieben wurden. Aber sie hatten auch Angst. Es gab keine Gewissheit, dass diese Bewegung etwas würde ausrichten können.

Und es wäre leicht, einen Spion in diese neu Hinzukommenden einzuschleusen. Maya fand es manchmal schwer, ihnen zu vertrauen. Waren alle wirklich das, was sie zu sein vorgaben? Es war einfach unmöglich, sich dessen sicher zu sein. Eines Abends begegnete sie einem jungen Mann, dessen Aussehen ihr nicht gefiel; und nach dem recht ereignislosen Meeting war sie mit Spencers Freunden gleich ins Apartment gegangen und hatte Michel von ihm erzählt. Der sagte: »Mach dir keine Sorgen!«

»Was meinst du damit, *keine Sorgen*?«

Er zuckte die Achseln. »Die Mitglieder beobachten sich gegenseitig. Sie bemühen sich darum, alle miteinander bekannt zu sein. Und Spencers Team ist bewaffnet.«

»Das hast du mir nie gesagt.«

»Ich dachte, du wüsstest es.«

»Komm schon! Du kannst mich nicht für dumm verkaufen.«

»Das tue ich nicht, Maya. Jedenfalls ist das alles, was wir tun können, falls wir uns nicht komplett verstecken.«

»Das schlage ich nicht vor. Hältst du mich für feige?«

Michel machte ein saures Gesicht und sagte etwas auf Französisch. Dann holte er tief Luft und schleuderte ihr einen seiner französischen Flüche entgegen. Maya bemerkte aber, dass er das vorsätzlich tat. Er war zu der Ansicht gekommen, dass die Streitigkeiten ihr guttaten und kathartisch für ihn waren, sodass er sie, falls nötig, als eine therapeutische Methode einsetzen konnte. Das wurde für Maya unerträglich. Ohne weiter zu überlegen, ging sie in die Küche, nahm einen kupfernen Topf und schlug damit nach ihm Er war so überrascht, dass es ihm kaum gelang, ihn wegzustoßen.

Er brüllte: »*Putaine! Pourquoi ce ça? Pourquoi?*«

»Ich will nicht gönnerhaft behandelt werden«, sagte sie, befriedigt, dass er jetzt richtig wütend war, aber auch selbst rasend. »Du verdammter Seelenklempner, wenn du in deinem Job nicht so schlecht wärst, hätten die Ersten Hundert nicht so durchgedreht, und diese Welt wäre nicht so im Eimer. Das ist alles deine Schuld.« Und sie schlug die Tür zu und ging ins Café, um darüber zu brüten, wie schrecklich es war, einen Schrumpfkopf als Partner zu haben, aber auch über ihr hässliches Benehmen, dass sie so schnell die Beherrschung verloren hatte und ihn angegriffen hatte. Diesmal kam er nicht herunter, um ihr Gesellschaft zu leisten, obwohl sie bis zum Ladenschluss dort sitzen blieb.

Und dann, kurz nachdem sie heimgekommen war, sich auf die Couch gelegt hatte und eingeschlafen war, klopfte es an der Tür, schnell und zart auf eine alarmierende Weise. Michel rannte hin und spähte durch das Guckloch. Es war Marina.

Marina ließ sich neben Maya auf die Couch fallen und sagte, während sie zitternd Mayas Hände hielt: »Sie haben Sabishii erobert. Sicherheitstruppen. Hiroko und ihr ganzer innerer Kreis waren zu Besuch und auch alle aus dem Süden, die seit Beginn der Überfälle hergekommen waren. Und Cojote. Sie alle waren dort. Auch Nanao, Etsu und alle *Issei* …«

»Haben sie sich nicht gewehrt?«, fragte Maya.

»Sie haben es versucht. Am Bahnhof wurden etliche Leute getötet. Das hat sie aufgehalten, und ich glaube, dass einige in das Moholelabyrinth geflüchtet sind. Aber sie haben das ganze Gebiet abgesperrt und sind durch die Kuppelwände eingedrungen. Es war genau wie einundsechzig in Cairo. O Gott!«

Plötzlich fing sie an zu weinen. Maya und Michel setzten sich links und rechts neben sie. Marina hielt sich die Hände vors Gesicht und schluchzte. Das war für die sonst so starke

Marina so ungewöhnlich, dass die Nachricht Maya und Michel umso stärker erschütterte.

Marina setzte sich auf und wischte sich Augen und Nase. Michel gab ihr ein Taschentuch. Sie fuhr ruhig fort: »Ich fürchte, dass viele von ihnen getötet worden sind. Ich war mit Vlad und Ursula draußen in einer jener entfernten Steinblockklausen. Wir blieben dort drei Tage lang, gingen dann zu einer versteckten Garage und entkamen in Felswagen. Vlad ging nach Burroughs und Ursula nach Elysium. Wir versuchen, so viele der Ersten Hundert zu benachrichtigen, wie wir können. Besonders Sax und Nadia.«

Maya stand auf, zog sich an, ging dann durch den Gang und klopfte bei Spencer an die Tür. Dann ging sie wieder in die Küche und setzte Teewasser auf, wobei sie es vermied, Franks Bild anzuschauen, der ihr zusah und sagte: *Ich habe es dir gesagt. So läuft das.* Maya kam mit den Teetassen ins Wohnzimmer. Ihre Hände zitterten so stark, dass ihr die heiße Flüssigkeit über die Finger floss. Michels Gesicht war blass und verschwitzt, und er hörte überhaupt nichts von dem, was Marina sagte. Natürlich – wenn Hirokos Gruppe dort gewesen war, hatten sie seine ganze Familie erwischt, entweder gefangen oder getötet.

Maya verteilte die Teetassen; und als Spencer hereinkam und man ihm die Geschichte erzählt hatte, nahm Maya eine Decke und legte sie Michel über die Schultern und schämte sich sehr für den jämmerlichen Zeitpunkt ihrer Attacke gegen ihn. Sie setzte sich neben ihn, tätschelte seinen Schenkel und versuchte, ihm durch die Berührung mitzuteilen, dass sie da war, dass sie auch seine Familie war und dass alle ihre Spiele vorbei waren, soweit sie dazu imstande wäre. Ihn nicht mehr wie ein Schoßtier oder einen Sandsack zu behandeln ...

Dass sie ihn liebte. Aber sein Schenkel war wie warme Keramik; und er bemerkte die Berührung ihrer Hand offenbar nicht und war sich kaum ihrer Anwesenheit bewusst. Sie kam auf den Gedanken, dass gerade in Momenten größter Not die Menschen am wenigsten füreinander tun konnten.

Sie stand auf und gab Spencer etwas Tee. Dabei vermied sie, das blasse Bild ihres Gesichts im Küchenfenster anzuschauen, das verkniffene harte Geierauge, das sie nie ertragen konnte. Man darf nie zurückschauen.

Im Moment konnten sie nichts weiter tun, als dazusitzen und die Nacht herumzubringen. Zu versuchen, die Nachricht zu verarbeiten und ihr zu widerstehen. So saßen sie nur da, redeten und hörten zu, wie Marina die Geschichte in immer mehr Details erzählte. Sie tätigten über die Verbindungen von Praxis Anrufe, um mehr herauszufinden. Sie waren schlapp und stumm in ihren eigenen Überlegungen, jeder in seinem einsamen Universum gefangen. Die Minuten vergingen wie Stunden und die Stunden wie Jahre. Es war die höllisch verschlungene Raumzeit der gänzlichen Nachtwache, das älteste der menschlichen Rituale, wenn Menschen ohne Erfolg einer blinden Katastrophe Sinn abzugewinnen suchen.

Als endlich die Dämmerung kam, war der Himmel bedeckt und die Kuppel mit Regentropfen besprüht. Einige qualvoll lange Stunden später begann Spencer, mit allen Gruppen in Odessa Verbindung aufzunehmen. Im Laufe dieses und des nächsten Tages verbreitete sich die Nachricht, die von Mangalavid und den anderen Nachrichtendiensten unterdrückt worden war. Aber allen war klar, dass etwas geschehen sein musste, weil Sabishii bei den gewöhnlichen Gesprächen und sogar in allgemeinen Geschäftsangelegenheiten fehlte. Gerüchte flogen hin und her und gewannen an Schwung mangels verlässlicher Nachrichten. Sie reichten von Sabishiis Unabhängigkeit bis zu seiner Ausradierung. Aber in den angespannten Versammlungen der folgenden Woche berichteten Maya und Spencer jedem, was Marina gesagt hatte; und dann verbrachten sie die anschließenden Stunden mit Beratungen, was man machen sollte. Maya tat ihr Bestes, um die Leute zu überreden, sich nicht zu Aktionen drängen zu lassen, ehe sie bereit wären. Aber das war ein mühsames Unterfangen. Die Leute waren wütend und aufgeschreckt, und es gab in dieser Woche viele Vorfälle in Odessa und der Umgebung von Hellas, ja auf dem ganzen Mars – Demonstrationen, kleinere Sabotagen, Angriffe auf Stellungen und Personal des Sicherheitsdienstes, KI-Ausfälle, Störungen bei der Arbeit. »Wir müssen ihnen zeigen, dass wir uns so etwas nicht gefallen lassen!«, sagte Jackie im Netz. Sie schien überall gleichzeitig zu sein. Selbst Art stimmte ihr zu: »Ich denke, zivile Proteste durch die allgemeine Bevölkerung, so viel wir nur aufbringen können, könnten sie bremsen. Könnten bewirken, dass diese Schweine es sich zweimal überlegen, ehe sie wieder so etwas tun.«

Nichtsdestoweniger stabilisierte sich die Lage nach einiger Zeit. Sabishii kehrte im Netz und auf den Bahnfahrplänen zurück, und das Leben dort fing wieder an, obwohl es nicht mehr dasselbe war wie zuvor, da eine große Polizeimacht als Besatzung dablieb, die die Tore und den Bahnhof überwachte und sich bemühte, alle Hohlräume im Labyrinth in der Halde aufzufinden. Während dieser Zeit führte Maya eine Reihe langer Gespräche mit Nadia, die in South Fossa arbeitete, und mit Nirgal und Art und sogar mit Ann, die von einem ihrer Verstecke in Aureum Chaos anrief. Sie waren sich alle einig, dass sie sich, ganz gleich, was in Sabishii geschehen war, im Moment jedes Versuchs einer allgemeinen Revolution enthalten müssten. Sogar Sax rief bei Spencer an, um zu sagen, dass er Zeit brauche. Was Maya tröstlich fand, da es ihre Überzeugung stützte, dass die Zeit noch nicht gekommen war. Dass man sie provozieren wollte in der Hoffnung, vorzeitig eine Revolte auszulösen. Ann, Kasei, Jackie und die anderen Radikalen – Dao, Antar, sogar Zeyk – waren über das Warten unglücklich und pessimistisch hinsichtlich seines Sinnes. Maya sagte ihnen: »Ihr versteht das nicht. Da draußen wächst eine ganze neue Welt heran, und je länger wir warten, desto stärker wird sie. Haltet nur durch!«

Dann empfingen sie etwa einen Monat nach der Schließung von Sabishii auf ihren Armbandgeräten eine kurze Mitteilung von Cojote – ein kleines Bildchen seines schiefen Gesichts, das ungewöhnlich ernst aussah. Er wäre durch das Labyrinth geheimer Tunnels in der Mohole-Abraumhalde entkommen und befände sich jetzt in einem seiner Verstecke. »Was ist mit Hiroko?«, fragte Michel sofort. »Was ist mit Hiroko und den Übrigen?«

Aber Cojote war schon weg.

»Ich glaube nicht, dass sie Hiroko geschnappt haben«, sagte Michel schnell. Er ging im Zimmer herum, ohne zu merken, dass er sich bewegte. »Weder Hiroko noch sonst jemand von ihnen! Wenn man sie gefangen hätte, hätte die Übergangsbehörde das bestimmt verkündet. Ich wette, dass Hiroko die Gruppe wieder in den Untergrund geführt hat. Sie waren seit Dorsa Brevia nicht mit den Dingen zufrieden, sie sind eben nicht gut bei Kompromissen. Darum sind sie als Erste abgehauen. Alles, was seither geschehen ist, hat nur ihre Ansicht bestärkt, dass sie uns nicht zutrauen können, die Welt zu erbauen, die sie haben wollen. Also haben sie diese Chance genutzt, wieder zu verschwinden. Vielleicht hat sie der Überfall auf Sabishii gezwungen, es zu tun, ohne uns zu benachrichtigen.«

»Vielleicht«, sagte Maya und bemühte sich glaubhaft zu klingen. Michel musste die Alternative ablehnen. Aber wenn es ihm half – wen kümmerte das? Und Hiroko war zu allem fähig.

Maya musste aber ihre Antwort plausibel und Maya-mäßig machen, sonst würde er merken, dass sie ihn nur beruhigte. »Aber wohin würden sie gehen?«

»Zurück ins Chaos, vermute ich. Viele der alten Zufluchtsstätten gibt es noch.«

»Aber was ist mit dir?«

»Sie werden es mich wissen lassen.«

Er dachte darüber nach und sah sie an. »Oder vielleicht wissen sie, dass du jetzt meine Familie bist.«

Also hatte er in jener ersten schrecklichen Stunde ihre Hand doch gespürt. Aber er schenkte ihr ein so trauriges schiefes Lächeln, dass sie zusammenzuckte und versuchte, ihn so fest zu umarmen, dass ihm die Rippen brachen, um ihm zu zeigen, wie sehr sie ihn liebte und wie wenig sie seine so traurige Miene mochte. »Damit haben sie recht«, sagte sie heiser. »Aber sie müssen auf jeden Fall mit dir Kontakt aufnehmen.«

»Das werden sie. Dessen bin ich mir sicher.«

Maya hatte keine Ahnung, was sie von Michels Theorie halten sollte. Cojote war wirklich durch das Labyrinth in der Halde entkommen und dürfte so vielen seiner Freunde geholfen haben, wie er konnte. Und Hiroko würde wahrscheinlich ganz oben auf dieser Liste stehen. Sie würde Cojote deshalb sicher das nächste Mal, wenn sie ihn traf, die Hölle heißmachen. Aber er hatte ihr noch nie viel erzählt. Tot, gefangen oder im Versteck, ganz gleich was – es war ein grausamer Schlag gegen ihre Sache, da Hiroko das moralische Zentrum für einen so großen Teil des Widerstandes war.

Aber sie war so eigenartig gewesen. Maya war, größtenteils unbewusst und ungewollt, nicht ganz unglücklich darüber, dass Hiroko von der Bildfläche verschwunden war, wie auch immer es dazu gekommen sein mochte. Maya war nie imstande gewesen, mit Hiroko zu kommunizieren und sie zu verstehen.

Obwohl sie sie geliebt hatte, machte es sie nervös, dass eine so starke unberechenbare Kraft umherzog und die Lage kompliziert machte. Und es war beunruhigend gewesen, dass es unter den Frauen eine andere große Kraft gegeben hatte, auf die sie absolut keinen Einfluss hatte. Natürlich wäre es schlimm, wenn ihre ganze Gruppe gefangen genommen oder, noch schlimmer, getötet worden wäre. Wenn sie sich aber entschlossen hatten, wieder zu verschwinden, war das gar keine so schlechte Sache. Es würde die Dinge vereinfachen zu einer Zeit, da sie verzweifelt um Vereinfachung bemüht waren, und würde Maya mehr potenzielle Kontrolle über die kommenden Ereignisse geben.

Also hoffte sie von ganzem Herzen, dass Michels Theorie stimmen möge, und nickte ihm zu und tat so, als ob sie auf eine reservierte realistische Weise seiner Analyse zustimmen würde. Und dann ging sie zur nächsten Versammlung, um wieder einmal eine Kommune wütender Eingeborener zu beruhigen. Es vergingen Wochen und dann Monate. Es schien, als hätten sie die Krise überlebt. Aber auf der Erde wurde die Lage immer noch schlimmer; und Sabishii, ihre Universitätsstadt, das Juwel der Demimonde, stand unter einer Art Kriegsrecht. Und Hiroko war verschwunden. Hiroko, die ihr Herz war. Selbst Maya, die sich zunächst in gewisser Weise gefreut hatte, sie los zu sein, fühlte sich durch ihre Abwesenheit immer mehr bedrückt. Die Konzeption des Freien Mars war schließlich doch ein Teil der Areophanie gewesen – und sollte jetzt auf bloße Politik, auf das Überleben der Tüchtigsten reduziert werden ...

Der Geist schien aus den Dingen gewichen zu sein. Und während der Winter verging und die Nachrichten von der Erde von eskalierenden Konflikten berichteten, stellte Maya fest, dass die Leute immer verzweifelter nach Zerstreuung suchten. Die

Partys wurden lauter und ausgelassener, die Corniche war eine nächtliche Orgie, und an besonderen Abenden wie Fastnacht oder Neujahr war sie mit allen Einwohnern der Stadt vollgestopft, die mit grimmiger Fröhlichkeit tanzten, tranken und sangen, unter den kleinen roten Mottos, die auf jede Wand gepinselt waren: ES FÜHRT KEIN WEG ZURÜCK! – FREIER MARS. Aber wie nur? *Wie?*

Das Neujahr wurde in diesem Winter besonders wild gefeiert. Es war M-Jahr 50; und die Leute begingen den großen Jahrestag überschwänglich. Maya ging mit Michel die Corniche auf und ab und sah hinter ihrem Domino neugierig zu, wie die Reihen der Tanzenden in Wellen vorbeizogen. Sie schaute auf all die langen jungen zuckenden Leiber, die Gesichter maskiert, aber zumeist bis zur Taille nackt wie aus einem alten indischen Bild. Brüste und Glieder graziös hüpfend zu dem Nuevo-Calypso der dröhnenden Stahltrommeln ... Oh, es war wunderbar! Und diese jungen Fremden waren naiv, aber schön. Wie schön! Und sie hatte geholfen, diese Stadt, die über der trockenen Wasserfront stand, zu erschaffen ... Sie fühlte sich hineingezogen, vorbei am Äquinoktium und in den strahlenden Ansturm auf die Euphorie. Vielleicht war es nur eine Anomalie in ihrer Biochemie, wahrscheinlich ausgelöst durch die trübe Lage der zwei Welten, *entre chien et loup*, aber jedenfalls war es da, und sie fühlte es in ihrem Körper. Also zog sie Michel in eine Tanzreihe und tanzte so lange weiter, bis sie vor Schweiß glänzte. Es war ein großartiges Gefühl.

Sie saßen eine Weile in ihrem Café beisammen. Ein wahres Treffen der Ersten Neunundreißig. Sie, Michel und Spencer, Vlad, Ursula und Marina, Yeli Zudov und Mary Dunkel, die einen Monat nach der Abriegelung aus Sabishii entkommen waren. Ferner Mikhail Yangel von Dorsa Brevia und Nadia, die von South Fossa heruntergekommen war. Sie waren zu zehnt. »Eine dezimierte Anzahl«, witzelte Mikhail. Sie bestellten eine Flasche Wodka nach der anderen, als ob sie die Erinnerung an die anderen neunzig ertränken könnten, einschließlich ihrer armen Farmgruppe, die bestenfalls wieder verschwunden, schlimmstenfalls aber ermordet worden war. Die Russen unter ihnen, die in dieser Nacht erstaunlich in der Mehrheit waren, begannen all die alten heimatlichen Toasts auszubringen: Auf unsere Gesundheit! Lasst uns einen hinter die Binde gießen! Lasst uns saufen, bis wir blind werden! Lasst uns saufen, bis der Nabel glänzt! Runter damit, bis zum letzten Tropfen! Und so weiter und so weiter, bis Michel, Mary und Spencer erstaunte und entsetzte Gesichter machten. Mikhail erklärte ihnen, das wäre wie mit Eskimos und Schnee.

Und dann gingen sie wieder hinaus, um zu tanzen. Die zehn bildeten eine eigene Reihe und schlängelten sich wankend durch die jungen Leute. Fünfzig lange Marsjahre; und sie lebten und tanzten noch! Das war ein Wunder!

Aber wie immer bei der nur zu sicher fälligen Schwankung von Mayas Launen kam am Gipfel der tote Punkt, der plötzliche Absturz. An diesem Abend war es, als sie hinter den anderen Masken die vom Rausch getrübten Augen bemerkte und sah, wie alle dabei waren, sich davonzumachen, und ihr Bestes taten, um sich in ihre private Welt zu flüchten, wo sie mit niemandem mehr Verbindung haben würden als mit dem oder der Geliebten dieser Nacht. Und da gab es keine Unterschiede. »Lass uns nach Hause gehen!«, sagte sie zu Michel, der noch im Takt der Musik vor ihr herumhüpfte und sich am Anblick all der jungen schlanken Marsianer erfreute. »Ich halte das nicht länger aus.«

Er wollte aber bleiben und die anderen auch. Darum ging sie schließlich allein, durch das Tor, den Garten und die Treppe hinauf in ihr Apartment. Hinter ihr ertönte laut der Lärm der Feier.

Und da an dem Schrank über der Spüle lächelte der junge Frank über ihren Kummer. Natürlich nimmt es diesen Verlauf, sagte der scharfe Blick des jungen Mannes. Auch ich kenne diese Geschichte und habe sie auf die harte Tour gelernt. Geburtstage, Hochzeiten, glückliche Momente – sie verfliegen. Sie sind dahingegangen. Sie hatten nie etwas zu bedeuten. Das knappe, wütende und entschlossene Lächeln, und die Augen ... Es war, als blickte man in die Fenster eines leeren Hauses. Maya stieß eine Kaffeetasse von der Anrichte. Sie zerbrach auf dem Fußboden. Der Griff drehte sich, und sie schrie laut auf, sank zu Boden, schlang die Arme um die Knie und weinte.

Im neuen Jahr kamen dann Meldungen über verstärkte Sicherheitsmaßnahmen in Odessa selbst. Es schien, dass die UNTA die Lektion von Sabishii gelernt hatte und sich anschickte, die anderen Städte vorsichtiger anzugehen. Neue Pässe, Sicherheitskontrollen an jedem Tor und jeder Garage, beschränkter Zugang zu den Zügen. Man raunte, dass sie besonders auf die Ersten Hundert Jagd machten und sie beschuldigten, die Übergangsbehörde stürzen zu wollen.

Nichtsdestoweniger wollte Maya weiterhin die Versammlungen für den Freien Mars besuchen, und Spencer war immer noch bereit, sie mitzunehmen. »Solange wir können«, sagte sie. Und so gingen sie eines Nachts zusammen die langen Steintreppen der oberen Stadt hinauf. Michel war bei ihnen, zum ersten Mal seit dem Angriff auf Sabishii, und Maya schien es, dass er sich recht gut von dem Schock der Nachricht erholte, von jener schrecklichen Nacht, in der Marina an die Tür geklopft hatte.

Aber bei diesem Meeting kamen noch Jackie Boone und der Rest ihrer Gruppe hinzu, sowie Antar und Leute aus Zygote, die mit dem um Hellas-Rundzug eingetroffen waren. Sie flohen vor den UNTA-Truppen im Süden und waren sehr wütend nach dem Angriff auf Sabishii, militanter denn je. Das Verschwinden von Hiroko und ihrer inneren Gruppe hatte die Ektogenen zum Äußersten getrieben. Hiroko war die Mutter der meisten; und sie alle schienen sich einig zu sein, dass die Zeit gekommen wäre, aus der Deckung zu kommen und eine Rebellion großen Stils anzufangen. Jackie sagte der Versammlung, sie dürften keine Zeit mehr verlieren, wenn sie die Leute von Sabishii und die versteckten Kolonisten retten wollten.

»Ich glaube nicht, dass sie Hirokos Leute erwischt haben«, sagte Michel. »Ich denke, sie sind mit Cojote in den Untergrund gegangen.«

»Glaubst du«, zischte Jackie; und Maya fühlte, wie sie die Zähne fletschte.

»Sie hätten uns ein Zeichen gegeben, wenn sie ernstlich in Schwierigkeiten stecken würden«, erwiderte Michel.

Jackie schüttelte den Kopf. »Sie würden sich jetzt, da die Lage kritisch zu werden beginnt, nicht verstecken.« Dao und Rachel nickten. »Und außerdem, was ist mit den Sabishiianern und der Schließung von Sheffield? Auch hier wird das passieren. Nein, die Übergangsbehörde ergreift überall die Macht. Wir müssen jetzt handeln!«

»Sabishii hat die Übergangsbehörde verklagt«, entgegnete Michel, »und die Sabishiianer leben nach wie vor frei in Sabishii.«

Jackie machte bloß ein wütendes Gesicht, als wäre Michel ein Narr, ein schwacher über-optimistischer verängstigter Idiot. Mayas Herz machte einen Sprung, und sie merkte, dass sie mit den Zähnen knirschte.

»Wir dürfen noch nicht handeln! Wir sind nicht bereit«, sagte sie scharf.

Jackie blitzte sie an. »Deiner Meinung nach werden wir nie bereit sein! Wir warten, bis sie den ganzen Planeten in der Hand haben, und sind dann nicht imstande, irgendetwas zu tun, selbst wenn wir es wollten. Genau so hättest du es doch gern, oder?«

Maya schoss aus ihrem Sitz hoch. »Es gibt kein ›sie‹ mehr! Es gibt vier oder fünf Metanationale, die um den Mars kämpfen, genau so, wie sie um die Erde kämpfen. Wenn wir uns mitten in diesem Kampf erheben, werden wir im Kreuzfeuer einfach niedergeschossen. Wir müssen auf den richtigen Augenblick warten. Es muss geschehen, wenn sie einander verletzt haben und wir eine echte Chance auf Erfolg haben. Sonst werden sie uns erdrücken, und es ist genau wie einundsechzig. Es gibt nur wildes Geschieße und Chaos und Tote!«

Jackie schrie: »Einundsechzig, immer dieselbe alte Leier bei dir! Die perfekte Ausrede fürs Nichtstun! Sabishii und Sheffield sind besetzt, und Burroughs ist geschlossen, und Hiranyagarbha und Odessa werden als Nächste drankommen, und der Aufzug schafft jeden Tag noch mehr Polizei her, und sie haben Hunderte von Menschen getötet oder eingesperrt wie meine Großmutter, die unsere wahre Anführerin ist. Und du redest nur über einundsechzig! Einundsechzig hat dich zum Feigling gemacht!«

Maya holte aus und schlug sie heftig ins Gesicht. Jackie sprang sie an, sodass Maya gegen die Tischkante fiel und ihr die Luft aus der Lunge gepresst wurde. Trotzdem gelang es ihr, eines von Jackies Handgelenken zu packen, und biss so fest sie konnte in den angespannten Unterarm, wollte wiklich Fleisch zerreißen, sie verletzen. Dann zerrte man sie auseinander und hielt sie fest. Der Raum tobte, alle brüllten, einschließlich Jackie, die schrie: »Schlampe! Verfluchte Schlampe! *Mörderin!*« Und Maya hörte auch aus ihrer Kehle zwischen Atempausen Worte kommen wie: »Blöde Hure, du blöde kleine Hure!« Die Leute hielten ihr und auch Jackie die Hände vor den Mund und zischten: »Pst, pst! Still! Sie werden uns hören, sie werden uns melden. Die Polizei wird kommen!«

Endlich nahm Michel seine Hand von Mayas Mund, und sie fauchte ein letztes Mal: »Blöde kleine Schlampe!« Dann setzte sie sich wieder hin und sah sie alle mit einem scharfen Blick an, der traf und mindestens die Hälfte von ihnen zur Ruhe brachte. Jackie wurde freigelassen und fing an, leise zu fluchen. Maya fuhr so wild dazwischen: »*Halt's Maul!*«, dass Michel wieder zwischen sie trat. Flüsternd krächzte Maya: »Du ziehst deine Boys am Schwanz herum und bildest dir ein, eine Anführerin zu sein, und das ohne einen einzigen Gedanken in deinem leeren Kopf ...«

»Das höre ich mir nicht an!«, schrie Jackie, alle machten: »*Psst!*«, und sie rannte in den Gang hinaus. Das war ein Fehler, ein Rückzug; und Maya stand wieder auf und benutzte die Zeit, um die anderen mit aufreibendem Flüstern wegen ihrer Dummheit zu beschimpfen. Und dann, als sie ihr Temperament ein wenig im Griff hatte, plädierte sie dafür, Zeit zu gewinnen. Die quälende Schärfe ihrer Wut lag knapp unter der Oberfläche ihrer rationalen Bitte um Geduld, Zielstrebigkeit und Beherrschung – ein Argument, das keiner Antwort bedurfte. Während dieser ganzen Beschwörung starrten sie natürlich alle im Raum an, als wäre sie eine blutige Gladiatorin, wirklich die Schwarze Witwe. Und da ihr die Zähne wehtaten, weil sie sie in Jackies Arm geschlagen hatte, konnte sie kaum den Anspruch erheben, das perfekte Muster einer intelligenten Diskussionsteilnehmerin zu sein. Sie dachte, ihr Mund müsse geschwollen sein, so sehr pochte er; und sie kämpfte gegen ein zunehmendes Gefühl der Erniedrigung an und machte weiter, kühl, leidenschaftlich und anmaßend. Das Meeting endete mit einer vagen und größtenteils nicht ausgesprochenen Übereinkunft, jeden Massenaufstand zu verschieben und weiterhin verborgen zu bleiben.

Als Nächstes erinnerte sie sich, auf einen Sitz in der Straßenbahn zwischen Michel und Spencer geplumpst zu sein und versucht zu haben, nicht zu weinen. Sie würden Jackie und den Rest ihrer Gruppe aufnehmen müssen, solange sie in Odessa waren. Schließlich war ihr Haus ja sicher. Es war also eine Situation, der sie nicht entkommen konnte. Inzwischen würden Polizeibeamte vor der Versorgungsanlage und den Büros der Stadt stehen und die Handgelenke kontrollieren, ehe sie Leute einließen. Wenn sie nicht wieder zur Arbeit ginge, könnte man sehr wohl versuchen, ihr nachzuspüren und nach dem Grund zu fragen; wenn sie aber zur Arbeit ginge und kontrolliert würde, war es nicht sicher, ob ihre Identifikation im Handgelenk und ihr Schweizer Pass ausreichen würden, dass man sie passieren ließ. Es gab Gerüchte, dass die nach '61 erfolgte Balkanisierung von Informationen allmählich durch größere integrierte Systeme abgelöst wurde, die einige Vorkriegsdaten bewahrt hatten. Darum die Forderung neuer Pässe. Und falls sie in eines dieser Systeme geriete, wäre sie geliefert. Man würde sie zu den Asteroiden oder nach Kasei Vallis verfrachten, foltern und ihren Geist zerstören wie bei Sax. »Vielleicht ist es an der Zeit«, sagte sie zu Michel und Spencer. »Wenn sie alle Städte und Verbindungsstrecken blockieren, was haben wir da für eine Wahl?«

Sie antworteten nicht. Sie wussten ebenso wenig, was zu tun wäre, wie sie selbst. Plötzlich schien das ganze Unabhängigkeitsprojekt wieder ein Fantasiegebilde zu sein, ein Traum, der jetzt genauso unmöglich war wie damals, als Arkady dafür eingetreten war. Arkady, der so fröhlich gewesen war und so sehr im Unrecht. Sie würden nie von der Erde frei sein – nie. Sie waren hilflos.

»Ich möchte erst mit Sax sprechen«, sagte Spencer.

»Und Cojote«, sagte Michel. »Ich muss genauer wissen, was in Sabishii geschehen ist.«

»Und Nadia«, sagte Maya beklommen. Nadia hätte sich für sie geschämt, wenn sie sie bei dieser Versammlung gesehen hätte. Und das tat weh. Sie brauchte Nadia, die einzige Person auf dem Mars, deren Urteil sie noch vertraute.

Als sie die Straßenbahnen wechselten, beklagte sich Spencer Michel gegenüber: »Mit der Atmosphäre ist etwas Merkwürdiges im Gange. Ich will hören, was Sax dazu zu sagen hat. Die Sauerstoffwerte steigen schneller, als ich erwartet hätte, besonders auf Nord-Tharsis. Es scheint, als wäre ein wirklich erfolgreiches Bakterium ohne Selbstmordgene eingeschleust worden. Sax hat sein altes Team von Echus Overlook praktisch wieder beisammen, alle, die noch am Leben sind, und sie arbeiten in Acheron und Da Vinci an Projekten, über die sie uns nichts erzählen. Das ist wie damals bei diesen verdammten Windmühlenheizern. Darum will ich mit ihm sprechen. Wir müssen uns dabei zusammentun, sonst …«

»Sonst einundsechzig«, betonte Maya.

»Ich weiß, ich weiß. Du hast recht damit, Maya. Das heißt, ich stimme zu. Ich hoffe, dass das auch für hinreichend viele der anderen gilt.«

»Wir werden mehr tun müssen als bloß hoffen.«

Das bedeutete, sie würde hinausgehen und selbst aktiv werden müssen. Völlig in den Untergrund gehen, von Stadt zu Stadt reisen, von Unterschlupf zu Unterschlupf, wie Nirgal es schon seit Jahren tat, ohne einen Job oder ein Heim, mit so vielen revolutionären Zellen zusammenkommen, wie sie konnte, und versuchen, sie bei der Stange zu halten. Oder sie mindestens davon abzuhalten, zu früh loszuschlagen. Die Arbeit am Hellasprojekt würde nicht mehr möglich sein.

Somit war dieses Leben also vorbei. Sie stieg aus der Straßenbahn und blickte kurz über den Park zur Corniche, machte dann kehrt und ging durch das Tor und den Garten, die Treppe hinauf und über den vertrauten Korridor. Sie fühlte sich schwer und alt und äußerst erschöpft. Sie steckte den richtigen Schlüssel ins Schloss, ohne nachzudenken, ging in das Apartment und sah ihre Sachen an, Michels Haufen von Büchern, den Kandinsky-Druck über der Couch, Spencers Zeichnungen, den abgenutzten Kaffeetisch, den abgenutzten Esstisch mit den Stühlen, die Kochecke, wo alles an seinem Platz war einschließlich des kleinen Gesichtes am Schrank über der Spüle. Vor wie vielen Zeitaltern hatte sie dieses Gesicht kennengelernt? Alle diese Möbelstücke würden ihrer Wege gehen. Sie stand mitten im Zimmer, aufgebraucht und vereinsamt, bekümmert wegen dieser Jahre, die fast unmerklich verstrichen waren, fast eine Dekade produktiver Arbeit, voll echten Lebens, die dieser letzte Sturm der Geschichte wegblasen würde in einem Paroxysmus, den sie jetzt versuchen musste zu lenken oder zumindest zu überdauern. Sie würde ihr Bestes tun, um ihn so zu lenken, dass sie ihn überlebten. Verdammt sei die Welt, verdammt ihre Zudringlichkeit, ihre gedankenlose Last, ihr unerbittlicher Lauf durch die Gegenwart, der im Vorbeigehen Leben zerstörte ... Sie hatte dieses Apartment, diese Stadt und dieses Leben gern gehabt, mit Michel, Spencer, Diana und all ihren Arbeitskolleginnen und -kollegen, all ihren Gewohnheiten, ihrer Musik und ihren kleinen täglichen Freuden.

Sie schaute traurig Michel an, der in der Tür hinter ihr stand und umherblickte, als wollte er den Ort seiner Erinnerung einprägen. Ein gallisches Achselzucken. Er sagte: »Nostalgie im Voraus«, und versuchte zu lächeln. Auch er hatte dieses Gefühl. Er verstand, es war diesmal nicht einfach ihre Stimmung, sondern die Realität selbst.

Sie strengte sich an und lächelte zurück, ging hin und nahm seine Hand. Unten im Treppenhaus war ein Gepolter zu hören, als die Zygotegruppe heraufkam. Sie konnten in Spencers Apartment bleiben, diese Bastarde. »Wenn es gelingt, werden wir eines Tages zurückkommen«, sagte Maya.

Sie gingen im frischen Morgenlicht zum Bahnhof hinunter, vorbei an all den Cafés, bei denen noch die Stühle auf den feuchten Tischen standen. Am Bahnhof riskierten sie ihre alten Personalausweise und bekamen ohne Schwierigkeiten Tickets. Sie nahmen einen entgegen dem Uhrzeigersinn fahrenden Zug nach Montepulciano, legten gemietete Schutzanzüge und Helme an und gingen aus dem Zelt hinaus bergab und verschwanden von der Oberflächenwelt in einer steilen Schlucht der Vorberge. Dort wartete Cojote in einem Felsenwagen auf sie und fuhr sie mitten durch Hellespontus ein sich verzweigendes Netz von Tälern hinauf über einen Pass nach dem anderen in dieser chaotischen Bergkette, die genauso wild war, wie vom Himmel fallendes Gestein es erwarten ließ, ein albtraumhaftes Labyrinth, bis sie auf der Höhe des westlichen Hanges waren, am Rabe-Krater vorbei und auf die von Kratern zerfressene Noachis-Hochebene. Und so waren sie wieder außerhalb des Netzes und reisten, wie Maya es noch nie getan hatte.

Cojote half ihnen beim ersten Teil dieser Unternehmung sehr. Maya hatte den Eindruck, dass er nicht mehr derselbe war – bedrückt und sogar besorgt durch die Eroberung von Sabishii. Er wollte ihre Fragen nach Hiroko und den versteckten Kolonisten nicht beantworten. Er sagte so oft »Ich weiß es nicht«, dass sie anfing, ihm zu glauben, besonders wenn sich sein Gesicht in einem erkennbaren menschlichen Ausdruck von Kummer verzog. Die berühmte unerschütterliche Unbekümmertheit war verschwunden. »Ich weiß wirklich nicht, ob sie herausgekommen sind oder nicht. Ich war schon draußen in dem Labyrinth der Halde, als der Angriff begann, und ich bin so schnell wie möglich in einem Wagen geflüchtet. Doch aus diesem Ausgang ist sonst niemand gekommen. Aber ich war auf der Nordseite, und sie könnten nach Süden hinausgegangen sein. Auch sie befanden sich in dem Haldenlabyrinth, und Hiroko hat Notschutzräume genau wie ich. Aber ich weiß es einfach nicht.«

»Dann wollen wir mal sehen, ob wir es herausfinden können«, sagte Maya.

Also fuhr er sie nach Norden, unter der Strecke von Sheffield nach Burroughs sogar durch einen langen Tunnel, der gerade etwas breiter war als sein Rover. Die Nacht verbrachten sie in diesem schwarzen Loch, ergänzten ihre Vorräte aus eingelassenen Geheimkammern und schliefen den unbehaglichen Schlaf von Höhlenforschern. In der Nähe von Sabishii fuhren sie in einen anderen verborgenen Tunnel hinunter und legten einige Kilometer zurück, bis sie in eine kleine Garagenhöhle gelangten. Die war ein Teil des Haldenlabyrinths der Sabishiianer, und die viereckigen Steinhöhlen dahinter waren wie neolithische Ganggräber. Sie wurden durch Neonlampen beleuchtet und von Vulkanschloten erwärmt.

Nanao Nakayama begrüßte sie, einer der *Issei*, der so fröhlich wie immer schien. Sabishii war mehr oder weniger an sie zurückgegeben worden; und obwohl sich UNTA-Polizei in der Stadt und besonders an den Toren und dem Bahnhof befand, hatte sie immer noch keine Ahnung von dem vollen Umfang der Haldenkomplexe und war daher nicht imstande, die Bemühungen Sabishiis, dem Untergrund zu helfen, völlig zu verhindern. Sabishii war, wie er es ausdrückte, nicht mehr eine offene Demimonde, aber sie waren noch aktiv.

Indessen wusste auch er nicht, wie es Hiroko ergangen war. »Wir haben nicht gesehen, dass die Polizei jemanden von ihnen abgeführt hat. Aber wir haben Hiroko und ihre Gruppe auch nicht hier unten gefunden, nachdem sich die Lage beruhigt hatte. Wir wissen nicht, wohin sie gegangen sind.« Er zupfte an seinem Türkisohrring, offensichtlich verwirrt. »Ich denke, die haben sich wohl zu eigenen Refugien begeben. Hiroko war immer darauf bedacht, überall, wohin sie kam, einen Notausgang zu haben. Das hat Iwao mir einmal erzählt, als wir am Ententeich eine Menge Sake getrunken haben. Und mir scheint, dass das Verschwinden eine Gewohnheit Hirokos ist, aber nicht eine der Übergangsbehörde. Wir können also vermuten, dass sie sich bewusst dazu entschlossen hat. Aber jetzt wollt ihr sicher ein Bad nehmen und etwas zu essen haben. Und dann solltet ihr mit einigen *Sansei* und *Yonsei* sprechen, die mit uns ins Versteck gegangen sind. Das würde ihnen guttun.«

So blieben sie über eine Woche im Labyrinth, und Maya kam mit verschiedenen Gruppen der kürzlich Verschwundenen zusammen. Sie verbrachte die meiste Zeit damit, sie zu ermutigen und ihnen zu versichern, dass sie recht bald wieder auf der Oberfläche und sogar in Sabishii würden leben können. Die Sicherheitsmaßnahmen wurden schärfer, aber die Netze waren leicht zu durchdringen und die alternative Ökonomie zu ausgedehnt, um eine totale Kontrolle möglich zu machen. Die Schweiz würde ihnen neue Pässe geben, Praxis würde ihnen Arbeit beschaffen, und sie wären wieder im Geschäft. Es war aber wichtig, dass sie ihre Anstrengungen koordinierten und der Versuchung widerstanden, zu früh loszuschlagen.

Nanao sagte Maya nach einem solchen Treffen, dass Nadia in South Fossa ähnliche Appelle äußerte und dass das Team von Sax sie um mehr Zeit bäte. Es gab eine Übereinstimmung hinsichtlich der Politik, zumindest unter den Oldtimern. Es waren also die radikaleren Gruppen, die am schwierigsten von ihnen im Zaum zu halten waren; und hier hatte Cojote den größten Einfluss. Er wollte persönlich einige Refugien der Roten besuchen, und Maya und Michel kamen mit, um nach Burroughs zu gelangen.

Das Gebiet zwischen Sabishii und Burroughs war von Kratern übersät, sodass sie sich bei Nacht zwischen runden Hügeln mit flachen Gipfeln hindurchwanden und bei der Dämmerung jedes Mal in kleinen Schutzräumen an den Rändern anhielten, die gedrängt voller Roter waren, die sich Maya und Michel gegenüber nicht besonders gastfreundlich zeigten. Aber sie hörten Cojote sehr aufmerksam zu und tauschten mit ihm Nachrichten aus über Dutzende von Orten, von denen Maya noch nie gehört hatte. In der dritten derartigen Nacht kamen sie den Großen Steilhang hinunter durch einen Archipel von Mesa-Inseln und dann jäh auf die flache Ebene von Isidis. Sie konnten weit über das Becken blicken bis dahin, wo ein Hügel wie der der Moholes von Sabishii quer über das Land verlief, in einer großen Kurve vom Krater Du Martheray auf dem Großen Steilhang nach Nordwesten auf Syrtis zu. Das war der neue Deich, sagte Cojote ihnen, erbaut von einer Robotermannschaft aus dem Elysium-Mohole. Der Deich war wirklich massiv und sah aus wie eine der Basalt-Dorsa des Südens, nur verriet seine samtige Struktur, dass er aus aufgehäuftem Regolith bestand und nicht aus hartem vulkanischem Gestein.

Maya betrachtete die lange Bodenwelle. Die sich überstürzenden Konsequenzen ihrer Aktionen schienen irgendwie außer Kontrolle geraten zu sein. Sie konnten versuchen, Bollwerke zu errichten, um sie zusammenzuhalten. Aber würden diese Dämme halten?

Dann waren sie wieder in Burroughs, hineingelangt durch das südöstliche Tor mit ihren Schweizer Ausweisen und sicher in einer Wohnung, die von Bogdanovisten aus Vishniac betrieben wurde, die jetzt für Praxis arbeiteten. Das geschützte Versteck war ein luftiges helles Apartment etwa auf halber Höhe der nördlichen Seite von Hunt Mesa mit einem Blick über das zentrale Tal bis zu Branch Mesa und Double Decker Butte. Das Apartment darüber war ein Tanzstudio, und viele Stunden des Tages lebten sie mit einem schwachen *bum – bum-bum – bum – bum-bum*. Direkt über dem Horizont markierte eine unregelmäßige Wolke aus Staub und Dampf, wo die Roboter noch am Deich arbeiteten. Jeden Morgen schaute Maya hinaus und dachte über die Nachrichten von Mangalavid und die langen Berichte von Praxis nach. Dann ging es an das Tagewerk, das völlig im Untergrund stattfand und sich oft auf Zusammenkünfte im Apartment oder die Arbeit an Videonachrichten beschränkte. Es war also durchaus nicht wie das Leben in Odessa, und es war schwer, irgendwelche Gewohnheiten zu entwickeln, was ihr eine ungute und düstere Stimmung bereitete.

Aber sie konnte immer noch durch die Straßen der großen Stadt gehen, eine anonyme Bürgerin unter tausend anderen. Sie spazierte am Kanal entlang oder saß in Restaurants um den Princess Park oder auf einem der weniger beliebten Mesagipfel. Und wohin sie auch ging, sah sie die klaren roten Buchstaben ihrer Graffiti: FREIER MARS! Oder MACHT EUCH BEREIT! Oder, als halluzinierte sie eine Warnung durch ihre eigene Seele: ES FÜHRT KEIN WEG ZURÜCK. Diese Mitteilungen wurden, soweit sie sehen konnte, von der Bevölkerung ignoriert und oft durch Putzkolonnen entfernt; aber sie tauchten immer wieder in ihrem hellen Rot auf, gewöhnlich auf Englisch, manchmal aber auch auf Russisch, dessen altes Alphabet ihr wie ein lange verlorener Freund war, wie ein unterschwelliger Blitz aus dem kollektiven Unterbewusstsein der Leute, falls sie eines hatten. Und irgendwie verloren die Botschaften nie ihren kleinen elektrischen Schock. Es war erstaunlich, welch starke Effekte mit so einfachen Mitteln erzielt werden konnten. Man könnte die Menschen wohl zu allem veranlassen, wenn man lange genug davon sprach.

Ihre Begegnungen mit kleinen Zellen der verschiedenen Widerstandsorganisationen verliefen gut, obwohl ihr immer klarer wurde, dass es unter ihnen tiefe Unterschiede aller Art gab, besonders die Abneigung, die die Roten und Leute von Mars-First gegen die Bogdanovisten und Freier-Mars-Gruppen hegten, welche die Roten als Grüne und somit eine neue Manifestation des Gegners ansahen. Das konnte Ärger geben. Aber Maya tat, was sie konnte; und zumindest hörte ihr jeder zu, sodass sie glaubte, einigen Fortschritt zu erzielen. Und langsam erwärmte sie sich für Burroughs und ihr verborgenes Leben darin. Michel arrangierte für sie eine Routine mit den Schweizern und Praxis und mit den Bogdanovisten, die jetzt in der Stadt versteckt waren – eine sichere Routine, die ihr gestattete, recht häufig mit Gruppen zusammenzukommen, ohne jemals die Integrität der sicheren Häuser zu gefährden, die sie eingerichtet hatten. Und jedes Meeting schien ein wenig zu helfen. Das einzige unlösbare Problem war, dass so viele Gruppen nach sofortiger Revolution riefen – Rot oder Grün, sie neigten dazu, der radikalen Führung von Anns Roten im Hinterland zu folgen und den jungen Heißspornen um Jackie. Es gab immer mehr Fälle von Sabotage in den Städten, was eine entsprechende Verschärfung der polizeilichen Überwachung auslöste, bis es sehr möglich erschien, dass es bald voll losgehen würde. Maya begann sich als eine Art Bremse zu sehen, und es raubte ihr den Schlaf, wenn sie sich darüber Sorgen machte, wie wenig die Leute ihre Botschaft hören wollten. Andererseits war sie auch diejenige, welche die alten Bogdanovisten und andere Veteranengruppen über die Macht der Eingeborenenbewegung in Kenntnis setzen musste und sie aufzuheitern hatte, wenn sie deprimiert wurden. Ann und ihre Roten zerstörten grimmig Bohrtürme. »Das bringt nichts!«, sagte Maya ihr immer und immer wieder, obwohl es kein Anzeichen gab, dass Ann diese Botschaft verstand.

Es gab aber auch ermutigende Anzeichen. Nadia war in South Fossa und baute dort eine starke Bewegung auf, die unter ihrem Einfluss zu stehen schien und mit Nirgal und dessen Gruppe eng verbunden war. Vlad, Ursula und Marina hatten ihre alten Labors in Acheron unter der Ägide der nominell leitenden Biotechfirma von Praxis wieder besetzt. Sie standen in ständiger Verbindung mit Sax, der mit seinem alten Terraformingteam in einem Refugium im Krater Da Vinci war und von den Minoern in Dorsa Brevia unterstützt wurde. Die Besiedlung dieser großen Lavaröhre war viel weiter nach Norden ausgedehnt worden als während des Kongresses; und die meisten der neuen Segmente dienten als Zuflucht für die Flüchtlinge aus den weiter südlich gelegenen zerstörten oder aufgegebenen Zufluchtsstätten. Außerdem waren dort viele Fabriken eingerichtet worden. Maya sah Videos von Leuten, die in kleinen Wagen von einem Segment ins andere fuhren und unter dem klaren braunen Licht arbeiteten, das von den gefilterten Oberlichtern herunterstrahlte. Sie waren mit etwas beschäftigt, das man nur als Rüstungsproduktion bezeichnen konnte. Sie bauten getarnte Flugzeuge, getarnte Wagen, Boden-Orbit-Flugkörper, verstärkte Bunker (von denen einige schon in der Lavaröhre selbst installiert waren, falls sie je angegriffen werden sollte) sowie Luft-Boden-Abwehrflugkörper, Antisatellitenwaffen, Handwaffen und, wie die Minoer Maya verraten hatten, eine Vielfalt ökologischer Waffen, die Sax selbst entwarf.

Arbeiten dieser Art und die Zerstörung der Zufluchtsstätten im Süden hatten etwas ausgelöst, das von Weitem wie eine Art Kriegsfieber in Dorsa Brevia aussah; und auch das machte Maya Sorgen. Sax, der mittendrin steckte, war eine sture, brillante, hirngeschädigte, ungesicherte Kanone, ein gutgläubiger wahnsinniger Wissenschaftler. Er hatte niemals direkt mit ihr gesprochen; und seine Schläge gegen die Luftlinse und Deimos, obwohl sehr wirksam, hatten nach ihrer Ansicht die Verstärkung der Angriffe von UNTA gegen den Süden verursacht. Maya schickte ständig Botschaften, die zu Zurückhaltung und Geduld mahnten, bis Ariadne ärgerlich antwortete: »Maya, das wissen wir. Wir arbeiten hier mit Sax und wissen, mit wem wir es zu tun haben, und was du sagst, ist entweder selbstverständlich oder falsch. Wenn du helfen willst, sprich mit den Roten! Aber wir brauchen das nicht.«

Maya fluchte über diese Nachricht und sprach mit Spencer darüber. Der sagte: »Sax denkt, dass wir, wenn wir losschlagen, einige Waffen brauchen werden, sei es auch nur als Reserve. Lass mich mit ihm reden, ja?«

»Was ist aus der Idee der Enthauptung geworden?«

»Vielleicht glaubt er, die Guillotine zu bauen. Schau, sprich mit Nirgal und Art darüber! Oder sogar Jackie.«

»Gut! Schau, ich möchte mit Sax reden. Er *muss* mit mir einmal reden, zum Donnerwetter! Bring ihn dazu, okay?«

Spencer versprach, es zu versuchen, und arrangierte eines Morgens einen Anruf über seine private Leitung zu Sax. Art nahm ihn entgegen, versprach aber, Sax holen zu lassen. »Maya, er ist derzeit sehr beschäftigt. Das gefällt mir. Die Leute nennen ihn General Sax.«

»Um Himmels willen!«

»Das geht schon in Ordnung. Sie reden auch von General Nadia und General Maya.«

»So nennen sie mich bestimmt nicht.« Die Schwarze Witwe oder noch wahrscheinlicher das Biest. Die Mörderin. Sie wusste Bescheid.

Und Arts Zwinkern verriet ihr, dass sie recht hatte. Er sagte: »Na schön, wie auch immer. Bei Sax ist es eine Art Scherz. Die Leute reden von der Rache der Laborratten und so.«

»Mir gefällt das nicht.« Die Idee einer neuerlichen Revolution schien jetzt ein Eigenleben zu entfalten, einen Impuls bar jeder realen Logik. Man machte einfach, was man schon immer gemacht hatte. Außer Mayas Kontrolle und auch außerhalb der Kontrolle jedes anderen. Selbst ihre kollektiven Bemühungen, zerstreut und versteckt, wie sie waren, schienen nicht koordiniert oder mit einer klaren Vorstellung dessen konzipiert zu sein, was sie unternehmen sollten und warum. Es geschah einfach.

Maya versuchte, etwas davon Art darzulegen, und er nickte. »Ich nehme an, das ist Geschichte. Das ist ein Durcheinander. Man muss den Tiger reiten und sich an ihm festhalten. In dieser Bewegung sind eine Menge verschiedener Leute, und die haben alle ihre eigenen Vorstellungen. Aber schau, ich denke, wir machen es besser als beim letzten Mal. Ich arbeite an einigen Initiativen unten auf der Erde und verhandle mit der Schweiz und ein paar Leuten beim Weltgerichtshof und so weiter. Und Praxis hält uns auf dem Laufenden darüber, was auf der Erde zwischen den Metanationalen geschieht. Das bedeutet, dass wir nicht einfach in etwas hineingerissen werden, das wir nicht verstehen.«

»Stimmt«, räumte Maya ein.

Die von Praxis heraufgeschickten Nachrichten und Analysen waren weit gründlicher als alle kommerziellen Nachrichtensendungen. Und als die Metanationalen fortfuhren, in einen regelrechten Metanatrizid hineinzutreiben, waren sie hier in ihren

Zufluchtsstätten und sicheren Häusern imstande, dem Schlag auf Schlag zu folgen. Subarashii übernahm Mitsubishi und dann seinen alten Gegner Armscor und zerstritt sich dann mit Amexx, das schwer daran arbeitete, die Vereinigten Staaten aus der Elfergruppe herauszubrechen. Das sahen sie alles von innen her. Nichts hätte der Situation in den 2050ern weniger ähnlich sein können. Und das war ein Trost, allerdings nur ein geringer.

Und dann erschien Sax auf dem Bildschirm hinter Art und sah sie an. Er erkannte sie und sagte: »Maya!«

Sie schluckte heftig. Hatte er ihr also wegen Phyllis verziehen? Verstand er, warum sie das getan hatte? Sein neues Gesicht ließ nichts erkennen. Es war so teilnahmslos, wie sein altes gewesen war, und noch schwerer zu deuten, weil es noch so ungewohnt war.

Sie nahm sich zusammen und fragte ihn nach seinen Plänen.

»Plan?«, sagte er. »Wir sind noch mit Vorbereitungen beschäftigt. Wir müssen auf ein auslösendes Ereignis warten. Einen *Auslöser*. Sehr wichtig. Es gibt eine Anzahl Möglichkeiten, die ich im Auge habe. Aber bis jetzt noch nichts.«

»Okay!«, sagte sie. »Aber hör zu, Sax!« Und dann erzählte sie ihm alles, was ihr Sorgen machte – die Stärke der UNTA-Truppen, die auch von den großen gemäßigten Metanationalen unterstützt wurden; das ständige Drängen auf Gewalt in den radikaleren Flügeln des Untergrunds und das Gefühl, dass sie in das gleiche alte Verhaltensmuster verfielen. Und während sie sprach, zwinkerte er auf seine alte Art, sodass sie erkannte, dass wirklich er es war, der ihr unter diesem neuen Gesicht zuhörte – dass er ihr endlich wieder zuhörte. Darum wurde sie ausführlicher, als sie beabsichtigt hatte, und alles sprudelte heraus, ihr Misstrauen gegen Jackie, die Angst, wieder in Burroughs zu sein – alles. Es war, als spräche sie zu einem Beichtvater oder vor Gericht. Sie flehte den rein rationalen Wissenschaftler an, es nicht wieder so weit kommen zu lassen. Nicht selbst durchzudrehen. Sie hörte sich stammeln und erkannte, wie verängstigt sie war.

Und er blinzelte mit einer Art neutraler Sympathie, aber am Ende zuckte er die Achseln und sagte wenig. Das war jetzt General Sax, distanziert und schweigsam, der zu ihr aus der fremden Welt innerhalb seines neuen Verstandes sprach.

Er sagte ihr: »Gib mir zwölf Monate! Ich brauche noch zwölf Monate.«

»Okay, Sax.« Sie fühlte sich irgendwie ermutigt. »Ich werde mein Bestes tun.«

»Danke, Maya.«

Und weg war er. Sie saß da und starrte auf den kleinen Schirm der KI. Sie fühlte sich leer, zu Tränen gerührt und erleichtert. Vorerst freigesprochen.

Sie ging also entschlossen wieder an die Arbeit, traf sich fast jede Woche mit den Gruppen und machte gelegentliche Ausflüge außerhalb des Netzes nach Elysium und Tharsis, um zu Zellen in den hochgelegenen Städten zu sprechen. Cojote kümmerte sich um ihre Reisen und flog sie in der Nacht über den Planeten, was sie an einundsechzig erinnerte. Michel kümmerte sich um ihre Sicherheit und beschützte sie mit Hilfe eines Teams von Eingeborenen einschließlich etlicher Ektogener von Zygote, die sie in jeder Stadt, die sie besuchten, von einem sicheren Haus zum anderen schafften. Und sie redete und redete und redete. Es kam nicht nur darauf an, sie zum Warten anzuhalten, sondern auch sie zu koordinieren und zu zwingen, zuzugeben, dass sie auf der gleichen Seite standen. Manchmal schien es, als ob sie Wirkung erzielte. Das konnte sie an den Gesichtern der Leute sehen, die kamen, um sie zu hören. Bei anderen Gelegenheiten galt ihr ganzes Bemühen, den radikalen Elementen die Zügel anzulegen. Es gab jetzt viele davon, und es wurden täglich mehr: Ann und die Roten, Kaseis MarsFirst-Leute, die Bogdanovisten unter Mikhail, Jackies Booneisten, die arabischen Radikalen unter der Führung von Antar, der einer von vielen Liebhabern Jackies war, Cojote, Dao, Rachel ... Es war, als versuche sie, eine Lawine aufzuhalten, in der sie selbst gefangen war und nach Klumpen griff, während sie mit ihnen hinabgerissen wurde. In einer solchen Situation begann das Verschwinden von Hiroko immer mehr und mehr als Verhängnis zu erscheinen.

Die Anfälle von Déjà-vu kamen stärker denn je wieder. Sie hatte schon früher in einer solchen Zeit in Burroughs gelebt. Vielleicht war das alles. Aber das Gefühl war so verwirrend, wenn es auftrat, diese tiefe, unerschütterliche Überzeugung, dass alles vorher schon genauso passiert wäre, so unausweichlich, als gäbe es eine ewige Wiederkehr ... So wachte sie dann auf und ging ins Bad; und ganz sicher war das schon früher geschehen, einschließlich ihrer ganzen Steifheit und kleinen Schmerzen. Dann ging sie hinaus, traf Nirgal und einige seiner Freunde und erkannte, dass es ein echter Anfall war und nicht bloß eine Koinzidenz. Alles war schon einmal so passiert. Alles war wie ein Uhrwerk. Schicksalsschläge. Okay, dachte sie dann, ignoriere es einfach. Das ist also Realität. Wir sind Kreaturen des Schicksals. Wenigstens weiß ich nicht, was als Nächstes geschehen wird.

Sie redete endlos mit Nirgal, darum bemüht, ihn zu verstehen und selbst von ihm verstanden zu werden. Sie lernte von ihm, ahmte ihn jetzt bei Versammlungen nach – sein strahlendes, freundliches und ruhiges Vertrauen, das die Menschen so zu ihm hinzog. Sie waren beide berühmt, man sprach über sie beide in den Nachrichten, sie beide waren bei der UNTA auf der Liste der meistgesuchten Personen. Sie durften sich beide nicht auf der Straße sehen lassen. Also hatten sie eine Bindung; und sie lernte von ihm alles, was sie konnte, und glaubte, dass er auch von ihr lernen würde. Jedenfalls hatte sie Einfluss. Es war eine gute Beziehung, ihre beste Verbindung zu den Jungen. Er machte sie glücklich und gab ihr Hoffnung.

Dass das alles aber im erbarmungslosen Griff eines übermächtigen Schicksals geschehen musste! Das Wiederzusehen-Glauben, das Schon-einmal-Gewesen war laut Michel nur eine chemische Erscheinung im Gehirn, eine neurale Verzögerung oder Wiederholung, eine Nerven-Schleife, die den Eindruck vermittelte, dass die Gegenwart auch eine Art von Vergangenheit wäre. Vielleicht war es das. Also akzeptierte sie diese Diagnose und nahm ohne Klage und ohne Hoffnung alles ein, was er ihr verschrieb. Jeden Morgen und jeden Abend öffnete sie das Fach in dem Behälter, den er jede Woche für sie herrichtete, und nahm alle Pillen, die darin waren, ohne Fragen zu stellen. Sie schlug nicht mehr auf ihn ein. Sie fühlte sich nicht mehr dazu gedrängt. Vielleicht hatte er endlich den richtigen medizinischen Cocktail für sie gemixt. Das hoffte sie. Sie ging mit Nirgal zu Versammlungen und kam erschöpft wieder nach Hause in das Apartment unter dem Tanzstudio. Aber oft fand sie dann keinen Schlaf. Ihre Gesundheit verschlechterte sich. Sie war oft krank. Verdauungsbeschwerden, Ischias, Brustschmerzen ... Ursula empfahl ihr eine Wiederholung der gerontologischen Behandlung. Das hilft immer, sagte sie. Und mit den neuesten genomischen Scan-Verfahren schneller denn je. Es würde nur eine Woche dauern. Aber Maya glaubte, dass sie keine Woche pausieren dürfe. Später, sagte sie Ursula. Wenn das alles vorbei ist.

In manchen Nächten, wenn sie nicht schlafen konnte, las sie etwas über Frank. Sie hatte das Foto aus der Wohnung in Odessa mitgebracht, und es hing jetzt an der Wand neben ihrem Bett in dem sicheren Haus in Hunt Mesa. Sie empfand immer noch den Druck dieses elektrisierenden Blickes; und so las sie manchmal in den schlaflosen Stunden Artikel und Bücher über ihn und versuchte, mehr über seine diplomatischen Bemühungen zu erfahren. Sie hoffte, Dinge zu finden, in denen er gut gewesen war, um sie nachzuahmen, und auch das herauszubringen, was ihrer Meinung nach falsch gewesen war.

Nach einem anstrengenden Besuch in Sabishii und der noch in seinem Haldenlabyrinth versteckten Kommune fiel sie eines Nachts in ihrem Apartment über ihrem Pad in Schlaf, auf dem sie ein Buch über Frank gelesen hatte. Dann wurde sie durch einen Traum über Frank aufgeweckt. Ruhelos ging sie hinaus ins Wohnzimmer des Apartments, holte sich einen Becher Wasser und fuhr fort, in dem Buch zu lesen.

Es handelte besonders von den Jahren zwischen der Vertragskonferenz von 2057 und dem Ausbruch der Unruhen im Jahr 2061. Das waren die Jahre, in denen Maya ihm am nächsten gewesen war; aber sie erinnerte sich nur lückenhaft daran, wie in Lichtblitzen – Momente elektrischer Intensität, getrennt durch lange Perioden äußerster Finsternis. Und die Darstellung in diesem Buch zündete in ihr überhaupt keine Gefühle des Wiedererkennens, obwohl sie ziemlich oft im Text erwähnt wurde. Eine Art historisches *jamais vu*.

Cojote schlief auf der Couch und stöhnte in einem Traum auf. Dann erwachte er und sah sich um, um die Lichtquelle zu finden. Er tappte auf dem Weg zum Bad hinter ihr vorbei und blickte ihr kurz über die Schulter. »Ah«, sagte er bedeutungsvoll. »Man schreibt viel über ihn.« Und ging den Korridor hinunter.

Als er zurückkam, sagte Maya: »Ich nehme an, du weißt mehr.«

»Ich weiß über Frank so manches, das viele nicht wissen. So viel ist sicher.«

Maya starrte ihn an. »Mach mir nichts vor! Auch du bist in Nicosia gewesen.« Dann fiel ihr ein, dass sie das irgendwo gelesen hatte.

»Das war ich, jetzt, da du es erwähnst.«

Er ließ sich schwer auf die Couch fallen und starrte auf den Fußboden. »Ich habe Frank in jener Nacht gesehen, wie er Ziegelsteine durch Fenster warf. Er hat den Krawall eigenhändig gestartet.«

Er schaute hoch und begegnete ihrem Blick. »Er sprach mit Selim el-Hayil im Apexpark, etwa eine halbe Stunde bevor John angegriffen wurde. Nun kannst du dir selbst ein Bild machen.«

Maya biss die Zähne zusammen und sah auf das Pad, ohne ihn zu beachten.

Er streckte sich auf der Couch aus und fing an zu schnarchen.

Das war wirklich ein alter Hut. Und wie Zeyk klargemacht hatte, würde niemand je diesen Knoten entwirren, ganz gleich, was sie gesehen hatten oder nach ihrer Erinnerung gesehen zu haben glaubten. Niemand konnte sich einer so weit in der Vergangenheit liegenden Sache sicher sein, nicht einmal der eigenen Erinnerungen, die sich bei jeder Wiederholung leicht veränderten. Die einzigen Erinnerungen, denen man vertrauen konnte, waren jene ungebetenen Ausbrüche aus der Tiefe, die *mémoires involuntaires*, die so lebhaft waren, dass sie wahr sein mussten. Sie betrafen aber oft unwichtige Ereignisse.

Nein. Cojote war auch nur ein weiterer unzuverlässiger Zeuge wie alle anderen.

Als sie die Worte des Textes wieder wahrnahm, las sie weiter.

Chalmers' Bemühungen, den Ausbruch der Gewalt zu stoppen, waren nicht erfolgreich, weil er den vollen Umfang des Problems einfach nicht kannte. Wie die meisten der restlichen Ersten Hundert konnte er sich nie den vollen

> Umfang der Marsbevölkerung in den 2050er-Jahren
> vorstellen, die damals bereits über einer Million lag. Und
> während er dachte, der Widerstand würde von Arkady
> Bogdanov geführt, weil er ihn kannte, bemerkte er weder den
> Einfluss von Oskar Schnelling in Korolyov, noch die weitver-
> breiteten roten Bewegungen wie Freies Elysium oder die
> namenlosen Verschwundenen, die zu Hunderten die
> etablierten Siedlungen verließen. Infolge von Unwissenheit
> und mangelnder Vorstellungskraft wandte er sich nur
> einem kleinen Bruchteil des Problems zu.

Maya hielt inne, reckte sich und schaute zu Cojote hinüber. Was war nun wirklich wahr? Sie versuchte, sich in jene Jahre zurückzuversetzen und zu erinnern. Frank hatte es nicht gemerkt, oder doch? *Mit Nadeln herumspielen, wenn die Wurzeln krank sind.* Hatte Frank ihr das nicht gesagt, irgendwann zu jener Zeit?

Sie konnte sich nicht entsinnen. *Mit Nadeln herumspielen, wenn die Wurzeln krank sind.* Diese Äußerung stand im Raum, getrennt von allem anderen, von jedem Kontext, der ihr Sinn verleihen könnte. Aber sie hatte den sehr starken Eindruck, dass Frank gewusst hatte, was es da draußen für einen riesigen unsichtbaren Kreis von Unzufriedenheit und Widerstand gab. Niemand hatte das tatsächlich besser gewusst! Wie konnte das diesem Autor entgangen sein? Überhaupt, wie konnte ein Historiker, der in einem Sessel saß und die Aufzeichnungen sichtete, jemals das wissen, was sie gewusst hatten, jemals erfassen, was sie damals gefühlt hatten, die brüchige kaleidoskopische Natur der täglichen Krise? Jeden Moment des Sturms, den sie bekämpft hatten ...

Sie versuchte sich an Franks Gesicht zu erinnern; und da kam ihr ein Bild von ihm in den Sinn, wie er am Tisch eines

Cafés kläglich vorgebeugt saß und sich der weiße Henkel einer Kaffeetasse unter seinen Füßen drehte; und sie hatte die Tasse zerbrochen. Aber warum? Sie konnte sich nicht erinnern. Sie tippte auf den Schirm, scrollte weiter nach vorn, überflog mit jedem Absatz Monate. Die trockene Analyse war weit entfernt von allem, an das sie sich erinnern konnte. Dann fiel ihr ein Satz ins Auge; und sie las weiter, als ob eine Hand an ihrer Kehle läge und sie dazu zwingen würde:

> Seit ihrer ersten Liaison in der Antarktis hatte Toitovna einen Einfluss auf Chalmers, dem er sich nie entziehen konnte, ganz gleich, wie sehr das seinen eigenen Plänen schadete. Als er daher im letzten Monat vor Ausbruch der Unruhen aus Elysium zurückkehrte, traf Toitovna mit ihm in Burroughs zusammen; und sie blieben eine Woche dort, während der andere erkannten, dass sie sich stritten. Chalmers wollte in Burroughs bleiben, wo der Konflikt auszubrechen drohte; aber Toitovna wollte, dass er nach Sheffield zurückkehrte. Eines Abends erschien er in einem Café am Kanal, so wütend und aufgeregt, dass die Kellner Angst bekamen und, als Toitovna dazu kam, erwarteten, dass er explodieren würde. Aber er saß bloß da, als sie ihn an jede Verbindung erinnerte, die sie zusammen gehabt hatten, und was sie einander schuldig waren und überhaupt ihre ganze Vergangenheit. Schließlich beugte er sich ihren Wünschen und kehrte nach Sheffield zurück, wo er nicht imstande war, die zunehmende Gewalttätigkeit in Elysium und Burroughs unter Kontrolle zu bringen. Und so kam es zur Revolution.

Maya starrte auf den Schirm. Das war falsch! Alles falsch! Nichts dergleichen war geschehen! Eine Liaison in der Antarktis? Nein, niemals!

Aber sie hatte einmal in einem Restaurant mit ihm eine Auseinandersetzung gehabt ... Es war ohne Zweifel möglich, dass man das beobachtet hatte ... Schwer zu sagen. Aber dieses Buch war blöde, vollgestopft mit unerwiesener Spekulation, überhaupt keine Geschichte. Oder vielleicht waren alle Geschichten so, wenn man wirklich dort gewesen war und sich so ein richtiges Urteil bilden konnte. Alles Lügen. Sie versuchte, es sich wieder zu vergegenwärtigen. Sie biss die Zähne zusammen, versteifte sich, und ihre Finger krümmten sich, als könnte sie damit Gedanken ausgraben. Aber es war, als kratzte man an einem Stein. Und als sie sich jetzt an diese besondere Konfrontation in einem Café zu erinnern versuchte, kam ihr überhaupt kein visuelles Bild in den Sinn. Die Phrasen aus dem Buch überlagerten das. *Sie erinnerte ihn an jede Verbindung, die sie jemals gehabt hatten.* Nein! Eine über einen Tisch gebeugte Gestalt – da war das Bild –, und es blickte schließlich zu ihr auf ...

Aber es war das jugendliche Gesicht von ihrer Küchenwand in Odessa.

Sie stöhnte und fing an zu weinen. Sie biss auf ihre geballten Fäusten und schluchzte.

»Alles in Ordnung? Kann ich dir helfen?«, fragte Cojote undeutlich von der Couch her.

»Nein.«

»Etwas gefunden?«

»Nein.«

Frank wurde durch Bücher ausgelöscht. Und durch Zeit. Die Jahre waren vergangen; und für sie, sogar für sie, wurde Frank Chalmers zu einer winzigen historischen Figur neben anderen. Er stand da wie eine Person, die man durch das falsche Ende eines Fernrohrs anblickt. Ein Name in einem Buch. Jemand, über den man etwas lesen konnte, zusammen mit Bismarck, Talleyrand und Machiavelli. Und ihr Frank ... war weg.

An den meisten Tagen verbrachte sie ein paar Stunden damit, mit Art die Berichte von Praxis durchzugehen im Bemühen, Verhaltensmuster zu finden und zu verstehen. Durch Praxis bekamen sie solche Mengen an Daten, dass sie vor dem Gegenteil des Problems standen, das sie in der Krise vor '61 gehabt hatten – nicht zu wenig Information, sondern zu viel. Jeden Tag wurden die Schrauben in einer Vielfalt von Krisen enger angezogen; und Maya war oft am Rand der Verzweiflung. Einige Länder, die der UN angehörten, sämtlich Klienten von Consolidated oder Subarashii, verlangten, den Weltgerichtshof abzuschaffen, da seine Funktionen überflüssig wären. Die meisten Metanationalen erklärten sofort ihre Unterstützung für diese Idee; und da der Weltgerichtshof vor langer Zeit als ein Apparat der UN angefangen hatte, gab es Leute, die diese Aktion als legal erklärten und ihr eine gewisse historische Berechtigung zuschrieben. Aber das erste Ergebnis war der Abbruch einiger laufender Verfahren, was zu Kämpfen in der Ukraine und Griechenland führte. »Wer ist dafür verantwortlich?«, fragte Maya Art. »Gibt es jemanden, der so etwas *veranlasst*?«

»Natürlich. Einige Metanationale haben Präsidenten, und alle haben Verwaltungsräte. Sie kommen zusammen, besprechen die Dinge und entscheiden, welche Anweisungen zu erteilen sind. Das ist wie mit Fort und den achtzehn Unsterblichen bei Praxis, aber Praxis ist demokratischer als die meisten. Und dann ernennen die metanationalen Ausschüsse das Exekutivkomitee für die Übergangsbehörde. Diese trifft einige lokale Entscheidungen. Ich könnte dir die Namen nennen, aber ich glaube nicht, dass die so mächtig sind wie die Leute dahinter.«

»Vergiss es.« Natürlich waren Menschen verantwortlich. Aber niemand hatte die Kontrolle. Das war zweifellos auf beiden Seiten der Fall. Sicher war es beim Widerstand so. Sabotage, besonders gegen die Plattformen des Vastitas-Ozeans, war jetzt allgemein verbreitet; und sie wusste, wessen Idee das war. Sie sprach mit Nadia darüber, mit Ann Verbindung aufzunehmen, aber Nadia schüttelte bloß den Kopf. »Keine Chance. Ich habe seit Dorsa Brevia nicht mehr mit Ann sprechen können. Sie ist eine der radikalsten Roten, die es gibt.«

»Wie immer.«

»Nun, ich denke, dass sie das früher nicht gewesen ist. Aber jetzt spielt das keine Rolle.«

Maya schüttelte den Kopf und ging wieder an die Arbeit. Sie verbrachte immer mehr Zeit in Zusammenarbeit mit Nirgal. Sie nahm seine Ratschläge entgegen und beriet ihn ihrerseits. Er bildete mehr denn je ihren besten Kontakt zu den Jungen und war auch der Einflussreichste und obendrein gemäßigt. Er wollte auf einen Auslöser warten und dann genau wie sie eine konzertierte Aktion organisieren. Und das war natürlich einer der Gründe, der sie zu ihm hinzog. Aber es lag auch an seinem Charakter, seiner warmen und fröhlichen Haltung und seiner Achtung vor ihr. Er hätte sich nicht stärker von Jackie unterscheiden können, obwohl Maya wusste, dass die beiden eine sehr enge und komplexe Beziehung hatten, die bis in die gemeinsame Kindheit zurückreichte. Aber sie schienen jetzt einander entfremdet zu sein, was ihr gar nicht unlieb war, und politisch höchst uneinig. Jackie war wie Nirgal eine charismatische Führungspersönlichkeit und rekrutierte große neue Scharen für ihren Booneistischen Flügel von MarsFirst, der sofortige Aktion befürwortete und sie daher mehr in die Richtung Daos denn Nirgals rückte, auf jeden Fall in politischer Hinsicht. Maya tat alles, was sie konnte, um Nirgal in dieser Spaltung unter den Eingeborenen zu unterstützen. Bei jeder Versammlung argumentierte sie für grün, gemäßigt, gewaltlos und zentral koordiniert. Aber sie sah deutlich, dass die Mehrheit der neuerdings politisierten Eingeborenen in den Städten von Jackie und Mars-First angezogen wurde, die im Allgemeinen rot, radikal, gewalttätig und anarchisch waren. Jedenfalls sah sie es so. Und die zunehmenden Streiks, Demonstrationen, Straßenkämpfe und Sabotagen bestärkten ihre Analyse nur.

Es waren aber nicht bloß die meisten der neu hinzugekommenen Eingeborenen, die zu Jackie gingen, sondern auch Scharen unzufriedener Einwanderer, die vor Kurzem eingetroffen waren. Diese Tendenz verblüffte sie; und sie beklagte sich darüber bei Art, als sie eines Tages den Praxisbericht durchgegangen waren.

»Nun«, sagte er diplomatisch, »es ist gut, so viele Einwanderer wie möglich auf unserer Seite zu haben.«

Wenn er nicht gerade in direkter Verbindung zur Erde stand, verbrachte er natürlich viel Zeit damit, zwischen Widerstandsgruppen hin und her zu eilen und sie zur Zustimmung zu bewegen. Das war seine Parteipolitik. »Aber warum gehen sie zu ihr?«, fragte Maya.

»Nun ... weißt du, diese Einwanderer kommen an, und einige von ihnen hören von den Demonstrationen oder sehen eine«, erklärte Art. »Dann fragen sie herum und hören Geschichten, und manche glauben, dass die Eingeborenen sie, wenn sie loszögen und sich an einer Demonstration beteiligten, deswegen gernhaben würden. Verstehst du? Vielleicht könnten manche der jungen eingeborenen Frauen, die sie treffen, freundlich zu ihnen sein, nicht wahr? *Sehr* freundlich. Also machen sie mit in der Erwartung, dass sie vielleicht eines dieser großen Mädchen, wenn sie mithelfen, am Ende des Tages mit nach Hause nehmen wird.«

»Wirklich?«, fragte Maya.

»Naja, weißt du ... Das passiert einigen von ihnen.«

»Und so bekommt Jackie all die neuen Rekruten.«

»Na ja, ich bin nicht sicher, ob das nicht auch für Nirgal eine Rolle spielt. Und ich weiß nicht, ob die Leute zwischen ihnen einen großen Parteienunterschied machen. Das ist ein feiner Punkt, dessen du dir mehr bewusst bist als sie.«

»Hmm.«

Sie erinnerte sich, dass Michel ihr einmal gesagt hatte, es käme ebenso sehr darauf an, für das zu kämpfen, was sie liebte, wie gegen das, was sie hasste. Und sie liebte Nirgal. Das war sicher. Er war ein wunderbarer junger Mann, der prächtigste Eingeborene von allen. Sicher war es nicht recht, diese Motivation anzustacheln, jene erotische Energie, die die Leute auf die Straßen lockte … Wenn die Menschen nur *klüger* wären! Jackie tat ihr Bestes, sie in eine zweite ungeplante Revolte zu führen, deren Folgen *verheerend* sein konnten.

»Ein Teil der Leute folgt deswegen auch dir, Maya.«

»Was?«

»Du hast mich gehört.«

»Komm schon! Sei kein Narr!«

Obwohl das ein hübscher Gedanke war. Vielleicht konnte sie den Kampf um Kontrolle auch auf diese Ebene ausdehnen. Allerdings hätte sie einen Nachteil. Eine Partei der Alten gründen. Nun, das waren sie ja praktisch schon. Das war damals in Sabishii ihre Idee gewesen, dass die *Issei* den Widerstand übernehmen und auf den richtigen Weg leiten sollten. Und eine große Anzahl von ihnen hatte viele Jahre ihres Lebens gerade diesem Ziel gewidmet. Aber im Endeffekt hatte es nicht funktioniert. Sie waren an Zahl weit unterlegen. Und die neue Majorität war eine neue Spezies mit eigenen Gedanken. Die *Issei* konnten den Tiger nur reiten und ihr Bestes tun. Sie seufzte.

»Müde?«

»Erschöpft. Diese Arbeit bringt mich noch um.«

»Gönn dir etwas Ruhe!«

»Wenn ich zu diesen Leuten spreche, fühle ich mich manchmal wie ein vorsichtiger, konservativer, feiger Neinsager. Immer tu dies nicht, tu das nicht! Davon wird mir übel. Ich frage mich manchmal, ob Jackie nicht im Recht ist.«

»Machst du Witze?«, sagte Art mit großen Augen. »Du bist diejenige, die diese Show zusammenhält, Maya. Du und Nadia und Nirgal. Und ich. Aber du bist die mit der – der Aura.« Er meinte ihren Ruf als Mörderin. »Du bist bloß müde. Ruh dich etwas aus! Es ist gleich der Zeitrutsch.«

In einer anderen Nacht weckte Michel sie auf. Auf der anderen Seite des Planeten hatten Sicherheitskräfte von Armscor, die angeblich Subarashii einverleibt worden waren, der regulären Polizei von Subarashii die Kontrolle des Aufzugs entrissen; und in der Stunde der Ungewissheit hatte eine MarsFirst-Gruppe die neue Steckdose außerhalb Sheffields zu erobern versucht. Der Anschlag war fehlgeschlagen, die meisten Mitglieder des Sturmtrupps wurden getötet, und schließlich hatte Subarashii wieder die Kontrolle über Sheffield und Clarke und allem, was dazwischenlag, übernommen, und auch noch über den größten Teil von Tharsis. Jetzt war dort später Nachmittag, und auf den Straßen von Sheffield war eine große Menschenmenge erschienen, um gegen die Gewalt oder gegen die Eroberung zu demonstrieren. Das war unmöglich zu sagen. Es hatte keinen Zweck. Maya sah mit Michel benommen zu, wie Polizeitrupps in Schutzanzügen und mit Helmen die demonstrierenden Massen zerteilten und mit Tränengas und Gummiknüppeln vertrieben. »Idioten!«, rief Maya. »Warum tun sie das? Sie werden das ganze Militär der Erde auf uns hetzen!«

Michel sagte, während er auf den kleinen Schirm schaute: »Es sieht so aus, als ob sie sich zerstreuten. Wer weiß, Maya? Bilder wie diese könnten das ganze Volk elektrisieren. Sie gewinnen diese Schlacht, büßen aber überall an Unterstützung ein.«

Maya streckte sich vor dem Schirm auf einer Couch aus. Sie war noch nicht wach genug, um nachzudenken. Sie sagte: »Vielleicht. Aber es wird schwieriger denn je, die Leute so lange zurückzuhalten, wie Sax es gerne hätte.«

Michel winkte mit dem Gesicht zum Bildschirm ab. »Wie lange kann er erwarten, dass du das schaffst?«

»Ich weiß nicht.«

Sie sahen zu, wie die Reporter von Mangalavid die Krawalle als von Terroristen gesponserte Gewaltakte bezeichneten. Maya stöhnte. Spencer saß vor einem anderen Computerschirm und sprach mit Nanao in Sabishii.

»Der Sauerstoff nimmt so rasch zu. Da draußen muss etwas ohne Selbstmordgene sein. Die Kohlendioxidniveaus? Ja, sie sinken fast ebenso schnell … Ein Heer wirklich gut Kohlenstoff fixierender Bakterien da draußen, die sich explosionsartig vermehren. Ich habe Sax danach gefragt, und er blinzelt bloß … Jawohl, er ist wie Ann außer Kontrolle. Und die ist draußen und sabotiert jedes Projekt, an das sie herankommen kann.«

Als Spencer ausschaltete, sagte Maya zu ihm: »Wie lange will Sax uns eigentlich noch hinhalten?«

Spencer zuckte die Achseln. »Bis wir etwas bekommen, das er für einen Auslöser hält. Oder eine kohärente Strategie. Wenn wir aber die Roten und MarsFirst nicht stoppen können, spielt es keine Rolle mehr, was Sax will.«

So schlichen die Wochen dahin. In Sheffield und South Fossa begann eine Kampagne regulärer Straßendemonstrationen. Maya dachte, das würde ihnen nur noch mehr Sicherheitspersonal bescheren, aber Art sprach sich dafür aus. »Wir müssen die Übergangsbehörde wissen lassen, wie weit der Widerstand verbreitet ist, damit, wenn der Moment kommt, sie nicht versuchen, uns aus Unwissenheit zu vernichten. Verstehst du, was ich meine? An dieser Stelle müssen sie sich verhasst und an Zahl unterlegen fühlen. Zum Teufel, große Volksmassen in den Straßen sind ungefähr das Einzige, was Regierungen Angst macht, wenn du mich fragst.«

Und ob Maya zustimmte oder nicht, sie konnte nichts daran ändern. Jeder Tag verging, und sie konnte nur so hart wie möglich arbeiten, indem sie reiste und mit einer Gruppe nach der anderen zusammenkam, während in ihrem Körper ihre Muskeln sich infolge der Anspannung verkrampften und sie nachts kaum schlafen konnte, nicht mehr als eine oder zwei Stunden vor der Dämmerung.

Eines Morgens im nördlichen Frühling des M-Jahres 52, Erdjahr 2127, wachte sie erfrischter auf als sonst. Michel schlief noch. Sie zog sich an und ging allein hinaus, quer über die große Zentralpromenade zu den Cafés am Kanal. Das war das Schöne an Burroughs: Trotz verstärkter Sicherheit an den Toren und Bahnhöfen konnte man in manchen Stunden noch frei in der Stadt umhergehen, und unter dem Schutz der Menge war wenig Gefahr, herausgegriffen zu werden. So setzte sie sich hin, trank Kaffee und aß Gebäck und schaute auf die großen grauen Wolken, die über ihr dahinzogen, den Hang von Syrtis hinab und auf den Deich im Osten zu. Die Luftzirkulation in der Kuppel war stark, was dem Anblick eine gewisse kinetische Entsprechung gab. Das war seltsam. Wie sehr hatte sie sich daran gewöhnt, dass die Bilder am Himmel nicht zu dem Gefühl des Windes unter dem Kuppeldach passten. Die lange, schlanke, gebogene Röhre der Brücke zwischen Ellis Butte und Hunt Mesa war gefüllt mit den ameisengroßen Gestalten von

Menschen, die zu ihrer morgendlichen Arbeit strebten. Sie führten ein normales Leben.

Sie stand eilends auf, zahlte ihre Rechnung und machte einen langen Spaziergang. Sie schlenderte an den Reihen der weißen Bareiß-Säulen entlang und durch den Princess Park zu den neuen Kuppeln, um die Pingohügel herum, wo sich die derzeit begehrtesten Apartments befanden. Hier in dem hohen westlichen Distrikt konnte man weit hinunterblicken und die Stadt in ihrer ganzen Ausdehnung sehen, die Bäume und Dächer getrennt durch die Promenade und ihre Kanäle, die großen, weiträumig verteilten Mesas, die riesigen Kathedralen ähnelten. Ihre Seiten aus nacktem Gestein waren rissig und gefurcht. Horizontale Reihen blitzender Fenster waren der einzige Hinweis, dass jede von ihnen eine eigene Stadt war, eine kleine Welt, die gemeinsam mit anderen auf der roten Sandebene unter der immensen unsichtbaren Kuppel lebte und mit ihnen verbunden war durch aufsteigende Fußgängerbrücken, die wie Seifenblasen blitzten. Ah, Burroughs!

So ging sie unter den Wolken zurück, durch enge Straßen zwischen Wohnblöcken und Gärten, zu Hunt Mesa und ihrer Wohnung unter dem Tanzstudio. Michel und Spencer waren nicht da; und längere Zeit stand sie einfach am Fenster und sah zu, wie die Wolken über die Stadt eilten. Sie versuchte, Michels Aufgabe zu übernehmen, nämlich ihre Launen zu bändigen und sich selbst in ein stabiles Zentrum zurückzuziehen. Von der Decke kamen leise unregelmäßige Klopftöne. Eine neue Klasse begann. Dann war das Klopfen im Gang vor der Tür, und zwar ziemlich laut. Sie ging hin. Ihr Herz pochte wie die Decke.

Es waren Jackie und Antar, Art und Nirgal, Rachel und Frantz und der Rest der Ektogenen von Zygote, die hereinströmten und mit Schallgeschwindigkeit redeten, sodass sie sie nicht ganz verstehen konnte. Sie begrüßte sie so herzlich, wie sie konnte, da Jackie dabei war. Dann nahm sie sich zusammen, entfernte allen Hass aus ihren Augen und sprach mit allen, auch mit Jackie, über ihre Pläne. Sie waren nach Burroughs gekommen, um bei der Organisation einer Demonstration unten im Canal Park zu helfen. Man hatte durch die Zellen Mitteilung gemacht, und sie hofften, dass auch viele der nicht angeschlossenen Bürger zu ihnen stoßen würden. Maya sagte: »Hoffentlich wird das keine Maßregelungen nach sich ziehen.«

Jackie lächelte ihr zu, natürlich triumphierend. Sie sagte: »Denk immer daran, es führt kein Weg zurück.«

Maya rollte mit den Augen und ging, um Wasser auf den Herd zu stellen. Sie versuchte ihre Bitterkeit zu unterdrücken. Sie würden mit allen Zellenleitern in der Stadt zusammenkommen; und Jackie würde das Meeting kontrollieren und alle zu sofortiger Rebellion anstiften, ohne dass Sinn oder Strategie beteiligt waren. Und Maya würde nichts dagegen tun können. Die Zeit war leider vorbei, da sie ihr den Mist austreiben konnte.

Also ging sie herum, nahm den Leuten die Mäntel ab, gab ihnen Bananen und stieß ihre Füße von den Sofakissen. Sie fühlte sich wie ein Dinosaurier unter Säugetieren, ein Dinosaurier in einem neuen Klima, unter flinken heißen Kreaturen, die ihr triumphierendes Einherstolzieren hassten, ihren langsamen Hieben trotzten und hinter ihrem nachschleppenden Schwanz Wettrennen veranstalteten.

Art kam lässig heraus, um ihr beim Austeilen der Teetassen zu helfen, strubbelig und entspannt wie immer. Sie fragte ihn, was er von Fort gehört hätte, und er gab ihr den täglichen Bericht von der Erde. Subarashii und Consolidated wurden von fundamentalistischen Armeen angegriffen, von etwas, das wie eine fundamentalistische Allianz aussah, obwohl das nur täuschen konnte, da die christlichen und islamischen Fundamentalisten einander hassten und beide die neuen fundamentalistischen Hindus verachteten. Die großen Metanationalen hatten die neue UN benutzt, um deutlich zu machen, dass sie ihre Interessen mit entsprechender Stärke verteidigen würden. Praxis, Amexx und die Schweiz hatten auf Einschaltung des Weltgerichtshofes gedrängt und Indien desgleichen, aber sonst niemand. Michel sagte: »Wenigstens haben sie noch Angst vor dem Weltgerichtshof.« Aber für Maya sah es eher so aus, als entwickelte sich der Metanatrizid zu einem Krieg zwischen den Wohlhabenden und den »Sterblichen«, der viel explosiver sein könnte – totaler Krieg anstelle von Enthauptungen.

Maya und Art besprachen die Lage, während sie den Leuten im Apartment Tee servierten. Ob Spion oder nicht, Art kannte die Erde und hatte ein scharfes politisches Urteilsvermögen, was sie hilfreich fand. Er war wie ein voll ausgereifter Frank. Stimmte das? Irgendwie wurde sie an Frank erinnert; und obwohl sie nicht genau sagen konnte, weshalb, gefiel es ihr irgendwie. Niemand sonst hätte eine Ähnlichkeit zu diesem plumpen, listigen Mann gesehen. Es war ihre Auffassung und allein die ihre.

Dann strömten noch mehr Leute in das Apartment, Zellenleiter und Besucher von außerhalb. Maya saß hinten und hörte zu, als Jackie zu ihnen sprach. Ein jeder im Widerstand, dachte Maya beim Zuhören, war um seiner selbst willen dabei. Die Art, wie Jackie ihren Großvater als Symbol missbrauchte und wie eine Fahne schwenkte, um ihre Truppen zu sammeln, war widerlich. Nicht John war es gewesen, der ihr ihre Anhänger verschafft hatte, sondern ihre weiße pralle Bluse. Dieses Luder! Kein Wunder, dass Nirgal von ihr entfremdet war.

Jetzt redete sie ihnen dringend zu mit ihrer gewöhnlichen zündenden Botschaft, die enthusiastisch sofortige Rebellion ungeachtet der vereinbarten Strategie empfahl. Und für diese sogenannten Booneisten war Maya nichts weiter als eine alte Liebschaft dieses großen Mannes oder vielleicht der Grund dafür, dass er getötet worden war; eine fossile Odaliske, ein historisches Ärgernis, ein Objekt menschlichen Begehrens wie Helena von Troja, die von Faust wieder herbeizitiert wurde, substanzlos und geisterhaft. Ach, das war zum Verrücktwerden! Aber Maya behielt eine kühle Miene, stand auf und ging mit abgewandtem Gesicht in der Küche ein und aus. Sie tat, was Liebchen so machten, sie machte es den Leuten gemütlich und verpflegte sie gut. Mehr konnte sie im Moment nicht tun.

Sie stand in der Küche und blickte aus dem Fenster auf die Dächer hinab. Sie hatte jeden Einfluss auf den Widerstand verloren, den sie je gehabt hatte. Das ganze Ding würde losgelassen, ehe Sax oder sonst einer der Übrigen, auf die es ankam, bereit waren. Jackie redete im Wohnzimmer geschwollen weiter daher, um eine Demonstration zu organisieren, die zehntausend, vielleicht sogar fünfzigtausend Leute in den Park bringen könnte. Und wenn die Sicherheit mit Tränengas, Gummigeschossen und Gummiknüppeln reagierte, würden Menschen verletzt und einige Personen getötet werden. Getötet ohne einen strategischen Zweck, Personen, die tausend Jahre hätten leben können. Und Jackie machte immer noch weiter, strahlend und begeistert. Sie brannte wie eine Flamme. Oben brach die Sonne durch eine Wolkenlücke wie helles Silber und verdächtig groß. Art kam in die Küche, setzte sich an den Tisch, schaltete seine KI ein und kroch fast in den Bildschirm hinein. »Ich habe auf dem Handgelenk eine Nachricht von Praxis bekommen.« Er las den Schirm ab, wobei seine Nase ihn fast berührte.

Maya fragte unsicher: »Bist du kurzsichtig?«

»Ich glaube, nicht. O Mann! *Ka wow!* Ist Spencer da draußen? Hol ihn her!«

Maya ging zur Tür und machte Spencer ein Zeichen. Er kam herein. Jackie ignorierte die Störung und redete weiter. Spencer setzte sich neben Art, der sich jetzt mit runden Augen und rundem Mund zurückgelehnt hatte, an den Küchentisch. Spencer las ein paar Sekunden und lehnte sich dann auch zurück. Er sah mit einer seltsamen Miene zu Maya hinüber und sagte: »Das ist es!«

»Was?«

»Der Auslöser.«

Maya ging zu ihm hin und las über seine Schulter.

Sie hielt sich an ihm fest in einer bizarren Empfindung von Schwerelosigkeit. Die Lawine war nicht mehr aufzuhalten. Sie hatte es geschafft, wenn auch nur knapp. Im Moment des Scheiterns hatte sich das Schicksal gewendet.

Nirgal kam in die Küche, um zu fragen, was los wäre, angezogen durch etwas in ihren leisen Stimmen. Art sagte es ihm; und seine Augen leuchteten auf. Er konnte seine Erregung nicht verbergen. Er wandte sich an Maya und fragte: »Ist das wahr?«

Sie hätte ihn dafür küssen können. Stattdessen nickte sie, da sie sich nicht zu sprechen traute, und ging durch die Tür ins Wohnzimmers. Jackie war noch mitten in ihrer Ansprache, und es machte Maya die größte Freude, sie zu unterbrechen. »Die Demonstration fällt aus.«

»Was soll das heißen?«, rief Jackie aufgebracht und wütend. »Warum?«

»Weil wir stattdessen eine Revolution anfangen.«

ZEHNTER TEIL

PHASENWECHSEL

Sie waren beim Pelikansurfen, als Lehrlinge, die am Strand auf und ab hüpften, sie alarmierten, dass etwas nicht stimmte. Sie flogen zurück zum Strand, landeten im feuchten Sand und nahmen die Nachricht entgegen. Eine Stunde später waren sie am Flughafen und starteten kurz danach in einem kleinen Skunkworks-Suborbitalflugzeug namens Gollum. Sie gingen auf Südkurs, und als sie dreißig Kilometer hoch irgendwo über Panama waren, zündete der Pilot die Raketen. Sie wurden ein paar Minuten lang in ihre auf hohen Andruck ausgelegten Sitze gepresst. Die drei Passagiere saßen in Sesseln hinter dem Piloten und Copiloten und konnten aus ihren Fenstern die Außenhaut des Flugzeugs sehen, die erst wie Zinn aussah und dann anfing zu glühen, sich schnell in ein starkes Gelb mit einer leichten Bronzetönung verwandelte, immer heller, bis es aussah, als wären sie Sadrach, Mesach und Abed-Nego, die im Feuerofen saßen und keinen Schaden nahmen.

Als die Haut abkühlte und der Pilot in Horizontalflug überging, befanden sie sich etwa hundertdreißig Kilometer über der Erdoberfläche und blickten auf den Amazonas und das schöne gebogene Rückgrat der Anden hinunter. Während des Fluges nach Süden berichtete einer der Passagiere, ein Geologe, den anderen beiden mehr über die Lage.

»*Die westantarktische Eisdecke ruhte auf Urgestein, das sich unter dem Meeresspiegel befindet. Es ist kontinentales Land, nicht Meeresboden, und unter der Westantarktis befindet sich eine geothermisch sehr aktive Becken- und Grenzzone.*«

»*Westantarktis?*«, *fragte Fort blinzelnd.*

»*Das ist die kleinere Hälfte mit der Halbinsel, die in Richtung Südamerika zeigt, und dem Ross-Eisschelf. Die westliche Eisdecke liegt zwischen den Bergen der Halbinsel und dem Transantarktischen Gebirge in der Mitte des Kontinents. Hier, sehen Sie, ich habe einen Globus dabei.«* Er holte aus der Tasche einen aufblasbaren Globus, ein Kinderspielzeug, blies ihn auf und reichte ihn herum.

»Also die westliche Eisdecke hier ruhte auf dem Urgestein unter Meeresniveau. Aber das Land darunter ist warm, und es gibt dort einige Vulkane unter dem Eis. Darum ist das Eis am Boden etwas geschmolzen. Dieses Wasser mischt sich mit Sedimenten aus den Vulkanen und bildet eine Substanz aus Geschiebelehm, die man Tilit nennt. Er hat eine Konsistenz wie Zahnpasta. Wenn das Eis über dieses Tilit gleitet, bewegt es sich schneller als gewöhnlich. Deshalb befanden sich in der westlichen Eisdecke Eisströme wie schnelle Gletscher, deren Ränder aus langsamerem Eis bestanden. Zum Beispiel lief der Eisstrom B täglich zwei Meter, während das Eis um ihn herum nur zwei im Jahr zurücklegte. Und B war fünfzig Kilometer breit und einen Kilometer tief. Er bildete also einen höllisch schnellen Strom, der zusammen mit etwa einem halben Dutzend anderer Eisströme in das Ross-Eisschelf lief.« Er zeigte ihnen diese unsichtbaren Ströme mit der Fingerspitze.

»Hier – wo die Eisströme und das Eisschelf generell sich vom Urgestein trennten und ins Rossmeer hinausschwammen – das nannte man die Aufsetzlinie.«

»Ah«, sagte einer von Forts Freunden. *»Globale Erwärmung?«*

Der Geologe schüttelte den Kopf. *»Unsere globale Erwärmung hat auf all das nur wenig Einfluss gehabt. Sie hat die Temperaturen und Meeresniveaus ein wenig angehoben, aber wenn das alles gewesen wäre, hätte das hier keinen großen Unterschied ausgemacht. Das Problem ist, dass wir uns immer noch in der interglazialen Erwärmung befinden, die am Ende der letzten Eiszeit begann. Und diese Erwärmung schickt etwas, das wir einen thermischen Impuls nennen, durch die polaren Eisdecken nach unten. Dieser Impuls läuft seit achttausend Jahren nach unten. Und die Aufsetzlinie der westlichen Eisdecke* hat sich seit achttausend Jahren landeinwärts bewegt. Und dann brach einer der Vulkane unter dem Eis aus. Eine große Eruption. Ungefähr drei Monate alt. Die Aufsetzlinie hat schon vor einigen Jahren angefangen, sich schneller zurückzuziehen, und war dem ausgebrochenen Vulkan sehr nahe. Es sieht so aus, als hätte die Eruption die Aufsetzlinie direkt zum Vulkan gebracht, und jetzt fließt Meerwasser zwischen Eisdecke und Urgestein direkt in eine aktive Eruption hinein. Deswegen bricht die Eisdecke auf. Sie steigt hoch, gleitet ins Rossmeer hinaus und wird von Strömungen fortgetragen.«

Die Hörer starrten auf den kleinen aufblasbaren Globus. Inzwischen befanden sie sich über Patagonien. Der Geologe beantwortete ihre Fragen und zeigte auf dem Globus auf bestimmte Stellen. Er erklärte ihnen, dass sich so etwas schon früher und sogar schon mehrmals ereignet hatte. Die Westantarktis war Ozean, trockenes Land oder Eisdecke gewesen – viele Male in den Jahrmillionen, seit tektonische Bewegungen diesen Kontinent in seine heutige Position gebracht hatten. Und es schien etliche instabile Punkte in den langfristigen Temperaturänderungen zu geben – er nannte sie Instabilitätsauslöser –, welche im Lauf von Jahren massive Veränderungen bewirkt hatten. »Dieses klimatologische Zeug ist für geologische Begriffe praktisch instantan. Es gibt übrigens auch in der Eiskappe von Grönland überzeugende Hinweise darauf, dass sie sich binnen drei Jahren von glazial zu interglazial verändert hat.« Der Geologe schüttelte den Kopf.

»Und diese Aufbrüche der Eisdecke?«, fragte Fort.

»Nun, wir denken, die könnten in ein paar Hundert Jahren ablaufen, was übrigens auch sehr schnell ist. Ein Auslöseereignis. Aber diesmal macht der Vulkanausbruch es viel schlimmer. Sehen Sie, da ist der Bananengürtel.«

Er zeigte nach unten; und sie sahen quer über der Drake-Meerenge eine schmale, vereiste, gebirgige Halbinsel, die in die gleiche Richtung zeigte wie der Schwanzfortsatz von Feuerland.

Der Pilot kippte die Maschine nach rechts und dann schwächer nach links und flog langsam einen weiten Bogen. Während sie hinunterblickten, lag unter ihnen das aus Satellitenfotos vertraute Bild der Antarktis; aber die Farben waren viel leuchtender und scharf abgegrenzt. Das Kobaltblau des Ozeans, die Gänseblümchenkette zyklonischer Wolkensysteme, die wirbelnd nach Norden zog, die schimmernde Masse des Eises und die Flottillen winziger Eisberge, weiß im Blau.

Aber die vertraute Q-Gestalt des Kontinents in dem Gebiet hinter dem Komma der antarktischen Halbinsel erschien merkwürdig fleckig, mit klaffenden blauschwarzen Rissen im Weiß. Und das Rossmeer war sogar noch stärker zerrissen durch ozeanblaue Fjorde und ein radiales Muster türkisblauer Spalten. Und vor der Küste des Rossmeeres schwammen Tafeleisberge auf den Südpazifik zu, die wie davontreibende Stücke des Kontinents selbst aussahen. Der größte schien ungefähr so groß zu sein wie die Südinsel von Neuseeland oder sogar noch größer.

Nachdem sie einander auf die größten Tafelberge aufmerksam gemacht hatten und auch die verschiedenen Merkmale der zerbrochenen und verkleinerten Eisdecke (der Geologe zeigte, wo seiner Meinung nach der Vulkan unter dem Eis lag, aber das sah nicht anders aus als der Rest der Decke), setzten sie sich einfach wieder hin und beobachteten.

Nach einer Weile sagte der Geologe: »Das da ist der Ronne-Eisschelf und die Weddell-See. Ja, auch da gleitet etwas hinein. Da oben war McMurdo, auf der anderen Seite des Ross-Schelfs. Das Eis wurde über die Bucht gedrückt und hat die Siedlung unter sich begraben.«

Der Pilot begann eine zweite Runde um den Kontinent.

»Welche Auswirkungen wird das haben?«, fragte Fort.

»Nun, theoretische Modelle sprechen von einer Anhebung des Meeresniveaus um etwa sechs Meter.«

»Sechs Meter!«

»*Nun, es wird einige Jahre dauern bis zum vollen Anstieg, aber es hat definitiv angefangen. Der Ausbruch dieser Katastrophe wird den Meeresspiegel binnen Wochen um etwa zwei oder drei Meter heben. Was von der Eisdecke übrigbleibt, wird binnen Monaten, höchstens weniger Jahre, aufschwimmen, und das wird zusätzliche drei Meter ausmachen.*«

»*Wie kann das den ganzen Ozean so sehr ansteigen lassen?*«

»*Es ist eine Menge Eis.*«

»*So viel Eis kann es doch nicht sein!*«

»*O doch. Das da unter uns ist der größte Teil des Süßwassers der Erde. Seien Sie dankbar, dass die ostantarktische Eisdecke fest und stabil ist. Wenn sie abgleiten würde, stiegen die Meeresspiegel um sechzig Meter.*«

»*Sechzig Meter sind wirklich viel*«, *sagte Fort.*

Sie beendeten eine neue Runde. Der Pilot sagte: »*Wir sollten umkehren.*«

»*Das war's dann für jeden Strand der Welt*«, *sagte Fort.* »*Wir sollten lieber unsere Sachen packen.*«

Als die zweite Revolution auf dem Mars begann, war Nadia im oberen Canyon von Shalbatana Vallis. Man könnte sagen, dass sie sie in einem gewissen Sinne sogar ausgelöst hatte.

Sie hatte South Fossa zeitweilig verlassen, um beim Bau der Kuppel von Shalbatana zu helfen, die denen über Nirgal Vallis und in den Tälern von Ost-Hellas ähnlich war. Ein langes Kuppeldach über einer gemäßigten Ökologie mit einem Fluss, der den Boden des Canyons herunterströmte, in diesem Fall aus dem Lewis-Reservoir abgepumpt, 170 Kilometer weit im Süden. Shalbatana bildete eine lange Reihe leichter S-Kurven, sodass der Talboden sehr malerisch wirkte. Aber der Bau der Kuppel war schwierig gewesen.

Nichtsdestoweniger hatte Nadia das Projekt nur mit einem kleinen Teil ihrer Aufmerksamkeit geleitet. Der Rest blieb auf die sprunghaften Entwicklungen auf der Erde konzentriert. Sie stand täglich mit ihrer Gruppe in South Fossa und mit Art und Nirgal in Burroughs in Verbindung; und die hielten sie über alle jüngsten Nachrichten auf dem Laufenden. Sie interessierte sich besonders für die Aktivitäten des Weltgerichtshofs, der versuchte, sich als Schiedsrichter in dem wachsenden Konflikt der Metanationalen von Subarashii und der Elfergruppe mit Praxis, der Schweiz und der sich anbahnenden Allianz von China und Indien zu etablieren. Er wollte, wie Art es ausdrückte, »als eine Art Weltgericht« fungieren. Diese Bemühung war aussichtslos erschienen, als die Krawalle der Fundamentalisten begannen und die Metanationalen sich auf die Selbstverteidigung vorbereiteten. Und Nadia hatte unglücklich gefolgert, dass die Dinge auf der Erde sich wieder auf einer Spirale nach unten ins Chaos bewegen würden.

Aber alle diese Krisen schrumpften zur Bedeutungslosigkeit, als Sax sie anrief, um ihr von dem Zusammenbruch der westantarktischen Eisdecke zu berichten. Sie nahm diesen Anruf an ihrem Schreibtisch in einem Bau-Rover entgegen und starrte das kleine Gesicht auf dem Schirm an. »Was meinst du mit ›zusammengebrochen‹?«

»Sie hat sich vom Urgestein gelöst. Ein Vulkan bricht aus. Sie rutschte ins Meer und wird durch die Meeresströmungen zerbrochen.«

Das Video, das er sendete, war in Punta Arena aufgenommen worden, einer chilenischen Hafenstadt, deren Docks verschwunden und Straßen überflutet waren. Dann kam ein Schnitt auf Port Elizabeth im südafrikanischen Azania, wo die Situation dieselbe war.

»Wie schnell geht das?«, fragte Nadia. »Ist es eine Flutwelle?«

»Nein. Mehr wie eine sehr starke Flut. Die nicht mehr zurückgeht.«

»Also ist genügend Zeit zum Evakuieren, aber nicht genug, um etwas zu bauen«, sagte Nadia. »Und du sprichst von *sechs Metern*?«

»Aber nur für die nächsten paar ... Niemand weiß genau, wie lange. Ich habe Schätzungen gesehen, wonach nicht weniger als ein Viertel der Erdbevölkerung betroffen sein wird.«

»Das glaube ich. Oh, Sax ...«

Eine weltweite panische Flucht auf höher liegendes Terrain. Nadia starrte auf den Bildschirm und fühlte sich wie gelähmt, als sie sich über das Ausmaß der Katastrophe klarer wurde. Die Küstenstädte würden unter Wasser stehen. *Sechs Meter!* Sie fand es schwer, sich vorzustellen, dass irgendeine potenzielle Eismasse imstande sein könne, den Meeresspiegel auch nur um einen

Meter anzuheben – aber *sechs*! Das war, wenn es dessen noch bedurft hätte, ein erschütternder Beweis dafür, dass die Erde doch gar nicht so groß war. Oder aber, dass die westantarktische Eisdecke riesig war. Nun, sie hatte ein Drittel des Kontinents bedeckt und war, wie die Berichte angaben, mehr als drei Kilometer dick. Das war eine Menge Eis. Sax sagte etwas über die ostantarktische Eisdecke, die anscheinend nicht bedroht war.

Nadia schüttelte den Kopf, um sich von diesem Geschwätz freizumachen, und konzentrierte sich auf die Nachrichten.

Bangladesh würde man ganz evakuieren müssen, das waren dreihundert Millionen Menschen. Auch die anderen Küstenstädte Indiens, Kalkutta, Madras und Bombay. Dann London, Kopenhagen, Istanbul, Amsterdam, New York, Los Angeles, New Orleans, Miami, Rio, Buenos Aires, Sydney, Melbourne, Singapur, Hongkong, Manila, Jakarta, Tokio … Und das waren nur die großen Städte. An der Küste lebte eine Menge Leute, in einer Welt, die schon durch Überbevölkerung und abnehmende Ressourcen ernsthaft in Not war. Und jetzt wurden alle elementaren Bedürfnisse in Salzwasser ertränkt.

»Sax, wir sollten ihnen helfen«, sagte sie. »Nicht bloß …«

»Es gibt nicht viel, was wir tun können. Und das können wir am besten tun, wenn wir frei sind. Erst das eine, dann das andere.«

»Versprichst du das?«

»Ja«, sagte er und sah überrascht aus. »Ich meine, ich werde tun, was ich kann.«

»Darum bitte ich ja.« Sie dachte darüber nach. »Sind deine Leute bereit?«

»Ja. Wir wollen mit Fernlenkraketen gegen alle Überwachungs- und Waffensatelliten anfangen.«

»Was ist mit Kasei Vallis?«

»Damit beschäftige ich mich gerade.«

»Wann willst du losschlagen?«

»Wie wäre es mit morgen?«

»Morgen?«

»Ich muss mich sehr bald um Kasei kümmern. Die Bedingungen sind gerade jetzt günstig.«

»Was hast du vor?«

»Lass uns morgen anfangen. Es hat keinen Sinn, Zeit zu vergeuden.«

»Mein Gott!«, sagte Nadia und dachte scharf nach. »Wir bewegen uns gerade hinter die Sonne?«

»Ja.«

Diese Position vis-à-vis zur Erde hatte in diesen Tagen mehr symbolischen Charakter, da die Nachrichtenverbindungen durch viele Asteroidenrelais gesichert waren. Aber sie bedeutete, dass selbst die schnellsten Shuttles Monate brauchen würden, um von der Erde zum Mars zu gelangen.

Nadia holte tief Luft und sagte: »Dann los!«

»Ich hoffte, dass du das sagen würdest. Ich werde die in Burroughs anrufen und Bescheid geben.«

»Werden wir uns in Underhill treffen?« Das war ihr derzeitiger Treffpunkt in Notfällen. Sax befand sich in einem Refugium im Da-Vinci-Krater, wo viele seiner Raketen stationiert waren. Darum konnten beide binnen eines Tages nach Underhill gelangen.

»Ja, morgen«, sagte er und legte auf.

Und so löste Nadia die Revolution aus.

Sie fand eine Nachrichtensendung mit Satellitenfotos aus der Antarktis und sah sie sich verstört an. Leise Stimmen auf dem Bildschirm plapperten rasch dahin. Die eine behauptete, die Katastrophe wäre ein Sabotageakt seitens Praxis, die angeblich Löcher in die Eisdecke gebohrt und Wasserstoffbomben auf dem antarktischen Urgestein angebracht hätte. Sie rief angewidert: »Immer noch die alte Leier!« Kein anderer Nachrichtendienst stützte diese Behauptung oder widersprach ihr. Es war einfach nur ein Teil des Chaos und wurde von allen anderen Berichten über die Flut mitgerissen. Aber der Metanatrizid dauerte an. Und sie waren ein Teil davon.

Ihre Existenz reduzierte sich sofort in einer Weise, die sie stark an 2061 erinnerte. Nadia fühlte, dass sich ihr Magen wie früher verkrampfte, über alle gewohnten Spannungszustände hinaus zu einer eisernen Walnuss im Zentrum ihres Wesens, schmerzhaft und zusammengepresst. Sie hatte versucht, Geschwüren medikamentös vorzubeugen und ihre Magenschmerzen zu lindern; aber die Pillen war für diesen Anfall jämmerlich unzureichend. Ruhig bleiben! Das ist der Moment. Du hast ihn erwartet, du hast dafür gearbeitet. Du hast die Basis dafür geschaffen. Jetzt kam das Chaos. Im Herzen jedes Phasenwechsels gab es eine Zone aus kaskadierendem, rekombinierendem Chaos. Aber es gab Methoden, es zu verstehen und damit umzugehen.

Nadia ging durch das kleine mobile Habitat und blickte kurz auf die idyllische Schönheit des Shalbatana-Canyonbodens mit seinem kiesroten Fluss und den jungen Bäumen sowie Streifen mit Baumwolle an den Ufern und auf Inseln hinab. Wenn die Dinge drastisch schiefgingen, war es möglich, dass nie jemand in Shalbatana wohnen würde, dass dies eine leere Welt in einer Blase bleiben würde, bis Schlammstürme das Dach eindrückten oder in der mesokosmischen Ökologie etwas schiefging. Nun …

Sie zuckte die Schultern, weckte ihre Crew und wies sie an, sich fertig zu machen, um nach Underhill aufzubrechen. Sie sagte ihnen, warum; und weil sie alle auf die eine oder andere Art zur Widerstandsbewegung gehörten, jubelten sie.

Es war kurz nach der Dämmerung an einem vermutlich warmen Frühlingstag, an dem sie in leichten Schutzanzügen mit Kapuzen und Gesichtsmasken hätten arbeiten können, wobei nur die isolierten harten Stiefel Nadia an die plumpe Kleidung der frühen Jahre erinnerten. Freitag, L_s = 101, 2. Juli 2 im M-Jahr 52, irdisches Datum (sie sah auf ihr Armband) 12. Oktober 2127. Fast der hundertste Jahrestag ihrer Ankunft, obwohl niemand dieses Datum zu feiern schien. Hundert Jahre! Ein bizarrer Gedanke.

Also eine neue Julirevolution und zudem auch noch eine Oktoberrevolution. Eine Dekade nach dem zweihundertsten Jahrestag der bolschewistischen Revolution, wie sie sich zu erinnern glaubte. Das war ein noch seltsamerer Gedanke. Tja, aber auch die hatten es versucht. Alle Revolutionäre in der Geschichte. Meistens verzweifelte Bauern, die für das Leben ihrer Kinder kämpften. Wie in ihrem Russland. So viele in jenem bitteren zwanzigsten Jahrhundert, die alles wagten, um ein besseres Leben zu schaffen. Aber dennoch hatte es zur Katastrophe geführt. Das war erschreckend, als wäre die Geschichte eine Folge menschlicher Angriffe gegen das Elend, die immer misslangen.

Aber die Russin in ihr, das sibirische Kleinhirn, beschloss, das Oktoberdatum als gutes Omen anzusehen. Oder als eine Mahnung, was man nicht tun dürfe, im Hinblick auf 2061. Sie konnte das in ihrem sibirischen Geist ihnen allen widmen. Dem heroischen Leid der sowjetischen Katastrophe, all ihren Freunden, die 2061 gestorben waren, Arkady, Alex, Sasha, Roald, Janet, Evgenia und Samantha, allen denen, die noch in ihren Träumen und ihren seltener werdenden schlaflosen Erinnerungen spukten, wie Elektronen um die eiserne Walnuss in ihrem Innern kreisten und sie mahnten, nicht zu versagen, sondern es diesmal richtig zu machen und den Sinn ihrer Leben und ihrer Tode zu rehabilitieren. Sie entsann sich, dass jemand ihr gesagt hatte: »Wenn ihr das nächste Mal eine Revolution macht, dann versucht es lieber auf eine andere Art.«

Und jetzt waren sie so weit. Aber es gab MarsFirst-Guerillaverbände unter Kaseis Befehl, ohne Kontakt mit dem Hauptquartier in Burroughs, sowie tausend andere Faktoren, die ins Gewicht fallen würden und die meist völlig außerhalb ihrer Kontrolle waren. Ein kaskadierendes rekombinierendes Chaos. Wie würde es wohl diesmal laufen?

Sie brachte ihre Crew in Rovern zu dem kleinen Bahnhof einige Kilometer im Norden. Von dort fuhren sie in einem Güterzug auf einer temporären Schiene, die für die Arbeiten in Shalbatana angelegt worden war und zur Hauptstrecke zwischen Sheffield und Burroughs führte. Diese Städte waren Bollwerke der Metanationalen, und Nadia befürchtete, dass diese sich bemühen würden, die Verbindungsstrecke zu sichern. In diesem Sinne war Underhill strategisch wichtig, da seine Besetzung die Strecke abschneiden würde. Aber gerade aus diesem Grunde wollte sie von Underhill weg und überhaupt von dem ganzen Schienensystem. Sie wollte in die Luft, wie sie es '61 getan hatte. Alle in jenen paar Monaten erworbenen Instinkte wollten wieder die Herrschaft übernehmen, als wären keine sechsundsechzig Jahre vergangen. Und diese Instinkte rieten ihr, sich zu verstecken.

Während sie nach Südwesten über die Wüste fuhren, die die Lücke zwischen Ophir und Juventae Chasmas schließt, hielt sie durch ihren Armbandcomputer Verbindung zu Sax' Hauptquartier im Krater Da Vinci. Dessen technischer Stab bemühte sich, seinen trockenen Stil nachzuahmen; aber es war deutlich, dass sie ebenso aufgeregt waren wie Nadias junge Bautechniker. Fünf verschiedene Stimmen drangen gleichzeitig aus ihrem Armband und teilten ihr mit, dass sie eine Batterie Boden-Orbit-Geschosse ausgelöst hätten, die Sax in versteckten äquatorialen Silos während der letzten zehn Jahre untergebracht hatte. Und diese Batterie sei wie ein Feuerwerk losgegangen und hätte alle ihnen bekannten orbitalen Waffenplattformen der Metanationalen weggeputzt, und auch viele ihrer Nachrichtensatelliten. »Wir haben mit der ersten Welle achtzig Prozent von ihnen erwischt! Wir haben unsere eigenen Nachrichtensatelliten hochgeschickt! Jetzt nehmen wir sie uns einen nach dem anderen vor ...«

Nadia unterbrach: »Funktionieren eure Satelliten?«

»Soweit wir wissen, ja! Wir können es erst nach einem vollständigen Test genau sagen, aber alle sind gerade sehr beschäftigt.«

»Probieren wir einen aus! Und macht diesen Test. Der ist dringend, verstanden? Wir brauchen ein redundantes System, ein *sehr* redundantes System.«

Sie schaltete ab und gab einen der Frequenz- und Verschlüsselungscodes ein, den Sax ihr gegeben hatte. Ein paar Sekunden später sprach sie mit Zeyk, der in Odessa war und half, die Aktivitäten im Hellas-Becken zu koordinieren. Er sagte, bislang ginge alles nach Plan. Natürlich wären sie erst seit ein paar Stunden dabei; aber es schien, dass sich die Organisationsarbeiten von Michel und Maya gelohnt hätten, weil alle Mitglieder der Zellen in Odessa auf die Straßen geströmt waren und den Leuten gesagt hatten, was geschah. Sie hatten eine spontane Arbeitsniederlegung und Demonstration entflammt. Sie waren jetzt dabei, den Bahnhof zu sperren und die Corniche und die meisten anderen öffentlichen Plätze mit einem Schlag zu besetzen, der bald zu einer völligen Übernahme führen dürfte. Das Personal der Übergangsbehörde in der Stadt zöge sich in den Bahnhof oder die Versorgungsanlage zurück, wie Zeyk gehofft hatte. »Wenn die meisten von ihnen drin sind, werden wir die KI der Anlage übernehmen, und dann wird es ein Kerker sein, in dem sie festsitzen. Wir haben die Kontrolle über die Notfall-Lebenserhaltungssysteme der Stadt übernommen. Darum können sie sehr wenig unternehmen oder sich höchstens in die Luft sprengen. Aber wir denken, das werden sie nicht tun. Eine Menge der UNTA-Leute hier sind Syrer unter Niazi, und ich spreche mit Rashid, während wir versuchen, die Anlage von außen stillzulegen, nur um uns zu vergewissern, dass niemand da drin sich entschließt, ein Märtyrer zu werden.«

»Ich glaube nicht, dass es unter den Metanationalen viele Märtyrer geben wird«, sagte Nadia.

»Das hoffe ich auch nicht, aber sicher ist sicher. So weit, so gut hier, immerhin. Und rund um Hellas ist es sogar noch leichter gewesen. Die Sicherheitskräfte waren minimal, und die meisten der Bevölkerung sind Eingeborene oder radikalisierte Einwanderer, und sie haben die Sicherheit einfach umzingelt und sie gewarnt, irgendwie gewalttätig zu werden. Es hat sich entweder ein Patt gegeben, oder die Sicherheitskräfte wurden entwaffnet. Dao und Harmakhis-Reull haben sich zu freien Canyons erklärt. Sie wollen jedem, der Hilfe braucht, Zuflucht gewähren.«

»Gut!«

Zeyk hörte die Überraschung in ihrer Stimme und warnte: »Ich glaube nicht, dass es in Burroughs und Sheffield so leicht sein wird. Und wir müssen den Aufzug stilllegen, damit sie nicht anfangen können, von Clarke aus auf uns zu schießen.«

»Wenigstens ist Clarke über Tharsis gebunden.«

»Schon. Aber es wäre schön, ihn zu übernehmen, damit nicht wieder der Aufzug auf uns stürzt.«

»Ich weiß. Ich habe gehört, dass die Roten mit Sax an einem Plan für die Kaperung arbeiten.«

»Allah schütze uns! Nadia, ich muss Schluss machen. Sag Sax, dass die Pläne für die Fabrik tadellos funktioniert haben. Und hör mal, ich meine, wir sollten herkommen und uns mit dir im Norden zusammentun. Wenn wir Hellas und Elysium schnell sichern können, wird das unsere Chancen in Burroughs und Sheffield erhöhen.«

Also lief es in Hellas wie geplant. Und was ebenso oder sogar noch wichtiger war, sie hatten noch Verbindung miteinander. Das war entscheidend. Unter allen Albträumen von '61 gab es unter den Szenen, die in ihrer Erinnerung blitzartig mit Angst oder Schmerz aufleuchteten, wenige, die schlimmer waren als dieses Gefühl absoluter Hilflosigkeit, als ihr Kommunikationssystem zusammengebrochen war. Danach spielte nichts von dem, was sie taten, mehr eine Rolle. Sie waren wie Insekten gewesen, denen man die Fühler abgerissen hat und die hilflos herumtaumeln. Darum hatte Nadia im Lauf der letzten Jahre Sax wiederholt gedrängt, er möge einen Plan zum Schutz ihrer Nachrichtenverbindungen aufstellen. Und er hatte eine ganze Flotte sehr kleiner Kommunikationssatelliten gebaut und jetzt in den Orbit gebracht, die getarnt und so gut wie möglich gepanzert waren. Bisher funktionierten sie wie geplant. Und die eiserne Walnuss in Nadia war zwar nicht verschwunden, drückte aber nicht mehr so stark gegen ihre Rippen. Ruhig, sagte sie sich. Dies ist der Moment, der einzige Moment. Konzentrier dich darauf!

Die mobile Schiene erreichte die große äquatoriale Linie, die im Vorjahr neu angelegt worden war, um das Eis von Chryse zu umgehen. Sie rangierten auf das Gleis für Nahverkehrszüge und fuhren nach Westen. Ihr Zug war nur drei Waggons lang; und Nadias ganze Crew, über dreißig Personen, waren alle im ersten Wagen beisammen, um die eingehenden Meldungen auf dem Bildschirm zu verfolgen. Es gab offizielle Nachrichten von Mangalavid in South Fossa, die wirr und inkonsistent waren. Sie verbanden normale Wetterberichte und dergleichen mit kurzen Meldungen über Anschläge in vielen Städten. Nadia hielt über ihr Armband Kontakt mit entweder Da Vinci oder dem Freier-Mars-Haus in Burroughs. Während der Fahrt beobachtete sie sowohl den Bildschirm im Wagen als auch den auf ihrem Handgelenk und nahm gleichzeitig alle Nachrichten auf, als lausche sie einer polyphonen Musik. Sie stellte fest, dass sie die beiden Quellen ohne Schwierigkeiten gleichzeitig verfolgen konnte, und hungerte nach mehr. Praxis sendete ständig Berichte über die Lage auf der Erde, die konfus war, aber nicht so unzusammenhängend und undurchsichtig wie 2061. Einerseits hielt Praxis sie auf dem Laufenden; andererseits galt viel der derzeitigen Aktivität auf der Erde der Evakuierung der Küstenbewohner aus den überfluteten Regionen. Bisher waren es hohe Fluten, wie Sax es erwartet hatte. Der Metanatrizid ging weiter in Form von chirurgischen Angriffen und gezielten Einzelschlägen, Sturmangriffen und Gegenangriffen auf verschiedene Komplexe und Hauptquartiere von Firmen in Verbindung mit legalen Aktionen und PR aller Art, einschließlich einer Anzahl von Prozessen und Gegenverfahren, die endlich beim Weltgerichtshof eingingen, was Nadia ermutigend fand. Aber diese strategischen Angriffe und Manöver waren angesichts der globalen Überschwemmung zweitrangig. Und selbst in ihren schlimmsten Formen (Videos von Explosionen, verunglückten Flugzeugen, Straßen, die mit Bombentrichtern übersät waren, weil man eine Limousine hatte treffen wollen) waren sie immer noch unendlich viel besser als ein biologischer Krieg, der Millionen töten könnte. Das wurde deutlich in einem schockierenden Bericht aus Indonesien, der über den Bildschirm des Waggons kam. Eine radikale Befreiungsgruppe aus Ost-Timor hatte auf die Insel Java eine noch nicht identifizierte Seuche losgelassen, sodass zu den Opfern der Überschwemmung Hunderttausende kamen, die an der Krankheit starben. Auf einem Kontinent würde eine solche Seuche eine fatale Katastrophe bedeuten; und es gab keine Garantie, dass sie nicht doch noch übergreifen würde.

Aber inzwischen war mit dieser einen schrecklichen Ausnahme der Krieg da unten das, was man das Chaos des Metanatrizids nannte, das sich als Kampf auf höchster Ebene abspielte. Faktisch ähnlich dem, was sie auf dem Mars versuchten. Das war in gewisser Weise tröstlich, obwohl die Metanationalen, wenn sie sich diesen Stil aneigneten, wohl auch ebenso auf dem Mars Krieg führen könnten – wenn nicht im ersten Moment der Überraschung, so doch später, wenn sie sich neu organisiert hatten. Und in dem eingehenden Nachrichtenstrom aus der Genfer Praxisniederlassung gab es eine ominöse Botschaft, die darauf hindeutete, dass sie vielleicht schon reagierten. Ein schnelles Shuttle mit vielen »Sicherheitsexperten« hatte vor drei Monaten die Erde in Richtung Mars verlassen, hieß es, und wurde »in wenigen Tagen« auf dem Mars erwartet. Diese Meldung wurde jetzt laut der UN-Pressestelle freigegeben, um die Sicherheitskräfte zu ermutigen, die durch Krawalle und Terrorismus bedrängt wurden.

Nadias Konzentration auf die Nachrichten wurde unterbrochen durch das Erscheinen eines der großen Fernzüge auf der Strecke neben ihnen. Gerade noch glitten sie sanft über das hügelige Plateau von Ophir Planum, dann rauschte der große Zug mit fünfzig Waggons an ihnen vorbei. Aber er wurde nicht langsamer, und darum konnte man nicht sagen, wer, wenn überhaupt jemand, hinter seinen verdunkelten Fenstern saß. Dann war er an ihnen vorbei und bald danach am Horizont verschwunden.

Die Nachrichtensendungen gingen in ihrem rasenden Tempo ein. Die Reporter waren offensichtlich durch die Ereignisse des

Tages überrascht – Krawalle in Sheffield, Arbeitsniederlegungen in South Fossa und Hephaestus. Die Vorfälle überschnitten sich so rasch, dass Nadia zweifelte, ob sie real wären.

Als sie nach Underhill kamen, hielt Nadias Gefühl von Unwirklichkeit an; denn die verschlafene und halb aufgegebene alte Siedlung sprudelte vor Aktivität wie im Jahre M-1. Sympathisanten des Widerstandes waren den ganzen Tag aus den kleinen Stationen um Ganges Catena und Hebes Chasma und dem Nordwall von Ophir Chasma herbeigeströmt. Die lokalen Bogdanovisten hatten sie offenbar zu einem Marsch gegen die kleine Einheit UNTA-Sicherheitspersonal organisiert, das beim Bahnhof stationiert war. Das hatte zu einer Pattsituation direkt außerhalb der Station geführt, unter der Kuppel, die die alte Arkade und den ursprünglichen Tonnengewölbe-Quadranten, die jetzt sehr klein und seltsam wirkten, überspannte.

Als Nadias Zug einfuhr, war gerade ein lauter Streit im Gange zwischen einem Mann mit Lautsprecher, der von etwa zwanzig Leibwächtern umgeben war, und der aufmüpfigen Menge ihnen gegenüber. Nadia stieg aus, sobald der Zug hielt, und ging hinüber zu der Gruppe, die den Bahnhofsvorsteher und seine Truppen umzingelt hatte. Sie requirierte ein Megafon von einer erstaunt aussehenden jungen Frau und brüllte: »Bahnhofsvorsteher! Bahnhofsvorsteher! Bahnhofsvorsteher!« Sie wiederholte das auf Englisch und Russisch; bis alle still geworden waren, um herauszufinden, wer sie war. Ihr Bauteam hatte sich in der Menge verteilt; und als sie sah, dass alle in Stellung waren, ging sie direkt auf den Haufen Männer und Frauen in ihren Splitterschutzwesten zu. Der Bahnhofsvorsteher erwies sich als Oldtimer. Sein Gesicht war verwittert, und er hatte eine Narbe auf der Stirn. Seine junge Mannschaft trug die Abzeichen der Übergangsbehörde und sah verängstigt aus. Nadia senkte das Megafon und sagte: »Ich bin Nadia Cherneshevsky. Ich habe diese Stadt erbaut. Und wir übernehmen jetzt die Kontrolle über sie. Für wen arbeitest du?«

»Für die Übergangsbehörde der Vereinten Nationen«, sagte der Bahnhofsvorsteher entschlossen und starrte sie an, als wäre sie dem Grabe entstiegen.

»Aber welche Einheit? Welche Metanationale?«

»Wir sind eine Mahjari-Einheit.«

»Mahjari arbeitet jetzt mit China zusammen und China mit Praxis und Praxis mit uns. Wir stehen auf derselben Seite, du weißt es nur noch nicht. Und ganz gleich, was du davon hältst, wir sind hier in der Überzahl.« Sie rief der Menge zu: »Jeder Bewaffnete möge die Hand erheben!«

Alle in der Menge hoben die Hand; und ihre ganze Crew hielt Betäubungsgewehre oder Nagelpistolen oder Flammenwerfer hoch.

»Wir wollen kein Blutvergießen«, sagte Nadia zu den immer dichter zusammenrückenden Leibwächtern vor sich. »Wir wollen euch nicht einmal gefangen nehmen. Da steht unser Zug. Ihr könnt ihn nehmen, nach Sheffield fahren und euch mit dem Rest eures Teams zusammentun. Dort werdet ihr den aktuellen Stand der Dinge erfahren. Sonst werden wir den Bahnhof hier verlassen und in die Luft jagen. Wir übernehmen so oder so die Macht, und jedes Blutvergießen wäre sinnlos, weil die Revolution schon gewonnen ist. Nehmt also den Zug! Ich würde euch raten, nach Sheffield zu gehen, wo ihr, wenn ihr wollt, eine Fahrt mit dem Aufzug nach draußen bekommen könnt. Wenn ihr aber für einen freien Mars arbeiten wollt, dann könnt ihr euch gleich jetzt und hier uns anschließen.«

Sie sah den Mann ruhig an und fühlte sich erleichterter, als sie den ganzen Tag gewesen war. Der Mann senkte den Kopf, um sich mit seiner Mannschaft zu beraten. Sie redeten fast fünf Minuten flüsternd miteinander.

Dann sah der Mann sie wieder an. »Wir werden euren Zug nehmen.«

Und so wurde Underhill die erste befreite Stadt.

In dieser Nacht ging Nadia hinaus zum Containerpark, der sich nahe an der Mauer des neuen Zeltes befand. Die beiden Habitate, die nicht in Labors umgewandelt worden waren, waren noch voll ausgestattet. Nachdem Nadia sie inspiziert hatte, ging sie wieder hinaus, durch die Tonnengewölbe und das Alchemistenviertel. Dann kehrte sie zu dem Zimmer zurück, in dem sie gewohnt hatte, und legte sich erschöpft auf eine der Matratzen auf dem Boden.

Es war wirklich seltsam, zwischen all den Geistern zu liegen und zu versuchen, diese vergangene Zeit wieder in sich zu fühlen. Zu seltsam. Trotz ihrer Erschöpfung konnte sie nicht schlafen. Gegen Morgen hatte sie eine verschwommene Vision, dass sie sich um das Auspacken der Güter aus den Frachtraketen kümmerte, robotische Fliesenleger programmierte und einen Anruf Arkadys von Phobos entgegennahm. Sie schlief in diesem Zustand sogar einige Zeit und döste ungemütlich dahin, bis ein Kribbeln in ihrem Phantomfinger sie aufweckte.

Und als sie dann gähnend aufstand, war es genauso schwer, sich vorzustellen, dass sie in einer Welt voller Aufruhr erwachte, in der Millionen Menschen darauf warteten, was der Tag bringen würde. Während sie sich in der Enge ihres ersten Heims auf dem Mars umschaute, schien es ihr plötzlich, als bewegten sich die Wände in einem sehr langsamen Rhythmus, einer Art doppelter Vision, als blickte sie in dem schwachen Frühlicht durch ein temporales Stereofernglas, das alle vier Dimensionen gleichzeitig in einem pulsierenden halluzinatorischen Licht offenbarte.

Sie frühstückten in den Tonnengewölben, in der großen Halle, wo Sax sich einst über das Terraforming mit Ann gestritten hatte. Sax hatte diese Diskussion gewonnen; aber Ann kämpfte immer noch darum, als wäre nicht alles längst entschieden worden.

Nadia konzentrierte sich auf die Gegenwart, auf ihren Computerbildschirm und die Nachrichtenflut, die an diesem Samstagmorgen einging. Der obere Teil des Bildschirms galt Mayas Haus in Burroughs und der untere Teil Praxismeldungen von der Erde. Maya war heroisch wie immer. Sie zitterte vor Erwartung und kommandierte alle herum, damit alles so geschah, wie sie es wollte, hager und doch in innerer Erregung rotierend. Während Nadia zuhörte, wie sie die letzten Entwicklungen schilderte, kaute sie methodisch ihr Frühstück und nahm das vorzügliche Brot von Underhill kaum wahr. In Burroughs war schon Nachmittag, und der Tag war ereignisreich gewesen. Jede Stadt auf dem Mars war in Aufruhr. Auf der Erde waren inzwischen alle Küstengebiete überschwemmt, und die Massenfluchten bewirkten Chaos im Landesinnern. Die neue UN hatte die Aufständischen auf dem Mars als herzlose Opportunisten verurteilt, die ein Leid, wie es noch nie vorgekommen war, ausnützten, um ihre eigene selbstsüchtige Sache zu fördern. »Stimmt genau«, sagte Nadia zu Sax, als er zur Tür hereinkam, frisch vom Da-Vinci-Krater. »Ich wette, dass sie uns das später vorhalten werden.«

»Nicht wenn wir ihnen aus dieser Scheiße heraushelfen.«

»Hmm.« Sie bot ihm Brot an und betrachtete ihn genau. Trotz seiner veränderten Gesichtszüge sah er jeden Tag Sax immer ähnlicher, wie er ungerührt dastand und blinzelte, während er sich in der alten Backsteinkammer umschaute. Es schien, als wäre Revolution das Letzte, das er im Kopf hatte. Sie sagte: »Bist du bereit, nach Elysium zu fliegen?«

»Das wollte ich dich gerade fragen.«

»Gut. Lass mich mein Gepäck holen.«

Während sie ihre Kleider und den Computer in ihren alten Rucksack warf, piepte ihr Armband. Es war Kasei. Sein langes graues Haar flatterte wild um sein faltiges Gesicht, das er von John und Hiroko hatte, eine ganz seltsame Mischung. Johns Mund, im Moment zu einem breiten Grinsen verzogen, und Hirokos asiatische Augen, die jetzt vor Vergnügen zusammengekniffen waren. Nadia sagte: »Hallo, Kasei! Ich glaube nicht, dass du mich schon mal angerufen hast.«

»Besondere Umstände«, erklärte er unerschüttert. Sie war es gewohnt, ihn sich als einen mürrischen Mann vorzustellen; aber der Ausbruch der Revolution hatte offenbar sehr belebend auf ihn gewirkt. Sie erkannte plötzlich an seiner Miene, dass er sein ganzes Leben lang darauf gewartet hatte. »Hör mal, Cojote und ich und eine Schar von Roten sind hier oben in Chasma Borealis, und wir haben den Reaktor und den Damm gesichert. Alle, die hier arbeiten, sind kooperativ gewesen.«

»Ermutigend!«, schrie jemand neben ihm.

»Ja, es hat hier viel Unterstützung gegeben, mit Ausnahme eines Sicherheitsteams von etwa hundert Personen, das im Reaktor eingesperrt ist. Die Idioten drohen, ihn schmelzen zu lassen, wenn wir ihnen nicht freies Geleit nach Burroughs geben.«

»Und?«, fragte Nadia.

»Und?«, wiederholte Kasei und lachte. »Cojote sagt, wir sollen dich fragen, was wir tun sollen.«

Nadia knurrte: »Das kann ich kaum glauben.«

»Hey, auch hier glaubt das keiner. Aber das hat Cojote gesagt, und wir lassen den alten Schurken gewähren, wenn wir können.«

»Na schön, gebt ihnen freies Geleit nach Burroughs! Darüber brauche ich gar nicht nachzudenken, wirklich. Es ist egal, wenn in Burroughs hundert Bullen mehr sind, und je weniger Reaktoren schmelzen, desto besser. Wir waten noch in der Strahlung vom letzten Mal herum.«

Sax kam herein, während Kasei darüber nachdachte. »Okay!«, sagte er dann. »Wenn du das sagst. Wir sprechen uns später. Ich muss gehen, ka.«

Nadia schaute erstaunt auf ihren dunklen Bildschirm am Armband.

»Um was ging es da?«, fragte Sax.

»Frag mich nicht«, sagte Nadia und schilderte das Gespräch, während sie versuchte, Cojote anzurufen. Sie bekam keine Verbindung.

»Tja, du bist der Koordinator«, sagte Sax.

»Mist!« Nadia warf sich ihren Rucksack über die Schulter. »Lass uns gehen!«

Sie flogen in einer neuen 51B, sehr klein und sehr schnell. Sie wählten einen großen Rundkurs, der nordwestlich über das Eismeer von Vastitas führte und die metanationalen Bollwerke von Ascraeus und Echus Overlook vermied. Bald nach dem Start konnten sie das Eis sehen, das Chryse im Norden anfüllte. Die zerklüfteten schmutzigen Eisberge waren mit roten Schneealgen und amethystfarbenen Schmelztümpeln gepunktet. Die alte Transponderstraße nach Chasma Borealis war natürlich längst verschwunden, wie auch das ganze System zum Wassertransport nach Süden vergessen und nur eine technische Fußnote für die Geschichtsbücher war. Während Nadia auf das Eischaos hinunterschaute, erinnerte sie sich plötzlich daran, wie das Land bei jener ersten Reise ausgesehen hatte, die endlosen Berge und Täler, die Trichter und die großen schwarzen Dünen, das unglaubliche geschichtete Gelände in den letzten Sandgebieten vor der Polkappe ... das alles war jetzt verschwunden und vom Eis überwältigt. Und die Polkappe selbst war ein Chaos aus großen Schmelzzonen und Eisströmen, schlammigen Flüssen und von Eis bedeckten flüssigen Teichen – jede Art von Matsch, und alles von dem hohen runden Plateau herunterbrechend, auf dem die Polkappe ruhte, hinab in das die Welt umspannende Nordmeer.

Eine Landung kam deshalb während eines großen Teils ihres Fluges nicht infrage. Nadia beobachtete nervös die Instrumente. Sie war sich nur zu gut all dessen bewusst, was in einem neuen Flugzeug während einer Krise versagen konnte, wenn die Wartung darniederlag und menschliches Versagen Konjunktur hatte.

Dann erschienen weiße und schwarze Rauchwolken im Südwesten am Horizont, die in einem offenbar kräftigen Wind nach Osten zogen. »Was ist das?«, fragte Nadia und rückte im Flugzeug nach links, um hinauszusehen.

»Kasei Vallis«, sagte Sax vom Pilotensitz her.

»Was ist da passiert?«

»Es brennt.«

Nadia starrte ihn an. »Was meinst du?«

»Dort im Tal gibt es viel Vegetation. Und längs des Fußes des Großen Steilhangs. Größtenteils harzige Bäume und Büsche. Auch Feuersaatbäume. Arten, die Feuer brauchen, um sich zu verbreiten. Von Biotique entwickelt. Dornige harzige Bärentraube, Riesensequoia und so.«

»Woher weißt du das?«

»Ich habe sie gepflanzt.«

»Und jetzt hast du sie angezündet?«

Sax nickte. Er schaute auf den Rauch hinunter.

»Aber, Sax, ist nicht der Prozentsatz von Sauerstoff in der Atmosphäre jetzt wirklich hoch?«

»Vierzig Prozent.«

Sie starrte ihn weiter an und war plötzlich misstrauisch. »Den hast du auch hochgetrieben, nicht wahr? Mein Gott, Sax, du hättest die ganze Welt in Brand stecken können!«

Sie sah auf den Boden der Rauchwolke hinunter. Da in der tiefen Senke von Kasei Vallis war eine Flammenlinie, der vordere Rand des Feuers, die strahlend weiß brannte anstatt gelb. Es sah aus wie geschmolzenes Magnesium. Sie schrie: »Das kann man nicht mehr löschen! Du hast einen Weltenbrand ausgelöst!«

Sax sagte: »Das Eis. In Windrichtung gibt es nichts als das Eis über Chryse. Es sollten nur ein paar tausend Quadratkilometer abbrennen.«

Nadia sah ihn erstaunt und entsetzt an. Sax schaute ab und zu auf das Feuer hinunter, beobachtete aber die meiste Zeit die Instrumente des Flugzeugs mit einer seltsamen Miene – reptilienhaft, versteinert, höchst unmenschlich.

Die Sicherheitskomplexe der Metanationalen in der Krümmung von Kasei Vallis kamen über den Horizont. Alle Kuppeln loderten wie Pechfackeln. Die Krater am inneren Ufer spien weiße Flammen in die Luft. Offensichtlich wehte ein starker Wind von Echus Chasma herunter, wurde wie in einem Windkanal durch Kasei Vallis gedrückt und fachte die Flammen an. Ein Feuersturm. Und Sax sah hinunter, ohne zu blinzeln. Seine Kiefermuskeln waren verkrampft.

»Flieg nach Norden!«, wies ihn Nadia an. »Machen wir, dass wir hier wegkommen!«

Er kippte das Flugzeug, und sie schüttelte den Kopf. Tausende Quadratkilometer verbrannt. Diese ganze so mühsam eingeführte Vegetation – Sauerstoffgehalt der Atmosphäre beträchtlich erhöht … Sie sah schockiert auf die merkwürdige Kreatur, die neben ihr saß.

»Warum hast du mir nichts davon gesagt?«

»Ich wollte nicht, dass du mich aufhältst.«

So einfach war das.

»Habe ich denn so viel Macht?«

»Ja.«

»Deswegen sollte ich manches nicht erfahren?«

»Nur das hier«, sagte Sax. Seine Kinnmuskeln arbeiteten in einem Rhythmus, der sie plötzlich an Frank Chalmers erinnerte. »Die Gefangenen sind alle in den Asteroidengürtel gebracht worden. Das war das Ausbildungszentrum für ihre Geheimpolizei. Für die, die nie aufgeben. Die Folterer.« Er richtete seinen eidechsenhaften Blick auf sie. »Ohne sie sind wir besser dran.« Und er wandte sich wieder seinen Armaturen zu.

Nadia blickte immer noch auf die lodernde weiße Linie des Feuersturms zurück, als das Funkgerät des Flugzeugs in ihrem Code piepte. Diesmal war es Art, mit angstvoll verzerrter Miene. »Ich brauche deine Hilfe«, rief er. »Anns Leute haben Sabishii zurückerobert, und eine Menge Sabishiianer sind aus dem Labyrinth herausgekommen, um es wieder zu besetzen, aber die Roten, die da die Macht haben, sagen ihnen, sie sollen verschwinden.«

»Was?«

»Ich weiß – das heißt, ich glaube nicht, dass Ann das weiß. Und sie antwortet nicht auf meine Anrufe. Da draußen gibt es Rote, neben denen sie wie eine Booneistin wirkt, das sag ich dir. Aber ich habe Ivana und Raul erreicht und sie dazu gebracht, die Roten in Sabishii aufzuhalten, bis ich von dir gehört habe. Das ist das Beste, was ich tun konnte.«

»Warum *ich*?«

»Ich denke, Ann hat ihnen gesagt, dass sie auf dich hören sollen.«

»Scheiße!«

»Nun, wer sonst sollte das sein? Maya hat sich zu viele Feinde gemacht, als sie in den letzten paar Jahren die Dinge zusammenhielt.«

»Ich dachte, du wärest hier der große Diplomat.«

»Das bin ich auch. Ich habe es fertiggebracht, dass jeder deinem Urteil vertraut. Das war das Beste, was ich tun konnte. Es tut mir leid, Nadia. Ich werde dir aber in jeder Weise helfen, die du von mir verlangst.«

»Das will ich auch hoffen, nachdem du mich so übers Ohr gehauen hast.«

Er grinste. »Es ist nicht mein Fehler, dass alle dir vertrauen.«

Nadia schaltete ab und versuchte es über die verschiedenen Frequenzen der Roten. Erst konnte sie Ann nicht finden. Aber während sie durch die Kanäle ging, hörte sie genug Meldungen, um zu erkennen, dass da junge rote Radikale waren, die Ann sicher verurteilen würde, hoffte sie zumindest – Leute, die, während der Erfolg der Revolution noch in der Schwebe war, damit beschäftigt waren, Plattformen in Vastitas zu sprengen, Kuppeln aufzuschlitzen, Straßen zu zerstören und zu drohen, ihre Zusammenarbeit mit den anderen Rebellen zu beenden, wenn diese nicht bei ihrer Sabotage mitmachten und alle ihre Forderungen erfüllten und so weiter und so fort.

Endlich antwortete Ann auf Nadias Rufe. Sie sah aus wie ein Racheengel, eine Furie, schlicht und einfach verrückt. »Schau«, sagte Nadia zu ihr ohne Vorrede, »ein unabhängiger Mars ist die beste Chance, die du jemals haben wirst, um das zu bekommen, was du willst. Du versuchst die Revolution als Vehikel für deine Interessen zu benutzen. Die Leute werden sich aber erinnern. Ich warne dich! Du kannst dich für alles einsetzen, was du willst, wenn wir die Lage unter Kontrolle haben, aber es ist schlicht Erpressung, was du da tust. Es ist ein Dolchstoß in den Rücken. Du bringst die Roten in Sabishii besser dazu, die Stadt ihren Bewohnern zurückzugeben.«

»Wie kommst du auf den Gedanken, dass ich ihnen sagen könnte, was sie tun sollen?«, erwiderte Ann säuerlich.

»Wer, wenn nicht du?«

»Wie kommst du darauf, dass ich mit dem, was sie tun, nicht einverstanden wäre?«

»Ich habe den Eindruck, dass du eine vernünftige Person bist. Deshalb!«

»Ich erhebe nicht den Anspruch, andere Leute herumzukommandieren.«

»Diskutiere mit ihnen, wenn du ihnen keine Befehle erteilen kannst! Sag ihnen, dass schon größere Revolten als die unsrige wegen solcher Dummheiten misslungen sind. Sag ihnen, sie sollen Verständnis zeigen!«

Ann trennte die Verbindung, ohne zu antworten.

»Mist!«, fluchte Nadia.

Ihre KI spie weiter Nachrichten aus. Die Expeditionsstreitmacht der UNTA kam aus den Gebirgen im Süden zurück und schien nach Hellas oder Sabishii unterwegs zu sein. Sheffield war noch unter der Kontrolle von Subarashii. In Burroughs war die Lage ungeklärt. Sicherheitskräfte schienen die Kontrolle zu haben; aber aus Syrtis und von überall her strömten Flüchtlinge in die Stadt, und es war auch ein Generalstreik im Gange. Die Videos ließen darauf schließen, dass der größte Teil der Bevölkerung den Tag draußen auf den Boulevards und in den Parks verbringen würde, auf Demonstrationen gegen die Übergangsbehörde oder auch nur, um zu sehen, was los war.

»Wir müssen wegen Burroughs etwas unternehmen«, sagte Sax.

»Ich weiß.«

Sie flogen wieder nach Süden, vorbei am Buckel von Hecates Tholus am Nordende des Elysium-Massivs zum Raumflughafen von South Fossa. Ihr Flug hatte zwölf Stunden gedauert, aber sie waren durch neun Zeitzonen nach Westen gereist und hatten die Datumsgrenze bei 180° Länge überschritten, sodass es Sonntagmittag war, als ein Flughafen-Shuttlebus sie zum Rand von South Fossa und durch die Schleuse in die Kuppel brachte.

South Fossa und die anderen Städte von Elysium, Hephaestus und Elysium Fossa, hatten sich alle sofort für einen freien Mars entschieden. Sie bildeten eine gewisse geographische Einheit. Ein südlicher Arm des Eises von Vastitas verlief jetzt zwischen dem Elysium-Massiv und dem Großen Steilhang; und obwohl er bereits durch Pontonbrücken überspannt war, stand Elysium im Begriff, ein Inselkontinent zu werden. In allen drei großen Städten waren Massen auf die Straßen geströmt und hatten die Büros und Versorgungsanlagen der Stadt besetzt. Ohne die Drohung mit Angriffen aus dem Orbit zu ihrer Unterstützung hatten die wenigen Polizeikräfte der Übergangsbehörde in den Städten entweder Zivil angezogen und waren in der Menge untergetaucht oder in den Zug nach Burroughs gestiegen. Elysium war unzweifelhaft ein Teil des freien Mars.

In den Büros von Mangalavid stellten Nadia und Sax fest, dass eine große Schar bewaffneter Rebellen den Sender erobert hatte und jetzt damit beschäftigt war, vierundzwanzigeinhalb Stunden lang täglich auf allen vier Kanälen Videoberichte zu senden, die mit der Revolte sympathisierten, mit langen Interviews von Menschen in allen unabhängigen Städten und Stellungen. Der Zeitschlupf war einer Zusammenfassung der Ereignisse des Vortages gewidmet.

Einige abseits gelegene Bergbaustationen in den radialen Schluchten von Elysium und den Phlegra-Bergen waren rein metanational, meistens von Amexx und Subarashii. Diese waren weitgehend mit neuen Emigranten besetzt, die in ihren Camps eingeschlossen waren und entweder Funkstille hielten oder jeden, der versuchte, sie zu belästigen, bedrohten. Einige hatten sogar ihre Absicht erklärt, den Planeten wieder zu erobern oder durchzuhalten, bis Verstärkungen von der Erde einträfen. Nadia gab den Rat, sie zu ignorieren. »Geht ihnen aus dem Weg, und ignoriert sie! Blockiert ihr Kommunikationssystem, wenn ihr könnt, und lasst sie in Ruhe!«

Meldungen aus anderen Städten auf dem Mars waren aussichtsreicher. Senzeni Na war in den Händen von Leuten, die sich als Booneisten bezeichneten, obwohl sie nicht mit Jackie verbunden waren. Es waren *Issei*, *Sansei* und *Yonsei*, die ihr Mohole sofort John Boone genannt und Thaumasia zur Neutralen Zone Dorsa Brevia proklamiert hatten. Korolyov, jetzt nur noch eine kleine Bergbaustadt, hatte fast so heftig wie 2061 revoltiert; und seine Bürger, viele von ihnen Abkömmlinge der alten Gefängnisbevölkerung, hatten die Stadt in Sergei Pavlovich Korolyov umbenannt und zu einer inoffiziellen anarchistischen Freizone erklärt. Die alten Gefängniskomplexe sollten zu einem riesigen Basar und kommunalen Wohngebiet umgewandelt werden, wobei Flüchtlinge von der Erde besonders willkommen geheißen wurden. Nicosia war ebenso eine freie Stadt. Cairo stand unter der Kontrolle von Amexx-Sicherheitstruppen. Odessa und der Rest der Städte des Hellas-Beckens hielten noch an der Unabhängigkeit fest, aber die Bahnstrecke rund um Hellas war an einigen Stellen unterbrochen. Magnetschwebebahnen waren in dieser Hinsicht schlecht. Damit Gleise und Züge funktionierten, mussten die Magnetsysteme arbeiten, die aber leicht zu unterbrechen waren. Aus diesem Grund fuhren viele Züge leer oder wurden gestrichen, als die Leute auf Rover oder Flugzeuge umstiegen, um sicherzugehen, dass sie nicht irgendwo in der Wildnis strandeten, in Fahrzeugen, die nicht einmal Räder hatten.

Nadia und Sax verbrachten den Rest des Sonntags damit, dass sie Entwicklungen überprüften und, wenn sie gefragt wurden, Vorschläge für Problemsituationen machten. Im Allgemeinen hatte Nadia den Eindruck, dass die Dinge gut liefen. Aber am Montag kamen schlechte Nachrichten aus Sabishii. Das Expeditionscorps der UNTA war aus dem südlichen Gebirge eingetroffen und hatte nach einem schweren, die ganze Nacht dauernden Kampf mit den roten Guerilleros den Oberflächenteil der Stadt wieder erobert. Die Roten und die ursprünglichen Sabishiianer hatten sich in das Haldenlabyrinth oder auswärtige Schutzräume zurückgezogen; es war klar, dass es im Labyrinth zu anhaltenden blutigen Kämpfen kommen würde. Art sagte voraus, dass die Sicherheitskräfte nicht imstande sein würden, in das Labyrinth einzudringen, und deshalb gezwungen sein müssten, Sabishii aufzugeben und mit Bahn oder Flugzeug nach Burroughs zu fliehen, um sich mit den bereits dort befindlichen Kräften zusammenzuschließen. Aber er war sich keineswegs sicher, und das arme Sabishii war durch den Angriff schwer angeschlagen und wieder in den Händen der Sicherheit.

Am Montagabend ging Nadia mit Sax los, um etwas zu essen aufzutreiben. Der Canyon von South Fossa war voller ausgewachsener Bäume. Riesige Sequoias ragten über kleinere Kiefern, Wacholder und im tieferen Teil des Canyons Espen und Eichen empor. Während sie durch den Park am Flussufer gingen, wurden Nadia und Sax von den Mangalavidleuten einer Gruppe nach der anderen vorgestellt, zumeist Eingeborene und alles unbekannte Gesichter, aber alle sehr erfreut, sie kennenzulernen. Das war deutlich. Es war eigenartig, so viele Menschen so fröhlich zu sehen. Im normalen Leben fiel einem das gar nicht auf, bemerkte Nadia. Überall Lächeln, Fremde, die miteinander sprachen ... Es gab vieles, was verschwand, wenn eine soziale Ordnung zerbrach. Anarchie und Chaos waren allzu möglich, aber auch Gemeinschaft.

Sie aßen in einem Freiluftrestaurant am Hauptstrom und kehrten dann in die Mangalavidbüros zurück. Nadia setzte sich wieder an ihren Computer und machte sich daran, mit so vielen Organisationskomitees zu sprechen, wie sie erreichen konnte. Sie kam sich vor wie Frank 2061 und nahm Anrufe entgegen, so schnell sie konnte. Aber diesmal standen sie mit dem ganzen Mars in Verbindung; und sie hatte den klaren Eindruck, dass sie, wenn sie auch keineswegs die Führung hatte, doch zumindest ein gutes Gefühl dafür besaß, was vor sich ging. Und das war wirklich Gold wert. Die eiserne Walnuss in ihrem Magen fing an, sich mehr in so etwas wie Holz zu verwandeln.

Nach einigen Stunden begann sie, zwischen einem Anruf und dem nächsten in Sekundenschlaf zu fallen. In Underhill und Shalbatana war jetzt Mitternacht; und sie hatte seit dem Anruf von Sax wegen der Antarktis nicht viel geschlafen. Das bedeutete vier oder fünf Tage ohne Schlaf – nein, halt –, sie rechnete nach: drei Tage. Obwohl es sich schon wie drei Wochen anfühlte.

Sie hatte sich gerade auf einer Couch hingelegt, als es Geschrei gab und alle in den Korridor rannten und dann hinaus auf die mit Steinen gepflasterte Plaza vor den Mangalavidbüros. Nadia torkelte hinter Sax her, der sie am Arm packte und mitriss.

Offenbar gab es ein Loch im Kuppeldach. Die Leute zeigten hin, aber Nadia konnte es nicht erkennen. »Da sind wir jetzt besser dran«, sagte Sax mit einem leicht befriedigten Zug um den Mund. »Der Druck unter dem Dach ist nur um hundertfünfzig Millibar höher als außen.«

»Darum zerplatzen die Dächer nicht wie angestochene Ballons«, sagte Nadia und erinnerte sich schaudernd an einige überkuppelte Krater von 2061.

»Und selbst wenn etwas Außenluft eindringt, ist es größtenteils Sauerstoff und Stickstoff. Es gibt noch zu viel Kohlendioxid, aber nicht so viel, dass wir alle sofort vergiftet würden.«

»Wenn das Loch aber größer wäre ...«, murmelte Nadia.

»Ja, sicher.«

Sie schüttelte den Kopf. »Wir müssen den ganzen Planeten sichern, um wirklich in Sicherheit zu sein.«

»Richtig.«

Nadia ging gähnend wieder hinein. Sie setzte sich erneut an ihre KI und verfolgte die vier Mangalavidkanäle, zwischen denen sie rasch hin und her schaltete. Die meisten großen Städte waren entweder offen für Unabhängigkeit oder in verschiedenen Pattsituationen, bei denen die Sicherheit die Kontrolle über die Versorgungsanlagen hatte, aber nichts passierte und ein großer Teil der Bevölkerung in den Straßen wartete, um zu sehen, was als Nächstes geschehen würde. Es gab eine Anzahl von Firmenstädten und -camps, die noch ihre Metanationalen unterstützten. Aber im Falle von Bradbury Point und Huo Hsing Vallis, benachbarten Städten auf dem Großen Steilhang, hatten sich ihre metanationalen Eltern Amexx und Mahjari auf der Erde bekämpft. Welchen Einfluss das auf diese nördlichen Städte haben würde, war nicht klar; aber Nadia war sicher, dass es ihnen nicht helfen würde, ihre Lage zu klären.

Es gab noch etliche wichtige Städte im Griff von Subarashii und Amexx, und diese dienten als Magnete für isolierte Sicherheitseinheiten von Metanationalen und UNTA. Burroughs war offenbar führend; aber das galt auch für Cairo, Lasswitz, Sudbury und Sheffield. Im Süden kamen die Menschen aus den Zufluchtsstätten, die nicht aufgegeben oder vom Expeditionscorps zerstört worden waren, heraus; und in Vishniac bauten die Bogdanovisten eine Oberflächenkuppel über dem alten

Parkplatz für Robotfahrzeuge dicht neben ihrem Mohole. Also würde der Süden ohne Zweifel wieder seine Position als Bollwerk des Widerstandes einnehmen, was das auch wert sein mochte. Nadia hielt nicht viel davon. Und die Umwelt der nördlichen Polkappe war so chaotisch, dass es kaum eine Rolle spielte, wer sie innehatte. Das meiste Eis wurde nach Vastitas abgeführt, aber die Polkappe wurde in jedem Winter mit frischem Schnee bedeckt. Sie war die ungastlichste Gegend auf dem Mars, und es gab fast keine Dauersiedlungen dort.

Also bestand die umstrittene Zone hauptsächlich in den gemäßigten und äquatorialen Breiten, in dem Band um den Planeten, das vom Vastitas-Eis im Norden und den zwei großen Becken im Süden begrenzt wurde. Und dazu gehörte natürlich auch der Weltraum. Aber Sax' Angriff auf metanationale orbitale Objekte war offenbar erfolgreich gewesen, und seine Eliminierung von Deimos sah jetzt wirklich wie ein glücklicher Schachzug aus. Trotzdem war der Aufzug noch immer in Händen der Metanationalen, und die Verstärkungen von der Erde konnten jederzeit eintreffen. Und Sax hatte offenbar die meisten Da-Vinci-Raketen beim ersten Angriff aufgebraucht.

Was die Soletta und den Ringspiegel anging, waren diese so groß und zerbrechlich, dass man sie unmöglich verteidigen konnte. Falls jemand sie zerstören wollte, wäre das wohl möglich. Aber Nadia sah keinen Grund dafür. Und falls es geschähe, hätte sie sofort Rote aus ihren eigenen Reihen als Täter in Verdacht. Aber selbst wenn sie das tun sollten, würde jeder ohne dieses zusätzliche Licht auskommen wie vorher auch. Sie würde Sax fragen, was er davon hielt. Und mit Ann darüber sprechen, um zu erfahren, was ihre Position war. Oder vielleicht war es besser, ihr keine Ideen in den Kopf zu setzen. Sie würde selbst sehen müssen, wie es lief. Was noch …?

Sie schlief mit dem Kopf auf dem Pad ein. Als sie wieder aufwachte, lag sie ausgehungert auf der Couch, und Sax las ihre Nachrichten. »Es sieht schlecht aus in Sabishii«, sagte er, als er sah, wie sie sich aufrappelte. Sie ging ins Bad, und als sie zurückkam, blickte sie ihm über die Schulter und las weiter, während er redete. »Die Sicherheit kam nicht durchs Labyrinth. Darum sind sie nach Burroughs weitergezogen. Aber schau!«

Er hatte zwei Bilder auf dem Schirm. Oben eines von Sabishii, das so lichterloh brannte wie Kasei Vallis. Unten Truppen, die in den Bahnhof von Burroughs strömten. Sie trugen leichten Körperschutz, hatten automatische Waffen und reckten die Fäuste in die Luft. Burroughs war anscheinend voller Sicherheitskräfte; und die hatten Branch Mesa und Double Decker Butte zu ihrem Hauptquartier gemacht. Also waren, zusammen mit den UNTA-Truppen, jetzt Sicherheitsteams von Subarashii und Mahjari in der Stadt – praktisch alle großen Metanationalen waren vertreten, was Nadia veranlasste, sich zu fragen, was auf der Erde wirklich zwischen denen geschah, ob sie infolge der Krise eine Art Vereinbarung oder Ad-hoc-Allianz geschlossen hätten. Sie rief Art in Burroughs an, um ihn zu fragen, was er meinte.

Er sagte: »Vielleicht sind diese Einheiten auf dem Mars so isoliert, dass sie ihren eigenen Frieden machen. Vielleicht sind sie völlig auf sich allein gestellt.«

»Aber wenn wir noch Kontakt mit Praxis haben ...«

»Naja, aber wir haben sie überrascht. Sie waren sich nicht über den Umfang der Sympathie für den Widerstand im Klaren, und so konnten wir die günstige Lage ausnutzen. Mayas Strategie des Versteckens hat sich so gesehen bewährt. Nein, diese Teams könnten gerade jetzt ziemlich isoliert sein. In diesem Fall könnten wir den Mars schon jetzt als unabhängig betrachten, was bedeutet, dass wir mitten in einem Bürgerkrieg stecken, um Kontrolle kämpfen. Ich meine, wenn diese Leute in Burroughs uns anrufen und sagen: Okay, der Mars ist eine Welt, groß genug für mehr als eine Regierungsform. Ihr habt eure, und wir haben Burroughs. Versucht nicht, uns die unsere zu nehmen – was würden wir dann antworten?«

»Ich glaube nicht, dass jemand in der Sicherheit der Metanationalen in diesen Maßstäben denkt«, sagte Nadia. »Es ist erst drei Tage her, dass alles zusammengebrochen ist.« Sie zeigte auf den Bildschirm. »Schau, da ist Derek Hastings, Chef der Übergangsbehörde. Er war der Leiter der Mission Control in Houston, als wir losgeflogen sind, und er ist gefährlich – schlau und sehr hartnäckig. Er wird einfach durchhalten, bis Verstärkung landet.«

»Was sollten wir also deiner Meinung nach tun?«

»Ich weiß es nicht.«

»Können wir Burroughs einfach in Ruhe lassen?«

»Das glaube ich nicht. Wir wären viel besser dran, wenn wir mit einer vollständigen Eroberung wieder hinter der Sonne zum Vorschein kämen. Wenn es belagerte Truppen von der Erde gibt, die heroisch in Burroughs durchhalten, werden sie fast sicher herkommen, um sie zu retten. Es eine Rettungsaktion nennen und dann auf den ganzen Planeten losgehen.«

»Es ist nicht leicht, Burroughs einzunehmen mit all den Truppen darin.«

»Ich weiß.«

Sax hatte auf einer anderen Couch im Zimmer geschlafen und öffnete jetzt ein Auge. »Die Roten sprechen davon, es zu überfluten.«

»Was?«

»Es liegt unter dem Niveau des Eises von Vastitas. Und unter dem Eis befindet sich Wasser. Ohne den Deich …«

»Nein«, sagte Nadia. »In Burroughs sind zweihunderttausend Menschen und nur ein paar tausend Leute von den Sicherheitstruppen. Was sollen die Leute denn machen? So viele Menschen kann man nicht evakuieren. Das ist verrückt. Es ist wieder ganz wie 2061.« Je mehr sie darüber nachdachte, desto wütender wurde sie. »Was denken die sich?«

»Vielleicht ist es nur eine Drohung!«, spekulierte Art.

»Drohungen wirken nicht, wenn die Leute, denen man droht, glauben, dass man sie nicht ausführen kann.«

»Vielleicht werden sie es glauben.«

Nadia schüttelte den Kopf. »So dumm ist Hastings nicht. Verdammt, er könnte seine Truppen über den Raumhafen evakuieren und die Bevölkerung ersaufen lassen! Und dann werden wir zu Ungeheuern, und die Erde würde noch sicherer über uns herfallen. Nein! Auf keinen Fall!«

Sie zog los und sah sich nach einem Frühstück um. Als sie die Reihe von Backwaren in der Küche anschaute, stellte sie fest, dass ihr der Appetit vergangen war. Sie nahm eine Tasse Kaffee und ging wieder ins Büro zurück. Sie sah, dass ihre Hände zitterten.

Im Jahre 2061 war Arkady mit einer Splittergruppe konfrontiert gewesen, die einen kleinen Asteroiden auf Kollisionskurs mit der Erde gebracht hatte. Das sollte nur eine Drohung sein. Aber der Asteroid war explodiert in der größten von Menschen bewirkten Explosion der Geschichte. Und danach war der Krieg auf dem Mars plötzlich so tödlich geworden wie nie zuvor. Und Arkady war dem hilflos gegenübergestanden, ohne ihm Einhalt gebieten zu können.

Und das könnte wieder geschehen.

Sie ging wieder ins Büro und sagte zu Sax: »Los! Wir müssen nach Burroughs.«

In Revolutionen gelten Sitten so wenig wie Gesetze. Wie die Natur vor einem Vakuum zurückschreckt, schrecken die Menschen vor Anarchie zurück.

So machen Gewohnheiten ihre ersten Exkursionen in das neue Gelände wie Bakterien in Gestein. Danach folgen Prozeduren, Protokolle und ein ganzes Feld sozialer Fragen auf dem Weg zum Hochwald des Gesetzes ... Nadia sah, dass Leute (manche Leute) tatsächlich zu ihr kamen, um Streitfälle zu klären, wobei sie sich ihrem Urteil unterwarfen. Vielleicht hatte sie nicht die Führung, aber sie war ihr ganz nahe. Das »Allgemeine Lösungsmittel«, wie Art sie nannte, oder »General Nadia«, wie Maya boshaft über Funk gesagt hatte. Das ließ Nadia erschaudern, was Maya beabsichtigt hatte. Nadia zog einen Begriff vor, den sie Sax seiner getreuen Schar von Technikern gegenüber sagen gehört hatte, die alle im Begriff waren, junge Saxe zu werden: »Nadia ist der designierte Schiedsrichter, sprecht mit ihr darüber!« Das war die Macht der Namen. Schiedsrichter statt General. Sie hatte den Auftrag, das zustande zu bringen, was Art den »Phasenwechsel« nannte. Sie hatte gehört, wie er diesen Ausdruck in einem langen Interview für Mangalavid gebrauchte, mit seiner ausdruckslosen Miene, die es sehr schwer machte zu sagen, ob er scherzte oder nicht. »Oh, ich meine nicht, dass es wirklich eine Revolution ist, was wir erleben, nein. Es ist ein völlig natürlicher Schritt. Mehr eine Evolution oder Weiterentwicklung, oder das, was man in der Physik als Phasenwechsel bezeichnet.«

Seine nachfolgenden Bemerkungen zeigten Nadia, dass er eigentlich gar nicht wusste, was ein Phasenwechsel war. Aber sie wusste es und fand den Gedanken verlockend. Verdampfung irdischer Autorität, Kondensation lokaler Macht, schließlich der Tau ... wie man es auch nennen mochte. Eine Schmelze trat ein, wenn die thermische Energie der Teilchen groß genug war, um die intrakristallinen Kräfte zu überwinden, die sie in Position hielten. Wenn man also die Ordnung der Metanationalen als die kristalline Struktur ansah ... Aber dann machte es einen großen Unterschied, ob die zusammenhaltenden Kräfte interionisch oder intermolekular waren. Natriumchlorid schmilzt interionisch bei 801° C; Methan schmilzt intermolekular bei -183° C. Was für eine Art von Kraft war es also? Und wie hoch lag die Temperatur?

An dieser Stelle zerschmolz die Analogie selbst. Aber Namen waren in menschlichen Köpfen zweifelsohne mächtig. Phasenwechsel, integrierte Seuchenbekämpfung, selektive Arbeitslosigkeit – alle diese Ausdrücke zog sie dem alten tödlichen Wort Revolution vor; und sie freute sich, dass man sie bei Mangalavid und in den Straßen allgemein gebrauchte.

Aber sie erinnerte sich auch daran, dass es in Burroughs und Sheffield fünftausend schwerbewaffnete Sicherheitstruppen gab, die sich immer noch für die Polizei hielten, die mit bewaffneten Aufständischen konfrontiert war. Und um damit fertigzuwerden, würde man mehr brauchen als Semantik.

Aber zum größten Teil liefen die Dinge besser, als sie gehofft hatte. Das war irgendwie auch eine Sache der Demographie. Es schien, dass fast jede Person, die auf dem Mars geboren war, sich jetzt auf den Straßen befand oder städtische Ämter, Bahnhöfe, Raumflughäfen und so weiter besetzte – alles, nach den Interviews auf Mangalavid zu schließen, völlig (und unrealistisch, wie Nadia meinte) intolerant der Idee gegenüber, dass

Mächte auf *einem anderen Planeten* sie in irgendeiner Weise kontrollieren könnten. Das war fast die Hälfte der jetzigen Marsbevölkerung. Und auch ein guter Prozentsatz der Oldtimer war auf ihrer Seite sowie einige der neuen Emigranten. »Nenn sie Immigranten!«, riet Art über das Telefon. »Oder Neuankömmlinge. Nenn sie Siedler oder Kolonialisten, je nachdem, ob sie für uns sind oder nicht. Das hat Nirgal gemacht, und ich denke, dass es den Leuten hilft, über die Lage nachzudenken.«

Auf der Erde war die Situation weniger klar. Die Metanationalen von Subarashii kämpften noch mit denen im Süden, was aber im Rahmen der großen Überschwemmung zu einer bitteren Randnotiz geworden war. Es war schwer zu sagen, was die Menschen auf der Erde im Allgemeinen über den Konflikt auf dem Mars dachten.

Aber was auch immer sie denken mochten, ein schnelles Shuttle würde bald mit Verstärkung für die Sicherheitskräfte eintreffen. Darum wurden die Widerstandsgruppen von überall her mobilisiert, sich um Burroughs zusammenzuziehen. Art tat, was er konnte, um dieses Unternehmen aus Burroughs selbst heraus zu unterstützen, indem er allen, die alleine auf die Idee gekommen waren (es lag ja schließlich nahe), sagte, dass ihre Idee gut wäre und sie Gegnern des Plans zureden sollten. Er war in Nadias Augen ein subtiler Diplomat – groß, sanft, unprätentiös, ohne Anmaßung und »undiplomatisch«. Er neigte den Kopf, wenn er sich mit Leuten beriet, und gab ihnen den Eindruck, dass sie es wären, die den Fortschritt vorantrieben. Wirklich unermüdlich. Und sehr schlau. Bald kamen viele Gruppen zu ihm, einschließlich der Roten und der Mars-First-Guerilleros, die sich ihr Anrücken immer noch als eine Art Attacke oder Belagerung vorzustellen schienen. Nadia hatte den deutlichen Eindruck, dass, während die Roten, die sie kannte – Ivana, Gene, Raul, Kasei –, mit ihr in Verbindung blieben und zustimmten, sie als Schiedsrichter anzuerkennen, es da draußen radikalere Rote und MarsFirst-Gruppen gab, für die sie irrelevant oder sogar ein Hindernis war. Das machte sie wütend, weil sie sicher war, dass die radikaleren Elemente, wenn Ann sie völlig unterstützte, auch einlenken würden. Sie beklagte sich darüber bitterlich bei Art, nachdem sie eine Verlautbarung der Roten gesehen hatte, die die westliche Hälfte des »Vorrückens« auf Burroughs regelte. Art ging ans Werk, überredete Ann dazu, einen Anruf entgegenzunehmen, und verband sie mit Nadia.

Und da war sie wieder, wie eine Furie der Französischen Revolution, so kalt und grimmig wie immer. Ihr letztes Gespräch über Sabishii lag schwer zwischen ihnen. Dieses Thema hatte sich erledigt, als die UNTA Sabishii wiedererobert und niedergebrannt hatte. Aber Ann war offenbar immer noch wütend, was Nadia beunruhigend fand.

Nach knapper Begrüßung artete ihr Gespräch fast sofort in eine Auseinandersetzung aus. Ann sah die Revolte eindeutig als Chance, alle Terraformingprojekte zu beseitigen und so viele Städte und Menschen wie möglich vom Planeten zu verjagen, notfalls durch direkte Angriffe. Erschreckt von dieser apokalyptischen Vision, diskutierte Nadia mit ihr erst scharf und dann wütend. Aber Ann hatte sich in ihre eigene Welt zurückgezogen. Sie erklärte kühl: »Ich wäre glücklich, wenn Burroughs zerstört werden würde.«

Nadia knirschte mit den Zähnen. »Wenn du Burroughs zerstörst, zerstörst du *alles*. Wohin sollten die Leute wohl gehen? Du wärst nicht mehr als eine Mörderin, eine Massenmörderin. Simon würde sich schämen.«

Ann verzog angewidert das Gesicht. »Ich sehe, dass Macht tatsächlich korrumpiert. Verbinde mich mit Sax! Ich bin deiner Hysterie überdrüssig.«

Nadia gab den Anruf an Sax weiter und ging. Es war nicht Macht, die die Menschen verdarb, sondern es waren die Narren, die die Macht korrumpierten. Nun, es könnte sein, dass sie sich zu schnell aufgeregt hatte und zu grob gewesen war. Aber sie war erschreckt von jener finsteren Stelle in Anns Innerem, dem Teil, der zu allem fähig war; und Angst korrumpierte noch mehr als Macht. Wenn man beides kombinierte ...

Hoffentlich hatte sie Ann so schockiert, dass diese finstere Stelle in ihre Ecke zurückgedrängt wurde. Das war schlechte Psychologie, legte Michel sanft dar, als sie ihn in Burroughs anrief, um darüber zu sprechen. Eine Strategie, die sich aus Angst ergab. Aber sie hatte so viel Angst gehabt, dass sie nicht anders gekonnt hatte. Revolution bedeutete die Zerstörung einer Struktur und Schaffung einer anderen. Aber Zerstören war leichter als Erschaffen, und deshalb waren diese beiden Teile des Aktes nicht notwendigerweise gleichermaßen erfolgreich. In diesem Sinne war die Konstruktion einer Revolution wie der Bau eines Bogens. Solange nicht beide Säulen vorhanden und der Schlussstein an Ort und Stelle waren, konnte praktisch jede Erschütterung das Ganze einstürzen lassen.

Also brachen am Samstagabend, fünf Tage nachdem Nadia von Sax angerufen worden war, etwa hundert Personen nach Burroughs auf – in Flugzeugen, weil die Schienen als zu verwundbar durch Sabotage galten. Sie flogen über Nacht zu einer steinigen Landebahn bei einem großen Refugium von Bogdanovisten in der Wand des Kraters Du Martheray auf dem Großen Steilhang südöstlich von Burroughs. Sie landeten in der Dämmerung, während die Sonne wie ein Klumpen Quecksilber durch Nebel aufstieg und entfernte Berge im Norden auf der tiefen Isidis-Ebene beleuchtete. Dort war das neue Eismeer, dessen Fortschritt nach Süden nur durch eine gebogene Linie gehemmt wurde, die sich wie ein langer Damm aus Erde über das Land krümmte – was es ja genau genommen auch war.

Um weiter sehen zu können, stieg Nadia auf das oberste Geschoss des Refugiums von Du Martheray, wo ein Beobachtungsfenster, das als horizontaler Spalt gleich unter dem Rand getarnt war, einen Blick hinab zum Großen Steilhang, dem neuen Deich und dem dagegendrückenden Eis freigab. Sie starrte lange hinaus und trank Kaffee, gemischt mit Kava. Im Norden lag das Eismeer mit seinen zusammengedrängten Eisnadeln, langen Druckspalten und den flachen weißen Flächen großer geschmolzener und überfrorener Seen. Direkt unter ihr erstreckten sich die ersten niedrigen Hügel des Großen Steilhangs, gefleckt mit stachligen Acheron-Kakteen, die sich wie Korallenriffe über den Fels ausbreiteten. Abgestufte Wiesen mit schwarzgrünem Tundramoos folgten dem Lauf kleiner gefrorener Flüsse, die von der Böschung herunterströmten. Von Weitem sahen diese Flüsse aus wie Kieselalgen, die in Ritzen des roten Gesteins wucherten.

Und dann verlief in mittlerer Entfernung der neue, die Wüste vom Eis trennende Deich wie eine kahle braune Naht, die zwei getrennte Realitäten verband.

Nadia musterte ihn lange durch den Feldstecher. Sein südliches Ende war eine Regolithhalde, die das Vorfeld des Kraters Wg hinauflief und direkt auf seinem Rand endete, der etwa einen halben Kilometer über Normalnull lag, gut über dem erwarteten Meeresniveau. Der Deich verlief von Wg aus nach Nordwesten. Von ihrem hohen Aussichtsplatz auf dem Steilhang konnte Nadia etwa vierzig Kilometer davon überschauen, ehe er am Horizont verschwand, genau westlich vom Krater Xh. Dieser war fast bis zum Rand von Eis umgeben, sodass sein rundes Innere einem merkwürdigen roten Teich glich. Überall sonst hatte sich das Eis gegen den Deich in die Höhe gepresst,

Gegend von Burroughs

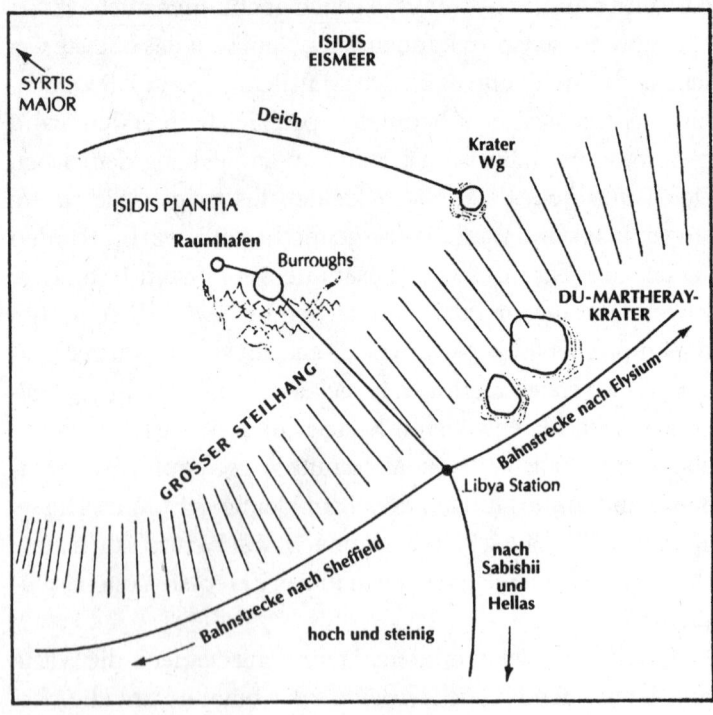

soweit Nadia sehen konnte. Die Wüstenseite des Deichs schien mindestens zweihundert Meter hoch zu sein, obwohl das schwer zu beurteilen war, da sich unterhalb des Deichs ein breiter Graben befand. Auf der anderen Seite staute sich das Eis ziemlich hoch, bis zur Hälfte oder höher.

Die Deichkrone war etwa dreihundert Meter breit. So viel Regolith – Nadia stieß einen respektvollen Pfiff aus. Das waren mehrere Jahre der Arbeit durch ein sehr großes Team mit robotischen Schürfkübelbaggern und Kanalgrabmaschinen. Aber lockerer Regolith! Ihr schien, dass der Deich, so gewaltig er für jeden menschlichen Maßstab war, doch nicht viel ausrichten konnte, um einen Ozean aus Eis abzuhalten. Und Eis war noch der leichtere Teil bei der Sache. Wenn es schmolz, würden die Wellen und Strömungen den Regolith wie Staub wegreißen. Und das Eis schmolz schon. Es hieß, dass immense Massen flüssigen Wassers überall unter der schmutzigweißen Oberfläche lägen, auch direkt am Deich, in den sie hineinsickerten.

»Wird man diese ganze Aufschüttung nicht durch Beton ersetzen müssen?«, fragte sie Sax, der sie begleitet hatte und durch seinen eigenen Feldstecher hinausschaute.

»Verkleiden«, sagte er. Nadia erwartete eine schlechte Nachricht, aber er fuhr fort: »Man sollte den Deich mit einer Diamantschicht verkleiden. Die würde ziemlich lange halten. Vielleicht ein paar Millionen Jahre.«

»Hmm«, machte sie. Wahrscheinlich hatte er recht. Vielleicht würde von unten etwas einsickern. Aber auf jeden Fall würde man, wie auch immer die besonderen Umstände sein mochten, das System ständig warten müssen, und ohne Fehlerspielraum, da Burroughs nur fünfzig Kilometer südlich vom Deich lag und etwa hundertfünfzig Meter tiefer. Es war ein merkwürdiger Ort geworden. Nadia richtete ihr Fernglas in Richtung zur Stadt, aber die lag hinter dem Horizont, etwa siebzig Kilometer im Nordwesten. Natürlich konnten Deiche wirksam sein. Die in Holland hatten jahrhundertelang gehalten und Millionen Menschen und Hunderte von Quadratkilometern geschützt – bis zur jüngsten Überschwemmung. Und auch jetzt würden diese großen Deiche halten und erst durch flankierende Fluten durch Deutschland und Belgien gefährdet werden. Deiche konnten wirksam sein. Aber es war trotzdem ein seltsames Schicksal.

Nadia richtete ihren Feldstecher auf das zerrissene Gestein des Großen Steilhangs. Was aus der Ferne wie Blumen aussah, waren in Wirklichkeit massive Korallenkakteen. Ein Fluss sah aus wie eine Treppe aus violetten Polstern. Der rohe rote Stein ließ die Landschaft sehr eindrucksvoll, surreal und schön erscheinen ... Nadia wurde von einer jähen Angst ergriffen, dass etwas misslingen und sie plötzlich getötet werden könnte, daran gehindert, noch mehr von dieser Welt und ihrer Entwicklung mitzuerleben. Das könnte passieren. Jeden Augenblick konnte eine Rakete aus dem violetten Himmel herabstoßen. Dieses Refugium war ein leichtes Ziel, wenn irgendein verängstigter Batteriekommandant draußen beim Raumhafen von Burroughs von seiner Existenz erführe und beschlösse, mit dem Problem reinen Tisch zu machen. Sie könnten binnen Minuten nach einer solchen Entscheidung tot sein.

Aber so war das Leben auf dem Mars. Sie konnten binnen Minuten wie immer durch jede Menge unerwarteter Ereignisse tot sein. Sie ließ den Gedanken fallen und ging mit Sax die Treppe hinunter.

Sie wollte nach Burroughs, um an Ort und Stelle zu sein und sich selbst ein Urteil zu bilden. Herumgehen und sich die Bewohner der Stadt anschauen, was sie machten und sagten. Spät am Donnerstag sagte sie zu Sax: »Komm, lass uns hineingehen und es uns ansehen!«

Aber das schien unmöglich zu sein. »Die Sicherheit ist an allen Toren sehr streng«, sagte Maya ihr über das Armband. »Und die ankommenden Züge werden am Bahnhof scharf kontrolliert. Dasselbe gilt für die U-Bahn zum Raumhafen. Die Stadt ist abgeriegelt. Wir sind praktisch Geiseln.«

»Was geschieht, können wir auf dem Bildschirm sehen«, erklärte Sax. »Das macht nichts.«

Nadia stimmte missmutig zu. *Shikata ga nai*. Aber die Situation gefiel ihr nicht, da sie sich ihrer Meinung nach zu rasch einem Patt näherte. Und sie war höchst neugierig auf die Verhältnisse in Burroughs. »Sag mir, wie es steht!«, verlangte sie von Maya über die Videoverbindung.

»Nun, sie haben die Kontrolle über die Infrastruktur«, sagte Maya. »Versorgungsanlage, Tore und so weiter. Aber sie haben nicht genug Leute, um die Menschen unter Hausarrest zu stellen oder zur Arbeit zu zwingen oder so. Sie scheinen nicht zu wissen, was sie als Nächstes tun sollen.«

Nadia konnte das verstehen, da auch sie nicht weiterwusste. Jede Stunde kamen mit den Zügen mehr Sicherheitskräfte an, aus Kuppelstädten, die man aufgegeben hatte. Diese neu Angekommenen vereinigten sich mit ihren Kameraden und blieben in Nähe der Versorgungsanlage und der Stadtbüros. Sie bewegten sich unbehelligt in schwerbewaffneten Gruppen in der Stadt. Sie waren in Wohnbezirken von Branch Mesa, Double Decker Butte und Black Syrtis Mesa einquartiert; und ihre Anführer berieten sich mehr oder weniger ständig im UNTA-Hauptquartier in Table Mountain. Aber sie erteilten keine Befehle.

Somit hingen die Dinge unbehaglich in der Schwebe. Die Büros von Biotique und Praxis dienten allen noch als Informationszentren. Sie verbreiteten Nachrichten von Erde und Mars auf Bulletintafeln und über das Netz. Diese Nachrichten bedeuteten zusammen mit Mangalavid und anderen privaten Kanälen, dass jeder über die neuesten Entwicklungen gut informiert war. Auf den großen Boulevards und in den Parks sammelten sich von Zeit zu Zeit große Menschenmassen. Aber meistens waren die Leute in vielen kleinen Gruppen verteilt, die in einer Art aktiver Paralyse umherzogen, irgendwie zwischen Generalstreik und Geiselkrise. Jeder wartete darauf, was als Nächstes geschehen würde. Die Leute schienen in guter Stimmung zu sein. Viele Läden und Restaurants hatten geöffnet, und in Video-Interviews aus Burroughs zeigten die Menschen sich freundlich.

Nadia beobachtete sie, während sie eine Mahlzeit hinunterschlang, und fühlte ein schmerzhaftes Verlangen, dort zu sein und selbst mit den Leuten zu sprechen. Etwa um zehn an diesem Abend erkannte sie, dass sie noch stundenlang nicht würde schlafen können. Sie rief Maya wieder an und bat sie, eine Vidcambrille aufzusetzen und für sie in der Stadt spazieren zu gehen. Maya, ebenso rastlos wie sie, wenn nicht noch mehr, willigte gern ein.

Bald hatte Maya das Haus verlassen, trug eine Videobrille und übertrug Bilder von dem, was sie sah, an Nadia, die im Gemeinschaftsraum des Du-Martheray-Refugiums aufmerksam in einem Sessel vor einem Bildschirm saß. Sax und einige andere sahen ihr über die Schultern, verfolgten das hüpfende Bild, das Mayas Kamera aufzeichnete, und lauschten ihrem laufenden Kommentar.

Sie ging schnell den Boulevard des Großen Steilhangs hinunter zum Zentraltal. Als sie sich dort zwischen den Verkaufsständen befand, verlangsamte sie ihren Schritt und sah sich gemächlich um, damit Nadia ein Panoramabild erhielt. Überall waren Leute, plauderten in Gruppen und genossen eine beinahe festliche Stimmung. Zwei Frauen in Mayas Nähe begannen ein angeregtes Gespräch über Sheffield. Eine Gruppe von Neuankömmlingen ging direkt auf Maya zu und fragte sie, was als Nächstes passieren würde. Sie gingen fest davon aus, dass sie es wissen würde. »Bloß weil ich so alt bin«, stellte Maya mürrisch fest, als sie fort waren. Nadia musste lächeln. Aber dann erkannten einige junge Leute Maya wirklich und kamen her, um sie fröhlich zu begrüßen. Nadia beobachtete diese Begegnung aus Mayas Sicht und merkte, wie sehr von Stars besessen diese Leute schienen. So also sah die Welt für Maya aus! Kein Wunder, dass sie sich für etwas so Besonderes hielt, wenn die Menschen sie ansahen, als wäre sie eine gefährliche Göttin, die gerade aus einer Sage herausgetreten war ...

Das war in mehr als einer Hinsicht beunruhigend. Nadia schien es, dass ihre alte Gefährtin Gefahr lief, festgenommen zu werden, und sie sagte ihr das auch. Aber das Bild auf dem Schirm wackelte, als Maya den Kopf schüttelte und antwortete: »Du siehst ja, dass keine Bullen zu sehen sind! Die Sicherheit ist um die Schleusen und Bahnhöfe zusammengezogen, und denen bleibe ich fern. Außerdem – warum sollten sie sich die Mühe machen, mich zu verhaften? Sie haben doch praktisch diese ganze Stadt unter Arrest.«

Mayas Blick folgte einem gepanzerten Fahrzeug, als es über den begrasten Boulevard vorbeifuhr, ohne langsamer zu werden, als wollte es ihren Standpunkt unterstreichen. Maya kommentierte finster: »Das machen sie, damit jeder die Waffen sehen kann.«

Sie ging zum Canal Park hinunter, machte dann kehrt und lief den Weg zum Table Mountain hoch. Es war kalt in dieser Nacht. Vom Kanal gespiegelte Lichter zeigten, dass das Wasser sich mit Eis überzog. Falls die Sicherheit gehofft hatte, die Leute damit zu entmutigen, war das nicht gelungen. Der Park war dicht gefüllt, und es kamen immer mehr Leute hinzu. Sie drängten sich um Aussichtserker, Cafés oder große orangefarbene Heizspiralen. Und überall sah Maya, dass noch mehr Menschen in den Park strömten. Einige hörten Musikern zu, andere hielten Ansprachen über kleine Schulterverstärker, wieder andere sahen sich auf ihren Handgelenken oder Pads die Nachrichten an. Jemand rief: »Massenversammlung um Mitternacht! Zusammenkunft im Zeitschlupf!«

Maya sagte scharf: »Davon habe ich nichts gehört. Das muss Jackies Werk sein.«

Sie sah sich so rasch um, dass das Bild auf Nadias Schirm verschwamm. Überall Menschen. Sax ging an einen anderen Schirm und rief das Haus in Hunt Mesa an. Art antwortete, aber bis auf ihn war das Haus fast leer. Jackie hatte in der Tat zu einer Massendemonstration während des Zeitschlupfes aufgerufen. Das hatte sich über alle Medien der Stadt herumgesprochen. Nirgal war bei ihr.

Nadia teilte Maya das mit, die lästerlich fluchte. »Das ist viel zu riskant. Verdammt soll sie sein!«

Aber jetzt konnte sie nichts mehr daran ändern. Tausende strömten über die Boulevards in den Canal Park und Princess Park; und wenn Maya sich umschaute, konnte man auf den Rändern der Mesas und in den Gehröhren der Fußgängerbrücken über dem Canal Park viele dichtgedrängte Gestalten erkennen. »Die Redner werden im Princess Park auftreten«, erklärte Art über Sax' Schirm.

»Du solltest dort hingehen, Maya«, sagte Nadia, »und zwar schnell. Nur du könntest die Lage unter Kontrolle halten.«

Maya marschierte los; und während sie sich ihren Weg durch die Menge bahnte, sprach Nadia ständig mit ihr und gab ihr Ratschläge, was sie sagen sollte, falls sie eine Gelegenheit zum Sprechen bekäme. Ihre Worte überschlugen sich geradezu; und als sie eine Pause machte, brachte Art eigene Gedanken zur Sprache, bis Maya sagte: »Aber wartet, ist etwas davon wahr?«

»Es ist egal, ob es wahr ist!«, sagte Nadia.

»Es ist egal, ob es wahr ist?«, schrie Maya in ihr Armband. »Es ist egal, ob das, was ich zu hunderttausend Leuten und jedermann auf zwei Welten sage, wahr ist oder nicht?«

»Wir werden es wahr machen«, sagte Nadia. »Versuch es nur!«

Maya fing an zu laufen. Andere gingen in die gleiche Richtung wie sie durch den Canal Park zu der erhöhten Stelle zwischen Ellis Butte und Table Mountain, und Mayas Kamera lieferte hüpfende Bilder von Hinterköpfen und aufgeregten Gesichtern, die sich ihr zuwandten, wenn sie schrie, damit man ihr Platz machte. Lautes Gebrüll und Hochrufe wogten durch die Menge vor ihr, die immer noch dichter wurde, bis Maya langsamer wurde und sich durch Lücken zwischen Gruppen hindurchdrängen und -winden musste. Die meisten Leute waren jung und viel größer als Maya. Nadia ging an Sax' Schirm, um sich die Bilder der Mangalavidkameras anzusehen, die zwischen einer Kamera auf der Rednertribüne, die auf dem Rande eines alten Pingos im Princess Park stand, und einer Kamera hoch auf einer der Fußgängerbrücken hin- und herwechselten. Beide Ausschnitte zeigten, dass die Menge gewaltig zunahm. Vielleicht achtzigtausend Personen, schätzte Sax, dessen Nase nur einen Zentimeter vom Bildschirm entfernt war, als würde er sie einzeln zählen. Art gelang es, sich über Nadia zu Maya zuzuschalten; und beide sprachen weiter mit ihr, während sie sich ihren Weg durch die Menge nach vorn kämpfte.

Antar hatte eine kurze zündende Rede auf Arabisch gehalten, während Maya sich endgültig durch die Menge nach vorn drückte. Jackie stand jetzt vor einer Reihe von Mikrofonen auf der Rednertribüne und hielt eine Ansprache, die durch die großen Lautsprecher auf dem Hügel und dann durch die Zusatzlautsprecher, die im ganzen Princess Park angebracht waren, sowie durch Schulterlautsprecher, Pads und Armbandgeräte verstärkt wurde, bis ihre Stimme überall war. Da aber jeder Satz ein Echo vom Table Mountain und Ellis Butte hervorrief und mit Hochrufen begrüßt wurde, konnte man sie nur teilweise hören. »... werden nicht erlauben, dass der Mars als Ersatzwelt benutzt wird ... von einer herrschenden Klasse, die in erster Linie für die Zerstörung der Erde verantwortlich ist ... das gleiche Unheil auf dem Mars anrichten, wenn wir sie gewähren lassen ... nicht geschehen! Denn wir sind jetzt der freie Mars! Freier Mars! Freier Mars!«

Dann reckte sie einen Finger gen Himmel; und die Menge brüllte diese Worte, bei jeder Wiederholung immer noch lauter, und bald hatten Tausende Kehlen einen Rhythmus gefunden und skandierten gemeinsam: »*Freier Mars! Freier Mars! Freier Mars!*«

Während die riesige und noch zunehmende Menge noch brüllte, begab sich Nirgal auf den Pingo und zur Plattform. Als die Leute ihn sahen, fingen viele an zu rufen: »*Nir-gal*«, entweder im Rhythmus mit »Freier Mars« oder in den Pausen dazwischen, sodass in einem enormen Choral-Kontrapunkt daraus »*Freier Mars (Nir-gal) Freier Mars (Nir-gal)*« wurde.

Als er das Mikrofon erreichte, bat Nirgal mit einer Handbewegung um Ruhe. Aber die Rufe hörten nicht auf, sondern wurden ganz zu »*Nir-gal, Nir-gal, Nir-gal*« mit einem Enthusiasmus, der greifbar war und im Schall dieser großen kollektiven Stimme vibrierte, als ob jeder einzelne Mensch da draußen ein Freund von ihm wäre und kolossal über sein Kommen erfreut. Nadia schätzte, dass das auch wirklich der Fall sein konnte, weil er so viel gereist war.

Allmählich verstummten die rhythmischen Rufe, bis das Geräusch der Menge nur noch ein allgemeines Raunen war, ziemlich laut zwar, aber Nirgals verstärkte Begrüßung war recht gut zu hören. Während er sprach, bewegte sich Maya weiter durch die Menge zum Pingo. Und als die Menschen ruhiger wurden, war es für sie leichter durchzukommen. Als dann Nirgal zu sprechen begann, blieb sie auch stehen und beobachtete ihn einfach. Manchmal fiel ihr wieder ein, sich während der Hochrufe und des Applauses, womit manche Sätze endeten, weiter nach vorn zu bewegen.

Sein Redestil war gedämpft, freundlich und ruhig. Man konnte ihn leichter hören. Er sagte: »Für diejenigen von uns, die auf dem Mars geboren sind, ist er unsere Heimat.«

Er musste fast eine Minute pausieren, als die Menge jubelte. Nadia sah, dass die meisten Eingeborene waren. Maya war kleiner als fast alle da draußen.

Nirgal fuhr fort: »Unsere Körper bestehen aus Atomen, die kürzlich noch ein Teil des Regoliths waren. Wir sind durch und durch Marsianer. Wir sind menschliche Wesen, die mit diesem Planeten biologisch verbunden sind. Er ist unsere Heimat. Wir sind hier zu Hause, nicht auf der Erde. Es führt kein Weg zurück.« Weitere Hochrufe ertönten bei diesem sehr gut bekannten Schlagwort.

»Nun, was jene angeht, die auf der Erde geboren wurden, da gibt es verschiedene Arten. Wenn Menschen an einen neuen Ort kommen, beabsichtigen manche dazubleiben und ihn zu ihrer neuen Heimat zu machen. Die nennen wir Siedler. Andere kommen, um hier eine Weile zu arbeiten und dann wieder dorthin zurückzukehren, woher sie gekommen sind. Die nennen wir Besucher oder Kolonialisten.

Eingeborene und Siedler sind natürliche Verbündete. Schließlich sind Eingeborene auch nur die Kinder früherer Siedler. Dies hier ist Heimat für uns alle. Was Besucher angeht, so ist auch für sie auf dem Mars Platz. Wenn wir sagen, dass der Mars frei ist, soll das nicht heißen, dass Terraner nicht mehr herkommen können. Keineswegs! Wir alle sind Kinder der Erde, so oder so. Sie ist unsere Mutterwelt, und wir werden helfen, soweit wir können.«

Der Lärm nahm ab. Die Menge schien durch diese Aussage etwas überrascht zu sein.

Nirgal fuhr fort: »Aber es liegt auf der Hand, dass das, was hier geschieht, nicht von Kolonialisten entschieden werden sollte oder von irgendjemandem unten auf der Erde.« Es kamen Hochrufe auf, die etwas von dem, was er sagte, übertönten. »… eine einfache Feststellung unseres Verlangens nach Selbstbestimmung ... unser natürliches Recht ... die treibende Kraft der menschlichen Geschichte. Wir sind keine Kolonie und wollen auch nicht als eine solche behandelt werden. So etwas wie Kolonien gibt es nicht mehr. Wir sind ein freier Mars.«

Weitere Hochrufe, lauter denn je, gingen über in weitere »*Freier Mars! Freier Mars!*«-Rufe.

Nirgal unterbrach den Chor: »Was wir jetzt als freie Marsianer tun wollen, ist, dass wir jeden Terraner willkommen heißen, der zu uns kommen will. Egal, ob er hier eine Weile leben und dann zurückkehren will oder sich hier auf Dauer niederlassen will. Und wir beabsichtigen auch, alles zu tun, womit wir der Erde in ihrer jetzigen Umweltkrise helfen können. Wir haben einige Erfahrung mit Überschwemmungen (Beifall), und wir können helfen. Aber diese Hilfe wird von jetzt an nicht mehr durch Metanationale vermittelt werden, die nur ihre Profite daraus ziehen wollen. Sie wird als Geschenk kommen. Sie wird dem Volk der Erde mehr nützen als alles, was man von uns als Kolonie herausziehen könnte. Das gilt wörtlich für die Menge an Ressourcen und Arbeit, die vom Mars zur Erde überführt werden wird. Und wir hoffen und vertrauen darauf, dass jeder auf beiden Welten das Erstarken eines freien Mars begrüßen wird.«

Nirgal trat zurück und winkte; und die Hochrufe und Gesänge brachen wieder aus. Nirgal stand auf der Plattform lächelnd und winkend. Er sah vergnügt aus, aber irgendwie unsicher, was als Nächstes zu tun wäre.

Während dieser ganzen Rede und des Beifalls hatte Maya sich weiter langsam vorgearbeitet; und Nadia konnte jetzt erkennen, dass sie am Rande der Plattform in der ersten Reihe stand. Ihre Arme verdeckten das Bild immer wieder; und Nirgal bemerkte ihre Bewegungen und schaute sie an.

Als er sah, wer sie war, lächelte er, kam herübergelaufen und half ihr auf die Plattform. Er führte sie zu den Mikrofonen, und

Nadia bekam ein letztes Bild von einer überraschten und verärgerten Jackie Boone, ehe Maya ihre Videobrille abstreifte. Das Bild auf Nadias Schirm ruckte heftig und zeigte schließlich den Holzboden der Plattform. Nadia fluchte und eilte mit heftigem Herzklopfen hinüber zu Sax' Schirm.

Sax empfing noch Mangalavid, das gerade die Bilder der Kamera auf der Gehröhre von der Brücke zwischen Ellis Butte und Table Mountain übertrug. Aus diesem Winkel konnte man das Menschenmeer sehen, das die Anhöhe umgab und das zentrale Tal der Stadt bis weit in den Canal Park hinein füllte. Es schien fast die ganze Einwohnerschaft von Burroughs zu sein. Auf der Behelfsbühne brüllte Jackie Nirgal augenscheinlich etwas ins Ohr. Nirgal antwortete ihr nicht und schritt mitten in ihrem Appell zu den Mikrofonen. Maya sah neben Jackie klein und alt aus, war aber stolz wie ein Adler; und als Nirgal ankündigte: »Hier ist Maya Toitovna!«, gab es tosenden Applaus.

Maya fuchtelte mit den Händen, während sie nach vorn trat, und sagte in die Mikrofone: »Ruhe! Ruhe! Danke! Danke! *Seid still!* Wir haben hier noch einige wichtige Ankündigungen zu machen.«

»Mein Gott, Maya!«, sagte Nadia und klammerte sich an die Lehne von Sax' Sessel.

»Jawohl, der Mars ist jetzt unabhängig. Ruhe! Aber wie Nirgal gerade gesagt hat, bedeutet das nicht, dass wir unabhängig von der Erde existieren. Das ist unmöglich. Wir beanspruchen Souveränität gemäß internationalem Recht und appellieren an den Weltgerichtshof, diesen legalen Status sofort anzuerkennen. Wir haben vorläufige Verträge unterzeichnet, die diese Unabhängigkeit sichern, mit der Schweiz, Indien und China, und richten diplomatische Beziehungen mit ihnen ein. Wir haben auch eine nichtexklusive wirtschaftliche Partnerschaft mit Praxis geschlossen. Diese wird wie alle Arrangements, die wir treffen, nicht gewinnorientiert sein, sondern gemeinnützig und dazu bestimmt, beiden Welten maximal von Vorteil zu sein. Mit all diesen Abkommen zusammengenommen beginnt die Schaffung unserer formalen, legalen und semiautonomen Beziehung zu den verschiedenen gesetzlichen Körperschaften der Erde. Wir erwarten volle sofortige Bestätigung und Ratifizierung aller Abkommen durch den Weltgerichtshof, die Vereinten Nationen und alle anderen relevanten Institutionen.«

Auf diese Ankündigung gab es Applaus; und obwohl der nicht so laut war wie vorher für Nirgal, ließ Maya die Leute gewähren. Als sie etwas ruhiger geworden waren, fuhr sie fort:

»Was die Lage hier auf dem Mars angeht, so haben wir die Absicht, uns hier sofort in Burroughs zu versammeln und die Erklärung von Dorsa Brevia als Ausgangspunkt für die Etablierung einer freien Marsregierung zu benutzen.«

Wiederum Applaus, viel enthusiastischer. »Ja, ja«, sagte Maya ungeduldig und versuchte, sie wieder zur Ruhe zu bringen. »Ruhe! Herhören! Davor müssen wir das Problem der Opposition ansprechen. Wie ihr wisst, treffen wir uns hier im Hauptquartier der Streitkräfte der Übergangsbehörde der Vereinten Nationen, die in diesem Augenblick zusammen mit allen Übrigen zuhören, da im Innern von Table Mountain.« Sie zeigte dorthin.

»Falls sie nicht herauskommen, um sich mit uns zu verbinden.« Hochrufe, Gebrüll, Sprechchöre. »… Ich will denen jetzt sagen, dass wir ihnen nichts tun wollen. Seht ihr, es ist jetzt Sache der Übergangsbehörde zu erkennen, dass der *Übergang* vollzogen worden ist. Und ihren Sicherheitskräften zu befehlen, dass sie aufhören sollen, uns kontrollieren zu wollen. Ihr könnt uns nicht kontrollieren!« Laute Hochrufe. »… wollen euch nichts Böses. Und wir versichern euch, dass ihr freien Zugang zum Raumhafen habt, wo es Flugzeuge gibt, die euch alle nach Sheffield bringen können und von dort weiter nach Clarke, falls ihr nicht bei dieser neuen Aufgabe mit uns zusammenarbeiten wollt. Dies ist keine Belagerung oder Blockade. Es ist ganz einfach …«

Und sie hörte auf, streckte beide Hände aus, und die Menge jubelte ihr zu.

Durch den Lärm der Sprechchöre versuchte Nadia, zu Maya, die noch auf der Bühne stand, durchzudringen, aber sie konnte sie offenbar nicht hören. Irgendwann blickte Maya auf ihr Armband. Das Bild vibrierte. Ihr Arm zitterte.

»Maya, das war großartig! Ich bin so stolz auf dich.«

»Naja, jeder kann Märchen erfinden.«

Art sagte laut: »Sieh zu, ob du sie dazu bringen kannst, sich zu zerstreuen!«

»Genau!«, sagte Maya.

»Sprich mit Nirgal!«, schlug Nadia vor. »Veranlasse ihn und Jackie, es zu tun! Sag ihnen, sie sollen den Leuten klarmachen, dass es keinen Angriff auf Table Mountain geben wird. Überlass das den beiden!«

»Na klar!«, rief Maya. »Wir werden Jackie das machen lassen, nicht wahr?«

Danach schwenkte das kleine Bild am Armband überallhin, und der Lärm wurde so groß, dass die Beobachter nichts mehr mitbekamen. Die Mangalavidkameras zeigten eine große Menge auf der Bühne in Beratung.

Nadia ging weg und setzte sich auf einen Stuhl. Sie fühlte sich so ausgedörrt, als hätte sie die Rede selbst halten müssen. Sie sagte: »Maya war großartig. Sie hat sich an alles erinnert, was ich ihr gesagt habe. Jetzt müssen wir es nur noch umsetzen.«

»Das bloße Aussprechen setzt es um«, meinte Art. »Zum Teufel, jeder auf beiden Welten hat das gesehen. Praxis wird schon dran sein. Und die Schweiz wird uns sicher den Rücken stärken. Nein, wir werden es zur Wirklichkeit machen.«

»Es kann sein, dass die Übergangsbehörde nicht einverstanden ist«, wandte Sax ein. »Hier ist eine Nachricht von Zeyk. Rote Kommandos sind von Syrtis heruntergekommen. Sie haben das westliche Ende des Deichs besetzt und bewegen sich schnell darauf nach Osten. Sie sind nicht mehr weit vom Raumhafen entfernt.«

Nadia schrie: »Genau das haben wir vermeiden wollen! Wissen die überhaupt, was sie da anrichten?«

Sax zuckte die Schultern.

»Der Sicherheit wird das gar nicht behagen«, sagte Art.

»Wir sollten direkt mit denen reden«, schlug Nadia vor und überlegte. »Ich habe öfter mit Hastings gesprochen, als er die Mission Control leitete. Ich kann mich nicht sehr gut an ihn erinnern, glaube aber nicht, dass er ein sonderlich verrückter Typ war.«

»Es könnte nicht schaden herauszufinden, was er denkt«, meinte Art.

Also ging Nadia in ein ruhiges Zimmer, setzte sich vor einen Bildschirm, rief das UNTA-Hauptquartier in Table Mountain an und wies sich aus. Obwohl es schon zwei Uhr morgens war, kam sie in weniger als fünf Minuten zu Hastings durch.

Sie erkannte ihn sofort wieder, obwohl sie sein Gesicht längst vergessen zu haben glaubte. Ein kleiner gequälter Technokrat mit schmalem Gesicht und aufbrausendem Temperament. Als er sie auf dem Schirm sah, schnitt er eine Grimasse. »Schon wieder ihr. Wir haben die falschen Hundert losgeschickt. Das habe ich immer gesagt.«

»Ganz bestimmt.«

Nadia studierte sein Gesicht und versuchte sich vorzustellen, was für ein Mann im vorigen Jahrhundert Mission Control geleitet haben könnte und dann im nächsten die Übergangsbehörde. Er hatte sich mit ihnen oft gestritten, als sie auf der *Ares* waren. Er hatte ihnen jede kleine Abweichung von den Regeln vorgeworfen und war richtig wütend geworden, als sie unterwegs eine Zeitlang aufgehört hatten, Videos zu senden. Ein sturer Bürokrat von der Art, die Arkady verabscheut hatte. Aber ein Mann, mit dem man vernünftig reden konnte.

So schien es ihr anfangs. Sie diskutierte zehn oder fünfzehn Minuten lang mit ihm und sagte, dass die Demonstration, die er gerade draußen im Park erlebt hatte, nur ein Teil von dem war, was überall auf dem Mars geschehen war. Und dass es ihnen freistünde, zum Flughafen zu gehen und abzureisen.

Hastings blaffte: »Wir werden nicht gehen.«

Seine UNTA-Kräfte kontrollierten, erklärte er, die Versorgungsanlage, und deshalb gehöre ihm die Stadt. Die Roten könnten vielleicht den Deich erobern; aber es gäbe keine Chance, dass sie ihn brechen würden, da es in der Stadt zweihunderttausend Menschen gäbe, die praktisch Geiseln wären. Mit dem nächsten Shuttle von der Erde sei das Eintreffen von Verstärkungen, Spezialisten, fällig, die in den nächsten vierundzwanzig Stunden in den Orbit eintreten sollten. Also seien die Reden bedeutungslos und nur eine Pose.

Er war die Ruhe selbst, als er Nadia das sagte. Wäre er nicht so mürrisch gewesen, hätte Nadia ihn sogar angenehm gefunden. Höchstwahrscheinlich hatte er Anweisungen von der Erde bekommen, dass er in Burroughs standhaft bleiben und auf die Verstärkungen warten solle. Ohne Zweifel hatte man der UNTA-Division in Sheffield dasselbe mitgeteilt. Und mit Burroughs und Sheffield in ihren Händen und Verstärkungen, die jede Minute fällig waren, war es nicht überraschend, dass sie glaubten, die Oberhand zu haben. Man könnte sogar sagen, sie hatten recht. Hastings sagte Nadia: »Wenn die Leute hier Vernunft annehmen, werden wir wieder die Kontrolle übernehmen. Das Einzige, worauf es jetzt wirklich ankommt, ist die antarktische Überschwemmung. Es ist entscheidend, die Erde in ihrer Not zu unterstützen.«

Nadia gab auf. Hastings war offensichtlich ein hartnäckiger Bursche und hatte überdies einen Punkt für sich. Also beendete sie die Konferenz so höflich, wie es ihr möglich war, mit der Bitte, ihn später wieder kontaktieren zu dürfen. Sie hoffte, damit Arts diplomatischen Stil getroffen zu haben. Dann kehrte sie wieder zu den anderen zurück.

Im weiteren Verlauf der Nacht verfolgten sie unablässig alle Berichte, die von Burroughs und anderswo eingingen. Es geschah zu viel, als dass Nadia hätte beruhigt zu Bett gehen können, und offenbar hatten Sax, Steve, Marina und die anderen Bogdanovisten in Du Martheray dasselbe Gefühl. Also saßen sie in ihren Sesseln zusammengesunken mit geröteten Augen da und stöhnten, während die Stunden vergingen und die Bilder über den Schirm flimmerten. Einige Rote sonderten sich deutlich von der Hauptkoalition des Widerstandes ab und folgten einem eigenen Aktionsplan. Sie verstärkten ihre Kampagne von Sabotage und direkten Angriffen auf dem ganzen Planeten, eroberten kleine Posten mit Gewalt, setzten dann die Gefangenen in Rover und jagten die Stellungen in die Luft. Eine andere »Rote Armee« stürmte erfolgreich die Versorgungsanlage in Cairo, tötete viele der Wächter darin und brachte den Rest dazu, sich zu ergeben.

Dieser Sieg hatte ihnen Mut gemacht, aber anderswo waren die Ergebnisse nicht so gut. Nach den Nachrichten einiger verstreuter Überlebender schien eine Attacke der Roten auf die Anlage in Lasswitz diese zerstört und die Kuppel massiv beschädigt zu haben, sodass diejenigen, die sich nicht in sichere Gebäude oder nach draußen in Wagen hatten retten können, elend umgekommen waren. »Was tun die bloß?«, schrie Nadia. Aber niemand antwortete ihr. Diese Gruppen erwiderten ihre Anrufe nicht. Und Ann ebenso wenig.

Nadia sagte besorgt: »Wenn sie uns wenigstens ihre Pläne mitteilen würden! Wir können die Dinge nicht außer Kontrolle geraten lassen. Das ist zu gefährlich …«

Sax spitzte mit mürrischer Miene den Mund. Sie gingen in den Speiseraum, um etwas zu essen und dann etwas auszuruhen. Nadia musste sich zum Essen zwingen. Es war genau eine Woche her seit Sax' erstem Anruf, und sie konnte sich nicht erinnern, in dieser Woche überhaupt etwas gegessen zu haben. Sie merkte, dass sie wirklich Heißhunger hatte, und fing an, ihr Rührei hinunterzuschlingen.

Als sie mit dem Essen fast fertig waren, beugte Sax sich vor und sagte: »Du hast davon gesprochen, über Pläne zu diskutieren.«

»Was?«, sagte Nadia mit halb zum Mund gehobener Gabel.

»Nun, dieses ankommende Shuttle mit der Eingreiftruppe der Sicherheit an Bord?«

»Was ist damit?« Nach dem Flug über Kasei Vallis war sie sich nicht sicher, ob Sax noch vernünftig dachte. Die Gabel in ihrer Hand fing sichtlich an zu zittern.

»Nun, ich habe einen Plan«, sagte er. »Eigentlich hat ihn meine Gruppe in Da Vinci ausgearbeitet.«

Nadia bemühte sich, die Gabel ruhig zu halten. »Erzähl!«

Für Nadia verschwamm der Rest dieses Tages, da sie jeden Versuch, sich auszuruhen, aufgab. Sie versuchte, rote Gruppen zu erreichen, entwarf mit Art Botschaften an die Erde und berichtete Maya, Nirgal und dem Rest in Burroughs Sax' neuesten Plan. Es schien, dass die Ereignisse, die ohnehin schon schnell gekommen waren, noch einen Gang hochgeschalten hatten, sodass sie jetzt rasend rotierten und jenseits jeder Kontrolle waren, sodass keine Zeit mehr blieb, um zu essen oder zu schlafen oder ins Bad zu gehen. Aber all das musste getan werden; und so schleppte sie sich in die Damentoilette und duschte ausgiebig. Dann aß sie ein spartanisches Frühstück aus Brot und Käse, streckte sich danach auf einer Couch aus und schlief etwas. Aber es war jener unruhige leichte Schlaf, bei dem ihr Verstand weiter arbeitete und unklare verzerrte Gedanken über die Ereignisse des Tages wälzte, wobei die Stimmen im Raum einbezogen wurden. Nirgal und Jackie kamen nicht miteinander zurecht. War das für die Übrigen ein Problem?

Dann war sie wieder auf, so erschöpft wie zuvor. Die Leute im Zimmer redeten noch über Jackie und Nirgal. Nadia ging ins Bad und bemühte sich dann um Kaffee.

Zeyk und Nazik und ein großes arabisches Kontingent waren in Du Martheray eingetroffen, während sie schlief; und jetzt steckte Zeyk den Kopf in die Küche. »Sax sagt, das Shuttle wird gleich ankommen.«

Du Martheray lag nur sechs Grad nördlich vom Äquator. Darum hatten sie eine gute Position, um das Atmosphärenbremsmanöver der ankommenden Fähre zu beobachten, das kurz nach Sonnenuntergang stattfinden sollte. Das Wetter spielte mit, und der Himmel war wolkenlos und sehr klar. Die Sonne senkte sich, der Osthimmel wurde dunkel, und die Farben über Syrtis im Westen boten ein Spektrum, das von Gelb, Orange, einem schmalen Streifen Grün über Blau bis Indigo reichte. Dann verschwand die Sonne hinter den schwarzen Bergen, und die Farben des Himmels vertieften sich und wurden durchsichtig, als wäre das Himmelsgewölbe plötzlich hundertmal so groß geworden.

Und inmitten dieser Farbspiele, zwischen den zwei Abendsternen, flammte ein dritter weißer Stern auf und schoss vor einem kurzen geraden Kondensstreifen den Himmel entlang. Das war das gewöhnliche dramatische Bild, das Shuttles beim Aerobreaking boten, wenn sie in die obere Atmosphäre eintauchten. Es war bei Tag fast so gut sichtbar wie bei Nacht. Es dauerte nur etwa eine Minute, um den Himmel von einem Horizont zum anderen zu überqueren, wie langsame, leuchtende Sternschnuppen.

Aber diesmal wurde es immer schwächer, als es noch hoch im Westen war, bis es schließlich als matter Stern erlosch und verschwand.

Der Beobachtungsraum von Du Martheray war überfüllt, und viele stießen bei diesem ungewohnten Anblick laute Rufe aus, obwohl man sie vorgewarnt hatte. Als die Erscheinung völlig vorbei war, bat Zeyk Sax, sie für die, die die ganze Geschichte nicht gehört hatten, zu erklären. Sax sagte ihnen, dass das Fenster für den Eintritt in die Umlaufbahn für atmosphärengebremste Shuttles sehr eng wäre. Es gab nur wenig Fehlerspielraum. Nun hatten Sax' Techniker im Krater Da Vinci eine Rakete mit einer Nutzlast aus Metallstücken – vor allem mit zerkleinertem Eisenschrott, sagte er – ausgerüstet und ein paar Stunden zuvor abgeschossen. Diese Nutzlast war in der Marsorbit-Einschussbahn des herankommenden Shuttles ein paar Minuten vor dessen Eintreffen explodiert und hatte die Metallstücke in einem Band ausgeworfen, das in horizontaler Richtung breit, in vertikaler aber schmal war. Nun wurden Atmosphärenbremsungen natürlich vollkommen von Computern gesteuert. Als das Radar des Shuttles den Schrottfleck identifiziert hatte, gab es für die KI des Shuttles nur wenige Alternativen. Unter den Schrott zu tauchen würde das Shuttle durch dichtere Schichten der Atmosphäre tragen, sodass es höchstwahrscheinlich verbrannte; durch die Trümmerwolke hindurchzustoßen hätte die Gefahr mit sich gebracht, den Hitzeschild zu durchlöchern und auch zu verbrennen. Also *shikata ga nai*. In Anbetracht der einprogrammierten Risikoniveaus musste der Computer die Atmosphärenbremsung abbrechen, indem er das Shuttle über das Hindernis hinwegfliegen ließ und damit wieder aus der Atmosphäre hinausschleuderte. Das bedeutete, dass sich das Shuttle mit nahezu vierzigtausend Kilometern in der Stunde, der Höchstgeschwindigkeit, aus dem Sonnensystem hinausbewegte.

Zeyk fragte: »Haben sie außer Atmosphärenbremsung irgendeine Möglichkeit, langsamer zu werden?«

»Nicht wirklich. Darum bremsen sie ja in der Atmosphäre.«

»Also ist das Shuttle dem Untergang geweiht?«

»Nicht unbedingt. Sie können einen anderen Planeten als Gravitationshebel benutzen, einen Slingshot machen und wieder hierher oder zur Erde zurückfliegen.«

»Dann sind sie also jetzt unterwegs zum Jupiter?«

»Naja, Jupiter befindet sich derzeit leider auf der anderen Seite des Sonnensystems.«

Zeyk grinste. »Zum Saturn?«

»Sie könnten es vielleicht schaffen, nacheinander sehr nahe an einigen Asteroiden vorbeizufliegen, um ihren Kurs zu ändern.«

Zeyk lachte; und obwohl Sax noch weiter über Strategien zur Kurskorrektur sprach, redeten zu viele andere Leute, als dass man ihn noch hätte hören können.

Also brauchten sie sich keine Sorgen mehr wegen der Verstärkung von der Erde zu machen, wenigstens nicht unmittelbar.

Aber Nadia meinte, dass dieser Umstand die UNTA-Polizei in Burroughs veranlassen könnte, sich in der Falle zu fühlen und damit noch gefährlicher zu werden. Und gleichzeitig rückten die Roten weiter über den Deich im Norden vor, was ohne Zweifel das Gefühl des Eingesperrtseins bei den Sicherheitstruppen weiter erhöhte. In der gleichen Nacht, in der das Shuttle vorbeiflog, nahmen Rote Gruppen in gepanzerten Rovern den Deich endgültig ein. Das bedeutete, dass sie dem Raumhafen von Burroughs gefährlich nahe waren, der nur zehn Kilometer nordwestlich der Stadt lag.

Auf dem Bildschirm erschien Maya. Sie sah nicht anders aus als vor ihrer großen Rede. »Wenn die Roten den Raumhafen erobern«, sagte sie zu Nadia, »dann wird die Sicherheit in Burroughs festsitzen.«

»Ich weiß. Das ist es ja, was wir gerade nicht wollen. Besonders jetzt.«

»Ich weiß. Kannst du diese Leute unter Kontrolle halten?«

»Sie fragen mich nicht mehr um Rat.«

»Ich dachte, du wärest hier die große Anführerin.«

»Ich dachte, du wärest es«, erwiderte Nadia prompt.

Maya lachte rau und humorlos.

Eine andere Mitteilung kam von Praxis, verschiedene Nachrichten von der Erde, die über Vesta gesendet worden waren. Das meiste beinhaltete die neuesten Informationen über die Flut und die Katastrophen in Indonesien und vielen anderen Küstengebieten; aber es gab auch politische Neuigkeiten, darunter einige Fälle von Nationalisierung metanationalen Eigentums durch die Militärs einiger Klientenländer des »Southern Clubs«, von denen die Praxis-Analytiker annahmen, sie könnten der Anfang einer Revolte der Regierungen gegen die Metanationalen sein. Was die Massendemonstration in Burroughs anging, so hatte sie in vielen Ländern Aufsehen erregt und war sicher ein Thema in Regierungsbüros und Amtsstuben rund um die Welt. Die Schweiz hatte bestätigt, dass sie mit einer Marsregierung diplomatische Beziehungen aufnehmen würde, »die noch zu ernennen war«, wie Art grinsend erklärte. Praxis hatte dasselbe getan. Der Weltgerichtshof hatte verlauten lassen, dass er das von der Friedlichen Neutralen Koalition Dorsa Brevia gegen die UNTA angestrengte Verfahren prüfen würde – ein Prozess, der von den Medien der Erde als »Mars versus Terra« bezeichnet wurde –, und zwar sobald wie möglich. Und das Linienshuttle hatte seinen misslungenen Eintritt in die Marsatmosphäre gemeldet. Offenbar plante es, im Asteroidengürtel umzukehren. Aber Nadia fand es höchst ermutigend, dass keines dieser Ereignisse auf der Erde die ersten Schlagzeilen eingenommen hatte, wo das durch die Überschwemmungen verursachte Chaos immer noch die Spitzenstellung in der allgemeinen Aufmerksamkeit behauptete. Überall gab es Millionen Flüchtlinge, und viele davon in unmittelbarer Not ...

Aber gerade darum hatten sie die Revolte zu diesem Zeitpunkt begonnen. Die Unabhängigkeitsbewegungen hatten die meisten Städte unter ihrer Kontrolle. Sheffield war immer noch eine Hochburg der Metanationalen; aber Peter Clayborne war als Oberbefehlshaber aller Aufständischen in Pavonis, der ihre Aktivitäten so koordinierte, dass es nicht zu einem zweiten Burroughs hatte werden können. Das war zum Teil deshalb so, weil viele der radikalsten Elemente Tharsis gemieden hatten und weil andererseits die Lage in Sheffield äußerst schwierig war und wenig Raum zum Manövrieren bot. Die Aufständischen kontrollierten jetzt Arsia und Ascraeus und die kleine wissenschaftliche Station im Krater Zp auf Olympus Mons; und sie beherrschten sogar den größten Teil der Stadt Sheffield. Aber die Aufzug-Steckdose und der ganze sie umgebende Teil der Stadt waren fest in den Händen der Sicherheitspolizei, die schwer bewaffnet war. Also hatte Peter auf Tharsis alle Hände voll zu tun und würde ihnen in Burroughs nicht helfen können. Nadia sprach kurz mit ihm, schilderte die Lage und bat ihn, Ann anzurufen und sie zu bitten, dass die Roten sich zurückhalten möchten. Er versprach zu tun, was er konnte, schien aber nicht zuversichtlich zu sein, dass er das Ohr seiner Mutter hatte.

Danach versuchte Nadia es mit einem Anruf bei Ann, kam aber nicht durch. Dann wollte sie Hastings sprechen. Der nahm ihren Anruf entgegen. Aber das Gespräch war nicht produktiv. Hastings war nicht mehr die angenehm kühle Person der vergangenen Nacht. Er brüllte wütend: »Die Eroberung des Deichs! Was soll das beweisen? Denkt ihr, ich glaube, dass sie den Deich zerstören, wenn in der Stadt zweihunderttausend Menschen sind, von denen die meisten auf eurer Seite stehen? Das ist absurd! Aber hör zu, in dieser Organisation gibt es Leute, denen die Gefahr nicht gefällt, in die die Bevölkerung gerät. Für die kann ich die Verantwortung nicht übernehmen, wenn diese Typen nicht vom Deich verschwinden – und aus ganz Isidis Planitia! Seht zu, dass sie dort abhauen!«

Und er trennte die Verbindung, ehe Nadia auch nur antworten konnte, abgelenkt von jemandem, der mitten in dieser Tirade hereingekommen war. Ein verängstigter Mann, dachte Nadia und spürte in ihrem Innern wieder die eiserne Walnuss. Ein Mann, der sich nicht mehr als Herr der Lage fühlte. Ohne Zweifel eine korrekte Beurteilung. Aber der letzte Ausdruck in seinem Gesicht hatte ihr nicht gefallen. Sie versuchte sogar zurückzurufen; aber in Table Mountain wollte niemand mehr antworten.

Einige Stunden später weckte Sax sie in ihrem Sessel auf, und sie fand heraus, weswegen Hastings so besorgt gewesen war. Sax sagte mit ernster Miene: »Die UNTA, die Sabishii niedergebrannt hat, ist mit Panzerwagen losgezogen und hat versucht, den Roten den Deich zu entreißen. Offenbar hat es einen Kampf um den der Stadt am nächsten liegenden Abschnitt gegeben. Und wir haben gerade von einigen Roten gehört, dass der Deich gesprengt wurde.«

»*Was?*«

»In die Luft gejagt. Sie hatten Löcher gebohrt und Ladungen angebracht, als Drohung. Und beim Kampf haben sie die gezündet. Das ist alles, was sie gesagt haben.«

»O mein Gott!« Sie ging mit laut klopfendem Herzen zum nächsten Schirm. Es war drei Uhr morgens. »Gibt es eine Chance, dass Eis die Lücke verstopfen und als Damm dienen wird?«

Sax blinzelte. »Das glaube ich nicht. Hängt davon ab, wie groß die Lücke ist.«

»Können wir mit Gegensprengungen die Lücke schließen?«

»Auch nicht. Schau, wir haben Videos, die einige Rote südlich des Lochs vom Deich gesendet haben.« Er zeigte auf einen Bildschirm, der ein Infrarotbild zeigte, mit Schwarz zur Linken und Dunkelgrün zur Rechten und einem waldgrünen Erguss in der Mitte. »Da in der Mitte, das ist die Explosionszone, wärmer als der Regolith. Die Sprengung ist anscheinend dicht bei einem Bereich mit flüssigem Wasser angesetzt worden. Oder es war eine Explosion, die so angebracht war, dass sie das Eis hinter dem Bruch verflüssigte. Jedenfalls kommt eine Menge Wasser hindurch. Und das wird die Lücke erweitern. Wir haben echt ein Problem.«

»Sax!«, rief sie und hielt sich an seiner Schulter fest, während sie auf den Schirm sah. »Die Menschen in Burroughs, was sollen die machen? Verdammt, was *denkt* Ann bloß?«

»Vielleicht ist Ann es gar nicht gewesen.«

»Ann oder irgendeiner von den Roten!«

»Sie wurden angegriffen. Es könnte ein Unfall gewesen sein. Oder jemand auf dem Deich muss gedacht haben, dass man sie zwingen wollte, sich von den Sprengstoffen zurückzuziehen. In diesem Fall ging es um alles oder nichts.« Er schüttelte den Kopf. »Das ist immer schlimm.«

»*Verdammt! Verdammt! Verdammt!*« Nadia schüttelte heftig den Kopf, um ihn frei zu machen. »Wir müssen etwas unternehmen.« Sie dachte scharf nach. »Sind die Gipfel der Mesas hoch genug, um über der Flut zu bleiben?«

»Für den Anfang schon. Aber Burroughs liegt an der niedrigsten Stelle in dieser Depression. Darum wurde es dort angelegt. Weil die Seiten der Wanne ihm weite Horizonte bescherten. Nein. Auch die Mesagipfel werden überflutet werden. Ich bin nicht sicher, wie lange das dauern wird, weil ich die genaue Strömungsstärke nicht kenne. Sehen wir mal … Das zu füllende Volumen beträgt ungefähr …« Er tippte wild darauf los; und plötzlich wurden seine Augen glasig. Nadia erkannte, dass ein anderer Teil seines Gehirns die Berechnung schneller schaffte als die KI, eine gestalthafte Visualisierung der Situation. Sax starrte in die Unendlichkeit und wackelte wie ein Blinder mit dem Kopf. Ehe er mit dem Tippen fertig war, flüsterte er: »Es könnte recht schnell sein. Wenn die geschmolzene Wassermasse groß genug ist.«

»Damit müssen wir rechnen.«

Er nickte.

Da saßen sie nun nebeneinander und starrten auf Sax' KI.

Sax sagte zögernd: »Als ich in Da Vinci arbeitete, versuchte ich, mir die möglichen Szenarien vorzustellen. Die Dinge, die da kommen mochten, verstehst du? Und ich machte mir Sorgen, dass so etwas passieren könnte. Zerbrochene Kuppeln. Überschwemmte Städte. So stellte ich mir das vor. Oder Feuersbrünste.«

»Und?«, fragte Nadia und sah ihn an.
»Ich machte ein Experiment, einen Plan.«
»Erzähl!«

Aber Sax richtete seine Aufmerksamkeit auf einen aktuellen Wetterbericht, der gerade über den Bildern erschienen war, die über den Schirm liefen. Nadia wartete geduldig ab; und als er wieder von seinem Computer aufschaute, sagte sie: »Was nun?«

»Das ist eine Hochdruckzelle, die von Xanthe durch Syrtis herunterkommt. Sie sollte heute hier sein. Oder morgen. Auf Isidis Planitia wird der Druck um dreihundertvierzig Millibar liegen, mit rund fünfundvierzig Prozent Stickstoff, vierzig Prozent Sauerstoff und fünfzehn Prozent Kohlendioxid ...«

»Sax, das Wetter interessiert mich nicht!«

»Es ist atembar«, sagte er und sah mit jener reptilienhaften Miene aus wie eine Eidechse oder ein Drache oder eine kalte postmenschliche Kreatur, die im Vakuum überleben kann. »Fast atembar. Wenn man das CO_2 ausfiltert. Und das können wir machen. Wir haben in Da Vinci Gesichtsmasken hergestellt. Die sind aus einer Zirkoniumlegierung. Ganz simpel. Kohlendioxidmoleküle sind größer als Sauerstoff- oder Stickstoffmoleküle. Darum haben wir Molekülsiebfilter gemacht. Einen aktiven Filter mit einer piezoelektrischen Schicht, bei der eine elektrische Ladung entsteht, wenn das Material beim Ein- und Ausatmen gebogen wird, wodurch ein aktiver Sauerstoffaustausch durch den Filter mit Energie versorgt wird.«

»Was ist mit dem Staub?«, fragte Nadia.

»Es handelt sich um einen nach Größe gestaffelten Filtersatz. Die erste Schicht hält Staub auf, dann Grus, dann CO_2.« Er sah zu Nadia auf. »Ich dachte, Menschen könnten ... eine ganze Stadt aufgeben müssen. Darum haben wir eine halbe Million davon hergestellt. Die Maske wird einfach aufgesetzt. Die

Ränder sind aus klebrigem Polymer und haften auf der Haut. Dann atmet man die freie Luft. Ganz einfach.«

»Also evakuieren wir Burroughs.«

»Ich sehe keine Alternative. Wir können nicht so viele Menschen mit der Bahn oder auf dem Luftweg schnell genug hinausschaffen. Aber sie können laufen.«

»Aber wohin gehen?«

»Zur Libya-Station.«

»Sax, das sind von Burroughs aus etwa siebzig Kilometer, oder?«

»Dreiundsiebzig Kilometer.«

»Das ist zu Fuß ein höllisch weiter Weg!«

»Ich denke, die meisten Leute könnten es schaffen, wenn sie es müßten«, sagte er ruhig. »Und die, die es nicht schaffen, können von Rovern oder Luftschiffen aufgenommen werden. Wenn die Leute dann den Bahnhof von Libya erreicht haben, können sie mit dem Zug weiterfahren. Oder mit Luftschiffen. Und der Bahnhof fasst vielleicht zwanzigtausend auf einmal. Wenn man sie hineinquetscht.«

Nadia dachte darüber nach und sah in Sax' ausdrucksloses Gesicht. »Wo sind diese Masken?«

»Sie sind noch in Da Vinci. Aber sie sind schon in schnellen Flugzeugen verstaut. Wir könnten sie in ein paar Stunden hier haben.«

»Bist du sicher, dass sie funktionieren?«

Sax nickte. »Wir haben sie ausprobiert. Und ich habe ein paar mitgebracht. Ich kann sie dir zeigen.« Er stand auf und holte aus seiner Reisetasche einen Stapel weißer Gesichtsmasken. Eine gab er Nadia. Das war eine Maske für Mund und Nase und sah einer üblichen Staubmaske, wie sie bei Bauarbeiten benutzt werden, sehr ähnlich. Sie war nur dicker und hatte einen klebrigen Rand.

Nadia sah sie sich an, legte sie sich um den Kopf und zog das Gummiband fest. Sie konnte dadurch so leicht atmen wie durch eine Staubmaske. Überhaupt kein Gefühl von Behinderung. Die Dichtung schien gut zu sein.

Sie sagte: »Ich möchte sie draußen ausprobieren.«

Zuerst gab Sax Da Vinci Anweisung, die Masken herzuschicken, und dann gingen sie zur Fluchtschleuse hinunter. Der Plan und der Versuch hatten sich schnell herumgesprochen, und alle Masken, die Sax mitgebracht hatte, waren schnell vergriffen. Zusammen mit Nadia und Sax gingen ungefähr zehn andere Personen nach draußen, einschließlich Zeyk und Nazik und Spencer Jackson, der etwa eine Stunde vorher in Du Martheray angekommen war.

Sie alle trugen Schutzanzüge für die Oberfläche der jetzt gebräuchlichen Art. Das waren Einteiler aus mehrschichtigem isoliertem Stoff mit Heizfäden, aber ganz ohne das frühere komprimierende Material, das man in den Jahren geringen Luftdrucks gebraucht hatte. Nadia sagte zu den anderen: »Stellt die Heizung eurer Anzüge ab! Auf diese Weise können wir sehen, wie sich die Kälte anfühlt, wenn man nur Stadtkleidung trägt.«

Sie zogen die Masken übers Gesicht und gingen in die Garagenschleuse. Die Luft darin wurde sehr schnell kalt. Dann ging die Außentür auf.

Sie traten auf die Oberfläche hinaus.

Es war kalt. Dieser Schock traf Nadia an der Stirn und den Augen. Es war schwer, nicht zu keuchen. Sicher lag das an dem Übergang von 500 Millibar auf 340 Millibar. Die Augen tränten, und die Nase lief. Sie atmete aus und ein. Die Lungen schmerzten von der Kälte. Die Augen waren direkt dem Wind ausgesetzt. Das war die eindrucksvollste Sinneswahrnehmung.

Sie erschauerte, als die Kälte durch den Stoff ihres Schutzanzugs und in die Brust drang. Die Kälte brachte einen Hauch von Sibirien mit sich. 260 K waren −13° C. Eigentlich gar nicht so schlimm. Sie war es einfach nicht mehr gewohnt. Ihre Hände und Füße waren auf dem Mars oft sehr kalt geworden; aber es war viele Jahre her – tatsächlich mehr als ein Jahrhundert! –, seit ihr Kopf und ihre Lungen die Kälte gespürt hatten.

Die anderen redeten laut miteinander. Ihre Stimmen klangen seltsam in der freien Luft. Keine Helm-Interkoms! Der Halsring des Anzugs, wo der Helm gesessen hätte, fühlte sich am Schlüsselbein und im Nacken äußerst kalt an. Das alte, zertrümmerte, schwarze Gestein des Großen Steilhangs war von einer dünnen Schicht nächtlichen Reifs bedeckt. Nadia hatte einen Rundblick, wie sie ihn im Helm nie zuvor gehabt hatte. Der kalte Wind ließ ihr Tränen die Wangen herunterrinnen. Sie konnte sich auf kein einzelnes Gefühl konzentrieren. Sie war überrascht, wie die Dinge aussahen, wenn die Sicht nicht durch eine Visierscheibe oder Fenster behindert war. Sie hatten eine scharfe halluzinatorische Klarheit, sogar bei Sternenlicht. Der Himmel im Osten zeigte das üppige Preußischblau der Vordämmerung mit hohen Zirruswolken, die das Licht auffingen wie rosa Pferdeschweife. Die roten Falten des Großen Steilhangs erschienen im Licht der Sterne grau und von schwarzen Schatten zerfurcht. Der Wind in ihren Augen!

Die Leute sprachen ohne Interkom. Ihre Stimmen waren dünn und körperlos, die Münder durch die Masken verdeckt. Es gab kein mechanisches Summen, Brummen, Zischen oder Brausen. Nach mehr als einem Jahrhundert solcher Geräusche war die windige Stille im Freien seltsam, eine Art Hohlheit für die Ohren. Nazik sah aus, als trüge sie einen Beduinenschleier.

»Es ist kalt«, sagte sie zu Nadia. »Mir brennen die Ohren. Ich kann den Wind auf meinen Augen fühlen. Auf meinem Gesicht.«

»Wie lange halten die Filter?«, fragte Nadia Sax. Sie sprach laut, um sicher zu sein, dass er sie hören konnte.

»Hundert Stunden.«

»Jammerschade, dass die Menschen durch sie ausatmen müssen. Das führt dem Filter mehr Kohlendioxid zu.«

»Allerdings. Aber ich sehe keinen einfachen Ausweg.«

Sie standen barhäuptig auf der Marsoberfläche! Sie atmeten die Luft durch nichts als einer Filtermaske. Die Luft war dünn, merkte Nadia, aber ihr war nicht schwindelig. Der hohe Prozentsatz an Sauerstoff glich den geringen atmosphärischen Druck aus. Es kam auf den Partialdruck des Sauerstoffs an. Und bei so viel Prozent Sauerstoff in der Luft …

Zeyk sagte: »Ist das das erste Mal, dass jemand das tut?«

»Nein«, antwortete Sax. »Wir haben das in Da Vinci oft gemacht.«

»Es ist ein schönes Gefühl. Es ist nicht so kalt, wie ich erwartet hatte.«

»Und wenn du stramm marschierst, wird dir wärmer werden«, sagte Sax.

Sie gingen herum und achteten im Dunkeln auf ihre Schritte. Es war ziemlich kalt, ganz gleich, was Zeyk sagte. »Wir sollten wieder hineingehen«, schlug Nadia vor.

»Ihr solltet draußen bleiben und die Dämmerung betrachten. Die ist ohne Helm sehr schön«, sagte Sax.

Nadia, überrascht, von ihm eine solche Gefühlsäußerung zu hören, wandte ein: »Wir können noch viele Dämmerungen sehen. Aber jetzt gibt es einiges, worüber wir sprechen müssen. Außerdem ist es kalt.«

»Es ist ein gutes Gefühl«, sagte Sax. »Schaut, da ist Kerguelenkohl. Und Sandwurz.« Er kniete sich hin und schob ein behaartes Blatt zur Seite, um ihnen eine versteckte weiße Blüte zu zeigen, die in dem schwachen Licht der Vordämmerung kaum zu erkennen war.

Nadia starrte ihn an und sagte: »Komm jetzt mit hinein!«

Sie gingen zurück.

In der Schleuse legten sie ihre Masken ab und waren dann wieder im Umkleideraum des Refugiums, rieben sich die Augen und bliesen in ihre behandschuhten Hände. »Es war nicht so kalt!«, »Die Luft roch angenehm!«

Nadia zog ihre Handschuhe aus und befühlte ihre Nase. Das Fleisch war eiskalt, aber es war nicht die weiße Kälte beginnender Erfrierungen. Sie sah Sax an, dessen Augen in ungezügelter Aufregung leuchteten, was ihm gar nicht ähnlich war – ein seltsamer und irgendwie bewegender Anblick. Übrigens sahen sie alle aufgeregt aus, von einer an Überschwang grenzenden Erheiterung erfüllt, die durch die gefährliche Situation unten in Burroughs noch verschärft wurde. »Ich habe mich seit Jahren bemüht, das Sauerstoffniveau zu heben«, erklärte Sax Nazik, Spencer und Steve.

Spencer sagte: »Ich dachte, das wäre, damit dein Feuer in Kasei Vallis schön brennt.«

»O nein. Was Feuer angeht, ist das mit einer gewissen Menge an Sauerstoff mehr eine Frage, wie trocken es ist und was für Material brennen soll. Nein, das war, um den Partialdruck des Sauerstoffs zu erhöhen, sodass Menschen und Tiere ihn atmen können. Sofern nur das Kohlendioxid verringert würde.«

»Hast du auch Masken für Tiere gemacht?«

Sie lachten und gingen in den Speiseraum des Refugiums hinauf. Zeyk machte sich daran, Kaffee aufzubrühen, während sie über den Spaziergang redeten und gegenseitig ihre Wangen betasteten, um die Kälte zu vergleichen.

»Was ist mit der Evakuierung der Leute aus der Stadt?«, fragte Nadia Sax plötzlich. »Was ist, wenn die Sicherheit die Schleusen geschlossen hält?«

»Sie fahren zum Raumhafen hinaus«, rief jemand aus dem Nachrichtenraum. »Die Sicherheitskräfte nehmen die Untergrundbahn zum Raumhafen. Sie verlassen das sinkende Schiff, diese Ratten. Und Michel sagt, dass der Bahnhof – die Südstation – zerstört ist!«

Das löste einen Tumult aus. Über diesen hinweg sagte Nadia zu Sax: »Wir müssen Hunt Mesa den Plan mitteilen und dann nach unten gehen und die Flugzeuge mit den Masken abpassen.«

Sax nickte.

Über Mangalavid und die Armbandgeräte gelang es ihnen, der Bevölkerung von Burroughs den Plan sehr rasch bekanntzugeben, während sie in einer großen Karawane von Du Martheray zu einer niedrigen Hügelreihe südwestlich der Stadt fuhren. Bald nach ihrer Ankunft schwebten die zwei Flugzeuge mit den Masken über Syrtis ein und landeten auf einer freigemachten Stelle der Ebene gleich außerhalb der westlichen Böschung der Kuppelmauer. Auf der anderen Seite hatten die Beobachter auf Double Decker Butte schon gemeldet, dass sie die Flut gesehen hatten, die sich aus Ostnordost näherte. Dunkelbraunes, von Eis geflecktes Wasser, das durch die Bodenfalte hereinkam, die in der Stadt vom Canal Park besetzt war. Und die Meldungen über den Südbahnhof hatten sich bewahrheitet. Die Schiene war durch eine Explosion im linearen Induktionsgenerator zerstört worden. Niemand wusste genau, wer das getan hatte. Aber es war geschehen, und die Züge waren zum Stillstand verurteilt.

Während Zeyks Araber die Kisten mit den Masken zu den westlichen, südwestlichen und südlichen Toren schafften, versammelten sich riesige Volksmengen bereits hinter jedem davon. Alle trugen entweder Schutzanzüge mit Heizdrähten oder die dicksten Kleider, die sie hatten. Nicht dick genug für das, was vor ihnen lag, meinte Nadia, als sie zum Südwesttor ging und aus Kisten Gesichtsmasken austeilte. In diesen Tagen gingen viele Leute in Burroughs so selten auf die Oberfläche hinaus, dass sie bei Bedarf Schutzanzüge mieteten. So gab es nicht genug davon, um jeden zu versorgen, und sie mussten in Mänteln gehen, die für das Kuppelinnere gedacht und ziemlich dünn waren. Meistens mangelte es auch an Kopfbedeckungen. Immerhin war mit der Nachricht über die Evakuierung auch eine Aufforderung ergangen, sich für −18° C anzuziehen. Darum trugen die meisten Leute mehrere Garnituren und waren dick vermummt.

Jede Schleuse konnte pro Minute hundert Personen durchlassen; aber das war bei Weitem nicht schnell genug, wenn Tausende drinnen warteten und die Massen im Verlauf des Samstagmorgens noch zunahmen. Die Masken waren unter den Leuten verteilt worden; und Nadia war sicher, dass inzwischen jeder eine hatte. Es war unwahrscheinlich, dass in der Stadt noch jemand nichts von der Notlage wusste. Darum ging Nadia zu Zeyk, Sax, Maya, Michel und allen anderen Bekannten, die sie sah, und sagte: »Wir sollten die Kuppelwand zerschneiden und dann losziehen. Ich werde mich daranmachen.« Niemand war dagegen.

Endlich erschien Nirgal. Er glitt schnell durch die Menge wie Merkur bei einem dringenden Auftrag, lächelte breit und begrüßte einen Bekannten nach dem anderen, Leute, die ihn umarmen, ihm die Hand schütteln oder ihn wenigstens berühren wollten. Nadia sagte zu ihm: »Ich zerschneide jetzt gleich die Kuppelwand. Alle haben Masken, und wir müssen hier schneller herauskommen, als es durch die Tore möglich ist.«

Er sagte: »Eine gute Idee. Lass mich nur ansagen, was passiert.«

Und er sprang drei Meter hoch in die Luft, packte eine Mauerkappe des Betonbogens der Tores und schwang sich darauf, sodass er mit beiden Füßen auf dem drei Zentimeter breiten Streifen balancierte. Dann stellte er einen kleinen Schulterlautsprecher an, den er bei sich trug, und sagte: »Achtung, bitte! Wir fangen gleich an, die Kuppelwand zu zerschneiden, direkt über der Mauerkrone. Es wird also in Kürze eine nach außen gehende Brise zu spüren sein, nicht sehr stark. Die der Wand am nächsten stehenden Leute fühlen sie natürlich zuerst. Eile ist dabei nicht nötig. Wir werden großflächig schneiden, und jeder sollte in der nächsten halben Stunde aus der Stadt heraus sein. Seid bereit für die Kälte! Die wird sehr *erfrischend* sein. Bitte, legt eure Maske an, und kontrolliert, ob sie dicht ist, erst eure eigene, dann die der Leute um euch herum!«

Er schaute zu Nadia hinunter, die aus ihrem schwarzen Rucksack ein kleines Laserschneidgerät geholt hatte und es Nirgal zeigte. Sie hielt es über den Kopf, damit viele Leute es sehen konnten.

»Sind alle bereit?«, fragte Nirgal über seinen Lautsprecher. Alle in der Menge sichtbaren Leute hatten eine weiße Maske über dem unteren Teil ihres Gesichts. »Ihr seht aus wie Banditen«, rief Nirgal und lachte. Dann sagte er mit Blick auf Nadia: »Okay!«

Und sie zerschnitt die Kuppel.

Ein vernünftiges Verhalten, um zu überleben, ist fast so ansteckend wie Panik, und die Evakuierung verlief schnell und geordnet. Nadia schnitt ungefähr zweihundert Meter von dem Stoff ein, direkt oberhalb der Betonkappe; und der höhere Luftdruck innen bewirkte einen hinausgehenden Luftstrom, der die transparenten Schichten der Kuppelbespannung hoch und von der Einfassung weg hielt, sodass die Leute über die hüfthohe Mauer klettern konnten, ohne sich darum kümmern zu müssen. Andere schnitten den Stoff bei den westlichen und südlichen Toren auf; und in ungefähr der Zeit, die erforderlich ist, um ein großes Stadion zu leeren, war die Bevölkerung von Burroughs aus der Stadt heraus und in der kühlen frischen Luft eines Morgens auf Isidis: 350 Millibar Druck, 261 K oder −12° C Temperatur.

Zeyks Araber blieben in ihren Rovern und dienten als Eskorte, indem sie den Menschenstrom entlangfuhren und die Leute zu den Moeris-Bergen führten, einer Hügelkette, die ein paar Kilometer südwestlich der Stadt lag. Die Flut erreichte die östliche Seite der Stadt, als die letzten Nachzügler diese Reihe niedriger Buckel in der Ebene erreichten, und Beobachter der Roten, die in eigenen Rovern weit umherstreiften, meldeten, dass die Flut jetzt nördlich und südlich um die Basis der Stadtmauer liefe, in einem Schwall, der weniger als einen Meter tief war.

Es war also eine äußerst knappe Sache gewesen, knapp genug, um Nadia erschauern zu lassen. Sie stand oben auf einem der Moerishügel und schaute sich um, damit sie sich einen Überblick über die Lage verschaffen konnte. Die Leute hatten ihr Bestes getan, waren aber ihrer Meinung nach ungenügend bekleidet. Nicht jeder hatte isolierte Stiefel, und nur sehr wenige hatten eine Mütze auf dem Kopf. Die Araber stiegen aus ihren Rovern, um den Leuten zu zeigen, wie man mit Schals oder Handtüchern oder Extrajacken über den Köpfen Burnuskapuzen improvisieren konnte. Und das musste genügen. Aber es war kalt draußen, sehr kalt trotz Sonne und Windstille; und die Bürger von Burroughs, die noch nie außerhalb der Kuppel gearbeitet hatten, machten entsetzte Gesichter. Einige waren allerdings besser ausgerüstet als andere. Nadia konnte neu Angekommene aus Russland an ihren warmen Kopfbedeckungen erkennen, die sie von daheim mitgebracht hatten. Sie begrüßte diese Leute auf Russisch, und sie grinsten fast immer und riefen: »Das ist gar nichts. Gutes Wetter zum Schlittschuhlaufen, *da*?«

»Bleibt in Bewegung!«, sagte Nadia zu ihnen und zu allen anderen. Man erwartete, dass es am Nachmittag wärmer würde, vielleicht bis über den Gefrierpunkt.

Innerhalb der dem Untergang geweihten Stadt ragten die Mesas starr und dramatisch in das Morgenlicht wie ein titanisches Kathedralen-Museum. Die Fensterreihen blinkten wie Juwelen, und das Blattwerk auf den Gipfeln bildete kleine grüne Kronen. Die Bevölkerung der Stadt stand in der Ebene, maskiert wie Banditen oder Heuschnupfenpatienten, dick in Kleider gewickelt, manche in eng anliegenden beheizten Schutzanzügen und ein paar mit Helmen zum späteren Gebrauch im Bedarfsfall. Der ganze Pilgerzug stand da und schaute auf die Stadt zurück. Menschen auf der Oberfläche des Mars, die Gesichter der kalten dünnen Luft ausgesetzt, die Hände in den Taschen, über ihnen hohe Zirruswolken wie Metallspäne vor dem dunkelroten Himmel. Die Fremdartigkeit des Anblicks war zugleich erheiternd und erschreckend. Nadia ging an der Hügelreihe auf und ab und sprach mit Zeyk, Sax, Nirgal, Jackie und Art. Sie schickte sogar noch eine Nachricht an Ann in der Hoffnung, dass sie die bekommen würde, obwohl sie nie antwortete. »Stell sicher, dass die Sicherheitstruppen am Raumhafen keine Schwierigkeiten bekommen!«, sagte sie, unfähig, den Ärger aus ihrer Stimme fernzuhalten. »Bleibt ihnen aus dem Weg!«

Ungefähr zehn Minuten später piepste das Armband. »Ich weiß«, sagte Anns Stimme knapp. Und das war alles.

Jetzt, da sie aus der Stadt heraus waren, fühlte Maya sich besser. Sie rief: »Los geht's! Bis zum Libya-Bahnhof ist es ein weiter Weg, und der halbe Tag ist schon vorbei.«

»Genau«, stimmte Nadia zu. Und viele Leute waren schon aufgebrochen, stapften zu den Gleisen, die vom Südbahnhof von Burroughs ausgingen, und folgten ihnen den Großen Steilhang hinauf.

Sie ließen die Stadt hinter sich. Nadia blieb oft stehen, um den Leuten Mut zuzusprechen, und schaute ebenso oft nach Burroughs zurück, auf die Dächer und Gärten unter der transparenten Blase des Zeltes im mittäglichen Sonnenschein, hinab in diesen grünen Mesokosmos, der so lange die Hauptstadt ihrer Welt gewesen war. Jetzt war rostigschwarzes und von Eis geflecktes Wasser schon fast um die ganze Stadtmauer gelaufen; und ein dicker Strom schmutziger Eisberge trieb von der niedrigen Lücke nach Nordosten und ergoss sich in einem sich verbreiternden Schwall auf die Stadt zu. Er erfüllte die Luft mit einem Donnern, das die Haare im Nacken zu Berge stehen ließ. Ein Getöse wie damals in Marineris …

Das Land, über das sie gingen, war mit verstreuten niedrigen Pflanzen übersät, meistens Tundramoos und alpine Blumen und gelegentlichen Eiskakteen, die wie stachlige schwarze Feuerhydranten dastanden. In der Luft schwirrten Mücken und Fliegen, die durch die Invasion aufgescheucht worden waren. Es war merklich wärmer als am Morgen. Die Temperatur stieg rasch an. »Minus eins Komma eins fünf!«, rief Nirgal, als Nadia ihn im Vorübergehen fragte. Er kam alle paar Minuten vorbei. Er lief an den Leuten entlang, vom einen Ende der Reihe bis zum anderen, immer hin und her. Nadia sah auf ihr Handgelenk: –1,15° C. Der Wind war schwach und kam aus Südwesten. Die Wetterberichte sagten, dass das Hochdruckgebiet noch mindestens einen Tag über Isidis verweilen würde.

Die Leute gingen in kleinen Gruppen und trafen dabei auf andere kleine Gruppen, sodass Freunde und Bekannte sich im Weitergehen begrüßten, oft überrascht durch vertraute Stimmen unter den Masken und vertraute Augen zwischen Maske und Kapuze oder Hut. Von der Menge stieg eine diffuse Reifwolke auf, eine Massenausatmung, die in der Sonne schnell verdunstete. Rover der »Roten Armee« kamen von beiden Seiten der Stadt herangefahren. Sie hatten sich beeilt, um von der Flut wegzukommen. Jetzt rollten sie langsam dahin. Die ersten gaben Flaschen mit warmen Getränken aus. Nadia sah sie an und murmelte im Schutz ihrer Maske stumme Verwünschungen. Aber einer der Roten erkannte das an ihren Augen und sagte ihr gereizt: »Wir waren es nicht, die den Deich gebrochen haben. Es waren die Guerilleros von MarsFirst. Es war Kasei!«

Und er fuhr weiter.

Es wurde vereinbart, dass Schluchten östlich der Strecke als Latrinen benutzt werden sollten. Man war schon weit genug nach oben gestiegen, dass die Leute oft anhielten, um in die eigenartig leere Stadt hinunterzuschauen, mit ihrem neuen Burggraben mit rostigem, von Eis verstopftem Wasser. Eingeborene sangen beim Gehen Teile der Areophanie. Als Nadia das hörte, krampfte sich ihr Herz zusammen. Sie murmelte: »Verdammt, Hiroko! Komm raus, komm noch heute zurück!«

Sie entdeckte Art und ging zu ihm hinüber. Er gab über das Armband einen laufenden Kommentar, den er offenbar einer Nachrichtengesellschaft auf der Erde übermittelte. »O ja«, sagte er leise, als Nadia ihn danach fragte. »Wir sind live. Wirklich gutes Video. Da bin ich sicher. Und sie können das Szenario der Flut weitergeben.«

Ohne Zweifel. Die Stadt mit ihren Mesas, jetzt von schwarzem, mit Eis vermischtem Wasser umgeben, das leicht dampfte. Die Oberfläche war aufgewirbelt, die Ränder sprudelten heftig durch die Karbonisation, wenn Wellen, die einen Lärm machten wie ein schwerer Sturm, von Norden her aufbrandeten ... Die Lufttemperatur lag jetzt knapp über dem Gefrierpunkt, und das ansteigende Wasser blieb flüssig, selbst wenn es von Treibeisstücken bedeckt war. Nadia hatte noch nie etwas gesehen, das ihr deutlicher die Tatsache bewusst machte, dass sie die Atmosphäre umgestaltet hatten – weder die Pflanzen noch das Blau des Himmels oder auch ihre Fähigkeit, die Augen ungeschützt zu halten und durch dünne Masken zu atmen. Der Anblick des Wassers, das während der Überschwemmung von

Marineris gefror, wobei es in zwanzig Sekunden oder weniger von Schwarz zu Weiß wurde, hatte sie tiefer geprägt, als sie gedacht hatte. Jetzt hatten sie offenes Wasser. Die niedrige breite Bruchstelle, die Burroughs umschloss, sah wie eine gigantische Meeresbucht aus, die von der Flut aufgefressen wurde.

Die Leute stießen Rufe aus. Ihre Stimmen füllten die dünne Luft wie Vogelgesang über dem tiefen Continuo der Flut. Nadia wusste nicht, was los war. Dann sah sie es – am Raumhafen gab es Bewegung.

Der Raumhafen lag auf einem breiten Plateau nordwestlich der Stadt; und auf ihrer jetzigen Höhe auf dem Abhang konnte die Bevölkerung von Burroughs stehen bleiben und zusehen, wie sich die großen Tore des größten Hangars öffneten und fünf riesige Raumflugzeuge nacheinander herausrollten. Ein ominöser und irgendwie militärischer Anblick. Die Flugzeuge rollten zum Hauptterminal des Hafens, und Landebrücken fuhren aus und rasteten an ihren Seiten ein. Es ereignete sich nichts weiter, und die Flüchtlinge gingen fast eine Stunde lang auf die ersten richtigen Berge des Großen Steilhangs zu, bis trotz der Höhe die Rollbahnen des Raumhafens und die unteren Hälften der Hangars unter dem wässerigen Horizont lagen. Die Sonne stand inzwischen im Westen.

Die Aufmerksamkeit richtete sich auf die Stadt selbst, als das Wasser die Kuppelmauer auf der Ostseite von Burroughs aufriss und über deren Krone am Südwesttor strömte, wo sie den Stoff zerschnitten hatten. Bald danach überflutete es den Princess Park, Canal Park und Niederdorf, teilte die Stadt damit in zwei Teile und stieg langsam die Seitenboulevards empor, um die Dächer im unteren Teil der Stadt zu verschlingen.

Mitten in diesem Schauspiel erschien einer der großen Jets am Himmel über dem Plateau. Er schien zum Fliegen viel zu langsam zu sein, wie große Flugzeuge in Bodennähe immer aussehen. Er war in Richtung Süden gestartet. Darum wurde er für die Zuschauer auf dem Boden ständig größer, ohne anscheinend an Tempo zu gewinnen, bis das tiefe Brummen der Motoren sie erreichte und die Maschine über ihre Köpfe pflügte mit der langsamen unmöglichen Schwerfälligkeit einer Hummel. Als sie nach Westen dahindröhnte, erschien die nächste über dem Raumhafen und zog an der von Wasser überschwemmten Stadt vorbei über die Leute gen Westen. Und eins folgte dem anderen, und alle sahen gleichermaßen un-aerodynamisch aus, bis das letzte an ihnen vorbei am westlichen Horizont verschwunden war.

Jetzt fingen sie an, ernsthaft zu marschieren. Die schnellsten Läufer machten sich davon, ohne sich zu bemühen, auf die langsameren zu warten. Es war wichtig, die Leute möglichst schnell vom Libya-Bahnhof fortzuschaffen. Das war allen klar. Von allen Seiten waren Züge nach Libya unterwegs, aber der Bahnhof war klein und hatte nur ein paar Rangiergleise; darum würde die Choreographie der Evakuierung schwierig werden.

Es war jetzt fünf Uhr nachmittags, die Sonne stand tief über Syrtis Major, und die Temperatur sank rasch unter null. Als die schnellsten Marschierer, meistens Eingeborene und die neusten Einwanderer, nach vorn preschten, zog sich die Menge in eine lange Kolonne auseinander. Die Leute in Rovern meldeten, dass sie bereits einige Kilometer lang war und ständig noch länger wurde. Diese Rover fuhren an der Reihe auf und ab, nahmen Leute auf und ließen manchmal andere heraus. Alle verfügbaren Schutzanzüge und Helme waren in Gebrauch. Cojote war auf der Bildfläche erschienen. Er kam aus Richtung des Deichs; und als Nadia seinen Felsrover erblickte, hegte sie sofort den Verdacht, dass er hinter der Zerstörung des Deichs steckte. Aber nachdem er sie fröhlich über das Armband begrüßt und gefragt hatte, wie die Dinge liefen, schlug er vor: »Sagt South Fossa, dass sie ein Luftschiff über die Stadt schicken sollen für den Fall, dass jemand zurückgeblieben ist und sich auf den Gipfeln der Mesas befindet. Es könnten noch Menschen drin sein, die tagsüber geschlafen und jetzt beim Aufwachen eine böse Überraschung erlebt haben.«

Er lachte ungestüm. Aber das war eine gute Idee; und Art rief sofort an.

Nadia ging mit Maya, Sax und Art am Ende der Kolonne und lauschte auf eingehende Meldungen. Sie veranlasste die Rover, auf den nicht benutzten Gleisen zu fahren, um zu vermeiden, dass sie Staub aufwirbelten. Sie bemühte sich, den Umstand zu ignorieren, dass sie schon müde war. Es war hauptsächlich Schlafmangel und nicht körperliche Erschöpfung. Aber die Nacht würde lang werden. Und nicht nur für sie. Viele Menschen auf dem Mars waren reine Stadtbewohner und es nicht gewohnt, große Strecken zu gehen. Sie hatte das auch nur selten getan, obwohl sie auf ihren Baustellen oft zu Fuß unterwegs gewesen war und keinen Schreibtischjob hatte wie viele dieser Leute. Zum Glück folgten sie den Gleisen und konnten, wenn sie wollten, sogar auf ihrer glatten Oberfläche gehen, zwischen den Hängeschienen zu beiden Seiten und der Reaktionsschiene in der Mitte. Die meisten zogen es aber vor, auf den Beton- oder Kieswegen zu bleiben, die nebenherliefen.

Wenn man Isidis Planitia zu Fuß verlassen wollte, musste man unglücklicherweise in jeder Richtung außer Norden bergauf gehen. Der Libya-Bahnhof lag ungefähr siebenhundert Meter höher als Burroughs, keine unbeträchtliche Höhe. Aber der Anstieg verlief über die siebzig Kilometer fast gleichmäßig, und es gab auf dem Weg keine steilen Abschnitte. »Das wird helfen, uns warm zu halten«, sagte Sax, als Nadia es erwähnte.

Es wurde immer später und später. Ihre Schatten reichten schon weit nach Osten, als wären sie Riesen. Hinter ihnen verschwand die ertrinkende Stadt mit schwarzem Boden ohne Licht und leer hinter dem Horizont, eine Mesa nach der anderen, bis zuletzt Double Decker Butte und Moeris Mesa untergingen. Das düstere Umbra von Isidis gewann immer mehr an Farbe, der Himmel wurde dunkler, bis die dicke Sonne düster auf dem Westhorizont lag. Sie gingen langsam durch eine rote Welt, eine langgezogene Kolonne wie eine zerlumpte Armee auf dem Rückzug.

Nadia schaltete ab und zu Mangalavid ein und fand die Nachrichten vom Rest des Planeten zumeist tröstlich. Alle großen Städte außer Sheffield waren von der Unabhängigkeitsbewegung gesichert worden. Das Labyrinth in der Halde von Sabishii hatte den Überlebenden des Brandes Zuflucht geboten; und obwohl das Feuer noch nicht ganz gelöscht war, meinte man im Labyrinth, dass es ihnen gut ginge. Nadia sprach während des Marsches eine Weile mit Nanao und Etsu. Das kleine Bild von Nanao zeigte seine Erschöpfung; und sie sagte, wie schlecht sie sich fühle – Sabishii verbrannt, Burroughs ertränkt – die beiden größten marsianischen Städte vernichtet. »Nein, nein«, sagte Nanao. »Wir bauen wieder auf. Wir haben Sabishii im Kopf.«

Sie schickten so wie auch viele andere Städte ihre Züge zum Libya-Bahnhof, soweit sie nicht verbrannt waren. Die am nächsten gelegenen schickten auch Flugzeuge und Luftschiffe. Die Luftschiffe konnten ihnen während des Nachtmarschs zu Hilfe kommen, was sehr nützlich war. Besonders wichtig war alles Wasser, das sie mitbringen konnten, da die Dehydrierung in der kalten und ariden Nacht ernst werden würde. Nadias Kehle war schon ausgedörrt, und sie nahm dankbar einen Schluck warmes Wasser von einem vorbeikommenden Rover entgegen, der es an die Fußgänger ausgab. Sie hob ihre Maske an und trank rasch, wobei sie sich bemühte nicht zu atmen. »Letzter Aufruf!«, sagte die Frau, die die Becher ausgab, fröhlich. »Es reicht nur noch für die nächsten hundert Personen.«

Aus South Fossa kam ein Anruf anderer Art. Die hatten von einigen Bergwerkscamps um Elysium gehört, deren Bewohner sich für unabhängig sowohl von den Metanationalen wie der Bewegung Freier Mars erklärt hatten und alle aufforderten, sich fernzuhalten. Einige von Roten besetzte Stationen machten es genauso. Nadia knurrte: »Schickt ihnen ein Exemplar der Erklärung von Dorsa Brevia und sagt ihnen, sie sollen sich die genau durchlesen. Falls sie zustimmen, den Abschnitt über Menschenrechte zu beachten, sehe ich nicht, warum wir sie behelligen sollten.«

Während sie weitermarschierten, ging die Sonne unter. Die langsame Dämmerung nahm ihren Lauf.

Während noch ein dunkles Purpur die dunstige Luft erfüllte, kam von Osten ein Felsenrover und hielt genau vor Nadias Gruppe an. Es stiegen Leute aus, die weiße Masken und Kapuzen trugen. An der Silhouette erkannte Nadia plötzlich die führende Gestalt. Es war Ann, groß und hager, die direkt auf sie zukam und sie ohne Zögern trotz des schwachen Lichts aus dem Haufen am Ende der Kolonne herauspickte. Die Ersten Hundert kannten einander eben …

Nadia blieb stehen und schaute zu ihrer alten Freundin auf.

Ann blinzelte in der plötzlichen Kälte.

»Wir waren es nicht«, sagte Ann brüsk. »Die Armscorgruppe ist in Panzerwagen ausgerückt und hat uns beschossen. Es gab ein Gefecht. Kasei fürchtete, dass sie, wenn sie den Deich wieder eroberten, überall alles wieder einnehmen würden. Wahrscheinlich hatte er recht.«

»Geht es ihm gut?«

»Ich weiß nicht. Auf dem Deich wurden viele Leute getötet. Und viele mussten vor der Flut fliehen, indem sie nach Syrtis hinaufgingen.«

Ann stand vor ihnen, grimmig und ohne Entschuldigung. Nadia wunderte sich, dass man einer Silhouette so viel entnehmen konnte, die nicht mehr als ein schwarzer Schatten vor den Sternen war. Vielleicht die Haltung der Schultern oder die Neigung des Kopfes.

»Also los!«, sagte Nadia. Sie wusste in diesem Moment nichts anderes zu sagen. Auf den Deich zu fahren und die Sprengladungen überhaupt anzubringen … Aber das war jetzt nicht mehr wichtig. »Gehen wir!«

Das Licht entschwand vom Land, aus der Luft und vom Himmel. Sie gingen unter den Sternen dahin durch eine Luft so kalt wie in Sibirien. Nadia hätte schneller gehen können, wollte aber hinten bei der langsamsten Gruppe bleiben, um helfen zu können. Manche Leute ließen kleinere Kinder auf den Schultern reiten. Aber es gab nicht sehr viele Kinder am Ende der Kolonne. Die kleinsten waren schon in Rovern, und die älteren waren vorn bei denen, die am schnellsten gingen. Es hatte ohnehin nicht so viele Kinder in Burroughs gegeben.

Roverscheinwerfer stachen durch den Staub, den sie aufwirbelten. Als Nadia das sah, überlegte sie, ob die Kohlendioxidfilter nicht durch den Grus verstopft werden könnten. Sie sprach das laut aus, und Ann sagte: »Es hilft, wenn du die Maske ab und zu fest gegen das Gesicht drückst und kräftig pustest. Du kannst auch den Atem anhalten, sie abnehmen und mit Druckluft ausblasen, wenn du einen Kompressor hast.«

Sax nickte.

»Du kennst diese Masken?«, fragte Nadia.

Ann nickte. »Ich habe sie schon oft benutzt.«

»Okay, gut!« Nadia experimentierte mit ihrer Maske, hielt den Stoff fest gegen ihren Mund und blies kräftig hindurch. Sie bekam rasch Atemnot. »Wir sollten versuchen, auf der Schiene und den Straßen zu gehen und den Staub zu verringern. Sag den Rovern, dass sie langsamer fahren sollen!«

Sie marschierten weiter. Im Laufe der nächsten paar Stunden verfielen sie in eine Art Rhythmus. Niemand überholte sie, und niemand blieb zurück. Es wurde immer noch kälter. Die Scheinwerfer beleuchteten teilweise Tausende von Menschen vor ihnen bis zum hohen, vielleicht zwölf oder vierzehn Kilometer vor ihnen, liegenden Horizont im Süden auf dem langen Anstieg. Die Kolonne erstreckte sich als eine hüpfende Sammlung von Scheinwerferkegeln, Taschenlampenstrahlen und dem roten Licht der Schlusslichter. Ein seltsamer Anblick. Gelegentlich hörte man ein Brummen über ihnen, wenn Luftschiffe von South Fossa ankamen und unter voller Beleuchtung wie protzige UFOs dahinschwebten. Ihre Motoren brummten, wenn sie sich heruntersenkten, um Verpflegung und Wasser abzuladen und Gruppen vom Ende der Kolonne aufzunehmen. Dann stiegen sie wieder in die Luft und verschwanden im Osten über dem Horizont.

Während des Zeitrutsches versuchte eine Schar übermütiger junger Eingeborener zu singen; aber es war zu kalt und zu trocken, sodass sie es nicht lange durchhielten. Nadia gefiel dieser Gedanke, und sie sang in Gedanken viele ihrer alten Lieblingslieder: »Hello Central Give Me Dr. Jazz!«, »Bucket's Got a Hole in It«, »On the Sunny Side of the Street«. Immer und immer wieder.

Je länger die Nacht dauerte, desto besser wurde ihre Stimmung. Der Plan schien aufzugehen. Sie kamen nicht an Hunderten Toten vorbei, obwohl aus den Rovern gemeldet wurde, dass eine merkliche Anzahl der jungen Leute kurzatmig geworden wären und zu schnell schlappgemacht hätten und jetzt Hilfe brauchten. Sie alle waren von 500 Millibar auf 340 gegangen, was auf der Erde einem Anstieg von 4000 auf 6500 Meter entsprach, kein unbeträchtlicher Sprung, selbst bei dem höheren Prozentsatz an Sauerstoff in der Luft, der die Effekte milderte. Also gab es Fälle von Höhenkrankheit. Diese traf die Jüngeren mehr als die Älteren; und viele von denen waren zu enthusiastisch losgezogen. Darum mussten sie jetzt dafür bezahlen, litten an Kopfschmerzen und Übelkeit. Aber die Rover halfen, indem sie die einen kurz vor dem Erbrechen aufgenommen und die anderen eskortiert hatten. Und die Nachhut der Kolonne hielt ein gleichmäßiges Tempo ein.

So trottete Nadia weiter, manchmal Hand in Hand mit Maya oder Art, manchmal in ihrer eigenen Welt. Ihr Geist wanderte in der schneidenden Kälte und erinnerte sie an merkwürdige Bruchstücke der Vergangenheit. Sie dachte an andere gefährliche Märsche in der Kälte, die sie auf dieser Welt unternommen hatte, draußen im großen Sturm mit John beim Rabe-Krater ... auf der Suche nach dem Transponder mit Arkady ... mit Frank in Noctis Labyrinthus in der Nacht, in der sie dem Angriff auf Cairo entkamen ... Auch in jener Nacht war sie in eine verrückte kalte Fröhlichkeit verfallen, vielleicht als Reaktion auf eine Befreiung von Verantwortung, weil sie nicht mehr als ein Fußsoldat war, der jemand anderem folgte. Einundsechzig war eine solche Katastrophe gewesen. Auch diese Revolution konnte sich in Chaos verwandeln. Das hatte sie sich eigentlich schon. Niemand hatte die Führung. Aber über ihr Armband kamen noch Stimmen von überall her herein. Und niemand würde sie aus dem Weltraum angreifen. Die radikalsten Elemente der Übergangsbehörde waren in Kasei Vallis wahrscheinlich getötet worden – der Aspekt von Arts »integrierter Seuchenbekämpfung«, der kein Scherz war. Und der Rest der UNTA war rein zahlenmäßig überwältigt worden. Sie waren so wie jeder andere auch nicht fähig, einen ganzen Planeten von Dissidenten zu beherrschen. Oder zu verängstigt, es zu versuchen.

Also hatten sie es diesmal anders gemacht. Oder aber die Verhältnisse auf der Erde hatten sich einfach geändert, und alle Phänomene der marsianischen Geschichte waren nur verzerrte Spiegelungen dieser Veränderungen. Durchaus möglich. Ein beunruhigender Gedanke, wenn man an die Zukunft dachte. Aber die kam erst später. Sie würden sich dem stellen, wenn es so weit war. Jetzt mussten sie sich nur Gedanken darum machen, den Libya-Bahnhof zu erreichen. Der rein physische Charakter dieses Problems und seine Lösung gefiel ihr ungeheuer. Endlich etwas, bei dem sie zupacken konnte. Gehen. Die kalte Luft atmen. Die Lungen aus ihrem Inneren erwärmen, vom Herzen aus – wie Nirgals unheimliche Wärmeumverteilung, wenn sie das nur könnte!

Es schien, als könnte sie wirklich Schlaf erhaschen, während sie ging. Sie fürchtete, es könnte sich um Kohlendioxidvergiftung handeln, raffte sich aber von Zeit zu Zeit immer wieder auf. Ihre Kehle war sehr ausgedörrt. Das hintere Ende der Kolonne wurde immer langsamer, und Rover fuhren jetzt dorthin zurück, nahmen alle Erschöpften auf und fuhren sie bergauf zum Libya-Bahnhof, wo sie sie absetzten und für die nächste Ladung zurückkehrten. Sehr viel mehr Leute begannen, an Höhenkrankheit zu leiden; und die Roten erklärten Betroffenen über Funk, wie sie die Masken ablegen und kotzen und dann die Masken wieder aufsetzen sollten, ehe sie wieder atmeten. Bestenfalls eine schwierige und unangenehme Maßnahme, zumal viele sowohl an Kohlendioxidvergiftung wie Höhenkrankheit litten. Aber sie kamen ihrem Ziel näher. Die Bilder vom Libya-Bahnhof sahen aus wie das Innere einer Tokioer Untergrundbahn zur Stoßzeit; aber regelmäßig kamen Züge an und fuhren ab, sodass es schien, dass Platz für Nachzügler sein würde.

Ein Rover fuhr neben ihnen vor und fragte, ob sie mitgenommen werden wollten. Maya herrschte sie an: »Macht euch fort von hier! Habt ihr Tomaten auf den Augen? Los, helft den Leuten da, verschwendet nicht weiter unsere Zeit!«

Der Fahrer verschwand rasch, um weiterem Tadel zu entgehen. Maya krächzte heiser: »Zur Hölle mit so etwas! Ich bin hundertdreiundvierzig Jahre alt und will verdammt sein, wenn ich nicht den ganzen Weg schaffe. Lasst uns etwas schneller gehen!«

Sie behielten ihr Tempo bei. Sie blieben weiter am Ende der Kolonne und beobachteten die Parade der Lichter, die im Dunst vor ihnen auf und ab hüpften. Nadias Augen schmerzten schon seit einigen Stunden; aber jetzt wurde das wirklich schlimm. Die Taubheit der Kälte half offenbar nicht mehr. Die Augen waren äußerst trocken und sandig in den Höhlen. Zwinkern verursachte stechende Schmerzen. Es wäre eine gute Idee gewesen, neben den Masken auch Schutzbrillen einzupacken.

Nadia stolperte über einen Stein, den sie nicht gesehen hatte; und ihr fiel eine Erinnerung aus ihrer Jugend ein. Einmal hatten sie und ihre Arbeitskameraden im Winter im südlichen Ural eine Lastwagenpanne gehabt. Sie mussten vom Ende des verlassenen Tscheljabinsk-65 bis Tscheljabinsk-40 marschieren, über fünfzig eisige Kilometer stalinistisch verwüsteten industriellen Ödlands – schwarze aufgegebene Fabriken, zerbrochene Schornsteine, umgefallene Zäune, ausgeweidete Lastwagen … alles in der schneeigen kalten Winternacht unter niedrigem Gewölk. Sie erzählte Maya, Art und Sax davon mit rauer Stimme. Die Kehle tat weh, aber nicht so schlimm wie die Augen. Sie hatten sich an Interkoms gewöhnt. Es war merkwürdig, durch die Luft zwischen ihnen zu sprechen. Aber sie wollte reden.

»Ich weiß nicht, wie ich jemals diese Nacht habe vergessen können. Aber ich habe seit sehr langer Zeit nicht mehr daran gedacht. Es muss vor – na – hundertzwanzig Jahren gewesen sein.«

»An diese Nacht wirst du dich sicher auch erinnern«, sagte Maya.

Sie tauschten kurze Geschichten über die größte Kälte, die sie erlebt hatten, aus. Die zwei russischen Frauen konnten zehn Fälle aufzählen, die kälter gewesen waren als die kältesten, mit denen Sax oder Art aufwarten konnten. Art fragte: »Wie wäre es mit dem heißesten Erlebnis? Da kann ich gewinnen. Ich war einmal bei einem Holzsägewettbewerb in der Kettensägeabteilung. Dabei kommt es darauf an, wer die stärkste Säge hat. Darum tauschte ich den Motor der meinigen gegen den einer Harley-Davidson aus und schnitt das Holz in weniger als zehn Sekunden. Aber die Motoren von Motorrädern haben Luftkühlung, und meine Hände wurden ganz schön heiß!«

Sie lachten. Maya erklärte: »Das zählt nicht. Es war nicht dein ganzer Körper.«

Es waren weniger Sterne zu sehen als zuvor. Erst schob Nadia das auf den feinen Staub in der Luft oder ihre sandigen Augen. Aber dann schaute sie auf ihr Armband und sah, dass es fast fünf Uhr morgens war. Bald kam die Dämmerung. Und Libya-Bahnhof war nur noch ein paar Kilometer entfernt. Die Temperatur betrug $-17°$ C.

Sie kamen bei Sonnenaufgang an. Es wurden Tassen mit heißem Tee ausgegeben, der wie Ambrosia duftete. Der Bahnhof war so voll, dass man nicht hineingehen konnte, und mehrere Tausend Leute warteten draußen. Aber die Evakuierung war seit einigen Stunden glatt verlaufen, organisiert von Vlad, Ursula und einer ganzen Schar Bogdanovisten. Auf allen drei

Gleisen kamen immer noch Züge aus Osten, Süden und Westen an. Sie wurden rasch beladen und fuhren gleich wieder ab. Und Luftschiffe schwebten über den Horizont ein. Die Bevölkerung von Burroughs wurde aufgeteilt. Einige kamen nach Elysium, einige nach Hellas und weiter südlich nach Hiranyagarbha und Christianopolis, andere zu den kleinen Städten auf dem Weg nach Sheffield, einschließlich Underhill.

Also warteten sie, bis sie an die Reihe kamen. In dem Dämmerlicht konnten sie erkennen, dass bei allen die Augen stark blutunterlaufen waren, was zusammen mit den staubbedeckten Masken über den Mündern den Leuten ein verwegenes und blutrünstiges Aussehen gab. Schutzbrillen im Freien waren absolut notwendig.

Endlich geleiteten Zeyk und Marina die letzte Gruppe in den Bahnhof. Bis dahin hatten die Ersten Hundert einander gefunden und sich an einer Wand zusammengedrängt, angezogen von dem Magnetismus, der sie in einer Krise immer zusammenführte. In der letzten Gruppe waren mehrere von ihnen: Maya und Michel, Nadia, Sax und Ann, Vlad, Ursula, Marina, Spencer, Ivana, der Cojote ...

Drüben an den Gleisen lenkten Jackie und Nirgal Menschen in Züge. Sie schwenkten die Arme wie Dirigenten einer Sinfonie und fingen jene auf, deren Beine in letzter Minute versagten. Die Ersten Hundert gingen zusammen auf den Bahnsteig. Maya ignorierte Jackie, als sie an ihr vorbei auf einen Zug zuging. Nadia folgte Maya hinein, und dann kam der Rest. Sie gingen den Mittelgang entlang, vorbei an all den fröhlichen zweifarbigen Gesichtern – braun vor Staub oben und sauber um den Mund herum. Auf dem Boden lagen einige schmutzige Gesichtsmasken, aber die meisten Leute hielten sie noch zusammengefaltet in den Händen.

Bildschirme vorn in jedem Waggon übertrugen einen Film, den ein Luftschiff von Burroughs sendete, das an diesem Morgen ein See aus von Eis bedecktem Wasser war, wobei das Eis vorherrschte, obwohl überall auch schwarze eisfreie Stellen waren. Über diesem neuen See standen die neun Mesas der Stadt, jetzt neun Inseln mit steilen Klippen, nicht sehr hoch. Die übrig gebliebenen Dachgärten und Fensterreihen wirkten über dem schmutzigen Packeis sehr merkwürdig.

Nadia und der Rest der Ersten Hundert folgten Maya durch die Waggons bis zum letzten. Maya wandte sich um, sah sie alle, die das kleine Abteil des Zuges füllten, und sagte: »Verzeihung, geht dieser Zug nach Underhill?«

»Odessa«, antwortete Sax ihr.

Sie lächelte.

Leute standen auf und gingen nach vorn, damit sich die Alten im Schlussabteil zusammen hinsetzen konnten. Und sie lehnten diese Höflichkeit nicht ab. Sie bedankten sich und nahmen Platz. Bald danach waren auch die Abteile vor ihnen voll. Vlad sagte etwas darüber, dass der Kapitän als Letzter das sinkende Schiff verlässt.

Nadia fand diese Bemerkung deprimierend. Sie war jetzt wirklich müde und konnte sich nicht erinnern, wann sie zum letzten Mal geschlafen hatte. Sie hatte Burroughs gerngehabt, und viele Arbeitsstunden waren in den Bau hineingeflossen … Sie entsann sich, was Nanao über Sabishii gesagt hatte. Auch Burroughs war in ihren Gedanken. Vielleicht würden sie, wenn sich die Küste des neuen Ozeans stabilisiert hatte, irgendwo anders ein neues Burroughs bauen.

Vorerst nun saß Ann auf der anderen Seite des Waggons, und Cojote kam durch den Mittelgang zu ihnen, blieb stehen, um das Gesicht ans Fensterglas zu pressen, und machte Nirgal und Jackie, die noch draußen waren, ein Zeichen mit erhobenem Daumen. Beide stiegen einige Waggons vor dem letzten in den Zug. Michel lachte über etwas, das Maya gesagt hatte; und Ursula, Marina, Vlad, Spencer – diese Mitglieder von Nadias Familie waren bei ihr und in Sicherheit, wenigstens für den Moment. Und da dieser Moment alles war, was sie je gehabt hatte ... fühlte sie, wie sie in ihrem Sitz zerschmolz. Sie würde in wenigen Minuten eingeschlafen sein. Das spürte sie an ihren trockenen brennenden Augen. Der Zug setzte sich in Bewegung.

Sax schaute auf sein Armband, und Nadia fragte ihn schläfrig: »Was geschieht auf der Erde?«

»Der Meeresspiegel steigt noch. Er ist jetzt vier Meter höher. Es sieht so aus, als hätten die Metanationalen die Kämpfe eingestellt, jedenfalls zeitweilig. Der Weltgerichtshof hat einen Waffenstillstand ausgehandelt. Praxis hat alle Hilfsmittel in Fluthilfe gesteckt. Einige andere Metanationalen scheinen es ebenso machen zu wollen. Die UN-Generalversammlung ist in Mexico City zusammengetreten. Indien hat erklärt, einen Vertrag mit einer unabhängigen Marsregierung zu haben.«

»Das ist eine verteufelte Geschichte«, sagte Cojote von der anderen Seite des Abteils. »Indien und China sind zu groß, als dass wir mit ihnen fertigwerden könnten. Wartet nur ab!«

»Also ist der Kampf da unten zu Ende?«, fragte Nadia.

»Es ist noch nicht sicher, ob das permanent ist oder nicht«, erwiderte Sax.

Maya knurrte. »Nichts währt ewig.«

Sax zuckte die Achseln.

»Wir müssen eine Regierung bilden«, sagte Maya, »und zwar schnell, und der Erde eine geschlossene Front bieten. Je besser etabliert wir wirken, desto unwahrscheinlicher ist es, dass sie uns angreifen werden.«

»Sie werden kommen«, sagte Cojote vom Fenster her.

»Nicht wenn wir sie überzeugen, dass sie von uns alles bekommen werden, was sie sich selbst genommen hätten«, entgegnete Maya, die sich über Cojote ärgerte. »Das wird sie beruhigen.«

»Aber kommen werden sie auf jeden Fall.«

»Wir werden nie außer Gefahr sein, ehe nicht die Erde ruhig und stabilisiert ist«, erklärte Sax.

»Die Erde wird nie zur Ruhe kommen«, widersprach Cojote erneut.

Sax zuckte die Achseln.

»Wir sind es, die sie stabilisieren müssen!«, rief Maya und zeigte mit einem Finger auf Cojote. »Um unserer selbst willen!«

»Die Erde areoformen«, sagte Michel mit einem ironischen Lächeln.

»Sicher, warum nicht?«, sagte Maya. »Wenn das nötig ist.«

Michel beugte sich vor und gab Maya einen Kuss auf die staubige Wange.

Cojote schüttelte den Kopf und sagte: »Das ist, als wollte man die Welt ohne einen Angelpunkt bewegen.«

»Der Angelpunkt steckt in unseren Köpfen«, erwiderte Maya zu Nadias Erstaunen.

Auch Marina blickte auf ihr Handgelenk und sagte: »Die Sicherheit hält immer noch Clarke und das Kabel. Peter sagt, sie haben Sheffield verlassen und halten nur noch die Steckdose. Und jemand – hey, irgendwer – will Hiroko in Hiranyagarbha gesehen haben.«

Sie schwiegen und hingen ihren Gedanken nach.

Nach einer Weile sagte Cojote: »Ich habe Einblick in die UNTA-Akten jener ersten Eroberung von Sabishii genommen. Da wurde Hiroko überhaupt nicht erwähnt, noch jemand aus ihrer Gruppe. Ich glaube nicht, dass sie sie erwischt haben.«

»Was geschrieben steht, hat mit dem, was geschieht, nichts zu tun«, sagte Maya finster.

»Hiranyagarbha bedeutet im Sanskrit ›Der goldene Keim‹«, erklärte Marina.

Nadias Herz krampfte sich zusammen. Komm raus, Hiroko – dachte sie. Verdammt noch mal, komm raus! Michels Gesicht verriet Kummer. Seine ganze Familie verschwunden ...

»Wir können nicht sicher sein, ob wir den Mars schon ganz erobert haben«, sagte Nadia, um ihn abzulenken. Sie sah ihm in die Augen. »In Dorsa Brevia haben wir uns nicht einigen können. Warum sollten wir es jetzt tun?«

»Weil wir frei sind«, entgegnete Michel, sich wieder zusammenraffend. »Das ist jetzt real. Wir sind frei, es zu versuchen. Und man steckt alles Bemühen nur dann in etwas, wenn es kein Zurück gibt.«

Der Zug wurde langsamer, um die Äquatorstrecke zu kreuzen, und sie wurden hin und her geschüttelt.

Cojote sagte: »Es gibt Rote, die alle Pumpstationen in Vastitas in die Luft jagen. Ich glaube nicht, dass wir irgendeine Übereinstimmung hinsichtlich des Terraformings erzielen werden.«

»Das steht fest«, krächzte Ann mit heiserer Stimme. Sie räusperte sich. »Wir wollen auch die Soletta beseitigen.«

Sie sah Sax scharf an, aber der zuckte nur die Achseln.

»Ökopoiesis«, meinte er. »Wir haben schon eine Biosphäre. Das ist alles, was wir brauchen. Eine schöne Welt.«

Draußen flog das felsige Gelände im kühlen Licht des Morgens vorbei. Die Hänge von Tyrrhena waren khakifarben durch Millionen kleiner Flecke von Gras, Moos und Flechten, die zwischen die Steine geduckt waren. Sie blickten schweigend hinaus. Nadia fühlte sich überwältigt und versuchte, an alles gleichzeitig zu denken und es auseinanderzuhalten, aber es verwischte wie die rost- und khakifarbene Flut da draußen ...

Sie sah die Leute rings um sich an, und in ihr drehte sich irgendein Schlüssel. Ihre Augen waren noch trocken und entzündet, aber sie war nicht mehr müde. Der Krampf in ihrem Magen ließ nach, zum ersten Mal, seit die Revolte angefangen hatte. Sie konnte frei atmen. Sie blickte in die Gesichter ihrer alten Freunde – Ann war noch auf sie böse, Maya war noch auf Cojote böse; alle waren erschöpft und schmutzig. Sie hatten gerötete Augen wie das kleine rote Volk, ihre Iris glichen runden Splittern eines Halbedelsteins und schimmerten in ihrer blutunterlaufenen Fassung. Sie hörte sich sagen: »Arkady wäre zufrieden.«

Die anderen machten überraschte Gesichter. Ihr fiel auf, dass sie nie über ihn gesprochen hatten.

»Simon auch«, sagte Ann.

»Und Alex.«

»Und Sasha.«

»Und Tatiana.«

»Und alle, die wir verloren haben«, sagte Michel schnell, ehe die Liste zu lang wurde.

»Frank nicht«, erklärte Maya. »Frank wäre wegen irgendetwas total angepisst.«

Sie lachten, und Cojote sagte: »Und wir müssen diese Tradition fortführen, nicht wahr?« Und sie lachten noch mehr, als sie ihm mit dem Finger drohte.

»Und John?«, fragte Michel. Er zog Mayas Arm herunter und richtete die Frage direkt an sie.

Maya machte ihren Arm frei und drohte Cojote weiter mit dem Finger. »John würde nicht Zeter und Mordio schreien und der Erde den Laufpass geben, als ob wir ohne sie auskommen könnten. John Boone würde in diesem Moment begeistert sein!«

»Daran sollten wir denken«, sagte Michel rasch. »Wir sollten überlegen, was er tun würde.«

Cojote grinste. »Er würde in Hochstimmung in diesem Zug hin und her rennen. Würde angeheitert sein. Es wäre eine Party bis nach Odessa. Musik, Tanz und alles.«

Sie sahen sich an.

»Nun?«, fragte Michel.

Cojote deutete nach vorne. »Sieht nicht so aus, als bräuchten sie unsere Hilfe.«

»Trotzdem«, meinte Michel.

Und sie gingen durch den Zug nach vorn.

Das Abenteuer geht weiter in:

KIM STANLEY ROBINSON

BLAUER MARS

ANHANG

DER MARS – EINE ZWEITE ERDE?

»Mars ain't the kind of place to raise your kids«, singt Elton John in seinem Welthit »Rocket Man« – der Mars ist nicht gerade der beste Ort, um seine Kinder großzuziehen. »In fact it's cold as hell« – tatsächlich ist er bitter kalt. Damit hat der britische Popsänger den Nagel auf den Kopf getroffen: Auf dem Mars liegt die durchschnittliche Bodentemperatur bei −63 Grad Celsius, die Pole können sogar auf −140 Grad abkühlen, während in den Äquatorregionen im Sommer bis zu 20 Grad plus möglich sind. Die Lufttemperatur ist noch einmal 20 bis 30 Grad niedriger als die Bodentemperatur, sodass an den wärmsten Tagen nur knapp der Gefrierpunkt erreicht wird.

Es sind jedoch nicht nur die eisigen Temperaturen, die den Mars zu einem für Menschen lebensfeindlichen Ort machen. Die Atmosphäre des roten Planeten besteht zu fast 96 Prozent aus Kohlendioxid (CO_2), dazu kommen 1,9 Prozent Stickstoff und etwa genauso viel Argon. Der Sauerstoffanteil liegt bei nur 0,146 Prozent – in der Erdatmosphäre, die zu 77 Prozent aus Stickstoff besteht, sind es dagegen 21 Prozent. Und die Marsluft ist sehr dünn: Ihr durchschnittlicher Druck beträgt gerade einmal sechs Millibar auf marsianischem Normal-Null; das entspricht auf der Erde einem Luftdruck in etwa 35 Kilometern Höhe und liegt weit über dem sogenannten Armstrong-Limit. Benannt wurde dieses Phänomen nach dem amerikanischen Mediziner Harry George Armstrong, der in den 1940er-Jahren zum ersten Mal feststellte, dass der Luftdruck auf der Erde in einer Höhe von 18 900 Metern so gering ist, dass Wasser bereits bei 37 Grad, der durchschnittlichen Körpertemperatur eines Menschen, zu kochen beginnt. Flüssigkeiten wie Tränen, Speichel und vor allem Wasser, die Grundvoraussetzung für jede Form von Leben, würden auf dem Mars also sofort sublimieren; das bedeutet, dass sie aufgrund des niedrigen Luftdrucks verdampfen und aufgrund der niedrigen Temperatur gleichzeitig gefrieren.

Hinzu kommt, dass der Mars kein globales Magnetfeld mehr hat, das die Atmosphäre vor Sonnenwinden und kosmischer Strahlung schützt. Der Sonnenwind trifft so direkt auf die obersten Luftschichten und »bläst« die Atome ins All, wodurch die Atmosphäre weiter ausdünnt. Die kosmische Strahlung hingegen gelangt ungehindert auf die Marsoberfläche, weil der rote Planet keine Ozonschicht hat.

Nein, ein guter Ort, um seine Kinder großzuziehen, ist der Mars wahrlich nicht – Spaziergänge im Freien kommen ohne Druckanzüge nicht infrage, ganz zu schweigen von Ackerbau und Viehzucht unter freiem Himmel. Wenn die ersten Kolonisten diese Welt besiedeln wollen, müssen sie, wie die Ersten Hundert in Kim Stanley Robinsons *Mars*-Trilogie, in hermetisch geschlossenen Habitaten leben. Oder aber sie passen die Umweltbedingungen auf dem Mars – die Temperatur, den Luftdruck und die Atmosphäre – dem menschlichen Organismus an. Diesen Prozess nennt man »Terraforming«. Doch wie kann man das Klima eines ganzen Planeten verändern? Wie kann man die Durchschnittstemperatur von −50 Grad Celsius auf einen für Menschen akzeptablen Wert anheben? Die Antwort ist relativ einfach, schließlich haben wir es hier auf der Erde bereits getan: durch Treibhausgase. Das Treibhausgas CO_2 verhindert, dass Sonnenlicht im infraroten Bereich zurück ins All gestrahlt wird – auf dem Planeten wird es wärmer. Dadurch schmelzen die Polkappen und der Boden gast aus, was wiederum weiteres CO_2 freisetzt. Je mehr gasförmiges CO_2 vorhanden ist, desto weniger Sonnenlicht wird zurückgestrahlt und desto wärmer wird es. Das nennt man »Runaway-Treibhauseffekt«.

Die Voraussetzungen dafür sind auf dem Mars gut, denn seine Atmosphäre besteht hauptsächlich aus dem Treibhausgas CO_2. Im Gestein des Marsbodens ist sogar noch mehr CO_2 gebunden, vor allem aber im Trockeneis (gefrorenes Kohlendioxid) an den Polkappen. Um dieses CO_2 freizusetzen, schlug der amerikanische Astronom und Astrophysiker Carl Sagan 1973 vor, die Polkappen des Mars mit einer dunklen Substanz, zum Beispiel mit Staub von den Marsmonden Phobos und Deimos, zu bestreuen, damit die Albedo – also das Maß, in dem das Sonnenlicht von der Oberfläche ins All zurückgestrahlt wird – geringer wird. Weißes Eis hat eine sehr hohe Albedo und strahlt viel Energie zurück. Unter einer schwarzen Staubschicht würde sich dieser Wert verringern, das darunterliegende Eis würde stärker von der Sonne erwärmt und schneller schmelzen; so käme mehr CO_2 in die Atmosphäre. Aber selbst wenn es gelingen sollte, den Südpol mit der benötigten Menge Staub zu bedecken, würde der in den Polarregionen ständig wehende Wind den Staub vermutlich sofort abtragen. Und selbst wenn man den Staub fixieren könnte, bliebe immer noch das Problem, dass die Sonnenstrahlen nur im Hochsommer auf die südliche Polkappe treffen und auch dann nur in einem ziemlich geringen Winkel von maximal 23 Grad. Den Rest des Jahres ist der Winkel noch geringer, und ein halbes Marsjahr lang scheint die Sonne dort gar nicht. So kann nicht genug Wärme erzeugt werden, um die Temperatur auf dem roten Planeten ausreichend zu erhöhen. Robert Zubrin, der Gründer der *Mars Society*, schlägt daher riesige Spiegel in einem stationären polaren Marsorbit vor, die mehr Sonnenlicht auf den Planeten abstrahlen und die Südpolkappe so aufheizen, dass sie schmilzt und CO_2 freisetzt. Doch das ist ein langwieriger Prozess mit geringer Wirkung: In hundert Jahren würden so gerade einmal 17 Meter Polkappe schmelzen. Außerdem bewirken weder Staub noch Spiegel, dass sich der Marsboden erwärmt und das im Boden gebundene CO_2 freigesetzt wird. Ein Treibhauseffekt kommt damit so schnell nicht zustande.

Aus unseren Erfahrungen auf der Erde wissen wir allerdings, dass es wesentlich effektivere Treibhausgase als Kohlendioxid gibt: die berühmt-berüchtigten Fluorchlorkohlenwasserstoffe, kurz FCKW. Diese Supertreibhausgase sind ausgesprochen reaktionsträge, das bedeutet, sie lösen sich nicht auf, sondern bleiben sehr lange in der Atmosphäre, bevor sie weiter nach oben in die Ozonschicht steigen und diese zersetzen. Deshalb sind FCKW-Gase inzwischen fast überall verboten. Stattdessen verwenden wir sogenannte H-FCKW-Gase, teilhalogenierte Fluorchlorkohlenwasserstoffe, bei denen die Wasserstoffatome nur teilweise durch die Halogene Chlor und Fluor ersetzt wurden, sodass sie die Ozonschicht – deren Ausbildung für die dauerhafte Besiedelung des roten Planeten unumgänglich ist, damit die Kolonisten vor der kosmischen Strahlung geschützt sind – nicht so stark angreifen. Es gibt auch Supertreibhausgase, die die Ozonschicht, nach allem, was man weiß, gar nicht angreifen, etwa Tetrafluorkohlenstoff (CF_4), Hexafluorethan (C_2F_6) und das bisher stärkste bekannte Supertreibhausgas Schwefelhexafluorid (SF_6). Über einen Zeitraum von hundert Jahren gerechnet ist ein Kilogramm SF_6 so wirkungsvoll wie 22 800 Kilogramm Kohlendioxid. Die Grundelemente, die wir für die Herstellung dieser Supertreibhausgase benötigen, sind auf dem Mars vorhanden. Man könnte den Runaway-Treibhauseffekt also ankurbeln, indem man auf dem Mars Fabriken baut, die Supertreibhausgase produzieren und sie in die Atmosphäre entlassen. Dem Planetologen Chris McKay zufolge bräuchten wir allerdings 52 Milliarden Tonnen dieser Supertreibhausgase, um das Marsklima kippen zu lassen – das ist der 25 700-fache Wert der Weltjahresproduktion von 2009.

Eine höhere Durchschnittstemperatur ist aber nur der erste Schritt auf dem Weg zu einem für Menschen bewohnbaren Mars. Der zweite Schritt ist die Erhöhung des Luftdrucks. Das durch die Erwärmung des Planeten freigesetzte CO_2 könnte den Druck so weit erhöhen, dass flüssiges Wasser auf der Oberfläche stabil bleibt – vorausgesetzt, es ist genug davon auf dem Mars vorhanden. Könnten wir genug CO_2 freisetzen, um einen Luftdruck von mindestens 300 Millibar auf Mars-Normalnull – das entspricht etwa dem Luftdruck auf dem Mount Everest – zu erzeugen, benötigten die Kolonisten statt des umständlichen Druckanzugs lediglich ein Atemgerät, um sich auf der Oberfläche zu bewegen. Außerdem könnte eine 300-Millibar-Atmosphäre genug Wärme halten, um den Permafrostboden aufzutauen – was wiederum CO_2 freisetzen würde.

Damit Menschen einmal Marsluft atmen können, reicht ein rein chemisches Terraforming jedoch nicht aus. Es beschert uns zwar eine dichtere, wärmere Luft, die jedoch für Menschen, Tiere und Pflanzen nach wie vor tödlich ist. Um den roten Mars in einen grünen Mars zu verwandeln, muss zum chemischen Terraforming eine biologische Komponente kommen, die es ermöglicht, die Luft mit Sauerstoff anzureichern und die Böden fruchtbar zu machen. Das biologische Terraforming läuft in aufeinander aufbauenden Phasen ab. Zuerst muss die Temperatur so weit ansteigen, dass der Gefrierpunkt zumindest zeitweise überschritten wird, Wasserdampf in die Atmosphäre gelangt und der Permafrostboden schmilzt. Das ist der Beginn des Aufbaus der Hydrosphäre, die sowohl im Boden, auf dem Boden und in der Luft liegt und essenziell für jede Form von Leben ist, wie wir es kennen. Dann werden anaerobe Bakterien, die ohne Sauerstoff im Boden überleben können, ausgesetzt. Bestimmte Arten atmen Kohlendioxid ein und produzieren das Treibhausgas Methan, das, in die Atmosphäre entlassen, die globale Erwärmung beschleunigt. Gleichzeitig reichern diese Mikroorganismen den Marsboden mit Nährstoffen, vor allem Stickstoff, an – eine wichtige Voraussetzung für das Gedeihen von höher entwickelten Pflanzen. Aber welche Lebensformen vertragen die extrem kohlendioxidhaltige Atmosphäre und die nach wie vor sehr niedrigen Temperaturen? Auf der Erde gibt es Mikroorganismen, die unter weitaus widrigeren Umständen, etwa unter sehr hohem Druck, bei extrem hohen Temperaturen und ohne Sonnenlicht und Sauerstoff prächtig gedeihen. Diese sogenannten Extremophile könnten auf dem Mars dazu beitragen, die Atmosphäre so zu verändern, dass nach und nach höhere Pflanzen auf der Oberfläche wachsen können, indem sie nach und nach das CO_2 ausfiltern und Sauerstoff produzieren. Eine NASA-Studie des Ames Reserach Center befasste sich bereits 1976 mit einem »sanften« Terraforming durch Mikroorganismen und arktische Pflanzen. Die Wissenschaftler gingen damals von speziellen Züchtungen aus, die mit den extremen Temperaturen und dem trockenen Klima fertig würden. Doch dann stellte man fest, dass die Marsatmosphäre die langwelligen UV-Strahlen nicht ausfiltert; sechs Watt treffen den roten Planeten pro Quadratmeter – eine für jede Pflanze tödliche Dosis. Als die Gentechnik Fortschritte machte, kam der Gedanke auf, die irdischen Mikroorganismen und Pflanzen künstlich so zu verändern, dass sie strahlungsresistenter werden und obendrein effektiver Fotosynthese betreiben. Die DARPA (Defense Advanced Research Projects Agency), eine Behörde des US-Verteidigungsministeriums, stellte Ende Juni 2015 eine Datenbank namens DTA GView vor, die, anders als die bereits bestehenden Gen-Datenbanken, auch die Eigenschaften auflistet, die das jeweilige Gen transportiert. So könnten Wissenschaftler aus verschiedenen Ausgangsorganismen Lebewesen erzeugen, die auf spezifische Aufgaben zugeschnitten werden – zum Beispiel darauf, in einer Kohlendioxid-Atmosphäre bei niedrigen Temperaturen und hoher UV-Strahlung zu überleben und dank einer gesteigerten Fotosyntheseleistung effektiv Sauerstoff zu produzieren. Noch ist die Gentechnik nicht auf dem Stand, einen so komplexen Organismus erschaffen zu können, aber DTA GView ist ein erster wichtiger Schritt.

In der nächsten Phase des biologischen Terraforming folgen Cyanobakterien, auch Blaualgen genannt. Diese Bakterien betreiben Fotosynthese und erzeugen Sauerstoff. Die geringe Sonneneinstrahlung auf dem Mars spielt für ihre Fotosyntheseleistung keine Rolle, weil sie einen sehr viel größeren Spektralbereich des Lichts verwenden als Pflanzen und daher auch an relativ dunklen Orten überleben können. Optimisten wie Chris McKay schätzen, dass die Bakterien zwanzig bis dreißig Jahre brauchen, um sich über die gesamte Marsoberfläche auszubreiten. Bestimmte Arten von Cyanobakterien leben auf der Erde in Symbiose mit Pilzen und bilden so eine Pilzunterart, die Flechten. Sie kommen in Wüsten ebenso vor wie in der Antarktis. Flechten könnten auf dem Mars bereits ab einer Temperatur von −20 Grad Celsius und einem Luftdruck von 90 Millibar ausgesetzt werden. Sie kommen mit sehr wenig Wasser aus und können extreme Temperaturen und Trockenheit dadurch überstehen, dass sie in komplett ausgetrocknetem Zustand in eine Art Winterschlaf verfallen; der Wasserdampf in der Atmosphäre genügt ihnen zum Überleben. Flechten wachsen zwar überall, aber nicht sehr schnell, manche nur wenige Millimeter im Jahr. Abgesehen von der Sauerstoffproduktion tragen sie auch zur Verwitterung des Bodens bei, indem sie Steine zersetzen und so nach und nach Mutterboden erzeugen, auf dem andere Pflanzen wie Moose, Gräser oder Farne wachsen können.

Bis diese genetisch optimierten Bakterien, Flechten und Moose so viel Sauerstoff produziert haben, dass Menschen die Marsluft atmen könnten, vergehen Expertenmeinungen zufolge zwischen 10 000 und 100 000 Jahre. Das mag lang erscheinen, aber auf der Erde dauerte dieser Prozess über eine Milliarde Jahre. Die hundert Jahre, die in *Grüner Mars* von der Landung der *Ares* bis zum ersten Spaziergang auf der Oberfläche nur mit Filtermasken vergehen, sind selbst in den optimistischsten Modellen sehr unwahrscheinlich. Sax Russell erklärt im Roman, dass der Sauerstoffgehalt in der Atmosphäre bei 40 Prozent liegt, der CO_2-Anteil hingegen bei nur noch 15 Prozent. Ob Moose und Flechten so effektiv sein werden, ist fraglich. Der Luftdruck von 340 Millibar in einer Hochdruckzelle über der Tiefebene Isidis Planitia, die die spektakuläre Flucht der Stadtbewohner in *Grüner Mars* möglich macht, könnte hingegen tatsächlich schon hundert Jahre nach dem Einsetzen des Runaway-Treibhauseffektes erreicht werden.

Den roten Planeten zu terraformen ist also möglich, und Kim Stanley Robinson skizziert in *Grüner Mars* eindrucksvoll, wie das aussehen könnte: Das tauende Wassereis vom Südpol und aus dem Boden würde sich in Kratern, vor allem im Hellas-Becken, sammeln, während sich das Schmelzwasser vom Nordpol vermutlich in der Vastitas Borealis, der großen flachen Ebene um den Mars-Nordpol, stauen und einen gewaltigen Ozean bilden würde, der an seiner tiefsten Stelle jedoch nur 1700 Meter tief wäre. Der Mars hätte ein kaltes kontinentales Klima, etwa mit dem Sibiriens vergleichbar. Wälder würden nur am Äquator wachsen, der Rest wäre Grasland, Tundra und Wüste. Einige Regionen wie der Tharsis-Buckel jedoch blieben allen Bemühungen zum Trotz vermutlich kahl und öde.

Aber ist dieses literarische Szenario auch realistisch?

Das Terraforming-Verfahren klingt zunächst einfacher, als es in Wirklichkeit ist, denn die einzelnen Verfahrensschritte müssen exakt aufeinander abgestimmt sein, um den gewünschten Effekt zu erzielen. Um das zu gewährleisten, muss der Mensch den Mars erst noch weiter erforschen. Vielleicht gibt es ja nicht genug CO_2, um den Luftdruck ausreichend zu erhöhen. Vielleicht gibt es auch zu viel CO_2, sodass wir es nicht ausfiltern können. Und ist auf dem Mars genug Stickstoff vorhanden, damit Pflanzen wachsen können? Aber selbst wenn all diese Voraussetzungen vorhanden sind, eine zweite Erde wird der Mars wohl nicht werden: Auch ein wärmerer Mars mit einer dichteren Atmosphäre löst nicht das

Problem des fehlenden Magnetfeldes. Der Sonnenwind und die kosmische Strahlung wehen nach wie vor die oberen Schichten der Atmosphäre ins All. Außerdem findet auf dem Mars kein CO_2-Recycling statt. Auf der Erde wird das CO_2 im Meeresboden gebunden, bevor es durch die Plattentektonik ins Erdinnere gelangt, wo es aus dem verflüssigten Gestein gelöst wird. Dann gast es zum Beispiel bei Vulkanausbrüchen wieder in die Atmosphäre aus und sorgt dafür, dass die Erde nicht abkühlt. Auf dem plattentektonisch inaktiven Mars würde das Kohlendioxid zwar auch im Meeresboden gebunden, aber dort bliebe es dann auch. Die Folge: Der Mars kühlt wieder aus. Weil dieser Vorgang allerdings ziemlich lange dauern würde, böte der Mars Expertenmeinungen zufolge für zehn bis hundert Millionen Jahre annehmbare Lebensbedingungen für Menschen – das ist immerhin länger, als wir bereits auf der Erde existieren.

Doch auch wenn der Mensch für einige Zeit auf dem Mars überleben kann, hätte er es immer mit einer »fremden«, nicht-irdischen Biosphäre zu tun – die weitere Entwicklung des auf dem roten Planeten angesiedelten pflanzlichen Lebens können wir nämlich nicht kontrollieren. Auch genetisch maßgeschneiderte Bakterien, Flechten und Moose werden unter den Umweltbedingungen auf dem roten Planeten irgendwann mutieren. Letzten Endes wird es eine genuin *marsianische* Biosphäre sein, ganz gleich, welches Ausgangsmaterial ihr einmal zugrunde lag. Und wer weiß, vielleicht lockt das Terraforming sogar einheimische Marsmikroben wieder hervor? Schließlich hat es einmal flüssiges Wasser auf dem Mars gegeben, und es ist nicht ausgeschlossen, dass sich die Marsmikroben nach dem Klimawandel in den Boden zurückgezogen haben und in einer Art Starre darauf warten, dass das Klima wieder wärmer und feuchter wird. Was allerdings geschieht, wenn einheimisches Leben mit unseren genetisch manipulierten Superflechten konfrontiert wird, kann niemand vorhersagen.

Und vielleicht haben wir schon versehentlich mit dem Terraforming begonnen. 1971 stürzten die beiden sowjetischen Sonden *Mars 2* und *Mars 3* auf der Marsoberfläche ab, bevor 1976 den amerikanischen *Viking*-Sonden die erste Landung auf dem roten Planeten gelang. Keine der Sonden wurde vor dem Start sterilisiert, weil man damals noch nicht wusste, dass extremophile Bakterien den Aufenthalt im Vakuum überstehen können. Sollten sie dort in den Boden eingedrungen sein, wo sie sowohl Wasser gefunden haben könnten als auch vor der lebensfeindlichen Atmosphäre geschützt wären, ist es denkbar, dass sie überlebt haben. Der *Mars Polar Lander*, der im Jahr 1999 am Mars-Südpol abstürzte, war zwar sterilisiert – aber nur außen; wenn er beim Aufprall zerbrochen ist, könnten Bakterien durch die Trockeneis-Schicht der Polkappe bis zum Wassereis darunter vorgestoßen sein. Auch der europäische Lander *Beagle 2*, der 2003 in Isidis Planitia aufsetzte, könnte Bakterien aus seinem Inneren ins Marsgestein abgegeben haben, falls er bei der Landung beschädigt wurde. Einige Planetologen sind insofern davon überzeugt, dass wir den Mars bereits mit irdischen Lebensformen kontaminiert haben. Diese Art von Terraforming entzöge sich gänzlich unserer Kontrolle – und so könnte uns auf dem Mars eines Tages mehr erwarten, als wir ahnen.

Elisabeth Bösl

WANN FLIEGEN WIR ZUM MARS?

Ein umfassender Überblick über Forschung, Technik und Visionen für den Flug zum Mars – ein unverzichtbarer Reiseführer zum Roten Planeten für alle Fans von *Der Marsianer*

978-3-453-31718-5

diezukunft.de

HEYNE

Die Zukunft

Eine Einführung

Seit es Menschen gibt, denken sie über die Zukunft nach. Aber heißt über die Zukunft nachzudenken auch, diese Zukunft zu »gestalten«? Was ist das eigentlich: die Zukunft? Ein Raum, in dem wir die Ängste und Hoffnungen der Gegenwart deponieren? Oder etwas, das wir verstehen, ja vielleicht sogar erfinden können? Dieses Buch erzählt eine einzigartige Ideengeschichte der Zukunft.

978-3-453-31595-2

Leseprobe unter: **www.heyne.de**

HEYNE ❮

Andy Weir

**Gestrandet auf dem Mars –
der internationale Science-Fiction-Bestseller**

»Das fesselndste Buch, das ich seit Langem gelesen habe. Daneben wirkt *Apollo 13* wie ein Kindermärchen.« *Douglas Preston*

»Das beste Buch seit Jahren!« *Hugh Howey*

»Ich konnte das Buch nicht mehr aus der Hand legen.«
Chris Hadfield, Astronaut

Bei einer Expedition auf dem roten Planeten gerät der Astronaut Mark Watney in einen Sandsturm, und als er aus seiner Bewusstlosigkeit erwacht ist er allein. Auf dem Mars. Ohne Ausrüstung. Ohne Nahrung. Und ohne Crew, denn die ist bereits auf dem Weg zurück zur Erde. Es ist der Beginn eines spektakulären Überlebenskampfes…

978-3-453-31583-9

Leseprobe unter **www.heyne.de**

HEYNE ‹

die zukunft

Die Welt von morgen in Literatur & Film, Comic & Game, Technik & Wissenschaft

diezukunft.de ist ein einzigartiges Portal, das aktuelle Nachrichten, Rezensionen, Essays, Videos und Kolumnen versammelt.

diezukunft.de bietet Hunderte von E-Books zum Download an – die wichtigsten aktuellen Science-Fiction-Romane ebenso wie die großen Klassiker des Genres.

diezukunft.de lädt zum Mitdiskutieren über die Welt von morgen und übermorgen ein.

diezukunft.de